W0271825

Ian Irvine, geboren 1950, ist Geologe und
Meeresbiologe und zählt inzwischen zu den absoluten
Topautoren Australiens.
Der Zyklus DIE MAGIE DER DREI WELTEN
greift das von ihm geschaffene Universum auf,
erzählt aber eine ganz neue Geschichte.

Weitere Titel des Autors:

Die drei Welten

20 569 Bd. 1: Der Spiegel der Erinnerung
20 576 Bd. 2: Das Magische Relikt
20 581 Bd. 3: Der Turm von Katazza
20 585 Bd. 4: Die Festung der Macht
20 591 Bd. 5: Dunkler Mond
20 593 Bd. 6: Der Fluch des Bettlers
20 597 Bd. 7: Der Weg zwischen den Welten
20 598 Bd. 8: Der Ruf der Wächter

Die Magie der drei Welten

28 529 Bd. 1: Die Geomantin (Paperback)
28 533 Bd. 2: Der Tetrarch (Paperback, September 2009)
(Zwei weitere Bände in Vorbereitung)

Ian Irvine

DIE GEOMANTIN

Roman

Erster Band des Zyklus
DIE MAGIE DER DREI WELTEN

Aus dem australischen Englisch
von Holger Hanowell

BASTEI LÜBBE

BASTEI LÜBBE TASCHENBUCH
Band 28 529

1. Auflage: Mai 2009

Vollständige Paperbackausgabe

Bastei Lübbe Taschenbücher in der Verlagsgruppe Lübbe

Deutsche Erstausgabe

Für die Originalausgabe:
Copyright © 2001 by Ian Irvine
Titel der Originalausgabe: »Geomancer«
Originalverlag: Penguin Books Australia

Für die deutschsprachige Ausgabe:
Copyright © 2009 by Verlagsgruppe Lübbe GmbH & Co. KG,
Bergisch Gladbach
Textredaktion: Arno Hoven
Titelillustration: Guter Punkt unter Verwendung von Motiven von
shutterstock/javarman/Andrejs Pidjass, Marta Dahlig, Warschau
Umschlaggestaltung: Guter Punkt, München
Autorenfoto: © courtesy Penguin Books Australia
Kartenzeichnung: Helmut W. Pesch
Satz: Urban SatzKonzept, Düsseldorf
Gesetzt aus der Goudy Old Style
Druck und Verarbeitung: CPI – Ebner & Spiegel, Ulm
Printed in Germany
ISBN: 978-3-404-28529-7

Sie finden uns im Internet unter
www.luebbe.de
Bitte beachten Sie auch: www.lesejury.de

Der Preis dieses Bandes versteht sich einschließlich
der gesetzlichen Mehrwertsteuer.

FÜR SIMON

DANKSAGUNGEN

Mein Dank gilt Eric,
Simon und Angus für ihre Kommentare
zum Manuskript, meiner Agentin Selwa Anthony,
des Weiteren Cathy Larsen, Janet Raunjak,
Laura Harris und all den netten Menschen
aus der Verkaufs- und Marketingabteilung bei
Penguin Books. Außerdem danke ich ganz
besonders meinem unermüdlichen Lektor
Kay Ronai.

INHALT

MIRRILADELL VI
DIE GROSSEN BERGE
Tirthrax
Itsipitsi
MIRRILLADELL
FAELL-SEE
TARRALLAD
Tatusti
Flaha
NEBELSEEN
Runcil
Thryss
MILMILLAMEL
DROW
KAER
SLASS
HA-DROW

DIE GROSSEN BERGE
N
W
O
S
0 100 200 300 400 500 km
0 50 100 150 200 250 300 Meilen
Lippi
GLYNNINAR
Tiksi
Burlahp
Nox
Kalissin
Fassafarn
Ghysmel
LLALLAMEL
Ein Teil der südlichen Hemisphäre von Santhenar
Gebirge
Hügelland
Nadelwald
Laubwald
Grasland
Karte: Ian Irvine
Zeichnung: HP

ERSTER TEIL

KUNSTWERKERIN

KAPITEL EINS

Tiaan konnte die wütende Stimme des Vorarbeiters durch die Fertigungsstätte schallen hören. Türen wurden aufgetreten, Arbeiter im Vorübergehen mit Flüchen belegt, Schemel mit dem Schwert zur Seite gestoßen. »Wo zum Teufel steckt Tiaan?«, brüllte er. »Diesmal hat sie den Bogen wirklich überspannt!«

Das Verlangen, sich irgendwo zu verstecken, war sehr stark, doch nutzlos. Tiaan machte sich wieder an ihrer Werkbank zu schaffen. Was hatte sie falsch gemacht? Nie zuvor hatte sie wegen ihrer Arbeit Schwierigkeiten bekommen.

Die Tür zu ihrer Arbeitsnische wurde aufgerissen, und der Vorarbeiter Gryste stand schwer atmend auf der Schwelle: Ein großer, verschwitzter Mann, der stark nach Gewürznelken und Knoblauch roch. Die Haare auf seiner Brust stahlen sich durch die Knopfleiste seines Hemds, das sich unter den Atemzügen spannte.

»Was ist los mit Euch, Tiaan?«, rief er wütend. »Dieser Hedron funktioniert nicht!« Er knallte einen Kristall auf die Werkbank. »Und das bedeutet, dass die Steuereinheit nutzlos ist, der Klanker nicht vorwärtskommt und *noch mehr von unseren Soldaten sterben!*« Er fuchtelte mit seiner gewaltigen Faust vor ihrem Gesicht herum.

Mit einem Schrei sprang Tiaan auf. Sie war mit dem Vorarbeiter nie gut ausgekommen, aber so zornig hatte sie ihn noch nicht erlebt. Der Krieg musste schlechter denn je laufen. Sie nahm den Hedron in die Hand; ein Stück Kristallquarz von der Größe ihrer Faust, dessen Oberfläche aus vierundzwanzig Facetten bestand. »Er lief perfekt, als ich damit fertig war. Habt Ihr die Steuereinheit?«

Behutsam legte Gryste den fraglichen Gegenstand auf die Werkbank, denn es handelte sich um eine psycho-mechanische Konstruktion, die recht empfindlich war. Ein exakt gearbeitetes Stück, auf das selbst der Uhrmacher des Skrutators stolz gewesen wäre. Mit ihren vierundzwanzig Armen, die aus einem Geflecht aus Kupferfäden und eingelegtem Glas ragten, ähnelte die Steuereinheit einem metallenen Kraken.

Tiaan drückte den Hedron in das Geflecht und öffnete die segmentierten Arme. Sie umfasste den Anhänger, den sie an einer Kette um den Hals trug, und fühlte sich augenblicklich etwas weniger bedrückt. Vor ihrem inneren Auge visualisierte sie die benötigte Bewegung, noch ehe sie einen der Metallarme mit ihrem juwelenbesetzten Taststein berührte. Der Arm streckte sich, zog sich zurück und zuckte dann wie ein Froschschenkel.

»Ah«, seufzte Gryste und beugte sich interessiert vor. »Schon besser.«

Tiaan trat einen kleinen Schritt zurück, um den widerlichen Atem des Vorarbeiters nicht ertragen zu müssen. Gryste verstand überhaupt nicht, um was es ging. Dies war nicht einmal ein Hundertstel der Leistungsfähigkeit, die benötigt wurde, damit die Steuereinheit einer mobilen Kampfmaschine – oder eines Klankers, wie diese Geräte allgemein genannt wurden – funktionieren konnte. Und der Kristall besaß nur eine verschwindend geringe Aura. Irgendetwas stimmte nicht. In ihren Gedanken stellte sie sich eine andere Bewegung vor. Wieder das krampfartige Zucken wie bei einem Frosch. Mit gerunzelter Stirn unternahm Tiaan einen dritten Versuch. Diesmal kam es zu überhaupt keiner Reaktion, und auch bei den anderen Armen hatte sie keinen Erfolg. Die Aura entschwand ins Nichts.

»Der Hedron ist tot.« Unsicher zupfte sie an ihrem Anhänger herum. Eine einzelne Facette blitzte im Schein der Lampe auf. »Ich begreife das nicht. Was haben die bloß mit dem Klanker angestellt? Wollten sie damit eine Klippe erklimmen?«

»Er blieb keine fünfundvierzig Meilen vor Tiksi liegen!«, erwiderte Gryste in barschem Ton, zog ein rostiges Schwert und schlug sich damit auf den Oberschenkel. Es gefiel ihm, andere einzuschüchtern. »Und die beiden letzten Steuereinheiten, die Ihr gemacht habt, haben auch versagt. *In der Schlachtlinie.*«

Ein Prickeln lief über ihre Haut. In den letzten zwanzig Jahren hatte keine einzige Steuereinheit aus dieser Fertigungsstätte versagt. »W... Was ist nur geschehen?«, wisperte Tiaan.

»Das weiß niemand, aber wir haben zwei wertvolle Klanker und zwanzig Mann verloren. Und das nur wegen *Eurer* Nachlässigkeit, Kunstwerkerin.«

Tiaan tastete nach ihrem Schemel und setzte sich wieder. Zwanzig Soldaten gefallen. Sie war wie benommen von dem Schreck. Dabei hatte sie noch nie Fehler bei der Arbeit gemacht. Was war bloß schiefgelaufen? »Ich ... muss mit einem der Steuermänner der Klanker sprechen.«

»Einer wurde von einem Lyrinx zerrissen, ein anderer ertrank. Ich weiß nicht, was dem dritten widerfuhr. Aber wenn das der Skrutator hört ...«

Ein Schauer durchlief Tiaan. »Habt Ihr die anderen Steuereinheiten dabei?«, fragte sie mit kleinlauter Stimme.

»Wie denn?«, entgegnete er schroff. Seine Zunge hatte gelbe Flecken. Offensichtlich kaute er Nigah – eine Droge, die in der Armee eingesetzt wurde, damit die Soldaten gegen Kälte und Erschöpfung unempfindlich waren. Das erklärte auch den strengen, würzigen Geruch, der dem Vorarbeiter entströmte. Vielleicht sollte der Knoblauch den Geruch des Nigah überdecken. »Der erste Klanker fiel dem Feind in die Hände, den zweiten riss die Strömung des Flusses mit sich. Diese Steuereinheit stammt aus dem dritten Klanker. Den hätten wir auch beinahe verloren, wenn er überhaupt bis zur Kampflinie gelangt wäre. Gi-Had hat sich auf den Weg nach Tiksi gemacht, um herauszufinden, was schiefgegangen ist. Die ganze Fertigungsstätte wird unter Eurer Unfähigkeit zu leiden haben.«

Gi-Had, der Aufseher dieser Fertigungsstätte, hatte die alleinige Macht über die Leben der Arbeiter. Wenn sie ihn enttäuschte, könnte er sie zur Arbeit in den Pechminen zwingen, bis der schwarze Staub ihre Lungen zersetzte. »Ist er ... zornig?«

»Ich habe ihn noch nie so wütend gesehen!«, erwiderte Gryste mit kalter Stimme. »Er sagt, wenn es Euch nicht gelingt, dieses Problem binnen dieser Woche zu beheben, ist es aus mit Euch! Was mich noch auf eine andere Angelegenheit bringt ...«

Tiaan ahnte, was der Vorarbeiter sagen würde. Mit stoischer Miene wollte sie den Vortrag ertragen – den Appell zur Pflichterfüllung ebenso wie die verhüllte Drohung.

»Es ist *unser aller* Pflicht, sich einen Partner zu suchen, Kunstwerkerin. Da darf es keine Ausnahmen geben. Unser Land braucht unbedingt mehr Kinder. Wie die ganze Welt auch.«

»Damit auch sie im Krieg fallen«, sagte sie mit aufflammender Verbitterung.

»Wir haben den Krieg nicht angefangen, Kunstwerkerin. Aber ohne kampffähige Männer, ohne Leute, die für unsere Soldaten arbeiten und sie unterstützen, und ohne Frauen, die Kinder gebären, werden wir gewiss unterliegen. Ihr seid klug, Tiaan, auch wenn Ihr hier versagt habt. Ihr müsst dafür sorgen, dass Euer Talent weitergegeben wird.«

»Ich kenne meine Pflicht, Vorarbeiter«, erklärte Tiaan, obwohl sie es nicht mochte, wenn man sie daran erinnerte. In der Fertigungsstätte gab es einen gravierenden Mangel an Männern. Keiner von denen, die noch zu haben waren, sagte ihr zu, und außerdem hatte sie nicht vor, ihr Leben mit einem anderen zu teilen. »Ich werde mir einen Partner suchen, bald ...«

Aber wie?, dachte Tiaan verzweifelt, nachdem Gryste fortgegangen war. Und wer könnte das sein?

Warum hatten ihre Steuereinheiten versagt? Um eine Antwort auf diese Frage zu finden, ging Tiaan die Problemstellung von Anfang an durch. Steuereinheiten bezogen ihre Kraft aus dem *Feld*, einer nebelhaften Aura von Energie, die einen natürlich vorkommenden *Feldkern* durchdringt und umgibt. Das Feld beherrschte Tiaans Arbeitswelt und damit auch ihr Leben. Denn Kunstwerker stellten nicht nur Steuereinheiten her, sondern führten zudem – was noch viel wichtiger war – ihre Feinabstimmung durch. Nur so wurde gewährleistet, dass diese Apparaturen nicht von dem Feld abgestoßen wurden, sondern die Kraft gleichmäßig daraus bezogen, um die Klanker anzutreiben. War eine Steuereinheit nicht richtig eingestellt oder musste sie auf eine andere Art von Feld abgestimmt werden, übernahmen die Kunstwerker auch diese Aufgabe. Ihre Arbeit war von kriegsentscheidender Bedeutung.

Klanker wiederum waren ächzende mechanische Ungeheuer, die eine Panzerung aus Stahlplatten besaßen und von acht ehernen Beinen bewegt wurden. Es war schrecklich unbequem, darin zu sitzen, und ein Albtraum für die Monteure, die dafür zu sorgen hatten, dass diese Maschinen auch liefen. Doch für die Menschheit waren Klanker die wichtigsten Kriegsgeräte im Kampf gegen den Feind. Ein Klanker konnte zehn Soldaten samt Ausrüstung transportieren und sie mit Katapulten und Wurfspießen schützen. Aber ohne Energie war ein Klanker nicht mehr als lebloses Metall, und daher musste eine Steuereinheit die ganze Zeit reibungslos funktionieren.

Hatte sie einen furchtbaren Fehler gemacht? Sie nahm den Hedron wieder zur Hand und untersuchte ihn eingehend. Feine dunkle Nadeln aus Rutil bildeten ein verästeltes Geflecht im Kristall. Alles schien fehlerfrei zu sein. Es gab keine sichtbaren Mängel und Beschädigungen, und doch hatte er versagt. Tiaan hatte nicht die leiseste Ahnung, warum das so war.

Es gab niemanden, den sie hätte fragen können. Der alte Meister der Steuereinheitenfertigung, der Werkmeister Barkus, war das Jahr zuvor gestorben. Die Aufzeichnungen, die er im Verlaufe seines arbeitsreichen Lebens gemacht hatte, waren nur schwer zu entziffern, und den Rest seines Wissens hatte er mit ins Grab genommen. Tiaan hatte alles von ihm gelernt, was er ihr hatte vermitteln wollen. Sie selbst hatte an den Steuereinheiten kleine, aber nützliche Verbesserungen vorgenommen, von denen einige sogar in anderen Fertigungsstätten übernommen worden waren. Dennoch – mit zwanzig war sie noch zu jung, um von der einfachen Kunstwerkerin in den Rang einer Werkmeisterin aufzusteigen. Die Fertigungsstätte brauchte dringend jemanden, der über mehr Erfahrung verfügte.

Durch die Tür konnte sie hören, wie ihre Arbeitskollegen sich unterhielten, und gewiss sprachen sie über Tiaan. Häufig fühlte sie sich den wissenden Blicken der anderen ausgesetzt. Mit ihren schroffen Urteilen und verletzenden Witzen gaben sie Tiaan immer wieder zu verstehen, dass sie ihre Pflicht nicht erfüllt hatte. Eine zwanzig Jahre alte Frau, die noch nie mit einem Mann zusammen gewesen war – da stimmte doch etwas nicht. Aus den Worten sprach nicht unbedingt Gehässigkeit, sondern eher Erstaunen, aber es tat dennoch weh.

Aber mit mir stimmt doch alles, dachte sie wütend. *Ich habe eben noch nicht den Richtigen getroffen.* Was nicht verwunderlich war, wenn sie sich unter den Eigenbrötlern und Dummköpfen umsah.

Sie öffnete die Tür. Zwei der Lehrlinge kicherten und schielten in Richtung von Tiaans Arbeitsnische, ehe sie sich schuldbewusst wieder über ihre Schleifsteine beugten. Mit roten Wangen eilte Tiaan aus dem Werkraum. Sie bahnte sich ihren Weg durch das Gewirr aus Werkbänken, kam an den Dienststuben, der Bücherei und den Waschgelegenheiten vorbei und eilte durch den Gang zwischen Krankenstube und Speiseraum. Anschließend gelangte sie in den Hauptbereich der Fertigungsstätte.

Hier hing der Gestank von Rauch und Teer in der Luft. Der Lärm, der bei der Bearbeitung von Metallen erzeugt wurde, war ohrenbetäubend. Tiaan hielt links auf das vordere Tor zu und überquerte einen tristen, mit Dolomit ausgelegten Hof, in dem ein Gewirr von Gebäuden stand, die jeweils nach Bedarf errichtet worden waren. Überall schwirrten Staub und Ascheflocken durch die Luft; die Jungen, die fürs Fegen zuständig waren, kamen einfach nicht dagegen an. Jede Oberfläche war von einer Schicht öligem Ruß überzogen.

»Ich gehe in die Mine«, erklärte sie Nod, der seit nunmehr dreißig Jahren am Tor Wache hielt.

Der alte Geselle hatte einen weißen Bart, der so lang war, dass er ihn sich in den Gürtel stecken konnte, aber auf dem Kopf wuchs kein einziges Haar mehr. Er zog das eiserne Gitter hoch; das hohe Tor dahinter war auf. Nod hielt ihr die offene Hand hin. Ohne einen Schein, ausgefüllt vom Vorarbeiter, durfte niemand nach draußen.

»Tut mir leid, Nod«, sagte sie. »Habe ich schon wieder vergessen.« Gryste stellte sich immer so an, und daher bat Tiaan ihn nur ungern um Erlaubnis, obwohl es zu ihrer Arbeit gehörte, in die Mine zu gehen.

Nod warf einen Blick über die Schulter und winkte sie dann durch. »Hab dich nicht gesehen. Viel Glück, Ti!« Er tätschelte ihre Schulter.

Tiaan empfand die Worte des Alten als unheilvoll. Noch nie hatte er ihr viel Glück gewünscht. Rasch schlüpfte sie in ihren Mantel und ging hinaus in den Wind. Der Pfad, der hinunter zur Mine führte, war rutschig. Der Schnee beiderseits des Weges war bräunlich von dem Ruß der Schmelzöfen, die Tag und Nacht brannten. An der ersten Wegbiegung, unmittelbar vor dem Wald, schaute sie noch einmal zurück.

Die Fertigungsstätte für Klanker grub sich wie eine hässliche Narbe in die Anhöhe. Von hier aus umfasste die Anlage eine ganze Reihe rußgeschwärzter Mauern, die zehn Spannen hoch waren und mit ihren Schießscharten und zinnenbesetzten Wehrgängen einen trutzigen Eindruck machten. An den Mauerecken erhoben sich Wachtürme, auf denen allerdings nur selten jemand stand, denn die Fertigungsstätte lag viele Hunderte von Meilen von den feindlichen Linien entfernt. Weiter hinten trieben Schornsteine weiße, rötliche und schmutzig graue Rauchsäulen in die Luft.

Doch Tiaan fand diesen Ort nicht hässlich. Für sie bedeutete er Zuhause und Arbeitsplatz zugleich – und beides gehörte im Leben uneingeschränkt zusammen. Es war ihr Zuhause, seitdem ihre Mutter, die herausragende Gebärerin in der Gebäranstalt in Tiksi, die Arbeitskraft der damals sechsjährigen Tiaan an die Fertigungsstätte verkauft hatte. Seither hatte sie ihr Leben hier verbracht. Gelegentlich ging sie nach Tiksi, ein Fußmarsch von drei bis vier Stunden, der über einen steil abfallenden und steinigen Pfad führte. Der Rest der Welt hätte für sie genauso gut gar nicht existieren können.

Tiaan hatte einfach keine Zeit, mehr von der Welt zu sehen. Das Leben war streng auf die Bedürfnisse des Krieges ausgerichtet, und jeder Einzelne hatte in dieser Ordnung seinen Platz. Die Arbeit war ermüdend, die Stunden zogen sich bisweilen quälend lange hin, aber Verbrechen waren unbekannt. Niemand hatte Angst, des Nachts auf den Straßen zu gehen.

Zu ihrer Linken zog sich ein weiterer Pfad unter dem Aquädukt durch den Schnee und verlief dann über die Schneise der natürlichen Verwerfung, ehe er sich den Berg bis zur Pechmine hinaufschlängelte. Wenn es dort oben einmal richtig heiß war – was aber nur selten vorkam –, troff aus den zerschmetterten Felsen flüssiger Teer, den man in Eimern aufsammeln konnte. Meistens jedoch hackten die Minenarbeiter festen Teer aus den Stollen oder folgten im Berg dem Verlauf der verstreut liegenden Flöze aus brüchigem Pech. Es war die schlimmste Arbeit, die man sich vorstellen konnte, und nur wenige erreichten ein hohes Alter. Aber irgendjemand musste die Arbeit tun. Die Schmelzöfen der Fertigungsstätte mussten laufen. Die Klanker waren wichtig für den Krieg. Und wie es aussah, schien der Krieg verloren.

Steuereinheiten waren genauso entscheidend. Tiaan konnte sich lebhaft vorstellen, wie die von gefräßigen Lyrinx attackierten Soldaten sich gefühlt haben mussten, als sie merkten, dass sie keinen Schutz mehr hatten, da die Klanker ausgefallen waren. Sie konnte den Gedanken nicht ertragen, dass dies womöglich ihr Fehler gewesen war.

Sie eilte den Pfad entlang zu den weiter unten liegenden Minen, in denen die Kristalle abgebaut wurden. Zwanzig Minuten ging es steil hinab in den Berg. Tiaan hatte genug Zeit, sich weiter den Kopf zu zerbrechen, aber als sie den Hauptförderstollen erreichte, war sie der Lösung noch keinen Schritt näher gekommen.

»Morgen, Tiaan!« Lex, der Wächter am Tage, nickte ihr aus seiner Nische zu, in der er wie eine Statue in einem Tempel stand. Seine schlecht sitzenden falschen Zähne lagen wie immer auf dem steinernen Sims. Manchmal versteckten die Minenarbeiter das Gebiss, woraufhin Lex wie verrückt danach suchte und Wutausbrüche bekam.

»Morgen, Lex. Weißt du, wo Joe heute ist?«

»Unten in der fünften Fohle«, murmelte er. Ohne seine Zähne war es oft schwer, seine Worte zu verstehen. »Den fechsten Tunnel rechtf bif zum Ende durchgehen.«

»Danke!« Tiaan wählte eine Grubenlampe von dem Regalbrett, entzündete sie an Lex' verbotenerweise brennender Flamme – ein Kohlenbecken voller qualmender Pechstücke – und machte sich auf den Weg. An den Wänden des Tunnels lagen gebrochene Räder von Förderwagen, gesprungene Schöpfeimer, ausgefranste Stricke und noch andere schadhafte Ausrüstungsgegenstände, die sich in einer Mine dieses Alters ansammelten.

Als Tiaan am Förderkorb ankam, sah sie, dass dort niemand stand. Sie betätigte die Glocke, aber das Zeichen blieb unbeantwortet. Daher stieg sie in den Korb, löste die Halterung und ließ sich in die Tiefe hinab. Sohle eins, Sohle zwei, Sohle drei. Tief und dunkel liefen die alten Schächte und Stollen in den Berg. Die Mine war bereits viele hundert Jahre in Betrieb gewesen, ehe man den Wert der Kristalle erkannte. Als sie an der vierten Sohle vorbeikam, erfasste ein heftiger Luftzug den Korb, und beinahe wäre die Grubenlampe ausgegangen. Zumindest das Belüftungssystem funktionierte. Die Luft war ziemlich schlecht gewesen, als Tiaan sich das letzte Mal hier unten aufgehalten hatte. Einer der Arbeiter wäre deswegen beinahe gestorben.

Tiaan ließ sich hinab zur fünften Sohle, betrat den Stollen und vergewisserte sich, dass die Bremse gelöst war, denn sonst könnte kein anderer den Korb benutzen. In so einem Fall musste sich der Wachmann von ganz oben mit einem Seil im Schacht herunterlassen, um den Korb wieder in Gang zu setzen.

In dieser Sohle war es angenehm warm, ganz anders als draußen oder in der Fertigungsstätte. Dort war es immer kalt, es sei denn, man arbeitete in der Nähe eines Schmelzofens, aber dann wurde es einem schnell furchtbar heiß. Wie dem auch sei, die Arbeitsstätte der Kunstwerker lag genau am anderen Ende der Fertigungsstätte, an der kalten Südseite. Die meiste Zeit ihres Lebens hatte Tiaan gefroren.

Sie trottete weiter. Jeder Felsbrocken, für den es hier unten keinen Verwendungszweck gab, musste als Abraum nach draußen befördert werden. Daher waren die Stollen nicht größer als unbedingt notwendig, um an das Erzgestein und die Kristalladern zu gelangen. Oft konnte Tiaan sich nur gebückt oder auf allen vieren vorwärtsbewegen, und wenn sie sich seitlich durch eine Öffnung zwängte, schnitten ihr die scharfen Kanten des Gesteins in die Rippen. Der Fels hier bestand aus rosafarbenem Granit, durchzogen von Adern, die wie Blutgefäße in den Augäpfeln eines Betrunkenen aussahen. Die Minenarbeiter suchten nach Gold, Platin, Kupfer, Zinn und Silber, aber ihr Freund Joeyn grub nach etwas viel Wertvollerem – nach Kristallen, aus denen die magischen Hedrons gemacht wurden. Einige waren so groß wie ihre Faust, und speziell nach diesen suchte Joeyn. Nur bestimmte Kristalle eigneten sich für die Fertigung der Hedrons. Nur wenige Bergleute vermochten zu beurteilen, welche Kristalle infrage kamen und welche man liegen lassen sollte, denn beide Arten schienen gleich auszusehen.

Als Tiaan sich an einer Granitwand vorbeischob, an der Glimmermineralien leuchteten, erblickte sie weiter vorne ein Licht. In einer eiförmigen Nische saß ein alter Mann; neben ihm lagen seine Grubenlampe, die Hacke und ein Hammer.

»Joe!«, rief sie. »Endlich habe ich dich gefunden.«

»Hab gar nicht gewusst, dass nach mir gesucht wird«, meinte der Bergmann mit einem Grinsen und erhob sich schwerfällig mit knackenden Gelenken und unter einigem Ächzen. Joeyn war ein kleiner, verhutzelter, dürrer Mann, der an die siebzig Jahre alt sein mochte. Er hatte ein langes, scharf geschnittenes Gesicht, und auf seiner Haut hatte sich der Staub aus der Mine gleichsam eingebrannt. Er war Tiaans einziger wahrer Freund. Nun umarmte er sie so fest, dass ihre Rippen knackten.

Dann setzten sie sich beide. Joe bot ihr einen Schluck aus seiner Flasche an, aber Tiaan wusste, warum sie ablehnte. Das Gebräu aus gegorenem Rübensud war so stark, dass es glatt einen Bären umhauen würde.

»Hast du heute schon etwas gegessen, Tiaan?«

»Nur Brotkrusten.«

Er reichte ihr ein Leinenbündel, in dem sich drei gebackene Süßkartoffeln, ein gekochtes Ei und eine Stange Sellerie befanden, dazu noch ein Klumpen klebriger Reis, gewürzt mit wildem Safran, und Stücke von Bergdatteln. Ihr lief das Wasser im Munde zusammen. Meistens war sie viel zu beschäftigt, um ans Essen zu denken.

Tiaan nahm sich die kleinste Süßkartoffel. »Bist du sicher, dass das in Ordnung ist?«

»Steh auf, Tiaan. Lass mich dich ansehen.«

Sie gehorchte, die Kartoffel in der Hand. Tiaan war mittelgroß und schlank. Sie hatte pechschwarzes Haar, das sie unregelmäßig gestutzt auf Kinnhöhe trug, eine breite Stirn, mandelförmige dunkelbraune Augen und einen kleinen, volllippigen Mund. Ihre Haut sah aus wie frisch polierter Bernstein. Sie hatte schön geformte, langfingrige Hände, die sie mochte, und große Füße, die ihr wiederum gar nicht gefielen.

»Du bist noch dünner geworden, seit ich dich vor einem Monat sah.«

»Ich werde nur entlohnt, wenn meine Steuereinheiten auch zum Einsatz kommen, und ...«

»Aber du bist die fleißigste Arbeiterin in der ganzen Fertigungsstätte, Tiaan, und die klügste.«

Sie schaute auf ihre Stiefel und wusste nicht, wie sie auf das Kompliment reagieren sollte. »Meine drei letzten Steuereinheiten versagten, nachdem sie die Fertigungsstätte verlassen hatten, Joe. Wir haben zwei Klanker und ihre Steuermänner verloren. *Zwanzig* Soldaten sind tot.« Ihre Brust hob und senkte sich vor Aufregung.

Der alte Mann betrachtete sie mit ruhigem Blick. »Das heißt noch lange nicht, dass es dein Fehler war.«

»Es waren *meine* Steuereinheiten. Natürlich ist es mein Fehler.«

»Dann solltest du besser herausfinden, was schiefgelaufen ist.«

»Ich weiß ja nicht einmal, wo ich anfangen soll.«

»Nun, du hast noch zu essen.«

»Ich nehme nur die Grundration«, murmelte sie. »Ich spare, um meinen Vertragsbrief auszulösen. In zwei Jahren werde ich genug zur Seite gelegt haben.«

»Aber auch dann wirst du noch in der Fertigungsstätte bleiben. Es wird dein Leben nicht verändern. Warum diese Eile?«

»Ich will frei sein! Ich möchte selbst entscheiden, ob ich in der Fertigungsstätte bleibe! Ich will nicht länger zur Arbeit gezwungen werden, nur weil meine Mutter über mein Leben bestimmt hat, als ich erst sechs war!« Eigensinnig reckte sie ihr Kinn empor, und ein zorniges Glimmen trat in ihre Augen.

Tiaan war bis zu ihrem fünfundzwanzigsten Lebensjahr vertraglich gebunden und bis dahin Eigentum der Fertigungsstätte. Wenn sie bei der Arbeit versagte, hatte der Aufseher das Recht, ihren Vertragsbrief an irgendjemanden seiner Wahl zu veräußern, und daran konnte Tiaan nichts ändern. Gi-Had war zwar weder grausam noch rachsüchtig, aber ein strenger Mann. Und das musste er in diesen schwierigen Zeiten auch sein.

Der einzige Ausweg, den es für sie gab, bestand darin, ein Werkmeister zu werden – oder besser noch Meister der Steuereinheitenherstellung. In so einem Fall liefe ihr Vertrag aus, und sie wäre Mitglied in der Fertigungsstättenleitung, eine ehrenhafte und einflussreiche Position. Aber das war nur ein Traum. Ein Werkmeister musste weitaus mehr leisten als bloß gute Arbeit. Kunstwerker waren von jeher schwer zu handhaben, und sie kam ohnehin nicht gut mit Leuten zurecht.

»Was ist denn los mit deinen Steuereinheiten?«

»Ich weiß es nicht. Ich habe ja eben erst erfahren, dass sie versagt haben. Sie funktionierten einwandfrei, als ich sie aus der Hand gab.«

»Wann bist du das letzte Mal entlohnt worden?«, erkundigte er sich streng.

»Vor sechs Wochen.«

»Setz dich und iss!«

»Aber das ist deine Tagesration«, sagte Tiaan störrisch. Sie sehnte sich nach dem Essen, wollte aber keine milde Gabe.

»Es ist deins, und ich erwarte, dass du alles aufisst.«

»Aber ...«

Joeyn tätschelte die Flasche. »Das hier genügt mir schon. Ich gehe bald heim. Für heute habe ich mein Soll längst erfüllt.«

»Welches Soll? Sprichst du vom verbotenen Trinken?«, fragte sie mit einem durchtriebenen Grinsen.

»Du sollst tun, was ich dir sage!« Er nahm wieder einen Schluck aus der Flasche.

Tiaan verzehrte die Süßkartoffeln und begann, das Ei zu schälen. Sie fühlte sich schon viel besser.

»Warum bist du zu mir gekommen, Tiaan? Natürlich bist du immer willkommen, das weißt du ja.«

»Muss es immer einen Grund für alles geben?«

»Nein, aber ich wette, es gibt einen. Und ich frage mich, ob du nicht wegen meiner alten Steine gekommen bist.« Selbst wenn er soeben die perfektesten Kristalle auf der ganzen Welt gefunden hätte, würde Joeyn immer nur von »meinen alten Steinen« sprechen.

»Das stimmt«, räumte sie ein. »Die letzten drei, die ich von dir erhalten habe, schienen vollkommen zu sein, aber schon nach wenigen Wochen versagten sie in ihren Klankern.«

»Sie waren ein wenig anders als die anderen«, gab er zu und tat noch einen kräftigen Zug aus der Flasche. »Aber nicht ungewöhnlich.«

»Kannst du mir zeigen, woher du sie hast?«, fragte sie, obwohl sie noch genüsslich das Ei aß. Endlich hatte sie einmal genug in ihrem Magen.

»Da müssen wir hier entlang!« Er machte sich auf, in die Richtung zu gehen, aus der sie gekommen war, und schwenkte dabei seine Grubenlampe.

Sie folgte ihm und knabberte an dem klebrigen Reisklumpen. Die Selleriestange wollte Tiaan sich für zuletzt aufheben, da sie den frischen Geschmack dieses Gemüses liebte. Joeyn passierte einen engen Durchlass und ließ sich auf die Knie nieder. Anschließend kroch er unter zerschmettertem, weiß geädertem Granit vorwärts und gelangte so in eine Kaverne, in der man wieder aufrecht stehen konnte. Im Schein der Lampen erkannte Tiaan leuchtende Silberadern an den Felswänden. Direkt ihr gegenüber zog sich eine Ader aus massiven Kristallen über die Wand.

»Ich liebe es, hier unten zu sein«, schwärmte Joeyn und klopfte beinahe ehrfürchtig auf das Felsgestein. »Die Steine sind ein Wunder. Sie zeigen sich in immer gleicher Weise und sind doch alle einzigartig.«

»Wenn man dich so reden hört, könnte man meinen, der Berg wäre dein bester Freund.«

»Ist er ja auch.«

»Ist dies hier neu erschlossen?«

»Die Bergleute haben die Höhle erst letztes Jahr gegraben. Eines Tages kommen sie und folgen diesen Flözen noch tiefer in den Berg hinein.«

»Warum haben sie diesen Stollen nicht längst weiter vorangetrieben?«

»Da sie auf einige interessante alte Steine stießen und mich rufen mussten, damit ich sie mir ansehe. Weh dem Minenarbeiter, der auf der Suche nach schnödem Silber oder Gold einen guten Kristall zerstört.«

»Dieser verfluchte Krieg! Wird er denn nie enden?«

Joe bearbeitete eine Ader in der Felswand mit der Spitze seiner Hacke. »Das geht nun schon einhundertundfünfzig Jahre so, und die Lyrinx kamen sogar noch in der Zeit davor, als die Düsternis durchbrochen wurde und die boshafte Faelamor aus der Leere in unsere Welt gelangte. Ich glaube nicht, dass der Krieg in absehbarer Zeit enden wird.«

Tiaan kannte diese Geschichte auswendig. Die Siebenundzwanzigste Große Geschichte, niedergeschrieben von dem Chronisten Garthas, war die bedeutendste der jüngeren Historien und wurde jedem Kind in der zivilisierten Welt gelehrt. Sie basierte auf dem Schlussteil der Dreiundzwanzigsten Großen Geschichte, der *Geschichte des Spiegels*, aber diese Erzählung durfte nicht mehr verbreitet werden.

Viele Geschöpfe waren seit der Zeit der Düsternis vor zweihundertsechs Jahren in Santhenar eingefallen. Allerdings hatte nur eine einzige Spezies Erfolg gehabt: die geflügelten Lyrinx. Als intelligente Räuber mit einer Vorliebe für Menschenfleisch und einem brennenden Verlangen, sich ihre Welt nach eigenen Vorstellungen und Bedürfnissen zu gestalten, führten sie mit der Menschheit seither Krieg.

»Die Lyrinx können wir wohl nie besiegen, was, Joe?«

»Vermutlich nicht. Sie sind zu groß, zu klug und verdammt zäh. Wie ich gehört habe, ist zum Schluss auch Thurkad gefallen.«

Das war ihr ebenfalls zu Ohren gekommen, und auf den Straßen sollten Millionen Menschen auf der Flucht sein. Thurkad war die herrliche, alte Stadt, die seit Jahrtausenden die Insel Meldorin und somit auch die Hälfte der bekannten Welt beherrschte. Tiksi lag weit entfernt von Thurkad und der lyrinx-infizierten Insel Meldorin, aber in den Historien hatte Tiaan alles erfahren. Wenn selbst ein so mächtiger Ort überrannt worden war – welche Hoffnung blieb ihnen dann noch?

Joeyn nahm aus einer Schlaufe seines Gürtels einen Meißel und setzte ihn sorgsam an der Kristallader an. Dann griff er nach seinem Hammer und begann mit großer Behutsamkeit zu schlagen. Tiaan sah ihm dabei zu und biss ein Stück von der Selleriestange ab. Hier fühlte sie sich mehr zu Hause als sonst irgendwo, aber auch nur, weil Joeyn bei ihr war.

»Woran erkennst du, dass es die richtigen Kristalle sind?«

»Weiß ich selbst nicht! Wenn ich einen berühre, verspüre ich ein warmes, aufblühendes Gefühl über meinen Augen, ganz so, als öffne sich eine Seerose auf einem Teich.«

Sie fragte sich, woher er dieses Bild haben mochte. Hier war es zu kalt für Seerosen, sogar unten am Berg bei Tiksi. »Hattest du dieses Gefühl immer schon?«

»Nein. Es begann vor ungefähr zehn Jahren. Ich war gerade sechsundsechzig geworden und wurde nach einer Abendmahlzeit plötzlich krank. Ich wäre fast gestorben. Später stellte sich heraus, dass es am Schweinefleisch lag. Zeit meines Lebens habe ich Schweinefleisch gegessen, aber seit diesem Vorfall brauche ich nur ein Stück Schinken zu berühren, und schon bekomme ich kaum noch Luft. Als ich danach zum ersten Mal wieder hier unten war und nach Silber grub, berührte ich einen Kristall, und in meinem Kopf blühte eine Blume auf. Das geschah jedes Mal, wenn ich diesen Kristall anfasste. Daher nahm ich ihn mit nach Hause und bewahre ihn bis heute neben meinem Bett auf.«

»Warum?«

»Ich mochte das Gefühl, das sich bei mir einstellte. Ich fühlte mich warm und geborgen. Meine beiden Jungen wurden im Krieg getötet, meine Frau starb vor Gram ...«

»Das tut mir leid. Das wusste ich nicht.«

»Woher auch? Meine Frau ist seit nunmehr dreißig Jahren tot, und die Jungen noch länger. So viel Zeit ist seitdem vergangen. Und das Leben war so einsam.«

»Warum hast du dir keine andere Frau genommen? Ich hätte gedacht ... Nun, ich bin in Schwierigkeiten, da ich noch keinen Partner habe ...«

»Mir ist eben keine Frau mehr begegnet, in die ich mich verlieben konnte.«

Tiaan betrachtete den alten Mann nachdenklich. Vom ersten Tag an waren sie Freunde gewesen. »Ich nehme nicht an, dass du in Erwägung ziehst ...«

»Sei nicht töricht, Tiaan«, entgegnete er schroff. »Wie dem auch sei, ich fand den Kristall und fühlte mich danach nicht mehr so einsam. Ich hatte ein bisschen den Eindruck, jemand Besonderes zu sein. Eines Tages erzählte ich zufällig dem alten Werkmeister Barkus von meinem Kristall. Auch er war Witwer. Manchmal tranken wir an den Abenden zusammen. Jedenfalls kam er bei mir vorbei und sah sich den Kristall an. Und schon am nächsten Tag grub ich nicht mehr nach Silber. Ich erhielt das doppelte Gehalt, um Kristalle aufzuspüren und die guten Stücke zu ihm zu schicken. Und das mache ich seit jenem Tag.«

»Ich wünschte, ich wüsste, wie man das macht«, sprach sie ehrfürchtig.

»Ich wünschte, ich könnte es dir beibringen.«

Während des Gesprächs hatte er sich die ganze Zeit mit Hammer und Meißel an der Ader zu schaffen gemacht. Jetzt legte er die Werkzeuge zur Seite, setzte die Spitze seiner Hacke in der Aushöhlung an und übte vorsichtig Druck aus. Ein Kristall wackelte. »Könntest du den für mich auffangen?«

Er fiel ihr in die Hände. »Den kannst du behalten, wenn du magst«, sagte der Bergmann.

»Danke. Aber was ist, wenn er wie die anderen ist? Hast du eine neue Ader entdeckt?«

»Nein, aber es gibt einige vielversprechende Flöze unten in der sechsten Sohle.«

»Gehst du als Nächstes dorthin?« Sie sah ihn erwartungsvoll an.

»Nur wenn es sein muss.«

»Wie meinst du das?«

»Der Fels dort unten ist unberechenbar. Die Tunnel sind dauernd eingestürzt, ehe wir sie dichtmachten. Eine Scherzone zieht sich durch die besten Areale.«

»Na ja, ich möchte wetten, dass du deine alten Steine auch irgendwo anders finden wirst.«

»Da magst du recht haben.« Joeyn streckte sich und gähnte. »Zeit, dass wir uns aufmachen. Die Luft ist nicht so gut, wie sie hier hinten sein müsste.«

Tiaan fühlte sich schläfrig, nun, da der alte Mann auf die Luft zu sprechen kam. Erst jetzt merkte sie, dass die Flamme der Grubenlampe sehr klein geworden war. Tiaan folgte ihm zum Aufzug, stieg in den Korb und überließ es Joe, die Windenvorrichtung zu bedienen.

Oben angekommen, vertrieben die Kälte und der auffrischende Wind ihre Müdigkeit. Sie verabschiedete sich von Joeyn.

»Bis dann.« Joe nahm den Pfad, der zu dem Dorf der Bergleute und zu seiner einsamen Hütte führte. »Und gib mir Bescheid, wenn dieser Kristall nicht funktioniert«, sagte er, den Kopf über die Schulter gewandt. »Mit ein wenig mehr Zeit werde ich sicher noch einen besseren finden.«

»Danke! Mache ich.« Sie zog sich den dünnen Mantel enger um die Schultern und ging zurück über den rutschigen Weg.

Tiaan formte den Kristall und begann mit großer Sorgfalt, den geschliffenen Stein zu einem Hedron zu *erwecken*. Das vollbrachte sie mit dem Anhänger an ihrer Halskette, ihrem persönlichen *Taststein*, der sie in die Lage versetzte, das Kraftfeld zu sehen. Ohne dieses Hilfsmittel wäre sie psychisch blind. Der Taststein war das Abzeichen und so etwas wie die Seele jedes Kunstwerkers. Durch die Fertigung eines solchen Abzeichens hatte Tiaan bewiesen, dass sie würdig war, den Kunstwerkern anzugehören. Ihr Taststein, der an einer Kette aus Weißgold hing, war ein kleiner Hedron aus gelbem Tigeraugenquarz, eingefasst in laminiertes Glas und ein silbernes Metall, die ein wirbelndes Muster bildeten. Während der letzten drei Jahre hatte Tiaan ihren Taststein jeden Tag benutzt und kannte daher jede Eigenart dieses magischen Gegenstands.

Ein Kristall musste erst zum Leben erweckt werden, ehe er Kraft aus dem Feld ziehen konnte, und nicht einmal Tiaan vermochte zu beschreiben, wie das vonstattenging. Es handelte sich um eine psychische Feinabstimmung von Geist und Materie, um ein Talent, das man instinktiv besaß oder nicht. Es konnte durch Übung verbessert, aber nicht gelehrt werden. Und es war nicht ungefährlich, denn das Talent konnte Halluzinationen auslösen und in den Wahnsinn führen, das sogenannte Kristallfieber. Kunstwerker, die noch in der Ausbildung waren, mussten jahrelang unter Aufsicht des Meisters üben und benutzten lediglich ein kleines Stückchen des Kristalls, ehe sie so weit waren, allein damit umzugehen. Und doch kam es immer wieder zu Unfällen, vor allem dann, wenn die Sorglosen das Verbotene versuchten, was nicht selten unliebsame Folgen hatte.

Tiaan wusste nur zu gut, dass jeder Kristall anders war – doch diesen hier zu erwecken erwies sich als ungewöhnlich schwierig. Er schien sich ihr zu widersetzen. Seine Struktur konnte sie durch wabernde Nebel kaum spüren. Tiaan konzentrierte sich, bis ihr der Kopf wehtat, und erst ganz allmählich bildete sich eine klare Struktur heraus. Es war eine kleine Pyramide, die in verschwommenen Konturen vibrierte. Andere identische Formen schlossen sich an, verbunden zu Hexagonen, die sich schier endlos ausbreiteten. Sie verlor sich in den Mustern und trieb auf einem Meer von regelmäßigen Formen …

Die Strömung riss sie nun mit sich fort. Eine geraume Zeit musste vergangen sein. Tiaan vermochte nicht zu sagen, wie lange sie schon im Innern dahingetrieben war, aber sie wusste sehr wohl, dass einige Kunstwerker nie wieder aus diesen Gefilden zurückgekehrt waren. Dennoch – sie hatte gelernt, wie man selbst Kristalle wie diesen zum Leben erwecken konnte.

Sie löste sich aus dem geheimen Bann, trat mental einen Schritt zurück und lenkte ihre ganze Aufmerksamkeit nicht mehr auf die regelmäßige Form des Kristalls, sondern auf die feinen Verästelungen, die ihn ungeordnet durchzogen. Schließlich wählte sie einen der faserartigen Teile der Verästelungen aus und zwang ihn, einen geraden Weg zu nehmen. Er widersetzte sich, aber Tiaan übte mehr Druck aus, indem sie sich der Kraft ihres Tatsteins bediente; und endlich bewegte sich etwas. Der Anfang war immer am schwierigsten. Erst war es nur ein Teil einer Verästelung, dann waren es Dutzende und schließlich Tausende, die sich einheitlich ausrichteten und einen unablässigen Strom formten. Plötzlich verschwanden sie, und Tiaan schaute von außen auf den Kristall. Seine Aura schwebte um die Struktur wie das südliche Polarlicht am Nachthimmel. Der Kristall war zum Leben *erweckt* und verband sich wunderbar mit dem Kraftfeld.

Obwohl Tiaan erschöpft war, arbeitete sie weiter. Es gab noch so viel zu tun. Gegen zehn Uhr abends hatte sie die Gewissheit, dass der neue Kristall die gleichen Eigenschaften besaß wie die letzten drei. Würde auch er versagen? Heiße und kalte Schauer durchrieselten sie, ein Zucken lief durch ihre Arme. Das waren die Nachwirkungen, wenn man mit Hedrons arbeitete, und nicht immer blieben diese Folgeerscheinungen harmlos. Etliche Kunstwerker hatten an ihren Werkbänken den Tod gefunden – sie waren innerlich schwarz ausgebrannt oder hatten ein verbrühtes Gehirn. Dies wurde Anthrazismus genannt, und alle fürchteten sich davor. In Tiaans Kopf begann es zu pochen. Es war Zeit aufzuhören.

Niedergedrückt und hungrig, löschte sie ihre Lampe. Dann trottete sie durch die sich schier endlos verzweigende Fertigungsstätte, vorbei an Hunderten von Arbeitsnischen. Jeder dieser voneinander getrennten Räume war voller Arbeiter; meistens Frauen, die die Einzelteile für die Klanker herstellten, die so entscheidend für den Ausgang des Krieges waren. Der Arbeitsaufwand war derart gewaltig, dass die Fertigungsstätte mit ihren tausend Arbeitern in einem Jahr nur zwölf Klanker hervorbrachte, obwohl die Schmelzöfen rund um die Uhr brannten. Der Feind jedoch war in der Lage, einen Klanker im Handstreich zu zerstören.

Tiaans Raum war klein, aber sie hatte zumindest eine Unterkunft ganz für sich allein. Die meisten Arbeiter waren in Schlafsälen untergebracht, in denen es keine Privatsphäre gab. Sie stieg in ihr Bett, konnte ihre Gedanken aber nicht abstellen. Der Ausgang des Krieges stand auf Messers Schneide: Beides war möglich, Sieg oder Niederlage. So hatte man es ihnen jedenfalls erzählt. Das Versagen einiger Klanker konnte den Verlust eines ganzen Heeresverbands zur Folge haben, und das wiederum könnte zur endgültigen Niederlage führen. *Alles* hing von den Steuereinheiten ab – und natürlich von den Hedrons, die den Kern der Steuereinheit bildeten. Nur mit einem Hedron gelang es dem menschlichen Geist, die Kraft des Felds so zu formen und auszurichten, dass sich solch ein gewaltiges Objekt wie ein Klanker überhaupt steuern ließ.

Die Lyrinx waren den Menschen in jeder Hinsicht mehr als nur ebenbürtig. Allein die Klanker konnten diese Nachteile ausgleichen. Ohne diese schweren Kriegsgeräte war die Menschheit dem Untergang geweiht …

Tiaan schlief nicht gut und auch nicht lange. In ihrem Kopf wimmelte es von strahlenden, abgehackten Bildeindrücken – Kristallträume. Die hatte sie nach der langen Arbeit immer. Diesmal sah sie tote Soldaten, die alle in einer Reihe lagen, nur notdürftig bedeckt von Laken, um die schrecklichen Verstümmelungen zu verbergen. Lange bevor eine matte Herbstsonne über die Bergspitzen glitt und durch den Nebel und den Rauch der Schmelzöfen spähte, saß Tiaan wieder an ihrer Werkbank.

Hunger quälte ihren Bauch. Mit Wasser, das den herben Beigeschmack von Teer hatte, kämpfte sie gegen dieses Gefühl an. Allmählich füllte sich die Fertigungsstätte mit Menschen. Die Kunstwerker arbeiteten in ihrem eigenen kleinen Gebäude an der kalten Südseite. Der Arbeitsbereich hatte Doppeltüren, damit die flirrenden Ascheflocken und der beißende Qualm draußen blieben, aber den Lärm hielten die Türen nicht ab. Tiaan schloss ihre Tür. Trotzdem konnte sie kaum einen klaren Gedanken fassen bei den lautstarken Gesprächen, dem Gebrüll der Vorarbeiter und dem Getöse, das fortwährend entstand, weil auf zahllosen Ambossen Metall seine endgültige Form erhielt. Und alles wurde überlagert von dem Zischen der Blasebälge und der sengenden Hitze, die von den Schmelzöfen ausging.

Der Hedron, der versagt hatte, lag immer noch leblos da und zeigte nicht einen Funken seines Potenzials, das er besessen hatte, als sie ihn mit ihren Händen formte. Es schien, als wäre er von innen ausgetrocknet, als wären die psychischen Verheißungen versiegt. Jetzt war er nicht mehr als ein bloßes Stück Quarz.

Tiaan nahm ihr Trinkgefäß, um es draußen in dem Fass aufzufüllen. Als sie die Tür öffnete, sah sie sich einem düsteren, drahtigen Mann gegenüber, der eine Hakennase hatte. Schnell streckte er einen Arm aus, als wolle er ihr den Weg versperren. Seine großen Hände waren sehnig, seine übrige Erscheinung wirkte gedrungen.

»Aufseher Gi-Had!« Unwillkürlich wich sie zurück. Obwohl sie mit ihm gerechnet hatte, befiel sie bei seinem plötzlichen Erscheinen Angst.

»Kunstwerkerin Tiaan, habt Ihr schon Fortschritte gemacht?« Gi-Hads Brauen zuckten über den tief liegenden Augen wie zwei haarige Maden. In der Hand hielt er ein hölzernes Kästchen.

»Ich …« Sie wandte sich wieder ihrer Werkbank zu, auf der der Hedron und der ausgebaute Behälter der Steuereinheit lagen. »Ich konnte die Ursache des Problems noch nicht finden. Sie funktionierten einwandfrei, als ich sie ablieferte.«

»Nun, jetzt funktionieren sie nicht, und unsere Soldaten sterben.«

»Ich weiß«, sagte sie leise, »aber ich verstehe nicht, warum das so ist. Ich muss mit einem der Steuermänner der Klanker sprechen.«

»Ky-Ara ist der einzige, der noch lebt. Er müsste morgen hier eintreffen. Er hat eine neue Steuereinheit in seinen Klanker eingesetzt. Und er ist alles andere als zufrieden!«

Kein Wunder, dachte Tiaan. Die Bindung zwischen Lenker und Maschine war etwas Besonderes. Wenn eine Steuereinheit versagte, war es in etwa so, als würde man einen Bruder verlieren. Sich dann rasch auf die Eigenarten einer anderen Steuereinheit einstellen zu müssen war ein zermürbendes Unterfangen: nicht nur körperlich anstrengend, sondern auch mental und emotional.

»Was vermutet Ihr denn?«, hakte Gi-Had weiter nach.

»Es gibt ... zwei Möglichkeiten. Entweder weisen die Kristalle unsichtbare Fehler auf, oder das Kraftfeld hat sie gleichsam ausgebrannt, oder –« Sie unterbrach sich, als ihr eine dritte, weitaus erschreckendere Möglichkeit durch den Kopf ging.

»Oder?«, schnarrte Gi-Had. Seine Augen verengten sich zu schmalen Schlitzen, sodass die schweren Lider noch deutlicher hervortraten. »Sprecht weiter, Kunstwerkerin!«

»Oder der Feind hat einen Weg gefunden, um die Hedrons auszuschalten«, brachte sie im Flüsterton hervor.

»Hoffen wir, dass ihnen das nicht gelungen ist, denn sonst enden wir alle im Magen eines Lyrinx.«

»Ich arbeite so hart ich kann.«

»Arbeitet Ihr auch so *klug*, wie Ihr könnt?«

»Ich ...«

»Ich habe meine Befehle. Jetzt gebe ich sie an Euch weiter. Wenn Ihr der Aufgabe nicht gewachsen seid, sehe ich mich gezwungen, jemanden zu finden, der Euren Platz einnimmt, auch wenn ich mich im Umkreis von mehr als hundert Meilen umsehen muss. Ich gebe Euch eine Woche, um dieses Problem zu lösen, Kunstwerkerin.«

Rasch öffnete er den Deckel des Kästchens, griff hinein und legte zwei Steuereinheiten auf ihre Werkbank. »Zwanzig Soldaten mussten sterben, weil diese hier versagten. Drei weitere ließen ihr

Leben, um die Steuereinheiten aus den Klankern zu bergen. *Eine Woche*, Tiaan.«

»Und wenn ich versage?«, fragte sie langsam.

Anstatt ihr eine Antwort zu geben, fragte er drohend: »Habt Ihr Euch endlich Gedanken um Eure *andere* Pflicht gemacht?«

Sie starrte ihn an, bleich wie eine Wand. Tiaan konnte sich nicht zusammenreimen, was er meinte.

»Ich spreche von der Pflicht, sich einen Partner zu suchen!«, erklärte er ihr gereizt. »Euer Vorarbeiter hat Euch gestern noch einmal daran erinnert.«

Musste ihr das denn wirklich jeder in Erinnerung rufen? »N... Noch nicht!«, stammelte sie. Allein der Gedanke daran löste Herzrasen bei ihr aus. »Aber ich mache mir bald Gedanken, ich verspreche es.«

»Das sagt Ihr nun schon seit drei Jahren, Kunstwerkerin. Es tut mir leid, aber der Skrutator sitzt mir im Nacken, und ich kann Euch nicht länger in Schutz nehmen. Wenn Ihr Eure Aufgabe nicht erfüllt und obendrein Eure Pflicht vernachlässigt ...«

»Was ist dann?«, rief sie erschrocken.

»Dann muss ich Euch womöglich in die Gebäranstalt schicken.«

KAPITEL ZWEI

Das erinnerte Tiaan daran, dass sie ihre Mutter schon fast einen Monat nicht mehr gesehen hatte. Sie war nicht sonderlich erpicht auf ein Treffen, aber es war nun einmal eine weitere heilige Verpflichtung. Außerdem konnte sie nach Gi-Hads Drohung nicht mehr klar denken, und da könnte sie genauso gut Marnie einen Besuch abstatten – einer Frau, die nie ihren Kopf anstrengte.

»Ich gehe hinunter nach Tiksi«, sagte sie zu Nod am Tor. »Meine Mutter besuchen.«

Diesmal fragte er nicht nach dem Passierschein. »Ich hoffe, du kommst zurück, Ti?« Nod steckte besorgt seinen Bart in den Gürtel und holte ihn dann wieder heraus.

Nod hielt noch an der alten Ansicht fest, dass Männer und Frauen gleichberechtigt waren, aber heutzutage teilte längst nicht mehr jeder diese Auffassung. In den alten Zeiten konnte eine Frau das tun, was ihren Fähigkeiten entsprach, genau wie ein Mann. Doch der Krieg hatte der Menschheit einen großen Tribut abverlangt. Die Bevölkerungszahl nahm ab, und von fruchtbaren Frauen erwartete man zuallererst, dass sie Kinder hervorbrachten. Tiaans Mutter wurde gleichsam als Heldin gefeiert. In einundzwanzig Jahren hatte sie fünfzehn gesunde und erstaunlich talentierte Kinder zur Welt gebracht.

Tiaan wollte darüber nicht weiter nachdenken. »Ich komme wieder, keine Sorge.«

Sie knöpfte ihren Mantel zu, legte sich noch einen Umhang um die Schultern und machte sich auf den langen Weg bergab nach Tiksi. Unterwegs dachte sie über Gi-Hads Worte nach.

Der Skrutator von Einunar, der großen Provinz, der dieses Land angehörte, war ein zwielichtiger Geselle. Er stand den Spionen vor, leitete die Geheimmarschälle, war der Berater und – wie man munkelte – die treibende Kraft hinter dem Gouverneur. Er gehörte zu den Zwölf im Rat der Skrutatoren, die sich angeblich um die Angelegenheiten der östlichen Welt kümmerten. Niemand wusste, wie der Rat entstanden war und ob er sich einer höheren Macht verpflichtet fühlte. Zweifelsohne wusste der Rat zu viel, als dass er je aufgelöst würde. Das war alles, was Tiaan je über dieses Thema erfahren hatte, und mehr, als sie erfahren wollte. Jedenfalls war niemandem daran gelegen, die Aufmerksamkeit des Skrutators zu erregen. Tiaan zitterte bei diesem Gedanken und schritt forscher aus.

Die Fertigungsstätte lag in dem zerklüfteten Landstrich Glynninar, einem kleinen Gebiet innerhalb Einunars, ganz am Ende eines Ausläufers der Großen Berge. Diese Kette unbezwingbarer Gipfel hatte eine Länge von zweitausendvierhundert Meilen. Sie erstreckte sich von einer Region im eiskalten Süden, die noch jenseits von Ha-Drow lag, bis zur Spitze der Halbinsel von Einunar, deren Küstenverlauf von zahlreichen Fjorden geprägt wurde. Dabei machte das Gebirge einen gewaltigen, nahezu kreisförmigen Bogen, sodass sich Gletscher in alle Himmelsrichtungen bewegten, und umschloss Mirrilladell sowie Tarralladell. Weiter nördlich verlief noch eine weitere, ähnlich große Bergkette im Osten des Kontinents Lauralin. Jenes Gebirge dehnte sich bis in das sagenhafte und reiche Crandor aus, in dem ein herrlich angenehmes tropisches Klima vorherrschte.

Tiaan stieß einen sehnsüchtigen Seufzer aus, als sie an Wärme dachte, und stapfte weiter. Glynninar war ein trister Landstrich aus Granit, unterbrochen von einigen Waldgebieten. Vom Frühjahr bis in den Herbst ging, wenn es einmal nicht aus Kübeln schüttete, ein ständiger Nieselregen herunter. Aus dem Nichts bildeten sich über Nacht kalte Dunstschwaden, und die wenigen warmen Tage endeten allesamt in dichten Nebeln, die von der Küste heraufwehten. Vom Herbst bis zum Frühling fror es – Woche um Woche suchten Stürme, Schnee und Graupelschauer das Land heim.

Auf ihrem Weg begegnete sie einigen Leuten, denn Tiksi lieferte fast alles, was in der Fertigungsstätte benötigt wurde. Tiaan kannte zwar manch einen der Reisenden, blieb aber kein einzige Mal stehen, um sich ein wenig zu unterhalten. In diesen Tagen hatte niemand so recht Zeit. Man konnte bestenfalls auf eine freundliche Begrüßung hoffen, erhielt jedoch meistens nicht mehr als ein kurzes Nicken. Das karge, kalte Land brachte einen eigensinnigen Menschenschlag hervor; und der Krieg hatte die Leute noch schweigsamer werden lassen.

Tiaan war schüchtern und fühlte sich in Gegenwart von Leuten nicht wohl. Es fiel ihr schwer, Freundschaften zu schließen, denn sie wusste nie recht, was sie sagen sollte. Sie hatte stets das Gefühl, dass die Leute sie nicht danach beurteilten, was sie darstellte, sondern immer nur sahen, dass sie keinen Vater hatte und in der Gebäranstalt zur Welt gekommen war. Diesen Makel konnte nicht einmal die Propaganda des Krieges auslöschen, und Tiaan selbst betrachtete ihre Herkunft als Schande. Sie fühlte sich einsam und verlassen in der Welt.

Nieselregen setzte ein. Nach ein oder zwei Stunden gönnte Tiaan sich eine kleine Ruhepause und setzte sich hin. Viel länger als eine Minute würde sie es nicht aushalten, denn der kalte Wind drang ihr bis auf die Knochen, während sie rastete. Sie schaute zu den düsteren Kiefern hinauf, deren Stämme von Moos und Flechten bewachsen waren. Die Bäume besaßen ihre eigene Schönheit. Sie hob ein Stück abgesplitterten Granits auf, zerrieb es zwischen den Fingern und sah, wie die Brösel in den Schneematsch fielen. Sie sollte weitergehen. Es gab keinen Grund, länger zu verweilen.

Eine weitere Stunde verging, ehe sie sah, dass sich aus dem grauen Dunst vor ihr langsam Tiksi herausschälte: eine Ansammlung von hohen, aber schmalen Gebäuden, deren Dächer gelbe Kacheln hatten. Türen und Fensterrahmen zeigten sich in verblassendem Blau. In Tiksi waren die Menschen unauffällig und schienen immer einer Meinung zu sein. Mit zwanzigtausend Einwohnern war es die größte Stadt im Umkreis von rund dreihundert Meilen.

Selbst von hier aus konnte sie die Gebäranstalt ausmachen. Ihr offizieller Name lautete »Palast der Mütter«, aber alle sagten nur Gebäranstalt dazu – so wie auch zu den anderen Einrichtungen dieser Art, die während der letzten dreißig Jahre entlang der Küste aus dem Boden geschossen waren. Die gelben Steinmauern bildeten einen scharfen Kontrast zu dem schäbigen Grau der anderen Gebäude. In einer harten Welt sollte die Farbgebung wie die Belohnung für eine Aufgabe sein, die man gut gemeistert hatte, und Kinder in die Welt zu setzen war die wichtigste Aufgabe von allen. Für Tiaan, die bis zu ihrem sechsten Lebensjahr innerhalb dieser Mauern gelebt hatte, besaß dieser Ort eine ganz andere Bedeutung. Er stand für eine Welt, die ständig im Begriff war, Tiaan ihrer Rechte zu berauben.

Unten am Stadttor gab es Probleme, da sie wieder einmal vergessen hatte, ihren Passierschein aus der Fertigungsstätte mitzubringen. Der Wächter ließ sie nach langem Hin und Her zwar herein, aber Tiaan wusste, dass auch dieser Vorfall in ihrer Akte festgehalten würde. Sowie sie die Stadttore passiert hatte, betrachtete sie wie immer eingehend die Leute auf den Straßen, suchte sie doch nach einem ganz bestimmten Gesicht – dem ihres Vaters. Obwohl sie nicht wusste, wie er aussah, und nicht einmal seinen Namen kannte, war Tiaan sich sicher, dass sie ihn sofort erkennen würde.

Während sie sich ihren Weg durch die Menge auf den Märkten bahnte, zischte eine ältere Matrone sie an: »Geh nach Hause, und tu deine Pflicht!« Andere beäugten mit anklagenden Blicken Tiaans schlanke Taille und schauten vielsagend auf ihre unberingte Hand. Mit geröteten Wangen versuchte Tiaan, nicht weiter auf die missbilligenden Mienen zu achten. Sie war bereit, ihre Pflicht zu tun, aber noch nicht jetzt.

Schließlich bog sie in das Tor zur Gebäranstalt ein, ging durch die Vordertür und nickte dem Wächter zum Gruß zu. Innen war das Gebäude verschwenderisch eingerichtet, beinahe dekadent. An den Decken erstrahlten aufwändig verzierte Friese in vielen Farben. Wunderschöne Tapeten schmückten die Wände; und kostbare Gemälde, farbenprächtige Stoffe sowie glänzende Möbel schufen eine Atmosphäre überbordenden Wohlstands. Einsam auf einem Tisch stand ein Tablett mit Pasteten. Wahrscheinlich würden sie bald entsorgt – unangetastet. Tiaan lief das Wasser im Munde zusammen.

Die Gebäranstalt stellte das Herzstück der Propaganda dar. Sie stand sinnbildlich für eine Zukunft, in der Frauen nur dann geachtet und geschätzt wurden, wenn sie wiederum gebärfähige Frauen und die nächste Generation von Soldaten hervorbrachten, die auf den Schlachtfeldern verbluteten.

Mit einem tiefen Seufzer drückte Tiaan die Tür zu den Räumen ihrer Mutter auf und trat ein. Da Marnie in diesen Mauern die meisten Kinder zur Welt gebracht hatte, stand ihr eine Suite mit den edelsten Möbelstücken zu.

Allein ihr Bett war größer als Tiaans enge Behausung in der Fertigungsstätte. Die seidenen Laken waren scharlachrot, die Kissenbezüge aus rotem Samt. Marnie lag lang ausgestreckt auf den zerwühlten Laken, ein schlummerndes Kleinkind auf ihrem Bauch. Ein weich fallendes Nachthemd, das Tiaan in ihrer prüden Einstellung als unanständig empfand, bedeckte nur unzureichend die vollen Oberschenkel ihrer Mutter. Eine riesige Brust, durch den Appetit des Babys voller Milch, war ganz entblößt.

Marnie öffnete die Augen. »Tiaan, meine Liebe!« Sie strahlte. »Wo warst du nur so lange? Ich habe dich eine Ewigkeit nicht gesehen.«

Tiaan beugte sich hinab, um ihrer Mutter einen Kuss auf die Wange zu geben. Sie sah wie ein riesiges Muttertier aus und machte keinerlei Anstalten, ihre Brust zu bedecken oder den Saum ihres dünnen Nachthemds züchtig nach unten zu ziehen. Tiaan nahm den Geruch des Liebhabers ihrer Mutter wahr und rümpfte angewidert die Nase. Sie zog den Stuhl vom Bett fort und nahm Platz.

»Tut mir leid, Mutter. Wir müssen alle sieben Tage die Woche arbeiten.«

»Sag nicht Mutter zu mir, nenn mich Marnie! Warum sitzt du so weit weg von mir? Komm doch näher. Ich kann dich gar nicht richtig sehen.«

»Tut mir leid, Marnie. Ich habe kaum je Zeit für mich selbst.«

Marnie musterte sie mit einem abschätzigen Blick. »Du siehst furchtbar aus, Tiaan. Du bist viel zu *dünn*! Wieso hörst du nicht auf mich? Das ist kein Leben für dich, wenn du Tag und Nacht dort in der Fertigungsstätte schuften musst. Komm nach Hause. Jede meiner Töchter kann gleich morgen eine Anstellung hier bekommen. Wir sorgen schon dafür, dass du gut zunimmst. Wenn du magst, kannst du den ganzen Tag im Bett verbringen. Du bräuchtest nie wieder zu arbeiten.«

»Ich möchte aber arbeiten! Ich bin gut und habe das Gefühl, etwas Lohnenswertes zu tun.« Wie immer in solchen Augenblicken spürte Tiaan auch jetzt, wie die Wut in ihr hochstieg. Doch sie gab sich Mühe, nicht die Beherrschung zu verlieren.

»Jeder Narr kann das machen, was du da machst: Herumpfuschen an dreckigen Teilen von Maschinen.« Mit einer dicklichen Hand tastete Marnie nach dem Zuckerbrot auf dem Nachttischchen. Ein Stück rutschte in ihren Bauchnabel. »Verflucht! Die besten sind schon weg. Möchtest du vielleicht auch eins, Liebes?«

»Nein danke!«, erwiderte Tiaan, obwohl sie schrecklichen Hunger hatte. Ihr Zorn kochte hoch. Marnie, das Abbild einer wundervollen Erdmutter, war die eigensüchtigste Person, die man sich nur vorstellen konnte. Ihre Kinder liebte sie bloß, solange sie noch klein und niedlich waren. Sobald sie nicht mehr an der Brust tranken, schickte Marnie die Kleinen in den Hort. Und wenn sie sechs Jahre alt waren, veräußerte sie die Kinder an denjenigen, der am meisten für die billige Arbeitskraft bot. Marnie gehörte zu den wohlhabendsten Frauen in ganz Tiksi, ihre Kinder aber hatten nichts davon.

Tiaan kam auf ein anderes Thema zu sprechen. »Marnie, über eine Sache denke ich schon seit Längerem nach ...«

Marnie wurde zornig. »Wenn es wieder um deinen erbärmlichen Vater geht –«

»Nein, darum nicht!«, unterbrach Tiaan sie hastig. »Es geht um mich und dich.«

»Was soll mit mir sein, Liebes?« Marnie tauchte einen Finger in die zarte, cremige Umhüllung einer schokoladenartigen Köstlichkeit und sog genüsslich an der Fingerkuppe. Sie machte es sich in der Fülle der weichen Kissen bequem. Nichts tat sie lieber, als über sich selbst zu sprechen.

»Ich frage mich, woher ich diese spezielle Gabe habe – in Bildern zu denken, meine ich. Wenn ich mir etwas vorstelle, sehe ich es so klar vor meinem geistigen Auge, als würde ich durch ein Fenster nach draußen schauen.«

»Das hast du natürlich von mir! Und ich habe es von meiner Mutter geerbt. Wenn ich noch an die Auseinandersetzungen denke, die wir hatten, als ich in den Palast der Mütter wollte!«

Das konnte Tiaan sich lebhaft vorstellen. Marnies Mutter war eine Philosophin bei Hofe gewesen, eine stolze und resolute Frau.

Deren Mutter wiederum war Schreiberin des Gouverneurs gewesen, die Schwester eine weit über die Grenzen des Landes hinaus bekannte Illusionistin. Wie sehr hatte Marnie da die Familie enttäuscht!

Marnie dachte natürlich ganz anders darüber. Sie schloss die Augen und lächelte, da sie offenbar in einer ganz bestimmten Erinnerung schwelgte. »Ah, Thom«, flüsterte sie, »ich erinnere mich an alle Stunden, die wir gemeinsam verbracht haben. Mir ist, als lägst du jetzt neben mir …«

Tiaan erhob sich hastig. Wenn Marnie in dieser Stimmung war, konnte es passieren, dass sie in ihrer Verzückung über verflossene Liebhaber Intimitäten preisgab, die Tiaan nie erlebt hatte und schon gar nicht aus dem Munde ihrer Mutter hören wollte. Wer auch immer dieser Thom sein mochte, er war gewiss nicht ihr Vater.

»Ich muss jetzt gehen, Marnie.«

»Du bist doch eben erst gekommen«, sagte ihre Mutter gereizt. »Dir liegt mehr an deiner stupiden Arbeit als an mir.«

Tiaan hatte jetzt wirklich genug. »Jeder Narr kann das tun, was du tust, Mutter!«, rief sie in aufwallender Wut. »Du bist wie eine Sau am Futtertrog!«

Marnie rollte sich abrupt auf die Seite, wobei die Zuckerbrotstückchen zu Boden fielen. Das Baby begann zu weinen. Reflexartig legte Marnie es an die Brust. »Ich tue meine Pflicht nach bestem Wissen und Gewissen!«, ereiferte sie sich. »Ich habe fünfzehn Kinder geboren, die alle leben, gesund und klug sind und hart arbeiten.«

Tiaans Wut flaute ab. »Ich bekomme sie nie zu Gesicht«, sagte sie wehmütig. Sie sehnte sich nach einer richtigen Familie, wie andere Leute eine hatten.

»Doch nur, weil sie alle dort draußen ihre Pflicht tun, ohne zu jammern. Ich habe für dich getan, was in meiner Macht stand. Du hast das beste Handwerk erlernt, das ich finden konnte. Und glaub ja nicht, dass das einfach war.«

»Ha!«, schnaubte Tiaan. Ihre Mutter bog sich wieder einmal alles so zurecht, bis es ihrer Vorstellung von der Wirklichkeit entsprach. Marnie hatte ihrer Tochter die Lehrstelle nämlich *nicht* vermittelt. Im Gegenteil, sie hatte zu verhindern versucht, dass Tiaan diesen Weg einschlug.

»Es mag ja sein, dass du deine Arbeit liebst, Tiaan, aber sie ernährt dich nicht.«

»Besser hungrig in Freiheit als verhätschelt in Knechtschaft!«, begehrte sie trotzig auf.

»So, du bist also frei, ja?«, rief Marnie zornig. »Ich könnte noch heute diesen Ort verlassen, und wo ich auch hinginge, man würde mich ehren. Du kannst dich ja nicht mal kratzen, ohne vorher die Erlaubnis des Aufsehers einzuholen. Wie ich höre, läuft es bei der Arbeit auch gar nicht so gut. Komm nicht angekrochen, wenn die dich rausschmeißen! Ich würde dich nicht über meine Schwelle lassen.«

Das war zu viel. »Lieber sterbe ich, als so zu leben wie du!«, schrie Tiaan außer sich.

»Du hättest ohnehin keine Wahl! Kein Mann würde bei so einer hässlichen, dürren Kreatur liegen wollen.«

Tiaan stürmte hinaus und warf die Tür hinter sich zu. Jeder Besuch endete in Tränen oder Wutanfällen, aber so schlimm wie an diesem Tag war es noch nie gewesen. Sie rannte zum Ausgang. Die Leute, die vorübereilten, bedachten sie mit wissenden Blicken; und hin und wieder schenkte ihr auch jemand eine Art Lächeln. Alle wussten, wie das Verhältnis zwischen ihr und ihrer Mutter war. Hatte da noch etwas anderes Marnies Unmut hervorgerufen?

Tiaan hockte sich zitternd auf die Eingangsstufe. Sie war weder hässlich noch dürr, nur hungrig und besorgt. Die anderen Beleidigungen gingen an ihr vorbei. Abgestoßen von Marnies unersättlicher Begierde, konnte Tiaan sich nicht vorstellen, bei einem Mann zu liegen, auch wenn es dem Krieg dienen würde. *Niemals*, dachte sie mit einem Schauder. *Lieber sterbe ich als Jungfrau.*

Unglücklicherweise verzehrte sie sich nach Liebe. Sie erinnerte sich immer noch voller Sehnsucht an die romantischen Geschichten, die ihre Großmutter ihr vorm Zubettgehen erzählt hatte, und schwelgte in Träumen von Liebe und Zuneigung. Die Frauen in der Fertigungsstätte waren alle verheiratet oder vergnügten sich mit Liebhabern. Die meisten dieser Männer waren allerdings in den Krieg gezogen, und die Frauen erzählten oft von ihnen. Wie sehr Tiaan sich nach jemandem sehnte, der ihr in Liebe zugetan war! Sie hatte keinen Freund außer dem alten Joeyn.

Da sie merkte, dass sie schon förmlich vor Hunger zitterte, fingerte Tiaan einen Kupferling aus ihrer Börse und trottete zu einem Jungen mit Handkarren. Bei ihm kaufte sie eine lange, würzige Wurst in einer Pastete und machte sich dann auf den Heimweg. Die Wurst schmeckte köstlich und war mit scharfem Pfeffer gewürzt. Nachdem sie die Hälfte aufgegessen hatte, fühlte sie sich schon viel besser.

Der steile Rückweg den Berg hinauf erwies sich bei dem Regen als äußerst rutschiges Unterfangen. Zu dieser Jahreszeit wurde es schon um fünf Uhr dunkel, und so setzte bereits die Dämmerung ein, ehe Tiaan die Lichter der Fertigungsstätte oben am Berghang gewahrte. Sie musste daher angestrengt auf den Weg achten, während sie sich den Rest der Strecke hinaufquälte. Nachdem sie das Tor passiert hatte, verschwand sie gleich in ihrer Arbeitsnische. Beinahe anklagend lag der Hedron auf der Werkbank. Da sie der Lösung des Problems kein bisschen näher gekommen war, machte Tiaan sich auf die Suche nach dem Aufseher Gi-Had.

»Er ist den Berg hinaufgegangen«, teilte Nod, der Torwächter, ihr mit. »Gibt Schwierigkeiten in der Pechmine. Giftige Luft, nehme ich an.«

»Dann kommt er heute nicht mehr zurück«, meinte Tiaan. Der Weg zur Pechmine dauerte vier Stunden. »Hast du Gryste irgendwo gesehen?«

»Er ist bei den Leuten, die die Abwasserleitung säubern.«

Tiaan ging zum Tor hinaus, hielt sich links und folgte dem gestampften Pfad, der sich an der Außenmauer der Fertigungsstätte entlangzog. Sie bog um die Ecke und nahm die Abkürzung, vorbei an großen Steinzisternen, die in den Fels gehauen waren, damit das Wasser während des vier Monate währenden Winters nicht gefror. Zwischen den Brunnenschächten erhaschte sie einen Blick auf ein Paar, das sich leidenschaftlich in den Armen lag. Für die vielen Leute in der Fertigungsstätte gab es wenig Möglichkeiten, einmal ungestört zu sein, sodass selbst die ungastlichsten Orte heiß begehrt waren.

Am Wasserabfluss des Aquäduktes hing ein Vorhang aus Eiszapfen. Weiter hinten zeigte eine Horterzieherin ihren zwanzig oder dreißig Schützlingen, wie man eine Schleuder benutzte. Die Kinder feuerten Kieselsteine auf die Umrisse eines geflügelten Lyrinx, die jemand auf die Pfeiler der großen Wasserleitung gemalt hatte.

Der Pfad schlängelte sich an Viehhöfen, Scheunen, Schlachthäusern und einer Metzgerei vorbei. Der Gestank war beängstigend. Tiaan eilte an den Gebäuden vorüber, in denen die Weber und andere Handwerker arbeiteten. Auf der Rückseite der Häuser wälzten sich dampfende Haufen beißender Schmelzofenasche in einen Abfluss. Aus einigen steinernen Rohrleitungen tropfte giftige Flüssigkeit heraus.

Tiaan fand den Vorarbeiter bei einigen hell leuchtenden Fackeln. Mit lauter Stimme trieb er rußgeschwärzte Arbeiter an, die sich daranmachten, den Teer aus den Leitungen zu hacken. Sie hatten immer nur wenige Augenblicke Zeit, ehe die heißen Dämpfe sie vertrieben. Ihre Hände und Arme waren von Brandblasen überzogen, ihre geröteten Nasen tropften.

»Entschuldigt«, sagte sie zögerlich.

»Ja?«, gab Gryste barsch zurück und ließ sein Schwert mit der flachen Seite auf seinen Oberschenkel klatschen.

»Ich muss mit Euch sprechen. Über die Steu-«

»Nicht hier!« Unsanft zog er Tiaan mit sich fort.

Sie entwand sich seinem Griff und rieb sich das schmerzende Handgelenk.

»Ihr könnt nicht offen vor den Arbeitern sprechen, Kunstwerkerin!«

»Wieso nicht?«

»Die Moral ist schon schlecht genug. Sie würden es in den falschen Hals bekommen und tratschen. Wo wart Ihr heute Morgen?«

»Ich musste nach Tiksi, um meiner Mutter einen Besuch abzustatten.«

»Ihr habt mich nicht um Erlaubnis gefragt.«

»Es ... es tut mir leid.« Er hätte ihr die Erlaubnis verweigert, und daher hatte Tiaan ihn gar nicht erst gefragt, obwohl sie während ihrer Arbeitszeit fort gewesen war.

»Mir reicht's mit Eurer Nachlässigkeit und Eurer Weigerung, Euch an die Regeln zu halten. Ich verlängere Eure Arbeitsverpflichtung um einen Monat. Wenn das wieder vorkommt, um *sechs Monate*«, grummelte er. »Was wollt Ihr?«

Tiaan hatte es die Sprache verschlagen. Die Strafe stand in keinem Verhältnis zum Vergehen. Es kam ihr gar nicht in den Sinn, den Vorarbeiter zu fragen, ob er überhaupt das Recht hatte, so mit ihr zu verfahren.

»Also, Kunstwerkerin, vergeudet nicht meine kostbare Zeit.«

»Ich muss wissen, wie die Steuereinheiten versagten«, sagte sie hastig. »Sind sie plötzlich ausgefallen? Was gab es noch für Anzeichen? Ist zur gleichen Zeit etwas Ungewöhnliches passiert?«

»Mir liegt ein Bericht vom Kriegsschauplatz vor, aber daraus geht nicht viel hervor. Die Steuereinheiten begannen unregelmäßig zu funktionieren. Das Feld kam und ging. Einige Beine der Klanker hatten Energie, die anderen nicht. Dann versiegte das Kraftfeld völlig.«

»Ist das auch bei Klankern passiert, die in anderen Fertigungsstätten hergestellt wurden?«

»Weiß ich nicht. Die Fertigungsstätten liegen über eine Entfernung von eintausendfünfhundert Meilen verstreut, und wir haben nicht genügend Skeets, um Nachrichten hin und her zu schicken. Die Armeen haben Vorrang und nutzen die meisten Botenvögel.« Mit einem kurzen Nicken kehrte er wieder an den Abfluss zurück.

Tiaan ging den Weg zurück, den sie gekommen war, und schloss die Räume des alten Werkmeisters auf. Alles sah noch genauso aus wie an dem Tag, als Barkus starb. Der neue Werkmeister, der erst noch ernannt werden musste, würde die Räumlichkeiten übernehmen. Obwohl Tiaan schon eine fortgeschrittene Kunstwerkerin war, besaß sie nicht das Recht, die Räume zu benutzen. Die Hierarchie musste eingehalten werden. Sie arbeitete immer noch in der Nische, die man ihr im ersten Lehrjahr zugewiesen hatte.

Tiaan verbrachte Stunden damit, die Notizen des Werkmeisters durchzublättern, um herauszufinden, ob Steuereinheiten jemals in dieser Weise versagt hatten. Schon bald musste sie feststellen, dass Barkus' Aufzeichnungen sich als ungeordnet erwiesen, was erstaunlich war, da er während Tiaans achtjähriger Lehrzeit jeden Tag peinlichst genau die Arbeitsbücher seiner Lehrlinge überprüft hatte. Nichts war geordnet, geschweige denn katalogisiert oder mit einem Register versehen.

Die einzige Möglichkeit, um herauszufinden, ob er an einem ganz bestimmten Problem gearbeitet hatte, wäre, alles zu lesen, was Barkus jemals niedergeschrieben hatte. Aber auch das war frustrierend, da er oft in der Mitte einer Erörterung abbrach und später nicht wieder dort anknüpfte.

Sie ging die Bücherregale, Schränke und Fächer durch, in denen jede Menge Schriftrollen lagerten, fand aber nirgends einen Hinweis, der ihr bei ihrem Problem weitergeholfen hätte. Auch der Schreibtisch würde nichts Interessantes enthalten – schließlich hatte man das gesamte geheime Material nach Barkus' Tod sorgsam weggeschlossen. Dennoch schaute sie nach, und als sie die unterste Schublade aufziehen wollte, klemmte diese.

Es dauerte etwas, bis Tiaan sie herausziehen konnte. Sie nahm das Schubfach ganz heraus, da sie nachsehen wollte, warum es sich nicht so leicht bewegen ließ wie die übrigen. Schließlich war sie es gewohnt, Dinge zu reparieren. Vermutlich mussten die Laufschienen wieder gewachst werden. Während sie die Schienen mit einem Kerzenstumpf einrieb, fiel ihr auf, dass die Schublade flacher war, als die äußeren Abmessungen vermuten ließen. Das konnte nur eins bedeuten.

Sie brauchte nicht lange, bis sie das geheime Fach entdeckt hatte. Darin lag ein dünnes Buch aus Reisstrohpapier mit weichem Ledereinband. Vorsichtig nahm sie es aus dem Fach. Auf der Titelseite stand lediglich: Runcible Nunar – *Die Kunst des Mantikers.*

Kein Wunder, dass Barkus dieses Büchlein versteckt hatte. Die Strafe, die einen erwartete, weil man sich eine illegale Kopie irgendeines Buches über die Mantik besorgt hatte, würde unvorstellbar grausam sein. Nunars Abhandlung war zu Recht berühmt und lag in vielen Abschriften vor, aber solche Bücher wurden streng gehütet. Warum hatte Barkus, ein bescheidener Werkmeister in einer abgelegenen Fertigungsstätte, sich eine verbotene Abschrift verschafft?

Plötzlich vernahm sie Schritte auf dem Korridor. Rasch ließ

Tiaan das Büchlein in ihrer Manteltasche verschwinden und schob das Fach wieder in den Schreibtisch. Eine kalte Stimme durchschnitt ihre Gedanken.

»Was hast du hier zu suchen?«

»Wie bitte?«, sagte Tiaan. An der Schwelle stand niemand anders als Irisis Stirm, ihre Kollegin. Die Kunstwerkerin war etwas jünger als Tiaan, hielt sich jedoch keineswegs für unerfahrener.

Ungeduldig klopfte Irisis mit ihrem zierlichen Fuß auf den Boden. Irisis wusste, wie viel sie wert war. Groß und aufwändig gekleidet, zog sie mit ihrem flachsblonden Haar und den strahlend blauen Augen die Blicke aller in der Fertigungsstätte auf sich. Tiaan hatte noch nie jemanden mit dieser Haarfarbe gesehen, und keiner aus ihrer Umgebung hatte blaue Augen. Ihr war allerdings zu Ohren gekommen, der alte Werkmeister könnte als junger Mann auch solche Augen gehabt haben.

»Du hast kein Recht, diese Räume zu betreten. Dies sind die Räume des Werkmeisters. Und er war mein Onkel!« Das betonte Irisis bei jeder sich bietenden Gelegenheit.

»Ich muss mich nur vor Gi-Had rechtfertigen, nicht vor dir! Sieh zu, dass du deine Arbeit nicht vernachlässigst!«

Diese Äußerung sollte sich als Fehler erweisen. Im Umgang mit den anderen Kunsthandwerkern besaß Irisis weitaus mehr Geschick als Tiaan. Zudem fertigte sie Steuereinheiten von seltener Vollkommenheit und außergewöhnlicher Schönheit an – Kunstwerke allesamt. Mit den Kristallen ging sie jedoch beinahe ängstlich um und reagierte immer besonders empfindlich, wenn Kritik daran geübt wurde.

»*Meine* Steuereinheiten funktionieren wenigstens!«, höhnte Irisis.

»Aber auch nur, weil alle dir dabei helfen, sie einzustellen.«

»Wie kannst du es wagen!«, rief Irisis. »Wenn Onkel Barkus noch leben würde, hätte er dir gezeigt, wo du hingehörst.«

»Hat er ja auch! Er stufte mich höher ein als dich. Jetzt ist er tot, und ich bin verantwortlich für deine Arbeit.«

»Sofern du nicht in die Gebäranstalt geschickt wirst, um deine Pflicht zu erfüllen.«

Tiaan wusste darauf nicht zu kontern. Irisis kam *ihrer* Pflicht oft und mit Begeisterung nach, wenngleich bislang ohne erkennbaren Erfolg. Vielleicht benutzte sie ein Verhütungsmittel. Das war zwar ein schweres Verbrechen, aber trotzdem nicht ungewöhnlich. Tiaan hielt auf die Tür zu und lachte nervös. »Ich glaube, hier bin ich mehr wert als in der Anstalt!«

Irisis blitzte sie aus ihren blauen Augen an. »Eines Tages werde ich hier Werkmeister sein und höher stehen *als du!* Damit du 's nur weißt!« In herrischer Haltung verharrte sie an der Tür, als Tiaan den Raum verließ. Nun gab es keine Gelegenheit mehr, das Buch zurückzulegen.

Auf dem Rückweg zu ihrer Werkbank beobachtete Tiaan, wie Irisis durch den großen Saal stolzierte, die Schutzbrille und die Maske aufsetzte und wieder hinter ihrem Schleifrad Platz nahm. Es heulte auf, und die Kunstwerkerin nahm einen Kristall. Schon bald flirrten kleinste Kristallsplitter durch die Luft.

Tiaan kam stundenlang nicht mit ihrer Arbeit voran und saß mit hängendem Kopf da. Sie ließ ihn schließlich auf die Werkbank sinken; erst dann merkte sie mit Verzögerung, dass es in der Fertigungsstätte auffallend still geworden war. Es musste bereits Mitternacht sein. Müde schleppte sie sich in ihr kleines Zimmer, wusch sich das Gesicht in einer Schale kalten Wassers und sank schwer auf das Strohlager.

Sowie sie mit dem Kopf das Kissen berührte, kehrten ihre Sorgen zurück. Trotz der Erschöpfung spürte sie, dass sie hellwach war. Wieder und wieder sann sie über ihr Problem nach, aber sie kam nicht weiter. Als sie schließlich ahnte, dass sie ohnehin keinen Schlaf finden würde, entzündete sie eine Kerze, verriegelte die Tür und holte das verbotene Buch hervor.

Sie schlug es jedoch nicht sofort auf. Tiaan war sich nicht einmal sicher, ob sie überhaupt einen Blick hineinwerfen sollte, aber wenn sie es in den Raum des Werkmeisters zurückbringen würde, wäre Irisis durch ihre Spitzel gewiss in Kürze über alles informiert. Und wenn sie es erst jetzt dem Aufseher übergeben würde, stünde sie in dem Verdacht, es womöglich gelesen zu haben. Der Skrutator bezahlte Leute in der Fertigungsstätte, denen kaum etwas entging und die ihm alles zutrugen. Sie wäre für ihr Leben gezeichnet.

Schon erwog sie, das Büchlein in einen der Schmelzöfen zu werfen, wenn gerade niemand hinsah. Wenn das Werk allerdings durch einen Spruch geschützt war – und das war bei manchem Buch der Fall –, wären die Folgen nicht kalkulierbar. Zudem waren Bücher kostbare, heilige Dinge, und so konnte Tiaan es nicht übers Herz bringen, eins zu verbrennen. Sie dachte daran, es zu verstecken. Doch was wäre, wenn es in falsche Hände geriete? Was, wenn es der Feind fände?

Tiaan öffnete das Buch. Das Papier fühlte sich angenehm seidig unter ihren Fingern an. Bei dem Text handelte es sich zweifellos um eine Abschrift, denn Tiaan sah an den unterschiedlichen Handschriften, dass sich hier verschiedene Kopisten ans Werk gemacht hatten. Bei der Sprache handelte es sich um den gewöhnlichen Dialekt, der hier im Südosten gesprochen wurde, und daher konnte Tiaan die Worte lesen, wenngleich die Zeilen keinen rechten Sinn ergaben. Doch das überraschte sie nicht. Denn ihr Tagebuch, in dem sie Einzelheiten über ihre Arbeit an den Steuereinheiten festhielt, wäre für die meisten Leute auch nur schwer zu verstehen. Schließlich fiel ihr beim Durchblättern eine Überschrift ins Auge.

Die Anwendbarkeit der *Speziellen Theorie* auf den Antrieb von mechanischen Apparaturen

In meiner *Speziellen Theorie* beschreibe ich die diffuse Kraft oder das Feld, das die Beschaffenheit der Feldkerne umgibt und durchdringt. Auf ebendiese Kraft haben die Mantiker zurückgegriffen, seitdem die Geheime Kunst erstmals zur Anwendung kam, und dies geschah vor mindestens sieben Zeitaltern. Dennoch – die Mantik konnte bislang nie in vollem Umfang eingesetzt werden, da wir nicht in der Lage gewesen sind, genügend Kenntnisse über das Feld zu erwerben: Wir wissen nicht, woher es kommt, wie es sich mit der Zeit verändert und wie man es sicher nutzen kann.

Des Weiteren muss sämtliche gewonnene Energie zuerst durch den Mantiker dringen, was wiederum Nachwehen auslöst, und je größer die Energie ist, desto schlimmer sind die Folgeerscheinungen. Ein zu starker Energiefluss wird tödlich enden, wie es sich in der Vergangenheit ja schon oft ereignet hat.

Die herkömmliche Lösung bestand stets darin, ein Artefakt mit einem Zauber zu versehen, wie etwa einen Spiegel, einen Ring oder einen Edelstein, und dann bei Bedarf einzusetzen. Aber auch das birgt Probleme: Artefakte sind von jeher dafür bekannt, schwer kontrollierbar zu sein. Zudem können sie mit der Zeit verderbt sein (siehe den Spiegel von Aachan), und sobald sie entladen sind, sind sie unbrauchbar, bis sie wieder aufgeladen werden können.

Und doch wissen wir, dass die Alten sich einiger Instrumente bedienten, die die Fähigkeit besaßen, sich selbst zu regenerieren. Wir wissen zwar nicht, wie das vonstattenging, aber wie lassen sich sonst solche langlebigen Instrumente erklären wie der Spiegel, Yalkaras geschützte Feste von Havissard oder Apparaturen, die so enorme Energiemengen bezogen wie Rulkes legendäres Konstrukt?

Das Feld, die schwächste der fünf elementaren Kräfte, ist die einzige Quelle, die wir Mantiker je haben anzapfen können. Gleichwohl kann man damit viel ausrichten. Meine *Spezielle Theorie* ermöglicht es uns, die diffuse Kraft besser zu verstehen, um vielleicht eine *Steuereinheiten*apparatur zu erschaffen, mit der sich das Feld sicher anzapfen lässt. Anstatt die ganze Energie durch den Mantiker strömen zu lassen, dessen Fähigkeiten begrenzt sind, erspürt der Mantiker einfach das Feld und entzieht ihm gerade so viel Energie, um den Fluss mithilfe des ultradimensionalen Äthers zu kanalisieren und direkt in die Steuereinheit fließen zu lassen. Diese wiederum kann nun die Energie weiterleiten, um die Apparatur anzutreiben, sei es ein mechanischer Karren, eine Pumpvorrichtung oder irgendein anderer Mechanismus, der gerade benötigt wird.

Bescheidene Theoretikerin, die ich bin, überlasse ich die Beschaffenheit eines solchen Instruments denjenigen, die über die entsprechende Begabung verfügen und das Interesse an derlei Dingen haben. Es mag genügen, dass ein solches Instrument die folgenden Bestandteile besitzen sollte …

Tiaan wusste alles über diese Instrumente; schließlich war das ihre Arbeit. Sie übersprang einige Abschnitte der Ausführungen.

Der Vorgang kann eine wabernde Aura um den Kristall erzeugen, der die Steuereinheit antreibt, vielleicht indem das wie ein

Polarlicht schwebende Feld nachgeahmt wird, das den Feldkern umgibt, aus dem die Energie gewonnen wird. Ein Empfindsamer, der sich in der Nähe aufhält, könnte in der Lage sein, es zu erspüren, obwohl das bei der alltäglichen Nutzung als unbedeutend erachtet wird …

Tiaan ließ das Buch sinken. Dies also war das Dokument, in dem Nunar vor nunmehr fast einhundert Jahren zum ersten Mal die Prinzipien einer Steuereinheit dargestellt hatte. Erst durch ihre Theorie war es möglich geworden, Klanker und gewisse andere geheime Instrumente zu konstruieren, ohne die der Krieg längst verloren gewesen wäre.

Tiaan las eifrig weiter. Nunar stellte im weiteren Verlauf der Ausführungen Mutmaßungen über eine *Allgemeine Theorie der Energie* an. Dabei kam sie auf die Feldkerne selbst zu sprechen, auf die verschiedenen, unterschiedlich *starken* Kräfte, aus denen sie vermutlich bestanden, auf die Frage, inwieweit diese Kräfte sich aufeinander bezogen und, abschließend, wie man solche enormen Kräfte anzapfen könnte. Allerdings gab Nunar zu bedenken, dass die Kräfte der Feldkerne womöglich nie sicher genutzt werden konnten. Sie erwähnte auch den Heiligen Gral der theoretischen Mantiker, die *Theorie der vereinigten Energie*, in der es hieß, sämtliche den Mantikern bekannten Kräfte, ganz gleich ob stark oder schwach, ließen sich in Form eines einzigen Kraftfeldes abgleichen. Nunar schloss den Abschnitt mit der Vermutung, dass eine solche Theorie wie seit jeher unrealisierbar erschien.

Tiaan versteckte das Buch hinter einem losen Stein im Mauerwerk unter ihrem Bett. Die Abhandlung schien sie nicht weiterzubringen.

Sie fiel in einen kurzen Halbschlaf, und in ihrem Kopf wirbelten die Bildfetzen ihrer Kristallträume umher – aber als sie erwachte, hatte sie eine Antwort vor Augen. Sie musste ein Instrument entwerfen, um die unzuverlässigen Hedrons zu prüfen und um abzulesen, was mit ihnen geschehen war. Nur so ließe sich eine Lösung für das Problem finden. Schnell richtete sie sich in ihrem Bett auf und nahm Schiefertafel sowie Kreide zur Hand, um Entwürfe zu zeichnen.

Kaum hatte Tiaan eine erste, grobe Skizze beendet und die Kerze gelöscht, hörte sie das Rattern und Ächzen eines Klankers, der die Straße heraufkam. Das musste Ky-Ara sein, der, wie Gi-Had erzählt hatte, heute in der Fertigungsstätte eintreffen würde. Da ohnehin die Dämmerung bereits angebrochen war, kleidete Tiaan sich an und ging ins Freie.

Ein verschlafener Pförtner mit einer Laterne in der Hand öffnete gerade das Seitentor, als Tiaan kam. Auch Gi-Had befand sich dort. Offenbar war er in der Nacht zurückgekehrt. Tiaan sah, wie das stählerne Ungetüm sich aus der Dunkelheit löste und langsam in den Lichtschein am Tor vorrückte. Der Klanker hatte Blendlaternen vorne, einen breiten, segmentierten Körper, der aus einander überlappenden, geschmiedeten Platten bestand, und vier Paare mechanische Beine, die von einem genialen Getriebe bewegt wurden. Die Kriegsmaschine konnte bis zu zehn Personen samt Ausrüstung transportieren, allerdings wurden ihnen in dem engen, unbequemen Aufbau bei langen Strecken sämtliche Knochen durchgerüttelt. Oben gab es eine Schützenplattform, auf der das mechanische Katapult und die Geschossvorrichtung für Wurfspieße angebracht waren; derzeit aber saß dort niemand.

Schwerfällig steuerte der Klanker den Schuppen an und kam darin zum Stehen. Der Mechanismus quietschte und ächzte, doch dann wäre es beinahe still geworden, hätte es nicht das Heulen der beiden Schwungräder gegeben, die Kraft speicherten. Dies war erforderlich für den Fall, dass ein Klanker vorübergehend vom Feld getrennt wurde. Die Schwungräder brauchten Stunden, um langsam auszulaufen.

Die hintere Klappe wurde aufgestoßen. Ein schlanker, junger Mann entstieg dem Ungetüm, ein Bündel in der einen Hand, eine Tasche in der anderen. Er streckte sich, klopfte der Maschine anerkennend auf die Flanke und drehte sich um.

Ky-Ara war nicht besonders groß. Das wenig ausgeprägte Kinn mochte nicht recht zu dem schmalen, hübschen Gesicht passen. Das wirre Haar stand ihm in allen Richtungen vom Kopf ab. Seine dunklen Augen waren gerötet, und ein schwarzer, schmieriger

Fleck verunstaltete eine Wange. Trotzdem fand Tiaan, dass er gut aussah.

»Es ist gut, ihn wieder ganz zu haben«, sagte Ky-Ara zu Gi-Had, wobei er Tiaans Blick mied. »Nachdem die Steuereinheit ausgefallen war ... glaubte ich schon, ich würde den Klanker nie wieder lenken können.«

Seine Gesichtszüge erschlafften merklich. Das Band zwischen Klanker und Steuermann war sehr stark, beinahe so wie zwischen Liebenden, und jede Bedrohung dieser Bindung konnte einen mentalen Zusammenbruch nach sich ziehen. Es sah ganz danach aus, dass Ky-Ara nervlich am Ende war.

Tiaan fühlte mit ihm.

»Es war nicht leicht, sich an die neue Steuereinheit zu gewöhnen«, fuhr er fort. »Ich bekam schreckliche Kopfschmerzen. Meldung für Euch, Sir!« Er reichte Gi-Had die Tasche.

»Danke.« Der Aufseher wandte sich ein wenig ab, öffnete die Mappe und entnahm ihr eine Schriftrolle. Seine Stirn legte sich in Falten, als er die Zeilen überflog.

»Was geschah genau, als die Steuereinheit versagte?«, fragte Tiaan unvermittelt Ky-Ara.

Die Oberlippe des Steuermannes zuckte leicht, aber er beherrschte sich. »Wir kamen von Tiksi die Küste herauf. Bis dahin war alles perfekt gelaufen. Wir verließen gerade die Aura des Lippi-Feldkerns und wollten in die des Xanpt-Feldkerns eintreten. Dieser ist wirklich stark ...«

»Das sehe ich auch so«, stimmte Tiaan ihm zu. Sie mochte Ky-Aras schön geschwungenen Mund. Eigenartig, dass ihr das nicht schon vorher aufgefallen war.

»Ich trug den Stirnreif für die Steuereinheit und spürte das Xanpt-Feld vor uns auf. Bisweilen ist es nicht leicht, von einem Feld ins andere zu wechseln, und ich wollte nicht zwischen den Feldern liegen bleiben. Eine so lange Strecke können die Schwungräder bei dem Gewicht eines Klankers nicht überbrücken.«

Er warf Tiaan einen Seitenblick zu. Sie nickte.

»Das Lippi-Feld unterlag plötzlich starken Veränderungen. Manchmal war es stark, dann wieder kaum wahrzunehmen. Es wurde immer schwerer, die Felder mental sichtbar zu machen; ich konnte mich weder auf das eine noch auf das andere einstimmen.« Seine Stimme wirkte brüchig, als er die schreckliche Szene noch einmal durchlebte. »Ich vermutete, dass das Lippi-Feld verschwand, obwohl die beiden Klanker vor mir keine Schwierigkeiten zu haben schienen.« Ky-Ara wurde bleich und musste sich setzen.

Es folgte ein langes Schweigen.

»Was geschah dann?«, fragte Gi-Had ihn schließlich drängend.

»Ich verlor den Kontakt. Beide Felder waren fort! Der Hedron war tot, und ich konnte nichts dagegen tun. Wenn das während der Schlacht passiert wäre ...« Ein Zittern lief durch Ky-Aras Körper. »Ich nahm die Steuereinheit heraus, ließ mich von einem Karren zurück nach Tiksi bringen und schickte die Steuereinheit zur Fertigungsstätte.«

»Sie liegt jetzt in meinem Werkraum«, erklärte Tiaan. »Ich kann nicht erkennen, was geschehen ist. Der Kristall ist vollkommen leblos.«

Ky-Ara sah ganz unglücklich aus, wie ein Junge, der sich verlaufen hatte. »Wenn das dann alles ist«, meinte er und wiegte die Steuereinheit in den Armen, »gehe ich jetzt in mein Quartier. Ich habe seit zwei Nächten nicht geschlafen.«

»Ja, danke, Ky-Ara«, sagte Gi-Had. »Ich weiß, dass Ihr Euer Bestes gegeben habt. Es muss schwer für Euch gewesen sein.«

Der junge Mann schritt davon. Mit nachdenklichem Blick sah Tiaan ihm nach.

»Ihr fragt Euch, ob er derjenige sein könnte?« Gi-Hads tiefe, grummelnde Stimme unterbrach ihre Gedanken und schreckte sie auf.

Tiaan errötete. Genau das war ihr durch den Kopf gegangen. Wenn sie sich schon einen Partner suchen musste, warum dann nicht gleich den Steuermann eines Klankers? Ihre Lebens- und Arbeitsbereiche überschnitten sich, und wenn sie wider Erwarten nicht gut miteinander auskämen, wäre er ohnehin die meiste Zeit über fort. Wenn sich daraus nichts ergab, könnte zumindest niemand behaupten, sie habe ihre Pflicht vernachlässigt.

»Ja«, sagte sie leise.

»Eigenartige Leute, diese Steuermänner. An erster Stelle stehen immer die Maschinen – das wisst Ihr ja, nicht wahr?«

Diese Worte verlangten keine Antwort. Er schüttelte die aufgerollte Nachricht aus und setzte eine wirklich finstere Miene auf.

»Schlechte Nachrichten?«, fragte sie vorsichtig.

»Wieder ein Problem. Sogar noch schlimmer.«

»Wirklich?« Tiaan war bedrückt.

»Noch mehr Klanker sind vernichtet worden, an der Küste nördlich von Xanpt. Jedes Mal wusste der Feind genau, wo unsere Maschinen standen.«

»Klanker sind sehr laut«, gab Tiaan zu bedenken.

»Diese nicht.« Gi-Had vergewisserte sich mit einem Blick über die Schulter, dass niemand lauschte. Der Pförtner drehte weiter hinten seine Runde, aber der Aufseher senkte dennoch seine Stimme. »Sie benutzten eine neue Entwicklung, einen Lautdämpfer! Man kann nicht hören, wenn sie in Bewegung sind. Und niemand sonst kannte die Marschrichtung der Klanker.«

»Aber das bedeutet«, sagte Tiaan, »dass der Feind eine Möglichkeit hat, sie aufzuspüren. Wenn sie die Geheime Kunst ...«

Gi-Had wirbelte herum. »Hey, du!«, rief er. »Scher dich fort, auf der Stelle!«

Ein großer, kahlköpfiger Mann fasste sich wie geistesabwesend an die Stirn und schlurfte davon. Es war Eiryn Muss, ein Schwachkopf, der niedere Dienste in der Fertigungsstätte verrichtete. Immer trieb er sich irgendwo herum und schaute den Leuten über die Schulter.

Gi-Had wandte sich wieder zu Tiaan. »Wenn sie *das* können, dann werden sie alle vernichten. *Und uns!* Findet heraus, wie sie das machen, Tiaan.«

»Ist das wichtiger, als herauszufinden, warum die Hedrons versagten? Wichtiger als Ersatzsteuereinheiten anzufertigen?«

»Alles ist wichtig«, grollte er unzufrieden.

»Aber ich kann nicht alles allein schaffen. Die Arbeit wächst mir jetzt schon über den Kopf.«

»Lasst vorerst die anderen die Steuereinheiten herstellen. Die besten Kunstwerker aus jeder Fertigungsstätte wurden beauftragt, an der Lösung dieser beiden Probleme zu arbeiten.«

Ruckartig hob sie den Kopf. »Demnach haben nicht nur *meine* Steuereinheiten versagt?«

»Diesem Bericht hier zufolge nicht. Aber das heißt noch lange nicht, dass Ihr aus der Schusslinie seid.«

»Seid *Ihr* zufrieden mit meiner Arbeit, Aufseher?«

»Sagen wir so, ich behalte Euch im Auge. Ihr solltet besser weitermachen.« Gi-Had nickte ihr zum Abschied kurz zu und schien mit seinen Gedanken schon wieder woanders zu sein, als er davoneilte.

KAPITEL DREI

Cryl-Nish Hlar schaute von seiner Werkbank auf, als Tiaan vorbeiging. Er begehrte sie und hatte sie schon von dem Tag an bewundert, als er vor drei Jahren zum ersten Mal die Fertigungsstätte betreten hatte. Unglücklicherweise schenkte Tiaan ihm keine Beachtung. Das verletzte Nish, wie er spöttisch von allen genannt wurde. In dem örtlichen Dialekt bedeutete dieses Wort »Winzling«.

Nish war klein, und das war der Fluch seines Lebens. Er entstammte einer Familie, in der seit zahllosen Generationen alle kleinwüchsig waren, und verachtete jeden seiner Vorfahren für dieses Merkmal. Mit seinem dunklen Haarschopf und den strahlenden Augen, die so grün – und manchmal auch so grau – wie die See sein konnten, war er wahrlich nicht unansehnlich, wenngleich er eine grüblerische Art an den Tag legte. Leider war seine blässliche Haut gesprenkelt, was er als Qual empfand. Da die dünnen Härchen an seinem Kinn nicht zum Bart taugten, musste er sich deswegen höhnische Bezeichnungen wie »Milchbart« gefallen lassen.

Doch er war kräftig gebaut – hatte breite Schultern, einen strammen, flachen Bauch, ein leicht vorstehendes Hinterteil, das die Frauen, mit denen er arbeitete, zu zotigen Bemerkungen anregte, und kräftige Oberschenkel. Außerdem war er, wie er selbst immer dachte, bestens ausgestattet für die Zucht.

Nicht, dass er je Gelegenheit gehabt hätte, das zu beweisen, wie Nish sich mit düsterer Miene bewusst machte. Trotz des Mangels an Männern waren die Frauen in der Fertigungsstätte, wie auch jene in dem nahe gelegenen Bergbaudorf, alles andere als entzückt von ihm. Er war sich sicher, dass dies nur an seiner geringen Körpergröße, seiner fleckigen Haut und dem fehlenden Bart liegen konnte. Wie er seinen Körper hasste!

Natürlich war das allein nicht der Grund. In diesen schweren Zeiten fanden selbst verunstaltete Männer eine Partnerin. Außerdem hatte er noch andere, ansprechende Qualitäten – er war clever und kam aus einer guten Familie. Leider hatte er eine Eigenart, die jeder Zweisamkeit im Wege stand. Begegneten ihm Frauen, die jünger als seine Mutter waren, war Nish so schüchtern, dass er kaum einen zusammenhängenden Satz herausbekam.

Mochte er auch nicht besonders geschickt mit den Händen sein, so war Nish doch intelligent, besaß einen lebhaften, nie ruhenden Geist und eine schnelle Auffassungsgabe. Zudem hatte er ein ausgezeichnetes Gedächtnis – für Namen, Gesichter und Dinge, die er gesehen, und für Gespräche, die er mit angehört hatte. In seiner anderen, geheimen Tätigkeit war ihm das von großem Nutzen.

Sowohl sein Vater, Jal-Nish Hlar, wie auch seine Mutter, Ranii Mhel, waren Examinatoren gewesen. Umso unverständlicher, dass ihnen bei ihm ein solcher Fehler unterlaufen war. Jedes Kind im Osten – und vermutlich auf der ganzen Welt – wurde im Alter von sechs Jahren zum Examinator gebracht, der dann herausfand, ob das Talent des Kindes eher im kreativen, intellektuellen, handwerklichen, mechanisch-technischen oder psychischen Bereich lag. Auf der Basis dieser Einschätzung wurden den Kindern die Tätigkeiten zugewiesen, die sie dann ein Leben lang ausübten – Arbeiter, Bergmann, Schreiber, Kunstwerker, Kaufmann, Soldat, *Deckhengst!* Für die Kindheit gab es keinen Platz. Der Krieg gegen die Lyrinx währte nun schon einhundertundfünfzig Jahre, und es war notwendig, dass die gefallenen Soldaten wie auch die anderen Toten ersetzt wurden. Daher mussten auch schon die Kinder arbeiten. Die ganze Welt war nur auf ein Ziel ausgerichtet – auf das Überleben.

Wenn das Kind elf Jahre alt war, musste es erneut zum Examinator, und im Alter von sechzehn erschien es zum letzten Mal vor ihm, denn man wollte überprüfen, ob eine Beurteilung auch Jahre später noch zutraf. Manches Talent, das anfangs viel versprach, versagte früh; außerdem gab es Kinder, bei denen eine Begabung erst ziemlich spät aufblühte.

Nish war glücklich gewesen, seine Lehrjahre als Schreiber für einen der einflussreichen Kaufmänner von Fassafarn verbracht zu haben. Fassafarn war eine Handelsmetropole an der Südküste von Einunar. Dort gab es einen eisfreien Hafen, über den viele Luxusgüter des Südens zu Märkten verschifft wurden, die so weit entfernt lagen wie Crandor oder gar Thurkad, bevor es fiel. Nish hatte die wesentlichen Sprachen erlernt, die wichtigen Schriften der bekannten Welt studiert und war daher geeignet für diese Arbeit. Es gefiel ihm, mächtigen Leuten zu begegnen und mit der Aufgabe betraut zu werden, bedeutsame Dokumente zu übersetzen. Er hatte geplant, eines Tages selbst Kaufmann zu werden und viel Geld zu verdienen, um sich alles leisten zu können, was er begehrte.

Dann, im Alter von sechzehn, hatte ihn die Katastrophe ereilt. Nach seiner abschließenden Examination war eilends eine Konferenz einberufen worden, und nach weniger als einer Stunde hatten seine Eltern ihn auf die Reise über die Berge geschickt, damit er in dieser gottverlassenen Fertigungsstätte bei den Monteuren in die Lehre ging. Nish war am Boden zerstört. Damals war ihm allerdings nicht klar gewesen, dass dieser Schachzug ihn womöglich vor der Armee bewahrt hatte. Seine Eltern hatten ihm lediglich aufgetragen, Augen und Ohren offenzuhalten und jeden Tag alles, was er sah und hörte, zu notieren. Nish war ein pflichtbewusster Sohn. Er schrieb immer noch jeden Tag alles auf, und einmal im Monat wurde ein umfangreicher Brief von ihm mit der Post verschickt.

Sein erstes Jahr in der Fertigungsstätte war ein Albtraum gewesen. All die anderen Lehrlinge, Jungen wie Mädchen, waren größer als er. Seine Haut brachte neue, hässliche Flecken hervor. Schlimmer war noch, dass er weniger über die Arbeit eines Monteurs wusste – über die Entwürfe, die Bauweise, die Inbetriebnahme und Reparaturen einer Maschine für den Krieg – als die sechsjährigen Fabrikkinder. Am schlimmsten war jedoch, dass Gerüchte kursierten, er habe als Schreiber fürchterlich versagt und sei hierher geschickt worden, da seine Eltern keinen anderen Ausweg mehr wussten. Wenn er erneut versagte, würde er zum Pecharbeiter degradiert und wäre dann nicht mehr wert als ein Sklave.

Nish konnte das nicht ertragen. Allein diese Gerüchte waren die beste Motivation für ihn. Er war fest entschlossen, als Monteur erfolgreich zu sein, ganz gleich, wie hoch der Aufwand war. Obwohl er nur eine ziemlich geringe Eignung für diese Kunst besaß, würde er seine Aufgabe meistern.

Was ihm an Begabung und Erfahrung fehlte, machte Nish mit harter Arbeit und zielgerichteter Intelligenz wett. Er arbeitete Tag und Nacht, bis er so erschöpft war, dass er im Stehen hätte schlafen können. Seine Lehrer machte er mit seinen Fragen fast wahnsinnig; immer wieder ließ er sich von ihnen die Arbeitsweise der Kriegsgeräte zeigen und ersann Mittel und Wege, um seinen widerspenstigen Fingern beizubringen, was die anderen Lehrlinge mit Leichtigkeit lernten.

Gegen Ende seines ersten Lehrjahrs wurde er mit den niedrigsten Lehrlingen auf eine Stufe gestellt, mit den Begriffsstutzigen und den chronisch Faulen. Aber er war nicht an *letzter* Stelle, und allein das stellte Nish schon zufrieden. Ob seine Eltern beeindruckt waren, vermochte er nicht zu sagen, denn sie ließen darüber in ihren Briefen keine Bemerkung fallen. Das verletzte Nish, dessen ungeachtet nahm er sich vor, im nächsten Lehrjahr noch härter zu arbeiten.

Nach zwei Jahren war er ins Mittelfeld der Lehrgruppe vorgestoßen. Das brachte ihm ein zögerliches Lob seiner Mutter ein, und danach wurde er nach Hause bestellt, um seinen achtzehnten Geburtstag zu feiern. Er befürchtete schon, seine Eltern würden ihn womöglich wieder zu einem Berufswechsel ermuntern und ihn diesmal vielleicht zur Armee schicken. Seine Vorstellungskraft und seine Belesenheit verrieten ihm genau, wie der Krieg aussah. Er wollte ihn auf keinen Fall erleben – zumindest nicht auf dem Schlachtfeld.

Als er nach Hause kam, stellte er fest, dass sein Vater derjenige war, der den Beruf gewechselt hatte. Jal-Nish war Perquisitor geworden und hatte fortan die Aufgabe, alle Leute, die Schwierigkeiten machten, sowie alle subversiven Kräfte und Verräter aufzuspüren, wo auch immer sie stecken mochten. Es handelte sich um eine wichtige, sehr gut vergütete Stellung, in der sein Vater sich nur vor dem Skrutator von Einunar zu verantworten hatte. Eines Tages könnte er sogar selbst Skrutator werden.

Gegen Ende des dritten Lehrjahrs schaffte Nish von der Leistung her den Sprung ins obere Drittel der Lehrlinge, doch weiter kam er nicht, sehr zu seinem Verdruss. Mochte er sich auch noch so sehr anstrengen, mit Intelligenz und harter Arbeit allein gehörte er nicht zu den Besten seines Fachs, denn ihm fehlte schlicht und einfach die natürliche Befähigung für die Kunst des Monteurs. Die Wut gärte ihn ihm. Aber wenn Nish etwas besaß, dann Selbstbewusstsein, und daher schrieb er seinem Vater und brachte seinen Wunsch zum Ausdruck, er wolle doch lieber wieder der Schreiber eines Kaufmanns werden.

Sein Vater zeigte weder Erstaunen noch Enttäuschung. Jal-Nish schrieb lediglich: »Du machst dich gut. Vergiss nicht, jeden Tag alles aufzuschreiben.«

Nish beugte sich über die Bestandteile des Klankers, mit denen er sich schon den ganzen Morgen abgemüht hatte. Sie bildeten die untere Hälfte einer mechanischen Beinkonstruktion, und gerade den Zusammenbau hasste Nish am meisten. Die Teile waren in einem Dutzend verschiedener Abteilungen der Fertigungsstätte hergestellt worden, und wenn auch nur ein Teil nicht ganz genau gearbeitet war, gestaltete sich das Zusammenbauen als Albtraum. Manchmal brachte er Tage mit äußerst ermüdenden Tätigkeiten zu, nur um schlussendlich festzustellen, dass ein Bauteil noch einmal bearbeitet werden musste – und dann war seine ganze Mühe umsonst gewesen.

Er schlug mit der schmutzigen Faust auf das Gehäuse. Wie immer war er von schmierigem Fett bedeckt. Und Nish hasste Unsauberkeit; er wollte immer gut aussehen. Viele Frauen in der Fertigungsstätte äußerten sich oft verächtlich über die Monteure – sie nannten diese Arbeiter häufig Dreckspatzen, weil sie solch eine schmutzige Tätigkeit ausführten. Allerdings gab es unter den Monteuren auch zahlreiche Frauen. Nish fand sie zwar recht nett, aber trotzdem verachtete er sie. Für ihn standen Monteure mindestens eine Stufe unter ihm, obwohl er selbst einer war. Er schaute immer ganz nach oben, zu den Rängen, wohin er eigentlich gehörte.

In diesem Augenblick ging Tiaan an seiner Werkbank vorbei. Die Kunstwerker standen bei allen in der Fertigungsstätte in hohem Ansehen. Sie arbeiteten zwar auch mit den Händen, aber immer nur mit wertvollen Materialien: mit Gold und Silber, Platin und

Quecksilber, Kupfer, Bernstein und Kristall. Nie bekamen sie bei der Arbeit schmutzige Hände, und die Besten unter ihnen waren hervorragende Gestalter, die über ein komplexes Denkvermögen verfügten. Am wichtigsten aber war, dass Kunstwerker sich ihrer *Sinne* bedienten. Sie hatten besondere Talente, ähnlich denen, die für die Geheime Kunst erforderlich waren – das Wirkungsfeld der Magier und Mantiker.

Nish durfte nicht hoffen, je ein Kunstwerker zu werden; ihm fehlte einfach die entscheidende Voraussetzung – das besondere Talent für diese Tätigkeit. Aber Prestige bedeutete ihm alles, und daher wollte er, dass eine Kunstwerkerin seine Frau wurde. Es gab vier Kunsthandwerkerinnen, von denen nur noch zwei zu haben waren. Eine dieser beiden, Irisis, ging immer stolz und erhobenen Hauptes an den Arbeitern vorbei, entstammte sie doch dem Hause Stirm. Sie war die Tochter eines Werkmeisters und die Nichte eines Werkmeisters, wähnte sich daher zu Höherem berufen und schenkte den Monteuren keine Beachtung. Dafür hasste Nish sie, aber er verstand sie auch. Sie war in vielerlei Hinsicht wie er.

Mit Tiaan war das alles ganz anders. Nish spürte, dass er sich in sie verlieben könnte. Jetzt schaute er wieder von seiner Arbeit auf, als Tiaan von irgendeiner Besorgung zurückkam. Langsam ließ er den Schraubenschlüssel sinken und starrte sie an. Sie stand vom Rang her über ihm, zugleich aber auch unter ihm, denn sie kam aus der Gebäranstalt und wusste nicht, wer ihr Vater war. Den Vater zu verlieren war in diesen Zeiten nichts Ungewöhnliches. Aber die Identität des Vaters nicht zu kennen erwies sich in einer Welt, die besessen war von Familienabstammung und Chroniken, als großer Nachteil.

Auch Tiaan trug den Kopf hoch, allerdings gab sie sich nicht so arrogant wie Irisis. Oft schien Tiaan ihre unmittelbare Umgebung nicht wahrzunehmen, als spielte sich die einzige Welt, die von Bedeutung war, nur in ihrem Kopf ab. Die »Jungfrau aus Eis« – so nannten viele sie, aber Nish wusste es besser. Er glaubte, auch Tiaan zu verstehen. Sie stand in dem Ruf, die beste, fleißigste Arbeiterin in diesem Betrieb zu sein, obendrein die klügste. Kein Zweifel, sie war bemüht, irgendeinen Makel wettzumachen. Etwa ihre unglückliche Herkunft? Oder ihren fehlenden Vater?

Sie trug eine weite Hose und eine Bluse aus grauem Flachs, dazu alte, aber gut gepflegte graue Stiefel. Mehr Kleidung konnte man wegen der Schmelzöfen nicht am Leib haben. Ihre Brüste wippten, wenn sie leichtfüßig einherschritt, und allein dieser Anblick rief eindeutige Regungen in seiner Lendengegend hervor. Sein Verlangen ließ ihn alles andere um sich herum vergessen.

Tu es jetzt! Sie ist ein stilles, kleines Ding. Sie wird dir zuhören und sich geschmeichelt fühlen. Er zögerte zu lange. Ohne ihn eines Blickes zu würdigen und ohne überhaupt wahrzunehmen, dass er existierte, ging Tiaan an Nishs Werkbank vorüber. Ein schwaches, beinahe entrücktes Lächeln deutete sich um ihre Mundwinkel an. Ihr glänzendes schwarzes Haar tanzte bei jedem Schritt anmutig um ihren Kopf.

Jeden Moment würde sie um die Ecke verschwinden und dann wieder in ihren Raum im kalten Teil der Fertigungsstätte gehen. *Nun mach schon, du Narr! Heute hast du ihr etwas zu bieten. Selbst die Jungfrau aus Eis wird dich nicht abweisen können. Sie hat die Gebäranstalt in ihrem Blut und in ihrem Bauch. Sie wartet bloß auf das beste Angebot, und dich kann keiner übertrumpfen.*

Nish ließ die Werkzeuge auf die Bank fallen, wischte sich die schmierigen Hände an einem Lumpen ab und lief Tiaan nach. Schnell hatte er den Gang hinter sich gelassen, bog um die Ecke und erreichte die Abteilung, in der die Kunstwerker und all die anderen Leute arbeiteten, die immer saubere Hände bei ihren Tätigkeiten hatten. Der Arbeitsbereich der Kunstwerker war durch Doppeltüren von den anderen Abteilungen getrennt, damit Staub und Ascheflocken draußen blieben.

Tiaan war bereits außer Sicht. Ohne sich vorher einen sauberen Kittel überzustreifen oder daran zu denken, die schmutzigen Stiefel auszuziehen, stürmte er durch die Türen. Alle starrten ihn an. Aber er spürte die Blicke nicht.

»Tiaan!«, rief er. »Kunstwerkerin Tiaan!«

Sie war gerade im Begriff, ihre eigene Arbeitsnische zu betreten, drehte sich aber um, als sie seine Rufe hörte. »Ja?«

Er lief zu ihr, erstarrte und zwang sich, die Worte zu sagen, die er sich zurechtgelegt hatte.

»Tiaan, ich bin ein großer Bewunderer Eurer Kunst. Ich ... ich glaube, Ihr seid die wundervollste Frau, die mir je begegnet ist.«

Für einen kurzen Moment entdeckte er Panik in ihren Augen. Doch dann nahm der Zorn Überhand. »Wenn Ihr meine Kunst so sehr bewundert«, sagte sie frostig, »warum hinterlasst Ihr dann überall Euren Schmutz und Dreck?«

Da er sich seiner Erscheinung erst jetzt bewusst wurde, errötete er verlegen. Doch seine Verzweiflung trieb ihn weiter an. »Tut mir leid, ich werde das alles sauber machen.«

»Nur keine Umstände. Was wollt Ihr, Monteur?«

»Ich wollte nur mit Euch sprechen. Ihr seid wundervoll, Tiaan.«

»Das sagtet Ihr bereits.«

»Würdet Ihr ... würdet ...?« Er verstummte unter ihrem verblüfften Blick. Ihre schönen Lippen hatten die tiefrote Färbung überreifer Brombeeren. Am liebsten hätte er ihren vollen Mund mit seinen Lippen erobert.

»Würde ich *was?*«, fragte sie barsch nach.

»Ich dachte ... vielleicht ein Abendessen... oder ein Spaziergang über den Pfad, der zum Aussichtspunkt führt ... und dann ...« Er brachte die Worte nicht heraus, da die umstehenden Lehrlinge schon kicherten und die Augen verdrehten. Die hochschwangere Kunstwerkerin Fistila Tyr machte ihr Schleifrad wieder an, um die peinliche Pause zu überspielen.

Nish starrte in die ungewöhnlichen Augen von Tiaan, als sie ihn langsam von Kopf bis Fuß musterte. Dabei ließ sie ihren strengen Blick zunächst auf seinen glühenden Wangen, dann auf den verschmierten Händen und schließlich auf den dreckigen Stiefeln für jeweils einen Moment ruhen. Er glaubte zu wissen, was in ihr vorging. *Dieser Kerl ist nicht nur dreckig und stottert, er ist obendrein ein lächerlicher Zwerg!*

»Ja?«, sagte sie mit leiser Stimme, woraufhin die Lehrlinge sich wieder über die Werkbänke beugten. Nish erkannte die Gefahr und ahnte, dass es auf alle Zeit zu spät wäre, wenn er jetzt nicht mit der Sprache herauskam.

»Wir haben beide unsere Pflicht zu erfüllen. Da dachte ich, wir könnten das Bett miteinander teilen!«, platzte es förmlich aus ihm heraus. »Euer Bett oder meins, wenn Euch das lieber ist. Ich habe ...«

Ihre honigfarbene Haut lief rötlich an. Einen Moment lang konnte sie ihm nicht in die Augen schauen; dann fasste sie sich.

»Wie könnt Ihr es wagen!«, zischte sie. »Wie kommt Ihr nur darauf, ich würde mich einem kleinen, schmutzigen Monteur hingeben, noch dazu einem, der nicht besonders gut ist? Allein bei dem Gedanken daran wird mir übel. Hinaus mit Euch!«

Nish errötete bis über beide Ohren. Auf der anderen Seite des Raums verfolgte Irisis die Szene mit offenem Mund. Noch an diesem Nachmittag würde ihn das zum Gespött der ganzen Fertigungsstätte machen. Er sah nur noch einen Ausweg, um das Gesicht zu wahren.

»Vermutlich wisst Ihr nicht, wer mein Vater ist, Kunstwerkerin Tiaan«, sagte er kalt. »Er ist Perquisitor Jal-Nish Hlar, einer der einflussreichsten Männer dieses Landes. Er ist ein Inquisitor von hohem Rang! Er kann Euch helfen, Tiaan, oder Euch brechen. Und meine Mutter ist die leitende Examinatorin, also beinahe genauso wichtig.« Er schaute sich kurz um und sprach dann mit gedämpfter Stimme: »Ich weiß, dass Ihr und Irisis Rivalinnen seid, Tiaan. Überlegt doch, was Ihr erreichen könntet, wenn Ihr in der Gunst eines Perquisitors stündet. Dann bräuchtet Ihr Irisis nie mehr zu fürchten.«

Er schenkte ihr ein unsicheres Lächeln, denn diese Art von Machtspielchen war auch für Nish neu. Noch nie zuvor hatte er versucht, den Einfluss seiner Eltern geltend zu machen, und wusste daher nicht genau, wie er es anstellen sollte. Er konnte sich nur auf die Erfahrungen stützen, die er während seiner Tätigkeit als Schreiber gemacht hatte. Ihm mangelte es allerdings an Autorität und an jener leichtfertigen Arroganz der Mächtigen, die ihm einflüsterte, dass ihm all das, was er begehrte, auch zustand.

»Was sagt Ihr, Tiaan? Wir könnten uns gegenseitig Vergnügen verschaffen, und Eure Karriere würde aufblühen. Wollt Ihr denn immer in diesem Dunghaufen von einer Fertigungsstätte arbeiten? Kommt, ich –«

»Eher würde ich mich mit einem Lyrinx paaren!«, entfuhr es ihr schroff. »Es kümmert mich nicht, wer Euer Vater ist. Bei Euch werde ich nie liegen. Und jetzt schert Euch aus meinem Werkraum!«

»Warum wollt Ihr Eure Pflicht nicht tun, Kunstwerkerin? Wovor habt Ihr Angst?«

Tiaan erbleichte. »Fort mit Euch, kleiner Mann.«

Nish vermochte seinen Zorn kaum noch unter Kontrolle zu halten, aber er unternahm einen letzten Versuch. »Wenn Ihr wüsstet, wer ich in Wirklichkeit bin«, zischte er böse, »dann wärt Ihr nicht derart –«

»Hinaus!«, gellte sie, packte eine glühend heiße Zange, die in einem Kohlenbecken lag, und brachte sie bedrohlich nah vor Nishs Gesicht.

Nish war am Ende. Hastig verließ er den Arbeitsbereich, stieß die Doppeltüren auf, eilte vorbei an der Krankenstube, nahm den Mauerdurchlass und hielt auf die Schmelzöfen zu. Er konnte unmöglich wieder an seine Werkbank zurückkehren, denn jeder würde sehen, dass ihm Tränen der Wut über die Wangen rannen. Schließlich schlich er sich hinter einen der Öfen und zerrte einen widerspenstigen Burschen, der eigentlich bei den Öfen fegen sollte, aus einer warmen Nische. Er versetzte dem ahnungslosen Jungen eine Ohrfeige, da er seine Arbeit vernachlässigte, und kroch selbst in die Nische, um seine Wunden zu lecken. Auf irgendeine Weise würde er Tiaan ruinieren. Dann würde er sie in seinem Bett haben und sie zu guter Letzt von sich stoßen.

Kurz darauf vernahm er leise Schritte. Als er aufschaute, sah er zu seinem Erstaunen, dass Irisis vor ihm stand. Sie ging vor ihm in die Hocke und reichte ihm ein blütenweißes Taschentuch.

»Monteur Cryl-Nish«, begann sie mit warmer, geschmeidiger Stimme. Mit diesen wenige Worten hatte sie sich bereits seine ewige Dankbarkeit gesichert, da sie ihn bei seinem richtigen Namen anredete und nicht den verhassten Spitznamen benutzte. »Möchtet Ihr nicht vielleicht lernen, wie man einer *richtigen* Frau Vergnügen bereitet?«

Nish wäre beinahe vor Verwunderung in Ohnmacht gefallen. Irisis war nicht gerade für ihre zuvorkommende Art bekannt. Gewiss trieb sie einen üblen Scherz mit ihm. Er wusste nicht, was er sagen sollte.

Doch da beugte sie sich vor und gab ihm einen feurigen Kuss auf den Mund. Sofort sprach sein Körper auf diese Zuwendung an. Mit einem Lachen nahm Irisis seine Hand, allerdings nicht bevor sie ein Taschentuch darum gewickelt hatte. »Kommt in mein Zimmer.« Dann rümpfte sie ihre hübsche Nase. »Nein, besser erst in das Badehaus. Keiner wird uns für ein oder zwei Stunden vermissen. Zeit also für ein paar Lehrstunden.« Ihre Blicke trafen sich. »Und danach werden wir noch genügend Zeit haben, um uns auf unserem Lager zu unterhalten.«

»Unterhalten?«, fragte er benommen. »Worüber denn?«

»Über unsere Freunde. Und *über unsere Feinde*.«

KAPITEL VIER

Irisis stützte sich auf den Ellbogen und betrachtete den jungen Mann, der neben ihr schlummerte und gewiss noch ganz erfüllt war von den Freuden der körperlichen Vereinigung. Sie fühlte sich überhaupt nicht von Nish angezogen, obwohl sie zugeben musste, dass er ein eifriger und einfühlsamer Liebhaber war. Zudem ließ er eine bewundernswerte Bereitschaft erkennen, das zu lernen, was ihr Vergnügen bereitete. All das konnte sie von ihrem letzten Geliebten nicht gerade behaupten. Ihr Interesse an diesem scheinbar unbedeutenden jungen Mann war durch jene Worte geweckt worden, die er zu Tiaan gesagt hatte – ihre Rivalin seit Kindheitstagen.

Irisis strich ihm mit der Hand über die Brust. Sie hatte nie zuvor einen Mann gesehen, dessen Körperbehaarung so spärlich war. Das gefiel ihr, und auch die Art und Weise, wie ihre Körper zueinander passten. Er lächelte im Schlaf. Sie ließ ihre Hand weiter nach unten wandern, wob ihre Finger in das flaumweiche Haar und zog. Schlagartig wurde er wach.

»Cryl-Nish, mein Geliebter«, wisperte sie. Mit ihrem Atem kitzelte sie ihm zärtlich das Ohr. Sie wollte, dass er an nichts anderes mehr denken konnte als an körperliche Freuden.

Er rollte sich auf die Seite und schmiegte sich an sie. Irisis hielt ihn mit ihrer Hüfte auf Distanz. Er erstarrte. Offenbar hatte er begriffen, dass diese Bewegung eine Bedeutung hatte, auch wenn er sicherlich nicht wusste, welche. *Gut so*, dachte sie.

Irisis beobachtete ihn genau; das Laken hatte sie dabei bis zum Hals hochgezogen. Wie beiläufig ließ sie es nun sinken und entblößte eine große Brust, die unmittelbar vor seinem Gesicht wippte. Sein Blick haftete auf ihrer üppigen Rundung, und da wusste Irisis, dass sie ihn in der Hand hatte.

»Wir wissen, was du willst, Cryl-Nish.« Als er die Hand nach ihr ausstreckte, entzog sie sich ihm und meinte nachdenklich: »Wie ich hörte, ist dein Vater kein Examinator mehr.«

»Er ist Oberster Perquisitor für ganz Einunar«, erklärte er wichtigtuerisch.

»Oh?« Irisis war beeindruckt, wollte sich das aber nicht anmerken lassen. Sie ließ ihm einen Moment, damit er sich in der ruhmreichen Stellung seines Vaters sonnen konnte. »Aber was ist mit dem Skrutator?«

Er stieß ratlos die Luft aus. Sie hatte ihn dabei erwischt, seinem Vater mehr Bedeutung beizumessen als ihm zustand. Er schaute auf die zerwühlten Laken und dachte vielleicht, dass sie ihn zum Narren halten wollte.

»Ach, egal«, meinte Irisis mit einer abfälligen Handbewegung, »wen interessiert das alles? Ich bin sehr viel mehr an *dir* interessiert.«

»An mir? Wieso?« Nish schaute auf ihre dunkle, aufgerichtete Brustspitze. Er würde alles tun, um mehr von ihr zu bekommen.

»Ich hatte immer schon ein Auge auf dich geworfen, Cryl-Nish.« Das war natürlich eine Lüge. »Erzähl mir mehr von dir.«

Er begann, sein ganzes Leben vor ihr auszubreiten. Dabei bemühte er sich, alles so darzustellen, dass er wieder Eindruck bei ihr schinden konnte. Aber schon nach kurzer Zeit wurde er von ihr unterbrochen.

»Das weiß ich doch alles. Allerdings verstehe ich eine Sache noch nicht ...«

»Und was wäre das?«

»Warum du überhaupt hier bist. Du bist kein Monteur, Cryl-Nish.«

»Doch, das bin ich!« Wütend setzte er sich auf. »Und ich habe verdammt hart gearbeitet, um einer zu werden.«

Sie drückte ihn wieder in die Laken. »Tut mir leid, es war nicht meine Absicht, dich zu beleidigen. Gewiss bist du ein Monteur und ein guter dazu ...«

»Hör auf, mich für dumm zu verkaufen!« Er wälzte sich aus dem Bett und griff nach seiner Hose.

Das Laken verrutschte und entblößte ihre zweite Brust; in der

Vertiefung zwischen den Brüsten hing der Taststein, den jede Kunstwerkerin um den Hals trug. Nish schluckte. Sie streckte die Arme nach ihm aus und zog sein Gesicht an ihre Brüste. Er widersetzte sich, aber nicht sehr lange.

»Was ich eigentlich sagen wollte, war ... Dein Vater hat dich doch bestimmt aus einem ganz anderen Grund hierher gebracht, nicht wahr? Und dieser Grund war ihm wichtiger als deine Ausbildung zum Monteur. Du wärst viel wertvoller als Schreiber. Du könntest Assistent eines Kaufmanns werden oder eines Tages sogar Sekretär des Skrutators.«

»Ja«, sagte er mit belegter Stimme, geblendet von ihren schmeichlerischen Worten. Er verfügte nicht über die Erfahrung, um die körperlichen Vorzüge einer Frau für einen Moment aus seinem Denken zu verbannen.

»Und, was für einen Grund hatte dein Vater?« Irisis strich ihm mit zwei Fingern über die Brust.

»Ich bin außerdem ein Prüfer«, erwiderte er hastig. Das bedeutete, dass er sich in der Ausbildung zum Inquisitor befand, allerdings noch auf der untersten Stufe. Die Laufbahn umfasste die Ränge Prüfer, Querist, Perquisitor und schließlich, als höchste Machtposition, Skrutator.

»Ein Spitzel also!«, rief sie aus und bedeckte sich mit dem Laken.

Er streckte die Hand nach dem Betttuch aus, selbstbewusster als zuvor. Sie ließ ihn gewähren, als er sie durch das Gewebe liebkoste, ehe sie sich seiner Berührung wieder entzog. Nish beeilte sich, ihre Bedenken auszuräumen.

»Kein Spitzel. Ein Beobachter, der helfen soll, die Ordnung aufrechtzuerhalten. Dies ist eine bedeutende Fertigungsstätte ...«

»Wirklich?«, fragte sie. »Aber es gibt doch Hunderte. Warum ist unsere so wichtig?« Irisis beugte sich vor.

»Wir bauen die besten Klanker, weil wir die besten Steuereinheiten von allen herstellen.«

»Wie das?«, flüsterte sie, nahm seine Hand und zog sie unter das dünne Laken.

Nish gingen die Augen über. Schweißperlen bildeten sich auf seiner Stirn. »Weil wir«, begann er heiser, »die besten Hedrons haben und auch die besten Kunstwerker. Der Skrutator möchte in Erfahrung bringen, warum das so ist, um uns vor jedem Schaden zu bewahren und sicherzustellen, dass niemand unsere Geheimnisse stiehlt.«

»Einer muss ja der Beste sein. Und wenn wir die besten Kristalle haben, ist es verständlich, dass wir auch die besten Steuereinheiten haben ...«

Sie beobachtete ihn aus den Augenwinkeln. Er zögerte, ahnte er doch, dass er mehr verraten hatte, als er durfte. Sie streckte die Hand aus, ließ sie über seinen Oberkörper gleiten und bewegte sie langsam nach unten. Er stieß ein Stöhnen aus.

»Dieser Ort hat etwas an sich!«, platzte es aus ihm heraus. »Unsere Kunstwerker sind *viel* besser als die anderen, selbst wenn sie minderwertige, importierte Kristalle benutzen. Es muss an dem Feldkern hier liegen.«

Sie fuhr mit den Zärtlichkeiten fort. »Ein einfacher Prüfer wird nicht entsandt, um sich *derartiger* Probleme anzunehmen. Das ist Aufgabe der Mantiker.«

Nish sah gequält aus, als hätte er zu viel preisgegeben.

»Wie lange bist du schon ein Prüfer, Nish?«

Er errötete. »Seit ich den Brief meines Vaters erhalten habe ... vor einer Woche.«

»Und wenn er nun wüsste, was du mir erzählt hast, wärst du vielleicht kein Prüfer mehr.«

Er wurde still. Sie betrachtete ihn und hielt den Kopf leicht schief, sodass ihr glänzendes Haar seine Schulter kitzelte. Langsam ließ sie ihren Blick über seinen Körper gleiten, ehe sie bedeutungsvoll auf seine Lendenregion schaute. »Ich weiß etwas, das dir gefallen dürfte.« Sie beugte sich über ihn.

Er stöhnte auf, als sie vorzeitig innehielt.

»Wonach forschst du in Wirklichkeit, mein kleiner Spitzel?«

»Das darf ich dir nicht sagen«, erwiderte er keuchend. »Ein Prüfer, der zu viel redet, ist kein Prüfer und könnte als Sklave enden. Oder er wird liquidiert!«

»Oder man beordert ihn in die vorderste Kampfformation, was auf dasselbe hinausläuft. Lass mich nachdenken, ob ich es auch so errate. Dieser Ort ist voller Gerüchte, aber wer vermag schon zu unterscheiden, welche davon wahr und welche falsch sind? Was tut also ein Prüfer? Er achtet heimlich auf Personen, die ihrer Arbeit nicht nachkommen oder die unselige, merkwürdige Ideen vertreten – oder die sogar glauben, andere Leute als unsere Führer könnten die Welt besser regieren. Aber solche Personen haben wir hier nicht. Dies ist eine gut geführte Fertigungsstätte, in der alle zufrieden sind ... Aber es gibt noch etwas, das Prüfer tun.« Sie hielt inne, sah ihn lange an und senkte dann den Kopf wieder herab.

Er vergaß zu atmen.

Plötzlich sah sie ihm wieder geradewegs in die Augen. *»Sie jagen Spione!«*

Sein Gesichtsausdruck hätte sie beinahe zum Lachen gebracht. Er konnte keinen klaren Gedanken mehr fassen. Wie sie es liebte, Macht über Männer zu haben. Nur noch wenige Frauen waren dazu in der Lage.

»Bitte«, winselte er.

Sie sah ihn unverwandt an. Er umfasste ihren Hinterkopf mit beiden Händen und versuchte, sie nach unten zu ziehen. Sie ließ ihn ein Stück gewähren, hielt dann jedoch inne, und als er seine Kraft einzusetzen begann, entblößte sie ihre Zähne. Sie waren erschreckend scharf.

Er sah nur eine Möglichkeit, das zu erlangen, was er begehrte. Nish befeuchtete seine Lippen. »Es gibt hier einen Spion, davon ist Vater überzeugt. Zweimal schon sind geheime Informationen über die Klanker, die in dieser Fertigungsstätte hergestellt werden, weit entfernt von hier aufgetaucht.«

»Wer ist der Spion?«

»Das wissen wir nicht. Wer es auch immer ist, er ist einfach zu gerissen ...«

»Oder *sie!*«

»Oder sie«, wiederholte er und nickte.

»Ich werde dir helfen. Die Leute werden sich vor dir in Acht nehmen, da sie wissen, dass dein Vater Perquisitor ist. Warum aber sollten sie mir mit Argwohn begegnen?«

Er sah verunsichert aus.

»Du machst dir Sorgen, dass man es *mir* als Verdienst anrechnen wird und nicht dir, nicht wahr?«, sagte sie mit einem trägen Lächeln. »Du brauchst keine Bedenken zu haben – die Entlarvung von Spionen ist das Letzte, von dem ich mir wünsche, dass es mit meinem Namen in Verbindung gebracht wird.«

»Was verlangst du von mir, Irisis?«

»Das, was du Tiaan in Aussicht gestellt hast. Was mir von Rechts wegen zusteht. Ich will Werkmeisterin sein und die gesamte Arbeit an den Steuereinheiten leiten. Und eines Tages will ich Chanic der ganzen Provinz sein.«

»Aber du bist nur Kunstwerkerin, und es ist gar nicht lange her, da warst du noch Lehrling.«

»Werkmeisterin!«, wiederholte sie mit eisiger Stimme. »Und dann Chanic.«

»Die meisten Kunstwerker werden nie Werkmeister, und nur sehr wenige Werkmeister steigen in den Rang eines Chanic auf.«

»Ich habe das Talent dazu und kann die entsprechende Herkunft vorweisen. Mein Vater, mein Onkel, mein Großvater, meine Urgroßmutter und ihre Mutter – sie alle waren Werkmeister oder bekleideten sogar noch höhere Ämter. Vier Generationen lang hat meine Familie diese Stellung hier innegehabt. Mit mir wird die fünfte dieses Ziel erreichen.«

»Du bist nicht alt genug.«

»Diese Regel kann im Notfall gebrochen werden.«

»Nicht von mir.«

»Aber von einem Oberen Examinator. Du hast es Tiaan versprochen. Ich habe es gehört.«

»Du wolltest überhaupt nicht *mich!*«, rief Nish aus. »Du warst nur daran interessiert, welche Vorteile ich dir verschaffen könnte.«

»Bist du unzufrieden mit dem, was ich dir gegeben habe?«

»N... Nein!«

»Gut, denn ich kann Gejammer nicht ausstehen. Hast du Tiaan etwa belogen? Lügner hasse ich mehr als alles andere, *Nish*. Ich hoffe doch sehr, dass du mich nie belügst.«

Der Zorn, der in ihm gärte und all seine Gedanken vereinnahmte, zeigte sich in seinem Gesicht. »Ich ... ich könnte da vielleicht etwas für dich tun. Ich habe ... etwas Einfluss bei meinem Vater, mehr noch bei meiner Mutter. Ich glaube, ich könnte die beiden in diese Richtung beeinflussen, solange etwas für sie dabei herausspringt.«

Irisis glaubte ihm nicht, obwohl sie nicht viel erwartet hatte. »Ganz gewiss. Wie sollen wir unser Abkommen besiegeln?«

Sie schaute nach unten, und er nach oben. Er umfasste wieder ihren Kopf und zog ihn nach unten. Diesmal kam sie der stummen Aufforderung bereitwillig nach.

Irisis rollte sich auf die Seite und rüttelte den schlafenden Nish wach. Mühsam kämpfte er sich aus dem tiefen Schlummer und verharrte blinzelnd in lustloser Lethargie.

Sie beugte sich, gestützt auf einen Ellbogen, über Nish und sah ihn an. »Während du friedlich geschnarcht hast, habe ich meinen Kopf angestrengt.«

»Ja?«, sagte er wie betäubt.

»Ich habe eine Idee, wer der Spion sein könnte.«

Mit einem Mal saß er kerzengerade im Bett. »Wirklich?« Er packte sie am Arm und sah ihr in die Augen. »Wer ist es?«

Sie lächelte und entblößte wieder ihre scharfen Zähne. »Ich glaube, es ist Tiaan.«

Er brach in Lachen aus. »Tiaan? Du wärst nie eine gute Prüferin, Irisis.«

Schnell erhob sie sich vom Bett und wickelte sich mit einer geschmeidigen Bewegung das Laken um den Leib. Sie sah aus wie eine Marmorstatue, gefertigt von einem der alten Meister, obwohl ihre abweisende Miene diesen Eindruck verdarb. »Ach nein? Was hatte sie denn gestern im Sinn?«

»Sie hat ihrer Mutter einen Besuch abgestattet. Das macht sie jeden Monat.«

»Tiaan war viel zu lange fort.«

»Vielleicht hatte sie noch etwas einzukaufen.«

»Vielleicht traf sie sich aber auch mit einem Komplizen, um die geheimen Informationen weiterzugeben.«

»Prüfer benötigen handfeste Beweise«, gab er ihr in arroganter Manier zu verstehen. »Keine nutzlosen Spekulationen, die der Missgunst entspringen.«

»Ich werde dir die Beweise besorgen!«, zischte sie ihn an. »Und nun, mein lieber Nish, *hinaus mit dir!*«

Nish verließ Irisis' Räume. Er war zwar körperlich befriedigt, aber ängstlicher als zuvor. Wenn sie sein Vertrauen missbrauchte, würde er leiden. Fort wäre die Stellung eines Prüfers. Die Zukunft hätte er sich verbaut und müsste womöglich in der vordersten Schlachtreihe stehen, bis ein Lyrinx ihn in Stücke riss.

Irisis irrte sich. Er hatte Tiaan über einen Monat nicht aus den Augen gelassen. An ihrem Verhalten war ihm nichts verdächtig vorgekommen. Tiaan arbeitete Tag und Nacht, unterhielt sich nur mit ihrem einzigen Vertrauten, diesem alten Bergmann, und stattete gelegentlich ihrer Mutter einen Besuch in Tiksi ab. Darin bestand ihr ganzes Leben.

Wenn es *wirklich* einen Spion oder Saboteur gab – und wie es schien, musste es einen geben –, dann steckte jemand anders dahinter. Vielleicht sogar Irisis selbst, so unwahrscheinlich ihm diese Möglichkeit auch vorkam. Bei tausend Arbeitern in der Fertigungsstätte würde es nicht einfach sein, der Sache auf den Grund zu gehen.

Er wäre besser beraten, sich gut mit ihr zu stellen. Sich Feinde zu machen konnte er sich nicht leisten, schon gar nicht, wenn es sich dabei um jemanden handelte, der über so gute Beziehungen verfügte wie Irisis. Und als er an seinen Arbeitsplatz zurückkehrte, drängte sich Irisis' langer, üppiger Körper in seine Gedanken. Nish ahnte, dass er mit Irisis auf eine Goldader gestoßen war. Vermutlich würde er nie eine bessere Geliebte finden, außerdem sehnte er sich nach weiteren Lehrstunden. Besser wäre es also, sie zu ermuntern und ihren Verdacht ernst zu nehmen.

Aber wenn er auch nur den kleinsten Beweis gegen Irisis fände, würde er sie vernichten. Nicht ohne Bedauern zwar, aber ohne zu zögern.

KAPITEL FÜNF

Gi-Hads Neuigkeiten waren eine große Erleichterung für Tiaan. Sie hatte schon an ihrer eigenen Kompetenz gezweifelt, aber wenn Hedrons aus anderen Fertigungsstätten ebenfalls versagten, musste mehr dahinterstecken als schlechte Handarbeit. Verfügte der Feind etwa über eine Möglichkeit, die Steuereinheiten aus der Ferne auszuschalten? Oder gab es vielleicht sogar Saboteure hier in der Fertigungsstätte? Aber wie konnte ein Kristall lahmgelegt werden, ohne dass man es ihm ansah? So etwas war ihr noch nie zu Ohren gekommen, auch keinem der anderen Kunstwerker. Sie war die Schwierigkeiten noch nicht los.

Während alle Übrigen beim Mittagessen waren, suchte Tiaan in den Räumen des Werkmeisters nach Aufzeichnungen, die ihr Aufschluss über dieses Thema geben könnten. Aber sie fand nichts. Das dünne Buch *Die Kunst des Mantikers* legte sie dennoch nicht an seinen Platz zurück. Sie war noch nicht bereit, es aus der Hand zu geben.

Als sie die Tür verriegelte, erschien Irisis im Gang. »Was machst du hier?«, fragte sie wutentbrannt.

»Ich versuche herauszufinden, wie man einen Hedron sabotiert, ohne eine Spur zu hinterlassen«, erwiderte Tiaan im Gehen und ließ Irisis einfach stehen.

Etwas regte sich in den Augen der Kunstwerkerin. Irisis schaute Tiaan eine lange Zeit nach.

Tiaan konnte sich nur eine Herangehensweise vorstellen – sie musste tiefer in die Struktur der defekten Hedrons eindringen, auch auf die Gefahr hin, dass sie dadurch die Kristalle zerstörte. Sie berührte mit einer Hand ihren Taststein, griff mit der anderen nach dem ersten Hedron – und hielt in der Bewegung inne. Was, wenn der Schaden die Eigenschaft besaß, sich weiter auszubreiten? Sie spürte einen Kloß im Hals, als sie sich ausmalte, ihren Taststein zu verlieren. Das durfte sie einfach nicht riskieren. Statt mit der Untersuchung zu beginnen, holte sie die grobe Skizze hervor, die sie in der Nacht angefertigt hatte, und machte sich ans Werk.

Drei Tage lang arbeitete Tiaan von morgens früh bis abends spät; dann war es ihr endlich gelungen, eine Apparatur zur Erforschung von Hedrons zusammenzubauen. Die Gerätschaft bestand aus zwei verschiedenen Teilen. Der erste war eine Kugelkonstruktion – ein rundes Gitterwerk aus längs, quer und diagonal verlaufenden Kupferfäden, das aus zwei Hälften bestand, die sich auseinanderklappen ließen. Auf den Kupferfäden befand sich eine bestimmte Anzahl beweglicher Kügelchen, sodass die ganze Konstruktion gewisse Ähnlichkeiten mit einem Himmelskörpermodell besaß, das Monde und Planeten in ihren Umlaufbahnen darstellte. Die Kügelchen, von denen jedes einzigartig war, bestanden aus sorgfältig aufeinandergesetzten Streifen aus Metall, Keramik und Glas. Der zweite Teil der Apparatur war eine Helmkonstruktion aus emailliertem Silber und einem filigran gearbeiteten Kupfergeflecht, die Tiaan passend zu ihrer Kopfform gestaltet hatte. Wenn sie das Gerät aufsetzte, zog sich eine Reihe elastischer Drähte durch ihr Haar. Die abgeflachten Enden drückten seitlich und hinten am Kopf und erzeugten das Gefühl, als würde sich dort eine große, zappelnde Spinne aus Draht aufhalten. Vorne an der Stirn befand sich ein Rahmen von der Größe einer Traube – eine Einfassung, die dazu diente, ein geschliffenes Stück Kristall zu halten.

Tiaan nahm nun die Kugelkonstruktion, klappte die zwei Hälften auseinander und legte einen der fehlerhaften Hedrons hinein. Behutsam verschloss sie wieder die Kugel. Dann drückte sie ein Stück Kristall in die Einfassung an dem Helm und setzte ihn sich auf den Kopf. Die Drähte fühlten sich kalt an. Sie schloss die Augen, umfasste die Kugel mit beiden Händen und zwängte die Finger durch das Geflecht aus Kupferdraht, bis sie die Facetten des Hedrons mit den Fingerspitzen berühren konnte.

Sofort spürte sie eine Regung in seinem Herzen – eine kleine, sich verlagernde Aura, undeutlich und flüchtig, wie der Schweif eines Kometen. Mit den Fingern bewegte sie die Kügelchen an den Kupferdrähten hin und her. Bei manchen Konstellationen war die Aura stärker, bei anderen wiederum kaum wahrnehmbar. Ein- oder zweimal verschwand sie ganz. Tiaan versuchte, verschiedene Drähte in Rotation zu versetzen und ging das Geflecht von der oberen bis zur unteren Halbkugel durch. Aber auch das brachte sie nicht weiter. Ihre Apparatur war nicht stark genug, um die Aura zu *lesen*, obwohl sie bei der Untersuchung das seltsame Gefühl nicht loswurde, dass jemand nach ihr suchte. Sie öffnete ihre Tür und stellte fest, dass sich niemand mehr im Werkraum aufhielt.

Tiaan überprüfte den kleinen Kristall in ihrer Helmkonstruktion. Er war nicht besonders stark, denn sie hatte sich wahllos für einen Kristallsplitter entschieden. Sie ging die anderen abgeschliffenen Stücke durch, fand aber kein besseres; und der Korb, in den die nicht mehr benötigten Kristalle kamen, war leer.

»Gol?« Sie schaute sich nach dem Jungen um, der fegen sollte. Schließlich fand sie ihn in einer der Nischen hinter dem Schmelzofen; den Kopf hatte er auf einen Sack aus grober Rupfenleinwand gelegt. Diese kleinen Nischen waren seit der Errichtung der Fertigungsstätte die Lieblingsverstecke der Fabrikkinder. Als Tiaan noch klein war, hatte auch sie ein- oder zweimal diese Nische genutzt.

Jetzt betrachtete sie den schlafenden Jungen. Er hatte ein engelhaftes Aussehen – olivfarbene Haut, ein fröhliches, ovales Gesicht, rote Lippen und eine edle Stirn, umrahmt von schwarzen Locken.

»Gol!« Sie schüttelte ihn an den Schultern.

Er wachte nur langsam auf – wie es schien, aus einem schönen Traum, denn er lächelte, ehe er die Augen aufschlug. Als er sah, dass sie vor ihm stand, riss er die Augen weit auf.

»Kunstwerkerin Tiaan!« Hastig rappelte er sich hoch und stürzte aus der Nische: ein drolliger Versuch, sich hellwach und fleißig zu geben. »Was kann ich für Euch tun?«

Tiaan hatte Mühe, ihr Schmunzeln zu unterdrücken. Gol war zwar immer eifrig, aber er kam mit seiner Arbeit kaum nach. Da er sich immer überstürzt ans Werk machte, wusste er oft nicht zwischen einer guten und einer vollkommen unzureichenden Arbeit zu unterscheiden. Ein strengerer Ausbilder hätte diese Unart aus ihm herausgeprügelt, aber Tiaan brachte es nicht übers Herz, den Jungen zu züchtigen.

»Wo hast du die alten Kristallstücke von meiner Werkbank hingebracht?«

»Auf die Rückseite der Fertigungsstätte«, antwortete er fröhlich. »Auf den Aschehaufen. Soll ich Euch zeigen, wo?«

»Ich habe dir doch gesagt, dass du sie in den Korb in meinem Werkraum legen sollst!«, redete sie ihm scharf ins Gewissen. »Wenn das noch einmal vorkommt, Gol, schicke ich dich wieder zu deiner Mutter.« Als ob sie das tun würde. Die arme Frau war ein dummes Huhn mit sieben Kindern, denen allesamt kein anderes Schicksal beschieden war, als Lyrinxfutter zu werden.

»Tut mir leid!« Er setzte eine zutiefst zerknirschte Miene auf.

Gols Gefühlslage schwankte immer zwischen den Extremen. Tiaan fragte sich bisweilen, ob er überhaupt Verstand besaß. »Komm schon! Ich habe keine Zeit.«

Sie gingen an den Schmieden vorbei, in denen junge Burschen mit bloßem Oberkörper langstielige Hämmer schwangen. Eiryn Muss lehnte faul an einem Amboss, beäugte die Jungen und grinste unverschämt. Einige Lehrlinge machten sich hinter Eiryns Rücken über ihn lustig und ahmten ihn nach, indem sie an den rauchenden Essen vorbeischlurften und die Zunge aus dem Mund hängen ließen. Tiaan fragte sich, ob man auch von Männern wie Eiryn Muss verlangte, sich zu paaren.

Als sie an den Werkräumen der Monteure vorbeiging, warf Nish ihr einen hasserfüllten Blick zu. Seit dem Vorfall am Eingang zu ihrer Arbeitsnische hatte er sie wiederholt aufmerksam beobachtet. Eilig ging sie an den Werkbänken vorüber, hielt den Blick geradeaus und öffnete das hintere Tor.

Die Rückseite der Fertigungsstätte war ein trostloser, düsterer Ort. Die dampfenden Abwasserleitungen verbreiteten einen üblen Gestank, eine Mischung aus menschlichen Exkrementen, teerartigem Ausfluss und Schwefel, die jeder Pflanze im Umkreis von hundert Schritten den Garaus machte. Schmelzofenasche und Schlacke türmten sich zu beiden Seiten der Bergschlucht auf, die neuen Abfälle dampften noch in dem stetigen Nieselregen. Eine tausendfache Menge an Abfall hatte sich in Klumpen unten im Talkessel abgelagert. Das Wasser des Flusses, rötlich schwarz vom Eisen und von den Teerrückständen, war auf den ersten sieben oder acht Meilen stark säurehaltig und speiste eine Reihe vergifteter Tümpel, in denen kein Lebewesen mehr existieren konnte.

Gol führte sie an stinkenden Haufen vorbei und blieb dann plötzlich stehen. »Sie sind nicht mehr da!« Er brach in Tränen aus.

Tiaan trat an den Rand der Schlucht. Ammoniakschwaden trieben ihr die Tränen in die Augen. Der größte Teil des Aschebergs, gesättigt nach Wochen voller Regen und Graupel, hatte sich über die Kante gewälzt. Als zähe, dicke Masse glitt die feuchte Asche zum Flussufer hinab und sah wie ein matschiger Kuhfladen aus. Es bestand keine Hoffnung, die wertvollen Kristallsplitter wiederzufinden.

Tiaan wischte sich die tropfende Nase. »Ach, hör auf zu heulen, Gol! Warum tust du auch nie, was man dir sagt!«

Der Bursche verfiel in lautes Jammern.

»Los! An die Arbeit mit dir! Und wenn das wieder vorkommt, dann lass ich dich durchprügeln!«

Schluchzend eilte er den Pfad zurück. Tiaan lehnte sich gegen die Überreste einer Mauer; das war alles, was von einem Kloster übrig geblieben war, das über tausend Jahre lang an dieser Stelle gestanden hatte. In jener Zeit – und wahrscheinlich auch schon in den tausend Jahren vorher – waren Pilger hergekommen, um an dem heiligen Brunnen zu beten, der nun unter Schlackeschichten vergraben lag. Ob dieser Brunnen in irgendeiner Weise mit dem Feldkern in Verbindung stand?

Auf ihrem Rückweg zum Werkraum überprüfte sie die Bänke der Kunstwerker. Auch dort waren alle überflüssigen Kristallstücke beseitigt worden. Natürlich lagen neue Kristalle im Lagerraum, aber Tiaan wollte jetzt keinen davon bearbeiten. Sie brauchte einen, der eine ganz bestimmte Größe hatte, damit sie beginnen konnte. Am nächsten Morgen würde sie als Erstes wieder ins Bergwerk gehen müssen.

»Morgen, Lex, ich bin auf der Suche nach dem alten Joe. Arbeitet er immer noch in der fünften Sohle?«

Lex schälte sich aus der Enge seines Loches. Mit seinem kugeligen Bauch und der gedrungenen Gestalt sah er aus wie eine dieser lächelnden Puppen, die sich immer wieder von selbst aufrichteten, wenn man sie umkippte.

»Ich habe ihn noch nicht gesehen, Tiaan«, sagte er laut und vernehmlich; offenbar hatte er heute seine Zähne im Mund. »Glaub aber nicht, dass er da ist.«

»Er wird doch nicht krank sein?«

»Der alte Joe? Der ist zäh wie Leder. Nein, vielleicht ist er nach Tiksi gegangen.«

»Ich schau bei seiner Unterkunft vorbei, nur für den Fall. Danke, Lex!«

Sie ging zur kleinen Siedlung der Minenarbeiter, die eine Meile unterhalb des Berges lag. Eine Ansammlung von fünfzig oder sechzig Häuschen aus Naturstein war auf terrassenartigen Vorsprüngen beiderseits des Pfades errichtet worden, aber Joeyns Haus stand weiter oben am Berghang zwischen Bäumen. Die längliche, aus Granit erbaute Behausung wies zwei Räume auf und hatte ein von Moos überzogenes, strohbedecktes Dach; das Grundstück war von einem Zaun aus Flechtwerk umgeben.

Die Sonne ging gerade auf, als Tiaan das niedrige Tor aufdrückte. Ein Weg aus zerstoßenem Granit führte zu einer nach Norden gerichteten Veranda, auf der nur ein einsamer, grob gefertigter Stuhl stand. Neben der Veranda wuchsen einige Gänseblümchen. Gruppen von Herbstkrokussen zeigten sich hier und dort. Auf der anderen Seite des Gartenweges wuchsen Zwiebeln, Knoblauch, Lauchstangen und ein paar rote Kohlköpfe.

Die Tür war geschlossen, aber aus dem Schornstein stieg Rauch auf. Tiaan klopfte an die Tür. Niemand machte ihr auf. Erneut klopfte sie und meinte, ein Geräusch aus dem Haus zu vernehmen. Entschlossen drückte sie die Tür auf, da sie Angst hatte, dem alten Mann könnte etwas passiert sein.

Im Haus war es dunkel. Die fensterlosen Räume wurden nur schwach vom Schein eines offenen Kaminfeuers erleuchtet. Zunächst konnte sie nichts erkennen.

»Na, wenn das nicht Tiaan ist!«, vernahm sie eine heisere Stimme aus der Richtung des Kamins. »Komm nur herein, meine Liebe.«

Endlich hatten sich ihre Augen an die schlechten Lichtverhältnisse gewöhnt, und Tiaan machte eine Gestalt aus, die auf einer schmalen Bank am Feuer saß. Joeyn begann, sich zu erheben, hielt dann aber inne, als er einen Hustenanfall erlitt.

»Ist alles in Ordnung mit dir, Joe?« Sie eilte zu ihm.

Er wischte sich das Gesicht mit dem Ärmel ab. »Bergmannlunge!«, keuchte er, räusperte sich und spie dann ins Feuer. »So ist das jeden Morgen.«

»Ich habe mir schon Sorgen gemacht. Ich dachte, dir wäre irgendetwas zugestoßen.«

»Ich habe mein Soll erfüllt. Mir war heute nicht danach, zur Arbeit zu gehen.«

»Aber ...«

»Ich bin jetzt sechsundsiebzig, Tiaan. Ich mache nur noch weiter, weil ich sonst nichts zu tun hätte, wenn ich aufhören würde. Aber an manchen Tagen fühle ich mich nicht kräftig genug, um zur Arbeit zu gehen.«

»Soll ich dir irgendetwas bringen?«

»Ich bin kein Invalide«, sagte er mit einem Lächeln. »Aber gegen eine Schale Ghill hätte ich nichts einzuwenden, wenn du mich schon bedienen möchtest. Es ist dort in dem Glas auf dem Sims.«

Tiaan griff nach dem Glas, nahm einige gebogene Stücke Ghi-Holz heraus und schob den Kessel über das Feuer. »Stark oder eher dünn?«

»Stark wie Teer. Nimm fünf Stücke, und lass sie eine Weile köcheln. Setzen wir uns auf die Veranda.«

Er trug einen Stuhl ins Freie, und Tiaan setzte sich auf den, der bereits draußen stand. Schweigend sahen sie zu, wie die Dunstschwaden der Frühe zwischen den Kiefern aufstiegen. Der Wind fuhr seufzend durch den Flechtwerkzaun.

Schließlich brach Joeyn das Schweigen. »Ich freue mich immer, dich zu sehen, Tiaan, obwohl ich mich frage, was du zu dieser frühen Stunde hier machst.«

»Wie soll das mit meiner Partnersuche weitergehen, Joe?«

Der alte Mann bedachte sie mit einem gütigen Blick und lächelte still in sich hinein. »Ich sehe da kein Problem.«

»Ich fürchte nur ...«

»Es ist keine so große Bürde, Tiaan.«

»*Darum* geht es mir ja auch nicht. Ich bringe dir das Ghill.« Sie erhob sich abrupt und kam mit zwei hölzernen Trinkschalen zurück. Es duftete nach gepfeffertem Zimt.

Während sie ihr Ghill schlürften, kam Tiaan auf das Problem mit dem Kristall zu sprechen.

Joeyn saß gedankenversunken da. »Du möchtest also, dass ich dir einen anderen Kristall suche.«

»Und zwar den stärksten, den es gibt. Der letzte hatte nicht genug Kraft.«

»Und vermutlich ist es dringend.«

»Gi-Had drohte mir, mich in die Gebäranstalt zu schicken, wenn ich das Problem nicht bis zum Ende der Woche löse.«

»Als ob er das tun würde! Du bist doch viel zu wertvoll für ihn, Tiaan.«

»Warum hat er mir dann damit gedroht, wenn er es nicht so gemeint hat?« Tiaan konnte manchmal die Stimmungen der Leute nicht gut deuten und wusste daher oft nicht, wie ernst die Worte gemeint waren. »Er steckt in Schwierigkeiten wegen der Klanker, die versagt haben. Und Vorarbeiter Gryste erzählt ihm bei jeder Gelegenheit, was ich gemacht oder nicht gemacht habe. Er mag mich nicht.«

»Gryste mag hier doch niemanden, Tiaan. Insbesondere seitdem ...«

»Was meinst du?«

Joeyn nahm einen Schluck aus der Trinkschale. »Eigentlich sollte er Aufseher werden, aber als Gi-Had dann als gefeierter Held aus dem Krieg zurückkehrte, wurde Gryste übergangen. Dann leistete Gryste seinen Militärdienst. Man gab ihm die Schuld für eine Niederlage, die er nicht zu verantworten hatte, und er wurde zu einem einfachen Soldaten degradiert. Seitdem steht er mit allem und jedem auf Kriegsfuß. Und mit seiner speziellen Angewohnheit tut er sich selbst auch keinen Gefallen.«

»Du meinst die Nigah-Blätter?«

»Genau. Die wecken den Zorn in einem Mann. Und das Zeug ist teuer.«

»Ich habe Angst vor ihm. Der Krieg läuft wirklich schlecht, Joe. Verzweifelte Leute machen dann dumme Sachen.«

»Der Krieg läuft schon schlecht, solange ich denken kann. Nach einer Weile glaubt man nicht mehr alles, was man so hört. Ich bin schon so alt, dass ich erlebt habe, wie die Historien umgeschrieben wurden.«

»Aber was in den Historien steht, ist doch die Wahrheit!«, rief sie entrüstet aus. Mehr noch, sie stellten die Grundpfeiler der Welt dar. Die Geschichtsschreibung infrage zu stellen kam einer Blasphemie gleich.

»Ganz gewiss«, erwiderte er gelassen. »Aber wessen Wahrheit?«

»Ich weiß nicht, wovon du da redest.«

»Das geht vielen Leuten so. Kaum noch jemand wird heutzutage so alt wie ich. Hast du je von der *Geschichte des Spiegels* gehört?«

»Das soll eine ungeheure Lüge gewesen sein.«

»Nun, als ich noch ein kleiner Junge war, hielt sie niemand für eine Lüge. Sie gehörte zu den Großen Geschichten, und in jenen fernen Tagen war Llian von Chanthed einer der berühmtesten Chronisten. Jetzt schimpfen ihn alle nur noch Llian den Lügner und sehen in ihm den Mann, der die Historien verdarb. Und warum?«

»Ich vermute, dass jemand beweisen konnte ...«

»Die bedeutendsten Leute jenes Zeitalters waren zugegen, als er die Große Geschichte erzählte – Nadiril der Bibliothekar, Yggur, Shand, Malien aus dem Volk der Aachim. Über einen Zeitraum von einhundertdreißig Jahren hatte niemand etwas gegen die Geschichte einzuwenden, doch plötzlich ließ der Rat der Skrutatoren sie umschreiben. Warum, Tiaan?«

»Ich weiß es nicht.«

»Dieser Krieg hat alles zerstört, was uns einst heilig war.«

Sie rutschte unruhig auf dem Stuhl hin und her. »Mir gefällt das nicht, wenn du so redest, Joe.«

Er kam wieder auf das vorherige Thema zu sprechen. »Ich kann mir nicht vorstellen, dass die Gebäranstalt zu dir passen würde.« Er warf ihr ein durchtriebenes Grinsen zu. »Obwohl du dann natürlich ein angenehmes Leben hättest und in Luxus schwelgen könntest ...«

»Hör auf, dich darüber lustig zu machen, Joe! Ich will mich nicht wie eine Gebärmaschine behandeln lassen.« Sie war knallrot angelaufen. »Ich liebe meine Arbeit, und ich kann das besser als sonst jemand. Ich möchte einfach nur meine Arbeit tun und mein Leben leben.«

»Mehr wollen wir doch alle nicht. Unglücklicherweise hat der Krieg –«

»Dieser verfluchte Krieg!«

»Dennoch glaube ich nicht, dass Gi-Had dich nach Tiksi schicken würde, Tiaan. Du bist seine beste Kunstwerkerin.«

»Es mag ja sein, dass ich ein ungewöhnliches Talent besitze«, meinte sie nachdenklich.

»Das ist mir auch zu Ohren gekommen. Weißt du, von wem du es hast?«

»Von meiner Mutter, wenn du sie fragst«, antwortete sie spöttisch, »aber sie versuchte immer, *mein* Talent zu unterdrücken.«

»War das so?«

»Mir wurde zum ersten Mal bewusst, dass ich eine besondere Begabung habe, als ich mit sechs Jahren vor dem Examinator erscheinen musste. In einem der Tests hielten sie ein Bild hoch, nur eine Sekunde lang, und dann stellten sie mir Fragen dazu. Ich wusste sämtliche Antworten. Sie waren erstaunt, aber ich fand das überhaupt nicht schwierig, denn vor meinem geistigen Auge konnte ich das Bild perfekt sehen. Ich sehe es immer noch vor mir: eine Familie, die auf einer grünen Wiese Spiele spielt. Eine Mutter, ein Vater, ein Mädchen, zwei Jungen und ein Hund!« Sie stieß einen tiefen Seufzer aus. »Danach zeigten sie mir alle möglichen Bilder. Darunter waren Karten von Orten, von denen ich noch nie etwas gehört hatte, Zeichnungen eines Uhrwerks und ein Wandteppich, auf dem die Historien abgebildet waren. Meine Antworten waren perfekt, weil mir jedes Bild immer genau vor Augen stand.«

»Was haben die dich sonst noch gefragt?« Joeyn war von ihren Worten fasziniert. »Ich wurde ja nie examiniert. Das gab es in meiner Kindheit noch nicht.«

»Das wusste ich nicht«, sagte Tiaan erstaunt. »Nun, mich fragten sie alles Mögliche. Dann musste ich lesen, buchstabieren, mir etwas merken, zielen und werfen, Zahlenrätsel machen und so weiter.« Sie lächelte, als sie sich an eine besondere Begebenheit erinnerte.

»Eine Sache schien gar kein Test zu sein. Die Examinatoren legten ein kleines Stück Honigwabe vor mir auf den Tisch und sagten, sie gingen nun eine Weile fort, und wenn ich es bis zu ihrer Rückkehr nicht berühren würde, könnte ich ein wirklich großes Stück bekommen.«

»Und, hast du davon genascht?«, fragte Joeyn.

»Nein, obwohl ich es gern getan hätte. Bei anderen Übungen musste ich etwas aus Rädchen, Metallteilen und Zahnrädern zusammensetzen. Darin war ich schlecht.«

»Das ist seltsam für jemanden, der Steuereinheiten anfertigt.«

»Ich hatte nie diese Art von Spielzeug, als ich klein war. Mutter äußerte sich immer verächtlich gegenüber Leuten, die mit den Händen arbeiteten. Ihre Tochter sollte etwas anderes lernen. Die Examinatoren schienen enttäuscht zu sein, als habe mein Unvermögen mit den kleinen Metallbauteilen mein anderes Talent überschattet. Ich weiß noch genau, dass sie in einer Ecke miteinander tuschelten, mir heimlich Blicke zuwarfen und die Köpfe schüttelten.«

»Und wie kam es dann, dass du doch in der Fertigungsstätte gelandet bist?« Joeyn nahm noch einen Schluck aus der Schale und lehnte sich in seinem Stuhl zurück.

»Beim letzten Test ging es um eine Sammlung von Kristallen; ich vermute heute, dass es sich um Hedrons handelte. Zumindest bei einigen. Die anderen waren bestimmt unbrauchbare Minerale. Sie legten mir den ersten in die Hand. Er war dunkelgrün. Eine Maske wurde vor mein Gesicht gehalten, und dann baten sie mich, zu beschreiben, was ich sah.« Sie unterbrach sich, um sich mit einem weiteren Schluck zu stärken.

»Was hast du gesehen?«

»Überhaupt nichts. Ich hatte das Gefühl, in einem weiteren wichtigen Test versagt zu haben. Jemand nahm mir den Kristall weg und drückte mir einen anderen in die Handfläche. Ich konzentrierte mich, hatte aber keine Vorstellung davon, was ich sehen sollte.«

Joeyn lehnte sich nun an die Wand und hielt die Augen geschlossen.

Tiaan fuhr fort: »Sie reichten mir einen dritten Kristall. Der war richtig kalt. Ich war im Begriff zu sagen: ›Bei diesem kann ich auch nichts erkennen …‹, als eine rosafarbene Welle durch mein inneres Auge wogte. Sie verschwand, und offenbar hatte ich einen Ruf des Erstaunens ausgestoßen. Ich versuchte, die Welle zurückzuholen. Jemand fragte laut: ›Was hast du gesehen, Kind?‹ Der Kristall wurde in meiner Hand wärmer, und plötzlich war mir, als blickte ich hinab auf einen Teich, dessen Oberfläche von einem Ölfilm überzogen war. Ich beobachtete die Strukturen, und die Zeit schien stillzustehen. Ich entdeckte wabernde Farbschichten, die von oben nach unten liefen, sich vor und zurück bewegten und miteinander verschmolzen. An manchen Stellen bildeten sie kleine Strudel, wie im Wasser, das in einen Abfluss fließt, dann tauchten sie an anderer Stelle wie aus dem Nichts wieder auf und verbanden sich wieder miteinander. Es sah wunderschön aus! Dann war das Farbspiel verschwunden. Die Examinatoren hatten mir den Kristall weggenommen. Ich hatte ihn eine ganze Stunde benutzt! Ich sehnte mich wie verrückt danach; ich musste den Kristall wiederhaben. Ich trat wie wild um mich und schrie, was ich mein ganzes Leben noch nicht getan hatte. Es waren die *Nachwehen*, die ich damals zum ersten Mal spürte. Nichts schien mehr Bedeutung zu haben; ich musste den Kristall einfach haben. Ich erzählte ihnen, was ich gesehen hatte, und merkte, wie aufgeregt sie alle waren. Ich wollte gerne einen anderen Kristall ausprobieren, aber sie nahmen sie alle an sich und schickten mich wieder zu meiner Mutter. Einige Wochen später, nachdem ein Ausbildungsvertrag unterzeichnet worden war, schickte man mich in die Fertigungsstätte. Marnie war außer sich vor Wut. Sie hatte eine ganz andere Lehre für mich vorgesehen, eine, die in ihren Augen Ansehen genoss; aber die Examinatoren hatten ihre Entscheidung gefällt.«

»Denn du solltest bei den Fertigern für Steuereinheiten in die Lehre gehen, nicht wahr?«, fragte Joeyn.

»Ja, obwohl ich zwei Jahre lang nichts anderes tat als fegen, sauber machen und den Abfall wegschaffen. Ich war nicht mehr die clevere kleine Tiaan, ich war die Göre aus der Gebäranstalt. In gewisser Weise bin ich das immer noch. Ich habe hier nie Freunde finden können.«

»Die einsame Katze«, murmelte Joeyn vor sich hin. »Du bist eben anders als die anderen, Tiaan.«

»Wie meinst du das?«

»Du vermittelst den Eindruck, dass du niemanden brauchst. Dadurch stößt du vermutlich manche deiner Mitarbeiter vor den Kopf.«

»Ich möchte eben ... andere Dinge. Wie dem auch sei, der alte Werkmeister Barkus nahm mich in die Lehre, als ich acht war. Zu Beginn kam ich mir völlig nutzlos vor. All die anderen waren geschickt mit den Händen, aber ich schien fünf Daumen an einer Hand zu haben. Ich brauchte eine halbe Ewigkeit, ehe ich die einfachsten Griffe beherrschte.«

»Was hast du dann mit dir angefangen?«, wollte er wissen, doch das Grinsen, das sich um seinen Mund andeutete, verriet ihr, dass er die Geschichte bereits kannte. Und das mochte stimmen, denn sie hatte damals wahrlich für Aufsehen gesorgt.

»Ich musste immer noch an den Kristall denken und an die schönen Farbspiele, die ich darin gesehen hatte. Ich sehnte mich beinahe verzweifelt nach den Bildern. Es gab nun jede Menge Hedrons in den Werkräumen der Kunstwerker, aber den Kristallen durfte ich nicht zu nahe kommen. Lehrlinge dürfen Hedrons erst berühren, wenn sie zwölf sind. Ich leerte den Abfalleimer, aber die Splitter, die ich fand, stammten von Kristallen, die noch nicht zu Hedrons erweckt worden waren. Ich probierte sie alle aus, konnte aber nichts sehen. Dann, wenige Monate nach dem Lehrbeginn beim Werkmeister Barkus, wurde versehentlich ein Stück von einem Hedron weggeworfen. Ich hatte inzwischen längst aufgehört, bewusst nach Kristallsplittern zu suchen, und daher kippte ich den Inhalt der Abfalleimer ahnungslos auf den Müllhaufen. Während ich das tat, spürte ich ein Blitzlicht und sah kaleidoskopartige Farben. Ich brauchte Stunden, ehe ich in dem Haufen aus Kristallstücken und Schlacke den Splitter vom Hedron fand, aber sowie ich ihn mit den Fingern berührte, hatte ich wieder die Bilder vor Augen. Ich sah Dinge, die sonst niemand sah, schöne Farben und Muster, die sich ineinander verschoben. Für mich ergab das alles keinen Sinn, und daher besuchte ich von jenem Tag an heimlich Werkmeister Barkus' Vorlesungen. Ich bin mir allerdings sicher, dass er etwas ahnte. Er sagte zwar nie etwas, aber immer wieder kam es vor, dass er sich in der Darstellung irgendeiner abstrusen Theorie unterbrach, um ein paar Grundlagenkenntnisse vorzutragen. Für die älteren Lehrlinge waren diese kurzen Ausführungen vollkommen überflüssig, sodass sie sich anschauten und fragten, ob er allmählich senil wurde. Auf diese Weise erfuhr ich jedoch eine Menge.«

»Was hast du zum Beispiel gelernt?«, fragte Joeyn beiläufig.

»Welche Funktion die Hedrons haben. Ich war wie besessen davon. Mein Kristall war für mich wie der Freund, den ich nie hatte. Den ganzen Tag über hielt ich ihn in der Hand. Auch nachts. Besser als sonst jemand in der Fertigungsstätte lernte ich, wie man das wechselhafte Feld las, das sich hier um den Feldkern legt. Als ich neun war, fertigte ich einige Bilder an, um darzustellen, wie das Feld sich an jedem Tag eines Monats wandelte. Diese Veränderungen waren nämlich nicht dem Zufall unterworfen, wie jeder glaubte. Es gab ein Muster, aber bis dahin hatte eben niemand das Feld so deutlich gesehen, um das Muster auch nur ansatzweise zu erkennen. Mit meinen Bildern lief ich dann in die Räume des Werkmeisters ...« Sie unterbrach sich in ihren Ausführungen, da sie ein leichter Schauer befiel. »Ich platzte in eine Besprechung, bei der auch der alte Aufseher und ein Perquisitor zugegen waren!«

Joeyn kicherte leise.

»Im Zimmer herrschte Totenstille. Dann drehte der Perquisitor meine Bilder schweigend zur Wand. Der Raum wurde versiegelt, eine Wache wurde vor die Tür beordert, und dann wurde ich von dem strengsten alten Mann befragt, der mir je begegnet war. Woher ich die Bilder habe, wollte er wissen. Ich hatte schreckliche Angst, dass er mich prügeln würde. Das tat er dann auch, als ich ihm nicht schnell genug antwortete, aber es sollte noch schlimmer für mich kommen, denn er nahm mir meinen Hedron weg. Seit Monaten hatte ich den Kristall Tag und Nacht bei mir gehabt und durchlebte nun die furchtbarsten Entzugserscheinungen. Ich glaubte, ich würde sterben. Vier Tage lag ich im Fieberwahn. Der Perquisitor konnte anfangs nicht glauben, dass ich das Feld allein aufgezeichnet hatte. Erst nachdem sämtliche Kunstwerker und Steuermänner in der Fertigungsstätte verhört worden waren, ahnte er, was es mit meiner Begabung auf sich hatte. Ich hatte eine genauere Karte entworfen als die Armee. Das waren Informationen von unschätzbarem Wert, natürlich auch für den Feind. Und als ich dann dem Perquisitor sagte, dass ich das Feld sogar verändern könnte, saß er sprachlos auf seinem Lehnstuhl. Auf diese Weise beziehen nämlich die Meister aus dem Feld Energie, weißt du, und das ist ein gut gehütetes Geheimnis. Er hatte große Bedenken, dass ein Kind meines Alters, das oft gedankenlos daherredet, irgendeine wichtige Bemerkung fallen lassen könnte. Zudem befürchtete er, ich würde Energie aus dem Feld ziehen, ohne es überhaupt zu wissen, und dadurch andere Leute oder mich selbst töten. Für ihn gab es damals nur einen Ausweg.«

Sie schwieg einen Moment. Dann erklärte sie nicht ohne Stolz: »An jenem Tag begann meine Ausbildung, eigentlich drei Jahre zu früh, obwohl sie deswegen nicht eher endete. Barkus ließ mich von Anfang an mit den Hedrons arbeiten, aber mein Talent machte es nicht unbedingt leichter. Nun, den Hedron zu handhaben fiel mir nicht schwer, aber alles andere machte mir Mühe. Es war der reinste Albtraum, als ich lernen musste, wie man die Steuereinheiten aus den winzigen Bauteilen zusammensetzt. Ich war bestimmt der schlechteste Lehrling von allen Jahrgängen des Handwerks. Ich gab mir wirklich Mühe, aber besser wurde es dadurch auch nicht.«

»Aber letzten Endes hast du dein Handwerk erlernt.«

»Ja. Meine Steuereinheiten sind zwar nicht so schön wie die von Irisis, aber sie funktionieren besser.« Sie bückte sich, um den Duft der Herbstkrokusse zu genießen. »Der andere Bereich barg mindestens genauso viele Hürden.«

Joeyn wartete, dass sie fortfuhr.

»Dinge mit einem Hedron zu sehen ist einfach. Aber die verfluchte Steuereinheit auf den Hedron abzustimmen und dann auf das Kraftfeld auszurichten, das war das Schwierigste, das ich je versucht habe.«

Er nippte wieder an seinem Ghill und verzog das Gesicht. »Das Gebräu schmeckt ein bisschen schal.«

»Tut mir leid«, sagte sie sogleich. »Ich …«

»Das liegt am Ghi, Tiaan, nicht an der Zubereitung. Fahr nur fort.«

»Als Studenten hatten wir keine eigenen Hedrons. Wir mussten welche benutzen, die vor Jahren für die Auszubildenden gefertigt worden waren. Sie *passten* niemals! Ich nahm ständig einen eigenartigen Nachhall wahr, da verschiedene Leute vor mir dem Hedron ihren Willen aufgezwungen hatten, wodurch der Kristall nicht selten missbraucht wurde, wie es eben in der Ausbildung vorkommt. Wie dem auch sei, die Hedrons waren von Beginn an fehlerhaft.«

»Man gibt den Lehrlingen eben keine guten Kristalle«, meinte Joeyn. »Sie würden sie nur ruinieren.«

»Sicher.« Tiaan schritt zu dem kleinen Tor aus Flechtwerk und sah in den Wald.

»Du hattest gerade begonnen, von der Feinabstimmung der Steuereinheit zu erzählen«, rief er ihr nach einer Weile in Erinnerung.

Sie kam zurück auf die Veranda. »Ja, natürlich. Fast alle Hedrons haben Fehler, und an die hundert Einzelteile der Steuereinheit müssen so ausgerichtet werden, dass sie diese Fehler mit einrechnen. Manchmal weiß man nicht, wie man das machen soll. Bewegt man bei der Feinabstimmung einen Teil ein Stückchen zu weit, bricht alles andere zusammen. Und dann dauert es manchmal einen Tag, bis man da wieder anfangen kann, wo man aufgehört hat, selbst wenn man weiß, was man falsch gemacht hat. Aber als Lehrling weiß man so etwas nie, und die Prügel, die man dann bezieht, macht alles nur noch schlimmer.«

»Ich hätte nie gedacht, dass der alte Barkus seine Lehrlinge gezüchtigt hat«, meinte Joeyn und runzelte die Stirn.

»Er war ein sanftmütiger alter Mann. Geschlagen haben uns die älteren Lehrlinge. Sie lehnten mich ab. Aber das ist alles lange her. Ich brauchte eine Ewigkeit, alles zu lernen, aber als ich es dann verinnerlicht hatte, war alles ganz einfach. Ich brauchte nicht einmal darüber nachzudenken, wie man eine Steuereinheit einstellte, zumal ich unterdessen meinen eigenen Taststein angefertigt hatte. Plötzlich konnte ich das Feld ganz deutlich sehen. Es war ...«

»Als habe man seine eigenen Augengläser«, sagte Joeyn, »anstatt die eines anderen zu benutzen.«

»Genau. Ich weiß nicht, was ich machen würde, wenn mein Taststein abhandenkäme.« Tiaan fasste sich unwillkürlich an den Hals, wo normalerweise ihr Taststein hing, merkte dann aber mit Schrecken, dass sie ihre Kette auf der Werkbank vergessen hatte. Ein ungutes Gefühl bemächtigte sich ihrer, obwohl niemand es wagen würde, den Taststein eines Kunsthandwerkers zu berühren.

»Ich denke, wir sollten aufbrechen.« Joeyn leerte seine Schale.

Tiaan blieb nachdenklich auf der Veranda stehen. »Ich mache mir Sorgen, Joe. Irisis versucht, meine gute Arbeit so darzustellen, als ob es ihr Verdienst sei, und gibt mir die Schuld für alles, was schiefläuft. Sie hasst mich, weil ich besser bin als sie. Und sie fürchtet, dass ich eines Tages zum Werkmeister ernannt werde. Nur weil ihr Onkel diese Stellung innehatte ...«

»Und ihr Vater und Großvater auch. Für viele Leute ist die Herkunft wichtiger als alles andere.«

»Und ich kann mich auf keine besondere Herkunft berufen, weil ich meinen Vater nicht kenne.«

»Nun, den fehlenden Stammbaum musst du durch Fleiß und Klugheit wettmachen. Lass uns in die Mine gehen, vielleicht finden wir etwas für dich.«

Joeyn ließ den Korb in den Schacht hinab und kurbelte auch dann noch weiter, nachdem sie die fünfte Sohle passiert hatten.

»Ich dachte, hier unten wäre alles geschlossen worden«, sagte Tiaan, als der Korb unten in der sechsten Sohle mit einem Ruck zum Stehen kam.

»Ist es ja auch.«

»Ist es dann nicht gefährlich?«

»Einige Bereiche schon. Glücklicherweise kenne ich mich hier aus.«

Sie blickte unsicher über den Rand des Korbes in die Tiefe. Der Schacht verlor sich in der Finsternis. »Was ist dort unten?«

»Die Sohlen sieben, acht und neun. Aber fahr *nie* dort unten hin!«

»Ist der Fels dort unsicher?«

»Ja, und einige Bereiche stehen unter Wasser. Pech für uns, denn dort unten sind die Erzvorkommen reicher als in allen höher gelegenen Stollen.«

»Gibt es dort auch noch Kristalle?«

»Weiß ich nicht. Das war vor meiner Zeit. Damals interessierte sich niemand für Kristalle. Zumindest nicht hier. Wahrscheinlich hat man alles mit dem Abraum auf einen Haufen geworfen, es sei denn, jemand hat Gefallen an irgendeinem hübschen Stück Kristall gefunden.«

»Vielleicht sollte ich es dort versuchen«, dachte Tiaan laut nach.

»Zu spät. Ich habe mich dort bereits umgeschaut, als Barkus mich zum ersten Mal gebeten hat, einen Kristall zu suchen. Ich habe nichts spüren können. Sie müssen frisch abgebaut werden.«

»Ob das vielleicht das Problem ist?«, sagte sie nachdenklich. »Vielleicht hatten die Steuermänner die Steuereinheit draußen in der Sonne, und die letzten Kristalle reagierten empfindlich darauf.«

»Mag sein. Es könnte an der Hitze liegen, aber genauso gut an Kälte oder Feuchtigkeit. Kommst du?«

Der Stollen war so gebaut worden, dass er den Flözen folgte, und hatte daher zahlreiche Windungen und Abzweigungen. Es gab viele Sackgassen, wo die Flöze ausliefen oder durch Verwerfungen und Scherzonen voller Gesteinsbrocken sowie klebrigem Lehm abrissen. Nach vielen mühsamen Schritten erreichten sie einen kleinen Hügel aus Geröll. Joeyn betrachtete die Steine genau und hielt die Laterne hoch, um die Decke der Kaverne besser sehen zu können.

»Siehst du die Risse dort oben? Hier verläuft eine alte Bruchzone. Das Felsgestein wird zusammengedrückt und nur noch von den Flözen aus Quarz gehalten.«

Sie sah in die Richtung, in die er zeigte. Ein Geflecht aus Rissen zog sich über die Decke. Ein anderer, größerer Riss schlängelte sich am Stoß des Stollens nach unten und verschwand in der Dunkelheit. »Was passiert, wenn ...?«

»Wenn der First hier über uns zusammenstürzt, sind wir tot! Weiter hinten könnten wir vielleicht gerade so viel Geröll beiseiteschieben, dass wir entkämen. Hängt davon ab, wie viel herunterstürzt. Möchtest du immer noch weiter?«

»Können wir den Kristall, den ich brauche, auch woanders finden?«

»Nicht auf die Schnelle.« Er hob eine Braue, in der sich schon Gesteinsstaub verfangen hatte.

»Ich mache, was immer du sagst.«

»Es gab viele Bergleute, die vor ihrem Tod davon überzeugt waren, dass der First halten würde. Dennoch, ich glaube, dieser wird halten. Wir gehen vorsichtig weiter. Keine lauten Geräusche. Bleib zehn Schritte hinter mir, denn wenn ich etwas lostrete ...«

Tiaan wurde von einem Schauer erfasst, als sie spürte, wie die Decke über ihr sich verzog. Er klopfte ihr auf die Schulter. »Ich fing mit acht Jahren im Bergwerk an. Über die Jahre entwickelt man ein Gespür für Gefahr, wenn man überlebt.«

Sie hielt gebührenden Abstand zu Joeyn und warf immer wieder ängstliche Blicke zur brüchigen Decke. Schotterstückchen rieselten ihr in den Nacken. Der Stollen schien kein Ende zu nehmen. Sie passierten noch weitere unsichere Stellen, ehe Joeyn an einer dreifachen Gabelung stehen blieb. Tiaan erkannte, dass sich vor ihnen drei Sackgassen befanden, die wie amputierte Finger im Fels endeten.

»Dort oben!« Joeyn zeigte mit einem Meißel an die Felswand.

Tiaan hielt ihre Grubenlampe hoch. Im mittleren Ende des Stollens zog sich entlang der Wand eine breite Ader. Sie starrte nur so von Kristallen, von denen manche faustgroß oder noch voluminöser waren und vollkommener aussahen als alle Kristalle, die Tiaan je gesehen hatte. Außerdem spürte sie noch etwas – das Feld. Sie wünschte, sie hätte ihren Taststein nicht vergessen, um die Aura deutlicher wahrnehmen zu können. Wenn sie die Augen schloss, vermochte sie beinahe die farbigen Strudel und Schwaden zu sehen, die sich in Farbabstufungen wie dünne Nebelfinger wabernd durch die drei Dimensionen zogen. Ihre ganze Sinneswahrnehmung war geschärft, als würde das Feld alle Eindrücke verstärken. Sie wollte diese Kristalle haben. Schon eilte Tiaan unbedacht los.

Joeyn packte sie am Kragen, als sie an ihm vorbeihastete. »Halt!«

Sie erschrak und wäre beinahe gestrauchelt. Sie rieb sich den Hals, da der Kragen in ihre Haut schnitt. Joeyn stützte sie.

»Tut mir leid. Ich wollte dir nicht wehtun. Aber dort ist es nicht sicher.«

Die Decke oberhalb der Kristallader wies konzentrisch verlaufende Bruchlinien auf und Risse, die strahlenartig die Mitte verließen. Das Muster erinnerte stark an ein Spinnennetz.

Ein Prickeln lief über ihre Haut. »Ich weiß nicht, warum ich so schnell loslief, Joe. Ich spürte bloß, wie ich von der Ader angezogen wurde.«

»Ich kann die Kraft auch spüren. Das habe ich hier unten oft erlebt, obwohl ich nie in Versuchung geriet. Aber ich weiß nicht, wie wir an diese Ader herankommen sollen, Tiaan. Der First sieht schlimmer aus, als ich ihn in Erinnerung habe. Er wird einstürzen. Bald!«

»Können wir ihn denn nicht irgendwie stützen?«

Mit kritischem Blick betrachtete er den Fels. »Wird nicht einfach sein. Könnte Tage dauern, bis man genügend Balken hat. Vermutlich würde alles über uns zusammenstürzen, wenn wir gerade dabei sind, den First abzustützen.«

»Und wenn wir ihn absichtlich zum Einsturz bringen?«

Er strich sich über das Kinn. »Man weiß nie, was sonst noch alles herunterkommt. Der gesamte Stollen könnte einstürzen.«

Tiaan gab einen Laut der Enttäuschung von sich, denn ihre letzte Hoffnung war in weite Ferne gerückt.

Joeyn schritt auf und ab und betrachtete die Decke aus verschiedenen Blickwinkeln. »So schnell geben wir nicht auf.«

Er setzte sich, zog ein aufgerolltes Seil aus seiner Tasche und machte einen Laufknoten in ein Ende. Dann befestigte er die Schlinge am Stiel seiner Hacke und schlich an der Wand entlang, bis er der Ader so nah wie möglich war, ohne direkt unter der rissigen Decke zu stehen.

Er reckte die Hacke nach oben, kam aber nicht hoch genug. Danach wagte er sich noch ein wenig weiter vor, stand fast unmittelbar unter der gefährlichen Zone. Doch er kam immer noch nicht hoch genug. Schließlich stellte er sich genau darunter und brachte nun endlich den Stiel in die Nähe eines Kristalls, der ein Stück weit aus der Ader herausragte. Der alte Bergmann versuchte, den Knoten um diesen Teil des Kristalls zu schieben. Doch das Seil fiel herunter.

Joeyn ließ sich nicht beirren und unternahm einen zweiten Versuch, erneut ohne Erfolg. Er probierte es ein drittes Mal, und nun legte sich die Laufschlinge um den Kristall. Mit der Hacke zog er vorsichtig das Seil straff und riss daran. Der Kristall bewegte sich kein Stück. Joeyn riss kräftiger, doch da riss das Seil.

Er stieß einen Fluch aus und wurde von einem Hustenanfall geschüttelt. Keuchend und nach Luft ringend stand er vornübergebeugt da.

»Du darfst dort nicht stehen bleiben!«, rief Tiaan. »Geh zur Seite!« Sie malte sich aus, wie er unter der tonnenschweren Last begraben würde. Kein Kristall war es wert, ein solches Wagnis einzugehen.

Der Hustenanfall legte sich. Joeyn wischte sich über den Mund, schenkte ihr ein mattes Grinsen und schaute wieder nach oben. »Mein Tag ist noch nicht gekommen, Tiaan.«

»Wie viele tote Minenarbeiter mögen diesen Satz bereits gesagt haben?«, gab sie murmelnd zurück.

»Tausende.« Sein Grinsen wurde breiter.

Er warf das Seil fort, schlich erneut an der Felswand entlang, hielt den Stiel der Hacke wieder in die Höhe, sprang hoch und schlug den kleinen Kristall aus der Ader. Staub rieselte von der Decke, einzelne Steine lösten sich. Tiaan hielt den Atem an! Doch Joeyn ergriff den Kristall und bewegte sich vorsichtig zurück, während weitere kleine Steine aus der Decke fielen.

Als er schließlich sicheres Terrain erreicht hatte, kam er so leichtfüßig und beschwingt auf Tiaan zu, dass sie staunte: Noch nie hatte sie den alten Mann in der Weise gehen gesehen.

»Werte Dame!« Er hielt ihr den Kristall hin und vollführte eine Verbeugung.

»Danke.« Sie umarmte ihn. Aus Versehen kam er mit dem Kristall an ihr Ohr, und sie versteifte sich.

»Stimmt etwas nicht?«, fragte er und trat einen Schritt zurück.

Sie rieb sich das Ohr. »Es fühlte sich an, als ob mich etwas gestochen hätte.« Tiaan nahm den Kristall. Er war kleiner als die, mit denen sie normalerweise arbeitete, und nicht viel dicker als ihr Daumen. Womöglich eignete er sich nicht für einen Hedron, aber er schien genau in die Einfassung an ihrem selbst konstruierten Helm zu passen. Anders als die übrigen Kristalle war dieser vollkommen klar, abgesehen von den kleinen Blasen genau in der Mitte, die wie ein Hexagon angeordnet waren.

Der Kristall stach nicht in ihrer Handfläche, aber Tiaan konnte das Potenzial spüren, das in dem Mineral steckte – er war stärker als jeder Kristall, den sie je in Händen gehalten hatte.

KAPITEL SECHS

»Nish!«, rief Irisis eindringlich; ihr Mund war direkt an seinem Ohr. »Steh auf, *rasch!*«

Langsam wälzte er sich auf die Seite, blinzelte im grellen Schein der Laterne und versuchte, sich ein Kissen über den Kopf zu ziehen. »Später«, stöhnte er. »Ich bin zu müde.«

Sie goss ihm eiskaltes Wasser in den Nacken.

Nish kreischte auf und sprang mit einem Satz aus dem Bett. »Was machst du da, zum Teufel?«

»Sieh, was Tiaan jetzt gemacht hat!«, sagte sie voller Empörung.

Er rieb sich den Schlaf aus den Augen. Irisis hielt ihm eine Steuereinheit vor die Nase, die schönste Arbeit, die er je gesehen hatte. Zumindest war es einmal ein Kunstwerk gewesen, denn einige Arme waren abgebrochen, andere verbogen, als wäre jemand darauf herumgesprungen.

»Wie ist das passiert?«

»Tiaan hat sie zerstört, diese bösartige kleine Kuh.«

»Warum sollte sie so etwas tun?« Nish konnte sich nicht vorstellen, dass irgendjemand vorsätzlich ein so schönes Werk zerstören würde – und schon gar nicht Tiaan.

Irisis setzte sich auf die Bettkante und drückte die Steuereinheit an ihre Brust. Die gebrochenen Arme hingen schlaff herunter. »Ich habe sie erst gestern vollendet!« Ihre Lippe bebte, und Irisis wandte sich ab, als schämte sie sich für den Mangel an Selbstbeherrschung. »Ich brauchte Monate, um sie zu fertigen, und es war die Beste, die ich je gemacht habe. Ich kam schon früh, um den Hedron anzupassen, aber die Steuereinheit war nicht mehr da. Ich entdeckte sie hinter der Tür von Tiaans Arbeitsnische. In diesem Zustand!«

»Aber es steht immer ein Wächter bei den Werkräumen, Tag und Nacht.« Nish rieb sich den Nacken, der immer noch von dem kalten Wasserschwall kribbelte. »Ihn sollten wir fragen.«

»Habe ich längst! Die einzige Kunstwerkerin, die sich in den Werkräumen aufgehalten hat, nachdem ich sie verließ, war Tiaan. Sie wird vom Feind bezahlt. Du musst sie aufhalten, Nish.« Sie stand nun dicht hinter ihm.

Ihr warmer Atem brachte den kleinen Monteur auf ganz andere Gedanken. Er wandte sich ab. »Es könnte aus Versehen passiert sein.«

»Sei nicht töricht, Nish! Die Steuereinheit lag in ihrer Arbeitsnische. Sie ist nicht dorthin geschwebt. Tiaan hat meine Steuereinheit zerstört, und die anderen hat sie auch sabotiert.«

»Das kann ich nicht glauben.«

»Was muss noch geschehen, damit du von ihrer Schuld überzeugt bist?«, giftete sie ihn an. »Soll sie erst die ganze Fertigungsstätte zerstören?«

»Ich brauche Beweise!«, erklärte er mit Nachdruck. Er wollte sich unbedingt an Tiaan rächen, aber Prüfer mussten sich an die Vorschriften halten. Sein Vater würde ihm nicht mehr vertrauen, wenn er, Nish, jemanden anzeigte und sich später herausstellte, dass die Person doch unschuldig war. Zumal es hier um die beste Kunstwerkerin der Fertigungsstätte ging.

»Dann geh doch und frag den Wächter«, sagte sie mit kalter Stimme.

»Das werde ich auch tun.«

»Bah!«, schnaubte sie. »Du bist heimlich in sie verliebt. Du willst überhaupt nicht, dass ihre Machenschaften auffliegen.«

Nish machte sich auf die Suche nach den Wachen, die während der Nacht Dienst gehabt hatten. Ihr Posten befand sich unweit der Werkräume der Kunstwerker. Er fand die Wächterin, die um Mitternacht ihre Runde machte, im Refektorium und erläuterte ihr, um was es ging.

»Also, während meiner Schicht hat sich niemand in der Nähe der Werkräume herumgetrieben«, sagte sie und zeigte ihm die kalte Schulter. Schließlich war er nur ein niederer Monteur.

Nish blieb nichts anderes übrig, als ihr Glauben zu schenken, obwohl der Vorfall sich ereignet haben könnte, als die Wächterin kurz auf dem Abort war oder mit einer anderen Wache geplaudert hatte. Vielleicht hatte sie sich auch bei den Schmelzöfen aufgewärmt. Schließlich wurden die Wachen selbst nicht bewacht.

Der Wächter, der tagsüber Dienst hatte und im Augenblick mit dem Vorarbeiter Gryste sprach, hatte nur gesehen, dass Tiaan in den Werkraum gegangen war, eine Weile darauf Irisis.

»Meine Tür stand offen«, merkte Gryste an. »Ich hätte gesehen, wenn irgendjemand gekommen wäre.«

In dem Moment kam Irisis aus dem Werkraum, und Nish fragte sie: »Wo ist Tiaan jetzt?«

»Sie ist wieder fortgegangen. Komm mit!«

Nish folgte ihr zum vorderen Tor. Dort fragten sie Nod nach Tiaan.

»Sie ist zur Mine gegangen«, antwortete er ihnen.

»Da treibt sie sich dauernd herum«, bemerkte Irisis mit argwöhnischer Miene, als sie in den kalten Wind hinaustraten.

»Sie muss die besten Kristalle aussuchen.«

»Du bist ein Narr, Nish! Sie verkauft unsere Geheimnisse dort an andere. Sie will den Mittelsmann treffen.«

»Nenn mich nicht noch einmal Narr«, entgegnete er kalt. »Und sag nie wieder Nish zu mir, verstanden? Ich heiße Cryl-Nish.«

Sein Zorn schüchterte sie ein wenig ein. Sie deutete eine kleine Verbeugung an und nahm seine Hand. »Tut mir leid«, sagte sie außer Atem. »Ich wollte dich nicht beleidigen, Cryl-Nish. Komm bitte, und sieh selbst.«

Sie hatten gerade den Wald hinter sich gelassen, als sie beobachteten, wie Tiaan den Stollen verließ und den Pfad zum Bergarbeiterdorf einschlug. In sicherem Abstand gingen Irisis und Nish ihr heimlich nach.

»Wohin geht sie?«, fragte Nish.

»Bestimmt zum Haus des alten Joeyn.«

Sie folgten ihr bis zu einem Haus, das oberhalb des Dorfes lag. Tiaan trat ein, und kurze Zeit später kamen sie und der alte Bergmann heraus und nahmen auf der Veranda Platz.

»Was machen die beiden da?«, wisperte Irisis.

»Sie trinken Tee.«

Nach einiger Zeit verließen Tiaan und der alte Mann die Veranda und machten sich auf den Weg zum Bergwerk.

»Los, komm!«, sagte Irisis.

Nish ging mit ihr zu der Behausung des Alten. Irisis schlüpfte hinein. »Rasch!«, rief sie ihm zu, als sie merkte, dass er zögerlich auf dem schmalen Gartenweg stehen geblieben war.

Nish hielt es für unwahrscheinlich, dass sie irgendetwas finden würden, bremste Irisis aber auch nicht in ihrem Eifer. Doch kurze Zeit später, als er die Bettstatt des Alten gründlich untersuchte, fand er ein zusammengefaltetes Stück Papier. Er ging damit zur Tür, da es zu dunkel in dem Raum war, um lesen zu können.

Der Zettel war auf beiden Seiten mit einer kleinen Handschrift beschrieben. Es handelte sich um eine Anleitung zur Fertigung eines Hedrons. »Das ist Tiaans Handschrift«, sagte Irisis und schaute ihm über die Schulter. »Diese verräterische Schlampe!«

Nish betrachtete das Blatt Papier genauer. »Sieht ganz so aus, als stammte es aus einem Buch.«

»Wahrscheinlich aus ihrem Tagebuch.«

Sie fanden sonst nichts Auffälliges. Ohne ein weiteres Wort kehrte Nish zur Fertigungsstätte zurück und durchsuchte Tiaans Raum sowie ihren Arbeitsplatz. In ihrer kleinen Unterkunft fand er nichts. Aber in ihrem Tagebuch fehlte tatsächlich eine Seite, die exakt herausgetrennt worden war.

Er schloss die Arbeitsnische ab, steckte den Schlüssel in seine Tasche und machte sich auf die Suche nach Aufseher Gi-Had. Erst jetzt klärte er ihn darüber auf, dass er ein Prüfer war und heimlich im Auftrag seines Vaters handelte. Er legte dem Aufseher seine Ernennungsurkunde vor und berichtete von der zerstörten Steuereinheit und dem fehlenden Blatt Papier.

»Das kann ich nicht glauben!«, erwiderte der Aufseher und blickte besorgt drein.

»Jeder könnte vom Feind bestochen sein.«

»Aber nicht Tiaan. Sie hat keine Laster, keine Geheimnisse. Sie führt kein Doppelleben neben ihrer Arbeit.«

»Vielleicht ist einer ihrer Brüder oder eine Schwester in Schwierigkeiten, und sie braucht dringend Geld.«

Gi-Had konsultierte ein Rechnungsbuch. »Sie hat neunundvierzig Silberlinge auf ihrem Konto, mehr als beinahe jeder andere hier in der Fertigungsstätte. Noch sechsundzwanzig Silberlinge mehr, und sie könnte sich von ihrer Arbeitsverpflichtung freikaufen. Das gab es noch nie!«

Nish pfiff leise durch die Zähne. Sie hatte sich ein kleines Vermögen angespart. »Da habt Ihr es! Das ist ihre Bezahlung für ihre Spitzeldienste.«

»Das ist ihr Lohn der letzten *vierzehn* Jahre! Sie hat während der Zeit kaum etwas ausgegeben. Ihr könnt die Einträge überprüfen. Jeder Kupferling ist hier aufgeführt.«

Nish warf einen Blick in das Buch, ging die Zahlen durch und musste feststellen, dass alles so war, wie Gi-Had es gesagt hatte. Er war verunsichert. »Vielleicht solltet Ihr Euch dann das Tagebuch ansehen.«

»Das werde ich machen«, sagte Gi-Had, und seine Miene verdüsterte sich, als er das herausgetrennte Blatt Papier an die Schnittstelle hielt. »Das könnte jeder gewesen sein! Warum sollte sie eine Seite aus ihrem Tagebuch heraustrennen und sich dadurch selbst anklagen, wenn sie die Seite einfach hätte kopieren können?«

Nish sah sich gezwungen, eine andere Variante in Betracht zu ziehen: Irisis könnte ihre eigene Steuereinheit zertrümmert und die belastende Seite bewusst platziert haben, um ihre Rivalin in ein schlechtes Licht zu rücken.

»Habt Ihr jemanden in Verdacht?«, schnarrte Gi-Had. Es war nicht zu überhören, dass *er* seine eigene Theorie hatte.

»Ich?«, fragte Nish heiser.

»Ihr seid doch hier der Prüfer.«

»Ich werde mir Gedanken machen.«

»Dann aber schnell! Ich möchte noch heute einen Bericht haben. Tiaan arbeitet in meinem Auftrag an einem speziellen Projekt, und jetzt passiert das hier. Das kommt mir höchst verdächtig vor! Sollte irgendjemand versuchen, meine beste Kunstwerkerin in Verruf zu bringen, dann werde ich den Kopf des Intriganten vor dem Tor aufspießen. *Ganz gleich, aus welcher Familie er stammt!*« Er sah den kleinen Mann mit zornig aufblitzenden Augen an. »Ich werde eine Wache Tag und Nacht bei den Werkräumen postieren. Nein, besser zwei Wachen.« Aufgebracht stapfte er davon.

Nish ließ sich schwer auf einen Schemel sinken. Was sollte er jetzt tun? Er war sich fast sicher, dass Irisis die Seite aus dem Tagebuch herausgetrennt hatte. Wenn sie auch hinter den Sabotageakten steckte, musste sie zur Strecke gebracht werden. Er konnte es sich nicht leisten, sich von ihr blenden zu lassen.

Die Tür ging auf, und herein kam Irisis, ein Lächeln auf den Lippen. Doch es erstarb, als sie Nishs düstere Miene gewahrte.

»Das warst *du!*«, stieß er zwischen zusammengebissenen Zähnen hervor. Hastig sprang er auf, sodass der Schemel umfiel. »Gi-Had weiß, dass Tiaan hereingelegt wurde, und nun verdächtigt er dich. Ich sollte ihn auf der Stelle rufen lassen.«

»Nur zu. Er ist mein Vetter.«

»Ich kann nicht glauben, dass du deine eigene Steuereinheit zerstörst!«, sagte er mit kalter Stimme.

Irisis starrte ihn ungläubig an, wirbelte dann auf dem Absatz herum und stolzierte aus dem Raum. Er lief ihr nach und packte sie am Arm.

Sie fuhr herum und entzog sich seiner Hand. »Du willst es glauben, Nish! Du denkst mehr an sie als an mich.«

»Du intrigante Schlange! Wie kannst du es wagen, mich für deine Ränke zu benutzen?«

»Du liebst sie«, höhnte sie. »Dein Geist ist ganz benebelt von diesem kleinen Miststück.«

»Ich verachte sie, aber nicht so sehr, wie ich dich verachte. Ich habe dir schon einmal gesagt, dass du mich nicht anlügen sollst, Irisis. Leugnest du, dass du gelogen hast?«

Darauf erwiderte sie nichts. Er sah sie durchdringend an, aber sie hielt seinem Blick stand. »Du kannst es nicht leugnen, nicht wahr, Irisis?«

»Ich brauche mich nicht vor dir zu rechtfertigen, Nish.«

»Du hast also gelogen!«

»Ich habe mir nichts vorzuwerfen.«

»In diesem Fall muss ich meiner Pflicht als Prüfer nachkommen und Gi-Had meine Beweise vorlegen.«

»Wenn du das tust«, sagte sie scharf, »dann glaube ja nicht, dass du mit keinem Widerstand zu rechnen hast. Dein Vater, der Perquisitor, wird nämlich erfahren, dass du alles Mögliche auf dem Lager deiner Geliebten ausplauderst und dass ich dich bestochen habe, damit du Tiaan auffliegen lässt und mich zum Werkmeister machst. Das wäre dann auch das Ende *deiner* Karriere, *Ex-Prüfer* Cryl-Nish.«

Er wusste, dass sie ihre Drohung wahrmachen würde. Vielleicht könnte er sich mit Lügen aus allem herauswinden, aber sein Ansehen würde Schaden nehmen. Seine Affäre mit Irisis war bereits *das* Gespräch der Fertigungsstätte, und sie könnte seine Kollaboration als Verrat darstellen. Das wäre für sie beide eine Katastrophe.

Für Nish stand viel auf dem Spiel, wenn er Irisis in die Knie zwang, aber wenn er sie in Ruhe ließ, stand ihm eine glänzende Zukunft bevor. Ihre Familie ähnelte der seinen in mancherlei Hinsicht. Es wäre eine gute Verbindung, ganz zu schweigen von den Freuden, die ihr herrlicher Körper verhieß. Aber sollte sie doch etwas mit der Sabotage zu tun haben, musste er sie anzeigen.

Er hielt sich an seine Pflicht. »Es ist mir egal! Ich hasse Tiaan, aber ich nehme mein Schicksal in Kauf, ehe ich dem Feind helfe ...« Er gab sich Mühe, unversöhnlich zu wirken.

»Also gut«, räumte sie ein. »Ich gebe zu, dass ich die Seite aus ihrem Tagebuch herausgetrennt und versteckt habe. Aber nur, weil Tiaan sich mir gegenüber hässlich benommen hat.«

Nish holte hörbar Luft. Das machte die Sache auch nicht leichter. »Und was war mit deiner kaputten Steuereinheit?«

»Wo denkst du hin?« Sie sah ihm unverwandt ins Gesicht.

Irisis wirkte überzeugend, aber Nish wusste, was für eine begabte Lügnerin sie war. »Schwöre es!«

»Ich schwöre«, erwiderte sie mit ruhiger Stimme, »bei meinen heiligen Familienhistorien, dass ich nichts mit der Sabotage zu tun habe.«

Er war immer noch nicht von ihrer Unschuld überzeugt. Aber ihm blieb nichts anderes übrig, als Irisis beim Wort zu nehmen. »Wer soll es also getan haben?«

»Tiaan natürlich!«, rief sie erbost. »Warum nimmst du die Beweise nicht zur Kenntnis? Nichts von dem, was ich gesagt habe, ändert etwas an den Tatsachen. Du hast doch gehört, was die Wachen sagten – kein anderer kann in den Werkräumen gewesen sein.«

»Dennoch muss ich Gi-Had mitteilen, dass du die Seite herausgetrennt hast.«

Irisis sah aus, als habe sie soeben einen Schlag ins Gesicht erhalten. Ihre großen blauen Augen hafteten auf ihm, und eine einzelne Träne glitzerte an ihren Wimpern. Zögerlich ging sie einen Schritt auf ihn zu; ihre Brust hob und senkte sich. Die Knöpfe ihrer Bluse schienen plötzlich aufgegangen zu sein. Es war der älteste Trick von allen, doch Nish wollte sich nicht mehr von ihren Reizen blenden lassen.

»Bitte, Cryl-Nish!« Sie kam nun mit ausgebreiteten Armen auf ihn zu.

Er hingegen verschränkte die Arme vor der Brust und war verzweifelt darum bemüht, seinen verräterischen Körper unter Kontrolle zu halten. Eine kaum wahrnehmbare Bewegung auf Taillenhöhe, und schon glitt ihre Hose hinab und bauschte sich um ihre Fußknöchel. Langsam glitt sie aus dem Beinkleid. Ihr Körper bot wahrlich einen herrlichen Anblick!

»Würdest du wirklich zulassen, dass sie mich auf so grausame Weise töten? Sie würden mir die Eingeweide herausreißen, mich vierteilen und die Aasvögel mit meinen Überresten füttern.« Nach einer weiteren fließenden Bewegung stand sie vollkommen unbekleidet vor ihm. »Würdest du *ihnen* das antun?« Sie umfasste ihre vollen Brüste und bot sie ihm dar.

In seiner zügellosen Lust sprang Nish sie an, und im nächsten Moment trieben sie es wie Tiere auf dem Fußboden.

Nachdem der Rausch verflogen war, lagen sie beide keuchend und verschwitzt da. Irisis öffnete die Augen. Sie waren von einem unbeschreiblichen Blau. »Ich glaube, ich habe da eine Lösung für unsere Probleme.«

»So?«, meinte er skeptisch.

»Hältst du Tiaan für unschuldig oder schuldig?«

»Ich weiß es nicht«, antwortete er und seufzte schwer.

»Was sagt dir dein Gefühl?«

»Wenn man die Beweislage abwägt, ist sie vermutlich schuldig.«

»Dann hilf mir, ihr Einhalt zu gebieten. Wenn Tiaan etwas zustoßen sollte …«

Er stieß sie grob von sich. »Was redest du da? An diese Möglichkeit solltest du nicht einmal denken!« Trotz dieser Worte war ihm jedoch eines klar: Er würde beinahe alles tun, um mehr von dem zu bekommen, was er soeben genossen hatte, solange er seinen Kopf aus der Schlinge ziehen könnte.

Irisis zog ihn wieder zu sich, und er ließ es geschehen. »Sie hat ihr Land verraten – und dich und mich dazu! Soldaten sind gestorben, Klanker wurden zerstört. Auch ich kenne meine Pflicht, Nish. Wir müssen uns ihrer entledigen, damit es im Krieg wieder besser für uns läuft.«

Er konnte ihrem Gedankengang nicht so schnell folgen. »Aber ... die Fertigungsstätte kann nicht auf sie verzichten.«

»Hast du eine Vorstellung davon, wie viele Kunstwerker es gibt, allein in dieser Provinz?«

»Nein, keine Ahnung.«

»Mehr als tausend! Wenn ihr etwas zustieße, oder auch mir, könnte jeder von uns binnen Stunden ersetzt werden.«

»Ich hätte nicht gedacht, dass es so viele gibt«, staunte Nish.

»Wenn ich es dir sage.«

»Bestreitest du, dass sie eine gute Kunstwerkerin ist?« Nish traute ihr alles zu.

»Tiaan ist sehr talentiert. Da ich immer ehrlich zu dir bin, gebe ich zu, dass sie besser ist als ich. Aber sie setzt ihre Begabung gegen uns ein, Nish. Sie unterstützt den Feind.«

»Mir gefällt das nicht.«

»Weil du in sie vernarrt bist.«

»Bin ich nicht! Aber ...«

»Nach allem, was sie dir neulich gesagt hat? Ein *richtiger* Mann würde sich nicht so beleidigen lassen.«

Dennoch zauderte er.

Irisis erhob sich. »Denk darüber nach, Nish. Wenn du sie unterstützt, wirst du nichts mehr von mir haben. *Nie mehr!*«

»Ich hasse Tiaan für das, was sie zu mir gesagt hat«, grollte er. »Wenn wir einen Beweis – einen echten Beweis, wohlgemerkt – gegen sie finden sollten, werde ich dir helfen, sie zu vernichten.«

»Und du wirst Gi-Had nicht berichten, dass ich die Seite herausgetrennt habe?« Ihre großen blauen Augen glitten wieder über seinen Körper.

»Nein«, wisperte er.

Den Rest des Tages machte Nish sich quälende Vorwürfe, in was für eine verfahrene Situation er sich hineinmanövriert hatte. Beweise zurückzuhalten war ein schwerwiegendes Vergehen, und falls er Irisis falsch einschätzte, wäre sein Schicksal besiegelt.

KAPITEL SIEBEN

Tiaan verließ das Bergwerk und wunderte sich immer noch über Joeyns Bemerkung, dass Kristalle, die auf dem Abraumhaufen gelandet waren, nutzlos seien. Selbst auf die Gefahr hin, sich Ärger einzuhandeln, sammelte sie eine Hand voll Hedronsplitter auf und platzierte sie an verschiedenen Stellen in und außerhalb der Fertigungsstätte. Sie wollte testen, welchen Veränderungen die Splitter unterlagen, wenn sie offen herumlagen. Tiaan brauchte die Stücke nicht zu verbergen, da sie wie jedes andere Stück Quarz aussahen.

Auf dem Weg zurück zu ihrer Arbeitsnische stahl Tiaan sich kurz in die Bibliothek und ging zu den Regalen, wo die Großen Geschichten aufbewahrt wurden. Diese Bücher, alles in allem neunundzwanzig Bände, stellten die höchste Errungenschaft der Historien dar, und jedes Kind lernte die Geschichten. Die Abschriften in der Fertigungsstätte waren in rotes, mit Messing verstärktes Leder gebunden. Ketten an den Regalen verhinderten, dass jemand die kostbaren Schriften entwendete. Sie nahm die Bände aus dem Regal, einen nach dem anderen. Sämtliche Großen Geschichten waren da, nur eine nicht: die Dreiundzwanzigste. *Die Geschichte des Spiegels*.

Sie ging zum Bibliothekar, einem sehr alten Mann mit kahlem Haupt, dürren, von Altersflecken überzogenen Händen und trüben, immer feuchten Augen.

»Seid gegrüßt, Gurleys«, sagte sie. »Ich suche nach einer der Großen Geschichten.«

»Die findet Ihr alle in dem Regal dort drüben.« Er schaute nicht von dem Bibliotheksverzeichnis auf, in dem er gerade las.

»Nein, eine fehlt. *Die Geschichte des Spiegels*.«

Ruckartig hob er den kahlen Kopf, öffnete den Mund, als wollte er etwas sagen, schloss ihn dann aber wieder. Er schien innere Qualen zu erleiden. Seine Augenwinkel waren noch feuchter als gewöhnlich.

»Es gibt keine *Geschichte des Spiegels!*«

»Aber ... das ist doch die Dreiundzwanzigste Geschichte. Sie muss doch ...«

»Nein, die gibt es nicht!«, entfuhr es ihm mit einem zischenden Laut. »Und wenn Ihr weiter danach fragt, sehe ich mich gezwungen, Euren Namen auf die Liste des Skrutators zu setzen.«

»Entschuldigt bitte.« Tiaan bedankte sich und verließ die Bibliothek eilig. Joeyn hatte also recht gehabt. Aber aus welchem Grund hatte man die Geschichte zurückgezogen?

Tiaan kam gerade aus der Tür, als sie in Gi-Hads Arbeitszimmer gerufen wurde. Der Aufseher saß hinter seinem Schreibtisch. Er sagte kein Wort, als sie hereinkam und die Tür hinter sich schloss, saß aber kerzengerade auf seinem Stuhl. Stumm deutete er auf einen freien Platz.

»Weshalb wolltet Ihr mich sprechen, Aufseher?«

Er durchbohrte sie mit seinen tief liegenden Augen. »Deshalb!« Gi-Had warf eine Steuereinheit auf den Tisch.

Tiaan erschrak. Es war die Steuereinheit, an der Irisis seit über einem Monat gearbeitet hatte. Aber nun sah sie so ramponiert aus, dass man sie höchstwahrscheinlich nicht mehr reparieren konnte. Vorsichtig nahm sie das Stück in die Hand. »Wie konnte das nur passieren?«

»Irisis beschuldigt Euch«, entgegnete Gi-Had mit ausdrucksloser Miene.

»Mich?« Tiaan schluckte. »Warum sollte ich etwas so Niederträchtiges tun?«

»Weil Ihr mit Irisis einen Zwist austragt? Weil Ihr sie hasst? Vielleicht steht Ihr aber auch auf der Gehaltsliste des Feindes?« Anstatt sie offen zu beschuldigen, machte er eine einladende Geste mit der Hand, ganz so, als fordere er sie auf, sich eine Möglichkeit auszusuchen. Tiaan wurde von kalter Furcht erfasst. Die Gebäranstalt war vielleicht doch nicht das Schlimmste, was sie zu befürchten hatte. Gi-Had sah im Augenblick so Furcht erregend aus wie jener Perquisitor aus Kindheitstagen. Und immerhin war Irisis Gi-Hads Base zweiten Grades. Blut war in diesen Landen dicker als Wasser.

Es fiel ihr schwer, mit ruhiger Stimme zu sprechen. »Ich ... ich mag Irisis nicht, das stimmt, aber ich hasse sie auch nicht. Ich versuche nur, mein Bestes zu geben, damit der Krieg sich für uns zum Guten wendet.«

»Die Wachen berichten, Ihr seid die Einzige, die heute am frühen Morgen in den Werkräumen war.«

»Die Nachtwachen stehen während ihrer Schicht die meiste Zeit bei den warmen Öfen und plaudern. Sie sind nie da, wenn ich mit der Arbeit fertig bin.«

»Die Tagwache berichtet aber dasselbe. Und Irisis' Steuereinheit wurde in *Eurer Arbeitsnische* zertrümmert.«

»Vielleicht versucht jemand, mich loszuwerden«, stellte sie nüchtern fest.

»Und da beschuldigt Ihr Irisis?«

»Ich glaube nicht, dass sie ihre eigene Steuereinheit zerstören würde, um mich loszuwerden. Dafür liebt sie ihre Arbeit viel zu sehr.«

»Wer war es dann?« Gi-Had hatte die Stimme erhoben.

»Ich weiß es nicht, Aufseher.«

»Dann rate ich Euch, es schleunigst herauszufinden! Sobald Perquisitor Jal-Nish von diesem empörenden Vorfall erfährt, könnte er sich entschließen, uns einen Besuch abzustatten. Er ist nicht so vertrauensselig wie ich, Tiaan, und er ist schnell dabei, voreilige Schlüsse zu ziehen. Wenn er sich gegen Euch stellt, wird nichts, was ich sage, ihn von seiner Entscheidung abbringen. Das ist alles!«

Bedrückt verließ sie das Zimmer, und eine Kälte bemächtigte sich ihrer. Sie hatte schon von dem neuen Perquisitor gehört. Ehe sie ihre Nische erreichte, sah Tiaan noch einen anderen Grund, beunruhigt zu sein: Der Perquisitor war Nishs Vater. Sie hatte den kleinen Monteur verächtlich zurückgewiesen, und jetzt war er Irisis' Liebhaber. Es bestand kein Zweifel, auf wessen Wort Jal-Nish hören würde.

Ihre einzige Zuflucht war ihre Arbeit, doch sie konnte sich nicht der Gedanken erwehren, die ihr ungeordnet im Kopf umherschwirrten. Der neue Kristall brauchte nicht extra geformt zu werden; er war so schon vollkommen. Nachdem sie ihn mit ihrem Taststein zum Leben erweckt hatte, säuberte Tiaan lediglich ein paar scharfe Kanten und überarbeitete dann die Einfassung an der Vorderseite ihrer Helmkonstruktion. Um die Mittagszeit passte sie den Kristall ein. Er saß perfekt. Sie sicherte ihn zusätzlich mit den Klemmen, die sich am Helm befanden, und lehnte sich zurück. Es war ein schönes Werk, aber es stellte sie nicht zufrieden. Und als sie ihre Werkzeuge ablegte, hatte sie abermals das unbestimmte Gefühl, dass jemand sie aus weiter Ferne suchte.

Dieser Gedanke bereitete ihr Unbehagen, sie schloss die Augen und legte ihren Kopf auf die Werkbank. Plötzlich ging die Tür auf, und Tiaan richtete sich mit einem Ruck auf. Irisis erschien auf der Schwelle, die letzte Person, die Tiaan im Augenblick sehen wollte.

»Ich habe von deiner Steuereinheit gehört –«, begann Tiaan.

»Kein Wort mehr davon!«, fuhr Irisis sie an. Der Zorn grub sich so deutlich in Irisis' Züge, dass Tiaan schauderte.

Sie schaute auf ihren Helm und fragte sich, was Irisis wohl von ihr wollte.

»Hast du schon eine Antwort gefunden?« Irisis nahm einen der fehlerhaften Hedrons in die Hand.

»Nein, aber ich mache Fortschritte. Wie steht es bei dir?«

»*Meine* Steuereinheiten haben nicht versagt.«

»Ich dachte, du wolltest helfen, wegen des Krieges«, entgegnete Tiaan scharf. Nur ein kleiner Sieg, aber sie fühlte sich schon besser.

Irisis' Blick huschte von der Kugel zu dem Helm. »Was soll das? Wieder Spielzeug für deine unehelich geborenen Brüder und Schwestern?«

Vor zwanzig Jahren wäre das noch keine Beleidigung gewesen: Früher konnten die Frauen selbst entscheiden, ob sie sich einen Partner nahmen oder nicht. Aber heute ... Tiaan ballte die Hände zu Fäusten.

Irisis lachte abfällig. »Du stammst aus der Gebäranstalt, und genau dorthin wirst du auch zurückkehren. Das ist das Einzige, wozu du taugst – mit gespreizten Beinen auf dem Rücken liegen.«

Tiaan biss die Zähne zusammen und erwiderte nichts auf diese Beleidigung, denn dadurch ärgerte sie Irisis mehr als durch irgendeine Antwort.

Doch Irisis bedrängte sie weiter. »Also, was ist das?«

»Ich hätte gedacht, dass jemand wie du, der sich seiner Werkmeister-Vorfahren rühmt, das auf einen Blick sehen würde.«

»Nun red schon!«

»Es ist eine Sonde«, erklärte Tiaan, »um die letzten Stunden der defekten Steuereinheiten zu rekonstruieren und herauszufinden, warum sie versagten.«

Etwas leuchtete in Irisis' Augen auf. »Das wird nie funktionieren.« Sie nahm den Helm, wog ihn in der Hand ab und wollte ihn dann anlegen. Doch er ließ sich nicht richtig aufsetzen, sondern lag bloß oben auf ihren Haaren. »Passt ja nicht einmal.«

»Mein Kopf ist ja auch kleiner als deiner.«

Irisis drehte den Helm hin und her und drückte die spinnenartigen Beine fest nach unten. Sie langte nach der Kugel, in der sich immer noch der schadhafte Hedron befand, aber sowie sie den Globus auch nur berührte, blitzte der Kristall am Helm in grellem Weiß auf. Ein Knall ertönte, gefolgt von einem zischenden Laut. Irisis schrie vor Schreck auf, riss sich den Helm vom Kopf und warf ihn auf die Werkbank.

»Geht es dir gut?« Tiaan begriff nicht, was geschehen war.

Irisis taumelte wie benommen umher; ihre Augen wirkten starr. Mit den Händen rieb sie sich die Schläfen. Tiaan half ihr auf einen Stuhl. Dort, wo der Kristall Irisis' Stirn berührt hatte, war die Haut versengt, und einige Haarsträhnen waren verkohlt.

Irisis' starrer Blick löste sich wieder auf, und völlig unvermittelt schlug sie Tiaan mit voller Wucht ins Gesicht. Tiaan wäre beinahe zu Boden gestürzt. »Du hinterhältiges Weibsstück, das hast du mit Absicht gemacht! Bleib mir vom Leib, hörst du?«

Tiaan wich zurück und hielt sich die Wange.

Irisis schoss von ihrem Sitz hoch, als hätte eine Sprungfeder sie angetrieben. Sie sah verunsichert aus – ein Gesichtsausdruck, der eigentlich nicht zu ihrem herrischen Wesen passte. Was mochte die Konstruktion bei ihr ausgelöst haben?

»Dieses Ding ist genauso verdorben wie du, Tiaan. Damit wirst du nie etwas erreichen.«

»Du verstehst das bloß nicht«, erwiderte Tiaan, als Irisis zur Tür hinausging. Sie konnte die spitze Bemerkung, die ihr auf der Zunge lag, nicht unterdrücken, denn in Irisis' Beisein hatte sie selten das letzte Wort. »Vielleicht landest ja auch du in der Gebäranstalt.«

Irisis, die vor dem Eingang stehen geblieben war, drehte sich noch einmal zu Tiaan um. »Leute wie *ich* setzen keinen Fuß in die Gebäranstalt!«, spie sie böse zurück. Sobald jemand ihre Fertigkeit als Kunstwerkerin infrage stellte, reagierte Irisis äußerst empfindlich. »Unsereins heiratet dem Stand entsprechend und lebt in Luxus. Genieße die letzten Stunden, denn du wirst nicht mehr lange hier sein.«

Tiaan, die trotz des gesellschaftlichen Abstiegs ihrer Mutter einer langen Linie von stolzen, unabhängigen Frauen entstammte, hätte sich am liebsten auf Irisis gestürzt und ihr die Augen ausgekratzt. Stattdessen beherrschte sie sich; sie schlug lediglich ihrer Rivalin die Tür vor der Nase zu. In nur zwei Tagen hatte sie sich zwei Todfeinde gemacht. Und trotz des Mangels an Männern hatte sie keine Zweifel, dass Irisis eine gute Partie machen würde. Frauen wie sie hatten meistens Glück.

Diese Steuereinheiten würden über Tiaans Schicksal entscheiden. Wenn sie herausfand, warum sie versagt hatten, und eine Lösung für das Problem fand, durfte sie sich in Sicherheit wähnen. Gelang ihr das nicht, war sie dem Untergang geweiht.

Auf die Lebensumstände in einer Gebäranstalt würde Tiaan sich nie einlassen können. Bei diesen Einrichtungen handelte es sich um eine Propagandawaffe, aber die Paläste der Mütter waren auch ein Mittel, Frauen einer nützlichen Aufgabe zuzuführen, die in anderen Lebensbereichen versagt hatten oder nie einen Partner fanden, da so viele Männer im Krieg gefallen waren. Ganze Generationen junger Männer waren fortgezogen und nie wiedergekommen.

Im Augenblick konnte Tiaan nicht arbeiten. Als sie die Tür noch einmal einen Spalt breit öffnete und hinausspähte, erblickte sie Nish, der auf der anderen Seite an der Wand der Arbeitsräume lehnte. Gewiss sammelte er Beweise für den Perquisitor. Ihr noch vor Tagen geordnetes Leben schien in sich zusammenzustürzen.

Als sie schließlich in ihre kleine Unterkunft zurückkehrte, war sie zu erschüttert, um noch etwas zu essen oder sich zu waschen. Sie schleuderte ihre Kleidung in den Korb, kroch frierend unter die kalte Decke und zog die Beine an. Immer wenn sie einen Hedron benutzt hatte, durchlebte sie fantastische Träume, als wäre ihr Geist immer noch nah am Äther – dem eigentlichen Träger der Energie. Sie hoffte, sie würde angenehme Träume in dieser Nacht haben. Träume waren eine Zuflucht und ein Fluchtweg. Und nie zuvor hatte sie sich verzweifelter nach einer Fluchtmöglichkeit gesehnt.

Tiaan träumte von einer unbekannten Welt, einem düsteren Land, das von einem tristen, orangefarbenen Mond beleuchtet wurde, der dem ihr vertrauten Mond überhaupt nicht ähnelte. Schwarzes Gras wurde von einem pfeifenden Wind niedergedrückt. Ölige, Blasen werfende Sümpfe durchzogen die Landschaft, an deren Rändern blaue, schwarze und purpurfarbene Blumen wuchsen, die in der Dunkelheit ein unheimliches Leuchten von sich gaben.

Sie stand auf einem Balkon und blickte hinüber zu den Bergen aus zerbrochenem Glas, die im Westen lagen. Tiaan spürte, wie stark ihr Herz gegen den Rippenbogen pochte und wie ihre Angst ein Prickeln auf ihren Handrücken auslöste. Ihre Hände umklammerten das Geländer so stark, dass die Knöchel weiß hervortraten. Ihre Kinnpartie war verkrampft, sie merkte, dass sie mit den Zähnen knirschte. Warum verspürte sie diese Angst?

Ein tiefes Grummeln kündigte sich in der Ferne an; es klang wie Donnergrollen, aber es schien mit starken Bodenvibrationen verbunden zu sein. Eine heftige Brise schlug ihr die Dunstschwaden ins Gesicht, und in der Luft herrschte der stechende Geruch von Schwefel. Das Wasser trat ihr in die Augen.

Sie wischte die Tränen fort. Während sie auf den zerklüfteten Berggrat starrte, merkte Tiaan, dass sie vor innerer Unruhe den Atem anhielt, als warte sie darauf, dass etwas geschehe. Sie zählte ihre Herzschläge: eins, zwei, drei, vier, fünf, sechs, sieben, acht, neun, zehn. Dann wieder rückwärts. Sie zählte immer noch, als sich in der Mitte der fernen Bergkette eine gigantische Explosion ereignete; ein jähes Leuchten, wie von einem Blitz, legte sich gezackt über das Firmament. Gelb glühende Gesteinsbrocken beschrieben parabolische Leuchtspuren in der Luft, die sich langsam von Orange zu lebhaftem Rot wandelten, als sie kometenartig zur Erde fielen.

Weitere Explosionen beleuchteten aufquellende Wolkengebilde, die höher und höher stiegen und sich zu bizarren Formen verdichteten, die an geballte Fäuste, Ambosse und schwarze Pilze gemahnten. Blitze zerrissen die Wolkendecke. Aber es war kein Donner zu hören, kein Geräusch, nur der Wind, der in den Gräsern pfiff.

Die Explosionen setzten sich auf dem Bergkamm fort, dann über den gesamten Horizont, bis es danach aussah, als würde die ganze Welt, die aus ihrem Innern geschmolzene Eingeweide spie, auseinandergerissen. Die Wolken wurden so dick, dass die rotierenden Feuerbälle kaum auszumachen waren. Während Tiaan sprachlos auf das Spektakel starrte, schob sich an der Seite des Berghangs, an der sich die erste Explosion ereignet hatte, eine glühende, zähe Masse ins Tal, wie eine rote Schnecke, die an einem Topf hinabglitt. Weitere Ströme brachen sich Bahn, bis die dunkle Masse des Berges von unzähligen roten Spuren überzogen war. Tiaan überfiel erneut ein Schauder der Angst.

Die Lava ergoss sich nun überall, brach aus jedem Gipfel dieser horizontumspannenden Gebirgskette hervor und schob sich in ihre Richtung, als wollte sie in ihrer unaufhaltsamen Vorwärtsbewegung die ganze Welt in ein feuriges Meer tauchen.

Ihr Blickwinkel verschob sich. Tiaan starrte auf die Gestalt auf dem Balkon und erkannte, dass nicht sie dort stand, sondern ein junger, gut aussehender Mann. Er war groß und breitschultrig, hatte glänzendes, dunkelbraunes Haar, einen gestutzten Bart und einen vollen, sinnlichen Mund. Er ähnelte dem kühnen Prinzen aus den schwärmerischen Geschichten ihrer Großmutter.

Er wirkte genauso furchtsam wie sie zuvor, und sie ahnte, dass sein Schicksal in diesen roten Glyphen, die an den Berghängen hinabrannen, geschrieben stand. Er reckte die Arme zum Himmel und sah sich gehetzt um, als suche er jemanden in der Dunkelheit. *Zu Hilfe!* Sie las ihm die Worte von den Lippen ab. *Bitte, helft mir!*

Ein Donnerschlag hallte von den Bergen wider, der so laut war, als wären sämtliche Gewitter auf der Welt auf einmal losgebrochen. Eine starke Druckwelle presste das Gras, die dürren Bäume und den jungen Mann auf dem Balkon nieder. Er sah direkt zu ihr herüber und erstarrte. Sein zögerliches, beinahe flehendes Lächeln rührte ihr weiches Herz. Tiaan erwiderte dieses Lächeln; er rief erneut um

Hilfe, und dann wurden Mann und Balkon hinweggefegt. Die Erde bewegte sich unter ihr und schleuderte sie zu Boden. Und dann verschwand der Traum …

Aber später in der Nacht träumte sie, dass der junge Mann neben ihr lag. Es waren zutiefst verwirrende Träume – sinnliche, beinahe erotische. Sie fühlte sich auf seltsame Art und Weise unwohl. Dennoch wünschte sie, die Träume würden nie enden.

Tiaan erwachte mit Kopfschmerzen und einer schwachen Erinnerung an den ersten Traum – die Explosionen, der Gestank des Schwefels, der wilde Wind. Sie entsann sich des schönen Antlitzes und der Hilferufe des jungen Mannes. Wie eigenartig! Im Nachhinein kam es ihr so vor, als habe er *sie* um Hilfe ersucht. Aber letzten Endes handelte es sich wieder nur um Phantasmen, die von dem Hedron herrührten, den sie derzeit untersuchte. Sie wälzte sich aus dem Bett und eilte zur Arbeit.

Die ersten Experimente mit der Konstruktion waren gut verlaufen. Sie drang allmählich in die Geschichte des Kristalls vor, als wären die Buchstaben, aus denen der Text dieser Erzählung bestand, in den Schichten aus Licht eingelagert, die in dem Kristall gefangen waren. Er fühlte sich eigenartig heiß an, was seltsam war. Hedrons waren für gewöhnlich kühl. Bislang hatte sie noch nicht in Erfahrung bringen können, was falsch gelaufen war.

Am späten Vormittag traten die Kopfschmerzen erneut auf, und sie wurden rasch schlimmer. In ihrem Kopf schien ein Brennen zu wüten, wie das Bild des Kristalls. *Treibe es nicht auf die Spitze, Anthrazismus ist eine entsetzliche Art zu sterben …*

Tiaan verließ den Werkraum, sammelte die Kristallsplitter, die sie ausgelegt hatte, wieder ein und reihte sie im hinteren Bereich ihrer Werkbank auf. Sie setzte den Helm auf, aber sowie sie einen stechenden Schmerz verspürte, riss sie ihn sich wieder vom Kopf. Sie saß vornübergebeugt da, den Kopf schwer in die Hände gestützt, als Gi-Had und Gryste hereinkamen. Der Vorarbeiter roch stark nach Gewürzen.

»So werdet Ihr keinerlei Fortschritte machen, Kunstwerkerin Tiaan!«, erklärte Gryste mit kaum verhohlenem Spott.

Sie schaute blinzelnd zu ihm auf. »Ich arbeite achtzehn Stunden am Tag.«

»Wir arbeiten alle hart«, erwiderte der Aufseher lapidar.

»Ich arbeite härter als alle anderen hier!«, gab sie gereizt zurück. Dann sagte sie merklich leiser: »Ich habe das Gefühl, als würde mein Kopf in Flammen stehen, Gi-Had. Ich habe Angst, dass ...«

Er erbleichte. »Dann haltet ein. Ich lasse es nicht so weit kommen, dass meine Leute Hirnschäden davontragen.«

»Aber ich mache Fortschritte. Ich habe dieses Hilfsmittel hier entworfen, um in den Hedrons zu lesen.« Sie hielt den Männern die Instrumente zur Begutachtung hin.

Gi-Had nahm den Helm, betrachtete ihn von allen Seiten und berührte den Kristall mit den Fingerspitzen. Tiaan hielt den Atem an, da sie befürchtete, auch der Aufseher würde sich verbrennen, aber nichts dergleichen geschah. Das war nicht überraschend. Psychisch betrachtet, war sein Geist nicht aktiver als ein Stück Hammelfleisch.

Sie legte einen Hedron in die Kugel und demonstrierte den beiden, wie die Vorrichtung funktionieren sollte. Der Aufseher und der Vorarbeiter hörten aufmerksam zu, verstanden aber vermutlich nicht allzu viel. Aber das tat nichts zur Sache. Keiner von beiden wusste, wie eine Steuereinheit arbeitete, wohingegen sie sehr wohl verstanden, wie wertvoll diese Apparaturen für den Krieg waren.

»Was habt Ihr entdeckt?«, bellte Gryste wie ein Heerführer vor jungen, unerfahrenen Rekruten.

»Alle drei Hedrons weisen dieselben Muster auf. Sie funktionierten, als sie eingesetzt wurden. Ich habe unsere Logbücher hier, wenn Ihr einen Blick hineinwerfen möchtet ...«

Mit einer Handbewegung wehrte Gi-Had die dargebotenen Aufzeichnungen ab. »Wir vertrauen auf Euer Wort.«

»Ich vertraue niemandem, der sich nicht an meine Anweisungen hält«, sagte Gryste, »und sie verlässt die Fertigungsstätte immer ohne Erlaubnis.«

Der Aufseher bedeutete ihm mit einer schroffen Geste, den Mund zu halten. Tiaan beschrieb ihnen Joeyns Beobachtung, dass Kristalle sich veränderten, wenn sie den Elementen ausgesetzt waren, und kam auf ihre eigenen Experimente zu sprechen. Einen nach dem anderen ging sie die inzwischen durchnummerierten Splitter durch, die auf ihrer Bank lagen. »Diese acht habe ich im Freien liegen lassen: zwei in der Sonne, zwei im Schatten, zwei in feuchter Umgebung, zwei auf trockenem Boden. Und diese acht waren in der Fertigungsstätte: zwei unmittelbar neben dem Schmelzofen, zwei etwas davon entfernt, aber immer noch in heißer Umgebung. Diese beiden lagen dort, wo es gerade noch warm war, und die letzten zwei hier an der kalten Südmauer.«

Gi-Had sah beeindruckt aus. »Was habt Ihr herausgefunden?«

»Noch nichts. Ich habe sie eben erst hereingeholt.«

»Bah!«, höhnte Gryste. »Ich sagte Euch ja, dass wir mit ihr nur unsere Zeit vergeuden.«

»Seid still, Vorarbeiter!«, fuhr Gi-Had ihn an.

Grystes Miene erstarrte, und da ahnte Tiaan, dass sie sich noch einen Feind gemacht hatte.

»Lest sie jetzt, Kunstwerkerin«, forderte Gi-Had sie auf.

Tiaan hoffte inständig, dass sie den Aufseher nicht enttäuschte. Sie setzte sich den Helm auf, biss die Zähne zusammen, als sich der Schmerz wieder bemerkbar machte, und legte den ersten Splitter in die Kugel aus Drahtgeflecht. »Es ist kaum noch etwas von der Aura übrig.« Sie nahm das Stückchen wieder heraus und begann, das nächste zu überprüfen.

Der Aufseher warf den ersten Splitter von einer Hand in die andere. »Nummer eins«, meinte er. »Dieser war dem Sonnenlicht ausgesetzt?«

»Ganz recht.«

Die Männer sahen stumm zu, wie sie nacheinander die Kristalle las. Schließlich erklärte sie: »Die beiden, die in der Sonne lagen, haben noch ein wenig von der Aura, wenn auch nicht viel. Die vier, die neben dem Schmelzofen lagen, sind tot. Alle anderen sind unverändert.«

Gi-Had blickte verwundert.

Tiaan erläuterte die Befunde. »Die Kristalle können die Fähigkeit, Energie aus dem Feld zu beziehen, vollständig verlieren, indem man sie dem Sonnenlicht aussetzt. Allerdings müssen sie dafür eine ganze Weile in der Sonne liegen. Tage und Wochen bei einem großen Hedron, vermute ich.«

»Das kann nicht der Grund sein, warum Eure versagt haben«, behauptete Gryste. »Sie wurden gut gepflegt.«

»Mag sein, aber ... ich habe da eine Idee!« Sie nahm erneut eine Hand voll Splitter aus ihrem Korb und prüfte nach, dass alle noch über eine starke Aura verfügten. »Kommt mit mir zu den Schmelzöfen.«

Die beiden Männer folgten ihr, aber Gryste machte keinen Hehl aus seinem Verdruss. »Ich habe noch zu tun, auch wenn einige das anders sehen«, grummelte er unzufrieden.

Tiaan platzierte zwei Splitter direkt an der Wand des Ofens, der glühend heiß war, zwei andere an Stellen, wo es immerhin noch so heiß war, dass man sich die Finger verbrannte. Sie ließ die Stücke dort fünf Minuten lang liegen, ehe sie sie mit einer Zange wieder aufhob.

Zurück an ihrem Arbeitsplatz, las sie die Aura der Stücke. »Die beiden ersten sind vollkommen leblos. Die anderen besitzen noch eine schwache Aura, die allerdings weiter abnimmt. Seht Ihr!«, sagte sie triumphierend. »Wenn sie richtig heiß werden, arbeiten sie überhaupt nicht mehr. Werden sie nicht ganz so heiß, funktionieren sie noch eine Weile und versagen dann plötzlich.«

»Ihr wollt damit sagen, dass Eure Hedrons sabotiert wurden«, rief Gi-Had aus. Er tauschte Blicke mit dem Vorarbeiter, dessen Gesichtsausdruck nicht zu deuten war.

»Ich sehe keine andere Erklärung«, meinte Tiaan. »Die Kristalle werden nie der Sonne ausgesetzt, wenn sie im Bergwerk abgebaut und später in unsere Werkstätten gelangen. Und sobald die Steuermänner der Klanker die Steuereinheit erhalten, wachen sie eifersüchtig darüber. Aber wenn man sie nur fünf Minuten lang an die heißen Wände der Schmelzöfen hält, sind sie unbrauchbar. Jeder könnte es gewesen sein.«

»Könnt Ihr uns sagen, wer?«

»Ich habe schwache Spuren in der verblassenden Aura wahrgenommen, aber ich vermag sie nicht zu lesen. Dafür bräuchte ich einen wirklich starken Kristall. Vielleicht könnte mein Taststein ...«

»Aha!« Gi-Had stieß mit einem zischenden Seufzer den Atem aus. Danach trat er rasch an die Tür, warf einen Blick auf den Gang und schloss sie wieder. »Dann haben wir also einen Spion unter uns.«

»So scheint es.«

»Ihr solltet es herausfinden, ehe der Perquisitor es tut.« Er sah wieder gereizt aus.

»Ich werde es versuchen, aber –«

»Keine Ausflüchte jetzt!«, unterbrach Gi-Had sie. »Unsere Soldaten sterben in diesem Augenblick, da die Klanker versagen, die eigentlich Schutz bieten sollen. Wenn ich unser Soll nicht einhalte, werde ich noch in vorderster Frontlinie enden. Und das in meinem Alter!«

»Ich kann nur etwa zehn Minuten arbeiten, dann setzen die Kopfschmerzen ein.«

»Dann holt Euch jemanden dazu, der Euch hilft. Irisis scheint heute nicht allzu beschäftigt zu sein.«

»Sie hat es gestern versucht«, erklärte Tiaan. »Und hat sich dabei regelrecht verbrannt.«

»Sie wirft Euch vor, dass Ihr versucht habt, sie umzubringen«, sagte der Aufseher.

»Ich habe sie nicht gebeten, meinen Helm zu berühren.«

»Nun, sucht Euch jemand anderen.«

»Niemand sonst verfügt über die Erfahrung.«

»Da muss es doch jemanden geben. Hier arbeiten tausend Leute in der Fertigungsstätte, verflucht!«

»Würdet Ihr einen Schmied bitten, Eurer Frau eine Halskette anzufertigen? Oder einen Bibliothekar, in der Gießerei zu arbeiten? Niemand hier ist dieser Aufgabe gewachsen, Aufseher Gi-Had!«

»Dann geht zum Arzneikundigen und lasst Euch von ihm einen Trank anrühren, der gegen die Kopfschmerzen hilft. Und dann an die Arbeit! Alles hängt jetzt von Euch ab, Tiaan.«

»Und was ist mit dem Spion?«, hakte sie leise nach.

»Gryste wird sich unverzüglich der Angelegenheit annehmen.«

»Ich werde gleich damit beginnen«, erwiderte der Vorarbeiter leicht säuerlich. »Als hätte ich nicht schon alle Hände voll zu tun.«

Gi-Had kritzelte auf die Schnelle eine Erlaubnis für den Arzneikundigen. »Kommt, Vorarbeiter, wir haben viel zu tun.« Sie eilten davon. Der Aufseher kannte sich gut mit Erzen, Schmelzöfen,

Metallen und allen mechanischen Vorgängen aus, aber die Arbeit hier in den Werkstätten entzog sich seiner Vorstellungskraft. Offenbar gefiel ihm das nicht.

Tiaan kehrte aus der Arzneimittelausgabe ohne den Balsam zurück, der erst noch angerührt werden musste. Sie trank etwas von dem stark nach Teer riechenden Wasser, rieb sich die Schläfen und schaute nach, was die Lehrlinge machten. Darya beugte sich über ihr Schleifrad. Vyns und Ru-Dan brachten Klemmen an einem anderen Kristall an, wobei sie Acht gaben, ja nichts zu beschädigen. Die anderen Lehrlinge waren an ihren Werkbänken beschäftigt.

»Wo ist Gol?«, fragte Tiaan.

Ru-Dan schaute auf und sagte kurz etwas zu Vyns, die den Kristall festhielt. Dann stand sie auf, nahm Schutzbrille und Staubmaske ab und kam auf Tiaan zu. Ru-Dan war klein und gedrungen und hatte ein fröhliches, rundes Gesicht, das genau oberhalb des Mundwinkels von einer runden Pockennarbe gezeichnet war.

»Wie bitte?« Ru-Dan strich sich mit einer Hand, auf der Kristallstaub glitzerte, das kastanienbraune Haar zurück.

»Ich suche Gol.«

»Hab ihn schon seit ein oder zwei Stunden nicht mehr gesehen.«

»Was hat er denn die ganze Zeit gemacht?«

Die junge Frau zögerte, denn offenbar wollte sie Gol nicht in Schwierigkeiten bringen.

»Nichts, möchte ich wetten!«, sagte Tiaan. »Wenn Ihr ihn seht, dann sagt ihm, dass ich ihn *sofort* sprechen möchte.«

Ru-Dan nickte. »Wolltet Ihr sonst noch etwas? Vyns und ich passen gerade einen Kristall an.«

»Nein, das war schon alles.« Doch als Ru-Dan sich wieder der Werkbank zuwandte, fragte Tiaan noch: »Habt Ihr Irisis gesehen?«

»Sie war vorhin in Eurem Werkraum.«

Tiaan verspürte ein ungutes Gefühl in der Magengegend. »Oh, danke!«

Einige Stunden später tauchte Irisis in Tiaans Arbeitsnische auf, ein kleines Gefäß in der Hand. »Ich kam gerade an der Arzneimittelausgabe vorbei, und da drückte der Heilkundige mir das in die Hand. Das sollte ich dir bringen«, sagte sie in frostigem Ton.

»Ja, danke.« Der Aufschrift nach sollte sie sich alle vier Stunden mit dem Balsam die Schläfen einreiben, gegebenenfalls auch öfter, wenn die Kopfschmerzen nicht nachließen.

Tiaan nahm den Deckel von dem Tiegel ab, tauchte die Fingerspitze in den Balsam und massierte die zähe Substanz in die Stirn ein. Die Haut wurde warm. Die Kopfschmerzen, die sich während der letzten Stunden als dumpfes Pochen geäußert hatten, nahmen ein wenig ab. Sie schob das Gefäß etwas beiseite, zog dann die Kugel zu sich und sah sich nach dem Helm um.

Doch sie konnte ihn nirgends finden. Hatte Irisis den Helm an sich genommen? War sie gar die Saboteurin? Tiaan hielt das für unwahrscheinlich. Andererseits hatte ihre Rivalin nichts zu verlieren, wenn sie Tiaan an der Arbeit hinderte, und konnte davon nur profitieren.

Tiaan verwarf diese Mutmaßung, die sie allein auf Überarbeitung und ein nagendes Hungergefühl zurückführte. Als sie sich auf den Weg zum Refektorium machte, sah sie, dass dicht an der Wand ein Gegenstand aufleuchtete. Es war ihr Helm! Die Konstruktion war verbogen, allerdings nicht so stark, dass sie es nicht hätte reparieren können. Aber wie war er dorthin gekommen? Sie hatte ihn doch auf die andere Seite der Werkbank gelegt.

Wäre der Helm einfach nur von der Arbeitsfläche gefallen, hätte er nicht diese Verformungen gehabt. Nein, er war zu Boden geschleudert worden, oder jemand hatte darauf eingeschlagen! Mit wachsendem Unbehagen überprüfte sie den Kristall und entdeckte sogleich den Riss, der sich genau durch das Hexagon aus eingeschlossenen Blasen zog. Kleine, gebogene Fissuren breiteten sich strahlenförmig von einer Stelle aus, als habe jemand dort mit einem Hammer zugeschlagen.

Tiaan setzte sich den Helm auf den Kopf, ahnte indes längst, was sie erwartete. Der Kristall war vollkommen leblos. Er war für immer unbrauchbar.

KAPITEL ACHT

Nachdem sie den Schaden Gi-Had gemeldet hatte, der daraufhin brüllte: »Gryste, sofort zu mir!«, ging Tiaan in den Werkraum zurück. Es gab nur eine Möglichkeit, der sie jedoch sehr abgeneigt war. Sie musste den alten Joeyn bitten, noch einmal einen Kristall dieser Qualität für sie zu finden.

Aber das wollte sie ihm nicht zumuten. Schon spielte sie mit der Idee, allein hinab zur sechsten Sohle zu fahren, um ihrem alten Freund die Mühen zu ersparen. Doch das wäre unverantwortlich. Joe würde außer sich vor Wut sein. Und was wäre, wenn sich ein Grubenunglück ereignete? Nein, dort unten kannte er sich besser aus, und es wäre töricht von ihr, es auf eigene Faust zu versuchen.

Joeyn war wieder in der fünften Sohle und arbeitete in dem Stollen, in dem sie ihn bereits vor einigen Tagen angetroffen hatte. Er schien sich zu freuen, sie zu sehen, auch dann noch, als sie ihm nach einigem Zögern den Grund für ihr Kommen nannte. Sie zeigte ihm den beschädigten Kristall.

»Ich habe schon damit gerechnet, dass wir wieder nach unten müssen.« Er drängte ihr sein Mittagessen auf.

Tiaan nahm einen der gewürzten Mehlkuchen. Er schmeckte köstlich, war aber vielleicht ein bisschen zu scharf. Ihr brach der Schweiß aus. »Ich habe mich nicht getraut, dich darum zu bitten.«

»Warum nicht?«

»Ich bitte Leute nicht gern um Gefallen. Du hast schon so viel für mich getan.«

»Ich will nur hoffen, dass du nicht vorhattest, allein die sechste Sohle zu betreten«, sagte er mit einem stählernen Glimmen in den Augen.

Tiaan schaute verlegen auf ihre Stiefel. Ein Schnürsenkel war aufgegangen. Sie schnürte den Stiefel neu.

»Das ist meine Aufgabe, Tiaan. Mein Leben. Und wenn ich hundertmal zur sechsten Sohle fahren müsste, würde ich es immer noch gern tun. Vor allem, wenn ich dir damit einen Gefallen tun kann.«

Sie wusste nicht, was sie darauf erwidern sollte. Seine Selbstlosigkeit überwältigte sie.

»Außerdem habe ich erst gestern ein bisschen Verschalung nach unten geschafft«, fuhr er fort. »Nicht viel, nur einige Balken und ein paar Kanthölzer; aber es ist jetzt sicherer als zuvor.«

Mit dem Messer ritzte er eine Skizze in den Boden, um Tiaan die Stützvorrichtung zu veranschaulichen. »Sollen wir los?«

»Von mir aus gern.«

Diesmal kam ihr der Weg in die Finsternis nicht so schicksalsbeladen vor. In der Kaverne blieb sie zurück, während Joeyn die Deckenhöhe mit einem Messstab ermittelte.

Er nahm das Maß der Kanthölzer und sägte an einem ein längeres Stück ab, am nächsten nur ein Stück von der Breite eines Fingers. »Jetzt kommt der gefährliche Teil. Wenn du gläubig bist, solltest du jetzt vielleicht ein Gebet sprechen.«

Tiaan war nie gläubig gewesen, murmelte aber trotzdem ein Gebet, das von Herzen kam.

»Schau! Wir machen es so«, begann der alte Bergmann zu erklären. »Wir halten gleich beide unsere Stützbalken in rechtem Winkel, ungefähr so.« Er zeigte ihr, wie er sich das vorstellte. »Dann heben wir den Querbalken darauf, bis er so liegt wie der Sturz über einer Tür. Schließlich wagen wir uns bis zu der rissigen Decke vor, genau vor der Ader, und stemmen unsere Stützvorrichtung hoch, bis der Querbalken gegen die Decke drückt – gerade so fest, dass er sie stützt. Natürlich dürfen wir nicht so viel Druck ausüben, dass uns alles auf den Kopf fällt.« Er grinste.

»Natürlich nicht!«

Sie bückte sich, um einen der Stützpfosten aufzuheben, der anderthalb Spannen lang war. Er erwies sich als ungemein schwer. Keuchend und prustend gelang es Tiaan, das Kantholz aufzurichten, sodass es auf gleicher Höhe wie ihre Schulter war. Der Pfosten war nicht aus dem leichten Kiefernholz gearbeitet, sondern bestand aus festem, gemasertem Hartholz, das einen leicht unangenehmen Geruch verbreitete.

»Lehn ihn dort an die Felswand«, meinte Joeyn. »Das ist eine Schinderei, sie anzuheben.« Er hob seinen Pfosten an und stellte ihn neben ihren. »Erst mal verschnaufen.«

Dann hoben sie zu zweit den Querbalken an, der noch schwerer war, und legten ihn über die beiden Kanthölzer. »Fertig?«, sagte Joeyn. »Das wird ein hartes Stück Arbeit.«

Die aufrecht stehenden Balken von der Wand zu rücken, war noch vergleichsweise leicht. Aber den Querbalken in Balance zu halten war richtig schwer. Die nicht abgeschliffene Kante des Balkens schnitt in Tiaans Schulter, Splitter bohrten sich in ihre Hand. Aber das war nichts im Vergleich zu der Schufterei, die Kanthölzer zusammen mit dem Querbalken Stück für Stück weiterzubewegen – anheben, absetzen, anheben, absetzen. Schon nach dem ersten Schritt war sie erschöpft, nach dem zweiten taten ihr die Knochen weh, beim dritten schmerzten die Muskeln in Armen und Beinen, ganz zu schweigen vom Rücken.

»Pause!«, ordnete Joeyn an, der unter der Last nicht so zu leiden hatte wie Tiaan. Er war harte Arbeit gewohnt. »Ich hätte ja gerne ein paar Minenarbeiter geholt, aber die haben alle Familie, und eigentlich ist es verboten, in diese Sohle zu gehen …«

»Ich schaff das schon«, sagte sie tapfer. »Ich bin eben die feine Arbeit mit meinen Händen gewohnt.«

»Einen Schritt nach dem anderen. Sobald es schmerzt, setzt du den Pfosten einfach ab.«

Sie schenkte ihm ein mattes Lächeln. Der Rücken tat ihr schon weh, ehe sie das Kantholz richtig angehoben hatte. Nach zwei Schritten begann ihr Pfosten zu zittern. Tiaan setzte ihn sofort ab.

Noch ein Schritt. Jetzt befanden sie sich endlich unterhalb der rissigen Decke. Einige Stellen im Deckengestein sahen lose aus. Sie schloss die Augen und sah sogleich die letzten Bilder ihres nächtlichen Traums – sah den gut aussehenden jungen Mann auf dem Balkon, der um Hilfe rief, während Vulkane Feuer und Asche spien.

Tiaan riss die Augen auf. Die Szene entschwand. »Geht es dir nicht gut?«, fragte Joeyn besorgt.

»Doch, doch«, erwiderte sie ein wenig benommen. Sie hob ihren Pfosten an. Nach zwei weiteren Schritten legten sie wieder eine kurze Pause ein, ehe sie weiter vorrückten.

»Jetzt noch einen halben Schritt nach links, von dir aus, Tiaan.«

Endlich hatten sie es geschafft. »Das ist der schwierige Teil«, meinte er. »Wir heben unsere Balken langsam an und drücken den Querbalken gegen die Decke. Wenn er richtig sitzt, verkeile ich die Kanthölzer so, dass sie nicht zur Seite wegbrechen können, und wir sind fertig. Aber Vorsicht jetzt! Du zuerst, ich halte das Gleichgewicht.«

Tiaan begann, ihren Pfosten anzuheben. Langsam, ganz langsam. Die Spitze wackelte. Sie stützte das Kantholz mit der Schulter.

»Nur schön langsam«, ermunterte Joeyn sie. »Du hast genug Zeit.«

Sie hob das Holz höher und höher. Inzwischen überragte der Stützbalken ihre Schulter und ließ sich nicht mehr ruhig halten. Wieder wackelte die Spitze beängstigend. Sie stemmte sich mit aller Macht dagegen, aber unten glitt sie auf einem Kiesel aus, und der Pfosten schwankte. Der Querbalken rutschte herunter.

»Drücken!«, rief Joeyn, aber da war es schon zu spät.

Tiaan ließ das Kantholz los, duckte sich in Erwartung eines Schlags und hielt schützend die Arme über den Kopf. Mit dumpfem Donnern schlug der Querbalken auf dem Boden auf. Ihr Kantholz kippte zur Felswand. Joeyn blieb stehen, hielt seinen Pfosten fest und schaute hinauf zur Decke.

Kleine Steine rieselten Tiaan in den Nacken, und ein Stück Granit fiel zu Boden. Mit ängstlichem Blick nach oben richtete Tiaan sich wieder auf. »Tut mir leid, Joe«, keuchte sie.

»Das war mein Fehler. War wohl doch keine so gute Idee.«

»Komm, versuchen wir es noch einmal.«

»Traust du dir das zu?«

»Ich glaube, ja.«

Das zweite Mal war noch schlimmer. Tiaan spürte ein Reißen im Rücken, und ihre Arme schienen keine Kraft mehr zu haben. Aber immerhin wusste sie jetzt, was sie tun musste, damit der Querbalken oben blieb. Diesmal brachten sie die Stützen, ohne groß zu wackeln, näher an die Decke.

»Auf dem letzten Stück muss man sich am meisten konzentrieren«, sagte Joeyn.

»Ich bin bereit.« Diesmal musste sie es schaffen, denn sie würde nicht mehr die Kraft für einen weiteren Versuch haben. Zugleich hievten sie die Kanthölzer gerade nach oben. Tiaans Stütze wackelte wieder unter dem unsäglichen Gewicht; sie konnte sie kaum noch halten.

In diesem Moment rammte Joeyn sein Kantholz hart gegen die Decke und übte Druck auf den Querbalken aus. Das gab Tiaan Zeit, ihren Balken das letzte Stückchen nach oben zu drücken. Sie hatten es geschafft!

»Ruhig halten.« Geschickt schob der alte Bergmann die vorgesehenen Keile unter sein Kantholz und trat sie mit dem Fuß fest. Mit einem kurzen Rütteln überzeugte er sich davon, dass der Stützbalken saß. Dann kam er auf Tiaans Seite und verfuhr dort genauso. »Kannst loslassen, Tiaan.«

Jetzt, da die Anstrengung hinter ihr lag, sank Tiaan kraftlos auf die Knie. Sie kroch hinüber zur Felswand, drückte ihre brennende Wange an das kühle Gestein und sah zu, wie Joeyn die Keile weiter mit dem Hammer bearbeitete.

Er setzte sich neben sie. Tiaan zupfte sich Splitter aus den Handflächen. »Das wird uns gegen einen leichten Deckeneinsturz schützen«, meinte er.

»Aber nicht, wenn viel herunterkommt?«

Joeyn warf einen kritischen Blick auf die Stützvorrichtung. »Nein, aber es dauert ja auch nur ein paar Minuten, um an den Kristall zu kommen.« Er bot ihr einen Schluck aus seiner Flasche mit Rübenbrandy an.

Diesmal nahm sie einen Schluck. Das Gebräu schmeckte abscheulich, aber es wärmte sie von innen. Tiaan fühlte sich schon besser, obgleich sie nicht in Versuchung geriet, einen zweiten Schluck zu nehmen.

Joeyn stand nun wieder unter der Ader und schaute zur Decke. »Komm her. Such dir einen aus.«

Er schob die Hände ineinander. Tiaan setzte den Fuß darauf und wurde auf Schulterhöhe nach oben gehoben.

»Oh, Joe, das sind die vollkommensten Kristalle, die ich je gesehen habe. Sie fühlen sich stark an, sogar noch besser als der Kristall, den du neulich geholt hast.« Es fiel ihr schwer, sich zu entscheiden. Hätte sie ihren Taststein mitgebracht, hätte sie die Minerale prüfen können, um herauszufinden, welcher ihr am besten zusagte. Tiaan verspürte einen ziehenden Schmerz wie bei den Entzugserscheinungen. »Aber welche sind nun die Guten, Joeyn? Es nützt nichts, wenn ich mir jetzt einen aussuche, es sich dann aber herausstellt, dass es nur gewöhnliches Kristall ist.«

»Ich glaube, die sind alle gut. Ich habe sie mir vorher schon einmal angeschaut, als ich das Holz mitbrachte.«

»Du meinst ...?«

»Ja. Diese Ader ist so viel wert wie sämtliche Flöze im ganzen Bergwerk.«

Unvorstellbarer Reichtum. Wenn sie einen von diesen Kristallen besäße, könnte sie sich zehnmal aus der Fertigungsstätte freikaufen. Tiaan reckte sich noch etwas weiter in die Höhe und suchte nach einem Kristall, der noch ein wenig vollkommener aussah als die anderen. »Joe, sieh nur!«

»Was ist?«

»Der Hohlraum hier geht noch weiter, und alles sitzt voller Kristalle. Das müssen Hunderte sein.« Sie ließ ihren Blick bewundernd über die schillernden Steine gleiten. »Oder Tausende.«

»Ich unterbreche dich ja nur ungern«, sagte er. »Ich weiß, dass du die Schlankheit in Person bist, aber ich kann dich nicht auf ewig so halten.«

»Oh, tut mir leid.« Das hatte sie vergessen. »Brauchst du eine Pause?«

»Nicht, wenn du gefunden hast, wonach du suchst.«

Sie suchte sich ein perfekt geformtes, hexagonales Prisma aus, das in einer pyramidenartigen Kristallstruktur auslief. Es besaß eine schöne hellrote Färbung und war beinahe durchsichtig. »Ich habe einen.«

»Dann stell dich auf meine Schultern, und ich reiche dir Hammer und Meißel hinauf.«

Sie nahm die Werkzeuge entgegen und schlug den Quarzkristall mit einem einzigen, gut platzierten Schlag an der Basis ab. Er fiel in den Hohlraum. Sie griff hinein und tastete danach. »Aua!«

»Was ist los?«

»Ich hatte das Gefühl, hundert heiße Nadeln gleichzeitig auf der Haut zu spüren. Es geht schon wieder. Hallo?« Sie stellte sich auf die Zehenspitzen. »Was ist denn *das?*«

»Was siehst du?«

»Weiter hinten scheint ein Kristall aus sich selbst heraus zu leuchten!«

»Wie weit ist er von dir entfernt?«

»Ziemlich weit. Sieben oder acht Armlängen, würde ich sagen. Noch nie habe ich einen so perfekten Kristall gesehen. Eine Pyramide mit zwei Spitzen.«

»Nun, den kannst du aber nicht haben. Den bekommen wir da nicht heraus.«

»Ja, sieht ganz so aus ...« Sie schaute auf Joeyn herab. »Und wenn wir es von der anderen Seite versuchen?«

»Es würde Wochen dauern, den Stollen voranzutreiben – falls überhaupt die Decke bei dieser Arbeit halten würde. Tut mir leid, Tiaan.«

»Na gut«, erklärte sie mit Bedauern. »Was für ein Jammer. Er sieht so vollkommen aus.« Sie sprang von Joeyns Schultern.

»Aus der Ferne sehen sie alle perfekt aus.« Er begann, einen der Keile unter dem ersten Kantholz wegzuschlagen.

»Vielleicht solltest du das so stehen lassen. Falls diesem Kristall auch etwas zustößt.«

»Irisis?«

»Oder der Saboteur, *falls es sich um eine andere Person handeln sollte.*«

»Ja, vielleicht lass ich es so stehen.« Er trieb den Keil wieder unter den Stützbalken.

Es gestaltete sich als äußerst schwierig, den neuen Kristall zum Leben zu erwecken. Danach war Tiaan vollkommen erschöpft. Inzwischen hatte sie in nur wenigen Tagen drei Kristalle zum Leben erweckt, ein Einsatz, der selbst dem größten Werkmeister im Osten arg zugesetzt hätte. Nachdem ihr nun der erste, wichtige Schritt gelungen war, setzte Tiaan den Helm nicht sofort auf. Der Weg, der vor ihr lag, war für sie nicht mehr deutlich zu erkennen. Aufgrund der Kopfschmerzen hatte sie Bedenken, ihre Vorrichtung erneut zu benutzen. Aber andererseits machte ihr die Lage, in der sie sich im Augenblick befand, auch Angst.

Tiaan dachte weiter über den eigenartigen Kristall nach. Noch nie hatte sie von einem gehört, der unter Tage glühte. Sie fragte sich zudem, was es mit ihrer Vision auf sich haben mochte, die sie in der Mine gehabt hatte – diese Bruchstücke des Traums von dem jungen Mann. Kristallträume verschwanden für gewöhnlich, wenn sie aufwachte, aber sie konnte sich genau an das Gesicht dieses Mannes erinnern. Er war so voller Verzweiflung gewesen. Sie entsann sich der sinnlichen Träume, die bald darauf eingesetzt hatten. Allein die Erinnerung daran trieb ihr die Glut in die Wangen.

Sei nicht töricht. Das waren nur Träume! Tiaan stülpte sich wieder den Helm auf den Kopf und versuchte, in der schwachen Aura die Geschichte des defekten Hedrons aufzuspüren. Sie fand nichts, doch dann durchzuckte sie ein genialer Gedanke. Was, wenn sie den Hedron *zwang*, wieder zu erwachen, um dann in der eingehauchten Aura zu lesen? Dafür jedoch müsste sie ihren Taststein auf eine gefährliche Weise zum Einsatz bringen, aber ihr blieb keine andere Wahl.

Sie löste den Taststein von der Kette und führte ihn an die Kugel, sodass er den defekten Hedron berührte. Sogleich verspürte sie Furcht. Alles Mögliche konnte jetzt eintreten.

Mit sanften Berührungen erspürte Tiaan mit den Fingerspitzen das Feld. Die ihr vertraute Aura strömte in ihren Geist. Sie war heute besonders stark, die wabernden Muster und kleinen Verwirbelungen tiefrot gefärbt. Sie suchte sich einen geeigneten Strudel aus und zog Energie in ihren Taststein, wie sie es bereits tausendmal gemacht hatte.

Anschließend drückte sie Taststein und Hedron aneinander und leitete einen Strom aus Energie in den schadhaften Kristall. Aber es entstand keine Aura. Die Energie verflüchtigte sich, als wäre sie geradewegs wieder in das Feld geströmt.

Das war eigenartig. Selbst ein toter Hedron sollte nach einer solchen Kraftübertragung immerhin noch eine kleine Aura hervorrufen. Sie entzog dem Feld mehr Energie, erzielte aber kein anderes

Ergebnis. Der Hedron fühlte sich jetzt warm an. Das war nicht nur eigenartig, sondern regelrecht absonderlich und befremdend.

Sie atmete bewusst langsam und tief durch und entspannte sich, bis ihre Arme schlaff herabhingen und ihr der Kopf nach vorne sackte. Tiaan versuchte nicht, sich das Feld bewusst vorzustellen, sondern ließ lediglich zu, dass es durch sie hindurchdrang.

Ihr Blickwinkel verlagerte sich. Sie suchte nach einem größeren Gebilde als zuvor, nach einem Strudel, der so kraftvoll war, dass er eine bläulich weiße Färbung aufwies. Sowie sie einen entdeckt hatte, spürte sie den ätherischen Pfad auf, der von dort bis zu ihrem Taststein verlief, und wappnete sich. Dieser Vorgang barg Gefahren. Womöglich befand sich dort eine größere Kraft, die sie nicht mehr sicher handhaben konnte. Sie ließ zu, dass der Strudel sich auf den Pfad zubewegte. *Jetzt!*

Der Strudel durchlief sämtliche Farbschattierungen – von Tiefrot und Blau über abgestufte Rottöne zu Gelb, und schließlich wurde er schwarz. Ein stechender Schmerz zuckte in ihrem Kopf, der Taststein flackerte, und für einen Moment erschien eine Aura in dem Kristall. Tiaan bewahrte dieses Bild in ihrem Gedächtnis auf, doch dann drang ein Knistern an ihre Ohren, und sowohl das Feld wie auch die Aura waren verschwunden.

»Ich habe es geschafft!«, jauchzte sie und kostete die Begeisterung darüber aus, etwas Neues versucht und – wider alle Erwartungen – erfolgreich durchgeführt zu haben. Sie untersuchte das Bild, das sie in ihrem Gedächtnis eingefroren hatte. Da war etwas in seinem Kern. Tiaan drehte das Bild und nahm ein Echo der Kraft wahr, wie sie es noch nie zuvor erlebt hatte. Es schien mit Geist erfüllt zu sein: organisch und doch fremdartig, nicht von dieser Welt.

In ihrem Kopf begann es wieder zu pochen. Sie schob den Helm ein wenig höher, rieb sich die Schläfen mit dem Balsam ein und ließ den Helm wieder herabsinken. Ein weiteres Bild blitzte in ihrem Geist auf. Ein gewaltiger Schädel; enorme gelbe Augen; ein Maul, das groß genug war, um ihren Kopf aufzunehmen; Hunderte von Zähnen. Die eingezogenen Schwingen ließen keinen Zweifel: Es war ein Lyrinx! Er schien sich mit einer menschlichen Gestalt zu unterhalten, vermutlich mit einem Mann. Etwas an der Kopfform und der Schulterpartie kam ihr bekannt vor. Das Bild begann zu schwanken, und sie vermochte es nicht länger zu halten. Hatte sie womöglich soeben den Spion erblickt?

Tiaan rieb sich die Augen. Von einer unerklärlichen Müdigkeit und Mattigkeit befallen, ging sie auf unsicheren Beinen zur Tür.

»Hast du Gol irgendwo gesehen?«, fragte sie Irisis, die gerade an ihr vorbeikam, eine Rolle Silberdraht in der Hand.

»Nein!«, erwiderte sie kurz angebunden. »Wieso?«

»Er sollte eigentlich Gi-Had für mich holen.« Tiaans Beine gaben nach, und so glitt sie langsam an der Wand zu Boden.

»Was ist los mit dir?«

»Bloß ein bisschen zu viel gearbeitet«, krächzte Tiaan und wünschte, Irisis würde endlich weggehen.

»Woran denn?« Ihre blauen Augen suchten Tiaans Arbeitsnische ab. Irisis trat ein, nahm die Kugel in die Hand, schüttelte sie sanft und legte sie wieder zurück. »Ich werde Gi-Had Bescheid sagen.« Sie warf wieder einen Blick auf das Rund aus Kupfergeflecht. »Wollte sowieso gerade in die Richtung.«

Tiaan war zu erschöpft, als dass sie sich gefragt hätte, warum ihre Rivalin sich mit einem Mal so hilfsbereit zeigte. »Danke«, wisperte sie und stützte ihren Kopf auf den Knien ab.

Eine schwielige Hand schüttelte sie bei den Schultern. »Was geht hier vor, Kunstwerkerin Tiaan?«

»Auf... Aufseher Gi-Had«, stammelte sie wie betäubt. »Ich wollte Euch sprechen.«

Der Mann sah aus, als wäre ihm auch der letzte Tropfen Blut aus dem Gesicht gewichen. Was mochte geschehen sein?

Hinter ihm tauchte plötzlich Irisis auf und blieb neben der Tür stehen. Ein schadenfrohes Grinsen verzerrte ihr Gesicht.

»Was macht Ihr dort auf dem Boden?« Er half Tiaan wieder auf die Beine.

»Ich weiß nicht, was geschehen ist.« Sie hatte Schwierigkeiten, einen klaren Gedanken zu fassen. Ihr war, als hätte sie zu viel von Joeyns scharfem Gebräu getrunken.

»Kunstwerkerin Irisis erhebt schwere Vorwürfe gegen Euch«, erklärte der Aufseher streng.

Tiaan begriff nicht, wovon der Mann redete. »Ich habe nur zu erspüren versucht, was den Hedrons widerfahren ist.«

»Sie lügt«, behauptete Irisis mit kalter Stimme. »Die Apparatur hätte mich fast umgebracht, als ich sie vergangene Nacht ausprobierte. Vielleicht war das Tiaans Absicht. Deshalb hat sie auch den Kristall zerbrochen und mir die Schuld daran geben wollen. *Und jetzt hat sie auch noch ihren Taststein zerstört.*«

Tiaan stockte der Atem. Irisis würde alles behaupten, um sie loszuwerden. »Kein Kunstwerker würde je seinen eigenen Taststein zerstören!«, sagte sie verächtlich. »Das wäre so, als würde man sich die eigene Hand abhacken.«

»Kein Kunstwerker, der *bei Verstand ist*, würde so etwas tun; das stimmt«, entgegnete Irisis kühl. »Aber du leidest unter Wahnvorstellungen, Tiaan. Entweder bist du der Spion, oder ... du hast Kristallfieber.«

»Wovon redest du da?«, rief Tiaan erschrocken. »Aufseher, sie erfindet irgendwelche Geschichten. Weil sie mich hasst!«

»Tu ich das?« Irisis deutete mit einem fein manikürten Finger auf die Kugel. »Seht Euch das an!«

Tiaan machte einen Satz in Richtung Kugel und fingerte an dem Verschluss herum. Endlich sprang der Mechanismus auf, und der alte Hedron rollte heraus. Innen war er ganz milchig angelaufen.

»Jetzt hat sie auch diesen zerstört«, klagte Irisis. »Ihr müsst Euch ihrer entledigen, Aufseher, wenn Euch das Wohl der Fertigungsstätte am Herzen liegt.«

Gi-Had riss ein Stück Papier in kleine Fetzen. »Ihr solltet besser mit einer guten Erklärung aufwarten, Kunstwerkerin.«

»Ich las den Hedron«, sagte Tiaan matt. Sie langte nach ihrem Taststein, der in ihrer Hand zerbrach. Ungläubig starrte Tiaan auf die Splitter. Ihr Taststein war für immer verloren. Sie würde Wochen brauchen, um einen neuen Stein anzufertigen. Am liebsten hätte sie in ihrer Verzweiflung laut geschrien.

»Nun!«, rief Gi-Had. »Was soll ich dem Perquisitor berichten?«

Tiaan sank verzweifelt zu Boden und weinte.

»Das ist das Kristallfieber!«, wiederholte Irisis. »Sie weiß nicht mehr, was sie tut. Sie kann ihre Arbeit nicht mehr verrichten, Aufseher.«

»Seid still!« Er ging neben Tiaan in die Hocke und reichte ihr ein Tuch. »Ihr müsst mir helfen, Kunstwerkerin.«

Tiaan tupfte sich das Gesicht ab. »Ich las einen der defekten Hedrons«, erklärte sie schluchzend. »Ich habe ihn zu neuem Leben erweckt und zwang ihn, seine Aura preiszugeben. Und dort sah ich etwas.«

»Sie ist eine Lügnerin!«, rief Irisis dazwischen. »Sie ist gar nicht den ganzen Tag hier gewesen.«

Gi-Had blickte von einer Frau zur anderen und wusste nicht, wem er glauben sollte.

»Ich war mit Joeyn im Bergwerk«, gestand Tiaan. »Wir riskierten unser Leben unten in der sechsten Sohle, weil wir nach einem geeigneten Kristall suchten.«

»Ihr habt *was* getan?«, fragte der Aufseher nach.

»Es ist der einzige Ort, an dem ich Kristalle finde, die genügend Kraft haben. Die anderen taugen nichts.«

»Es ist verboten, in die sechste Sohle zu fahren! Wie könnt Ihr es wagen, dort Euer Leben aufs Spiel zu setzen? Was soll die Fertigungsstätte tun, wenn Euch etwas zustößt?«

»Was wäre schon dabei? Ihr hättet ja immer noch Kunstwerkerin Irisis«, erwiderte Tiaan mit sarkastischem Unterton.

Da der Aufseher mit einer Antwort zögerte, schöpfte Tiaan neuen Mut. Offenbar hatte auch er Vorbehalte gegenüber Irisis. »Meine Entdeckung könnte das Leben hunderter Soldaten retten. Und wenn diese Kristalle sich tatsächlich so verhalten, wie ich es vermute ...«

»Was dann?«, rief er.

»Sie sind viel stärker, und dort unten gibt es eine Menge davon. Sie könnten einen Klanker doppelt so schnell antreiben wie die anderen Hedrons. Und dadurch könnten wir den Krieg gewinnen.«

Seine Züge wurden weicher. »In der Tat, was Ihr heute getan habt, war edel und tapfer. *Aber tut das nicht wieder!* Wenn wir Leben riskieren müssen, dann die Leben derjenigen, auf die wir verzichten können. Was habt Ihr in dem Hedron gesehen, Tiaan?«

Tiaan legte den milchigweißen Kristall wieder in die Kugel aus Drahtgeflecht, führte Gi-Hads Finger daran und drückte den Helm auf den kantigen Schädel des Aufsehers. Danach rief sie erneut das Bild auf, das sie in der Aura gesehen hatte.

Gi-Had sah erst verärgert aus, dann beinahe störrisch und schließlich verzweifelt, als sei das, wonach er suchte, für ihn in unerreichbarer Ferne. Plötzlich verspannte er sich, und sein Blick wurde starr. »Ich habe etwas gesehen!«, rief er und wandte sich Tiaan verblüfft zu. »Ich habe in die Fratze einer Kreatur geschaut!«

»War es ein Lyrinx?«

»Ja!« Ihn schauderte sichtlich. »Er lauerte auf einem runden Gebilde mit einem Fuß, das wie ein leuchtender Pilz aussah. Als beobachte er uns heimlich. Dann schaute die Bestie auf und sprach mit einem Mann. Mit dem Spion! Der Feind kennt jeden unserer Pläne. Sie werden einen Klanker nach dem anderen außer Gefecht setzen.«

Irisis konnte sich nicht länger zurückhalten. »Sie lügt! Sie hat dieses Bild in Eurem Kopf erzeugt. Sie weiß gar nichts, sie taugt nur für die Gebär–«

Unvermittelt schlug Gi-Had ihr mit der flachen Hand ins Gesicht. »Haltet endlich den Mund, Cousine zweiten Grades! Wir kämpfen um unser Überleben. Wie könnt Ihr es wagen, Eure miesen Eifersüchteleien in meiner Fertigungsstätte auszutragen!«

Irisis fasste sich verstört an die Wange. »Aber … nehmt doch die Beweise, die wir gegen sie haben.«

»Das habe ich längst getan«, erwiderte er grimmig. »Und bei den meisten habt Ihr Eure Hand mit ihm Spiel.«

»Aber … mein Onkel hat mir versprochen, ich würde nach ihm Werkmeister werden. Sie hier hat ja nicht einmal einen Vater. Sie stammt von der –«

»Und genau dorthin werde ich Euch schicken, Kunstwerkerin, wenn Ihr uns weiter Schwierigkeiten macht. Tiaan hat soeben unter Beweis gestellt, was für eine großartige Kunstwerkerin sie ist. Ich kann auf sie nicht verzichten.«

Der Abdruck von Gi-Hads großer Hand zeichnete sich als rotes Mal auf Irisis' bleichem Gesicht ab. »Das würdet Ihr mir nicht antun!«

»Schlimme Zeiten, Kunstwerkerin. Jemand hat die Hedrons sabotiert, der Feind kann unsere Klanker sehen, und nun ...« Gi-Had wurde ganz bleich, begann am ganzen Leib zu zittern und musste sich auf einen Stuhl helfen lassen.

»Was ist mit Euch, Vetter?«, rief Irisis. Zum ersten Mal sah Tiaan, dass ihre Rivalin wirklich um das Wohlergehen eines anderen Menschen besorgt war. Aber immerhin gehörte er zur *Familie*.

Tiaan bot dem Aufseher Wasser an. Er nahm einen kleinen Schluck und blickte dann auf die beiden Frauen. »Ihr könnt es genauso gut jetzt schon wissen«, krächzte er heiser. »Eine Katastrophe ist passiert, und sie betrifft uns alle, aber die Kunstwerker ganz besonders.«

»Was denn?« Irisis nahm seine Hand.

»Die Nachricht erreichte mich heute früh. Es ereignete sich weiter oben an der Küste, sechshundert Meilen von hier. Ein wichtiger Feldkern ist ausgefallen.«

»Ausgefallen?«, wiederholte Irisis mit matter Stimme.

»Nun, der Feldkern ist noch da, aber sein Feld ist verschwunden. Fünfzig Klanker sind auf der Ebene von Minnien liegen geblieben. Der Feind zerstörte sie alle und kam anschließend in nur einer Woche fünfundvierzig Meilen voran. Wenn die Lyrinx diesen schnellen Vormarsch beibehalten, werden sie in der Mitte des Winters vor den Toren Tiksis stehen.«

Niemand sagte ein Wort. Sie würden den Krieg verlieren, und jeder wusste, dass die Lyrinx ihre besiegten Feinde auffraßen.

»Weiß irgendjemand, wie es dazu kommen konnte?«, fragte Tiaan und zwang sich zur Ruhe. »Ist es so wie bei den Steuereinheiten, nur in größerem Ausmaß?«

»Wir wissen es nicht«, antwortete Gi-Had. »Anscheinend gibt es zwei mögliche Erklärungen, und eine ist so schlimm wie die andere. Die erste lautet, dass der Feind eine Möglichkeit gefunden hat, das Kraftfeld zu blockieren oder zu vernichten.«

Tiaan nahm das zur Kenntnis. »Und die zweite Erklärung?«

»Die Klanker entziehen dem Feld zu viel Energie. Da es diesmal so viele waren, haben sie womöglich das Feld ausgelaugt, wie wenn man zu viel Wasser aus einem Brunnen pumpt.«

Alle drei schwiegen.

Schließlich erhob sich Gi-Had. »Der Notstand wurde ausgerufen. Ich habe die Anweisung erhalten, wirklich *alles* zu tun, was erforderlich ist, um Klanker herzustellen. Das Überleben hat Vorrang vor allen anderen Dingen, auch vor den Wünschen jedes Einzelnen.« Doch er machte eine wegwerfende Handbewegung. »Aber was nützt das alles, wenn wir die Klanker nicht mit Energie versorgen können?«

»Wenn der Feind unsere Steuereinheiten durch das Feld aufspüren kann«, sinnierte Tiaan halblaut, »dann brauchen wir eine Art Schutzschild, damit die Steuereinheiten unsichtbar für die Lyrinx bleiben.«

»Ein Schutzschild?« Seine Miene verriet Zweifel. »Ist so etwas denn machbar?«

»Möglicherweise. Ich habe da schon eine ganz genaue Vorstellung, der ich gern nachgehen würde.«

»Also gut. Lasst die andere Arbeit vorerst liegen. Nehmt Euch zwei Tage für Euer Vorhaben, nicht mehr. Dann will ich Euren Bericht. Und was schlagt *Ihr* vor, Base?«

»Ich habe mir auch so etwas überlegt«, antwortete Irisis hastig.

»Gut«, meinte Gi-Had. »Wann kann ich Euer Werk sehen?«

Irisis sah einen Augenblick lang erschrocken aus, fing sich aber sehr schnell wieder. »Ich werde einen Tag oder auch zwei brauchen.« Mit einem boshaften Blick auf Tiaan ging sie hinaus.

Auch Gi-Had schritt zur Tür. Er hatte schon die Hand auf dem Riegel, als er sich noch einmal umdrehte. »Der Hedron, der nicht mehr geht, und Euer Taststein sind wichtige Beweisstücke, denn sie weisen auf den Verräter hin. Gibt es irgendeine Möglichkeit herauszufinden, wer das sein könnte?«

»Nicht ohne einen neuen Taststein.«

»Habt Ihr etwas dagegen, wenn ich beide Kristalle an mich nehme? Falls wir jemanden finden sollten, der es uns sagen kann?«

»Ich habe keine Verwendung mehr dafür.«

Gi-Had wickelte die Beweisstücke in ein Tuch. Tiaan musste schlucken, als sie sah, wie der Aufseher den zerstörten Taststein mitnahm. Da sie nicht mehr klar denken konnte, ging sie zu Bett. Diesmal verriegelte sie die Tür und nahm die Kugel sowie den Helm mit.

Zwei Stunden später zermarterte sie sich jedoch immer noch den Kopf. Wie gelang es dem Feind nur, die Hedrons aufzuspüren? Verfügten die Lyrinx über ein Gespür, das die Menschen nicht besaßen? Sie wusste es nicht, und da sie keinen Taststein mehr hatte, konnte sie dieser Frage vorerst nicht auf den Grund gehen.

Der Verlust schmerzte, körperlich wie auch emotional. Die Entzugserscheinungen würden noch zunehmen, und dagegen konnte man nichts machen. Wochen voller Elend standen ihr bevor.

Als sie allmählich einschlief, kehrten ihre Gedanken zu dem leuchtenden Kristall unten im Bergwerk zurück. Sie sehnte sich stärker denn je danach.

Hilfe! Bitte helft mir! Es war ein Schrei in ihrem Kopf, ein Schrei blanken Entsetzens.

Tiaan sah nichts als Rauchschwaden und gelbliche Schwefeldämpfe, die in der Nase stachen. Offenbar brannte es in der Fertigungsstätte. In der Dunkelheit tastete sie nach ihrer Kleidung, fühlte aber nur karge Vegetation, wie Farne oder Heidekraut. Mit dem Zeh blieb sie an einer Wurzel hängen und landete bäuchlings in dem Gestrüpp.

Etwas Grelles und Heißes überspannte den Himmel, ein unstet glühendes Gebilde, das sich rasch im Flug drehte. Nicht weit von ihr schlug es auf dem Boden auf, und die Wucht des Aufpralls ließ den Erdboden erzittern. Tiaan spürte die Vibrationen am ganzen Körper. Die Heide stand urplötzlich in Flammen, und der Wind trieb das Feuer in ihre Richtung.

Sie rannte um ihr Leben. Scharfe Blätter zerrten an ihren nackten Beinen, Zweige schlangen sich um ihre Knöchel. Immer wieder stürzte sie. Zuletzt blieb sie einfach liegen, da sie zu erschöpft war, um wieder aufzustehen, und spürte, wie die Flammen über sie liefen. Sie schrie nur einmal.

Keuchend fuhr Tiaan aus dem Schlaf hoch und konnte nicht verstehen, dass sie nicht bei lebendigem Leibe verbrannt war. Sie tastete um sich, suchte nach der Laterne und betätigte dann den Feuerstein immer und immer wieder, sogar noch als der Docht längst brannte. In ihrem Zimmer kam ihr nichts ungewöhnlich vor.

Da sie einen zunehmenden Druck an den Schläfen verspürte, tauchte sie einen Finger in den Tiegel mit dem Balsam und verteilte es auf ihrer Stirn.

Jemand hämmerte von draußen gegen die Tür. »Was ist da los?«

Tiaan schlang sich eilig eine Decke um den Leib und ging zur Tür. An die sechs Arbeitskollegen standen da und starrten sie an. »Tut mir leid!«, sagte sie. »Ein Albtraum. Ich muss wohl zu viel gearbeitet haben. Aber es geht mir schon wieder besser.«

Die Leute murmelten etwas vor sich hin und gingen wieder zu ihren Schlaflagern. Tiaan verriegelte die Tür und hüllte sich gerade wieder richtig in ihre Decke, als sie im wachen Zustand in den Kristalltraum zurückgeschleudert wurde. Diesmal stand sie auf einem Eiland inmitten eines breiten Stroms. Hinter ihr erhob sich ein Pavillon mit sieben Säulen, überragt von einer Kuppel aus gehämmertem Kupfer.

Sie griff in einen Korb mit Früchten, als sich eine zischende Dampfwolke entlud und eine Wellenfront aus kochendem Wasser flussabwärts donnerte. Sie roch gekochten Fisch. Die Wasser teilten sich zu beiden Seiten der Insel und rauschten dann weiter.

Der Wasserspiegel sank. Tiaan seufzte, aber weiter stromaufwärts war ein schreckliches, mahlendes Geräusch zu hören, gefolgt von einer Entladung überhitzter Luftmassen. Unvermeidlich schob sich um die Biegung des Flusses eine zähe Lavafront – die rote, dickflüssige Masse brach immer wieder durch die geschwärzte Erdkruste. Immer weiter wälzte sie sich voran, und nichts und niemand würde sie aufhalten können.

Tiaan lief verzweifelt von einer Seite des Eilands auf die andere. Brodelndes Wasser umgab sie. Es gab kein Entkommen mehr. Sie trat einen Schritt zurück und sah, wie die Lava zischend auf sie zukam.

»Hilfe!«, schrie sie, doch der Schrei verhallte.

Hilfe! Das Echo kam von dem schönen Antlitz auf dem Balkon, von dem jungen Mann aus ihren Träumen. Er blickte in ihre Richtung, zuckte zusammen und schenkte ihr dann ein liebliches, trauriges Lächeln, das ihr die Tränen in die Augen trieb. Er streckte ihr die Arme entgegen. Er sorgt sich um mich, dachte sie mit Erstaunen. Sie begann zu laufen, doch da spülte ihn eine Lavawoge fort.

Wieder schrie sie und erwachte aus dem Traum; und abermals musste sie die inzwischen ungehaltenen Leute an ihrer Tür besänftigen.

Tiaan versuchte, erneut in den Schlaf zu finden, wurde aber wieder nur in den Albtraum gestoßen. Jetzt rannte sie durch die Gänge eines Palastes, während überall ein vulkanischer Feuerhagel niederging, der die Decken durchschlug und das prächtige Gebäude in Brand setzte. »Hilfe!«

Sie erhielt keine Antwort.

KAPITEL NEUN

Stunden später, als am einsamen Fenster von Tiaans Unterkunft der verregnete Morgen heraufdämmerte, war der ganze Schlafsaal in Aufruhr, und Tiaan vermochte nicht länger zwischen Wachen und Träumen zu unterscheiden. Eine Krankenpflegerin überprüfte ihre Symptome und rief den Heiler, der wiederum den Arzneikundigen benachrichtigte. Sie kamen überein, dass Tiaan offenbar den Verstand verloren hatte, und waren im Begriff, ihr eine Zwangsjacke anzulegen, als Aufseher Gi-Had angelaufen kam.

»Was zum Teufel macht Ihr da?« Er stieß die Leute grob beiseite.

»Es ist das Kristallfieber«, erklärte Heiler Tul-Kin düster. Er roch stark nach Rübenbrandy. »Ihr Geist ist gebrochen und wird sich nicht mehr erholen. Wir könnten sie ebenso gut zur Gebäranstalt schicken.«

»In einer Zwangsjacke?«

Der Heiler zuckte die Schultern. »Beeinträchtigt ist sie nur bis zur Taille.«

»So geht das nicht!«, erregte sich der Aufseher. »Wir können nicht auf sie verzichten. Findet heraus, was sie hat und *bringt das wieder in Ordnung!*«

Sie brachten Tiaan in die Krankenstube, wo eine Pflegerin ihr Gesicht und ihre Stirn kühlte und ihr Tee und Gerstenbrei verabreichte.

Die Albträume im Wachzustand hielten bis gegen Mittag an. Plötzlich setzte sie sich auf und fragte: »Was mache ich hier?«

Sie erinnerte sich nur noch an Traumfetzen, die schnell verblassten. Nach ungefähr einer Stunde waren die Einzelheiten fort. Was blieb, waren der junge Mann auf dem Balkon und eine in Auflösung begriffene Welt. Ihm lag *wirklich* etwas an ihr. Das wusste sie. Es war mehr als nur ein Traum. Die ganze Zeit hatte er nach ihr gesucht. Sie musste herausfinden, wer er war.

Am Nachmittag erlaubten sie ihr, wieder in den Werkraum zu gehen. Die Lehrlinge scharten sich um sie und zeigten sich erleichtert, dass sie sich erholt hatte. Sie mochten Tiaan, auch wenn sie nicht mit ihr befreundet waren.

Irisis hielt sich im Hintergrund auf, ihre Miene war undurchdringlich. An der diebischen Freude auf ihrem Gesicht, als Irisis an der Tür gestanden hatte, erinnerte sich Tiaan zwar nur noch dunkel, doch sie wunderte sich darüber. Die ganze Episode war so seltsam und kam Tiaan von Augenblick zu Augenblick unwirklicher vor, sodass alles keinen Sinn mehr ergab. War es wirklich Kristallfieber gewesen? Sie konnte es einfach nicht glauben. Sie hatte während der Ausbildung gelernt, dass das Fieber sich in anderer Weise zeigte. Allerdings hatte man diejenigen, die erwiesenermaßen von dem Fieber befallen waren, nie davon überzeugen können, dass sie es hatten.

Tiaan schickte Gol los, um die Kugel und den Helm aus ihrem Raum zu holen. Während sie auf den Jungen wartete, kam der alte Joeyn herein, bedeckt von Minenstaub. Als er sie erblickte, strahlte er augenblicklich übers ganze Gesicht.

»Ich habe mir Sorgen gemacht«, sagte er, nachdem die Lehrlinge wieder an die Werkbänke gegangen waren. »Was ich da für Gerüchte gehört habe! Ich war schon so weit, die Türen einzureißen und dich fortzubringen.«

Tiaan war so gerührt, dass sie Tränen in den Augen hatte. »Du würdest dich selbst zu einem Leben auf der Flucht verdammen oder gar den Tod riskieren, nur um mich zu retten?« Sie umarmte ihn.

»Das Leben hat mich längst verdammt. Was kümmert's mich, wie ich sterbe? Aber du hast noch so vieles im Leben vor dir, Tiaan. Du kannst noch so viel geben, so viel zurückerhalten!«

Sie war überwältigt. Gol kam mit ihrer Kugel und dem Helm angelaufen. »Hast du auch den Balsam gegen die Kopfschmerzen mitgebracht?«, fragte sie den Jungen.

»Das habt Ihr mir nicht gesagt. Soll ich es holen?«

»Ist schon gut. Danke, Gol. Ich möchte, dass du die Körbe an den Werkbänken der Lehrlinge leerst.«

Der Bursche rannte los. Joeyn umschloss die Kugel aus Drahtgeflecht mit seiner vernarbten Hand. »Ich geh dann besser. Pass auf dich auf, Tiaan. Ich mache mir Sorgen um dich.«

»Es geht schon wieder. Ich bin nur etwas überarbeitet.«

»Aber da steckt noch mehr dahinter. Etwas Boshaftes liegt in der Luft, und wir beide wissen, aus welcher Richtung es kommt.« Er warf einen Blick über die Schulter. Irisis, die an ihrer Bank saß, bedachte ihn mit einem kalten, unheilvollen Blick. »Wenn du in Schwierigkeiten gerätst, ganz gleich, um was es sich handelt, dann *komm zu mir.*«

Und fort war er. Bedrängt von all den Dingen, die sie noch erledigen musste, beugte Tiaan sich wieder über die Kugel. Sie fühlte sich nicht gut, ihr war heiß und kalt zugleich, als leide sie an den Auswirkungen einer Grippe. Das waren die Entzugserscheinungen wegen ihres zerstörten Taststeins, und dagegen konnte sie nur eins tun – sie musste so hart arbeiten, dass in ihrem Kopf für nichts anderes mehr Platz war. Aber was, wenn es nun doch Kristallfieber war? Durch zu viel Arbeit zog man sich das Fieber erneut zu, und zwar auf Dauer. Tiaan versuchte, nicht an diese Möglichkeit zu denken. Sie musste sich Gi-Had gegenüber beweisen. Am kommenden Tag wäre es vielleicht bereits zu spät. Sie brauchte den Durchbruch.

Während Tiaan über dem Problem brütete, kamen ihr einige Zeilen von Nunars Buch, *Die Kunst des Mantikers*, in den Sinn. *Der Vorgang kann eine wabernde Aura um den Kristall erzeugen, der die Steuereinheit antreibt ... Ein Empfindsamer, der sich in der Nähe aufhält, könnte in der Lage sein, es zu erspüren, obwohl das bei der alltäglichen Nutzung als unbedeutend erachtet wird ...*

Was mochte Nunar mit *alltäglicher Nutzung* gemeint haben? Gewiss schwebten ihr kleine Instrumente vor, die nur geringe Mengen Energie benötigten. Damals, vor über neunzig Jahren, hatte noch niemand an mechanische Ungetüme wie Klanker gedacht – und auch nicht daran, wie viel Energie diese Kriegsgeräte benötigten. Um das Feld auf der Ebene von Minnien völlig zum Erliegen zu bringen, musste eine enorme Menge Energie abgezogen worden sein, und eine solche Energie würde eine ungeheuer große Aura hervorbringen. Genau das hatte offenbar der undeutlich sichtbare Lyrinx gemacht: Er hatte sich eines Instruments bedient, um aus der Ferne die Aura einer Steuereinheit aufzuspüren. Ja, das war der Grund, warum Klanker nicht mehr geheim vorrücken konnten! Es hing alles miteinander zusammen.

Auf irgendeine Weise mussten die Hedrons geschützt werden. Was wohl Nunar darüber zu sagen hatte? Tiaan ging zurück in ihren Raum und blätterte noch einmal in dem Buch, erfuhr jedoch nichts Neues. Die rasante Entwicklung der Steuereinheiten hatte selbst Nunar nicht vorhersehen können, und gewiss hätte sie sich nie träumen lassen, dass solche Apparate nicht von Mantikern, sondern von gewöhnlichen Leuten gehandhabt wurden. Ein Mantiker hätte eigene Mittel und Wege gefunden, sein Werk vor der Neugier eines anderen zu schützen. Steuereinheiten hatten einen gravierenden Nachteil: ihre Aura. Aber das hatte sich erst im Nachhinein herausgestellt. Sorgsam legte sie das Büchlein wieder in das Versteck und kehrte in den Werkraum zurück.

Die Schwierigkeit bestand darin, zu verhindern, dass die Aura des Hedrons aufgespürt werden konnte. Gleichzeitig musste gewährleistet werden, dass der Hedron seine Energie auf die Steuereinheit übertrug. Sie führte einige Versuche mit verschiedenen Beschichtungen durch – mit Teer, Wachs, Lehm, Papier und Leder –, aber nichts war wirkungsvoll.

Vielleicht war Metall die Lösung. Da sie zufällig ein dünnes, leicht biegsames Stück gehämmertes Kupfer zur Hand hatte, hüllte Tiaan einen Hedron darin ein und fragte sich, ob das überhaupt funktionieren würde. Denn wenn das Metall die Aura blockierte, dann könnte der Hedron möglicherweise auch keine Energie mehr aus dem Feld beziehen. Dennoch, der Hedron arbeitete einwandfrei, und das war auch kein Wunder. Denn die Energie wurde dem Feld nicht in der materiellen Welt entzogen, sondern mittels eines ätherischen Pfads. Das war die Grundlage der Mantik, wie Nunar es in ihrer *Speziellen Theorie* dargelegt hatte.

Sie stieß auf ein neues Problem. Das Kupferblech verbarg zwar die Aura, aber es verhinderte auch, dass die Energie von dem Hedron an die Steuereinheit geleitet wurde. Tiaan bog das Kupfer so zurecht, dass es die metallenen Kontakte nicht berührte. Jetzt kam das Signal an, aber auch die Aura war wieder wahrnehmbar.

Anstelle von Kupfer versuchte sie es mit Silberfolie. Das lief besser, da das Silber weicher war, aber sie konnte immer noch nicht verhindern, dass die Aura gleichsam durchschien. Tiaan befestigte die Arme der Steuereinheit mit heißem Pech auf den Facetten des Hedrons. Die Arme arbeiteten genauso gut wie zuvor; vielleicht sogar besser. Wie mochte sich Blattgold verhalten? Gold war biegbarer als Silber. Vielleicht könnte sie die Schichten zu einem dichten Überzug hämmern.

Daher ging sie zum Werkraum des alten Werkmeisters, öffnete dort die Tür zum Lagerraum und nahm eine kleine Goldkugel aus einer Flasche. Tiaan kehrte zu ihrer Arbeitsnische zurück und bearbeitete das Gold, bis es so dünn war, dass die Schicht als Einband eines Buchs hätte dienen können. Sie hielt die Folie gegen das Licht und überprüfte sie auf kleine Löcher. Nichts.

Vorsichtig hüllte sie den Hedron mit den von Pech bestrichenen Kontakten in Blattgold ein. Nachdem sie die dünne Folie ganz glatt gestrichen hatte, machte sie erneut einen Versuch. Nur an einem einzigen Kontakt war noch eine Spur von der Aura wahrzunehmen. Nachdem sie auch das behoben hatte, war der Hedron nicht mehr aufzuspüren.

Dann überzog sie den ganzen Gegenstand mit erwärmtem Pech, wobei sie Acht gab, dass die zähe Flüssigkeit nicht zu heiß war, glättete alles mit einem Spatel und stellte sicher, dass keine Luftbläschen zurückblieben. Schließlich drückte sie ihr persönliches Siegel überall auf die frische, weiche Pechschicht. Niemand konnte sich nun unbemerkt an dem Überzug zu schaffen machen; man würde so etwas sofort an dem beschädigten Siegel erkennen. Auch konnte der Hedron weder Hitze noch dem direkten Sonnenlicht ausgesetzt werden, ohne dass es auffiel, denn dann würde das Pech sich verformen oder sogar zerlaufen. Auf diese Weise war es ihr gelungen, zwei Probleme auf einmal zu lösen.

Sowie das Pech ausgehärtet war, prüfte Tiaan die Steuereinheit: Sie arbeitete einwandfrei. Keine Spur mehr von der Aura! Sie hielt die Erkenntnis in ihrem Journal fest und verfasste dann einen Bericht für Gi-Had, in dem sie ihre Vorgehensweise beschrieb.

Sie gähnte, als sie den Bericht in ihre Tasche schob. Ihr tat der Kopf weh. Zeit, den Schlaf nachzuholen, der ihr in der Nacht zuvor nicht vergönnt gewesen war. Zeit, wieder von dem jungen Mann zu träumen. Dieser Gedanke zauberte ihr ein Lächeln ins Gesicht. Tiaan stellte die Steuereinheit so ein, dass sie während der Nacht arbeitete, um sicherzustellen, dass sie nicht wie die anderen plötzlich ausfiel. Dann verriegelte sie die Tür und ging zu Bett.

Als Tiaan auf dem Bett lag und darauf wartete, endlich Schlaf zu finden, wurden die Kopfschmerzen heftiger. Sie bekam Durst, war jedoch zu müde, um bis zum Ende des langen Gangs zu trotten und dort ihren leeren Krug zu füllen. Stattdessen rieb sie sich die Stirn mit der doppelten Menge Balsam ein. Auch das schien nicht zu helfen. Der pochende Schmerz passte sich ihrem Herzschlag an.

Sie setzte sich auf, nahm noch ein wenig von dem Balsam und hörte, wie der Wind den Regen gegen ihr kleines Fenster trieb. Die Nacht war kalt – viel kälter als die anderen Nächte in diesem Herbst. Bestimmt würden die Winterstürme nicht lange auf sich warten lassen.

Sie sank zurück auf ihr Kissen und fiel sofort in einen tiefen Schlaf. Augenblicklich stellten sich die Träume ein: Sie waren intensiver, länger, schrecklicher. Eine ganze Welt explodierte, als zwanzigtausend Vulkane zugleich ausbrachen. Die Luft war gesättigt von Asche, Staub und Dämpfen, die in der Lunge stachen. Brennende Aschewolken, so heiß, dass sie beinahe schmolzen, wälzten sich die Berghänge hinab, versengten Felder, Wälder und Dörfer und begruben alles unter qualmenden Massen.

Der junge Mann stand auf dem Balkon und schrie nach jemandem, der seiner Welt zu Hilfe eilen konnte. Doch niemand kam, und schließlich ließ er den Kopf hängen und weinte. Die Tränen verdampften in der Hitze, ehe sie seine Wangen benetzen konnten. Er sah zu, wie der feurige Strom sich in seine Richtung schob.

In der dunkelsten Stunde der Nacht öffnete sich Tiaans Tür. Eine Gestalt stahl sich herein, zog leise die Tür zu und entzündete die Kerze neben dem Bett. Im Raum war es kalt, aber Tiaan lag unbekleidet auf der Decke, in Schweiß gebadet.

Die Gestalt streifte sich glatte Handschuhe über, entnahm dem Tiegel eine größere Menge Balsam und verrieb ihn überall auf Tiaans Körper – im Gesicht, auf den Händen und Brüsten, dem Bauch, den Beinen, dem Gesäß und dem Rücken. Tiaan trat ein-, zweimal im Schlaf um sich. Als schließlich ihre mit Balsam eingeriebene Haut von Kopf bis Fuß glänzte, verließ der Eindringling den Raum wieder genauso leise, wie er gekommen war.

Kurze Zeit darauf kehrten die Träume zurück. Tiaans sonst so scharfer Verstand erlag dem Ansturm. Sie stürzte von einem Felsvorsprung in einen Strudel aus Lava und schrie aus Leibeskräften. Vier Stunden später schrie sie sich immer noch die Lunge aus dem Hals, bis sie keine Stimme mehr hatte. Ihr Rachen war eine raue, gerötete Wunde. Als sie den Mund öffnete, troff Blut heraus. Gegen Mitternacht erlahmte ihr Körper in seinen Bewegungen. Ihre Schreie hallten noch über Stunden in ihrem Schädel nach, bis sich noch mehr von ihrem Verstand auflöste. Ihr Mund stand offen, und ihre Augen waren weit aufgerissen, nahmen jedoch nichts mehr wahr.

Irisis hatte Tiaan tagelang beobachtet, und nachdem sie das letzte Experiment ihrer Rivalin ausspioniert hatte, ging sie nachdenklich zu Bett. In der Nacht wachte sie von den Schreien der Kunstwerkerin auf, erhob sich von ihrem Lager und ging zu Tiaans Raum, um nachzusehen, was ihr widerfahren sein mochte. Sie hielt sich im Hintergrund auf, während die Heiler miteinander sprachen. Bestimmt hatte Tiaan im Kristallfieber den Verstand verloren. Da wusste Irisis, dass ihre Chance gekommen war.

Mit einem Schlüssel, der in sämtliche Schlösser passte, kam sie in Tiaans Arbeitsnische. Das Journal verriet ihr all das, was sie immer schon hatte wissen wollen. Sie trennte die letzte Seite heraus, vernichtete sie und nahm die bearbeitete Steuereinheit und zwei weitere, die noch nicht fertig waren, an sich. Im Werkraum fand sie alle Materialien, die sie benötigte. Dann verschloss sie die Tür wieder und stellte sich auf eine lange Arbeit ein.

Gi-Had hatte fünfmal nach Tiaan geschaut. Er war erschüttert, dass sie den Verstand verloren hatte. Kristallfieber war zwar bei Kunsthandwerkern nichts Ungewöhnliches, aber in seiner Fertigungsstätte hatte seit mehr als zwanzig Jahren niemand mehr darunter gelitten. Er beriet sich mit dem Heiler und den Pflegern und holte sogar die alte Heilerin Ruzia zurück, die sich vor gut zehn Jahren zur Ruhe gesetzt hatte.

»Sie ist wahnsinnig geworden«, sagte Heiler Tul-Kin. Seine Worte kamen schleppend, denn er hatte wieder den ganzen Tag getrunken. »Sollte sie sich erholen, wird sie nie wieder eine Kunstwerkerin sein können. Zumindest könntet Ihr Euch nicht auf sie verlassen.«

Gi-Had wandte sich der alten Heilkundigen zu. Sie war fast blind, und der Kopf wurde ihr oft schwer, aber ihr Geist war immer noch wach. »Ich fürchte, er hat recht«, sagte sie mit heiserer Stimme. »Ich sehe keine Hoffnung mehr. Wenn der Geist einmal auf diesen Pfaden wandelt, erholen sich die Kranken nur selten.«

»Verflucht!«, rief Gi-Had. »Ich kann auf sie nicht verzichten.«

»Damit müsst Ihr Euch abfinden«, erwiderte Ruzia.

Sie sprachen noch eine weitere Stunde über die Lage, und schließlich war auch der Aufseher überzeugt, dass es keine Rettung mehr gab. Wenn Tiaan hier nicht mehr von Nutzen war, dann musste sie dorthin gebracht werden, wo sie noch irgendeinen Beitrag für das Gemeinwesen leisten konnte.

In diesem Moment kehrte Irisis zurück und zeigte Gi-Had, auf welch geniale Weise sie das Problem mit den fehlerhaften Steuereinheiten gelöst hatte. Der Aufseher betrachtete die Apparatur genau und lächelte schließlich. Ein schmaler Lichtstreif an einem ansonsten verheerenden Tag.

»Ich danke Euch, Base. Es tut mir leid, dass ich an Euren Fähigkeiten gezweifelt habe.«

Obwohl sie noch zu jung war, bot Gi-Had Irisis die Stellung an, die sie sich so sehr ersehnt hatte: Sie wurde zum Werkmeister der Fertigungsstätte ernannt. Dann übertrug Gi-Had Tiaans Arbeitsvertrag in den Zuständigkeitsbereich der Gebäranstalt.

KAPITEL ZEHN

Eine Woche verstrich, dann noch eine halbe. Tiaan war immer nur ganz kurz bei klarem Verstand. Mehrmals sah sie in das Gesicht ihrer Mutter, auf dem sich Besorgnis und Verärgerung abzeichneten. Nur vage nahm sie auch andere Frauen wahr, darüber hinaus Tobey, einen fünfjährigen Jungen, einen ihrer Halbbrüder. Und Joeyn. Zweimal kam sie zu sich und sah ihn neben ihrem Bett sitzen, allerdings nur für wenige Augenblicke, denn Tiaan hatte nicht genug Kraft, die Augen offen zu halten. Sie erwachte wieder und sah, dass der Stuhl leer war. Ein Mann und eine Frau sprachen miteinander, aber Tiaan konnte nicht den Kopf drehen, um zu sehen, wer dort im Zimmer stand.

»Mir gefällt das nicht«, sagte der Mann. »Sie sollte eigentlich gar nicht hier sein.«

»Fälle von Kristallfieber kommen immer wieder vor! Die Papiere sind in Ordnung«, erwiderte die Frau. »Zudem ist sie noch Jungfrau. Damit ließe sich gutes Geld verdienen, das dann in unsere Taschen fließen würde.«

»Aber was ist, wenn ...?«

»Oh, hört mit dem Gejammer auf! Sie taucht ohnehin nicht in den Büchern auf.«

Die Stimmen wurden schwächer, und Tiaan sank in einen unruhigen Schlaf. Einige Zeit später wachte sie auf und sah, dass Joeyn wieder an ihrer Seite war.

»Joe?«, wisperte sie. Ihr Hals brannte fürchterlich. »Was ist geschehen?« Das Zimmer kam ihr vollkommen unbekannt vor. »Hatte ich wieder einen Anfall?«

»Die sagen, du hättest über Stunden geschrien, als würdest du bei lebendigem Leib verbrennen.«

»Ich kann mich an nichts erinnern.« Alles war ausgelöscht, auch sämtliche Träume. Als Letztes erinnerte sie sich – wenn auch nur schwach – noch daran, dass sie das Problem mit den Steuereinheiten gelöst hatte und dann zu Bett gegangen war. Ihre Stimme klang heiser. »Ich muss aufstehen. Es gibt noch viel zu tun.« Tiaan setzte sich auf, merkte dann aber, dass sie nichts am Leib trug und schlüpfte rasch wieder unter die Decke.

»Du musst dich ausruhen und dich erholen.«

»Aber ich muss noch zwei Steuereinheiten reparieren. Niemand sonst kann das. Der Krieg ...«

»Sie wurden repariert und schon vor einiger Zeit zur Front geschickt.«

»Was?« Sie starrte ihn verständnislos an. Die Welt schien dem Irrsinn zum Opfer gefallen zu sein.

»Irisis reparierte die Steuereinheiten, während du ... krank warst.« Joeyn versuchte, ihr die Wahrheit so schonend wie möglich beizubringen.

Sie packte seine Hand. »Das kann nicht sein!«

»Aber so war es, Tiaan.«

»Joe, die erste Steuereinheit habe *ich* repariert, ehe ich letzte Nacht zu Bett ging. Wenn Irisis sich die anderen vorgenommen hat, dann hat sie nur meine Arbeitsmethode nachgeahmt.«

»Bist du sicher?« Seinem Blick war indes zu entnehmen, dass er an ihrem Verstand zweifelte.

»Natürlich bin ich mir sicher!« Sie legte ihm genau dar, wie sie die Steuereinheit geschützt hatte. »Irisis hasst mich. Ständig versucht sie, die Lorbeeren für alles zu ernten. Ihr würde es sehr gefallen, wenn die Fertigungsstätte mich fortschickte.«

Ein Zucken lief durch sein Gesicht. Tiaan erschrak.

»Wo bin ich?« Sie schaute sich in dem unbekannten Raum um. »Das ist nicht unsere Krankenstube.«

»Nein, die Krankenstube in der Gebäranstalt.«

»Mir war nicht klar, dass ich *so* krank war –« Plötzlich verstummte sie vor Schreck und starrte in Joeyns zerklüftetes Gesicht. Er mied ihren Blick, als könne er ihr nicht in die Augen sehen. »Nein!«, keuchte sie. Die Luft zum Atmen schien knapp zu werden. In ihrer Verzweiflung öffnete Tiaan den Mund, um einen Schrei auszustoßen.

In dem Moment versetzte Joeyn ihr einen leichten Schlag ins Gesicht, der jedoch noch so stark war, dass sie an sich hielt.

»Nicht!«, zischte er. »Sonst halte auch ich dich noch für verrückt.«

»*Deshalb* bin ich an die Gebäranstalt verkauft worden? Aber ich bin nicht verrückt. Gestern löste ich …«

»Tiaan«, redete er ruhig auf sie ein, »du bist seit über einer Woche hier und wurdest von Fieberschüben geschüttelt. Du hast fantasiert. Und davor hast du stundenlang geschrien. Kein Wunder, dass die Heiler glauben, du habest den Verstand verloren. Gi-Had blieb keine Wahl. Die Fertigungsstätte braucht verlässliche Kunstwerker.«

»Und jetzt ersetzt Irisis mich?« Sie hatte bedrohlich die Stimme erhoben.

»Sei leise! Sie hat es noch besser getroffen. Durch einen speziellen Erlass wurde sie zum amtierenden Werkmeister ernannt, obwohl sie erst einundzwanzig ist.«

Jetzt wird sie in ihrem Triumph schwelgen! Tiaan wäre am liebsten auf der Stelle gestorben.

»Ich will hier nicht bleiben! Diesem Ort werde ich mich nie unterwerfen. Wenn ich doch nur mit Gi-Had sprechen könnte, dann würde ich ihn bestimmt davon überzeugen –«

»Was passiert ist, ist passiert. Es kann nicht mehr ungeschehen gemacht werden. Zweimal wurdest du von Anfällen geschüttelt, und zwei Heiler sind zu der Überzeugung gelangt, dass du an unheilbarem Kristallfieber leidest. Gi-Had konnte dich nicht dabehalten, selbst wenn er es gewollt hätte. Einen wahnsinnigen Kunstwerker zu beschäftigen ist schlimmer, als gar keinen zu haben.«

»Aber ich bin nicht wahnsinnig.«

»Das sagen die Leute, die vom Fieber befallen sind, immer. Es nützt nichts. Du bist an die Gebäranstalt veräußert worden.«

»Aber Gi-Had ist ein gerechter Mann –«

»Er hat dafür zu sorgen, dass die Fertigungsstätte läuft und Klanker hervorbringt. Oben im Norden hat sich eine Katastrophe ereignet, ein ganzer Verband Klanker wurde an einem einzigen Tag zerstört.«

»Ja, davon habe ich gehört, als ich –« Tiaan verstummte abrupt, als sie merkte, dass sie das Wort »gestern«, sagen wollte.

»Du gehörst jetzt zu den Frauen in der Gebäranstalt, Tiaan. Die Kunstwerkerin Tiaan gibt es nicht mehr. Es tut mir furchtbar leid.« Tränen schimmerten in seinen Augen.

Die Tür ging auf. Eine große Frau, bei der es sich nur um die Vorsteherin handeln konnte, trat eilig ein. »Besuchszeit ist um. Ihr müsst Euch jetzt von ihr verabschieden. Tiaan braucht Ruhe. *Bald beginnt hier der erste Tag für sie!*« Und schon war sie wieder verschwunden.

Erst da erfasste Tiaan das ganze Ausmaß ihrer ausweglosen, schrecklichen Lage. Entsetzen packte sie. Ihre Arbeit, ihr Leben, ihre ganze Existenz hatte man ihr mit einem Schlag genommen. Und das, was man ihr gelassen hatte, war die Betätigung, die sie am meisten verachtete. Das Verlangen, laut zu schreien, war nahezu übermächtig. Sie öffnete den Mund, sah jedoch sogleich den warnenden Ausdruck in Joeyns Gesicht und presste rasch die Zähne aufeinander. »Ich werde keine Frau der Gebäranstalt, *niemals!*«, zischte sie. Allein ihr Zorn verhinderte, dass sie einen Schwächeanfall erlitt.

»Ich sehe da keine andere ...«, sagte er mit zweifelnder Miene.

»Ich bin nicht verrückt! Ich werde fortlaufen.«

»In Zeiten des Krieges ist es Verrat, wenn man den Dienst verweigert, der einem zugewiesen wurde.«

»Männer werden ja auch nicht in die Gebäranstalten geschickt!«

»Und Frauen werden nicht an die Front geschickt, um sich dort abschlachten zu lassen, wie meine Söhne«, wandte er leise ein. »Ich habe nicht gesagt, dass ich es gerecht finde, Tiaan, sondern nur, dass wir jetzt nichts mehr ändern können.«

»Ich werde hier nicht bleiben. Diesen Ort finde ich abstoßend.«

»Einer, der ausreißt, hat keine Bleibe, keine Rechte. Jeder könnte dich versklaven oder niederschlagen, ohne eine Strafe fürchten zu müssen.«

»Das ist mir gleich!«, entgegnete sie zornig. »Ich werde mich nur dem Mann hingeben, den ich mir auch selbst ausgesucht habe.«

»Die Zeiten ändern sich. Der Krieg –«

»Verflucht sei dieser Krieg! Er dient doch nur als Vorwand, um uns schleichend unserer Rechte zu berauben. Joeyn, du hast gesagt, du würdest mir helfen, wenn ich Hilfe brauche. Nie war ich in einer aussichtsloseren Lage.«

Er sah besorgt aus. Aber er sorgte sich nicht um sich selbst, wie Tiaan nur zu gut wusste. Er ängstigte sich um sie.

»Natürlich werde ich dir helfen, wenn du dich wirklich entschieden hast. Was soll ich für dich tun?«

»Geh in mein Zimmer in der Fertigungsstätte. Wenn es noch nicht ausgeräumt wurde, bringst du mir meine Kleidung, mein Journal, die Werkzeugtasche, meine Kugel aus Drahtgeflecht und den Helm. Und da ist noch ein Buch!« Sie erklärte ihm, wo sie die Abschrift von Nunars Abhandlung versteckt hatte. »Und achte bitte darauf, dass keiner dieses Buch sieht. Ich dürfte es eigentlich gar nicht haben.«

»Tiaan, der Kristall war der Auslöser deiner Wahnsinnsanfälle. Wenn du je wieder einen berührst –«

»Ich bin nicht verrückt!«, erklärte sie mit Nachdruck.

Die Tür ging auf, und die Vorsteherin kam herein. »Zeit, dass der Besuch geht. Und zwar *jetzt!*«

»Bitte, Joeyn«, sagte Tiaan.

Er nickte und verließ das Zimmer.

»Widerlicher alter Mann!«, fauchte die Matrone. »Für *den* haben wir bestimmt keine Verwendung. Aus dem Bett mit Euch!« Sie zerrte Tiaan am Arm aus dem Bett. »Da hinstellen! Lasst mich Euch anschauen.«

Die Vorsteherin begutachtete Tiaan wie ein Stück Fleisch beim Schlachter, fasste sie grob an und musterte sie kritisch.

»Hm, schönes Haar, aber furchtbar geschnitten. Sieht aus, als hättet Ihr es mit der Axt gestutzt. Nette Augen – ungewöhnliche Farbe. Gute Haut, abgesehen von den paar kleinen Schrammen, aber die kriegen wir in den Griff. Nase nicht so breit, wie sie es mögen, aber das wird schon gehen. Ohren ...« Sie strich Tiaan das Haar hinters Ohr. »Oh ja, sehr schön. So dunkle Lippen, die werden gehen. Öffnet den Mund. Bei den Zähnen fallen die meisten durch. Aha, nicht schlecht, zumindest sind alle an Ort und Stelle. Diese beiden hier könnten ein bisschen gerader stehen, aber niemand ist vollkommen.« Sie überprüfte Tiaans Gaumen, ihre Zunge, schaute in ihren Hals und murmelte die ganze Zeit etwas vor sich hin. »Gut, recht gut. Keine sichtbaren Krankheiten, keine wunden Stellen.« Sie drehte Tiaans Kopf von rechts nach links und kritzelte etwas auf eine Schiefertafel. »Kopf, acht von zehn Punkten. Oder doch eher siebeneinhalb? Lächelt bitte.«

Tiaan war in einer Stimmung, in der sie der Matrone am liebsten die Hand abgebissen hätte, aber unerklärlicherweise war ihr daran gelegen, bei dem Eignungstest gut abzuschneiden. Daher lächelte sie.

»Oh, sehr schön. Grübchen auch noch. Also auf jeden Fall eine Acht!«

Die Vorsteherin fuhr mit ihrer Untersuchung fort. »Schultern ein wenig zu schmal. Doch einige mögen das. Erkläre mir einer die Leute!« Ihre eigenen Schultern waren breit und dick. »Hm. Ihr seid dürr, Mädchen! Keine große Nachfrage in dieser Hinsicht. Aber wir sorgen schon dafür, dass Ihr was auf die Rippen bekommt.« Sie rieb mit den Knöcheln über Tiaans Rippen und umfasste die Brüste mit ihren dicklichen, feuchten Händen. »Gar nicht übel, gar nicht so übel. Könnten zwar größer sein, aber da gibt es eigentlich keinen Anlass zur Beschwerde.« Sie strich hastig über eine Brustspitze, bis diese sich aufrichtete, und arbeitete ihre Liste dann weiter ab.

Angeblich war Tiaans Bauch nicht rundlich genug, ihr Schamhaar zu kraus; ihre Oberschenkel waren zu dünn, ihre Füße definitiv zu groß. Doch das Schlimmste kam erst noch. »Ach du liebe Zeit, nun sieh sich einer diese Hände an! Was habt Ihr denn die ganze Zeit gemacht, Mädchen? Eure Hände sind ja so rau wie bei einem Arbeiter, und da steckt ein Splitter in Eurem Finger. Das eitert schon.«

Ihre Figur erhielt nur Sechseinhalb auf der Skala, obschon die Matrone ganz zuversichtlich war, noch einen höheren Wert zu erreichen, wenn Tiaan erst einmal ordentlich gepflegt und ausreichend ernährt würde. »Alles in allem besser als ich erwartet hatte. Besonders wenn man bedenkt, dass ... Aber lassen wir das. Ich glaube, wir haben einen guten Kauf gemacht. Kommt mit, es gibt eine Menge Arbeit.«

»Arbeit?«, sagte Tiaan benommen.

»Bad, Nagelpflege, Haarschnitt, Massage – wenn wir Glück haben, sind wir gegen Mittag mit allem fertig.«

Zwei Dienerinnen badeten Tiaan in einem Zuber, der so groß war, dass sogar ein Pferd bequem darin Platz gefunden hätte, und das

Wasser war sogar heiß. Tiaan verschlug es den Atem angesichts dieser Verschwendung. In der Fertigungsstätte war sie zu schüchtern gewesen, um sich mit all den anderen im Badehaus zu waschen, und hatte daher zum Waschen immer eine Schale mit kaltem Wasser und gelbe, ätzende Seife benutzt, die in den Augen brannte. Tiaan konnte sich nicht entsinnen, jemals in den Genuss eines heißen Bads gekommen zu sein. Sie musste so lange im Zuber bleiben, bis ihr fast schwindelig war und Finger und Zehen schrumpelig wurden. Die Dienerinnen fütterten sie im Zuber – gewürzte Pasteten, Zuckerbrot, das in Honig und Sahne getaucht war, Schalen mit eingekochten Früchten, die mit süßem Joghurt überzogen waren – und drängten ihr immer noch mehr Speisen auf, sogar als Tiaan schon längst satt war. Einfach so im heißen Wasser zu liegen war die seltsamste Erfahrung, die sie seit Langem gemacht hatte. Sie kam sich sündhaft faul und durchtrieben vor. Die Dienerinnen stiegen schließlich auch in den Zuber und schrubbten Tiaans Körper, bis ihre Haut prickelte.

Danach half man ihr auf einen niedrigen Tisch, der mit einem Tuch bedeckt war. Dienerinnen rieben ihren Körper mit parfümierten Cremes ein und massierten sie, bis ihre Muskeln sich weich wie Gelee anfühlten. Sie zupften jedes Körperhaar aus, schrubbten ihre Hände mit Bimsstein, schnitten ihr die Nägel, putzten ihre Zähne und schnitten ihr die Haare. Zuletzt trugen sie mit leichten Tupfern Schminke auf ihr Gesicht auf.

Eine Dienerin hielt ihr danach einen Spiegel hin. Tiaan war verblüfft. Sie sah ganz anders aus als früher, beinahe schön. Sie fragte sich, ob sie die Gebärfabrik doch ertragen könnte.

Die Vorsteherin tauchte wieder auf. »Nicht schlecht!«, sagte sie und betrachtete Tiaan mit schief gelegtem Kopf. »Besser, als ich erwartet hatte. Wir holen alles aus Euch heraus, mein Mädchen. Zeigt Eure Hände.«

Tiaan hielt ihr brav die Hände hin. Die Matrone zog die Stirn in Falten. »Schon besser, aber da haben wir noch einiges zu tun. Beim ersten Mal werden wir das Licht dämpfen und einen farbenfrohen Wandbehang am Kopfende des Bettes aufhängen. Und ein tief ausgeschnittenes Gewand. Wann hat sie zuletzt zu essen bekommen?«

»Vor zwei Stunden«, antwortete eine kleine Dienerin mit flachsblondem Haar.

»Gebt ihr noch mehr zu essen.« Die Vorsteherin wandte sich zum Gehen. »Nein, erst müssen wir die Formalitäten erledigen. Kommt mit.«

»Wo gehen wir hin?«, fragte Tiaan ein wenig unsicher.

»In meine Dienststube. Kein Grund zur Sorge.«

Aber Tiaan war besorgt. Die Vorsteherin hatte Tiaans Handgelenk fest umklammert. Sie schritten einen Gang entlang, nahmen eine Treppe nach oben und gingen durch eine schwere Tür. Der kleine Raum wurde von einem Schreibtisch beherrscht, auf dem sich Papiere und Dokumente türmten. Neben einem Stapel stand ein großes Tablett mit Keksen und mehreren Trinkgefäßen, in denen eine dunkle, ölige Flüssigkeit schillerte.

»Setzt Euch!« Tiaan folgte zögerlich der Aufforderung, während die Matrone zur anderen Seite des Schreibtischs ging und schwer auf ihren Stuhl sank. Sie nahm sich von dem Gebäck und schob den Teller zu Tiaan. »Bedient Euch. Die tun Euch gut.« Die Vorsteherin drehte sich halb zu einem Schrank, den sie mit einem Schlüssel aufschloss. Darin lagen eine Hand voll Bände und Registerbücher, aber offensichtlich nicht das, wonach sie suchte. »Wo ist dieses verdammte Ding?«, murmelte sie und durchsuchte leicht beunruhigt die Stapel auf ihrem Tisch.

Ihre Suche brachte ein weiteres Register zum Vorschein, das sie zur Hand nahm. Sie zog die Stirn in Falten, und dann, als plötzlich jemand an der Tür klopfte, legte sie es irgendwo auf den Tisch. Eine ältere Bedienstete steckte den Kopf herein.

»Ja?«, sagte die Vorsteherin streng.

»Einer der Kunden ... sorgt für Unruhe, Matrone. Er hat zu viel getrunken. Und die kleine Zizza ist ganz außer sich. Ihr solltet besser rasch kommen.«

Die Vorsteherin war erzürnt, hievte ihren massigen Körper aus dem Stuhl und warf einen Blick auf Tiaan. »Ich werde Euch kurz zurückbringen ...«

Ein Schrei hallte durch den Gang, gefolgt von dem wilden Gebrüll eines Betrunkenen. Dann hörte man, wie Glas zerschlagen wurde. Die Vorsteherin war im nächsten Augenblick zur Tür hinausgeeilt. »Wartet hier, Tiaan. Und nichts anfassen!«, rief sie noch, während sie davoneilte.

Tiaan saß eine Weile ruhig auf ihrem Platz, aber als es ihr zu langweilig wurde, ging sie die Papiere durch, die auf dem Tisch lagen. Es handelte sich ausnahmslos um nervtötende Verwaltungs- und Buchführungsunterlagen. Sie legte sie wieder so hin, wie sie sie vorgefunden hatte, und entdeckte auf einmal das Register. Auf dem Einband stand *Abstammungsregister 4102, Tiksi.*

Innen waren Namen von Frauen aufgelistet, die mit Nummern versehen waren. Offenbar der Verweis auf Seitenzahlen. Tiaan blätterte die erste Seite um. Der oberste Name lautete Numini Tisde. Dieser Frau war sie hier schon einmal begegnet. Die Seite war in Spalten unterteilt: Es fanden sich Datumsangaben und Notizen zu ihrem monatlichen Zyklus, zum Gesundheitszustand, außerdem Männernamen mit Beschreibungen sowie Auflistungen von Fertigkeiten, Talenten und Informationen zu den Vorfahren, dazu noch intime Details über Geschlechtsverkehr sowie eine ganze Anzahl von Symbolen und Abkürzungen, die Tiaan nichts sagten. Gelegentlich wiesen einige Einträge auf eine Schwangerschaft hin – Gewichtsveränderungen, Komplikationen, Fehlgeburten und Geburten: sechs in elf Jahren, obwohl nur noch vier Kinder lebten.

Sie blätterte weiter. Oben auf der Seite tauchte ein anderer Name auf, die Einträge ähnelten aber den vorherigen. Tiaan schlug das Buch erschrocken zu. Das war ein *Zuchtbuch!*

Gerade kam ihr der Gedanke, die Einträge über ihre Mutter aufzuschlagen, als sie draußen auf dem Korridor die durchdringende Stimme der Matrone hörte. Tiaan lehnte sich zurück und versuchte, möglichst gelangweilt zu wirken.

Die Vorsteherin kam mit hochrotem Kopf und schwer atmend herein. Abgekämpft stampfte sie durch den Raum und ließ sich auf ihren Stuhl sinken. »Einige Leute verdienen es nicht, mit Essen versorgt zu werden!« Sie ließ ihren Blick über Tiaan gleiten. »Ich hoffe, mit Euch ist es nicht auch so.«

Tiaan senkte den Blick und hoffte, ein Abbild demütiger Unwissenheit abzugeben.

Die Vorsteherin ging wieder die ungeordneten Dokumente auf dem Tisch durch. »Wo war ich nur vorhin?« Sie holte ein abgestempeltes und versiegeltes Pergament hervor, starrte einen Moment darauf und warf es dann zur Seite. »Ah, jetzt weiß ich es wieder.« Mit triumphierender Miene kramte sie einige Dokumente hervor, die an einer Ecke zusammengeheftet waren. »Euer Arbeitsvertrag.« Rasch schlug sie das letzte Blatt auf und sagte: »Hier unterschreiben!«

Tiaan nahm die Papiere entgegen und begann zu lesen.

»Einfach unterschreiben!«, schnarrte die Matrone.

»Ich unterschreibe nichts, das ich vorher nicht gelesen habe«, erwiderte Tiaan. »Ich kenne meine Rechte.«

»Gebt mir den Arbeitsvertrag zurück.« Die Vorsteherin sah furchtbar wütend aus.

Tiaan reichte ihr die Unterlagen mit leicht zittriger Hand.

Die Vorsteherin legte sie sorgsam auf den niedrigen Schrank hinter dem Schreibtisch und stand auf. Auch Tiaan erhob sich und fragte sich, was jetzt wohl geschehen würde. Scheinbar ruhig kam die Matrone um den Tisch herum, schlug dann aber plötzlich mit der linken Hand nach Tiaan. Tiaan duckte sich zwar im rechten Augenblick, erhielt dafür aber seitlich am Kopf einen Schlag mit der anderen Hand. Sie taumelte, stürzte und landete auf allen vieren.

Drohend ragte die Vorsteherin über ihr auf. »Werdet Ihr jetzt unterschreiben?«, sagte sie schwer atmend. Ihre Wangen hatten die Farbe von Scheiben blutiger Leber.

»Nein!«, rief Tiaan und kroch auf allen vieren davon, da sie mit weiteren Hieben rechnete.

Der Zorn der Matrone war genauso schnell wieder verraucht. »Wie Ihr meint!« Mit einem Mal wirkte sie unbeteiligt.

»Ohne meine Unterschrift könnt Ihr mich hier nicht festhalten. Ich bin kein Kind.«

Die Vorsteherin sah verärgert aus. »Ihr wurdet von den Heilern als wahnsinnig eingestuft. Mir liegen die Berichte vor. Alles rechtskräftig unterzeichnet und bezeugt von dem Rechtskundigen der Fertigungsstätte, Chicanist Runne, und unserem Rechtsvertreter Shyster Dusin. Ich brauche Eure Unterschrift nicht.«

»Ich bin nicht wahnsinnig!«, erklärte Tiaan mit Nachdruck.

»Habt Ihr ein Zertifikat, mit dem Ihr beweisen könnt, dass Ihr gesund seid?«

»Das hat niemand«, erwiderte sie.

»Dann seid Ihr immer noch wahnsinnig. Hier steht es jedenfalls so.« Die Vorsteherin wurde der Angelegenheit allmählich überdrüssig. Sie betätigte eine Glocke, die auf ihrem Schreibtisch stand. Die Bedienstete erschien wieder. »Bringt Jungfrau Tiaan in ihr Zimmer. Und gebt gut Acht auf sie, nur für den Fall.«

Tiaan errötete. Die Bezeichnung war erniedrigend.

»Ich bitte Euch«, sagte sie flehentlich. »Ich möchte meine Mutter sehen.« Sie fühlte sich furchtbar allein. Sie brauchte Marnies vertraute Nähe.

»Gute Idee! Keine kommt ihrer Pflicht mit so viel Hingabe nach wie Marnie. Ist zwar allmählich fast zu alt, aber sie weiß ihre Stammkunden immer noch zu fesseln und bringt jedes Jahr ein Kind zur Welt. Die alte Marnie versteht es, widerspenstige Jungfrauen zu überreden. Bringt Tiaans Abendessen gleich in Marnies Gemächer.«

Marnie saß wie immer auf ihrem Bett und blätterte in einem Buch mit vielen bunten Bildern. Sowie Tiaan von der Bediensteten hereingebracht wurde, warf Marnie es gelangweilt zur Seite. Sie sah eigentlich immer gelangweilt aus, es sei denn, sie hatte etwas zu essen oder putzte sich heraus.

»Tiaan!«, rief sie aus. »Was hast du mir für Schwierigkeiten gemacht! Ich hatte alle Hände voll zu tun, um dich hierher zu bekommen.«

Tiaan bezweifelte, dass ihre Mutter etwas damit zu tun hatte, ging aber darauf nicht ein. »Du siehst gut aus, Mutter.«

»Das stimmt nicht! Es ist furchtbar anstrengend, meine Position hier zu halten. Aber irgendwie gelingt es mir immer wieder. Für die kommende Nacht buhlt gleich ein Dutzend Männer um meine Gunst. Das können nicht viele Frauen in meinem Alter von sich behaupten.«

Eingebildete Kuh, dachte Tiaan. Ihre Mutter war vermutlich schon seit zwanzig Jahren nicht mehr aus der Gebäranstalt herausgekommen. Sie war so blass, dass sie schon an eine fette Schnecke erinnerte, die über die Bettdecke kroch.

»Mutter ...?«

»Marnie, meine Liebe. Sag doch Marnie zu mir, das Wort ›Mutter‹ kann ich nicht leiden.«

Diese Abneigung war eigentlich recht seltsam, da »Mutter« genau das bezeichnete, was den Sinn von Marnies Leben darstellte.

»Marnie, ich muss dir ein paar Fragen zu dieser Anstalt stellen.«

Marnie machte eine herablassende Bewegung mit ihrer dicken Hand. »Frag nur, Tochter. Oh, ich bin ja so froh, dass du da bist. Wir werden schöne Stunden zusammen verbringen.«

»Darum geht es mir. Was habe ich zu tun?«

»Du paarst dich und bringst Kinder zur Welt.«

»Und wie verbringe ich den Rest der Zeit?«

»Du nimmst ein Bad, lässt dir das Essen schmecken, dich verwöhnen. Widmest dich dem Baby. Liest. Du kannst machen, was du möchtest.«

»Was noch?« Tiaan bekam allmählich Beklemmungen.

»Du hast sonst nichts zu tun. Das ist ja gerade so wunderbar hier.«

»Was ist mit der Arbeit? Ich habe nichts zu tun, Marnie. Ich werde noch zu einem geistlosen Schwachkopf –« Sie brach rasch den Satz ab, aber da war es schon zu spät.

»Wie kannst du es wagen!« Marnie warf eine Vase mit Blumen in Tiaans Richtung.

Tiaan duckte sich, und die Vase knallte gegen die Wand und zersprang. Eilig begann Tiaan, das Wasser mit einem Tuch aufzuwischen.

»Hör auf damit!«, schrie Marnie. »Diese Arbeit hat unsereins nicht nötig!«

Tiaan machte trotzdem alles sauber und trocken. »Tut mir leid, Marnie. Ich wollte nicht unverschämt klingen.«

Marnie schniefte und drehte Tiaan den fülligen Rücken zu. Tiaan ging um das breite Bett herum, sank auf die Knie und streichelte die Hand ihrer Mutter. Sie wusste, wie man sie besänftigen konnte.

»Tut mir leid. Ich weiß es wirklich zu schätzen, wie hart du für mich gearbeitet hast«, sagte sie, obwohl sie ganz anders darüber dachte. »Ich ... Ich habe Angst, Mutter. Weil ich nicht weiß, wie ich mit ... einem Kunden umgehen muss.«

»Das weißt du nicht?« Marnies Augenbrauen zuckten vor Erstaunen.

»Doch, schon. Aber ich habe noch nie bei einem Mann gelegen.«

»Aber du bist doch ...« Marnie rechnete nach und zählte dabei an ihren Fingern ab. »Du bist schon *zwanzig!*« Es klang anklagend.

»Ich habe immer mehr Arbeit als ich bewältigen kann«, brachte Tiaan zu ihrer Verteidigung vor.

»Dann habe ich mir ja umsonst Sorgen um deine Tugend oben in diesem schrecklichen Ort gemacht. Kein Wunder, dass du einen Zusammenbruch hattest.« Marnie schniefte wieder. »Du musst *leben*, Kind. Du kannst nicht nur arbeiten. Frauen können genauso wenig wie Männer ohne körperliche Befriedigung existieren. Da ist es doch klar, dass du den Verstand verlierst, wenn du alles in dir zurückhältst. Also, beim ersten Mal wird Folgendes auf dich zukommen. Du liegst auf dem Bett, spreizt die Beine, dann wird der Mann –«

»Ich weiß, *wie* man das macht, Mutter!«, unterbrach Tiaan ihre Mutter grob. »Ich bin nicht vollkommen dumm. Ich möchte wissen, was von mir erwartet wird. Wie oft muss ich mich paaren? Einmal im Jahr? Einmal im Monat? Wie lange dauert es, ein Kind zu bekommen.«

Marnie brach in lautes Lachen aus, wobei ihr Bauch und die fülligen Flanken zu zittern begannen. »Mein liebes Kind, du hast wohl keine Ahnung, wie?«

Tiaan biss die Zähne zusammen. »Deswegen frage ich dich doch, Marnie.«

»Du hast einen Kunden im Monat, und du machst es jeden Tag, natürlich nicht während deiner Regel. Nur so kann der Palast der Mütter überleben und gedeihen.«

»Das heißt, dieser Ort ist ein ... Freudenhaus? Und wir sind nichts anderes als gewöhnliche Huren?« Hurerei war kein unehrenhafter Beruf und wurde höher angesehen als die Arbeit von Näherinnen, Waschfrauen oder Pflegerinnen, aber es war weit unter dem Stand der Kunstwerker.

»Natürlich nicht!« In ihrem Zorn erhob sich Marnie vom Bett. »Für was hältst du mich? Wir leisten hier wichtige Arbeit und geben den Frauen unserer Welt ein Beispiel. Keine Arbeit lässt sich vergleichen mit dem Kinderaustragen. Ohne uns würde die Menschheit verschwinden.«

»Dafür brauchen wir keine Gebäranstalt.«

»Doch! Zu viele Frauen sind selbstsüchtig geworden, wie du. Sie ziehen es vor, zu arbeiten, anstatt das zu tun, was verlangt wird. Wir zeigen ihnen, wie sehr sie sich irren.«

»Normale Männer und Frauen –«

»Die Hälfte der Männer ist gefallen. Es sind nicht mehr viele zu haben. Außerdem sind die Männer, mit denen *wir* uns paaren, sorgsam ausgewählt worden.«

Tiaan musste gleich wieder an das Zuchtbuch in der Dienststube der Vorsteherin denken ... und an ihren eigenen großen Wunsch. »Wer war mein Vater, Marnie?«

»Fang nicht wieder damit an!«, sagte Marnie kalt.

»Ich muss die Familienhistorien meines Vaters kennen. Verstehst du das nicht? Wenn ich die nicht kenne, habe ich das Gefühl, nur ein halbes Leben zu haben.«

»Von mir wirst du nichts erfahren!«, fuhr Marnie sie an. »Die Familienhistorien sind reine Zeitverschwendung. Und die deines Vaters sind nichts wert.«

»Mutter!«, rief Tiaan erschrocken. »Wie kannst du so etwas Böses sagen?« Historien bedeuteten den Familien alles. Oft versuchten die Leute, ihre Vergangenheit zu schönen, aber niemand missachtete die eigene Abstammung oder verdrängte sie. Keine Vergangenheit zu haben war schlimmer als eine schlechte zu haben.

»Nun, es stimmt aber. Wir sollten an unsere Zukunft denken. Ich wünschte, ich hätte deinen Vater nie getroffen. Wäre ich nicht so jung und dumm gewesen, hätte ich ihn abgelehnt.«

»Wie war er denn? Das kannst du mir doch wenigstens sagen«, flehte Tiaan. »Verstehst du denn nicht, wie hart es ist, meine eigenen Historien nicht zu kennen? Ich weiß kaum, wer ich bin.«

»Er war selbstsüchtig, herrisch und grausam. Er glaubte, alles besser zu wissen als ich. Er wollte mich von hier fortbringen – von dem einzigen Ort, an dem ich je glücklich gewesen bin. Und wie er sich aufführte, als du geboren warst!«

»Wie meinst du das?«, fragte Tiaan eifrig.

»Er schien davon überzeugt zu sein, rechtlich einen Anspruch auf dich zu haben. Er wollte dich nach Hause bringen. Törichter Mann. Sie sind doch alle dumm! Sie liegen ein paar Mal bei dir, und schon glauben sie, sie hätten irgendwelche Rechte. Dabei sind sie nur Werkzeuge, um Kinder zu bekommen.«

»Was ist dann geschehen?«

»Die Matrone stellte Wachen vor die Tür. Er kämpfte mit ihnen, als er versuchte, in mein Zimmer einzudringen. Ich musste mit einem meiner Klienten sprechen, einem sehr einflussreichen Mann. Dein Vater wurde an die Front geschickt.«

»War er ein Soldat?«

»Natürlich nicht!«, rief Marnie und verzog spöttisch den Mund. »Wofür hältst du mich?«

Tiaan knirschte mit den Zähnen. Sie war kurz davor, ihrer Mutter zu sagen, was sie wirklich von ihr hielt. »Was ist aus ihm geworden?«

»Er kehrte nie zurück«, antwortete Marnie. »Ich vermute, der Feind hat ihn gefressen.«

Tiaan hatte das Gefühl, einen Schlag in die Magengrube bekommen zu haben. »Du hast ihn getötet!«, rief sie. »Du hast meinen Vater auf dem Gewissen!«

»Der Feind hat ihn getötet. Warum sollte er leben, wenn so viele andere sterben?«

»Und warum sollst *du* leben?«, entgegnete Tiaan böse.

»Weil ich die Zukunft erschaffe!«

»Nur solange du Kinder bekommen kannst«, erklärte Tiaan frostig.

Marnie versteifte sich und versuchte sich mit einigen tiefen Atemzügen zu beruhigen. Darum ging es also, dachte Tiaan. Die Zeit hier in der Anstalt war für ihre Mutter praktisch abgelaufen, und das ängstigte Marnie.

»Es tut mir leid, Mutter. Bitte.«

Marnie drehte das Gesicht zur Wand, und da ahnte Tiaan, dass sie zu diesem Thema nichts mehr von ihrer Mutter erfahren würde.

Es herrschte langes Schweigen. »Unsere Partner werden sorgfältig ausgewählt, sagtest du?«

»Sie sind erstklassig«, betonte Marnie. »Sie werden nach den Qualitäten ausgesucht, die sie unseren Kindern geben können.«

»Aber sie zahlen?«, fragte Tiaan weiter.

»Natürlich zahlen sie! Was glaubst du, woher all das hier

kommt?« Sie streckte einen Arm aus und vollführte damit eine kreisförmige Bewegung.

»Danke, Mutter. Du hast mir alles gesagt, was ich wissen muss.« Nach diesen Worten ging Tiaan auf die Tür zu, die plötzlich geöffnet wurde. Herein kam eine Bedienstete mit einem vollen Tablett – Tiaans Abendmahlzeit. »Ich werde es auf meinem Zimmer einnehmen«, verkündete sie in herrschaftlichem Ton und schritt hocherhobenen Hauptes aus dem Raum.

Auf dem Weg zu ihrem Zimmer klammerte Tiaan sich an das, was sie erfahren hatte: Ihr Vater hatte sich Gedanken um sie gemacht und für sie sorgen wollen! Er hatte versucht, sie von diesem furchtbaren Ort wegzubringen. Ein Gefühl von Wärme breitete sich in ihr aus.

Ihr Verstand sagte ihr, dass der arme Kerl längst tot war, doch sie klammerte sich an die schwache Hoffnung, dass er noch leben könnte und womöglich in einem fernen Land festsaß. Umso dringlicher erschien es ihr, herauszufinden, wer er war und wie seine Familienhistorien aussahen. Sollte sie eines Tages Kinder haben, hatten sie ein Recht, alles darüber zu erfahren. Es kam einem Verbrechen gleich, ein Kind großzuziehen und ihm die Historien vorzuenthalten. Sie fragte sich, was für Eigenschaften und Fertigkeiten ihr Vater besessen haben mochte. Nun, in beinahe allen Belangen war sie anders als ihre Mutter, demnach musste sie viel von ihrem Vater haben. Wenn Marnie es ihr nicht sagen wollte, gab es nur eine Möglichkeit, der Sache auf den Grund zu gehen. Sie musste noch einmal einen Blick in das Abstammungsregister werfen.

Als Tiaan in ihrem Zimmer war, kostete sie von den Pasteten auf ihrem Tablett. Sie schmeckten herrlich, obwohl sie einen öligen Nachgeschmack im Mund hinterließen. Außerdem war sie noch satt von der letzten Mahlzeit. Sie musste von hier fort. Sonst würde sie noch verrückt. Bei diesem Gedanken ging ein mattes Lächeln über ihr Gesicht. *Oder ich ende wie meine Mutter.*

Sie verließ wieder ihr Zimmer, durchschritt die Korridore und war sich dabei sehr wohl der Tatsache bewusst, dass sie nur ein Nachthemd trug und darunter nackt war. Doch niemand beachtete sie, denn die anderen Frauen hier hatten das Gleiche an – Unterschiede bestanden lediglich darin, dass es mal mehr, mal weniger farbenprächtige Modellvarianten gab.

Tiaan ging eine Treppe hinunter und gelangte in die mit Marmor ausgelegte Säulenhalle im Eingangsbereich. Dort wurde sie von einem älteren Mann aufgehalten, der eine graubraune Uniform trug.

»Tiaan Liise-Mar«, sprach er sie an. »Wo wollt Ihr hin?«

»Zum Markt. Ich möchte einkaufen.«

»Ihr dürft den Palast nicht ohne Begleitschutz verlassen. Eure Arbeitsverpflichtung ist noch nicht geklärt.«

Erschrocken wirbelte sie auf dem Absatz herum, stürmte die Treppe wieder hinauf und lief zu den Gemächern ihrer Mutter. »Die wollen mich nicht aus dem Haus lassen!«

Marnie schaute verärgert auf. »Natürlich kannst du nicht einfach so gehen. Du könntest fortlaufen.«

»Du meinst, ich sitze bis an mein Lebensende in diesem grässlichen Haus fest?«, fragte sie laut.

Ihre Mutter schürzte die Lippen. »Einmal im Monat darfst du in Begleitung eines Bediensteten Einkäufe erledigen. Natürlich wirst du eine unauffällige Handfessel tragen.«

»Was? Für immer?«

»Bis deine Arbeitsverpflichtung abbezahlt ist.«

»Aber das dauert ja noch zwei Jahre, selbst wenn ich meine Ersparnisse hinzunehme.«

»Die alte Arbeitsverpflichtung wurde ausgezahlt, als du hierher kamst. Daraufhin wurde eine neue verfasst. Schließlich muss ja auch alles bezahlt werden. Deine Gewänder, das Essen, die Diener hier ...«

»Nicht zu vergessen die Handfessel. Für die muss ich wahrscheinlich auch zahlen, oder?«

»Gewiss. Geld flattert nicht durch die Luft wie Schmetterlinge.«

»Ich habe um das alles nicht gebeten.«

»Das bringt unsere Stellung eben so mit sich.«

»Wie lange muss ich hier ausharren?«, rief Tiaan heiser.

»Das hängt davon ab, wie viele Kunden du bedienst, wie viele Kinder du bekommst und wie viele von ihnen überleben. Einige

Frauen haben es in fünf Jahren geschafft, andere in zehn oder zwölf, wieder andere ...«

»Zwölf Jahre!« Tiaan sank verzweifelt auf das Bett.

»Tiaan, Tochter. Das Leben hier ist wunderbar. Du wirst es bald lieben.«

»Wenn es so wunderbar ist, warum sind wir dann an einen Wächter gekettet, wenn wir hinausgehen?«

KAPITEL ELF

Tiaan wurde noch zwei weitere Tage von ihren Pflichten verschont und durfte während dieser Zeit essen, schlafen und sich bedienen lassen. Dreimal am Tag kamen ihre Dienerinnen und pflegten Tiaans Hände, die Haut und die Nägel. Tiaan nahm all das kaum wahr. Immerzu musste sie an ihren Vater denken. Wie es schien, war er ein junger Mann aus einer guten Familie gewesen. Bestimmt hatte er seine Tochter geliebt, und Marnie hatte es ihm damit vergolten, indem sie ihn in den sicheren Tod schickte. Jedes Mal wenn sie an dieses Schicksal dachte, rannen ihr die Tränen über die Wangen. Wie sollte sie mehr herausfinden? Sie konnte ja niemanden fragen. Ihre Großmutter war vor neun Jahren gestorben, und andere Verwandte hatte Tiaan nicht. Außerdem ließ man sie hier keinen Moment aus den Augen, und daher konnte sie sich nicht kurz in die Dienststube der Vorsteherin stehlen und das Register durchgehen.

Am Abend des dritten Tages, an dem sie wieder bei klarem Verstand war, saß Tiaan nur schweigend da, während sie von den Dienerinnen gepflegt wurde. Angestrengt versuchte sie, sich einen Fluchtplan auszudenken, doch ihr fiel einfach keiner ein. Am nächsten Tag sollte sie mit ihrem ersten Kunden zusammengeführt werden, und daher musste sie noch heute Nacht fliehen. Niemals würde sie sich einem Mann gegen Bezahlung hingeben. Ihre Großmutter hatte ihr früher immer wieder romantische Liebesgeschichten erzählt. Viel zu viele davon gingen ihr jetzt im Kopf herum. Und zu viele Träume. Als ihr dieser Gedanke kam, kehrte die Erinnerung an ihren ersten Traum zurück – mit dem jungen Mann auf dem Balkon, der um Hilfe gerufen hatte. Unmittelbar darauf erinnerte sie sich auch an die weiteren Träume, in denen er auftauchte.

Aber waren dies wirklich nur Träume? Sie waren anders als die

Kristallträume, die aus abgehackten Bildfetzen bestanden, die sich beim Erwachen verflüchtigten. Der junge Mann war viel lebendiger gewesen. Sie vermochte sich an jedes Ereignis genau zu erinnern, als wäre all dies wirklich geschehen. Es musste ihn wirklich geben. Und er hatte *sie* um Hilfe gebeten. Ihr weiches Herz war gerührt. Sie musste herausfinden, wer dieser Mann war. Aber wie sollte sie das bewerkstelligen, wenn ihr nichts anderes zur Verfügung stand als ihre Träume?

Vielleicht war ihr Lebensabschnitt als Kunstwerkerin ja tatsächlich vorüber, trotzdem würde sie niemals in diesem widerlichen Haus arbeiten. Die Matrone hatte nicht das Recht, über sie zu bestimmen, ganz gleich, was das Gesetz sagte. Sie würde einen Ausbruch wagen und irgendwo weit entfernt einen Neuanfang machen. Doch bei diesem Gedanken befiel Tiaan plötzlich eine große Unsicherheit – die Furcht vor dem Unbekannten. Bislang war ihr gesamtes Leben von anderen organisiert worden. In der Fertigungsstätte kümmerte man sich um alles, und sie hatte nichts anderes zu tun brauchen, als zu arbeiten. Hier wäre es wieder genauso. Aber wenn sie nun floh – wie sollte sie dann überleben? Ein Vagabund war nirgends willkommen. Hatte sie überhaupt den Mut zur Flucht? Mit einem Mal war sie sich nicht mehr sicher.

Mondlicht flutete durch ihr vergittertes Fenster. Den ganzen Tag über hatte es gestürmt und geschneit, aber nun waren die Wolken fort, und der Himmel war klar. Es war spät, schon nach zehn Uhr. Tiaan fühlte sich nicht müde; immerhin hatte sie eine ganze Woche geschlafen. Wie sollte sie fliehen? Den Gesprächen der Bediensteten hatte sie entnommen, dass die Arbeit in der Gebäranstalt bis in die frühen Morgenstunden andauerte.

Geraume Zeit saß sie an ihrem Fenster und spielte verschiedene Möglichkeiten in ihren Gedanken durch. Die Gitterstäbe saßen fest im Mörtel. Es würde Tage dauern, sie herauszuschlagen. Außerdem brauchte sie Geld und warme Kleidung, denn der Winter stand vor der Tür, und selbst unten an der Küste wären die Nächte bitterkalt. Aber zunächst galt es, wieder in den Besitz ihrer wertvollen Werkzeugtasche zu kommen. Wenn sie doch nur ihren Taststein noch hätte! Schon bei dem Gedanken an ihr liebstes Instrument setzte der Entzugsschmerz wieder ein.

Die Tür ging auf. Die Vorsteherin kam herein. »Euer erster Vertrag beginnt morgen Nachmittag. Die Bediensteten werden Euch gegen neun Uhr das Frühstück bringen. Um elf werdet Ihr gebadet und dann zurechtgemacht. Und jetzt geht schlafen.«

Die große Frau verließ den Raum und zog die Tür hinter sich zu. Ein Schlüssel wurde im Schloss gedreht.

Eine tiefe Verzweiflung überkam Tiaan. Würden die Anfälle wieder einsetzen, wenn sie noch einmal einen Hedron zur Hand nähme? Was, wenn sie draußen im Schnee einen Anfall erlitt und niemand ihr zu Hilfe eilen könnte? Tiaan wusste nicht viel über die Welt und wie man da draußen überlebte. Sie hatte sich nie allein zurechtzufinden brauchen und war sich nicht sicher, ob sie es schaffen könnte. Vielleicht ähnelte sie ihrer Mutter doch mehr, als ihr lieb war.

Tiaan wurde vom Mond geweckt, der ihr hell ins Gesicht schien. Es musste weit nach Mitternacht sein. Sie entzündete die Lampe, schlich auf Zehenspitzen zur Tür und untersuchte das Schloss. Es handelte sich um einen herkömmlichen Schließmechanismus, der ausreichte, um einen gewöhnlichen Gefangenen einzusperren – nicht aber eine geschickte Kunstwerkerin.

Sie verbog eine Zinke der Gabel, die noch auf ihrem Tablett lag, und hatte das Schloss in wenigen Minuten geknackt. Im Gang war es dunkel, nur am anderen Ende verbreitete eine Nachtlampe einen flackernden Schein. Tiaan ging zum Tisch zurück, nahm das Messer mit und schlich über den Flur. Sie brauchte Kleidung und Schuhwerk; aber zuerst musste sie einen Blick in das Register werfen.

Leise öffnete sie die Tür zur Dienststube der Vorsteherin; auch dieses Schloss stellte für eine Kunstwerkerin keine Herausforderung dar. Sie tastete nach einer Lampe und zündete sie an. Aber das Abstammungsregister lag nicht mehr bei den Dokumenten, die ungeordnet auf dem Tisch herumlagen. Der niedrige Schrank war verschlossen, und leider passte die Gabelzinke nicht in das winzige Schlüsselloch.

Daher schaute sie sich nach einem geeigneten Gegenstand um, mit dem sie den Schrank aufbrechen konnte. In einer Ecke erblickte sie eine Kletterpflanze in einem irdenen Gefäß, die sich an einem

Metallstab hochrankte. Rasch zog Tiaan den Stab aus dem Gefäß, setzte die Spitze an der Schranktür an und nutzte die Hebelkraft. Das Holz barst mit lautem Knacken. Hastig griff sie nach dem Buch und blätterte wie wild darin herum.

Von unten war eine Stimme zu hören. Tiaan musste sich beeilen. Das Buch war nach Jahreszahlen geordnet, aber leider wusste sie nicht, in welchem Jahr Marnie in die Gebäranstalt gekommen war. Im matten Licht der Lampe war die Handschrift der Vorsteherin nur schwer zu lesen, und erst als Tiaan auf einen bekannten Namen stieß – Jaski –, merkte sie, dass sie endlich die Einträge über ihre Mutter gefunden hatte. Die erst vier Jahre alte Jaski war nämlich eine ihrer Halbschwestern. Tiaans Blick wanderte zum Seitenanfang. Kein Name. Marnie war schon so lange hier, dass ihre Einträge mehrere Seiten füllten. Sie blätterte zur ersten Seite zurück und ging die Einträge durch, bis sie auf ihren eigenen Namen stieß. Dort las sie die Einzelheiten zu ihrer Geburt und ihren ersten Jahren. Am Rand, in der Spalte »Anmerkungen«, hatte jemand eine rätselhafte Bemerkung gekritzelt: »Besitzt sie es?« Und darunter stand in einer anderen Schrift: »Schwer zu sagen. Gebt ihr einen passenden Beruf, und dann werden wir ja sehen.«

Was besaß sie? Schritte schreckten sie auf. Dort kam jemand. Rasch, den Namen! Sie überprüfte den Eintrag, konnte die Buchstaben aber nur schlecht lesen. Die Tinte war verblasst, die Handschrift furchtbar. Lautete der erste Name dort Omarti oder eher Amante oder gar Arranti? Der zweite Name war so unleserlich hingekritzelt worden, dass sie ihn überhaupt nicht entziffern konnte. Dort mochte Ullerdye oder Menodyn oder auch ein völlig anderes Wort stehen. Sie ließ die Laute in ihrem Geist nachhallen. Sie riefen keine Erinnerungen in ihr wach. Unter dem Namen hatte jemand mit anderer Tinte geschrieben: »Verstorben.«

Unwillkürlich entfuhr Tiaan ein leiser Schrei. Er war von ihnen gegangen. Sie würde ihn nie kennenlernen.

Schnell löschte sie die Laterne, klemmte sich das Register unter den Arm und schlüpfte zur Tür hinaus. An der Biegung des Korridors lugte sie um die Ecke und lief dann in geduckter Haltung zurück. Weiter hinten schob sich ein massiger Schatten über den Korridor. Das konnte nur die Vorsteherin sein.

Geistesgegenwärtig huschte Tiaan zu der Nachtlampe, die in einer eisernen Halterung an der Wand steckte, und machte sie aus. Nun presste sie sich mit dem Rücken an die Wand und schlich seitwärts den Gang entlang. Noch ehe sie die Treppe erreicht hatte, hörte sie die schwerfälligen Schritte der Vorsteherin. Die füllige Frau murmelte etwas vor sich hin.

»Macht uns nur unnötige Schwierigkeiten, diese fette alte Kuh! Es wird Zeit, dass wir sie vor die Tür setzen. Sie hat genug Gold zur Seite geschafft, um für den elenden Krieg zu bezahlen, und dann verlangt sie die Hälfte von dem neuen Arbeitsvertrag. Das dürre kleine Ding wird kein Jahr überleben. Verflucht, wahrscheinlich wird sie in einem Monat wieder wahnsinnig, und wie stehe ich dann da? Die Kunden zahlen doch keinen *Kupferling* für so ein Ding.«

Tiaan hielt inne und kam ins Grübeln. Hatte Marnie, die so wohlhabend war wie der legendäre Magister von Thurkad, noch mehr Geld an sich gerafft, nachdem Tiaan hier vertraglich verpflichtet worden war? Sie fühlte sich verraten und betrogen.

Ängstlich hielt sie den Atem an, als die alte Frau an ihr vorbeischlurfte und nieste. »Nichtsnutzige Magd! Ich habe ihr doch gesagt, sie soll die Lampen prüfen.« Sie blieb wenige Schritte von Tiaan entfernt stehen. »Eigenartig. Ist da jemand?«

Tiaans Herzschlag hallte wie ein dröhnendes Pochen in ihrem Kopf wider. Konnte die Matrone es hören? Aber die massige Frau ging schließlich doch weiter. Tiaan drückte sich in entgegengesetzter Richtung an der Wand entlang, bog um die Ecke und hielt auf die Treppe zu. Hatte sie daran gedacht, die Tür zu schließen? Vermutlich nicht. Nun war es ohnehin zu spät.

Der obere Treppenabsatz lag gerade noch im Lichtkegel der Lampe in der Eingangshalle. Vorsichtig spähte Tiaan über das Geländer und sah einen Wächter unweit der untersten Stufe. An dem würde sie nicht unbemerkt vorbeikommen.

Als sie kehrtmachte, um durch den dunklen Gang zu eilen, stieß sie gegen eine Topfpflanze, die etwas erhöht auf einem Podest stand. Sie fiel um, und der irdene Topf zersprang so laut, dass man es im ganzen Gebäude hören musste. Das Register fiel zu Boden. Tiaan tastete im Dunkeln danach.

»Was war das?«, rief der Wächter und kam mit dumpfen Schritten die Treppe herauf.

Tiaan konnte das Buch nicht finden. Als der Mann auf der obersten Stufe auftauchte, raffte Tiaan das Nachthemd bis zur Taille und rannte los. Am Ende des Korridors wurde der Gang schmaler. Sie schlich nun langsam vorwärts, dennoch bemerkte sie es zu spät, als sie den Rand einer nach unten führenden Treppe erreichte. Bei der obersten Stufe geriet sie ins Stolpern und stürzte, bekam aber im Fallen noch das Geländer zu packen.

Tiaan blieb kurz liegen, bis sie wieder zu Atem kam. Als sie die Rufe und Schritte von Wächtern im Korridor hörte, rannte sie die Treppe hinunter. Unten an einer schmalen Dienstbotenstiege reihte sich ein Raum an den anderen. Tiaan konnte im Dunkeln ertasten, um was für Räume es sich handelte: Wäscherei, Wäschelager, Speisekammern, weitere Lagerräume, dann eine riesige Küche, nur schwach erleuchtet vom matten Schein der beiden eisernen Herdstellen, die nie ausgehen durften.

Teig ging in abgedeckten Schüsseln auf; Tiaan konnte es riechen. Bald schon kämen die Bäcker, um frisches Brot, Kuchen und Pasteten für den Tag zu machen. Die Tür, die nach draußen führte, hatte ein kompliziertes Schloss, das sie womöglich nicht so leicht aufbekäme. Die kleinen Kammern und Lagerräume boten kaum Versteckmöglichkeiten – und sobald die Köche da wären, würden sie benutzt. Panik erfasste Tiaan; sie fühlte sich wie eine Diebin auf der Flucht.

Gar nicht weit von ihr entfernt brüllte die Vorsteherin Anweisungen. Tiaan eilte in die Wäscherei, in die das Mondlicht durch ein hohes, vergittertes Fenster schien. Hier standen die großen Kupferkessel, in denen die Wäsche gekocht wurde. Daran schloss sich ein riesiger, rechteckiger Korb an, in dem die schmutzige Wäsche landete, zumeist knapp geschnittene Nachthemden und Bettwäsche. Auch in diesem Raum war die Tür nach draußen verschlossen. Tiaan stocherte gerade mit ihrer Gabelzinke in dem Schloss herum, als sie hörte, wie jemand in die große Küche lief. Schranktüren wurden aufgerissen und wieder zugeschlagen. Als Nächstes käme die Wäscherei dran. Sie sprang in den riesigen Korb und wühlte sich durch die Wäsche, bis sie den Boden erreicht hatte.

Es roch nach Parfüm, Massageöl, Schweiß und anderen aufdringlichen Gerüchen. Ein Laken war getränkt mit irgendeinem furchtbar süßen Likör. Unter sich spürte Tiaan die Kälte des Fußbodens. Sie verbarg sich in einer der beiden hintersten Ecken des Wäschekorbes und wartete auf das Suchkommando.

Es war heiß; der Wäschefang stand an der Mauer, hinter der sich die Herdstellen der Küche befanden. Schweiß lief ihr den Rücken hinunter.

»Noch nicht!«, rief ein Mann mit scharfer Stimme. »Mathys, nimm dir die Wäscherei vor. Hysso, du siehst in den Vorratsräumen und den Schränken nach. Ich gehe die Küche durch. Schließt jede Tür ab, wenn ihr einen Raum verlasst. Vorsteherin, in jedem Gang soll einer Wache halten. Sobald sie sich bewegt, finden wir sie. Mathys?«

»Bin schon dabei!«, erklang die gereizte Stimme einer Frau.

Während der Durchsuchung wechselten sich längere Phasen der Stille mit plötzlichem Türenschlagen und Lauten des Unmuts ab. Tiaan überlegte, ob die Dienstmagd schon wieder gegangen war oder noch irgendwo wartete.

Nach einer längeren Pause spürte Tiaan eine Erschütterung, und der Wäscheberg drückte schwer auf ihr. Offenbar war Mathys in den Wäschefang geklettert und durchsuchte nun die Kleidungsstücke. Ob sie die ganze Wäsche aus dem Korb warf? Wenn sie das tat, würde sie Tiaan finden. Dann wäre sie gezwungen, die Frau zu Boden zu schlagen. Sie würde alles tun, um von hier fortzukommen ... Nur vor einem Mord würde sie zurückschrecken.

Der Druck nahm wieder ab. Tiaan durfte sich noch nicht bewegen – so etwas würde die Magd sicherlich wahrnehmen. Es wurde heller, als untersuchte das Mädchen den Korb im Schein der Laterne. Ein jäher Schreck durchzuckte Tiaan. Was, wenn die Magd die Lampe fallen ließe? Die dünne Nachtwäsche würde sofort Feuer fangen.

Tiaan merkte, dass die junge Frau nun auf die andere Seite des großen Korbs kletterte. Die Bewegungen schienen eine Ewigkeit zu dauern, dann vernahm Tiaan einen dumpfen Laut – die Magd war wieder aus dem Korb gesprungen.

»Mathys!«, erscholl die wütende Stimme der Vorsteherin.

»Bin in der Wäscherei, Matrone.«

»Bist du denn immer noch nicht fertig, du faules Ding?« Eine Ohrfeige, ein unterdrückter Schrei. »Hast du in dem Wäschekorb nachgesehen?«

»Ja«, antwortete das Mädchen schmollend.

»Hast du die ganze Wäsche herausgenommen?«

»Ja«, log Mathys. »Ich war gerade dabei, alles wieder reinzuwerfen.«

»Dann hör jetzt auf damit. Wir haben noch jede Menge Zimmer zu durchsuchen. Komm jetzt, und schließ die Tür hinter dir ab!«

Die Tür wurde laut zugezogen. Das Schloss schnappte mit einem klickenden Geräusch zu. Tiaan blieb noch liegen und wartete, falls das Türgeräusch nur ein Trick war. Erst nach etwa fünf Minuten bangen Wartens, als sie wirklich kein Geräusch mehr hörte, hielt sie es für sicher genug, den Kopf aus dem Wäscheberg zu stecken. Langsam stieg sie aus dem Korb und sah, dass niemand sonst im Raum war. Sie schlich zur Hintertür und machte sich erneut an dem Schloss zu schaffen. Es erwies sich als hartnäckiger als die anderen. Offenbar war der Mechanismus schon seit Langem nicht mehr geölt worden. Sie übte zu viel Druck aus, sodass die Zinke ihrer Gabel abbrach.

Vorsichtig angelte sie das Stück mit der anderen Zinke wieder heraus und unternahm einen zweiten Versuch. Die Arbeit verlangte ihr viel ab; wenn sie auch diese Zinke abbrach, war sie verloren. Doch nach einigen Minuten klickte es in dem Schloss. Langsam drückte sie die Tür auf und ließ die frische, kalte Nachtluft herein. Sie brauchte warme Kleidung und etwas zu essen, falls sich das auf die Schnelle beschaffen ließ. Doch die verschlossene Tür versperrte ihr den Zutritt zu den anderen Räumen. Hatte sie den Mut, auch das Schloss aufzubrechen und die anderen Räume zu durchsuchen?

Tiaan hörte, dass irgendjemand hinter der verschlossenen Tür einen Unmutslaut ausstieß; es überzeugte sie, das Wagnis nicht einzugehen. Dann konnte sie sich eben nicht mit Proviant eindecken. Mit dem Speisemesser zerschnitt Tiaan mühselig eine Wolldecke in zwei Hälften, faltete die Stücke mehrfach und wickelte sie sich um die Füße. Dann zerriss sie ein Laken und schlang die Stoffstreifen wie Lederriemen um die behelfsmäßigen Wollschuhe. Schließlich zog sie acht Nachtgewänder über, in der Hoffnung, unter den vielen Tuchschichten trotz des dünnen Stoffs nicht zu erfrieren.

Sie suchte noch nach einer weiteren Decke, fand aber keine mehr. Daher begnügte sie sich mit drei Laken, in die sie sich zusätzlich hüllte und die sie auf Taillenhöhe festband, und zwar wie bei den Wollschuhen mit Stoffstreifen. Ein Feuerstein auf einem Regal über den Kupferwannen fiel ihr ins Auge. Sie nahm ihn an sich und steckte ihn in die Schärpe aus Laken. Vielleicht rettete ihr der kleine Gegenstand das Leben. Auch eine Hand voll Zunder nahm sie mit. Tiaan zog die Außentür hinter sich zu und dachte diesmal daran, sie wieder abzuschließen.

Das war zwar noch schwieriger als das Öffnen, aber letzten Endes klickte der Schließmechanismus. Sie eilte davon und hörte, wie kleine Steine unter ihren Schritten knirschten. Draußen hatte es gefroren – Pfützen vom letzten Regenschauer waren mit einer dünnen Eisschicht überzogen. Schmale Wolkenstreifen verdeckten nun den Mond, der allmählich unterging. Es musste wohl schon vier Uhr in der Frühe sein.

Gegen halb acht würde die Sonne aufgehen, daher blieb ihr nicht mehr viel Zeit, um aus Tiksi herauszukommen. Sie schlich an einer Seite des Gebäudes entlang, huschte danach am Rande eines Gartenweges weiter und stahl sich schließlich aus der Einfahrt der Fuhrwerke. Die große Eingangstür stand offen. Im Schein der Laterne erkannte Tiaan den Pförtner, der mit der Vorsteherin redete. Eine Kutsche stand bereit. Der Atem der Pferde formte sich in der kalten Luft zu kleinen weißen Wolken an den Nüstern; der warme Pferdedung hinter den Tieren dampfte. Tiaan verschmolz mit den Schatten und schlich die Straße hinauf.

Sie begegnete niemandem – selbst die wenigen Obdachlosen, die während der Sommermonate in Häusereingängen oder unter Brücken nächtigten, hatten in einer kalten Nacht wie dieser woanders einen Unterschlupf gefunden. Tiaan hielt auf das westliche Stadttor zu, wobei sie den dunstigen Schein der Straßenlaternen mied.

Kurze Zeit später hörte sie den lauten Hufschlag von Pferden.

Geistesgegenwärtig versteckte sie sich hinter einem kahlen Busch und sah eine geschlossene Kutsche, die an ihr vorbeifuhr. Offenbar handelte es sich um das Gespann, das Tiaan vor der Anstalt gesehen hatte. Sie glaubte nicht, dass jemand sie gesehen hatte. Der Kutscher, gehüllt in Mantel und Pelzkappe, hatte starr geradeaus geblickt; zweifellos wollte er so rasch wie möglich nach Hause kommen.

Es war seltsam, zu dieser frühen Stunde draußen zu sein. In den Dunstschwaden mutete alles um sie herum unwirklich an. Nebel kroch die Straßen hinauf und formte wabernde Geschöpfe, die Träumen und Nachtmahren entsprungen zu sein schienen. Schatten tauchten jählings auf und verschwanden genauso plötzlich – je nachdem, ob der Mond hinter den dahinjagenden Wolkenbändern zum Vorschein kam oder wieder von ihnen verdeckt wurde.

Aber Tiaan hatte keine Angst. In Tiksi gab es nicht viele Verbrechen, da jeder ab dem sechsten Lebensjahr bis zu zwölf Stunden am Tag arbeiten musste. Der Dunst und die Welt aus Schatten waren ihre Freunde.

Als sie an eine Kreuzung kam, vernahm sie das charakteristische Geräusch von genagelten Stiefeln. Schnell duckte sie sich hinter einer Hecke, hielt den Atem an und wartete, bis der Nachtwächter vorbeigegangen war. Er wirkte übermüdet, als wäre er schon viel zu lange im Dienst, denn er schaute weder nach rechts noch nach links.

Ein plötzlicher kalter Windstoß fuhr unter ihre ungewöhnliche Kleidung und raubte ihr auch noch das wenige, was von ihrer Körperwärme übrig geblieben war. Ihre nackten Arme schmerzten bereits vor Kälte. Tiaan eilte weiter. Noch vor der Dämmerung musste sie die Straße erreichen, die sich den Berg hinaufschlängelte. Denn bei Tagesanbruch würden die Fuhrleute mit ihren täglichen Waren unterwegs sein. Gewiss hatte man schon eine Belohnung auf ihren Kopf ausgesetzt, und die Flucht oben in den Bergen würde ohne Zweifel schwer werden. Es gab dort nur wenige Pfade, und zu dieser Jahreszeit bestand kaum Hoffnung, abseits der Wege zu überleben. Schon gar nicht in diesem Aufzug.

Tiaan schaffte es, unbemerkt in die Nähe des Westtors zu gelangen. Als sie sich von den Mauern löste, setzte Schneeregen ein. Zum Glück wurden nur die äußeren Schichten ihrer Kleidung, ihre

Arme und ihr Haar feucht, doch eiskaltes Wasser drang langsam und unbarmherzig durch ihr behelfsmäßiges Schuhwerk.

Als das Tor endlich vor Tiaan aufragte, erkannte sie, dass ihr eine weitere Herausforderung bevorstand. Der Wächter schritt dort auf und ab. Wie sollte sie an ihm vorbeikommen?

KAPITEL ZWÖLF

Tiaan harrte neben einem kleinen Brunnen aus, genau gegenüber der Torwachenstube, deren Tür offen stand. Drinnen deutete ein schwaches Glühen darauf hin, dass dort ein Kohlenbecken stand. Tiaan hatte eine Idee.

Der Wächter änderte seine Schrittabfolge nicht. Er ging etwa fünfzig Schritte an der Mauer entlang, machte dann kehrt, kam denselben Weg zurück, warf einen Blick auf das Tor und machte dann wieder seine fünfzig Schritte. Jedes Mal drehte er dem Tor höchstens eine halbe Minute den Rücken zu: zu wenig Zeit, um das Tor zu überwinden.

Tiaan musste ihn ablenken. Am Brunnen löste sie leise den Schöpfeimer vom Haken der Winde und verbarg ihn in den Schatten auf der anderen Straßenseite. Sowie der Wächter in seinen monotonen Bewegungen wieder dem Verlauf der Mauer folgte, huschte Tiaan hinüber zum Wachhaus. Ihre in Wolle gewickelten Füße erzeugten kein Geräusch auf den Pflastersteinen. In der kleinen Wachstube stand lediglich ein Schrank. An einer Wand befand sich auf Kopfhöhe eine Reihe Haken, an denen zwei Ölmäntel hingen, darunter stand ein Paar Stiefel. Tiaan füllte die Tasche eines der Ölmäntel mit heißen Kohlen aus dem Becken. Es qualmte. Sie riss den anderen Mantel vom Haken und warf das Becken so um, dass die glühenden Kohlen darauf fielen. In dem Moment hörte sie, dass der Wächter zurückkam. Die beschlagenen Stiefelabsätze erzeugten ein klackendes Geräusch auf den Pflastersteinen.

Sie hatte zu lange gebraucht. Rasch kauerte sie sich in eine Ecke und hoffte, dass die Torwache nicht das qualmende Ölzeug sah. Wenn er jetzt hereinkäme, um sich an dem Becken zu wärmen, wäre sie verloren.

Die Schritte hielten am Tor an. Mit dem Mut der Verzweiflung stellte Tiaan sich schon innerlich auf einen Kampf ein. Gebannt hielt sie den Atem an. Stille.

Dann war wieder das gleichmäßige Klacken zu hören, das sich langsam entfernte. Tiaan blies auf die glühenden Kohlen und sah, dass der geölte Mantelstoff Feuer fing. Sofort eilte sie aus der Wachstube, versteckte sich auf der anderen Straßenseite in den Schatten eines Gebäudes und machte ein Geräusch, das an das klagende Schreien einer Katze erinnern sollte.

Der Wächter hörte den Laut, schaute sich um, ging dann aber weiter. Als er sich wieder der Wachstube am Tor näherte, standen die Ölmäntel in Flammen. Erschrocken lief er in das Haus, schrie: »Verfluchtes Katzenvieh!«, und rannte zum Brunnen.

Mit bösen Flüchen suchte er nach dem Eimer, raste dann die Straße hinunter, klopfte wie wild an die erstbeste Tür eines Wohnhauses und rief: »Feuer! Feuer! Ich brauche einen Eimer, schnell!«

Tiaan huschte zum Tor, hob den Balken an, duckte sich darunter hindurch und ließ ihn wieder auf die Halterung fallen.

Jetzt war sie endlich aus der Stadt heraus. Sie schlug den Weg ein, der zurück zur Fertigungsstätte führte, und blieb erst stehen, als sie hinter der ersten Wegbiegung außer Sicht war. Dort hockte sie keuchend auf einem vereisten Felsbrocken und weinte vor Erleichterung. Der Mond, der hinter den Nebelschwaden schimmerte, war wie eine entfernte Lampe, deren Licht durch mattes Glas fiel. Die Bäume waren nur schemenhaft zu erkennen und zeichneten sich tiefschwarz vor dem frühen Morgenhimmel ab. Eine Sternschnuppe hinterließ eine flüchtige, feurige Spur am Firmament, ehe sie verglühte. Sie schien nach Westen zu deuten. War das ein Zeichen?

Tiaan ahnte, dass sie erst am Anfang all ihrer Schwierigkeiten stand, und setzte ihren mühseligen Weg fort.

Der Mond war nun hinter den Bergketten verschwunden. Bis zur Morgendämmerung würde es noch eine Weile dauern. Die Sterne, die ab und an durch die schnell dahinziehenden Nebelschwaden lugten, sorgten gerade noch für ausreichend Licht, sodass Tiaan nicht in völliger Finsternis marschieren musste. Sie kämpfte sich den Anstieg hinauf, wobei sie sich einzig und allein auf ihr Gefühl verließ. Ihr war furchtbar kalt, denn die Nässe war längst durch die notdürftige Kleidung gedrungen. Der kalte Wind ging bis auf die Haut durch, als hätte sie nur eine dünne Schicht aus Gaze am Leib. Ein Wollschuh war bereits teilweise durchgescheuert.

Doch sie schleppte sich weiter, bis der schwarze Himmel im Nordosten die ersten rötlichen Farbtupfer erhielt. Die Decken hatten sich inzwischen vollgesogen, und Tiaan lief Gefahr, Erfrierungen an den Füßen davonzutragen. Jetzt verließ sie den Pfad, stieg weiter den Berg hinauf und mied Stellen, an denen ihre Spuren sofort ins Auge fallen würden. Auf dem kahlen Bergkamm stieß sie auf die Reste eines Wachturms aus grünem Schiefer und ein moosbewachsenes Skelett eines Lasttiers. Auf der anderen Seite der Kuppe fand sie Schutz zwischen jäh aufragenden Felsen und knorrigen Bäumen. An dieser Stelle würde man ein Feuer nicht so schnell entdecken.

Während Tiaan Feuerholz suchte, ging die Sonne auf. Die hohen Koniferen warfen lange Schatten, die in Bodennähe mit dem Frühdunst verschmolzen. Am frühen Morgen besaß die Natur eine ihr eigene, unheimliche Schönheit. Tiaan wärmte sich an dem kleinen Lagerfeuer, bis ihre Fußbedeckung wieder trocken war. Sie dachte an ihren Vater und seine Historien und stellte sich vor, was für ein Leben er geführt hatte und wie er zum ersten Mal ihrer Mutter begegnet war. Hatte er sie in der Gebäranstalt bezahlt? Das konnte sie sich nicht vorstellen.

Bei diesen Überlegungen dachte sie wieder über das Abstammungsregister nach. Warum wurde alles genau schriftlich festgehalten, wenn es doch nur darauf ankam, in möglichst schneller Folge so viele Kinder wie möglich hervorzubringen? Die Regeln für die Paarung waren eindeutig – nie mehr als ein Mann in einem Monat. Das schien nicht zu den Dingen zu passen, die sie sonst über die Anstalt gehört hatte. Aber was wäre, wenn es in den Gebäranstalten gezielt darum ging, Kinder mit *besonderen Fähigkeiten* zu zeugen? War ihr Vater aus einem ganz bestimmten Grund ausgesucht worden? Was für ein schrecklicher Gedanke!

Es war angenehm, die heißen Wolldecken wieder um die Füße zu wickeln. Nachdem sie genügend Schnee auf die Feuerstelle gehäufelt hatte, kehrte sie zu dem Pfad zurück. Eine weitere Stunde verging. Als es auf die Mittagszeit zuging, lösten sich die Wolldecken erneut. Tiaan wischte das nasse Eis von einem umgestürzten Baumstamm und machte sich daran, ihr seltsames Schuhwerk wieder neu zu binden. Kaum war sie mit dem ersten Fuß fertig, vernahm sie Stimmen und aufgeregte Rufe. Ein Suchtrupp? Schnell kauerte sie sich hinter den Baumstamm und hoffte, dass sie in den Schatten sicher war.

Ein knackendes Geräusch erschreckte sie. Sie hatte die Eisschicht einer Pfütze zerbrochen, sodass nun das kalte Wasser von ihren Laken aufgesogen wurde. Leise verfluchte sie ihr Pech.

Kurz darauf stürmten einige wenige Leute in verzweifelter Hast an dem Baumstamm vorbei, als liefen sie um ihr Leben. Da sie bergab eilten, konnten sie nicht auf der Suche nach ihr sein. Sie mussten aus dem Bergwerk oder der Fertigungsstätte kommen. Aber in dem Nebel erkannte sie niemanden.

Tiaan hätte sich gar nicht zu ducken brauchen, da die Leute überhaupt nicht auf den Wegesrand achteten. Aber was mochte die Männer zu dieser panischen Flucht veranlasst haben?

Tiaan wartete noch eine kurze Zeit in ihrem Versteck ab und kletterte dann wieder über den Baumstamm. Die eben noch nassen Laken waren bereits gefroren. Sie schlug das Eis aus den starren Stofffalten, wickelte die Decke um den zweiten Fuß und folgte vorsichtig dem Pfad.

Der schmale Weg schlängelte sich nun um einen Felsvorsprung aus bröckelndem Granit, fiel dann scharf in eine tief eingeschnittene Senke ab, überwand eine Scherzone, wo am Fels an der Wetterseite der graue, mit Quarzschotter durchzogene Lehm zu sehen war, und führte schließlich am anderen Ende wieder nach oben. In der natürlichen Senke lag der Pfad im Schatten hoher Kiefern. Vorsichtig wagte Tiaan sich in den düsteren Hohlweg. Was auch immer die Leute in Angst und Schrecken versetzt hatte, es konnte nicht weit weg sein.

Tiaan wusste, dass es Hürn-Bären in diesen Bergen gab, große Raubtiere, die zehnmal so viel wie ein Mann wogen. Auch Wildkatzen streiften hier oben durch die Wälder. Dennoch waren Menschen hier selten angefallen worden, schon gar nicht im Herbst eines fruchtbaren Jahres, wenn es für die wilden Tiere relativ einfach war, ihre natürliche Beute zu fangen.

Ein paar Mal hatten Räuberbanden Küstendörfer überfallen, aber weiter oben in den Bergen war es zu keinen Zwischenfällen gekommen. Allerdings galt es zu bedenken, dass die Bergwerke in letzter Zeit viel abgebaut hatten, insbesondere Gold und Platin, das nicht so schwer war und sich leichter wegschaffen ließ.

Tiaan hatte gerade den Wald hinter sich gelassen und blinzelte gegen das ungewohnt helle Sonnenlicht, als sie den Geruch von Blut in der Luft wahrnahm. Die Stelle, wo etwas passiert war, konnte nicht weit entfernt sein, wahrscheinlich lag sie hinter der nächsten Wegbiegung. Tiaan blickte sich um. Der Berghang vor ihr war nahezu kahl, denn erst vor Kurzem hatte ein Erdrutsch hier die meisten Bäume in die Tiefe gerissen. Schnell suchte Tiaan wieder Schutz in den dicht stehenden Kiefern und erklomm den Rand des Bergkamms. Weiter oben, gut hundert Spannen über dem Pfad, hielt sie sich rechts, folgte dem Verlauf des Kamms, bis sie die Stelle erreichte, wo der Erdrutsch seinen Ausgang genommen hatte.

Tiaan gab Acht, sich gegen den Wind zu bewegen. Der höchste Punkt an diesem Berghang lag hinter einem riesigen Felsbrocken. Sie kroch auf allen vieren, denn auf diesem kargen Boden würde sie sich schon durch einen hinabrutschenden Stein verraten. Sowie sie den Felsbrocken erreichte, schob sie sich linker Hand an dem Gestein entlang, bis sie einen freien Blick auf den Weg weiter unten hatte.

Keine ihrer Vermutungen hatten sich als richtig erwiesen. Dort streunten weder Bären noch andere wilde Tiere, noch Räuber herum. Die Wirklichkeit war viel schlimmer: Ein erst kürzlich in der Fertigungsstätte zusammengebauter Klanker lag auf der Seite; die Metallbeine hingen leblos herab. Die hintere Hälfte der Kriegsmaschine war von einem riesigen Felsbrocken zerschmettert worden, den man den Abhang hinuntergerollt hatte. Die Soldaten, die dort gesessen hatten, waren gewiss tot. Blieb nur zu hoffen, dass nicht ausgerechnet Ky-Ara der unglückliche Steuermann gewesen war. Tiaan versuchte sich an sein Gesicht zu erinnern, sah aber nur die Züge des jungen Mannes aus ihren Träumen. Rasch verdrängte sie die Bilder.

Mindestens sechs Leichen lagen verstreut auf dem Weg. Bei dem

Scheusal, das mit seiner Pranke an einem Toten herumscharrte, konnte es sich nur um einen Lyrinx handeln. Ihr Herz begann wie wild zu klopfen. Tiaan war entsetzt, als sie sah, wie groß das Wesen war und mit welch roher Gewalt es vorging. Es überragte einen großen Menschen gewiss um einen ganzen Kopf: Ein breitschultriges, kraftvolles Geschöpf, das nur aus Klauen, Zähnen und einem langen, gepanzerten Leib zu bestehen schien. Die Schwingen hatte es eingezogen. Auf dem großen Kopf prangte ein jadegrüner Kamm, der auf einen ausgewachsenen weiblichen Lyrinx hindeutete. Dieses Wesen dort unten hätte es mit Leichtigkeit mit einem Hürn-Bären aufnehmen können. Und, wie Tiaan sich mit Schrecken bewusst machte, die Lyrinx *aßen* Menschenfleisch.

Und dennoch schien mit dem Lyrinx etwas nicht zu stimmen – die Bewegungen wirkten ein wenig ungelenk, als ob das Wesen sich in dem kraftstrotzenden Körper nicht ganz wohlfühlen würde.

Zwei weitere Lyrinx brachen die gepanzerte Hülle des Klankers auf und öffneten die Maschine wie einen Hummer bei einem Festbankett. Nur mithilfe langer Eisenstangen stemmten sie die Außenhülle so weit auf, dass sie sich durch die Öffnung zwängen konnten. Taschen und Kisten wurden nach draußen geschleudert, aufgerissen und dann beiseitegeworfen.

Oft transportierten Klanker kostbare Metalle nach Tiksi. Aber danach hatten die Lyrinx offenbar nicht gesucht, denn Tiaan entdeckte einige Goldbarren am Wegesrand, die aus einer umgestürzten Truhe gefallen waren. Wonach suchten sie also?

Ein Lyrinx steckte seinen Kopf aus der Metallöffnung und rief dem dritten etwas in einem pfeifenden Ton zu. Der weibliche Lyrinx, den Tiaan zuerst gesehen hatte, ließ von dem Leichnam ab und gesellte sich zu den beiden anderen. Gemeinsam hievten sie den großen Felsbrocken von dem hinteren Teil des Klankers und stießen ihn den Abhang hinunter.

Tiaan nutzte den Lärm, um sich näher anzuschleichen. Die Lyrinx rissen den Klanker nun von vorne bis hinten auf. Zersplitterte Holzkisten und zerquetschte Taschen wurden auf die eine Seite geworfen, drei furchtbar entstellte Leichen auf die andere. Dann stieß der weibliche Lyrinx einen schrillen Schrei aus und hielt einen Gegenstand in die Luft, den Tiaan nur allzu gut kannte.

Es handelte sich um eine der neuen Steuereinheiten mit dem von Pech überzogenen Hedron. Hatten die Lyrinx danach gesucht? Offenbar schon, denn die drei scharten sich um das Fundstück, gaben aufgeregte Laute von sich und wechselten die Hautfarbe.

Mit einem Mal brachen die Laute ab. Der weibliche Lyrinx mit dem grünen Kamm steckte die Steuereinheit in seine Tasche, dann berührten die Wesen einander am Kamm und gingen auf getrennten Wegen davon. Der weibliche Lyrinx verschwand hinter dem Abhang; Tiaan hörte, wie sie halb rutschend die Richtung einschlug, in die der Felsbrocken gerollt war. Der zweite Lyrinx eilte mit großen Schritten über die Straße, die nach Tiksi führte, um vielleicht denen nachzusetzen, die hatten fliehen können. Der dritte riss einer der Leichen ein Bein aus, begann an dem Stück zu nagen und kletterte die Anhöhe hinauf – genau in Tiaans Richtung.

Es gab nichts, was sie tun konnte, um ihrer Entdeckung zu entgehen. So kauerte sich Tiaan dicht an den Felsen und betete. Der Lyrinx bahnte sich seinen Weg durch das Geröll, ging um einen Felsen herum und stapfte der Spitze des Berggrats entgegen. Als er sich auf gleicher Höhe wie Tiaan befand, war ihr Versteck keine dreißig Schritte von ihm entfernt. Sie roch sogar seinen Schweiß und das Blut. Was, wenn der Lyrinx nun auch ihren Geruch wahrnahm?

Als er weiter die Anhöhe erklomm, sah Tiaan die Gelegenheit zur Flucht gekommen und schlich sich rückwärts von ihm fort. Nach ungefähr hundert Schritten blieb der Lyrinx plötzlich stehen, schaute sich um und schien etwas zu wittern. Tiaan erstarrte und hielt vor Schreck den Atem an. Dann stapfte die Kreatur weiter und war bald im Wald verschwunden.

Tiaan wagte lange nicht, sich zu bewegen. Ihre Beine waren mit einem Mal so kraftlos wie die Gliedmaßen der armen Teufel dort unten auf der Straße. Was machten die Lyrinx bloß hier in dieser Gegend? Die Menschen mussten einen herben Rückschlag in diesem großen Krieg erlitten haben, denn noch nie hatte Tiaan gehört, dass die Lyrinx Tiksi so nah gekommen waren. Es sei denn, alle waren über den genauen Verlauf des Krieges belogen worden. Kein Zweifel, die Kreaturen waren auf der Suche nach der geschützten Steuereinheit gewesen. Also gab es wirklich einen Spion in der Fertigungsstätte.

Die Sonne kam durch. Tiaan war froh, auch wenn es nur die matten Strahlen einer blassen Wintersonne waren. Die Kälte war ihr bis auf die Knochen gegangen. Sie musste nun die schreckliche Nachricht zur Fertigungsstätte bringen. Aber wie sollte sie das anstellen, ohne dass man sie als Flüchtige festhielt und sofort wieder zur Gebäranstalt schickte?

Mutig kletterte sie den Abhang hinunter zu dem Weg, um nachzusehen, ob es noch Überlebende gab. Doch die Männer waren alle tot, ihre Leiber zerfetzt. Vielleicht waren noch andere über die Straße entkommen. Sie wusste es nicht; der steinige Weg ließ keine Spuren erkennen. Zum Glück war Ky-Ara nicht unter den Toten.

Schweren Herzens setzte Tiaan ihren Weg fort und schlich durch einen Wald, in dem eine unheimliche Stille herrschte. Eine Stunde später, als die Fußwickel ihr nur noch in Fetzen um die Füße hingen, hörte sie schwere Schritte durch den Wald hallen. Rasch hatte sie sich in das Dickicht unter den Kiefern geschlagen und sah, wie eine Gruppe Lastenträger durch den Wald marschierte. Jetzt brauchte sie ihre Freiheit nicht mehr aufs Spiel zu setzen, denn diese Männer würden unweigerlich den Ort des Grauens erreichen und umgehend Meldung machen.

Tiaan schritt weiter, bis sie eine Abkürzung zum Dorf der Bergarbeiter erreichte. Sie nahm den kurzen Pfad, doch unterhalb der Siedlung verließ sie ihn. Erneut wanderte sie durch einen Wald und nahm so einen Umweg in Kauf, um unbemerkt zu Joeyns Haus zu gelangen. Falls man sie auch nur aus der Ferne erblickte, würde sie Aufsehen erregen, denn in ihren blassen Laken sah sie wie ein Geist aus.

Als sie Joeyns Heim erreichte, stieß sie schnell das niedrige Tor aus Flechtwerk auf. Sie eilte den Weg durch den Vorgarten entlang und hämmerte mit den Fäusten gegen die Tür. Tiaan rechnete nicht damit, dass ihr alter Freund zu Hause war – ging er doch für gewöhnlich bei Anbruch der Dämmerung ins Bergwerk. Aber sie hatte sich geirrt, denn die Tür schwang auf, und Joeyn stand auf der Schwelle. Er blinzelte ungläubig.

»Ja?«, fragte er vorsichtig.

Sie lächelte ihn unsicher an. Er schien sich nicht sonderlich zu freuen, sie hier zu sehen. Dann fiel ihr ein, dass Joeyns alte Augen sich immer nur langsam an helles Licht gewöhnten.

»Ich bin's, Joe. Tiaan.«

»Was machst du hier? Komm herein, und zwar schnell!« Und schon hatte er sie am Handgelenk hereingezerrt und die Tür zugeschlagen.

»Ich bin geflohen«, sagte sie leise. »Ich hatte schon befürchtet, du wärst gar nicht da.«

»Bin seit Tagen nicht vor die Tür gegangen. Hatte einfach nicht die Kraft dazu.«

Jetzt hellte ein Lächeln seine Miene auf. Er nahm Tiaan in den Arm und schürte das Feuer im Kamin. »Was hast du da bloß für Sachen am Leib?«, staunte er.

»Die schmutzige Wäsche aus der Anstalt. Mehr konnte ich auf die Schnelle nicht finden.«

»Du musst hungrig sein.«

»Ich verhungere fast. Und mir ist furchtbar kalt.«

Er rückte ihr einen Schemel am Kaminfeuer zurecht. »Setz dich. Zieh die Lumpen aus, und leg deine Füße auf den Kaminvorsprung.« Er machte sich daran, Scheiben von gepökelter Ziegenkeule auf einem Holzbrettchen anzurichten, legte noch einen reichlich verschrumpelten Apfel hinzu und eine große Kugel aus süßem Reis. Während Tiaan sich hungrig über das Essen hermachte, setzte er den Wasserkessel auf die Kohlen. »Aber du kannst hier nicht bleiben. Sie werden nach dir suchen.«

»Ich glaube nicht, dass sie so schnell hier sein werden.« Sie erzählte ihm von dem Überfall der Lyrinx. »Im Augenblick wird sich niemand ohne eine kleine Armee auf offener Straße blicken lassen.«

»Lyrinx? Hier in der Gegend?« Aufgeregt schritt er in der kleinen Behausung auf und ab.

»Vielleicht wurden sie von etwas aus der Fertigungsstätte oder aus der Mine angezogen.«

»Wer weiß? Was willst du jetzt machen, Tiaan?«

Sie antwortete nicht sofort. Zunächst dachte sie darüber nach, ob die Fertigungsstätte sie nach dem schrecklichen Massaker wieder einstellen würde.

»Glaubst du, ich könnte nochmals als Kunstwerkerin arbeiten?«, fragte sie nach einer Weile mit wehmütiger Stimme.

»Es wäre denkbar ... Ich kenne Gi-Had, seit er ein kleiner Junge war. Sein Vater war der zweite Ehemann meiner jüngeren Schwester. Soll ich mit ihm sprechen?«

Sie zögerte. Sie hatte nicht vergessen, wie man sie behandelt hatte, und die Schrecken der Gebäranstalt standen ihr noch lebhaft vor Augen. »Ich habe Angst. Ich würde sterben, wenn ich noch einmal in diese Anstalt müsste.« Ihr fröstelte.

Joeyn ging zum Feuer und machte Minztee. Dann tat er einen Zweig von den getrockneten Kräutern hinein, die über dem Kamin hingen, süßte den Tee mit Honig und reichte Tiaan die Tasse.

»Ich danke dir! Hattest du Gelegenheit ... meine Habseligkeiten zu holen?«

»Auf dem Nachhauseweg von Tiksi habe ich alles an mich genommen. Nur das Journal nicht. Das besitzt nun der neue Werkmeister.«

»Danke ... Wenn du wüsstest, was ich hier drunter trage.« Sie hielt die schmutzigen Laken am Rücken etwas hoch und genoss die Wärme des Feuers auf ihrer bloßen Haut.

Er musste lachen. »Ich glaube, dafür bin ich allmählich zu alt.«

Tiaan gähnte. »Ich bin so erschöpft. Ich könnte gleich hier einschlafen.«

KAPITEL DREIZEHN

Diesmal fiel Tiaan in einen traumlosen Schlaf und wachte nach Einbruch der Dunkelheit auf, als Joeyn Brennholz ins Haus trug. Sie gähnte, streckte die müden Glieder und setzte sich auf.

»Das wird eine kalte Nacht.« Er stocherte in dem Feuer herum. »Du hast Glück, dass du nicht in diesen Lumpen im Freien schlafen musst.«

»Wo hast du meine Kleidung hingetan?«, fragte sie und wärmte sich an den Flammen.

»Sie sind in dem großen Bündel unter dem Bett.«

Rasch zog sie es hervor und nahm wollene Hosen, ein Hemd, Unterwäsche, Socken und Stiefel heraus. Joeyn hatte auch an ihren gewachsten Mantel mit Pelzbesatz, die Zahnbürste, die Haarbürste und an die anderen persönlichen Dinge gedacht. Sie fand die Abschrift von Nunars Buch und, ganz unten in dem Bündel, ihre wertvolle Werkzeugtasche. Sie faltete die aus festem Stoff gearbeitete Tasche mit den unzähligen schmalen Fächern auseinander, in denen jeweils ein Spezialwerkzeug steckte. Tiaan entsann sich noch genau des Tages, als sie auch das letzte Arbeitsgerät angefertigt hatte. Damals war sie vom Lehrling zum Kunstwerker aufgestiegen. Beinahe zärtlich ruhten ihre Finger auf den Instrumenten ihres Handwerks. Vielleicht würde sie nie wieder damit arbeiten, aber sie konnte sie auch nicht einfach achtlos weglegen. Ihr ganzes Selbstwertgefühl spiegelte sich in dieser kleinen Tasche aus festem Segeltuch wider.

»War da sonst noch etwas?«, fragte sie.

»Ja, natürlich!« Er nahm einen Lederbeutel vom Haken hinter der Tür.

Sie löste das Zugband und öffnete den Beutel. Ihre Hand ertastete den Helm, und noch im selben Moment blitzte das Bild des jungen Mannes auf dem Balkon vor ihrem geistigen Auge auf, der *Helft mir!* schrie.

Sie wurde nachdenklich, schaute auf zu Joeyn, war im Begriff, etwas zu sagen, behielt es dann aber für sich. Sie legte den Helm auf ihren Schoß, daneben die Kugel aus Drahtgeflecht.

»Schön gearbeitet«, merkte Joeyn anerkennend an. »Wofür brauchst du das?«

»Um herauszufinden, was mit den Steuereinheiten nicht stimmte. Der Kristall, den wir kürzlich fanden, kam in dieser Halterung zum Einsatz.« Allein der Gedanke daran löste wieder diesen Schmerz der Nachwehen in ihr aus. Sie musste unbedingt einen neuen Taststein anfertigen. Ihr Verlangen danach war so stark, dass sie am ganzen Körper zitterte.

»Da lag aber kein Kristall in deinem Raum«, meinte Joeyn.

»Irisis wird ihn mit in ihren Werkraum genommen haben.«

»Warum hat sie dann diese beiden Dinge nicht gleich mitgenommen?«

»Die sind auf mich abgestimmt. Irisis würde sich damit nicht abgeben.«

»Da ist noch etwas.« Joeyn hielt ihr ein Stück Stoff unter die Nase.

Bei dem Geruch trat sie unwillkürlich einen Schritt zurück. »Das ist der Balsam gegen die Kopfschmerzen.«

»Woher hattest du ihn?«

»Von der Arzneiausgabe. Die Kristalle riefen schreckliche Kopfschmerzen bei mir hervor.«

»Bist du sicher, dass die Kopfschmerzen daher kamen?«

»Ja. Wieso fragst du?«

»Meine Großmutter benutzte Kräuter und warnte mich immer vor diesem Gewächs – Callunawurzel. Den Geruch habe ich nie vergessen. Er löst Visionen aus, Anfälle, treibt einen in den Wahnsinn. Und wenn man zu viel davon nimmt, kann man ersticken.«

»Aber warum sollte der Arzneikundige Callunawurzel in meinen Balsam mischen?«

»Das weiß ich nicht. Er war nicht zufällig ein Liebhaber von dir, dem du die kalte Schulter gezeigt hast?«, fragte er mit einem frechen Grinsen.

»Ich hatte nie einen Liebhaber«, antwortete sie prüde. »Wie dem auch sei, ich kenne den Mann kaum.«

»Vielleicht ist er heimlich hinter dir her.«

»Das bezweifele ich. Die Leute sagen, dass er ... nicht *kann.*«

»Könnte sonst noch jemand etwas mit dem Balsam angestellt haben?«

Tiaan zog die Stirn in Falten. »Ich hatte zu viel zu tun und konnte daher nicht warten, bis er mit dem Balsam fertig war. Aber warte! Irisis brachte es mir. Und sie wollte mich loswerden!«

»Und das ist ihr ja jetzt auch gelungen. Aber wir können ihr nicht nachweisen, dass sie etwas damit zu tun hat. Ihre neue Stellung wird sie nicht freiwillig aufgeben.«

»Ich dachte ...«

»Sie ist deine Erzfeindin, Tiaan. Sie wird nie zulassen, dass du zurückkehrst.«

Tränen brannten in ihren Augen. »Ich weiß nicht, warum ich noch diese Hoffnung in mir trage. Ich werde morgen gehen, aber ich weiß noch gar nicht, wohin.«

»Darüber reden wir später noch. Jetzt wollen wir erst einmal essen.« Er nahm den Deckel von dem Kessel ab, der auf dem Kaminvorsprung stand. Ein angenehmer, würziger Duft erfüllte den Raum. Tiaan fuhr sich mit der Zunge über die Lippen.

Joeyn löffelte gebackenen Reis aus einem anderen Topf, formte ihn auf einem Holzbrettchen zu einem Kranz und tat eine ganze Kelle von dem Eintopf in die Mitte. Er reichte ihr das Essen und bereitete dann auch für sich eine Portion zu.

»So viel kann ich nicht essen!«, meinte Tiaan.

»Natürlich kannst du das. Du kannst dich nur auf den Weg machen, wenn du einen vollen Magen hast.«

»Aber das wird erst morgen sein.«

»Vielleicht wird es lange dauern, bis du wieder eine solche Mahlzeit erhältst.«

Er hatte recht. Sie tauchte mit der Gabel in den dicken Eintopf aus Fleisch und Gemüse: ein reichhaltiges, würziges und scharfes Essen. Tiaan aß bewusst langsam und dachte an den nächsten Tag.

Sie war auf sich allein gestellt und nun so einsam und verloren wie der junge Mann aus ihren Kristallträumen.

Handelte es sich doch nur um Wahngebilde, die die Callunawurzel ausgelöst hatte? War der junge Mann nicht mehr als das Trugbild eines berauschten Gehirns? Sie konnte und wollte das nicht glauben. Die Träume waren der einzige Lichtblick in ihrem tristen Leben. Außerdem hatte sie den Balsam noch gar nicht bekommen, als sie das erste Mal von dem Mann geträumt hatte.

Joeyn sah sie mit wehmütiger Miene an.

»Was ist?«, fragte sie.

»Oh, eigentlich nichts. Es ist nur schön, jemanden zum Essen hier zu haben. Seit dem Tod meiner Frau musste ich immer allein essen.«

Es war heimelig in dieser Hütte. Sie fühlte sich hier zu Hause. »Auch ich esse für gewöhnlich allein. Ich ... weiß nicht, worüber ich mich mit den Leuten im Refektorium unterhalten soll. Ich glaube, die meisten finden mich seltsam.«

»Die Leute sind eben seltsam. Hier sitzen wir nun, du hast dein Leben noch vor dir, und ich habe meins hinter mir.«

»Nein!«, entfuhr es ihr erschrocken. »Du bist mein einziger Freund, Joe.«

»Dann solltest du dir allmählich ein paar neue suchen. Nicht viele Bergleute werden sechsundsiebzig. Achtzig werde ich bestimmt nicht, will ich auch gar nicht. Wie sehen deine Pläne aus, Tiaan? Ich weiß, dass du dir schon etwas überlegt hast, denn du wirkst oft so verträumt. Manchmal gibst du ausweichende Antworten und lächelst im Stillen in dich hinein, als würdest du an einen Liebhaber denken, der weit fort ist.«

»Ich werde meinem Traum folgen.« Mehr sagte sie nicht dazu. Sie wusste nicht, wie sie beschreiben sollte, dass sie sich zu diesem jungen Mann hingezogen fühlte. Selbst Joeyn konnte sie das nicht erklären. »Da ist nur ein Problem ...«

Er tupfte den Rest des Eintopfs mit einem Reisball auf und steckte ihn sich in den Mund. »Und das wäre?«

»Ich brauche einen neuen Kristall, Joe.«

»Warum?« Er hielt im Kauen inne.

»Der Helm und die Kugel sind wertlos ohne einen Kristall. Das ist … in etwa so, als könntest du nirgends deine Augengläser finden. Du siehst zwar die Wörter auf der Seite, weißt aber nicht, was sie bedeuten.«

Er warf Tiaan einen abenteuerlustigen Blick zu. »Nun, meine Stützkonstruktion steht noch. Es wird nicht allzu gefährlich sein, einen neuen Kristall aus der Decke zu schlagen.«

»Jeder alte Kristall würde mir genügen.« Sie hatte allmählich ein schlechtes Gewissen. »Es müsste nicht unbedingt ein besonders guter sein …« Die Sehnsucht erfasste sie aufs Neue – Kristall, Kristall, *Kristall!* Sie musste einen neuen haben, koste es, was es wolle.

»Mag sein, aber bald wirst du auf den Straßen unterwegs sein, und dann brauchst du den besten Kristall, den es gibt.« Er hielt plötzlich inne. »Ich werde mir ein wenig die Beine vertreten. Ein Verdauungsspaziergang vor dem Zubettgehen. Du möchtest dich bestimmt umziehen und waschen, nehme ich an.«

»Ja, danke.«

Nachdem die Haustür ins Schloss gefallen war, wusch Tiaan die Holzbrettchen ab und lehnte sie zum Trocknen an den Kaminrost. Dann wickelte sie sich die Laken vom Leib, stieg aus den Nachthemden, wusch sich, so gut es ging, an einem Eimer Wasser und schlüpfte dann in Unterhose und Unterhemd. Sie streckte sich neben dem Feuer aus, deckte sich mit den ganzen Lumpen zu und schlief rasch ein.

Schon bald träumte sie von dem jungen Mann auf dem Balkon und von der Katastrophe, die über die Welt hereingebrochen war. Aber diesmal waren die Bilder flüchtig, als hätte er jede Hoffnung aufgegeben. Bald ging der Traum in eine der Gutenachtgeschichten ihrer Großmutter über, und sie sah eine junge Frau, die sich auf den Weg machte, ihren Geliebten zu retten. Und diese junge Frau war Tiaan selbst. Sie regte sich unter den Decken, seufzte im Schlaf und glitt wieder in die wundervolle Traumwelt.

Sie erwachte, als Joeyn gegen Mitternacht zurückkam. Sie setzte sich auf ihrem Lager auf, schenkte ihm ein seltsam entrücktes Lächeln und sank gleich wieder in einen tiefen Schlaf.

Kopfschüttelnd zog Joeyn sich die Stiefel aus und legte sich in sein kaltes Bett.

Als sie kurz nach der Dämmerung erwachte, fand sie sein Bett leer vor. Tiaan zog sich an; sie freute sich, statt der grässlichen, engen Gewänder endlich wieder ihre eigene Kleidung am Leib zu spüren. Dann aß sie zum Frühstück noch von dem Eintopf und Reis und trank eine Tasse Minztee. Erst dann fiel ihr die krakelige Kreideschrift auf der zerbrochenen Schiefertafel neben der Tür auf.

Bin unten in der Mine. Zurück gegen Mittag. Such dir hier in der Nähe einen guten Ausguck – nur für den Fall. Habe dir ein paar alte Sachen dagelassen. Sie gehörten meiner Frau.

Auf dem Bett lagen eine Jacke und eine Hose, beide mit Pelz gefüttert und mit Daunen gefüllt, daneben ein Schlafsack aus dem gleichen Material. Die Kleidung war besser gearbeitet als alles, was sie besaß. Tiaan dankte ihrem alten Freund im Stillen.

Tatsächlich könnten die Wächter aus Tiksi inzwischen nach ihr suchen. Sie packte ihre Sachen und nahm auch eins der Laken mit. *Wer weiß, vielleicht kann ich diese Lumpen irgendwann einmal gebrauchen.* Da sie wusste, dass Joeyn sie niemals ohne Proviant losziehen lassen würde, packte sie einen alten Kanten Brot, die angeschnittene Ziegenkeule, eine Hand voll Reisbälle sowie ein Stück Käse ein und stopfte alles in ihr Reisegepäck.

Dann wischte sie seine Notiz weg und schrieb einfach nur *Danke, Joe* auf die Tafel. Sowie sie mit ihren Reisevorbereitungen fertig war, warf sie einen prüfenden Blick aus dem Fenster und schlich in den Wald. Dort kletterte sie auf einen hohen Baum, von dessen Wipfel man hinab ins Dorf und auf den Weg schauen konnte, und wartete.

Der Morgen war klar, und Wind frischte auf. Er wurde im Tagesverlauf immer stärker und zerrte an den Fensterläden von Joeyns Haus. In ihrem Versteck war Tiaan den Böen ausgesetzt, aber ihre neue Kleidung wärmte sie gut. Unten im Dorf tat sich nicht viel, nur ab und zu sah sie Leute auf dem Weg. Der Mittag kam und ging. Joeyn kehrte nicht zurück. Von einer inneren Unruhe getrieben, kletterte sie vom Baum, aß im Haus hastig etwas von dem Brot und Käse, trank etwas Wasser und begab sich wieder auf ihren Wachposten.

Erst sehr viel später, als Tiaan allmählich erwog, sich auf die Suche nach Joeyn zu machen, tauchte ein kleiner Mann auf dem

Dorfweg auf. Er schritt so forsch und selbstsicher aus, als gehörte ihm der ganze Grund und Boden. Er trug die charakteristische Kleidung eines Monteurs. Es war niemand anders als der widerliche Nish.

Ob er nach ihr suchte? Die Nachricht, dass sie geflohen war, hatte gewiss längst die Fertigungsstätte erreicht. Ihre Laken und Gewänder aus der Anstalt lagen noch unter Joeyns Bett, aber daran konnte sie jetzt nichts mehr ändern.

Joe war immer noch nicht zurück. Tiaan kletterte hastig von dem Baum und eilte zur Mine, wobei sie Acht gab, so wenige Spuren wie nur möglich zu hinterlassen. Weder auf dem offenen Gelände vor dem Bergwerk noch im Stollen war jemand zu sehen. Lex hockte in seiner Nische am Eingang und hielt mit Kreidestrichen die Fördermenge von Erz auf einer Schiefertafel fest. Tiaan kroch auf allen vieren an seinem Platz vorbei, nahm sich weiter hinten eine Laterne vom Regal, entzündete sie und lief zum Korb. Rasch stieg sie hinein und ließ sich mit der Winde hinunter zur sechsten Sohle.

Unten kletterte sie aus dem Korb und löste die Bremse. Wenn ihr nun jemand nachgegangen war und einen Blick in den Schacht warf, würde die Markierung oben an dem Seil verraten, in welche Sohle sie gefahren war. Aber auch daran konnte sie nichts ändern.

Sie hielt die Laterne hoch und ging langsam durch den Stollen, in der Hoffnung, bald auf Joeyn zu treffen. Es bestand immer noch die Möglichkeit, dass sie sich irgendwo verpasst hatten oder dass er einen Abstecher zur Fertigungsstätte gemacht hatte. Da sie mit ihren Gedanken nur bei ihrem alten Freund war, überfiel sie keinerlei Angst, als sie die unsicheren Stollenabschnitte passierte. Wie sehr sie sich bei ihrem ersten Besuch unter Tage noch gefürchtet hatte!

Nun war es nicht mehr weit. Sie zwängte sich durch eine enge Stelle, folgte der Stollenbiegung und traf auf die ihr bekannte Gabelung, deren Abzweigungen als Sackgassen im Gestein endeten. Aufgrund ihrer Nachwehen konnte Tiaan das Feld sehr stark spüren. Sie würde die Kristalle mit den Zähnen aus dem Fels reißen, wenn es keine andere Möglichkeit gab. Sie lief weiter und blieb dann plötzlich stehen. Einige Schritte vor ihr türmten sich Felsbrocken auf, die die Stützvorrichtung halb unter sich begraben hatten. Ein Teil der Decke war eingestürzt.

Langsam ging sie weiter und hoffte, dass ihre schlimmste Befürchtung sich nicht bewahrheitete. Der First hätte jederzeit einstürzen können. Doch dann, als sie die Laterne höher hielt, sah sie einen Stiefel, der aus den Gesteinsbrocken ragte. Sie fasste sich an die Brust.

»Joe?«, wisperte sie. »Joeyn?«

Sie lief um den Berg aus Gesteinsbrocken herum. Joeyn lag auf dem Bauch. Ein Stützbalken lag quer über seinem Rücken; Felsbrocken pressten das Holz und somit auch Joeyn zu Boden. Tiaan sank entsetzt neben ihm auf die Knie. »Joe?« Sie strich ihm das dünne Haar von der Wange. Seine Haut fühlte sich noch warm an. Hoffnung keimte in ihr auf. Ein Rinnsal aus Blut lief aus seiner Nase. »Joe?«

Er gab ein leises Ächzen von sich, und seine Augen öffneten sich langsam. »Tiaan?«

»Ja, ich bin's.« Sie umklammerte seine Hand. »Was ist geschehen?«

»Ich wollte dich ... mit dem besten Kristall ... ausstatten, den es gibt.«

Sie erinnerte sich sofort an den leuchtenden Kristall, den sie weit hinten im Hohlraum entdeckt und so sehr begehrt hatte. Joeyn hatte die Ader weiter vorn bearbeitet und Dutzende Kristalle herausgeschlagen, die sich nun an der Stollenwand anhäuften. Ein starkes inneres Verlangen drängte sie, sich sogleich auf die Kristalle zu stürzen, obwohl ihr einziger und bester Freund hier unten im Sterben lag. Sie hasste sich für diese Schwäche.

»Das hättest du nicht machen dürfen, Joe. Jeder von denen dort hätte es getan. Wie wolltest du überhaupt an den Kristall kommen?«

Mit den Augen deutete er auf einen langen Stock, an dessen Ende er eine Schlinge befestigt hatte.

»Oh, Joe!« Sie streichelte seinen Kopf. »Komm, ich ziehe dich hier raus.« Sie begann, die Felsbrocken zur Seite zu räumen. Kleine Steine lösten sich von der Decke.

»Halt!«, keuchte er. »Es wird noch mehr herunterkommen, Tiaan. Vielleicht der ganze First.«

»Das ist mir gleich! Ich lasse dich nicht hier liegen.«

»Tiaan«, presste er mit rasselndem Atme hervor. »Ich fühle nichts mehr von der Taille abwärts. Meine Wirbelsäule ist gebrochen, und ich kann kaum noch atmen. Ich sterbe.«

»Nein!«, rief sie. »Das lasse ich nicht zu.«

»Es war eben so für mich vorbestimmt. Ich bin ein einsamer alter Mann. Mein ganzes Leben habe ich in diesem Berg verbracht. Glaubst du, ich möchte ein Krüppel sein, der sich nicht einmal mehr den Hintern abwischen kann?«

»Ich will, dass du lebst«, sagte sie mit Tränen in den Augen.

»Damit tust du mir nichts Gutes. Aber du kannst mir noch einen Gefallen tun.«

»Was denn?«, schniefte sie.

»Nimm mir den Gürtel ab. Ich möchte, dass du ihn trägst.«

»Ich will deinen elenden Gürtel aber nicht.«

»Tu, um was ich dich bitte, Tiaan.«

Es war nicht einfach, ihm den Gürtel abzunehmen, da das Gewicht des Balkens und der Steine auf seinen zermalmten Körper drückte, doch schließlich schaffte Tiaan es. Er war dick und ziemlich schwer.

»Das ist ein Geldgürtel«, wisperte er. »Du findest in ihm genug Gold und Silber, um dich ein gutes Stück auf deinem Weg voranzubringen.«

»Ich werde dein Gold nicht nehmen«, erwiderte sie störrisch.

»Dort, wohin ich bald gehe, kann ich mein Gold nicht ausgeben. Ich habe keine Angehörigen mehr. Leg dir das verfluchte Ding um, Tiaan!«

Er sprach so heftig, dass sie erschrak und den Gürtel gehorsam um die schmale Taille legte. Als sie die Schnalle zumachen wollte, merkte sie, dass die vorhandenen Löcher nicht passten. Daher begann sie, mit der Spitze seines Messers ein weiteres Loch ins Leder zu stechen.

»Nimm auch mein Messer mit. Es ist gut gearbeitet.«

Als sie endlich den Gürtel umgebunden hatte, schob sie das Messer in die dafür vorgesehene Schlaufe. Aufgebracht schritt sie dann in dem Stollen auf und ab. Sie wollte sich mit der Situation einfach nicht abfinden. Unwillkürlich glitt ihr Blick zu dem Haufen Kristalle, die Joeyn so eifrig aus dem Fels geschlagen hatte. Sie nahm den, der ihr auf den ersten Blick am meisten zusagte, und hielt ihn hoch. An ihrem starken Verlangen änderte sich natürlich nichts. Der Kristall musste erst zum Leben erweckt werden, und das würde sich ohne den Taststein als schwieriges Unterfangen erweisen. Sie steckte den Kristall ein und ging neben ihrem alten Freund in die Hocke. »Wie geht es dir jetzt, Joe?«

»Nicht so gut! Gegen einen Schluck Brandy hätte ich allerdings nichts einzuwenden.«

»Ich habe etwas Wasser bei mir ...«

»Verschone mich mit deinem verfluchten Wasser. Ich sterbe, bevor ich je wieder einen Tropfen Wasser anrühre.«

Mit einem traurigen Lächeln schaute sie sich nach seiner Ausrüstung um, die er weiter hinten an die Wand gelegt hatte. Sie fand die Flasche, hob Joeyns Kopf ein wenig an und flößte ihm etwas von dem Gebräu ein, das er so liebte. Er nahm ein paar Schlucke von dem scharfen Zeug.

»Mehr!« Er versuchte zu grinsen. »Das wird mich nicht umbringen, weißt du.«

»Wie kannst du jetzt Scherze machen?« Sie wischte sich Tränen aus den Augen.

»Was spricht dagegen?«

Sie verabreichte ihm noch einen gut bemessenen Schluck.

Er atmete schwer. »Schon besser. Ich wollte immer, dass es auf diese Weise mit mir zu Ende geht, Tiaan. Würdest du mir noch meine Hacke, den Hammer und den Meißel holen? Ich möchte sie gern in meinen Händen halten.«

Sie legte die Werkzeuge vor ihm auf den Boden.

»Wir blicken auf viele gemeinsame Jahre zurück, liebe Freunde«, sagte er zu seinem Werkzeug. »Nun lasst uns auch den letzten kleinen Schritt gemeinsam gehen, einverstanden?« Mit der linken Hand strich er über den Griff seiner Hacke. »Du hast mir gute Dienste geleistet.« Die Augen fielen ihm zu. Er murmelte einige Verse eines alten Liedes, das in seiner Jugendzeit beliebt war. »Bist du noch bei mir, Tiaan?«

»Ja«, flüsterte sie gerührt. »Ich gehe nicht fort von dir.«

»Könnte ich noch einen Schluck von dem Brandy haben?«

Sie setzte ihm die Flasche noch einmal an die Lippen, aber diesmal schien er Schwierigkeiten beim Schlucken zu haben. »Joe?« Sie nahm seine Hand und drückte sie.

»Ja?«

»Hat diese Mine noch einen anderen Ausgang?«

»Warum?«

»Die suchen nach mir. Nish, der Monteur, trieb sich unten im Dorf herum, ehe ich zum Bergwerk lief.«

Sie erhielt lange keine Antwort, sodass Tiaan schon befürchtete, er habe die Besinnung verloren. Seine rechte Hand war zu einer steifen Kralle geworden, die sich um ihre Hand klammerte. Sie drückte seine Hand, und dann sprach er weiter.

»Früher gab es mal einen Ausgang, den man von der neunten Sohle aus erreichte. Ein langer, langer Stollen, der in südlicher Richtung zur Bhu-Gil-Mine führte. Das Stollenmundloch wurde vor langer Zeit zugeschüttet, aber es könnte sein, dass man es irgendwann wieder freigeräumt hat. Wir Bergmänner sind eben unersättlich; niemand weiß, was wir so in unserer Freizeit treiben.«

»Sonst noch einen Ausgang?«

»Nicht ... dass ich wüsste. Es ist nicht gut, wenn ein Bergwerk zu viele Eingänge hat. Gold verflüchtigt sich sonst.« Er gab ein leises Kichern von sich. »Wahrscheinlich ist dort unten alles unter Wasser. Du müsstest lange schwimmen, mein Mädchen.«

»Oh!« Jetzt erinnerte sie sich: Schon vor einiger Zeit hatte er ihr erzählt, dass in den Sohlen sieben bis neun einige Bereiche unter Wasser standen. »Also kein anderer Weg nach draußen?«

»Wer weiß? Einige Minenarbeiter sind Diebe und sagen den Ehrlichen natürlich nichts von ihren geheimen Schlupflöchern.«

Das half ihr im Augenblick auch nicht weiter. »Noch mehr Brandy, Joe?«

»Nur einen kleinen Schluck, um die Zunge zu befeuchten.«

Sie träufelte etwas Brandy in seinen Mund. Doch die Flüssigkeit rann wieder aus seinem Mundwinkel. Seine Finger streichelten noch einmal den Griff der Spitzhacke, dann bewegten sie sich nicht mehr.

»Joe!«, rief Tiaan. Sie erhielt keine Antwort. »Joe?«

»Etwas für dich«, flüsterte er mit matter Stimme. »Wird dir auf deinem Weg helfen.«

»Du hast mir den Geldgürtel schon gegeben.«

»Noch etwas anderes …« Er versuchte zu lächeln, aber sein Atem versiegte. Ein kleines Zucken lief durch seinen Körper, dann rührte der alte Bergmann sich nicht mehr.

Er war tot. Ihre Augen füllten sich mit Tränen. Der arme Joe, ein so freundlicher, netter alter Mann. Sie drückte ihm einen Kuss auf die Stirn, schloss seine Augenlider und legte seine Hand um die Hacke. In diesem Moment sah sie, dass ihm etwas aus der anderen Hand glitt. Der Gegenstand glomm schwach in schillernden Farben, wie Öl auf leuchtendem Wasser.

Es war der Kristall, nach dem sie sich sogleich gesehnt hatte, als sie ihn an jenem Tag im Hohlraum erblickt hatte. Es war ein Quarz mit zwei Pyramidenspitzen, der in zarten Rosatönen leuchtete. Im Innern der beiden Enden befand sich jeweils eine kugelförmige Anordnung aus Nadelkristallen, die feiner als menschliches Haar waren und in sämtliche Richtungen ausstrahlten. Die beiden Kugelgebilde waren durch längere Nadeln im Prisma beinahe miteinander verbunden, aber in der Mitte gab es eine Lücke – eine winzige Luftblase, die teilweise mit Flüssigkeit gefüllt war.

Sie nahm den Kristall, und Lichtreflexe blitzten in ihrem Kopf auf, regenbogenartige Lichtbögen, die sich in allen Richtungen verloren, sich krümmten, Kreisbahnen beschrieben und schließlich in langen Kurven wieder in sich selbst zusammenfielen. Ihr war, als wäre sie *in* dem Feld, aber sie hatte gleichzeitig das Gefühl, ein solches Feld noch nie erspürt zu haben. Dieses Feld war vielschichtiger als das, was sie kannte. Kurven und Kreise und Sphären tauchten aus dem Nichts auf, zogen an ihrem Blickfeld vorbei, änderten ständig Form und Größe und verschwanden, um sich in anderer Gestalt woanders neu zu formen, ganz so, als sähe sie Bruchstücke von Strukturen, die für diese Welt die falsche Ausdehnung besaßen.

Der Kristall war längst zum Leben erweckt – es konnte nicht anders sein! Es war die reine Verzückung, nicht zuletzt deshalb, weil die Nachwehen sofort verschwunden waren. Das verwirrte sie zusätzlich. In ihrem Kopf begann sich alles zu drehen, als sie versuchte, Sinn in diese neuen Erfahrungen zu bringen.

Spuren von Rutil hatte sie schon oft in Quarzen gesehen. Das war nichts Ungewöhnliches in diesen Minen, und viele der Hedrons bestanden aus solchem Kristall. Aber noch nie war sie auf einen derart vollkommenen oder symmetrischen Kristall wie diesen gestoßen. Ein Kribbeln lief durch ihren Körper, als sie sich in Gedanken ausmalte, was sie als Kunstwerkerin mit diesem Kristall hätte erreichen können.

Tiaan wickelte den Hedron in ein Stück Leder und steckte ihn sicher in ihre Tasche. Nach einem letzten Kuss auf Joeyns Stirn nahm sie seine Flasche. In seiner Tasche fand sie noch etwas Brot und Käse. Sie aß alles auf, teilte auf diese Weise ein letztes Mal das Essen mit ihrem Freund und prostete ihm mit dem Brandy zu. Danach legte sie seine Habseligkeiten neben ihn, nahm ihre Laterne und ließ seine immer noch brennende Grubenlampe neben ihm stehen. Anschließend ging sie fort, ohne sich noch einmal umzudrehen.

ZWEITER TEIL

MONTEUR

KAPITEL VIERZEHN

An dem Tag, als Tiaans Arbeitsverpflichtung an die Gebäranstalt veräußert wurde, schrieb Nish seinem Vater einen langen Brief. Er erzählte Jal-Nish alles – abgesehen von seiner Affäre mit Irisis. Der Perquisitor würde einen ausführlichen Bericht erwarten, und daher traute Nish sich nicht, irgendetwas auszulassen, das sein Vater von anderen Leuten erfahren könnte. Auch Inquisitoren wurden überwacht. Prüfer aber, die bloß Lehrlinge in der Kunst des Spionierens waren, unterlagen einer ganz besonderen Überwachung.

Tiaans Wahnsinn und ihre Verbannung machten Nish weniger Freude, als er erwartet hatte. Rache war weniger süß, als andere ihn glauben machen wollten, und nach wie vor ließ ihn der Verdacht nicht los, dass Irisis ihre Hände mit im Spiel hatte. Hatte sie der Kunstwerkerin etwas angetan, das dann zu dem Kristallfieber führte? Für ihn gab es keine Möglichkeit, das herauszufinden. Irisis ging ihm nun aus dem Weg, und wenn sie einander doch zufällig begegneten, weigerte sie sich, mit ihm zu sprechen, und wollte auch nicht mehr bei ihm liegen. Er hatte alles riskiert – und nun stand er mit leeren Händen da. Zudem musste er sich eingestehen, dass Tiaan ihm in den Werkräumen fehlte. Vor allem vermisste er ihre schlanke Figur und ihren leichtfüßigen, anmutigen Gang, durch den sie ihn beeindruckt hatte, wenn sie an den Werkbänken der Monteure vorbeigekommen war.

Einige Tage später, als Nish frei hatte, ging er hinunter nach Tiksi und übergab seinen Brief sowie die Nachrichten Fyn-Mah, der örtlichen Queristin, die das Oberhaupt des städtischen Geheimdienstes war. Fyn-Mah leitete sämtliche Berichte direkt an seinen Vater weiter. Sie war eine schlanke, kleine Frau und mit ihren etwas mehr als dreißig Jahren eigentlich noch zu jung für eine derart verantwortungsvolle Stellung. Ihrem schwarzen Haar, den dunklen Augen und fein geschnittenen Zügen nach zu urteilen – ganz zu schweigen von ihrer kühlen Art –, stammte sie aus Tiksi. Die Queristin war eine attraktive Frau und trug keinen Ring, aber Nish zog keinen Moment in Betracht, es mit ihr zu versuchen. Mit ihrer ganzen Art schien sie sagen zu wollen: *Haltet Abstand!*

Fyn-Mah legte den Brief zur Seite. Sie suchte Nishs Blick, doch Nish sah ihr nur kurz in die Augen und schaute dann irgendwo anders hin. Unbehagen erfasste ihn.

»Ich habe schon von Tiaan gehört«, sagte sie ausdruckslos. »Eine dumme Geschichte.«

Nish blickte betreten auf den Tisch und überlegte fieberhaft, was die Queristin alles wusste.

Die kühle Frau strich mit den Fingern über das Schreiben und schob es dann in eine kleine graue Tasche. »Der Kurier wird den Brief heute Nachmittag mitnehmen.« Mit einem herrschaftlichen Nicken bedeutete sie ihm, dass die Audienz bei der Queristin beendet war, und er ging folgsam hinaus.

Mit einem tiefen Seufzer wandte Nish sich von der Tür ihrer Amtsstube ab. Die Tat war vollbracht, und der Bote würde sicherlich zwei Wochen brauchen, um nach Fassafarn zu gelangen, wo Nishs Vater lebte. Selbst wenn Jal-Nish vor Zorn bebte, was Nish für wahrscheinlich hielt, war frühestens nach einem Monat mit einer Antwort zu rechnen.

Auf dem Rückweg kam Nish zufällig an der Gebäranstalt vorbei. Von einer plötzlichen Eingebung getrieben, begab er sich zu dem eindrucksvollen Eingang, um sich nach der neuen Frau, Tiaan, zu erkundigen. Einige Silberlinge klimperten in seiner Hosentasche, sein erstes Gehalt als Prüfer, und daher kam es ihm in den Sinn, sich das zu kaufen, was ihm bislang verwehrt geblieben war.

»Wir machen keine Geschäfte mit *Jungen*«, höhnte der Mann an der Pforte.

»Ich bin ein Mann! Ich bin zwanzig, ich habe meine Rechte.« Tatsächlich war er erst neunzehn Jahre alt, aber wem sollte diese Lüge schaden?

»Auf die Gebäranstalt hat man kein Anrecht, der Besuch hier ist ein Privileg. Wir suchen uns unsere Kunden sorgfältig aus. Und als

Allererstes schauen wir, ob der Mann und alles an ihm auch *reif* genug ist, verstanden?«

»Aber ich bin –«

»Nein, das seid Ihr nicht, das sehe ich auf einen Blick!«, entgegnete der Mann scharf. »Und selbst wenn, würde die Gebühr fünfzig Silberlinge betragen. Aber die Frau, nach der Ihr fragt, ist ohnehin krank. Und jetzt schert Euch fort, sonst muss ich noch die Wache rufen.«

In denkbar schlechter Laune und kochend vor Wut eilte Nish zurück zur Manufaktur.

Anderthalb Wochen später wurde er in die Dienststube des Aufsehers bestellt, da eine Eilsendung seines Vaters eingetroffen war. Die Nachricht war so dringend, dass Jal-Nish sie mit einem Botenvogel, einem Skeet, geschickt hatte. Nish wusste, wie teuer es war, eine Nachricht auf diesem Weg zu senden, denn die großen Vögel waren bösartig, schwer auszubilden und befanden sich eigentlich alle im Besitz der Armee. Was mochte sich ereignet haben?

Mit leicht zittrigen Fingern öffnete er das eingeölte Packpapier. Zwei Schreiben kamen zum Vorschein, eines war an Nish adressiert, das andere an den »Aufseher auf Widerruf Gi-Had«. Nish überbrachte dem Aufseher den Brief und wunderte sich über die Anrede, denn Gi-Had war seit über zehn Jahren Aufseher in der Fertigungsstätte.

Gi-Had starrte mit einer Mischung aus Unbehagen und Verwunderung auf den Umschlag. Dann öffnete er den Brief und wandte sich halb ab. Nish trat an das Fenster und setzte sich auf einen Hocker. Er machte seinen Brief nicht sofort auf. Irgendetwas stimmte nicht.

Gedankenversunken schaute Nish durch die Spinnweben aus dem Fenster, als der Aufseher einen unterdrückten Schrei des Entsetzens ausstieß. Hastig riss Nish seinen Brief auf, der kein Datum trug.

Jal-Nish Hlar
Perquisitor für Einunar
Die Kleftorei, Munning Har
Fassafarn

Monteur Cryl-Nish,

ich bin äußerst unzufrieden. Dein Bericht hat Fyn-Mah so sehr beunruhigt, dass sie mir das Schreiben per Skeet zukommen ließ. Ich kann nicht glauben, dass du so unfähig bist. Kunstwerkerin Tiaan hat auf brillante Weise gleich zwei Probleme gelöst, die unseren Klankern während der letzten Monate arg zugesetzt hatten, und daher haben wir noch Großes mit ihr vor.

Nish ließ den Brief sinken und sprach seine Gedanken laut aus: »Aber die Probleme hat doch Irisis gelöst.«

Da fuhr Gi-Had in seinem Zorn herum und ballte seine Hand zur Faust. »Irisis hat einen entscheidenden Fehler gemacht!«, fuhr er Nish mit funkelnden Augen an. »Tiaan hat ihre neuen Erkenntnisse schriftlich in einem Tagesbericht festgehalten, und zwar *bevor* sie den Verstand verlor. Diesen Bericht fand der *andere* Prüfer Eures Vaters in ihrer Tasche. Und dieser Prüfer ist eben *kein* ausgemachter Dummkopf! Da er glaubte, ich sei in diese Verschwörung verwickelt, schickte er Tiaans Bericht auf direktem Weg an die Queristin. Und jetzt stellt Jal-Nish meine Loyalität infrage. *Meine Loyalität!*« Die letzten beiden Wörter sprach er mit erstickter Stimme. Gi-Had riss eine Seite ab, die an seinen Brief geheftet war, knüllte sie zusammen und warf sie Nish ins Gesicht.

Nish strich die Seite notdürftig glatt, überflog die Zeilen und erbleichte. Es bestand kein Zweifel, dass der Bericht echt war. Und hinter allem hatte Irisis gesteckt – sie war verantwortlich für die Sabotage, die gefälschten Beweise und leider auch für Tiaans Fieberanfälle. Nish wusste, dass er erledigt war. Sein Schicksal war besiegelt! Wieso hatte er sich nur auf Irisis eingelassen? Warum hatte er nicht auf seine innere Stimme gehört? Mit beklommener Miene las er den an ihn adressierten Brief weiter.

Tiaans Tagebucheintragungen offenbaren uns die Entwicklung einer Kunstwerkerin, die ein außergewöhnliches Talent besitzt, ein Talent, das kein anderer in all den siebenundsechzig Fertigungsstätten im Südosten hat. Glücklicherweise verfüge ich über *verlässliche* Leute, die mir auf direktem Wege aus deiner Fertigungsstätte berichten, obwohl auch sie eine gewisse Zeit brauchten, um herauszufinden, was vorgefallen war. Tiaan hat keinen Anfall von Kristallfieber erlitten, du Dummkopf! Die Fieberschübe und die Beeinträchtigung ihres Geistes wurden durch eine Tinktur hervorgerufen, die man aus der Wurzel der Calluna gewinnt, ein Kraut, das Wahnvorstellungen auslöst. Ihr ganzes Bettzeug roch stark nach diesem Gift. Ein Verräter muss sie damit eingerieben haben. Eine Person, der es nur darum geht, dass der Feind uns in die Knie zwingt. Und all das ist dir entgangen, du nichtsnutziger Tölpel!

Es besteht nun kein Zweifel mehr, dass wir es in der Fertigungsstätte mit einer Verschwörung zu tun haben, und daher werde ich persönlich anreisen, um das Übel an der Wurzel zu packen. Jeder steht unter Verdacht, insbesondere du und deine *Freundin* Irisis. Ich habe erfahren, dass du die Kunstwerkerin mit Drohungen eingeschüchtert haben sollst. Warum nur, Cryl-Nish, warum? Ab sofort bist du deines Amtes als Prüfer enthoben. Ich brauche gewiss nicht zu betonen, dass deine Zukunft auf dem Spiel steht. Gi-Had hat von mir die Anweisung erhalten, dich zu bestrafen.

Nach Erhalt der Strafe wirst du dich sofort nach Tiksi begeben, und zwar als Begleiter des Aufsehers auf Widerruf Gi-Had. Du wirst Tiaan zurückbringen und dafür sorgen, dass sie wieder ganz gesund wird und in ihre alte Position zurückkehrt. Queristin Fyn-Mah ist auf meine Anordnung hin unterwegs zur Fertigungsstätte. Sie wird die Untersuchungen leiten, bis ich eintreffe. Sorge dafür, dass keine weiteren Beweise vernichtet werden, denn sonst wird dein Kopf deine Schultern verlassen.

Wenn du deine Aufgabe zu meiner Zufriedenheit löst und Tiaan sich wieder ganz erholt, werde ich dich vielleicht irgendwann wieder als Prüfer einsetzen. Versagst du erneut, wirst du dich augenblicklich in vorderster Front auf dem Schlachtfeld wiederfinden.

Der Skrutator ist über alles informiert und ist, wie du dir denken kannst, ebenso unzufrieden wie ich.

Jal-Nish
Perquisitor

Der Brief fiel Nish aus der zitternden Hand. Als er sich bückte, um ihn aufzuheben, spürte er Gi-Hads Blick auf sich. Der Aufseher war auffallend blass. Er blickte Nish wütend an und schrie: »Warum habt Ihr mir das angetan, Monteur? Wachen!« Er stürmte zur Tür hinaus und brüllte so laut, dass die dünnen Wände seiner Dienststube erzitterten.

Augenblicklich kamen die Wachen angelaufen. »Bringt diesen Mann an den Schandpfahl und entkleidet ihn. Er soll die Peitsche spüren. Und holt alle nach draußen. Die ganze Fertigungsstätte soll zusehen!«

Die Wachen zerrten Nish fort. Das wütende Brüllen ebbte nicht ab. Gi-Had schien zu Tode geängstigt zu sein. Was hatte bloß in *seinem* Brief gestanden?

Im Freien zog man Nish aus und band ihn an den mittleren Schandpfahl. Kurz darauf hörte er ein Kreischen und Geräusche von einem Handgemenge. Irisis wurde nackt an den Pfahl neben ihn gefesselt. Er warf ihr einen wutentbrannten Blick zu. Doch sie starrte ihn so lange böse an, bis er verzweifelt den Kopf zur Seite drehte. Ihre blasse Haut war gerötet, denn es war sehr kalt.

»Ich verfluche den Tag, an dem ich dir begegnet bin!«, zischte er.

Sie musterte ihn mit abschätzigen Blicken. »Ich kann auch nicht behaupten, dass es sich gelohnt hat, *kleiner Nish!*«

Eine Stunde ließ man sie in der klirrenden Kälte stehen, während die tausend Arbeiter der Fertigungsstätte auf den Hof strömten. Nish war sich sicher, Frostbeulen an den Zehen zu haben, denn er hatte kein Gefühl mehr in den Füßen. Wie hatte er nur so dumm sein können? Die ganze Zeit hatte Irisis die Fäden im Hintergrund gezogen. Aber warum hatte sie alles verraten, was in ihrem Leben wichtig war? Das ergab alles keinen Sinn.

Schließlich erschien Gi-Had an der Züchtigungsstätte. »Wenn mein Vater hiervon erfährt ...«, drohte Nish in seiner Verzweiflung.

»Er hat die Strafe angeordnet!«, sagte Gi-Had böse. Jetzt stellte er sich vor die versammelten Arbeiter und verlas den Brief:

> Ich, Perquisitor Jal-Nish Hlar, befehle dem Aufseher auf Widerruf Gi-Had, meinen unfähigen Sohn Cryl-Nish und die Kunstwerkerin Irisis mit jeweils zwanzig Peitschenhieben zu züchtigen. Ihnen wird vorgeworfen, die Kunstwerkerin Tiaan betäubt zu haben, die daraufhin in die Gebäranstalt verbannt wurde. Des Weiteren werden ihnen noch andere Vergehen zur Last gelegt, die ich hier nicht näher erläutern möchte.
>
> Tiaan wird sofort wieder in ihre alte Stellung eingeführt. Sobald die Untersuchungen abgeschlossen sind und die Schuld der Angeklagten bestätigt ist, wird Cryl-Nish an die Front geschickt, Irisis in die Gebäranstalt, und ...

Er schien sich an den folgenden Worten zu verschlucken.

> ... Gi-Had wird bis an das Ende seines elenden Lebens die Abwasserrohre reinigen.«

Während Nish auf den ersten Hieb wartete, warf er Irisis einen Seitenblick zu. Die stolze Kunstwerkerin blickte starr geradeaus. »Mein Vater kommt bald«, presste er aus dem Mundwinkel hervor. »Was für Beweise haben die gegen uns?«

»Sie verlassen sich auf die Aussage eines Mannes«, antwortete sie mit grimmiger Miene.

»Wer ist es, Irisis?«

Ihre schönen Lippen bildeten eine harte Linie. »Selbst wenn ich es wüsste, würde ich es dir nicht sagen.«

»Können wir ihm etwas anlasten?«

»Nur wenn er tot ist!« Sie bleckte ihre spitzen Zähne.

Der erste Peitschenhieb landete auf ihrem milchweißen Rücken. Irisis verspannte sich, warf den Kopf in den Nacken und riss den Mund auf, aber kein Schrei kam über ihre Lippen. Als danach die kleinen Lederkugeln der Peitsche sich in seinen Rücken bohrten, hatte Nish so starke Schmerzen, dass er nicht mehr auf Irisis achtete. Er litt furchtbare Qualen, aber die Demütigung, vor den Augen aller Arbeiter der Fertigungsstätte auf so schreckliche Weise bestraft zu werden, war noch schlimmer als der Schmerz.

Gi-Had schwang die Peitsche, als wollte er den Angeklagten die Haut in Streifen vom Leib reißen. Nish brach beim sechzehnten Schlag zusammen und verlor kurzzeitig die Besinnung. Bei jedem weiteren Hieb schrie er – und er schrie auch, als ihm danach ein Teerjunge die Wunden mit einem borstigen Pinsel einstrich.

Erst da ging Nish auf, was für eine starke Frau Irisis war. Sie hatte sich die Lippe zerbissen, und mit den blutigen Streifen, die kreuzweise über ihren Rücken liefen, war sie für ihr Leben gezeichnet, aber sie hatte keinen Laut von sich gegeben.

Nish sah mit Schrecken, wie die Mischung aus Teer und Blut über ihren Rücken lief. Sein Rücken musste genauso aussehen.

»Ich kann nichts machen!«, stieß er zwischen zusammengebissenen Zähnen hervor. »Ich muss mit Gi-Had nach Tiksi.«

»Was soll's!«, fauchte sie zurück. Irisis straffte die Schultern und streckte die Brust raus, und in diesem Moment begehrte Nish sie mehr denn je zuvor.

Nish blieb wenig Zeit, sich von seinen Wunden zu erholen, denn kurze Zeit später brachen Gi-Had und er nach Tiksi auf. Sie gerieten jedoch in einen schlimmen Schneesturm, der sie beinahe vom Weg geweht hätte. Daher waren sie zur Umkehr gezwungen, um Schutz in der Fertigungsstätte zu suchen. Als sie dann vier Stunden später nach einem mühseligen Rückweg das Torhaus passierten, wurde es bereits dunkel.

Die Fertigungsstätte war in Aufruhr. Der Arzneikundige Mul-Lym war tot – er hatte sich mit einem Teerextrakt das Leben genommen. Er war eines qualvollen Todes gestorben; Lippen und Mund waren aufgesprungen und von hässlichen Blasen entstellt. Von seinem Leichnam ging ein stechender Gestank aus. Es gab keine Zeugen. Alle vermuteten jedoch, dass es Mul-Lym gewesen war, der Tiaan vergiftet hatte, obgleich sich nicht wenige fragten, warum er seinem Leben auf diese qualvolle Art ein Ende bereitet hatte. Sein Arzneibuch lag aufgeschlagen auf dem Tisch. Dort hatte er mit seiner kleinen Schrift den Gebrauch einer Phiole Calluna erwähnt, aber das Feld für den Namen des Patienten offen gelassen.

Gerüchte machten sich breit. Es hieß, Tiaan habe ihn verschmäht, daraufhin habe er sie aus Rache vergiftet und sich später, da er ahnte, dass seine Tat entdeckt würde, selbst das Leben genommen. Gi-Had nahm Irisis und Nish ins Verhör, aber natürlich wusste Nish von nichts. Und falls Irisis etwas wusste, dann ließ sie es sich während des stundenlangen Verhörs zumindest nicht anmerken. Zudem konnte niemand bezeugen, dass sie sich zu irgendeinem Zeitpunkt an dem Ort des Verbrechens aufgehalten hatte. Schließlich entließ Gi-Had die beiden. Der Tod des Arzneikundigen war vielleicht die beste Lösung für sie alle.

Mitten in der Nacht traf Nish im Korridor zufällig auf Irisis und fragte sie gleich, was vorgefallen sei. »Ich weiß von nichts«, sagte sie bloß und ging davon.

Nish war besorgter denn je. Irisis hatte den Mann gewiss ermordet. Nish verlor allmählich den Boden unter den Füßen.

Die Queristin Fyn-Mah war immer noch nicht eingetroffen, als Gi-Had und Nish bei Anbruch der Morgendämmerung aufbrachen. Vermutlich war sie auch gezwungen gewesen, den Schneesturm abzuwarten. Der Schneefall hatte zwar aufgehört, aber nun blies der kräftige Wind den Schnee auf den Weg, als sie den Berg hinuntereilten.

Sie kamen mit roten, vom Wind gezeichneten Gesichtern in Tiksi an und erreichten die Gebäranstalt gegen Mittag. Der Torwächter setzte eine verächtliche Miene auf, als er Nish erblickte, der befürchten musste, dass der Mann auf Nishs letzten Besuch anspielen würde. In der Dienststube der Matrone erlebten sie eine höchst unangenehme Überraschung. Tiaan war noch in der Nacht geflohen.

Gi-Had stieß einen tiefen Seufzer aus und packte sich mit seinen vernarbten Händen an den Kopf, als wollte er den Schmerz dort herauspressen. »Wohin ist sie gegangen?«

»Woher, zum Teufel, soll ich das wissen?«, erwiderte die Vorsteherin gereizt. »Ich wünschte, ich wäre diesem Ding nie begegnet. Der Schaden, den sie unserem guten Ruf zugefügt hat, wird sich nicht so leicht aus der Welt schaffen lassen. Ich hätte große Lust, das Geld für die Vertragsverpflichtung zurückzuverlangen. Konnte ich denn ahnen, dass Ihr mir so eine minderwertige Ware anbieten würdet?«

»Ihr wusstet genau, auf was Ihr Euch bei dem Kauf eingelassen habt!«, rief er aufgebracht, da er sich von dieser stämmigen Frau nichts sagen lassen wollte.

»Ihr sagtet, sie wäre unheilbar verrückt!«

»Ich kann nur wiedergeben, was meine Heiler mir sagen«, gab er steif zurück.

»Sie war aber gesund und verschlagen, als sie aufwachte.«

»In diesem Fall hättet Ihr mehr für sie bezahlen müssen, wenn man es genau nimmt.« Gleichwohl war Gi-Had erleichtert, dass es Tiaan offenbar wieder besser ging. »Aber wo ist sie jetzt?«

»Das weiß niemand. Sie hat uns alle an der Nase herumgeführt und ist dann irgendwie entwischt.«

»Die Fertigungsstätte wird die Arbeitsverpflichtung zurückkaufen«, sagte Gi-Had, »sobald Tiaan gefunden wird.«

»Wartet einen Augenblick ...«, begann sie.

»Wir werden uns erkenntlich zeigen. Aber ich muss Euch warnen ...«

»Ja?«, meinte sie erschrocken, da sie merkte, dass der Aufseher seinen Unmut nur mit Mühe unterdrückte.

»Wir befolgen in dieser Angelegenheit die Befehle von Jal-Nish Hlar, dem Perquisitor.«

»Gewiss werden wir alles in unserer Macht Stehende tun, um mit Euch zusammenzuarbeiten«, bot sie rasch an.

»Hatte sie irgendwann Besuch?«

»Nur von einem altersschwachen Bergmann. Den hätten wir überhaupt nicht hereinlassen dürfen«, schnaubte sie verächtlich.

Dann befragten sie Tiaans Mutter, aber Marnie tat nichts anderes, als sich zu beklagen – über die Unannehmlichkeiten, die Undankbarkeit ihrer Tochter, am meisten jedoch über den Umstand, dass ihr Kunde auf sich warten ließ. Als Nächstes begaben sie sich in das Haus der Queristin, aber dort erfuhren sie, dass Fyn-Mah Tiksi bereits vor einigen Tagen verlassen hatte. Als sie das Westtor erreichten, wo die Wachstube unübersehbare Brandspuren aufwies, wussten sie immer noch nicht, wohin Tiaan geflohen war.

»Sie kann nicht weit gekommen sein«, meinte Nish, »ganz ohne Geld, Kleidung und Freunde.«

»Ob sie sich zur Küste durchschlägt?«, überlegte Gi-Had halblaut. »Dort leben Halbbrüder und Halbschwestern von ihr.«

Am Tor erhielten sie den ersten brauchbaren Hinweis. Unter den Wachen dort befand sich ein Mann, der in der letzten Nacht im letzten Augenblick gesehen hatte, wie eine junge Frau geflohen war.

»Beinahe hätte sie vorher die ganze Wachstube abgebrannt«, sagte er empört und deutete auf die verkohlten Dachsparren.

»Habt Ihr irgendeine Idee, wohin sie gelaufen sein könnte?«, fragte Gi-Had.

»Sie hat die Straße genommen.« Der Wächter zeigte in die Richtung.

»Sie könnte genauso gut wieder kehrtgemacht haben«, gab Gi-Had zu bedenken.

»Ich bin ihren Spuren gefolgt, sobald es hell wurde«, erklärte der Wächter. »Sie hatte den Pfad hinauf zur Fertigungsstätte genommen. Mich wundert's, dass Ihr heute früh nicht auf sie gestoßen seid.«

»Sie wird uns gehört haben.« Der Aufseher entschädigte den Mann mit einer Münze für dessen Ärger.

Ungefähr eine Stunde darauf, als sie bei leichtem Schneefall einer Wegbiegung folgten, kamen ihnen drei Personen entgegen: ein Lastenträger, ein Wächter sowie eine Lastenträgerin. Mit hängenden Köpfen und vollkommen erschöpft schleppten sie sich talabwärts.

»Heda!«, rief Gi-Had mit lauter Stimme.

Ruckartig schauten die Leute auf. Der Wächter bekam es mit der Angst und lief in die Büsche, doch die anderen riefen ihn zurück. Gi-Had eilte durch den tiefen Schnee zu ihnen hinauf. Nish versuchte ebenfalls zu laufen, aber sein Rücken bereitete ihm höllische Schmerzen.

Die Frau rief: »Das ist Aufseher Gi-Had. Den Göttern sei gedankt. Herr, wir wurden von Lyrinx angefallen!«

Sie strauchelte und wäre beinahe gestürzt. Gi-Had stützte sie. »Ihr seid Lastenträgerin Ell-Lin, nicht wahr?«

»Ganz recht, Herr! Freut mich, dass Ihr Euch an mich erinnert.« Ell-Lin berührte sich erst an der einen, dann an der anderen Schulter, ein Zeichen, um dem Gegenüber Respekt zu erweisen. Sie war eine große, stämmige Frau mit kräftigen Schultern und einem dicken Hals. Ihr kurz geschnittenes pechschwarzes Haar betonte ein breites, wettergegerbtes, aber keineswegs unansehnliches Gesicht. Ihre dunklen Augen waren zu Schlitzen verengt.

»Erzählt uns mehr von dem Überfall, Ell-Lin. Ihr kennt doch sicher Monteur Nish!«

»Ich sah ihn, wie er ausgepeitscht wurde.« Sie schaute nur kurz in seine Richtung. Nish errötete dennoch. »Wir kamen den Ghyllies Pinch herunter, zehn von uns und der neue Klanker. Wir konnten erst spät aufbrechen, weil ein Vorderbein klemmte. Es war die letzte Stunde des Morgens. Als wir um eine Ecke bogen, donnerte plötzlich ein Felsblock vom Berg herab und begrub den Klanker halb unter sich. Die Bestien schnellten zwischen dem Geröll hervor; sie waren zu dritt. Alle anderen sind tot. Wären wir nicht weiter vorne gewesen, hätten sie auch uns erwischt.« Sie erschauderte bei dem Gedanken. »Die Lyrinx haben Wal gefressen und den armen alten Yiddie ...« Sie bedeckte ihr Gesicht mit den Händen. »Das ist nicht richtig, oder? Menschen zu essen!«

»Was ist mit dem Klanker?«, meinte Gi-Had. »Könnte man ihn nicht ...?«

»Er wurde zerstört, Herr.«

»Was, vollkommen?«

»Der hintere Teil wurde zerquetscht, leider auch die Insassen. Diese Kreaturen haben auch die anderen Soldaten getötet. Sie kämpften tapfer, aber es war umsonst. Wir haben unsere Lasten fallen gelassen und sind um unser Leben gerannt.«

»Feiglinge!«, höhnte Nish, der sich nicht zurückhalten konnte.

»Haltet Euren Mund, *Bursche!*«, brüllte Gi-Had ihn an. »Oder Ihr könnte Euch gleich an die Front aufmachen. Ihr habt alles richtig gemacht, Ell-Lin. Die Waren können wir ersetzen, falls die

Lyrinx sie mitgenommen haben, aber Lastenträger sind wichtig im Krieg. Aus welcher Richtung sind sie gekommen?«

»Von den Bergen«, murmelte der Mann, der zunächst hatte fortlaufen wollen.

»Und Ihr habt nicht gesehen, wohin sie gegangen sind?«

»Sie blieben noch an der Stelle des Überfalls und versuchten, den Klanker aufzubrechen. Mehr weiß ich nicht, weil wir da schon um die Ecke gebogen waren.«

»Und sonst habt Ihr niemanden gesehen? Keine Spur von Kunstwerkerin Tiaan?«

»Nein«, antwortete Ell-Lin, und die Männer schüttelten den Kopf.

»Wir werden auf der Hut sein.« Gi-Had lockerte das Messer in seinen Gürtel. Die anderen waren unbewaffnet. Bislang hatte man hier in dieser Gegend keine Waffen benötigt. »Das gefällt mir nicht«, sagte er halblaut zu Nish. »Lyrinx bei uns in den Bergen, die unsere Karawanen angreifen – es gibt da etwas, von dem wir noch nichts wissen. Und was ist aus Tiaan geworden? Wir brauchen sie mehr denn je.«

»Vielleicht ist sie der Karawane begegnet und wurde auch von den Lyrinx gefressen.«

»Ihr solltet lieber beten, dass es nicht so war, *Nish!*«, erwiderte Gi-Had.

Am späten Nachmittag erreichten sie zu fünft den Ort des Grauens; lange Schatten hatten sich bereits über den Weg gelegt. Eine Brise trug den Gestank von Blut und Unrat mit sich. Ein Schneeadler mit blutrotem Schnabel und gesprenkeltem Brustgefieder flog von einer der Leichen auf, als Gi-Had und Nish zu dem Wrack stapften. Der Aasvogel flog nur bis zu einem Ast einer uralten Kiefer, ließ sich dort nieder und beobachtete das Geschehen unten mit geradezu eifersüchtigem Blick, als hätte er Angst, dass die Ankömmlinge ihn um seinen Festschmaus bringen könnten.

Gi-Had untersuchte die zerstörte Kriegsmaschine mit finsterer Miene. »Können wir den Klanker noch reparieren, Monteur?«

Nish schüttelte den Kopf. »Selbst wenn, ließe sich niemand finden, der ihn steuern würde. Ein toter Klanker, heißt es dann. Ihr müsstet den Steuermann mit gezogenem Schwert zur Arbeit zwingen. Wahrscheinlich ist der Hedron von den Lyrinx beeinträchtigt ...«

»Vielleicht können wir einzelne Teile davon retten.«

»Ja, vielleicht.« Nish steckte den Kopf durch die zerfetzte Öffnung am Rumpf des Klankers, erfasste sofort das Ausmaß des Blutbads und machte regelrecht einen Satz zurück. Die Hand gegen den Mund gepresst, rannte er zum Wegesrand und erbrach sein Frühstück. Dann, als er sich darüber klar wurde, was er alles noch leisten musste, um seinen angeschlagenen Ruf zu retten, eilte er an die Öffnung zurück. »Tut mir leid, ich habe noch nie gesehen –«

»Erledigt Eure Arbeit!«, befahl Gi-Had mit schneidender Stimme. Doch auch ihm schien die Stätte des Blutbads auf den Magen geschlagen zu sein.

Diesmal hielt Nish den Atem an. Der Steuermann und die anderen Insassen waren vermutlich augenblicklich tot gewesen, obwohl die Körper im Nachhinein noch von den Lyrinx geschändet worden waren. Im Innenraum sah es wie in einem Schlachthof aus. Nish beendete seine Untersuchung und stieg wieder aus dem Gehäuse. Der Gestank blieb in seiner Nase.

»Die Steuereinheit ist nicht mehr da!«, rief er.

»Allmählich sehe ich klarer«, meinte Gi-Had und rieb sich das Kinn. »Erst sabotieren sie die Kristalle, dann schalten sie meine beste Kunstwerkerin aus, und schließlich stehlen sie die Steuereinheiten. Was kommt als Nächstes? Und wieso stehlen sie ausgerechnet diese Apparaturen? Haben die etwa vor, die Steuereinheiten eines Tages gegen uns einzusetzen?«

»Ich weiß es nicht«, antwortete Nish.

»Das gefällt mir nicht. Irgendetwas ist da im Schwange, und ich befürchte, das Ganze ist ein bisschen zu groß für mich. Zum ersten Mal seit dem Brief wünsche ich mir, dass Euer Vater sich beeilen würde.«

Ich nicht, dachte Nish.

»Fehlt sonst noch etwas?«, fragte der Aufseher.

»Ich glaube nicht.«

»Die Kisten der Lastenträger wurden aufgesprengt, aber auf den ersten Blick scheint nichts zu fehlen, soweit ich die Lieferbücher richtig in Erinnerung habe. Nicht einmal das Weißgold haben sie mitgenommen.«

»Vielleicht haben diese Bestien keine Verwendung dafür«, mutmaßte Nish.

»Ich rate Euch, diese Wesen nicht als Bestien zu bezeichnen. Sie sind so klug wie Ihr oder ich. Wir nehmen mit, was wir tragen können, und schicken einen Trupp los, der den Rest holt. Keine Spur von Tiaan?«, rief er zu Ell-Lin gewandt, die sich weiter oben an der Böschung aufhielt, ein gutes Stück von der Stätte des Grauens entfernt.

»Nein, nichts, Herr.«

»Also gut, kommt herunter. Nehmt, was Ihr tragen könnt.«

Sie luden sich die Waren auf den Rücken, machten sich gemeinsam auf den Weg und erreichten die Fertigungsstätte ohne Zwischenfälle nach Einbruch der Dunkelheit. Die Nachricht von dem Überfall hatte sich bereits herumgesprochen. Tiaan hatte indes niemand gesehen.

»Sie war nur unzureichend gekleidet«, sagte Nish, als er das Kleiderinventar durchging, das die Vorsteherin ihm überlassen hatte. »Um die Füße hat sie sich offenbar irgendwelche Lumpen gewickelt. Wahrscheinlich ist sie längst tot. Erfroren.«

»Keiner von uns darf sich erlauben, so zu denken«, meinte Gi-Had mit düsterer Miene. »Ich stelle einen Suchtrupp zusammen, und Ihr werdet mitgehen.«

Nish hielt sich wohlweislich mit einer Beschwerde zurück, obwohl sein Rücken ihm arg zu schaffen machte. »In diesem Fall brauche ich –«

»Ihr werdet den Trupp nicht anführen«, fiel Gi-Had ihm ins Wort. »Glaubt nicht, dass ich Euch schon so bald wieder Verantwortung übertragen werde.« Er wandte sich um und brüllte: »Gryste!«

Der Vorarbeiter kam angelaufen. Nach kurzer Zeit hatte man zwei Trupps zusammengestellt: Die erste Abteilung sollte den Rest der Waren bergen, die zweite erhielt den Auftrag, weiter nach Tiaan zu suchen. Der Suchtrupp schritt die ganze Nacht den Weg nach Tiksi ab und leuchtete mit hell lodernden Fackeln in den Wald. Am nächsten Morgen wurde die Suche ergebnislos abgebrochen.

Bis auf die Knochen durchgefroren, vollkommen erschöpft und von Schmerzen geplagt, kehrte Nish mit den anderen gegen Mittag zur Fertigungsstätte zurück und sah, dass die Queristin Fyn-Mah bei der hohen Eingangstür stand. Sie fixierte ihn mit finsterer Miene.

KAPITEL FÜNFZEHN

Nish starrte sie ungläubig an, als wäre sie eine Geistererscheinung. »Wie ... wie seid Ihr hierhergekommen?«, stotterte er, denn soweit er wusste, gab es nur eine Straße von hier nach Tiksi, und auf der war er mit dem Suchtrupp unterwegs gewesen.

»Ich war bereits in den Bergen. *Auf der Jagd!*« Die letzten Worte hallten wie der dumpfe Klang einer Glocke nach. »Habt Ihr sie gefunden?«

»Nein, keine Spur von Tiaan!«

Fyn-Mah packte ihn am Arm. Er widersetzte sich einen kurzen Moment, überlegte es sich dann aber und verhielt sich ruhig. Die Queristin war möglicherweise die Person, die ihn rehabilitieren oder ein für alle Mal vernichten würde. Er folgte ihr gehorsam zur Mauer, wo sie vor dem Schneetreiben geschützt waren und nicht belauscht werden konnten.

»Ihr elender Narr!«, schalt sie ihn mit gedämpfter Stimme. »Was habt Ihr Euch nur dabei gedacht, so etwas zu machen?«

»Ich war ... Irisis sagte ... Ich habe doch gar nicht ...« Nish unterbrach sein Gestammel, weil er nicht wusste, was er zu seiner Verteidigung vorbringen sollte.

»Ist Euch bewusst, was Ihr angerichtet habt?«, zischte sie anklagend. »Tiaan hatte gerade den Durchbruch geschafft, den wir alle brauchten. Wir warteten gespannt, welche Überlegungen sie angestellt hatte, um das größere Problem anzugehen ...«

»Welches größere Problem?«

»Das Feld bei Minnien ist ausgefallen. Fünfzig Klanker wurden innerhalb weniger Stunden zerstört.«

»Davon hatte ich keine Ahnung!« Mit Entsetzen malte er sich die Tragweite dieser Katastrophe aus.

»Wir waren immer schon der Ansicht, dass in Tiaan großes Potenzial steckt, aber das hat sie erst kürzlich unter Beweis gestellt. In nur wenigen Tagen löste sie gleich zwei Probleme bei den Steuereinheiten. Zwei auf einmal, Monteur! Auch bei dem dritten hätte sie uns helfen können, wäre da nicht ein *Komplott gegen sie geschmiedet worden!* Treiben die Lyrinx deshalb überall hier in der Gegend ihr Unwesen?«

»Überall hier in der Gegend?«, keuchte er.

»In den Bergen wimmelt es von diesen Kreaturen. Wir verlieren den Krieg, Cryl-Nish. Fallen noch mehr Felder aus, *sind wir erledigt.*«

»Das wusste ich nicht.« Blankes Entsetzen packte ihn, als er sich sein törichtes Handeln erneut vor Augen führte. »Das wusste ich alles nicht. Was wird mein Vater zu alldem sagen?«

»Ich würde mir mehr Sorgen darüber machen, was er *tun* wird. Und alles nur, weil Ihr ...« Sie unterbrach sich, winkelte das Bein an und deutete an, ihm in den Schritt zu treten.

Nish zuckte erschrocken zusammen. Die Queristin ließ ihr Bein wieder sinken.

Er versuchte, sich mit einer Lüge herauszureden. »Ich weiß nicht, auf was Ihr anspielt.«

Ihr Knie schnellte so rasch vor, dass Nish keine Gelegenheit mehr hatte, dem Angriff auszuweichen. Sein Gemächt wurde durch den gezielten, kräftigen Stoß arg gequetscht. Nish krümmte sich vor Schmerzen und fiel dann rücklings auf den gefrorenen Boden.

Fyn-Mah stellte sich über ihn und schaute verächtlich auf ihn herab. »Ihr wagt es, eine Queristin zu belügen? Dann hat Euch die Züchtigung wohl nichts gelehrt, *Bursche!*« Sie funkelte ihn böse an und fuhr in schneidendem Ton fort: »Und jetzt hört Ihr mir genau zu! Ihr seid wohl nicht nur dumm, sondern auch ein Lügner, was? Das hätte ich nicht gedacht. Aber wir haben unsere speziellen Methoden, die Wahrheit zu erfahren. Ich bin seit gestern Morgen hier und habe schon zweihundert Leute verhört. Ich weiß *alles!* Das ist Euch doch jetzt wohl klar? Ich weiß, dass Ihr mit Euren Beziehungen geprahlt habt, als Ihr auf rüde Weise versuchtet, Tiaan zu verführen. Dann habt Ihr der jungen Frau gedroht. Ich weiß auch, wie Irisis Euch verführt hat, und ich weiß auch über jeden kleinen

Stoß Eurer Unzucht Bescheid.« Sie erhob die Stimme. »Ich weiß alles über ihre Lügengeschichten – und wie Ihr versucht habt, diese Lügen zu decken. Ihr habt Eure Stellung als Prüfer schändlich missbraucht. Ich verdächtige Irisis der Sabotage und des Giftanschlags auf Tiaan. Und ich vermute, dass Ihr in irgendeiner Weise an dem plötzlichen Tod des Arzneikundigen Mul-Lym beteiligt wart, Cryl-Nish, auch wenn Ihr ihm nicht die Flasche mit dem tödlichen Extrakt an die Lippen gehalten habt. Wenn diese Vorwürfe sich bewahrheiten, dann kann Euch und Irisis nichts mehr retten!«

»Nein!«, rief er verzweifelt. »Davon weiß ich nichts, wirklich nicht.«

Sie fixierte ihn mit ihren stechenden, dunklen Augen, sagte indes nichts. Für Nish war dieser Blick schlimmer als das Verhör an sich.

»Ja, ich war ein Narr«, wisperte er. Er wusste nicht, was er sonst sagen sollte. »Ein furchtbarer Narr. Ich habe es verdient, an die Front geschickt zu werden.« Er hoffte, dass dieses Eingeständnis ihm ein kleines Stück seiner Würde wiederbringen würde.

»Vermutlich werdet Ihr Euch dort bewähren müssen. Ihr habt Euren Vater mit dieser bodenlosen Dummheit sehr verletzt, Cryl-Nish. Falls es nur Dummheit war und keine heimliche Zusammenarbeit mit dem Feind!«

»Das würde ich nie tun, ich schwöre es!«

»Die Einschätzung überlasse ich Eurem Vater. Er weiß auf einen Blick, wenn er einen Lügner vor sich hat.« Sie seufzte. »Er hatte große Hoffnungen auf Euch gesetzt.«

»Warum hat er mich dann an diesen furchtbaren Ort geschickt?«, jammerte er.

»Es war eine Prüfung. Keine besonders schwere für jemanden, von dem man glaubte, dass er es zu etwas bringen würde. Aber Ihr habt Euch nicht bewährt und versagt.«

»Was kann ich noch tun?«, flüsterte er mit belegter Stimme. Nish war kein Feigling; besonders tapfer war er allerdings auch nicht. Allein der Gedanke, bald in vorderster Frontlinie stehen zu müssen, bescherte ihm Albträume.

»Es gibt nur eine Sache, die Euch noch retten kann, wenn überhaupt. Findet Tiaan und bringt sie uns unversehrt zurück.«

»Sie ist vermutlich tot«, sagte er verzweifelt.

»Dann ist das auch Euer Todesurteil!«

»Wie soll ich sie nur finden?«, sprach er halb zu sich selbst.

»Ein wahrer Prüfer würde sich diese Frage nicht stellen. Und Ihr werdet das Problem auch nicht lösen, wenn Ihr weiter auf dem Rücken liegt!«

Er stand rasch auf; und unwillkürlich bewegte sich seine Hand zu seinem immer noch schmerzenden Gemächt. Fyn-Mah schaute ihn verächtlich an und schritt davon.

Nachdem er orientierungslos durch die Fertigungsstätte gewandelt war, blieb er unweit der Werkräume der Kunstwerker stehen. Irisis saß mit düsterer Miene an ihrer Werkbank. Nish ging wortlos weiter. Wenn sie den Arzneikundigen Mul-Lym ermordet hatte, was wahrscheinlich war, wollte er nichts mehr mit dieser Frau zu tun haben.

Als Nish durch die Unterkünfte ging, verloren in seinen trüben Gedanken, merkte er, dass er an Tiaans Tür vorbeikam. Er hatte nie einen Blick in ihr Zimmer geworfen. Vorsichtig hob er den Schnappriegel an. Die Unterkunft war klein, viel kleiner als Irisis' Raum. Vermutlich war das Tiaan egal gewesen.

In dem Zimmer standen nur ein schmales Bett, ein Stuhl und ein Tisch mit einer Lampe. An der Stange, die aus der Wand ragte, hatte Tiaan vermutlich ihre Kleidung aufgehängt. Die kleine Truhe am Fußende der Bettstatt war leer. Nichts deutete mehr darauf hin, dass hier einst Tiaan gewohnt hatte. Was nicht verwunderlich war, hatte man sie doch vor über zwei Wochen der Gebäranstalt übergeben. Aber was war mit ihren Habseligkeiten geschehen?

Auch in ihrer Arbeitsnische fand er nichts, und selbst die anderen Arbeiter wussten nicht, was aus Tiaans Sachen geworden war. Nish begab sich in die Dienststube, wo sämtliche Rechnungsbücher der Fertigungsstätte aufbewahrt wurden. Die Verantwortliche war nicht da, aber ihr Gehilfe, ein schlanker, hübscher junger Mann mit roten Lippen und flinken Augen, lächelte ihn an. Nish zwang sich zu einem dünnen Lächeln. Er wollte es sich mit dem Burschen nicht verscherzen, ihn aber auch zu nichts ermuntern.

»Seid gegrüßt, ich bin Wickie. Was kann ich für Euch tun?« Wickie erhob sich und streckte Nish die Hand entgegen.

Nish schüttelte ihm die Hand und stellte überrascht fast, dass Wickie einen recht kraftvollen Händedruck für einen Angestellten besaß. Doch Nish hatte das unangenehme Gefühl, dass sein Gegenüber die Hand zu lange festhielt. Zudem stand Wickie für Nishs Empfinden zu dicht vor ihm, und das rief Unbehagen in ihm hervor.

»Ich bin im Auftrag der Queristin hier«, sagte er und war um einen strengen Tonfall bemüht.

Wickie machte einen Schritt zurück. »Oh!«

»Was ist aus den Habseligkeiten der Kunstwerkerin Tiaan geworden?«

»Das weiß ich nicht, aber das wird alles in den Büchern stehen.« Wickie blätterte in einem großen Buch. »Ah, hier findet sich schon etwas. Der alte Joeyn, der Bergmann, hat ihre Sachen vor ein paar Tagen geholt.« Er runzelte die Stirn. »Muss wohl gewesen sein, als ich beim Essen war. Hier ist alles aufgelistet und abgehakt. Seht selbst – die Genehmigerin hat mit ihren Initialen unterzeichnet.«

Nish drehte das große Buch zu sich und überprüfte die Einträge. »Vielen Dank.« Er wandte sich zum Gehen.

»Cryl-Nish?«, sagte Wickie leise.

»Ja?«

»Euer armer Rücken bereitet Euch sicher Schmerzen. Wenn Ihr jemanden braucht, der ihn Euch einreibt ...«

»Habt Dank! Er verheilt gut, aber wenn ich Hilfe brauche, wende ich mich lieber an den Heiler.«

»Ah, verstehe«, erwiderte Wickie.

Nish kannte Joeyn, aber nur flüchtig. Zweimal hatte der alte Mann Tiaan unten in Tiksi besucht. Womöglich hielt sie sich nun im Haus des alten Bergmanns auf und wartete ab, dass das Wetter sich besserte.

Er eilte zum Dorf. Es war windig und kalt an diesem Tag, aber als er die ersten Hütten auf der Anhöhe erreichte, lief ihm so viel Schweiß über den geschundenen Rücken, dass die Wunden brannten. Das letzte Teilstück des steilen Pfads war von Eis überzogen. Nish schlich zu Joeyns Hütte, versteckte sich zunächst hinter einem Baum und beobachtete die Tür. Aber er sah nicht viel; der Flechtwerkzaun versperrte ihm die Sicht. Daher schlüpfte er leise durch das Gartentor, ging zu der Veranda und lauschte. Nichts, kein Geräusch.

Nachdem er sich mit einem Blick über die Schulter vergewissert hatte, dass ihn niemand sah, betätigte er den Riegel und stieß die Tür auf. In der Hütte war niemand. Das Bett war gemacht, der Tisch abgeräumt. Beim Kamin standen zwei Holzbrettchen, am Spülstein zwei Krüge und zwei Löffel. Auf der Schiefertafel neben der Tür stand *Danke, Joe*. Das hätte jeder geschrieben haben können.

Nish ging um die Hütte herum und suchte nach Fußspuren. Doch er sah keine – der böige Wind verwehte überall den Schnee und legte die Eiskrusten frei, die sich nach dem letzten Tauwetter rasch wieder gebildet hatten. Wenn Tiaan bei dem Alten gewesen war, wohin mochte sie von hier aus aufgebrochen sein? Er stapfte auf Umwegen die Anhöhe hinauf und gelangte in den Wald. Dort stieß er auf Fußabdrücke, die zu einem Baum führten, dann zurück zur Hütte und schließlich bergauf in Richtung Mine und Fertigungsstätte.

Die Fußspuren waren nicht größer als seine, aber nicht so tief, und sie zeugten von kurzen Schritten. Diese Person war nicht schwer gewesen, und sie schien zu hinken – ein Fußabdruck ließ den Schluss zu, dass die Person bewusst mit der Ferse auftrat. Das musste Tiaan gewesen sein. Aber war sie nun ins Bergwerk oder in die Fertigungsstätte gegangen? Nish folgte den Spuren durch den Wald, verlor die Spur mehrmals, fand sie aber immer wieder, da er stets die Richtung zur Mine beibehielt. Als es allmählich dunkel wurde, erreichte er die freie Fläche. Dort, auf der eisverkrusteten Oberfläche, waren keine Spuren mehr auszumachen. Doch es schien, als ob Tiaan auf direktem Weg zum Stolleneingang gelaufen wäre.

Am Eingang des Bergwerks blieb er stehen. Nish war noch nie in der Mine gewesen. Außerdem hatte er von klein auf eine schreckliche Angst vor engen Räumen. Früher hatten seine älteren Schwestern und Brüder ihn immer geärgert, indem sie ihn in Bettlaken einwickelten. Sowie die Laken sein Gesicht und seinen Kopf umhüllten, hatte er wie wild um sich geschlagen.

Zögerlichen Schrittes hielt er auf die Nische zu, in der Lex, der rundliche Wächter, hockte. Er hatte sich seinen Mantel eng um die eingezogenen Schultern gelegt.

»Seid gegrüßt«, sagte Nish. »Ich bin Cryl-Nish Hlar ...«

»Weiß ich«, grummelte Lex. »Hätte ich das Sagen, wären es hundert und nicht bloß zwanzig Hiebe gewesen! Was wollt Ihr hier?«

Offenbar war Tiaan bei mehr Leuten beliebt, als Nish gedacht hatte. »Ich bin auf der Suche nach Kunstwerkerin Tiaan.«

Lex drohte ihm mit einer knorrigen Faust. »Sie ist unten ... in der Stadt, und das hat sie *Euch zu verdanken!*«

»Sie ist aus der Gebäranstalt geflohen.«

»Ach, wirklich?« Der alte Wächter grinste über beide Ohren. »Das ist ja mal eine erfreuliche Nachricht.«

»Sie war auf dem Weg zum Bergwerk. Vor ein paar Stunden, vermute ich.«

»Hab sie nicht gesehen«, meinte Lex. »Und selbst wenn, würde ich es Euch bestimmt nicht auf die Nase binden, Ihr elender kleiner Schwanz! Und jetzt schert Euch fort. Ich gehe nach Hause.«

Nish blieb beharrlich stehen, obwohl er sich angesichts der Anfeindungen in seiner Haut nicht wohlfühlte. »Ich stehe im Dienst der Queristin«, erklärte er in nachsichtigem Ton. Diese Behauptung würde niemand machen, der sich seiner Sache nicht sicher war. »Und wenn Ihr mir Aussagen verweigert ...« Er brauchte die Drohung nicht weiter auszuführen.

»Das ist etwas anderes«, sagte Lex schnell. »Selbstverständlich helfe ich Fyn-Mah, wo ich nur kann. Trotzdem habe ich Tiaan nicht gesehen.«

»Und den alten Joeyn?«

Lex drehte sich schwerfällig nach der großen Schiefertafel um, die an der Rückwand seiner Nische hing. Dort hielt er die Namen der Bergleute, ihre Arbeitszeiten, die jeweiligen Stollen, in denen sie arbeiteten, und die Menge Erz fest, die jeder am Tag schaffte. »Der kam bei Tagesanbruch.«

»Und wie ich sehe, arbeitet er in der fünften Sohle«, las Nish von der Tafel ab.

»Seit Monaten ist er dort unten. Ist immer lieber für sich.«

Nish dachte nach. »Vielleicht wart Ihr gerade anderweitig beschäftigt, als Tiaan kam. Wäre das möglich?«

»Sicher, aber das bezweifle ich.«

»Wohin wäre sie gegangen?«

»Dort hinten zu den Körben. Die einzige Möglichkeit, unten zu den Stollen zu kommen.«

Nish folgte dem Alten zu den großen Rädern, doch bei jedem Schritt, der ihn tiefer in den düsteren Stollen führte, geriet er in die Fänge seines alten Albtraums. Er musste sich regelrecht zwingen, nicht zurückzulaufen. Die Decke über ihm schien zu beben; sie wirkte lebendig und boshaft, darauf aus, ihn lebendig zu begraben.

Nach einem Blick auf die Aufzugkörbe sagte Nish: »Die sind gewiss recht laut. Ist Euch vorhin aufgefallen, dass sie in Betrieb waren?«

»Die fahren doch dauernd. Zurzeit sind neunzig Bergleute hier. Immer fährt irgendwer von einer Sohle in die nächste. Oder die Erzeimer kommen nach oben.«

»Aber die sind viel schwerer. Und Ihr würdet doch hören, wenn das Erz abgeladen wird.«

»Das stimmt«, räumte Lex ein. »Wenn ich 's mir recht überlege, habe ich vor ungefähr einer Stunde den Korb der Bergleute gehört. Er fuhr bis ganz nach unten, aber zurückgekommen ist niemand.«

»Dann ist sie es gewesen, die nach unten gefahren ist!«, rief Nish.

»Möglich«, erklärte Lex widerwillig. »Oder jemand anders.«

»Ihr müsst mich nach unten bringen. Auf der Stelle!«

»Ist nicht erlaubt«, sagte Lex. »Habe keine Bergmannbefugnis.«

»Ich befehle es Euch im Namen der Queristin.«

Lex ließ sich nicht beirren. »Ich darf das nicht, selbst wenn sie es befiehlt.«

»Dann holt mir jemanden, der es darf!«, fuhr Nish ihn an.

»Zweihundert Hiebe wären besser gewesen«, spie Lex ihm ins Gesicht. »Widerlicher kleiner Mistkerl!« Trotzdem ging er zu dem Brett neben den Aufzügen und zog zweimal an einem Seil, dann an zwei weiteren. Unten aus der Tiefe war der leise Klang einer Glocke zu hören. Nur wenig später antwortete die Glocke oben, und das Seil setzte sich in Bewegung. Ein Korb erschien in dem Schacht; darin stand eine kleine, verhutzelte Gestalt, die eher müde die Windenvorrichtung betätigte.

Noch unterhalb der Sohle hielt er ruckartig an, sodass ein Zittern durch den Korb lief. »Was gibt's denn?«, rief er gelangweilt nach oben.

»Flyn, Monteur Nish-Nash muss unbedingt hinab in die fünfte Sohle. Er sucht Joe und Tiaan.«

Nish knirschte mit den Zähnen. Diese Variante seines Namens hasste er mehr als alles andere.

»Tut er das?« Flyn schniefte und spuckte auf den Boden. Der Speichel landete neben Nishs Stiefeln. »Hab sie nicht gesehen. Könnte ihn zur neunten Sohle fahren, wenn du willst.«

»Was ist auf der neunten Sohle?«, fragte Nish beunruhigt.

»Eigentlich nur Wasser«, merkte Lex trocken an. »Ist im Auftrag der Queristin hier, Flyn.«

Der Gesichtsausdruck des hutzeligen Bergmanns gefror, die Feindseligkeit ebbte ab. »Was ist mit meinem Anteil?«, klagte er.

»Ich denke, Ihr bekommt ein Guthaben von Gi-Had«, versuchte Nish ihn aufzumuntern. Er wusste natürlich nicht, ob es stimmte, aber das war ihm sowieso egal. »Können wir dann?«

»Können wir dann?«, ahmte Flyn ihn mit einer Singsangstimme nach. »Dann springt herein.«

Nish erbleichte. Der Korb war fast eine Spanne unter ihm, und die Öffnung nahm sich winzig aus im Vergleich zu der gähnenden Tiefe des Schachts. Wenn er den Korb verfehlte ... Er konnte sich nicht überwinden, selbst auf die Gefahr hin, sich vor den beiden Männern lächerlich zu machen.

»Bringt den Korb weiter herauf«, sagte er.

Flyn kicherte, als er die unsichere Stimme des kleinen Monteurs hörte. Er wechselte einen Blick mit dem alten Lex, der ebenfalls grinste.

Ihr sollt beide verflucht sein, dachte Nish und befahl: »Nun macht schon. Bis hier oben!«

Lex machte sich an einem Hebel zu schaffen, während Flyn den Korb weiter nach oben kurbelte. Nish stieg hinein und suchte mit halb grimmiger, halb ängstlicher Miene Halt an dem Seil. »Na los, Beeilung!«, knurrte er, um sein Unbehagen zu kaschieren. »Der Auftrag der Queristin duldet keinen Aufschub.«

Flyn blinzelte frech in Lex' Richtung und hob die Hand, in der er einen Hammer hielt. Plötzlich schlug er damit zu, und Nish zuckte zusammen, da er befürchtete, von dem böswilligen Bergmann zum Krüppel geschlagen zu werden, aber der Hammerkopf sauste dicht an Nishs Kopf vorbei und traf die Bremsvorrichtung. Der Korb sackte nach unten, worauf Nish übel wurde. Mit geschlossenen Augen klammerte er sich an das Seil, hielt vor Schreck die Luft an und ließ dann seine angestaute Angst mit einem lauten Schrei heraus. In der Dunkelheit hörte er Flyns röhrendes Lachen, das zusammen mit dem Schrei schaurig in dem tiefen Schacht widerhallte.

Sie sausten vorbei an schwach erleuchteten Stollen und schienen immer mehr Fahrt aufzunehmen. Nish machte sich schon auf das Schlimmste gefasst, als der Korb allmählich langsamer wurde. Sie kamen an der vierten Sohle vorbei, fuhren dann noch langsamer und hielten leicht schwankend genau bei der fünften Sohle an. Oben hatte Lex die Bremse festgestellt. Flyn hatte mit Nish nur einen üblen Scherz getrieben, den für gewöhnlich die Lehrlinge oder unliebsame Besucher über sich ergehen lassen mussten.

Eine brennende Grubenlampe stand im Stollenmundloch. Nish bedachte Flyn mit einem hasserfüllten Blick, den der Bergmann mit einer gleichgültigen Miene quittierte. Nach Nishs Dafürhalten waren Bergleute ein aufrührerisches Pack, die jede Art von Befehlsgewalt missachteten und unter sich bleiben wollten. Wenn ich jemals Perquisitor werde, dachte er, dann wüsste ich, wie ich diese Kerle bändige.

Aber das waren nur Träume. Er hatte noch einen weiten Weg vor sich, wenn er sich der Armee entziehen wollte, und außerdem war es noch ungewiss, ob er überhaupt je wieder als Prüfer eingesetzt würde. Nish verdrängte die Gedanken an Macht und Rache und versuchte, seine Klaustrophobie zu bezwingen, scheiterte indes jämmerlich. »Wo können wir Joeyn finden?«

Flyn hielt die Grubenlampe hoch und stapfte in den Stollen. Er war noch kleiner als Nish. Die meisten Minenarbeiter waren klein, drahtig und alt. Nish folgte ihm und dachte mit Schaudern an die gewaltigen Gesteinsmassen, die sich über seinem Haupt befanden.

Joeyn war nicht an der Stelle, an der er für gewöhnlich arbeitete. Flyn schaute noch in abzweigende Stollengänge, fand den alten Bergmann aber nirgends. Derweil betrachtete Nish die Kristalle in den Adern und Kavernen und fragte sich, woher ein Mann wie Joeyn bloß wusste, welches Mineral sich eignete. Für Nish sah ein Kristall wie der andere aus.

Es dauerte Stunden, bis sie die ganze fünfte Sohle abgesucht hatten; mehrmals musste Flyn die Grubenlampe neu auffüllen. Aber nirgends gab es eine Spur von Joeyn oder Tiaan. Als sie später wieder den Korb erreichten, merkte Nish dem Bergmann an, dass er beunruhigt war. Flyn betätigte die Glocke und brachte sie beide schweigend nach oben zurück.

Auch nach all diesen Stunden, die für ihn wie eine Feuertaufe gewesen waren, hatte Nish seinen Beklemmungszustand nicht in den Griff bekommen. Und daher atmete er erleichtert auf, als weiter oben das große Rad und der helle Eingang sichtbar wurden. Es war Morgen. Sie hatten die ganze Nacht gesucht.

Eine ganze Anzahl Bergleute strömte zu ihnen, als der Korb anhielt.

»Keine Spur von Joeyn!«, rief Flyn ihnen zu.

»Auch nicht in den höher gelegenen Sohlen«, fügte ein jüngerer Bergmann leise hinzu. »Dann sollten wir vielleicht hinunter auf sechs.«

Nish kletterte auf den Rand des Korbs, blieb unglücklich mit dem Fuß hängen und wäre um ein Haar kopfüber in den Schacht gestürzt. Ein großer Mann packte ihn im letzten Moment und brachte ihn in Sicherheit. Nish sackte kraftlos zu Boden, da der Schreck ihm in die Glieder gefahren war.

Nur undeutlich nahm er die vielen Stiefel wahr, die nun auf ihn zukamen. Blinzelnd schaute er auf. Er erkannte die Queristin, Aufseher Gi-Had und einige andere aus der Fertigungsstätte. Plötzlich teilte sich die Menge, und ein kleiner, rundlicher Mann bahnte sich seinen Weg zu ihm. Nish blieb fast das Herz stehen. Wie war er nur so schnell hierhergekommen? Offenbar war er zwei Wochen lang Tag und Nacht unterwegs gewesen.

»Steh auf!«, befahl Perquisitor Jal-Nish, sein Vater. Seine Stimme hatte den mahlenden Klang der Erzmühlen in der Fertigungsstätte.

Mühsam kam Nish wieder auf die Beine und stand nun vor seinem Vater. Jal-Nish war nicht älter als vierzig und galt trotz der kurzen Beine und des dicken Bauchs als gut aussehender Mann. Er war größer als Nish, eine Sache, die sein Sohn ihm nie verzeihen würde. Der Perquisitor hatte eine leicht gebogene Nase und einen gepflegten Bart, der ihm ein stolzes Aussehen verlieh. Das dichte, dunkle Haar hatte er zurückgekämmt, und in seinen Augen lag mitunter ein lustiges Funkeln, das allerdings nur denen vorbehalten war, die er gerade nicht ins Verhör nahm. Wenn die Dinge gut liefen, konnte er ein bezaubernder Mensch sein, lief es jedoch schlecht, kam seine Rücksichtslosigkeit zum Vorschein.

Es lag kein lustiges Funkeln in seinem Blick, als er nun seinen Sohn musterte. Nish durfte auf keine bevorzugte Behandlung hoffen, das war ihm bewusst. Im Dienst war sein Vater ein harter Mann.

»Also?«, sagte Jal-Nish.

»Wir haben die gesamte fünfte Sohle abgesucht. Keine Spur von ihr.«

»Was ist mit ihrem Freund?«

»Den konnten wir ebenfalls nicht finden.«

Jal-Nishs Mund beschrieb einen freudlos nach unten gekrümmten Bogen. »Nish, du Tölpel! Eines Tages werde ich Skrutator sein, und nicht einmal deine Dummheit wird mich auf dem Weg dorthin aufhalten. Du kannst dich auf die Front gefasst machen, Sohn!«

KAPITEL SECHZEHN

Nish wurde von Jal-Nish und Fyn-Mah verhört. Der junge Monteur hatte das Gefühl, erneut ausgepeitscht zu werden, aber diesmal war es noch schlimmer. Sein Vater sprach in kalter Wut, die Queristin war zurückhaltender, aber sehr wirkungsvoll in ihrer Art und Weise, Fragen zu stellen. Einmal jedoch fiel Nish auf, dass Fyn-Mah wie abwesend aus dem Fenster blickte. Sie sah traurig aus und schien mit ihren Gedanken woanders zu sein. Was mochte in ihr vorgehen?

Später wurden er und Irisis zusammen vernommen, was Nish als noch unangenehmer empfand. Zweimal log sie seinen Vater an, ohne mit der Wimper zu zucken, und bedachte Nish mit einem zornerfüllten Blick, als wollte sie ihn warnen, es ja nicht zu wagen, sie zu verraten. Aber selbst das schien ihr gleich zu sein. Es war, als verspürte sie eine Todessehnsucht.

Sie gab zu, Tiaan schikaniert und dem alten Joeyn die Seite aus dem Journal untergeschoben zu haben. Sie gestand auch, dass sie Tiaan die Methode entwendet hatte, mit der sich die Aura der Steuereinheit abschirmen ließ. Die anderen Vergehen jedoch, die man ihr zur Last gelegt hatte, leugnete sie beharrlich. War sie nun unschuldig, oder würde sie wie zuvor nur dann ein Verbrechen gestehen, wenn die Beweise zu erdrückend waren? Nish vermutete, dass sie schuldig war, und während des Verhörs sah er sich zu dem Bekenntnis gezwungen, dass er an ihrer Unschuld zweifelte. Irisis reagierte auch darauf nicht.

Je länger sich die Befragung hinzog, desto ungeduldiger und frustrierter wurde Jal-Nish. In einer kurzen Pause hörte Nish, wie sein Vater der Queristin zuflüsterte: »Sie muss die Spionin sein. Ich bin kurz davor, ihr die Eisen anzulegen, um endlich die Wahrheit zu hören.«

Er spielte auf eine Foltermethode an, die so grausig war, dass sie nur selten angewandt wurde, nicht einmal bei den widerspenstigsten Gefangenen. Nish war schockiert. Wenn es dazu käme, könnte er nicht tatenlos zusehen.

»Dazu würde ich nicht raten, es sei denn, Ihr seid Euch *sicher*, dass sie schuldig ist«, entgegnete Fyn-Mah. »Ihre Mutter ist eine alte Freundin des Skrutators.«

»Nein, nein«, wiegelte Jal-Nish sogleich ab. »Diesen Weg wollen wir nicht beschreiten.«

Auch in der Nacht ließ er weder Nish noch Irisis eine Verschnaufpause und schickte beide anschließend ins Bergwerk, da sie sich bei der Suche nützlich machen sollten. Nish, der erneut unter Klaustrophobie und unter Rückenschmerzen litt, trottete hinter Fyn-Mah her und kam nicht einmal auf den Gedanken zu fliehen. In dieser Welt, in der jedem der ihm zustehende Platz zugewiesen wurde, war nur ein Schicksal schlimmer als der Dienst in der vordersten Schlachtordnung: das elende Dasein eines Gesetzlosen, der keine Hoffnung mehr besaß, seine Ehre retten zu können.

Die Suchmannschaft durchkämmte die Mine bis zur achten Sohle. Nish, der seit Tagen nicht mehr richtig geschlafen hatte, schleppte sich wie ein wandelnder Toter durch den Stollen. Man fand Joeyn, aber bei dem Versuch, seinen Leichnam zu bergen, stürzte der Rest des Firsts herab und begrub noch zwei andere Bergleute und die herrliche Kristallader unter zwanzig Wagenladungen Gestein.

Da sie weiterhin keine Spur von Tiaan fanden, fragten sie sich, ob sie überhaupt im Bergwerk gewesen war. Nach zwei Tagen wurde die Suche eingestellt. Das Bergwerk musste wieder Erz fördern, und jeder verfügbare Arbeiter wurde herangezogen, um die Verteidigungsanlagen der Fertigungsstätte zu verbessern.

Nish schleppte bis zum Einbruch der Dunkelheit schwere Steine und musste sich dann einem weiteren, scharfen Verhör stellen, das Jal-Nish leitete.

»Durch dich bin ich in den Augen des Skrutators besudelt, Junge!«, grollte Jal-Nish. »Das kann ich dir nicht verzeihen.«

»Was werdet Ihr meiner Mutter sagen?« Das war Nishs einziger Trumpf.

Der Perquisitor, der die ganze Zeit aufgebracht auf und ab geschritten war, blieb urplötzlich stehen. Das Einzige, was er mehr fürchtete als den Zorn des Skrutators, war der Unmut seiner Gemahlin.

»Bitte gebt mir noch eine Chance, Vater …«

»Du hast Schande über meine Familie gebracht«, fuhr Jal-Nish seinem Sohn über den Mund. »Unter anderen Umständen wäre ich vielleicht nachsichtig gewesen, aber diesmal kann ich keine Milde walten lassen, nicht einmal deiner Mutter zuliebe. Deinetwegen ist aus Tiaans Erfolg eine Katastrophe geworden. Wenn ich dich jetzt laufen ließe, würde der Skrutator glauben, dass ich ein ebenso großer Narr bin wie du, und wo wären wir dann? Ich weiß, dass Ranii in diesem Punkt mit mir einer Meinung ist.« Er durchmaß wieder den Raum, energischer als zuvor.

Nish unternahm noch einen Versuch, seinen Vater milde zu stimmen, aber Jal-Nish ließ sich nicht erweichen. Sobald das Wetter aufklarte und die Wege passierbar blieben, sollte Nish sich auf einem Schiff einfinden, das ihn sechshundert Meilen nordwärts an die Front brachte. Nur dort hatte er die Möglichkeit, seinen Ruf wiederherzustellen, sofern er nicht gleich getötet und aufgefressen wurde.

Glücklicherweise war keine Wetterbesserung in Sicht, und der Himmel entfesselte weiterhin seinen ganzen spätherbstlichen Zorn. Wenn der Sturm einmal nicht das Land mit Schneetreiben überzog, ging ein eisiger Regen nieder. Zum ersten Mal war Nish dankbar für die Unbilden des Wetters. Am folgenden Morgen lag er wach auf seinem Lager, lauschte auf den Wind, der an den Dachschindeln zerrte, und wartete auf den Gong, der zum Aufstehen rief – als urplötzlich die ganze Wand erzitterte. Augenblicke später war ein dröhnender Knall zu hören.

Erdstöße waren nichts Ungewöhnliches in dieser Gegend und bisweilen gefährlich. Nish flog von seiner Bettstatt, sprang in seine Stiefel und riss die Tür auf. »Was war das?«, rief er dem Wächter zu, der draußen stand.

»Ich weiß nicht …«

Ein weiterer schwerer Schlag ließ die Fertigungshalle erbeben. »Das sind keine Erdstöße!«, brüllte Nish. »Wir werden vorne am Haupttor angegriffen. Rasch, Mann, auf deinen Posten!«

Der Wächter, der wie alle anderen in der Fertigungsstätte gut ausgebildet war, rannte zum Tor. Nish hatte sich im Ernstfall oben auf dem Wehrgang einzufinden. Eilends nahm er die Abkürzung durch den Schlafsaal der Frauen, die spärlich bekleidet bei der hastigen Suche nach Kleidungsstücken übereinanderstolperten; hier und da war auch ein Liebhaber unter ihnen zu entdecken. In dem Schlafsaal der Männer bot sich das gleiche Bild heilloser Auflösung.

»Aufwachen, ihr Schlafmützen!«, schrie Nish. »Der Feind steht vor dem Tor! Rasch, Beeilung!«

Er lief durch den Saal und trommelte mit den Fäusten gegen die Türen der höherrangigen Arbeiter, die das Vorrecht genossen, einen eigenen Raum bewohnen zu dürfen. Im Stillen amüsierte er sich über die verschlafenen und unziemlich gekleideten Leute, die aus den Schlafräumen stolperten – auch über seinen Vater.

Nackt und noch benommen vom Schlaf, war Jal-Nish weit entfernt von der gebieterischen Erscheinung, die er in seiner Kleidung abgab. Sein rundlicher Bauch zitterte, seine Unterlippe bebte. Mit einem Tritt machte er die Tür zu, doch da hatte Nish bereits einen Blick auf Wickie erhascht. Der junge Gehilfe aus der Finanzstube stand mit offenem Mund da.

Nish war schockiert und angewidert. Er hatte schon von gleichgeschlechtlicher Liebe gehört, aber dass ausgerechnet sein Vater ihr frönte! Aber dafür blieb jetzt keine Zeit. Entschlossen stieß er die Tür wieder auf und rief: »Das Tor wird angegriffen, Perquisitor!« Er bediente sich absichtlich des Titels und nicht des Namens seines Vaters. Ein Zucken lief durch Jal-Nishs Gesicht, dann eilte Nish weiter.

Fyn-Mah trieb eine Horde kleiner Kinder zur Eile an, um sie in Sicherheit zu bringen. Zum ersten Mal war die eiserne Maske von ihr abgefallen – sie schien Schmerzen zu leiden.

Wäre ihm mehr Zeit vergönnt gewesen, hätte Nish an der Art, wie die Leute auf den Schreck reagierten, eine recht aufschlussreiche Charakterstudie betreiben können: Aufseher Gi-Had schien sich selbst Mut machen zu müssen, kam jedoch angelaufen. Vom Vorarbeiter Gryste war indes nichts zu sehen, und zwei große Monteure, die für ihren Stolz und ihre Prahlerei bekannt waren, mussten regelrecht aus ihren Räumen gezerrt werden.

Ganz anders Irisis. Ihre Tür flog auf, als Nish daran vorbeikam. In der Hand hielt sie ein langes Messer, trug aber nur knielange Hosen. »Der Feind, sagst du?«

»Am Tor.«

»Wo ist mein verfluchtes Hemd?« Sie schaute sich danach um, murmelte kurzerhand: »Ach, sei's drum«, und rannte los, die schönen Brüste unbedeckt.

Nish lief ihr nach und vermutete, dass sie sich mit Absicht so freizügig gab. Mit ihrem langen, wallenden Haar und dem vernarbten Rücken sah sie aus wie Myssu, eine große Heldin aus alten Zeiten, die auf zahlreichen Gemälden dargestellt wurde.

Sie eilten die Stufen zum Wehrgang hinauf. Hastig entzündete Fackeln flackerten im Wind. Es war immer noch dunkel. Im schwachen Schein der Mauerbeleuchtung sah man nur Dunst und unruhige Schatten.

Erneut erbebte die Außenmauer, dann krachte ein Wurfgeschoss an einen der Torflügel. Nish sah, dass es sich um einen Felsbrocken handelte, den die Angreifer mit einem Katapult abgefeuert hatten. Das Geschoss war vom Tor auf die Stufen geprallt, hatte diese beschädigt und rollte nun auf die Straße.

»Was ist geschehen?«, rief er dem Wächter zu, der ihm am nächsten stand. Doch ehe der Mann antworten konnte, traf ihn ein kleineres Geschoss in der Brust. Kraftlos sank er nach hinten und stürzte rücklings über das Geländer in den Tod.

Irisis stürmte mit wehendem Haar über den Wehrgang. »Das sind Lyrinx!«, schrie sie, zwängte sich an Nish vorbei, rannte zum Wachturm am linken Torflügel und riss auf dem Weg eine Fackel aus der Halterung. Mehrere Steingeschosse flogen in ihrer Nähe durch die Luft, trafen sie indes nicht. Behände eilte sie die Stufen hinauf und schleuderte ihre Fackel genau durch die Öffnung des Turmfeuers.

Dort lagerte mit Teer getränktes Stroh. Wenn es – wie jetzt – in Flammen aufging, beleuchtete es das Areal zwischen dem Torbereich und dem Waldrand, beließ die Verteidiger auf den Wehrgängen jedoch im Schatten. Nish ergriff die andere Fackel und eilte hinauf zu dem Wachturm, wo Irisis soeben eine Armbrust auf den Waldrand richtete. Sie schoss den Bolzen ab. Die Antwort war ein einzelner, abgerissener Schrei.

Wieder flog ein großer Felsbrocken aus der Dunkelheit heran und riss das geborstene Tor aus den Angeln. Augenblicklich stürmten drei Lyrinx auf die Öffnung zu. Verteidiger warfen sich ihnen entgegen, und auf den Stufen vor dem Tor entbrannte ein heftiger Kampf.

Irisis harrte barfuß im einsetzenden Schneefall aus und lud seelenruhig die Armbrust nach. Sie schien die Kälte nicht wahrzunehmen, obwohl ihre Haut bereits rot gefroren war. »Verfluchtes Ding!«, schrie sie, denn die Armbrust klemmte.

Nish hatte den Fehler rasch gefunden und behob ihn. Also hatten seine Fertigkeiten als Monteur sich doch einmal als nützlich erwiesen.

Irisis beugte sich über die Wehrmauer, zielte nach unten, wappnete sich gegen den Rückstoß und feuerte. Ein dumpfer, satter Aufprall rief einen Laut der Befriedigung in ihr hervor. »Hab ich dich, du Biest!« Sie zog sich aus der Schusslinie zurück und schaute sich nach weiteren Bolzengeschossen um.

Nish war überrascht über den Wandel, der in Irisis vorgegangen war. Nie hatte er sie so lebendig, so voller Tatendrang gesehen. Er wagte einen Blick über die Mauer. Ihr Opfer lag reglos im Schnee, und neben dem Kamm auf dem Schädel war eine klaffende Wunde zu erkennen. Wie sollte sie da eine Verräterin sein? Das ergab keinen Sinn.

Die beiden anderen Lyrinx waren noch unten am Tor. Nish raste zu einem Steinhaufen, hob einen großen Brocken hoch, zielte und ließ in fallen. Der Wurf ging daneben, der Stein prallte auf die Stufen. Er schleuderte einen weiteren über die Brüstung, der einen der Angreifer auf der gepanzerten Schulter traf. Der Lyrinx wankte, schüttelte den Arm – er sah verrenkt aus – und brach dann durch das Tor in die Fertigungsstätte. Kreischen und wildes Brüllen begleiteten sein Eindringen.

Nish zielte erneut, aber als er den Stein gerade fallen ließ, sah er, dass der Lyrinx unten mit einer Bewegung wie bei einem Peitschenschlag etwas in seine Richtung schleuderte. Nish verspürte einen stechenden Schmerz am Hals; und der Schlag warf ihn hart zu Boden. Er fiel mit dem Kopf auf den Steinhaufen und blieb benommen liegen; alles, was er noch wahrnahm, waren der Schmerz an seinem Hals, die klirrende Kälte und das Blut, das aus der Wunde quoll.

Kurz darauf hob man ihn hoch und brachte ihn fort. Wie aus weiter Ferne nahm er wahr, dass Irisis unter denen war, die ihn trugen; ihre bloßen Brüste wippten oberhalb seines Gesichts. Wer auch immer seine Füße hielt – er verschwamm in den Nebeln um Nish, die bei jedem Schritt dichter wurden.

Man legte ihn auf einen der Tische im Refektorium. Ein gutes Dutzend Leute stand um ihn herum. Einer der Anwesenden war sein Vater. Noch nie hatte Nish ihn so zu Tode erschreckt gesehen. Vielleicht hegte Jal-Nish doch noch Gefühle für seinen Sohn.

Neben dem Tisch ragte der Heiler Tul-Kin auf, und Nish war keineswegs erfreut, ausgerechnet diesen Mann zu sehen. Aus der Nähe sah man die aufgedunsenen, von hässlichen Adern durchzogenen Wangen und die rote Nase; sein Atem stank nach dem selbst gemachten Brandy, den die Bergleute drunten im Dorf brannten. In der Fertigungsstätte waren alkoholische Getränke verboten – erlaubt war allenfalls dünnes Bier –, aber dem Heiler gestand man Brandy zu, um ihn bei Operationen einzusetzen. Eine Ausnahme, die offenkundig ihre Nachteile hatte.

»Nun tut doch etwas, Mann!«, rief Jal-Nish. »Zieht den Pfeil heraus und näht die Wunde, bevor er vor unseren Augen verblutet!«

Tul-Kin rang seine feisten Hände. »Schwierig. Er steckt dicht an der Halsschlagader und hat drei Widerhaken. Eine falsche Bewegung, und er ist tot.«

»Ihr elender Trunkenbold!«, brüllte der Perquisitor. »Wo, zum Teufel, ist Gi-Had?«

»Er setzt dem Feind nach, Herr«, hörte Nish einen der Anwesenden sagen. »Eins der Wesen drang in die Dienststuben ein.« Nish war schwindelig, aber im Kopf war er klar. Er würde sterben, weil der Heiler nicht den Mut besaß, wenigstens den Versuch zu unternehmen, ihn zu retten.

»Ist dieser elende Kerl hier der einzige Heiler, den Ihr habt?«, erkundigte Jal-Nish sich erregt.

»Da ist noch die alte Ruzia, Herr«, erklang wieder die unbekannte Stimme. »Aber sie ist blind und leidet unter Schüttellähmung. Wir hatten noch Mul-Lym, den Arzneikundigen. Im Notfall konnte er gut mit der Knochensäge umgehen, aber –«

»Ich weiß, der dämliche Narr ist tot«, stieß Jal-Nish zwischen zusammengebissenen Zähnen hervor. »Hat sich selbst das Leben genommen, falls da nicht jemand anders seine Hand im Spiel hatte.« Bei diesen Worten bedachte er seinen Sohn mit einem anklagenden Blick. »Ausgleichende Gerechtigkeit«, schob er halblaut nach.

Nish kannte den Sarkasmus seines Vaters, konnte sich aber auch jetzt nicht damit anfreunden.

Dann vernahm er ein klatschendes Geräusch, einen unterdrückten Fluch und Irisis' laute Stimme. »Finger weg, oder ich zerschmettere dir den Schädel. Aus dem Weg!« Die Menge teilte sich für sie. Irisis hatte sich auf die Schnelle ein Unterhemd übergestreift, das sich eng an ihre Rundungen schmiegte.

»Was nehmt Ihr Euch da heraus?«, fuhr Jal-Nish sie an.

»Ich werde das wertlose Leben Eures Sohnes retten«, erwiderte sie ungerührt. »Wenn nicht, verkürze ich zumindest seine Qualen.« In der einen Hand hielt sie ein Stück Kupferrohr, in der anderen einen kleinen Hammer, ein Werkzeug, das zum Instrumentarium der Kunstwerker gehörte.

»Verflucht seid Ihr! Tul-Kin, Ihr kommt auf der Stelle zurück!«

Kräftige Hände zerrten den Heiler aus einer Ecke, in der er sich hastig ein paar Schlucke aus einer Flasche genehmigt hatte. Als man ihm die Flasche entriss und ihm stattdessen ein Messer in die Hand drückte, zitterte er so stark, dass er die Klinge nicht ruhig halten konnte.

»Also?«, sagte Irisis in gewohnt hochnäsigem Ton.

Jal-Nish schloss verzweifelt die Augen, öffnete sie wieder und wischte sich eine Träne fort. »Er wird sterben, nicht wahr?«

»Wenn er weiterhin so viel Blut verliert«, antwortete eine der Pflegerinnen, »hat er noch eine Stunde.«

Der Perquisitor machte eine resignierende Handbewegung. »Viel schlimmer kann es nicht mehr werden«, seufzte er.

Irisis drängte sich weiter nach vorne, beugte sich über Nish und betrachtete die Verletzung. »Bei dem Geschoss handelt es sich um ein Stück Metall, das so lang ist wie eine Messerklinge. Es hat drei

Kanten, und jede davon ist scharf wie eine Rasierklinge. Es ist durch den Halsmuskel gedrungen und hinten neben der Wirbelsäule wieder herausgetreten. Wenn man versucht, es herauszuziehen oder durchzustoßen, besteht das große Risiko, dass Blutgefäße verletzt werden. In einem solchen Fall wird er innerhalb einer Minute sterben.«

Sie nahm das Kupferrohr, überprüfte, dass der Durchmesser stimmte, und bohrte es in die Wunde an Nishs Hals. Er schrie vor Schmerzen und verlor das Bewusstsein. »Besser so«, murmelte Irisis und schob das Röhrchen über die Spitze des Geschosses. Während sie Druck ausübte, war ein leises saugendes Geräusch zu hören. Blut tropfte aus der Röhre.

Schweiß lief ihr übers Gesicht. Ein Dutzend Leute stand um den Tisch herum, doch keiner sagte ein Wort. Der ganze Saal schien den Atem anzuhalten.

Irisis bewegte das Röhrchen vorsichtig vor und zurück, als versuchte sie, das Kupfer über einen kleinen Widerstand zu schieben. Bei zu viel Druck würde eine der Kanten die Blutgefäße verletzen. Langsam zog sie die kleine Röhre heraus, wischte das Blut an ihrem Hemd ab und säuberte ihre Finger auf die gleiche Weise. Dann setzte sie das Röhrchen erneut an und schob es in die Wunde. Diesmal ließ es sich mühelos weiterschieben.

»Hebt seinen Kopf an!«, sagte sie barsch.

Jal-Nish kam der Aufforderung nach. Er sah zu Tode erschrocken aus.

Sie führte seine Hand, um Nishs Hals zu stützen. »Haltet ihn gut fest.«

Nun holte sie eine kleine Verschlusskappe aus ihrer Tasche und schraubte sie auf das Ende der Röhre. Dann nahm sie ihren Hammer und schlug das Röhrchen mit einem einzigen festen Schlag, der den Zuschauern Laute des Erstaunens entlockte, tief in die Wunde. Nish kam kurz zu sich, schrie und begann zu zucken.

»Haltet ihn fest!«, schrie sie. »Oder wir verlieren ihn.«

Die Beistehenden beeilten sich, Nish an Armen und Beinen festzuhalten. Irisis nahm nun eine Pinzette aus der Tasche, packte das Endes des Kupferröhrchens dort, wo es im Nackenbereich herausragte, und zog Röhre und Geschossspitze mit einer einzigen, geschmeidigen Bewegung heraus. Nish schrie.

Das Blut, das sich angesammelt hatte, floss hinten wie vorne heraus. Alle warteten gebannt, ob auch hellrotes Blut aus einer verletzten Schlagader herausschießen würde.

»Was ist los?«, jammerte Nish mit matter Stimme. »Ich sterbe, nicht wahr?«

Irisis trat schwer atmend einen Schritt zurück. Ihr Hemd und ihre Arme waren blutverschmiert. Blut troff aus der Öffnung der Kupferröhre. Sie starrte auf seinen Hals.

»Was ...?«, stammelte Nish.

»Halt den Mund, Nish! Du wirst, verdammt noch mal, nicht sterben.« Sie schaute sich in der Menge um. »Kann hier jemand eine Wunde nähen?« Alle starrten sie entgeistert und verschüchtert an. »Natürlich nicht, ihr Narren! Bringt mir die Tasche des Heilers und auch gleich den Brandy.«

Jemand hastete davon und kehrte kurz darauf mit den Gegenständen zurück. Irisis suchte sich eine Nadel samt Faden heraus und nähte die beiden Wunden. Schließlich wusch sie die beiden Nähte mit Brandy.

Nachdem sie sich vergewissert hatte, dass sie nichts weiter für den Verletzten tun konnte, warf sie Nadel, Fäden und Flasche auf den Tisch. Anschließend suchte sie ihr Werkzeug zusammen, stolzierte aus dem Raum, ohne einen Blick zurückzuwerfen, und kehrte wieder in ihr Zimmer zurück.

Nishs Mund war ganz trocken, sein Kopf pochte und der Schmerz in seinem Hals war so unerträglich, dass er den Kopf nicht bewegen konnte. Dunkel erinnerte er sich, dass jemand bei seinem Bett gesessen und ihm das Haar aus der Stirn gestrichen hatte, aber im Augenblick war nur Irisis bei ihm.

»Du hast mir das Leben gerettet«, flüsterte er und griff nach Irisis' Hand.

»Glaub ja nicht, dass ich dir geholfen habe, weil mir etwas an dir liegt, kleiner Nish-Nash«, erklärte sie grimmig.

»Warum dann?«

»Um deinem Vater einen Gefallen zu tun! Das war meine einzige Chance, der Gebäranstalt zu entkommen.«

»Oh!« Er konnte ihren seltsamen Gesichtsausdruck nicht sehen, da er nicht in der Lage war, den Kopf zu drehen. »Aber wenn du mich nun getötet hättest ...«

»Es war einen Versuch wert. Ich liebe das Risiko, insbesondere wenn die Lage aussichtslos ist.«

»Solltest du dann nicht lieber losgehen, um dir deine Belohnung abzuholen?« Trotz der Schmerzen beim Sprechen bemühte er sich, möglichst viel Sarkasmus in sein dünnes Stimmchen zu legen. »Immerhin habe ich von dir nichts anderes erwartet.«

Sie ließ die unverhohlene Anklage von sich abprallen. »Ich habe etwas Brühe. Ich will ja nicht, dass du stirbst und mir alles verdirbst.«

»Natürlich nicht!«, spöttelte er.

Sie tauchte den Löffel ein und führte ihn an seine trockenen Lippen. »Mund auf!«

Er gehorchte und war überrascht, wie gut die Suppe schmeckte; nichts im Vergleich zu dem Spülwasser, das einem die Küche sonst vorsetzte. »Das schmeckt köstlich«, sagte er schmatzend.

»Gewiss, ich habe sie ja auch selbst zubereitet.«

Sie fütterte ihn weiter und verließ dann ohne ein weiteres Wort den Raum. Nish lag reglos da und hörte das Blut in seinen Ohren rauschen. Schon diese kleine Anstrengung hatte ihn erschöpft.

Irisis saß gerade an ihrer Werkbank und setzte eine Steuereinheit zusammen, als die Tür aufflog und Jal-Nish hereinplatzte. Er war ständig in Eile, aber mit seinem Leibesumfang wirkten all seine Bewegungen immer ein wenig lächerlich.

»Ja?«, sagte sie gebieterisch, fürchtete sich aber im Stillen vor der Macht dieses Mannes. Die meiste Zeit ihres Lebens hatte sie in Angst gelebt, dieses Gefühl aber immer zu verbergen gewusst. Ein Wort des Perquisitors, und sie wäre zu irgendeiner Sklavenarbeit verdammt. Ihr Stolz würde das nicht zulassen.

»Ich bin gekommen, um Euch meinen Dank auszusprechen. Ihr habt meinem unwürdigen Sohn das Leben gerettet.«

»Unwürdig? Mag sein. Doch er hat gewisse Talente.« Sie warf ihm ein spöttisches, anzügliches Lächeln zu.

»Davon möchte ich nichts wissen«, entgegnete er hastig.

»Ist auch besser so. Übrigens bin ich von all Euren nächtlichen Aktivitäten unterrichtet.« Sie strich sich das blonde Haar zurück. »Sagt mir, was Ihr mit mir vorhabt. Was es auch immer ist, ich möchte jetzt wissen, wie mein Schicksal aussieht.«

Er ging auf und ab, warf ihr hin und wieder einen Blick zu und schien nicht recht zu wissen, wie er Irisis einschätzen sollte.

»Ihr wisst mehr, als die Berichte vermuten lassen.«

»Was wirft Fyn-Mah mir vor? Bin ich des Verrats schuldig, sogar des Mordes, wie mein ehemaliger Liebhaber glaubt?«

»Jetzt gibt es Grund, dies ... zu bezweifeln«, gestand er ein.

»Tatsächlich?«

»Es ist schwer vorstellbar, dass ein mutmaßlicher Verräter einen der Feinde auf derart bravouröse Weise tötet.«

»Warum sind die Lyrinx hierhergekommen?«

»Nur eine marodierende Rotte.« Jal-Nishs Bemerkung klang ein wenig zu lässig. »Wer vermag schon zu sagen, wohin der Feind sich wendet.«

»Wie ich gehört habe, hat ein Lyrinx sich bis in Gi-Hads Dienststube vorgekämpft, ehe er getötet wurde. Sie haben eine ganz bestimmte Absicht verfolgt, wie es scheint.«

Er zögerte. »Er nahm ein Beweisstück an sich ...«

»Wollt Ihr damit sagen, dass Gi-Had der Verräter ist?«

»Seid nicht töricht. Der Lyrinx hatte Kunstwerkerin Tiaans zerbrochenen Taststein. Wir gehen davon aus, dass dieser Stein die Identität des Verräters birgt, was Euch von dieser besonderen Anklage befreit.«

»Aber nicht von den anderen?«

»Ihr habt schwerwiegende Verbrechen gestanden, und wie ich von Fyn-Mah erfahren habe –«

»Ja?«, unterbrach sie ihn und krallte ihre Finger unter der Werkbank in ihre Handflächen.

»Seid Ihr eitel, stolz und sehr von Euch überzeugt. Aber all diese Eigenschaften habt Ihr Euch Euer ganzes Leben lang zugelegt, um Euch vor Eurer gewalttätigen Mutter und Eurem unfähigen Vater zu schützen – wie Ihr Euch überhaupt einer Familie erwehren müsst, die verzweifelt darum bemüht ist, den längst verblassten Ruhm in

Euch wieder aufleben zu lassen. Von Fyn-Mah weiß ich zudem, dass es Euch an sittlichem Verhalten mangelt und dass Ihr alles tun würdet, um Euch einen Vorteil zu verschaffen und Eure Rivalen zu erledigen. Ihr seid kühn, bisweilen tollkühn, und doch verfolgt Ihr beharrlich das Ziel, das Ihr Euch einmal gesteckt habt. Ihr sehnt Euch verzweifelt nach Anerkennung ...«

Sie hatte nicht vor, ihm zu widersprechen, denn das wäre in ihren Augen einem Gesichtsverlust gleichgekommen. »Alles richtig!« Sie gab sich gelangweilt. »Ich bin eben, wie ich bin. Oder besser gesagt, wie die Lebensumstände und mein eigener Verstand mich gemacht haben.«

»In der Tat, und genau deshalb bin ich hier. Ich habe einen kleinen Auftrag für Euch. Einen Auftrag, mit dem Ihr Eure Fehler möglicherweise wiedergutmachen könnt.«

»Einen Auftrag?«

»Ja, ich glaube, so könnte man es nennen.« Er zögerte, ging dann mit langen Schritten zur Tür, vergewisserte sich mit einem Blick in den Vorraum, dass niemand lauschte, und schloss die Tür wieder. Dann nahm er sich einen Hocker und setzte sich vor Irisis. »Daheim in meinem Bereich wurden gewisse ... äh ... Experimente durchgeführt ... Wie soll ich sie Euch beschreiben? Experimente im *Aufspüren*, oder vielleicht könnte man auch sagen: im *Verfolgen.*«

»Ihr meint das Aufspüren von Leuten?«

»Eher indirekt. In Wahrheit geht es darum, dem Gebrauch der Kraft nachzuspüren ... der Geheimen Kunst.«

»Ich besitze kein Geschick in der Geheimen Kunst.«

»Ich habe eine Meisterin mitgebracht, die spüren kann, wenn Energie benutzt wird und *wo* sie zum Einsatz kommt! Ich hoffe, dass sie uns bei einem speziellen Problem helfen kann.«

»Das Versagen des Felds von Minnien«, mutmaßte Irisis.

»In der Tat. Wir wissen nicht, wie es dazu kam. Ist das Feld nun für immer versiegt, oder taucht es irgendwann wieder auf?«

»Haben wir ihm zu viel Energie entzogen?«, erkundigte sich Irisis. »Oder hat der Feind gelernt, es auszuschalten?«

»Genau das ist die Frage. Ihr habt eine rasche Auffassungsgabe, Kunstwerkerin.«

Sie gähnte absichtlich.

»Viele Werkmeister und Mantiker haben sich mit diesem Problem beschäftigt, aber bislang ohne Erfolg«, erklärte Jal-Nish.

»Wir müssen einen Blick in das Innere des Feldkerns werfen«, meinte Irisis.

Er wirkte erschrocken, fing sich aber schnell wieder. »Als könntet Ihr meine Gedanken lesen! Und genau das erhoffe ich mir von meiner Meisterin – der *Sucherin.*«

»Warum erzählt Ihr mir das alles?«

»Das Talent der Sucherin reicht nicht aus, denn es weist zu viele Schwächen auf.«

»Ich weiß nicht, wovon Ihr sprecht.«

»Ich habe es nicht klar genug dargelegt. Kommt mit.«

Sie folgte dem Perquisitor durch die Fertigungsstätte, in deren Werkräumen nur wenig Betriebsamkeit herrschte. So unmittelbar nach dem Überfall vermochte sich niemand auf die Arbeit zu konzentrieren. Sie kamen an der Tür des Aufsehers vorbei, die zertrümmert worden war, bogen um eine Ecke und schritten einen langen Korridor entlang, bis Jal-Nish an einer geschlossenen Tür stehen blieb. Er nahm eine Laterne, entzündete sie, schob die Blende fast ganz zu und betrat den Raum. Irisis folgte ihm. Er zog die Tür wieder zu. Der schmale Lichtstreif fiel auf eine kleine Gestalt, die in einer Ecke kauerte. Sie verbarg ihr Gesicht hinter den Händen und gab jaulende Geräusche von sich.

»Ullii«, sagte Jal-Nish leise, »dies ist Kunstwerkerin Irisis. Bitte heißt sie willkommen.«

Die Gestalt krümmte sich und löste sich dann langsam aus der Ecke. Zunächst glaubte Irisis, die Sucherin wäre ein Kind, aber als Ullii aufstand, stellte sich heraus, dass es sich um eine junge Frau handelte, wohlgestaltet, aber von geringer Größe, mit kleinen Händen und zierlichen Füßen. Sie war nackt; ihre Kleidung lag verstreut im Raum, als hätte sie alles von sich geworfen. Ihre ganze Erscheinung war blass, wenn nicht gar farblos. Selbst ihr Haar sah so durchscheinend aus, dass man meinte, es wäre aus dünnen Wasserstrahlen gemacht. Auch ihre Augenbrauen und Wimpern waren fast durchsichtig. Ihre Haut besaß überhaupt keine Farbe, sodass man selbst im schwachen Licht der Laterne jede einzelne Ader sehen konnte.

Ullii wandte sich ruckartig von dem Licht ab, obwohl es nicht blendete. Irisis fragte sich, ob diese seltsame Frau irgendeine Verunstaltung oder einen Defekt hatte, den sie verbergen wollte. Aber als Jal-Nish die Laterne so drehte, dass der Lichtstrahl in eine andere Ecke fiel, wandte Ullii sich ihnen wieder zu. Sie wirkte vollkommen normal, wären da nicht diese außergewöhnlich großen Augen gewesen, die weder eine Farbe noch erkennbare Strukturen zu haben schienen. War sie eine Schwachsinnige, die eine ganz besondere Begabung besaß?

»Es tut mir weh«, sagte Ullii mit einer matten Stimme, die zu ihrer blassen Erscheinung passte. Und das Licht hatte ihr offenbar wirklich wehgetan, denn Tränen glitzerten in ihren Wimpern.

»Heißt Irisis willkommen, Ullii«, forderte Jal-Nish die junge Frau erneut auf.

»Seid gegrüßt, Irisis«, sagte Ullii mit einer Stimme, in der plötzlich Jal-Nishs Akzent mitschwang. Sie starrte durch Irisis hindurch, als wäre die Kunstwerkerin gar nicht anwesend. Oder als wäre Ullii blind.

»Was seht Ihr, Ullii?«, fragte er die junge Frau und schlug unabsichtlich einen schärferen Ton an.

Sie zuckte zusammen, als hätte seine Stimme sie verletzt, und schlang die Arme um ihren Leib. »Tut mir leid, Ullii«, flüsterte er beruhigend. »Habt keine Angst. Niemand wird Euch *jemals* wieder etwas antun. Sagt Irisis, was Ihr seht.«

Es nützte nichts. Die junge Frau war zu Boden gesunken, hockte dort zusammengekauert und hatte den Kopf eingezogen. Jal-Nish zuckte hilflos die Achseln, deutete auf die Tür und griff nach der Laterne.

»Was ist bloß los mit ihr?«, wollte Irisis wissen.

Der Perquisitor zog die Tür hinter sich zu und geleitete Irisis den Korridor entlang. »Sie ist ein seltsames kleines Geschöpf. All ihre Sinne sind derart geschärft, dass sie in unserer Welt nicht überleben kann. Im Licht ist sie praktisch blind, obwohl sie im Dunkeln gut sehen kann. Geräusche rufen bei ihr körperliche Qualen hervor – ein Ruf oder ein Schrei, für uns alltägliche Geräusche, sind für sie so, als wäre sie mit einer Banshee in einem Metallbehälter gefangen. Jede Berührung ist Gift für sie – sie kann es nicht ertragen,

Kleidung am Leib zu haben. Selbst Seide empfindet sie als störend. Sie hat vor allem und jedem Angst.«

»Ich wundere mich, warum man sie nicht längst aus ihrem elenden Zustand erlöst hat«, sagte Irisis. »Ich hätte es getan, wenn sie mir gehörte. Sie scheint nicht ganz bei Trost zu sein.«

»Was für eine kalte Frau Ihr doch seid!«, schalt Jal-Nish sie. »Sie ist nicht schwachsinnig, sondern überwältigt von allen Eindrücken, die auf sie einstürmen.«

Irisis unterdrückte ihre Ungeduld und hoffte, dass der Perquisitor endlich auf den Punkt kam.

»Ullii sieht Dinge. In ihrem Geist«, erklärte er schließlich.

»Das kann ich auch.«

»Aber Ihr könnt nicht die Art von Dingen sehen, die *sie* sieht. Versuchen wir es noch einmal. Und sprecht leise.«

Ihr habt sie doch eben verschreckt, dachte Irisis verstimmt.

Sie gingen zurück und betraten noch einmal den dunklen Raum.

Ullii saß immer noch auf dem Boden. Sie wandte sich wie auf Kommando Irisis zu und sagte: »Seid gegrüßt, Irisis«, wobei sie abermals die Sprechweise des Perquisitors nachahmte. »Ich erinnere mich an Euch.«

»Seid gegrüßt, Ullii«, erwiderte Irisis so leise wie möglich. »Sagt mir, was Ihr seht.«

Sie erhob sich und starrte über Irisis' Kopf hinweg in die Luft. »Ich sehe Formen ganz in unserer Nähe. Sie sind alle dunkel, aber sie haben Kristalle in ihren Herzen. Sehr schwache Kristalle!«, erklärte sie herablassend. Nunmehr imitierte sie Irisis' durchdringenden Ton.

Irisis wunderte sich über diese Art von Nachahmung. War das ein Versuch, die Worte von sich selbst fortzulenken?

»Eure Steuereinheiten!«, sagte Jal-Nish.

»Das habe ich selbst schon herausgefunden!«, zischte Irisis, obwohl sie darauf noch nicht gekommen war.

Ullii erschrak und kauerte sich erneut auf dem Boden. Dann aber löste sie sich wieder langsam aus ihrer gekrümmten Haltung – wie eine Tänzerin, die einen sich öffnenden Blütenkelch nachahmt. Ihren Bewegungen wohnte eine Anmut inne, die Irisis noch nie gesehen hatte. Ihre Neugier war geweckt.

»Ich sehe andere Formen, weiter weg«, sprach Ullii. »Einige sind stark. Niemand benutzt sie.«

Irisis fragte sich, ob die seltsame Gestalt auf die Kristalle in der Mine anspielte.

»Fahrt fort«, ermunterte Jal-Nish sie. »Seht Ihr noch etwas anderes?«

Sie drehte sich um, versteifte sich, und ihre eulenartigen Augen wurden groß. »Ich sehe Klauentiere ... viele. Sie jagen, jagen! Suchen etwas. Aah!« Sie begann zu wimmern. »Sie kommen, um mich zu fressen! Sie kommen! Sie kommen!«

Irisis, die sonst so gefühlskalt und durch nichts zu erschüttern war, trat auf die junge Frau zu, um sie in die Arme zu schließen. Doch Jal-Nish hielt die Kunstwerkerin am Ärmel zurück, schüttelte den Kopf und deutete zur Tür. »Tut das nicht! Sie kann es nicht ertragen, wenn jemand sie anfasst.«

Ullii sank bereits wieder in ihre kauernde Haltung. Jal-Nish und Irisis zogen sich abermals zurück und gönnten dem fragilen Geschöpf diesmal eine längere Verschnaufpause. Als sie den dunklen Raum schließlich wieder betraten, brauchte Ullii viel Zuspruch, bevor sie sich erneut auf Fragen einließ.

Die Klauenwesen, zweifellos die Lyrinx, waren nicht weit entfernt. Aber Ullii wollte sich nicht mehr zu diesen Bestien äußern. Sie sah sie offenbar nicht klar, zumindest nicht in der Weise, in der sie die Kristalle zu sehen schien.

»Das gefällt mir nicht«, sagte Jal-Nish leise zur Kunstwerkerin. »Einen großen Angriff können wir nicht abwehren. Was machen so viele von diesen Bestien hier in der Nähe?«

Offenkundig war Ulliis Gehör unglaublich scharf, denn sie wisperte: »Sie jagen sie!«, wobei sie Jal-Nishs Stimme imitierte.

»Wen jagen sie, Ullii?«, flüsterte er.

»Die junge Frau.«

»Welche Frau?«

»Die Frau mit dem hellen Kristall.«

»Wer ist sie?« Er sprach weiterhin ganz leise mit ihr.

»Ihr Kristall ist so hell wie der Mond«, bemerkte Ullii.

»Tiaan!«, rief Irisis, senkte dann aber rasch die Stimme. »Könnte sie es sein, die gejagt wird? Ist sie denn noch am Leben?«

»Ich weiß nicht, wie sie heißt«, erwiderte Ullii und starrte zur Decke. »Ich kann sie nicht deutlich sehen, nur den Kristall. Aber wenn sie ihn berührt, flammt er wie eine Sternschnuppe auf.«

»Wo ist sie?«, zischte Jal-Nish. »Rasch, Mädchen. Sag uns den Weg.«

»Hier entlang.« Ullii deutete auf die Tür. »Oder vielleicht dort entlang.« Den Gang hinunter. »Alle Wege sind gleich.« Ihre Augen schlossen sich; und sie begann, auf den Fußballen vor und zurück zu wippen. »Gleich, gleich, gleich, gleich, gleich, gleich, gleich, gleich, gleich, gleich, gleich, gleich, gleich ...«

Jal-Nish verließ mit Irisis den Raum und schloss die Tür. »Wenn sie sich in diesem Zustand befindet, kann es Stunden dauern, bis sie wieder ansprechbar ist. Wir kommen später noch einmal zurück. Ich werde noch mehr Suchtrupps losschicken, falls es sich wirklich um Tiaan handelt.«

»Es gibt noch eine Möglichkeit«, meinte Irisis.

»Und die wäre?«

»Vielleicht hat Ullii Tiaan überhaupt nicht gesehen. Es könnte sein, dass sie nur das plappert, was wir ihrer Ansicht nach hören möchten.«

»Ich habe bewusst nicht in ihrer Gegenwart davon gesprochen.«

»Die ganze Fertigungsstätte hat über Tiaan gesprochen. Mit ihrem ausgeprägten Gehör hätte sie irgendein Gespräch am Ende des Korridors aufschnappen können.«

»Mag sein, aber sie ist alles, was wir haben.«

»Ich verstehe trotzdem noch nicht, warum Ihr mich zu ihr geführt habt«, sagte Irisis, während sie zu ihrem Werkraum zurückgingen.

»Wirklich nicht? Sie vermag Formen der Energie zu sehen, seien es nun natürliche Kraftquellen, wie Feldkerne oder Kristalle, oder Leute, die sich der Geheimen Kunst bedienen. Niemand war je in der Lage, das zu vollbringen, was sie tut. Bedenkt doch nur, wie sehr sie uns auf dem Schlachtfeld helfen könnte, wo der Feind sich der Geheimen Kunst bedient. Um in unserer schweren Welt zu fliegen, müssen die Lyrinx eine Kraft nutzen, mit deren Hilfe sie sich in der Luft bewegen können. Hätten wir Ullii vor Ort, wären die Feinde nicht mehr in der Lage, uns zu überraschen. Aber wir brauchen eine

Kunstwerkerin, wie Ihr es seid, um das, was Ullii sieht, für uns sichtbar werden zu lassen. Ich habe Euch nicht ausgewählt, weil Ihr so brillant seid, wenn Ihr das meint, sondern weil Ihr im Augenblick hier die Beste seid. Und weil Ihr heute bereits zweimal Euren Mut und Eure Einsatzbereitschaft unter Beweis gestellt habt. Ihr werdet eine Steuereinheit entwerfen und anfertigen, die auf Ulliis Fähigkeiten abgestimmt ist, damit wir jeden aufspüren können, der sich der Geheimen Kunst bedient. *Seien es nun Lyrinx oder Menschen!* Und wenn Euch das gelungen ist, werden wir Tiaan finden.«

»Warum ist sie so wichtig?«, fragte Irisis neidisch. »Es gibt Tausende von Kunsthandwerkern ...«

»Weil es der Skrutator so will!«, beschied Jal-Nish ihr streng. »Es war Eure Dummheit, die ihn überhaupt erst auf Tiaan aufmerksam werden ließ, und jetzt habe ich den Auftrag, sie wiederzufinden. Was mich betrifft, so bekommt der Skrutator das, was er verlangt! Habt Ihr Erfolg, werdet Ihr begnadigt! Versagt Ihr, seid Ihr des Todes! Macht Euch also an die Arbeit.«

KAPITEL SIEBZEHN

In der anhaltenden Dunkelheit war es schwierig, zu beurteilen, wie viel Zeit vergangen sein mochte. Immer wenn der Hunger unerträglich wurde, vermutete Tiaan, dass zehn Stunden verstrichen waren. Dann aß sie ein klein wenig von dem eingelegten Ziegenfleisch, dem Brot und den Reisbällen und schlief. Etwas anderes konnte sie nicht tun.

Wenn sie erwachte, nahm sie wieder nur eine kleine Portion zum Frühstück zu sich und schritt dann im Stollen auf und ab, bis sie fürchtete, allmählich den Verstand zu verlieren. Ihre Grubenlampe war schon vor langer Zeit erloschen. Aber Tiaan vermisste sie nicht; sie war es gewohnt, im Dunkeln zu gehen, und wenn sie etwas Licht brauchte, konnte sie im Schein des Kristalls genug sehen.

Sie hockte am Stolleneingang und ließ ihre Beine im Schacht baumeln, gab aufmerksam Acht und lauschte. Die Stille wurde oft unterbrochen, wenn die großen Räder sich knarrend in Bewegung setzten und volle Erzfuhren nach oben beförderten oder die Bergleute herauf- oder hinunterbrachten.

An dem Tag nach Joeyns Tod, als man nach dem alten Bergmann oder auch nach ihr suchte, herrschte rege Betriebsamkeit in der Mine. Einen Tag später kehrte das Bergwerk zu seinem normalen Arbeitsrhythmus zurück. Der Personenkorb setzte sich zweimal am Tag in Bewegung, einmal gegen fünf Uhr in der Frühe, ein zweites Mal um fünf Uhr am Nachmittag, wenn die Minenarbeiter kamen und gingen. Einmal hörte sie, wie ein First mit dumpfem Krachen einstürzte; aufgrund der Erschütterungen rieselten kleine Steine von der Decke ihres Stollens.

Gelegentlich hallten Rufe und Stimmen durch den Schacht. Gespräche, die weiter oben geführt wurden, konnte man bisweilen sogar hier unten noch verstehen. Die Bergmänner sprachen noch viel von dem alten Joe, manchmal aber auch über den Krieg. Entlang der Küste war es offenbar zu Überfällen der Lyrinx gekommen, sogar ganz in der Nähe von Tiksi. Die meiste Zeit drehten sich die Gespräche um den Bergbau, und dann ging es entweder über irgendeinen Flöz, wo das Gestein brüchig und schwer zu bearbeiten war, oder um einen anderen Stollen, in dem die Erzader ungewöhnlich reichhaltig ausfiel, sich aber nicht tiefer im Gestein verfolgen ließ, oder aber um die Gefahr eines Stolleneinsturzes. Auf die Dauer wiederholten sich die Gespräche und waren ermüdend.

Oft dachte Tiaan an die Seite aus dem Abstammungsregister. Sie erinnerte sich noch genau an das, was sie gesehen hatte, vermochte jedoch nicht, den Namen ihres Vaters zu entziffern. Sie musste jemanden finden, der ihn gekannt hatte. Wenn sie denn je aus diesem Berg herauskäme.

Ihre Gedanken kehrten immer wieder zurück zu dem leuchtenden Kristall und dem eigenartigen Feld, das er ihr gezeigt hatte. Es war schon aufregend, den Kristall zu berühren, auch wenn die Muster des Felds ihr Gehirn bis zum Zerreißen strapaziert hatten. Durfte sie es wagen, ihren neuen Taststein daraus zu fertigen? Sie vermisste ihren alten schrecklich. Aber wenn sie *diesen* Kristall benutzte, wäre sie dann auch stark genug, ihn zu handhaben? Womöglich zog sie sich Kristallfieber zu. Vielleicht sollte sie stattdessen den normalen Kristall benutzen, den sie eingesteckt hatte, kurz bevor Joeyn starb. Aber wie blass dieser Kristall sich mit einem Mal ausnahm. Er hatte Dutzende Makel, um die sie sich hätte kümmern müssen, wenn sie an ihrer Werkbank gewesen wäre.

Ein Kristall musste für gewöhnlich äußerst vorsichtig geschliffen werden. Dann dauerte es Stunden oder sogar Tage, um den Geist während eines fast tranceähnlichen Zustands auf den neuen Kristall einzustimmen, ehe das Mineral bereit war, zu einem Hedron erweckt zu werden. Der leuchtende Kristall wies hingegen keinen einzigen Fehler auf; sie hätte ihn direkt in eine Steuereinheit einsetzen können.

Er fühlte sich so an, als wäre er längst zum Leben erweckt worden. Umso mehr begehrte sie ihn, doch sie fürchtete sich auch vor seiner Kraft. Gewiss war der Kristall einem großen Mantiker vorbehalten, der die Kraft besaß, ihn zu beherrschen, und die Weitsicht hatte, das ganze Potenzial dieses Minerals zu ermessen. Sie aber war nur eine einfache Kunstwerkerin. Von einem plötzlichen Unbehagen erfasst, legte Tiaan beide Kristalle zur Seite.

Am dritten Morgen hörte Tiaan kein einziges Geräusch, was sie als beunruhigend empfand. Im Bergwerk wurde jeden Tag gearbeitet, abgesehen von seltenen Feiertagen, aber in diesem Monat gab es keinen. Sie nahm einen Haken aus ihrer Werkzeugtasche, befestigte ihn an einem Stück Seil, warf dies hoch und zog damit einen Korb herab. Vorsichtig kurbelte sie sich nach oben und spähte über den Korbrand. Am Ende des Stollens schimmerte Tageslicht, und ein Gittermuster verriet ihr, dass der Mineneingang mit dem Fallgatter versperrt war.

Langsam schlich sie sich zum Eingang. Draußen trieb der Wind den Schneeregen vor sich her, der Himmel war düster. Es war niemand zu sehen. Irgendetwas stimmte nicht. Sie brauchte nicht lange, um das Schloss zu knacken, das Gatter ein Stückchen hochzuziehen und sich darunter durchzuzwängen. Dann eilte sie durch den Wald in Richtung Fertigungsstätte.

Das Gehen im frischen Schnee kostete Kraft. Man konnte den Pfad nicht mehr sehen, was Tiaan Sorge bereitete. Doch schließlich erreichte sie den Waldrand in der Nähe der Fertigungsstätte. Sie versteckte sich im Buschwerk, um Ausschau zu halten. Beim Anblick der hässlichen Mauern stutzte Tiaan. Helle Stellen im ansonsten dunklen Mauerwerk zogen sich wie Narben über die vordere Außenmauer. Felsbrocken lagen verstreut auf dem Weg, ein Flügel des großen Tors war aus den Angeln geschlagen worden. Rauch stieg jenseits des Eingangs auf.

Tiaan sah an der Mauer den leblosen Körper eines Lyrinx, ein Flügel war seltsam verdreht. Links vom Tor lag wie ein dunkler Fleck noch ein weiterer Lyrinx. Leute aus der Fertigungsstätte liefen ziellos umher, hielten sich aber wohlweislich von den verhassten Toten fern.

Bald würde es zu einem weiteren Angriff der Lyrinx kommen, sinnierte Tiaan. Warum sollten sie auch warten, bis die nächsten

Klanker fertig waren? Steuereinheiten ließen sich leicht verstecken und woanders hinbringen. Da wäre es doch viel leichter, die Quelle dieser Geräte zu zerstören. Kein Zweifel, dass sie danach auch das Bergwerk angreifen würden.

Tiaan überlegte noch, ob sie sich zeigen sollte, als eine große Gestalt mit blondem Haar erschien. Irisis! Tiaan zog sich tiefer in die Büsche zurück, konnte aber nicht verhindern, dass ein Zweig knackte.

»Was war das?«, rief jemand voller Unruhe vom Tor aus.

»Ein Lyrinx!«, schrie jemand anders. »Tötet ihn!«

Tiaan floh. Pfeile sirrten durch die Luft und brachen durch das Geäst am Waldrand. Rufe und hastige Bewegungen waren zu hören, dann erschreckte sie ein hohes Pfeifen über ihr in den Bäumen. Es war ein »Schreier«, ein Armbrustbolzen, der aufgrund seiner besonderen Form im Flug ein unheimliches, schrilles Geräusch erzeugte. Bei dem Ton standen ihr die Haare zu Berge. Die Verteidiger würden auf alles schießen, was sich am Waldrand bewegte; erst später würden sie nachsehen, was sie getroffen hatten. Der Tod einer Frau, die aus der Gebäranstalt geflohen war, würde ohnehin niemanden interessieren.

Tiaan wusste, dass sie nur dann eine Chance hatte, wenn sie schnell genug aus der Reichweite der Schusswaffen kam. Blind stürmte sie durch den Wald, fand den Weg wieder, rutschte über eine vereiste Fläche und lief weiter. Nebelfetzen wanden sich vor ihr von Baum zu Baum. Der Himmel wurde zusehends dunkler. Sie folgte einer Wegbiegung und erreichte die freie Fläche vor der Mine. Im Eingang lag noch ihr Gepäck, ohne das sie verloren wäre. Im Nebel war allerdings das Fallgatter kaum auszumachen. Tiaan kämpfte sich verzweifelt durch den Schnee, um den Eingang vor den möglichen Verfolgern zu erreichen. Wenn ihr die Flucht gelang, würden die Verfolger womöglich glauben, dass die vermeintlichen Lyrinx den Weg zur Bergmannsiedlung eingeschlagen hatten. Tiaan kam schließlich am Fallgatter an, hievte es hoch und rollte sich geschwind darunter hindurch.

Kaum hatte sie es wieder ganz nach unten gelassen, stürmten die Verfolger auch schon aus dem Wald. Hatte sie sich rechtzeitig in Sicherheit gebracht?

»Da ist das Biest!« Das war Gi-Hads unverkennbare Stimme. »Es ist in die Mine eingedrungen. Schießt!«

Tiaan drückte sich an die Mauer. Pfeile, normale Armbrustbolzen und Schreier prasselten auf das Fallgatter ein; der Aufprall eines Geschosses erzeugte Funken über Tiaans Kopf. Hastig griff sie nach ihrem Gepäck, hielt sich im Schutz der Mauer und eilte zurück zu den Körben. Im nächsten Moment schwang sie sich in einen hinein und kurbelte sich bis ganz nach unten.

Direkt unterhalb der neunten Sohle tauchte der Boden des Korbs ins Wasser. Tiaan schleuderte ihre Tasche in den dunklen Stolleneingang. Von oben schallten aufgeregte Stimmen und Rufe durch den Schacht. Ein Bolzen platschte ins Wasser, gefolgt von einem Stein, der sie nass spritzte. Wenn die Leute sie bis nach unten verfolgten, wäre sie verloren. Vielleicht waren die Verfolger nicht so wagemutig, aber Tiaan durfte es nicht darauf ankommen lassen.

Sie kroch in den Stollen. Kaum hatte sie festen Boden unter den Füßen, durchschlug ein schwerer Stein den Boden des Korbs. Fast im selben Moment begann man, den Behälter hochzuwinden. Verzweifelt zog sie an dem Glockenzug. Er blieb stehen, bewegte sich dann aber langsam weiter nach oben. Tiaan zückte ihr Messer und hieb blind auf das Seil ein, um es zu durchtrennen. Sie ergriff es mit einer Hand, schnitt weiter und wurde ein Stück mit hochgezogen. Nachdem sie das Seil fast durchgeschnitten hatte, bekam sie Angst, noch weiter nach oben gezogen zu werden. Sie ließ los und landete auf dem Vorsprung an der neunten Sohle.

Das Seil hielt wenige Augenblicke später an, schnellte ruckartig weiter und zerriss dann mit einem knackenden Laut. Das kürzere Ende sauste nach unten und klatschte auf dem dunklen Wasser auf. Der Rest des Seils schnellte nach oben. Rufe schallten nach unten, und sie hörte ein schlagendes Geräusch, das offenbar von dem Radschutz kam, der nun die Körbe losschlug. Der Rest des Seils, einige hundert Spannen, segelte in das schwarze Wasser. Oben war es still geworden.

Nun gab es kein Zurück mehr. Tiaan nahm ihr Gepäck und lief einige Schritte in den Stollen hinein. Plötzlich wurde ihr bewusst, dass ein längeres Seil über Leben und Tod entscheiden könnte. Daher kehrte sie um und zog das lange Seil aus dem Wasser. Sie schnitt ein längeres Stück davon ab, hängte es sich aufgerollt über die Schulter und wagte sich tiefer in dem Stollen vor.

Sie ging den ganzen Tag durch ein Labyrinth aus Gängen und kam an zahllosen Kreuzungen vorbei, in denen das Wasser knöcheltief stand. Es gab keinerlei Anzeichen, dass sie noch verfolgt wurde. Schließlich, als es oben schon Nacht sein musste, versagten die müden Beine ihr den Dienst. Vermutlich würde sie hier unten verhungern. In Gedanken war sie bei Joeyn, den sie schrecklich vermisste. Sie breitete ihren Mantel auf dem harten Boden aus, legte den Kopf auf ihr Bündel und versuchte einzuschlafen.

Aber das gelang ihr nicht. Ihr Körper war zwar wie ausgebrannt von den Anstrengungen, aber ihr Geist kehrte immer wieder zurück zu den Möglichkeiten, die ihr jetzt noch blieben und die allesamt nicht angenehm waren. Der Schein des Kristalls flimmerte vor ihr. Die Helligkeit hatte in all den Tagen nicht abgenommen. Die Energie konnte nicht aus dem Kristall selbst kommen, denn sonst wäre er längst erloschen. Demnach war der Kristall nicht nur längst zum Leben erweckt worden, sondern bezog darüber hinaus ohne menschliches Dazutun Energie aus dem Feld. Wenn ihre Vermutung stimmte, dann war der Kristall anders als alle Hedrons, von denen sie je gehört hatte. Vielleicht auch stärker.

Tiaan legte den Hedron in ihre Kugel aus Drahtgeflecht, richtete die Perlen nach einem Muster aus, das ihr zusagte, und setzte sich den Helm auf. Sie spürte rein gar nichts. Rasch verschob sie die Perlen auf den Drähten. Noch immer nichts. Das kam ihr seltsam vor. Bisher konnte sie mit *jedem* Hedron das Feld erspüren. Mit der Kraft dieses Kristalls, die durch die Kugel und den Helm noch verstärkt wurde, hätte sie eigentlich in der Lage sein müssen, den Grundton der Erde zu hören.

Vielleicht war er zu stark; oder er musste doch noch geschliffen werden. Vielleicht arbeitete er aber auch auf eine ganz andere Art. Wie wenig sie doch über die Kräfte wusste, mit denen sie seit nunmehr elf Jahren herumexperimentierte!

Sie legte die Kugel aus Drahtgeflecht beiseite und versuchte es mit dem anderen Kristall. Sie musste jedoch erst noch eine Weile die Halterung mit ihrem Werkzeug bearbeiten, bis der Kristall hineinpasste. Kaum hatte sie den Helm wieder aufgesetzt, entluden sich herrliche Farbmuster in ihrem Geist: Sie beschrieben Kreise, verdrehten sich, liefen wellenartig in sich selbst zurück, verschwanden und tauchten andernorts wieder auf. Die Lichterscheinungen wurden heller und schließlich grell, bis alles in gleißendes Weiß getaucht wurde, in dem sie nichts mehr erkennen konnte. Tiaan verlor die Fähigkeit zu denken, zu sehen, zu sein.

Das Nächste, an das sie sich erinnern konnte, war, dass sie sich von dem harten Boden erhob. Der Helm lag neben ihr. Magenkrämpfe setzten ihr zu. Der Schein des Hedrons kam ihr heller vor, und ein winziger Funke lief entlang der innersten Nadeln, verschwand indes, als er sich der eingeschlossenen Blase näherte.

Was war nur geschehen? Sie konnte nicht mehr klar denken. Schwer atmend lehnte sie an der Stollenwand. Die Magenkrämpfe ließen nicht nach; es schien, als würden sie eine halbe Ewigkeit dauern. War der Kristall immer schon so gewesen? Hatte er seit Jahrmillionen in jenem Hohlraum gesessen und *gewartet?* Ein Schauder lief ihr über den Rücken. Wie wollte sie ein Hilfsmittel beherrschen, das schon seit so langer Zeit sein eigener Herr und Meister war? Diese Muster waren offenbar in seiner inneren Struktur kristallisiert. So etwas war nicht für sie bestimmt.

Ihr Magen schmerzte weiterhin, und sie begann, über ihre Situation nachzudenken. Tiaan war verzweifelt. Die neu gewonnene Freiheit erschien ihr mit einem Mal gar nicht mehr so kostbar. Was nützte es ihr jetzt, frei zu sein, wenn sie tief unten im Berg verschmachtete? War dies wirklich besser als das Leben in der Gebäranstalt, in der sie verhätschelt würde, den Kunden Vergnügen bereitete und selbst Befriedigung erfahren durfte?

Ihr Leben war aus den Fugen geraten, und das hasste sie. Das Verlangen nach Ordnung und Kontrolle war auch der Grund gewesen, weshalb sie so hart in ihrem Handwerk gearbeitet hatte: Dadurch nämlich hatte sie ihr Dasein unter Kontrolle gehabt. Sowie sie die vertraute Arbeitswelt verließ und die Welt der Gefühle betrat, fand sie sich nicht mehr zurecht. Die Beziehungen der Menschen untereinander waren wie ein vorgegebener Plan, dessen Umrisse verblasst waren; übrig blieben nur eine Unmenge Symbole, die

Tiaan nicht deuten konnte. Und jetzt war auch noch Joeyn, der einzige Mensch, den sie wirklich gemocht hatte, von ihr gegangen.

Die Krämpfe lösten sich endlich. Immer noch an die Wand gelehnt, glitt sie unmerklich in den Schlaf. Mit einer Hand tastete sie noch auf dem Boden herum, bis sie den Helm fand. Schläfrig setzte sie ihn sich auf und zog mit der anderen Hand die Kugel zu sich. Tiaan drückte sie mit traumwandlerischer Sicherheit an sich und ließ die Finger über die Perlen auf den Drähten gleiten. Es fühlte sich gut an, wieder einen Hedron zu benutzen. Sehr gut sogar. Sie würde sich nie davon trennen.

Vulkane explodierten. Langsam erstarrende Lavageschosse wirbelten durch einen säurehaltigen Himmel und lösten sich langsam auf.

Tiaans zierliche Finger fanden neue Positionen und bewegten die Perlen schneller hin und her, wie an einem Abakus eines Kaufmannes. Die Szene kam mit einem Aufblitzen in ihr Blickfeld – eine immense Lavafontäne von atemberaubender Schönheit. Auch sie entschwand im Nichts.

Wieder arrangierte sie die Perlen neu, und augenblicklich stellte sich die ihr wohlbekannte Szenerie ein und ließ sich perfekt auf den Mann in ihren Träumen einstellen. Der Balkon war aus weißem Marmor, den die in der Nähe wütenden Flammen bereits tiefrot gefärbt hatten. Seine Finger schlossen sich um das Geländer, und er blickte hinüber zu den Bergen in der Ferne, als suchte er eine Antwort in der Ewigkeit.

Hilfe!, formte er mit den Lippen.

Ein Zeitalter später erreichte der Ruf sie, oder das Echo. *Hilfe!*

»Ich komme zu dir!«, rief sie laut in ihrem Traum.

Ruckartig drehte er den Kopf. *Wer seid Ihr? Wer seid Ihr?*

»Ich heiße Tiaan«, sagte sie leise. »Ich bin in der neunten Sohle der Mine.«

In der Mine? Er schien die Worte nicht zu begreifen. *In welcher Mine?* Er sprach in einem rauen, etwas undeutlichen Ton, den sie anziehend fand, doch einem Sprechmuster wie dem seinen war sie noch nie begegnet. Er betonte jeden Buchstaben: M-i-n-e; H-i-l-f-e.

»Die Mine in der Nähe der Fertigungsstätte, nicht weit entfernt von Tiksi.«

Was ist Tiksi?

In ihrem Traum fragte Tiaan sich, wie intelligent dieser junge Mann in Wirklichkeit war. Aber schließlich war es nur ein Traum. Das wusste sie.

»Tiksi ist eine Stadt an der Südostküste von Lauralin, auf einem Ausläufer der Großen Berge.«

Lauralin? Er hätte nicht erstaunter sein können, wenn sie gesagt hätte, die Stadt liege auf der Oberfläche der Sonne. *Lauralin?* Er ließ ein lautes Brüllen ertönen, bei dem sich ihr vor Angst die Nackenhaare sträubten. *Sprecht Ihr zu mir von SANTHENAR?*

Ein Prickeln lief ihr über den Kopf. »Ja, natürlich bin ich auf Santhenar. Wo sollte ich sonst sein?«

Augenblicklich war er von dem Balkon verschwunden. Sie hörte ihn sagen: *Seid gepriesen, Pflegevater, eine Antwort! Aus Santhenar!*

Der Traum ebbte ab, sehr zu Tiaans Bedauern, und sie bekam die Bilder nicht mehr zurück. Kurz darauf erwachte sie und merkte, dass sie sich den Kopf aufgeschlagen hatte, da sie sich offenbar während des Traums heftig von einer Seite auf die andere geworfen hatte. Mit der Hand ertastete sie eine große Beule. Stunden verzweifelter Schlaflosigkeit verbrachte sie damit, die Kugel unaufhörlich in den Händen zu drehen und die Perlen immer wieder in andere Positionen zu bringen, aber sie konnte sich nicht mehr auf den jungen Mann einstimmen. Er war fort.

Schließlich sank Tiaan doch noch in unruhigen Schlaf, und als sie erwachte, war der Traum noch da. Es handelte sich ganz sicher nicht um einen Kristalltraum, denn sie konnte sich an jede Einzelheit erinnern und die Bilder sogar vor ihrem inneren Auge ablaufen lassen. Die Erinnerungen hatten sich tief in ihr Gedächtnis gegraben.

Den jungen Mann gab es *wirklich*, er war kein aus dem Fieber geborenes Trugbild. Und das bedeutete ... Sogleich entsann sie sich der früheren, sinnlichen Träume, und ihre Wangen wurden heiß. Was, wenn *ihre* Träume auch zu *ihm* liefen? Was mochte er von ihr denken? Aus einem unerfindlichen Grund war ihr diese Frage wichtiger als alles andere.

KAPITEL ACHTZEHN

Es nützte nichts, sich jetzt zu widersetzen. Daher regte Irisis sich nicht darüber auf, obwohl sie keine Ahnung hatte, wie sie das bewerkstelligen sollte, was der Perquisitor von ihr verlangte. Wie sollte sie mit Ullii zusammenarbeiten, mit einem Geschöpf, das Licht, Geräusche und jede Berührung scheute? Ullii, die nicht einmal wusste, wie sie das in Worte kleiden sollte, was sie sah.

Ratlos begab sie sich in Tiaans Arbeitsnische, setzte sich und stützte den Kopf in die Hände. Irgendjemand hatte sie belogen. Jetzt war es offenkundig, dass Tiaan niemals eine Spionin oder ein Saboteur gewesen war. Irisis hatte sich von ihren Gefühlen und ihrem Ehrgeiz blenden lassen. Sie hatte der anderen Kunstwerkerin Unrecht getan und würde nun für diese Torheit bezahlen. Die Existenz, die sie sich so sorgsam geschaffen hatte, wurde nach und nach wieder eingerissen. Hernach würde sie all das nicht wieder aufbauen können.

»Wie geht es voran, Kunstwerkerin?«

Jal-Nishs schneidende Stimme riss Irisis aus ihren wirren Gedankengängen, denen sie sich in ihrer Verzweiflung hingegeben hatte. Sie schaute auf die korpulente Gestalt, die den Türrahmen ausfüllte.

»Das Problem ist anderer Natur«, sagte sie steif. »Ich muss erst noch länger darüber nachdenken, ehe ich einen Entwurf vorlegen kann, mit dem sich arbeiten lässt.« In ihren Ohren klang die Lüge nicht sehr überzeugend.

»Die Zeit drängt!«, mahnte er kalt.

»Es gibt viele Probleme, die wir noch lösen müssen. Wie sollen wir mit Ullii kommunizieren? Wir müssen herausfinden, was genau geschieht, wenn sie ihre besondere Begabung anwendet, und wie wir uns dies zunutze machen können. Und hierfür müssen wir ein Instrument anfertigen, das noch nie hergestellt wurde. All dies sind Aufgaben, die sich nicht an einem Nachmittag in Angriff nehmen lassen. Das, was Ihr verlangt, wird vielleicht nie durchführbar sein.«

»Es wäre aber besser«, erklärte er drohend und verschwand wieder.

Irisis ließ ihren Kopf auf die Werkbank fallen – so hart, dass sie sich an der Stirn eine Beule zuzog. Schlimmer als alles – als der Tod, gar als die Gebäranstalt – wäre es, wenn ihre Familie herausfinden würde, was Irisis wirklich war.

Irisis hasste ihre Familienmitglieder für das, was sie ihr angetan hatten, dennoch sehnte sie sich nach Anerkennung und wollte die Ziele erreichen, die sie ihr gesteckt hatten. Aber Irisis würde als Betrügerin und Lügnerin in die Familienhistorien eingehen. Ihr Name würde unkenntlich gemacht, solange die Historien Bestand hatten, und in Santhenar währten Aufzeichnungen dieser Art eine sehr lange Zeit. Die Historien bildeten den Mittelpunkt der Zivilisation und waren für jeden Einzelnen die Grundlage seines Lebens.

Selbst Bauern, die weder lesen noch schreiben konnten, kannten ihre Historien auswendig, und zwar mindestens bis zu zehn Generationen. Auch unbedeutende Familien hatten Historien verfasst. Die Aufzeichnungen des Hauses Stirm reichten stolze sechsundzwanzig Generationen zurück und umfassten eine Zeitspanne von achthunderteinundsiebzig Jahren. Als Kind hatte sie lange gebraucht, diese Historien auswendig zu lernen. Die großen, einflussreichen Familien hielten bis zu dreitausend Jahre schriftlich fest und leisteten sich einen persönlichen Chronisten, der den Familienoberhäuptern jederzeit alle Einzelheiten in Erinnerung rufen konnte.

Sie verließ die Arbeitsnische, verriegelte die Tür und begab sich müde zu Nishs Raum. Er schlief noch tief und fest. Lange saß sie an seinem Bett und betrachtete ihn, bis das Licht abnahm. Selbst Nish, der noch vor Wochen gebettelt hatte, ihren Körper genießen zu dürfen, hatte sich von ihr abgewandt. Sie verübelte es ihm nicht, und doch hatte sie die Abkehr als unerwartet schmerzhaft empfunden. Sie sollte wieder gehen, bevor er sie erneut verstieß, aber Irisis wusste nicht, wohin sie gehen sollte.

Sie zog Stiefel und Socken aus und schlüpfte unter die Decke.

Nishs Körper spendete Wärme. Sie schmiegte sich an ihn, fand ein klein wenig Trost darin, dass sie bei ihrem einstigen Liebhaber lag, und schlief ein.

Als sie erwachte, war es längst dunkel. Nish drehte sich langsam und legte einen Arm über ihren Rücken. Sie zog Nish an sich, achtete indes auf seine Verletzungen.

»Irisis?«, wisperte er.

Da sie ihm die innere Anspannung anmerkte, wappnete sie sich vorsichtshalber. »Ja?«, flüsterte sie in sein Ohr. »Wenn ich lieber gehen soll, dann sag es nur.«

Er drückte ihre Hand, beinahe zärtlich. »Du hast mir das Leben gerettet.«

Sie sagte darauf nichts.

»Was machst du hier, Irisis?«

»Ich wusste nicht mehr weiter. Wäre ich nicht zu dir gekommen, hätte ich mir das Leben genommen.«

»Irisis!«

Sie verfiel in ein unterdrücktes Schluchzen und versuchte schnell, es wie ein Hüsteln aussehen zu lassen. »Ich bin am Ende, Nish. Ich werde als Betrügerin bloßgestellt werden.«

»Was redest du da?«

Sie erzählte ihm von der blinden Sucherin Ullii und von den Dingen, die Jal-Nish von ihr erwartete.

»Eine Sucherin!«, entfuhr es ihm, aber der Ausruf wandelte sich zu einem Stöhnen, und er sank wieder schwer in sein Kissen.

Sie setzte sich auf. »Geht es dir gut?« Es überraschte sie, wie viel ihr doch an seinem Wohlergehen gelegen war. Da er in Ungnade gefallen war, konnte er ihr nicht mehr weiter von Nutzen sein. Trotzdem sorgte sie sich um ihn.

»Ich habe das Gefühl, dass mir jemand den Hals mit einem Schwert aufgeschlitzt hat.«

»Du hast eine schlimme Wunde.« Sie starrte in der Dunkelheit zur Decke hinauf. »Du bist schon einmal Suchern begegnet?«

»Als ich noch Schreiber war, hörte ich, wie einige Leute sich über Sucher unterhielten, aber ich bin nie einem begegnet. Vielleicht sprachen sie ja damals sogar von dieser Ullii.«

»Was genau hast du von den Gesprächen mitbekommen?«

»Größtenteils wilde Theorien und unbegründete Hoffnungen. Mein damaliger Herr meinte, Sucher seien die Antwort auf all unsere Gebete. Sein Freund, ein verfluchter Rechtsgelehrter, war dagegen der Ansicht, es sei unsinnig und reine Zeit- und Geldverschwendung, sich mit Suchern abzugeben. Mein Vater neigte weder zu überschwänglichen Erwartungen noch zu glatter Ablehnung. Wenn er eine Möglichkeit sieht, eine Idee zu verwirklichen, glaubt er auch daran. Aber soweit ich das mitbekam, gelten Sucher als seltsame, labile und äußerst unzuverlässige Leute.«

»Das trifft jedenfalls auf Ullii zu! Sie hat noch mehr Fehler als ich.« Irisis gab ein verbittertes Schnauben von sich.

»Was redest du denn da? Du bist immer noch Kunstwerkerin und könntest sogar Werkmeisterin werden, wie dein Onkel. Eines Tages wirst du vielleicht Chanic. Und wer sollte nach den Taten, die du heute früh vollbracht hast, noch glauben –«

»Nish!« Sie drückte seinen Arm, und Nish verstummte. Es machte ihm nichts mehr aus, dass sie seinen Spitznamen benutzte. »Es stimmt, ich entstamme einer langen Linie von Kunsthandwerkern und Werkmeistern. Zwei meiner Verwandten erreichten die Spitze der Kunst und wurden mit dem Titel Chanic geehrt. Aber ich bin keiner von denen, Nish.«

Sie hielt inne und seufzte tief. Dann fuhr sie fort: »Als meine Mutter wusste, dass sie ein Kind unter ihrem Herzen trug, hatte sie bereits Pläne mit mir. Die ersten Worte, die ich hörte, waren nicht die Worte, mit denen man Kleinkinder verhätschelt, sondern der Entwurf meiner Zukunft, die nichts anderes war als die Fortführung unserer Vergangenheit. Du glaubst, mein Vater und mein Onkel hätten viel erreicht, weil sie Werkmeister wurden. Doch Tatsache ist, dass sie die Familie im Stich ließen. Einst waren wir Chanics, jetzt sind wir herabgestuft zu Werkmeistern. Was kommt als Nächstes? Enden wir als Arbeiter in den Teergruben? Ich sollte die Familienehre wiederherstellen. Ich war die Gefangene unserer Historien. Andere Kinder hatten Spielzeug; mir drückte man eine kleine Tasche mit Werkzeugen in die Hand und gab mir Splitter von alten Hedrons und ausgediente Steuereinheiten, die man auseinandergebaut hatte. Ich konnte sie zusammensetzen, als ich laufen lernte. Bevor ich sechs wurde, fertigte ich Einzelteile der Steuereinheiten an. Als ich zwölf Jahre alt war, konnte ich alles Mögliche herstellen: die kleinsten Teile eines Taschenchronometers, zierliches Geschmeide, perfekt geschliffene Linsen für ein Fernrohr. Ich wollte Juwelier werden. Ich wusste, dass ich die seltene Gabe besaß, schöne Dinge anzufertigen. Selbst meine Steuereinheiten sind kleine Kunstwerke.«

Sie schwieg kurz und schien über etwas nachzudenken, ehe sie fortfuhr: »Aber meine Familie erlaubte mir nicht, diesen Weg einzuschlagen. *Ein Juwelier? Ein gewöhnlicher Handwerker!* Ich sollte die beste Kunstwerkerin aller Zeiten werden und das Haus Stirm wieder zurück auf den Gipfel führen, von dem es abgestürzt war. Das musste ich mir jeden Tag anhören. Du kannst dir gar nicht vorstellen, wie sehr sie mich mit ihrem übertriebenen Ehrgeiz erstickt haben. Es gab da nur ein Problem.«

Sie hielt inne. Nish sagte kein Wort, und nach einer Weile setzte sie hinzu: »Ich habe kein Talent, um das Feld anzuzapfen, Nish. Überhaupt keins! Ich bin eine Betrügerin.«

Er setzte sich mühsam auf und entzündete die Laterne. »Aber das kann doch nicht sein, Irisis. Du fertigst die schönsten Steuereinheiten an, die ich je gesehen habe.«

»Ich lüge und schwindele und manipuliere andere, damit sie das tun, was ich selbst nicht bewerkstelligen kann. Seit meinem vierten Lebensjahr mache ich nichts anderes, da ich feststellte, dass ich nicht das Talent besaß, das meine Familie über fünf Generationen hinweg ausgezeichnet hatte.«

»Was?« Er starrte sie ungläubig an.

»Es war mein vierter Geburtstag, und ich hatte mein Festkleid an und die Schleifen im Haar. Ich war das *hübscheste* Kind!« Verächtlich spie sie die Worte aus. »Alle anderen bedienten sich des Familientalents und führten irgendwelche Kunststücke vor. Alle prahlten damit, und der eine versuchte den anderen zu übertreffen.«

»Welcher Art waren diese Kunststücke?«

»Ach, das Übliche.«

»Ich habe keine Ahnung davon. Meine Familie hat dieses Talent nicht, schon vergessen?«

»Tut mir leid, ich dachte, das müsste jeder wissen. In unserer Familie machten die Leute es so oft wie den täglichen Abwasch.«

»*Was* taten sie denn genau, Irisis?«, fragte er ungeduldig.

»Sie entzogen dem Feld Energie, um kleine Kunststücke zu machen. Plötzlich schneite es mitten im Sommer im Haus, oder unser Essen wurde am Tisch auf unseren Tellern gekocht. Dämliche kleine Spielereien, über die sich nur dämliche kleine Leute amüsieren können! Wie dem auch sei, an meinem Geburtstag drückte mir Onkel Barkus, der alte Werkmeister, einen Hedron in die Hand und forderte mich auf, allen Gästen zu zeigen, was ich konnte. Er prahlte vor den anderen, ich wäre die beste Künstlerin von allen, obwohl ich die Jüngste war. Meine Brüder, Schwestern, Vettern und Basen hassten mich bereits, da man ihnen zu verstehen gegeben hatte, ich wäre besser als sie alle zusammen. Du kannst dir nicht vorstellen, was für ein Druck auf mir lastete, und wie sehr ich danach strebte, einen wunderbaren Trick mit dem Hedron zu machen. Ich strengte mich sehr an. Ich *wusste*, dass ich die Beste war, da ich bereits Tricks konnte, als ich laufen lernte. Aber ich wollte es zu sehr und war zu aufgeregt. Ich fühlte das Talent zwar tief in mir, konnte es aber nicht erreichen. Je mehr ich versuchte, mein Talent zu nutzen, desto weiter entzog es sich mir. An jenem Tag verlor ich es, und seitdem habe ich es nie wiedererlangt. Das war mir damals eine Lehre!« Ihre letzten Sätze sprach sie mit einem bitteren Unterton. »Gib nicht zu viel von dir selbst; und mach dir nicht zu viele Gedanken. *Über irgendetwas!*«

»Ich verstehe das nicht«, meinte Nish. »Was hast du denn verloren?«

»Die Fähigkeit, das Feld anzuzapfen. Wie jeder andere kann auch ich es sehen. Ich kann mir auch bildlich vorstellen, wie man dem Feld Energie entzieht, und kenne den genauen ätherischen Pfad. Aber wenn ich es versuche, Energie zu gewinnen, geschieht nichts.«

»Was hast du dann gemacht?«

»Das Einzige, was ein hübsches kleines Mädchen tun kann. Ich brach in Tränen aus. Mutter fuhr meinen Onkel an, und plötzlich redeten alle aufgebracht aufeinander ein und gaben sich gegenseitig die Schuld, das Kind überfordert zu haben. Mein Vater gab mir ein besonderes Geschenk. Meine Mutter legte mir den Hedron in die Hand, führte einen kleinen Trick vor und sagte, das sei ich gewesen. Sie ließ die Blumen in der Vase zu Eis erstarren, und als sie dann mit dem Finger daran tippte, zersprangen sie wie Glas. Die Erwachsenen klatschten, meine Vettern und Basen schmollten, meine große Schwester gab mir einen Schubs, als gerade keiner hinsah, und dann gingen alle nach Hause. An jenem Tag lernte ich zwei Dinge: Ich erreiche etwas, wenn ich meine Schönheit einsetze – und wenn *ich lüge!* Da meine Familie sich der Wahrheit verschloss, log ich immer weiter. Ich habe sogar herausgefunden, wie ich meine Mutter zum Narren halten konnte. Das war gar nicht schwer; sie wollte an der Nase herumgeführt werden.«

Sie schwieg kurz und sah in Nishs verdutztes Gesicht. Seine nächste Frage erriet sie und kam ihr zuvor. »Hierherzukommen war nicht schwer. Es war leicht, Onkel Barkus zu blenden, und mit meinen Händen war ich so geschickt, dass niemand überhaupt je in Erwägung zog, dass ich nicht in der Lage war, Energie aus dem Feld zu ziehen. Das Lügen und Betrügen halfen mir weiter, erst als Gehilfin in den Werkräumen, dann als Lehrling. Als ich schließlich zur Kunstwerkerin aufstieg, war es noch leichter. Ich nutzte die anderen Kunstwerker und Lehrkräfte aus und brachte sie geschickt dazu, die Arbeiten auszuführen, die ich nicht bewältigen konnte, stets unter dem Deckmäntelchen, ihnen die Geheimnisse des Handwerks beizubringen. Aus Verzweiflung habe ich mir die seltene Begabung angeeignet, anderen etwas beizubringen. Wenn ich damit nicht weiterkomme, flüchte ich mich in einen Wutanfall oder setze meine weiblichen Reize ein. Ich hasse mich selbst dafür, Nish, aber für mich gibt es kein Zurück mehr. Ständig lebe ich in der Angst, aufzufliegen.«

Nish legte den Arm um sie, doch sie entzog sich ihm.

»Der Examinator verführte mich bei meiner Prüfung mit elf Jahren«, erzählte sie weiter. »Ich ließ ihn gewähren. Ich sah keinen anderen Ausweg, denn sonst wäre mein Schwindel aufgeflogen. Bei der nächsten Prüfung mit sechzehn Jahren verführte *ich* den Examinator aus demselben Grund. Allerdings gelang mir das äußerst geschickt. Ich setzte meine ganze Schläue ein, um den Eindruck zu erwecken, große Fertigkeiten zu besitzen, nicht zuletzt mithilfe der Familientradition. Wenn alle anderen Mittel versagten, hatte ich keine Scheu, mich klein und zerknirscht zu geben. Ich ging einfach zum Werkmeister oder zum Examinator, erklärte offen, was ich im

Augenblick nicht ganz begriff oder welches Problem ich gerade nicht lösen konnte. Dabei brachte ich scheinbar naiv meine Rundungen zur Geltung und drückte mir Tränen der Verzweiflung ab. Und wie keine Zweite verstand ich es, die Männer dazu zu bringen, mir jeden einzelnen Schritt zu erläutern und vorzumachen, sodass sie stets glaubten, sie würden mir nur mein Wissen entlocken. Ich weiß ja auch, wie alles geht, genauso gut wie Tiaan, *aber ich kann mich nicht der Energie bedienen!* «

Sie machte eine weitere Pause, als scheute sie davor zurück, ihre Bekenntnisse fortzuführen. »Alles lief wunderbar, bis Onkel Barkus starb. Plötzlich waren Tiaan und ich die dienstältesten Kunsthandwerkerinnen, die über annähernd die gleiche Erfahrung verfügten. Dann tauchte das erste Problem auf, das ich nicht zu lösen vermochte. Ich versuchte, Tiaan so zu manipulieren, wie ich es zuvor immer mit Onkel Barkus gemacht hatte, aber sie war zu klug und zeigte sich ungeduldig. Sie erklärte mir einfach, was ich machen sollte, und wartete dann auf das Resultat. Ich durchlebte Augenblicke schmerzlicher Erniedrigung, als ich dasaß, den Hedron in der Hand hielt und Tiaans Blicke spürte. Natürlich war ich nicht in der Lage, die Aufgabe zu lösen. Ich bedankte mich bei ihr, verbarg meine Verzweiflung hinter einer Maske und floh.« Die Erinnerungen waren alles andere als angenehm für Irisis, trotzdem sprach sie weiter. »Glücklicherweise stattete sie ihrer Mutter einen Besuch ab und war eine Woche lang in Tiksi eingeschneit. Als sie zurückkehrte, hatte ich eine andere Kunstwerkerin dazu gebracht, das für mich zu erledigen, was ich nicht selbst bewältigen konnte. Danach habe ich Tiaan nie mehr um Hilfe gebeten. Sie hat auch gar nicht gefragt, wie ich das Problem gelöst hatte, obwohl ich genau wusste, dass sie meine Frage nicht vergessen hatte. Ich war mir sicher, dass sie mich insgeheim für unfähig hielt, und dafür hasste ich sie. Deshalb musste ich sie loswerden. Ich wusste, dass sie mich eines Tages bloßstellen würde. Bin ich nicht schrecklich?«

»Und wie wolltest du dann als Werkmeisterin bestehen?«, wollte Nish wissen.

»Das wäre einfach gewesen«, antwortete sie lächelnd. »Ich hätte die Kunstwerker um mich geschart, die genau über die Fertigkeiten verfügen, die mir fehlen, und hätte sie ausgenutzt. Leute, die keine unbequemen Fragen stellen; Leute mit großer schöpferischer Kraft, aber wenig Ehrgeiz. Ich kann mit Leuten umgehen, kann sie führen, und ich weiß genau, worauf es ankommt. Mir fehlt eben nur das Talent.«

»Warum verfährst du nicht in dieser Weise mit der Sucherin?«

»Der Geheimen Kunst nachzuspüren stellt mich vor ein neues Problem. Eine solche Aufgabe erfordert einen brillanten, kreativen Geist. Ich habe aber keine Ahnung, wie ich das Problem lösen soll, die anderen Kunstwerker übrigens auch nicht. Wäre Tiaan jetzt hier, würde ich mich einfach an sie wenden ...« Sie stieß ein hohles Lachen aus. »Absurd, findest du nicht?«

Er ging darauf nicht ein. Sie löschte die Lampe. Nish schlummerte wieder ein und ließ Irisis mit ihrer Verzweiflung allein. Warum hatte sie das alles freimütig bekannt? Nish war ein genauso großer Opportunist wie sie. Es gab nur einen Ausweg. Vorsichtig schwang sie die Beine über die Bettkante und versuchte aufzustehen, ohne Nish zu stören.

»Wo willst du hin, Irisis?«

»Nirgends. Für den Rest meines Lebens!«

Er tastete mit der Hand umher, berührte ihr Handgelenk und umschloss es mit den Fingern. Irisis versuchte, sich dem Griff zu entziehen, aber Nish wollte nicht loslassen. Und so kam es, dass sie ihn mit einem Schwung aus dem Bett zog und dabei selbst zu Boden ging. Nish prallte unglücklich mit dem Kopf gegen einen Schrank und stieß einen Schmerzensschrei aus.

Schon waren Schritte draußen auf dem Korridor zu hören. Die Tür wurde aufgestoßen. Helles Laternenlicht blendete sie. Nur vage erkannte Irisis, dass es sich bei dem beleibten Mann an der Tür um den Perquisitor handelte. Andere Leute scharten sich um ihn.

»Was geht hier vor?«, fragte Jal-Nish in barschem Ton. »Was habt Ihr meinem Sohn angetan?« Er packte sie energisch am Arm.

Nish rieb sich die Schläfe. Ein dünnes Rinnsal Blut löste sich unter dem Verband und lief über Nishs Hals. Irisis hielt den Atem an und wartete darauf, dass der kleine Monteur sie nun verriet. Sie zweifelte nicht daran, dass er all ihre Bekenntnisse nun gegen sie verwenden würde, denn Irisis glaubte, andere Menschen besäßen die gleichen Verhaltensweisen wie sie.

»Also?«, rief Jal-Nish wütend. »Aus dem Weg, Frau! Lasst mich zu meinem Sohn.«

Nish kam zitternd auf die Beine und sank schwer auf die Bettkante. Der Blick, den er Irisis zuwarf, war vieldeutig. Sie machte sich auf das Schlimmste gefasst.

»Ich komme mit meinen Problemen schon allein zurecht. Danke, Vater.«

»Kommst du nicht!«, beschied Jal-Nish seinem Sohn streng. »Das ist doch wohl offensichtlich.«

Nish erhob sich schwerfällig und stützte sich an dem Schrank ab. Dann sah er seinem Vater in die Augen und reckte trotzig das weiche Kinn empor. »Das war nur eine kleine Meinungsverschiedenheit unter Liebenden, nichts weiter. Da brauche ich Eure Hilfe nicht. Mischt Euch nicht mehr in mein Leben ein, Vater!«

Der Perquisitor sah aus, als hätte er einen Schlag ins Gesicht bekommen. Es war das erste Mal, dass eins seiner Kinder ihm getrotzt hatte. Schließlich nickte er nur, streckte die Hand nach Irisis aus und half ihr auf die Beine. »Macht, dass Ihr wieder in Euren Werkraum kommt. Die Zeit drängt.«

»Sie bleibt hier!«, fuhr Nish dazwischen.

Irisis sah erstaunt von einem zum anderen. Was hatte Nish vor?

»Wir arbeiten gemeinsam an dem Problem«, erklärte Nish.

»Die Sache hat nichts mit dir zu tun, Cryl-Nish«, erwiderte sein Vater.

»Ich bin Monteur. Ich weiß, wie man Apparaturen baut; ich weiß, wie man mit Leuten spricht. Ich spreche viele Sprachen. Gemeinsam werden Irisis und ich einen Weg finden, um mit der Sucherin zu kommunizieren. Und dann werden wir das Problem lösen, Vater.«

Die Miene des Perquisitors war schwer zu deuten. Er runzelte die Stirn, nickte kurz und verließ den Raum. Die Tür fiel zu. Nish entzündete die Lampe mit zitternden Händen und war so erschöpft, dass er sich setzen musste. Auf seinem Gesicht schimmerte ein Schweißfilm.

Irisis war einen Moment unfähig, sich zu bewegen. »Warum hast du das gesagt?«

»Was hattest du denn erwartet?«

»Dass du ihm die Wahrheit sagst«, antwortete sie. »Machen wir uns nichts vor, Cryl-Nish. Ich bin kein netter Zeitgenosse, und du bist es auch nicht.«

»Mag sein, aber wenn ich etwas aus *meiner* Kindheit verinnerlicht habe, dann ist es Loyalität meiner Familie *und meinen Freunden* gegenüber!«

Irisis schluckte schwer und bedeckte ihren Mund mit einer Hand. Freundschaft hatte in ihrem bisherigen Leben kaum eine Rolle gespielt. Ihr Wahlspruch hatte immer geheißen: Nutze die Leute aus, ehe sie dich ausnutzen. Freundschaft war in ihrem Wertesystem eine Schwäche, mit der andere Leute sich belasteten. Sie hatte nie begriffen, zu was Freunde taugten.

»Warum, Nish? Ich meine, Cryl-Nish.«

»Ich weiß, dass du lügst und unehrlich bist und Komplotte schmiedest. Und vielleicht hast du auch den Arzneikundigen ermordet. Aber heute früh habe ich dich auf der Wehrmauer gesehen. Du hast starken Mut bewiesen – der mir fehlt.«

»Ich war zu Tode erschrocken! Ich musste das Wesen töten, denn sonst hätte es mich getötet. Von einem Lyrinx gefressen zu werden ...« Ihr schauderte.

»Umso mutiger war dein Einsatz«, sagte er leise. »Du hast ganz allein einen Lyrinx getötet, Irisis. Das können nicht viele Leute von sich behaupten.«

»Ein Zufallstreffer.« Sie blieb immer noch vorsichtig.

»Ein kluger Schuss! Und mit deiner Operation hast du mir das Leben gerettet.«

»Du hättest genauso gut dabei sterben können. Womöglich habe ich deinen Tod sogar gewollt und hätte es nachher so aussehen lassen –«

»Aber das hast du eben nicht getan. Niemand sonst wusste, wie man mir noch helfen konnte, doch du hattest sofort eine Idee. Die hätten mich sterben lassen, weil sie alle zu viel Angst hatten, mir zu helfen. Du aber hast es versucht, obwohl dir klar war, dass dich der Tod erwartete, wenn du versagt hättest. Der Perquisitor ist kein nachsichtiger Mann.«

»Ich habe eben nicht überlegt, sondern aus dem Bauch heraus gehandelt.«

»Du hattest gleich eine Lösung vor Augen. Könnte es nicht sein, dass du ... mich liebst, Irisis?«

Irisis konnte nicht glauben, dass Nish oder sonst irgendjemand sich Gedanken machte, was aus ihr würde. »Schmeichele dir nicht selbst, du fleckiger kleiner Nish-Nash. Die Liebe macht selbst aus den klügsten Leuten ausgemachte Narren. Ich habe bloß versucht, in der Gunst deines Vaters zu steigen.«

»Und ich gerade in der deiner Familie!«, entgegnete er scharf. »Wenn es dir nichts ausmacht, gehe ich jetzt wieder ins Bett. Ich bin müde, und der Hals tut mir weh. *Gute Nacht!*«

Sie stand reglos in dem Schatten, den das Licht der halb geschlossenen Laterne erzeugte. Dann öffnete sie den Mund, als wollte sie etwas erwidern, sagte aber doch nichts.

»Was ist noch?«, fragte er gereizt und fasste sich an den Hals.

»Nichts«, flüsterte sie. »Es ist nichts.«

Sie verließ den Schlafraum und drückte die Tür leise zu. Nachdenklich ging sie zurück in den Werkraum, setzte sich dort im Dunkeln auf einen Hocker und ging immer wieder in Gedanken durch, was sich soeben ereignet hatte. Sie hatte das Gefühl, Steine auf einer kargen Fläche umzudrehen, und rechnete damit, auf etwas Giftiges und Feindseliges zu stoßen. Aber sie fand nichts dergleichen. Alles, was sie fand, waren kühle Schatten, die Dinge bargen, die sie nicht kannte.

KAPITEL NEUNZEHN

In jener Nacht brachte ein Skeet eine Nachricht vom Skrutator. Was sie enthielt, wurde nicht bekannt gegeben, aber wie es schien, gab es weitere schlechte Neuigkeiten über den Kriegsverlauf. Jal-Nish, bleich und besorgt, hielt rasch eine Besprechung mit Fyn-Mah ab, woraufhin Suchtrupps in alle Richtungen ausgesandt wurden.

Am Morgen erfuhr Nish, dass Gi-Had mit einer Schar Bewaffneter in die Mine eingedrungen war, um einen Lyrinx zu verfolgen. Nicht einmal die tapfersten Soldaten wollten sich in das Labyrinth aus Gängen, Stollen und instabilen Tunneln vorwagen, aber jeder musste seine Pflicht tun.

Gegen acht Uhr in der Früh erschien Irisis in der Tür. »Nish, dein Vater möchte, dass du die Sucherin kennenlernst.« Im nächsten Augenblick hatte sie sich wieder abgewandt und schritt mit auffällig geradem Rücken davon.

»So warte doch!«, rief er ihr hinterher, aber sie achtete nicht weiter auf ihn.

Nish zog sich so schnell an, wie er konnte. An den beiden Halswunden hatte sich eine Kruste gebildet, aber jede noch so kleine Berührung war nach wie vor so schmerzhaft, dass Nish nicht wagte, den Kopf zu drehen. Er fühlte sich furchtbar ausgelaugt.

Auf dem Weg ins Refektorium griff er nach einigen Gebäckstücken aus Hirse. Scheiben gekochten Schweinefleischs lagen auf einem Teller; die dicke, gallertartige Fettschicht glänzte. Der Gedanke, dieses Fleisch essen zu müssen, rief Ekel in Nish hervor.

Vor der Tür der Sucherin stieß er wieder auf Irisis. Von seinem Vater keine Spur. »Irisis –«

Sie unterbrach ihn umgehend und klärte ihn mit knappen Worten darüber auf, wer die Sucherin sei und wie man sie zu behandeln habe. Nish folgte ihr in das Zimmer. Irisis trug zwar eine Laterne vor sich her, hatte aber die Blende ganz geschlossen, sodass nur wenig Licht unter dem Türspalt in den düsteren Raum drang. Soweit Nish es erkennen konnte, befand sich abgesehen von einem hölzernen Stuhl mit Armlehnen kein weiteres Möbelstück in dem Zimmer.

Die Sucherin hockte in einer Ecke. Es war zu dunkel, um sie richtig sehen zu können, aber Nish erahnte die kauernde Gestalt, die sich in grobes Tuch gehüllt hatte und mit dem Oberkörper wie mechanisch vor und zurück wippte. Sowie sie Nishs Schritte vernahm, zuckte sie zusammen und verfiel dann in heftigere Pendelbewegungen.

Irisis berührte Nish am Ärmel, zog ihn wieder auf den Gang hinaus und drückte die Tür zu. Gemeinsam machten sie sich auf die Suche nach dem Perquisitor. Aber er war nirgends zu finden. In der Stube des Aufsehers stießen sie schließlich auf Fyn-Mah, die an einem niedrigen Tisch arbeitete. Einige Zimmerleute hatten die zertrümmerte Tür weiter hinten in der Halle auf Böcke gelegt und reparierten den lädierten Türrahmen.

»Jal-Nish ist unten im Bergwerk«, ließ Fyn-Mah sie wissen, ohne aufzublicken.

Irisis entfuhr ein Laut des Erstaunens.

»Gibt es irgendwelche Probleme?«, fragte die Queristin.

»Es geht um die Sucherin«, erklärte Nish. »Sie sitzt nur in ihrer Ecke und wippt vor und zurück.«

»Dann werdet Ihr heute Morgen nichts aus ihr herausbekommen, wenn überhaupt jemals.«

»Wie meint Ihr das?«

»Ich habe das schon oft erlebt!« Mit einem Seufzer legte Fyn-Mah den Federkiel zur Seite. »Was Ihr versucht, ist nicht machbar. Das habe ich auch Jal-Nish gesagt, als er in Erwägung zog, die Sucherin mit einzubeziehen.«

»Warum soll das nicht machbar sein?«

»Das arme Ding ist zu empfindlich. Ein Flüstern ist für sie wie ein Schrei; Seide auf ihrer Haut empfindet sie als Sandpapier, schon das Licht einer Kerze tut ihr in den Augen weh.«

Nish versuchte nachzuvollziehen, was Fyn-Mah ihm beschrieb.

»Dann ist es ja ein Wunder, dass sie nicht verrückt geworden ist.«

»Ihre Familie hat versucht, die Auffälligkeiten aus ihr herauszuprügeln. Dann gaben sie sie in ein Heim für Krüppel. Die Dinge, die sie dort erlebte ... Nun, sie traut niemandem. Ihr vergeudet nur Eure Zeit.«

»Dann kann ich ja gleich geradewegs in die Gebäranstalt gehen«, meinte Irisis trocken.

»Das ist eine bedeutende Pflicht«, entgegnete die Queristin scharf. »Und keine Strafe.«

Irisis warf einen auffälligen Blick auf Fyn-Mahs unberingte Hand. »Ach wirklich?«, sagte sie mit unverhohlenem Spott. »Das sehen die Arbeiterinnen hier aber anders.«

Fyn-Mah versteifte sich. »Und wie sehen die Frauen es?«

»Dass es Vorschriften für sie gibt, die nicht für die Mächtigen gelten. Für Leute wie Euch.«

Fyn-Mahs Gesicht errötete einen Augenblick lang. Sie schloss kurz die Augen, als müsste sie sich sammeln. Als sie die Augen wieder öffnete, strahlte sie eine eisige Gelassenheit aus. »Der Skrutator ist außer sich, dass Tiaan immer noch nicht gefunden wurde. Er hat eine spezielle Aufgabe für sie. Wenn Ihr mich jetzt entschuldigen würdet, ich habe zu tun.«

Irisis und Nish verließen die Dienststube.

»Hast du gesehen, wie sie reagiert hat?«, fragte Irisis. »Sie benutzt offenbar ein Verhütungsmittel.«

»Um keine Kinder zu bekommen? Aber das ist doch ein Verbrechen.«

»Und damit werde ich sie konfrontieren, falls mir nichts anderes übrig bleibt.«

Er starrte sie ungläubig an. »Du würdest es wagen, eine *Queristin* anzugreifen?«

»Was habe ich noch zu verlieren?«

»Gib mir deine Hand«, sagte er nach nur wenigen Schritten.

»Warum?«, erwiderte sie lustlos.

»Ich kann mich nicht länger auf den Beinen halten.«

Sie bot ihm ihre Schulter, an der er sich festhielt. Sie schlang ihren Arm um seine Taille, und so gingen sie langsam zurück in das

Refektorium, wo sie sich weit entfernt von der Tür auf eine lange Bank setzten. Im Saal war niemand, die Frühmahlzeit war längst vorüber.

»Es sieht dir gar nicht ähnlich, so schnell aufzugeben«, meinte er.

»Die Arbeit hier ist für mich nicht mehr möglich, also muss ich mich mit meinem neuen Leben in der Gebäranstalt abfinden. Oder meinem Leben ein Ende bereiten, wenn es nicht mehr geht.«

»Nein!«, schrie er auf.

Sie lächelte traurig und berührte ihn am Arm. »Genug davon. Wenn du willst, könnte ich dir eine Ersatzgeliebte besorgen. Mit dem Stigma, mit dem du behaftet bist, wäre das zwar nicht leicht, aber –«

»Ich will keine andere Geliebte, du dumme Gans!« Ruckartig erhob er sich, taumelte und stürzte zu Boden; die Farbe war ihm aus dem Gesicht gewichen. Als Irisis Anstalten machte, ihm zu helfen, rappelte Nish sich wieder hoch, wehrte sie mit brüsken Handbewegungen ab und torkelte wie ein Betrunkener aus dem Saal.

Er schaffte es bis zu den warmen Nischen hinter den Schmelzöfen, zerrte einen verschreckten Jungen am Ohr heraus und sank kraftlos auf die angenehm warme Schlafstelle. Jemand schrie auf. Unter ihm richtete ein Mädchen hastig ihre Kleidung. Nish verfluchte die beiden, aber er hätte vorher nachsehen sollen. Diese Plätze boten Liebenden die einzige Abgeschiedenheit, die ihnen in diesem tristen Leben blieb.

Er kroch wieder aus der Nische und schleppte sich den Weg zurück, den er gekommen war. Mühsam schaffte er es zur Tür von Ulliis Zimmer, bekam den Riegel zu fassen und stolperte über die Schwelle, als die Tür aufschwang. Kaum war die Tür hinter ihm ins Schloss gefallen, sackte Nish ohnmächtig zusammen.

Als Nish die Augen wieder aufschlug, nahm er das Huschen eines Schattens wahr. Was machte Ullii bloß? Er versuchte, den Kopf zu drehen, verspürte aber gleich einen derart stechenden Schmerz, dass er ein lautes Stöhnen ausstieß. Das rätselhafte Geschöpf wich zurück. Mit schmerzverzerrtem Gesicht tastete er seinen Verband ab und spürte das Blut, das durch den Stoff gesickert war.

Die Sucherin hockte unweit von ihm auf dem Boden. Sie schien neugierig zu sein, mit wem sie es zu tun hatte. Nish beobachtete die seltsame junge Frau unter halb gesenkten Lidern und überlegte, ob er die Situation zu seinem Vorteil ausnutzen sollte. Womöglich verspürte sie Mitgefühl. Oder Verachtung, da er laut aufgestöhnt hatte, sie indes das Leid im Stillen erduldet hatte.

Wie ein kleiner Schatten kroch Ullii wieder auf ihn zu. Ihre großen Augen reflektierten das Licht, das in langen Fingern unter dem Türspalt durchflutete. Nur wenige Schritte von ihm entfernt verharrte sie auf allen vieren, hob den Kopf und nahm wie ein Tier die Witterung auf. Wenn sie so gut riechen konnte wie ein Hund, dann würde sie manches an ihm wahrnehmen: Blut, Tränen, Schweiß, den Duft von Irisis.

Nish lag so still da, dass er seinen eigenen Herzschlag hören konnte. Ullii kam näher und schnupperte förmlich seinen Hinterkopf ab. Nish nahm eine Berührung am Haupthaar wahr – Ulliis Fingerspitze. Dennoch blieb er reglos liegen, ahnte er doch, dass die junge Frau bei jeder unerwarteten Bewegung sofort zurückschnellen würde. Wieder die Finger an seinem Haar, die sacht über seinen Hinterkopf strichen.

Nish hielt den Atem an. Die Finger zeichneten die Konturen seiner Wangen nach, dann gesellte sich die andere Hand dazu: Augen, Nase, Mund, Ohren und Kinn wurden abgetastet. Sowie er sich auch nur ein klein wenig bewegte, zog sie die Hände zurück. Er vernahm ein schwaches Geräusch, das wie ein Luftzug klang. Kurz darauf ein weiteres Mal. Sie roch an ihren Fingern und prägte sich seinen Geruch ein.

Dann wagte sie sich wieder vor und ließ ihre Finger über seine andere Gesichtshälfte gleiten. Ihre Hand kam an die Halswunde. Nish konnte nicht anderes, er schrie auf. Diese Qualen!

Ullii flüchtete sich in die Ecke und kauerte sich dort nieder, die Arme um die angezogenen Knie geschlungen. Nish setzte sich mühsam im Halbdunkel auf und stemmte sich gegen den glühenden Schmerz. Ullii verfiel wieder in die monotone Pendelbewegung und fürchtete sich vielleicht vor Schlägen. Als der Schmerz endlich nachließ, stahl Nish sich so leise wie möglich aus dem Raum.

Er ging an den Schmelzöfen vorbei, die von den schwitzenden

Arbeitern mit großen Teerplacken befeuert wurden. Die Hitzewellen waren so heftig, dass die Männer spezielle Anzüge trugen, dazu Schutzbrillen aus schwarzem Glas, damit die Augen nicht austrockneten. Bei dem Hitzeschwall wurde Nish schwindelig. Ein anderer Arbeiter führte einen langen Stab mit einer Kelle in die offene Ofentür und entnahm eine Probe geschmolzenen Metalls. Auch er trug die gleiche Arbeitskleidung und obendrein noch Ohrenschützer, da das Brodeln und Zischen der Schmelzöfen aus der Nähe kaum auszuhalten war.

Durch eine Hintertür gelangte Nish nach draußen; er sehnte sich nach sauberer, frischer Luft. In der Ferne wandelte Irisis am Rande der Schlucht entlang. Nish schlug einen anderen Weg ein, der ihn zu den Hügeln aus Schlacke und Asche führte. Kaum hatte er die Haufen passiert, da stiegen ihm der Gestank des Ammoniaks und der beißende Geruch der Karbolsäure aus den Abwasserkanälen in die Nase. Eine Gruppe Arbeiter, beaufsichtigt vom Vorarbeiter Gryste, war gerade dabei, die Rohre von überschüssigem Teerbelag zu befreien.

»Hat keinen Zweck«!, rief Gryste und warf die Stange, mit der er in einem der Rohre herumgestochert hatte, zur Seite. »Wir müssen tiefer hinein. Glyss, bist du so weit?«

Glyss war ein großer Mann mit breitem Brustkorb, aber dürren Beinen und schlaffem Hinterteil. Von Kopf bis Fuß steckte er in einem gewachsten Anzug aus Segeltuch. Er trug Stiefel und auf dem Kopf eine Schutzkappe. Die anderen Männer fetteten sein Gesicht, seine Hände und jede andere freie Körperstelle ein. Dann setzte Glyss sich eine Brille auf, stopfte sich die Nasenlöcher zu und ging auf Hände und Knie. Nach einigen tiefen Atemzügen krabbelte er so schnell wie eine Schabe in eins der Abflussrohre. Ein Seil, das um sein Fußgelenk gewunden war, entrollte sich. Das dumpfe Hämmern in dem Rohr hielt einen Moment an, dann war es still.

»Zieht!«, trieb Gryste die anderen mit lauter Stimme an. Zwei Arbeiter packten das Seil und zogen Glyss wieder heraus.

Der Mann keuchte und rang nach Luft; Hände und Lippen waren aufgesprungen. Glyss sackte zu Boden und hustete blutigen Schleim.

»Geht's wieder, Glyss?«, fragte Gryste Augenblicke später.

Blankes Entsetzen huschte über das Gesicht des Mannes, doch dann nickte er ruckartig mit dem Kopf.

Nish wandte sich ab und ging weiter. Es gab doch noch etwas Schlimmeres als das Leben eines Soldaten.

Nish nahm den gleichen Weg, den er gekommen war. Die Luft in der Nähe der Abwasserrohre stank so fürchterlich, dass er am liebsten die Pfropfen gehabt hätte, die Glyss sich in die Nasenlöcher gesteckt hatte. Bald verließ er den Weg, der zum Tor der Fertigungsstätte führte, da er nicht hineingehen wollte. Stattdessen folgte er dem Verlauf der Rinne, dessen Wasser sich weiter hinten durch einen Felsspalt in die Schlucht ergoss.

Da er sich schwach fühlte, setzte Nish sich an den Rand der Schlucht und blickte finster hinauf zum bleifarbenen Himmel. Die Luft war hier draußen zwar sauber, aber die Kälte drang bis auf die Knochen, und es sah ganz nach Schnee aus. Wie sehr er doch die Fertigungsstätte hasste! Es war der schmutzigste Ort, an dem er je gewesen war. Jede Pflanze in unmittelbarer Nähe war abgestorben, und der Fluss, in den all die Abwässer geleitet wurden, war nichts anderes als ein stinkender Pfuhl. Hinzu kam, dass in diesem Gebiet das schlechteste Wetter von ganz Santhenar herrschte, und das das ganze Jahr über.

Nish hielt einen eiförmigen Kiesel in der Hand, den er, ohne weiter darüber nachzudenken, über den Rand der Klippen warf.

Von unten ertönte ein Schrei.

Nish sprang auf, spähte über den Rand und entdeckte einen großen Mann, der sich seinen Glatzkopf rieb. Es war Eiryn Muss. Der Schwachkopf verdiente sich seinen Lebensunterhalt mit Luftmoos, das er zum Trocknen auf eine Konstruktion aus Pfählen und Weidenruten im oberen Drittel der Schlucht hängte. Luftmoos war ein hervorragender Wundverband, aber durch den Krieg waren die natürlichen Vorkommen dieser Heilpflanze nahezu erschöpft. Das Moos wuchs gemeinhin nur auf Baumstämmen an den Berghängen in Küstennähe, wo der frische Wind das Moos mit der Feuchtigkeit versorgte, die es zum Gedeihen benötigte. Die Bäume hier waren schon vor langer Zeit verfeuert worden, als Brennstoff für die unersättlichen Öfen, und so kam es, dass der alte Muss sich auf diese gefährliche und obendrein schlecht bezahlte Tätigkeit verlegt hatte.

Die schwefelhaltige Luft sorgte für erstklassiges Moos. Aber es wuchs so langsam, dass kein normaler Mann von den spärlichen Erträgen hätte leben können, obwohl Eiryn Muss eine ganz erstaunliche Holzkonstruktion errichtet hatte. Glücklicherweise war Muss eben kein normaler Mann. Er begnügte sich damit, Maden und Käfer zu essen, wenn er nichts anderes bekam, und immer wenn er etwas von den Heilpflanzen verkaufen konnte, belohnte er sich mit einer Flasche Rübenschnaps. Dann versteckte er sich im Badehaus und beobachtete heimlich die Jungen beim Waschen durch eine Ritze in der Mauer.

Aber nun hatte Muss schon über einen Monat kein Moos mehr verkauft, und irgendjemand hatte das Guckloch im Badehaus zugestopft. Er sehnte sich nach seinem Rübenschnaps, hatte indes kein Geld, um sich welchen zu kaufen, und wollte deswegen seine Wut an jemandem auslassen.

Als er Nish bemerkte, drohte er ihm grollend mit der Faust und begann, den Abhang heraufzusteigen.

»Ich war das nicht!«, log Nish instinktiv.

»Ich bringe dich um, und esse dein Gehirn«, brüllte Muss und schleuderte einen Stein in Nishs Richtung. Nish duckte sich noch rechtzeitig. »Das bist doch du, du kleiner Nish, nicht wahr? Hast du die Peitschenhiebe neulich genossen?« Muss quälte sich die Böschung hinauf. »Ich werde dir dein kleines Hinterteil so hart durchprügeln …«

Nish floh über den Pfad, der von der Schlucht wegführte, und versteckte sich zunächst zwischen großen Felsblöcken. Vorsichtig spähte er um die Ecke und sah, dass der verrückte Kerl sich soeben keuchend und prustend am Schluchtrand hochzog. Muss schaute sich mit gierigen Blicken nach allen Seiten um, fluchte vernehmlich und lief mit seinem dicken, wabbeligen Bauch auf die Felsblöcke zu. Dann blieb er verdutzt stehen, machte kehrt und stürmte laut fluchend in eine andere Richtung davon.

»Dämlicher alter Narr!« Nish blieb noch ein wenig in seinem Versteck und machte sich erst dann wieder auf den Weg, als er einen klaren Kopf hatte. Inzwischen musste er alle paar Minuten eine Verschnaufpause einlegen. Offenbar hatte er mehr Blut verloren, als er ahnte. Nish lehnte gerade schwer atmend an einem riesigen Felsbrocken, auf dem die vom Wind getriebenen Schneeflocken schmolzen, als einige hundert Schritte vor ihm eine Gestalt am Rand der Schlucht auftauchte. Blondes Haar wehte im Wind. Es war Irisis. Nish befand es für besser, sich zurückzuziehen, selbst auf die Gefahr hin, dem verrückten Muss zu begegnen.

Doch etwas hielt ihn von seinem Vorhaben ab. Es lag an der Art, wie Irisis dort am Abgrund stand, den Blick starr in die Tiefe gerichtet. War ihr denn gar nicht bewusst, wie gefährlich das war? Was, wenn sie nun den Halt verlor, weil der Boden nachgab ...?

Bestimmt war sie sich der Gefahr bewusst! Ließ sie es einfach darauf ankommen? Sie spannte ihre Muskeln an und ging dann in die Hocke. Nishs Herz setzte einen Schlag aus. Sie wollte in die Tiefe springen!

Er rannte los. Die Aussicht, sie für immer zu verlieren, war so furchtbar, dass er überhaupt nicht darüber nachdenken wollte. Ihr schöner Körper und ihr liebliches Gesicht würden unten auf den Felsen zerschmettert. Fort wäre dann Irisis die Lügnerin, die Betrügerin, die mögliche Mörderin. Fort wäre aber auch die tapfere, kühne und furchtlose Irisis. Dazu durfte es nicht kommen.

Er verlor sie aus den Augen, als der schmale Pfad durch eine Senke führte. Bald schon wurden ihm die Beine schwer. Nur noch mühsam quälte er sich weiter, angetrieben von der Hoffnung, dass Irisis noch nicht gesprungen war. Als sie wieder in sein Blickfeld geriet, sah er ihre Konturen nur undeutlich; ihm war, als bewegten sich ihre Beine und ihr Körper getrennt. Seine Halswunde begann zu pulsieren, Blut rann ihm über die Brust. Er fühlte sich unendlich schwach. Sie stand immer noch zitternd am Abgrund.

»Nein, Irisis!«, schrie er. »Spring nicht!«

Auf wackeligen Beinen stolperte er den letzten Teil des abschüssigen Weges hinunter. Er geriet auf eine vereiste Stelle, wo der Pfad im Schatten lag, und verlor den Boden unter den Füßen.

»Nein«, murmelte er schwach, als er auf den Knien landete, keinen Halt mehr fand und über den Rand der Schlucht stürzte. Mit dem Kopf prallte er auf etwas Hartes, und der Himmel verdunkelte sich.

Irisis spürte, dass sich der Stein unter ihrem linken Fuß löste. Mit aller Macht zwang sie sich, keine Bewegung zu machen. Ihr dumpfer Herzschlag dröhnte in ihren Ohren. Sich selbst das Leben zu nehmen war doch nicht ganz so einfach, wie sie es sich gedacht hatte. Dreimal war sie nun schon in die Hocke gegangen und hatte sich innerlich darauf vorbereitet, sich in die Tiefe zu stürzen – aber immer wieder stellte sie fest, dass sie noch an derselben Stelle stand.

Es war der Sprung selbst, vor dem sie sich fürchtete. Der Sturz im freien Fall wäre gewiss ein erhebender Zustand. Über den Aufprall aber wollte sie gar nicht erst nachdenken, denn dann würde sie nie den Mut aufbringen, einen Schlussstrich zu ziehen. Da sie ungemein stolz auf ihr Aussehen war, wagte Irisis es nicht, sich auszumalen, wie ihr schöner Leib zerschmettert auf den Felsen lag. Im Stillen betete sie, dass Aasräuber ihre Überreste möglichst rasch auffressen würden.

Wieder bewegte sich der steinige Untergrund unter ihrem Gewicht. In ihrer Todessehnsucht wünschte sie, der unsichere Boden möge ihr die Arbeit abnehmen, doch die Steine lösten sich nicht. Sollte sie sich vielleicht einfach vorbeugen, das Gleichgewicht verlieren und stürzen?

Irisis war so weit, sich mit geschlossenen Augen fallen zu lassen, als sie Nishs verzweifelten Schrei vernahm. Verblüfft schaute sie sich um und sah, wie er auf wackeligen Beinen und mit aschfahlem Gesicht auf sie zutorkelte. Sie versuchte, ihre Furcht endlich zu überwinden und zu springen, aber ihre Muskeln widersetzten sich ihr. Die Eitelkeit hatte letzten Endes die Oberhand behalten – denn Irisis wollte nicht, dass ausgerechnet *Nish* ihren zerschellten Körper sah.

Sie wirbelte auf einem Fuß herum, spürte, dass die Steine nachgaben und musste sich mit einem Hechtsprung retten, um nicht mit dem Geröll in die Tiefe zu stürzen. Hart schlug sie auf dem Boden auf und hätte beinahe das Bewusstsein verloren. Ehe sie wieder klar denken konnte, schrie Nish auf, versuchte sich mit wild fuchtelnden Bewegungen festzuhalten und rutschte über die Kante in den Abgrund.

Irisis, die seit ihrem vierten Geburtstag nicht mehr geweint hatte, stieß einen kummervollen Schrei aus. Rasch war sie wieder auf den Beinen, eilte zu der Stelle, wo Nish über die Felskante gestürzt war, und spähte keuchend über den Rand. In der Tiefe sah sie ihn nicht, aber womöglich war er auch von den Schatten zwischen den riesigen Felsblöcken verschluckt worden, die dort unten verstreut lagen.

»Nish?«, fragte sie leise und wusste gleich, wie nutzlos jegliches Rufen war. Dann nahm sie plötzlich eine Bewegung wahr und sah ihn: Er hatte sich in Muss' Holzkonstruktion für das Luftmoos verfangen. Eine grob geflochtene Matte aus Weidenruten hielt ihn, obwohl die Pfähle und die kreuzweise verlaufenden Streben bereits halb zusammengebrochen waren.

»Nish?«, wisperte sie.

Er stöhnte, und sie verspürte ein schmerzhaftes Sehnen. »Irisis? Du lebst!« Die Freude in seiner Stimme war auf seltsame Weise erschreckend.

»Natürlich lebe ich!«, erwiderte sie scharf. »Wieso auch nicht?«

»Ich dachte, du wolltest springen ...«

»Sei nicht töricht!«, log sie.

Nish verrenkte sich, um sie sehen zu können. Einer der tragenden Pfosten löste sich langsam aus der Verankerung.

»Nicht bewegen!«, schrie sie. »Du stürzt hinab. Bleib ruhig liegen.«

Sie schaute sich um. Zur Fertigungsstätte war es ein weiter Weg – mehr als anderthalb Meilen. Sie wäre nicht unter einer Stunde mit Hilfe zurück. Nish mochte ja in seiner dünnen Kleidung ausharren, aber die Holzkonstruktion würde nicht halten.

»Muss!«, brüllte sie. Sie formte die Hände am Mund zu einem Trichter. »Eiryn Muss!«

»Der wird uns nicht helfen«, erklärte Nish mit matter Stimme.

»Warum nicht?«

»Vorhin habe ich ihn aus Versehen mit einem Kieselstein am Kopf getroffen.« Er besaß den Anstand, sich zerknirscht zu geben.

»Verdammter Idiot! *Muss!*«

Kurz darauf schleppte sich der Schwachsinnige mit hängenden Schultern den Pfad herauf. Die Arme schlenkerten an beiden Seiten. Irisis lief ihm entgegen. »Muss, hilf mir! Nish ist über den Felsenrand gestürzt.«

»Gut«, sagte Muss nur, »sehr gut!« Ein Leuchten lag in seinen dümmlichen Augen. Er wandte sich ab.

»Muss, bitte. Er ist in deine Moosfarm gestürzt. Sie wird unter ihm zusammenbrechen.«

Muss folgte ihr bis zum Rand des Abgrunds, sah hinab und verfiel in ein gehetztes, schrilles Kichern. »Sowieso alt. Nützt nichts mehr, baue ein neues.«

»Bitte, Muss. Ich bezahle dich gut.«

Er versuchte, eine Gefühlsregung zu zeigen. Das anzügliche Grinsen eines Schwachsinnigen zeigte sich auf seinem Gesicht. Was könnte sie ihm anbieten, das ihm etwas bedeutete? »Eine Flasche Brandy.« Sie streckte ihm die Hand entgegen, als wollte sie ihm eine Flasche reichen. »Zwei Flaschen, einverstanden?«

Seine Augen leuchteten. Speichel lief ihm aus dem Mundwinkel in den struppigen Bart. Er leckte sich die Lippen. »Mehr!«

Sie wusste nicht, womit sie ihn noch ködern könnte. Er hatte seltsame Neigungen und ergötzte sich heimlich an den Leuten, die sich im Badehaus auszogen, wenn sie sich richtig entsann.

»Möchtest du vielleicht meine Brüste sehen?«, bot sie ihm in ihrer Verzweiflung an. Sie würde sogar mit ihm schlafen, wenn es keinen anderen Weg gab, Nishs Leben zu retten. Allerdings wäre es wohl die widerwärtigste Handlung in ihrem ganzen opportunistischen Leben, sich mit einem Mann wie Eiryn Muss einzulassen.

Doch in Muss' Miene zeichnete sich ein Ausdruck von Ekel, gepaart mit Schrecken ab. Irisis hatte einen solchen Gesichtszug noch nie bei einem Menschen gesehen.

Nish stieß plötzlich einen erstickten Laut aus und bewegte sich; und die brüchigen Weidenruten gaben nach. Mit dem Kopf voran fiel er nach unten. Doch der Bund seiner Hose verfing sich sogleich an einem Ast, die ihm daraufhin bis auf die Knöchel rutschte.

Mit einem Ruck blieb Nish mit dem Kopf nach unten hängen, und sein bloßer Hintern zeigte nach oben. Das Hemd rutschte ihm über den Kopf und entblößte die langsam heilenden Striemen der Strafmaßnahme.

Irisis betrachtete seinen stämmigen Körper und stellte für sich fest, dass sie Nishs körperliche Vorzüge mochte, insbesondere den glatten, blassen Hintern. Und diesen unerwarteten Anblick genoss offenbar auch Eiryn Muss, der dümmlich kichernd und schnaufend neben ihr stand.

Sie hatten keine Zeit mehr zu verlieren. Während Nish in dieser unrühmlichen Lage vor und zurück pendelte, lösten sich weitere tragende Pfosten aus ihren Verankerungen. Es war nur noch eine Frage weniger Augenblicke, bis die ganze Konstruktion in sich zusammenfallen würde.

»Los jetzt!«, trieb sie Muss an und schüttelte ihn an der Schulter. »Du kriegst vier Flaschen von mir.«

Muss brachte es schließlich fertig, den Blick von diesem herrlichen Anblick zu lösen. Gemeinsam kletterten sie zum felsigen Vorsprung herab. Irisis stemmte sich gegen einen tragenden Pfosten, während Muss sich geschickt an der Matte aus Weidenruten zu schaffen machte und Nish letzten Endes befreite. Sie brauchten länger als erwartet, aber Irisis sperrte sich in dieser Zeit gegen den Gedanken, dass sie es möglicherweise nicht mehr rechtzeitig schafften. Wenn Muss sich bewusst Zeit ließ, um sich unziemliche Freiheiten herauszunehmen, dann war das vielleicht die gerechte Strafe für Nishs törichtes Verhalten.

Zu guter Letzt erreichten sie zu dritt den Rand des Abgrundes. Nish war ganz bleich im Gesicht und zitterte am ganzen Körper. »Bring ihn zurück zur Fertigungsstätte«, trug Irisis dem Schwachsinnigen auf.

Muss warf sich den kraftlosen Nish über die Schulter, legte ihm bewusst die prankenartige Hand auf das Hinterteil und stapfte davon. Eine halbe Stunde später lag der Monteur auf einer Bank im Refektorium, unweit der Mauer, die von den Schmelzöfen erwärmt wurde. Irisis verabreichte ihm eine warme Suppe aus getrockneten Fischköpfen. Dann verließ sie den Saal. Da sie wusste, dass der Bergmann Flyn heimlich Flaschen mit selbst gebranntem Schnaps hortete, kaufte sie ihm vier Flaschen ab.

Sie reichte die Flaschen Eiryn Muss, der sogleich die erste entkorkte und mit gierigen Schlucken halb leerte. Nun schielte er beseelt, schwankte ein wenig hin und her und gab ein Kichern von sich. »Viel Erfolg bei der Suche nach der Kristallfrau«, stammelte er, drückte die Flaschen wie ein wertvolles Gut an sich und trollte sich davon.

Irisis schaute ihm lange nach und wunderte sich, dass der Schwachkopf überhaupt von der Suche nach Tiaan wusste. Andererseits schnüffelte er immer und überall herum und mischte sich in die Angelegenheiten der anderen Arbeiter.

Als sie wieder das Refektorium betrat, lächelte Nish sie unsicher an.

»Selbst wenn du bis ans Ende deiner Tage mein Sklave wärst, könntest du nicht wiedergutmachen, was du mir schuldest!«, sagte sie wutentbrannt. Dass er sie daran gehindert hatte, ihrem Leben ein Ende zu bereiten, verübelte sie ihm nun zusätzlich.

Er setzte sich ein wenig auf und schenkte ihr ein fröhliches Grinsen. »Oh, ich weiß nicht. Während ich dort hing und mich von Muss am Hintern betasten lassen musste, kam es mir in den Sinn, dass wir dadurch beide gerettet würden.«

KAPITEL ZWANZIG

Ullii kauerte zitternd in einer Ecke. Im Raum war es kalt, aber sie hatte sämtliche Kleidungsstücke von sich geschleudert. Ihre Hose und das Hemd waren aus feinster Lammwolle gefertigt, in die man Säuglinge hätte hüllen können, und doch hatte Ullii das Gefühl, bei jeder Bewegung Tausende kleiner Widerhaken auf ihrer Haut zu spüren.

Sie steckte sich die Finger in die Ohren. Dadurch gelang es ihr, die Kakofonie aus Geräuschen auszublenden, die ihr jegliches Denken unmöglich machte. Ullii konnte selbst das Bohren der Holzwürmer in den Dielen hören. Das raschelnde Trippeln einer Maus war für sie wie die stampfenden Schritte eines Mannes. Selbst seidene Spinnfäden, die im Luftzug flatterten, erzeugten Laute, die Ullii noch wahrnahm.

Die Gerüche waren überwältigend. Ullii konnte genau sagen, wann die Arbeiter an den Schmelzöfen von einem Pechbehälter zum nächsten gingen. Keinem der Männer fiel das auf, doch für Ullii waren die Gerüche so unterschiedlich wie der Duft von Äpfeln und Zwiebeln. Allein aufgrund der vorherrschenden Gerüche in der Luft vermochte sie zu sagen, aus welcher Richtung gerade der Wind wehte.

Der Ostwind etwa brachte den salzigen Geruch der See mit sich, den charakteristischen Duft von Tang und Fisch, der unterhalb von Tiksi zum Räuchern aufgehängt wurde. Kam der Wind indes aus dem Norden, lag ein beißendes Gemisch aus Teer, Ammoniak und menschlichen Exkrementen in der Luft. Südliche Winde brachten das schwache Aroma von Kiefernnadeln und Baumharz mit sich, allerdings nur an warmen Tagen. Westwinde besaßen keinen Duft, denn in dieser Richtung lagen nur schneebedeckte Bergketten.

Ullii kannte jeden, der jemals an ihrer Tür vorbeigegangen war, so wie ein Hund jeden Menschen am Geruch wahrnahm. Mindestens hundert Leute konnte sie unterscheiden: Einige stanken fürchterlich, andere rochen weniger unangenehm, wiederum andere versuchten, mangelnde Sauberkeit mit schweren, süßlichen Düften zu kaschieren. Ein bedauernswerter Mann hatte derart verfaulte Zähne, dass sie ihn bereits roch, wenn er in den Gang einbog, der an ihrem Zimmer vorbeilief.

Von all den Bewohnern der Fertigungsstätte kannte sie indes nur vier Menschen mit Namen. Jal-Nish hatte einen süßlichen Geruch, in den sich metallene Nuancen mischten. Ihn kannte sie gut, war sie doch den ganzen Weg von Fassafarn mit ihm hierhergekommen. Sobald sie den Perquisitor jedoch wahrnahm, zuckte sie innerlich zusammen. Er gab zwar vor, gut für sie zu sorgen, aber sie wusste, dass sie für ihn nur Mittel zum Zweck war. Jal-Nish wollte unbedingt eines Tages Skrutator werden und fürchtete sich nur vor zwei Dingen: vor dem Zorn seiner Gemahlin Ranii Mhel und vor dem Moment, durch Unachtsamkeit das Missfallen des mächtigen Skrutators von Einunar, Xervish Flydd, zu erregen. Sein Geruch erinnerte Ullii an Momente ihrer Kindheit, die sie lieber längst vergessen hätte.

Sie kannte auch die Queristin Fyn-Mah, die sich mit einer Seife aus Rosenblütenblättern wusch. Diese Frau musste sich bis zu sechs Mal am Tag waschen, um ihren eigenen Körpergeruch loszuwerden. Fyn-Mah sprach mit leisem Tonfall. Eine so angenehme, melodiöse Stimme wie die der Queristin hatte Ullii seit Jahren nicht mehr gehört. Fyn-Mah war tatsächlich um Ulliis Wohlergehen besorgt, wenn auch in etwas übertriebenem Maße, ohne jedoch aufdringlich zu wirken. Ullii spürte, dass die Queristin genug mit ihren eigenen inneren Qualen zu tun hatte.

Die dritte Person war Nyg-Gu, die Frau, die Ullii das Essen brachte und jedes Mal aufräumte, wenn der abgedunkelte Raum wieder in Unordnung geraten war. Ihrem Körper entströmte ein starker, vielschichtiger Geruch, sodass Ullii sich fragte, ob die Frau womöglich nur einmal im Jahr ein Bad nahm. Dann war da noch Irisis, die ebenfalls nach Seife und Blumen duftete, aber ihr Eigengeruch war stärker – sie verströmte reife Weiblichkeit. Ullii wusste nicht, wie sie Irisis einstufen sollte. Die Stimme dieser Frau besaß scharfe Untertöne, und Irisis sah aus, als würde sie rasch die Geduld verlieren. Trotzdem erspürte Ullii bei Irisis Wärme, die unter dem strengen Gebaren verborgen lag.

Einem Duft aber, der sie bislang am meisten fesselte, vermochte sie keinen Namen zuzuordnen. Es handelte sich um den jungen Mann, der mit Irisis gekommen und dann später in ihrem Zimmer ohnmächtig geworden war. Ihn umgab ein warmes, würziges Aroma, das sie unerklärlicherweise als wohltuend empfand. Er roch auch nach Metall, geölten Maschinen und Blut. Den Klang seiner Stimme kannte sie noch nicht. Und sie hatte ihm wehgetan, was ihn in ihren Augen zu einer Besonderheit machte. Viele Menschen hatten Leid über sie gebracht, aber bislang hatte Ullii niemandem wehgetan. Sie war erstaunt gewesen, dass der Unbekannte in seinem Schmerz nicht nach ihr geschlagen hatte. Er war ein ganz besonderer Mann. Sie wollte ihn unbedingt wiedersehen. Tatsächlich wartete sie jetzt auf ihn.

In ihrem Geist wanderte sie zurück nach Fassafarn, wo sie die meiste Zeit ihrer achtzehn Lebensjahre verbracht hatte. Ullii war nicht dumm, auch wenn die Leute sie so einschätzten. Weit gefehlt! Zwar konnte sie weder lesen noch schreiben, aber das auch nur, weil der helle Widerschein von Papier ihr in den Augen wehtat. Ulliis Leben war von ihren Erfahrungen geprägt, und sie hatte gänzlich andere machen müssen als alle anderen Menschen in Santhenar.

Zum ersten Mal war sie Jal-Nish vor nunmehr zwölf Jahren begegnet. Damals war sie mit ihren sechs Jahren vor den Examinator zitiert worden. In normalen Zeiten hätte man Ullii als schwachsinnig eingestuft, auf die Straße gesetzt oder in eine Anstalt gesteckt. Aber Jal-Nish war kein gewöhnlicher Examinator, und schon damals erlebte das Land schwere Zeiten. Die Examinatoren waren vom Rat der Skrutatoren beauftragt worden, Ausschau nach Kindern mit ungewöhnlichen Talenten zu halten, insbesondere nach Fähigkeiten, die in irgendeiner Weise auf die Geheime Kunst hindeuteten. Die Menschheit kämpfte ums nackte Überleben, und niemand vermochte genau zu sagen, welche Fähigkeiten sich im Kampf gegen den schier übermächtigen Feind letzten Endes als hilfreich erweisen würden.

Ullii war das ungewöhnlichste Kind, das Jal-Nish je untergekommen war. Da ihre Augen, ihr Gehör- und ihr Tastsinn ständig überreizt waren, verließ sie sich nur auf ihren Geruch – und auf noch einen Sinn, der bei anderen Menschen längst verkümmert oder nie angelegt war. Sie konnte die Beschaffenheit von Dingen *erspüren* und vermochte die Kräfte zu fühlen, die einen Gegenstand im Innersten zusammenhielten oder entzweirissen. Wenn sie mit geschlossenen Augen im Freien stand, war sie in der Lage, den Wind zu beschreiben. Sie konnte ihn dreidimensional sehen, wie Wellen, die in eine Richtung strömten, abebbten und emporwogten.

Wichtiger war indes noch, dass sie die Geheime Kunst sehen konnte – wie Knoten in einem Gitternetz. Allerdings passte die Struktur dieses Gitternetzes in kein Muster, das den Menschen bekannt war.

Oft hatte Ullii gehört, wie Jal-Nish im Beisein anderer über ihr einzigartiges Talent sprach. In den dunkelsten Momenten ihres Lebens war das Gefühl, etwas Besonderes zu sein, wie ein Elixier, das sie am Leben erhielt. Jal-Nish hatte sie mit einem Mantiker nach dem anderen bekannt gemacht, um zu sehen, ob man sich ihre Fähigkeiten zunutze machen konnte. Doch das blieb erfolglos, da niemand die Geduld aufbringen wollte oder die Weitsicht besaß, ein Geschöpf wie Ullii zu begreifen. Sie wusste sofort, wenn jemand sie nur ausnutzen wollte. In solchen Momenten verfiel Ullii in einen Zustand völliger Starre, aus dem man sie mit keiner noch so harten Bestrafung herausbekam. Man konnte ihr wehtun – viele hatten sie geschlagen –, aber keine dieser Maßnahmen hatte etwas gebracht.

Ullii war dennoch nicht fortgelaufen, da sie draußen in der Welt nicht überleben konnte. Folglich hatte sie sich in ihr Schneckenhaus zurückgezogen. Schließlich war es so weit gekommen, dass der alte Flammas, der letzte Mantiker, dem sie übergeben worden war, sie in sein Verlies gesperrt und später ganz vergessen hatte. Einmal am Tag bekam sie etwas zu essen, wie die anderen Gefangenen auch. Und alle paar Tage erhielt sie einen Eimer kaltes Wasser, um sich zu waschen, während der Schmutz der Zellen weggespritzt und dann in ein Abflussrohr gespült wurde.

Die Zeit im Verlies hatte einen unerwarteten Vorteil: In ihrer Zelle war es dunkel; kaum ein Geräusch drang durch die dicke Tür. Der Gestank war zwar unangenehm, aber er setzte sich zumindest aus ihren eigenen Ausdünstungen zusammen. Und warm genug war es auch, sodass sie nicht mehr diese verhasste Kleidung zu tragen brauchte. Das Verlies sagte ihr mehr zu als jeder andere Ort, seitdem sie aus dem Bauch ihrer Mutter gekrochen war und die Welt als sinnlichen Albtraum erfahren hatte.

Fünf Jahre hatte Ullii in dieser Zelle verbracht und ein Dasein gefristet, das ausschließlich vom Geist geprägt gewesen war. Sie war zu einer Frau herangereift, und mit einem Mal blühten ihre Fähigkeiten auf. Um ihrem Bedürfnis nach Ordnung gerecht zu werden, entwarf sie von der unmittelbaren, sinnlich erfahrbaren Umgebung ein dreidimensionales Gitterwerk. Physische Objekte wie der Turm, das Verlies, Land oder Felsgestein waren nur schwach ausgeprägt, aber einige Lebensformen erzeugten in der Gitterstruktur ineinander verwobene Formen, die sie mit großem Aufwand enträtseln konnte. Gelegentlich konnte sie diese Formen identifizieren, und dann stellte sich heraus, dass es sich um die Mantiker oder andere mächtige Meister handelte. Sobald diese Leute sich der Geheimen Kunst bedienten oder ein Instrument benutzten, das von magischen Kräften angetrieben wurde, leuchtete der Knoten in dem Gitternetz besonders hell auf.

Eines Tages, als sie versuchte, einen schwierigen und ungewöhnlichen Knoten zu erkennen, entdeckte sie eine fremde Lebensform – einen *Lyrinx*. Zwar hatte sie zuvor schon Geschöpfe erspürt, vor denen sie sich fürchtete, aber keins war so wie dieses Wesen. Der Lyrinx war erschreckend anders.

Sie begann zu schreien – so lange, bis jemand den Mantiker Flammas benachrichtigte, der Ullii schon vor Jahren vergessen hatte. Man musste ihn erst an ihren Namen erinnern. Als der Mantiker feststellte, dass man nicht an Ullii herankam, wandte er sich an Jal-Nish. Damals war sie sechzehn und musste sich folglich der dritten gesetzlich vorgeschriebenen Untersuchung unterziehen.

Durch gutes Zureden entlockte ihr Jal-Nish schließlich, wovor sie sich ängstigte, und erkannte, dass er mit Ullii die Entdeckung des Jahrhunderts gemacht hatte, sollte man sich ihre ungewöhnliche Begabung zunutze machen können. Diese Erkenntnis brachte ihm die gefährliche, aber ehrenvolle Position eines Perquisitors ein. Doch zwei Jahre später wurde er nicht weiter befördert, als die schreckliche Nachricht von Tiaans Schicksal die Runde machte. Da Jal-Nish nicht bereit war, Ullii Leuten zu überlassen, die vor keiner schändlichen Tat zurückschrecken würden, um sich des Talentes der jungen Frau zu bedienen, hatte er sie kurzerhand mitgebracht, war er doch immer noch der Auffassung, sie könne ihm behilflich sein.

Die Reise zur Fertigungsstätte war eine Qual für Ullii gewesen. Während des Tages hatte sie in einem mit Seide gefütterten Korb gekauert, der mit Stricken gesichert vom Aufbau eines Fuhrwerks herabhing. Dennoch hatte sie von dem Augenblick an, als sie aufbrachen, unter einer immensen Reizüberflutung gelitten. Ihr dauerndes Schreien machte den langen und beschwerlichen Weg für alle zu einem schaurigen Erlebnis. Jal-Nish trug jemandem auf, den Korb stets im Auge zu behalten und sofort zu reagieren, falls die Stricke sich bei dem holprigen Weg lösten und Ulliis Behälter zu fallen drohte.

Rufe und Gebrüll draußen vor der Tür brachten Ullii wieder in die Wirklichkeit ihres kleinen Zimmers zurück, in dem sie nach wie vor in einer Ecke kauerte und auf den Fußballen vor und zurück wippte. Ihre Füße und Hände waren die einzigen Körperstellen, die nicht überempfindlich waren.

Vor der Tür war Irisis, die sich leise mit jemandem unterhielt. Ullii spürte, dass auch der faszinierende junge Mann dort stand. Sie wünschte, er würde hereinkommen, da sie mehr über ihn erfahren wollte, denn er tauchte in ihrem Gitternetz nicht auf. Irisis schon: Ullii erspürte sie als undurchdringliche Kugelform. Die Tür öffnete sich, und der Raum wurde von einer wahren Flut grellen Lichts erfasst, die ihr in die Augen stach. In ihrer Hilflosigkeit hielt Ullii sich die Augen zu und verwandelte sich wieder in das kauernde Geschöpf, das mit eingezogenem Kopf und angewinkelten Knien am liebsten die ganze Welt um sich herum vergessen hätte.

Irisis trat zusammen mit dem jungen Mann ein. Sein würziges Aroma rief eine unerklärliche Unruhe in Ullii hervor. Sie ließen die Tür offen und setzten die Sucherin einer Flut von Eindrücken aus, die Ullii ganz hilflos machte. Die Schritte der Besucher waren wie ein schweres Dröhnen; gegen die Geräusche war sie machtlos.

Irisis beugte sich zu ihr hinab. Deutlich hörte Ullii jeden Atemzug der Frau; jeder Herzschlag war wie das dumpfe Schlagen einer Trommel. Hatte Irisis etwa die Absicht, sie zu quälen?

Irisis schlang einen Arm um Ulliis Taille und zog sie mühelos hoch. Die Sucherin trat um sich, stieß einen schrillen Schrei aus, konnte indes nicht die Hände von ihren Augen nehmen, um sich zu wehren. Doch der eiserne Griff und der grobe Stoff, der an ihrer Haut rieb, waren unerträglich.

Mit dröhnenden Worten, die in Ulliis Geist gegeneinanderprallten, wandte Irisis sich an den jungen Mann. Zuvor hatte sie leise gesprochen. Warum wollte sie ihr jetzt wehtun? Der Mann antwortete. Er sprach zwar leiser, aber bei all den Reizen, die auf sie einstürmten, vermochte Ullii ohnehin nicht zu verstehen, was er sagte.

Irisis drehte Ulliis Kopf zu einer Seite und flüsterte etwas in eindringlichem Ton. Es klang wie: »Jetzt!«

Ullii verspürte ein unangenehmes, heißes Kribbeln in ihrem Ohr. Schreckliche Knacklaute und wechselnde Tonhöhen erzeugten einen Nachhall in ihrem Kopf. Was auch immer in ihrem Ohr sein mochte und langsam wieder abkühlte, sie konnte es nicht fühlen. Ein plötzlicher Schwindel erfasste sie. Wo war oben, wo unten? Sie versuchte, die Einwirkungen auf ihr Ohr anzuhalten, aber Irisis hielt ihre Hände fest. Die Empfindungen bauten sich in ihrem Gehirn auf, riefen Echos hervor und belebten sich gegenseitig aufs Neue. Das war das schlimmste Gefühl seit Langem, denn es unterbrach den Kontakt zu dem Gitternetz – zu dem einzigen Ort, zu dem sie je hatte fliehen können.

Ohne Vorwarnung drehte Irisis sie um, während der Mann die heiße Substanz in Ulliis anderes Ohr träufelte. Wieder durchlebte sie die knackenden Laute und ein Dröhnen, als die Masse auskühlte. Und dann, zum ersten Mal in ihrem Leben, erlebte Ullii absolute, herrliche Stille. Das kam so unvorhergesehen, dass sie mit dem Schreien aufhörte und in ihren zappelnden Bewegungen erlahmte. Schlaff hing sie in Irisis' Armen, hielt sich nach wie vor die Augen zu und erkundete die neue Erfahrung.

Der Mann schloss die Tür und zog die Blende einer Laterne gerade so weit auf, dass ein schwacher Lichtstrahl auf die gegenüberliegende Wand fiel. Irisis stellte Ullii wieder vorsichtig auf die Füße, hielt sie aber weiterhin fest. Ullii wagte es nicht, sich zu bewegen. Allerdings verspürte sie nicht länger das verzweifelte Bedürfnis, sich in eine Ecke zu kauern und in monotones Pendeln zu verfallen. Verwundert beobachtete sie die beiden Besucher durch den Käfig ihrer Finger.

»Was jetzt?«, fragte der Mann.

Ullii las ihm die Worte von den Lippen ab und wandte sich ihm ganz zu. Irisis hatte offenbar etwas erwidert; Ullii hatte jedoch einen Moment nicht auf ihre Lippen geachtet.

»Ich heiße Cryl-Nish«, stellte sich ihr der Mann vor. »Du kannst Nish zu mir sagen, wenn du magst.« Inzwischen hatte er sich mit dem Spitznamen abgefunden.

»Nissssshh«, wisperte sie mit leise zischenden Lauten.

Er streckte die Hand nach ihr aus, wie er es getan hatte, als er hier benommen am Boden gelegen hatte. Ullii entzog sich ihm nicht. Mit den Fingerspitzen ertastete er ihr Haar und strich ihr über die langen Strähnen. Sein Handrücken berührte sanft ihre Wange und streichelte sie. Die Hand fühlte sich rau an, aber die Geste war freundlich gemeint. Ein sonderbares Gefühl, Freundlichkeit zu erfahren. Etwas Seidenartiges hing an seinen Fingern. Er strich ihr mit den Fingerkuppen über das Gesicht, und das Seidige folgte jeder seiner Bewegung. Er umfasste ihre Hände mit seinen. Ah, sein Duft; die Berührung! Ihre Hände, immer noch über ihren Augen, entspannten sich. Ihre Lider flatterten gegen seine Handflächen. Sie spürte, dass sie ihm letzten Endes vertrauen konnte ... diesem unbekannten, wohlriechenden Mann.

»Du riechst gut, Nish.«

Seine Finger legten ihr die Seide über die Augen. Ullii ließ es geschehen. Das Licht, das sich durch seine Finger stahl, erstarb. Herrliche, absolute Dunkelheit senkte sich auf Ullii herab. Verdutzt ließ sie zu, dass er die Maske an ihrem Hinterkopf festband. Nish strich noch einmal mit den Fingern über ihr Gesicht, ehe er einen Schritt zurücktrat. Auch Irisis ließ sie nun los.

Instinktiv wollte Ullii wieder in die Hocke gehen, stellte aber rasch fest, dass es keinen Anlass dazu gab. Sie nahm weder Licht noch Geräusche wahr und spürte nur, dass sie mit beiden Füßen auf dem Boden stand und die weiche Maske über den Augen trug. Die Empfindungen, die sie das ganze Leben lang überschwemmt hatten, waren verschwunden.

Das Gitternetz war jetzt noch viel klarer. Die Knoten, die sie erspürte, ließen sich womöglich viel einfacher entwirren. Ihr Gehirn konnte sich jetzt auf das konzentrieren, was Ullii sich aussuchte. Sie setzte sich auf den Boden. Eine Träne bildete sich zuerst in dem einen, dann in dem anderen Auge. Bald schon strömten ihr die Tränen nur so über die Wangen, da sie etwas erlebte, das sie nie zu träumen gewagt hatte. Der Krieg in ihrem Geist war vorüber. Endlich war sie ihrem Gefängnis entronnen.

Nish und Irisis beobachteten die junge Frau und schwiegen. Ullii weinte eine lange Zeit, sank dann in sich zusammen und neigte den Kopf nach vorn, bis ihre Stirn ihre Hände berührte, die gespreizt auf dem Boden ruhten. Und in dieser seltsamen Stellung, vollkommen nackt und mit ausgestrecktem Po, schlief sie ein.

Nish wollte der Schlafenden eines ihrer Kleidungsstücke überwerfen, aber Irisis hielt ihn mit einem Kopfschütteln davon ab. »Gehen wir hinaus. Sie ist es gewohnt, so zu schlafen, so seltsam das auch sein mag. Wir kommen später noch einmal wieder.«

Irisis zog die Tür zu, und sie begaben sich ins Refektorium.

»Das macht hungrig!«, meinte Nish und nahm sich zwei Schalen – die erste mit Zitronentee und die zweite mit eingelegten Kumquats.

»Das war eine großartige Idee, ihr die Ohren mit Wachs zu verstopfen. Wie bist du darauf gekommen?«

»Ich wundere mich, dass das noch keinem anderen eingefallen ist«, erwiderte er kauend. »Viele Arbeiter hier tragen Schutzbrillen, Ohrenstöpsel oder Handschuhe. Erst als ich mit dem Kopf nach unten und mit bloßem Hinterteil an dem Ast hing und deine lüsternen Blicke spürte, fiel mir plötzlich ein, was Ullii brauchte.«

»*Meine* lüsternen Blicke brauchst du nicht zu fürchten«, sagte sie frohgelaunt. »Du hättest sehen sollen, mit welch gierigen Blicken Eiryn Muss dich angestarrt hat.«

»Es ist ja nicht beim Gucken geblieben, als er mich befreite«, bemerkte Nish mit säuerlicher Miene. »Er hat mich richtig befingert. Das hättest du ihm ruhig ausreden können!«

»Ich musste doch die Stange festhalten«, sagte sie.

»Das hat er auch gemacht!«

Irisis brach in schallendes Lachen aus. »Vielleicht ziehst du ja aus dem Vorfall die Lehre, dich zu bessern und den Unglücklichen in Zukunft freundlicher zu behandeln. Weißt du, ich muss die ganze Zeit an Muss denken.«

»Wieso?«

»Er hat etwas gesagt, das mir nicht aus dem Kopf geht. Mittlerweile glaube ich, dass er gar nicht so dumm ist, wie es den Anschein hat.«

»Wie das?«

»Ich werde ihn jedenfalls im Auge behalten.«

»Du glaubst doch nicht etwa, dass *er* der Spion ist?« Darauf erhielt er keine Antwort, und so fuhr er fort: »Wir sollten uns etwas für Ullii überlegen, das länger hält.«

Dafür brauchten sie einen ganzen Tag. Allerdings fiel es einem Monteur nicht schwer, eine leichte Schutzbrille zu entwerfen und herzustellen, die Ulliis Augen vollständig bedeckte. Nish trug dem Glasbläser auf, Glas so einzufärben, dass es fast schwarz war, und schnitt dann zwei runde Stücke heraus, die in den vorgefertigten Rahmen passten. Nish testete die Brille, indem er in die Sonne guckte; sie war nur als matt glühende Scheibe zu sehen. Jedes Stück, das mit Ulliis Haut in Berührung kommen würde, fütterte er sorgfältig mit Seide aus. Er fertigte auch zwei Stoffstücke an, die sie sich über die Ohren stülpen konnte, falls das Wachs sie störte.

Auch Irisis war beschäftigt, aber sie verriet nicht, woran sie gerade arbeitete. Nish war sich nur allzu bewusst, dass für sie beide die Zeit unerbittlich verrann, die ihnen gewährt wurde, um die angedrohten Strafen abzuwenden.

Alle paar Stunden schauten sie bei Ullii vorbei. Sie schlief beinahe den ganzen Tag. Später trafen sie sie an, wie sie in ihrem Zimmer auf und ab ging und mit sich selbst redete. Sie trug ihr seidenes Hemd, aber keine Hose.

»Ihr wird kalt geworden sein«, mutmaßte Irisis, als sie den Raum wieder verließen. »In ein oder zwei Stunden wird sie das Hemd wieder ausziehen.«

Noch am selben Abend ging Nish in Irisis' Werkraum, da er wissen wollte, was sie gemacht hatte. Nicht ohne Stolz hielt sie eine Hose hoch und betrachtete sie wohlwollend im Schein der Lampe. Die Hose bestand aus einem feinen, durchscheinenden Gewebe, das schillerte, sobald es zum Licht gedreht wurde.

»Wenn ich darüber nachdenke, wie lange ich gearbeitet habe«, meinte er in leicht verdrießlichem Ton.

»Und ich etwa nicht?«

»Ein bisschen klein für dich, möchte ich meinen. Ach, wie eitel sind doch die Frauen!«

»Die ist doch für Ullii, du Narr!« Sie hielt die Hose wieder hoch. »Und, was hältst du davon?«

Sie warf sie ihm zu. Der dünne Stoff glitt ihm durch die Finger, als wäre er in Öl getränkt.

»Sei vorsichtig, Nish!«

»Die ist wunderschön!« Er hob sie auf. Die Hose war aus dem weichsten Seidengewebe, das er je berührt hatte. »Wie hast du das gemacht?«

»Onkel Barkus hatte noch einige Ballen Spinnenseide in seinem Lager. Er hatte das Gewebe einst für irgendein Vorhaben bestellt, dann aber doch nicht benutzt. Ich habe dem Meisterweber aufgetragen, daraus Kleidungsstücke anzufertigen. Jetzt haben wir für Ullii zwei komplette Garnituren. Sie kann das Gewebe unmittelbar auf der Haut tragen und darüber andere Kleidung ziehen.«

»Spinnenseide?«

»Von der Totenwachenspinne. Sie spinnt den feinsten Faden der Welt, der trotzdem stärker ist als normale Seide.«

»Und du glaubst, Ullii wird das tragen?«

»Das muss sie. Sie kann doch nicht nackt über die Berge gehen.«

»Wer verlangt das von ihr?«

»Wie sollen wir sonst Tiaan aufspüren?«

KAPITEL EINUNDZWANZIG

Am folgenden Morgen mussten sie einen herben Rückschlag hinnehmen. Ullii hatte sich versehentlich im Schlaf die Maske vom Kopf gerissen und wachte auf, als Nyg-Gu achtlos mit dem Frühstück ins Zimmer polterte und obendrein noch die Tür weit offen ließ. Ullii stieß einen schrillen Schrei aus, woraufhin Nyg-Gu ihr aus Angst einen Schlag versetzte. Die Sucherin verfiel wieder in einen ihrer gefürchteten Schreikrämpfe und entfernte unglücklicherweise auch noch ihre Ohrenstöpsel. Als Nish, der die Schreie von der anderen Seite der Fertigungsstätte gehört hatte, endlich das Zimmer erreichte, war Ullii längst in ihrer üblichen Haltung erstarrt. Nyg-Gu schüttelte sie und belegte sie mit Schimpfwörtern. Ehe es Nish gelang, die Bedienstete aus dem Raum zu zerren, hatten sich unzählige Arbeiter vor der Tür eingefunden, die alle laut durcheinanderredeten und rüde Bemerkungen über die nackte Frau fallen ließen.

»Schaff die Leute fort!«, rief er, als Irisis angelaufen kam.

»Was hast du vor?«, fragte sie außer Atem.

»Weiß ich noch nicht!« Grob stieß er die Neugierigen zurück, drückte die Tür zu und schob den Riegel vor. Kaum stand er im dunklen Zimmer, da vernahm er die Stimme seines Vaters.

»Das hatten wir alles schon!«, erboste sich Jal-Nish. »Eine verfluchte Zeitverschwendung ist das. Ich wusste, dass ihr versagen würdet.«

»Wir hatten keine Gelegenheit, Euch zu zeigen, was wir gemacht haben«, sagte eine honigsüße Stimme, mit der Irisis immer dann sprach, wenn sie bei Männern etwas erreichen wollte. »Morgen früh um dieselbe Zeit werdet Ihr erstaunt sein.«

»Na gut!«, stimmte der Perquisitor wütend zu. »Aber …«

Er und Irisis verließen das Zimmer, sodass Nish nicht mehr hören konnte, was die beiden weiterhin noch sprachen.

»Ullii«, sagte er mit der leisesten Stimme, die er aufzubringen vermochte. Er erhielt keine Antwort und vernahm, wie die Sucherin vor und zurück pendelte und vor sich hin summte. Nish suchte den Boden des dunklen Zimmers ab und fand schließlich die Augenbinde. Die Ohrenstöpsel entdeckte er, als er zufällig darauf trat. Der Lärm draußen vor der Tür ebbte vollständig ab.

Inzwischen konnte er Ullii drüben in der Ecke erahnen. Er ging zu ihr – langsam, aber nicht schleichend, denn er hatte das Gefühl, dass ein Anschleichen sie verängstigen würde. »Ullii«, flüsterte er. »Ich habe deine Maske. Möchtest du sie aufsetzen?« Er hielt ihr die Binde hin.

Sie pendelte stärker denn je vor und zurück. Die Augen hatte sie fest zugekniffen.

»Ullii, hier.« Ganz vorsichtig streckte er die Hand nach ihr aus und berührte zart ihre Wange mit nur einem Finger.

Sie wippte schneller, und Nish wunderte sich, dass die junge Frau nicht vornüberfiel. Als er sie berührte, entrang sich ihrer Kehle ein wehklagender Laut. Nish zog die Hand zurück.

»Ullii? Kannst du mich sehen? Vor deinem geistigen Auge?«

Sie schüttelte den Kopf. Nish ging neben ihr in die Hocke und rieb sich das Kinn. Ulliis Körper verkrampfte. Da er sich seit Tagen nicht rasiert hatte, erzeugte das Reiben ein kratzendes Geräusch.

»Kannst du mich riechen?«

Das Jammern hörte auf. Nish glaubte, ein flüchtiges Lächeln auf ihrem Gesicht gesehen zu haben. Vielleicht war das der Schlüssel, hatte sie doch schon zuvor seinen Geruch erwähnt.

»Wie rieche ich, Ullii?«

Wieder der Anflug eines Lächelns. »Schön«, erwiderte sie leise und ahmte seinen Tonfall nach. »Du riechst wie ein freundlicher Mann – würzig, nach Metall und Öl.«

Er fühlte sich geschmeichelt und wusste, dass ihm der Durchbruch gelungen war. Wenn sie die Leute nach dem Geruch beurteilte, dann könnte es ihm gelingen, ihr Vertrauen zu gewinnen. Er spürte, dass er sie mochte, und wollte wissen, wie sie bei Licht aussah. Der Anblick, der sich ihm zuvor nur kurz geboten hatte, war verlockend gewesen.

Er rieb sich mit der Augenbinde durchs Gesicht, fuhr damit unter sein Hemd und roch daran. Er nahm keinen Geruch wahr.

Dann streckte er den Arm aus und brachte das Tuch nah an ihr Gesicht. Sie lächelte, griff nach der Augenbinde, führte sie an ihr Gesicht und schnupperte daran wie ein Hund. Ein kaum wahrnehmbares Seufzen entfuhr ihr. Schließlich setzte Ullii sich die Maske auf und versuchte, sie hinten am Kopf zu verknoten. Die Binde entglitt ihr. Sie unternahm einen zweiten Versuch und scheiterte erneut.

Sie begann zu wimmern. Nish ertastete ihre Hand. Sogleich zog sie seine Finger an ihre Nase, sog tief die Luft ein und erlaubte Nish, die Maske zu befestigen. Ihre Finger verfolgten jede seiner Handbewegungen. Sowie die Binde richtig saß, stieß sie seine Hände fort, riss sich die Maske wieder ab und befestigte sie selbst. Ein leises Lachen entfuhr ihr, als ihr das jetzt direkt beim ersten Versuch gelang.

Nish ging wieder in die Hocke und fragte sich, was die junge Frau als Nächstes tun würde. Hatte er jetzt viel oder gar nichts erreicht? Sie kauerte an der Wand, nur eine Armeslänge von ihm entfernt. Er spürte, dass sie hellwach und neugierig war, aber er nahm auch ihre Angst wahr, wieder verletzt zu werden. Wie sollte er sie davon überzeugen, ihm zu vertrauen – und das auch noch in kürzester Zeit, wenn er sich selbst retten wollte?

Unweigerlich dachte er an seine eigenen Sorgen, insbesondere an die schreckliche Aussicht, an die Front geschickt zu werden. Mit einem leisen Wimmern begann er, auf den Ballen vor und zurück zu schaukeln. Natürlich hatte er sich dieses Verhalten von ihr abgeguckt, aber seine Emotionen waren nicht gänzlich vorgetäuscht. Das Wimmern brachte zum Ausdruck, wie er sich in seiner eigenen persönlichen Dunkelheit fühlte.

Ullii drehte ihm den Kopf zu.

Er wippte weiter vor und zurück und war sich sicher, dass sie ihn mit ihren besonders ausgeprägten Sinnen musterte. Was würde sie als Nächstes tun? Nur das war im Augenblick für ihn von Bedeutung.

Zögerlich streckte sie die Hand nach ihm aus, berührte seine Wange mit einer Fingerkuppe und zog die Hand dann wieder hastig zurück. Er seufzte. Sie hielt in ihren Bewegungen inne und neigte den Kopf zur Seite. Dann rieb Ullii sich mit beiden Händen übers Gesicht, strich sich durchs Haar und über die Brüste und den Bauch. Sie hielt ihm ihre Finger unter die Nase.

Ein kleines Wunder war geschehen. Sie bot ihm ihr Vertrauen an, das sie noch niemals irgendeinem anderen Menschen geschenkt hatte. Er schnupperte an ihren Fingern. Ullii besaß eigentlich keinen Eigengeruch, denn nach den Jahren im Verlies des Mantikers hatte sie einen Zwang entwickelt, sich sehr oft zu waschen – gewiss ein Dutzend Mal am Tag. Sie roch einfach angenehm. Er drückte seine Nase in die Höhlung ihrer Hand.

Nish seufzte, lächelte und hob den Kopf. Sie zog ihre Hand zurück, zeigte mit der Handfläche auf ihn und drückte ihn von sich. Nish begriff sofort und begab sich leise zur Tür. Vor ihm lag noch ein weiter Weg, aber er hatte zumindest den Anfang gemacht.

Als er den Riegel zurückschob und im Begriff war, die Tür zu öffnen, sagte Ullii leise: »Ich werde deine Augenbinde tragen, Nish. Ich werde dir helfen, die Frau zu finden.«

»Ich danke dir«, flüsterte er in das Dunkel hinein.

Im Werkraum der Kunstwerker erzählte er Irisis, was sich ereignet hatte, und konnte seine Begeisterung kaum für sich behalten. »Ich hab's geschafft!«, schloss er. »Sie vertraut mir. Sie hat gesagt, dass sie mir helfen wird, Tiaan zu finden!«

Irisis zeigte sich nicht so zufrieden, wie er es sich erhofft hatte. Ihre Miene verdüsterte sich, als er ihr erzählte, dass der eine den Geruch des anderen aufgesogen hatte. »Wie ein Rüde und eine heiße Hündin!«, kommentierte sie seine Beschreibungen scharf. »Machen wir uns an die Arbeit.«

Sie trugen die Schutzgegenstände, die sie für die Sucherin angefertigt hatten, zu Ulliis Zimmer. Während Irisis vor der Tür stehen blieb, trat Nish leise ein.

Er begann mit der leichten Schutzbrille: zwei große ovale Linsen, die eine Einfassung aus getriebenem Silber und ein Gestell aus Draht erhalten hatten.

Die Sucherin setzte die Brille auf, ging im Raum auf und ab und riss sie sich wieder ab. »Geht nicht!« Sie rieb sich die Ohren und den Nasenrücken.

Der erste Rückschlag. Nish klemmte sich die Brille unter den Arm und reichte ihr stattdessen die Ohrenschützer. Sie stülpte sie sich über die Ohren, rückte sie zurecht und lächelte – das erste echte Lächeln, das er auf ihrem Gesicht sah, doch es verflüchtigte sich rasch.

Dann reichte er ihr die Kleidung. Sie strich mit den Fingern über die Bluse mit dem hochgeschlossenen Kragen und zog die Stirn in Falten. Sie zog sie sich über den Kopf, drückte dann den Rücken durch und schrie.

»Das kribbelt! Es kratzt am ganzen Körper!« Mit einer kurzen Bewegung riss sie sich das Kleidungsstück vom Leib, warf es in den Wassereimer und drückte es unter Wasser. Dann stand sie auf, zitterte und rieb sich hastig über den Bauch, die Brüste und die Schultern.

Irisis stieß die Tür auf. »Was ist los?«

Nish nahm den Eimer, die Schutzbrille und die restlichen Kleidungsstücke und trat zu Irisis auf den Gang. »Zumindest gefallen ihr die Ohrenschützer.« Er unterrichtete Irisis von den Vorfällen.

»Ich habe alles überprüft«, sagte sie gekränkt. »Sämtliche Nähte sind verborgen. Kein einziger Faden hängt lose herum.«

»Wenn sie sagt, es kratzt, dann ist das eben so«, merkte Nish trocken an. »Wir könnten ja noch einmal mit dem Weber sprechen.«

»Keine schlechte Idee!«

Sie verließen das Gebäude und gingen an den Wasserzisternen sowie den Schlachtern vorbei, die ihre blutige Arbeit verrichteten. Schließlich erreichten sie eine Ansammlung kleinerer Gebäude, in denen Handwerker arbeiteten, die nicht direkt an der Fertigung der Klanker beteiligt waren.

Irisis klopfte an eine der Türen und trat ein. »Wünsche einen guten Morgen, Meisterweber«, grüßte sie den Mann im Zimmer. »Hättet Ihr einen Augenblick Zeit?«

»Ich habe immer zu tun!«, entgegnete der Weber. Er wirkte ausgezehrt und hatte ein steifes Bein; zudem lächelte er nie. Gerade wollte er das Gewirr aus Fäden im Webstuhl beseitigen. »Schau sich einer das an!«, grummelte er. »Diese Lehrlinge. Würde man den Grips all dieser Taugenichtse zusammennehmen, er würde nicht mal den Kopf einer Laus füllen. Was wollt Ihr?«

»Es geht um diese Spinnenseide.« Sie erläuterte, was vorgefallen war.

»Frauen!«, nuschelte er verärgert. »Wartet, da ist noch ein Rest.« Rasch hatte er sich einer Truhe mit Stoffballen zugewandt, zog einen heraus, wickelte das Gewebe ein Stück weit ab und testete es mit seinen dürren Fingern. Nish beobachtete die flinken Bewegungen des schrulligen Webers und hatte das Gefühl, eine Spinne in Menschengestalt vor sich zu haben.

»Habt Ihr den Stoff gewaschen?«, verlangte der Weber schließlich zu erfahren.

»Nein!«, antwortete Irisis. »Ich dachte, das hättet Ihr getan.«

»Bin ich ein verdammtes Waschweib?«, empörte er sich und blickte sie wütend an. »Da habt Ihr Eure Antwort. Das ist reine Seide. Sie hat noch die Einwirkung der Spinne in sich.«

»Wie bekomme ich das aus dem Gewebe heraus?«

»Woher soll ich das wissen? Ich habe vorher noch nie mit Spinnenseide gearbeitet. Und werde es auch nicht mehr tun, wenn ich an die Strapazen beim Weben denke.« Er schlug mit der Faust auf den Webstuhl. »Warmes Wasser und milde Seife. Keine Lauge, verstanden? Und kein heißes Wasser, denn sonst könnt Ihr die Bluse einer Maus anziehen.«

»Habt Dank«, sagte Irisis.

»Ach, lasst mich in Ruhe«, grummelte er und widmete sich wieder dem Webstuhl.

»Netter Bursche«, bemerkte Nish schmunzelnd, als sie wieder draußen waren.

»So schlimm ist er nicht. Er leistet gute Arbeit und macht genau das, was man ihm aufträgt. Er mag nur keine Frauen. Was ich manchmal sogar verstehen kann.«

Nish fragte nicht weiter, und sie erläuterte ihm auch nicht, wie sie das gemeint hatte. Irisis brachte die Kleidungsstücke zu den Waschfrauen und schärfte ihnen ein, die Wäsche ja nicht falsch einzuweichen. Nish kehrte unterdessen zu seinem Werkraum zurück, wo er die Bügel der Schutzbrille durch einen weichen Riemen ersetzte, den Ullii sich um den Kopf binden sollte. Dann fütterte er sämtliche Stellen, die mit Ulliis Nase in Berührung kamen, mit Spinnenseide aus, die er vorher gewaschen hatte.

Am Nachmittag und bis in den Abend hinein verbrachte er Stunden in Ulliis Zimmer und sah zu, wie sie mit den Ohrenschützern und der Augenbinde im Raum auf und ab schritt. Mehrfach setzte sie sich die Schutzbrille auf, nahm sie aber immer wieder nach nur wenigen Momenten ab. Offenbar zog sie es vor, nichts zu sehen, um sich auch die kleinste Unannehmlichkeit zu ersparen.

Nish sagte nichts. Er wollte, dass sie sich an seine Gegenwart gewöhnte. Die Tür stand nun offen; Licht fiel in das Zimmer. Allerdings hielten Wachen an beiden Seiten des Korridors die neugierigen Leute zurück.

Nish wurde bewusst, dass er Ullii gern ansah. Sie hatte einen kleinen, schön geformten Körper, dessen feste Rundungen einen Kontrast zu Irisis' großem, lang gestrecktem Leib bildeten. Ihre Haut, die nie die Sonne gesehen hatte, war so glatt wie die eines Neugeborenen. Vollkommen ungeniert zeigte sie ihren splitternackten Körper; und während sie auf und ab ging, keimte Verlangen in Nish auf.

Wieso auch nicht, dachte er. *Sie ist eine erwachsene Frau. Vielleicht hilft es ja dabei, ihr Vertrauen in mich zu stärken. Irisis braucht das ja nicht zu wissen.* Da er sich ganz seinen delikaten Vorstellungen hingab, merkte er erst mit Verzögerung, dass Ullii auf einmal hastig im Zimmer auf und ab lief und Furcht ausstrahlte.

Hatte sie gespürt, in welche Richtung seine Gedanken zielten? Nish zog rasch seine Hose zurecht und sah eine große Gestalt an der Tür. Schnell war er bei Irisis. »Es geht schon besser, nur mit der Schutzbrille hat sie noch so ihre Probleme.«

Irisis' frostigem Blick war zu entnehmen, dass sie ahnte, welchen Tagträumen Nish nachgehangen hatte. »Ihre Kleider sind trocken«, ließ sie ihn schnippisch wissen.

Nish streckte ihr die Hand entgegen, doch Irisis rauschte einfach an ihm vorbei und ging auf Ullii zu. Die Sucherin wich erschrocken zurück, hielt die Hände schützend vor den Kopf, als wollte sie einen Angriff abwehren, und prallte gegen die Wand.

»Das kratzt!«, sagte sie mit brüchiger Stimme.

Irisis machte keinen Hehl aus ihrem Unmut. Bald schon würde sie ihrer Unzufriedenheit Luft machen, und dann wäre all das Vertrauen verloren, das sich bislang zwischen Ullii und Nish aufgebaut hatte.

»Halt!«, zischte er. »Lass mich das machen.«

Irisis hob die Faust. Nish glaubte schon, sie würde ihm einen Schlag versetzen. Nur zu, ging es ihm durch den Kopf, wenn es nicht anders geht. Wenn Irisis Gewalt anwendete, würde vielleicht noch eine weitere Barriere zwischen ihm und Ullii fallen. Er wappnete sich gegen den Schlag.

Ein wildes, unkontrolliertes Zischen entrang sich Ulliis Kehle. Den Körper wie zum Sprung gespannt und die Finger zu Krallen gekrümmt, starrte sie Irisis durch die Maske böse an.

Irisis wich unwillkürlich zurück und warf Nish schließlich die Kleidung mit einem Achselzucken zu. »Ich wünschte, mir würde man auch mit dieser Loyalität zur Seite stehen.« Dann ging sie zurück zur Tür.

Nish überlegte, wie er Ullii davon überzeugen könnte, dass die Kleider sich jetzt anders anfühlten. Er knöpfte sein Hemd auf, zog es aus und warf es zu Boden. Ulliis Gesicht wandte sich ihm zu.

Irisis gab ein verächtliches Schnauben von sich. »Ist das zu glauben?«

»Sei einfach still!« Die Kleidung war natürlich zu klein für Nish. Schnell hatte er die Bluse aus Spinnenseide aufgehoben, strich mit der weichen Seide über seine bloße Brust, stülpte sich das Kleidungsstück über den Kopf und vergrub sein Gesicht in dem Stoff. Das weiche Gewebe war wie eine sinnliche Erfahrung; noch nie hatte Nish etwas Vergleichbares getragen.

Er klemmte sich die Bluse unter den Arm und verfuhr in derselben Weise mit den Hosen, Socken und den Handschuhen. Ullii nahm die Bluse mit spitzen Fingern entgegen und hielt das Kleidungsstück auf Armeslänge von sich, als krabbelten Spinnen darauf. Langsam führte sie den Stoff an ihre Nase und roch daran. Sie beschnupperte die Bluse förmlich von allen Seiten, gab einen undefinierbaren Laut von sich und zog sich das Gewebe langsam durch das Gesicht. Offenbar sagte die Bluse ihr zu, denn nun zog sie sich das

Kleidungsstück vorsichtig über den Kopf. Als der Saum ihre Brüste berührte, hielt sie inne und schien einen Moment Angst zu haben, dass das kratzige Gefühl sich womöglich doch wieder einstellen könnte. Aber dann schlüpfte sie ganz in die Bluse hinein und stand anschließend wie erstarrt da, einen Fuß von sich gestreckt. Nish hielt den Atem an. Auch Irisis wagte nicht, sich zu bewegen.

Ullii gab ein kleines sinnliches Lachen von sich, das Nish an die Laute seiner Geliebten erinnerte, wenn sie ihm sacht ins Ohr blies. Mit einer fließenden Bewegung stieg sie in die Hose, zog sie auf Taillenhöhe und machte einen Luftsprung. Freudig lachend hüpfte und tänzelte sie durch den Raum.

Plötzlich tauchte sie hinter Nish auf, schlang die Arme um ihn und bedeckte seine Nase mit ihren Händen. Er roch an ihren Handflächen, wie Ullii es offenbar von ihm erwartete, als sie ihm auch schon wieder mit tanzenden Schritten entfloh. All ihre Bewegungen waren geschmeidig und voller Anmut. Trotz der Maske wusste Ullii genau, wo sich jeder Gegenstand im Zimmer befand. Keinen Moment sah es danach aus, als würde sie im nächsten Augenblick in ihrer ungezügelten Freude über den Wassereimer stolpern oder gar gegen die Wand laufen.

Nish ging zur Tür.

»Sehr gut«, sagte Irisis anerkennend. »Dann beginnen wir heute Nachmittag.«

KAPITEL ZWEIUNDZWANZIG

Es dauerte nicht lange, und Tiaan fand sich in einer Sackgasse wieder. Sie machte kehrt und stieß unweit des Eingangs zur neunten Sohle auf eine Kreuzung, an der sie bereits am Vortag vorbeigekommen sein musste, ohne es zu merken. Rechts oder links? Sie schlug den linken Weg ein und erreichte die nächste Gabelung. Stirnrunzelnd blieb Tiaan stehen. Wie leicht konnte man sich hier unten verirren! Sie kehrte zum Stollenmund zurück und schaute hinauf in den dunklen Schacht. Hammerschläge hallten dumpf in die Tiefe. Offenbar trafen ihre Verfolger Vorbereitungen, um ihr weiter nachsetzen zu können.

Eilig lief sie zu der ersten Kreuzung zurück, achtete auf die in den Boden getriebenen Stufen und wünschte, sie hätte Papier, um eine grobe Karte anzufertigen. Als Lehrling hatte sie sich oft einen Entwurf einprägen müssen, den sie dann eine Woche oder manchmal auch erst ein Jahr später aus der Erinnerung aufzeichnete. Wäre sie dazu immer noch in der Lage? Während sie weiterging, fertigte Tiaan im Kopf eine Skizze des Bergwerks an. Dieser Plan war natürlich nicht exakt, da Tiaan die Entfernungen lediglich schätzen konnte, aber es war besser als nichts. Hoffte sie doch, irgendwann auf jenen langen Tunnel zu stoßen, von dem Joeyn gesprochen hatte und der in die andere Miene führte – vorausgesetzt, sie verhungerte vorher nicht oder lief ihren Verfolgern nicht in die Arme.

Sie schritt die Stollen ab und legte in ihrem Kopf eine Karte an: ein Labyrinth aus engen Tunneln, in dem sie selbst als kleiner Fleck im Zentrum stand. Einmal machte Tiaan sich bewusst, dass sie leise summte. Da fühlte sie, dass sie die Kontrolle wiedererlangt hatte.

Nach ihrem Hungergefühl zu urteilen, war ein ganzer Tag vergangen, ehe sie die Karte fertig hatte. Dabei erwies es sich als recht schwierig, die komplexen Anordnungen von Stollen und Schächten richtig im Kopf zu behalten. Ihre Fähigkeit, sich etwas genau einzuprägen, war offenbar ein wenig angestaubt. Aber es machte ihr Spaß, sich selbst zu testen. Je härter die Herausforderung, desto besser.

Die unteren Abschnitte waren teilweise überflutet. Sie wünschte, sie hätte Joeyns Stab zur Hand, um zu erkunden, wie tief das trübe Wasser war. So aber blieb ihr nichts anderes übrig, als in das dunkle Nass zu waten und zu hoffen, dass das Wasser ihr nicht bis über die Schultern ging, denn mit ihrer schweren Ausrüstung konnte sie nicht schwimmen.

Meistens reichte ihr das Wasser allerdings nur bis zu den Oberschenkeln, aber es war eiskalt und zog ihre Stiefel arg in Mitleidenschaft. Gegen Ende des Tages war Tiaan erschöpft; und die nasse Kleidung hatte an den Innenseiten ihrer Schenkel gescheuert.

Sie suchte sich eine Nische für die Nacht, zog sich die Beinkleider aus und besah sich die Wunden. Man konnte das rohe Fleisch sehen. Als sie sich ausmalte, was wohl die Vorsteherin über Verunstaltungen an einer so heiklen Stelle sagen würde, musste sie laut lachen. Das Lachen klang seltsam und wurde regelrecht schaurig, als das Echo sich an den Tunnelwänden brach. Die Laute wirkten überspannt, beinahe wie bei einer Verrückten. Und vom Wahnsinn trennte sie womöglich nur ein Schritt.

Den ganzen Tag lang hatte Tiaan sich Gedanken über den leuchtenden Kristall gemacht. Er war anders als jeder Hedron, den sie je in Händen gehalten hatte. Nie war er von Menschenhand geformt, sondern in den Zeitaltern der Erdgeschichte genau so, wie er nun war, kristallisiert worden. Verzweifelt sehnte sie sich nach ihm, und das bereitete ihr Sorgen. Sollte sich nach nur einer Benutzung ein unsichtbares Band herausgebildet haben? Es kostete ihre ganze Kraft, dem Verlangen zu widerstehen, den Kristall wieder aus der Tasche zu holen.

In dieser Nacht erschien ihr erneut der junge Mann im Traum, aber diesmal war die Szenerie anders. Sie standen sich beide in einem Raum gegenüber und blickten einander an. Er lief auf sie zu. Auch sie rannte los. Er breitete die Arme aus, und nacktes Verlangen lag in seinen Zügen. Sie erstarrte. Ihre Tagträume hatten stets mit der Rettung geendet. In der Realität dieses Traumes verhielt es sich indes so, dass er etwas von ihr wollte. Was mochte das sein? Aus Angst, sich zu sehr auf die Situation einzulassen, wandte sie sich ab. Er ließ die Arme sinken und trottete mit hängenden Schultern davon.

Sowie Tiaan erwachte, durchlebte sie die quälenden Gefühlswirren nur allzu deutlich. Gefühle der Hilflosigkeit durchfluteten sie; sie wusste nicht recht, was von ihr erwartet wurde. Das war der andere Grund, warum sie sich noch keinen Partner gesucht hatte. Sobald sie ihr Leben mit jemandem teilte, lief sie Gefahr, die Kontrolle einzubüßen, die sie sich so hart erarbeitet hatte. Da sie diese unergründlichen Emotionen fürchtete, schloss sie die Augen und stöhnte laut.

Plötzlich hallte ein dumpfer Laut in dem Tunnelsystem wider.

Sie waren ihr auf den Fersen! Hastig entledigte Tiaan sich der trockenen Kleidung, stieg wieder in die noch feuchten Sachen und machte sich wieder auf den Weg, das Gepäck auf dem Rücken und das aufgerollte Seil über der Schulter. In der einen Hand hielt sie den leuchtenden Kristall, in der anderen ein trockenes Stück Brot.

Erst als sie sich der ersten Kreuzung näherte, stellte Tiaan mit Bestürzung fest, dass ihre Karte der neunten Bergwerkssohle sich aus ihrem Gedächtnis verflüchtigt hatte. Erschrocken blieb sie stehen; Panik stieg in ihr hoch wie bittere Galle. Wie hatte das passieren können? Ohne den rationalen Teil von ihr, der die Welt um sie herum kontrollierte, war sie nicht mehr als ein straffälliger Flüchtling, der keine Rechte besaß und nirgendwo hingehörte.

Wieder die dumpfen Klänge! Diesmal waren sie näher. Sie stand ganz still da und verdrängte ihre Angst, wie sie es schon so oft vor einer Prüfung ihrer handwerklichen Fähigkeiten gemacht hatte. *Bleib ganz ruhig. Du schaffst das. Diese Karte ist nichts im Vergleich zu den Entwürfen, die du dir früher eingeprägt hast. Atme tief durch, befreie deinen Geist von allen überflüssigen Gedanken.*

Aber Tiaan konnte die Karte im Geist nicht mehr reproduzieren – sie war einfach zu müde. Hier und da drangen Klangfetzen eines Soldatenliedes durch die Gänge. Ihre Panik drängte sie, die Flucht zu ergreifen. Beinahe wäre sie ziellos davongestürmt.

Ganz bewusst zwang sie sich, Schritt für Schritt das neu zu erarbeiten, was bislang in ihrem Unterbewusstsein wie von selbst ablief. »Fang von vorn noch einmal an, Mädchen!«, hatte ihr der alte Werkmeister oft eingeschärft. »Du versuchst, mehr zu tun, als dein Geist bewältigen kann.«

Dieser finstere Ort sollte nicht die Oberhand behalten. Tiaan malte sich ihren Ausgangspunkt am Stolleneingang der neunten Sohle aus, schritt im Geiste die dunkeln Gänge ab und legte eine neue Karte an. Sie verfolgte einen Tunnel bis zu der Gabelung, an der sie nun stand. Als sie weiterging, zeichneten sich die Seitengänge wie von allein auf ihrer geistigen Karte ab, allerdings nur in dem Radius, den das Licht des Hedrons abdeckte.

Sie folgte dem Verlauf des Stollens und vervollständigte das Labyrinth Schritt für Schritt, und als sie an eine weitere Kreuzung kam, liefen die Querverbindungen ihrer geistigen Karte von selbst durch die Dunkelheit und trafen auf einen anderen Tunnel. Noch weigerte sie sich, darüber nachzudenken, ging beharrlich weiter, doch mit einem Mal explodierte die Karte in ihrem Geist, vollständig und unwiederbringlich. In jenem Moment begriff sie, wo sich der lange Tunnel zu der anderen Mine befinden musste.

Einige Stunden bewegte sie sich kreuz und quer in dem Labyrinth fort und musste zweimal durch Wasser waten, das ihr bis zur Brust reichte. Es war kalt und unangenehm, aber darauf achtete sie nicht weiter – schließlich war das Wasser auch für ihre Verfolger ein Hindernis, in dem sie außerdem ihre Spur verlieren würden. Sie würden deshalb jeden Gang absuchen müssen.

Sobald sie den langen Tunnel erreicht hatte, schritt Tiaan so schnell aus, wie sie nur konnte. Sie brauchte einen Vorsprung; anders war nicht an Rast zu denken. Doch schon jetzt sehnte sie sich verzweifelt nach Schlaf. Nachdem sie weitere entbehrungsreiche Stunden gelaufen war, schätzte sie, dass sie inzwischen über fünftausend Schritte zurückgelegt hatte. Sie gönnte sich eine kurze Pause und nahm einen Schluck aus Joeyns Flasche. Sie enthielt nur Wasser; der Brandy war schon lange ausgegangen. Schade – gerade jetzt hätte sie etwas gebraucht, das sie von innen wärmte.

Das Hungergefühl war nun wie ein Dauerschmerz, gegen den sie nichts unternehmen konnte. Aber zum Glück hatte sie nichts mehr von ihren Verfolgern gehört. Trost bot ihr dies nicht, denn womöglich ahnten ihre Häscher, welche Richtung sie eingeschlagen hatte, und schnitten ihr weiter vorn den Weg ab. Sie durfte schließlich nicht vergessen, dass die Leute davon überzeugt waren, einen Lyrinx zu jagen.

Weiter und immer weiter schleppte sie sich. Ein ermüdender Schritt nach dem anderen. Ihre Kräfte schwanden; sie wurde immer langsamer. Alles an ihrem Körper schmerzte, nur der Magen nicht, der blieb taub. Doch sobald sie etwas trank, begann er zu pochen. Tiaan gestattete sich einige Stunden rastlosen Schlaf, obgleich sie Angst hatte, jeden Augenblick in der Dunkelheit überrascht zu werden. Jegliches Zeitgefühl hatte sie verloren. War sie nun einen, zwei oder sogar schon drei Tage unterwegs? Die Überreste ihrer Karte dehnten sich immer noch gen Osten aus. In diesem sich windenden, aber ansonsten konturenarmen Tunnel hatte sie nun schon viele Meilen zurückgelegt.

Mit einem Mal spürte Tiaan in diesem nicht enden wollenden Gang, dass sie verfolgt wurde. Sie vermochte nicht zu sagen, woher sie das wusste. Weder Geräusche noch verräterische Lichtschimmer hatten sie beunruhigt. Ihre Verfolger waren noch weit hinter ihr, aber sie waren da.

Tiaan folgte einer kleinen Biegung im Tunnel, der nun sacht abfiel und weiter vorne unter Wasser stand. Schicksalsergeben ging sie weiter; ihre Beine waren schwer und beinahe gefühllos. Was, wenn sie nicht mehr durch das Wasser waten konnte?

Das Wasser ging ihr bis zum Hals, berührte ihr Kinn und ihre Lippen, ehe es wieder sank. Nach zehn Minuten schweren Watens endete der Gang vor glattem Felsgestein. Zu glatt, wie sich herausstellte – handelte es sich doch um eine steinerne Tür. Nach kurzem Tasten fand Tiaan den verborgenen Hebel, mit dem die Tür sich öffnen ließ. Es überraschte sie keineswegs, hier unten auf eine Tür zu stoßen. In diesen Bergen gab es viele Tunnel, und in der Vergangenheit hatten ganze Dörfer während des Winters Schutz vor der Kälte gesucht. Tiaan stand im knietiefen Wasser und starrte auf das blanke Gestein. Die Wände des Tunnels waren aus Granit, die Tür aber bestand aus einem blassen, grauen Stein. Mit der Spitze des Messers zeichnete sie die Maserungen der Türfassade nach: Marmor.

Sie betätigte den Hebel. Unter quietschenden, schabenden Geräuschen hob sich die Tür senkrecht in die Höhe, und als der Mechanismus zum Stillstand kam, erzeugten die unsichtbaren Zugvorrichtungen einen erschreckend lauten Knall. Das Wasser strömte durch die neu geschaffene Öffnung und zerrte an Tiaans Hosenbeinen. Tiaan watete in geduckter Haltung durch das kleine Tor, fand den Hebel auf der anderen Seite und fragte sich, ob sie den Durchgang gegen ihre Verfolger versiegeln könnte. Wieder dieses kreischende Geräusch; der Stein fiel zu schnell nach unten, zersprang in der Mitte und spritzte sie von oben bis unten nass.

Unbeirrt schleppte Tiaan sich weiter und stieß wenig später auf einen Hügel aus bläulichem Lehm und Gesteinsfragmenten. Eine große Verwerfung im Fels zog sich quer durch den Tunnel. Auf der anderen Seite wechselte der rosafarbene Granit in das Farbspiel kristallartigen Marmors, der von blauen und roten Einlagerungen durchzogen war. Weiter oben dehnte sich eine zerklüftete Kaverne in die Dunkelheit aus.

Tiaan bewegte sich durch Felsgestein, das alle erdenklichen Farben und Muster aufwies, und erreichte schließlich eine natürliche Aushöhlung von der Größe eines Gebäudes. In der Mitte lag ein stiller See mit glasklarem Wasser. Der Boden stieg zu allen Seiten an, am meisten jedoch linker Hand, wo geriffelte Höcker und Hohlräume an Sitzbänke in einem Theater erinnerten.

Tiaan trank aus dem See, füllte ihre Flasche nach und wusch sich Gesicht und Hände. Anschließend erhob sie sich wieder und setzte sich auf einen der steinernen Höcker. Zu ihrer Linken führten fünf Gänge aus der Kaverne. Einer dieser Stollen musste zum Ausgang führen, nach dem sie nun schon so lange suchte. Der völligen Erschöpfung nahe, machte sie sich zwischen all den Sockeln und Zwischenräumen einen notdürftigen Schlafplatz zurecht und schlief augenblicklich ein.

Mehrfach wurde Tiaan durch tiefe Schläge im Felsgestein aus ihren Träumen von Flucht und Verfolgung gerissen. Die fernen Laute, die durch die Tunnel hallten, klangen wie Metall, das auf Stein trifft.

Die Geräusche waren eher fesselnd als beunruhigend; jeder dumpfe Schlag weckte Tiaan für einen kurzen Moment, ehe sie wieder in ihren unruhigen Schlaf sank. Bald fiel sie in einen traumlosen Schlummer. Das hatte sie seit Wochen nicht mehr erlebt.

»Dort ist er! Da oben! Vorsicht jetzt!«

Die Rufe rissen Tiaan aus dem Schlaf. Ängstlich setzte sie sich gerade hin, rieb sich den Schlafdreck aus den Augen und schaute sich um. Die Kaverne stank nach brennendem Pech.

Weiter unten bildeten vier mit Pech bestrichene Fackeln eine zittrige, flackernde Linie; sie befanden sich unweit des Tunnels, durch den sie gekommen war. Ein weiteres Licht bewegte sich auf sie zu. Im unsteten Lichtschein erkannte sie Soldaten, deren Uniformen ihr jedoch unbekannt waren.

»Er bewegt sich! Schießt!«, brüllte ein Mann.

Tiaan erkannte immerhin, dass er die Streifen eines Sergeanten trug. Rasch warf sie sich flach auf den Boden. Armbrustbolzen prallten gegen das Felsgestein. »Aufhören!«, schrie sie in ihrer Angst.

Nach einer kurzen Pause rief der Sergeant mit lauter Stimme. »Wer seid Ihr?«

»Ich komme aus Tiksi!« Ihren Namen wagte sie nicht zu nennen. »Nicht schießen!«

»Zeigt Euch. Nehmt die Hände hoch!«

Sie kam der Aufforderung nach, langsam und vorsichtig. Fünf schwer bewaffnete Soldaten näherten sich ihr. Sie kannte keinen der Männer.

»Ich bin Sergeant Numbl aus der Garnison Morrin«, sagte der Anführer. Er war ein großer Mann, dessen linke Gesichtshälfte von Narben entstellt war. »Was habt Ihr hier zu suchen?«

»Habt Ihr hier einen Lyrinx gesehen?«, fügte ein dunkelhaariger, untersetzter Soldat hastig hinzu.

»Hier gibt es keinen Lyrinx«, erwiderte sie mit matter Stimme.

»Was redet die da?«, meldeten die anderen Soldaten sich zu Wort. »Wo ist das Biest hin?«

»Vielleicht ist dieser Lyrinx ein Gestaltwandler, der sich in diese jämmerliche Frau verwandelt hat«, mutmaßte ein hagerer Mann ohne Haare. »Besser, wir töten sie. Dann sind wir sicher.« Schon schwang er das Schwert zum Angriff und stieß einen kehligen Laut aus.

Sergeant Numbl gab ihm einen Schlag. Ein gefährliches Glimmen leuchtete in seinen Augen auf, als er anschließend Tiaan beim Kragen packte und schüttelte. »Dann wart *Ihr* das! *Euch* haben wir die ganze Zeit gejagt.«

»Ja!«, flüsterte sie. Der Mann flößte ihr Angst ein.

»Wer ist sie?«, fragte ein anderer Soldat, der in dem singenden Akzent der Bewohner jenseits der Bergketten sprach.

»Das muss die Frau sein, die aus der Gebäranstalt geflohen ist«, meinte der untersetzte Soldat. »Die Verrückte!«

»Halt dein Maul!«, brüllte der Sergeant. Sein Gesicht wurde rot, nur die Narben blieben bleich. »Ist Euch eigentlich klar, was für Strapazen wir auf uns genommen haben?«

»Ihr habt auf mich geschossen!«, entgegnete sie hastig.

»Törichtes Weib!« Numbl schlug ihr mit der flachen Hand ins Gesicht.

Der kahlköpfige Soldat hob sein Schwert. Speichel sammelte sich auf seiner Unterlippe. »Lasst mich sie erledigen«, sagte er gierig.

»Vorher sollten wir uns aber noch ein wenig mit ihr vergnügen«, meldete sich ein breitschultriger, gut aussehender Mann zu Wort. Er begann, grob an Tiaans Kleidung zu reißen. Tiaan versuchte, sich zu schützen, aber da packte ein anderer Soldat schon ihre Hände.

Das konnte doch wohl nicht wahr sein. »Ihr seid Abschaum!«, rief sie und setzte sich wie wild zur Wehr. »Lieber lasse ich mich von einem Lyrinx zerfleischen.«

»Zu mehr wirst du auch nicht mehr taugen, wenn wir mit dir fertig sind«, erwiderte der gut aussehende Soldat.

»Du würdest eine Frau also gegen ihren Willen nehmen, Pelf?«, fragte Numbl.

»Sie ist auf der Flucht und vogelfrei«, erwiderte Pelf. »Wenn Euch das nicht passt, dann geht woanders hin.«

»Bitte nicht!«, wisperte Tiaan.

»Ich kümmere mich um sie«, polterte der Glatzkopf mit Mordlust in den Augen.

Der Sergeant packte ihn beim Arm und zog den Heißsporn mit sich in einen der Gänge. »Ach, komm, sollen sie ruhig ihren Spaß haben! Morgen sind wir vielleicht alle schon tot.«

Die drei anderen Männer drückten Tiaan auf den harten Boden. Sie wehrte sich nach Leibeskräften, aber die Soldaten waren zu stark. Jemand band ihre Hände. Sie schrie mit gellender Stimme. Eine raue Hand drückte ihr den Mund zu.

»Heda!«, kam es wie ein Echo von weiter unten. Der Sergeant lief zu dem linken der fünf Gänge und lauschte am Eingang.

»Heda!«, ertönte der Ruf erneut.

»Ja?«, erwiderte Numbl zögerlich. Kurz darauf tauchte Gi-Had auf, gefolgt von zehn Soldaten und einem Führer.

»Wie seid Ihr hierhergekommen?«, fragte Numbl erstaunt.

»Das wollte ich Euch auch gerade fragen.«

Tiaan biss in die Hand auf ihrem Mund, die daraufhin eilig zurückgezogen wurde, und rang nach Luft.

»Was geht da vor?«, brüllte Gi-Had. »Da hat doch eine Frau geschrien.«

Die Soldaten ließen von Tiaan ab. Zitternd stand sie auf. Die Männer unten raunten sich etwas zu.

»Ihr elenden Narren!«, rief Gi-Had, als er Tiaan sah. »Das ist Kunstwerkerin Tiaan! Wenn ihr der Frau auch nur ein Haar gekrümmt habt, wird der Perquisitor euch eigenhändig vierteilen! Kommt sofort runter!«

Die Soldaten trotteten nach unten, mieden aber den strafenden Blick des Aufsehers.

»Woher sollten wir das wissen?«, warf der Sergeant ein. »Hat uns ja niemand gesagt, dass Ihr sie wollt.«

»Idioten aus Tiksi!« Gi-Had steigerte sich in einen wahren Wutanfall hinein. »Ihr belästigt also jede Frau, die euch zufällig über den Weg läuft, wie?«

Betretenes Schweigen.

»Ach, verdammtes Pack«, brüllte er, »geht mir aus den Augen! Tiaan, ich muss Euch –«

Ehe er den Satz zu Ende führen konnte, erklang wieder dieses Klopfen oder Hämmern, das Tiaan in ihrem Traum gehört hatte.

Der Aufseher schaute sich ruckartig um. »Was ist das? Sergeant, seht nach.«

Die Männer verharrten still. Tiaan konnte sogar Gi-Hads pfeifenden Atem hören. Niemand sagte ein Wort. *Klopf-klopf-klopf*.

Numbl schlich auf Zehenspitzen von einem Tunneleingang zum nächsten und versuchte herauszuhören, aus welcher Richtung die Geräusche kamen.

»Das habe ich schon zuvor gehört«, rief Tiaan den Männern unten zu.

»Wann genau?«, hakte Gi-Had nach.

»Vor einigen Stunden.«

»Es könnte jemand in der Mine sein«, meinte Pelf.

»In den Stollen hier arbeitet seit zwanzig Jahren keiner mehr«, erklärte Gi-Had. »Die Erzvorkommen waren erschöpft, als mein Vater noch lebte.«

»Trotzdem könnte noch jemand nach verborgenen Adern suchen«, mutmaßte der kahlköpfige Mann, der Tiaan hatte töten wollen.

»Oder ein Bär«, meinte der Sergeant, »der die Knochen einer Bergziege aufbricht.«

»Ich sagte, Maul halten!«, zischte Gi-Had. »Gull, Dom, Hants, Ven-Koy, Thrawn! Postiert euch einzeln an den Tunneleingängen und lauscht. Alle anderen halten die Waffen bereit und gehen in Deckung.«

Die fünf Soldaten bezogen ihre Posten. »Wahrscheinlich ist da nichts«, sagte Gi-Had und schritt unruhig auf und ab. Wieder war ein Klopfen zu vernehmen.

»Kommt von hier!«, rief der beleibte, weißhaarige Hants, ein hässlicher Mann mit Pockennarben, der auf einem Auge schielte. Er stand an dem mittleren der fünf Gänge. »Soll ich mal nachsehen?«

»Ja!«, befahl Gi-Had. »Hey, wie ist dein Name?«, fragte er den gut aussehenden Soldaten.

»Pelf, Sir!«

»Ihr seid ein *tapferer* Mann, Pelf. Ihr geht mit.«

Die beiden verschwanden in dem Gang, und ihre Pechfackeln hinterließen flackernde Schattenmuster auf den Wänden. Tiaan dehnte ihre gefesselten Hände, stieg das Felsgestein hinunter, blieb dann aber stehen. Die Atmosphäre war zum Zerreißen gespannt.

Gi-Had steckte seine Fackel in einen Spalt im Boden und starrte in den dritten Tunnel. Unruhig klopfte er mit dem Fuß auf den Boden. Jetzt waren keine Geräusche mehr zu hören. »Kann einer von euch die Fackeln der beiden noch sehen?«, fragte er.

»Nein«, antwortete Gull, ein großer Mann, der direkt neben ihm stand.

»Ich auch nicht«, meinte der Aufseher.

Plötzlich gellte ein Schrei durch den Gang und hallte schaurig nach.

»Was war das?«, wisperte Gull.

»Mehr Licht!«, schrie Gi-Had wild gestikulierend. Die Soldaten scharten sich um ihn.

»Wir sollten ihnen besser helfen«, sagte Gull, machte indes selbst keine Anstalten, seinen Vorschlag in die Tat umzusetzen.

Dann hörten sie einen dumpfen Aufprall aus dem Tunnel, gefolgt von einem Kreischen. Schwere Stiefelschritte kamen näher, bis Pelf außer Atem aus dem Gang stürmte – ohne Schwert und Fackel. Orientierungslos irrte er weiter und stieß undefinierbare Laute aus.

»Was ist, Mann«, fuhr ihn der Sergeant an. »Was ist los mit dir?«

Pelf hörte ihn nicht. Da packte Gi-Had ihn bei der Schulter und riss ihn herum. Er schüttelte ihn. »Sprich, Mann!«

Pelf sog zischend die Luft ein, Speichel lief aus seinem Mundwinkel. »Ein Trupp Lyrinx. Wir sind ihnen in die Arme gelaufen.«

»Wie viele?«, wollte der Aufseher wissen.

»Und was ist mit Hants?«, rief Numbl zur gleichen Zeit.

»Ist tot. Eine der Bestien hat ihm den Kopf abgebissen. Er ging noch weiter, wie ein geschlachteter Hahn. Das Gehirn ...« Pelf übergab sich und beschmutzte seine Stiefel.

Gi-Had erbleichte, zwang sich indes zur Ruhe. »Wir sind fünfzehn, hinzu kommt der Führer. Wie viele Lyrinx hast du gesehen, Pelf?«

»Drei.« Seine Kinnpartie bebte.

Die Soldaten traten verunsichert von einem Bein aufs andere. »Gar nicht gut für uns«, meinte der Sergeant. »Ziehen wir uns zurück, solange es noch geht. Vielleicht sollten wir einen losschicken, der die Fertigungsstätte warnt.« Dann fügte er mit leiser Stimme hinzu: »Nur für den Fall ... Wenn Ihr wisst, was ich meine.«

»Gute Idee. Rusp, du gehst mit dem Führer. Lauft und schaut weder nach rechts noch links.«

Rusp, ein Baum von einem Mann, sagte: »Denke, dass Ihr mich hier besser gebrauchen könnt, Sir.«

»Da magst du recht haben. Gull ...«

»Ich werde gehen«, sagte Pelf. »Wir könnten die Frau mitnehmen und in Sicherheit bringen.«

Ein Schauer lief Tiaan den Rücken herunter.

»Du bleibst hier bei uns, Pelf!«, ordnete Gi-Had an. »In *deine* Obhut werde ich sie wohl kaum geben. Ich sähe es lieber, wenn du die Verteidigung anführtest, da du so viel Mut bei einer wehrlosen Frau bewiesen hast.«

Gull und der Führer, ein alter Bergmann namens Hurny, den Tiaan ein- oder zweimal gesehen hatte, eilten davon. Die übrigen Soldaten bildeten einen Halbkreis vor dem Eingang des dritten Tunnels.

Tiaan schätzte die Chancen der Männer gering ein. Sie begann, die Fesseln an einem scharfkantigen Fels zu reiben, da sie nicht an ihr Messer kam. Es war ein hartes Stück Arbeit, denn die Marmorkante zerbröselte, bevor die Stricke dünner wurden. Daher war sie noch nicht weit gekommen, als ein Geräusch die Soldaten erstarren ließ. Es war ein klackender Laut, wie von einem gepanzerten Stiefel, der über Kieselsteine knirscht.

»Sie kommen!«, zischte Gi-Had schwer atmend.

Jeder der Soldaten steckte seine Fackel in einen Spalt, den er auf die Schnelle finden konnte. Die Männer in der Mitte hielten ihre Wurfspieße bereit, die anderen an den Seiten des Halbkreises die Schwerter. Sie sahen aus wie ein Haufen verängstigter Jungen. Zwei Soldaten, die mit Armbrüsten bewaffnet waren, zogen sich etwas weiter zurück.

Wieder ein Geräusch, diesmal wie das Schlittern eines Steins auf

Boden. Die Speerspitzen zitterten, wackelten, wurden wieder ruhig. Vierzehn Augenpaare starrten auf die schwarz gähnende Öffnung. Tiaan scheuerte wie wild ihre Fesseln über den scharfkantigen Fels.

Wie aus dem Nichts sprang aus dem Gang, der sich direkt links neben dem mittleren befand, ein dunkles Wesen. Im selben Moment stürmte aus dem rechts gelegenen Tunnel ein zweiter Lyrinx. Sie durchbrachen die Reihen der Schwertkämpfer und attackierten die verdutzten Speerträger von hinten. Drei Soldaten waren tot, ehe sie ihre Waffen überhaupt einsetzen konnten. Ein vierter bohrte einem Lyrinx den Spieß in den gepanzerten Oberschenkel, doch dann brach der Speerschaft, und im nächsten Augenblick lag auch dieser Soldat in seinem Blut.

»Zu mir!«, brüllte Gi-Had, der mit dem Sergeant die Spitze bildete. »Armbrustschützen, feuert!«

Die Geschosse flogen über die Köpfe der Soldaten hinweg. Ein Lyrinx mit grünem Kamm fiel; der Bolzen hatte sein Auge durchbohrt und war dann ins Gehirn gedrungen. Die andere Bestie wurde an der kräftigen Schulter verletzt, schüttelte den Bolzen jedoch ab wie ein lästiges Insekt und kämpfte weiter. An den Schultern waren diese Geschöpfe besonders stark gepanzert.

Vier Schwertkämpfer und Gi-Had waren noch auf den Beinen. Schulter an Schulter standen sie da und fuchtelten mit den Schwertern herum, während die Armbrustschützen versuchten, ihre schwerfälligen Waffen nachzuladen. In diesem Moment sprang ein dritter Lyrinx aus dem mittleren Gang. Da die Soldaten inzwischen mit dem Rücken zu den Eingängen standen, waren drei der Männer schon tot, ehe sie den Feind überhaupt gewahrten. Der Sergeant und Gi-Had kämpften weiter.

Ein Armbrustschütze feuerte erneut. Der dritte Lyrinx, der kleiner als die anderen war, fasste sich an seinen Nacken, wo das Geschoss stecken geblieben war. Die Wunde schien ihm jedoch wenig auszumachen, denn er stürmte sogleich tiefer in die Kaverne und tötete die zwei Armbrustschützen mit gezielten Schlägen. Im Fallen schoss einer der beiden noch seinen Bolzen ab und traf oben an der Höhlendecke einen Stalaktiten. Er zersprang in Stücke, die auf die Kreatur herabstürzten. Ein großer Brocken traf den Schädel des Biests, das daraufhin zu Boden sank. Inzwischen hatte die zweite

Bestie dem Sergeanten die Eingeweide herausgerissen, wurde aber zwischen den Beinpanzern von Gi-Hads Speer verletzt. Purpurfarbenes Blut quoll aus der Wunde. Gi-Had täuschte einen Schlag vor, duckte sich, sprang zur Seite und lief zu dem Tunnel, der zurück in die Hedronmine führte. Humpelnd setzte ihm der Lyrinx nach.

In ihrem ganzen Leben hatte Tiaan noch nie ein solches Gemetzel und Blutvergießen erlebt. Wo sie auch hinsah, lagen Männer, die tot waren oder stöhnend ihr Leben aushauchten. Sie scheuerte ein letztes Mal an den Stricken, dann zerrissen sie endlich. Vorsichtig schlich sie sich zu der Stätte des Grauens. Zwölf Soldaten lagen verstreut auf dem Boden, blutend, zerfetzt. Zehn waren bereits tot, die übrigen lagen im Sterben.

Einer der Unglücklichen war Pelf, der Mann, der Tiaan hatte Gewalt antun wollen. Die Klauen eines Lyrinx hatten ihm den Rippenbogen aufgerissen; Teile eines Lungenflügels waren zu sehen.

Trotz des grausigen Anblicks empfand Tiaan für den Mann nichts als Mitleid.

Pelf riss die Augen weit auf, als er die Schrecken der zurückliegenden Minuten noch einmal durchlebte. Seine Augen huschten ziellos umher, ehe sein glasiger Blick auf Tiaans Gesicht haftete. Sie sah seine Selbstverachtung.

»Ich wusste, dass ich die größte Schandtat meines Lebens beging«, sagte er mit brüchiger Stimme. »Ich habe uns das alles eingebrockt.« Er zuckte zusammen, und rötlicher, blutiger Schaum quoll aus der Brusthöhle und besudelte seine Kleidung.

Tiaan ergriff seine Hand.

»Nehmt diesen Dolch, Mädchen. Stecht mir die Augen aus, die sich an etwas weiden wollten, was ihnen nicht zustand. Schneidet mir die Zunge heraus, mit der ich die anderen zu dieser Schandtat antrieb. Trennt mir das verräterische Glied ab …«

»Schhh!«, machte Tiaan. »Ihr liegt im Sterben, Pelf. Macht Euren Frieden mit der Welt, ehe Ihr geht.«

Sie eilte zu dem anderen Mann. Auch er war tödlich verwundet; neben ihm liefen Blutrinnsale in die Spalten des felsigen Untergrunds. Er hatte bereits das Bewusstsein verloren.

Sie wagte es nicht, hinter Gi-Had herzulaufen, da sie wusste, dass der Lyrinx dieselbe Richtung eingeschlagen hatte. Aber hier bei den Verstümmelten in der Kaverne konnte sie auch nicht bleiben, falls das verletzte Biest zurückkam. Womöglich waren ja die klopfenden Geräusche, die sie jetzt wieder vernahm, von dieser Bestie.

Sie würde eine Menge Nahrung brauchen, wenn sie ins Freie käme, denn es würde Tage dauern, bis sie die Fertigungsstätte wieder erreichte. Sie untersuchte das Gepäck des Bewusstlosen und fand einige in Stoff gehüllte Tagesrationen.

Dann wandte sie sich wieder an Pelf. »Habt Ihr etwas zu essen?«, fragte sie heiser. Es war ihr unbehaglich zumute, einen Sterbenden auszurauben.

»Nehmt alles!«, keuchte er. »In meiner Börse habe ich Gold. Nehmt das auch!«

Sie nahm den Proviant an sich, das Gold aber nicht. Dann durchsuchte sie auch das Marschgepäck des Sergeanten, bis sie so viel Essen hatte, wie sie nur tragen konnte. Inzwischen waren die Fackeln weit heruntergebrannt. Die Szenerie erinnerte an ein schaurig-düsteres Gemälde der Hölle. Tiaan schulterte die sich wölbende Tasche und schritt auf den mittleren Tunnel zu.

Als sie jedoch an den reglosen Lyrinx vorbeiging, packte der kleinere von ihnen sie unvermutet am Unterarm. Sie versuchte noch, an ihr Messer zu kommen, aber mit einer geschickten Drehung gelang es dem Biest, auch ihren anderen Arm zu ergreifen. Seine Klaue war so groß, dass er damit mühelos ihren Kopf hätte umfassen können. Während der Lyrinx sie nach vorne stieß, teilten sich die lederartigen Hautpartien auf seinem Gesicht und entblößten ein Auge. Es war groß und oval, gelb mit dunklen Sprenkeln und einer sternförmigen Pupille.

Der Schädel war riesig, das Maul so breit wie Tiaans Kopf. Sie hatte furchtbare Dinge über Lyrinx gehört. Das Wesen würde sie nun quälen, nur so zum Zeitvertreib. Es öffnete das Maul und bleckte eine spitze Ansammlung grauer Zähne. Sein Atem hatte eine seltsam süßliche Note. Chamäleonartige Farben schillerten auf der zuvor dunkelgrauen Echsenhaut.

»Bringen wir 's hinter uns!«, sagte sie müde.

DRITTER TEIL

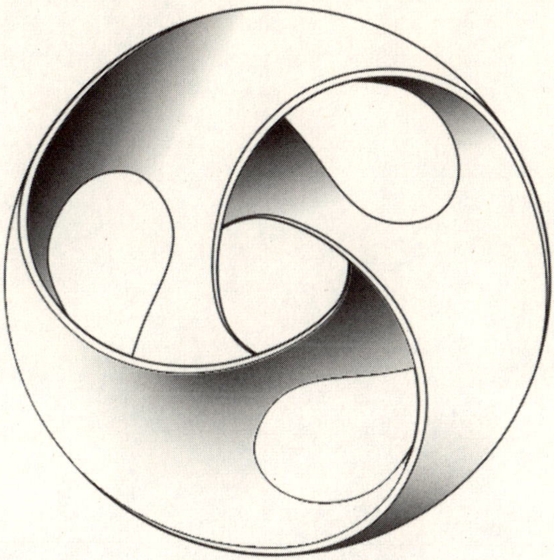

SUCHERIN

KAPITEL DREIUNDZWANZIG

Irisis saß in einem Lederstuhl in den Gemächern des alten Werkmeisters und lauschte dem Wüten des Sturms. Der Wind heulte in den Wehrgängen und wuchs sich allmählich zu einem schweren Schneesturm aus. Das Unwetter passte zu ihrer eigenen inneren Verfassung. Das Experiment mit Ullii drohte zu scheitern. Was sollte sie, Irisis, dann machen?

Eine andere Kunstwerkerin wäre vielleicht geflohen, um irgendwo in der Fremde ein neues Leben anzufangen. Irisis brachte das nicht fertig. Ihre ganze Persönlichkeit war tief mit ihrer Familie und ihrem Handwerk verwurzelt. Denn obwohl sie auf die Mitglieder ihrer Sippe schimpfte und die Familie vernachlässigte, würde sie eher sterben – oder sogar ein Ende in Schande in Kauf nehmen –, als ohne ihre Familie zu leben.

Nish brachte die Sucherin noch vor Tagesanbruch nach unten, als Stille in der Fertigungsstätte herrschte. Und selbst dann war der Weg für Ullii eine Tortur. Bei jedem Geräusch zuckte sie zusammen und drückte sich immer gegen eine Wand, sobald sie einem anderen Menschen begegneten.

Die Unterkunft des Meisters bestand aus zwei Zimmern. Der größere der beiden Räume war Dienststube und Werkraum zugleich. In der Mitte stand ein riesiger Schreibtisch aus Rosenholz, umgeben von drei Lederstühlen. Entlang der rückwärtigen Wand zog sich eine breite Bank, auf der sich nach wie vor die Ausrüstungsgegenstände türmten, die Barkus vor seinem Tod noch benutzt hatte. An einer anderen Wand befand sich ein großes Regal, in dem mehrere Dutzend in Leder gebundene Bücher standen, daneben Schriftrollen und lose zusammengeheftete Zettel. Der kleinere Raum war vollgestopft mit Werkzeugen, Karten und Entwürfen, mit fertigen und unvollständigen mechanischen Apparaturen sowie Materialien unterschiedlichster Machart. In einer Ecke dieses Zimmers hatte Irisis die Ballen mit Spinnenseide gefunden.

Auf einem Tablett neben der Tür stand etwas zu essen und zu trinken. Irisis trommelte nervös mit dem Fuß auf den Boden, als Nish hereinkam, dichtauf gefolgt von Ullii, die in ihren schleichenden Bewegungen an einen maskierten, mit Augenbinde und Ohrenschützern versehenen Hund erinnerte. Nish zog die äußere Tür zu, verriegelte sie und verfuhr mit der inneren Tür in gleicher Weise.

Ullii wirkte ängstlich. Irisis fragte sich, ob die Nervosität der Sucherin nur von der ungewohnten Umgebung herrührte oder von den Erwartungen, die sie an Ullii stellten. Die junge Frau verharrte an der inneren Tür, hatte den Kopf leicht zur Seite geneigt und sog schnuppernd die Luft ein.

»Möchtest du vielleicht etwas essen, Ullii?«, fragte Irisis laut.

Die Ohrenschützer konnten nicht alle Geräusche ausblenden, daher zuckte die Sucherin zusammen, als hätte es sie überrascht, dass auch die Kunstwerkerin zugegen war. Im Raum gab es so viele Gerüche, dass sie Irisis noch nicht bemerkt hatte. Es roch nach alten Büchern, modrigem Teppichboden, nach würzigem Rosenholz, Duftölen und heißem Kerzenwachs. Der über dem Kamin angebrachte präparierte Schwertfisch verströmte einen Geruch, der nur schwer zu beschreiben war. Irisis hatte mehrere kleine Wasserschalen mit Ölen über den brennenden Kerzen befestigt: Düfte von Zibet sowie Rosmarin und der scharfe Geruch von Zedernöl lagen in der Luft. Irisis hatte das mit Absicht gemacht, da sie wissen wollte, ob man Ullii aus dem Konzept bringen konnte.

»Nein, danke«, sagte Ullii in Irisis' Tonfall. Schritt um Schritt wagte sie sich tiefer in den Raum, stieß einmal gegen den Schreibtisch, ein andermal gegen einen Hocker, aber nur bei ihrem ersten zaghaften Rundgang. Gelegentlich berührte sie Gegenstände oder führte sie an ihre Nase.

Nish blieb immer dicht hinter ihr.

Kann den Blick nicht von dieser kleinen Kuh wenden, dachte Irisis. Das ärgerte sie. War sie etwa eifersüchtig auf die Sucherin? Gewiss nicht.

»Sag uns, was du gerade tust, Ullii«, forderte Nish sie leise auf.

Vielleicht hatte er zu leise gesprochen, denn sie schaute sich aufmerksam um, als habe sie ein Wispern im Dunkeln wahrgenommen. Er wiederholte seine Worte etwas lauter. Ullii wandte sich Nish zu und sprach in ihrem eigenen Tonfall, mit einer Stimme, die so weich und farblos wie ihr loses Haar war. »Das Gitternetz ist hier anders. Alles ist verdreht, und ich spüre neue Knoten.«

»Die kommen bestimmt von den Artefakten des alten Werkmeisters«, meinte Irisis. »Wenn du die Geheime Kunst sehen kannst, dann bist du am richtigen Ort. Der alte Barkus besaß viele magische Instrumente. Er zeigte sie mir, als ich noch klein war.«

»Ich kann nur zwei sehen«, sagte Ullii mit Irisis' Stimme. Sie sprach nicht mehr in Nishs Tonfall. Und auch das rief Irisis' Unmut hervor. Ullii beantwortete nun endlich Nishs Frage. »Ich erspüre das Gitternetz und versuche, dich darin zu finden.«

»Wie sieht das aus?«, fragte Irisis.

Ein störrischer Zug erschien um Ulliis Mund, doch dann riss sie sich zusammen. »Hast du das gemacht?« Sie zupfte vorn an der Bluse aus Spinnenseide herum.

»Ja«, erwiderte Irisis. »Gefällt sie dir?«

»Es fühlt sich herrlich an. Andere Kleidung kratzt und brennt auf der Haut.« Sie zitterte. »Das Gitternetz sieht so aus, wie ich es haben möchte. Manchmal verändere ich es auch.«

»Und wie sieht es jetzt aus?«, wollte Nish wissen.

Eine Falte bildete sich zwischen ihren Brauen, gerade noch sichtbar oberhalb der Augenbinde. »Wie Fächer.«

»Fächer?«, rief Irisis aus. »Was soll das bedeuten?«

Diesmal zuckte Ullii nicht zusammen, suchte indes Nishs Nähe. »Ich mag Fächer!«, entgegnete sie trotzig. »Mantiker Flammas, der mich in seinem Verlies leben ließ, hatte Hunderte davon. Sie waren wunderschön. All diese Farben, die vielen Muster! Ich habe immer durch meine gespreizten Finger gespäht.«

»Ullii, wir können im Geiste nicht sehen, was du siehst«, erläuterte Nish. »Wir verstehen nicht, was du mit Fächern meinst.«

»Mein Gitternetz ist ein Fächer. Ein großer Fächer taucht vor meinem inneren Auge auf, an über hundert Stellen gefaltet.« Sie vollführte eine raumgreifende Geste mit beiden Armen. »Er ist jetzt türkisfarben, aber wenn ihr wollt, verändere ich die Farbe ...«

»Es ist mir vollkommen egal, welche verfluchte Farbe –«, setzte Irisis heftig an, brach aber auf eine Geste von Nish hin ab.

»Alles vor mir befindet sich auf dem Fächer, wie eine Million Flocken. Leute sehen anders aus als *Gegenstände*. Sie sind heller, aber verworren. Manchmal kann ich die Knoten auflösen.«

»Was für Leute siehst du?«, fragte Irisis interessiert nach. »Heißt das, du kannst alle Menschen sehen?«

»Natürlich nicht! Nur Leute, die ein bestimmtes Talent besitzen.« Ihre Verachtung war deutlich zu spüren. »Die meisten sind nur kleine Flecken, in die ich nicht hineinsehen kann, aber manche Leute erzeugen hell leuchtende Knäuel, insbesondere diejenigen, die sich der Geheimen Kunst bedienen. Das hat mir Jal-Nish beigebracht.«

»Kannst du mich sehen?«, fragte Nish gespannt.

»Du besitzt kein Talent.« Sie sagte es so beiläufig, dass er zusammenzuckte.

»Dann siehst du mich wohl auch nicht«, bemerkte Irisis tonlos.

»Doch, *dich* sehe ich! Aber du bist kein Knoten, sondern ein harter schwarzer Ball.«

Nach einer Pause sagte Irisis: »Du sprachst von mehreren *Fächern*.«

»Ein anderer Fächer breitet sich hinter mir aus. Der ist im Augenblick azurblau, aber viel kleiner. Den kann ich nicht so gut sehen. Und an den Seiten erstrecken sich auch noch Fächer.« Sie breitete die Arme aus. »Und nach oben und nach unten. Der nach unten gerichtete Fächer ist braun, aber darauf kann ich nicht viel erkennen.«

»Ausgezeichnet!«, spöttelte Irisis. »Das soll also das Talent sein, nach dem wir so lange gesucht haben? *Sie malt auf Fächern herum und macht sie bunt?* Ebenso gut könnten wir den Perquisitor jetzt bitten, uns die Köpfe abzuschlagen.«

Ullii erstarrte mit ausgebreiteten Armen. Nish warf Irisis einen wütenden Blick zu.

Langsam rotierte Ullii um die eigene Achse, bis sie in Nishs Gesicht sehen konnte. »Er will euch die Köpfe abschlagen?«, wisperte sie.

»Wenn wir Kunstwerkerin Tiaan nicht bald finden, wird uns genau das widerfahren«, antwortete Nish bedrückt. »Wir hatten gehofft, ein magisches Instrument anzufertigen, das wir zusammen mit dir zum Einsatz bringen könnten, um zu sehen, wo Tiaan sich befindet.«

»Es müssen ja nicht Fächer sein«, sagte Ullii. »Es kann jede Form haben, die mir gefällt. Manchmal ist die Welt wie ein Ei, das in der Luft schwebt, bunt gesprenkelt. Oder sie ist –«

Irisis raufte sich das Haar und knirschte mit den Zähnen.

Nish ging vor Ullii in die Hocke. »Das Problem ist, Ullii, dass wir nicht verstehen, wie du die Welt siehst. Wir sehen nichts in Fächern und auch keine bunt gesprenkelten Eier. Wir wissen nicht, wie wir dein Gitternetz benutzen sollen, um darin Tiaan zu finden. Wir müssen sie aber finden, denn sonst verlieren wir den Krieg, und dann werden die Lyrinx …« Er brach ab, als er sah, dass sie zurückwich.

»Sie muss es erfahren«, sagte Irisis schonungslos.

»Die Lyrinx werden uns alle fressen«, führte er den Satz zu Ende.

Ullii gab einen erstickten Laut von sich, eilte in den kleineren Raum und nahm wieder die ihr vertraute Kauerstellung ein. Irisis und Nish ließen sie vorerst in Ruhe.

Nish trug das Tablett zum Schreibtisch und bot Irisis von den Speisen an. Sie lehnte ab. Daraufhin nahm er eine Hand voll getrockneter Feigen, ritzte die lederartige Außenhaut der Früchte mit den Zähnen auf und sog nur die weiche, kernige Masse heraus. Irisis empfand die saugenden Geräusche als störend.

»Es läuft nicht gut, Cryl-Nish!«

Er schaute erschrocken auf. »Das ist das erste Mal seit Langem, dass du meinen richtigen Namen benutzt.«

»Was dir zeigen dürfte, wie verzweifelt ich mich fühle.«

»Ich kann nicht glauben, dass *du* je aufgibst, Irisis.«

»Wir schaffen das nicht. Nie werden wir sehen, was sie sieht, und selbst wenn wir es könnten, vermag ich kein Instrument anzufertigen, mit dem sich Tiaan aufspüren ließe. Du weißt, warum.«

»Ja, allmählich begreife ich das.«

»Was wirst du also deinem Vater erzählen?«

»Dass es unmöglich ist, ein Suchinstrument anzufertigen, weil wir Jahre bräuchten, um herauszufinden, wie Ullii die Welt sieht. Was übrigens nicht gelogen wäre.«

»Ja! Kein Grund also, zu beichten, dass es nicht geht, weil ich eine nutzlose, inkompetente Betrügerin bin!«

»Kein Grund«, wiederholte Nish. »Damit wäre alles gesagt.«

Ziellos wanderte er durch den großen Raum, warf hier einen lustlosen Blick auf die Karten, Bücher und Schriftrollen, dort einen Blick auf die eigenartigen, halb fertigen Instrumente, die auf der Bank lagen. Irisis riss ein Ende von einer mit Zimt gewürzten Wurst ab und nahm einen Bissen davon, ehe sie das Stück wieder weglegte und düster auf die staubige Tischoberfläche starrte.

Jemand klopfte an die äußere Tür. Nish achtete nicht weiter darauf, aber das Klopfen ging weiter.

»Wann gehst du endlich an die verdammte Tür?«, fuhr Irisis ihn an.

Missmutig öffnete er zunächst die innere Tür und schob dann den Riegel der äußeren zurück. Draußen stand der Perquisitor und wirkte nervös.

»Und?«, fragte er mit lauter Stimme.

»Wir machen Fortschritte«, log Nish. »Ich kann noch nicht darüber sprechen. Wir sind gerade mitten bei einer Sache.«

Jal-Nish packte ihn beim Kragen. »Ihr habt noch Zeit bis zur Dämmerung. Gi-Hads Trupp hat Tiaan unten im Bergwerk gefunden, aber dann wurden sie von Lyrinx angegriffen. Gi-Had ist der einzige Überlebende. Und Tiaan ... Tiaan ...« Er verschluckte sich in seiner Wut. »Das wird mein Ende sein.«

»Was?«, rief Nish aus. Eine düstere Vorahnung bemächtigte sich seiner. »Was ist denn? Ist sie tot?«

»Ihre Leiche war nicht unter den Toten. Entweder ist sie tot und aufgefressen, oder sie haben sie gefangen genommen! Wenn es dem Feind nun gelingt, Tiaan durch Folter unsere geheimen Pläne zu entlocken ...«

»Vielleicht ist sie entkommen«, mischte sich Irisis in das Gespräch. »Das kann sie gut.«

»Niemand entkommt einem Lyrinx. Was soll ich jetzt dem Skrutator sagen?«

Nish sank kraftlos auf die Knie. »Was sollen wir jetzt machen?«

Der Perquisitor zog ihn wieder hoch. »Der Skrutator will Tiaan. Wir werden sie finden und sie zurückbringen ... wenn sie noch lebt.«

Er stieß seinen Sohn so hart von sich, dass Nish unsanft auf dem Hintern landete. »Ihr habt Zeit bis zur Dämmerung. Ob ihr nun Erfolg habt oder nicht, ihr beide kommt mit uns, um eure Arbeit zu Ende zu bringen. Andernfalls werdet ihr den Lyrinx als gemeine Soldaten entgegentreten.« Mit diesen letzten Worten schlug er Nish die Tür vor der Nase zu.

»Mir ist ganz schlecht«, meinte Nish. »Wie früher, wenn mein Vater nach meinen Schularbeiten fragte. Nichts war ihm je gut genug.«

Irisis nahm sich ein Stück Käse und nagte an einer harten Kante. Nish kratzte mit seinen Fingernägeln über die Holzbohlen. Die Geräusche waren so unangenehm, dass Irisis ihm am liebsten eine Ohrfeige verpasst hätte.

»Bleibt uns nur noch ein Ausweg«, sagte er. »Wenn es uns nicht möglich ist, ein Suchinstrument anzufertigen, müssen wir eben Ullii mitnehmen und ihre Fähigkeiten direkt einsetzen.«

»Sie wird dem Wahnsinn verfallen, wenn du ihr das zumutest!«

»Was sollen wir denn machen, wenn wir unseren Kopf noch aus der Schlinge ziehen wollen?«

Ullii kam aus dem anderen Raum angekrochen und berührte Nish an der Wange. »Ich möchte dir helfen«, sagte sie.

»Ich weiß.« Er setzte sich gerade hin. »Kannst du Tiaan sehen?«

Ullii zuckte die Schultern. »Ich weiß nicht, wie sie aussieht.«

Irisis beugte sich vor. »Vor Kurzem hast du gesagt, du könntest eine Frau sehen, die einen hellen Kristall bei sich trug. Kannst du sie noch sehen?«

»Der Kristall leuchtet nicht mehr.«

»Soll das heißen, dass sie tot ist?«, rief Nish verzweifelt.

»Ich kann sie nicht sehen.«

»Wann war das?«

»Heute. Gestern.«

»Wann genau, Ullii? Das ist jetzt ganz wichtig.«

»Ich weiß es nicht.«

Irisis legte eine Steuereinheit auf den Tisch und bog die mechanischen Arme auseinander. »Das hier hat Tiaan gefertigt. Vielleicht kannst du sie damit aufspüren.«

Ullii warf nicht mal einen Blick auf das Instrument. »Ich brauche sie nicht aufzuspüren. Sobald der Kristall erwacht, sehe ich ihn in meinem Gitternetz.«

»Ist diese Frau denn überhaupt Tiaan?«, verlangte Irisis zu wissen. »Ist ihr Knoten wie der dieser Steuereinheit?«

»Nein, aber ich weiß, dass sie sie gemacht hat.«

»Also war diese Frau Tiaan?«, hakte Nish ungeduldig nach.

»Ja.«

»Wenigstens etwas!«, rief Irisis. »Und dieser Kristall – ist er so wie der in diesem Apparat?« Sie hielt ihr die Steuereinheit hin.

»Nein«, erwiderte Ullii.

»Was ist hiermit?« Irisis nahm die Kette mit dem Taststein ab und drückte ihn der Sucherin in die Hand.

»Nein, er ist *viel* stärker.«

»Was könnte es sein?«, überlegte Nish laut.

Ein Leuchten trat in Irisis' blaue Augen. »Ich frage mich …?«

»Ja?«

»Ach, egal.«

Nish wandte sich wieder Ullii zu. »Kannst du Karten lesen?«

»Ich weiß, was das ist. Aber ich habe mir nie eine angesehen. Das grelle Licht tut mir in den Augen weh.«

Nish zog eine der Karten vom Tisch, auf die er vorher geschaut hatte, und rollte sie auf dem Fußboden aus. »Das hier ist eine Karte von der Fertigungsstätte. Hier ist der Raum, in dem du wohnst …« Er unterbrach sich. »Du kannst das natürlich nicht sehen, und ich kann es dir nicht richtig erklären.«

Sie starrte ihn durch die Augenbinde an. Langes Schweigen senkte sich herab. Ein Schauer lief durch Ullii. Schließlich sagte sie leise: »Ich will es mit der … Schutzbrille versuchen. Nur kurz.«

Eilig holte er sie von der Bank und zog Ullii vorsichtig die Binde von den Augen. Die Sucherin saß mit zusammengekniffenen Augen da. Er setzte ihr die Brille auf und befestigte die Riemen an ihrem Hinterkopf.

Irisis' Miene verdüsterte sich, als sie sah, wie zärtlich Nish der jungen Sucherin über den Nacken strich.

Ullii schaute nach unten.

»Kannst du die Karte sehen?«, fragte Nish.

»Ja.« Ihre Antwort war schwach.

Er erklärte ihr die Symbole für die Wände, Türen, Fenster und Einrichtungsgegenstände. Sie schien alles rasch zu begreifen. Sie lebte in einer Welt voller Zeichen und Symbole. »Dein Zimmer liegt hier. Diesen Weg haben wir heute genommen. Und jetzt befinden wir uns genau hier.«

Mit der Fingerspitze zeichnete sie die Wände nach, sodass Nish wusste, dass sie die Linien auch wirklich sah.

»Dieses Zeichen hier ist der Maßstab. Daran kannst du ablesen, wie weit zum Beispiel ein Raum von einem anderen entfernt ist. Dann weißt du, wie viele Schritte wir zurückgelegt haben.«

Sie begriff das Konzept der Abmessungen, vermochte aber nichts damit anzufangen. Richtungen stellten sie vor ein anderes Problem – sie konnte zwar rechts von links unterscheiden und wusste, was vorne und hinten war, aber die Windrose des Kompasses sagte ihr nichts. Ihr Gitternetz basierte nicht auf einem fixen Bezugssystem.

Nish bemühte sich, ihr die Himmelsrichtungen zu erläutern, aber Ullii übertrug die Richtungen auf ihre rechte und linke Hand und kam ganz durcheinander, als Nish die Karte auf den Kopf drehte. Schließlich zeigte er ihr eine andere Karte, auf der die Landstriche zwischen Tiksi, der Fertigungsstätte und ihrer Heimat Fassafarn eingezeichnet waren. Auch das hatte für sie keine Bedeutung – die Reise hierher, tagsüber eingepfercht in den engen Korb, war für sie so furchtbar gewesen, dass sie sämtliche Erinnerungen ausgeblendet hatte. Ullii hatte keine Ahnung, wie weit sie gereist war, durch welche Gebiete sie gekommen waren und wie lange die Reise überhaupt gedauert hatte.

»Es ist zum Verzweifeln«, sagte Nish am Abend zu Irisis. Sie machten keinerlei Fortschritte.

»Macht eine Pause. Du kannst ihr nicht an einem Tag beibringen, wofür andere Jahre brauchen.« Sie wandte sich zu Ullii. »Morgen müssen wir uns auf die Suche nach Tiaan machen. Dann müssen wir nach *draußen* gehen, verstehst du? Wir brauchen dich, um sie zu finden. Niemand sonst wäre dazu in der Lage. Wirst du uns helfen?«

Ullii riss sich die Schutzbrille vom Kopf und setzte sich wieder die Augenmaske auf. Sie zitterte am ganzen Leib. Sie legte beide Hände auf die Binde und schüttelte den Kopf.

Irisis stand auf. »Was soll das? Ist das ein Nein?«

»Ich weiß es nicht«, meinte Nish.

Ullii erhob sich ebenfalls und schaute abwechselnd von einem zum anderen. Die Finger hatte sie zu Krallen gekrümmt. »Ich werde euch begleiten«, sagte sie. Ihre Stimme klang verzweifelt. »Aber ich habe Angst. Doch wenn ihr mich zurücklasst ...«

»Wir haben auch Angst«, sagte Irisis.

»Ich habe furchtbare Angst«, betonte Ullii schaudernd. »Klauentiere. Überall Klauentiere.«

KAPITEL VIERUNDZWANZIG

Der Lyrinx öffnete sein Maul noch weiter. Die Schneidezähne waren so lang wie Tiaans Daumen und furchtbar scharf. Sie schloss die Augen.

Die Kreatur zog sie enger an sich und versuchte, etwas zu sagen. Aber der Lyrinx brachte nur einen gepressten Laut hervor, als wäre ihm ein Knochen im Hals stecken geblieben.

»Chzurrk!«, klang es. »Zzuguuipthk!«

Sie befürchtete schon, das Biest würde sich über ihr erbrechen. Doch dann, als es das Maul noch weiter aufriss, konnte sie sehen, dass der Bolzen der Armbrust durch die Nackenmuskeln bis in den Rachenraum gedrungen war. Blut rann ihm in die Kehle. Hilflos versuchte das Wesen, das Hindernis mit der Zunge zu erreichen. Mit der freien Pranke, an der er im Kampf drei Klauen eingebüßt hatte, fasste er sich immer wieder an den Nacken. Doch das Geschoss saß zu tief; er bekam es einfach nicht zu fassen.

Das Geschöpf verfiel in ein erstickendes Husten und würgte purpurfarbenes Blut. Beim nächsten Hustenanfall besudelte es Tiaan mit dem Auswurf. Der Lyrinx erstickte langsam an seinem eigenen Blut. Er verdrehte die Augen; sein Atem kam stoßweise, und ein gurgelnder Laut entrang sich seiner Kehle. Tiaan spürte, dass sein Griff sich langsam lockerte. Als der Lyrinx, der sich immer noch an den Nacken fasste, zusammenbrach und Tiaan zu Boden riss, rollte sie sich geschickt zur Seite.

Zitternd stand Tiaan auf und beobachtete das Geschöpf in seinem Todeskampf. Qualm, überlagert vom Pechgeruch, stach in ihrer Nase. Hustend bewegte Tiaan sich in einem Halbkreis um den Lyrinx. Jetzt sah sie deutlich das Geschoss, das halb rechts durch die Nackenmuskeln bis zur Wirbelsäule gedrungen war. Das andere

Biest lag ganz in der Nähe. Es sah tot aus, aber Tiaan hielt sich trotzdem von ihm fern. Der noch lebende Lyrinx versuchte, den Kopf zu drehen, und gab wieder ein Keuchen von sich.

Anders als die anderen Lyrinx, die sie bislang gesehen hatte, besaß dieser keine Flügel, sondern lediglich zwei verkümmerte Höcker zwischen den Schulterblättern. Irgendetwas schien mit diesem Wesen nicht zu stimmen – es schien nicht recht zu seinem Körper zu passen.

Ein Wurfspieß lag auf dem Boden. Wenn sie ihn dem Lyrinx in den Nacken rammte, unmittelbar neben dem Geschoss, würde das dann der Todesstoß sein? Sie hob den Speer auf, starrte auf die blutende Wunde und malte sich aus, wie die Spitze in das Fleisch eindringen würde. Tiaan zögerte. Mit einem Schmerzenslaut drehte der Lyrinx ihr den Kopf zu und sah ihr in die Augen.

Sie zwang sich, dem Wesen den tödlichen Stich zu versetzen. Aber ihr behütetes Leben hatte sie nicht auf eine solche Situation vorbereitet. Tiaan hatte noch nie ein Geschöpf getötet, jetzt musste sie es aber tun. Sie durfte es nicht riskieren, den Lyrinx lebend zurückzulassen, denn falls er sich doch noch erholte, würde er ihr bestimmt nachsetzen.

Die großen Augen übten eine eigenartige Faszination auf sie aus. Blaue Muster liefen über den Hals. Tiaan verspürte ein unvermutetes Aufwallen von Mitgefühl und fragte sich, ob der Lyrinx insgeheim versuchte, sie unter Kontrolle zu bringen. Wie sie wusste, waren einige dieser Geschöpfe Mantiker.

Entschlossen trieb sie den Speer in die Wunde. Der Lyrinx kreischte und warf sich von einer Seite auf die andere, wobei er ihr den Spieß aus der Hand riss. Mit einem Bein traf er sie an der Hüfte; Tiaan hatte das Gefühl, von einem Rammbock erfasst zu werden. Ehe sie wieder auf die Beine kommen konnte, ragte der Lyrinx bereits schwankend vor ihr auf – der Speer steckte noch zitternd in seinem Nacken.

»Glarrh!«, rasselte er. »Minchker!«

»Ich kann dich nicht verstehen«, keuchte sie. Sie vermochte keinen diese Laute zu deuten. Ein Wunder, dass das Wesen bei diesen schweren Verletzungen überhaupt sprechen konnte.

»Zieh es . . . raus«, presste es mit einem Krächzen hervor.

Als wolle er seinen Worten Nachdruck verleihen, packte er

Tiaan mit der unversehrten Hand an der Schulter und drückte so fest zu, dass sie ihre Knochen knacken hören konnte. Die Klauen bohrten sich in ihre Haut. »Zieh es raus!«

Ihr blieb keine andere Wahl. »Ich mach's. Lass mich los.«

Das Biest ließ von ihr ab, packte sie aber am Bein. »Geh hinter mich. Zieh es raus. Versuche das … nicht noch einmal.«

Sie gehorchte und überlegte kurz, ob sie es wagen konnte, sich zu widersetzen. Aber der Feind könnte ihr das rechte Bein ausreißen. Als sie sah, was die Speerspitze angerichtet hatte, verspürte Tiaan Übelkeit. Ein Mensch wäre gewiss tot gewesen. Tiaan ergriff den Schaft. Konnte sie es wagen, noch einmal kräftig zuzustoßen? Der Lyrinx quetschte ihr zur Warnung den Knöchel. Tiaan zog den Speer heraus und warf ihn weg.

»Zieh auch … den Bolzen raus!«

Sie umfasste das blutige Ende und versuchte zu ziehen. Aber sie bekam den Bolzen nicht richtig zu fassen.

»Er sitzt zu tief«, sagte sie, angewidert von der grässlichen Wunde.

»Benutze den … Speer.«

Mit ihren zögerlichen Versuchen, den Bolzen herauszuhebeln, richtete sie nur noch mehr Schaden an. Die Operation war furchtbar, ganz zu schweigen von den unterdrückten Schmerzenslauten des Lyrinx. Er litt entsetzliche Qualen. Sie wünschte, er würde sterben, aber das Wesen würde womöglich nicht einmal dann seinen klauenartigen Griff um ihren Knöchel lockern.

»Versuch es … weiter!« Der Lyrinx spuckte Blut. »Wenn ich sterbe … stirbst auch du.«

Sie zweifelte nicht daran, dass er seine Drohung wahrmachen würde. »Ich habe ein Werkzeug in meiner Tasche, das hilfreich sein könnte.«

»Zeig es mir.« Er ließ ihren Knöchel nicht los.

Sie musste erst alles andere aus dem Rucksack holen, ehe sie an die Werkzeugtasche kam. In einer Vertiefung des gefalteten Stoffs war eine Kneifzange.

»Ja«, krächzte der Lyrinx. »Nimm das.«

Tiaan stocherte in der Wunde herum, bekam das Ende des Bolzens zu fassen und zog kräftig daran. Doch er bewegte sich kein Stück.

Beim zweiten, entschlosseneren Versuch stützte sie sich mit einem Fuß auf dem massigen Nacken des Wesens ab und zog mit aller Kraft. Der Lyrinx schrie auf. Farbenspiele wogten vom einen Ende seines Körpers zum anderen. Er warf den Kopf herum, Tiaan zog weiter und sah, wie das Geschoss sich ganz langsam bewegte. Purpurfarbenes Blut sickerte aus der Wunde, gefolgt von einer klaren Flüssigkeit, die gerann wie die Haut auf gekochter Milch. Die Wunde hörte auf zu bluten.

Atemlos ließ sie Bolzen und Zange fallen. Der Lyrinx krümmte sich, stieß undefinierbare Laute aus, würgte und spuckte blutigen, schleimigen Auswurf auf den Boden. Dann drehte er sich um und sah Tiaan an. Was hatte sie bloß getan? Sie hatte dem Feind geholfen, der sie jetzt auffressen würde.

Das Wesen schloss die Augen, wenige Augenblicke später öffnete es sie wieder. Einen Moment lang starrten der Lyrinx und Tiaan sich gegenseitig an. Er mochte vielleicht zehnmal so schwer wie sie sein und schien nur aus Muskeln, Knochen und Panzerung zu bestehen. Selbst mit der verstümmelten Pranke könnte er sie noch in Stücke reißen.

»Worauf wartest du? Willst du mich nun fressen oder nicht?« Ihre Stimme hatte einen unnatürlich hohen Klang.

»Wie heißt du?« Die Laute, die sich tief in der Kehle des Lyrinx bildeten, besaßen einen rauen Nachhall, der klarer als zuvor wirkte, obwohl das Wesen Schwierigkeiten zu haben schien, die Worte zu bilden.

»Man nennt mich Tiaan Liise-Mar.«

»Ich heiße ... Ryll. Was arbeitest du?«

»Ich habe keine Arbeit.«

»Jeder arbeitet, kleiner Mensch. Du hast Werkzeuge bei dir.«

»Ich war eine Kunstwerkerin.«

»Eine Kunstwerkerin? Hast du *Steuereinheiten* angefertigt?« Er sprach mit schnarrender Stimme.

Wieso hatte sie ihre Arbeit erwähnt? Erschrocken versuchte sie, das Geschöpf abzulenken. »Meine Leute sagen, dass ich nur zur *Zucht* tauge!«

Ryll blickte sie verständnislos an. Er würgte erneut, schluckte und sprach schließlich deutlicher. »Meine Mutter hat vier Kleine zur Welt gebracht. Trotzdem hat sie ihre feste Position in der Kampflinie.«

»Einige von uns sind der Ansicht, Frauen sollten Kinder gebären, während die Männer arbeiten und kämpfen.« Es widerstrebte ihr, diesem Ungetüm so viel zu erzählen.

»Kein Wunder, dass wir euch so leicht bezwingen«, meinte der Lyrinx. »Ihr vergeudet die Begabungen von der Hälfte eurer Bevölkerung. Eure Rasse weist Mängel auf.« Seine Stimme nahm an Intensität zu, klang selbstbewusster, und Tiaan merkte, dass er ihre Sprache recht gut beherrschte. Viel auffälliger war indes noch, dass sein Akzent dem ihren ähnelte. Sie fragte sich, wer ihm das beigebracht haben mochte.

»Es ist zu riskant, Frauen zu verlieren. Sterben zu viele, steht unsere ganze Rasse auf dem Spiel. Wir müssen Kinder bekommen, wenn wir überleben wollen.« Tiaan merkte, dass sie sich nun genau jener Argumente bediente, mit denen viele die Existenz der Gebäranstalten rechtfertigten, Argumente, die ihr früher die Zornesröte ins Gesicht getrieben hatten.

»Das müssen wir auch, Menschenfrau. Aber was ist, wenn wir eure Häuser angreifen, in denen eure wehrlosen Frauen die Nachkommen großziehen? Ihr solltet die Frauen besser ausrüsten und ihnen beibringen, wie man die Kinder verteidigt. Trotzdem werden wir euch alle fressen. Wir sind am besten an das Leben angepasst.«

»Ihr seid nichts als Barbaren!«

»Warum?«, fragte Ryll betont sachlich.

»Ihr *esst* uns!«

»Und ihr esst also keine anderen Tiere?«, sagte er. Sein Erstaunen war nur vorgetäuscht.

»Es sind eben nur Tiere. Wir sind intelligent. Wir sind *Menschen.*«

Er gab ein Schnauben von sich. »Für mich riechst du wie ein Tier, kleine Tiaan. Dass ihr empfindsame Wesen seid, hebt euch noch nicht aus der Masse der anderen Tiere heraus. Warum sollte ich dich nicht essen, wenn ich Hunger habe? Warum solltest du mich nicht essen?«

Ihr schauderte bei dem Gedanken. »Das könnte ich nicht. Es wäre nicht richtig. Außerdem ...«

»Ja?«

»Würdest du vermutlich abscheulich schmecken.«

»Wie kam es, dass eure unwürdige Spezies diese Welt beherrschen konnte?«, fragte der Lyrinx. »Es gibt Hunderte von empfindsamen Kreaturen in der Leere, kleine Tiaan. Wir haben uns alle gegenseitig aufgegessen, wenn es sein musste.«

»Wirst du auch mich aufessen?« Ihre Stimme steigerte sich zu einem hellen Kreischen.

»Nein!«

»Warum nicht?«

»Weil ich nicht hungrig bin. Außerdem …«

Der nicht vollendete Satz hing in der Luft. Hatte er eine Drohung oder gar Schlimmeres auf der Zunge gehabt? Dachte er an Foltermaßnahmen, um ihr Geheimnisse zu entlocken, die kriegsentscheidend waren? Ihr waren schlimme Gerüchte zu Ohren gekommen, wenn es um die Frage ging, was der Feind mit Gefangenen machte. »Was ist?«, fuhr sie ihn an. »Was hast du mit mir vor?«

Der Lyrinx rappelte sich auf. Seine gummiartige Lippe kräuselte sich, was Tiaan als höhnische Miene deutete. Allerdings rief sie sich in Erinnerung, dass die Mimik dieses Wesens womöglich andere Schlüsse zuließ.

»Ich kann deine Rasse nicht verstehen. Warum beleidigst du mich?«

»Warum führt ihr Krieg gegen uns?«, entgegnete sie.

»Weil ihr uns angegriffen habt, als wir aus der Leere kamen.«

»Ihr habt angefangen!«

»Wir würden immer behaupten, dass *ihr* angefangen habt.«

»Aber das hier ist *unsere* Welt. Ihr versucht, sie uns zu entreißen.«

»Ihr habt Santhenar in einen stinkenden Abwasserpfuhl verwandelt. Eine Welt, die verfällt. Und sie gehört euch sowieso nicht.«

»Es ist unser gutes Recht –«

»Wie das?«, unterbrach der Lyrinx sie. »Wer hat den Menschen ein solches Recht gegeben?«

»Wir sind die Krone der –«

»In unserer Philosophie kann keine Spezies sich selbst Rechte übertragen. Schon die Auffassung ist lächerlich. Wie könnt ihr es wagen, euch höher einzustufen als andere Geschöpfe! Die Menschheit zerstört um der Zerstörung willen. Eure Rasse hat es verdient, vertilgt zu werden.«

»Warum müssen wir gegeneinander kämpfen und sterben?«, fragte Tiaan. »Warum können wir nicht nebeneinander leben?«

»Das ist nicht der Gang der Natur.«

Ryll leckte sich die Lippen. Hatte ihn das Gespräch hungrig gemacht? Tiaan wich ein wenig zurück.

Er gab ein gurgelndes Glucksen von sich. »Wenn ich dich essen wollte, hätte mich nichts davon abhalten können.«

»Warum tust du es dann nicht?«

»Du hast mir das Leben gerettet. Für mich eine Ehrenschuld.«

Tiaan wollte eine höhnische Bemerkung zur Ehre der Lyrinx fallen lassen, überlegte es sich aber noch einmal anders. Was wusste sie schließlich über diese Spezies, abgesehen von der Propaganda, die überall verbreitet wurde und bis in die Berge rund um die Fertigungsstätte drang?

»Du hast mich dazu gezwungen«, sagte sie mit schwacher Stimme. »Ich wollte dich töten.«

»Aber du hast es nicht getan, und daher schulde ich dir was.«

Ihr wurde plötzlich alles zu viel. Tiaan konnte vor Hunger nicht mehr aufrecht stehen. Sie versuchte noch, ihr Gleichgewicht zu halten, aber in ihrem Kopf drehte sich alles. Kraftlos sackte sie zusammen.

Als sie wieder zu sich kam, ragte das Geschöpf groß vor ihr auf. »Bist du verletzt?«

»Ich verhungere. Ich habe seit Tagen nichts mehr gegessen.«

»Ich esse manchmal eine Woche lang nichts«, sagte Ryll. Die Knie wurden ihm weich, und daher setzte er sich hastig. »Aber dann esse ich eine ganze Antilope oder einen –« Er brach ab. »Dein kleiner Magen verträgt nur winzige Essensportionen.« Er umfasste ihren Oberschenkel, seine Klauen legten sich eng um ihr Fleisch. »Du bist nur Haut und Knochen. Iss etwas! Ich werde dir nichts tun.«

»Was wirst du jetzt machen?«, fragte sie und holte eine der

Tagesrationen hervor. Dabei warf sie immer wieder ängstliche Blicke auf die Kreatur, die selbst im Sitzen noch größer als sie war. Der Lyrinx streckte seine verletzte Pranke aus und betrachtete sie. Vorher hatten noch zerfetzte Knochenstücke aus den abgetrennten Fingerstummeln geragt. Jetzt war indes kein Knochen mehr zu sehen. Die Stumpen waren von einer weichen Haut überzogen, die rosafarben bis gräulich aussah.

»Was machst du da?«, fragte sie.

»Ich regeneriere meine Hand.«

»Wie geht das?«

»Wir können das eben. In eurer Welt gibt es Tiere, die das auch können.«

Ryll konzentrierte sich so stark, dass Schweißtropfen auf seiner Stirn erschienen.

»Ist das eine Form von Zauberei?«, wollte sie wissen.

»Könnte man sagen. Ohne diese Fähigkeit hätten wir wohl nie in der Leere überlebt.«

Weitere Veränderungen stellte sie nicht an ihm fest. Die Regeneration war offenbar ein langsamer Prozess und äußerst anstrengend, denn Ryll wirkte matt und abgeschlafft. Seine Hautfarbe verblasste zu schwachen Grün- und Blautönen. Er konnte sich kaum noch in seiner sitzenden Position halten. Wenn sie jetzt schnell genug wäre, könnte sie ihm entkommen. Und sie sollte fliehen, bevor der andere Lyrinx zurückkehrte.

»Du bist anders als die Menschen, die wir bislang getroffen haben – alles Soldaten und bewaffnete Männer«, meinte Ryll. »Von Leuten wie dir können wir eine Menge über die Menschen lernen.«

Um den Magen nicht zu überfordern, aß Tiaan bewusst langsam von dem kalten Reisgericht, aus dem sie auch verschiedene Gemüsearten herausschmeckte. Kam es nun Verrat gleich, mit einem Lyrinx zu sprechen? Dem Feind das Leben zu retten, wenngleich unter Zwang, war gewiss Hochverrat.

Sie stand auf und beäugte Ryll aus den Augenwinkeln. Er streckte eine Hand nach ihr aus, als wolle er sie aufhalten, musste den Arm aber sinken lassen. Ihre Chance war gekommen. Nun war Vorsicht geboten, musste Tiaan doch damit rechnen, dass der Lyrinx nur seine

Kräfte schonte. Langsam ging sie zu Pelf und dem anderen Soldaten. Beide waren tot. Tiaan schloss die Augen. Beim Anblick der ganzen Leichen befiel sie ein Schauer. Ryll verfolgte jede ihrer Bewegungen mit den Augen, regte sich aber nicht und atmete leise. Sie nahm ihr Gepäck und achtete darauf, nicht in Reichweite seiner langen Arme zu kommen.

»Wo willst du hin, kleine Ausgestoßene?«

Sie warf einen Blick auf den Eingang des langen Tunnels. »Der andere Lyrinx ist dorthin gelaufen. Ich muss einen anderen Weg finden.«

»Du bist mutig«, sagte der Lyrinx, »aber ich fürchte, dass du sterben wirst. Draußen tobt ein Schneesturm. Oder …« Ryll neigte den Kopf und warf ihr einen verschlagenen Blick zu.

»Was ist?«

»Oder du kommst mit mir.«

»Nein!« Erschrocken wich sie zurück. »Ich weiß, was du willst. Ich bin kein kleiner Bissen, den du deinen Küken vorwerfen kannst.« Allein der Gedanke daran entlockte ihr beinahe einen Schrei.

»Wir gebären unsere Kinder wie ihr«, erklärte er. »Wisst ihr so wenig über uns?«

Sie kannte nur die furchtbaren Gerüchte und das, was sie mit eigenen Augen gesehen hatte.

»Außerdem schulde ich dir noch was.«

»Ich will dich nicht wieder beleidigen«, sagte sie vorsichtig. »Aber woher soll ich wissen, dass du Ehre besitzt?«

»Ich hätte dich bereits ein Dutzend Mal töten und essen können.« Ryll schlug mit der mächtigen Faust auf den Fels, und sein Gesicht nahm wieder die graue Farbe an, die jeden Lyrinx während des Kampfes auszeichnete.

Tiaan machte ein paar hastige Schritte zurück. »Jetzt zeigst du dein wahres Gesicht.« Das Wortspiel war unbeabsichtigt, Tiaan empfand es aber dennoch als passend.

Sie nahm die Armbrust und den Köcher mit den Bolzen von einem der toten Schützen und lud die schwere Waffe. »Ich könnte dich töten.«

Seine Haut nahm eine schmutzig grüne Farbe an. Ryll glitt seitwärts über den Boden und streifte mit der Wange das Felsgestein. »Daran zweifle ich nicht ... in meinem gegenwärtigen Zustand«, sagte er heiser. »Und, wirst du auf mich schießen?«

Wäre sie von ihm angegriffen worden, hätte sie den Bolzen abgefeuert; aber da er hilflos am Boden lag und sie nur beobachtete, brachte sie es nicht fertig, ihn zu töten. Stattdessen ging sie auf den mittleren Tunnel zu. An seinem Eingang holte sie den Kristall hervor, der wie immer leuchtete. Rylls Augen weiteten sich, und Tiaan bereute, den Kristall im Beisein des Lyrinx aus der Tasche geholt zu haben. Dennoch blieb Ryll liegen. Er erinnerte an einen schlaffen Ballon und hatte nichts mehr von der Kraft und Wucht eines Lyrinx im Kampf an sich.

Sie eilte den Gang entlang. Kurze Zeit später stieß sie auf einen Körper, der verdreht am Boden lag. Der Kopf lag einige Schritte entfernt, nur zu erkennen an dem weißen Haar – es war Hants, der als Erster sein Leben gelassen hatte. Das schielende Auge haftete leblos auf ihr.

Vorsichtig ging sie um den Rumpf herum, eilte weiter und erkannte, dass sie sich in einer Sackgasse befand. Der Tunnel endete an einer glatten Felsoberfläche. Im Schein des Kristalls entdeckte Tiaan weiter unten eine Hebelvorrichtung. Sie zog daran, und die Tür schwang auf. Ein Schwall eiskalter Luft wehte in den Stollen. Über die triste, karge Landschaft spannte sich ein düsterer, grauer Himmel. Ein unheilvoller Anblick.

Der Wind, der Schneeflocken vor sich her trieb, ging ihr sofort durch die Kleidung. Noch nie hatte sie die Kälte als so schlimm empfunden. Tiaan zog sich etwas tiefer in den Stollen zurück und kramte den Mantel hervor, der einst Joeyns Frau gehört hatte. Das Geschenk wärmte sie, und für einen Moment stand Tiaan mit gesenktem Haupt da und gedachte ihres toten Freundes. Dann öffnete sie die Pforte erneut und spähte hinaus. Draußen tobte wirklich ein Schneesturm, und nur die Gewissheit, den Feind im Nacken zu haben, konnte sie dazu bringen, sich ins Freie zu wagen.

Durch die steinerne Tür gelangte man auf einen Felsvorsprung an einem steilen Berghang. Zu ihrer Linken konnte Tiaan durch die wirbelnden Schneeflocken einen dürren Baum ausmachen, der vielleicht hundert Schritte entfernt war. Rechter Hand fiel der Vorsprung in schier endloses Weiß ab. Die Fertigungsstätte vermutete Tiaan jenseits des Berggrats, aber bei diesem Wetter war die Orientierung beinahe unmöglich. In den Berg wollte sie sich allerdings auch nicht mehr flüchten. Im Geist warf sie eine Münze, um eine Entscheidung zu erzwingen. Es sah ein wenig verheißungsvoller aus, sich nach links und nicht nach rechts zu wenden. Also hielt sie linker Hand auf den Baum zu und stapfte über den Felsvorsprung.

Jenseits des Baumes erreichte sie eine frei liegende Böschung, über die der Wind hinwegfegte. Er peitschte ihr ins Gesicht, während sie langsam voranstapfte; es schmerzte wie Nadelstiche. Tiaan spähte nach unten, konnte in dem Schneetreiben aber nichts erkennen. Weiter oben bot sich ihr derselbe trostlose Anblick. Grieselkörner flogen über die schneebedeckten Hänge. Ihre Spuren waren längst verweht, der Pfad nicht mehr zu erkennen. Tiaan vermochte nicht zu sagen, welche Uhrzeit es war. Wohin sollte sie sich wenden? Sie wusste es nicht. Ihre Schritte erlahmten.

Eine scharfe Böe drückte sie gegen die Felswand. Genauso gut hätte sie in den Abgrund stürzen können. Das Wetter verschlechterte sich zusehends. Sie wagte sich weiter vor, ahnte indes, dass sie nicht weit käme. *Wenn ich weitergehe*, dachte sie, *werde ich sterben.*

Sie hastete zurück und nahm es in Kauf, lieber auf den Lyrinx zu stoßen, als den sicheren Tod des Erfrierens zu erleiden. Vielleicht hielt das Wesen ja Wort. Vielleicht besaß ein solch fremdartiges Geschöpf so etwas wie ein Ehrgefühl. Kälte und Sturm jedoch waren gleichgültig. Die Natur würde sie verschlingen.

Den Kopf gesenkt, kämpfte Tiaan sich durch den Wind. Schnee blieb in ihren Augen hängen und raubte ihr die Sicht. Der Rückweg zum Stolleneingang kam ihr viel weiter vor. Sie glaubte, schon tausend Schritte zurückgelegt zu haben, und sah die steinerne Pforte immer noch nicht. Ihre Schritte knirschten im Schnee, einer nach dem anderen. Eis bildete sich an ihren Augenbrauen, ein taubes Gefühl erfasste ihre Ohren. Jeder Schritt wurde zu einem Willensakt.

Endlich sah sie den Baum vor sich. Die Tür war demnach nicht weiter als hundert Schritte entfernt. Sie zählte jeden Schritt mit, um sicher zu sein. Die Sicht wurde immer schlechter. Als Tiaan bis neunzig gezählt hatte, rechnete sie damit, jeden Augenblick den

Eingang zu sehen. Verzweifelt suchte sie nach einem schwarzen Loch im grauen Felsabhang. Sie folgte dem Verlauf einer Senke. Inzwischen wir sie mehr als hundert Schritte gegangen. Hatte sie die Tür offen gelassen oder geschlossen? Wenn sie sie zugezogen hatte, würde sie den Eingang nie mehr finden. *Nein, ich habe sie offen gelassen*, dachte Tiaan, aber sie konnte sich nicht mehr genau erinnern. Ihr Gehirn war wie ein gefrorener Schwamm.

Einhundertzwanzig, einhunderteinundzwanzig. Sie war offenbar längst am Stolleneingang vorbei. Verzweifelt ließ sie den Blick über die Felswand schweifen, aber alles war von Eis bedeckt. Oder waren es womöglich zweihundert Schritte gewesen? Tiaans Erinnerungsvermögen hatte Risse. Mühsam schleppte sie sich weiter, aber als sie bei dreihundert Schritten angekommen war, ahnte sie, dass sie zu weit gegangen war.

Sie machte kehrt und fand sich auf einem abschüssigen Gelände wieder, das sie vorher nicht erklommen hatte. Erneut schlug sie eine andere Richtung ein, aber der Untergrund war vereist. Nach nur wenigen Schritten verlor sie den Halt, flog durch die Luft und landete in einer Schneeverwehung.

Sie kämpfte sich wieder heraus, geriet jedoch bis zum Hals in eine vom Schnee verdeckte Senke. Mit letzter Kraft zog sie sich auf einen Vorsprung; aber von dort kam sie nicht weiter voran. Ein Überhang hinderte sie daran. Der Schnee fiel nun so dicht, wie sie es lange nicht mehr erlebt hatte. Sie war in einen heftigen Schneesturm geraten und konnte nur noch auf einen glücklichen Zufall hoffen, lebend aus dieser weißen Hölle herauszufinden.

Vollkommen erschöpft stützte Tiaan sich einen Moment mit der Stirn auf ihrem Gepäck ab. Der Hedron bohrte sich in ihre Wange. Sie holte ihn aus dem Rucksack. Der Kristall spendete ein wenig Wärme. Tiaan umschloss ihn mit beiden Händen, legte den Kopf auf das Gepäck und schloss die Augen.

KAPITEL FÜNFUNDZWANZIG

Während der Tage, die Tiaan im Bergwerk verbracht hatte, hatte sich zwölfhundert Meilen weiter südlich ein subpolares Tiefdruckgebiet in der Kara Agel, der Gefrorenen See, gebildet und hing zunächst zwischen der bumerangförmigen Insel Noom und den Steppen von N'roxi. Diese Tiefdruckzone bewegte sich später nordwärts über die Kara Ghâshâd, die Brennende See, zwängte sich durch die Kluft zwischen dem Smennborne-Grat und den Anhöhen von Inchit, zog weiter über Ha-Drow und Kaer Slass, den Schwarzen See, und begrub die Stadt Drow unter zwei Spannen Schnee. Dann sammelte die Schlechtwetterzone neue Kraft, jagte in nördlicher Richtung über das Meer von Tallallamel hinweg und entlud Scheemassen über dem See von Kalissin – einst ein Meteoritenkrater und nun ein Gewässer, das in der Mitte eine Insel mit einem sonderbaren, spitz zulaufenden Bergkegel besaß. Anschließend drängten die tief hängenden Wolkenmassen gegen das Bollwerk der Großen Berge in Tarralladell.

Das Bergmassiv lenkte den Sturm nach Osten ab, wo die Winde eine Spalte in der Bergkette fanden, den Pass erklommen und noch mehr Schnee auf den Gipfeln hinterließen. Irgendwo südlich von Tiksi prallte der Sturm auf eine Warmfront, die aus dem fernen Crandor heraufzog. Die wildesten Schneestürme des Jahrhunderts erschütterten die im Osten liegenden Berge.

Den ganzen Tag über hatte der Wind aufgefrischt. Jetzt pfiff er entlang der Berge und wirbelte die pulvrigen Schichten der Schneewehen auf. Tiaan bekam es langsam mit der Angst zu tun. Wenn sich nicht ein Wunder ereignete, würde sie in den Bergen ihr Leben lassen.

Tiaan war auf das Überleben im Gebirge vorbereitet, aber in diesem Gebiet wurde es immer kälter und kälter, und sie drohte zu Eis zu erstarren. Eine Höhle wäre ihre einzige Rettung, aber inzwischen war es zu spät, um sich noch nach einem geeigneten Unterschlupf umzusehen. Die einzige Möglichkeit, die ihr noch blieb, war der Raum unter dem Überhang, den sie zunächst aber freiräumen musste.

Sie stach mit ihrem Messer in den Schnee, der auf der Felswand haftete. Die Klinge glitt tief in die weiße Masse. Den verharschten Schnee formte sie zu Blöcken und stellte sie übereinander, um eine notdürftige Mauer auf dem Vorsprung zu ziehen. Es war ein hartes Stück Arbeit, die sich letzten Endes lohnte, da sich die Felswand des Überhangs als Hohlraum erwies. Es handelte sich zwar nicht um eine richtige Höhle, aber Tiaan war zu beiden Seiten etwas geschützt.

Als die Messerspitze über harten Fels schabte, hatte Tiaan zwei Drittel des Vorsprungs gegen den Wind abgeschirmt. Die Sicht wurde immer schlechter; zwei Schritte außerhalb ihres Unterschlupfes konnte sie schon nichts mehr erkennen. Sie stampfte die Schneewehe neben der Felswand nieder, formte Blöcke und baute ihre Mauer weiter aus. Der so entstandene Raum war vier Schritte lang, aber nur zwei breit und sah aus wie eine weiße Grabstätte.

Dunkelheit senkte sich herab. Tiaan wärmte ihre Hände in ihren Achselhöhlen, denn der Kristall war inzwischen so kalt wie die Umgebung und leuchtete nur noch schwach. Wenn es ihr nur gelänge, Energie in den Hedron zu lenken, um sich daran zu wärmen! Sie versuchte, das Feld aufzuspüren, fand aber nichts. Vielleicht war sie zu weit vom Feldkern entfernt, obwohl sie das für unwahrscheinlich hielt.

Tiaan verzehrte ein weiteres Päckchen Proviant; eine undefinierbare Mischung aus getrockneten Früchten, Nüssen und Talg. Das Essen lag ihr wie ein Stein im Magen. Nach dem zwecklosen Versuch, durch ständiges Reiben wieder Wärme in ihre Füße zu bekommen, legte sie sich den pelzbesetzten Mantel eng um die Schultern und lehnte sich gegen die rückwärtige Wand. Auf diese Weise versuchte sie, Ruhe zu finden, allerdings wollte sie nicht sofort einschlafen. Mehrmals merkte sie aber, dass sie einschlummerte, und fuhr dann stets aus dem Halbschlaf hoch. Doch letzten Endes sank sie in einen unruhigen Schlaf.

Draußen erreichte der Sturm seinen Höhepunkt. Es fiel so viel Schnee wie vielleicht während der letzten Eiszeit; eine halbe Spanne pro Stunde. Jenseits des Berggrats lag der Schnee so hoch, dass er das große Tor der Fertigungsstätte zur Hälfte verdeckte; aber hier, an den Flanken der Berge, türmte er sich noch höher auf. Gegen Mitternacht betrug die Schneedecke bereits vier Spannen, und der Schneefall hörte nicht auf.

In ihrer selbst errichteten Schneehöhle träumte Tiaan nur von Schnee und Eis. Sie spürte, wie die Kälte ihr bis ins Mark drang. In der Welt gab es nichts anderes mehr als Kälte. Nichts außer ...

Hilfe!

Zuerst wusste sie nicht, woher die Laute kamen. Womöglich drangen sie aus ihrem eigenen Unterbewusstsein herauf. Der Ruf glitt wie ein Eiszapfen über ihre gefrierenden Synapsen.

Hilfe!

Eine lange Traumphase, ein stetiges Auskühlen, eine allmähliche Verlangsamung jeglicher Körperfunktionen: Unmerklich steuerte sie auf den Punkt zu, von dem es kein Zurück gab.

HILFE!

Tiaan erschauerte in ihrem Schlaf, glitt in einen Traum, in dem ein einzelner Lichtpunkt sich langsam über ein in Dunkelheit liegendes Feld bewegte. Das Licht hinterließ einige glühende Flecken. Der Lichtpunkt erzeugte eine weitere Linie und brachte neue, schwach glühende Tupfer hervor. Wieder eine Linie.

Es dauerte bis zur hundertsten Linie, bis Tiaan in ihrem betäubten Traumbewusstsein ein Gebilde in den Lichtflecken erkannte: eine Reihe horizontaler Geraden, einige senkrecht aufstrebende Linien und zwei Diagonalen, die aus einer der Senkrechten herausragten. All diese Linien erzeugten ein schwaches Bild, doch in ihrem trägen Geist vermochte Tiaan zunächst nichts anderes wahrzunehmen als geometrische Formen.

Plötzlich stand er ihr vor Augen: der junge Mann auf dem Balkon. Flehentlich rang er die Hände.

»Ich bin hier«, krächzte Tiaan. Ihr Mund fühlte sich zugefroren an.

Er konnte sie nicht gehört haben, denn sein Bild veränderte sich nicht.

Hilfe!

Sie tastete nach der Kugel, dem Hedron und der Helmkonstruktion, überprüfte, dass der Kristall in der Fassung steckte und setzte sich den Helm auf den Kopf. Das eiskalte Drahtgeflecht verletzte ihre Haut, aber das nahm sie nicht wahr.

Tiaan spielte mit den Perlen und den Drähten, brachte sie in verschiedene Positionen und stimmte die Kugel auf den Hedron ab. Plötzlich, vergleichbar mit dem geschmeidigen Fließen zweier Ölfilme, waren sie eins. Das zittrige Bild leuchtender Linien schwand, und der Mann war da.

Wer seid Ihr?, sprach er unmittelbar in ihrem Kopf, wobei er in seiner archaischen Sprechweise jeden Buchstaben seltsam betonte. W-E-R-S-E-I-D-I-H-R?

Sie sprach laut: »Ich heiße Tiaan. Wir haben uns schon einmal unterhalten. Ich bin eine Kunstwerkerin aus Santhenar.«

Zeigt Euch mir, Tiaan.

Eher schüchtern – war er doch offenbar wohlhabend und entstammte anders als sie einer großen Familie – setzte Tiaan ein Abbild von sich selbst zusammen. Es war das Bild, das sie in dem Spiegel in der Gebäranstalt erblickt hatte, nachdem die Dienerinnen ihr Haar zurechtgemacht und sie geschminkt hatten. Angesichts der kleinen Täuschung verspürte sie ein Schuldgefühl.

Tiaan!, entfuhr es ihm mit einem Seufzer. *Ihr seid schön.*

Wärme durchströmte sie. »Wie heißt Ihr?«, fragte sie zögerlich.

Ich bin Minis, Pflegesohn des Vithis, vom Clan Inthis. Ein Clan ersten Ranges!

Sie genoss den Anblick, den der junge Mann bot, ähnelte er doch so sehr den Helden aus den Erzählungen ihrer Großmutter. Aber er schwebte in tödlicher Gefahr, und sie ebenfalls. »Ich wünschte, ich könnte Euch helfen, Minis, aber ich sitze in der Falle.«

Wie das?, fragte er abrupt. *Ich kann Eure Zukunft nicht lesen.*

Tiaan wunderte sich über die Betonung. Wollte er damit andeuten, dass er in die Zukunft anderer Menschen sehen konnte? Sie erläuterte ihm ihre Situation.

Minis entschwand, und von einem furchtbaren Trennungsschmerz bestürmt, glitt Tiaan aus dem Traum in einen halbwachen Zustand. Sie zitterte am ganzen Körper vor Kälte. Offenbar lag ihre kleine Höhle unter Schneemassen begraben. Tiaan ging so oft in die Hocke wie ihre Beine es zuließen, fühlte sich danach aber immer noch kalt und auch ein wenig schwindelig. Wurde die Luft allmählich knapp? Sie legte ihren Helm ab und versuchte, ihre Höhle noch zu vergrößern, indem sie einen Tunnel entlang des Felsgesteins grub. Die mühsam geformten Blöcke wagte sie nicht zu entfernen. Wenn der Schnee nachgab, würden die nachdrückenden Massen ihre ganze Höhle füllen.

Ti…

Nicht mehr als ein Wispern in ihrem Kopf. Minis rief nach ihr! Tiaan fand den Helm unter einem Schneehaufen, setzte ihn sich auf und zuckte zusammen, als das gefrorene Metall auf ihrer Stirn brannte.

Mit den Fingern huschte sie über die Drähte, vermochte sich aber nicht auf den jungen Mann einzustimmen; im wachen Zustand gelang ihr nicht, was sie im Traum intuitiv vollbracht hatte. Tiaan erschrak.

In ihrer grenzenlosen Angst erschien ihr der Verlust von Minis schlimmer als die Aussicht, den Tod im Schneegrab zu finden. Hastig verstellte sie die Drähte und schob die Perlen hin und her. Es nützte nichts. Die Perlen waren zu nah beieinander, und sie wusste, dass das falsch war. Aber sie hatte keine Ahnung, wie die Perlen angeordnet waren, als die Apparatur einwandfrei gearbeitet hatte.

Tiaan hielt die Kugel und den Hedron über ihrem Kopf und schüttelte beides wie verrückt. Sie hätte am liebsten darauf herumgesprungen, bis nur noch verbogene Drähte übrig wären.

Tiaan!

Erschrocken ließ sie das Geflecht aus Draht fallen. Der kleine Kristall rollte in den Schnee. Wie wahnsinnig suchte sie danach. Alles besaß dieselbe Farbe – der Fels, der Schnee, das graue Eis zwischen ihren Stiefeln, der Kristall. Ah, dort lag er!

Sie drückte ihn in die Halterung. Wenn sie doch jetzt …

Tiaan, hört auf!

Bei dem gebieterischen Ton erstarrte sie; er erinnerte sie an die Vorsteherin, an Gi-Had und all die anderen Autoritätspersonen in ihrem Leben.

Ihr geratet in Panik, Kind. Ich kann Euch nicht finden.

Schlimmer noch als der Befehlston war die Anrede *Kind*. So hatte man sie genannt, als sie mit ihren sechs Jahren noch die Böden hatte schrubben müssen. Die Anrede hatte sie wie ein Fluch verfolgt, und jetzt empfand sie es so, als ob Minis sie verraten würde, indem er dieses Wort benutzte.

Sie versuchte sich zu konzentrieren. Sie musste es tun.

»Ich bin hier, Minis.«

So ist es besser. Zeigt mir, wo Ihr seid.

Tiaan konzentrierte sich auf ein mentales Abbild ihrer Höhle und auf den Berghang draußen. Sie wusste, dass das Bild undeutlich flimmerte, konnte daran aber nichts ändern.

Das gefällt mir nicht, kam es von einer anderen Stimme. Es war die einer Frau.

Du vergeudest bloß deine Zeit, sagte ein Mann mit einer tonlosen, verzweifelten Stimme. *Sie wird sterben, wie wir auch. So steht es geschrieben.*

Leise!, flüsterte Minis. *Tirior, Luxor, nicht so laut. Ich lese unsere Zeitlinien, also muss es einen Weg geben. Tiaan, zeigt uns die Instrumente, mit denen Ihr Kontakt zu uns aufgenommen habt.*

Im Geist schuf sie das Abbild von dem Helm und dem kugeligen Drahtgeflecht.

Unglaublich, meinte die Frauenstimme. *Wie ist sie nur an solche Artefakte gekommen?*

Ich weiß es nicht, Tirior. Im Hintergrund waren gedämpfte Stimmen zu hören. Tiaan verstand nicht, was gesprochen wurde.

Rasch, Kind!, sagte die Frau, die Tirior hieß. *Woher hast du diese Instrumente?*

»Ich bin kein Kind mehr!« Tiaan war um einen reifen, würdevollen Ton bemüht. »Die habe *ich* angefertigt.«

IHR habt das gemacht?, kam es von der dritten Stimme, von dem Mann mit dem Namen Luxor. *Wie ist Euch das gelungen? Wer seid Ihr?*

Sie schwieg. Tiaan wollte nicht wie eine Jugendliche behandelt werden.

Ihr schüchtert sie ein, Luxor. Das war wieder Minis' Stimme. *Bitte, lasst mich mit ihr sprechen. Tiaan, wie ist es Euch gelungen, derart erstaunliche Instrumente anzufertigen?*

Die aufrichtige Anerkennung beflügelte sie. »Ich bin eine Kunstwerkerin aus der Fertigungsstätte für Klanker in den Bergen oberhalb von Tiksi. Minis ...?«

Was ist ein Klanker?, fragte er.

Sie beschrieb ihm die Konstruktionsweise, die Handhabung und den Zweck dieser Kriegsmaschinen. »Ich stelle die Steuereinheiten her, die Energie aus dem Feld beziehen und die Klanker antreiben.«

Gegen wen sind die Klanker gerichtet?

»Wir befinden uns im Krieg mit den Lyrinx.«

Lyrinx?, rief Luxor. *Wie konnte es dazu kommen?*

»Als die Düsternis durchbrochen wurde und Maigraith den Weg zwischen den Welten nahm ...« Sie hielt inne, befürchtete sie doch, dass der Mann ihren Ausführungen nicht folgen konnte.

Diese Ereignisse stehen auch in unseren Historien. Fahrt fort.

»Das war vor einhundertsechs Jahren ...«

Vor dreihundertneunzig Jahren in unserer Zeitrechnung, erklärte Tirior, *aber wir haben es nicht vergessen.*

»Zu jener Zeit kamen die Lyrinx nach Santhenar, wie auch andere bösartige Kreaturen, die in der Leere zwischen den Welten lebten.«

Einige kamen auch nach Aachan, sagte Tirior. Ihre Stimme klang nun freundlicher. *Sie überlebten nicht lange. Erzählt uns von Euch, Tiaan.*

»Ich bin geschickt im Umgang mit edlen Metallen, kann keramische Gegenstände formen und Kristalle schleifen und polieren. Auf diese Weise stelle ich die Steuereinheiten für die Klanker her.«

Was genau sind Steuereinheiten?, fragte Minis.

»Vom Geist gesteuerte mechanische Systeme, die es einem gewöhnlichen Menschen ermöglichen, einen Klanker anzutreiben und zu steuern.« Sie verschickte ein Abbild eines achtbeinigen Klankers.

Ganz erstaunlich! In der ansonsten tonlosen Stimme Luxors flammte Interesse auf. Plötzlich wurde auch sein Kopf sichtbar, allerdings so undeutlich, dass lediglich die Konturen seines Gesichts auszumachen waren. *Genial. Wie treibt Ihr diese Ungetüme an?*

Tiaan erklärte, auf welche Weise ganz bestimmte Kristalle so eingestimmt wurden, dass sie die natürlichen Felder anzapften, die im Umkreis von Feldkernen existierten, um eine geringe Menge dieser Energie in die Steuereinheiten zu leiten und danach in den Klanker selbst.

Ihr stellt solche Steuereinheiten her? Woher stammen die Vorlagen?

Tiaan wurde allmählich ungeduldig. Was tat es zur Sache, wie sie Steuereinheiten herstellte? »Es handelt sich um ein altes Muster, das mir während meiner Lehrzeit beigebracht wurde. Ich habe eine Reihe Verbesserungen vorgenommen.«

Zeigt uns dieses Muster, sagte Luxor wissbegierig.

»Ihr gehört nicht zu uns. Das käme Verrat gleich.«

Dann können wir Euch auch nicht helfen, gab er ungewöhnlich scharf zurück.

Ich bitte Euch, Luxor, sagte Minis. *Tiaan, ich verstehe das nicht. Ihr sagt, Ihr habt diese Instrumente hergestellt. Woher wusstet Ihr, wie das geht?*

»Ich brauchte etwas, um die Signale von einer fehlerhaften Steuereinheit zu verstärken, und daher habe ich einfach diese Kugel und den Helm angefertigt.«

Das dürfte viel Zeit in Anspruch genommen haben. Monate wahrscheinlich?

»Ich brauchte nur einige Tage«, antwortete sie. »Es gehört schließlich zu meinen Aufgaben, Probleme in meinem Arbeitsbereich rasch zu lösen.«

Gibt es noch andere Kunstwerker mit Eurem Talent? Sie hörte Ehrfurcht aus der Frage heraus.

»Es gibt viele Kunstwerker. Aber ich weiß nicht, wie viele mein Talent haben. Ich bin nie zu anderen Fertigungsstätten gereist.« Dann, mit einem Anflug von Stolz in der Stimme, setzte sie hinzu: »Aber es heißt, unsere sei die beste.«

Was verleiht diesen Instrumenten Kraft, Tiaan? Ist dort auch ein Kristall im Herzstück?

Tiaan fiel ein, dass sie Minis noch nicht den Hedron gezeigt hatte. »Ja, ein spezieller Hedron. Ich brauchte ihn noch nicht einmal zu formen.« Sie hielt das kugelförmige Geflecht hoch und visualisierte die darin befindliche perfekte, doppelspitzige Pyramide aus rutiliertem Quarz. Selbst die beiden kugelförmigen Gebilde aus

Nadelkristallen, der Funke, der durch den Hohlraum zuckte und das schwache Leuchten wurden sichtbar.

Es herrschte langes Schweigen. Eine Stille sprachlosen Erstaunens.

Was ist?, fragte Minis. *Was ist los?*

Die beiden anderen unterhielten sich leise.

So sagt es mir doch!, rief Minis.

Es ist ein Amplimet!, erklärte Tirior. Sie sprach in einem ehrfürchtigen Flüstern, denn offenbar wollte sie nicht, dass Tiaan die Worte mitbekam. *Viertausend Jahre lang hat man keinen mehr gefunden. Seht nur!*

Weiß sie denn überhaupt, was sie da in Händen hält? Luxor klang mit einem Mal ganz aufgeregt. *Ist sie gar eine aufblühende Geomantin?*

Leise! Minis war wieder zu hören. *Tiaan -*

»Minis!«, unterbrach sie ihn. »Warum habt Ihr um Hilfe gerufen?«

Aachan vergeht!, antwortete er schroff. *Unsere schöne Welt ist am Ende.*

»Ihr stammt aus Aachan?«, entfuhr es ihr ungläubig. Natürlich kannte sie Aachan, die zweite der Drei Welten. Diese Welt bildete den Kern der Historien, und jedes Kind in Santhenar lernte die Geschichte. Aachan war die Welt der Aachim gewesen, bis die Charon aus der Leere flohen, Aachan eroberten und das Volk der Aachim versklavten. Doch als die Düsternis durchbrochen wurde, waren die Charon ausgestorben, und so erhielten die Aachim die Herrschaft über ihre Welt zurück.

Wenn sie sich vorstellte, mit jemandem über die Leere hinweg zu kommunizieren – es erschien ihr einfach nicht möglich. In ihrem Unterbewusstsein mochte sie geahnt haben, dass Minis aus einer anderen Welt stammte, hatte sich diesen Umstand jedoch nicht richtig bewusst gemacht. Ihre Träume verdampften wie Schneeflocken in einer heißen Pfanne. Sie konnte ihm nicht helfen. Wie auch? Sie würden einander nie begegnen. »Was geschieht im Augenblick mit Aachan?«, fragte sie in kummervollem Ton.

Die ganze Welt explodiert. Die Erdkruste ist auf einer Länge von eintausendfünfhundert Meilen aufgebrochen. Aachan wird es überstehen, aber wir nicht! Unsere Welt wird vielleicht zehntausend Jahre nicht bewohnbar sein. Oder gar noch länger.

»Wie konnte es dazu kommen?«

Das sind Nachwirkungen, weil die Düsternis durchbrochen wurde, wie wir vermuten. Zumindest begann es zu dieser Zeit.

»Wie viel Zeit bleibt Eurem Volk noch?«

Vielleicht noch ein paar Monate. Am äußersten Rand ein Jahr. Die Lava kommt aus allen Richtungen auf uns zu. Die Meere werden zu heiß und können kein Leben mehr aufrechterhalten. Bald schon wird unser Lebensraum knapp sein.

Tiaan stand mit hängenden Schultern da. Sie verspürte ein Brennen im Hals, als hätte sie zu heiße Luft eingeatmet. Minis würde sterben.

Tiaan?

Tränen liefen ihr über die Wangen.

»Ja?«, sagte sie mit erstickter Stimme. »Ihr werdet sterben, wie auch ich. Wir sind alle dem Untergang geweiht.« Sie zitterte. Die Verzweiflung war wie ein riesiger Hürn-Bär, der sie von innen auffraß.

Vielleicht gibt es noch einen Weg! Seine Stimme war wie ein verführerisches Wispern in ihrem Kopf.

»Welchen denn?«

Wir sind womöglich in der Lage, Euch zu retten, mit Eurem Amplimet. Als Gegenleistung könntet Ihr etwas für uns tun.

»Ich würde alles tun!«, rief sie, von neuer Hoffnung beseelt. »Was verlangt Ihr von mir?«

Zunächst müssen wir Euch retten. Hört gut zu. Irgendwie seid Ihr auf die uralte Kunst der Geomantie gestoßen.

»Geomantie? Ihr meint das Lesen von Mustern im Sand?« Sie machte keinen Hehl aus ihrer Verachtung. In ihren Augen war das nicht mehr als betrügerische Gaukelei auf Jahrmärkten.

Wir sprechen nicht von dieser traurigen und unredlichen Abart, begann Tirior zu erklären. *Die wahre Geomantie ist die stärkste Form der Geheimen Künste, denn man bedient sich der Kraft der Erde. Mantik allein wird immer durch Energie eingeschränkt. Die meisten Wirker behalten sie bei sich oder lagern sie in kleinen Apparaturen oder beziehen kleine Mengen Energie von Orten, die sie nicht begreifen. Geomantie aber bietet grenzenlose Macht für diejenigen, die einen Amplimet besitzen und in der Lage sind, ihn zu benutzen. Stellt Euch die Urgewalt eines Erdbebens vor – oder die Kräfte, die Eure Welt um die Sonne kreisen lässt, die Kraft der Winde, die Verschiebungen, denen ganze Kontinente unterliegen, die heißen Stellen, die aus dem Innern des Planeten aufsteigen. Das sind die Arten von Kraft, die einem Kundigen der Geomantie zur Verfügung stehen.*

Aber das ist eine gefährliche Kraft, merkte Luxor an. *Geomantie ist die schwierigste der Geheimen Künste, und die tödlichste. Euer Amplimet ist der Schlüssel dazu, und Ihr habt nur überlebt, da Ihr Euch unbeholfen eingestimmt habt. Glücklicherweise habt Ihr nur einen winzigen Bruchteil der Energie angezapft, denn sonst hättet Ihr nicht überlebt. Gleichwohl ist Euch zweifellos ein ungewöhnliches Talent gegeben.*

»Viele Kunstwerker sind bei der Arbeit gestorben«, sagte Tiaan. »Sie brannten von innen schwarz aus. Meine Kopfschmerzen wurden schlimmer, seitdem ich diese Instrumente gefertigt habe. Meine Arme fühlen sich heiß an und zucken, und ich sehe seltsame Dinge, die sich bislang meiner Vorstellungskraft entzogen.«

Ist das wahr?, sagte Tirior in scharfem Ton. *Welcher Art sind diese Dinge?* Sie warf einen Blick auf Luxor.

»Das ist . . . schwer zu erklären«, erwiderte Tiaan. »Farbige Formen in der Luft, die anschwellen, sich zusammenziehen, entschwinden und woanders wieder auftauchen. Unterschiedliche Formen und Größen und Muster. Sie erinnern mich an –« Sie unterbrach sich mit einem Laut des Entsetzens. »Ich verliere allmählich den Verstand, habe ich recht? Ich habe Kristallfieber.« Bestürzt hielt sie sich die Hände vors Gesicht.

An was erinnern Euch all diese Formen und Farben?, fragte Tirior weiter und bedachte Luxor erneut mit einem Seitenblick.

»An Teile von Dingen!«, erwiderte Tiaan durch ihre Hände hindurch. Sie stieß ein überspanntes Lachen aus.

Ihr seid nicht wahnsinnig, Tiaan. Ihr seht DAHINTER.

»Hinter was? Ihr meint, in die Leere hinein?«

Nicht genau. Ihr seht in die HYPEREBENE.

»Verstehe ich nicht.«

Ihr und ich, wir leben in einer dreidimensionalen Welt, Tiaan, sagte Tirior. *Jedes Objekt besitzt Länge, Breite und Höhe. Aber das Univer-*

sum besitzt noch weitere Dimensionen – zehn an der Zahl, wie manche Philosophen meinen, obwohl wir nicht in der Lage sind, uns diese anderen vorzustellen.

»Ich begreife das immer noch nicht.«

Ihr habt offenbar einen höchst bemerkenswerten Geist.

»Ich denke in Bildern«, erklärte Tiaan. »Ich dachte immer, alle würden so denken, bis mir die Leute sagten, wie ungewöhnlich meine Methode ist.«

In der Tat. Der Amplimet wird Eure innere Sichtweise auf die Hyperebene gehoben haben. Ihr seid im Begriff, die vierte Dimension zu schauen.

Für Tiaan ergab das alles keinen Sinn. »Aber was genau sehe ich?«

Fragmente des starken Felds, das sich durch den ätherischen Raum zieht.

»Es wirkt stärker als das Feld, das ich für gewöhnlich erspüre.«

Ganz recht. Und deshalb kann es auch so viel Nutzen stiften. Da Ihr es sehen könnt, seid Ihr vermutlich auch in der Lage, es zu nutzen.

»Für mich gibt es genug Energie in dem schwachen Feld, sofern es da ist.« Kaum hatte sie die letzten Worte ausgesprochen, fiel ihr ein, dass das Feld von Minnien ausgefallen war, was den Verlust von fünfzig Klankern zur Folge hatte. Hatten die Lyrinx das Kraftfeld ausgetrocknet wie einen Brunnen?

Wieder tauschten Tirior und Luxor wissende Blicke. Was verheimlichten sie ihr?

Es ist ein . . . sicherer Weg, sagte Luxor.

Viel sicherer, bekräftigte Tirior. *Die Energie gelangt auf direkterem Weg in den Amplimet. Und Ihr könnt Euch selbst dann noch der Geomantie bedienen, wenn Ihr das schwache Feld nicht einmal spüren könnt.*

»Ich verstehe das alles nicht«, entgegnete Tiaan. Sie war ganz durcheinander. »Tut mir leid. Ich kann Euch nicht helfen. Ich weiß nicht, wovon Ihr sprecht.«

Nach diesen Worten trat ein langes Schweigen ein. Tirior sprach danach leise und aufgeregt mit Luxor, der das Gesicht verzog. Dann flüsterte die Frau Minis etwas ins Ohr. Er schüttelte den Kopf. Tirior nahm seinen Arm und zischte etwas, das Minis entging. Er schüttelte sie ab und entschwand aus Tiaans Blickfeld. Kurz darauf tauchte er wieder auf, so nah, dass Tiaan die beiden anderen nicht mehr sehen konnte.

Er sah ihr in die Augen, lächelte und brachte ihr Herz zum Schmelzen. *Tiaan, Liebste.* Minis streckte die Hand nach ihr aus, als wollte er Tiaan berühren. *Bitte helft mir. Ich möchte nicht sterben. Ich ...* Er schluckte. *Oh, Tiaan!*, seufzte er und sah sie mit schmachtendem Blick an.

Tiaan war ganz hingerissen. Plötzlich spürte sie, dass sie ihm alles versprechen würde, wenn sie nur zueinander fänden. »Natürlich werde ich Euch helfen, Minis. Wenn ich kann.«

Tirior drängte sich in das Bild. *Niemand begreift die Hyperebene, Tiaan. Sie liegt jenseits unseres Vorstellungsvermögens. Aber wir können sie dennoch benutzen, genau wie Ihr das Feld nutzt, ohne den Vorgang zu verstehen.*

»Aber was ist, wenn ich zu viel Energie nehme?« In der Vergangenheit war mehrfach vorgekommen, dass eine ganze Schwadron Klanker einen kleinen Feldkern angezapft und dadurch nachhallende Schwingungsmuster in dem Feld erzeugt hatte. Klanker waren dann im Nichts verschwunden. Daher bewegten die Maschinen sich jetzt nur noch getrennt voneinander fort und hielten strikte Regeln ein, die genau festhielten, wie viel Energie aus einem Feld bezogen werden durfte. »Was passiert, wenn ich die Mauer zwischen Santhenar und der Hyperebene einreiße?«

Tirior geriet ins Schwanken. Luxor öffnete den Mund und bekam ihn nicht mehr zu.

»Was ist los?«, rief Tiaan.

Tirior zog die anderen mit sich fort und redete ernst auf sie ein. Kurz darauf kehrten sie zurück.

Macht Euch darüber keine Sorgen. Tut genau das, was wir Euch sagen, und Euch geschieht kein Leid.

»Mir brennt der Kopf«, sagte Tiaan.

Die kanalisierte Energie strömt durch Euch, erklärte Tirior. *Wir müssen schnell handeln. Als Ihr Minis zum ersten Mal saht, hattet Ihr, wenn ich mich nicht irre, bloß einen einfachen, geschliffenen Kristall. Den Amplimet habt Ihr erst vor Kurzem gefunden, richtig?*

»Das ist weniger als eine Woche her. Ich habe ihn noch nicht benutzt, außer wenn ich mit Euch kommunizieren wollte.« Sie fühlte sich schwach.

Benutzt ihn nicht! Dieser Amplimet ist in der Lage, so viel Energie zu bündeln, dass er Euch zu einem Häufchen Asche verglüht. Wenn Ihr ihn aber sorgsam einsetzt, genau so, wie wir es sagen, dann kann er Euch retten.

»Wie soll ich das machen?«

Ihr schwebt in großer Gefahr, Tiaan, und damit meine ich nicht nur das Erfrieren. Der Abschwächung Eurer Signale entnehmen wir, dass womöglich bis zu zehn Spannen Schnee über Euch sind.

Tiaan schauderte. Das war die Höhe eines mittelgroßen Baums. Sie spürte förmlich das kalte Gewicht, das von oben auf ihren Unterschlupf drückte.

Ihr könnt Euch erst wieder bewegen, wenn der Sturm aufhört und der Schnee verharscht. Selbst dann droht immer noch die Gefahr, dass die Massen lawinenartig über Euch zusammenbrechen. Also müsst Ihr vielleicht Tage ausharren. Habt Ihr etwas zu essen bei Euch?

»Genug für eine Woche. Aber vorher werde ich erfrieren.«

Hört gut zu. Ihr habt vielleicht die Möglichkeit, Energie durch den Kristall zu lenken, damit er Euch warm hält.

Tiaan versuchte, sich zu konzentrieren, während Tirior Anweisungen gab. Ihre Ausführungen waren lang, kompliziert und schwer zu begreifen, handelten sie doch von unbekannten Konzepten wie *topologischer Morphometrik* und *hyperdimensionalen Wurmlöchern*. Ihr Arm begann unkontrolliert zu zittern. Ihr war schrecklich kalt.

»Ich kann die Verbindung nicht länger halten«, keuchte sie.

Nur eins noch . . .

Tirior verblasste, und Tiaan fehlte die Kraft, die Frau zurückzuholen. Ihre Zehen waren taub. Müde zog sie sich Stiefel und Socken aus und rieb die Füße aneinander. Sie waren eiskalt, und auch aus den Fingern war jegliche Wärme gewichen. Sie würde sicherlich binnen Kurzem Frostbeulen bekommen.

Sie konnte nicht mehr klar denken. Wie sollte sie den Amplimet noch gleich einsetzen? Mutig machte sie sich daran, die Prozedur durchzugehen, die Tirior beschrieben hatte, merkte aber schnell, dass ihr einige Schritte fehlten.

Zuerst galt es, eine in der Nähe liegende Kraftquelle zu orten. Das war nicht schwer; Tiaan spürte, dass überall Energie war. Die Schneemasse auf dem Abhang besaß genug Potenzial, den Fels zum Kochen zu bringen, aber es wäre töricht, eine derart unsichere Quelle anzuzapfen, selbst für eine Meisterin, die sie nicht war.

Tiaan setzte sich wieder den Helm auf, drehte sich in alle Richtungen und suchte auf die erprobte Art nach dem Feld. Sie suchte nach Energie, die sie nutzen könnte, etwa die einer heißen Quelle. Doch sie fand nichts. Sämtliche infrage kommenden Quellen waren zu klein, zu groß, zu gefährlich oder zu diffus.

Schmerz stach in ihrer Brust. Tiaan schrie laut auf, fiel seitwärts zu Boden und schlug mit dem Ohr gegen einen Stein. Die Kugel rollte über den Boden, prallte gegen die Schneewand und drehte sich um die eigene Achse. Tiaan bekam sie nicht zu fassen. Ihr Kopf sank auf den Boden und fühlte sich genauso kalt an wie ihr übriger Körper. Es war zu spät.

KAPITEL SECHSUNDZWANZIG

Aufwachen!

Kälte! Galaxien aus trägem Eis, wie überfrierende Milchspeisen, die langsam wieder hart wurden.

Wacht auf, Tiaan!

Mahlendes Gletschergestein; eiskaltes Blut, das sich in rote, gelbliche und wässrige Bestandteile aufspaltete. Augäpfel, die von außen nach innen festfroren.

TIAAN, WACHT AUF, MEINE LIEBE!

Das durchbrach die gefrorene Kruste. Tiaan stöhnte laut; sie regte sich. Schichten Raureif fielen von ihren Lidern. Alles tat ihr weh, als würden sich in ihr spitze Nadeln aus Eis formen.

Du stirbst, Tiaan! In seiner Verzweiflung vergaß er die förmliche Anrede und duzte sie.

»Möchte ich auch. Ist besser als das hier.«

Nein!, rief er wie unter Schmerzen. *Mir liegt sehr viel an dir. Rette dich, Tiaan, und dann rette mich.*

»Wie kann ich ...?«, wisperte sie.

Benutze den Amplimet. JETZT!

»Hab Angst.«

Du wirst sterben, wenn du es nicht versuchst. Es ist die einzige Chance. Für uns beide.

Sie kroch zu dem Kristall und weinte Tränen, die zu Eis gefroren. Es schmerzte so sehr. Sie streckte die Hand aus, konnte den Kristall aber nicht erreichen. Weiter kam sie nicht, bis seine schrecklich schönen Worte sie gleichsam elektrisierten. *Tiaan, meine Liebe!*

Die Tränen, die ihr jetzt über die Wangen liefen, waren Tränen der Freude. Minis, ihr gepeinigter Prinz, *liebte* sie. So hatte er es gesagt. Und natürlich liebte sie ihn, obgleich ihr das bislang nicht bewusst gewesen war. Sie würde alles für ihn tun.

Tiaan krallte ihre Finger in das Eis und zog sich Stück um Stück über den kalten Untergrund; ihre Fingernägel brachen ab, das Eis scheuerte an der Brust, dem Kinn, den Knien. Die Drähte brannten, während sie das Kugelgeflecht an ihre Brust drückte und wieder nach einer Kraftquelle suchte. Das Feld der Fertigungsstätte war hier nur schwach, als würde es von einer anderen Kraft abgestoßen. Es war noch nicht einmal genug Energie vorhanden, um eine Kerze anzuzünden.

Dann erblickte sie nicht einmal die Spur eines Feldes. Es dauerte lange, bis sie den Grund dafür erkannte. Sie versuchte, den Kristall zu zwingen, und er widersetzte sich ihr. Man konnte einen Hedron nicht zwingen. Vielmehr musste man ihm gut zureden. Als sie von ihm abließ, tauchte ein schwaches, nebelverhangenes Schimmern auf, das gleich wieder erlosch.

Tiaan setzte sich hin und befreite ihren Geist von allem – ließ nur noch die Aura des Kristalls zu. Ganz schwach kehrten die Lichtspuren zurück, spinnenartige Fasern im Nebel. Sie konnte mit dem Amplimet weiter sehen und tiefer in den Raum vordringen, aber das normale, schwache Feld entzog sich ihr völlig. Ihr war, als könnte sie geradewegs durch die fest gefügte Erde schauen.

Linien und Flächen, Sphären und andere Formen begannen sich aufzulösen. Handelte es sich um *andere* Arten von Feldern? Sie schienen konzentrierter zu sein als alles, was sie bislang gesehen hatte.

Tiaan wusste nicht, womit sie es zu tun hatte, oder welche Kräfte diese Formen womöglich enthielten. Die Geheime Kunst benötigte Verständnis, aber Tiaan wusste nichts über die Ausgestaltung oder Struktur der Erde. Wenn sie versuchte, Energie aus diesen Quellen zu beziehen, würde sie sich gewiss selbst umbringen.

Dann, während sie den inneren Blick über diese verschiedenartigen Formen gleiten ließ, glaubte sie in einer Form ein bekanntes Muster zu erkennen. Es war eine lange, trübe Fläche, die durch das Felsgestein schnitt und hier und da hellere Linsen aufwies. Tiaan dachte gleich an die Scherzone, die den langen Tunnel unten im Bergwerk teilte. Diese Fläche musste ein Feld sein, das mit diesem

Riss zu tun hatte. Die Spannung, die sich über Hunderte von Jahren hinweg aufgebaut hatte, strebte nach Entladung.

Gewiss stellte dies eine Kraftquelle dar, die ihr helfen würde, sofern es ihr gelänge, sie anzuzapfen. Sie konzentrierte sich auf das flache Feld. Mit dem Amplimet fiel ihr das leicht. Tiriors Warnung im Ohr, versuchte Tiaan, so vorsichtig wie möglich ein wenig Energie aus dem Potenzial zu ziehen. Nichts geschah. Sie ging noch einmal die Visualisierung durch, dann die Feinabstimmung. Alles schien richtig zu sein. Sie stellte sich den ätherischen Pfad vor und versuchte es erneut. Immer noch nichts.

Was machte sie nur falsch? Die Aachim hatten über diesen Aspekt der Geomantie gesprochen, aber Tiaan hatte nicht nachvollziehen können, was sie sagten. Vielleicht sollte sie die Energie gar nicht über den ätherischen Pfad beziehen, sondern über die Hyperebene. Aber wie sollte sie das anstellen?

Tiaan versuchte, sich wieder in den Zustand zu versetzen, in dem ihre innere Sicht Blicke von der Hyperebene erhaschte, aber natürlich stellte sich das gewünschte Bild nicht ein. Sie lehnte sich zurück und fühlte sich erschöpfter als sonst. Wie töricht, zu glauben, man könne eine neue Kunst nach einer so kurzen Anleitung erlernen.

Da sie nicht einmal mehr die Kraft besaß, den Helm abzusetzen, knabberte Tiaan an der Ecke eines harten Gebäckstücks und versuchte, einen Schluck aus der Trinkflasche zu nehmen. Das Wasser war längst gefroren; das Metall klebte an ihren Lippen. Sie ließ die Flasche fallen. Der Kopf sank ihr auf die Brust. Als Tiaan langsam in den Schlaf driftete, schwebten Kreisformen und andere geometrische Figuren an ihrem inneren Auge vorbei.

Das musste die Hyperebene sein! Tiaan ließ erneut das Feld der Scherzone entstehen und suchte nach einem Pfad, der durch die Hyperebene führte. Sie hatte das Gefühl, einen Weg durch ein Labyrinth finden zu müssen, das sich ständig veränderte. Scheinbar feste Bezugspunkte waren plötzlich verschwunden und tauchten woanders wieder auf. Doch dann, für einen kurzen Moment, entdeckte sie einen schmalen Pfad und heftete sich an dessen Verlauf.

Der Amplimet glühte auf, und die Kugel wurde unter ihren Fingern warm: eine gesegnete Wärme, die sie nie wieder zu fühlen geglaubt hatte. Aber es reichte noch nicht.

Sie verlor den Pfad, fand jedoch einen anderen und bezog ein bisschen mehr Energie daraus. Tief im Bergmassiv begannen die Adern auseinanderzudriften, eine nach der anderen. Der Felsvorsprung erbebte leicht. Die Drähte waren jetzt richtig heiß. Aber es schmerzte nicht, sondern fühlte sich angenehm an. Tiaan rieb sich mit der Kugel durchs Gesicht, aber da kühlte das Drahtgeflecht wieder ab. Sie brauchte mehr Energie, drang tiefer in das Kraftfeld und spürte wieder das leichte Beben und diese Hitze. Schnell zog sie die Stiefel aus und steckte die gefrorenen Zehen durch das Geflecht.

Nach jedem Versuch wärmte sie sich, gönnte sich dann ein wenig Ruhe und unternahm einen weiteren. Aber diese Art der Wärmegewinnung war nicht von Dauer – stets gewann die Kälte wieder die Oberhand. Was sie brauchte, war die Wärme eines Feuers, aber es war unmöglich, so viel Energie durch diese schmalen Pfade zu leiten. Also machte sie sich auf die Suche nach einem größeren Pfad. Diesmal wusste sie, wonach sie Ausschau halten musste.

Endlich fand sie einen breiten Pfad. Sie bezog so viel Energie wie irgend möglich daraus, und mit einem Mal wurde die Kugel in ihrer Hand zu heiß. Dampf stieg aus dem Kragen ihres Mantels auf. Tiaan schlug mit der Hand auf eine schwelende Stelle.

Unter dem Berg rissen die netzartig verlaufenden Adern ab, und die gesamte Scherzone, die über zehn Meilen verlief, ging weiter auf. Die Marmorfront sackte nach unten, die Granitflächen hoben sich eine Handbreit. Das war nicht viel, aber die Energie, die freigesetzt wurde, war immens. Der ganze Berg erbebte und sandte Schockwellen in alle Richtungen.

Die Welt schien sich von innen nach außen zu kehren. Hitze entströmte der Kugel. Tiaan hatte das Gefühl, an der offenen Tür eines Schmelzofens in der Fertigungsstätte vorbeizugehen. Orangerote Lichtstreifen strahlten in alle Richtungen und brachten den Schnee zum Schmelzen, als würde die Höhle von heißem Wasser durchspült. In einer Entfernung von mehreren Spannen gefror die Oberfläche zu klarem Glas. Tiaan öffnete die Augen und staunte, was sie vollbracht hatte. Vielfarbige Lichtreflexe tanzten auf dem Eis. Es war wunderschön.

Der Berg kam wieder zur Ruhe, und über ihr setzte sich der Schnee langsam in Bewegung. Kaum merklich wölbte sich zunächst die oberste Schicht, doch dann geriet der gesamte Berghang ins Rutschen. In der von durchsichtigem Eis umgebenen Luftblase war die Lawine zunächst nicht mehr als ein Flüstern, das sich mit einem Mal zu einem Donnern auswuchs. Die Schneeschichten rutschten weg, eine nach der anderen, und selbst das Felsgestein brach hier und da ab.

Der Fels in ihrem Rücken vibrierte stark. Tiaan schloss die Augen und drückte die heiße Kugel sowie den Helm an ihre Brust. Die Schichten der Lawine donnerten den Felsvorsprung hinab, lasteten auf ihrer Eishöhle und erzeugten pfeifende Geräusche wie bei einer großen Orgel. Die gesamte Schneedecke wurde fortgerissen, und in das Tal donnerte eine gewaltige Lawine aus Schnee, Eis und Felsbrocken, die alles niederwalzte, was ihr im Weg stand.

Stille. Tiaan öffnete die Augen und konnte es kaum fassen, dass sie überlebt hatte. Es war Tag, denn sie konnte durch die dicke Eisschicht wie durch ein Fenster den Himmel sehen. Die Wintersonne hing tief am blauen Himmel. Der Sturm hatte sich gelegt. Ihr kleiner Eispalast haftete an der Unterseite des Felsvorsprungs wie eine Seifenblase. Unter ihr und über ihr waren karger Fels und ein steiler Berghang.

Minis, der wundervolle Minis, hatte ihr das Leben gerettet. In ihrem Herzen blühte die Liebe zu ihm auf.

»Minis?«

Die Antwort schien aus noch weiterer Ferne zu kommen. *Tiaan, du lebst! Wir dachten schon ...*

»Da war eine Lawine, aber ich habe sie überlebt. Was muss ich jetzt tun? Sag mir, wie ich euch helfen kann.«

Es ist vielleicht zu spät. Er drückte sich ein Tuch vors Gesicht. *Die Eruptionen sind schlimmer geworden.*

»Ich tue alles für dich!« Sie hatte furchtbare Angst, Minis könne verschwinden, ehe sie ihn kennengelernt hatte.

Ah, Tiaan, du liebst aus ganzem Herzen, und dein Vertrauen ist grenzenlos. Aber wenn du deine Schuld begleichen möchtest, gibt es nur einen Weg ...

Ihr war bewusst, dass sie in seiner Schuld stand, und wollte sich revanchieren. Es war ihre heilige Pflicht.

»Koste es, was es wolle!«

Hast du schon einmal von einem Ort namens Tirthrax gehört?

»Natürlich!« Tirthrax war der höchste und berühmteste Gipfel in den Großen Bergen – vielleicht sogar in allen Drei Welten, wie manche meinten. Aber Tiaan wusste nicht, ob Letzteres stimmte. Da sie sich für Zahlen interessierte, besonders für Höhenangaben, wusste sie, dass der Berg mehr als achttausend Spannen hoch war.

Und weißt du auch, dass mein Volk, die Aachim, einst eine große Stadt in dem Berg errichteten?

»In den Historien kenne ich mich ein bisschen aus«, sagte sie vorsichtig. »Ich weiß, dass Rulke aus dem Volk der Charon die versklavten Aachim nach Santhenar brachte, vor vielen tausend Jahren, während der Suche nach der Goldenen Flöte. Vor langer Zeit erlangten die Aachim ihre Freiheit zurück und bauten Städte in den Bergen. Ich wusste aber nicht, dass sie auch in Tirthrax lebten.«

Dann bitte ich dich – er schien auf eine Karte zu schauen –, *in südlicher Richtung über die Berge und dann westwärts nach Tirthrax zu gehen. Nimm Kontakt mit uns auf, wenn du den Gipfel erreichst. Wir erklären dir dann, wie du hineingelangst. Bringe den Amplimet zum Führer der Aachim und bitte ihn oder sie, ihn zu benutzen. Nur dann besteht noch eine Chance für mich.*

»Was für eine Chance?«, wisperte sie. Seltsame Empfindungen regten sich in ihr.

In deine Welt zu gelangen. Er schien überrascht zu sein, dass ihr das bislang nicht bewusst gewesen war. *Das ist seit Langem prophezeit. Und auch ich sah diese Entwicklung, als ich noch ein Kind war.*

»Bist du ein Seher?«

Gewissermaßen, aber selbst meine eigenen Leute nehmen mich nicht ernst. Ah, wie sehr ich mich danach sehne, das schöne Santhenar zu sehen. Und dich, Tiaan, die Schönste überhaupt.

Ihr Herz machte einen Freudensprung. Die Aachim waren eine kluge, starke Spezies. Sie hatten die Lyrinx in Aachan besiegt. Mithilfe der Aachim könnte es der Menschheit gelingen, den Krieg zu gewinnen. Und Tiaan machte sich bewusst, dass sie dann nicht nur mit ihrem Geliebten – denn als solchen betrachtete sie ihn bereits –

zusammen sein könnte, sondern auch als Heldin gefeiert würde. Denn sie hätte geholfen, Santhenar zu retten. Dann würde niemand sie geringschätzen. Ihre unglückliche Geburt wäre nicht länger von Belang.

Wirst du es tun?, fragte Minis.

»Kannst du das nicht sehen?«, erwiderte sie leise.

Keinem Seher ist es gegeben, seine eigene Zukunft zu erblicken. Und deine kann ich auch nicht voraussehen. Ich weiß, dass ich viel von dir verlange. Bist du eine Reisende, Tiaan?

Er sprach von langen Reisen. In ihrem ganzen Leben war Tiaan nicht weiter als bis nach Tiksi gekommen, und diese Stadt lag nur einige Meilen entfernt. Die Reise nach Tirthrax würde lange dauern. »Nein, aber für dich tue ich es.« Mit sehnsüchtigem Blick nahm sie sein Antlitz in sich auf. »Ich gehe von einem Ende der Welt zum anderen, wenn es sein muss.«

Sein Blick wurde weich, fast zärtlich. *Meine Liebe! Wie sehr ich hoffe, dich bald in meinen Armen halten zu können. Wir haben noch viel zu tun, um rechtzeitig fertig zu sein, und du hast eine weite Reise vor dir. Du bist unsere einzige Hoffnung, Tiaan. Ob du nun erfolgreich bist oder versagst, tu es in Würde! In Tirthrax wird man dich in Ehren halten. Und denk daran, zu niemandem ein Wort! Die Leute würden deinen Auftrag nicht begreifen und womöglich versuchen, dich davon abzuhalten. Erwähne nie deinen Amplimet. Für denjenigen, der sich in der Geheimen Kunst auskennt, ist dieser Kristall von unschätzbarem Wert.*

»Nur ein einziger Mensch wusste je von diesem Kristall, und das war der alte Bergmann, der ihn für mich fand. Leider liegt mein Freund Joeyn nun unten im Bergwerk begraben.«

Minis sah ihr in die Augen, dann verschwand sein Gesicht. Tiaan stand da und schaute auf die Stelle, wo sein Bild in der Luft geschwebt hatte. Sie träumte schon von dem ersten Zusammentreffen mit ihrem Geliebten und malte sich seine Zärtlichkeiten und ihre erste gemeinsame Nacht aus. Der Gedanke machte ihr Angst, aber trotzdem freute sie sich darauf. Tiaan war froh, noch keinen Partner gehabt zu haben. Sie wollte, dass Minis ihr erster und einziger Geliebter war.

Ein anderer Gedanke schlich sich in ihren Geist. Nur ein einziger Mensch wusste von dem Amplimet – und ein Lyrinx! Törichterweise hatte sie zugelassen, dass Ryll ihn gesehen hatte. Wie sollte sie den Kristall vor ihm verbergen?

Doch schon nach wenigen Augenblicken konnte sie sich darüber nicht mehr den Kopf zerbrechen, denn die Nachwehen der Geomantie erfassten sie mit voller Wucht – extreme Mattigkeit, heiße und kalte Schauer und ein Schmerz wie von tausend Nadelstichen am ganzen Leib. Sie legte sich hin und ertrug die Folgen ihres Tuns.

Als Erstes musste sie einen Weg aus dieser Eisblase finden, ohne den Berghang hinabzustürzen. Der Amplimet strahlte immer noch eine gewisse Hitze aus, aber das reichte nicht aus, um die Wände ihres Gefängnisses zum Schmelzen zu bringen. Das durchsichtige Eis sah recht dick aus; vielleicht eine Spanne.

Tiaan löste sich aus den Tagträumereien von ihrem Geliebten und kehrte in die Wirklichkeit zurück. Sie fürchtete sich vor den lähmenden Emotionen, die sie noch nie begriffen hatte; sie hatte Angst, sich auf eine Beziehung einzulassen, in der sie die Kontrolle verlieren könnte. Und auch die Reise machte ihr Sorgen. Es war ein weiter Weg nach Tirthrax. Tiaan wusste zwar nicht, wie weit der Berg entfernt war, aber es waren gewiss viele hundert, wenn nicht gar mehr als tausend Meilen. Die Reise würde Monate dauern, außerdem konnte sie erst im Frühjahr aufbrechen.

Die Luft war schal. Im weichen Schnee hatte es noch genug Luft gegeben, aber nun drang durch die feste Eiskuppel nichts mehr nach innen. Schon bald hätte sie nicht mehr Luft genug zum Atmen. Und die Armbrust, die sie mitgenommen hatte, würde das Eis niemals brechen können.

Sollte sie noch einmal den Amplimet benutzen? Sie hatte nichts zu verlieren. Sie erspürte den Weg durch Erde und Felsgestein, aber das Feld der Scherzone war fort. Sie vermochte nicht zu sagen, wo es vorher gewesen war.

Allerdings erspürte sie andere Auren, in der Nähe und weiter entfernt. Die Welt platzte förmlich vor Energie: das Gewicht von Fels auf Fels, Hitze, die aus der Tiefe der Erde hervorquoll, Gasblasen unterhalb des Kalksteins ... Aber dass es Energie genug gab, bedeutete noch lange nicht, dass sie diese Reservoirs auch anzapfen konnte. Ihre Fähigkeiten waren beschränkt, ihre Kontrolle verschwindend klein.

Während sie tieferen Schichten nachspürte, tief unten in den Urquellen der Erde, wo Granit von enormen Adern durchzogen war, stieß Tiaan auf eine sich bewegende Aura um einen Kristall, der die Größe eines Elefanten hatte. Eine solche Art von Feld hatte sie noch nie erspürt. Es fluktuierte heftig, da es dem Druck des Felsgesteins unterlag und zudem von kleineren Erdstößen und Lawinen beeinflusst wurde.

Sie spürte die Beschaffenheit des Felds und erstellte vor ihrem geistigen Auge einen Plan des Pfads, über den sie die Energie leiten wollte, durch die Hyperebene hindurch, zurück in den Amplimet und dann in die Eishülle. Sie holte tief Luft, nahm eine etwas andere Position ein und zapfte das Feld schließlich an.

Ein knisternder gelber Strahl fuhr aus dem Amplimet, schlug über ihr an die Decke und ließ den Fels zersplittern. Kleine heiße Steine regneten auf sie herab und versengten ihr Haar. Hastig wehrte sie sie ab.

Tiaan litt Schmerzen, als wäre die ganze Energie durch sie gefahren. Sie schrie; sie konnte nicht anders. Mit dem Fuß traf sie die Kugel aus Drahtgeflecht, die sich um die eigene Achse drehte. Gerade noch rechtzeitig sprang Tiaan zur Seite, als der gelbe Energiestrahl aufblitzte und einzelne Brocken aus dem felsigen Untergrund schlug. Beinahe hätte sie durch den feurigen Strahl beide Füße verloren. Eine Brandblase bildete sich auf ihrem Schienbein.

Der Strahl wurde heller, und ein Felsbrocken zerplatzte; die Splitter flogen in alle Richtungen. Ein Stück brannte sich durch ihre Kleidung und versengte ihre Haut. Tiaan riss es heraus und schlug sich auf die qualmende Kleidung. Auch ihr Mantel vor ihr auf dem Boden qualmte. Immer mehr Felsgestein um sie herum platzte ab.

Sie versuchte, den Energiefluss zum Stillstand zu bringen, wusste jedoch nicht, wie sie das anstellen sollte. Knisternd fuhr der Strahl aus dem Amplimet. Wenn es ihr gelänge, die Kristallspitzen auszurichten, könnte sie damit ein Loch ins Eis brennen.

Aber Tiaan kam nicht an den Amplimet heran; er war so heiß, dass man ihn nicht anfassen konnte. Inzwischen schmolz das Gestein, verflüssigte sich und wälzte sich als zähe, zischende Masse über den Boden. Ihr enger Raum füllte sich mit Dampf und Qualm. Tiaan kam sich wie ein Zauberlehrling vor, der etwas in Gang gebracht hatte, das er nicht mehr aufhalten konnte.

Sie riss sich den Helm vom Kopf, der viel zu heiß geworden war, und löste den Kristall aus der Spange. Doch der gelbe Strahl änderte sich nicht. Geschmolzener Fels floss den Vorsprung hinab und erhitzte das Eis.

Plötzlich brach der Strahl ab. Tiaan ging in die Hocke und atmete durch ihren Ärmel. Minis hatte recht behalten: Geomantie war eine tödliche Kunst – viel zu gefährlich für eine Anfängerin wie sie.

Das Eis war übersät von Einschlägen des glühend roten Gesteins. Geschmolzener Fels hatte sich halb durch den Unterschlupf gewälzt und war schließlich erloschen.

Die Luft war schlimmer als zuvor. Tiaan wischte die abkühlenden Ascheflocken beiseite, nahm die Kugel, den Kristall und den Helm und legte sich auf einen Felssims, der stabil genug war. Draußen wurde es dunkel. Sie schloss die Augen und hörte, wie die auskühlende Felsschlacke knackende Geräusche von sich gab. Diesmal würde ihr niemand zu Hilfe kommen.

KAPITEL SIEBENUNDZWANZIG

Die Nacht vor der Abreise verbrachte Ullii in ihrer kauernden Haltung, vor und zurück pendelnd. Das Heulen des Schneesturms drang sogar noch durch die Ohrenschützer und raubte Ullii die einzige, vollkommene Ruhe, die ihr vergönnt war – Schlaf. Und Schlaf brauchte sie wahrlich. Während der letzten Wochen war sie aus ihrer Selbstbezogenheit herausgerissen worden und hatte mit neuen Anforderungen fertig werden müssen. Über Jahre hinweg hatte sie in der kleinen Welt ihres Geistes gelebt. Dort fühlte sie sich sicher, solange sie nicht versuchte, zu weit zu schauen, und Acht gab, nicht zu tief zu graben. Denn einige der leuchtenden Knoten in ihrem Gitternetz waren nicht dafür gedacht, entwirrt zu werden. Sobald sie einen Versuch unternähme, würden sie ihr schreckliche Schmerzen beibringen. Früher war sie oft verletzt worden, bevor sie zu unterscheiden gelernt hatte zwischen denen, die freundlich oder zumindest gleichgültig zu ihr waren, und denen, die sie grausam behandelten. Sie traf auf Leute, die sich nichtsahnend gaben, und auf Menschen, die immer auf der Hut waren, ständig nach Spionen Ausschau hielten und mit Misstrauen auf Personen wie sie blickten, die ihre ersten Schritte in der Welt des Geistes wagten. Die Mächtigen wachten voller Argwohn über ihre Privatsphäre.

Jetzt war Ulliis Rückzugsort verloren. Man würde sie in die Welt stoßen, sie der erbarmungslosen Sonne und dem dauernden Lärm aussetzen. Alle Einflüsse dort draußen würden ihre überempfindlichen Sinne quälen. Schlimmer noch, man würde sie zwingen, an einer dieser verworrenen Stellen in ihrem Gitternetz zu arbeiten, bis sie den Kern freilegte. Und was geschähe dann? Die Starken griffen stets die Schwachen an. Für ihren Schutz sorgte nur ein junger Mann, der auf keinem Gebiet ein Meister war.

Nish war bislang freundlich zu ihr gewesen, aber Ullii spürte ein unbestimmtes Feuer in ihm. Was für Absichten verfolgte er wirklich? Auf Irisis konnte sie nicht zählen. Ullii war schon vielen Leuten begegnet, die so waren wie die Kunstwerkerin: Leute, die nur vordergründig freundlich waren und plötzlich schroff und fordernd auftraten, wenn es ihnen Vorteile brachte. Irisis mochte tapfer und wagemutig sein, aber sie war auch recht selbstsüchtig.

Was würde geschehen, wenn sie, Ullii, ihnen das gab, was sie verlangten? Würden Nish und die anderen sie dann dort draußen aussetzen? Sie würde den Verstand verlieren, wenn ihre Sinne diesem Albtraum ausgesetzt wären.

Warum ging sie dann mit? Weil Nish freundlich zu ihr gewesen war, und das förderte ihre Loyalität. Mehr steckte nicht dahinter. Auf Liebe hatte Ullii nie gehofft, obwohl sie wusste, was dieses Gefühl bedeutete. Die Liebe war ein anderer Albtraum, unbegreiflich und Furcht erregend.

Und doch hatte sie sich immer sehr nach Freundlichkeit gesehnt. Die Erinnerung an Nishs zuvorkommendes Wesen war wie ein herrlich würziges Aroma, in das sich der Geruch von Maschinenöl mischte. Er hatte sich dafür eingesetzt, dass ihr Körper von dem zarten Gewebe der Spinnenseide verwöhnt wurde. Freundlichkeit bedeutete Schutz vor grellen Sonnenstrahlen, Freundlichkeit waren Wachspfropfen in ihren Ohren. Freundlichkeit war absolute Stille.

In der kalten Nacht war es Nishs Fürsorge, die sie warm hielt. Sie wollte mehr davon. Was auch immer er verlangte, sie würde es ihm geben.

Nish wurde von lauten Rufen aus dem Schlaf gerissen. Jal-Nish brüllte jemanden im Korridor an. Es war Zeit, aufzubrechen. Nish rollte sich aus der Decke. Es war so furchtbar kalt! Da er als Kind in einem zentral beheizten Landhaus aufgewachsen war, konnte er sich einfach nicht an diesen Ort gewöhnen.

In fünf Schichten Kleidung gehüllt, trottete er ins Refektorium, wo Irisis schon auf ihn wartete. Hastig nahmen sie die Frühmahlzeit ein, bis sich das erste matte Licht des grauen Morgens hoch oben durch die schmutzigen Fenster stahl. Nish brachte dann Ullii nach unten und hörte, dass sein Vater sich schon wieder lautstark beschwerte. Der Blizzard hatte so viel Schnee hinterlassen, dass die Tore sich nicht mehr öffnen ließen. Viele Arbeiter mussten die Schneemassen mit Schaufeln beseitigen, ehe die Klanker, die man mit breiten Fußpuffern ausgestattet hatte, nach draußen gelenkt werden konnten. Kaum hatten die schweren Maschinen sich in Bewegung gesetzt, ertönte die Warnglocke hoch oben im Wachtturm am Tor.

»Was ist?«, rief Gi-Had.

»Bewegungen hinten im Wald. Der Feind naht.«

»Alle auf ihre Posten!«, brüllte der Aufseher. Die Leute stoben in alle Richtungen auseinander. »Wie viele Feinde, Soldat?«

»Mindestens sechs, Sir.«

»Sechs«, wiederholte Gi-Had flüsternd, als er durch das Tor lief. »Sie sind überall. Das war also keine versprengte Gruppe, die uns hier angegriffen hat. Diese Bestien verfolgen eine ganz bestimmte Strategie, der wir hilflos gegenüberstehen. Was ist wirklich ihre Absicht? Sind sie hinter unseren Steuereinheiten oder unseren Kunsthandwerkern her? Ah, arme Tiaan, in deiner Haut möchte ich wahrlich nicht stecken.«

Den ganzen Tag und auch die Nacht waren sie auf der Hut. Mehrmals sah man die Lyrinx. Einmal feuerten sie mit ihren Katapulten Felsbrocken gegen die Mauern, griffen jedoch nicht an. Niemand konnte an diesem Tag die Fertigungsstätte verlassen. Doch am nächsten Morgen war nichts mehr vom Feind zu sehen.

Auch das gefiel Gi-Had nicht. »Planen die nun einen Angriff, oder wollen sie uns davon abhalten, Tiaan zu finden?«

Weitere Stunden verstrichen in bangem Warten. Währenddessen planierten die Klanker in enger Formation einen Weg zur Mine und zum Dorf, und erst nach der Mittagsstunde versammelte man sich draußen vor dem Tor, das immer noch repariert wurde.

Bei Irisis standen insgesamt sechzehn Personen. Dazu gehörte auch eine Militäreinheit unter dem Kommando von Sergeant Arple, einem Berufssoldaten, der zusammen mit zehn Fußsoldaten von den Baracken in Tiksi abberufen worden war. Mehr Kräfte hatte die eh schon unterbesetzte Garnison nicht entbehren können. Nun standen sie neben einem arg verkratzten Klanker. Bei dem Steuermann handelte es sich um den gut aussehenden Ky-Ara, auf den Tiaan einmal ein Auge geworfen hatte. Sein Schütze war Pur-Did, ein untersetzter Mann von fast sechzig Jahren mit warzigen Händen und einer Knollennase. Er hatte sich den Schädel rasiert und nur einige Haare am Hinterkopf stehen lassen, die er zu einem dünnen Zopf gedreht hatte.

Etwas abseits von ihnen befanden sich zwei weitere Trupps, die jeweils aus einem Steuermann, einem Schützen sowie zehn Soldaten bestanden und mit einem brandneuen Klanker ausgestattet waren. Dort standen auch der Perquisitor Jal-Nish, der das Oberkommando hatte, dessen Stellvertreter Gi-Had, die Queristin Fyn-Mah und eine erfahrene Monteurin. Die Reisenden in Zivil sollten auf oder in den Klankern mitfahren. Nish hoffte, dass die Maschinen gewissenhaft gefertigt waren, denn wenn irgendetwas falsch lief, wären er und die Monteurin gezwungen, den Schaden zu beheben, was angesichts des schrecklichen Wetters einer Tortur gleichkäme.

Leichter Schneefall setzte ein, während die Leute in ihren Pelzen und gefütterten Stiefeln vor dem Tor Aufstellung nahmen. Bis zur Mine waren die Wege zwar inzwischen geräumt, aber jenseits des Bergwerks und der Siedlung waren Schneeschuhe gefragt.

Sergeant Arple bildete mit zwei Männern die Spitze. Daneben standen Nish und die Monteurin, eine große dunkelhäutige Frau mit Namen Tuniz, die gebürtig aus Crandor stammte. Sie war sehr schlank und in den Hüften so schmal wie eine Jugendliche. Das kurze, lockige Haar stand ihr vom Kopf ab. Um den auffallend langen Hals trug sie ein Dutzend emaillierte Bänder. Die Zähne hatte sie zu spitzen Stiften abgefeilt, was ihr ein Furcht erregendes Aussehen verlieh, wenn sie lächelte. Und sie lächelte viel.

Hinter ihnen standen die große Irisis, die schlanke Fyn-Mah und der drahtige Gi-Had. Irisis hielt sich absichtlich von der Queristin fern und machte keinen Hehl aus ihrer Abneigung. Fyn-Mah tat so, als fiele ihr das nicht auf. Ganz für sich stand Ullii, die kleinste Gestalt in der ganzen Gruppe. Mit ihrer dicken Winterkleidung sah sie wie ein kleines Fass aus. Ein breitkrempiger Hut bedeckte ihre Ohrenschützer, die Brille und die Augenbinde. Das Gesicht war in Schichten aus Spinnenseide gehüllt. Sie war unruhig und trat von einem Bein aufs andere.

Nish verspürte ein ungutes Gefühl im Magen. Trotz des Militärs würden sie einem Dutzend Lyrinx in unwegsamem Gelände wohl nicht gewachsen sein. Wenn er sich umschaute, sah er, dass seine Furcht sich auf den Gesichtern der anderen widerspiegelte.

Gi-Had wirkte wie abwesend, drehte sich ein paar Mal zum Tor um und klopfte nervös mit einem Fuß auf den Boden.

Jal-Nish hielt eine kurze Rede. »Unser Auftrag ist einfach. Kunstwerkerin Tiaan wurde von einem Lyrinx gefangen, und wir müssen sie befreien, koste es, was es wolle. Jeder, der zu ihrer Befreiung beiträgt, wird reich belohnt werden. Tiaan besitzt ein Talent, ohne das diese Fertigungsstätte nicht auskommt.«

Irisis stampfte vernehmlich mit einem Fuß auf, worauf Jal-Nish ihr einen warnenden Blick zuwarf.

»Wie ist es dazu gekommen, Herr?«, erkundigte sich Arple. Seine schwielige Oberlippe wies so viele tiefe Narben auf, dass es so aussah, als hätte er zwei Münder übereinander.

Gi-Had berichtete von dem Kampf in der Kaverne und von dem schrecklichen Ende. Den jüngeren Soldaten war sichtlich beklommen zumute. »Ich schickte Gull und Hurny vor, um die Fertigungsstätte zu warnen, und kehrte auf anderem Weg zu dem Ort zurück, wo ich Tiaan das letzte Mal gesehen hatte.«

»Eine kühne Tat, Sir«, sagte Arple anerkennend. »Nicht viele haben so viel Mut.«

»Ich hatte Todesangst«, räumte Gi-Had ein, »aber ich bin ihr Aufseher. Es war meine Pflicht.«

»Fahrt fort«, schnarrte der Perquisitor, der nicht viel für Helden übrig hatte. »Jede Minute schafft dieses Biest sie weiter fort.«

»Tiaan war nicht mehr in der Kaverne, in der das Blut unserer Männer vergossen wurde«, schloss Gi-Had den Bericht. »Auch der Lyrinx nicht, den ich für tot gehalten hatte. Ihr Gepäck war ebenfalls fort. Der Lyrinx muss sie mitgenommen haben.«

»Warum sollte das Wesen so etwas tun, Sir?«, fragte Arple und zupfte an seiner Lippe herum.

»Wahrscheinlich werden die Lyrinx von ihr verlangen, sie in die Herstellung der Steuereinheiten einzuführen«, antwortete Jal-Nish.

»Wir werden eine Abkürzung durch das Bergwerk nehmen. Sobald wir die Kaverne erreichen, wird unsere Sucherin hier« – er deutete mit einem Nicken auf Ullii – »uns verraten, welchen Weg Tiaan genommen hat. Jeder geht auf seinen Platz. Vorwärts!«

Sie hatten kaum ein Dutzend Schritte zurückgelegt, da stürmte eine kleine Gestalt durch das Tor und rief: »Papa, Papa!« Es war ein kleines, dunkelhaariges Mädchen von vielleicht fünf oder sechs Jahren mit roten Schleifen im Haar. Wieselflink lief sie auf den Aufseher zu und schlang die Arme um ihn.

Als Gi-Had die Kleine hochhob, tauchten fünf ältere Mädchen auf, die ernst und sittsam durch das Tor schritten. Nacheinander umarmten sie den Vater steif und stellten sich dann wieder in einer Reihe auf. Weiter oben, am Tor, erschien eine füllige, blasse Frau, die sehr besorgt dreinblickte.

Als sie Anstalten machte, es den Mädchen gleichzutun, rief der Perquisitor scharf: »Das ist kein Familientreffen, Aufseher *auf Probe!* Marsch, marsch!«

Gi-Had machte einen Schritt auf seine Frau zu, hielt inne, winkte dann kurz und hastig und wandte sich ab. Ihre Lippen bebten. Die jüngste Tochter begann zu weinen. Gi-Had aber schaute nicht zurück. Seine Miene war erstarrt.

Ullii sollte in dem letzten Klanker mitfahren, zusammen mit Irisis, Nish, Ky-Ara und dem Schützen Pur-Did, der bei Wind und Wetter oben bei den Waffen ausharrte.

Einen Klanker hatte sie noch nie zuvor gesehen; und auch jetzt konnte sie das Kriegsgerät wegen der Augenbinde und der Brillenkonstruktion nicht in Augenschein nehmen. Das brauchte sie auch nicht, denn ihre anderen Sinne beschäftigten sich bereits intensiv mit der seltsamen Kriegsmaschine. Der Klanker stank fürchterlich: nach Pechdestillat, nach alten Schmierstoffen und ranzigem Fischöl. Sie nahm auch den Geruch von Metall wahr, dazu den würzigen Proviant und den beißenden Geruch, der den beweglichen Teilen des Klankers anhaftete. Dennoch wurde der Gestank der Kriegsmaschine noch von dem üblen Körpergeruch der Soldaten überlagert, die sich jetzt aus ihrer Aufstellungsformation lösten.

Der Klanker war überraschend laut, sogar wenn er stillstand. Seine mechanischen Einzelteile erzeugten ein tiefes, pulsierendes Klacken, das Ullii trotz der Ohrenschützer gerade noch wahrnehmen konnte. Die Schwungräder heulten, Leitungen zischten, und dauernd ratterte irgendetwas, als würde jemand mit den Knöcheln über ein Waschbrett reiben.

Aber das war nichts im Vergleich zu dem Umstand, wie Ullii die Maschinen *spürte*. Da sie beinahe unmittelbar neben einem Klanker stand, erzeugte er einen unvorstellbar hell leuchtenden Knoten in ihrem Gitternetz, und die Knoten der anderen Maschinen überlappten sich damit. Jeder dieser Knoten entstand aus dem Hedron im Herzen eines metallenen Ungetüms, der dem Feld die Energie entzog und an die Steuereinheit weiterleitete, die ihrerseits die riesigen Schwungräder antrieb und sämtliche Hebel, Getriebeteile und Wellen in Gang setzte, mit denen die eisernen Beine so unermüdlich in Bewegung gehalten wurden.

Sowohl Steuereinheit als auch Hedron beruhten auf Aspekten der Geheimen Kunst und glühten in dem Gitternetz auf. Selbst nachdem Ullii den vorderen Fächer ihrer Wahrnehmung beiseitegeschoben hatte, konnte sie noch den Hedron erspüren und dessen Energie fühlen.

Ein Schrei formte sich in ihrem Hals. Sie verspürte ein enormes Verlangen, sich die Ohrenschützer, die Maske und die Kleidung vom Leib zu reißen und sich in den Schnee zu hocken. Dadurch würde zwar alles nur noch schlimmer, wie sie wusste, aber die Panik stieg so stark in ihr hoch, dass Ullii sich kaum noch zu helfen wusste. Ängstlich sog sie die Luft ein.

Eine Hand legte sich auf ihr von Seide umhülltes Gesicht. Es war Nish. Mit den behandschuhten Händen ergriff sie seine Hände und drückte sie an ihre Nase. Sie schnupperte wie ein Hund und schaute zu Nish auf. »Mir geht es schon besser«, sagte sie leise, verspürte aber ein eigenartiges Gefühl – sie glaubte, von flüssiger Hitze durchströmt zu sein. Ein Zucken lag um ihre Mundwinkel.

»Wir müssen aufbrechen«, mahnte Nish. »Die Soldaten sind fast außer Sichtweite.«

Sie konnte die Klanker jetzt fühlen. In ihrem Gitternetz flackerten die anderen auf, die sich mit schwerem Dröhnen fortbewegten.

Der Boden erzitterte. Am dritten Klanker stand die Heckklappe noch auf. Irisis bedeutete Nish und Ullii mit energischen Handbewegungen, endlich einzusteigen.

»Ich muss es *wissen*«, sagte Ullii.

Nish ging mit ihr um die Kriegsmaschine herum, und Ullii berührte die übereinandergeschichteten Panzerplatten, die dicken Metallbeine und oben den Aufbau der Schützenstellung. Es fühlte sich wie ein Gürteltier an, ihr Lieblingstier. Mantiker Flammas hatte eines in seiner Werkstube. Sie hatte das Geschöpf einmal angefasst und gesehen, wie es sich zusammenzog. Später hatte sie stets die Abwehrhaltung dieses Tiers nachgeahmt. Die Erinnerung zauberte ihr ein Lächeln ins Gesicht. Ullii kletterte willentlich hinten in das eiserne Gefährt.

Ky-Ara streckte die Hand aus und vergewisserte sich, dass die Steuereinheit richtig in der Verankerung saß und alle vierundzwanzig Arme am jeweils vorgesehenen Platz lagen. Er zog seine »Dornenkrone« herunter, ein metallenes Stirnband, das in gleichmäßigen Abständen mit acht Kristallen besetzt war. Nachdem er seine Hände in zwei Drahthandschuhe geschoben hatte, langte er nach vorne und ergriff zwei Knäufe. Während er den rechten Knauf bewegte, erschienen Regenbogen in Ulliis Gitternetz. Das Heulen der Schwungräder wurde lauter, als Ky-Ara das Feld in seinem Geist fixierte und ganz langsam Energie daraus bezog.

Auf seinem Gesicht zeichnete sich eine Art entrückter Freude ab, während sich das unsichtbare Band mit der Maschine einstellte. Sein Mund öffnete sich leicht zu einem leeren Grinsen – die Fliegenfängerphase, wie Nish diese Miene spöttisch nannte. Solange sie fuhren, wäre Ky-Ara teils Maschine, teils Mensch, und später würde auch er unter den Folgen der Nachwehen zu leiden haben.

Zunächst war Ullii ganz fasziniert, aber das änderte sich rasch, als der Steuermann den Starthebel betätigte und der schwerfällige Klanker sich mit schabenden Geräuschen und einem rasselnden Ächzen in Bewegung setzte. Die Laute drangen durch ihre Ohrenschützer. Der Knoten schwoll an, bis er ihren Kopf auszufüllen schien. Sie versuchte, das Gitternetz zu verändern, aber das Getöse, das durch ihr Gehirn dröhnte, ließ keinen klaren Gedanken zu. Sie presste die Hände auf die geschützten Ohren. Auch das half nicht. Ullii kreischte unmittelbar am Ohr des Steuermannes.

Ky-Ara wurde jäh aus seiner Verbindung mit der Maschine gerissen und stoppte den Klanker sofort. Sein Kopf wippte vor und zurück, sein Mund blieb offen, der Blick war leer. »Was ist?«, sagte er mit einer seltsam lallenden Stimme, denn er litt genauso viel Schmerzen wie Ullii.

»Ich habe hier irgendwo die Ohrenstöpsel«, wisperte Nish Irisis zu und kramte in seinem Gepäck. »Nimm die Hände weg«, flüsterte er dann Ullii zu. »Und keiner sagt jetzt etwas.«

Langsam ließ Ullii die Hände sinken. Er reichte ihr die Wachspfropfen, die sie sich in die Ohren stopfte; danach setzte sie die Ohrenschützer auf. Nish gab Ky-Ara ein Zeichen.

Mit ruckartigen Bewegungen ließ er das Band wieder entstehen. Der Klanker bewegte sich taumelnd vorwärts, blieb stehen, taumelte weiter. Ullii war schon wieder im Begriff, sich die Ohren zuzuhalten, überlegte es sich dann aber anders. Sie konnte nichts mehr hören. Ein flüchtiges Lächeln deutete sich auf ihrem Gesicht an, ehe sie sich daranmachte, das Gitternetz abzuändern, damit das helle Glühen der Steuereinheit erträglich blieb.

Irisis stellte ihre Stiefel auf die Ofenbank, eine lange Metallkiste, die mit heißen Steinen gefüllt war. »Schön warm hier drin.«

»Genieße es, solange die Wärme anhält«, merkte Nish trocken an, hatte er doch manche Stunde in eiskalten Klankern verbracht.

Sie waren auf halbem Weg zum Bergwerk, als ein tiefes Grummeln zu vernehmen war, woraufhin der Klanker stehen blieb, als wäre er gegen ein Hindernis geprallt. Ein Erdstoß ging durch die Maschine und verzerrte alles wie eine Reflexion in einem Jahrmarktspiegel.

»Was geht da vor?«, schrie Ky-Ara, der die Knäufe bewegte, ohne etwas damit bewirken zu können. Er schien jeden Augenblick zusammenzubrechen. »Ich habe das Feld *verloren.*«

Alle hatten sie von dem Ausfall des Felds von Minnien gehört und wussten um die verlorenen Klanker und die vernichtende Niederlage, die das Heer erlitten hatte. Nish sprang mit gezogenem

Schwert durch die Heckklappe, gefolgt von Irisis. Lichtstrahlen zogen sich durch ihr Blickfeld. Der Boden unter ihren Füßen geriet in Bewegung, die Baumwipfel wippten vor und zurück. Die Soldaten kauerten am Boden und hielten die Schilde über den Köpfen.

»Auf eure Positionen!«, brüllte Sergeant Arple.

Die Soldaten bildeten mit erhobenen Schilden und vorgestreckten Spießen einen unregelmäßigen Kreis um die Klanker. Irisis ließ ihren Blick über den Waldrand schweifen. Sollte dies ein Hinterhalt sein, dann waren die Klanker für eine erfolgreiche Verteidigung zu weit voneinander entfernt. Mit einem Mal hörte das Erdbeben auf. Irisis fasste an ihren Taststein, der sich unnatürlich warm anfühlte. Das hatte sie noch nie erlebt.

»Was war das?«, rief Jal-Nish.

»Der Feind …« Gi-Had verstummte, denn in Gedanken war er bei seiner Familie.

»Die Kunstwerkerin hat das mit ihrem Kristall gemacht«, sagte Ullii. »Er verbrennt sie.« Sie wurde ohnmächtig und geriet an der Heckklappe ins Taumeln.

»Ich kann das Feld wieder sehen«, rief der zweite Steuermann, Simmo, aus der oberen Klappe seiner Maschine.

Fyn-Mah sah den Perquisitor an, der sie beiseite nahm. »Auch Ihr besitzt etwas von dem Talent der Mantiker«, sprach er leise. »Was war das Eurer Meinung nach?«

Irisis, die ein scharfes Gehör hatte, schlich in das angrenzende Waldstück, um die beiden zu belauschen.

»Eine Kraft«, erwiderte die Queristin, »wie ich sie noch *nie* gespürt habe. Ganz in der Nähe.«

»Das war auch mein Eindruck. Aber Tiaan ist doch nur eine Kunstwerkerin. Sie hat nie Mantik gelernt.«

»Ihr braucht doch nur einen Blick auf ihre Herkunft zu werfen …«, begann die Queristin.

»Leise!«, mahnte er. »Kein Wort davon.« Er schaute sich um, sah Irisis jedoch nicht, die sich hinter einem Baum versteckt hielt. »Sie ist auf etwas Neuartiges gestoßen.«

»Wie meint Ihr das?«

»Diese Art von Kraft, die selbst den Berg zum Erzittern bringt, kann niemals von dem schwachen Feld stammen.«

»Andere Leute haben auch schon derartige Entdeckungen gemacht. Allerdings weiß ich nicht, ob noch irgendjemand lebt, der sie nutzen könnte.«

»Die Altvorderen!«, warf er vehement ein. »Die Historien sind voll mit Rulkes Wundern und erzählen von Yalkaras Taten. Seht Ihr denn nicht? Das hier könnte die Antwort sein auf das Versagen des Felds bei Minnien. Eine neue, stärkere Kraft!«

»Nunar schrieb über derartige Dinge«, sagte sie gedehnt.

»Stünde uns eine solche Energie zur Verfügung, würden selbst die unmöglichsten Dinge möglich. Wir würden nicht einfach nur den Krieg gewinnen, wir würden den Feind hinwegfegen. Es *gibt* einen Weg, Fyn-Mah, und wenn wir diese Erkenntnis vor den Skrutator bringen, sind wir gemachte Leute. Wir müssen Tiaan lebend zurückbringen, auch wenn der Aufwand noch so groß ist. Wir müssen herausfinden, was sie entdeckt hat.«

»In der Tat, das müssen wir«, erwiderte die Queristin. »Ganz zu schweigen von diesem Kristall, den Ullii eben erwähnt hat. Es wäre tragisch, sollte Tiaan gestorben sein, als sie ihn einsetzte, denn dann wäre das Geheimnis für immer verloren.«

Jal-Nish bedachte sie mit einem neugierigen Blick, als habe er Sarkasmus in ihrer Stimme herausgehört, und gab dann das Signal an die Truppen, den Marsch fortzusetzen. Die anderen beiden Steuermänner halfen dem blassen Ky-Ara in seinen Sitz. »Ich dachte, das Feld wäre weg«, sprach er immer wieder zu seinem Klanker gewandt. Verzückt rieb er sein Gesicht über die Steuereinheit. »Ich dachte schon, ich hätte dich verloren.«

Irisis stieg wieder ein, nahm schweigend neben Ullii und Nish Platz und versuchte zu verstehen, was sie belauscht hatte. War Tiaan nun ein brillanter Durchbruch gelungen, oder lag das alles nur an dem neuen Kristall, den sie gefunden hatte? Was es auch sein mochte, es könnte für sie genauso von Vorteil sein wie für Jal-Nish. Zum ersten Mal wagte Irisis, Hoffnung zu schöpfen.

KAPITEL ACHTUNDZWANZIG

Der Qualm war heftiger denn je. Tiaan rollte herum und verfiel in einen Hustenanfall, der den Fels rot sprenkelte. Es fühlte sich an, als würde sie Stücke der Lungen ausspucken. Mit der Stirn lehnte sie keuchend an einem Stein. Warum dauerte es nur so lange, bis der Tod kam?

Plötzlich vernahm sie einen dumpfen Aufprall; etwas war oben auf ihre Kuppel aus Eis gefallen. Rasch drehte sie sich auf den Rücken. Ein Schatten haftete außen auf der Hülle, wie ein Kätzchen, das sich an einen Ball klammert. Den Umrissen nach zu urteilen, die sich nur schwach gegen den Sternenhimmel abzeichneten, handelte es sich um einen Hürn-Bären, und zwar einen riesigen.

Das Wesen kratzte an dem Eis; die schabenden Laute hallten in ihren Ohren nach. Tiaan zog sich weiter unter den Sims zurück, brachte ihre Nase unmittelbar an eine Spalte in dem Gestein und versuchte, frische Luft einzuatmen. Das Mahlen und Knirschen wurde lauter. Tiaan rieb sich die tränenden Augen und ging mit der geladenen Armbrust in Stellung. Mit der Waffe im Anschlag fühlte sie sich wohler.

Das Tier sprang in die Luft, drehte sich und landete andersherum auf der Kuppel. Jetzt schabte es mit einer Vorderpranke über das Eis. Tiaan schloss die Augen. Obwohl ihr alles wehtat, konnte sie spüren, dass sie allmählich das Bewusstsein verlor.

Wieder ein Aufprall; das Kratzen ging weiter. Sie schaute nicht mehr nach oben. Das Atmen nahm all ihre Kraft in Anspruch. Die Armbrust entglitt ihr. Ein lauteres Klopfen. Wieder hatte der massige Bär die Position verändert. Mit den Beinen trat er gegen eine kreisrunde Furche.

Die äußere Hälfte der Sphäre brach in einem gezackten Kreis auf, und frische Luft strömte herein. Gierig schnappte Tiaan danach. Es schmeckte besser als der edle Wein, den ihre Mutter ihr manchmal während der Besuche in der Gebäranstalt angeboten hatte.

Der Schädel des Wesens schob sich über die Kante aus Eis. Es war überhaupt kein Hürn-Bär, sondern ein Lyrinx. Gefrorenes Blut klebte an seiner Brust, zweifelsohne von seinen Opfern. Tiaan tastete nach der Armbrust. Ihre Sicht war verschwommen. Sie blinzelte und erkannte mit einem Mal Ryll.

»Kannst du dich an meinem Rücken festhalten?«

»Nein!«, keuchte sie und wich an die Felswand zurück. »Nein.«

Er nahm ihr die Armbrust weg, zog Tiaan aus der Höhle und klemmte sie sich unter seinen kraftvollen Arm. Sie nahm seinen Geruch wahr – stark, nach Wild riechend, aber nicht unangenehm. Sie wehrte sich nicht. Es wäre nutzlos gewesen.

»Wohin bringst du mich?«, brachte sie heiser hervor.

»Nur keine Angst.« Er kletterte über das Eis, offenbar unbeeinträchtigt von ihrem Gewicht. »Ich begleiche meine Schuld.«

»Gepäck!«, krächzte sie.

Ryll blieb stehen. »Was ist los?«

»Ich brauche unbedingt mein Gepäck!«

Er kletterte weiter. »Das hole ich später.«

Tiaan fügte sich in ihr Schicksal. Ganz gleich, was er mit ihr vorhatte oder ihr anzutun gedachte, sie war zu schwach, um sich seinem Willen zu widersetzen.

Völlige Dunkelheit umgab sie, als Tiaan wieder zu sich kam. Nicht ein Lichtpünktchen war zu sehen. Felsgestein drückte gegen ihre Schulterblätter. Sie tastete umher. Noch mehr Fels. Es war ein merkwürdiges Gefühl, nicht zu wissen, wo sie sich befand. Sie wünschte, sie hätte die Sinne einer Fledermaus, die sich ohne Schwierigkeiten in der Dunkelheit zurechtfand. Ihr war zwar nicht kalt, aber sie fühlte sich so matt, dass sie schon das Anheben der Arme als anstrengend empfand. Sie war sich ihres Körpers nur allzu deutlich bewusst. Am ganzen Leib verspürte sie ein Prickeln; sie spürte jede Nervenfaser. Was mochte ihr der Amplimet angetan haben?

Kein Lüftchen regte sich. Vollkommene Stille umschloss sie, und

Gerüche – der Geruch von Blut und Fleisch, der von den Körpern der Soldaten ausging, dazu noch ein anderer Geruch, der den Leichen der Lyrinx entströmen musste. Sie befand sich wieder in der Kaverne.

»Hallo«, rief sie eher zaghaft. Die Laute kehrten in dumpfen Echos zu ihr zurück. »Hallo?«, rief sie erneut. »Ryll!«

Echos, aber keine Antwort. Das war die Gelegenheit, zu fliehen. Plötzlich überkam sie starkes Heimweh nach den Gerüchen und dem Lärm in der Fertigungsstätte. Selbst nach ihrer kleinen, kalten Schlafzelle. Wenn sie doch nur wieder nach Hause gehen könnte!

Gerade malte sie sich aus, dass sie zur Fertigungsstätte gehen könnte, als sie eine Vision von Minis' anklagender Miene hatte. *Aber du hast mir dein Wort gegeben, Tiaan.*

Sie stieß ein lautes Stöhnen aus. Nein, an Heimkehr war nicht zu denken. Aber wie sollte sie nun zu Minis gelangen? Tirthrax war viele Hunderte von Meilen entfernt, dazwischen lag die wohl unwirtlichste Gegend des ganzen Landes. Sie wäre Jahre unterwegs, selbst wenn sie genügend Geld und Proviant bei sich hätte. Und überall würden Wachen ihr Fragen stellen, Beamte Passierscheine verlangen und sie dann in eine Zelle sperren, da sie keine Erlaubnis hätte, sich einfach so in anderen Landstrichen zu bewegen.

Es war absurd, zu glauben, sie könne zu Fuß nach Tirthrax kommen. Geradezu unmöglich. *Gib ihn auf*, redete sie sich ein. *Das schaffst du nicht, und keiner würde das von dir verlangen.* Aber wohin sollte sie jetzt gehen?

Sie dachte wieder an Minis. *Mein armer Geliebter, ich habe dich für immer verloren. Du hast dir die Falsche gesucht. Ich würde dich ja retten, wenn ich nur könnte, aber ich kann es nicht. Ich bin einfach nicht stark genug.* Sie lag auf dem Boden und weinte bitterlich.

Tiaan fühlte sich ausgelaugt. Warum hatte Ryll ihr das Leben gerettet und sie dann hiergelassen? War er etwa mit ihrem Amplimet geflohen? War es das, was Ryll haben wollte? Rasch tastete sie umher, fand ihr Gepäck und wühlte in den Taschen herum. Der Helm war noch da, auch der kleine Kristall.

Hastig schüttete sie den Inhalt des Rucksacks auf den Boden und tastete jeden Gegenstand ab. Die Werkzeuge fielen aus den Laschen; Kleidung, Proviant, Schlafdecke, Seife, alles war noch da. Nur nicht der Amplimet.

Ryll hatte sie auf halbem Weg in einem abfallenden unterirdischen Gang zurückgelassen, weit genug entfernt von den Leichen. Sie tastete sich nach unten und suchte nach Fackeln. Allmählich setzte der Verwesungsgeruch ein. Mit der Hand stieß sie an etwas Steifes – es war ein toter Soldat.

Tiaan prallte noch gegen drei weitere Leichen, ehe sie einen der Tunneleingänge fand. Offenkundig war sie an einem der fünf Tunnel, vor denen der Kampf getobt hatte. Nachdem sie diese Information in ihr mentales Bild vom Höhlensystem eingefügt hatte, wusste sie, wo sie suchen musste. Das Bündel Pechfackeln musste sich zu ihrer Linken befinden.

Es dauerte erstaunlich lange, bis sie die Fackeln fand. Sie stieß gegen den Rücken des toten Lyrinx, rutschte beinahe in einer Lache klebrigen Bluts aus und verlor ihre mentale Karte. Während sie versuchte, den Zugang zu dem geistigen Bild zurückzubekommen, lief sie ahnungslos in die Fackeln.

Eine wies noch klebriges Pech an der Spitze auf, das nicht abgebrannt war. Tiaan schlug Funken aus einem kleinen Feuerstein und entzündete die Fackel. Zunächst wurde sie vom Schein der Flamme geblendet, doch ihre Augen gewöhnten sich rasch an das Licht. Schnell suchte sie nach dem Pechbehälter, schmierte die Fackel neu ein und suchte die Kaverne im flackernden Lichtschein ab. Auch in dem Tunnel, der nach draußen führte, schaute sie nach, aber nirgends fand sie den Amplimet.

Auch ihre Zange, mit der sie Ryll den Bolzen aus dem Nacken gezogen hatte, war fort. Sie fand die Stelle wieder, wo Ryll gelegen hatte; es waren viele Blutflecken dort zu sehen, die von ihm stammten. Außerdem bemerkte sie, dass nicht nur die Zange, sondern auch der Bolzen verschwunden war.

Plötzlich tauchte Ryll hinter ihr auf. Tiaan entfuhr ein unterdrückter Schrei. Das Licht in seiner Hand stammte von dem Amplimet, der die Haut des Lyrinx nun in schillernde gelbe Farben tauchte.

»Was machst du mit meinem Kristall?«, rief sie wütend. Die Entzugserscheinungen machten sich bemerkbar; Tiaan wurde unvorsichtig.

Er schenkte ihr ein nachsichtiges Lächeln. Sollte das nun heißen, dass er sich über sie amüsierte? Oder war er hungrig? »Ich kann im Stockdunklen nichts sehen«, grollte er.

Tiaan wich zurück und bereute den Ton, den sie angeschlagen hatte.

Das Lächeln auf seinem Gesicht wurde breiter. »Ich werde dich nicht essen, kleine Menschenfrau.«

Es klang für sie nicht sehr beruhigend. »Wo bist du gewesen?«

»Ich habe die Tunnel überprüft, weil ich sichergehen wollte, dass mir niemand gefolgt ist.«

»Hast du denn jemanden gehört?«

»Nicht aus dieser Richtung!« Mit der verletzten Hand deutete er auf den Stollen, der zurück ins Bergwerk führte. Die regenerierten Finger waren inzwischen so groß wie bei einem Kind. »Das Gestein hat sich bewegt. Der Tunnel ist blockiert.«

»Und was hast du mit meiner Zange gemacht?«

»Womit?«

»Mit dem Werkzeug, mit dem ich dir den Bolzen gezogen haben. Die Zange habe ich dort liegen gelassen.« Sie zeigte auf die Blutflecken, die Ryll hinterlassen hatte.

»Die habe ich nicht angerührt«, sagte er.

»Sie lag da mit dem Bolzen. Du musst sie an dich genommen haben.«

»Habe ich aber nicht. Wieso auch?«

»Dann muss jemand anders hier gewesen sein!«

»Ein Mann kam zurück – der Anführer. Ich kann ihn riechen. Aber er ging wieder fort.«

Furcht bemächtigte sich ihrer. Offenbar war Gi-Had noch einmal zurückgekehrt, um sie zu holen, und hatte dann die Zange entdeckt. Dem Feind zu helfen bedeutete Hochverrat, und nun verfügte der Aufseher über die Beweise. Tiaan schlug sich die Hände vors Gesicht und versuchte nachzudenken. Aber sie konnte es nicht. Sie hatte zu viel Angst. Als sie die Augen wieder öffnete, sah sie, dass Ryll sie anstarrte.

»Wofür brauchst du mich jetzt noch?«

»Um meine Ehrenschuld zu begleichen«, antwortete er.

»Du hast mir das Leben gerettet. Die Schuld ist beglichen!«

»Nicht, wenn du stirbst, sobald ich weggehe.«

»Du bist wohl einem strengen Moralkodex verpflichtet«, sagte sie mit sarkastischem Unterton.

»In der Tat! Warum sollte man sonst einen Kodex haben? Ich werde dich nach Hause bringen.«

Wenn sie zur Fertigungsstätte zurückkehrte, würde Gi-Had sie womöglich als Verräterin hinrichten lassen. »Ich habe kein Zuhause mehr.«

Er sah sie nachdenklich an. »Wo möchtest du denn hin?«

Tiaan fühlte Panik in sich aufsteigen. Wo *konnte* sie noch hin? Ein Zielort erschien ihr so hoffnungslos wie der andere. In diesem Fall sollte sie vielleicht doch den Versuch wagen, nach Tirthrax zu gelangen. Gewiss würde sie auf dem Weg dorthin den Tod finden, aber dann hätte sie wenigstens ihr Versprechen Minis gegenüber gehalten. Und allein dieser Gedanke heiterte sie ein wenig auf. »Ich muss über die Bergkette nach Tarralladell.«

»Hast du dort Familie?«

»Nein, aber noch weiter westlich, in den Bergen von Mirrilladell, werde ich einen Mann treffen, dem ich noch nicht begegnet bin.«

»Aha. Eine arrangierte Paarung?«

Tiaan errötete. »Gewissermaßen ... Aber ich hoffe ...« Sie unterbrach sich. Das erschien ihr zu unwirklich.

»Die Berge bei dieser Jahreszeit überqueren zu wollen ...«, dachte er laut nach. »Nun, südlich von hier ist die Bergkette nicht so hoch, und dort gibt es Pässe, aber trotzdem ...« Er warf ihr einen Seitenblick zu. »Das wird nicht einfach.«

»Ich kann nicht bis zum Frühjahr warten. Dann ist es vielleicht zu spät.«

»Wenn er nicht so lange auf die Paarung mit dir warten kann«, erklärte Ryll, »hast du keine gute Wahl getroffen.«

Wieder benutzte er dieses verwirrende Wort »Paarung«. Sie musste sich in Erinnerung rufen, dass die Lyrinx fremdartig waren und eine gänzlich andere Kultur besaßen. Wahrscheinlich war die

Liebe für diese Wesen bedeutungslos. »Ich habe dich nicht nach deiner Meinung gefragt«, entgegnete sie scharf.

»Du könntest mit einem Schiff die Hörner umrunden und dann über das Binnenmeer segeln.«

Tiaan rief sich die Landkarte von vor Augen. »Zu dieser Jahreszeit? Das wäre genauso gefährlich wie die Überquerung der Berge. Die Einfahrt nach Tallallamel könnte zugefroren sein. Außerdem würde mich kein Kapitän an Bord nehmen. Ich habe keine Papiere.«

Wie auch immer die Reise aussehen würde, sie brauchte Geld. Hatte sie überhaupt genug für diese weite Fahrt? Sie wusste es nicht. Zwar hatte sie noch nicht Joeyns Geldgürtel geöffnet, aber sie war sich sicher, dass ihr Freund nicht viel Geld besessen hatte.

»Du sprichst unsere Sprache gut, Ryll«, sagte sie zögerlich, wobei sie ihn zum ersten Mal bei seinem Vornamen anredete. Dadurch schien sich ihre Beziehung zu dem fremden Wesen zu ändern.

»Ich wuchs in der Nähe von Menschen auf, die wir gefangen hielten, um deren Sprache zu lernen. Ich gehöre zu denen, die eure Sprache am besten beherrschen.«

Er sah sie unverwandt an. Sie mied seinen Blick. Ihre Welt hatte sich auf den Kopf gestellt.

»Könnte ich meinen Kristall wiederhaben?« Sie hatte Mühe, das leichte Zittern aus ihrer Stimme herauszuhalten. Er warf ihn ihr zu, und sowie sie den Kristall in Händen hielt, fühlte sie sich besser.

»Was weißt du über den Tetrarch?« Er sah sie durchdringend an.

»Was ist ein Tetrarch?«

»Das weißt du nicht?«

»Ich habe das Wort noch nie gehört.«

Ryll hielt ihren Blick für einen Moment gefangen, murmelte etwas wie: »Wie dem auch sei«, und durchschritt die Kaverne. Sie schaute ihm nach. Was wollte er wirklich von ihr? Das Geheimnis der Energie – Hedrons und Steuereinheiten? Handelte es sich bei diesem Tetrarch um ein ähnliches Instrument?

Ryll bückte sich, setzte seinen Fuß auf etwas am Boden und zog. An Tiaans Ohren drang ein knirschendes Geräusch. Dann riss Ryll die Hosenbeine von einem Bein eines Soldaten ab und vergrub seine Zähne in dem Fleisch. Tiaan wurde speiübel. Diese Kreatur war wie ein Tier, auch wenn es sprechen konnte.

Der Lyrinx riss ein Stück Fleisch von der »Keule«, von dem Tiaan sich tagelang hätte ernähren können, kaute und schlang seine Mahlzeit hinunter.

Tiaan begann zu würgen. Sobald er das bekäme, was er von ihr wollte, würde er auch sie fressen.

Ryll schlenderte zu ihr zurück und nagte einen Oberschenkelknochen ab.

Tiaan verbarg ihr Gesicht hinter ihren Armen und wandte sich schaudernd ab.

»Ist dir schlecht?«, erkundigte er sich.

»Du frisst meine Leute auf!«, kreischte sie.

»Aber das waren nicht deine Freunde, oder?« Ryll klang überrascht.

»Es ist abscheulich, Menschenfleisch zu essen!«

»Also, *mir* schmeckt es.«

»Es ist einfach falsch, Menschen zu *essen!* Ich muss mich übergeben, wenn ich sehe, wie du ...«

»Ist es nur falsch, Menschenfleisch zu essen?«, fragte er nach, zerbrach den Knochen über seinem Knie und kratzte das Mark mit einer Kralle heraus.

»Nur Lyrinx fressen Menschenfleisch«, sagte Tiaan angewidert.

Ryll musterte sie mit einem bohrenden Blick.

»Und Aasvögel und andere Aasfresser«, räumte sie ein, konnte aber nicht in Rylls Richtung sehen.

»Sehen die Menschen sich selbst auch als Aasfresser?«, fragte er neugierig, wobei er die Stirn kraus zog. Farbwellen huschten über seine Haut, wie Wasserfarben, die auf feuchtem Papier gemischt werden.

»Sicher nicht! Es ist nur so, dass ... Menschenfleisch für uns heilig ist.«

»Würde es dir helfen, wenn du mich beim Essen nicht siehst?«

»Mir wäre es lieber, du würdest uns überhaupt nicht essen.«

Achselzuckend warf Ryll den Knochen fort. »Ich werde dich in die Berge bringen.«

Sie glaubte ihm kein Wort. Das Geschöpf spielte mit ihr. Sie musste fliehen. »Jetzt?«

»Später in der Nacht. Heute hat es getaut. Sobald der Untergrund wieder hart ist, brechen wir auf.«

Tiaan schlief schlecht und durchlebte unangenehme, bruchstückhafte Kristallträume. Als sie aus dem Schlaf hochfuhr, ragte Ryll groß neben ihr auf. Im unsteten Schein der Pechfackel wirkte er besonders bedrohlich. Tiaan sprang förmlich auf. »Was willst du?«

Ryll trat einen Schritt zurück. »Es wird Zeit, dass wir aufbrechen. Hast du Proviant?«

»Der reicht noch einige Tage. Wie lange werden wir unterwegs sein?« Das Gespräch kam ihr so unwirklich vor. Ihr war, als plauderten sie über ein Picknick, abgesehen von dem Umstand, dass es sich bei dem Festschmaus womöglich um sie selbst handelte. Sie wünschte, sie wäre eine Heldin, die dank ihrer Geistesblitze genau wusste, wie und wann sie fliehen könnte.

»Wir sind hier.« Mit einer langen, gelblichen Klaue entwarf er eine grobe Skizze auf dem Boden. Es sah aus wie der Kopf einer Gabel mit zwei Zinken, wobei er die eine länger als die andere ritzte. Die Klaue erzeugte ein unangenehmes Kratzen auf dem Marmor. »Hier ist eure Stadt Tiksi.« Er markierte einen Punkt nördlich der längeren Gabelzinke, mit der er den Gebirgszug andeuten wollte. »Wenn du den ersten Grat überqueren willst, um in das Land zu gelangen, das ihr Buh-rr ... Bhur ...«

»Burlahp«, verbesserte sie ihn.

»Buhrr-larp! Das dürften neunzig slgurrk sein.« Ryll rechnete einen Moment nach. »Also ungefähr dreißig eurer Meilen, wenn wir fliegen könnten.« Er machte eine Grimasse.

Ein seltsamer Ausdruck schlich sich in seine Züge, fast wie ein Schaudern, und seine Stummel auf dem Rücken bewegten sich unwillkürlich. »Bis zum Ende von Buhrr-larp sind es fünfundvierzig eurer Meilen, und zehn weitere bis hinter den zweiten Höhenzug.« Er deutete mit der Klaue auf die zweite Zinke. »Dort beginnt das Land, das ihr Tarralladell nennt. Ein weiter Weg bis nach Mirrilladell, deinem Ziel.« Mit den gelblichen Augen suchte er ihren Blick.

»Zu Fuß ist man ungefähr sechs Tage nach Buhrr-larp unterwegs, vielleicht aber auch zwölf, je nach Wetterlage. Das heißt, wenn ich dich trage. Unterwegs werde ich mir etwas zu essen suchen.« Als er ihren erschrockenen Blick bemerkte, fügte er schnell hinzu: »Bergziegen, Fisch oder vielleicht einen kleinen Hürn-Bären. Fülle deinen Rucksack auf, nur für den Fall.«

Tiaan schmierte eine zweite Fackel mit Pech ein und durchsuchte das Marschgepäck der toten Soldaten. Sie fand mehr Nahrung, als sie tragen konnte – getrocknetes Fleisch und Trockenobst, kleine Zwiebeln, Käse und Reisbälle, von denen einige schimmelig waren. Ryll machte sich auf der anderen Seite der Kaverne wieder an den Kadavern zu schaffen und besorgte sich neue Nahrung, wenn Tiaan das Knirschen und Schlingen richtig deutete. Zum Glück fraß er in der Dunkelheit.

Als sie alles im Gepäck verstaut hatte, kam Ryll zurück und wischte sich das riesige Maul an einem Fetzen Stoff ab, der einmal zur Hose eines Soldaten gehört hatte. Tiaan wandte sich bewusst ab und machte sich an ihrem Gepäck zu schaffen. Sie wollte gar nicht wissen, was der Lyrinx getan hatte.

»Fertig?«, fragte er.

»Ja.«

»Nimm einen der Spieße mit, falls wir es mit einem Bären zu tun bekommen.«

Wie wenig Angst er doch vor ihr hatte. »Ich habe bereits die Armbrust.«

Sie sammelte noch einige Bolzengeschosse auf, die aus den Köchern gefallen waren, und war überrascht, dass der Lyrinx sie nicht davon abhielt. Ein Speer würde ihr bei der Konfrontation mit einem Hürn-Bären nichts nützen, denn sie fühlte sich so schwach, dass sie wohl schon bei einem kleinen Windstoß ins Straucheln geraten würde. Doch Tiaan hatte scharfe Augen, und bei den Verteidigungsübungen war die Armbrust stets die Waffe ihrer Wahl gewesen. Womöglich könnte sie damit sogar einen Lyrinx erledigen. Bei der Möglichkeit fühlte sie sich gleich besser, obwohl die Armbrust eine sperrige Waffe war, bei der man recht lange für das Nachladen brauchte.

Schwer bepackt folgte sie Ryll durch den Tunnel ins Freie. Draußen hielt der Lyrinx sich links und schlug die Richtung ein, für die Tiaan sich zuvor entschieden hatte. Es war kalt, aber der Wind hatte sich gelegt, und der Mond schien hell. Sie folgten dem Verlauf des Felsvorsprungs und kamen an dem einsamen Baum vorbei, der seltsamerweise den Erdrutsch überstanden hatte. Die ersten Sterne zeigten sich.

Eine schöne Nacht für einen Spaziergang, wäre sie nur in anderer Gesellschaft gewesen.

So wanderten sie bis zur Morgendämmerung. Das Gehen war beschwerlich, da der Weg ständig bergan und bergab führte, allerdings hatte sich auf dem Schnee wieder eine harte Kruste gebildet. Nach etwa einer halben Stunde verließ Ryll den Felsvorsprung und stapfte durch unberührte Schneeflächen, manchmal über Bergwiesen, manchmal vorbei an Felsspalten, die hunderte von Spannen abfielen. Als das frühe Licht des Morgens die Gipfel beleuchtete, wechselten die Schuppenpanzer seiner Haut die Farbe. In nur wenigen Augenblicken war er so weiß wie ein Hürn-Bär und verschmolz mit der verschneiten Landschaft.

Tiaan durchlebte gemischte Gefühle. Fühlte dieser Lyrinx sich wirklich einem Ehrenkodex verpflichtet, oder hatte er irgendeine grässliche Verwendung für sie? Was für verworrene Absichten mochte er verfolgen? Welche Begierden mochte er an ihr stillen wollen?

Tiaan blieb abrupt stehen und starrte auf den Rücken des Ungetüms. Eine Hand schob sich zum Knauf der Armbrust, aber Tiaan zog sie nicht. Nein, sie konnte nicht von hinten auf Ryll schießen. Selbst wenn sie sich getraut hätte, die Panzerung war zu dick. Wollte man einen Lyrinx töten, musste man ihn im Auge oder am Hals treffen oder den Bolzen zwischen Brustpanzerplatten und Rippen direkt ins Herz jagen. Vorausgesetzt, dass diese Wesen das Herz an der gleichen Stelle hatten wie Menschen.

Ryll wirbelte herum und ging gleich in die Hocke. Die einziehbaren Klauen kamen zum Vorschein. »Ich spüre Gefahr, kleine Menschenfrau.«

Hastig zog sie die Hand von der Waffe zurück. Was hatte sie sich nur dabei gedacht? Selbst mit einer geladenen Armbrust im Anschlag durfte sie nicht darauf hoffen, einen wachsamen Lyrinx zu erlegen.

Er kam zurück, nahm Tiaan die Bolzen ab und steckte sie in einen Beutel an seiner Taille. Es war das erste Mal, dass er seine lädierte Hand benutzt hatte.

»Ich brauche eine Pause!«, sagte sie mit brüchiger Stimme. »Und eine Frühmahlzeit.«

»Ihr Menschen seid seltsame Geschöpfe«, meinte Ryll. »Ist das nicht ein Nachteil, dreimal am Tag essen zu müssen?«

»Ich muss nicht dreimal am Tag etwas essen!«, entgegnete sie schroff. »Aber ich brauche eine Pause. Ich bin Kunstwerkerin und keine Bergsteigerin. Zumindest war ich einmal eine Kunstwerkerin …«

KAPITEL NEUNUNDZWANZIG

Die Klanker, die im größten Förderschacht des Bergwerks mit einer aufwändigen Kranvorrichtung in die Tiefe verfrachtet worden waren, hatten sich scheppernd durch den breitesten Stollen fortbewegt, der quer durch den Berg verlief. Spät in der Nacht stoppten sie; alle aßen etwas, und diejenigen, die keine Wache hatten, schliefen ein wenig auf dem unebenen Boden.

Obwohl sie erschöpft war, konnte Irisis keinen Schlaf finden. Weiter hinten im spärlich ausgeleuchteten Stollen wandelte Ullii wie ein Geist umher, diesmal ohne Schutzbrille und Ohrenschützer, und verzehrte kleine Bälle aus klebrigem Reis. Schließlich, als es Irisis zu langweilig wurde, ging sie zu der Sucherin, weil sie wissen wollte, was Ullii machte. Wie es schien, übte der Fels eine ungeahnte Faszination auf Ullii aus, denn manchmal starrte sie bis zu zehn Minuten auf eine Kristallader.

»Der Berg ist voller Magie«, meinte Ullii.

»Ja?« Irisis gab Acht, nicht zu laut zu sprechen.

»Ich sehe es im Gitternetz – da und da. Und dort!« Sie deutete in verschiedene Richtungen durch den Fels.

»In diesem Bergwerk finden wir die Kristalle für die Steuereinheiten«, erklärte Irisis und fragte sich im selben Augenblick, ob man Ulliis außergewöhnliches Talent nutzen könnte, um bessere Kristalle zu finden als die, die von den Bergleuten abgebaut wurden. Zumal der beste Minenarbeiter, Joeyn, tot war.

»Ich weiß. Ich kann sie *sehen*. Der Berg ist wie ein Pudding voller Kristalle.«

Irisis nahm sich fest vor, diese Möglichkeit nach der Rückkehr weiter auszuloten. Es würde sicherlich dazu beitragen, die Gunst der Mächtigen zurückzugewinnen.

Gi-Had betätigte den Hebel. Die Tür im Fels schwang auf, und die Kolonne gelangte in die andere Mine. Sie hielten die Fackeln hoch über den Köpfen und die Waffen im Anschlag. Lange folgten sie dem gewundenen Verlauf der Gänge, von denen einige nicht breiter waren als die Maschinen, und erreichten schließlich die Kaverne, in der der Kampf stattgefunden hatte. Alle außer Ullii stiegen aus und betrachteten schweigend die Überreste der Menschen und Lyrinx. Ein junger Soldat erbrach sich laut in einer abseits gelegenen Nische. Ullii steckte einmal kurz den Kopf aus der Heckklappe, sog die Luft ein und zog sich hastig in das Innere des Klankers zurück.

»Kann man ihr nicht verübeln«, sagte Nish zu Irisis. »Was für ein grauenvoller Ort.«

Gi-Had beschrieb den anderen in knappen Sätzen den Verlauf des Kampfes und ging dann mit Jal-Nish fort. Weiter hinten in der Höhle gingen sie in die Hocke und starrten auf den Boden. Nish schlich sich etwas näher heran und fragte sich, was die beiden dort machten.

»Die Zange habe ich genau hier gefunden«, sagte der Aufseher und deutete auf den Boden. Er holte ein kleines Bündel aus seiner Tasche und reichte es dem Perquisitor.

Jal-Nish hielt etwas hoch. »Ihre Fingerabdrücke sind auf der Zange und dem Bolzen.«

»Das beweist noch nicht, dass sie ihm geholfen hat«, sagte Gi-Had unglücklich.

»Die behalte ich, *vorsorglich.*«

Sie gingen wieder zu den Leichen. »Auf dem Rückweg sammeln wir die Toten für die Bestattung ein«, ordnete Jal-Nish an. »Wir müssen weiter.«

Als Irisis wieder in den Klanker stieg, zitterte Ullii und hatte sich zusätzliche Ohrenstöpsel in die Nase gesteckt. Bald darauf gelangte der Trupp ins Freie. Die Sonne ging an einem kalten und windigen, aber klaren Tag auf. Während ein paar Soldaten die Frühmahlzeit ausgaben, befestigten die anderen Schneeschuhe an den Füßen der Klanker. Jal-Nish gesellte sich zu Nish und Irisis, die bei Ullii standen.

»Nun, Cryl-Nish, dann wollen wir mal sehen, was für Tricks dein

Äffchen beherrscht.« Mehr Zweifel hätte er nicht in seine Stimme legen können.

Auch Irisis hatte ihre Bedenken. Ulliis Worten zufolge war Tiaan so gut wie tot.

»Kannst du Tiaan für uns aufspüren, Ullii?« Falls auch Nish seine Zweifel hatte, wusste er sie gut zu verbergen. »Denk an die Steuereinheit, die ich dir gezeigt habe. Die hat Tiaan angefertigt, und vielleicht gelingt es dir ja, eine Spur davon ...«

Ullii hob den Kopf leicht an und schaute mit dem verhüllten Gesicht quer über den Berghang. »Ich kann ihren Kristall sehen!«

»Wo? Bist du sicher?«, rief Jal-Nish und streckte schon die Hand nach ihr aus, als wollte er Ullii durchschütteln. Nish stellte sich schützend vor die Sucherin, worauf der Perquisitor sich zurückhielt.

Sie deutete in südwestliche Richtung. »Dort.«

»Wie weit ist sie entfernt?«

»Weiß ich nicht.«

»Kannst du Tiaan sehen?«

»Der Kristall ist zu hell.«

»Wann war der Kristall hier?«, fragte Jal-Nish drängend.

Eine Weile schwieg sie. »Er war mehrere Tage hier.«

»Im Schneesturm kann sie nicht weit gekommen sein«, mutmaßte Gi-Had. »Auch nicht unmittelbar danach. Sie kann frühestens letzte Nacht aufgebrochen sein.«

»Dann muss sie noch in der Nähe sein«, rief der Perquisitor aufgeregt. »Los, ausschwärmen! Sucht sie.«

»Sie hat hier einen großen Zauber gewirkt«, sagte Ullii.

»So, hat sie das?«, meinte Jal-Nish leise. Er wechselte vielsagende Blicke mit der Queristin, und Irisis ahnte, dass dies etwas mit dem gestrigen Vorfall zu tun haben musste. »Mir war nicht bewusst, dass sie über Magie verfügt. Was für eine Magie könnte das gewesen sein?«

Ullii wusste darauf keine Antwort. »Der Kristall leuchtet aus seinem Innern.«

»Wie meint Ihr das?« Fyn-Mah trat näher an die Sucherin heran.

»Er leuchtet nun die ganze Zeit. Er ist der hellste Lichtpunkt in meinem Gitternetz.«

Wieder tauschten Fyn-Mah und Jal-Nish vielsagende Blicke. »Erzähle uns alles über diesen Kristall«, forderte der Perquisitor Ullii auf.

Die Sucherin ahmte die Form mit den Händen in der Luft nach. »Da ist ein schwarzer Stern an beiden Enden, und schwarze Nadeln ziehen sich durch das Innere. Ein kleiner Funke zuckt entlang der Nadeln.«

Jal-Nish zog die Queristin mit sich fort. Irisis konnte diesmal nicht verstehen, was im Geheimen besprochen wurde, aber der Perquisitor und Fyn-Mah wirkten ganz aufgeregt und verwirrt. Für Irisis, die schon als Kleinkind einen Hedron in der Hand gehalten hatte, war das faszinierend. Sie spürte Hoffnung, wusste sie doch, dass ihr Talent nicht gänzlich versiegt war, sondern an einem Ort verschüttet lag, an dem sie es nicht finden konnte. An jenem vierten Geburtstag hatte sie das Vertrauen in sich selbst verloren, und solange sie dieses Vertrauen nicht wiederfand, würde sie immer eine Betrügerin sein.

Dieser Kristall war mächtiger als alle anderen, von denen Irisis je gehört hatte. Könnte sie ihn in ihren Besitz bringen, würde sie wieder an sich selbst glauben. Eine wahre Kunstwerkerin zu sein bedeutete in dieser Welt mehr als alles andere. Sie würde alles geben und tun, um so zu sein!

Ein Soldat eilte den Abhang herunter. »Frische Spuren, Sir! Ein Lyrinx und ein Mensch, wahrscheinlich eine Frau.«

»Was für eine Magie Tiaan auch benutzt hat«, meinte Irisis, »sie konnte sich dadurch nicht vor dem Feind schützen.«

»Vielleicht erweist die Sucherin sich letzten Endes doch als brauchbar«, sagte Jal-Nish. »Vorwärts, Leute!«

Sie kletterten in die Maschinen. Die mechanischen Füße stampften weiter, die Soldaten folgten dem Pfad.

»Warum kommen wir so langsam voran?«, murmelte Nish vor sich hin, nachdem sie eine ganze Weile im Kriechgang durch die verschneite Landschaft gezogen waren.

Irisis berührte ihren Taststein und sagte: »Das Feld ist hier schwach.«

»Warum?«

»Vielleicht wird es gestört.«

Nish schaute Ullii an. Sie war so unruhig und zappelig wie ein Kleinkind, hatte sich bis auf die Unterwäsche aus Spinnenseide ausgezogen, die wie eine zweite Haut an ihr haftete, und den Kopf auf Irisis' Schulter gelegt. Bald schlief sie ein.

Nish konnte den Blick nicht von der Sucherin wenden. Immer wieder betrachtete er ihre Rundungen, die kleinen, spitzen Brüste, die schön geschwungenen Hüften und den umschatteten Bereich zwischen ihren Beinen.

»Hast du nichts Besseres zu tun?«, fuhr Irisis ihn scharf an. »Du bist richtig verkommen, Nish.«

Er errötete und schaute zur Seite. Rufe von draußen beendeten die peinliche Situation. Der Klanker kam knarrend zum Stehen und wippte auf seinen acht Beinen vor und zurück. Nish sprang aus der Heckklappe, dichtauf gefolgt von Irisis, die vorsorglich die Klappe schloss.

Sie hatten einen großen steilen Bergabhang erreicht. Überall ragten Berggipfel auf, die dunklen Felswände waren ohne Schnee. Der Gebirgszug hier wirkte bedrohlicher als der, in dem die Fertigungsstätte lag.

»Was ist los?« Irisis ging zur Spitze des Zuges.

Weiter vorne ging es plötzlich extrem steil den Berg hoch. Eine solche Steigung war für die Klanker nicht zu überwinden. Nish ließ besorgt seinen Blick über die Felsformationen schweifen.

»Wie wäre es da?« Jal-Nish deutete auf eine Stelle weiter hinten.

Die drei Steuermänner standen dicht beieinander, flüsterten und mieden Jal-Nishs Blick.

»Also, was ist nun, verflucht noch mal?«, rief er.

Gi-Had schaltete sich vermittelnd ein. »Das schaffen wir nicht.«

»Warum sagen die drei das dann nicht?«

»Das ... liegt an ihren Konventionen. Wenn man sie zu einer Antwort zwingt, werden sie einfach Ja sagen, weil sie nicht der Überbringer schlechter Nachrichten sein wollen. Aber trotzdem kommen wir nicht weiter.«

»Ach, hört mir auf mit den Konventionen der Steuermänner! Hätten sie mir das sofort gesagt –«

»Sie teilen es Euch mit, aber Ihr hört nicht zu.«

»Dann sagt Ihr es mir! Wo kommen wir weiter?«

Gi-Had kratzte sich am Kinn. »Vielleicht dort drüben.« Er deutete auf eine Stelle unterhalb eines Felsvorsprungs. »Versucht es dort!«, rief er.

Die Steuermänner ließen die Klanker rückwärts gehen, was noch komischer aussah als die Vorwärtsbewegung. Mit den sich überlappenden, abgerundeten Schildplatten glichen sie achtbeinigen Gürteltieren. Die Maschinen stapften über den ausgetretenen Pfad zurück und kämpften sich dann schräg den Abhang hoch.

Nish kämpfte sich durch den Schnee bis zu der von Gi-Had angezeigten Stelle. Der Schweiß lief ihm über den Rücken, als er endlich dort oben ankam.

»Ich weiß nicht.« Gi-Had zog die Stirn in Falten. »Was für eine Plackerei bis zu dem Vorsprung dort oben. Es ist zu steil, und bei dem schwachen Feld ...«

»Was, wenn wir eine Rampe aus Schnee errichten?«, meinte Irisis.

»Gute Idee!«

Es dauerte Stunden, obwohl dreißig Soldaten sich mit ihren Schaufeln abmühten, aber schließlich führte eine Rampe aus festgestampftem Schnee bis hinauf zu dem Vorsprung.

»Immer noch ziemlich steil, was?«, meinte Gi-Had. »Was meint ihr?«, rief er den Steuermännern zu, die wieder dicht zusammenstanden. Erneut dämpften sie die Stimmen.

»Was ist jetzt?«, rief Jal-Nish ungeduldig und fuchtelte mit den Händen durch die Luft. »Wir verlieren Tiaans Spur!« Gereizt schlug er gegen einen der Klanker. Sofort drehten die Steuermänner sich ruckartig um und starrten den Perquisitor böse an. Ky-Ara drohte ihm mit geballter Faust. Hastig trat Jal-Nish einen Schritt zurück.

»Was tut das schon zur Sache?«, warf Nish ein. »Die Sucherin kann die Fährte immer wieder aufnehmen.«

»Mit dieser Einstellung hast du dich in Schwierigkeiten gebracht, Junge!«, grollte Jal-Nish. »Es tut eben etwas zur Sache, du Narr, denn bei dem Landstrich jenseits dieser Gipfel handelt es sich um ein Plateau. Und das hättest du wissen können, wenn du dir die Mühe gemacht hättest, vor unserer Abreise eine Karte zu konsultieren. Dort oben können wir sie einholen. Nicht einmal ein Lyrinx hält so lange durch wie ein Klanker, denn auch diese Kreaturen müssen sich irgendwann ausruhen. Aber jenseits des Plateaus liegt Nyst, ein felsiges Land mit Schluchten und Gletscherspalten. Ein Lyrinx erreicht Stellen, wo ihm keine Klanker und auch keine Soldaten folgen können. Deshalb müssen wir sie einholen. Wenn wir es nicht in den nächsten Tagen schaffen, wird es uns nie gelingen. Und wenn das Biest seine Kameraden trifft ...« Der Perquisitor unterbrach sich und starrte lange auf die Schneebank. Seine füllige Brust, die ansatzlos in den rundlichen Bauch überging, hob und senkte sich. »Los, den Abhang hinauf!«, spie er in Richtung der Steuermänner.

Die drei eilten zurück zu ihren Maschinen. Simmos Klanker kroch als Erster die steile Rampe hinauf, und die metallenen Füße begannen sogleich, den Schnee unter sich zusammenzudrücken. Nach zwei Dritteln der Strecke rutschten die vorderen Füße weg. Sie stampften auf der Stelle, gruben Schlaglöcher und blieben dann stehen. Gi-Had gab Sergeant Arple ein Zeichen. Der Offizier brüllte seinen Leuten einen Befehl zu, woraufhin sechs Männer die Rampe hinaufeilten, sich mit den Schultern gegen den Klanker stemmten und auf Gi-Hads Kommando hin schoben.

Wieder rutschten die Füße weg. »Schiebt!«, rief Arple und trieb die Männer an. Der Klanker bewegte sich ein kleines Stück. »Schiebt!«

Jedes Mal bewegte sich die Maschine ein wenig weiter, aber die Soldaten waren bald am Ende ihrer Kräfte. Andere Männer lösten die erste Gruppe ab, und so ging es weiter, bis sie den Klanker so weit hochgeschoben hatten, dass er aus eigener Kraft den jetzt etwas leichter ansteigenden Abhang erklimmen konnte.

»Der Nächste wird's nicht leicht haben«, murrte Gi-Had. »Die Rampe ist jetzt wie eine Eisbahn.«

»Lasst zwei dicke Seile von dem ersten Klanker herunter«, schlug die Monteurin Tuniz vor und kratzte sich am Kopf. »Der kann die anderen hochziehen.«

»Wir werden sehen«, sagte Gi-Had mit zweifelnder Miene, gab aber den entsprechenden Befehl.

Die beiden Klanker starteten. Der erste, der bis zum Rumpf im tiefen Schnee steckte, bewegte sich langsam vorwärts. Er wurde von Ky-Aras Maschine überholt, die sich nunmehr der vereisten, rutschigen Rampe näherte. Auf einmal hing das Seil schlaff durch.

»Mist!«, rief Gi-Had und winkte dem Steuermann heftig zu. »Langsamer! Das Seil muss gespannt bleiben.«

Ky-Aras Klanker erreichte den glatten Pfad, bewegte sich aber zu schnell vorwärts. Die Beine schlugen aus, da die Füße keinen richtigen Halt fanden: Eissplitter flogen in alle Richtungen. Langsam rutschte die schwere Maschine nach hinten.

»Haltet ihn!«, brüllte Jal-Nish.

Zwei Soldaten stemmten sich mit aller Macht gegen die Heckklappe. Arple schrie: »Zurück! Nein, nein! Aus dem Weg!«

Die beiden Soldaten schauten einander an und wussten nicht, an welchen Befehl sie sich nun halten sollten.

»Springt zur Seite!«, rief Arple, aber da war es schon zu spät: Das Zugseil spannte sich, und der Klanker, der keinen Halt mehr fand und in eine langsam schwingende Pendelbewegung geriet, glitt schließlich seitlich die Rampe hinunter und stieß einen der beiden Soldaten über die Kante. Der andere stolperte und wurde von den stampfenden Metallfüßen erfasst. Er stieß einen entsetzlichen Schrei aus. Der Klanker rutschte über die Kante der Rampe, hing noch an dem Seil und trieb tiefe Löcher in den Schneeberg. Ky-Ara kreischte wie unter Schmerzen – ein Geräusch, das sich wie ein Sägeblatt auf Glas anhörte.

Simmo erschrak, als das Gewicht seine Maschine nach hinten zog. Nish wollte gar nicht darüber nachdenken, welchen Kräften die Mechanik der Klanker ausgesetzt war. Einen Moment lang sah es so aus, als würde der erste Klanker gegen den anderen rutschen, aber da hatte Arple seine Männer schon in Bewegung gesetzt. Gerade noch rechtzeitig rollten sie einen Felsbrocken vor Simmos Klanker.

Sowie die Maschine stabilisiert war, stürmte der Sergeant wutentbrannt auf den Perquisitor los. Er packte Jal-Nish an den Kragen und hob den viel kleineren Mann hoch. »Wenn Ihr meinen Leuten noch einmal einen Befehl gebt!«, zischte er böse, »werdet Ihr Euch wünschen, bei Eurer Geburt gestorben zu sein, und es ist mir gleich, ob Ihr Perquisitor seid oder nicht! Ihr gebt

Eure Anordnungen an mich weiter. An niemanden sonst! Ist das klar?«

»Ja«, krächzte Jal-Nish.

Arple ließ den kleinen Mann einfach los und lief zu den verletzten Soldaten. Der Mann, der die Rampe hinuntergestürzt war, hatte nur Prellungen und ein gebrochenes Handgelenk davongetragen, der andere aber hatte sich sämtliche Knochen zwischen Oberschenkel und unterem Rippenbogen gebrochen. Der Sergeant riss die Hose des Mannes auf. Blut sickerte aus den Eingeweiden.

Arple, den Nish für den härtesten und gefühllosesten Sergeanten hielt, dem er je begegnet war, ging neben dem Schwerverletzten in die Hocke und nahm die Hand des Soldaten. »Tut mir leid, Dhirr«, sagte er. »Ich kann nichts mehr für dich tun. Du wirst sterben.«

Dhirr entfuhr ein Keuchen. Mühsam drehte er Arple das schmerzverzerrte Gesicht zu. »Meine Frau ist schwanger. Unser drittes Kind! Was soll aus ihr werden?«

»Sie erweist unserem Land einen großen Dienst«, sagte der Sergeant. »Und das hast auch du getan. Man wird sich um sie kümmern.«

»Aber meine Kinder ...« Dhirr riss den Kopf herum, versuchte noch, sich unter Stöhnen aufzurichten, und sackte seitlich weg.

Arple legte sein Ohr auf die Brust des Mannes. »Er atmet noch. Legt ihn auf eine Trage. Er kann in den Klanker, sobald wir alle oben sind.«

Ky-Ara hatte einen hysterischen Anfall und musste von Simmo getröstet werden. Die beiden Steuermänner hielten einander in den Armen, und Ky-Ara weinte, bis die Tränen auf der Vorderseite seines Mantels gefroren.

»Mit dem Burschen werden wir noch Schwierigkeiten haben«, sagte Gi-Had zu Irisis, die neben ihm stand.

»Er ist ein sehr emotionaler Mann«, pflichtete sie ihm bei. »Als seine Steuereinheit letzten Monat versagte, heulte er eine Woche lang.«

Es dauerte den ganzen Morgen, bis sie den zweiten Klanker mit Winden und Seilen geborgen und wieder auf die Rampe geschoben hatten. Alles wurde so gemacht, wie Gi-Had, Arple und Monteurin Tuniz es zuvor abgesprochen hatten. Die junge Frau hatte Nish einige Jahre Arbeitserfahrung voraus und erwies sich bei dieser Aufgabe als unerwartet nützlich. Nish war froh, dass man ihn nicht um Rat gefragt hatte, denn er hatte keine Ahnung, wie die schweren Maschinen bewegt werden sollten.

Während Ky-Aras Maschine wieder in die Spur gebracht wurde, stampften andere Soldaten für den ersten Klanker einen Weg im weichen Schnee fest. Die übrigen Männer hackten Furchen in die vereiste Rampe, in denen die Füße des Klankers Halt fanden.

Glücklicherweise war Ky-Aras Klanker fast unbeschädigt geblieben. Lediglich eine Verbindungsstange war verbogen, und auf einer Seite wiesen die gepanzerten Platten Dellen auf und schabten nun bei jeder Bewegung. Tuniz und Nish hatten die Reparaturen durchgeführt, als der dritte Klanker nach oben gezogen wurde. Insgesamt hatte sie der Unfall fünf Stunden gekostet.

Seit der unliebsamen Konfrontation mit Arple hatte der Perquisitor kein Wort mehr gesprochen, aber der drohende Ausdruck auf Jal-Nishs rundlichem Gesicht verhieß nichts Gutes. Der Sergeant würde sich vorsehen müssen, sollte in irgendeiner Situation der Perquisitor ihm gegenüber im Vorteil sein. Ein Mann wie Jal-Nish konnte mit Demütigungen nicht umgehen, ganz zu schweigen von der Missachtung seiner Autorität. Aber er schluckte den Ärger vorerst herunter. Die Verfolgung duldete keine weitere Verzögerung.

KAPITEL DREISSIG

Für den Rest des Tages und bis weit in die Nacht hinein trieb Jal-Nish den Trupp unnachgiebig an. In diesem Landstrich war das Feld stark, aber niemand kannte das Gelände. Daher bewegten sie sich vorsichtig im Schein einer einzigen Fackel vorwärts. Es war riskant, aber Jal-Nish wagte es nicht, eine Rast einzulegen. Den Steuermännern verabreichte man würzige Nigah-Blätter, damit keiner einschlief. Bisweilen wurden diese Rauschmittel im Heer verteilt, um gegen die Kälte und die Erschöpfung anzukämpfen. Alle waren angespannt, ahnten sie doch, wie verletzlich sie waren. Ein halbes Dutzend Lyrinx, die im Schutz der Dunkelheit angriffen, könnte sie alle dahinmetzeln.

Unmittelbar nach dem Morgengrauen, als der Trupp bereits eine beachtliche Strecke auf einer Hochebene zurückgelegt hatte, stießen die Späher wieder auf Spuren im Schnee.

»Das sind sie!«, rief einer der Soldaten.

»Ich kann nichts sehen«, sagte Gi-Had. Er saß auf der Plattform eines der Schützen und schaute gerade durch ein Fernglas, als Nish und Irisis nach oben kletterten.

Jal-Nish ging in die Hocke und betrachtete die kleineren Fußabdrücke. »Das sind Tiaans Stiefel. Aber ich begreife das nicht. Wie es scheint, folgt sie dem Lyrinx aus freien Stücken.«

Arple untersuchte die Fährte auf seine Weise und strich sich über die vernarbte Lippe. »Wenn Ihr das aus Stiefelabdrücken herauslesen wollt, dann seid Ihr ein besserer Fährtenleser als ich.«

»Sie ist nicht weggelaufen!«, meinte Jal-Nish.

»Würdet Ihr vor einer Kreatur weglaufen, die dreimal so groß und doppelt so schnell ist wie Ihr? An Tiaans Stelle würde ich genau das machen, was der Lyrinx sagt.«

»Und deshalb seid Ihr auch nur ein Sergeant in der Garnison von Tiksi und kein General an der Front«, höhnte Jal-Nish.

Arple baute sich drohend vor ihm auf. »Habt Ihr je gegen einen Lyrinx gekämpft, Perquisitor?«

»Nein.« Jal-Nish wich einen halben Schritt zurück.

»Dann haltet Euch da raus, ehe Ihr Euch zum Narren macht. Ihr wisst nicht, wovon Ihr redet! Und wenn ich eins hasse, dann sind es die Besserwisser, die es sich in sicherer Entfernung in einem Lehnstuhl bequem machen. Ich habe mit ansehen müssen, wie Hunderte meiner Jungs von den Lyrinx erschlagen wurden, *Perquisitor.* Tot und aufgefressen! Bessere Männer als Ihr es je sein werdet, die für ihre Familien und ihr Land kämpften. Jetzt erzählt mir nichts von Lyrinx. Erzählt mir nicht, wie ich meinen Job zu tun habe. Und verkneift Euch Eure höhnischen Bemerkungen über meinen Mut, solange Ihr mir nicht bewiesen habt, wie mutig *Ihr* seid!« Erhobenen Hauptes schritt er davon.

Gi-Had sagte leise: »Er ist vielleicht nur ein Sergeant, Herr, aber Arple hat seit fünfzehn Jahren im Norden gegen die Lyrinx gekämpft. Fünf dieser Biester hat er erlegt, zwei ganz allein, und das macht ihn zu einem zähen Burschen.«

Der Trupp bewegte sich nun schneller vorwärts und folgte den Spuren im Schnee. Die Soldaten hatten Schneeschuhe angelegt, da das Gelände flach war. Irisis kicherte.

»Was ist für dich so lustig?«, wollte Nish wissen.

»Gut, zu wissen, dass es jemand mit deinem Vater aufnehmen kann. Er ist so ein Heuchler.«

Auch Nish freute das insgeheim, aber die Loyalität zur Familie verbot es ihm, seine Gefühle offen zu zeigen. »Es wird sich zeigen, ob Arple letzten Endes am längeren Hebel sitzt. Mein Vater ist ein schlimmer Feind.«

Weiter vorne kreischte Metall über Metall, und die Maschine kam stotternd zum Stillstand.

»Hört sich nicht gut an«, meinte Irisis.

Nish sprang aus dem Klanker. »Was ist los?«, fragte er Pur-Did, der neben einem der Vorderbeine der Maschine kniete.

»Die Stange hier klemmt, würde ich sagen. Ihr müsst sie ausbauen.«

Nish fluchte. Was für eine Aufgabe in der beißenden Kälte, zumal er nicht einmal Handschuhe würde tragen können.

Tuniz und Nish verbrachten über eine Stunde damit, das Bein auseinanderzubauen. Doch als sie endlich die Einzelteile vor sich liegen hatten und sämtliche Funktionen überprüften, fanden sie nichts. Tuniz ging in die Hocke und sog nachdenklich an einem Fingerknöchel. »Sieht nach einem Rätsel aus«, meinte sie mit einem Grinsen.

Nish quittierte ihre belustigte Miene mit einem finsteren Blick. »Ihr scheint Euch ja ganz schön zu amüsieren, Monteurin.«

»Lasst die offizielle Bezeichnung weg. Ich heiße Tuniz. Die Dinge laufen für gewöhnlich besser, wenn man zwischendurch mal lachen kann.«

Nish merkte, dass er gern mit der Frau arbeitete. »Ihr seid aus Crandor, nicht wahr? Wie kam es, dass Ihr so weit von der Heimat arbeitet?« Sie war schon seit über einem Jahr in der Fertigungsstätte, doch Nish wusste eigentlich nichts über sie.

»Bauen wir erst einmal das Bein wieder zusammen, ja?« Sie redete bei der Arbeit weiter. »Ja, ich stamme aus Roros, aus einer der größten Städte Crandors. Mein Mann war ein Kunstwerker bei der Flotte. Ich sah ihn drei Jahre nicht, und die Kinder ...« Sie unterbrach sich und hantierte mit einer Stange herum, die nicht in die entsprechende Halterung wollte.

Nish stabilisierte den Mechanismus. »Wie viele Kinder habt Ihr?«

Sie nagte an einem der Winkel ihrer Unterlippe. »Zwei Jungen und ein Mädchen. Sie sind sieben, fünf und vier Jahre alt. Ich erhielt die Nachricht, mein Mann sei vermisst. Sein Schiff lief auf Grund, weiter unten vor der Küste von Tiksi. Dann hörte ich, er wäre nicht vermisst, sondern den Feinden in die Hände gefallen. Die Armee wollte nichts unternehmen, also machte ich mich auf die Suche nach ihm.«

»Wie seid Ihr an die Erlaubnis gekommen?«, fragte Nish.

»Ich ... habe keine. Ich ließ die Kinder bei den Großeltern und schmuggelte mich an Bord.« Ihre braunen Augen suchten seinen Blick. »Ich kam zu spät. Mein Mann war aufgefressen worden. Ich versuchte, wieder nach Hause zu gelangen, aber da Krieg herrscht und ich keine Papiere habe …« Sie hielt inne. »Ich musste mich stellen, und da unsere Fertigungsstätte noch erfahrene Monteure brauchte, wurde ich dorthin geschickt.«

»Bestimmt vermisst Ihr Eure Kinder.«

»Ich muss immerzu an sie denken. Und an meinen Mann.« Die Fröhlichkeit war verschwunden. »Bringen wir das hier zu Ende.«

Das neu zusammengesetzte Bein funktionierte, und die Kolonne zog weiter. Ganze Hautpartien an Nishs gefrorenen Händen lösten sich.

»Ich hasse es, unter diesen Bedingungen ein Monteur zu sein«, gestand er Irisis, als gerade sein Vater vorbeikam.

»Es könnte besser laufen, wenn du dich ein wenig mehr anstrengen würdest«, merkte Jal-Nish frostig an.

Sie kamen schneller voran als zuvor. Als der Klanker in dem unebenen Gelände gegen einen Stein prallte, gab der schwer verwundete Dhirr ein Stöhnen von sich. Seine Lider flatterten, dann schlossen sie sich wieder. Irisis stieß Nish in die Seite. Er schaute sich um. »Was ist?«

Ullii starrte Dhirr an; sie machte einen Buckel wie eine Katze, die auf eine Schlange stößt.

»Was hast du, Ullii?«, erkundigte sich Nish.

Die Sucherin wich vor dem Verletzten zurück, bis sie mit den Ellenbogen an die Metallwand des Klankers stieß. Sie schaute sich wie gehetzt um, riss sich die Ohrenschützer ab und stopfte sich die Wachspfropfen in die Ohren. Dann nahm sie die Schutzbrille ab und starrte wieder auf Dhirr. Mit übertriebener Eile band sie sich wieder die Augenbinde um und tastete nach Nishs Hand. Er legte ihre Hand in seine. Ullii zog seine Hand fest an ihre Nase und atmete seinen Duft ein. Erst das schien sie ein wenig zu beruhigen.

Der Klanker setzte stampfend seinen Weg fort und nahm eine leicht abfallende Böschung. Vom vorderen, runden Fenster aus sah man nichts außer Grau.

»Was ist mit dir?«, fragte Nish, wobei er Ulliis Maske anhob, damit die junge Frau ihm von den Lippen lesen konnte.

Sie ließ seine Hand nicht los. »Ich kann seine Schmerzen sehen.«

»Seine Schmerzen sehen?«, wiederholte Irisis.

»Ein blutroter Knoten in meinem Gitternetz, von Haken übersät. Widerhaken, die reißen. Ich versuchte ihm zu helfen, aber unter dem Rot war grelles Gelb. Es brannte. *Er hasst mich!*« Sie krümmte wieder den Rücken. »Ich wollte doch nur freundlich sein«, erklärte sie mit Irisis' Stimme.

»Dhirr weiß nicht, was er tut. Er hat zu große Schmerzen«, sagte Irisis ungewohnt einfühlsam. Leise sprach sie zu Nish: »Vielleicht besitzt er ein schlummerndes Talent für die Geheime Kunst. Viele Leute haben diese Fähigkeit und wissen es nicht. Wahrscheinlich hat sie zu stark nachgeforscht, und dann hat sein Unterbewusstsein sich zur Wehr gesetzt.«

Plötzlich blieb der Klanker stehen; und die Insassen wurden nach vorn geschleudert. Der Soldat stöhnte. Sie kletterten aus der Heckklappe, um zu sehen, was geschehen war. Diesmal sprang auch Ullii aus der Klappe, die Nish gerade schließen wollte.

»Es ist das Vorderbein«, sagte Ky-Ara. »Ihr müsst es noch mal ausbauen.«

»Und mach es diesmal richtig«, stichelte Jal-Nish. »Wenn das Untier uns entwischt, weil du unfähig bist ...«

»Wollt Ihr damit andeuten, dass *ich* unfähig bin?«, fragte Tuniz, richtete sich zu ihrer vollen Größe auf und bleckte die abgefeilten Zähne. Sie überragte den Perquisitor um gut einen Kopf.

»Nein«, erwiderte er matt.

Sie wiederholten die ermüdende Prozedur, konnten aber auch diesmal keine schadhafte Stelle finden. »Könntet Ihr bitte die Steuereinheit überprüfen, Irisis?«, bat Tuniz sie.

»Das ist eine von deinen, nicht wahr?«, fuhr Nish sie wütend an und sog an seinen schmerzenden Fingern.

Tatsächlich war die Steuereinheit das Problem. Irisis behob den Schaden schnell. Durch die Erschütterungen hatte sich ein Arm der Einheit gelöst und saß nicht mehr richtig in der Verankerung.

Weiter ging es, doch nach wenigen Minuten blieb der Klanker erneut stehen.

»Was ist jetzt wieder los?«, schrie Jal-Nish von der anderen Maschine aus. Der Nachmittag neigte sich dem Ende zu.

»Habe das Feld verloren«, sagte Ky-Ara und nahm die Dornenkrone ab. Dann stieg er aus seiner Maschine und beriet sich mit seinen Kollegen. Alle versammelten sich draußen.

»Wo ist sie jetzt, Sucherin?«, fragte Jal-Nish.

Ullii hörte nichts. Nish tippte ihr auf die Schulter. Erschrocken hob sie die Maske an, und Nish bedeutete ihr, die Ohrenstöpsel herauszunehmen.

»Wo ist Tiaan, Sucherin?«, wiederholte der Perquisitor lauter. Der Frust der letzten Stunden war ihm deutlich anzumerken, zumal er nicht zu den Leuten gehörte, die einen Rückschlag leicht hinnahmen.

»Ich kann sie nicht sehen«, antwortete Ullii mit leiser Stimme.

»Warum nicht, verflucht nochmal?« Er ballte die Hand zur Faust.

Ullii versteckte sich zitternd hinter Nish.

»Es liegt an Dhirr«, mischte Nish sich ein und verhinderte, dass Ullii wieder in ihre starre Abwehrhaltung verfiel. »Wir vermuten, dass er ein Talent für die Geheime Kunst hat, davon aber nichts weiß. Unterbewusst verströmt er seinen Schmerz, und das vernebelt das Blickfeld der Sucherin.«

»Ach was!« Jal-Nish eilte mürrisch zur Spitze des Zuges.

Die anderen folgten ihm. Alle standen nun dicht beieinander und stampften mit den Füßen auf, um sich warm zu halten. Der Himmel war klar, aber der Wind frischte auf.

»Wir haben sie verloren!«, grollte der Perquisitor und biss hastig ein Stück von einer getrockneten Wurst ab.

»Aber sie können nicht weit vor uns sein«, meinte Arple. »Die Ränder der Spuren sind noch nicht eingefallen. Weiter unten werden wir sie einholen. Dort ist ein breiter Fluss. Gebt Acht, Steuermänner, der Strom müsste zugefroren sein, aber ihr betretet das Eis erst, wenn ich es sage! Es wird Stellen geben, die einen Menschen tragen, das Gewicht eines Klankers aber nicht halten.«

»Und was ist mit dem Feld?«, fragte Nish Irisis.

»So schlimm wird es nicht sein. Sieh nur, Ky-Ara kommt zurück und lächelt.«

Der Steuermann ging wieder auf seine Position. »Ich habe das Feld«, rief er.

Jal-Nish hatte aufgehorcht. »Gut, dass wir an einen Fluss kommen. Für diesen Fall habe ich noch eine Überraschung parat.«

»So, was denn?«, erkundigte sich Arple skeptisch.

»Ihr werdet es schon sehen!« Jal-Nish sah selbstzufrieden aus, wollte das Geheimnis jedoch vorerst für sich behalten.

Arple wandte sich wieder an seine Männer. »Die Sonne geht in einer Stunde unter. Wenn wir sie noch einholen wollen ...«

»Ich habe sie gesehen!«, rief einer der Späher, der von seinem Aussichtspunkt zurückkehrte und gerade mit seinen Schneeschuhen eine Böschung hinunterfuhr. »Sie sind ganz in der Nähe, auf dieser Seite des Flusses!«

Arple gab Anweisungen und schloss mit den Worten: »Verfolgt sie, so schnell ihr könnt. Der Perquisitor hat denen, die die Frau lebend befreien, eine *Quile* Silber versprochen – und eine weitere für den Kristall!«

»Aber wer ihr ein Har krümmt, wird gevierteilt!«, fügte Jal-Nish warnend hinzu. »Also schießt über ihre Köpfe hinweg, wenn die Frau zu dicht bei dem Lyrinx ist!«

»Die Vorhut nimmt die schweren Armbrüste und sichert die Flanken«, befahl Arple. »Lasst sie nicht entkommen!«

Alle, die nicht zur Truppe gehörten, sprangen wieder in die Maschinen, die sich stampfend in Bewegung setzten. Die Klanker, die zum ersten Mal ihre Höchstgeschwindigkeit erreichten, zogen an den Soldaten vorbei. Der Abhang wurde steiler. Zu beiden Seiten hatten Lawinen den Schnee von den Berghängen gerissen, der sich jetzt schmutzig grau am Ufer des Flusses auftürmte. Ullii verfiel wieder in ihr hohes Kreischen. Nish versuchte, etwas durch das kleine vordere Fenster zu sehen, aber Irisis' Kopf versperrte ihm die Sicht.

»Was ist da los?«, fragte er gereizt. »Lass mich doch mal gucken!«

Sie stieß ihn zur Seite. »Wir holen auf. Der Lyrinx trägt sie jetzt. Er rennt. Ich hätte nie gedacht, dass ein Geschöpf so schnell rennen kann. Aber mit den Schneeschuhen sind die Soldaten auch schnell. Sie wollen den Lyrinx einkreisen und ihm den Weg abschneiden. Äußerst mutig. Er könnte sie zerreißen.«

Irisis schwieg. Nish versuchte, sie beiseitezuschieben, weil er etwas sehen wollte, aber sie stieß ihn zurück.

»Hört auf!«, rief Ky-Ara verärgert. »Ich kann mich nicht konzentrieren.«

Nish zog sich schmollend zurück. »Irisis?«, flüsterte er.

»Der Lyrinx hat sich zwischen die Felsen geflüchtet. Wenn er dort ausharrt und sich verteidigt, wird es blutig enden. Ah, da ist er wieder!«

Ein scharfer Laut war über ihnen zu vernehmen. Der Klanker machte einen Satz, der die Insassen durcheinanderwirbelte. »Wir schießen!«, rief Nish. »Kannst du was sehen?«

»Ich habe ihn verloren. Das war knapp! Das Geschoss hat einen Felsbrocken zertrümmert. Da hätte ich nicht in der Nähe sein wollen!«

Die Mechanik des Katapults rasselte, als der Schütze die Waffe erneut spannte und nachlud. Ein anderer Klanker feuerte. »Genau links von dem Biest!«, rief Irisis. »Ganz schön gewagt!«

»Besser, sie ist tot, als dass sie dem Feind hilft.«

Einen ganzen Tag und ein Gutteil des nächsten hatten Tiaan und Ryll eine riesige Hochebene überquert, auf der überall Felsbrocken aus den tiefen Schneewehen ragten, die der Blizzard aufgetürmt hatte. In dieser Gegend war es zu keinen Erdverschiebungen gekommen. Tiaan hatte immer auf eine Gelegenheit zur Flucht gehofft, aber es ergab sich keine. Ryll behielt sie stets im Auge und konnte sie mühelos einholen, wenn sie fortrannte.

Um die Mittagszeit des zweiten Tages machte er Halt, damit Tiaan etwas essen konnte. Da er keinen Hunger verspürte, kletterte er auf einen Felsen und hielt Wache. Ständig schaute er sich um und suchte das Gelände mit wachsamen Blicken ab. Die Sonne kam heraus und schien hell. Rylls Augen begannen zu tränen, selbst dann noch, als er sie zu schmalen Schlitzen verengte. Für einen Moment schien er verwirrt zu sein. Hatten die Lyrinx einen Schwachpunkt?

Tiaan entrollte ein Päckchen mit Reisbällen. Grauer Schimmel hatte sich auf der Oberfläche gebildet und war auch schon ins Innere der kleinen Kugeln vorgedrungen. Trotzdem nahm sie einen Bissen davon. Sie durfte keine Nahrung vergeuden. Tiaan war minderwertige Nahrung gewohnt und hatte immer nur dann gutes Essen bekommen, wenn sie ihrer Mutter einen Besuch abstattete.

Die Reisbälle rochen schlecht und lagen ihr schwer im Magen. Tiaan aß ein wenig von dem Pökelfleisch. Unweigerlich musste sie an das Gespräch über Menschenfleisch denken. Auf einmal rief schon die Vorstellung, Fleisch zu essen, Abscheu bei ihr hervor. Angewidert spie sie das Fleischstück aus. Kein Zweifel, auch das würde Ryll nicht begreifen können. Schnell schob sie das Fleisch mit der Stiefelspitze unter den Schnee.

Sie brachen auf, doch Tiaan fiel zurück. Der Lyrinx gab ein Tempo vor, bei dem selbst ein trainierter Mensch kaum mithalten konnte, ganz zu schweigen von Tiaan, die sich nicht gut fühlte. In ihrem Magen begann es zu rumoren; der widerliche Geschmack kam ihr immer wieder hoch. Mit gesenktem Kopf und hängenden Schultern trottete sie weiter und musste sich bald übergeben.

Aber auch danach ging es ihr nur wenig besser. Ein stechender Schmerz durchzuckte ihren Magen-Darm-Trakt. Sie musste Acht geben, sich nicht in die Hose zu machen. Der Lyrinx beobachtete sie genau und schien sich jede ihrer Verhaltensweisen einzuprägen. Ryll studierte die Menschen wirklich eifrig.

Wieder krümmte sich Tiaan unter einem krampfartigen Schmerz. Während sie damit beschäftigt war, sich den Mund mit Schnee auszuspülen, kam der Lyrinx zu ihr und ging neben ihr in die Hocke.

»Leiden alle Menschen unter diesen Beschwerden?«

»Das Essen ist schlecht«, keuchte sie und wischte sich die Tränen aus den Augen.

Ryll öffnete die Proviantpakete, die sie bei sich trug, roch an allen Nahrungsmitteln und biss in einen Reisball. »Mir würde das nicht schaden.«

»Nun, dann bist du wohl zäher als ich!«, entgegnete sie schroff. Sie musste vortäuschen, dass sie bloß unter einer vorübergehenden Übelkeit litt. Wenn er erführe, wie schlecht ihr war, würde er sie wahrscheinlich fressen.

Wieder machten sie sich auf den Weg, aber bereits nach einer halben Stunde musste Tiaan erneut anhalten. Sie hockte sich hinter einen Felsen und entleerte ihren Darm, was ihre Schmerzen ein wenig linderte. Sie hatte kaum den Schutz des Felsens verlassen und einen kummervollen Blick auf ihr schweres Gepäck geworfen, als Ryll von seinem Aussichtsfelsen heruntersprang und ihr die

Hände mit einem Lederriemen zusammenband. Ehe ihr klar wurde, was er mit ihr anstellte, schwang er sie auf seine Schulter, klemmte sich ihr Gepäck unter den Arm und rannte los.

Seine Kraft war phänomenal – er machte große, donnernde Sprünge und rannte schneller, als jeder Mensch je hätte laufen können.

»Was machst du da?«, rief sie und strampelte hilflos auf seinem Rücken.

Er antwortete nicht, aber sowie sie eine Anhöhe erreichten, sah Tiaan die Umrisse von Soldaten in der Ferne, die sich gegen den hellen Schnee abzeichneten.

Ryll erhöhte das Tempo noch. Die Soldaten fielen zurück. Er rannte eine halbe Stunde lang, bis er auf einer leichten Anhöhe, die von Felsen übersät war, Halt machte. Hastig sprang er auf einen großen Stein.

Rattata-Rattata-Rattata. Geräusche, die Tiaan nur allzu bekannt vorkamen. In der Ferne schob sich die stumpfe Schnauze eines Klankers auf den Scheitelpunkt der Anhöhe; seine mechanischen Füße erzeugten ein rhythmisches Stampfen. Eine weitere Maschine tauchte neben der ersten auf, danach eine dritte. Dann sah Tiaan die Soldaten, vielleicht dreißig an der Zahl.

Mit dieser geballten Kampfkraft könnten die Menschen einen einzelnen Lyrinx leicht töten, insbesondere einen flügellosen wie Ryll. Ein Klanker war besser bewaffnet und gepanzert und konnte sich mit hoher Geschwindigkeit fortbewegen, solange das Feld dies zuließ. Zu den Waffen zählten das Katapult und eine zweite Vorrichtung, mit der schwere Spieße abgefeuert werden konnten, die selbst den Schuppenpanzer eines Lyrinx durchbohrten.

Ryll packte Tiaan und eilte weiter, aber sie waren noch nicht weit gekommen, als er ein Brüllen ausstieß und sich auf den Boden warf. Tiaan stürzte in den verkrusteten, grauen Schnee. Der Aufprall raubte ihr einige Augenblicke lang die Luft. Ganz in der Nähe steckte ein langer Spieß im Boden; der Schaft zitterte noch. Er war direkt über ihre Köpfe hinweggeflogen.

Tiaan rappelte sich wieder auf. Ihrem Magen ging es nicht viel besser. War das ihre Chance, endlich zu fliehen? Schon lief sie los, aber der Lyrinx brachte sie mit seinem langen Bein zu Fall. Unsanft landete sie mit dem Gesicht zuerst im verharschten Schnee. Zu ihrer Rechten zerschmetterte ein weiteres Geschoss die Spitze eines Felsbrockens.

Ryll rannte mit ihr weiter und nutzte jede sich ihm bietende Gelegenheit, um in Deckung zu bleiben. Hier und da sah Tiaan zwischen den Felskämmen die herannahenden Klanker; jetzt konnte sie sogar die Schützen oben auf den Plattformen ausmachen, die sich mächtig anstrengten, die Waffen nachzuladen. Die Speere waren zwar nicht länger als die der Fußtruppen, aber viel dicker. Die Spitze bestand aus gehärtetem Stahl. Abgefeuert wurden sie mit der Wucht einer riesigen Armbrust und würden jedes Lebewesen zerfetzen, das ihnen in die Quere käme.

Der Lyrinx rannte nun so schnell wie ein trabendes Pferd, sein heißer Atem kam stoßweise aus Nase und Mund. Er hielt Tiaan so fest, dass ihr kaum noch genug Luft zum Atmen blieb. Tränen traten ihr in die Augen und gefroren auf ihren Wangen.

Tatsächlich gelang es Ryll, die Distanz zu den Klankern zu vergrößern, da sie in dem felsigen, unwegsamen Gelände nicht mehr so schnell vorankamen. Wieder sirrte ein Spieß durch die Luft, schlug aber weit hinter ihnen ein. Doch nach einer weiteren halben Stunde konnte Ryll das Tempo nicht mehr halten, blieb keuchend stehen und schaute sich mehrfach um. Für einen kurzen Moment glaubte Tiaan, Entsetzen und etwas wie Todesangst in seinen Augen entdeckt zu haben.

Doch dann eilte er weiter und stapfte einen Abhang hinunter. Allmählich verließen sie die Hochebene, auf der sie sich zwei Tage lang bewegt hatten. Der Hang wurde steiler und wies überall Spuren von Lawinen auf. Die Klanker waren inzwischen ausgeschwärmt, ebenso die Soldaten, die an den Flanken schnell auf ihren Schneeschuhen vorankamen und versuchten, dem Lyrinx den Weg abzuschneiden. Ryll blieb nichts anderes übrig, als weiter geradeaus zu laufen. Sobald er kehrtmachte, würde er den Tod finden. Die Klanker holten wieder auf und kamen erneut in Schussweite. Es gab kein Entrinnen.

Tiaan überlegte, was wohl geschehen mochte, wenn sie ihn töteten, was abzusehen war. Falls Gi-Had und die anderen in ihr eine Kollaborateurin sahen, würden sie sie womöglich auf der Stelle hinrichten oder zurück zur Gebäranstalt bringen. Angesichts dieser Alternative würde sie den Tod vorziehen.

Sie stürmten jetzt den steilen Abhang hinunter. Ryll sprang über das Geröll, das die Lawinen mit nach unten gerissen hatten, doch jeder Schritt war riskant, denn immer wieder geriet der Lyrinx auf dem rutschigen Schnee ins Straucheln. Ein falscher Schritt bei dieser Geschwindigkeit, und sie würden sich das Genick brechen.

Ein Steingeschoss vom Katapult knallte rechts von Tiaan gegen einen Felsbrocken und deckte Ryll und sie mit Splittern ein. Der Lyrinx schrie auf und rieb sich mit der freien Hand das Auge. Er rutschte auf dem Eis aus und wäre um ein Haar gestürzt. Tiaan schrie.

Doch Ryll hielt das Gleichgewicht und rannte noch schneller. Ein weiterer Stein flog über ihre Köpfe hinweg und schlug die Schneekappe von einem Felsvorsprung fort. Der Lyrinx hielt sich links und schlängelte sich durch die Felsblöcke. Im Schutz der Brocken setzte er Tiaan ab und rang nach Atem. Ihre Blicke begegneten einander. Tiaan vermochte seine Miene nicht zu deuten.

Die drei Klanker kämpften sich getrennt voneinander die Anhöhe hinunter, die Vorhut eilte auf ihren Schneeschuhen voraus. Es war nur noch eine Frage von Minuten bis zur Entscheidung. Warum gab Ryll sie nicht auf?

Weiter unten am Abhang türmten sich Hindernisse in Form von Geröll, ausgerissenen Bäumen und Schneemassen auf: ein trügerischer Boden, über den man nicht einfach so rennen konnte, obwohl hier und da unberührte Schneeflächen zwischen den Lawinenstreifen sichtbar waren. Vielleicht war die Schneedecke dort hart genug für ein Wesen mit Rylls Gewicht. Jenseits des Geröllfelds verbarg eine Anhöhe, was dahinter lag. Zu ihrer Linken glaubte Tiaan, einen zugefrorenen Fluss zu sehen.

Ein weiteres Geschoss spaltete einen einsam stehenden Baum vor ihnen. Ryll klemmte sich Tiaan unter den linken Arm und lief weiter. In diesem Gelände kamen die Klanker nur schwer voran. Ryll folgte dem Verlauf eines Schneepfads zwischen den Geröllmassen. Sie erklommen die Anhöhe, und vor ihnen lag ein breiter, sich schlängelnder Strom, der fast vollkommen zugefroren war. Lediglich in der Mitte verrieten dunkle Stellen die wenigen eisfreien

Stellen. Auf der anderen Seite des Flusses konnte Tiaan eine weitere, seicht ansteigende Ebene sehen. Dort gab es kein Versteck, und die Klanker würden sich auf Ryll einschießen. Wohin er sich auch wandte, die Maschinen würden ihn einholen. Immer wieder vernahm Tiaan Minis' Rufe aus weiter Ferne. *Tiaan, Tiaan, warum hast du mich verlassen?*

Der Tag neigte sich dem Ende zu. Die Dunkelheit war vielleicht Rylls letzte Hoffnung. Er eilte weiter. Tiaan kam nicht umhin, seinen Mut zu bewundern. Nach einer weiteren Anhöhe blickten sie direkt auf den starren Fluss, der sich durch die Schneelandschaft schlängelte. Mit einem kehligen Laut blieb Ryll stehen.

Unten, auf dem Eis am anderen Flussufer, stand ein vierter Klanker mit zehn Soldaten; je fünf Mann hatten sich in einem Halbbogen zu beiden Seiten der Maschine gruppiert. Das geladene Katapult zielte direkt auf sie. Plötzlich war das Steingeschoss fort. Ein Pfeifen lag in der Luft, ehe der Stein sich hinter ihnen in den Schnee grub. Aufgewirbelte Flocken schwirrten im leichten Wind.

Ryll sprang auf das Ende einer Lawine. Er stieß ein trotziges, raubtierartiges Brüllen aus, während er wagemutig von einem eisbedeckten Felsen zum nächsten sprang. Ein falscher Schritt würde das Ende bedeuten. Tiaan ahnte das Ausmaß der Gefahr, und sie spürte, wie Ryll sich mit seiner ganzen Willenskraft gegen all seine Verfolger stemmte.

Er machte vier große Sätze, kam ins Rutschen, versuchte sich mit seinen Klauen festzukrallen, geriet ins Wanken, fing sich aber wieder und kämpfte sich mit seinen mächtigen Oberschenkelmuskeln weiter vor. Dreimal dachte Tiaan, er würde fallen und sie unter sich zerquetschen, dreimal hielt er sich gerade noch so auf den Beinen. Am anderen Flussufer waren die Soldaten verzweifelt darum bemüht, sich immer wieder neu auf ihr bewegliches Ziel einzustellen. Mit einem letzten Sprung hob Ryll am Ende der Lawinenzunge ab und rannte hinunter zum Fluss.

Ryll hätte es beinahe ungehindert zum Fluss geschafft, wenn nicht im selben Augenblick einer der drei Klanker genauso waghalsig den Abhang hinabgestürmt wäre und nun weiter flussabwärts über einen freien Durchlass zum Strom gelangte. Der Steuermann hielt sich nicht an Arples Anweisungen und arbeitete sich mit der achtbeinigen Maschine auf der schneebedeckten Eisfläche vor.

Mit einem ohrenbetäubenden Kriegsschrei rannte Ryll auf das Eis. Die Oberfläche war rutschig; der Wind hatte an vielen Stellen die Schneedecke verweht. Die Klanker hatten keine großen Schwierigkeiten: Jetzt näherten sie sich aus vier Richtungen und blockierten jeden Fluchtweg. Unter Aufbietung all seiner enormen Kraft schaffte Ryll es bis zur Mitte des Flusses. Es reichte nicht. Sie waren umzingelt.

Der Klanker rumpelte über den unebenen Boden und drosselte die Geschwindigkeit auf der Böschung. »Kannst du sie noch sehen?«, rief Nish.

»Ab und zu«, erwiderte Irisis. »Der Lyrinx läuft kreuz und quer durch die Felsen. Wir müssen außen herum. Ein schlechter Platz für einen Hinterhalt. Ich kann das Wesen nicht sehen. Da ist er wieder! Auf der anderen Seite, er hat sie sich unter den Arm geklemmt. Er scheint jetzt wirklich zu fliegen. Er bahnt sich seinen Weg zwischen den Lawinenmassen hindurch. Da passen wir nicht durch.«

Nish versuchte die ganze Zeit aus dem kleinen Fenster zu schauen, doch Irisis ließ ihn nicht. »Lass mich auch mal gucken, du eigensinnige Kuh!«

»Hör auf«, fuhr sie ihn an, »du störst den Steuermann mit deinem Gejammer.« Sie blickte wieder aus dem Bullauge. Der Eifer in ihrer Stimme erlahmte. »Er entwischt uns. Jetzt ist er oben auf der Lawine und springt von Fels zu Fels. Wie eine Bergziege«, meinte sie mit einer Spur Bewunderung. »Wir können ihm wohl nur mit einem Spieß beikommen.«

»Unser Schütze lädt gerade nach«, sagte Nish. »Ich kann hören, wie er die Waffe spannt.« Die Geräusche kannte er gut; seine Arbeit als Monteur umfasste hauptsächlich Reparaturen und Justierungen von Geschossvorrichtungen, mit denen man einen schweren Wurfspieß über eine große Distanz abfeuern konnte. Ein geübter Schütze erzielte eine hohe Trefferquote, allerdings nicht in einem Klanker, der in Bewegung war, und schon gar nicht in unebenem Gelände.

Vor dem Steuermann ertönte eine Glocke. Der Klanker hielt an.

Der Aussichtsmechanismus über ihnen knarrte. Wieder erzitterte der Klanker und schwankte, allerdings nicht so stark wie beim Abfeuern eines Geschosses. Die Maschine setzte sich wieder in Bewegung. Es begann zu schneien. Der Wind frischte auf und wirbelte die Flocken durch die Luft. Das Wetter verschlechterte sich zusehends.

»Und, erfolgreich?«, rief Nish.

»Nein, wir kommen zu spät; er ist fast schon auf dem Eis ...«

Ihre Stimme verlor sich. Vielleicht dachte sie im Augenblick daran, was sie erwartete, wenn sie versagten. Nish jedenfalls hatte seine Bedenken.

»Er ist auf dem Eis. Doch die Schicht scheint dünn zu sein. Ich kann hier und da Wasser sehen. Arple wird nie zulassen, dass die Klanker sich aufs Eis wagen.«

»Dann haben wir ihn wohl verloren«, sagte Nish missmutig.

»Oh!«, entfuhr es Irisis. »Genial. Dein Vater hatte tatsächlich noch einen Trumpf. Da!«

»Was siehst du?«, rief er gespannt.

»Auf der anderen Seite des Flusses nähert sich noch ein Klanker dem Ufer, mit einer Schar Soldaten. Offenbar hat er die Einheit noch vor dem Schneesturm heimlich auf den Weg gebracht, nur für den Fall.«

»Ein Glückstreffer!« Nish schmeckte es gar nicht, dass letzten Endes sein Vater den Erfolg davontragen würde.

»Mag sein. Der Lyrinx musste ja irgendwo den Fluss überqueren. Von einem höheren Punkt aus werden sie unsere Fackel in der Dunkelheit gesehen haben. Genügend Zeit also, um Stellung zu beziehen.« Irisis senkte ihre Stimme. »Der Lyrinx ist stehen geblieben. Er weiß, dass er nicht mehr fliehen kann.«

Auch der Klanker hielt an. »Sind wir nah genug dran?« Nish sprach in seiner Aufregung viel zu laut.

»Fast am Flussufer.«

Nish öffnete die obere Luke und kletterte auf die Maschine. Ullii, die während der langen Jagd keinen Laut von sich gegeben hatte, stimmte ein wehklagendes Geheul an und griff nach seiner Hand, aber es war zu spät. Irisis kletterte ihm nach, gefolgt von Ullii, die es nun auch nicht mehr auf ihrem Platz hielt. Dunkelheit senkte sich über das verschneite Land; der Schnee fiel dichter. Jal-Nish verständigte sich über Handzeichen mit dem Klanker am anderen Ufer.

»Ich weiß nicht, ob das eine gute Idee ist, den Klanker zu verlassen«, murmelte Irisis und sprang von der oberen Plattform auf den harten Boden.

»Sehe ich auch so«, meinte Nish und tat es ihr gleich. »Aber ich will nach all den Strapazen nicht in dem Ding hocken. Ich möchte sehen, wie das Biest erlegt wird.«

»Tiaan unternimmt nicht einmal den Versuch, wegzurennen«, sagte Irisis. »Vielleicht war sie doch der Spion.«

»Hört mit dem Gerede auf«, fuhr Gi-Had mahnend dazwischen. Er spähte durch das Fernglas auf den Fluss. »Sie ist gefesselt!«

»Sie hat mehr Angst vor uns als vor dem Wesen.« Die Bemerkung kam von Ullii, die plötzlich neben Nish stand.

Nur Nish vernahm die leise gesprochenen Worte, aber er schenkte ihnen keine Beachtung, da er zu sehr von der Jagd auf den Lyrinx abgelenkt war. Der Wind wirbelte Schneewehen über das Eis. Nish hörte, wie die kräftigen Böen durch die Mechanik der Geschossvorrichtung heulten. Ihm fröstelte. Es würde eine klägliche Nacht werden, ganz gleich, wie die Jagd ausging.

Mit einer schnellen Bewegung, die man kaum mit bloßem Auge wahrnehmen konnte, hielt der Lyrinx sich Tiaan vor die Brust. Gi-Had rief der Kreatur zu, sich zu ergeben. Der Lyrinx verharrte regungslos.

»Was sollen wir machen?«, sagte Nish. »Wenn wir schießen, wird Tiaan mit Sicherheit sterben.«

»Ich will sie lebend haben«, knurrte Jal-Nish. Er rief Fyn-Mah zu sich. »Können wir irgendetwas machen?«

»Nicht aus dieser Entfernung«, antwortete die Queristin. »Außerdem schauen Leute zu. Die Geheime …«

»Verflucht seien die Vorschriften! Versucht es!«

Die Queristin zuckte die Schultern, formte ihre Finger zu einem Kreis und schaute hindurch. Sie pfiff durch die Zähne, ihre schwarzen Haare richteten sich auf, und eine Kugel aus Nebel waberte wenige Schritte vor ihr auf Kopfhöhe.

Ullii schrie auf, als ein Knallen ertönte, als hätte jemand zwei

Schilde aneinandergeschlagen. Rechts vom Lyrinx wurde eine Schneewolke aufgewirbelt. Als Antwort erklang ein Brüllen, und Fyn-Mah wurde von einer Druckwelle zu Boden gerissen, als hätte sie einen Schlag mit der Faust erhalten.

Nish half ihr wieder auf. Die Lippe der Queristin blutete. »Er ist zu stark«, murmelte sie und schielte. »Hat es zurückgeworfen.«

Irisis starrte auf ihren Taststein, der kurz grün aufleuchtete und wieder erlosch.

»Was ist?«, rief Nish.

»Ich weiß es nicht, aber irgendetwas hat soeben meinen Taststein aktiviert. Ich sah das Feld klar vor mir, das sich in alle Richtungen erstreckte.«

»War das der Feind oder Tiaans Kristall?«, verlangte Jal-Nish zu erfahren.

»Ich weiß es nicht«, antwortete Fyn-Mah, »aber der Lyrinx beherrscht die Geheime Kunst. Er ist zu stark für mich.«

Im Stillen freute sich Irisis über dieses Geständnis. Die hochnäsige Queristin war demnach doch nicht so talentiert, wie sie vorgab. »Wir wollen auch den Kristall haben«, rief Irisis allen in Erinnerung.

Der Perquisitor warf ihr einen nachdenklichen Blick zu. »In der Tat, aber wichtiger ist Tiaan. Ich werde jedem, der ihr ein Haar krümmt, den Kopf abschlagen lassen. Wenn die Bestie sich nicht freiwillig ergibt, Arple, dann schießt Ihr, wenn ich den Befehl dazu gebe. *Aber zielt nur auf die Beine!*«

»Und wenn wir Tiaan treffen?«, fragte Gi-Had.

»Als Kunstwerkerin braucht sie keine Beine.«

Ryll blieb unmittelbar zwischen zwei schwarz schimmernden Wasserflächen stehen. Das Eis wurde dünner. Tiaan spürte, wie die Fläche sich unter ihrem Gewicht verbog.

»Gib die Gefangene frei, Lyrinx!«, brüllte Gi-Had vom Ufer aus. »Und nimm die Hände hoch!«

Ryll drückte Tiaan an seine Brust. Sie spürte, wie seine Muskeln zuckten. »Wenn ihr schießt, stirbt sie!«, schrie er zurück.

Tiaan sah von einem Klanker zum nächsten. Die Wurfspieße

schienen direkt auf sie zu zielen. Aber die würden doch nicht auf sie schießen?

»Feuer!«, rief Jal-Nish mit unbeweglicher Miene.

Schlagartig wurde ihr bewusst, was dieser Befehl bedeutete: Wenn die Soldaten sie nicht befreien konnten, hatten sie die Anweisung, sie zu töten, damit ihr Talent nicht in die Hände des Feindes kam.

Die Klanker feuerten. Der Perquisitor nahm also tatsächlich ihren Tod in Kauf. Plötzlich bewegte Ryll sich so schnell, dass sie gar nicht merkte, was geschah. Kopfüber sprang er mit ihr in das eiskalte Wasser. Der Schock war so groß, dass Tiaan glaubte, ihr Herz habe aufgehört zu schlagen. Ihre Lungen verkrampften. Ihr war, als hätte man sie lebendig im Eis begraben.

KAPITEL EINUNDDREISSIG

Als der Lyrinx durch das Loch im Eis abtauchte, stieß Irisis ungewollt einen Schmerzensschrei aus. Die Klanker feuerten, erst einer, danach zeitgleich die drei anderen. Zwei Geschosse durchbrachen das Eis neben dem Loch, ein drittes schwirrte über die Köpfe von Jal-Nish und Gi-Had hinweg und bohrte sich in den Ausläufer einer Lawine. Der vierte Speer prallte neben dem Eisloch an der Oberfläche ab und rutschte über den zugefrorenen Fluss. Mit einem kreischenden Laut zerfurchte die scharfe Spitze das Eis.

»Stopp!«, brüllte Arple und wedelte mit beiden Armen. »Ihr tötet noch jemanden!« Er rannte zu dem Eisloch, das so groß wie ein Klanker war. Die Soldaten folgten ihm. »Vorsicht, das Eis ist hier dünn!«

Es wurde dunkel, und der Schnee fiel dichter.

Jal-Nish schritt zu den Soldaten. Er war außer sich, sein Gesicht lief dunkelrot an. »Wenn er mit ihr entkommen ist«, stieß er wütend hervor, »und der Kristall verloren ist, lasse ich alle Männer hier auspeitschen.«

Zwei Soldaten versteiften sich. Arple ging zu seinen Leuten und bedeutete ihnen, den Mund zu halten. Dann wandte er sich an den Perquisitor. »Ich würde mich hier draußen mit meinen Drohungen zurückhalten – so ganz allein«, sagte er leise.

»Wollt Ihr *mir* drohen?«, brüllte Jal-Nish.

»Ich bin ein treuer Soldat, Herr.« Arple fasste sich an den Helm. »Ich versuche, Euch zu schützen. Meine Truppen haben ihr Bestes gegeben. Wir haben Eure Befehle ausgeführt. Wenn wir ohne Einschränkung hätten feuern können, wäre das Biest jetzt tot.«

Jal-Nish wandte sich wutentbrannt ab; sein rundlicher Bauch zitterte. Es sah so aus, als würde der Perquisitor jeden Augenblick vor Wut platzen.

Nish ging zu ihm, gab jedoch bei jedem Schritt auf dem Eis Acht. »Alles in Ordnung, Vater?«

»Wenn wir sie nun verloren haben ...«, begann Jal-Nish. Seine rot angelaufenen Wangen zitterten, sein Kinn bebte. Einen Moment lang befürchtete Nish, sein Vater würde in Tränen ausbrechen. »Ach, Cryl-Nish, durch sie wäre ich ein gemachter Mann gewesen.«

»Vielleicht lebt sie noch, Vater. Wir dürfen die Hoffnung nicht aufgeben.«

Jal-Nish schickte ihn mit einer abfälligen Geste fort. Nish eilte zu dem gezackten Loch im Eis. »Habt Ihr Blut im Wasser gesehen?«, fragte er Arple.

»Nein, aber das heißt nicht, dass wir das Biest nicht vielleicht doch getroffen haben. Das Wasser fließt schnell unter dem Eis.«

Jal-Nish stolzierte zu ihnen, seine Miene war starr. »Die Kunstwerkerin muss gefunden werden, Sergeant, auch ihr Kristall. Ich ...« Er zögerte. »Sie verfügt über Geheimnisse. Sie ist entscheidend in diesem Krieg.«

Arple erteilte seinen Leuten Befehle. Flussabwärts setzte sich ein Klanker in Bewegung. »Männer, bildet kleine Gruppen. Macht Pechfackeln. Geht an den Ufern entlang bis hinter die Biegung. Sucht das ganze Wasser ab, aber seid vorsichtig. Nix und Thurne, ihr geht flussaufwärts. Ich bezweifle, dass ein Lyrinx so weit tauchen kann, im Wasser sind sie nicht gut. Aber wir dürfen es nicht drauf ankommen lassen. Bleibt immer zusammen. Gebt Acht bei jedem Schritt. Wenn die Sicht schlechter wird, orientiert ihr euch an den Fackeln. Wir schlagen hier unser Lager auf.« Er deutete in Richtung der Felsbrocken am Flussufer. »Lyrinx sind viel zäher als Menschen. Man kann erst dann sicher sein, dass einer wirklich tot ist, wenn man seine Leiche gefunden hat. Und am besten schlägt man ihm dann noch vorsorglich den Kopf ab. Manch ein Soldat fand den Tod, wenn ein Lyrinx in seinen letzten Atemzügen um sich schlug.«

Die Soldaten eilten davon; ihre Pechfackeln verschwanden im Schneetreiben.

Arple wandte sich zum Gehen. »Wir müssen das Lager errichten, solange wir noch Licht haben, Perquisitor.«

»Verflucht sei dieses Lager«, schimpfte Jal-Nish. »Ich will, dass jeder Mann …« Er unterbrach sich, als ihm aufging, wie töricht seine Worte waren.

»Wir müssen die Zelte jetzt aufschlagen, Herr, wenn wir überleben wollen. Und wenn wir die Kunstwerkerin finden, brauchen wir Feuer und Nahrung, um sie zu retten.«

Er gab den Befehl, bei den Ausläufern der Lawinen nach Brennholz zu suchen. Die Soldaten, die nicht an der Suche beteiligt waren, machten sich daran, ein Feldlager zu errichten: Im Schutz der großen Felsen wurden Zelte aufgeschlagen, weiter hinten legte man eine Latrine an. Frisches Trinkwasser stand in Eimern bereit, Kochstellen wurden mit Pech befeuert. Die Klanker standen nebeneinander. Der vierte von ihnen sah etwas anders aus: Er war kürzer, aber breiter und hatte lange Eisenstangen auf der Plattform. Nish fragte sich, wozu das dienen mochte. Die Soldaten der fremden Einheit trugen weiße Uniformen und wurden von Rustina angeführt, einer großen, streng dreinblickenden Frau mit rotem Haar. Nur selten wurde es jungen Frauen im gebärfähigen Alter gestattet, in die Armee einzutreten. Niemand kannte Rustina, und ihre Truppe erwies sich als schweigsam und verschlossen.

»Wie lauten Eure Befehle, Perquisitor?«, fragte Arple, nachdem das Lager errichtet war.

»Sucht die ganze Nacht!«, ordnete Jal-Nish an. »Wir müssen Tiaan finden. Und wenn wir den Lyrinx lebend fangen, umso besser. Wenn er überlebt hat, wird er schwach sein.«

»Niemand kann in diesem kalten Wasser überleben, Herr.«

»Trotzdem gebe ich erst auf, wenn ich die Leichen sehe. Der Skrutator wird sich mit nichts anderem zufriedengeben.«

»Sie könnten inzwischen meilenweit unter dem Eis flussabwärts getrieben sein.«

»Möchtet Ihr das vielleicht dem Skrutator erklären?«, zischte Jal-Nish.

»Nein«, erwiderte Arple ruhig. »Das möchte ich nicht.«

»Und ich ebenso wenig. Wir suchen jedes Loch im Eis und beide Ufer ab.«

Irisis schloss sich einem Suchtrupp an. Nish folgte derweil einem Klanker die Böschung hinauf zu einer Senke, wo sie zuvor einige knorrige Kiefern gesichtet hatten. Bald hatte man einen abgestorbenen Baum mit Äxten gefällt, den der Klanker dann zum Lager zog, wo er zu Kleinholz gehackt wurde. Die Soldaten sammelten Zapfen und trockene Zweige, da sie den kostbaren Vorrat an Pech nicht sofort aufbrauchen wollten. In einem Schneesturm könnten sie tagelang festsitzen, selbst im Herbst.

Irisis kehrte allein von der Suche zurück, als die Lagerfeuer schon hell loderten. Sie sah niedergeschlagen aus. »Nichts gefunden«, teilte sie Jal-Nish mit, der ein Grunzen von sich gab und davonging.

»Wo ist Ullii?«, fragte Nish.

»Woher soll ich das wissen?«, entgegnete sie schroff.

Zwischen Felsbrocken fanden sie die Sucherin. Ullii hatte sich fast ganz entkleidet und trug nur noch ihre Unterwäsche aus Spinnenseide am Leib.

»Was machst du hier draußen in diesem Aufzug?«, schalt Irisis sie. »Hast du vollkommen den Verstand verloren?« Sie zog ihren Mantel aus, legte ihn der kleinen Frau um die Schultern und trug Ullii zum Lagerfeuer. Die Sucherin war zu schlaff, um sich zu wehren.

»Er war hinter mir her«, wisperte sie. »Er wollte mir wehtun.«

»Von wem redest du?«, fragte Irisis und horchte auf. »Doch nicht von dem Lyrinx?«

»Von dem Mann da drin. Er schlug auf das Gitternetz ein und wollte in mein Versteck.«

»Und was macht er jetzt?«

»Ich kann ihn nicht sehen«, wimmerte sie.

Nish und Irisis gingen verwundert zu dem Klanker. Dhirr lag mit verzerrtem Gesicht und offenem Mund auf der Trage. Die Finger waren zu Krallen gekrümmt, als hätte er tatsächlich versucht, die Sucherin zu belästigen. Offensichtlich war bei ihm bereits die Totenstarre eingetreten.

»Er ist tot«, beruhigte Irisis die Sucherin. »Er kann dir nicht mehr wehtun. Los, komm herein. Hier ist es wärmer als draußen.«

Aber Ullii ließ sich nicht dazu überreden, in die Maschine zu klettern, auch dann nicht, als die Leiche längst hinausgeschafft und auf Arples Anweisung hin begraben worden war. Sie zogen Ullii warm an, die auf der anderen Seite des Feuers zwischen den Felsen kauerte, die Maske vor den Augen.

Nish stand vor dem lodernden Feuer und wärmte seine Hände an einer Schale Suppe auf. Durch eine der Zeltwände konnte er die Stimme seines Vaters hören.

»Ihr habt heute gute Arbeit geleistet, Sergeant.«

Rustina hatte einen näselnden Akzent. »Es war knapp, Herr. Wir hatten Glück, dass wir rechtzeitig in Stellung gehen konnten. Beinahe wären wir in dem Blizzard gestorben.«

»Ich habe mir schon Sorgen gemacht«, sagte Jal-Nish.

Ganz bestimmt, dachte Nish. *Du hast doch nur Angst gehabt, man würde dir die Schuld geben, wenn die Einheit vernichtet worden wäre.* Wichtig war für seinen Vater nur, eines Tages Skrutator zu werden.

»Von unserer Position aus konnten wir sehen, dass eine Schlechtwetterfront aufzog«, erzählte Rustina. »Aber wir waren vorbereitet und suchten Schutz in einem alten Stollen. Zum Glück kamen wir rechtzeitig dort an. Der Schneesturm setzte früher ein, als wir dachten. Ohne Unterschlupf wären wir alle erfroren.«

»Ich wusste, Ihr würdet mich nicht enttäuschen«, sagte Jal-Nish.

Nish war angewidert. Zum ersten Mal in seinem Leben sah er, dass Ehrgeiz nicht alles war.

Mit verbitterter Stimme erklärte sie: »*Niemand* will die Lyrinx mehr vernichten als ich, Herr.«

Erst nachdem sie alle gegessen und diejenigen, die nicht zur Wache eingeteilt waren oder den Fluss absuchten, sich zum Schlafen hingelegt hatten, fiel jemandem ein, Ullii zu fragen, ob sie Tiaan *sehen* konnte.

»Ich konnte sie nicht sehen, als ich in dem Klanker saß«, antwortete sie. »Der böse Mann schrie und versuchte, nach mir zu schlagen. Ich lief fort, und dann sah ich den Kristall.«

»Das muss unmittelbar nach Dhirrs Tod gewesen sein«, sagte Irisis zu Jal-Nish. »Er hat ihre innere Sicht blockiert.«

»Und was ist dann passiert?«, fragte der Perquisitor weiter.

»Ich sah sie, durch meine Schutzbrille.«

»Genauso gut wie in deinem Geist?«, erkundigte sich Irisis.

»Ja! Aber das Klauentier sprang mit ihr ins Wasser. Danach konnte ich sie nicht mehr sehen. Auch ihren Kristall nicht.«

»Und in deinem Geist konntest du sie auch nicht mehr sehen?«, mutmaßte Nish.

»Sie erlosch wie eine Lampe.«

»Sie ist tot!«, rief Irisis. »Entweder ist sie ertrunken oder erfroren, und der Hedron ist auf den Grund des Flusses gesunken. In der Eiseskälte ist auch sein Licht erloschen.« Mit leerer Miene wandte sie sich ab.

»Wir sollten trotzdem weiter Ausschau halten«, schlug Fyn-Mah vor, die seit ihrem fehlgeschlagenen Versuch, einen Zauber zu wirken, kaum ein Wort gesprochen hatte.

»Natürlich werden wir das tun«, erklärte Jal-Nish hitzig. »Wir sind nicht hier, um Mutmaßungen anzustellen, sondern um *Gewissheit* zu haben.«

In der Nacht kam ein Sturm auf. Arple rief seine Männer ins Lager, und selbst Jal-Nish hielt sich diesmal mit seinen missbilligenden Bemerkungen zurück. Die Wachen erlebten eine der schlimmsten Nächte ihres Lebens, und der Wind pfiff auch am folgenden Morgen noch kalt über die karge Landschaft.

Nishs Finger waren so kalt, dass es schmerzte, wenn er sie nur bewegte. Er sagte kein Wort – schon als Kind hatte ihm der Gürtel seines Vaters beigebracht, sich nicht zu beklagen. Sowie der Morgen graute, schloss er sich einem der Suchtrupps an und bemühte sich verzweifelt, mit den anderen Schritt zu halten. Sie suchten wieder das Flussufer ab, auf beiden Seiten, fanden aber keine Spur.

Doch Jal-Nish wollte noch nicht aufgeben. So ging der Tag dahin, und die folgende Nacht war, aufgrund der tiefen Temperaturen, noch unerträglicher. Am nächsten Morgen hingen wieder dunkle Schneewolken am Himmel. Die Soldaten begannen zu murren, und selbst Arple konnte sie nicht davon abhalten, ihren Unmut zu zeigen. Die Queristin sprach während des Tages mehrmals mit Jal-Nish, aber er zeigte sich unnachgiebig.

Schließlich sprach Monteurin Tuniz, die sich zuvor lange mit den Steuermännern beraten hatte, mit Fyn-Mah, die daraufhin mit ihr zum Perquisitor ging. Nish, der zur Wache eingeteilt war, hörte das Gespräch zufällig mit.

»Wir müssen zurück, Herr«, begann Tuniz, »denn sonst laufen wir Gefahr, die Klanker zu verlieren.«

Er drehte sich ruckartig zu ihr um. Seine Wangen wirkten schlaff und eingefallen, seine vollen Lippen waren blutleer und grau. Der Perquisitor sah aus wie ein Mann, der versagt hatte und seine Niederlage nicht verarbeiten konnte. »Warum, Monteurin?«

»Es ist einfach zu kalt. Das Öl in den Leitungen wird hart. Wenn es gefriert, können wir die Klanker gar nicht mehr in Bewegung setzen.«

»Dann wärmt die Leitungen! Das schafft Ihr doch, nicht wahr?«

Tuniz schenkte ihm ein Lächeln mit ihren spitzen Zähnen. »Schon, aber es wird immer wieder hart werden. Und dann haben wir noch ein Problem. Ein schwerwiegenderes.«

»Was denn noch?« Jal-Nish hasste es, wenn jemand ihn von etwas überzeugen wollte, das seiner eigenen Auffassung zuwiderlief.

»Das Metall der Getriebeketten wird brüchig bei diesen Temperaturen. Wenn nur eine bricht, müssen wir den Klanker zurücklassen. Im Winter wird er zuschneien, dann können wir ihn nicht bergen. Und dann rostet er, sobald das Tauwetter einsetzt.«

»Also gut«, sagte Jal-Nish und ergab sich in seine bittere Niederlage. »Wir brechen im Morgengrauen auf.«

KAPITEL ZWEIUNDDREISSIG

Tiaan träumte, dass sich das riesige Maul eines Lyrinx über ihren Kopf senkte, um ihn abzubeißen. Sie sah sich in den Wirbeln des schnell strömenden Wassers, gefangen in einem Sog aus blauen, grünen und dunkelroten Strudeln. Sie träumte, dass sie einen Fisch verschluckt hatte, der in ihrem linken Lungenflügel zappelte und sich mit seinen Widerhaken verfing.

Eine beißende, schneidende Kälte – die schlimmste, die sie je gefühlt hatte. Ein Schlag in ihrer Brust, noch einer. Etwas, das einen überwältigenden Wildgeruch verströmte, glitt über ihr Gesicht.

Dieses Klopfen in ihrer Brust setzte wieder ein, ehe es schwächer wurde.

Ihre Finger und Zehen schmerzten so stark, dass Tiaan mit Tränen in den Augen aufwachte. Sie war in etwas Kratziges gewickelt, und ihre Füße fühlten sich an, als hätte jemand mit Glasscherben darüber gerieben.

Matt schlug sie die Augen auf. Sie schien in einer Höhle zu liegen, deren Eingang von einem Felsüberhang verdeckt wurde. Hinter ihr knisterte ein Feuer, ein anderes brannte bei ihren Füßen. Ryll hockte am Boden und rieb sich die Füße und Waden. Die Klauen hatte er eingezogen. Seine Hand hatte sich wieder vollständig regeneriert. Über dem rechten Auge hatte er eine starke Prellung.

»Meine Füße fühlen sich wie Eiszapfen an, die man abschlagen kann«, wisperte sie.

»Hier ist Brühe.« Er machte sich an dem Feuer zu schaffen und hielt Tiaan die hohle Hand vor den Mund. »Hier, trink.«

Bereitwillig machte sie den Mund auf, aber als sie sich fragte, woraus diese Brühe bestehen mochte, kniff sie die Lippen aufeinander.

»Was ist los?«, fragte der Lyrinx.

»Das ist doch nicht etwa …?«

Ryll lächelte. Das erste echte Lächeln, das er ihr schenkte. Die vielen Zähne waren Furcht erregend, und doch war Rylls Lächeln von entwaffnender Offenheit. »Das ist Bärensuppe. Von einem großen, alten Hürn-Bären, der die besten Jahre hinter sich hatte. Du liegst eingehüllt in seinem Fell.«

Erst jetzt merkte Tiaan, dass sie nichts mehr am Leib trug, und errötete.

»Mund auf!«, befahl Ryll.

Sie schüttelte den Kopf und musste die ganze Zeit daran denken, dass sie nackt dalag, verhüllt nur von einem Bärenfell, und diesem … Raubtier auf Gedeih und Verderb ausgeliefert war.

Ryll hielt ihr die Nase zu, bis Tiaan gezwungen war, den Mund zu öffnen. Die Brühe tröpfelte auf ihre Zunge. Sie war heiß. Tiaan schluckte, würgte, fand den Geschmack gut und schluckte wieder. Eine angenehme Wärme durchströmte ihren Magen.

All ihrer Würde beraubt, nuckelte sie an Rylls Hand wie ein verhungerndes Kalb, das nach mehr verlangt. Er schöpfte immer wieder mit der hohlen Hand aus dem ausgehöhlten Stein, der im Feuer lag. Kurz darauf lehnte Tiaan sich zurück, ihr Magen krampfte sich zusammen. Die Kälte ließ von ihrem Bauch ab, aber ihre Hände und Füße fühlten sich eiskalt an. Ryll sah sie unverwandt an.

»Wie sind wir ihnen entkommen?«, fragte sie. Sie konnte sich nicht mehr an die Flucht erinnern.

»Ich habe dich fest an mich gedrückt, weil ich dich warm halten wollte, aber du starbst.«

Sie setzte sich auf und starrte ihn ungläubig an. Ein stechender Schmerz brannte in ihrer Brust. »Was?«

»Bei dem Schock setzte dein Herz aus. Ich konnte dich nicht warm genug halten. Ich ließ mich flussabwärts treiben. Vielleicht anderthalb … Meilen. Erst dann konnte ich wieder ans Ufer.«

»Wie hast *du* überlebt?«

»Ich wäre beinahe ertrunken. Ich durchlebte den größten Schreck meines Lebens. Wir mögen kein Wasser.«

»Wieso nicht?«, krächzte sie.

»Schwimmen liegt uns nicht. Wir haben im Wasser keinen Auftrieb, und unsere Schwingen verfangen sich. Glücklicherweise ...« – er hielt kurz inne, und sie konnte seine Verbitterung spüren – »... habe ich keine Schwingen. Ich fand ein Loch, aber das Eis brach immer weg. *Ich kam nicht aus dem Fluss!* Ich wäre beinahe verrückt geworden in meiner Angst.« Schwarze Zacken huschten über seine Brustplatten. »Die Strömung zog mich nach unten, klemmte mich dann aber zum Glück zwischen einem Felsen und dem Eis ein. Ich durchbrach das Eis und lief mit dir unterm Arm weiter. Dann kam der Umstand, der dir das Leben gerettet hat. Ich fand eine Höhle, in der ein alter Bär schlief.«

»Ein Bär?«, wiederholte sie mit matter Stimme.

»Ich habe ihn getötet, weil du leben solltest. Mir blieb nicht mehr viel Zeit. Du hattest lange nicht mehr geatmet, aber ich wusste, dass die Kälte dich gerettet hatte. Ich habe das schon einmal bei Menschen gesehen. Ich traute mich lange nicht, ein Feuer zu machen. Nachdem ich den toten Bären ausgenommen hatte, steckte ich dich in seine Hülle und packte die Eingeweide wieder hinein. Als du allmählich wärmer wurdest, habe ich dir auf die Brust geschlagen, bis dein Herz wieder zu schlagen begann.«

»Deswegen schmerzt meine Brust so.« Sie hatte dunkle Verfärbungen an der Brust, und der schreckliche Gestank kam von ihr.

»Du hast wieder geatmet, aber du kamst nicht zu dir. Ich dachte, du würdest nicht mehr aufwachen. Es ist drei Tage her, dass wir in den Fluss sprangen. Im Schutz der Dunkelheit brachte ich dich fort. Ich wusste, dass es hier Höhlen gibt.«

»Wie hast du das nur geschafft?«

»Wir sind zäh. Wieso setzen uns die Menschen nur so zu, wenn sie doch in Wirklichkeit so klein und schwächlich sind?« Er ging zum Höhleneingang und spähte hinaus.

»Wo sind meine Kleider?«, fragte sie.

»Alles ist nass.« Er deutete auf ihr Gepäck, das hinter ihr stand.

Sie leerte den Rucksack aus, in dem alles durchnässt und eisverkrustet war.

»Kannst du mir eine Leine aufhängen?« Sie hielt ihm das Seil hin. Jede Bewegung rief Schmerzen in ihrer Brust hervor.

»Ich muss über vieles nachdenken.« Er ging wieder zum Eingang.

Tiaan wandte sich ab und öffnete das Bärenfell, in das sie gehüllt war. Ihr Brustbein war dunkel verfärbt. Ryll musste mehrmals kräftig auf sie eingeschlagen haben, aber er hatte ihr dadurch das Leben gerettet. Die Frage, die sich ihr ein weiteres Mal aufdrängte, war – warum nur?

Sie versuchte, eine Leine zum Wäschetrocknen aufzuhängen, ohne das Bärenfell loszulassen. Es erwies sich als unmöglich. Sie war einfach zu schwach; und das unbearbeitete Fell hatte ein beachtliches Gewicht.

Ryll schnaubte. Sein Gesicht sah verzerrt aus, was sie als belustigte Miene deutete. Gelbe Streifen rund um sein Maul sahen aus wie ein breites Lächeln.

»Was ist?«, fragte sie wütend.

Er stieß einen bellenden Laut aus, zweifellos ein Lachen. Seine Brust blähte sich auf, seine lederartigen Wangen pumpten sich auf wie bei einem Trompeter.

»Was hast du vor mir zu verbergen, kleine Menschenfrau? Hätte ich dich nicht aus den nassen Sachen geschält und in den Bären gesteckt, wärst du erfroren. Ich habe dich überall massiert, damit dein Blut wieder floss.«

Sie sah zerknirscht zu Boden. Als sie wieder aufschaute, starrte er immer noch auf ihre Hüften. Tiaan hüllte sich enger in ihr Fell.

»Du bist eine reife Frau«, sagte er. »Hast du dich schon gepaart?«

»Nein«, gestand sie ihm und fühlte sich unwohl.

»Bist du gerade erst eine richtige Frau geworden?«

»Ich bin zwanzig und seit sechs Jahren eine Frau.«

Ryll bedachte sie mit einem mitfühlenden Blick. »Und paaren darfst du dich nicht?«

Aus einem unerfindlichen Grund empfand sie sein Mitgefühl als störend. »Ich *wollte* nicht!«, sagte sie schroff. »Angebote gab es viele.« Das stimmte nicht. Mit ihrer kühlen Art und der Flucht in die Arbeit hatte sie die Verehrer abgeschreckt. Hinzu kam, dass es in der Fertigungsstätte viel mehr Frauen als Männer gab.

»Ach, du hast für dich beschlossen, dich nicht zu paaren?«, fragte er ungläubig. »Aber wenn du herangereift bist, musst du dich doch paaren, wenn der Passende kommt.«

»Bei uns Menschen werden die Frauen nicht läufig. Wir können uns paaren, wann immer wir es wollen. Oder eben *nicht!* Ich warte schon sechs Jahre auf meinen Geliebten, und jetzt werde ich zu ihm gehen.« Der arme Minis. Während all der Schwierigkeiten hatte sie keine Zeit gefunden, an ihn zu denken.

»Eure Sitten und Gebräuche sind verwirrend.«

Ryll starrte sie an, wie er es gewiss auch getan hatte, als sie bewusstlos war. Diese fremdartige Kreatur hatte sie untersucht, während sie hilflos dagelegen hatte. »Ich fühle mich so ...« Zu ihrem Schrecken begann sie zu weinen und wurde von heftigen Schluchzern geschüttelt. Und nachdem sie einmal damit angefangen hatte, konnte sie nicht mehr aufhören.

Der Lyrinx betrachtete sie regungslos. Endlich versiegten die Tränen, übrig blieb ein Schniefen. Sie wischte sich die Tränen aus den Wimpern und sank mit dem Bärenfell am Leib neben das Feuer.

»Wie nennt ihr das?«, wollte Ryll wissen.

Unwillkürlich musste sie bei dieser Neugier lächeln. »Ich habe geweint. Wir nennen das ›Weinen‹ oder ›Schluchzen‹.«

»Diese Ausdrücke kenne ich. Warum weinst du? Wozu ist das gut?«

»Ich war traurig, war verlegen und fühlte mich beschämt. Und ich hatte Angst.« Auch diese Gefühle musste sie ihm näher erklären.

»Und warum hast du dich so gefühlt?«

»Weil du männlichen Geschlechts bist und ich dir ausgeliefert war, ohne bei Bewusstsein zu sein. Du hättest ...« Ehe sie den Gedanken, der ihr plötzlich gekommen war, richtig zu Ende führen konnte, begann ihr Bärenfell zu glimmen. Sie war zu nahe ans Feuer gerückt.

Ryll sprang zu ihr und trat die kleinen, schwelenden Stellen aus. Tiaan humpelte daraufhin erschrocken zur Seite, brachte das Feuer zwischen sich und den Lyrinx und stieß einen unverständlichen Laut aus. Sie verspürte einen brennenden, aufwühlenden Schrecken in sich aufsteigen.

Ryll sah sie verdutzt an. »Ich verstehe dich nicht. Was für Gefühle durchlebst du jetzt? Warum hast du Angst? Ich wollte dich nicht fressen.«

»Du bist ein männlicher Lyrinx!«, brachte sie mühsam hervor. »Und du ... du ...«. Sie vermochte ihre Befürchtungen nicht in Worte zu kleiden.

Der knochige Kamm auf Rylls Schädel verfärbte sich rasant von echsenartigem Grau zu leuchtenden roten und gelben Streifen. Ohne ein Wort zu sagen, ging er zum Höhleneingang und eilte hinaus.

Tiaan sah noch, wie er den steilen Abhang hinabstürmte. Aber an Flucht konnte sie nicht einmal denken. Ihre Muskeln fühlten sich so schlaff an, dass sie vermutlich keine hundert Schritte weit gekommen wäre. Jetzt traute sie sich indes, das Bärenfell abzulegen und ihren Leib abzutasten. Ihr Körper war übersät von Kratzern und Prellungen. Sie befestigte das Seil als Wäscheleine an zwei Felsvorsprüngen, schabte das Eis von ihrer Kleidung und hängte die Sachen in der Nähe des Feuers auf. Die Stiefel stellte sie, mit der Sohle nach oben, zum Trocknen daneben und packte ihre restlichen Habseligkeiten aus. Mit einem scharfen Werkzeug aus ihrer Ausrüstung hackte sie ein Stück von dem Bärenfleisch ab und legte es zum Braten auf den heißen Stein, der im Feuer lag.

In einem Stück Bärenhaut fand Tiaan gelbes Fett – Bärentalg. Mit den Fingern schabte sie es ab und rieb damit ihre Stiefel ein. Ihre kostbaren Werkzeuge wiesen hier und da Rostflecken auf. Sie rieb sie alle sauber und schmierte auch sie mit dem Fett ein. Nur die Zange vermisste sie nach wie vor schmerzlich.

Das Fleisch duftete so gut, dass Tiaan das Wasser im Munde zusammenlief. Sie wusch sich die Hände im Schnee und machte es sich für die Abendmahlzeit bequem. Schon lange hatte sie nicht mehr so gut gegessen – das Fleisch war zwar zäh, schmeckte aber durchaus gut. Sie verzehrte das ganze Stück, legte noch eine Scheibe zum Braten auf und füllte Schnee zum Schmelzen in ihren kleinen Topf.

Tiaan saß angenehm satt am Feuer und kämmte sich die Knoten aus dem Haar, als Ryll zurückkehrte. Er nickte kurz, ließ sich ebenfalls beim Feuer nieder und rieb sich eine rissige Stelle an seinem Arm mit Bärenfett ein.

Schweigend sah sie ihm zu. All seinen Bewegungen wohnte eine nur schwer kontrollierbare Energie inne, während Tiaan das Gefühl hatte, ihren eigenen Körper über alle Maßen strapaziert zu haben.

»Wenn ich dich beleidigt habe, tut es mir leid.« Sie hielt es für angebracht, sich zu entschuldigen. Ob ein Lyrinx aber verstand, was »leid tun« bedeutete, wusste sie nicht. Blieb zu hoffen, dass er sie verstand, denn von seiner Laune hing ihr Überleben ab.

Ryll warf ihr unter seinen wulstigen Brauenhöckern einen finsteren Blick zu. In seinen gelblichen Augen verfing sich ein Lichtstrahl, der durch den Höhleneingang fiel.

»Ich bin kein Mensch, kleine Menschenfrau. Ich bin ein Lyrinx – ein männlicher Lyrinx, der sich *noch nicht gepaart hat!* Du hast mich tief beleidigt.«

Sie wusste nicht, was sie darauf erwidern sollte. »Ich konnte dich nur nach den Verhaltensweisen meiner Mitmenschen beurteilen.«

»Wir können uns nicht ohne Aufforderung paaren und tun es auch nicht. Das ist undenkbar!« Seine Augen funkelten. »Würden die männlichen Menschen es wagen, ein solches Verbrechen zu begehen?«

»Es gab Zeiten, da hörte man nichts dergleichen«, sagte sie und entsann sich der Dinge, die ihre Großmutter ihr früher erzählt hatte. »Männer und Frauen waren einst gleichberechtigt, aber seit Ausbruch des Krieges hat sich vieles verändert. Männer müssen ihr Leben im Kampf opfern, und Frauen müssen neue Männer gebären. Das Opfer, das die Männer bringen, wird jedoch höher eingestuft.«

Rylls riss sein großes Maul auf, sodass Tiaan die dunkelrot verfärbte Wunde im Rachen sehen konnte. »Dekadente Spezies! Wir werden euch früher bezwingen, als ich dachte. Außerdem – worin läge der Nutzen, sich mit einer anderen Spezies zu paaren?«

Tiaan kamen eine ganze Reihe von Gründen in den Sinn, von denen sie allerdings keinen aufzählte. »Ihr paart euch nicht zum Vergnügen?«

»Doch, gewiss. *Sobald wir zueinander passen.*«

Der Gesprächsverlauf rief Unbehagen in ihr hervor. Sie kämmte ihr Haar aus, legte die Bürste zur Seite und lehnte sich dann vor, um die Wärme des Feuers auszunutzen. Plötzlich kam ihr eine Bemerkung von Ryll wieder in den Sinn.

»Wie hast du das gemeint, als du sagtest, du seist ein männlicher Lyrinx, der sich noch nicht gepaart hat?«

Erneut huschten Farbschlieren über seine Brust, diesmal in leuchtendem Gelb. »Ich bin noch von keinem weiblichen Lyrinx als Partner erwählt worden.«

»Bist du noch nicht alt genug?«

»Doch, ich bin alt genug!« Die Antwort glich einem Knurren.

»Was ist dann der Grund?«

»Ich bin nicht vollständig!«

Sie betrachtete ihn und verglich seine äußere Erscheinung mit dem Aussehen der anderen Lyrinx, die sie bislang gesehen hatte. Ryll mochte kleiner sein, doch weniger wild war er bestimmt nicht. Was war der Unterschied?

»Haben sich deine Flügel noch nicht voll entwickelt? Ist das vielleicht der Grund?«

»Sie werden sich *nie* entwickeln! Ich bin ein flügelloses Monstrum, eine degenerierte Kreatur. Ginge es streng nach dem Wohlergehen unserer Rasse, dürfte es keine Geschöpfe wie mich geben. Ah, aber natürlich möchte ich mich paaren. Zu ebendiesem Zweck existieren wir.«

»Benutzen Lyrinx denn oft ihre Schwingen?«

»In der Leere flogen unsere Vorfahren sehr viel. Sie paarten sich sogar in der Luft. In dieser Welt sind wir zu schwer. Wir können zwar fliegen, aber nur unter großer Aufbietung einer Kraft, die ihr die Geheime Kunst nennt. Natürlich sind viele Lyrinx keine Meister dieser Kunst und können daher in Santhenar überhaupt nicht fliegen. Abgesehen vom ersten Paarungsflug, bei dem wenigstens einer fliegen können muss, fliegen die Lyrinx nur, wenn ihnen keine andere Wahl bleibt. Die Nachwirkungen der Kunst sind recht ... Nun, wir leiden unter den Folgen.«

»Hört sich an, als wären die Schwingen eher hinderlich. Ihr seid besser ohne sie dran.«

»Aber wir sind geflügelte Wesen!« Seine Brust schwoll an und färbte sich schwarz. »Die Schwingen unterscheiden uns von anderen intelligenten Kreaturen. Das ist so, als wärst du ...« – er sah sie seltsam an – ». . . in eurer Welt die einzige Frau, die keine Brüste hat. Wie würdest du dich dann fühlen?«

»Ich würde mich nicht vollständig fühlen«, murmelte sie erschrocken.

»Ohne Schwingen bin ich eigentlich kein richtiger Lyrinx, und kein weiblicher Lyrinx wird mich zu ihrem Partner machen. Wozu tauge ich dann noch?«

KAPITEL DREIUNDDREISSIG

Als der Morgen graute, lag Ullii in ihrem Zelt und wartete darauf, dass endlich alles für die Abfahrt fertig gemacht würde, um schnell in den Klanker zu schlüpfen, ohne jemandem zu begegnen. Jetzt, da sie ihre Sinne größtenteils unter Kontrolle hatte, waren die Menschen ihr größtes Problem. Das Leben hatte sie gelehrt, vor jedem Angst zu haben.

Durch die Ohrenschützer hörte sie Befehle. Die Zelte wurden abgerissen, erhitztes Öl wurde zischend in die Leitungen der Maschinen gegossen. Jal-Nish schritt übellaunig auf und ab und schrie alle und jeden an. Die Zeit des Aufbruchs war gekommen. Ullii versuchte, den Mut aufzubringen, um rasch vom Zelt zu dem Klanker zu flitzen. Jeden Tag musste sie sich dieser Herausforderung stellen.

Irisis steckte den Kopf durch die Zeltöffnung und schreckte Ullii aus ihren Gedanken. »Fertig?«, sagte sie so laut, dass Ullii die Ohren wehtaten.

Die Sucherin nahm einen verbitterten Unterton in Irisis' Frage wahr. Seitdem Tiaan und der Kristall im vereisten Fluss verschwunden waren, haftete der stolzen Kunstwerkerin eine Aura der Verzweiflung und Niedergeschlagenheit an. Ullii griff nach ihrer kleinen Tasche und huschte aus dem Zelt. Irisis schaute sich noch kurz darin um und sammelte die Ohrenstöpsel und den Mantel auf, den die Sucherin vergessen hatte. Auf halbem Weg zum Klanker wäre Ullii beinahe mit Jal-Nish zusammengestoßen. Sie blieb wie angewurzelt stehen und verspürte Furcht. Er verzog das Gesicht zu einer Grimasse, war im Begriff, einfach um die Sucherin herumzugehen, und erkannte erst dann, wer vor ihm stand.

»Wenn das nicht die kleine Sucherin ist. Wie geht es dir heute, *Mädchen?*«

Sie starrte auf ihre Stiefel und war nicht in der Lage, eine Antwort zu finden. Jal-Nish musterte sie so abfällig, als wäre sie eine Made in seinem Essen. »Schwachsinniges Kind! Wie bin ich bloß auf den Gedanken gekommen, du könntest zu etwas taugen?« Grob schob er sie beiseite und setzte seinen Weg fort.

Ullii wollte gerade fortlaufen, als der Perquisitor auf dem Absatz herumwirbelte und die Sucherin ins Auge fasste. »Was ist nun mit Tiaan und ihrem magischen Hedron? Kannst du sie sehen?«

»Ich ... habe noch nicht nachgeschaut«, sagte sie kaum hörbar. Allein konnte sie ihm nicht gegenübertreten. Seine Stimme stach in ihren Ohren. Sein Gesicht glich einer verzerrten Maske.

»Warum nicht?«, schrie er sie wütend an und versetzte ihr mit dem Rücken seiner Hand einen Schlag ins Gesicht. Ullii stürzte zu Boden.

Sie schrie und kreischte und wollte in ihre kauernde Abwehrhaltung sinken. Doch Jal-Nish packte sie bei den Schultern und zog Ullii wieder hoch. »Hör auf damit!«, befahl er ihr kalt. »Oder ich reiße dir deine Schutzbrille und die Ohrenschützer ab. Wenn du mir nicht hilfst, schmeiße ich dich nackt in den Schnee. Los jetzt, antworte!«

Da kamen Nish und Irisis angerannt. »Vater, hört auf!«, rief Nish im Laufen. »Ihr tut ihr ...«

»Schreib mir nicht vor, was ich zu tun habe, Junge!«, grollte Jal-Nish, »oder du erlebst am eigenen Leib, was Leuten widerfährt, die versagen. Der Skrutator ist kein Mann, der schnell vergibt. Ich habe ihn noch nie enttäuscht und werde es auch jetzt nicht tun. Es ist mir vollkommen gleich, wen ich brechen muss. Ich gebe nicht auf.« Dann sah er, wie Arple aus der anderen Richtung angelaufen kam, und brüllte ihn an: »Was wollt Ihr denn jetzt?«

»Wenn ich den Vorschlag machen darf, Herr –«

»Das hier geht nur den Perquisitor etwas an. Behindert Ihr mich, lasse ich Euch wegen Verrats vierteilen!« Ruckartig wandte er sich wieder Ullii zu, die er in seiner Wut losgelassen hatte. Sie hockte nun auf dem kalten Boden und hielt sich die Hände vors Gesicht. »Steh auf, Mädchen. Und sieh mich an.«

Ullii erhob sich zitternd, ein Bild blanken Entsetzens.

»*Warum* hast du noch nicht nachgesehen, Sucherin? Warum

hast du nicht schon längst von dir aus versucht, Tiaan und den Hedron zu sehen?«

»Niemand hat mich gefragt«, flüsterte sie, wobei sie seine zornige Stimme imitierte.

Der Schlag traf sie wie aus dem Nichts und warf sie zu Boden. Ullii schmeckte Blut, heiß und metallisch. Schutzbrille und Ohrenschützer rutschten ihr vom Kopf; im hellen Tageslicht hatte sie das Gefühl, als hätte ihr jemand mit Glasscherben durch die Augen gestochen. Sie krümmte sich, verkrampfte und kreischte, bis sie einen hysterischen Anfall bekam.

Äußerlich gefasst ging Irisis auf den Perquisitor zu und schlug ihm dann in Nishs Beisein so hart ins Gesicht, dass Jal-Nish rücklings in den Schnee fiel. Blut lief ihm aus der Nase und tropfte auf den weißen Untergrund.

»Ihr seid ein Narr und ein Schwindler, Jal-Nish! Kein wahrer Perquisitor würde sich je so brutal verhalten. Wie viel habt Ihr bezahlt, um die Stellung zu bekommen?« Sie spuckte ihm angewidert ins Gesicht, stolzierte dann erhobenen Hauptes zum Sergeanten und streckte ihm die Hände entgegen. »Fesselt mich. Es kümmert mich nicht!«

Arple wies sie mit einer lustlosen Handbewegung von sich. »Mir liegt kein Befehl vor, der Euch beträfe, Kunstwerkerin!«

»Den habt Ihr jetzt!«, zeterte Jal-Nish, rappelte sich auf und stapfte leicht taumelnd durch den tiefen Schnee. Das Blut klebte an seinem Bart fest. »Schlagt ihr den Kopf ab, und werft ihn ins Feuer!«

»Kein gültiger Befehl, Herr«, erwiderte Arple und verschränkte die vernarbten Arme vor der mächtigen Brust.

»So ist das also«, zischte der Perquisitor. In einem drohenden Flüsterton sagte er dann: »Ich bewahre mir meine Befehle für euch beide auf. Es gibt noch etwas Schlimmeres als den Tod. Ehe ich mit euch fertig bin, werdet ihr um den Tod winseln. *Cryl-Nish!*«

Nish hockte neben Ullii und versuchte, sie zu beruhigen. »Ja, Perquisitor Hlar?« Er hielt sich bewusst an die formale Anrede. Weiter durfte er sich nicht vorwagen, ohne seinen Vater in Rage zu bringen.

»Dich knöpfe ich mir auch noch vor. Wegen Inkompetenz! Sorg dafür, dass die Sucherin wieder bereit ist.«

Nish nickte kurz und trug Ullii zum Klanker. Irisis folgte ihm und brachte Ohrenschützer und Brille mit. Beides setzte Nish der Sucherin wieder auf. Während er ihr Gesicht vorsichtig mit einem weichen Tuch abtupfte, das er in warmes Wasser getaucht hatte, mühten Ky-Ara und Pur-Did sich mit der langen Ofenbank ab und schoben sie an den Griffen in die Mitte des Klankers. Da sie mitten im Feuer gestanden hatte, war sie glühend heiß.

»Warum hast du das gemacht?«, wollte Nish von Irisis wissen, die mit leerem Blick aus dem vorderen Bullauge stierte.

»Mir reicht es jetzt mit deinem Vater!«, entgegnete sie wütend.

»Aber Irisis, wenn wir wieder zu Hause sind, wird er dich vernichten.«

»Ich bin sowieso am Ende. Der Kristall war meine letzte Hoffnung. Ich habe Schande über die Familie gebracht. Diese Schmach wird für immer in den Historien stehen. Wie kann es da noch schlimmer kommen?« Sie gab ein bitteres Kichern von sich. »Nichts habe ich so genossen wie den Augenblick, als ich ihm ins Gesicht schlug. Wie der gequiekt hat! Wie eine Ratte, die in der Falle sitzt!«

Nish teilte ihre Schadenfreude nicht. Er mochte sich nicht ausmalen, welche Vergeltungsmaßnahmen Jal-Nish ergreifen würde.

Irisis wärmte ihre Finger an der Ofenbank. Nish saß geduldig neben Ullii und hielt ihre Hand. Eine Stunde lang rührte sie sich nicht, und es dauerte eine weitere Stunde, bis sie sich aufrecht hinsetzte. Sie starrte aus dem hinteren Bullauge, als sie sich versteifte und erschrocken wegdrehte. Nish spähte aus dem runden Fenster. Jal-Nish schritt dort auf und ab, sein Gesicht war geschwollen. Erst nachdem er außer Sicht war, setzte Ullii sich wieder gerade hin.

»Was ist dem Perquisitor widerfahren?«

»Er hat dich geschlagen«, antwortete Irisis. »Also habe ich ihn geschlagen, um ihm beizubringen, dass er dich nicht verletzen soll.«

Ullii tat daraufhin etwas sehr Seltsames. Sie schob sich die Schutzbrille auf die Stirn, und zum ersten Mal sahen Nish und Irisis ihre eigenartigen, fast farblosen Augen ganz deutlich. Sie leuchteten, als wären sie von Glyzerin überzogen.

»Das hast du für mich getan?«, sagte Ullii. Sie ergriff Irisis' Hand, zog sie an ihr Gesicht und vergrub ihre Nase darin. »Du bist auch freundlich.«

Irisis wirkte verunsichert, versuchte dies jedoch dadurch zu überspielen, indem sie Nish ansah und die Augen verdrehte. »Ich bin ein gemeines Stück«, erklärte sie halblaut. »Einer einzigen unbedachten Handlung solltest du nicht zu viel Bedeutung beimessen.«

»Bist du bereit, nach Tiaan Ausschau zu halten?«, erkundigte sich Nish. »Kannst du ...?«

»Gewiss!« Ullii war wie ausgewechselt und schien vor Tatendrang zu sprühen, als sie sich die Maske wieder aufsetzte.

Jal-Nish klopfte ungehalten gegen die Heckklappe. »Was ist nun?«, fragte er gereizt.

Nish stieß die Luke auf und zwang den Perquisitor, zur Seite zu springen. »Sie ist dabei.«

»Und?«, rief Jal-Nish. »Komm heraus, Sucherin.«

Ullii kletterte ins Freie, hielt indes wohlweislich Abstand zu dem Mann.

»Was siehst du, Sucherin?«

Sie schwieg.

»Sag uns, was du siehst, Ullii«, bat Nish und nahm ihre rechte Hand.

Sie deutete mit der linken Hand in die Ferne. »Ich kann sie sehen!« Sie zeigte in südwestliche Richtung.

Es war offensichtlich, dass der Perquisitor mit keiner verwertbaren Antwort gerechnet hatte. »Bist du sicher?«, hakte er ungläubig nach. »Wie weit ist sie entfernt?«

»Nicht weit. Ihr Kristall leuchtet wie der Morgenstern.«

Irisis entwich ein unterdrückter Schrei. Für einen kurzen Moment brach die Sonne durch die Wolkendecke. Jal-Nish verzog den Mund zu einem Lächeln. Es war kein schöner Anblick. Mit einer ruckartigen Kopfbewegung meinte er: »Ihr nach.«

VIERTER TEIL

GESTALTVERFORMER

KAPITEL VIERUNDDREISSIG

»Steh auf! Es geht los.«

Tiaan fuhr erschrocken aus dem Schlaf hoch. Ryll stand am Höhleneingang und behielt den Abhang im Auge. Sie rollte sich aus dem Bärenfell und war so durcheinander, dass sie sich ihrer Blöße nicht schämte. Der Lyrinx musste in der Nacht die Wäsche umgedreht haben, denn abgesehen von dem schweren Wintermantel waren alle anderen Kleidungsstücke trocken. Schnell hatte Tiaan sich in vier Schichten gehüllt, denen der Rauch des Feuers anhaftete. Die Stiefel waren zwar noch feucht, dafür aber warm.

Binnen fünf Minuten war sie fertig. »Was ist los?« Sie stand nun neben ihm am Eingang.

Stumm deutete er auf den Fuß des Abhangs. Weit unter ihnen krochen Soldaten und vier Klanker wie graue Raupen über die verschneite Fläche. Ihre Spuren verliefen in einer geraden Linie vom Fluss landeinwärts. Die furchtbare Erinnerung stellte sich wieder ein – die vier Klanker, die sie auf dem vereisten Fluss einkreisten und ihre Geschosse abfeuerten. Sie hatten versucht, sie zu töten. Ihre eigenen Leute würden sie lieber umbringen als zuzulassen, dass Ryll mit ihr entkam. Ihre Loyalität zur Fertigungsstätte verflog. Jetzt war sie gezwungen, sich allein in der Welt zurechtzufinden. Im Augenblick musste sie sich mit Rylls Gegenwart abfinden, da sie keine Möglichkeit sah, ihm zu entkommen.

»Wie haben die mich nur gefunden?«, murmelte Ryll. »Ich habe meine Spuren gut verwischt.«

»Vielleicht das Feuer?«, mutmaßte Tiaan, obwohl es nur wenig qualmte. Der Höhleneingang war vom Fluss abgewandt. »Oder Aasvögel?«

»Sieh nur, wie gerade ihre Spuren verlaufen. Sie müssen über eine Möglichkeit verfügen, dich aufzuspüren – *oder deinen Kristall!*«

»Mir war nicht bewusst, dass das auf diese Entfernung möglich ist.« Sie wusste so wenig über die Geheime Kunst oder die Kräfte, die für die Steuereinheiten benutzt wurden. Aber den Lyrinx war es ja schließlich auch gelungen, die Aura der Steuereinheiten aufzuspüren …

»Muss ich dir wieder die Hände zusammenbinden?«, fragte Ryll.

Mit Schrecken entsann sie sich des Augenblicks, als sie hilflos und mit gebundenen Händen in den eiskalten Fluss gefallen war. »Ich werde keinen Fluchtversuch unternehmen.«

»Das würde dir auch nicht viel bringen.«

Nach diesen Worten machten sie sich auf den Weg. Ryll hielt sich in den Schatten des Berges und stieg den Hang weiter hinauf. Die Felswand war steil. Tiaan war noch nicht wieder kräftig genug, um allein zu klettern, und nach den ersten unbeholfenen Schritten nahm Ryll sie unter den Arm. Das zusätzliche Gewicht schien ihm nichts auszumachen, und er konnte sich mit den Klauen an Händen und Füßen festkrallen.

Als sie sich der Bergspitze näherten, schnallte er sich Tiaan vor die Brust. »Damit du nicht fällst.«

Sie wollte nicht darüber nachdenken, was passieren würde, wenn *er* einen Fehltritt machte.

Drei Tage lang folgten sie einem Pfad, für den er sich entschieden hatte. Tiaan besaß kein Mitspracherecht; und sie hatte nicht die geringste Ahnung, wohin sie gingen, obwohl sie sich in südwestlicher Richtung hielten, also ungefähr die Richtung einschlugen, in die sie wollte.

Am ersten Tag sah sie die Klanker mehrmals, aber allmählich fielen sie zurück, und bereits am Nachmittag des folgenden Tages war nichts mehr von ihnen zu sehen.

Ein Tag verlief wie der andere. Im Morgengrauen nahmen sie etwas von dem Bärenfleisch zu sich – gebraten für sie, roh für ihn –, brachen auf und gingen dann so lange, bis Tiaan nicht mehr konnte. Immer wenn ihre Kräfte nachließen, aß Tiaan etwas. Dann trug Ryll sie auf seinem Rücken und ging bis zum Einbruch der Dunkelheit weiter, manchmal auch im Dunkeln, wenn das Gelände dies zuließ. Schließlich machten sie Rast, verzehrten etwas und schliefen in einer Schneehöhle oder unter einem Felsüberhang.

»Ich denke, wir haben sie abgehängt«, sagte Ryll am Nachmittag des dritten Tages.

Tiaan ruhte sich im Schutz eines Felsbrockens aus. Das Wetter war während der letzten Tage stabil gewesen, aber vor ihnen in der Ferne brauten sich unheilvolle, düstere Wolkentürme auf. »Für die Nacht sollten wir uns einen guten Unterschlupf suchen, auch für morgen.«

»Ich kenne einen Ort.« Der Lyrinx deutete auf eine Hochebene in der Ferne.

Sie versuchte, die Geschwindigkeit der herannahenden Wolkengebirge abzuschätzen. »Das schaffen wir nicht.«

»Es gibt keine andere Möglichkeit.«

Er setzte Tiaan auf seine Schultern und begann zu rennen. Da sie sich inzwischen an diese ungewöhnliche Art des Reisens gewöhnt hatte, drückte sie ihre Oberschenkel an seinen Hals, als säße sie auf einem Pferd, und ertrug das unruhige Auf und Ab. Ryll hatte sich auf ein Wettrennen mit den Elementen eingelassen, das er verlieren würde. Die dunklen Wolken kamen rasch näher und brachten eiskalte Böen und einzelne Schneeflocken als Vorhut mit. Ehe Ryll den Fuß der Hochebene erreichte, setzte heftiges Schneetreiben ein.

An einem Ausläufer aus gelbem Gestein, einer abgebrochenen Felsenwand, die sich weiter oben Tiaans Blicken entzog, machte er Halt.

»Wir sollten uns eine Höhle suchen«, riet sie.

Ryll schwang sie von seinen Schultern und suchte den unteren Bereich eines Hangs ab, der zum Plateau hochführte.

»Wie wäre es hier?«, rief sie, als sie an einer Reihe kleiner Höhlen vorbeikamen, die sich im Fels wie riesige Waben ausnahmen.

»Ich weiß, wohin ich gehe.«

Sie fühlte großes Unbehagen, aber da der Sturm sie inzwischen erfasst hatte, blieb ihr nichts anderes übrig, als dem Lyrinx weiter zu folgen. Nach einigen Minuten, als die Sichtweite nur noch wenige Spannen betrug, bog Ryll seitlich ab und zwängte sich durch einen

Felsspalt, der nicht breiter als Tiaans Schultern war. Eine ganze Reihe von Spalten durchschnitten hier den Felsen. Sie versuchte, sich den Weg einzuprägen, den Ryll einschlug, verlor aber rasch die Orientierung, da jede Biegung aussah wie die vorherige. Schließlich schlüpfte der Lyrinx durch einen noch engeren Spalt, zwängte sich durch einen schmalen Gang und blieb stehen.

Dort war es windstill, nur vereinzelt tänzelten die Schneeflocken durch die Luft. Ryll ergriff einen Strick, den Tiaan noch nicht bemerkt hatte, und zog mehrmals kräftig daran.

»Kletter auf meine Schultern!«

Sie kam der Aufforderung nach, spürte jedoch eine aufkeimende Beklommenheit. Der Strick zuckte zweimal, Ryll hielt sich daran fest und wurde langsam nach oben gezogen. Der Boden verschwand im herumwirbelnden Schneegestöber.

Plötzlich blieb das Seil stehen. Die Anstrengung zeichnete sich auf Rylls Gesicht ab, seine kraftvollen Arme begannen zu zittern. Besorgt schaute er nach oben. Ohne Vorwarnung wurde das Seil so ruckartig weiter nach oben gerissen, dass Ryll abrutschte und mit den Händen über den rauen Strick glitt. Er stieß einen kurzen Schrei aus. Tiaan wäre fast das Herz stehen geblieben, aber Ryll fand rasch wieder Halt.

Unterhalb der Kante wurde das Seil erneut angehalten. Ryll mobilisierte seine letzten Kräfte. Wieder ein Ruck, und Tiaan sah flachen Boden, die Kante der Hochebene. Ein Windstoß drückte sie seitlich weg. Tiaan befürchtete schon, sie würden in die Tiefe stürzen.

Sie schrie und verstummte dann vor Schreck, als sie sah, wie ein anderer Lyrinx, noch viel größer als Ryll, ihn ganz nach oben zerrte. Tiaan rutschte von Rylls Schultern und rang nach Luft.

Ryll half ihr auf die Beine, musste sie aber stützen, da sie nicht mehr aus eigener Kraft stehen konnte. Drei andere Lyrinx bildeten nun einen Halbkreis um Ryll und sie. Zwei von ihnen waren viel größer als Ryll, der dritte ungefähr so groß wie er. Alle hatten die Krallen ausgefahren und harrten wie Raubtiere, die zum Sprung ansetzen, in lauernder Haltung aus. Rote und gelbe Farbbänder huschten über ihre Haut. Warnfarben, wie Tiaan mittlerweile wusste.

»Thlrrpith myrzhip?«, sagte einer der drei in aggressivem Ton.

»Myrllishimirr, ptath vozzr!« Ryll schien sich rechtfertigen zu müssen.

»Sklizzipth moxor! *Tcharr!*«

Der Lyrinx, der von Tiaan aus links stand, sprang vor und packte sie beim Arm. Mit der anderen Hand ergriff er ihr Bein und hob sie vor sein Gesicht. Entweder wollte er ihr das Bein oder gleich den Kopf abbeißen.

»Thlampetter rysh!«, brüllte Ryll. »Thlampetter rysh *narrl.*«

Der Lyrinx erstarrte, sah von einem zum anderen und fixierte schließlich Ryll.

»Rysh *narrl?*«

Die Spannungen flauten allmählich ab.

Ryll deutete über den Felsenrand in das Schneetreiben, das durch den heftigen Wind verursacht wurde. Die Kreaturen sprachen miteinander, woraufhin ein Lyrinx zurückblieb, während die beiden anderen Ryll vom Rand des Felsens wegführten. Nach wie vor trug der unbekannte Lyrinx Tiaan wie eine Last, die er längst vergessen hatte.

Nach einem Weg von über einer Stunde durch die eisige Kälte tauchte eine gebogene Wand aus Eis vor ihnen auf. Der vordere Lyrinx schob einige Vorhänge aus Tierhäuten zur Seite und kroch auf allen vieren durch einen Tunnel; die anderen folgten ihm. Sie passierten eine weitere Tür mit Vorhängen und gelangten in einen großen Raum. Die Decke besaß eine Kuppel, wie bei einem riesigen Iglu, die Wände bestanden aus geschnittenen Eisblöcken. Abgesehen von weiteren Tierfellen auf dem Boden war der Raum leer. Mehrere Kriechgänge gingen sternförmig davon ab. Der erste Lyrinx nahm den Gang zu Tiaans Linken.

Endlich wurde Tiaan von dem Lyrinx, der sie getragen hatte, wieder auf die Füße gestellt. Die Wesen unterhielten sich lange in ihrer fremden, abgehackten Sprache. Tiaan wusste nicht, was um sie herum vorging, aber ihr wurde klar, dass Ryll die ganze Zeit diesen Unterschlupf angesteuert haben musste. Es war nie seine Absicht gewesen, sie über die Bergkette zu bringen. Sein Ehrenkodex war nicht mehr als eine Lüge. Bittere Enttäuschung regte sich in ihr, doch ihr wurde auch bewusst, wie dumm solche Gefühle unter diesen Umständen waren. Die Lyrinx waren und blieben eben die Feinde der Menschen.

»Was hast du mit mir vor?«, fragte sie Ryll schließlich.

»Du sollst uns im Krieg helfen.«

»Aber du hast gesagt ... du schuldest mir noch etwas.«

»Das wurde beglichen, als ich dich aus der Lawine rettete. Dann habe ich dir noch einmal das Leben gerettet, nachdem deine eigenen Leute versuchten, dich zu töten.«

Sie schaute in seine zerfurchte Miene. »Du hast nie gesagt, dass die Schuld beglichen sei.«

»Kannst du denn nicht das Gewicht deiner Verpflichtungen ermessen? Wir befinden uns im Krieg, Menschenfrau!«

Tiaan kam sich töricht vor. Wie hatte sie ihm nur ihr Vertrauen schenken können? »Das hast du mir nicht gesagt!«, zischte sie, als wäre das eine Entschuldigung.

»Nachdem ich dich das erste Mal gerettet hatte, ließ ich dich eine Weile unbeobachtet. Du hattest Gelegenheit zur Flucht, hast sie aber nicht genutzt. Nach allem, was ich seither für dich getan habe, erwarte ich von dir, dass du dich erkenntlich zeigst.«

»Ich werde meine Leute nicht verraten«, entgegnete sie, doch da war Ryll schon fort.

Tiaan dachte über ihre Situation nach. Die Lyrinx würden für immer die Feinde der Menschen sein. Was gedachte Ryll nun mit ihr zu tun? Gewiss hatte er sie nicht ohne Grund den ganzen Weg hierher geschleppt.

Ein großer Lyrinx trat aus dem Gang, der sich direkt vor Tiaan befand. Das Wesen hatte einen grünen Kamm auf dem Kopf und rundliche Brustplatten, was – wie Tiaan vermutete – auf einen weiblichen Lyrinx hindeutete. Der Kamm war schrecklich zerfurcht. Die ersten drei Stacheln fehlten, und die vernarbten Stellen hatten keine Pigmente. Weibliche Lyrinx waren genauso groß wie die männlichen, bisweilen sogar größer, wie Tiaan bemerkte. Andere Lyrinx kamen zum Vorschein, darunter auch Ryll. Bald sah sich Tiaan acht dieser Kreaturen gegenüber. Ryll wandte sich in seiner Sprache an den weiblichen Lyrinx. Zwei andere, ebenfalls mit grünen Kämmen, trugen Junge auf dem Arm. Alle besaßen lederartige Flügel, die sie eingezogen hatten, sodass Ryll mit seinen verkümmerten Schwingen auffiel.

»Hol deine Instrumente hervor, Tiaan«, forderte Ryll sie auf.

Sie schüttelte den Kopf. Mit einem Satz war der Lyrinx, der sie zuvor schon grob gepackt hatte, bei ihr, legte ihr die Klauen um den Hals und schüttelte sie hart.

»Glynnch!«, rief der große weibliche Lyrinx gebieterisch.

Der Lyrinx ließ von ihr ab, und Tiaan sank keuchend zu Boden. Ryll schüttete den Inhalt von Tiaans Gepäck auf den Boden, reichte ihr die Kugel aus Drahtgeflecht, den Kristall und die Helmvorrichtung. Als sie ihm in die Augen sah, erlahmte ihr Widerstand.

Sie vergewisserte sich, dass die einzelnen Drähte sich während der Reise nicht verbogen hatten und überprüfte, ob der kleine Kristall richtig in der Fassung saß. An einer Seite war die Kugel eingedrückt. Mit geübten Handgriffen brachte sie die Konstruktion wieder in ihre ursprüngliche Form und stellte sicher, dass die Perlen sich auf ihren Umlaufbahnen verschieben ließen. Die Lyrinx verfolgten jede ihrer Bewegungen mit großen Augen.

Tiaan ergriff den Hedron oder auch Amplimet – in ihren Gedanken hatte sie zuletzt stets die zweite Bezeichnung benutzt. Er fühlte sich warm an; ungewöhnlich warm. Bedeutete dies, dass der Ort hier über einem Feldkern lag? Der Kristall fühlte sich schwerer als sonst an. Ryll packte sie beim Ellenbogen und hielt ihre Hand hoch, damit alle den Amplimet sehen konnten.

Ein Funke sprang über den Spalt zwischen den inneren Nadeln und flackerte gelblich auf, was Tiaan zusammenzucken ließ. Er leuchtete viel heller als sonst. Den versammelten Lyrinx entfuhr ein Laut des Erstaunens.

»Thlampetter rysh!«, sagte Ryll. »Der Kristallschlüssel. Und sie ist die Schlüsselhüterin.«

Die Lyrinx steckten die Köpfe zusammen und gerieten in eine hitzige Debatte. Sie gestikulierten heftig und stießen einander vor die Brust, wobei ihre Haut ständig die Farben wechselte. Ryll wirkte ungewöhnlich unterwürfig – die anderen stießen ihm so hart vor die Brust, dass er ab und zu zurücktaumelte, wohingegen seine Stöße nur sehr schwach waren und er dabei den Kopf gesenkt hielt.

Der Körpersprache der anderen Wesen und der Art und Weise, wie sie mit Ryll redeten, entnahm Tiaan, dass er kein hohes Ansehen genoss. Lag das nun daran, dass er noch keine Partnerin hatte, oder daran, dass seine Flügel verkümmert waren? Was auch immer der Grund sein mochte, Tiaans starker Beschützer der zurückliegenden Tage erwies sich unter den neuen Umständen als machtlos.

Die Debatte zog sich in die Länge. Tiaan verstand kein Wort. Nach einer Weile wurde sie in einen kleinen Raum geleitet, dessen Eingang mit einem zugeschnittenen Eisblock versperrt wurde. Der Raum war wie ein Iglu aus komprimiertem Schnee. Vielleicht hätte sie sich einen Weg durch die Schneeschicht bahnen können, wenn Ryll ihr nicht das Messer weggenommen hätte. Auch den Block am Eingang konnte sie nicht bewegen.

Unruhig schritt Tiaan auf und ab. Auf dem Boden lag ein seidiges, weißes Fell, vermutlich von einem Eisbären. Sie ließ sich darauf nieder und ging in Gedanken ihre Möglichkeiten durch.

Entweder würde Ryll sich nicht durchsetzen können – und in dem Fall fräßen die Lyrinx sie bald auf –, oder diese Kreaturen würden sie zwingen, ihnen alles über den Amplimet und die Herstellung der Steuereinheiten zu erzählen. Denn so erführen sie, wie sie die Steuersysteme unbrauchbar machen oder ihren Absichten anpassen könnten. Aber auch dann fräßen die Lyrinx sie auf. Und was würde dann aus Minis? Tränen schimmerten in ihren Augen.

Sie spürte schon schmerzhaft die ersten Entzugserscheinungen. Wenn die Lyrinx ihr den Amplimet wegnähmen, würde sie alles tun, um ihn wieder in Händen halten zu können. Aber wie sollte das gehen? Sie zog sich das Bärenfell eng um die Schultern, legte sich hin und versuchte zu schlafen.

Der Eisblock vor dem Eingang wurde zur Seite gerollt, und ein Lyrinx, dessen Schuppenpanzer in tiefroten Farben schillerte, zerrte Tiaan in den großen Raum. Tiaan schaute sich ängstlich um, doch der Lyrinx ließ sie nicht los.

»Du wirst uns vorführen, wie deine Instrumente funktionieren«, sagte Ryll.

Wo waren die Grenzen zum Verrat? Kam es schon Verrat gleich, wenn sie unter Folter offenbarte, was sie wusste? Ein wahrer, edelmütiger Held würde den qualvollen Tod in Kauf nehmen, um die

Geheimnisse der Menschen nicht dem Feind preiszugeben. Doch so kühn und unerschrocken war Tiaan nicht. Außerdem hatte sie Minis ein Versprechen gegeben und ihm ihre Liebe gestanden.

»Jetzt!«, bellte der größte Lyrinx.

Tiaan war keine Heldin und einfach nur verängstigt. Der Helm fühlte sich kalt an. Sie wärmte ihn in ihren Händen und legte den Amplimet dann in das kugelförmige Drahtgeflecht. Sie konzentrierte sich sehr; mit den Fingern verschob sie die Perlen und suchte nach einem flüchtigen Muster, das es ihr ermöglichte, sich auf das Energiefeld über dem Feldkern einzustimmen. Ein Plan reifte in ihrem Kopf.

Würde es ihr möglicherweise gelingen, das Feld anzuzapfen und die Energie gegen den Feind zu richten, sodass sie alle auf einen Schlag unschädlich machen oder gar töten konnte? Vermutlich nicht. Es war schwierig, so viel Energie aus dem schwachen Feld zu beziehen. In dieser Lage käme für sie nur die Geomantie infrage, aber vor dieser Kunst hatte Tiaan Angst. Das Versagen in der Eishöhle hatte sie gelehrt, wie wenig sie über die Geheime Kunst wusste und wie tödlich die Geomantie war.

Während sie ihren Gedanken nachhing und sich auf ihre Instrumente einließ, waren ihre Finger aus eigenem Antrieb über die Perlen gehuscht und hatten Muster ausprobiert und Veränderungen vorgenommen. Tiaan begann, ein Feld hervorzubringen. Zumindest glaubte sie, dass es sich um ein Feld handelte, obwohl sie ein solches nie zuvor gesehen hatte. Die Muster sahen aus wie zwei rote Sonnen, die in einem Schein aus orangefarbenen Nebeln umeinander kreisten, wunderschön, aber fremdartig. Tiaan lotete das Bild in ihrem Geist aus. Ließe sich irgendetwas damit bewerkstelligen? Die roten Sonnenräder sahen gefährlich aus; sie wagte sich nicht näher heran. Und was war mit der Nebelaura? Dort schien ein wenig Energie gespeichert zu sein.

Der Dunst waberte, breitete sich aus und schloss sich um sie, düster und bedrohlich. Tiaan war in orangefarbenem Nebel gefangen. Eine heiße Woge durchflutete sie, und der Amplimet flammte in leuchtendem Violett auf. Einer der Lyrinx stieß einen Schrei aus. Die anderen schützten ihre Augen vor dem grellen Licht. Tiaans Kopf begann zu vibrieren. Seitlich sank sie zu Boden, die Hände über den Ohren, da sie die Geräusche ausblenden wollte. Mit dem Kopf schlug sie auf dem Eis auf, der Helm löste sich, und das flammende Leuchten erlosch.

Ryll half ihr wieder auf die Beine. Wasser tropfte von der Eisdecke. Als Tiaan die Hände von den Ohren nahm, stellte sich die normale Sehkraft wieder ein. Die Lyrinx schauten sich verwirrt und mit tränenden Augen um. Tiaan machte sich eine mentale Notiz von dieser Schwäche. Der Amplimet schimmerte wieder so schwach wie zuvor. Aber Tiaan vermochte nicht zu sagen, was für eine Art von Energie sie soeben angezapft hatte.

»Nun, Besant«, meinte Ryll. »Glaubst du mir jetzt?«

Besant, der große weibliche Lyrinx mit dem zerfurchten Kamm, zuckte mit den Gesichtsmuskeln. Widerstrebte es ihr, einem deformierten männlichen Lyrinx, der noch keine Partnerin hatte, Zugeständnisse zu machen.

»Das hast du gut gemacht, Ryll«, lobte sie ihn mit tiefer Stimme. Tiaan brauchte einen Moment, ehe sie merkte, dass der weibliche Lyrinx sich der Sprache der Menschen bediente; allerdings sprach sie mit hartem Akzent. »Das Instrument hat eine unbekannte Kraftquelle angezapft. Diese Menschenfrau könnte uns vieles beibringen. Ich werde sie nach Kalissin schicken.«

»Und was ist mit mir?«, fragte Ryll allzu eifrig. »Ist das meine Chance? Werde ich nun eine Partnerin bekommen?«

»Das könnte dazu beitragen, dass du begehrenswerter wirst. Ich gebe dir die Erlaubnis, dich nach einer Partnerin umzusehen, obgleich ich bezweifle, dass sich jemand ausgerechnet für *dich* entscheiden wird.«

Die Lyrinx händigten Tiaan ihre Habseligkeiten aus, behielten aber den Amplimet, das Messer und die Armbrust. Dann wurde sie zurück in ihren Raum gebracht.

Im Verlauf der nächsten Stunden gab man ihr mehrmals etwas Bärenfleisch zu essen und Wasser zu trinken. Gelegentlich brachte Ryll sie ins Freie, damit sie in einer in den Schnee gegrabenen Grube ihre Notdurft verrichten konnte. Einmal kam sie an zwei Lyrinx vorbei, die sich über einen kleinen, pilzförmigen Gegenstand beugten und mit den Händen kreisende Bewegungen in der Luft vollführten.

»Was machen die beiden da?«, wollte sie von Ryll wissen.

»Sie schauen«, sagte Ryll nur und hielt sich ansonsten bedeckt.

In der ersten Nacht an diesem fremden Ort rechnete Tiaan fest mit Kristallträumen und hoffte, ihren Geliebten wiederzusehen. Doch ihre Träume wuchsen sich zu schrecklichen Albträumen aus, die sich ihrer Vorstellungskraft bislang entzogen hatten. In diesen Traumsequenzen sah sie sich in ihrem Raum, der voller Käfige stand, in denen verzerrte Abbilder der wilden Tiere saßen, die sie kannte.

Orangefarbene Dunstschleier wirbelten um die Käfige herum und zwangen die Kreaturen in die Knie. Sie schrien vor Schmerz. Blut troff aus ihren Mündern und anderen Körperöffnungen, und eins nach dem anderen begannen sie sich zu verändern. Fleisch und Knochen verformten sich, die Haut und die Sehnen dehnten sich aus und knackten. Zähne zersprangen, fielen aus den klaffenden Mäulern und wurden ersetzt von neuen Zähnen, die so scharf und spitz waren wie bei Haien.

Bald verwandelten sich die Geschöpfe, die die Prozedur überlebt hatten, in wild stierende Ungeheuer, die Tiaan mit bösen Blicken fixierten. Tiaan wandelte schließlich in ihrem Raum auf und ab, um sich die Träume vom Leib zu halten.

Auch in der folgenden Nacht träumte sie, aber das waren Träume voller Nachwehen, angefüllt mit schmerzhafter Sehnsucht nach dem Amplimet, die von Stunde zu Stunde schlimmer wurde. Ihr Körper litt Qualen sehnsüchtigen Verlangens. Den ganzen folgenden Tag dachte sie nur darüber nach, wie sie wieder in den Besitz des Kristalls kommen könnte, und auch in der nächsten Nacht träumte sie von nichts anderem. Das war das Schlimmste an den Nachwehen – es dauerte so lange, bis der Seelenschmerz nachließ. Manche Leute überwanden den Schmerz nie.

»Was ist los?«, fragte Ryll sie am zweiten Nachmittag, als sie zitternd auf dem Bärenfell lag und unter den Qualen des Verlangens litt. »Bist du krank?«

Tiaan war nicht in der Lage, irgendwelche Ausflüchte zu ersinnen. »Ich muss den Kristall haben«, wisperte sie. »Bitte, ich kann es nicht länger ohne ihn aushalten.«

»Aha!«, sagte er nur und verließ den Raum.

Erst viel später ging Tiaan auf, dass sie ihm damit verraten hatte, was ihr Schwachpunkt war.

KAPITEL FÜNFUNDDREISSIG

Der Suchtrupp hielt sich an Ulliis Angaben und bewegte sich in gerader Linie auf die letzte der Höhlen zu. Irisis war an der Spitze des Zuges. Einige Soldaten näherten sich vorsichtig und mit vorgestreckten Speeren dem Höhleneingang. Irisis, die von sich glaubte, nichts mehr zu verlieren zu haben, sprang mit dem Mut der Verzweiflung vor und stürmte in die Höhle. Sie war leer.

»Sie ist fort!«, rief sie enttäuscht.

»Vor wenigen Stunden erst.« Arple fand noch einige heiße Kohlen in der Asche des Feuers.

»Jetzt seht Ihr, wie wertvoll Eure Sucherin ist«, sagte Nish vom Eingang aus. »Wollt Ihr Ullii jetzt die Anerkennung zollen, die ihr zusteht?«

»Ja, in der Tat«, erwiderte der Perquisitor. »Sie hat bewiesen, was sie kann. Im Krieg werden wir ihr mancherlei Aufgaben zuweisen.«

Als Irisis die Höhle wieder verließ, zitterte Ullii und suchte die Nähe ihrer Freunde. Jal-Nish wandte sich mit einem harten Lachen ab, ordnete die Durchsuchung sämtlicher Höhlen an und signalisierte den Klankern weiter unten, die anderen Einheiten herbeizurufen.

Frische Spuren führten den Berg hinauf. Die Soldaten erklommen die Felswand, während die Klanker weiter unten das Tal durchquerten. Spät am Nachmittag trafen die Streitkräfte wieder zusammen.

Am Abend setzte Schneefall ein. Der Trupp versuchte, die Spuren im Schein der Pechfackeln zu verfolgen, aber als sich tiefe Dunkelheit über die Gebirgslandschaft senkte, verlor sich die Fährte im tiefen Schnee. Notgedrungen schlugen die Männer im Schutz eines Felsens ihr Lager auf und konnten zum ersten Mal seit Tagen die ganze Nacht durchschlafen. Am folgenden Morgen verließ Jal-

Nish sich erneut auf Ulliis Fähigkeit. Die Sucherin deutete nun eher in südliche Richtung und musste während der nächsten Tage oft den Weg vorgeben, da die Männer keine einzige Spur mehr fanden.

Im starken Schneetreiben kamen die Soldaten nur langsam voran, und auch die Klanker bewegten sich trotz der breiten Schneeschuhe nur in mäßigem Tempo. Immer wieder streikten die Ölleitungen; es kam zu Pannen. Nish und Tuniz hatten buchstäblich alle Hände voll zu tun, um die notwendigen Reparaturen durchzuführen. Dem jungen Monteur wurde bewusst, wie sehr er doch seine Arbeit hasste. Ständig hatte er blutige, bisweilen steif gefrorene Finger und musste sich obendrein noch die Flüche seines Vaters anhören. Jeder Handgriff erwies sich als zehnmal schwieriger als in den Werkräumen. Selbst Tuniz, die sich kaum aus der Ruhe bringen ließ, fluchte gelegentlich.

Es war zwar inzwischen nicht mehr so windig, dafür aber furchtbar kalt, insbesondere in den klaren Nächten. Doch am dritten Nachmittag wurden sie von den Ausläufern eines Blizzards erfasst. Am folgenden Tag saßen sie in ihrem Lager fest, tags darauf wirbelte der böige Wind den frischen Schnee auf, sodass die Späher keine klare Sicht hatten. Dennoch kämpften sie sich weiter vor, mühsam und langsam, bis die Klanker schließlich stehen blieben.

»Was ist denn jetzt schon wieder?«, schrie Jal-Nish. Er musste schreien, um sich bei dem Wind Gehör zu verschaffen. Alle suchten Schutz hinter den Klankern.

»Das Feld ist zu schwach«, sagte Simmo von der zweiten Maschine aus. »Während der letzten Viertelstunde haben wir uns mit der Kraft der Schwungräder fortbewegt, aber die werden nun langsamer.«

»Soll das heißen, dass wir hier festsitzen? Ihr unfähigen Narren!«

»Vor uns befindet sich ein weiterer Feldkern, Herr, und der ist stark, aber wir haben Schwierigkeiten, Energie aus dem Feld zu beziehen. Das ist eigenartig. So etwas habe ich noch nicht erlebt.«

»Was soll das heißen?«

Simmo beriet sich erst mit den anderen Steuermännern, ehe er antwortete. »Scheint sich um einen doppelten Feldkern zu handeln. Aber auf so etwas sind wir bislang noch nie gestoßen. Damit müssen wir uns erst noch zurechtfinden.«

»Dann zieht die Kunstwerkerin zurate. Deshalb haben wir sie doch mitgenommen. Kunstwerkerin Irisis, kommt her!«

Irisis erstarrte, der Magen drehte sich ihr um. Jetzt war die Stunde der Wahrheit gekommen. Ihr Schwindel würde auffliegen. Ein Mann wie Jal-Nish ließe sich nicht zum Narren halten. Verzweifelt sah Irisis in den Kreis der verkniffenen Gesichter und suchte Nishs Blick. Er sah erschrocken aus.

Trotzdem setzte Irisis wieder ihre berüchtigte hochnäsige Miene auf. Sie würde bis zum bitteren Ende kämpfen, und wenn es zum Äußersten käme, würde sie den verhassten Perquisitor mit in den Tod reißen. Mutig fasste sie sich an ihren Taststein und trat vor.

»Ich vermute, ich werde die Steuereinheiten modifizieren müssen«, sprach sie.

»Wie lange dauert das?«

»Schwer zu sagen. Wir dürfen keine Risiken eingehen.«

»Fangt an.«

Irisis kletterte in den ersten Klanker und zerlegte die Steuereinheit. Ky-Ara hockte neben ihr und ließ Irisis keinen Moment aus den Augen, als operierte sie sein Kind. Er wimmerte leise, während sie einen Arm nach dem anderen ausbaute. Sie hatte Schwierigkeiten, sich zu konzentrieren.

»Ky-Ara, wärt Ihr so nett, mir auch die anderen Steuereinheiten zu bringen?«, bat sie freundlich.

Widerwillig machte er sich auf den Weg und schaute sich mehrmals argwöhnisch um.

»Nish!«, rief Irisis. Der Monteur löste sich aus der Gruppe der frierenden Soldaten. »Halt Wache an der Heckklappe und lass niemanden durch.«

»Was ist mit Ky-Ara?«

»Nicht diesen wimmernden Kerl. Auch nicht deinen Vater.«

Ullii schlich Nish nach, steckte den Kopf durch seinen angewinkelten Arm und spähte durch die Schutzbrille. Nish sah Irisis an und hob fragend die Augenbrauen.

»Komm rein, Ullii!«, sagte Irisis ungehalten. »Aber halt den Mund, verstanden?«

Ullii krabbelte in den Klanker und verharrte stumm auf ihrem Sitz.

Irisis arbeitete eine Stunde lang, visualisierte den eigenartigen doppelten Feldkern mit dem Taststein und bemühte sich, Ky-Aras Steuereinheit auf das Feld abzustimmen.

Trotz der Kälte begann sie zu schwitzen. Der doppelte Feldkern war das Seltsamste, was sie seit Langem gesehen hatte: Er bestand aus zwei unterschiedlich großen, leuchtenden Kugeln, die umeinander kreisten. Orangefarbene Schleier wirbelten zwischen ihnen, schwebten von einer Kugel zur anderen und sandten gelegentlich grelle Lichtstrahlen aus. Das verwirrte Irisis, und sowie sie versuchte, das dazugehörige Feld vor ihrem geistigen Auge entstehen zu lassen, verspürte sie Kopfschmerzen. Etwas Schädliches ging von diesem seltsamen Feld aus. Die Muster veränderten sich in ihrer Intensität so überraschend, dass Irisis sich nicht genug schnell darauf einstellen konnte.

Sie ließ den Taststein sinken und lehnte sich mit klopfendem Herzen zurück. Irgendetwas stimmte hier nicht. Selbst wenn es ihr gelänge, die Steuereinheiten auf den Feldkern abzustimmen, fürchtete sie sich vor den Folgen.

Es klopfte laut an der Heckklappe. »Was ist jetzt?«, rief Jal-Nish ungeduldig.

»Lass ihn nicht rein, Nish.«

Die Klappe wurde aufgerissen. »Also, Kunstwerkerin?«

»Es erweist sich als unerwartet schwierig.«

»Warum?« Ein gefährliches Glimmen lag in Jal-Nishs Augen.

»Ich habe bislang noch nie mit einem doppelten Feldkern gearbeitet, und soweit ich weiß, auch sonst niemand. Wenn ich etwas falsch mache, könnte der Hedron verglühen, und dann säße der Klanker den ganzen Winter hier fest.«

»Bah! Fyn-Mah hat immer schon gesagt, dass Ihr eine Hochstaplerin seid.«

Einige Stunden später hatte Irisis herausgefunden, wie die Steuereinheit sich auf das Feld einstimmen ließ, aber sie hatte keine Ahnung, ob Ky-Aras wertvolle Steuereinheit auch mit den gefährlichen Fluktuationen fertig würde. Sie konnte das nicht selbst testen, da sie nicht die Fähigkeit besaß, dem Feld Energie zu entziehen. Daher zog sie in Erwägung, diesen Part Ky-Ara zu überlassen. Nur so würde es ihr gelingen, ihrem Schicksal noch einmal zu entrinnen. Aber wenn er sich weigerte ...

Doch der Steuermann bot bereitwillig seine Hilfe an. Vermutlich hätte er sich auf alles eingelassen, nur um Irisis von seinem Platz zu bekommen. Genau das hatte sie vorausgeahnt. Nur aus diesem Grund hatte sie mit seiner Steuereinheit begonnen, denn die anderen Steuermänner waren hartnäckiger.

Nun saß sie neben Ky-Ara und erklärte ihm, was er zu tun hatte, als Jal-Nish seinen Sohn unsanft zur Seite stieß und sich bis nach vorne durch den Klanker schob.

»Was nehmt Ihr Euch da heraus?«, fuhr er Irisis an.

»Ich ...« Ein Schauer lief ihr über den Rücken. »Ich zeige Ky-Ara nur, wie der Test verläuft.«

»Verflucht seid Ihr! Das ist Aufgabe der Kunstwerker. Ich kann es mir nicht leisten, einen Steuermann zu verlieren.«

»Aber er ist doch derjenige –«, begann sie verzweifelt, sich zu verteidigen, wurde aber sofort rüde unterbrochen.

»Schluss damit! Euch kann ich verlieren, wenn das Experiment schiefläuft, ihn nicht.«

Irisis schluckte. »Ich brauche trotzdem seine Hilfe.«

»Ihr werdet das allein machen, Kunstwerkerin. Wo liegt das Problem? Keine paar Wochen ist es her, da wart Ihr Werkmeisterin. Das hier müsst Ihr doch schon tausendmal gemacht haben!«

»Aber nicht ... bei dieser Art von Feldkern«, entgegnete sie kaum hörbar. Hilfesuchend schaute sie zu Nish, aber er hielt den Blick gesenkt und stieß Eiszapfen von seinen Stiefelspitzen. *Das war's dann also*, dachte sie. *Mein Albtraum hat mich eingeholt. Wenn ich dazu in der Lage wäre, würde ich so viel Energie aus dem Feld ziehen, dass der Klanker zerspringt und alle im Umkreis von zehn Spannen verbrennen.* Diese Möglichkeit übte eine böse Faszination auf sie aus, aber es würde alles nur ein Traum bleiben.

»Also gut«, fuhr sie fort. »Alle sollen Abstand halten, falls etwas schiefläuft. Ich vermute, dass diese Art Feldkern noch nie benutzt worden ist.«

»Fangt endlich an!«, befahl Jal-Nish. »Falls Ihr dazu in der Lage seid.«

Trieb der Perquisitor ein bösartiges Spiel mit ihr, um sie vor aller Augen zu demütigen? Diese Art von Rache passte zu einem Aufschneider wie ihm.

Jal-Nish hielt sich indes an ihren Rat und entfernte sich von dem Klanker. Die Queristin blieb ungerührt neben der Maschine stehen. Tat Fyn-Mah das, um Irisis zu verspotten?

»Ihr solltet auch besser gehen«, sagte Irisis zu Ullii und Nish. Nish mied ihren Blick, als versuchte er, sich innerlich auf die unausweichliche Demütigung einzustellen. Sie konnte es ihm nicht verübeln.

Aber er blieb, wie übrigens auch Ullii, was Irisis erstaunte. Oder spürte Ullii, dass überhaupt keine Gefahr bestand? Irisis begann mit der Prozedur und benutzte die Steuereinheit, um das stark schwankende Feld aufzuspüren. Der Hedron war viel stärker als ihr Taststein. Das musste er auch sein, wenn eine Maschine vom Gewicht eines Klankers angetrieben werden sollte.

Irisis ließ die unheilvollen, orangefarbenen Kugeln frei in ihrem Geist kreisen, hielt indes wohlweislich Abstand und konzentrierte sich auf die Nebelspiralen, die zwischen den Kugeln tanzten. Sie suchte nach einer Kraftquelle, die nicht zu stark war. Vielleicht kehrte ja ihr verlorenes Talent unerwartet zurück.

Langsam näherte sie sich in ihrem Geist der ersten nebelartigen Verwirbelung, dann der zweiten, schließlich der dritten. Immerzu spürte sie die Blicke von Ullii und Nish auf sich. Irisis verdeutlichte sich bildhaft, was auf sie zukam. Die absolute Erniedrigung. Jal-Nish würde sich ihrer nicht hier in der Einöde entledigen – schließlich könnten sich ihre geringen Fähigkeiten auf dem Heimweg noch als nützlich erweisen –, aber sobald sie wieder in der Fertigungsstätte wären, würde der Perquisitor sie öffentlich zur Schau stellen. Chronisten und Erzähler würden von weither anreisen, um den Hergang von Irisis' Versagen im ganzen Land zu verbreiten und ihre gerechte Strafe in allen Einzelheiten zu beschreiben.

»Beeilung, Kunstwerkerin.« Der Perquisitor steckte wieder den Kopf durch die Heckklappe.

Jetzt oder nie. Irisis zapfte einen der Wirbel an und versuchte mit aller Macht, Energie zu gewinnen. Doch nichts geschah. Mit knirschenden Zähnen wischte sie sich den Schweiß von der Stirn und unternahm einen neuen Versuch. Wieder nichts.

Der Perquisitor stieß ein raues Lachen aus. Wie sehr Jal-Nish diese Darbietung doch genoss. »Ihr könnt es nicht. Ihr seid eine Schwindlerin, Irisis. Seid es immer gewesen. Diese Geschichte wird eine hübsche Moral haben. Ich kann es gar nicht abwarten, die Gesichter der Vertreter des Hauses Stirm zu sehen, wenn diese Geschichte zum Besten gegeben wird.«

»Ich werde es schaffen!«, stieß sie böse hervor. Wie konnte er es wagen, ihre Familie demütigen zu wollen! Alle wussten, dass seine Vorfahren Emporkömmlinge waren, die sich den Weg an die Spitze mit Hurengeschichten, Bestechungen und Intrigen gebahnt hatten. Wenn sie ihn hätte verbrennen können, hätte sie es auf der Stelle getan.

Wieder und wieder probierte sie es, bis die Sehnen an ihrem Hals hervortraten. Irisis bleckte die Zähne; ein Stöhnen entfuhr ihr, aber nicht der geringste Energiefluss gelangte in die Steuereinheit.

Jal-Nish lachte aus rauer Kehle. Am liebsten hätte Irisis ihm ins Gesicht geschlagen, aber mit einer solchen unbedachten Tat hatte sie sich bereits in Schwierigkeiten gebracht. Hektisch schaute sie sich um. Die Sucherin hatte die Schutzbrille abgenommen und sah Irisis mit beängstigend starrem Blick an. Seltsam, die Kunstwerkerin musste unweigerlich an hastig hingeworfene Zeichen auf Fächern denken.

Irisis schloss die Augen und versuchte es ein letztes Mal. Kopfüber tauchte sie in eine Verdickung roter Nebelschwaden ein, aber diesmal sah es wie ein Knoten auf einem Fächer aus. Als sie sich darauf stürzte, entwirrte der Knoten sich, öffnete sich wie eine Rosenblüte – bis ein Pfad innen sichtbar wurde, der keinem Pfad glich, den sie bislang gesehen hatte.

Plötzlich gewahrte Irisis den Weg, der sich ihr bisher nicht erschlossen hatte, und zog so stark, dass ihr einen Moment schwarz vor Augen wurde. Mit dem Kopf schlug sie gegen die Wand des Klankers.

Der Klanker rührte sich nicht; auch die Arme der Steuereinheit streckten sich kein Stück. Sie hatte versagt. Irisis schaute langsam auf und machte sich auf den hämischen Ausdruck auf Jal-Nishs Gesicht gefasst.

Der Perquisitor neigte den Kopf zur Seite, als lauschte er. »Was ist das?«

In ihrem Kopf sirrte es; sie wusste nicht, was das war.

»Ich weiß es nicht«, hörte sie die Queristin sagen.

»Schwungrad dreht sich«, antwortete Ullii.

Aus dem schwachen Ticken wurde ein schwirrendes Geräusch, das sich zu einem lauten Brummen auswuchs, als die Schwungräder ihre volle Drehzahl erreichten. Auf eine unerklärliche Weise bezog die Steuereinheit Energie aus dem Feld – für Irisis ein Wunder.

»Du hast es geschafft!«, rief Nish, umarmte sie und küsste sie auf die Stirn. »Ich wusste, dass es dir gelingen würde!«

»Das ist schließlich ihre Aufgabe«, stellte Jal-Nish säuerlich fest. »Ich verstehe gar nicht, warum du so viel Aufhebens darum machst. Sag den anderen Bescheid, dass die Jagd auf den Lyrinx weitergeht.«

Irisis stimmte auch die anderen drei Steuereinheiten auf das Feld ab und erklärte den Steuermännern die Arbeitsweise. Sowie das geregelt war, kehrte sie zu ihrem Klanker zurück und berührte, als Zeichen des Danks, Ullii mit den Fingerspitzen an der Wange. Sie wusste zwar nicht, was Ullii gemacht oder wie die Sucherin ihr den Weg aufgezeigt hatte, aber das tat nichts zur Sache. Es war vorüber, und Irisis genoss die Atempause. Doch nichts hatte sich geändert. Irisis wusste, dass sie es genauso wenig konnte wie vorher. Das Verlangen nach dem Kristall war so stark wie eh und je.

Als der Himmel am Nachmittag des fünften Tages vorübergehend aufklarte, erblickten sie in der Nähe eine von schroffen Abhängen begrenzte Hochebene. Ulliis letzten Hinweisen zufolge hatte der Lyrinx auf das Plateau zugehalten. Der Trupp hielt an und wagte sich erst spätabends im Schutz der Dunkelheit vorsichtig weiter vor. Während der ganzen Nacht legten sie keine Rast ein. Jal-Nish arbeitete an einem Plan, dem Feind mit einem Überraschungsangriff beizukommen. Er verbrachte viele Stunden mit Rustina, der rothaarigen Anführerin der weißen Truppe. Manchmal hielten die beiden kurz an und hockten zusammen:, Rustina zeichnete dann mit ihrem Messer Schlachtpläne in den Schnee, während Jal-Nish redete. Was auch immer dort beraten wurde, der Perquisitor behielt es für sich.

»Bestimmt will mein Vater wieder irgendeinen Coup landen, der ihm Ruhm einbringt«, sagte Nish verbittert zu Irisis.

»Er muss eben beweisen, wie clever er doch ist ...« Sie hielt inne, als Jal-Nish näher kam.

»Und was ist, wenn sie dort oben eine Festung haben?«, fragte Nish seinen Vater.

»Da oben? Da hat sich höchstens ein kleiner Clan zusammengerottet.«

Erst einige Stunden vor Morgengrauen erreichten sie die Felswände des Plateaus, da sie einen Umweg in Kauf genommen hatten – für den Fall, dass die Lyrinx Wachen aufgestellt hatten. Im Augenblick bestand keine Gefahr, denn das Schneetreiben hielt an, sodass die Spitze des Hochplateaus nicht zu sehen war. Hinter einer Anhöhe schlugen sie ihr Lager auf, ein gutes Versteck, wenn das Wetter mit einem Mal aufklarte. Am Fuß der schroffen Abhänge wurde Kriegsrat abgehalten. Alle wurden zusammengerufen, selbst Ullii, obwohl man ihr zugestand, im Klanker zu bleiben und von der Heckklappe aus zuzuschauen.

»Was wisst Ihr über diesen Ort?«, fragte die Queristin Arple.

»Mir ist einiges über ihn zu Ohren gekommen«, antwortete der Sergeant und stützte sich mit einer Hand an dem gelblichen Felsgestein ab. »Einst lebten Leute dort oben, Hirten mit Schafherden und Bergziegen, aber das Wetter verschlechterte sich vor nunmehr vierzig Jahren. Dann kam ein Jahr, in dem es überhaupt keinen Sommer gab. Die Herden verhungerten; die Leute starben oder zogen fort. Dort kann niemand überleben.«

»Außer Lyrinx!«, fügte Jal-Nish mürrisch hinzu. »Und bestimmt ernähren sie sich nicht von Felsgestein. Wer von euch war schon dort oben? Sprecht, und Ihr werdet belohnt werden!«

»Ich glaube, Wulley kennt sich dort ein bisschen aus, Herr«, sagte Arple nach einigem Zögern. »Wulley ...«

Ein hartgesottener alter Soldat, der im Dunkeln stand, meldete sich zu Wort. Er kam über ein heiseres Flüstern nicht hinaus. Irisis kniff die Augen zusammen, um ihn in der Dunkelheit besser erkennen zu können. Er war ein kräftiger Mann mit auffallend kurzen Beinen; sein Gesicht war übersät von Narben, viele davon Zeichen eines Clans. Eine große Narbe verlief quer über seinen Hals, was die heisere Stimme erklärte. Irisis wunderte sich, dass er eine solche Wunde überlebt hatte.

»Ich war mal als Kind dort oben, Herr. Eine Zeit lang hielten sich dort Räuber versteckt. Verbreiteten Angst und Schrecken in den umliegenden Dörfern.«

»Ich wusste gar nicht, dass es dort oben Dörfer gibt«, sagte Jal-Nish.

»Jetzt nicht mehr. Die letzten Siedler fielen Hungersnöten und Seuchen zum Opfer. Das ist über dreißig Jahre her.«

»Was weißt du über diese Hochebene, Soldat?«

»Sie wird Garrihan genannt, Herr, was in unserem Dialekt Tafelberg bedeutet.«

»Wie groß ist diese Ebene von Garrihan, Wulley?«, fragte Arple.

»Im Schnee braucht man schätzungsweise einen Tagesmarsch, Sir.«

»Das Plateau ist ungefähr zehn Meilen lang«, erklärte die Queristin, die im Schein einer einsamen Fackel eine Karte konsultierte. »Und sechs Meilen breit. Man bräuchte eine große Streitmacht, um alles im Blick zu haben. Die Gegend ist flach, Wulley?«

»Mehr oder weniger. Am anderen Ende gibt es Hügel und Felsspalten, aber keine Aussichtspunkte, die sich für Wachen eignen.«

»Wo würden die ihr Lager aufschlagen, wenn sie dort oben wären?«, erkundigte sich Jal-Nish.

»Im hinteren Bereich. Dort ist man besser vor dem Wind geschützt, außerdem gibt es da Wasser.«

»Dann sollten wir hier vorne den Aufstieg wagen«, sagte Jal-Nish, »wenn das Wetter schlecht bleibt. Zeig es uns auf der Karte, Soldat.«

Wulley trat vor und sah aus wie ein Bär, der sich auf die Hinterbeine stellt. Irisis beugte sich neugierig vor. Der Soldat zeigte mit einem zertrümmerten, nagellosen Finger auf die östliche Felswand. »Hier war früher eine Stiege, als die Räuber noch ihr Unwesen trieben. Dort könnte ein Wachposten sein, falls die Biester die Stufen nicht zerstört haben. Lyrinx brauchen keine Treppen. Das Dorf lag früher hier.«

»Wo würdest du heimlich hochklettern?«, fragte Arple weiter.

Ohne zu zögern, antwortete Wulley: »Genau hier, etwas abseits der alten Treppe, Sir. Der Hang ist zerklüftet, überall sind Felsen und Vorsprünge. Gute Verstecke, aber schwer zu bewachen. Man kann nicht weit sehen. Aber ein verdammt schwieriger Aufstieg.«

»Darauf sind wir vorbereitet«, behauptete Jal-Nish selbstgefällig. »Die Truppe, die mit dem vierten Klanker kam, besteht aus erfahrenen Bergsteigern. Ich bin auf alle Eventualitäten gefasst.«

Die anderen nahmen Jal-Nishs Worte überrascht auf. Selbst Arple staunte, denn die neue Einheit hatte nichts dergleichen verlauten lassen.

»Wir verlegen das Lager nach dort unten, damit man es nicht sehen kann«, fuhr der Perquisitor fort. »Meine Bergsteiger werden sich noch in der Nacht am Fuß der Felswände einfinden. Bleibt die Sicht weiterhin schlecht, erklimmen sie den Berg im Morgengrauen, erkunden das Gelände und bereiten den Weg für den Rest der Truppe vor. Morgen um diese Zeit werden die Lyrinx der Geschichte angehören.«

KAPITEL SECHSUNDDREISSIG

Sie bezogen ihre Stellung, als sich das schiefergraue Licht des frühen Morgens über den östlichen Himmel stahl. Der Wind heulte durch die Felsspalten, doch die Bergsteiger sammelten sich am Fuß der relativ windgeschützten Nordwand. Rustina schritt auf und ab und suchte nach der geeigneten Stelle für den Aufstieg.

»Hier müsste es gehen!« Sie legte ihre behandschuhte Rechte auf den gemaserten Fels.

Schneeflocken wirbelten durch die Spalten. Irisis verfolgte das Spiel der tanzenden Flocken. Da sie inzwischen wie besessen von dem Kristall war, träumte sie jede Nacht davon, und selbst in ihren Wachträumen erlag sie in ihrer Fantasie der Vorstellung, Tiaans Kristall würde ihr, Irisis, ihr Talent zurückgeben.

Die übrigen Soldaten der Einheit trugen die schwere Ausrüstung zum Fuß der Felswand. Rustina gab neue Instruktionen. »Nein, bringt alles nach dort drüben! Wenn sie uns entdecken, könnten sie uns hier mit ein paar Felsbrocken vernichten.«

Bald war Rustinas Truppe mit den Vorbereitungen fertig. Irisis stellte sich mit dem Rücken zum Wind und schaute den Soldaten zu. Die ersten beiden Bergsteiger erhielten die letzten Anweisungen. Sie ähnelten Rustina: Auch sie waren groß, schlank und zäh. An den Handgelenken und den Stiefeln hatten sie Stacheln befestigt. Jeder Mann war mit einer Picke und leichtem Gepäck ausgestattet. Ein langes Seil sollte sie sichern.

Rustina klopfte jedem auf die Schulter, ehe die Männer mit erstaunlicher Gewandtheit den Hang erklommen und dabei Vorsprünge nutzten, die Irisis nicht einmal wahrnehmen konnte. Sie sahen aus wie vierbeinige Spinnen, die über das Gestein krochen. Bald schon waren sie im Schneewirbel verschwunden.

Jal-Nish stand mit vor der Brust verschränkten Armen da und beobachtete die Bergsteiger mit selbstzufriedener Miene. Sergeant Arple hielt sich etwas weiter im Hintergrund auf und stand so steif da, als wäre er auf einer Parade. Schneeflocken landeten auf seiner zerfurchten Oberlippe. Rustina schritt weiterhin unruhig auf und ab; ihr rotes Haar wehte im Wind, ihre dünnen Lippen bildeten einen schmalen Strich. In bangem Warten verstrich eine Stunde. Von den Bergsteigern hörten sie nichts, allerdings gingen sämtliche Laute im Heulen des Windes unter. Die rothaarige Anführerin führte Selbstgespräche. Jal-Nish stapfte nervös durch den Schnee und schaute immer wieder besorgt nach oben. Arple stand reglos da wie eine Statue.

Dann hörte man weiter oben kratzende Geräusche von Metall auf Stein. Im Schneetreiben wurde einer der beiden Bergsteiger sichtbar, der sich langsam abseilte und alle paar Spannen mit den gespornten Stiefeln an der Felswand abstieß.

»Alles in Ordnung«, meldete er und strahlte über das ganze Gesicht, als er wieder festen Boden unter den Füßen hatte. »Keine Spur vom Feind. Wir sind oben.«

Jal-Nish kam aufgeregt angelaufen. »Und die Wetterverhältnisse?«

»Bestens!« Der Bergsteiger verzog den Mund zu einem wild entschlossenen Grinsen. Seine Zähne waren gelb verfärbt von den Nigah-Blättern. Rustina hatte das Rauschmittel in ihrer Einheit verteilt, sich selbst aber noch mit dem Verzehr zurückgehalten. »Dort oben tobt ein Sturm, Herr. Sichtweite unter zwanzig Schritte.«

»Und da waren keine Spuren, kein Pfad?«

»Nein, Herr!« Um seinen Worten Nachdruck zu verleihen, spie er gelblichen Speichel in den Schnee.

»Und die Klanker?«

Der Bergsteiger kratzte sich am Kopf und wandte sich kurz flüsternd an Rustina. Sie nickte.

»Das müsste machbar sein, Herr.« Sie unterhielten sich in einer kleinen Gruppe. Irisis konnte nicht verstehen, was besprochen wurde. Kurz darauf löste sich die kleine Runde wieder auf.

»Bringt Eure Einheit nach oben, Sergeant Rustina«, befahl Jal-Nish. »So schnell es geht! Richtet die Abwehrmaßnahmen ein und baut die Aufzugsvorrichtungen auf. Arple, schickt Boten zum Lager, wo die Klanker stehen. Wir werden sie nach oben hieven.«

Arple wirkte skeptisch, gab die Anweisung jedoch kurz und knapp an einen Soldaten weiter, der sogleich auf seinen Schneeschuhen zum Lager eilte. Die Männer aus Rustinas Einheit holten die zusammengebundenen Eisenstangen, die Nish zuvor auf dem Dach des vierten Klankers gesehen hatte, unter einem Felsvorsprung hervor. Auch Irisis hatte sich des Öfteren gefragt, wozu diese Stangen gut sein sollten. Jetzt wurde auch das schwere Marschgepäck zusammengetragen, das aus Winden, Eisenkrallen, Seilen und anderen Ausrüstungsgegenständen bestand, die man für einen Flaschenzug brauchte. Rustina packte selbst mit an und konnte genauso schwere Sachen heben wie der kräftigste Soldat. Schließlich schulterten die meisten Männer ihrer Einheit die Ausrüstungsgegenstände und erklommen am Seil die Felswand.

Irisis saß auf einem Stein. Die Truppe war zwar sehr gut ausgebildet, aber wie, um alles in der Welt, wollten die Männer die Klanker auf die Hochebene bekommen? Bei diesem starken Wind erschien ihr das Unterfangen höchst fragwürdig, zumal die Truppe schon das Fiasko auf der Schneerampe und den Tod ihres Kameraden erlebt hatte.

Bald teilten die Bergsteiger durch ein Ziehen am Seil mit, dass die nächste Phase beginnen konnte. Rustina gab Anweisungen, und die Männer, die unten geblieben waren, befestigten die restlichen sperrigen Ausrüstungsgegenstände an dem Seil. Nur ab und an verriet ein schabendes, metallenes Geräusch, dass schwere Lasten hinaufgezogen wurden. Schließlich wurden auch die Soldaten nach oben gezogen, zuletzt Rustina.

Jal-Nish schaute sich besorgt um. In diesem Moment waren sie hier unten besonders verwundbar, falls das Wetter plötzlich aufklarte oder unerwartet ein Spähtrupp der Lyrinx auftauchte – Arple wäre dann der einzige ausgebildete Kämpfer, der sie beschützen könnte. Selbst die zehn Bergsteiger mit Rustina hätten oben einen schweren Stand gegen eine Hand voll Lyrinx.

Es dauerte eine Stunde, ehe der Bote aus dem Lager zurückkehrte; seine Schneeschuhe knirschten. Die anderen Soldaten marschierten hinterdrein, stellten sich in Reih und Glied auf, erhielten Instruktionen und wurden nacheinander mit dem Seil an einer Gurtvorrichtung nach oben gezogen. Arple schloss sich den Männern an, um oben die Verteidigungsmaßnahmen der Bergsteiger zu inspizieren.

Kurz darauf bewegte sich der erste Klanker mit klappernden Geräuschen auf die Felswand zu, gefolgt von den anderen Maschinen. Dickere Seile wurden nach oben gezogen, schließlich auch Monteurin Tuniz, die dabei ein wenig unsicher lächelte und ihre spitzen Zähne entblößte.

Nish gesellte sich zu Irisis. »Wie läuft es?«

»Die meisten von uns sind jetzt oben«, antwortete sie. »Sie bauen eine Vorrichtung auf, um die Klanker hochzuheben.«

»Die sind verrückt!«

»Du musst es ja wissen, du bist hier der Monteur.«

»Zum Glück kennt Tuniz sich besser aus.«

Tuniz kehrte in einem Tragegurt zurück und erteilte Befehle. Der erste Klanker wurde in Position gebracht und vorne und hinten mit Gurten gesichert. Schließlich signalisierte Tuniz mit dem Seil, dass alles bereit war.

Die dicken Seile spannten sich, und ohne erkennbare Schwierigkeiten hob der Klanker von der Schneedecke ab und verschwand im dichter fallenden Schnee.

»Wie machen die das bloß?«, rätselte Nish.

»Keine Ahnung.«

Die Erklärung war denkbar einfach: Das Seil oben lief über Flaschenzugkonstruktionen, deren Gerüste aus ebenjenen Stahlstangen bestanden, die der vierte Klanker transportiert hatte. Ein Felsbrocken diente als Gegengewicht; mit seiner Hilfe ließ sich auch die Geschwindigkeit regulieren.

Der als Gegengewicht eingespannte Felsblock erreichte nun den Boden. Tuniz wartete auf das Signal, dass der Klanker festen Boden unter sich hatte. Dann löste sie die Seile, die anschließend wieder heruntergelassen wurden. Der zweite Klanker wurde in gleicher Weise nach oben verfrachtet, wobei ein anderer schwerer Stein als Gegengewicht zum Einsatz kam. Und so ging es weiter, bis auch die vierte Maschine nach oben schwebte.

»So macht man das«, meinte Jal-Nish, als der letzte Klanker, in dem immer noch Ullii kauerte, scheinbar federleicht im Schneegestöber verschwand. »Alles läuft perfekt. Man muss die Dinge eben selbst in die Hand nehmen.«

Irisis hielt die Luft an und trat einen Schritt zurück. Sie war nicht abergläubisch, aber wenn man das Schicksal herausforderte, dann gewiss mit Äußerungen wie diesen. Dennoch, bald kam das Signal, dass alles in Ordnung war.

»Perfekt«, erklärte Jal-Nish selbstzufrieden. Es war erst spät am Nachmittag. »Oben lagern wir, schicken unsere Späher aus und bereiten uns auf den Vormarsch in der Nacht vor. Sobald wir auf den Feind stoßen, nutzen wir unsere ganze Feuerkraft aus. Ich möchte, dass das Blut der Lyrinx sturzbachartig den Schnee färbt. Diesmal entkommt uns keiner.«

»Was ist mit Tiaan?«, fragte Irisis.

»Ich habe da einen Plan«, antwortete er mit einem blasierten Lächeln. Offenbar wartete er nur darauf, dass Irisis weitere Fragen stellte, um sich dann wieder in genüssliches Schweigen zu hüllen.

Aber Irisis schwieg, und auch Nish verspürte nicht das Verlangen, seinem siegessicheren Vater diese Freude zu gönnen. Sie wurden als Letzte in der Gurthalterung hochgezogen. Der Wind fegte über die Hochebene und verkürzte die Sichtweite auf wenige Schritte. Die Truppe stärkte sich mit kalten Speisen und versuchte ein wenig zu schlafen.

Irisis wurde in der Nacht aus dem Schlaf gerissen, als sie jemand kräftig an der Schulter schüttelte. »Wir haben sie gefunden«, sagte ein Soldat, den sie nicht kannte. »In zwanzig Minuten brechen wir auf, Kunstwerkerin.«

Irisis hatte in ihrer Kleidung geschlafen, und daher brauchte sie nur noch in ihre Stiefel zu schlüpfen, um startbereit zu sein. Anschließend kaute sie auf einem Stück Räucherfisch herum. Die anderen hatten sich auf engem Raum zwischen Geröll versammelt und wagten es dort, eine Fackel anzuzünden.

»Sie sind genau hier«, erklärte Arple und ritzte mit der Messerspitze eine Karte in den Schnee. »Eine Ansammlung von miteinander verbundenen Snilaus.«

»Was ist ein Snilau?«, wollte Irisis wissen.

»Ein Haus aus Eisblöcken, eine Art Iglu! Es sind nicht viele; die Späher rechnen mit ungefähr zehn Lyrinx.«

»Immer noch eine gefährliche Rotte, selbst mit unseren Klankern«, meinte Rustina, die an einer rohen Kartoffel nagte.

»Einige davon können auch Kinder sein. Wir greifen in der Dämmerung an und decken die Snilaus mit Geschossen unserer Katapulte ein, vor allem mit Felsbrocken. Mit etwas Glück töten wir die Hälfte der Rotte im Schlaf.«

»Und vielleicht auch Tiaan«, gab Nish zu bedenken.

»Ich habe da so meine Vorstellungen«, meinte Jal-Nish. »Los, Bewegung!«

Die Soldaten glitten auf ihren Schneeschuhen voraus. Die Passagiere zogen sich in die Klanker zurück, die sich langsam in Bewegung setzten, um so wenige Geräusche wie nur möglich zu machen. Das Risiko, sich durch Lärm zu verraten, war jedoch eher gering, da der heulende Wind die meisten Geräusche verschluckte. Allerdings bestand immer die Gefahr, auf eine Lyrinx-Patrouille zu stoßen.

Die meiste Zeit über saßen Nish, Irisis und Ullii schweigend nebeneinander. Im Klanker war es kalt; da sie kein Feuer gehabt hatten, gab es auch keine heißen Steine für die Ofenbank. Manchmal erfasste eine kräftige Böe den Klanker von der Seite. Mehrmals war Ullii befragt worden, weil der Perquisitor sichergehen wollte, dass Tiaan auch in den Snilaus war. Immer bestätigten die Angaben der Sucherin das, was die Späher entdeckten.

Als sie sich ihrem Zielort näherten, wurde Ullii immer nervöser. Da sie nicht mehr still sitzen konnte, ging sie unruhig auf und ab, nahm wieder Platz, schlug ein Bein über das andere, kratzte sich an den Knien oder dehnte die Finger. Je weiter die Klanker vordrangen, desto ängstlicher wirkte die Sucherin. Schließlich spähte sie durch das Bullauge in die Dunkelheit und wandte sich Nish mit großen Augen zu.

»Schrecklich!«, wisperte sie.

»Was?« Nish streichelte ihre Hand. Irisis quittierte diese Zärtlichkeit mit einem übellaunigen Blick.

»Es ist schrecklich!« Ullii schauderte.

Im Klanker war es düster, und daher trug die Sucherin ihre Maske nicht. Gelegentlich erhaschte Irisis einen Blick auf das Glimmen in Ulliis eulenartigen Augen.

»Nach dieser Nacht wird nichts mehr so sein, wie es einmal war«, meinte Nish beinahe prophetisch.

Irisis wäre es lieber gewesen, er hätte nichts gesagt. Was würde geschehen, wenn sie Tiaan wirklich befreiten? Ganz gleich, was passieren mochte, Irisis beschlich die Vorahnung, dass sie selbst nicht mehr als Kunstwerkerin in der Fertigungsstätte würde arbeiten können. Ihr unbedachter Angriff auf Jal-Nish hatte diese Hoffnung ein für alle Mal zunichtegemacht. Warum hatte sie das überhaupt getan? Sollte das heißen, dass ihr etwas an der kleinen Sucherin lag? Oder war ihr nur aus schierer Verzweiflung die Hand ausgerutscht? Verspürte sie eine Art Todessehnsucht?

Der Klanker blieb stehen, und von außen öffnete jemand die Heckklappe. »Wir haben unsere Stellung bezogen.« Es war Arples Stimme, die aus der Dunkelheit zu ihnen sprach. »Der Morgen graut. Seid Ihr bereit?«

Irisis sprang heraus und schob ihr Schwert in die Scheide. Bei dem verräterischen, schabenden Geräusch sagte Arple: »Ich rate Euch zurückzubleiben, Kunstwerkerin. Überlasst das Kämpfen den Leuten, die sich auf das Kriegshandwerk verstehen.«

»Auch wir hatten unsere Ausbildung«, merkte sie an. »Ich werde nicht müßig herumstehen, wenn die Arbeit getan werden muss. Außerdem ...« Sie zögerte.

»Ja?« Er drehte sich zu ihr um.

»Ich habe keine Zukunft mehr, Sergeant, nach dem Vorfall vor einigen Tagen. Es sei denn, wir bekommen den Kristall zurück. Aber womöglich hilft mir nicht einmal das weiter ...«

»Verstehe«, sagte er. »Mir geht es nicht viel anders. Dennoch, wir müssen unsere Pflicht tun.«

Der Morgen graute. Der Wind hatte kaum nachgelassen, aber in der Nacht hatte es aufgehört zu schneien. »Dort!«, sagte Arple. Er stand unmittelbar neben Irisis.

Sie kniff die Augen zusammen und schaute angestrengt in die

Richtung, in die der Sergeant zeigte. Tatsächlich erahnte sie die geschwungenen Formen der Eisbehausungen, die sich kaum vor der weißen Landschaft abzeichneten. Einer der Späher eilte herbei. »Weiter östlich sind wir auf eine ihrer Wachen gestoßen. Er muss von seinem Posten zurückgekehrt sein. Wir haben das Biest schwer verwundet, aber es hat Marti getötet.«

»Wo ist der Lyrinx jetzt?«

»Ungefähr drei Meilen von hier. Wir haben ihn in eine Spalte getrieben, aber dann aus den Augen verloren. Er hat eine klaffende Wunde am Bein.«

»Kann er noch laufen?«

»Er hinkt, Sir.«

»Nun gut, im Moment können wir uns nicht um ihn kümmern. Aber haltet die Augen offen. Ich will, dass sich alle für den Angriff auf die Eishäuser bereithalten. Wir sollten jetzt sofort losschlagen, falls der verletzte Lyrinx ein Warnsignal gibt.«

»Zunächst müssen wir die Kunstwerkerin finden, und zwar lebend«, stieß Jal-Nish zwischen zusammengebissenen Zähnen hervor.

»Das können wir nicht versprechen, Herr«, erwiderte Arple. »Wir wissen nicht, wo sie ist.«

»Gleich wissen wir es. Sucherin, komm heraus!«

Zögerlich löste Ullii sich aus den Schatten der Heckklappe.

»Wo ist die Kunstwerkerin mit ihrem Kristall?«

Ullii deutete auf die Snilaus.

»In welchem Iglu, Sucherin?«, fragte der Perquisitor. Seine Stimme klang geduldiger als sonst. Jetzt, da sich die Dinge zu seiner Zufriedenheit entwickelten, hatte er sich wieder unter Kontrolle.

Ullii wirkte verschreckt. Nish hielt ihr rasch die Hand vor die Nase, damit sie sich an seinem Geruch beruhigen konnte. Sie sog hastig die Luft ein, schluckte und fand ihr Gleichgewicht wieder. »Ich ... weiß es nicht.« Sie zuckte zusammen, als rechnete sie mit einem Schlag.

Nish lief eilig zu Fyn-Mah und flüsterte ihr etwas ins Ohr. Zusammen kamen sie zurück.

»Ullii«, sagte die Queristin mit ihrer melodiösen Stimme, »ich habe hier eine Karte der Snilaus.«

Ullii schaute auf die Schiefertafel, auf der die Späher die spiralförmige Anordnung der Eishäuser grob skizziert hatten. Sie lächelte. »Das ist wie eine Schnecke. Ich mag Schnecken; sie wissen, wie sie sich verstecken können.«

»Kannst du einen der Lyrinx sehen?«, fragte Nish leise.

»Natürlich«, erwiderte Ullii freimütig. »Ich kann sie alle sehen.«

»Was?«, ereiferte sich Jal-Nish. »Warum hast du das nicht gleich gesagt?«

»Weil mich keiner ...« Sie unterbrach sich, erinnerte sie sich doch mit Schrecken daran, dass das beim letzten Mal die falsche Antwort gewesen war.

Arple zwängte sich durch die Leute, die um die Sucherin herumstanden. Der zähe Sergeant ging vor ihr auf ein Knie. »Sucherin, es wird vielen meiner Männer das Leben retten, wenn Ihr uns sagt, wo der Feind ist. Bitte versucht es!«

Sie schloss die Augen hinter der Schutzbrille, ging einen Moment auf und ab, machte kehrt und schaute auf die Eishäuser.

»Es sind vierzehn Lyrinx.« Man konnte sie kaum verstehen, so leise sprach sie. »Fünf sind hier, drei hier, zwei hier, drei hier, einer hier.« Nacheinander deutete sie auf die skizzierten Iglus auf der Schiefertafel.

»Mehr, als wir dachten«, sagte Arple. »Das gefällt mir nicht, Herr.«

»Dann solltet Ihr Euch mit den Katapulten auf sie einschießen.«

Arple wandte sich wieder Ullii zu. »Und Tiaan?«

»Sie ist in dem großen Haus in der Mitte.«

»Wunderbar!« Arple rannte zu den Klankern, um die Schützen einzuweisen.

»Sorgt dafür, dass ihr nichts geschieht! Sonst werden Köpfe rollen«, drohte Jal-Nish.

»Fertig?«, rief Arple in Richtung der Schützen. Jeder hatte sein Katapult mit einem runden Stein bestückt und noch zwei weitere Geschosse bereitliegen. Sie signalisierten, dass sie bereit waren. »Rustina, Ihr nehmt Eure Einheit und haltet Euch auf der linken Flanke, damit keiner entkommen kann. Wir werden in drei Minuten feuern. Nach der dritten Salve greift Ihr das Eishaus im Zentrum an. Ihr müsst Tiaan lebend befreien und den Kristall finden, nur das zählt. Los!«

Rustina salutierte und bezog mit ihrer Einheit Stellung auf der linken Flanke. Die anderen Soldaten erhielten ihre Befehle und setzten sich ebenfalls in Bewegung. Irisis hörte, wie Arple leise zählte. »Fertig?«, rief er den Schützen zu. »Feuert auf vier!«

Er hob den Arm, ließ ihn dreimal auf und ab fahren und dann nach unten sinken. »Feuer!«

Gleichzeitig schossen die Katapulte die Steine ab. Die Klanker wippten vor und zurück. Die Schützen luden nach und kurbelten wie verrückt, um die Katapulte neu zu spannen. »Feuert nach Belieben!«, rief Arple.

Irisis hatte den Schnee aufspritzen gesehen, wo die Steine eingeschlagen hatten. Zwei hatten ihr Ziel verfehlt, aber nur knapp. Mindestens ein Wurfgeschoss hatte ein Snilau getroffen, ein zweites möglicherweise. Es war schwierig, die Treffer zu bewerten, da sich vor ihnen eine weiße Landschaft ohne deutliche Konturen erstreckte.

Die Katapulte feuerten erneut. Erst eins, dann zwei zusammen, und nach einer langen Pause das vierte.

»So beeilt euch doch, verflucht!«, trieb Jal-Nish die Schützen an.

Diesmal trafen drei Steine das anvisierte Ziel; der vierte Schütze schien den hinteren Bereich des letzten Eishauses getroffen zu haben.

»Gut gemacht!«, sagte Arple. »Salve drei! Aber denkt dran, Männer, nicht auf das mittlere Haus schießen!«

Die Schützen feuerten ein drittes Mal, doch diesmal konnte Irisis in dem aufgewirbelten Schnee nichts erkennen.

»Noch zwei Treffer!«, rief Arple, der durch sein Fernglas spähte. »Ich sehe jemanden taumeln. Ein Lyrinx. Sieht aus, als hätte er ein Bein verloren. Haltet die Spieße bereit! Vorwärts! Findet die Kunstwerkerin.«

Irisis sprang in Ky-Aras Klanker. Die vier Maschinen stürmten den Abhang hinunter. Der Boden war uneben; sie hüpften und polterten über die verschneite Fläche.

»Was geschieht?«, fragte sie, denn diesmal hockte Nish vor dem Bullauge und versperrte ihr die Sicht.

»Rustinas Truppe erreicht gerade die Eishäuser«, antwortete Nish. »Jetzt kann ich auch Lyrinx sehen ...«

»Was ist?«, rief Irisis, da Nish nicht mehr weitersprach.

Er ließ sich Zeit mit seiner Antwort, und Irisis merkte ihm an, dass es ihm Spaß machte, sie auf die Folter zu spannen. Allerdings hatte Irisis nichts für diesen Spaß übrig und stieß Nish in die Rippen.

»Aufgewirbelter Schnee«, erklärte er. »Ich kann nichts sehen.«

Der Klanker beschrieb einen weiten Bogen, ehe er abrupt stehen blieb. Der Wind trug Kampflärm herüber – das Brüllen der Lyrinx, das Auftreffen der Schwerter auf Schuppenpanzern, Schmerzensschreie, einige von Menschen, andere nicht. Irisis sprang aus dem Klanker.

»Wo willst du hin?«, schrie Nish.

»Ich muss den Kristall finden. Bleib hier. Kümmere dich um Ullii.«

»Aber –«, begann er.

»Einer muss sie beschützen, und den Klanker. Und wer kann schon sagen, dass du hier im Klanker nicht in größerer Gefahr sein wirst als ich?«

Das stimmte. Alles Mögliche konnte passieren. Jemand hatte Nish ein kurzes Schwert gegeben, das er jetzt zog. Für einen Zivilisten kannte er sich recht gut mit einer solchen Waffe aus. Nur wenige Menschen hatten in diesen Zeiten keine Waffenerfahrung, obwohl Nish schon lange kein Schwert mehr angefasst hatte. Er hatte die Übungen schleifen lassen, da er seine ganze Energie auf das Erlernen des Monteurberufs verwendet hatte. Jetzt bereute Nish, nicht in Übung zu sein.

Die Sicht war schlecht. Beim ersten Tageslicht hatte der Wind wieder aufgefrischt, und die Luft war erfüllt von wirbelnden Schneeflocken. Nish kletterte auf den Klanker, neben den Schützen Pur-Did, der mit dem großen Spieß auf eins der Eishäuser zielte, das dreißig oder vierzig Schritte entfernt war. Wir sind zu nah dran, fuhr es Nish durch den Kopf. Ein Lyrinx könnte die kurze Distanz in Windeseile zurücklegen.

Sein Blick fiel auf eine Gruppe Soldaten, die auf den blockierten Eingang des zentralen Eishauses einschlugen. Gut, dachte Nish. Es ist bald vorüber, und wir können zurück nach Hause.

Sein Blick fiel auf den Snilau zu seiner Rechten. Eines der Geschosse hatte das Dach zum Einsturz gebracht, und vor dem Eishaus war es zu einem Getümmel gekommen. Zwei Lyrinx kämpften gegen fünf oder sechs Soldaten, die sich ihrer Schneeschuhe entledigt hatten und nun versuchten, die Gegner bis zur Wand zurückzudrängen. Der tiefe Schnee behinderte sie.

Die Lyrinx wichen zurück und schienen sich nicht zu verteidigen. »Dann sind sie doch nicht so zäh, wie man immer hört«, dachte Nish laut. »Sie –«

Er verstummte, als er sah, wie eine der Kreaturen einen Rückwärtssalto vollführte und auf einem Haufen aus Eisblöcken landete. Mit blitzschnellen Bewegungen packte der Lyrinx drei Eisklötze von der Größe von Schafen und schleuderte sie jeweils auf einen Soldaten. Der erste Mann warf sich noch rechtzeitig hin und trug nur einen Schlag an der Schulter davon. Zwei andere aber wurden mit voller Wucht am Oberkörper getroffen und stürzten zu Boden.

Der zweite Lyrinx machte einen Satz nach vorne, landete inmitten der drei anderen Kämpfer und hieb zwei von ihnen mit ein paar kräftigen Schlägen nieder. Blut spritzte durch die Luft. Der letzte Mann, der noch stand, schreckte zurück und ergriff die Flucht. Der vor Wut rasende Lyrinx warf ihm einen der anderen Soldaten hinterher und brachte den Flüchtenden zu Fall. Der Mann stach zwar noch mit dem Schwert nach der Bestie, als sie über ihm auftauchte, konnte aber nicht mehr verhindern, dass sie ihn umbrachte.

Der andere Lyrinx hatte bereits die drei übrigen Soldaten getötet. Nish drehte sich der Magen. Sechs Mann waren tot, und das alles in kürzester Zeit. Als der zweite Lyrinx sich aufrichtete, schnappte der Mechanismus von Pur-Dids Geschossvorrichtung. Der Spieß durchbohrte die Brust des Lyrinx und trat hinten wieder heraus. Das Wesen sank neben seinem letzten Opfer zu Boden.

Der andere Lyrinx schaute auf. Pur-Did kurbelte in großer Hast die Spannfedern zurück, aber das Biest rannte nach einem kurzen Blick in Richtung des Klankers zu dem mittleren Eishaus.

»Ihm nach!«, rief Nish durch die Bodenluke nach unten.

»Mein Befehl lautet, die Stellung zu halten, es sei denn ein Lyrinx versucht, mit der Kunstwerkerin zu fliehen«, erwiderte Ky-Ara.

Eine kräftige Böe fegte über das Plateau hinweg und brachte gewaltige Schneewirbel mit sich. Binnen Sekunden konnte Nish nicht einmal mehr die Hand vor Augen sehen. Rasch wischte er sich den Schnee aus den Augen und fing den Blick des Schützen ein, der es ihm gleichtat.

»Netter Tag für einen Kampf«, meinte der Mann fröhlich und sog die Luft durch seine warzigen Nasenflügel.

»Ja! Und im nächsten Moment könnten wir tot sein, und unsere Eingeweide liegen verstreut im Schnee.«

»Möglich«, entgegnete Pur-Did trocken. Er fegte den Schnee von seiner Geschossvorrichtung, damit ja nichts den Mechanismus behinderte.

Die Schneewolken verflüchtigte sich. Nish schaute sich hastig nach möglichen Feinden um. Zwischen den Eishäusern tobte ein hartes Gefecht. Nish sah vorsichtshalber auch nach hinten, für den Fall, dass sich ein Lyrinx angeschlichen hatte. Sechs Soldaten hatten einen, wie es aussah, hochschwangeren weiblichen Lyrinx zu Fall gebracht und mit ihren Speeren durchbohrt. Zwei kleine Lyrinx wurden ebenso erbarmungslos hingemetzelt; ihre kleinen Köpfe rollten über den Schnee. Die Mutter stieß einen klagenden Schrei aus und wurde ebenfalls enthauptet. Nish wandte sich mit Grausen ab.

KAPITEL SIEBENUNDDREISSIG

Tiaan wachte von dumpfen Schlägen und krachenden Geräuschen auf, die das Eishaus erzittern ließen. Ein unheimliches Leuchten schimmerte durch das Eis. Sie eilte zum Eingang, aber der große Block versperrte ihr nach wie vor den Weg. »Ryll?«, schrie sie durch den Spalt neben dem Eisklotz. »Was ist da los?«

Sie erhielt keine Antwort. Wieder ein dumpfer Aufprall, gefolgt von einem Schmerzensschrei eines Lyrinx ... weitere Schreie. Mit einem zischenden Laut durchbrach etwas die Wand aus Schnee und Eis und blieb drohend im Bärenfell auf dem Boden stecken. Es war der Speer eines Klankers.

Tiaan überlegte gar nicht erst, wie die Soldaten sie aufgespürt oder die schweren Klanker auf das Plateau gebracht hatten. Irgendwie war es ihnen gelungen, was nur den Schluss zuließ, dass man fest entschlossen war, sie zurückzubringen oder gar zu töten. Aber warum? Die Verfolger betrieben doch nicht so einen großen Aufwand, nur weil sie aus der Gebäranstalt geflohen war. Kein Flüchtling war es wert, über viele Meilen verschneites Gebirge gejagt zu werden. Lag es vielleicht daran, dass sie einem Feind das Leben gerettet hatte? Möglich. Die Historien des Krieges gegen die Lyrinx enthielten viele Geschichten von Verrat, und stets hatte man die Verräter zur Strecke gebracht. Der Rat der Skrutatoren hatte ein großes Interesse daran, Exempel zu statuieren.

Offenbar jagten sie aber auch hinter ihr her, weil sie eine Kunstwerkerin war. Das Geheimnis der Steuereinheiten war für den Feind von unschätzbarem Wert, und Gi-Had wollte sicherstellen, dass nichts in die Hände der Lyrinx fiel.

Was auch immer der Grund für die Verfolgung sein mochte, Tiaan spürte, dass sie nie wieder nach Hause zurückkehren konnte.

Zu allem Überfluss regten die Nachwehen sich immer noch in ihr. Wenn sie dieser Schmerz durchzuckte, vermochte sie kaum an etwas anderes zu denken.

Rasch warf sie sich den Mantel um, nahm den Wurfspeer und wartete. Schwach drangen Schreie von draußen durch die Wände; dann hörte sie Lyrinx brüllen. Das Gebäude erbebte wie unter einem Einschlag eines Katapultgeschosses. Eis bröckelte von der Decke.

Das unbehagliche Gefühl, in der Falle zu sitzen, nahm zu. In ihrer Angst hackte Tiaan mit dem Speer auf die Wand ein. Als sie gerade ein faustgroßes Loch geschlagen hatte, hallte ein gellender Schrei schaurig in den Kuppeln aus Eis nach. Offenbar der Todesschrei eines Lyrinx.

Der Kampflärm hielt an. Tiaan hatte sich gerade wieder ihrer wenig aussichtsreichen Arbeit zugewandt, als der Eisblock am Eingang weggerollt wurde. Ryll steckte den Kopf durch die Öffnung. Er krabbelte hindurch, schob den Block wieder vor den Eingang und keuchte: »Halte dich bereit!«

»Meine Leute greifen an!« Ihren Worten fehlte jegliche Freude.

»Und sie haben schon einmal versucht, dich zu töten.«

Ryll begann, auf die Außenwand einzuschlagen: Immer wieder hieb er mit seinen Klauen auf sie ein, mit derselben Energie, mit der er sich nach der Lawine in Tiaans Höhle aus Eis vorgearbeitet hatte. Ein wahrer Regen aus Eissplittern ging in dem Raum nieder. Auf Rylls Gesicht lag ein Ausdruck, den Tiaan noch nicht gesehen hatte. War es Furcht? Oder unbändiger Zorn über das Getümmel dort draußen.

Der Eisblock am Eingang wurde bewegt. Mit einem Satz sprang Ryll durch den Raum und brachte den Block wieder in Position. Schreie waren von der anderen Seite zu hören. Dann rammte der Lyrinx den Speer vor dem Block in den Boden, ergriff Tiaan und hämmerte erneut wie verrückt auf die Wand ein.

Der Block geriet wieder in Bewegung, rollte aber gegen den Schaft des Speers und blieb stecken. Inzwischen hatte Ryll einen Eisblock in der Wand freigelegt, der ungefähr so groß wie Tiaan war. Mit aller Macht drückte er mit der Schulter dagegen, aber das Segment bewegte sich nicht. Ryll schüttelte den Kopf und meißelte weiter mit seinen Klauen.

Wieder erhielt der Block am Eingang einen kräftigen Stoß, woraufhin der Speerschaft brach. Langsam wälzte der Block sich in den Raum. Tiaan überlegte fieberhaft. Wäre es nun besser, in die Hände der eigenen Leute zu fallen oder mit Ryll zu fliehen? Könnte sie gar allein entkommen? Die Unentschlossenheit lähmte sie.

Der Eisblock wurde so weit in den Raum geschoben, dass der erste Soldat seinen Kopf durch die Öffnung zwängen konnte. Ein wild verzerrtes, blutiges Gesicht erschien. Tiaan wich erschrocken zurück.

»Lauft, Kunstwerkerin!«, rief der Mann.

Ryll riss Tiaan an der Schulter zurück. »Wenn du deinen Kristall wiedersehen möchtest«, zischte er an ihrem Ohr, »dann komm mit mir.«

Tiaan versuchte zu schlucken. Ihr Mund war so trocken, dass ihr die Zunge am Gaumen kleben blieb.

Die Züge des Soldaten verhärteten sich, und er legte die Armbrust an. Aus dieser Entfernung konnte er nicht vorbeischießen. Sein Finger legte sich um den Abzug. Ryll drehte sich rasch zur Seite, doch er wurde an der Schulter getroffen und gegen die Wand geschleudert. Tiaans Hand entglitt ihm. Der Lyrinx rang nach Luft. Der Soldat ließ die schwere Armbrust fallen und stürmte mit einem Spieß auf Ryll los. Der Lyrinx schlug nach ihm, verfehlte den Soldaten jedoch und eilte davon. Mit grimmiger Miene setzte ihm der Soldat nach.

Tiaan machte zwei Schritte, doch der Schmerz der Nachwehen zwang sie auf die Knie. Der Kampf auf der anderen Seite des Raums geriet immer stärker in den Hintergrund ihrer Wahrnehmung und wurde schließlich von der quälenden Sehnsucht ausgeblendet.

Nur noch verschwommen nahm sie wahr, dass ein weiteres Gesicht am Eingang auftauchte. Irisis kroch durch die Öffnung, ein blutiges Schwert in der Hand, und stürzte sich gleich auf Tiaans Gepäck. Da sie nicht fand, wonach sie suchte, hielt sie die Schwertspitze an Tiaans Hals. Die Wirkung der Nachwehen ließ nach.

»Wo ist er?«, stieß Irisis hervor. »Wo ist der Kristall?«

»Sie haben ihn mir weggenommen«, wisperte Tiaan. »Weißt du das denn nicht?« Sie streckte ihr eine zittrige Hand entgegen.

Irisis schaute in Tiaans blutunterlaufene Augen. Tiaan hielt den

Atem an, befürchtete sie doch, von Irisis' Klinge durchbohrt zu werden, aber ihre Rivalin wandte sich ab.

»Was macht Ihr denn da?«, rief der Soldat über die Schulter, der immer noch mit Ryll kämpfte. »Bringt sie fort!«

»Sie ist unwichtig«, schnarrte Irisis böse, als sie sich wieder durch die Öffnung zwängte. »Nur der Kristall zählt.«

Ryll trieb den Soldaten mit der ganzen Kraft seines gesunden Arms zurück. Der Mann kroch in den Eingang zurück und schrie seinen Gefährten zu: »Helft mir! Ich habe die Kunstwerkerin gefunden.«

Tiaan sah tatenlos zu und fühlte eine innere Taubheit. Mit beiden Armen umklammerte sie ihr Gepäck. Nichts war im Augenblick von Bedeutung – nur der Kristall. Sie musste ihn finden.

Ryll versetzte dem Soldaten einen Tritt, packte Tiaan und rammte ein letztes Mal mit der gesunden Schulter gegen den Eisblock, auf den er zuvor eingeschlagen hatte: Endlich löste er sich aus den Fugen und fiel nach hinten. Kalte Luft drang ins Innere des Raums. Beide Arme um Tiaan geschlungen, zwängte Ryll sich mit dem Rücken zuerst durch die neu gewonnene Öffnung. Als der hartnäckige Soldat nachsetzte und mit dem Speer nach Ryll stieß, kletterte der Lyrinx außen auf das Kuppeldach und trat nach dem Verfolger. Weitere Eisblöcke lösten sich aus dem Wandgefüge. Ryll wäre beinahe abgerutscht, als der Rest des Dachs einstürzte.

Der Soldat verschwand unter den Eisblöcken. Rylls verkümmerte Schwingen zuckten nutzlos, als er sich mit einer ruckartigen Drehung in Sicherheit brachte, dann aber an einer Seite nach unten taumelte und Tiaan loslassen musste, um sich abzustützen. Tiaan sah ihre Chance, allen zu entkommen. Sie rannte um die erste Ecke, aber ihre Beine wollten ihr nicht gehorchen. Sie versuchte es erneut, doch die Nachwehen setzten wieder ein und lähmten sie. Offenbar hatte sie die falsche Richtung eingeschlagen – fort von dem Kristall.

Ryll humpelte heran und schaute sich mit ruckartigen Bewegungen seines großen Schädels um. Da er nicht sah, dass Tiaan unweit der Wand kauerte, lief er in die entgegengesetzte Richtung und verschwand im Schneegestöber.

Wo mochte der Kristall sein? Vermutlich im größten Eishaus. Als sie sich eine gebogene Wand entlangtastete, sah sie sich plötzlich Gi-Had gegenüber. Beide blieben sie wie angewurzelt stehen und starrten einander an. Gi-Had hatte schreckliche Wunden davongetragen. Die tödlichen Klauen des Feindes hatten sich tief in seine Brust gebohrt. Sein Mantel war getränkt mit Blut.

Dennoch hellte sich seine Miene auf. »Tiaan!« Wie bei einer freudigen Begrüßung breitete er die Arme aus. An seiner rechten Hand fehlten zwei Finger.

Tiaan hielt inne und starrte ihn mit offenem Mund an. Seine freudige Begrüßung ergab keinen Sinn.

Taumelnden Schrittes kam er auf sie zu. »Was ist los, Kunstwerkerin?«

Sie hatte einen Kloß im Hals. »Ich ... kann nicht«, keuchte sie schwer. »Muss den Kristall finden.« Sie wich zurück, mit seltsam leerem Blick.

»Warum, Kunstwerkerin? *Warum?*« Gi-Had sank auf die Knie.

Sie drehte sich von ihm weg, da sie seinen fragenden Blick nicht ertragen konnte, und prallte gegen Ryll, der sie sogleich packte. Ihr Widerstand war nur schwach. Als der Lyrinx sie forttrug, erhaschte sie einen letzten Blick auf den Aufseher, der sich schwer auf einen heruntergefallenen Eisblock stützte. Gi-Had starrte ihr nach. Sie wusste, dass sie ihn nie wiedersehen würde. Verzweiflung und Selbstverachtung brodelten in ihr.

Ryll rannte durch das Schneetreiben und duckte sich hinter dem nächsten Eishaus.

»Wohin bringst du mich?«, keuchte sie.

»Weit weg«, erwiderte er.

»Was ist mit den anderen Lyrinx?« Ihr Mund war ganz trocken.

»Sie werden uns bis zu ihrem Tod verteidigen«, erklärte er ernst.

»Selbst die Kinder?«

Inzwischen wusste sie seine Mimik besser zu deuten, und so sah sie den tiefen Schmerz, der sich auf seinem Gesicht abzeichnete. »Leider! Es sind viele Soldaten und vier Klanker. Ihr Menschen habt eine tödliche Präzision. Wir hatten keine Chance. Die Katapulte töteten drei von uns im Schlaf.« Hastig schaute er sich um und duckte sich mit Tiaan nieder.

Zwei Soldaten rannten durch den schmalen Gang zwischen den

Iglus und riefen einem dritten, den Tiaan nicht sehen konnte, etwas zu. Sie verstand nur: »Das Dach ist eingestürzt! Sie muss darunter liegen.«

»Irisis war auch da drin«, rief der andere.

Ryll legte Tiaan eine große Hand über den Mund und zerrte sie in entgegengesetzter Richtung mit sich.

»Wo ist mein Kristall?«, fragte sie wie unter einem Knebel. Ohne den Amplimet waren ihre Träume nichts wert.

»Den hat Besant. Er ist bei ihr sicher. Du wirst ihn wiedersehen. Schon bald.«

Die Nachwehen ebbten ab. Tiaan schaute sich um. Purpurrotes Blut lief als dünnes Rinnsal aus Rylls Schulterverletzung. Hinter ihnen blies der böige Wind eine Schneise in die Schneewirbel.

»Da sind sie!«, schrie jemand.

Etwas blitzte zwischen den beiden hinteren Snilaus auf. Nish blinzelte in das Schneegestöber hinein.

»He! Das ist Tiaan. Das Biest will mit ihr abhauen. Los, Bewegung, Ky-Ara!«

Pur-Did schlug mit der flachen Hand auf das Dach, und der Klanker setzte sich in Bewegung, aber nur träge und mit vielen ächzenden Geräuschen der Antriebswellen. Der Schütze versuchte noch rasch, den Wurfspieß neu auszurichten, aber die beiden Gestalten waren inzwischen fort.

Nish öffnete die Luke nach unten. »Was ist los?«, rief er Ky-Ara zu.

»Das Öl ist kalt geworden. Ich kann erst schneller, wenn es sich erwärmt hat.«

»Kann ich irgendwie helfen?«

»Nein!« Ky-Ara war angespannt; das verrieten die ruckartigen Bewegungen, mit denen er nun die Knäufe umschloss.

Ullii kauerte zitternd in der hinteren Ecke. Jede Form von Gewalt war für ein Geschöpf wie sie unerträglich. Nish fragte sich, was aus Irisis geworden war. Er hatte sie seit Beginn des Gefechts nicht mehr gesehen. Womöglich war sie längst tot.

Der Klanker stampfte in einem großen Halbbogen vorwärts.

Plötzlich entdeckte Pur-Did Spuren im Schnee, die zur Kante des Hochplateaus führten, die sich ganz in der Nähe befand.

»Folgt ihnen!«, rief Nish übertrieben laut. Der Schütze belächelte diesen naiven Enthusiasmus.

Ky-Ara rief etwas von unten durch die Luke. Seine Stimme klang unsicher. »... muss erst den Sergeanten –«

»Keine Zeit dafür!«, schrie Nish. »Wenn der Wind auffrischt, verlieren wir sie. Dann könnten sie schon die Felswand hinuntergeklettert sein, und bis wir die Klanker unten haben, sind sie längst im Gebirge, wo wir sie nicht verfolgen können.«

Wenn nach dem Kampf überhaupt noch jemand leben wird, um die Verfolgung aufnehmen zu können, fügte Nish in Gedanken hinzu. Das Gemetzel war furchtbar gewesen. Sie konnten den Lyrinx zwar mit dem Klanker verfolgen, würden dann aber später vielleicht feststellen müssen, dass sie die einzigen Überlebenden waren. Und wenn sie mit dem Speer nicht sogleich trafen, wären sie geliefert. Wie rasch sich ein Vorteil doch verflüchtigen konnte.

Der Klanker folgte nun den Spuren, humpelte jedoch eher lethargisch weiter. Nish verfluchte das langsame Vorankommen. Der Lyrinx schien verwundet zu sein und war doch schneller als die anfällige Maschine.

Weiter vorn führten die Fußspuren in eine Schlucht, wo tiefer Schnee lag. Der Steuermann lenkte jedoch die Maschine weiter geradeaus.

Nish stieg ins Innere des Klankers und achtete nicht weiter auf Ullii, die stumm in der Ecke hockte.

»Dort unten!«, rief er und zeigte in die Richtung. »Seht Ihr das nicht, in der Schlucht?«

»Tiefe Schneewehen in dieser Richtung«, sagte Ky-Ara. »Da kommen wir nie durch. Schneller sind wir, wenn wir hier oben am Rand bleiben.«

Der Klanker schien schneller zu laufen. Sie folgten dem Verlauf der Felskante und kamen nun tatsächlich besser voran als der Lyrinx unten in der verschneiten Schlucht.

»Ich kann sie sehen!«, brüllte Nish. Er lehnte sich nach hinten, schaute durch das Bullauge am Heck und rief dann: »Feuer! Schießt, verdammt noch mal!«

Der Schütze schoss nicht. »Elender Narr!«, schimpfte Nish und kletterte wieder auf die Plattform. »Was ist denn los?«

»Ich kann mit dem Wurfspieß nicht so weit nach unten zielen«, erwiderte Pur-Did geduldig.

Nish stieg wieder nach unten und fühlte sich verpflichtet, weitere Anweisungen zu geben. »Da unten! Du musst den Klanker vorne absenken, sonst wird der Speer über den Kopf des Lyrinx fliegen.«

»Wir wissen, was wir zu tun haben, Monteur«, erwiderte Ky-Ara kühl. »Haltet Euch da heraus, und lasst uns unsere Arbeit machen.«

Er drosselte die Geschwindigkeit, wendete und schob die Spitze des Klankers nun langsam über den Rand der Schlucht. Die mechanischen Beine stampften. Der Lyrinx tauchte auf; er rannte weiter hinunter und zerrte Tiaan am Arm hinter sich her. Das Biest humpelte stark. Hätten sie nur eine Armbrust gehabt!

Feuer!, dachte Nish. *So schießt doch!*

Aber der Schütze feuerte auch jetzt noch nicht. Der Winkel stimmte nicht. Nish war so aufgeregt, dass er den alten Soldaten am liebsten von seinem Platz gestoßen hätte, um die Geschossvorrichtung selbst zu bedienen.

»Wir sind noch nicht tief genug«, rief Pur-Did durch die Luke und schlug sich Eiszapfen von der warzigen Nase. »Versuchen wir es ein bisschen weiter unten, Ky-Ara.«

Der Steuermann setzte zurück, und die Eisenfüße quietschten, als sie unter der Schneedecke auf Stein trafen. Einzelne Steine lösten sich und fielen herab. Der Klanker wendete und lief nun viel schneller am Rand der Schlucht entlang. Nach einigen hundert Schritten probierten sie es erneut. An dieser Stelle bot die Kante der Schlucht mehr Halt, sodass Ky-Ara den Klanker leichter vorne absenken konnte. Nach einigen Korrekturen an der Position lagen sie auf der Lauer.

Tiaan und der Lyrinx kamen in Sichtweite. Sicherlich hätte sie dem verwundeten Lyrinx davonlaufen können, wenn sie es gewollt hätte. War sie letzten Endes doch der Verräter?

Quälende Sekunden verstrichen, aber der Schütze feuerte nicht. »Los!«, brüllte Nish und hämmerte gegen das Dach.

»Das verfluchte Ding klemmt.«

Bald würden sie außer Schussweite sein. Der Lyrinx hatte einen kurzen Augenblick gezögert, um die Gefahr einzuschätzen. Als er dann weiterlief, fiel Nish auf, dass die Kreatur keine Flügel hatte.

»Geht wieder!«, schrie der Schütze. »Umdrehen, Ky-Ara. Wenn er nicht zu uns kommt, laufen wir hinter ihm her.«

»Verdammte Schützen!«, fluchte Ky-Ara. »Nutzloses Pack!« Er wendete und steuerte den Klanker wieder parallel zur Schlucht. Nish presste sein Gesicht gegen das Bullauge. Das fliehende Paar rannte unmittelbar unter ihnen. Ein stechender Schmerz durchzuckte Nishs Herz. Er wollte nicht, dass Tiaan starb.

»Vorne noch ein bisschen weiter runter!«, schrie Pur-Did.

Ky-Ara zögerte. »Wir sind zu nah am Rand.«

Nish vergaß sich in seinem Zorn. War er hier denn der Einzige, der Tiaan befreien wollte? »Wenn Ihr kein Klanker-Steuermann sein wollt, *dann braucht Ihr es nur zu sagen!*«, fuhr er Ky-Ara scharf an. »Ich bin mir sicher, dass mein Vater, der Perquisitor, Ersatz für Euch hat.«

Ky-Ara schluckte, schaute sich aufgeregt um und brachte die Maschine noch etwas weiter nach vorne. Seine Zähne klapperten hörbar, als er auf das Kommando von Pur-Did wartete.

Aber dazu kam es nicht, da der Untergrund nachgab und der Klanker seitlich wegrutschte. Ein Teil des Felsens löste sich; und der Klanker kippte zur Seite. Ky-Ara stöhnte, versuchte noch, die Maschine aufzurichten, aber da war es schon zu spät: Der Klanker sackte weg, überschlug sich und stürzte polternd den Abhang hinunter – hilflos durchfurchten die acht Beine die eisige Luft.

Ullii kreischte, ebenso Ky-Ara. Nish schützte seinen Kopf mit beiden Armen und machte sich auf das Schlimmste gefasst. Sie überschlugen sich dreimal, ehe sie mit lautem Krachen verkehrt herum auf einem spitzen Felsen landeten, der vorn durch das Dach des Klankers schlug. Die Maschine wippte noch ein paar Mal vor und zurück, Metallplatten quietschten, dann lag sie still. Lose Gegenstände flogen durch den Innenraum, auch Ulliis Schutzbrille, die zerbrach.

Ky-Ara hing schief in seinen Gurten und stieß schreckliche spitze Schreie aus, wie ein Kaninchen, das von einer Eule zerhackt wurde. Blut lief aus seinem linken Nasenloch. Der Klanker war unbrauchbar, und der Steuermann würde keinen anderen mehr bekommen.

»Unfähiger Narr!«, schimpfte Nish und versuchte herunterzuspielen, dass er selbst nicht ganz unbeteiligt an dem Unglück war.

Hinten lag Ullii zusammengerollt vor der Heckklappe und schrie. Sie hatte sowohl ihre Maske als auch die Ohrenschützer verloren. Nish kroch zu ihr und legte ihr eine Hand über Mund und Nase. Nach mehreren tiefen Atemzügen hörte sie auf zu schreien. Schnell hatte Nish sie wieder mit Ohrenstöpseln und Augenbinde ausgestattet und drückte gegen die Heckklappe. Sie klemmte; er musste sie auftreten. Zusammen mit Ullii kletterte er ins Freie.

Der Sturz hatte nicht nur die Geschossvorrichtung und das Katapult zerstört: Weiter oben am Abhang lag der zermalmte Körper von Pur-Did. Die Maschine war über ihn hinweggerollt und hatte ihn zu Tode gequetscht.

Tiaan und der Lyrinx waren längst hinter der nächsten Biegung verschwunden. Nish war wütend auf Ky-Ara und zornig auf sich selbst, weil er den Steuermann unter Druck gesetzt hatte. Es dauerte einen ganzen Monat, einen Klanker wie diesen zusammenzubauen.

Seine Gefühle für Tiaan schienen abgeflaut zu sein.

Schreie drangen aus dem Innenraum des Klankers – beunruhigend schrill und gellend. Es hörte sich nicht nach einem Soldaten an.

Tiaan rannte einfach weiter und bog um die nächste Ecke. Vor ihnen tauchte hoch oben eine hölzerne Plattform auf, die in die Schlucht hineinragte. Die Rundhölzer knarrten im Wind. Ein gewundener Weg führte hoch zur Plattform, wo Besant am Rand des Abgrundes stand. Neben ihr befand sich eine seltsame, dreieckige Konstruktion mit einer Schwinge. Die Tasche, die sie sich um die Brust geschnallt hatte, enthielt gewiss den kostbaren Kristall.

Mit einem Freudenschrei rannte Tiaan weiter. Doch kaum hatte sie den Weg nach oben betreten, zersplitterte ein großes Katapultgeschoss etliche Holzbalken der Plattform. Ryll zog Tiaan zurück und duckte sich. Was Besant auch immer geplant hatte – sie konnten nicht mehr zu ihr gelangen.

Zu ihrer Rechten war ein zweiter Klanker oben am Rand der Schlucht aufgetaucht und feuerte über die Felsen hinweg auf die

Plattform. Der Schütze richtete seinen Speer auf den Lyrinx aus, während der Steuermann hastig versuchte, einen weiteren Stein in das Katapult zu hieven. Tiaan kannte die beiden Männer: Rahnd und Simmo.

»Los!«, brüllte Ryll. »Flieg, Besant!« Er deutete weiter hinten auf einen Felsenrand.

Der weibliche Lyrinx machte eine Armbewegung, die Tiaan nicht nachvollziehen konnte, hielt das Konstrukt mit der Schwinge in den Wind und sprang genau in dem Augenblick in die Tiefe, als der Speer sich in das Holz der Plattform bohrte.

Tiaan hielt den Atem an, während die Schwinge sich blähte, Auftrieb erhielt und nach oben driftete. Besants große Flügel öffneten sich, und sie schwebte über dem Konstrukt. Tiaan verspürte ein Prickeln an den Schläfen. Sie hatte so etwas zwar noch nie erlebt, wusste aber instinktiv, was dort geschah: Besant bediente sich auf ihre eigene, seltsame Art der Geheimen Kunst, um ihr enormes Gewicht in der Luft zu halten.

Sie schwirrte in Spiralen nach unten, das geflügelte Konstrukt unter sich. Die Besatzung des Klankers versuchte, das Katapult neu auf den schwebenden Lyrinx auszurichten. Besant deutete mit einem Arm auf eine flache Stelle weiter hinten an der Felswand. Ein schmaler Weg führte dorthin.

So schnell er konnte, humpelte Ryll nach oben und zog Tiaan mit sich fort. Er hielt sich im Schutz der Felsen, und bald hatte Tiaan den Klanker aus den Augen verloren. Sie sah erneut Gi-Hads gequältes Gesicht. Er war ein anständiger Mann. Hatte er wirklich dieser Einheit befohlen, sie zu töten, oder hatte sie sich das alles bloß eingebildet? Tiaan fühlte sich schuldig, beschämt. Sie wollte zu dem Klanker laufen, sich ergeben und die Konsequenzen für ihr Handeln auf sich nehmen. Sie versuchte, sich loszureißen.

Der Lyrinx gab sie nicht frei. »Besant hat deinen Kristall. Wenn du jetzt nicht mitkommst, wirst du ihn nie wiedersehen.«

Als sie die flache Stelle erreichten, feuerte der Klanker. Tiaan hielt erneut den Atem an. Der Speer beschrieb einen Bogen am Himmel und flog zwischen Besant und der Flügelkonstruktion hindurch. Tiaan wagte wieder zu atmen. Besant machte kehrt und kam in einer langgezogenen Schleife auf Ryll und Tiaan zu.

»Sobald sie hier vorbeifliegt«, erklärte ihr Ryll, »springst du an das Geschirr, das unterhalb der Schwinge angebracht ist. Schnall dich mit den Gurten fest.« Er packte den Bolzen, der in seiner Schulter steckte und zog ihn mit einem Stöhnen heraus. Grell aufblitzende Farben liefen über seine Haut.

»Ja«, sagte sie. Wohin der Amplimet auch immer gebracht wurde, sie musste ihm folgen. Ohne diesen Kristall würde sie wahnsinnig. Sie starrte in Rylls ausgezehrtes Gesicht. »Was ist mit dir?«

Er betrachtete den blutigen Bolzen. »Ich bleibe hier, um dich zu verteidigen.«

»Du wirst sterben!«

»Ich tue nur meine Pflicht, damit andere leben können, die wertvoller sind als ich.«

Besant näherte sich der flachen Stelle. Tiaan verspannte sich, aber als der weibliche Lyrinx im Anflug war, riss eine Böe die Schwinge nach oben und wehte sie von der Felswand fort.

»Bist du so weit?«, fragte Ryll.

»Meine Hände sind taub.« Sie fühlte sich am ganzen Körper wie gelähmt. Nur ein Akrobat könnte solch einen gewagten Sprung vollbringen.

»Spring!«, rief Ryll, als die Schwinge erneut vorbeirauschte.

»Ich kann das nicht; ich greife daneben!« Sie sah das Unglück kommen – war sie doch zu weit von dem Flugobjekt entfernt! Und war das Schicksal, das sie in einer Festung der Lyrinx erwartete, besser als das, was ihr bei den eigenen Leuten passieren würde?

KAPITEL ACHTUNDDREISSIG

Nish riss sein Schwert aus dem Gürtel. Wenn das Biest mit Tiaan entkam, war er so gut wie tot, und es wäre obendrein noch sein Fehler. Also lief er ihnen nach, und die Sucherin stolperte klagend hinter ihm durch den Schnee. Eigentlich hätte er sie im Klanker lassen sollen. Dort aber hätte sie bei dem toten Schützen und dem wahnsinnigen Ky-Ara ausharren müssen – was zu entsetzlich für sie gewesen wäre. Ulliis Schreie, die sie vorhin im Klanker ausgestoßen hatte, waren ihm durch Mark und Bein gegangen.

Nish hastete um eine Ecke und sah plötzlich nur noch den Himmel vor sich – ein Abgrund. Weiter vorne entdeckte er Tiaan und den Lyrinx. Sie blickten zu einer freitragenden Plattform über dem Abgrund, auf der ein größerer Lyrinx stand.

»Bleib hier, Ullii«, sagte er und ließ ihre Hand los. »Dort hinten ist ein Abgrund.«

»Ich weiß, ich kann ihn *sehen.*«

Nish rannte weiter, ahnte aber, dass es zu spät war. Der große Lyrinx, ein weibliches Wesen mit grünem Kamm, hatte ein geflügeltes Konstrukt bei sich – offenbar, um Tiaan damit fortzutragen. Er rief noch und schwenkte nutzlos sein Schwert.

Auf einmal stoben Holzsplitter in alle Richtungen durch die Luft. Simmos Klanker stampfte die Böschung hinunter; mehrere Leute hielten sich außen an der Maschine fest. Nish hätte vor Erleichterung weinen mögen.

Im selben Moment sprang der große Lyrinx von der Plattform in die Tiefe. Nish hörte einen schrillen Schrei von Ullii und eilte erschrocken zu ihr zurück. »Was ist denn?«

Sie nahm wieder die ihr vertraute Kauerstellung ein und hielt ihre Arme schützend vor dem Kopf. Da er ihr jetzt ohnehin nicht helfen konnte und sich vergewissert hatte, dass Ullii weit genug vom Abgrund entfernt war, ließ Nish sie dort sitzen.

Rahnd, Simmos Schütze, feuerte den Wurfspieß ab, verfehlte sein Ziel aber. Tiaan und der flügellose Lyrinx rannten auf einem Weg, der an einer Felswand hochführte. Dann schoss Rahnd sein Katapult ab. Das Geschoss streifte die Schwinge des fliegenden Lyrinx.

»Feuert auf den Flügellosen!«, schrie Nish.

Rahnd, ein dunkelhaariger, stämmiger Mann, dem die Schneidezähne fehlten und dessen linkes Bein auffallend kürzer als das rechte war, hob entschuldigend die Hände. Er hatte sämtliche Geschosse abgefeuert. Einige hundert Schritte weiter oben am Abhang kam der Klanker ächzend zum Stehen, da er die großen Felsblöcke und schroffen Kanten nicht überwinden konnte.

Die Leute, die sich außen festgehalten hatten, sprangen nun ab. Es waren Jal-Nish, Fyn-Mah, Tuniz und die rothaarige Rustina, die an der Schulter und der Seite verletzt war. Nish schluckte schwer, da er Irisis nicht sah. Rahnd sprang von der Schützenplattform und bearbeitete einen Felsen mit Hammer und Meißel.

»Ky-Aras Klanker liegt dort hinten zerstört in der Schlucht«, rief Nish und deutete zurück. »Der hat noch Speere.«

Rahnd machte sich humpelnd auf, um sie zu holen.

Nish lief zu den anderen. »Wo ist Irisis?«, fragte er außer Atem. »Ist sie …?«

Rustina deutete stumm auf die Heckklappe des Klankers, aus der sich in diesem Augenblick Irisis quälte, behindert durch einen Verband am Oberschenkel. Ihre Kleidung war an der Seite eingerissen, der linke Ärmel ihres Mantels hing nur noch an wenigen Fäden. Jal-Nish war unverletzt, hatte aber eine düstere Miene aufgesetzt.

»Wir haben sie!«, freute Nish sich überschwänglich und deutete auf den humpelnden Lyrinx, der Tiaan hinter sich herzerrte.

»Solange sie nicht hier bei uns ist, sollten wir vorsichtig sein«, erwiderte Jal-Nish müde. »Zumal dort hinten zwei Lyrinx sind, und wir … Ach, ich bin am Ende meiner Kräfte. Bringen wir es hinter uns.«

Irisis näherte sich humpelnd. »Wo ist der Kristall?«

»Ich vermute, den hat Tiaan noch«, antwortete Nish.

»Hat sie nicht! Ich habe ihr Gepäck durchsucht im Eishaus.« Irisis war leichenblass.

Jal-Nish schaute ruckartig in Irisis' Richtung und bedachte die Kunstwerkerin mit einem vernichtenden Blick.

Nish hielt sich mit weiteren Fragen zurück, obwohl er zu gerne gewusst hätte, was sich in dem Snilau abgespielt hatte. »Dann muss der fliegende Lyrinx ihn haben. Schaut doch! Sie hat eine Art Tasche vor der Brust.«

Der fliegende Lyrinx hielt nun in einem weiten Bogen auf das Paar an der Felswand zu, das geflügelte Konstrukt unter sich. »Was hat die vor?«, murmelte Jal-Nish.

»Keine Ahnung«, antwortete Fyn-Mah. Ihre Lippen waren blau gefroren; in ihren Augen lag ein müdes, gelbes Schimmern.

»Zielt auf den fliegenden Lyrinx!«, brüllte Irisis zum Klanker gewandt. »Sie hat den Kristall!«

»Woher wollt Ihr das wissen?«, fuhr der Perquisitor sie an, dessen Laune sich immer weiter verschlechterte.

»Ich bin Kunstwerkerin, schon *vergessen?*«

Der Schütze war noch nicht zurückgekehrt, aber Simmo quälte sich inzwischen mit einigen Felsbrocken die Böschung hinauf. Er drehte das Katapult, zielte auf den fliegenden Lyrinx und schoss. Der Stein flog in hohem Bogen durch die Luft, verfehlte jedoch sein Ziel.

»Bin ich denn nur von unfähigen Narren umgeben?«, schimpfte Jal-Nish.

»Selbst Rahnd hätte seine Schwierigkeiten gehabt«, wandte die Queristin ein. »Für präzise Treffer braucht man runde Steine.«

»Los, los, nach oben, Tuniz!«, befahl Jal-Nish der Monteurin. »Sucht runde Steine für den Schützen! Die anderen jagen dem flügellosen Biest hinterher. Tötet ihn, oder stoßt ihn in die Tiefe. Tiaan muss am Leben bleiben, um jeden Preis. Wir greifen gemeinsam an!«

»Sollten wir nicht versuchen, dem Lyrinx mit der Geheimen Kunst beizukommen?«, flüsterte Fyn-Mah dem Perquisitor zu.

»Ihr schlagt das vor, obwohl Ihr unten am zugefrorenen Fluss keinen Erfolg hattet?«

»Es könnte unsere einzige Chance sein.«

»Also gut, wir knöpfen uns den Flügellosen vor. Ihr versucht, den fliegenden Lyrinx zu attackieren.«

Der flügellose Lyrinx folgte nun humpelnd dem Verlauf der Felskante und zerrte Tiaan am Handgelenk hinter sich her. Es war schwierig, ihn dort anzugreifen. Sie konnten nicht blindlings losstürmen, da sie jeden Augenblick Gefahr liefen, selbst in die Tiefe zu stürzen. Nish hastete neben Irisis her, um gemeinsam mit ihr dem flüchtenden Lyrinx den Weg abzuschneiden.

»Wie geht es deinem Bein?«

»Tut furchtbar weh.«

Der fliegende Lyrinx war hoch über ihnen und schwebte mit der deltaförmigen Schwinge auf den Rand des Felsens zu. Irisis erkannte als Erste, was der Lyrinx damit im Sinn hatte. »Schießt!«, schrie sie in Simmos Richtung. »Sie wollen mit dem Gleitschirm fliehen!«

Jal-Nish und Rustina liefen auf den flügellosen Lyrinx zu. Der Perquisitor, der eine Schrittlänge voraus, bewegte sich mit Bedacht, Rustina hingegen fuchtelte wie verrückt mit ihrem Schwert herum. Offenbar hatte es sie rasend gemacht, dass das Biest Tiaan als Geisel gefangen hielt.

»Ruhig Blut, Sergeant. Versucht, den Lyrinx an der Achillessehne zu treffen!«, rief Jal-Nish. »Ich ziele auf seinen Hals!«

Der Lyrinx, der Tiaan nun als lebendes Schild an seine Brust drückte, schlug nach Jal-Nish, traf ihn aber nicht. Rustina überwand zwar die Deckung des Wesens und verwundete es an der Hüfte. Doch der Lyrinx zeigte sich davon völlig unbeeindruckt. Mit der Rückhand erwischte er die Frau am Bauch und schleuderte sie gegen einen Felsen. Der Perquisitor, der nun ohne Unterstützung dastand, schreckte zurück, gelangte aber nicht schnell genug aus der Reichweite des kraftvollen Arms. Mit den Klauen traf der Lyrinx ihn im Gesicht, an der Schulter und dann an der Brust. Jal-Nish schrie vor Schmerzen. Der Lyrinx setzte nach, traf den Perquisitor noch einmal mit der flachen Pranke am Kopf und streckte ihn zu Boden. Blut lief aus Jal-Nishs Wunden.

Nun waren nur noch Nish und Irisis bewaffnet und kampfbereit. Ihre Blicke trafen sich.

»Es ist vorüber«, sagte Irisis ungewöhnlich gelassen.

»Wir haben unser Bestes gegeben.«

»Was meinst du, Nish, mein alter Geliebter? Bis zum Tod?«

Ihre Worte wärmten ihn. »Bis zum Tod!«, wiederholte er. Mit Gewissheit nahm er an, dass sein Vater im Sterben lag und ihm dasselbe Schicksal bevorstand.

Gemeinsam stürzten sie sich mit gezückten Schwertern auf den Lyrinx. Der Gegner wich zurück, schien indes mehr auf den fliegenden Lyrinx als auf seine Angreifer zu achten. Geschickt schleuderte er ihnen mit dem Fuß vereiste Steine ins Gesicht, rannte ein paar Schritte weiter und blieb dann stehen.

Der weibliche Lyrinx flog heran. Dem flügellosen Wesen entfuhr ein verzweifelter Schrei, als das Flugkonstrukt von einer Böe nach oben gerissen wurde. Nish und Irisis griffen den Lyrinx von hinten an. Nish traf seinen Gegner am Oberschenkel und trieb seine Klinge zwischen die Schuppenpanzer; Blut floss aus der Wunde. Irisis stach auf den Rücken ein, blieb aber in der Panzerung stecken.

Der Lyrinx stieß Tiaan von sich, wirbelte herum und riss Irisis mit einem gezielten Tritt von den Beinen. Nish hörte, dass Knochen knackten, als Irisis unmittelbar am Abgrund zu Boden ging. Wild entschlossen stürzte er sich erneut auf den Lyrinx, doch sein Gegner wehrte ihn scheinbar mühelos ab und behielt die heranfliegende Artgenossin im Auge.

Fyn-Mah stand mit ausgestreckten Händen auf einem Felsvorsprung. Plötzlich riss sie die Hände in die Luft, schlug mehrmals auf und nieder, vor und zurück und zeichnete ein ausgedehntes Unendlichkeitszeichen in der Luft. Kristall- und Eissplitter verdichteten sich zu einer Wolke und schwirrten um ihre Finger. Mit einer raschen Handbewegung schickte sie das Eisgebilde durch die Luft, das genau unterhalb der linken Schwinge des Lyrinx in abertausend Eissplitter zerstob.

Der Flügel sackte ab, als wäre die Luft darunter verschwunden. Der Lyrinx geriet ins Taumeln, erholte sich aber, stieß einen kehligen Laut aus, woraufhin der Fels, auf dem Fyn-Mah stand, nach oben schoss und die Queristin zu Boden warf. Steinfragmente flogen durch die Luft und zogen Nebelschwaden hinter sich her. Der gespaltene Felsvorsprung dampfte. Ein Rinnsal Wasser trat aus dem

Gestein, gefror, und alles war wieder ruhig. Fyn-Mah aber war nirgends zu sehen.

Das Flugkonstrukt glitt wieder nach unten.

»Feuert!«, schrie Nish.

Ein schroffer Gesteinsbrocken sauste so dicht an Nish und dem flügellosen Lyrinx vorbei, dass Nish den Luftzug spüren konnte. »Nicht auf mich, du Tölpel!«

Nish wagte einen neuen Angriff. Der Lyrinx machte einen Ausfallschritt und holte zu einem mächtigen Schlag aus. Nish stolperte, landete auf dem Rücken und verlor sein Schwert. Entsetzt starrte er das Biest an, das ihn gleich in Stücke reißen würde.

Tiaan lag am Boden und wurde Zeuge des Kampfes. Ob Ryll nun gewann oder verlor, war nicht mehr von Bedeutung. Besant würde mit dem Amplimet davonfliegen, und damit wären Tiaans Träume zu Ende.

Doch Rylls Gegner fielen, einer nach dem anderen. Die Gewalt und unbarmherzige Härte des Kampfes machten sie ganz krank. Irisis schrie und ging unmittelbar an der Felskante zu Boden. Tiaan reckte den Kopf und wagte kaum zu atmen, rechnete sie doch damit, dass Irisis abrutschen und in die Tiefe stürzen würde. Inzwischen hegte sie keinen Groll mehr gegen ihre einstige Rivalin.

Nish griff mutig an und schien über sich hinauszuwachsen. Der Mann, der sie noch vor einigen Wochen belästigt hatte, musste viel Leid gesehen und am eigenen Leib gespürt haben. Aber auch er ging zu Boden.

Ihre Blicke trafen sich.

»Es tut mir leid«, sagte Tiaan.

»Mir auch!«, erwiderte er steif.

Ryll hatte schon einen Fuß angehoben, um Nish zu zerquetschen. »Nein, Ryll!«, schrie sie. Der Lyrinx setzte zum tödlichen Tritt an, als ein ohrenbetäubender, schriller Schrei die Luft zerriss. Ryll schaute ruckartig zur Seite und ließ von Nish ab. Tiaan atmete erleichtert aus.

Als Ryll sie wegzerrte, kam Jal-Nish wieder taumelnd auf die

Beine, blutverschmiert und halb tot. »Er darf sie nicht kriegen!«, keuchte er. »Wenn wir sie nicht befreien können – *tötet sie!*«

Tiaans Unsicherheit schwand. Sie nahm all ihren Mut zusammen, um den Sprung zu wagen. Erneut erfasste der Wind die Schwinge und trieb das Konstrukt nach oben, diesmal allerdings nicht so weit. *Fast* hätte Tiaan den Gurt greifen können. Sie verspannte sich, ahnte sie doch, dass er zu weit entfernt war.

Plötzlich spürte Tiaan einen Schlag gegen den Rücken und eine feste Hand an ihrer Taille. Unter Rylls unverletztem Arm schwebte sie durch die Luft. Der Wind hob das Geschirr an, das unter dem Gleitschirm hing. Tiaan wäre nie an den Gurt gekommen, aber Ryll hatte eine Lederlasche mit den ausgestreckten Fingern zu packen bekommen. Nun griff Tiaan nach einem lose hängenden Seil und schlang es um ihr Handgelenk.

Der Flugapparat sackte unter dem Gewicht nach unten und segelte kreiselnd wie ein fallendes Blatt in die Tiefe. Tiaan wurde von Rylls Hand gerissen. Sie fiel, doch ihr Sturz wurde sogleich von dem Seil gestoppt. Allerdings spürte sie wegen des Rucks einen stechenden Schmerz an der Schulter.

Besant war nicht auf ein so großes Gewicht eingestellt und schlug wie wild mit ihren Flügeln. Das Prickeln in Tiaans Kopf schwoll an, als der Lyrinx sich immer stärker der Geheimen Kunst bediente, um sich in der Luft zu halten. Unter sich hörte Tiaan wieder die schrecklichen Schreie.

Ryll zog sie nach oben. »Was ist?« Er hielt sie fest, während sie eine Acht flogen.

»Mein Arm ...« Sie kämpfte gegen die Tränen an, die in der Kälte an den Wangen gefroren.

Ryll murmelte etwas in seiner Sprache vor sich hin, hielt sich an den Lederschlaufen des Geschirrs fest und ließ das Seil los. Mit einer Hand in der Lasche, band er sich Tiaan mit der anderen vor die Brust und versuchte dann mit heftigen Bewegungen, Besant etwas zu signalisieren. Der weibliche Lyrinx hatte inzwischen kaum noch die Kontrolle über den Flug. Die Schwinge flatterte stark im Wind und behinderte Besant beim Fliegen. Unfreiwillig schwebten sie jetzt in einem Bogen zurück und hielten geradewegs auf den Klanker zu. Rahnd war inzwischen wieder auf seinem Platz und richtete den Speer neu aus. Aus dieser Entfernung konnte er sein Ziel nicht verfehlen.

Plötzlich tauchte ein weiterer Lyrinx oben zwischen den Felsen auf. Er schwankte, sein Bein war blutüberströmt. Es war der Wächter, der noch vor dem Angriff verwundet worden war. Jetzt sprang er von dem Felsen, verfehlte den Klanker aber. Simmo setzte die Maschine in Bewegung und versuchte, dem Biest zu entkommen. Aber der Lyrinx bekam die Panzerplatten zu fassen und zog sich oben auf die Plattform. Der Klanker hüpfte und schwankte, als Simmo alles daransetzte, den Angreifer abzuschütteln. Der Lyrinx rutschte in seinem eigenen Blut ab, bekam aber den Speer in der Geschossvorrichtung zu fassen. In diesem Augenblick feuerte Rahnd den Speer geistesgegenwärtig ab. Das Geschoss riss den Lyrinx mit sich und schleuderte ihn gegen die Felsen.

Der Klanker wendete mühsam, und Tiaan sah, dass Rahnd das geladene Katapult auf ihre Flugbahn neu ausrichtete. Sie hielt den Atem an. Ryll, der sie nach wie vor an seiner Brust hielt, gab einen hilflosen, erstickten Laut von sich.

Der verwundete Lyrinx rappelte sich jedoch zwischen den Felsen wieder hoch und schleuderte den verbogenen Speer zum Schützen zurück. Rahnd duckte sich rechtzeitig. Im nächsten Augenblick sprang der Lyrinx auf den Klanker und warf sich todesmutig vor das Katapult. Der abgeschossene Stein zerriss die Kreatur und verteilte die blutigen Fetzen des Lyrinx auf dem Schnee.

Ryll entfuhr ein unterdrückter Ruf der Erleichterung. Tiaan atmete hörbar aus und schloss die Augen. Sie flogen direkt über den Klanker hinweg, als Rahnd schon wieder dabei war, einen neuen Speer einzuspannen. Aber es war zu spät. Wenige Momente später waren sie fort.

Ryll griff nach den Seilen und brachte das vordere Drittel der großen Schwinge leicht nach unten. Die Schwinge blähte sich wie ein Segel – sie flogen jetzt scheinbar aus eigener Kraft! Tiaan war das alles ein Rätsel. Die Zugseile waren nun nicht mehr zum Zerreißen gespannt; das Prickeln in Tiaans Kopf ließ nach. Besant flog zwei große Kreise und schwenkte in südwestliche Richtung, nach Kalissin, wo auch immer das liegen mochte.

KAPITEL NEUNUNDDREISSIG

Rahnd feuerte noch, als Tiaan längst außer Schussweite war.

»Aufhören!« Nish brach neben Irisis auf dem felsigen Untergrund zusammen und fühlte sich unglaublich schwach und hilflos. Ihm war furchtbar kalt. Trotz aller Bemühungen war Tiaan verloren, und der Kristall auch. Wenn er doch Ky-Ara nicht so unter Druck gesetzt hätte! Mit zwei Klankern hätten sie die Flucht verhindern können. *Du Narr*, schalt Nish sich selbst. *Du elender Narr.*

Das Unternehmen war ein Reinfall gewesen, und irgendjemand würde dafür den Kopf hinhalten müssen. Die meisten Soldaten hatten ihr Leben gelassen. Etwas weiter zurück lag Jal-Nish, der wie ein blutiger Haufen Lumpen aussah. Nish traute sich nicht, genauer hinzuschauen.

»Nun, das war's dann«, schnaufte Irisis. »Ich könnte mich jetzt in den Abgrund stürzen.«

Nish packte ihre Hand.

»Keine Sorge«, meinte sie mit einem bitteren Lächeln. »Ich habe schon einmal versagt. Stellen wir uns unserem Schicksal gemeinsam, was, Cryl-Nish?«

Müde hob er den Kopf und schaute dem eigenartigen Flugapparat nach, der nun nur noch ein Pünktchen am endlosen Himmel war. »Morgen um diese Zeit wird Tiaan schon Hunderte von Meilen entfernt sein, und dann wird nicht einmal Ullii in der Lage sein, sie aufzuspüren. Was für eine Katastrophe!«

Irisis streckte ihr lädiertes Bein aus und gab ein schmerzhaftes Stöhnen von sich.

»Wie sieht's aus?«

»Nett, dass du fragst. Der gebrochene Knochen tut so weh, dass ich die andere Wunde kaum noch spüre.« Sie lachte bitter auf.

»Könnte mir ja noch das andere brechen, dann spüre ich nicht mehr den Schmerz in diesem.«

»Manchmal kann ich nicht nachvollziehen, was du sagst«, meinte Nish.

»Gut!«

»Komm weg von dem Abgrund. Das macht mich ganz nervös.«

»Mir gefällt, wo ich sitze«, entgegnete Irisis, aber Nish schlang seine Arme um ihren Oberkörper und zog sie die Böschung hinauf. Ihre Füße schleiften leblos über den unebenen Boden. Tränen schimmerten in ihren Wimpern, als Nish sie weiter oben am Hang losließ. »Ich habe nicht viel übrig für deine Krankenpflege, Nish.«

Er hörte gar nicht richtig hin. Schuldgefühle fraßen ihn von innen auf. Während er sich wie abwesend umschaute, begann er am ganzen Leib zu zittern. Es war bitterkalt, und jetzt, da das Gemetzel vorüber war, schlich sich das kalte Grauen in sein Bewusstsein.

»Wir sollten nach deinem Vater sehen. Ihn hat's schlimmer erwischt als mich.«

Nish schaute nur kurz zu der Stelle, wo sein Vater lag, denn er hatte Angst vor dem grauenvollen Anblick. »Ich schicke jemanden zu den Eishäusern zurück.« Er winkte Rahnd im Klanker zu.

»Spar dir die Mühe«, erwiderte Irisis. »Da triffst du niemanden mehr an.«

Er drehte sich zu ihr um und sah sie mit offenem Mund an.

»Du hast richtig gehört, Nish. Der Rest von uns wurde an den Eishäusern ausgelöscht. Sie sind tot – alle.«

»Und die Lyrinx?«

»Alle tot.«

Mehr als vierzig Soldaten auf brutale Weise hingeschlachtet! Nish konnte das Ausmaß des Grauens nicht fassen. Er hatte sie alle gut gekannt, abgesehen vielleicht von Rustinas Männern. Während der vergangenen zwei Wochen hatte er mit vielen gescherzt und gelacht. Wie konnten so viele Menschenleben mit einem Mal ausgelöscht sein?

Plötzlich begann sein Vater schrill zu schreien. Er lebte noch. Nish rannte zu ihm, beugte sich über ihn und erstarrte vor Schreck. Jal-Nish, sein gut aussehender Vater, war vollkommen entstellt: Sein Gesicht war zerfetzt. Ein Augapfel hing schief in der Höhle, die Nase fehlte fast ganz. Auf der linken Wange waren drei Risse, die vom Ohr bis zum Mund führten. Nish konnte den Anblick nicht länger ertragen.

Sein Vater sank wieder in tiefe Bewusstlosigkeit. An der Brust hatte er schlimme Verletzungen, und sein Arm war verdreht und mehrfach gebrochen. Nish sah sich Hilfe suchend um. Aber die einzigen Überlebenden waren Simmo, Rahnd, Rustina, die Monteurin Tuniz und Irisis. Nein, da war noch die Queristin, die in diesem Augenblick zwischen den Felsen auftauchte, wo sie zu Boden gestürzt war. Tuniz war unverletzt. Rustina hatte sich den Arm gebrochen und Prellungen zugezogen, aber sie konnte zumindest noch aus eigener Kraft stehen. Irisis wurde auf einer Trage den Abhang hinaufgeschleppt. Und dann gab es noch Ullii, die hinter einem Felsen kauerte, aber sie war zu nichts mehr zu gebrauchen. Ihr Blick hatte sich nach Innen gekehrt. Sie war der Sprache nicht mehr mächtig.

»Was ist mit ihr?«, erkundigte sich Fyn-Mah, die sich plötzlich setzen musste.

»Sie begann zu schreien, als der Lyrinx losflog«, sagte Nish. »Ich vermute, die Geheime Kunst hat sie verbrannt. Ist hier jemand auch Heilkundiger?«

»Ich kenne mich ein wenig mit den Handgriffen der Feldscher aus«, flüsterte Rustina.

Tuniz geleitete sie zu Jal-Nish. Dort musste die Monteurin ihr helfen, sich niederzuknien, und sie dann stützen.

»Er wird sterben, oder?«, fragte Nish.

»Ich denke, ja«, erwiderte Sergeant Rustina. »Obwohl ich schon Männer gesehen habe, die sich von übleren Verletzungen erholt haben.« Sie tastete nach Jal-Nishs Puls. »Nun, der Puls ist regelmäßig. Vielleicht hat er noch eine Chance ...«

»Ich würde alles geben ...« Erst jetzt, im Angesicht des Todes, schien Nish zu erkennen, wie viel ihm sein arroganter, anspruchsvoller Vater bedeutete.

»Den Arm müssen wir amputieren«, erklärte Rustina. »Der Oberarmknochen ist zertrümmert. Das kann niemand schienen.« Sie schaute zu Nish auf, als wollte sie seinen Mut abschätzen. »Das müsst Ihr machen.«

Nish wich erschrocken zurück und malte sich aus, wie er seinem Vater unterhalb der Schulter den Arm abhacken würde – wie ein Fleischer, der eine Keule abtrennt. »Das kann ich nicht …«

»Wir alle müssen manchmal –«, begann Rustina, doch Irisis schnitt ihr grob das Wort ab.

»Er kann das nicht, Sergeant!«

»Dann wird der Perquisitor vermutlich sterben. Vielleicht ist es auch besser so. Wenn er überlebt, hätte er ein Leben lang furchtbare Schmerzen und böte einen schrecklichen Anblick. Würde er da noch leben wollen?«

»Mein Vater darf nicht sterben!«, rief Nish. »Gib mir das Messer.«

»Warte, ich mache das«, sagte Irisis. Alle starrten sie an. »Schließlich habe ich mir das Bein gebrochen, nicht den Arm. Ich habe eine ruhige Hand und ein gutes Auge für so etwas.«

Diejenigen, die mit angesehen hatten, wie sie Nish den Widerhaken herausoperiert hatte, wussten, wovon sie sprach. Und keiner bearbeitete Metall besser als sie. Die Hälfte der Arbeiterinnen in der Fertigungsstätte trug Schmuck, den Irisis nach Feierabend gestaltet hatte.

Sie musste die Operation im Sitzen durchführen, wobei sie das gebrochene Bein lang von sich streckte. Das Arbeiten war mühsam. Nish kniete auf der anderen Seite neben seinem Vater und hielt ihn fest, denn selbst in seinem bewusstlosen Zustand trat Jal-Nish um sich und zuckte.

Es dauerte nicht lange, den Arm von der Schulter abzutrennen. Rahnd brannte die Wunde mit einer Metallplatte vom Klanker aus, die über einem notdürftigen Feuer aus Unterholz erhitzt worden war. Der Gestank von verbranntem Fleisch war furchtbar. Schlimmer war indes, dass Jal-Nish durch das Ausbrennen der Wunde aus der Bewusstlosigkeit erwachte. Seine Schmerzensschreie gellten über die Hochebene, insbesondere, als Irisis damit begann, sein Gesicht zu nähen. Drei Männer mussten ihn festhalten.

»Lasst mich sterben!«, schrie er immer wieder und schielte mit dem weit aufgerissenen, unverletzten Auge nach seinen Peinigern.

Schließlich war die furchtbare Amputation vorüber; die Wunden wurden mit warmem Pech bestrichen und verbunden. Sie legten Jal-Nish in den Klanker zu Irisis und Rustina, die zusammengebrochen war und sich den Bauch hielt.

»Das Biest hat sie in der Magengegend erwischt«, sagte Nish. »Vielleicht ist ihr Bauch –« Er schob die Kleidung hoch und verstummte.

»Was ist?«, fragte Irisis.

Rustina war unversehrt, abgesehen von einer Reihe alter Narben, die sich über den gesamten Unterleib zogen. »Lyrinxklauen. Wie hat sie das nur überlebt? Der Gegner muss sie aufgerissen haben.«

»Sie war noch ein Kind, als das geschah«, klärte Fyn-Mah sie auf. »Sie konnte deshalb keine Kinder bekommen, daher wurde ihr gestattet, der Armee beizutreten. Von da an hatte sie nur das Ziel vor Augen, den Feind zu töten.«

Ullii kauerte immer noch hinter dem Felsen. Nish konnte ihr keine Antwort entlocken, sosehr er sich auch bemühte. Schließlich trug er die lethargische Sucherin in den Klanker, wo sie augenblicklich zu neuem Leben erwachte und wieder heraussprang.

»Tut mir weh!«, stöhnte sie, obwohl Jal-Nish, den man mit einer starken Dosis Nigah betäubt hatte, schlief.

Nish ließ sie los. Er hatte keine Kraft mehr, sich mit Ullii abzugeben.

Auf dem Rückweg gelang es ihnen, den verunglückten Klanker aufzurichten, aber dann stellte sich heraus, dass die Schwungräder aus den Verankerungen gerissen waren. Sie mussten die Maschine zurücklassen. Ky-Ara hockte neben seinem Kriegsgerät und weinte still vor sich hin. Dass er seinen Schützen verloren hatte, schien ihn nicht annähernd so stark zu berühren wie der Verlust der Maschine. Steuermänner der Klanker hatten selten ein enges Verhältnis zu ihren Schützen.

Sie begruben Pur-Did in dem losen Gestein und legten Ky-Ara in den Klanker. Sowie sich jedoch die kleine Gruppe in Bewegung setzte, begann der Steuermann wieder mit seinem Wehklagen und musste daran gehindert werden, aus dem fahrenden Klanker zu springen.

»Ich kann den Klanker immer noch *sehen*«, sagte Ullii.

»Natürlich kannst du ...«, begann Nish, der neben ihr ging, merkte dann aber, dass sie ihre Augenbinde trug. Außerdem schaute sie in eine ganz andere Richtung. Sie hatten die Steuereinheit zurückgelassen.

Nish lief zurück, holte die Einheit aus der zertrümmerten Maschine und reichte sie dann Irisis durch die Heckklappe. »Hier, gib ihm das.«

Sowie Ky-Ara seine Steuereinheit in Händen hielt, drückte er sie wie ein Kind an sich und wurde still. Das unsichtbare Band zwischen Steuermann und Klanker lief durch die Steuereinheit, die auf beide – Maschine und Mensch – abgestimmt war. Ein Klanker, dessen Steuermann im Kampf gefallen war, war unbrauchbar, solange man keine neue Steuereinheit anpasste oder keinen anderen Steuermann so ausbildete, dass er den alten Klanker benutzen konnte.

Das war insgesamt ein Nachteil im Kampf. Andererseits wäre es noch schlimmer, wenn der Feind einen Klanker, der ihm in die Hände fiel, gegen Menschen einsetzen könnte.

Langsam erklommen sie die Anhöhe, und noch ehe sie das schreckliche Blutbad bei den Snilaus sahen, begann Ullii schon zu stöhnen. »Wellen gehen durch den Körper!«, wiederholte sie wie ein plapperndes Kleinkind. »Wellen aus Fleisch.«

Das Ausmaß des Gemetzels übertraf Nishs Vorstellungsvermögen. Mehr als vierzig menschliche Leichen lagen verstreut im Schnee, schlimmer zerrissen und zerfetzt, als es ein Hürn-Bär je hätte vollbringen können. Ein knappes Dutzend Lyrinx lagen tot herum. Fyn-Mah rief nach Nish, der ihr bei der Suche nach Überlebenden helfen sollte. Natürlich wollte sie auch sicherstellen, dass die Lyrinx tatsächlich tot waren.

»Wartet!«, rief eine matte Stimme. Rustina kletterte zittrig aus der Heckklappe des Klankers.

»Ich weiß nicht –«, begann Nish.

»Das ist meine Truppe, Monteur.«

Dagegen ließ sich nichts einwenden. Sie nahmen sich einen leblosen Mann nach dem anderen vor. Rustina nannte Fyn-Mah die jeweiligen Namen und die Todesumstände jedes Soldaten, was die Queristin schriftlich vermerkte. Gemeinsam sammelten sie die Wertsachen der Toten ein, um sie später den Familien auszuhändigen. Alle Soldaten waren tot, ebenso die Sergeanten außer Rustina. Auch die Steuermänner und Schützen der anderen Klanker waren erschlagen worden. Gi-Had lag hinter einem niedrigen Eisblock, wo er offenbar noch eine Gruppe Verletzter verteidigt hatte. Als Aufseher war dieser Mann eine kraftvolle Erscheinung gewesen. Jetzt lag er leblos auf dem blutrot gesprenkelten Schnee, und Nish erschrak regelrecht, als er sah, wie klein Gi-Had eigentlich gewesen war, nicht viel größer als Nish selbst. Nish drückte dem Toten die halb gefrorenen Lider zu und stand noch einen Moment mit gesenktem Kopf neben der Leiche. Trotz der harten Züchtigung war Gi-Had auf seine Art ein guter Mensch gewesen.

Als Nish sich von dem Toten entfernte, sah er immer die Abschiedsszene vor der Fertigungsstätte vor Augen: Gi-Hads blasse Frau, die fünf Mädchen in einer Reihe, und dann die kleinste mit den roten Schleifen im Haar, die weinte. Ihr Vater würde nicht mehr heimkehren.

Einige Soldaten waren nicht primär an ihren Verletzungen, sondern an den Folgen der Kälte gestorben. Arple hatte zwar ein Dutzend Wunden davongetragen, konnte aber noch nicht lange tot sein. Kurz vor seinem Ende hatte er sich offenbar zu einem der Soldaten geschleppt und eine Blutspur auf dem Schnee hinterlassen; sein Körper war noch warm. Der höchstdekorierte Soldat von Glynninar hatte seinen Meister gefunden.

»Was haben die Lyrinx hier nur gemacht?«, fragte Nish, als die Arbeit getan war und die Leichen der Feinde vorsichtig untersucht worden waren.

Fyn-Mah blickte sich um und sagte mit gedämpfter Stimme: »Wir sind nicht ganz sicher, aber ...«

»Ja?«, hakte Nish gespannt nach.

»Es ist nicht das erste Mal, dass wir auf kleine Rotten Lyrinx stoßen, die sich in unwirtlichen Gegenden aufhalten. Die Gebiete haben keine strategische Bedeutung, liegen aber für gewöhnlich in der Nähe starker Feldkerne.«

»Und dieser Feldkern hier ist höchst eigenartig.«

»In der Tat. Ein doppelter Kern. Wir glauben, dass –« Sie unterbrach sich und hielt schnellen Schrittes auf das größte Eishaus zu, ein Snilau mit vielen Kammern, um das sich die anderen Gebäude wie die Gänge eines Schneckenhauses legten. Eine Wand und Teile des Dachs waren eingestürzt. Vorsichtig gingen sie durch eine Öffnung. Nish hielt sein Schwert bereit, während Fyn-Mah zwischen den umherliegenden Eisblöcken suchte.

In dem großen Raum fanden sie lediglich ein paar Decken und Pelze, die man zum Sitzen über einige Eisblöcke gelegt hatte, des Weiteren gefrorenes Fleisch (kein Menschenfleisch), mehrere Ledereimer und ein paar Werkzeuge. In einem Nebenraum stieß die Queristin auf mehrere Käfige. Einige waren leer; in anderen lagen kleine, unheimlich aussehende Geschöpfe. Sie schienen allesamt tot zu sein, und doch untersuchte Fyn-Mah jede einzelne Kreatur sehr genau.

In einem Käfig im hinteren Bereich fanden sie ein Wesen, das noch lebte; es war nicht größer als eine Maus und sah doch anders aus als jedes Tier, das Nish je zuvor gesehen hatte. Es hatte einen langen, spitzen Kopf mit hervorstehenden Säbelzähnen, ein stacheliges Rückgrat und einen Schwanz, der sich zu einer Kugel verdickte. Als sie sich dem Käfig näherten, stellte es sich auf die dürren Hinterbeine, stieß einen klagenden Laut aus und sank wieder in eine kauernde Haltung.

»Was sind das für Tiere?«, fragte Nish erstaunt.

Fyn-Mah schrieb ihre Beobachtungen unaufhörlich nieder. »Tötet es.«

Nish stach mit der Schwertspitze durch die Gitterstäbe und erlegte das seltsame Geschöpf.

»Diese Wesen wurden in ihrer Gestalt verformt«, erläuterte Fyn-Mah. »Bestimmte Lyrinx besitzen das Talent, kleine Kreaturen so zu manipulieren, dass sie anders wachsen, und zwar nach Mustern, die die Lyrinx in ihrem Geist entwerfen. Aber diese Verwandlungen können nur an bestimmten Orten durchgeführt werden – in der Nähe von Feldkernen. Mehr wissen wir nicht darüber. Wir wissen auch nicht, *warum* die Lyrinx das tun. Züchten sie diese Geschöpfe, um Nahrung zu haben? Sind sie Teil ihrer Kultur? Werden sie zu Opferriten gebraucht? Oder sind es Spielzeuge oder Ausdruck eines fremden Kunstverständnisses? Wir wissen so wenig über die Lyrinx. Es könnte aber auch sein …«

Gestaltverformer! Nish schauderte. »Das ist es, was Ullii uns die ganze Zeit hat sagen wollen! Sie hat von Wellen gesprochen, die durch den Körper gehen.« Ein weiterer Schauer lief ihm über den Rücken. »Oder vielleicht«, dachte er halblaut nach, »versuchen sie ja, eine tödliche Waffe zu entwickeln. Ein Wesen, gegen das wir uns nicht verteidigen können.«

»Mag sein, Monteur. Das würden wir nur zu gern in Erfahrung bringen.«

Nish fasste einen spontanen Entschluss. »Der Sache möchte ich auf den Grund gehen.«

Sie sah ihn überrascht an. Zum ersten Mal hatte Nish eine derartige Reaktion bei dieser Frau gesehen. »Seid Ihr Manns genug?«

»Vermutlich nicht.« Ein seltenes Eingeständnis. »Aber ich kann viele Sprachen, ich kenne viele Leute und unterschiedliche Maschinen. Vielleicht gibt es ja Parallelen zwischen dem Gestaltverformen und der Metallverarbeitung.«

»Und mit Sicherheit genauso viele Unterschiede.«

»Ich bin unter Examinatoren und Perquisitoren aufgewachsen. Ich bin genauso qualifiziert wie andere auch.«

»Aber Euch fehlt die wichtigste Qualifikation von allen«, merkte sie an. »Ihr habt kein Talent für die Geheime Kunst.«

»Aber ich habe mit der Sucherin gearbeitet, und sie vermag die Kunst aufzuspüren.«

»Das ist nicht das Gleiche.«

»Und da wäre noch Irisis.«

»Eine Schwindlerin«, wiegelte Fyn-Mah ab. »Sie gibt nur vor, eine Kunstwerkerin zu sein; sie hat aber keine Begabung dafür.«

Nish wandte sich von der Queristin ab, weil er nicht wollte, dass sie seine erschrockene Miene sah. Gab es denn kein Geheimnis, das Fyn-Mah nicht kannte?

»Aber Irisis versteht es wie keine Zweite, ihre Leute an die Arbeit zu bekommen und mehr aus ihnen herauszuholen, als sie wissen. Sie ist bereits Werkmeisterin. Sie musste es werden, um zu überleben.«

»Wie dem auch sei!«, sagte Fyn-Mah eher desinteressiert. »Es steht außer Zweifel, dass Ihr in der Lage seid, harte Arbeit zu leisten,

Monteur. Eure Intelligenz ist unbestritten, aber Euer Urteilsvermögen lässt bisweilen zu wünschen übrig. Und da bleibt die Frage, wie es um Eure Integrität bestellt ist. Habt Ihr den Mut, weiter zu gehen als andere, was auch immer geschieht?«

»Habt Ihr nicht gesehen, was die Lyrinx meinem Vater angetan haben?«, fragte er leise. »Sollte Jal-Nish überleben, wird er nie wieder der Mann sein, der er war. Trotz aller Differenzen ist er immer noch mein Vater. Er hat manchen Fehler, wie ich auch, aber mangelnde Loyalität zählt gewiss nicht dazu. Ich werde den Feind für das, was er meinem Vater angetan hat, zur Rechenschaft ziehen, koste es was es wolle.«

Die Queristin sah ihm lange in die Augen. »Das bezweifle ich nicht, Cryl-Nish. Also gut, als Führerin dieser Einheit ermächtige ich Euch hiermit, dieser Sache auf den Grund zu gehen. Ich gebe Euch drei Monate. Danach liegt die Angelegenheit im Ermessen von Jal-Nishs Nachfolger als Perquisitor – oder im Ermessen Eures Vaters, falls er sich erholt.«

Ein letztes Mal schaute sie sich an der Stätte der Verwüstung um, ehe sie rasch zu dem Klanker zurückkehrte. Nish untersuchte die Körper der kleinen Kreaturen in den Käfigen und fragte sich, auf was er sich nun schon wieder eingelassen hatte. Dann jedoch, als er sich ausmalte, was ihnen allen noch bevorstand, kam er zu dem Schluss, dass ohnehin alles bedeutungslos war. Mit so einer kleinen und angeschlagenen Einheit würden sie den Klanker vermutlich nicht einmal von der Hochebene schaffen können. Und wenn ihnen das nicht gelang, würden sie alle erfrieren.

KAPITEL VIERZIG

Tiaan und Ryll hatten das Plateau schnell hinter sich gelassen. Mit Besants großen Schwingen, die rhythmisch über ihren Köpfen schlugen, hatten sie in weniger als einer Stunde das Gebirge überwunden. Anschließend glitten sie über ein hügeliges Land, in dem nur vereinzelt Bäume standen, sich aber ein großer See an den anderen reihte. Der Landstrich hieß Burlahp, wie Tiaan wusste, aber sie war nie dort gewesen. Jenseits des südlichen Endes eines Sees lag eine Stadt. Schnell konsultierte sie die Karte in ihrem Kopf und schlussfolgerte, dass es sich nur um Nox handeln konnte.

Vor ihnen tauchte ein weiterer Gebirgszug auf, die zweite und kürzere der Gabelzinken, die Ryll ihr aufgezeichnet hatte. Die Sonne ging unter, und Tiaan spürte, wie ihr die Kälte in die Glieder kroch.

»Ryll?«, sagte sie mit matter Stimme.

»Ja?«

»Ich erfriere. Müssen wir noch weit?«

»Viele Stunden.«

»Dann bin ich längst tot.«

Er zog sie höher und band sie sich an die Brust, sodass sie weiterhin nach vorne schauen und sich in ihren Mantel hüllen konnte. Ryll musste den Schuppenpanzer seines Oberkörpers verstellt haben, denn Tiaan spürte nun die Wärme, die seinem Bauch und seiner Brust entströmte. Es fühlte sich wundervoll an. Gleichzeitig empfand sie es als verwirrend und wollte nicht länger über die Körperwärme eines Lyrinx nachdenken.

Ehe die Sonne unterging, war Tiaan in der Lage, das Gefühl des Fliegens – oder Gleitens – auszukosten. Still und gleichmäßig flogen sie am Himmel dahin und hatten unter sich das Land, das aus dieser ungewöhnlichen Perspektive wie eine bestickte Bettdecke aussah.

Es war schon dunkel, als sie einen Gebirgszug – den zweiten der Gabelzinken – erreichten. Die Kälte nahm zu, und in der Nacht fiel es Tiaan schwer, sich warm zu halten, obwohl Ryll sie nach wie vor an sich drückte. Ständig bemühte sie sich, ihre Finger und Zehen in Bewegung zu halten, wärmte ihre Nase und die Wangen mit den Handflächen, aber das reichte alles nicht aus. Und Ryll war nicht mehr so warm wie zuvor.

Die Nacht, die beinahe fünfzehn Stunden lang war, kam ihr wie eine halbe Ewigkeit vor. Ihre Schulter schmerzte schon bei der geringsten Bewegung. Tiaan wollte unbedingt schlafen, aber sie ahnte, dass sie schwere Erfrierungen davontragen würde, wenn sie nun einschlummerte. Das verzweifelte Sehnen nach Schlaf und nach Wärme ließ jede Minute wie eine Stunde erscheinen. Ein anderes Verlangen war indes noch schlimmer – sie sehnte sich nach dem Amplimet. Deutlich sah sie den schönen Kristall vor ihrem geistigen Auge ... festgebunden an Besants Brust, zu weit entfernt, um ihr Trost zu spenden. Sie wollte den Kristall so gern haben und konnte es nicht.

Irgendwann während der Nacht wurde Tiaan in ihrer kalten Benommenheit gestört, als Ryll an den Leinen riss. Es gab einen Ruck, und als Ryll sich in seinem Geschirr nach vorne beugte, neigte sich die Spitze des Gleitschirms nach unten. Wieder verspürte Tiaan dieses Prickeln an den Schläfen, das auf Besants Kunst hindeutete. Nun waren sie im Sinkflug, und es ging so steil nach unten, dass der Wind sie aus Rylls kalter Umarmung reißen wollte.

Schließlich flogen sie wieder gerade. Es wurde ein wenig wärmer. Wieder verging eine Ewigkeit. Ryll fühlte sich kalt an und regte sich kaum noch. Wie stark mochte ihm die Verletzung an der Schulter wehtun? Vielleicht starb er. Hatte er ihr den Rest seiner Körperwärme gespendet, um sie zu retten?

Das Prickeln hatte längst wieder aufgehört. Hatte sich Besant durch ihren Einsatz der Mantik auf dieser langen Reise *selbst verbrannt?*

Der rote Sonnenball lugte über den Rand des Horizonts. Ein erster dünner Strahl berührte Tiaans Gesicht und schenkte ihr ein wenig Wärme. Sie bewegte sich; Ryll gab ein kehliges Stöhnen von sich, und Eis fiel von seinen Nasenflügeln.

Licht erfasste die Wolken unter ihnen. Sie flogen nun über eine dichte Wolkendecke, die sich wie eine nicht enden wollende graue Schicht über das Land legte. Eine kreisrunde Lücke tauchte zu ihrer Rechten auf. Ryll hielt auf die Öffnung zu, die wie das Auge eines Wirbelsturms aussah.

Sowie sie über der aufgerissenen Wolkendecke schwebten, sah Tiaan weiter unten einen runden See, dessen Zuflüsse an Speichen eines gigantischen Rads erinnerten. In der Mitte des Sees erhob sich ein felsiger Gipfel, der eigenartig kahl wirkte, da die Landschaft um den See herum von Schneeflächen und verschneiten Wäldern bedeckt war. In weiten, gleichförmigen Kreisen trudelten sie dem Gipfel entgegen. Unterhalb der Wolken tauchten sie in eine aufsteigende Wärmesäule ein, die den Flugapparat heftig erfasste. Ohne Vorwarnung wurden sie nach oben gerissen, ein langer flatternder Streifen des Tuchs riss ab, und die Schwinge erlahmte.

Besant schrie etwas. Augenblicklich flammte ihre Kunst auf – und erlosch sogleich wieder. Tiaan schaute auf und sah, dass die Flügel des weiblichen Lyrinx das Gewicht nicht mehr tragen konnten. Sie fiel aus der Luft auf Tiaan und Ryll zu.

»Schneidet euch los!«, rief sie mit heiserem Krächzen, als sie so dicht an ihnen vorbeisauste, dass der Flugapparat ins Trudeln geriet.

Ryll war im Begriff, die Halteleinen mit einer Klinge zu durchtrennen, als Tiaan keuchend rief: »Nein! Sie hat den Kristall!«

Mit einem riskanten Manöver, bei dem das vordere Drittel der Schwinge nach unten gerissen wurde, stürzte Ryll ihr nach. Als Besants Gewicht von den Halteleinen aufgefangen wurde, ächzte die Gleitschirmkonstruktion. Ryll packte die Streben, doch das lose Segeltuch knallte wie unter einem Peitschenhieb, als sie allesamt senkrecht in Richtung Bergspitze fielen.

Ryll lehnte sich zurück und versuchte, Besants Gewicht wettzumachen. Der Sturz verlor an Geschwindigkeit. Ryll richtete die Schwinge auf den Gipfel des Bergs aus, aber das Tuch hing flatternd zur Seite. Besant verhielt sich ruhig und ließ die lederartigen Flügel gespreizt.

In diesem unaufhaltsamen Sinkflug drifteten sie über den Gipfel und gerieten erneut in warme Luftströmungen, die das Segel erfassten, aber diesmal verlor Ryll nicht die Kontrolle. Nun war es nicht mehr weit. Sie schwebten über dem Wasser, hatten aber immer noch zu viel Geschwindigkeit. Nur mit Mühe korrigierte Ryll den Kurs. Mit seiner grünschwarzen und rostrot verfärbten Oberfläche sah der kahle Gipfel aus wie eine Mischung aus Gestein und geschmolzenem Metall. Ryll schien eine flache Stelle anzuvisieren, auf der einige Felsbrocken lagen und die von kleineren Bergspitzen umgeben war.

Besant, die fünf bis sechs Spannen unter ihnen hing, würde zuerst aufschlagen und sie kopfüber zu Boden reißen. Ryll versuchte, sie hochzuziehen, aber der Flugapparat knarrte und quietschte. Unter ihnen kamen Gestalten aus einem Loch im Fels, die selbst auf diese Entfernung als Lyrinx erkennbar waren.

»Besant!«, brüllte Ryll. »Besant, wach auf! *Thylymyyx fushrr!*«

Sie antwortete nicht. Er wiederholte die Worte und riss, so fest er nur konnte, an den Leinen. Keine Antwort. Der Gipfel raste förmlich auf sie zu – zu schnell. Sie hielten genau auf die Bergspitzen zu.

»Besant!«, schrie er so laut, dass es Tiaan in den Ohren wehtat. »Wach auf! Oder wir schlagen auf und der Krieg ist verloren!«

Besant begann sich zu regen. Ein Bein zuckte. Sie hob den Kopf, streckte die linke Schwinge aus, steuerte an dem Gipfel vorbei und hielt geradewegs auf eine kleinere Eisenspitze zu.

Ryll warf sich mit seinem Gewicht auf eine Seite. Das Gleitschirmkonstrukt geriet in eine Schräglage, schoss an der Spitze vorbei und verpasste einen anderen Vorsprung um Haaresbreite. Endlich konnte Besant ihre Flügel wieder richtig bewegen und stabilisierte ihr gewaltiges Gewicht. Nach zwei, drei Flügelschlägen schwebten sie höher und wurden langsamer. Jetzt würden sie es schaffen.

Aber Besant war am Ende ihrer Kräfte. Mit einer eingerissenen Schwinge prallte sie an die Kante einer weiteren Spitze und fiel hinab. Der Flugapparat drehte sich auf den Kopf und zerbrach in zwei

Hälften. Sie purzelten einige Spannen zu Boden, Ryll landete auf dem Rücken, Tiaan auf ihm.

Dort lag sie wie betäubt und hatte Schmerzen am ganzen Leib. Drei Lyrinx stürmten die Anhöhe hinauf. Schnell hatten sie Tiaan losgemacht und zogen sie von Ryll herunter, der nicht mehr bei Bewusstsein war. Der größte Lyrinx sprach Tiaan in einer Sprache an, die sie nicht verstand. Ein anderer eilte zu Besant, die zusammengekrümmt am Boden lag.

»Ich kann dich nicht verstehen«, sagte Tiaan langsam und deutlich und bediente sich des gewöhnlichen Dialekts im Südosten.

Ryll setzte sich benommen auf und schüttelte den Kopf. Ein schreckliches Stöhnen zerriss die Luft. Es war Besant. Die Lyrinx liefen zu ihr. Sie versuchte sich auf den Rücken zu drehen, aber aus ihren Mundwinkeln rann purpurfarbenes Blut. Als die anderen sich bemühten, ihr aufzuhelfen, gab sie einen verzweifelten Schmerzensschrei von sich.

Einer der Lyrinx begann, das zerbrochene Flugkonstrukt bis auf die Holzstreben zu zerlegen. Ein anderer trug mehrere Streben und ein Stück des Segels zu Besant und fertigte aus den Einzelteilen auf die Schnelle eine notdürftige Trage an. Ein dritter wischte Besant das Blut aus dem Mundwinkel und sprach zu ihr in dieser seltsamen, kehligen Sprache. Mit der Hand deutete Besant matt auf die kleine Tasche, die sie sich vor die Brustplatten geschnallt hatte. Einer löste die Bänder und holte ein kleines Lederbehältnis hervor. Ein weiblicher Lyrinx griff hinein und erstarrte sichtlich, als der Amplimet zum Vorschein kam; ihr Kamm leuchtete hellgrün auf, als sie den Kristall für alle sichtbar hochhielt. Er leuchtete viel heller als sonst. Das Licht floss förmlich aus seinem Innern.

Besant stieß ein paar abgehackte Sätze hervor, aus denen Tiaan eine Verfremdung ihres Namens herauszuhören glaubte. Es klang wie ein schnarrendes »Tii-jarn«. Die Lyrinx fuhren herum, und alle Blicke waren auf Tiaan gerichtet. Besant sprach weiter, ihre Stimme stieg an.

»Myllixyn thrruppa harrh, *ghos tirri Ryll!*« Die letzten drei Wörter schrie sie förmlich, zeigte mit anklagendem Finger auf Ryll und sackte seitlich zu Boden. Sie spuckte Blut.

Der Lyrinx, der Tiaan losgeschnitten hatte, war mit drei großen

Sätzen bei Ryll, riss ihn vom Boden hoch und schlug ihm dreimal hart gegen die Stirn. Ryll senkte demütig den Kopf und streckte dem Lyrinx beide Hände entgegen. Sein Gegenüber fesselte ihn. Ryll zeigte keine Gefühlsregung und verzog auch nicht das Gesicht, als er unsanft am verletzten Arm fortgezerrt wurde.

Ein anderer sammelte das Gepäck ein, darunter auch Tiaans Sachen, und deutete auf die Öffnung im Fels. Tiaan hielt darauf zu. Die übrigen Lyrinx hatten Besant inzwischen auf die Trage gehoben und befestigten Stricke an einem Dreifuß über der Öffnung. Tiaan wurde eine Leiter hinuntergeführt, deren Sprossen für einen Menschen unangenehm weit voneinander entfernt waren.

Das Erste, was Tiaan auffiel, waren die seltsamen Geräusche, oder vielmehr die Klänge: ein tiefes Brummen, das ständig die Tonhöhe änderte, als bliese jemand in ein langes Rohr. Die Klänge bildeten die ganze Zeit die Hintergrundmusik. Bisweilen wurden die Töne so tief, dass Tiaan das Vibrieren in ihren Knochen spüren konnte.

Nachdem sie die Leiter hinabgestiegen war, wurde Tiaan durch einen Gang geführt. Während sie sich mehr stolpernd als gehend durch das Halbdunkel tastete, fragte sie sich, ob sie je wieder das Tageslicht sehen würde. Nie war sie an einem seltsameren Ort gewesen. Das Innere dieser Felshöhlung schien von einer grauen bis rostroten Eisenschicht überzogen zu sein, wobei jede Oberfläche blasenartige Ausstülpungen besaß. Viele Spannen weiter unten, vorbei an Wachstuben und Werkräumen, denen sie keine genaue Tätigkeit zuordnen konnte, betrat sie eine große, kreisrunde Kammer, die wie zwei riesige Untertassen geformt war: Die eine stand richtig herum, die andere lag umgekehrt auf der ersten.

Man führte Tiaan durch einen abfallenden Gang zu dem tief im Berg liegenden zentralen Bereich. An einer Seite befand sich ein runder Tisch, auf dem ein Krug und einige Becher standen, die so groß waren wie kleine Eimer. Alles bestand aus Eisen. Ryll wurde hereingeführt, gefolgt von Besant, die auf einer Trage lag; ihre Brustplatten waren blutverschmiert. Die Träger setzten Besant ab, und einige Dutzend Lyrinx stellten sich um sie herum auf.

Ein junger weiblicher Lyrinx, dessen Schuppenpanzer noch so weich und glatt war, dass Tiaan die Brüste durchschimmern sah, stützte sanft Besants Kopf. Ein anderer großer weiblicher Lyrinx beugte sich über sie, und zwar in einer Haltung, die Tiaan bei Ryll gesehen hatte, als er seine Hand regenerierte. Sie richtete sich wieder auf und schüttelte besorgt den Kopf.

»Könnt Ihr sprechen, Weise Mutter?«, sagte sie.

Besant murmelte etwas in ihrer unverständlichen Sprache. Bei jedem Wort spie sie blutigen Schaum aus Nase und Mund. Wieder nannte sie Tiaans Namen, woraufhin alle Tiaan ansahen. Ein riesiger männlicher Lyrinx mit grünen Augen, die tief unter Brauenhöckern lagen, zeigte den Amplimet in die Runde. Er erfüllte den Raum mit strahlendem Licht.

Der riesige Lyrinx deutete auf Tiaan. Der große weibliche Lyrinx, der gelbe Schuppenhaut und ein schlaff hängendes Kinn hatte, sprach Tiaans Sprache mit schnarrender Stimme. »Ich heiße Coeland, Weise Mutter von Kalissin. Zeigt uns die Instrumente, Menschenfrau.«

Da sie nicht wagte, in irgendeiner Weise zu widersprechen, setzte Tiaan sich den Helm auf, berührte das Drahtgeflecht mit beiden Händen und wartete. Alle Augen waren auf sie gerichtet.

»Der Amplimet muss in die Kugel gelegt werden«, erklärte sie.

Coeland machte eine knappe Geste; der männliche Lyrinx mit den Brauenhöckern trat vor und brachte Tiaan den Kristall. Ehe er bei ihr war, spürte Tiaan bereits die mächtige Aura des Amplimets, die stärker strahlte denn je. Auch hier musste sich ein starker Feldkern befinden.

Ihre Sehnsucht nach dem Kristall war unerträglich. Tiaan bekam wässrige Augen. Sie öffnete die Kugel, sodass der Amplimet hineingelegt werden konnte. Das Licht flackerte auf. Der Lyrinx schrie und ließ den Amplimet vor Schreck fallen, aber Tiaan fing ihn auf: Schmerz und Freude durchzuckten sie, dann legte sie den Kristall in die Konstruktion, machte sie wieder zu und ließ den Verschluss einrasten.

Danach legte sie die Kugel auf den Boden. Das Feld war hier so hell, dass sie es sich mit offenen Augen vergegenwärtigen konnte. Der Feldkern musste ungeheuer stark sein. Sie schob den Helm auf ihrem Kopf zurecht und hatte mit einem Mal Angst vor der Macht des Amplimets. Er bezog definitiv Energie aus eigener Kraft, weitaus mehr als zuvor. In der Eishülle unter dem Felsvorsprung hatte er sie schon beinahe getötet – und dort war sein Leuchten wesentlich matter als jetzt gewesen.

»Zeigt es uns!«, befahl Coeland ungeduldig.

Tiaan überprüfte die Helmkonstruktion, langte nach der Kugel, schrie auf und zog rasch die Finger fort. Die Drähte waren zu heiß. Plötzlich schwebte der Metalltisch samt Krug und Trinkbechern zur Decke, wo die Eisengegenstände wie an einem Magnet hafteten. Wasser tropfte von der Decke und traf zischend auf die Drähte. Tiaans Haar begann zu qualmen. Ryll machte einen Satz nach vorn und schlug ihr mit gefesselten Händen den Helm vom Kopf. Das Licht erlosch. Er fing noch den herabfallenden Tisch und den Krug auf, aber die Becher landeten mit lautem Scheppern auf dem Boden.

»Seht Ihr«, sagte er zur Weisen Mutter. »Er bezieht Unmengen Energie, aber dieses Instrument ist nur schwer zu kontrollieren. Sie weiß nicht, was sie da macht.«

»Das Feld ist sehr stark hier«, erklärte Tiaan mit zittriger Stimme und betrachtete ihre Finger, die rote Striemen aufwiesen. Was, wenn die Lyrinx sich ihrer nun entledigten, da sie der Ansicht waren, der Amplimet sei zu gefährlich? »Ich brauche Zeit, um mich an ein neues Feld zu gewöhnen, damit ich den Energiefluss kontrollieren kann.«

»Wir kümmern uns darum«, sagte der ältere weibliche Lyrinx. »Erzählt uns von dem Tetrarch, Menschenfrau.«

Wieder fiel dieser Begriff, der ihr völlig unbekannt war. »Ich weiß nicht, was ein Tetrarch ist«, antwortete Tiaan wahrheitsgemäß.

Erneut dieser forschende, fast anklagende Blick, als wollte der Lyrinx prüfen, ob sie auch wirklich die Wahrheit sagte.

»Es handelt sich um eine Person, die wir finden wollen.« Sie wandte sich Ryll zu. »Besant bezichtigt dich der Feigheit, Schwingenloser! Du solltest zurückbleiben. Was hast du zu deiner Verteidigung vorzubringen?«

Ryll schüttelte nur den Kopf. Er saß am Boden und hielt sich die Schulter, die an der Armbrustwunde stark gerötet war. »Nichts.«

»Dann soll Wyrkoe deine Verteidigerin sein.« Auf ihre Geste hin erhob sich ein schlanker weiblicher Lyrinx.

»Nein!«, sagte Ryll. »Ich will keinen Verteidiger.«

Wyrkoe nahm wieder Platz.

»In diesem Fall musst du die Konsequenzen tragen. Du wirst bei Tagesanbruch kastriert.«

Tiaan war erschüttert. Was war nur los mit Ryll? War er etwa zu stolz, um sich zu verteidigen, oder hatte er aufgegeben? Sie schaute in die versteinerten Mienen der Lyrinx. Nach allem, was Ryll auf der langen und beschwerlichen Reise für sie getan hatte, konnte sie nicht mit ansehen, dass er so ungerecht behandelt wurde.

»Ich werde Ryll verteidigen!«, erklärte sie kühn.

Ihre Worte hingen in der Luft und hallten in der Stille nach. Die Lyrinx schauten ruckartig zu ihr herüber, nur einer nicht: Ryll sank auf seine Fersen. »Nein!«, stöhnte er.

Hatte sie ihm nun dadurch Schande bereitet? Vermutlich, wenn sie die bösartigen Blicke der anderen Lyrinx richtig deutete. Einer lachte sogar verächtlich, zumindest interpretierte sie den wiehernden Laut so. Aber kastriert zu werden – wie sollte er das je verwinden? Es kam ihr nicht in den Sinn, dass dies womöglich ein ehrenhafter Weg war, sich aus der Affäre zu ziehen.

»Also gut«, sprach Coeland, »verteidigt Euren *Helden*, Menschenfrau.«

Tiaan holte tief Luft. Ryll gab wieder ein Seufzen von sich, aber es war zu spät. Die Anweisung war erfolgt.

»Wäre Ryll auf dem Plateau geblieben, wäre ich gestorben und mein Kristall verloren gewesen, denn ich bekam Besants Flugapparat nicht zu fassen.« Sie erläuterte die Einzelheiten der Flucht. »Wäre Ryll nicht mit mir gesprungen, wäre ich in die Hände meiner Leute gefallen.«

»Dann hätte er dich immer noch festbinden und sich selbst losschneiden können!«, erwiderte die Weise Mutter mit dröhnender Stimme. »Besant, die Größte unseres Clans, liegt im Sterben, weil sie sich für eine flügellose Kreatur geopfert hat.«

»Ich hätte das Segel nicht steuern können«, sagte Tiaan. »Meine Schulter ist ausgerenkt.« Sie musste den Anwesenden erklären, was das bedeutete.

Der junge weibliche Lyrinx mit der durchschimmernden Haut schob Tiaans Kleidung hoch und nahm sich des Schultergelenks an. Tiaan biss die Zähne zusammen. Mit einer ruckartigen Bewegung, die Tiaan einen Schrei entlockte, renkte der Lyrinx das Gelenk wieder ein. Dann legte sie Tiaans Arm in eine Lederschlaufe und zog ihr wieder das Hemd herunter.

»Das hätte Ryll auch machen können«, merkte Coeland scharfsichtig an.

»Trotzdem hätte ich meinen Arm nicht benutzen können«, entgegnete Tiaan.

»Pfft!«, machte Coeland und unterstrich diesen Laut mit einer abfälligen Geste. »Was seid ihr doch für schwache Geschöpfe.«

»Ich hätte den Apparat nicht fliegen können!«, wiederholte Tiaan wütend. »Und wenn Ryll mich nicht mit seinem Körper gewärmt hätte, wäre ich erfroren. Und überhaupt – wäre er nicht so umsichtig und mutig gewesen, hättet Ihr den Amplimet nicht.«

Coeland setzte sich bei diesen Worten kerzengerade hin und bedeutete Tiaan, den ganzen Hergang zu berichten. Als sie geendigt hatte, sagte die Weise Mutter: »Ryll wird von dem Vorwurf, ein Feigling zu sein, freigesprochen, obwohl Ihr Euch über eines klar sein solltet, Menschenfrau. Er wäre lieber ein kastrierter Lyrinx, als sich von einem *Menschen* verteidigen zu lassen! Führt ihn ab und kümmert euch um seine Verletzungen.«

KAPITEL EINUNDVIERZIG

Kalissin war ein höchst spezieller Feldkern, ein Ort, an dem die latenten Energieströme der Erde angezapft werden konnten – falls jemand dafür stark genug war ... und tollkühn genug, einen Versuch zu wagen.

Vor fünfzigtausend Jahren raste ein Komet aus Felsgestein und Eisen aus den Tiefen der Leere, verglühte nicht vollständig, schlug auf der Erde ein und erzeugte eine derart gewaltige Wolke aus Staub und zerschmetterten Steinen, dass der ganze Planet in Dunkelheit gehüllt wurde. Eine Eiszeit folgte, die über dreißigtausend Jahre andauerte.

Die Überreste des Kometen hatten sich tief in die Erdkruste von Tarralladell gebohrt. Die felsigen Teile hatten sich zu einer gläsernen Struktur verdichtet, aber der Eisenkern verwandelte sich in einen tiefen geschmolzenen Teich, der zwanzigtausend Jahre flüssig blieb, bis die zähe Masse, begünstigt durch aufsteigende Gase, wieder an die Oberfläche trat. Die sich ausdehnenden Gase gaben dem Eisen eine charakteristische, von Oxiden überzogene Zellstruktur, die anschwoll, bis die gesamte Masse sich ihren Weg an die Oberfläche bahnte, durch die abnehmenden Eisschichten drang und in festen Bergspitzen erstarrte.

Übrig blieb der gewaltige Gipfel, der zweihundertundsechzig Spannen hoch aus der Insel inmitten des Sees ragte, der sich in dem Krater des Kometen gebildet hatte. Im Innern sah die Bergspitze wie Honigwaben für Riesen aus, ein gefrorener Blasenschaum aus Eisen. Außen wiesen die oberen Bereiche, die wie spitze Hexenhüte in die Höhe ragten, die charakteristischen roten Adern und rostbraunen Einschlüsse auf. Hier und dort waren die grünlich schimmernden Teile des zertrümmerten Gesteins mit den glasartig verdichteten Schichten verschmolzen. Der untere Bereich des Gipfels war von schroffen, staubüberzogenen Felsen umgeben, die nach dem Rückgang der Eisschichten die karge Landschaft prägten.

Am Fuße der Bergspitze standen hohe Bäume, die den dünnen Kiefern überhaupt nicht ähnelten, die sonst so kennzeichnend waren für Tarralladell. An vielen Stellen befanden sich dampfende Wasserlöcher; ganze Flächen mit Blasen werfendem Schlamm zogen sich durch den Landstrich, aus Felsspalten quoll heißes Wasser und hinterließ beim Verdunsten vielfarbige Salzkrusten. Oben auf der Spitze wuchsen nur noch Flechten, aber da es rund um den See trotz des kalten Landstrichs ungewöhnlich warm war, nisteten hoch oben im schroffen Gestein Adler und andere Vögel.

Niemand kam indes, um die Eier zu sammeln. Der Gipfel von Kalissin galt als Ort, an dem die bösen Geister hausten, lange bevor die Lyrinx heimlich den Felsen ihr Eigen nannten. Kein Mensch überquerte je die unheimlich warmen Wasser des Sees. Ein Blick nach oben genügte, um selbst einem fremden Wanderer deutlich zu machen, dass dieser Ort verboten war. Die Hälfte des Jahres bedeckten dichte Wolken den Himmel über Tarralladell, aber genau über Kalissin bildete sich oft in den Luftverschiebungen ein freies Stück Himmel heraus; darüber hinaus schlugen in die eisenhaltigen Spitzen auf und rund um den Gipfel zehnmal mehr Blitze ein als im übrigen Land. Die bösen Mächte laden wieder ihre tödlichen Speere – so hieß es in den Sagen der Menschen –, um auf ihren wilden nächtlichen Ritten Unheil über die Menschen zu bringen. Und gelegentlich, wenn ein einsamer Fischer an einem abgelegenen Uferabschnitt des Sees nach oben schaute, sah er geflügelte Wesen hoch oben in den Lüften und wusste, dass es nicht nur Sagen waren.

Da auch der Komet aus der Leere gekommen war, die die Lyrinx verlassen hatten, zogen seine Überreste die neuen Einwanderer an. Der Krater und insbesondere der von riesigen Waben durchzogene höchste Gipfel waren Gebilde, die den Lyrinx in gewisser Weise bekannt und vertraut waren. Aber dahinter steckte noch mehr. Kometen waren Himmelskörper mit unvorstellbar großer Energie, und dieser hatte auf seinem feurigen Sturz auf die Erde noch nicht sein ganzes Potenzial ausgenutzt. Der Fall, der Aufprall, das

Schmelzen und das Hervorbringen des mit Eisen durchsetzten Blasenschaums – all diese Vorgänge hatten eine Instabilität erzeugt. Der mit Metall gesättigte Schaft der Bergspitze, der tief hinab in die Erde führte, befand sich im Ungleichgewicht mit seiner Umgebung. Diese Instabilität, jener Feldkern also, repräsentierte eine mächtige Energiequelle, die nur darauf wartete, angezapft zu werden.

Kometen sind seltsame Gebilde. Da sie über Milliarden Jahre durch Raum und Zeit wandern, besitzt ihre Materie unerklärliche Eigenschaften, die für Wirker der Geheimen Kunst von immensem Wert sind.

Die Lyrinx, die diese Fähigkeit besaßen, begehrten vor allem das Eisen aus Kometen, und der Gipfel von Kalissin stellte das höchste Ziel ihrer Bestrebungen dar. Dorthin brachten sie ihre besten und kreativsten Kräfte, um sich ganz in dem Energiefeld einzuschließen; dort aßen, atmeten und schliefen ihre Pioniere, umgeben von dieser – für die Lyrinx – magischsten aller Substanzen.

Kalissin stellte die größte Werkstatt und das bedeutendste Laboratorium der Lyrinx dar. Hier beschäftigten sie sich in ihren individuellen Zellen mit ihrem wichtigsten Projekt. Durch die Feuerkraft der Klanker hatten die Lyrinx im Krieg gegen die Menschen unglaublich viele Opfer zu beklagen, und da ihre Spezies nicht zahlreich genug war, um diese hohen Verluste zu kompensieren, mussten sie eine wirksame Art der Verteidigung erfinden.

Leider hatten sie bislang nicht herausfinden können, wie das Kraftfeld von Kalissin angezapft werden konnte. Dicht bei den Feldern zu wohnen half zwar bei ihrer Erforschung, aber das reichte natürlich nicht. Es war frustrierend, von Unmengen Energie umgeben zu sein, diese Quellen aber nicht ausschöpfen zu können. Sie wollten den Amplimet; wichtiger war indes noch, herauszufinden, wie Tiaan den Kristall nutzte, um damit Energie aus dem Feld zu beziehen. All dies lernte Tiaan, direkt oder indirekt, während ihrer ersten Tage in Kalissin.

Eine Woche verstrich. Tiaan hatte sich von den Strapazen erholt und verspürte nur noch einen latenten Schmerz in der Schultergegend. Die Lyrinx hatten sie nicht unfreundlich behandelt und sie mit besserem Essen versorgt, als sie je in der Fertigungsstätte erhalten hatte. Zuerst verlangte sie zu erfahren, woraus ihre Mahlzeiten bestanden, erkannte dann aber rasch, dass die Lyrinx die Überzeugungen und Tabus der *Menschenfrau* respektierten. Sie hätten ihr nie Menschenfleisch zu essen gegeben, genauso wenig wie sie das Fleisch ihrer Toten gegessen hätten. Außerdem aßen sie hauptsächlich Fisch aus dem See. Doch schon bald war Tiaan der immer gleichen Abfolge auf dem Essensplan überdrüssig: gegrillter Fisch, eine Art Algensuppe, Wurzelgemüse aus scharf schmeckenden Rüben. Es war jeden Tag das Gleiche.

Untergebracht war sie in einer skurrilen Anordnung von Räumen in der Nähe der Bergspitze. An die Form der höhlenartigen Gelasse, die in dem eisendurchsetzten Gestein wie Blasen aussahen, gewöhnte sie sich nur langsam. Alle Wände waren gekrümmt und bestanden aus dunklem, metallhaltigem Stein, durchzogen von rostroten Maserungen. Ihr Schlafraum wies an der Außenwand ein kreisrundes Loch auf, um frische Luft hereinzulassen; und mit einer Vorrichtung aus grünem Glas vulkanischen Ursprungs konnte sie dieses *Fenster* gegen die Kälte schließen. Das geschah jedoch selten, denn aus den Tiefen des eisenhaltigen Gesteins entströmte eine Hitze, die ganz Kalissin beheizte. Das Loch war indes zu klein, um sich hindurchzuquetschen und zu fliehen.

Hier oben waren die tiefen, brummenden Laute leiser; sie wirkten sogar etwas höher, wie bei einem rau klingenden Holzblasinstrument. Der Grund für diese Töne lag darin, dass die Lyrinx Löcher durch die äußeren Blasengebilde gebohrt hatten, um Windhörner entstehen zu lassen. Da ständig der Wind um die Bergspitze pfiff, nahmen die klagenden Laute der Hörner nie ab.

Doch nichts von alledem spendete Tiaan Trost. Die Sehnsucht nach dem Amplimet war wie ein Dauerschmerz, und von Tag zu Tag wurden die Qualen schlimmer. Gegen dieses Sehnen konnte sie einfach nichts ausrichten. Gleich in der ersten Nacht war es ihr gelungen, ihr Türschloss zu knacken, aber die Lyrinx fingen sie nach kurzer Zeit wieder ein. Allerdings taten sie ihr nicht weh, sondern brachten sie wieder in ihre Unterkunft, die sie daraufhin mit einem Bolzenschloss sicherten.

Jeden Tag stellten sie ihr Fragen zu dem Amplimet und zu ihrer

Kunst und ihren Fähigkeiten. Sie weigerte sich, auf die Fragen einzugehen, aber da der Trennungsschmerz von dem Kristall von Tag zu Tag zunahm, wurde ihr Widerstand brüchig. Schon bald, das ahnte Tiaan in ihrer verzweifelten Lage, würde sie ihnen alles erzählen, nur um den Kristall für einen Augenblick in Händen halten zu können. Und sie musste ihn unbedingt haben. Es war ihre einzige Hoffnung, je wieder die Freiheit zu erlangen. Zudem war der Amplimet der Schlüssel zu Minis' Überleben. Während all ihrer Schwierigkeiten verlor Tiaan nie ihr oberstes Ziel aus den Augen – sie musste den Amplimet noch rechtzeitig nach Tirthrax bringen.

Wie sehr sie es bereute, Ryll von den Nachwehen erzählt zu haben – aber nun war es ohnehin zu spät.

»Was machen deine Leute hier?«, fragte sie Ryll am achten Tag. »Versucht ihr, eure eigenen Klanker herzustellen? Seid ihr deshalb so an meiner Handwerkskunst interessiert?«

»Wir würden wohl kaum die Waffen unserer Feinde nachbauen«, entgegnete er spöttisch. Ihre Beziehung hatte sich merklich abgekühlt, seitdem sie ihn verteidigt hatte.

»Wieso nicht?«

»Das käme einer Degeneration gleich. Wir würden unserer eigenen Natur zuwiderhandeln. Jedes Werkzeug und jedes Instrument, das wir benutzen, muss aus dem Urquell unseres Daseins und unserer Traditionen stammen.«

»Aber es wäre doch einfacher –«

»Es geht uns nicht darum, etwas *leichter* zu haben«, unterbrach er sie verstimmt. »Wir sind keine *Menschen!* Wir existieren nicht, um uns eine Arbeit zu erleichtern. Verbesserungen, ja! Nur dieses Bemühen zählt, denn sonst wären wir rasch so verdorben wie …«

Die beiden Wörter »wie ihr« hatten ihm auf der Zunge gelegen. Sie unterließ es, sich zu der Aussage hinreißen zu lassen, dass der Versuch den Sieg im Krieg bringen könnte. Denn es war ihr längst klar, dass das Ziel nicht die Mittel heiligte. Bei den Lyrinx würden allein die Mittel Verwendung finden, die ihrer Kultur entsprangen. »Was versucht ihr also?«

»Das kann ich dir nicht sagen.«

Noch ein Unterschied zwischen Lyrinx und Menschen: Lyrinx logen grundsätzlich nicht. Sie weigerten sich einfach zu antworten.

»Was wollt ihr dann von mir? Seit ich hier bin, habe ich nichts anderes getan, als zu essen und zu schlafen. Ich habe allmählich das dumpfe Gefühl, dass ich gemästet werden soll, um auf eurem Abendbrottisch zu landen.« Sie bemühte sich, witzig zu klingen, aber es wirkte nicht überzeugend.

Ryll entfernte das Fensterglas und steckte sein Maul in die Öffnung. Als er sich wieder von der Öffnung zurückzog, hatte er Eis im Gesicht. »Wir beobachten dich und lernen etwas über eure Spezies. Wir glauben, dass du uns noch hilfreich sein kannst.«

Tiaan schauderte. Ein eisiger Wind fuhr durch die Öffnung. »Demnach waren eure eigenen Tests mit meinem Amplimet nicht sehr erfolgreich?«

»Was bringt dich zu dieser Vermutung?«, fragte er interessiert.

»Ich sehe, wie ihr miteinander umgeht und in welchem Ton ihr miteinander sprecht. Auch ich stelle Beobachtungen an und lerne etwas über Lyrinx.«

»Was hast du inzwischen erfahren?«

»Ihr sprecht nie über eure Historien, Ryll.«

Er machte schnell dicht. »Wir sind das verlorene Volk. Wir haben keine Historien.«

»Wie meinst du das?«

Sie rechnete gar nicht mit einer Antwort, aber nachdem er sichtlich erregt in dem Raum auf und ab geschritten war und die Tür zugedrückt hatte, wandte Ryll sich Tiaan wieder zu.

»Wir *verformten* unsere ungeborenen Kinder in der Leere, damit unsere Spezies überleben konnte. Und wir haben überlebt. Wir gediehen. Später machten wir es wieder und wieder und entwarfen unsere Babys noch im Mutterleib nach Mustern, um jeder neuen Bedrohung gewachsen zu sein. Wieder überlebten wir; wir verbesserten uns, aber wir passen nicht in diese Welt. Wir wissen nicht mehr länger, wer wir sind.«

In Kalissin gab es Hunderte von Lyrinx, und ein Großteil von ihnen wies die eine oder andere Deformierung auf – manchen fehlten Schwingen, anderen Klauen; der eine besaß nur einen unzureichenden Schuppenpanzer, der andere hatte keine Pigmente oder konnte nicht mehr die Farben auf der Haut verändern. Tiaan wunderte sich über diese Dinge. Bildeten sich die Lyrinx etwa zu dem zurück, was sie einst gewesen waren, bevor sie ihre Körper in der Leere neu formten? Keines der Wesen, nicht einmal die normal aussehenden Lyrinx, schien sich in seiner Haut wohlzufühlen.

Am folgenden Tag führte man Tiaan über eine Reihe eiserne Leitern zu einer Ansammlung von Räumen, die sich ungefähr in der Mitte des Berggipfels befanden. Die Temperatur nahm bei jeder Sprosse zu, und schon bald empfand Tiaan es in diesen Regionen der Spitze als zu warm.

Ryll brachte sie in eine Kammer, in der die zentralen Wände einer Blasenansammlung entfernt worden waren, um einen Raum zu schaffen, der die Form einer riesigen Erdbeere hatte. In einer Ecke dieses ungewöhnlichen Raums stand ein weiblicher Lyrinx neben einer Bank, die aus wabenartigem Eisengestein bestand, überzogen von gläsernem Fels, der blassgrün schimmerte. Es war der Lyrinx, der Tiaans Schulter eingerenkt hatte; und auch er wies eine Deformierung auf: Die Hautpigmentierung fehlte. Am anderen Ende der Bank stand eine Kiste aus Eisendrähten und Glasplatten, die wie ein Fischbassin aussah.

Der Lyrinx trug Tiaans Helmkonstruktion. Die Kugel lag auf der Bank. Das Geschöpf war dabei, die Perlen auf den Drähten zu justieren. Mit eingezogenen Klauen war es trotz der dicken Fingern äußerst geschickt. Das Schimmern, das von dem Amplimet ausging, veränderte sich jedoch nicht, ganz gleich, was der Lyrinx machte.

Tiaan wurde magisch von dem Kristall angezogen. Sie konnte sich nicht zurückhalten.

»Das ist Liett«, sagte Ryll zu Tiaan.

Doch Tiaan hörte gar nicht hin. Sie taumelte beinahe in Richtung Bank und griff mit einem schlafwandlerischen Gesichtsausdruck nach dem Amplimet. Ryll zog sie zurück.

Da Tiaan sich nach dem Kristall sehnte, riss sie sich los, huschte an dem verdutzten weiblichen Lyrinx vorbei und sprang förmlich zu der Bank. Ryll hatte aufgepasst, bekam sie zu fassen und zerrte sie wieder zurück in ihren Raum.

»Du kannst den Kristall erst dann wieder berühren, wenn du dich bereit erklärst, uns zu helfen. Hast du das verstanden?« Er schlug die Tür zu und verriegelte sie.

Tiaan durchmaß aufgebracht den Raum und litt unter der zunehmenden Verzweiflung. Das Sehnen wurde immer unerträglicher. Auch während der Nacht ging sie in ihrem Zimmer auf und ab und brach schließlich im Morgengrauen kraftlos auf ihrem Schlaflager zusammen.

Ryll weckte sie kurz darauf. In einer Hand hielt er den Kristall. Zweifellos wollte er sie weiter quälen. In ihrer Wut stürzte Tiaan sich auf ihn, schlug mit beiden Händen nach ihm und biss ihn. Er schien zunächst von ihrer Raserei überrascht zu sein, hielt sie jedoch einfach mit einer Hand auf Armeslänge von sich, bis sie sich völlig verausgabt hatte.

»Wirst du endlich kooperieren?«, fragte er betont ruhig.

»Nein!«, knurrte sie. Tiaan fühlte sich wie benommen und nahm die unmittelbare Umgebung als unwirklich wahr. Da sie so nah vor dem Amplimet stand, konnte sie Spuren des Kraftfelds fühlen, die den Feldkern von Kalissin durchdrangen. Tränen der Sehnsucht liefen ihr über die Wangen.

Ryll verließ den Raum und schob den Riegel vor. Als er am folgenden Tag zur gleichen Stunde zurückkehrte, war Tiaan davon überzeugt, den Verstand zu verlieren. Sie hatte nicht geschlafen, ihr Haar lag ihr wirr um den Kopf, ihre gelblich braun umschatteten Augen lagen unnatürlich tief in den Höhlen. Ihre Fingernägel waren abgebrochen, da sie sie in die Tür verkrallt hatte. Außerdem waren Prellungen an ihrer Stirn, weil sie mehrfach mit dem Kopf gegen die Wand geschlagen hatte.

Nun lag sie auf dem Rücken und schaute mit glasigem Blick auf den Amplimet. Sie hatte längst keine Kraft mehr, sich zu widersetzen.

»Also?«, fragte er nach. Eine Facette des Kristalls blitzte auf.

Sie drehte sich um, drückte die Stirn auf den Boden und streckte dann die Hand nach Ryll aus. »Ich werde euch helfen«, krächzte sie.

»Komm nach unten«, sagte er und verließ den Raum.

Tiaan schleppte sich müde durch die Gänge und folgte ihm in den erdbeerartig geformten Raum. »Das ist Liett«, wiederholte Ryll.

Tiaan sprach den Namen nach: »*Li*-ett.« Sie betonte das Wort so, wie es in ihrer Heimat üblich war.

»Nein, Li'*et-t*.« Die Betonung lag auf der zweiten Silbe, wobei der Schlusslaut einen scharfen Klang erhielt.

Tiaan versuchte es erneut. »Lie-*et!*«

Der weibliche Lyrinx verzog das Maul. Tiaan wusste nicht, ob es sich nun um ein Lächeln oder eine höhnische Grimasse handelte.

»Sagt einfach Liett zu mir.«

Tiaan trat dichter an die Bank, ließ sich aber plötzlich von einem Geräusch ablenken, das aus der gläsernen Kiste kam. In dem eigenartigen Behälter hockte eine Kreatur, die Tiaan noch nie in ihrem Leben gesehen hatte. Es mochte die Größe einer Maus haben, ähnelte aber von der Gestalt her einem winzigen Lyrinx. Allerdings waren die Proportionen und die ganze Erscheinung furchtbar verzerrt. Anstelle des Fells zeigte sich die chamäleonartige Haut der Lyrinx; die Augen waren groß und rosafarben.

Das Wesen flitzte in dem Behälter von einer Seite auf die andere. Die Füße sahen aus wie Hufe, während die Muskulatur des Rückens eher darauf hinwies, dass dieses Wesen nicht für den aufrechten Gang, sondern für das Transportieren von Lasten geschaffen war.

»Was ist das?«, fragte Tiaan mit einer Mischung aus Staunen und Abscheu.

»Ein Thramp!«, erwiderte Liett. »Schaut, Menschenfrau.«

Liett legte die Hände auf die Glaswände des Behälters und übte einen sanften, aber zielgerichteten Druck aus. Tiaan verspürte wieder dieses Prickeln an den Schläfen. Doch von der Intensität und der *Farbigkeit* her war es anders als das Prickeln, das Besant während des Fluges in ihr hervorgerufen hatte. Tiaans Prickeln hörte auf, und Liett, die vor Anstrengung schwer atmete, nahm die Hände wieder fort.

Liett richtete sich auf und schüttelte den Kopf, als wollte sie etwas abwerfen, das sich in ihrem farblosen Kamm verfangen hatte.

Immer wieder griff sie sich an den Schädel. Schließlich setzte sie sich schwer und schloss die Augen.

Tiaan beobachtete das kleine Geschöpf, das zu Boden gestürzt war und unkontrolliert mit den Hinterbeinen zuckte. Plötzlich wurde Tiaan Zeuge, wie die hufartigen Füße des Wesens schmaler und länger wurden. Das geschah so langsam, dass Tiaan zunächst glaubte, sie habe sich das nur eingebildet. Rasch verglich sie das, was sich vor ihren Augen abspielte, mit dem Wesen, das sie in ihrem Gedächtnis abgespeichert hatte.

»Bist du auch ein Gestaltverformer?«, fragte sie Ryll, da sie sich schlagartig an ihre Träume erinnerte, die sie in der Eishöhle gehabt hatte.

»Einige von uns sind es.«

Hatten die Lyrinx das auch mit ihr gemacht, während sie schlief? Hatte sie sich bereits etwas verändert, ohne es bemerkt zu haben? Erschrocken betrachtete sie ihre Hände. Ihr Entsetzen musste sich auf ihrer Miene abgezeichnet haben.

»Keine Sorge, Tiaan!«, sagte Ryll belustigt, da er ihre Gedanken nachvollziehen konnte.

»Wieso nicht?«, rief sie und wich zurück.

»Aus vielerlei Gründen«, antwortete Liett. »Der Hauptgrund ist aber, dass Ihr zu groß seid.«

»Ach?«

»Selbst unsere größten Meister können nur Geschöpfe verformen, die nicht größer als Ratten sind. Der Vorgang kostet zu viel Kraft. Die Arbeit ist schmerzhaft und laugt uns aus. Wir können keine Energie von außen zuführen wie du. Selbst wenn ein Dutzend von uns mit vereinten Kräften arbeitet, würden wir bei dem Versuch, ein Geschöpf von der Größe einer Katze zu verformen, dem Wahnsinn verfallen. *Selbst hier.*«

»Aber ich habe doch selbst gesehen, wie du neue Finger geformt hast«, hielt sie Ryll vor.

»Das war Regenerierung, und das ist etwas anderes. Ich ersetzte das, was nicht mehr da war, habe aber keinen neuen Organismus erschaffen. Unsere Körper können sich selbst dann regenerieren, wenn wir bewusstlos sind.«

»Aber in der Leere …«

»Auch da war es anders.« Er warf einen Blick auf Liett. »Damals formten wir unsere ungeborenen Organismen so, dass es nahezu unmerklich war. Ganz sanft.«

Tiaan ging wieder zu dem Behälter und betrachtete den Thramp. »Wenn sich aber nun hundert oder gar tausend von euch zusammentun ...«

»Man kann nicht den Willen so vieler Wesen bündeln«, erklärte Ryll. »Hundert bewirken weniger als zehn.«

»Außerdem«, führte Liett den Gedanken weiter aus, »wüsstet Ihr, falls wir Veränderungen an Euch vorgenommen hätten. Die Verformung des Körpers ist wie Folter. Dieses Geschöpf wurde ruhiggestellt. Trotzdem wird es vermutlich an dem Trauma eingehen.«

Der Thramp lag nun keuchend auf der Seite. Sein Blick war starr und leblos.

»Aber er sieht gar nicht so schlecht aus.«

»Das Schlimmste kommt ja noch«, sagte Ryll. »Liett hat lediglich die Hautpartien und die Muskeln darunter verformt. Für die Umgestaltung der Knochen und inneren Organe braucht man Tage. Gestaltverformung ist ein sehr langsamer Prozess mit vielen Rückschlägen.«

»Warum macht ihr das dann?«

»Kleine Kreaturen können ...« Liett schwieg plötzlich, als sie einen warnenden Blick von Ryll einfing. »Wir haben hundert Former hier«, fuhr sie fort, »mehr noch an anderen Feldkernen, wie ihr Menschen diese Kraftquellen nennt. Sobald ein Former Fortschritte macht, können andere es ihm gleichtun. Und eines Tages werden wir lernen, wie man die Energie nutzen kann, die diesen Ort auszeichnet. Dann brauchen wir eure Klanker nicht mehr zu fürchten, *Menschenfrau!*«

»Deshalb wart ihr hinter unseren Steuereinheiten her!«, rief Tiaan aus. »Und hinter mir. Ihr könnt das Feld nicht nutzen und wollt mich dazu bringen, euch zu zeigen, wie das geht. Aber den Gefallen tue ich euch nicht. *Niemals!*« Warum bloß hatte sie bei den Eishäusern nicht die Gelegenheit zur Flucht genutzt?

»Oh doch, Ihr werdet kooperieren«, sagte Liett mit einem Blick auf den Amplimet. »Ihr werdet darum betteln, uns helfen zu dürfen!«

KAPITEL ZWEIUNDVIERZIG

In jener Nacht träumte Tiaan von der Struktur des Gipfels von Kalissin und wachte voller Angst auf. Die Erdkruste schien hier ins Ungleichgewicht geraten zu sein. Kaum wahrnehmbar hob sich das Land und strebte wieder die Lage an, die es hatte, bevor die Eisflächen es niederdrückten. Tief unten in der Erde war der flüssige Kern in Bewegung, unvorstellbar langsam, um das verlorene Gleichgewicht wiederherzustellen.

Ihre Träume sprachen zu Tiaan, nachdem man ihr kurz gestattet hatte, den Amplimet zu berühren. Um sie herum wirbelten die Felder, und sie erspürte noch ein anderes Potenzial: Unterhalb der eisenhaltigen Bergspitze war das Magma abgesackt und hatte einen Hohlraum hinterlassen. Der allmählich abkühlende, schrumpfende Fels war am Fuße der Bergspitze in konzentrischen Kreisen aufgerissen: Der Gipfel von Kalissin war im Sinken begriffen und setzte Unmengen von verschiedenartigen geomantischen Kräften frei.

Tiaan wachte durch die heulenden Flötentöne auf, die ganz in der Nähe erklangen. Seit Tagen drifteten die Klagelaute nun schon durch den Gipfel und gemahnten in traurigen Melodien an das Leben von Besant, die über mehr als achtzig Jahre die Weise Mutter eines Lyrinxclans gewesen war.

Myrriptth . . . tzzrk . . . yllishyn . . . N'harrth . . . girrymirr . . . N'voxur . . . Ynnirysh . . . thylrjizz . . . myrzhip . . .

Über Stunden hallten die fremdartigen Silben in den Gängen und Waben wider. Ein anderer Traum flutete in Tiaans Geist zurück. Tiaan sprang aus ihrem Bett und stieß die Decke aus gewebten Binsenfasern von sich. Ein Kribbeln lief über ihre Haut.

Beunruhigt eilte sie zu dem Fensterloch, riss die Verschlusskappe ab und steckte den Kopf durch die Öffnung. Eiskalte Luft schlug ihr ins Gesicht. Gierig schluckte sie die Luft, die so kalt in den Lungen brannte, dass Tiaan zu erstarren glaubte. Doch sie hieß die Kälte willkommen, während sie immer und immer wieder ihren letzten Traum durchging.

Das Talent, die Gestalt zu verformen, war nur den Lyrinx gegeben. Während der unglaublich langen Zeitspanne, die sie in der Leere verbracht hatten, hatten sie diese Fähigkeit weiter ausgebildet, um das Überleben ihrer Spezies zu sichern. Denn nun waren sie in der Lage, ihre Nachkommen körperlich so zu verändern, dass sie in der neuen Umgebung existieren konnten. In ihrem Traum hatten sie auch Tiaan verformt und sie in ein Monster verwandelt, in ein achtbeiniges Biest, das den Klankern erschreckend ähnlich war. Sowie die Verformung beendet wäre, würden sie Tiaan ausschicken, um alle Klanker und Soldaten zu töten – der ultimative Verrat an ihrem Volk. Als hätte sie noch nicht genug Schaden angerichtet! Indem sie ihr den Kristall vorenthielten, konnten die Lyrinx sie zu allem zwingen, ganz gleich, wie erniedrigend es war.

Der Raum erbebte kaum merklich. Vielleicht hatte der Gipfel sich in der Kälte der Nacht ein wenig zusammengezogen, vielleicht war es aber auch ein entferntes Erdbeben. Oder der Felssockel der Bergspitze gab nach. Auch dieser Traum kehrte in ihr Bewusstsein zurück und jagte ihr einen Schauer über den Rücken. Diesem seltsamen Ort wohnte ein ungeheures Potenzial inne – aber die Bergspitze hing über einem Abgrund.

Was wollten die Lyrinx wirklich von ihr? Sollte sie Energie durch den Amplimet beziehen? Sollte sie eine Steuereinheit konstruieren, damit die Lyrinx ihre grässlichen Gestaltverformungen vorantreiben konnten? Oder, was weitaus schrecklicher war, gedachten sie etwa, sie zu verformen? Diese furchtbare Vorstellung beherrschte ihre Träume – trotz der Behauptung von Ryll und Liett, man könne nur Wesen von geringer Größe verändern. Ihr schauderte, wenn sie nur daran dachte, wozu die Lyrinx fähig waren. Das Vorhaben war respektlos und unanständig.

Das Bolzenschloss quietschte, und die Tür schwang auf. Liett kam herein. Mit ihrer transparenten Haut hätte sie manchmal fast menschlich ausgesehen, wären da nicht die Schwingen gewesen.

»Kommt mit!« Liett ergriff Tiaans Handgelenk. Obgleich sie für einen Lyrinx vergleichsweise klein war und zudem eine weiche Haut hatte, war sie dennoch sehr viel kräftiger als Tiaan.

»Ich bin noch nicht angezogen«, sagte Tiaan.

»Unten ist es heiß«, erwiderte Liett, als wäre das wichtiger als alles andere.

Ihre Reaktion war allerdings natürlich, wenn man bedachte, dass die Lyrinx keine Kleidung brauchten. Tiaan griff noch schnell ein Laken und legte es sich um den Körper, als Liett sie bereits fortzerrte. Der weibliche Lyrinx mochte Tiaan nicht. Und Tiaan wiederum hatte nicht viel für Liett übrig.

Sie stieg vor dem Lyrinx die Leiter hinunter, und bei jedem Tritt bohrten sich die scharfen Kanten der Sprossen in ihre Fußsohlen. Sie war es nicht gewohnt, barfuß zu gehen. Nachdem sie tief nach unten gestiegen waren, sagte Liett plötzlich: »Halt.«

Vor ihnen wies eine eisengraue Blase ein ungleichförmig gerändertes Loch auf, durch das man in die dahinterliegende Kammer gelangen konnte.

»Wohin gehen wir?«, fragte Tiaan.

»An die Arbeit. Tretet ein.«

Der Lyrinx duckte sich und ging in die Kammer, gefolgt von Tiaan. Die Öffnung war zwar breit, ging Tiaan aber nur bis zur Schulter. Liett schob eine versteckte Tür zu. Tiaan fand sich in einer größeren Blase mit drei Kammern wieder. Etwa auf Hüfthöhe hatte man die Wände abgetragen und so eine Art Sims geschaffen, auf dem ein kleeblattförmiger Tisch aus poliertem Eisen stand. Auf einer der blattähnlichen Ausbuchtungen lagen Tiaans Amplimet, der Helm und das Drahtgeflecht. Auf Regalen, die weiter oben in die Wände eingelassen waren, standen Glas- und Metallgefäße, von denen sie bereits einige gesehen hatte. Der Raum erhielt Licht durch ein rundes Loch in der Außenwand, das ein dickes Glasfenster hatte. Die Sonne ging gerade auf.

Liett zog einen hohen Schemel hervor, dessen Sitzfläche auch das Kleeblattmuster aufwies, und deutete darauf. Tiaan kletterte auf den Hocker. Er war unbequem, und außerdem gefiel es ihr gar nicht, nur mit einem Laken bekleidet zu sein. Sofort wurde sie wieder an die Gebäranstalt erinnert.

Der Lyrinx machte sich an einem Regal zu schaffen. Liett war nicht viel größer als ein großer Mann. Ein weicher, durchsichtiger grüner Kamm lief vom Stirnansatz bis zu ihrem Nacken, was darauf hindeutete, dass sie ein ausgewachsener weiblicher Lyrinx war. Nur Kinder hatten farblose Kämme.

Verglichen mit einem Mann war Liett untersetzt, in den Proportionen der Lyrinx galt sie jedoch als schlank. Sie hatte breite Schultern, der Oberkörper war lang und hatte an der Taille eine kleine Einbuchtung. Die Hüften wiederum waren breit ausgeprägt, die kurzen Beine muskulös, die Füße breit. Die Flügel hatte Liett flach angelegt.

Aber es war die Beschaffenheit ihrer Haut, die diesen Lyrinx von den anderen unterschied. Für gewöhnlich war die äußere Haut der Lyrinx lederartig; harte Platten schützten die Genitalien und die lebenswichtigen Organe an Bauch und Brust. Der übrige Körper war mit beweglicheren Platten versehen, während die chamäleonartige Pigmentierung die untere, weiche Haut komplett überdeckte.

Bei Liett war das anders: Die äußere Hautschicht war dünn und vollkommen durchsichtig, wie ein Überzug aus Gelee, der sich über die blassgraue untere Hautschicht legte. Selbst die Partien, die von den unterentwickelten Schuppenplatten bedeckt waren, konnte man sehen. Sie sah fast menschlich aus, wenn man einmal von den Flügeln absah.

»Wie kommt es, dass ...«, begann Tiaan, hielt dann jedoch ihre Frage zurück. Liett allerdings war es nicht verborgen geblieben, dass Tiaan ihren Körper betrachtet hatte.

»Ich bin unvollständig«, erklärte Liett und verzog das bewegliche Maul zu einer Seite. »Draußen muss ich *Kleidung* tragen.« Aus ihrem Mund klang das Wort wie eine Demütigung oder ein Makel. »Und ich kann meine *Hautfarbe nicht verändern!*«

»Warum ist das so wichtig?«

Blitzartig schnellte eine der Schwingen in Tiaans Richtung. »Es ist eben wichtig!«, zischte sie.

Tiaan wich dem Flügel aus und stürzte dabei zusammen mit dem Schemel um. »Aua!«, rief sie.

Liett hob sie mühelos wieder auf den Hocker. Tiaan hielt sich den Rücken.

»Veränderungen der Hautfarbe sind eine Form der Kommunikation: Rede und Antwort, Furcht und Neugier werden dadurch zum Ausdruck gebracht. Wir verändern die Hautfarbe, wenn wir den Geliebten umarmen. Das macht die Hälfte unseres Lebens aus. Ich bin sozusagen stumm.«

Tiaan hatte oft gesehen, dass sich Rylls Hautfarbe veränderte, aber nie war sie darauf gekommen, dass es sich dabei um eine Art der Kommunikation handelte. »Erzählt mir ...«

»An die Arbeit!«, beschied Liett ihr abrupt. »Nehmt Eure Instrumente. Versucht, nachzumachen, was ich mache.«

Sie legte ihre Hände auf einen Käfig, der aus Drahtgeflecht und nicht aus Glas bestand. Die Kreatur im Innern schnappte nach Lietts Fingern. Sie stellte einen größeren Käfig auf den ersten und schloss die Augen.

Tiaan spürte das vertraute Prickeln. Gern nahm sie den Amplimet, schloss ebenfalls die Augen und gestattete es ihrem Geist, in das einzige Vergnügen ihres Lebens einzutauchen: in ihren romantischen Tagtraum von Minis. Mehr und mehr bediente sie sich dieser Art der Flucht, machte sich indes auch Sorgen, dass ihr schwärmerischer Ausflug zu einer Besessenheit wurde.

»Nun?«, sagte Liett scharf.

Tiaan öffnete die Augen und sah, dass der Lyrinx unmittelbar neben ihr stand; eine Brustwarze starrte sie an wie ein anklagendes Auge. Tiaan erschrak und wäre beinahe erneut von dem Hocker gefallen.

»Könnt Ihr sehen, was ich zu tun versuche?«

»Noch nicht«, antwortete Tiaan schuldbewusst. »Es ist schwer ...«

»Hmpf!« Liett verließ verstimmt den Raum. Kurz darauf kam Ryll herein und brachte drei Käfige, die er an Stricken hielt. Er schob die Käfige auf den Sims, kam zu Tiaan und hielt abrupt inne, als er gewahrte, dass sie nur von einem Laken bekleidet war.

»Wo ist deine Kleidung?«

»Liett hatte es eilig«, erwiderte sie spitz.

Er machte auf einem lederartigen Fuß kehrt, ging hinaus und kam bald darauf mit ihren Kleidungsstücken zurück. Tiaan zog sich hastig an. Kaum war sie fertig, da betrat Liett den Raum. Sie verharrte auf der Schwelle; ihre Körperhaltung verriet ihren Unmut, und ihre Krallen waren ausgefahren. In der Lyrinxsprache wandte sie sich grollend an Ryll.

»Wie soll sie arbeiten, wenn sie ... *thyllxish?*«, zischte er zurück.

Mit einer ruckartigen Bewegung des Kopfes schritt Liett zu dem Sims, wobei ihre Zehenkrallen ein unangenehmes, rhythmisches Klopfen erzeugten.

Tiaan beugte sich über den Amplimet, konnte sich aber nicht konzentrieren. Sie spürte, dass etwas in der Luft lag, eine Spannung, die sie noch nicht in Rylls Nähe gespürt hatte. Als sie vorsichtig in Rylls Richtung schielte, sah sie, dass er auf Lietts Hinterteil starrte. Das Gesäß war bei den Lyrinx ein deutliches Unterscheidungsmerkmal der Geschlechter, wie Tiaan erst jetzt bewusst wurde. Rylls Hintern war muskulös und flach, wohingegen Lietts extrem fleischig war und leicht hervorstand.

Selbst Tiaan konnte sehen, dass eine starke Sinnlichkeit von dem weiblichen Wesen ausging und Ryll sich verzweifelt danach sehnte, sich zu paaren. Diese Beobachtungen riefen Unbehagen in Tiaan hervor.

Liett setzte den Käfig mit dem Geschöpf, an dem sie gerade arbeitete, ab und bückte sich, um etwas vom Fußboden aufzuheben. Es war eine Zurschaustellung, eine Neckerei oder eine Verspottung. Ryll stieß unwillkürlich ein Stöhnen aus.

Liett wirbelte herum. »Was fällt dir –?« Sie unterbrach sich, als Ryll sich von ihr abwandte.

»Niemals!«, schimpfte Liett in Tiaans Sprache. »Nicht in hundert Ewigkeiten würde ich dich lassen, *Flügelloser!*«

Rylls Kamm verfärbte sich rot, dann purpurfarben. Hell leuchtende Kreise liefen schillernd über seine Brustplatten, farbenprächtige Muster, die in direktem Zusammenhang mit ihrem Spott standen. In halb gebückter Haltung nahm er die Mitte des Raums ein, und die Farbspiele waren so intensiv, dass sie den matt erleuchteten Raum erhellten. Tiaan hatte nie etwas so Schönes und zugleich Trauriges gesehen.

»Denkst du, ich würde mich mit *dir* paaren?«, spie er. »Ich habe lieber keine Partnerin als eine, die so nackt wie ein Mensch ist. Eine, die überhaupt keine Farben hat. Eine, die nicht *mit der Haut sprechen kann.*«

Drohend spreizte Liett ihre Flügel, die beinahe von einer Wand zur anderen reichten. Sie waren schön, wie perlenartige, durchsichtige Milch. Liett selbst sah majestätisch aus. Dadurch wurde Rylls Makel umso offenkundiger. Einen Arm ausgestreckt, fuhr sie ihre Krallen aus. »Öffne deine Lendenplatten! Ich werde dich auf der Stelle kastrieren«, zischte sie böse.

Tiaan duckte sich unter den Tisch und zog den Hocker schützend vor sich. Sie konnte sich lebhaft vorstellen, was alles passieren könnte, wenn die beiden kämpften. Doch ehe sie aneinandergerieten, erschien zum Glück ein anderer Lyrinx. Tiaan sah, wie er sich, Kopf und Schulterpartie voran, durch die Öffnung zwängte. Es war die alte Coeland, die Matriarchin des Clans von Kalissin.

»Wie kommt ihr vor –?« Sowie sie erkannte, wie es um Ryll und Liett bestellt war, verhärteten sich ihre Wangenplatten. »Was ist los?« Ihre Stimme klang wie eine Feile auf Stahl.

Ryll stand mit hängendem Kopf da, sein Kamm passte sich farblich den inzwischen blassen Mustern seiner Hautplatten an. Liett sah ihn wütend an, mied jedoch Coelands Blick. Keiner von beiden sagte ein Wort.

»Also?«, brüllte Coeland. »Wir befinden uns im *Krieg*, schon vergessen?«

Als das Schweigen sich in die Länge zog, wurde offensichtlich, dass weder Ryll noch Liett weiter über den Grund des Zwists sprechen konnten, ohne das Gesicht zu verlieren.

»Also gut«, meinte Coeland, »wenn das vorüber ist, werdet ihr beide dazu verurteilt –«

Sie unterbrach sich, da sie in diesem Moment Tiaan entdeckte, die immer noch unter dem Tisch kauerte. »Ah, Menschenfrau. Kommt heraus. Erklärt mir, wo das Problem liegt.«

Tiaan rührte sich nicht und hielt den Hocker wie einen Schild vor sich. Aus den Augenwinkeln nahm sie wahr, dass Ryll sie mit seinem Blick fixierte. Sie ahnte, was er ihr sagen wollte. *Offenbare ihr nicht meine Schande!*

Coeland hatte mit zwei riesigen Schritten den Raum durchquert, bückte sich und packte Tiaan an den Handgelenken. Die Krallen bohrten sich in Tiaans Haut, als der weibliche Lyrinx ihr wehrloses Opfer aus dem Versteck zerrte und auf den Sims schleuderte. Mit ihren riesigen Augen schien sie Tiaan unmittelbar in den Kopf schauen zu wollen.

»Woher soll ich wissen, weswegen Lyrinx Streit haben?«, log Tiaan und versuchte, sich Coelands Blick zu entziehen.

»Bei Eurer Ankunft wart Ihr nicht so scheu.« Coeland übte Druck mit ihren Händen aus, bis Tiaan glaubte, ihre Handgelenke würden brechen. Blutstropfen quollen aus den Wunden, die Coelands Klauen rissen. Tiaan schrie vor Schmerz auf.

»Du darfst offen sprechen«, sagte Ryll. »Du sollst nicht meinetwegen Schmerzen leiden.«

»Ryll möchte sich paaren«, keuchte Tiaan. »Liett auch. Aber der eine will sich nicht mit dem anderen paaren, da sie sich gegenseitig vorwerfen, unvollkommen zu sein. Liett stellt sich zur Schau, verhöhnt ihn und droht ihm dann damit, ihn zu kastrieren, wenn er sich ihr nähert.«

»Ist das wahr?«, fragte Coeland.

»Ja!«, gestand Ryll mit heiserer Stimme.

»Ja, Weise Mutter!«, sagte Liett. Sie warf funkelnde Blicke in Rylls und Tiaans Richtung.

Coeland stürzte sich auf Liett und schlug ihr so hart gegen die Stirn, dass der kleine Lyrinx zu Boden stürzte und unsanft auf dem Bauch landete. Die viel größere Coeland hob sie hoch und hielt sie auf Armeslänge von sich.

»Du wirst mit ihm arbeiten, ohne dich zu beklagen«, stieß sie zwischen zusammengebissenen Zähnen hervor, »oder ich erlaube Ryll, dass er *dich* sterilisiert.«

»Aber ich bin doch deine Tochter!«

»Umso mehr Grund für dich, deiner Pflicht nachzukommen«, entgegnete die Weise Mutter kalt.

»Er ist doch wie ein *Tier!*« Sie versuchte, Ryll anzuspucken, aber der Speichel lief ihr nur über das Kinn. *»Er hat keine Flügel!«*

»Und du, mein unglückseliges Kind, hast Haut wie ein Mensch, ein weitaus größeres Handikap. Du kannst dich nicht über deine Haut mitteilen, und du kannst nicht nach draußen gehen ohne Hautpaste oder *Kleidung*. Noch nie hast du uns bewiesen, was du wert bist. Ryll hat zwar keine Flügel, aber er ist ein Held, der alles gegeben hat, um uns diesen Schatz zu bringen. Du wirst mit ihm arbeiten, oder er wird dich auf mein Geheiß sterilisieren. Verstehst du?« Sie ließ von Liett ab.

»Ja«, sagte Liett leise und legte ihre Wange unterwürfig auf den Arm ihrer Mutter. Doch während sie das tat, warf sie einen hasserfüllten Blick auf Tiaan. In Lietts Augen lag so viel Zorn, dass Tiaan sich abwandte.

»Und du, Ryll?«, fragte Coeland.

Ryll bückte sich so tief, dass seine Stirn die Füße der Weisen Mutter berührte. Sein Kamm wurde purpurrot, dann rot und verblasste schließlich zu einem tristen Grau. »Ich werde meine Pflicht tun«, sagte er genauso leise.

KAPITEL DREIUNDVIERZIG

Am folgenden Tag erfuhr Tiaan, was die Lyrinx von ihr wollten. Die Käfige bestanden aus fein gedrehtem Kometeneisen, und Boden sowie Seitenwände wiesen geschmolzenes Felsgestein auf, das sich bei dem Aufprall des Kometen gebildet hatte. Jeder Käfig besaß bestimmte Proportionen, die der Kunst der Gestaltverformung dienlich waren. Und nun brauchten die Lyrinx Tiaan, um die Energie aus den Kraftfeldern von Kalissin direkt in die Eisendrähte der Käfige zu leiten, damit in den Behältern eine kleinere, aber wirkungsvollere Aura entstand. Dadurch erhofften sich die Lyrinx, dass die körperlich verformten Kreaturen an Größe gewannen.

»Ich werde das nicht tun«, protestierte Tiaan. Ihr schauderte allein schon bei der Vorstellung.

Liett fuhr böse herum, umschloss Tiaans Kopf mit einer Klauenpranke, drückte zu und bohrte ihre Krallen in Tiaans Haut. Tiaan rührte sich nicht und hielt den Atem an. Der Lyrinx war so stark, dass er ihr ganzes Gesicht verunstalten konnte. Liett war bereit, dieses Kräftemessen auf die Spitze zu treiben. Dann aber rief Ryll: »Genug!«, woraufhin Liett von Tiaan abließ.

»Wirst du uns nun helfen?«, fragte Ryll mit sanfter Stimme.

»Nein.«

Liett bleckte die Zähne, aber Ryll nahm Tiaan einfach den Amplimet weg und legte ihn auf ein hohes Regal. Dann ergriff er schweigend ihre Hand, brachte sie zurück in ihre Kammer und schloss sie ein.

Tiaan ahnte, was ihr nun blühte. Die Wellenschübe der Nachwehen schlugen stärker über ihr zusammen als je zuvor. Zudem wusste sie in ihrer Verzweiflung, dass Ryll nie nachgeben würde. Nach vierundzwanzig Stunden ging Tiaan sprichwörtlich die Wände hoch.

Im Morgengrauen begann sie zu schreien, was die schlimmsten Erinnerungen in ihr wachrief: Die Bilder jener Nacht, als sie an die Gebäranstalt übergeben wurde, quälten sie. Als Ryll wieder in ihr Zimmer trat, willigte sie matt und erschöpft ein.

Sie brauchte den Amplimet nur ein einziges Mal zu berühren, und schon ließen die Schmerzen der Nachwehen nach. Eine Stunde später saß sie an dem Tisch im Labor und war bereit, alles zu tun, was Ryll von ihr verlangte. Tiaan schob den Gedanken an Verrat beiseite – sie musste sich einfach fügen, sie konnte nicht anders.

Nachdem sie jedoch Stunden an dem Versuch gesessen hatte, legte sie den Amplimet zur Seite, denn es gelang ihr nicht, das eigenartige Kraftfeld zu visualisieren. Ihre Fähigkeit, die Aura eines Felds vor ihrem geistigen Auge entstehen zu lassen, schien verkümmert zu sein. »Ich schaffe es nicht.«

Ryll zog die Stirn in Falten. »Wieder ein Versuch, unser Vorhaben zu verzögern, Kunstwerkerin?«

»Dieses Feld hier ist anders als das, mit dem ich vertraut bin«, stammelte sie, fürchtete sie sich doch vor dem Zorn der Lyrinx.

»Dann versuch es noch einmal. Und *streng dich an!*«

Das tat sie dann auch, hatte jedoch weiterhin keinen Erfolg. An diesem Abend aber, als sie auf dem Tisch nach einem Stück Kometeneisen langte, fiel ihr auf, dass kleinere Partikel daran klebten. Sie musste richtig an dem Eisen reißen, um es von der Tischplatte zu trennen. Es war ein kleiner Magnet, und vielleicht war der kleeblattförmige Tisch ein großer. *War etwa die ganze Bergspitze ein riesiger Magnet?*

Der Raum mit seinen Dimensionen entschwand, und endlich sah Tiaan es: Sie stand in einer Bergspitze aus eisenhaltigem Fels, der aus der Erde ragte. Während der Sockel in Feuerkreisen stand, war der Gipfel von Eis überzogen. Tiaan sah genau, wie die Hitze vom Sockel bis zur Spitze lief, nach außen strahlte und schließlich oben in den eiskalten Luftsphären verschluckt wurde.

Mit einem Mal spürte sie eine anders geartete, unterschwellige Kraft. Die Bergspitze aus Eisengestein schien aus einzelnen, bänderartig angeordneten Segmenten zu bestehen, von denen Kraftfelder in Form langer, sich überschneidender Kreise ausstrahlten. Das sah aus wie ... Tiaan suchte händeringend nach einem Vergleich. Plötzlich hatte sie einen Geistesblitz: Sie entsann sich einer Übung, die Werkmeister Barkus ihr gegeben hatte, bevor sie in die Lehre gegangen war.

Er hatte ihr aufgetragen, ein Stück Eisen so lange mit einem Magneteisen zu bearbeiten, bis es geladen war und Nägel anziehen konnte. Danach hatte er Eisenspäne auf ein Stück Papier geschüttet und den Nagel hin und her gedreht. Die Eisenspäne hatten schöne Muster gebildet und waren von einem Ende des Magneten zum anderen gewandert.

Der Ausformung der Felder – es gab in Kalissin mindestens zwei, die offenbar einen doppelten Feldkern besaßen – entnahm sie, dass die Bergspitze ein enormer Magnet war oder sogar eine ganze Ansammlung von Magneten. Tiaan hatte noch andere Experimente mit Magneten durchgeführt und andere Muster erstellt. Als sie einst einen Magnet in eine Röhre aus Drahtgeflecht geschoben hatte, waren runde Muster um den Draht entstanden. Diese Versuche hatten sie so fasziniert, dass sie darüber ihre eigentliche Arbeit vergaß und von Werkmeister Barkus gescholten wurde. Danach hatte Tiaan sich nie wieder mit Magneten beschäftigt. In der Fertigungsstätte gab es keine Zeit für Spielereien.

Wozu war ein Magnet von der Größe eines Berggipfels in der Lage? Was für eine ungeheure Kraft musste er besitzen!

»Ich kann die Felder sehen«, sagte sie.

Wochen vergingen. Für Tiaan war es eine Zeit großer geistiger Anstrengung. Tag um Tag saß sie auf ihrem Hocker, erforschte die ungewöhnlichen Doppelfelder, fand einen Weg, sie sicher anzuzapfen und schuf dann eine Aura in den Käfigen. Nachts löste die Arbeit in ihrem Kopf ein Pochen aus, und manchmal hatte Tiaan immer noch Kopfschmerzen, wenn eine feindlich gesinnte Liett sie am folgenden Morgen aus dem Bett zerrte. Und jedes Mal wenn sie den Amplimet benutzt hatte, litt Tiaan unter den wildesten Kristallträumen, in denen körperlich verformte Ungeheuer ihr Unwesen trieben.

Die Arbeitszeit im Labor dauerte von morgens bis abends. Die

Lyrinx kannten keine freien Tage oder Feste. Sie hatten offenbar auch keine Vorstellung von Erholung, soweit Tiaan das beurteilen konnte. Falls sie überhaupt Kultur besaßen, so sah Tiaan keine Anzeichen davon, abgesehen vielleicht von den hohlen Tönen, die der Wind in den Löchern blies. Der ganze Ort wies keinerlei Verzierungen auf: Es gab weder Kunstgegenstände noch Tongeschirr, noch Möbel, nur die notdürftigsten Sitz- oder Ruhemöglichkeiten wie Hocker und Schlaflager. Sie wusste, dass die Lyrinx lesen und schreiben konnten, aber nirgends sah sie Bücher, Schriftrollen oder andere Dokumente. Allerdings handelte es sich bei diesem abgelegenen Ort auch um eine Ansammlung von Werkstätten und Laboren, die allein dem Krieg dienten. Vielleicht sahen die eigentlichen Behausungen der Lyrinx vollkommen anders aus. Ihre Sprache erschien Tiaan unverständlich, ganz zu schweigen von der Fähigkeit, über Hautfarben zu kommunizieren. Sie hätte es nicht einmal mitbekommen, wenn die größten Dichter oder Redner der Lyrinx ihre Kunst zum Besten gegeben hätten. Und womöglich hatte Ryll ihr ja die Wahrheit gesagt. Vielleicht waren die Lyrinx ein verlorenes Volk, das nicht einmal Historien besaß.

Trotz Tiaans Anstrengungen schienen die Lyrinx keine Fortschritte zu machen. Das freute Tiaan natürlich insgeheim. Zwar bemühten sie sich, die wahren Absichten ihrer Experimente vor ihr geheim zu halten, aber der Trauerzug der bizarren, körperlich verformten Kreaturen, die sich vor Schmerzen krümmten und quiekten und auf den Arbeitsbänken verendeten, bot einen schaurigen Anblick. Sie wagte sich nicht auszumalen, wie die Lyrinx diese Wesen im Krieg einsetzen würden, falls die Experimente Erfolg hatten.

Tiaan verachtete sich selbst dafür, dass sie mit dem Feind kollaborierte. Als die Arbeit voranging, nahm die Selbstverachtung noch zu. Oft rebellierte sie, aber jedes Mal nahmen die Lyrinx ihr nur den Amplimet weg und setzten sie dadurch den Entzugserscheinungen aus. Und jedes Mal waren die Schmerzen schlimmer.

Deutlich wurde indes bald, dass die Lyrinx zusehends frustrierter waren, da sie nicht nachvollziehen konnten, wie Tiaan es schaffte, mit dem Amplimet Energie aus den Feldern zu beziehen. Über Jahre hatten die talentiertesten Mantiker der Lyrinx an Steuereinheiten gearbeitet, die ihnen nach Schlachten in die Hände gefallen waren, aber nie hatten sie damit etwas erreicht. Sie konnten solche Instrumente einfach nicht handhaben.

Jeden Tag nach Beendigung der Arbeit befragten die Lyrinx sie und versuchten, hinter ihr Geheimnis zu kommen. Sie zwangen Tiaan, ihnen die Kunst von Anfang an zu erläutern, Schritt für Schritt, als spräche Tiaan zu den niedrigsten Lehrlingen. Wochenlang beobachteten sie Tiaan und verfolgten jeden ihrer Handgriffe, während Tiaan die Felder unterhalb und in der Nähe des Berggipfels erforschte. Sie überwachten sie mit merkwürdigen Instrumenten: Einige davon waren teils mechanisch, teils belebt, fast wie lebendige Versionen der Steuereinheiten. Die argwöhnische Coeland äußerte wiederholt den Verdacht, Tiaan versuche bewusst, die Pläne der Lyrinx zu vereiteln. Bisweilen stieß Liett unverhohlene Drohungen aus.

Es nützte ihnen nichts. Die Lyrinx verstanden, wie Tiaans Instrumente funktionierten und wie die Felder von Kalissin aussahen. Sie waren in der Lage, die ungefilterte Energie der Bergspitze zu spüren – dies hatte sie ja auch ursprünglich dazu veranlasst, nach Kalissin zu kommen. Sie konnten sogar die Kraftfelder mit den Steuereinheiten der Menschen und mit dem Amplimet visualisieren, aber sie vermochten nicht, Energie aus dem Feld zu ziehen. Sosehr sie sich auch anstrengten, diese Fähigkeit war den Lyrinx nicht gegeben.

Ich bin der widerlichste Feigling von ganz Santhenar, dachte Tiaan eines Abends, als sie auf ihrem Lager ruhte und sich die pochenden Schläfen hielt. An diesem Tag war die Arbeit besonders schrecklich gewesen. *Ich habe es nicht anders verdient, als getötet und gefressen zu werden.*

Sie fühlte sich auf seltsame Weise von ihrem Körper getrennt, als kündigte sich ein Kristalltraum an. Oder war das schon Kristallfieber? Die Lyrinx hatten sie in letzter Zeit besonders hart angetrieben. Sie driftete in einen Schlummer, in dem die Schmerzen blieben und der Raum immer noch in ihrer Wahrnehmung war, aber alles erschien ein wenig verschoben.

Knack! Feuerlinien zogen sich über ihren Rücken, erfassten ihre Seite und endeten in schmerzhaften Stichen in ihrem Bauch. *Knack!* Wieder Feuerbänder, die sich über die ersten legten.

Ein Bild formte sich heraus, entfernt und unscharf: Ein Mann hing an einer verzierten Kuppel. Ein anderer Mann, auf der anderen Seite des Saals, schleuderte strafende Sterngeschosse auf den ungeschützten Körper des Hängenden. Jeder Stern besaß einen weichen Kern und viele fadenartige Tentakel, wie bei einer Feuerqualle. Und genau wie bei einer Feuerqualle hinterließen die Fäden ein furchtbares Brennen.

Etwas fiel ihr gleich an dem Gefangenen auf – der große, wohlgestaltete Körper, das dunkle Haar, das ihm ins Gesicht fiel. Langsam wurde das Bild schärfer, und ihr eigener Schmerz ebbte ab und verwandelte sich in eine Liebkosung wie von einem Seidenband.

Schmerzerfüllt warf der Mann den Kopf in den Nacken und bleckte die Zähne. Er schien ihr genau in die Augen zu sehen und tadelte sie für den nicht gehaltenen Schwur. »Treulose Freundin«, rief er zwischen den brennenden Kugelblitzen. »Warum hast du mich verlassen?«

Es war Minis, ihr Geliebter. Er hatte seinem Volk Hoffnungen gemacht, und sie hatte ihn bitter enttäuscht. Tiaan wachte wieder auf und merkte, dass ihr Tagtraum verschwand. Er war der Grund, warum sie noch lebte; nur sie konnte ihn noch retten. Es war ihr Schicksal, und sobald sie Minis rettete, würden die Aachim die Machtverhältnisse verändern. Mithilfe dieses Volkes wäre die Menschheit in der Lage, gegen die Lyrinx zu bestehen. Und sie wäre nicht mehr länger eine Verräterin. Im Gegenteil: Tiaan wäre die Frau, die die Welt rettete.

Aber dafür musste sie zunächst aus Kalissin fliehen und die weite Strecke bis nach Tirthrax zurücklegen. Das würde nicht einfach werden. Tarralladell und Mirrilladell, vor über dreißigtausend Jahren vom Gletschereis befreit, waren heute eine Ansammlung von Flüssen, Sümpfen und langgestreckten Seen, die in südlicher Richtung von den Großen Bergen zu den Binnenmeeren von Tallallamel und Milmillamel liefen. Man konnte diese Landstriche nicht von West nach Ost durchqueren, wenn Tauwetter einsetzte. Es gab schlichtweg keine Brücken oder Wege in dieser Richtung. Der gesamte Warenhandel verlief über die Nord-Süd-Achse, im Sommer mit Booten und im Winter über die Eisflächen, obwohl die Winter so kalt waren, dass nur wenige Leute reisten. Die Menschen zogen sich in ihre Behausungen zurück und hofften, die Nahrung möge bis ins Frühjahr reichen. Wie sollte sie jemals diese Landstriche allein durchqueren?

Der Riegel klapperte. Tiaan sprang aus dem Bett und zog sich geschwind an. Tat sie das nicht, würde Liett sie wieder nackt ins Labor zerren.

An diesem Morgen wirkte Liett besonders übellaunig. Tiaan hatte gerade ihre Hose an und steckte einen Arm durch den Ärmel ihres Hemds, als der Lyrinx sie bereits fortzerrte. Tiaan konnte Liett nur stolpernd folgen und versuchte, sich mit einem Arm weiter anzuziehen.

Im Labor stieß Liett sie durch den Raum. »An die Arbeit! Und seht zu, dass Ihr heute besser vorankommt als gestern, wenn das nicht Euer letzter Tag sein soll.«

Aber dadurch machte Liett alles nur noch schlimmer, und als der Arbeitstag sich dem Ende neigte, hatten sie wieder keine Fortschritte erzielt. Bei Einbruch der Dunkelheit bebte Liett vor Enttäuschung. Mehrmals merkte Tiaan, dass der Lyrinx sie aus den Augenwinkeln beobachtete. Der Ausdruck in ihren Augen war verwirrend. Plötzlich sprang Liett auf, schritt zur Tür und verriegelte sie von innen. Tiaan war verblüfft.

Der Lyrinx trat wieder an die Werkbank und begann, die Inkubationsgefäße neu zu arrangieren. Tiaan achtete nicht weiter darauf und konzentrierte sich auf das Feld, als Liett mit einem Mal hinter sie trat und Tiaans linken Arm flach auf den Tisch drückte. Mit einem Werkzeug, das von der Form her an ein Stanzgerät für das Bearbeiten von Leder erinnerte, schnitt Liett Tiaan ein Stück Haut und Fleisch von der Größe eines Fingernagels aus dem Unterarm.

Die Wunde war zwar nur klein, aber Tiaan sackte auf ihrem Hocker zusammen und fühlte sich matt. Liett zerschnitt die Gewebeprobe in winzige Stücke und rührte sie in ein Gefäß mit gelblicher, trüber Flüssigkeit. Luftblasen stiegen auf. An diesem Gefäß verbrachte der Lyrinx den Rest des Arbeitstages mit größter Konzentration, während Tiaan immer wieder geringe Mengen Energie aus dem Feld zog, um die Aura in den Metallkäfigen aufrechtzuerhalten. Mehrmals goss Liett von der trüben Nährlösung nach.

Einen Tag später bildete sich am Boden des Gefäßes ein Stück Materie heraus. Am dritten Tag formten sich aus der keimenden Struktur zwei Gliedmaßen heraus, dann vier, dann viele, ehe sich die Struktur wieder auf vier Gliedmaßen reduzierte. Die Gestalt schien keine endgültige Form zu bekommen. Oder veränderte Liett das Gebilde durch die Kunst der Gestaltverformung? Tiaan vermutete, dass Liett noch andere Gewebeproben in die Flüssigkeit gegeben hatte, als niemand da war. Einmal erhaschte Tiaan einen Blick auf eine kreisrunde Fleischwunde an der Achselhöhle von Liett. Hatte sie gar ihr eigenes Gewebe benutzt? Falls ja, so hatte sie diesen Schritt vor allen anderen geheim gehalten. Vielleicht war das verboten.

Nach einer Woche begann die Kreatur schneller zu wachsen; die Gliedmaßen sprossen wie junge Triebe, bis das Wesen einem vierarmigen Seestern ähnelte, wobei jeder dieser Arme in einem Dutzend kleinerer Arme mündete, die wie fingerartige Tentakel aussahen.

Nach vierzehn Tagen, als der Leib der Kreatur so groß wie ein Ei war und die Gliedmaßen auf die sechsfache Länge angewachsen waren, bildete sich im ganzen Bewegungsmuster so etwas wie Koordination heraus, vielleicht sogar Intelligenz. Alle Lyrinx kamen, um einen Blick auf das Geschöpf zu werfen, und drängten sich in kleinen Gruppen um den Labortisch. Es waren Hunderte. Tiaan wurde von einer düsteren Vorahnung befallen. Die Flucht würde ihr wohl nie gelingen.

Tiaan rieb sich den Arm. Die Wunde verheilte nur langsam, und die kreisrunde Stelle tat immer noch weh. Sie war angewidert und entsetzt, und doch musste sie wie unter einem Zwang zu dem Gefäß gehen, da Lietts Arbeit eine unheimliche Faszination auf Tiaan ausübte. Die erschaffene Kreatur war einzigartig und bizarr. Und jede Extremität hatte eine ganz individuelle Form: Einige sahen aus wie Finger, andere ähnelten Krallen, Federbüschen oder Fäden, die so fein wie Seide waren. Einigen dieser Gliedmaßen konnte sie eine Funktion zuweisen, anderen nicht. Was mochte Liett mit dem Wesen bezwecken?

Allmählich bildeten sich auf dem Leib des Geschöpfs Platten heraus. Sie wurden dicker, bis die Arme sich nicht mehr bewegen konnten. Nachdem das Wesen einen ganzen Tag lang reglos auf dem Boden des Gefäßes gelegen hatte, nahm Liett es heraus und tötete es mit einem gezielten Stich ihres sorgfältig gereinigten Messers. Kaum hatte sie den tödlichen Stoß getan, da spürte Tiaan einen reißenden Schmerz im Kopf. Doch der Schmerz ließ nach einer Weile nach, und übrig blieb so etwas wie Mitgefühl für das tote Geschöpf.

Liett sezierte den Leichnam, machte Notizen und reduzierte das Wesen zu einem Klumpen für ihr nächstes Experiment. Die nächsten drei Versuche erwiesen sich jedoch als Rückschläge; die Geschöpfe lebten nur ein paar Tage.

Ryll war ebenfalls damit beschäftigt, Körper zu formen. Seine Geschöpfe sahen alle gleich aus: Ein langgezogener Körper, schwer gepanzert, mit Stacheln am Unterleib; dazu lange, gepanzerte Beine, ein mit Stacheln versehener Schwanz sowie ein stacheliger, mit Schildplatt bewehrter Schädel mit großem Maul. Aber auch seine Experimente verliefen nicht zufriedenstellend. Tiaan beobachtete des Öfteren, dass Rylls Hautpartien von Farbmustern überzogen waren, die zweifellos auf Stress hindeuteten: zickzackförmige Bänder aus Schwarz und Rot.

Tiaan vermochte nicht zu ermessen, warum diese Geschöpfe so wichtig für ihn waren, und Ryll wollte sich nicht weiter dazu äußern. Immer wieder erschuf er seine Kreaturen und benutzte dabei Gewebeproben unbekannter Herkunft. Jedes Mal wenn die Wesen die Größe einer wohlgenährten Maus erreicht hatten, brach Ryll unter der Anstrengung zusammen. Seine Geschöpfe wuchsen noch ein oder zwei Tage weiter, ehe sie in sich zusammensackten. Übrig blieb eine unkoordiniert zuckende, undefinierbare Masse. Ryll stöhnte in solchen Augenblicken und schlug mit dem empfindlichen Kamm gegen die Wand. Dann kam es zu weiteren lautstarken Beratungen mit Coeland und anderen Lyrinx, bei denen sie sich bisweilen heftig anfuhren und den Großteil ihrer Kommunikation über ihre Hautfarben regelten. Schließlich ging man auseinander, und Ryll machte sich später wieder an die Arbeit, wenn er sich von den Strapazen erholt hatte.

»Ich frage mich…«, sagte Ryll eines Abends, ungefähr einen Monat nachdem Liett die Gewebeprobe von Tiaan genommen hatte.

Tiaan schaute von dem Kristall auf. Die Arbeit rief Übelkeit in ihr hervor, und inzwischen wollte sie sich nur noch in ihrem Bett verkriechen und die Welt ausblenden. Es war noch heißer als sonst im Labor; sie konnte sich nicht daran gewöhnen. Die meiste Zeit ihres Lebens hatte sie in kalter Umgebung verbracht. Jetzt sehnte sie sich geradezu nach der Kälte. Sie schlief bei offenem Fenster, ganz gleich, wie das Wetter war. Wenn sie nicht schlafen konnte, stand sie am Fenster, blickte hinaus auf den See, sah die schneebedeckten Baumwipfel in der Ferne und fragte sich, ob sie je den Wald erreichen würde. Während der zweieinhalb Monate, die sie bereits in Kalissin zugebracht hatte, war keinen Augenblick an Flucht zu denken gewesen. Ihr war verboten, ohne Begleitung irgendwo hinzugehen, und jede Nacht wurde sie eingeschlossen.

»Was ist?«, hakte sie eher lustlos nach.

Ryll starrte auf das vielarmige Wesen, das in Lietts Gefäß heranreifte. Es war noch winzig – nicht größer als ein Daumennagel.

Er warf einen Blick über die Schulter. Eine verstohlene Geste. Seine Haut färbte sich und nahm Grau- und Brauntöne an – eine Tarnung, die vor dem Hintergrund der Wände hier so perfekt war, dass Tiaan ihn nur sehen konnte, wenn er sich bewegte. Was hatte er im Sinn?

Liett war vor einiger Zeit in ihre Kammer gegangen und wollte erst gegen Morgen zurückkehren. Sie fing immer früh an; Ryll hingegen arbeitete gewöhnlich bis spät in die Nacht, sodass keiner von beiden die Anwesenheit des anderen zu lange zu ertragen brauchte.

Mit wenigen Schritten war Ryll an der Tür und verschloss sie. Dann nahm er Lietts Gefäß und brachte es zu seinem Arbeitstisch. Er verabreichte seinem Geschöpf, das ebenfalls nicht größer als Tiaans Daumen war, eine Pille, die das Wesen bewusstlos machte. Rasch holte Ryll es aus dem Käfig, machte einen sauberen Schnitt vom Kopf bis zum Schwanz, klemmte die wichtigsten Blutgefäße ab, holte dann Lietts winziges Wesen aus dem Behältnis, blies es trocken und steckte es schließlich in den aufgetrennten Leib seiner

Kreatur. Der winzige Leib saß nun unterhalb des Schädels, und die kleinen Tentakel liefen über den Rücken.

Geschickt verband er wieder die Blutgefäße, vernähte die Wunde und rieb sie mit einer gallertartigen Masse ein. Dann warf er die kleine Nadel auf die Werkbank, hielt seine gepanzerte Kreatur in einer Hand und begann mit der Kunst der Körperverformung. Tiaan spürte das bekannte Prickeln am Kopf.

Nach etwa einer Stunde zuckte das Wesen schwach mit einem Bein. Ein Faden rötlicher Flüssigkeit trat unter der gallertartigen Masse hervor, die eine glatte Haut gebildet hatte. Das Geschöpf zuckte noch einmal und regte sich nicht mehr.

Tiaan schlich leise durch den Raum und stellte sich neben Ryll, der an diesem Tag müde wirkte. »Geht es dir gut?«, fragte sie.

»Die Hitze hier unten ist uns nicht zuträglich. Wir sind Geschöpfe der kalten Leere.«

Ihr war aufgefallen, wie langsam er sich in den unteren Regionen des Berggipfels bewegte. »Liett scheint das nichts auszumachen.«

»Liett hat ja auch keine gepanzerten Hautpartien.« Er wandte sich wieder dem Käfig zu.

»Ist das Geschöpf tot?«, flüsterte sie.

»Noch nicht!« Ein Muskel zuckte am Nacken des Wesens. »Aber es steht unter Schock. Ich hätte es lassen sollen. Es war noch zu klein.«

»Könntest du nicht in einem viel früheren Stadium beginnen, wie ihr es bei euren ungeborenen Kindern in der Leere getan habt?«

»Dafür wissen wir zu wenig über andere Tiere.«

Sie beobachteten das Geschöpf über mehrere Stunden. Es regte sich nicht, schien auch nicht zu atmen, aber Ryll meinte, es sei noch am Leben. Schließlich, als der Morgen bereits graute und das Wesen genauso leblos wie zuvor dalag, stand Ryll auf.

»Ich muss mich hinlegen, und wenn es nur eine Stunde ist.«

»Ich auch. Liett wird mich schon in zwei Stunden von meinem Lager zerren.«

In ihren leichten Schlaf drängten sich Bilder von Gestaltverformungen. Als sie erwachte, fühlte sie sich heiß, litt unter der Enge in ihrer Kammer und machte sich mit Schrecken bewusst, dass ein Stück Fleisch von ihr zu Lietts Geschöpf gehört hatte. Sie stand an der kleinen Fensteröffnung und atmete hungrig die kalte Luft ein, als sie das schabende Geräusch des Riegels hörte.

Liett stieß die Tür auf. »Kommt, ich hatte eine gute Idee. Wir müssen schnell an die Arbeit. Ihr werdet für mich Energie beziehen. Es kann nichts schiefgehen.«

Müde stieg Tiaan die Leitern in die Tiefe und fragte sich, was wohl geschehen würde, wenn Liett dahinterkäme, was Ryll gemacht hatte.

»Was ist heute los mit Euch?«, fuhr Liett sie an. Tiaan war auf halber Leiter die Kraft ausgegangen, und nun hing sie wie eine tote Spinne auf den Sprossen.

»Ich habe die halbe Nacht noch mit Ryll gearbeitet.«

»Reine Zeitverschwendung!« Liett versetzte ihr einen leichten Stoß, der dennoch so fest war, dass Tiaan gegen die Wand prallte.

Unten quetschte Liett sich durch die Öffnung zu den Laboren, und Tiaan folgte ihr. Überraschenderweise stand Ryll schon wieder an seinem Arbeitsplatz; ratlos starrte er auf seine Kreatur. Liett bedachte ihn mit einem finsteren Blick und begab sich zu ihrer Bank. Tiaan verspürte wieder erste Anzeichen ihres Prickelns. Rylls Körper wies überhaupt keine Farbe mehr auf: keine Muster, nur noch ein tristes Grau. Nur unter Aufbietung all seiner geheimen Fähigkeiten war es ihm offenbar gelungen, das kleine Geschöpf am Leben zu erhalten.

»Wo ist mein Snizlet?« Liett hielt ihr Gefäß gegen das matte Licht. Ryll war viel zu beschäftigt, um auf ihre Frage einzugehen. »Was hast du damit gemacht?«, schrie sie.

Er schaute nicht einmal auf. Daraufhin stürmte der weibliche Lyrinx durch das Labor, packte Tiaan bei den Schultern und schüttelte sie kräftig. »Was hat er mit meinem Snizlet gemacht?«

Tiaans Kopf wurde so heftig durchgerüttelt, dass sie gar nicht antworten konnte. Sie zeigte nur hilflos auf Rylls gepanzertes Geschöpf.

Liett ließ Tiaan einfach los und stürzte sich auf Ryll. Ihre Klauen trafen ihn an der Seite, genau zwischen seinen Hautplatten. Wütend setzte er den Käfig ab, wirbelte herum und schlug nach seiner Widersacherin.

Doch Liett duckte sich noch rechtzeitig. Sie war mutig, aber mit ihrer weichen Haut war sie beinahe so verwundbar wie ein Mensch. Sie schlug nach ihm und brachte ihm eine blutende Wunde an einem der Brauenhöcker bei. Er ging in eine lauernde Haltung, bereit zum Sprung.

Tiaan hielt sich die Augen zu.

»Aufhören!«, donnerte eine Stimme an der Tür.

Die beiden blieben wie erstarrt stehen. Coeland zwängte sich durch die Öffnung und richtete sich auf. Hinter ihr drängten noch weitere Lyrinx in das Labor.

»Also, was ist hier los?«, verlangte sie mit drohender Stimme zu erfahren.

»Er hat mir mein Snizlet gestohlen!«, antwortete Liett. »Er hat es genommen, ohne mich zu fragen, und hat es sicherlich in sein Rrhyzzik dort gesteckt. Und jetzt ist es tot!«

»Ist das wahr?«, fragte Coeland kalt.

»Es stimmt, dass ich es genommen habe«, bekannte Ryll, »aber es ist noch nicht tot.«

»Ich verlange Genugtuung!«, rief Liett. »Gestern Abend erst ist mir klar geworden, was ich falsch gemacht habe. Jetzt muss ich wieder von vorne anfangen.«

»Was hast du dazu zu sagen, Ryll?«, wollte Coeland wissen.

»Die Antwort auf all unsere Fragen liegt sowohl in ihrer als auch in meiner Arbeit«, antwortete er. »Rrhyzzik ist bestens ausgestattet für« – er warf einen Blick auf Tiaan – »die Aufgabe. Es ist ein dummes Geschöpf und widerspenstig. Ihr Snizlet besitzt ein brillantes Gespür und kann sich besser den Gegebenheiten anpassen, ist aber zu schwach, um draußen zu überleben. Aber wenn man die beiden verbindet, ihren in meinen legt ...«

»Niemals!«, rief Liett dazwischen. »Sein Rrhyzzik ist genauso eine Monstrosität wie er selbst. Das wird nie gehen ...«

Etwas regte sich in dem Käfig. Die Kreatur kam auf die Beine und taumelte wie ein neugeborenes Kalb. Mit der langgezogenen Schnauze schnupperte es in der Luft. Es machte einen zögerlichen Schritt nach vorne, fiel hin, rappelte sich wieder hoch und machte noch ein, zwei Schritte auf wackeligen Beinen. Und bei jedem Schritt trat es kräftiger auf.

Die Lyrinx scharten sich um dieses Wesen, sogar Liett. Nach kurzer Zeit wurde es sogar übermütig. Es vollführte eine Art Luftsprung, streckte vier Beine gleichzeitig von sich, machte einen Purzelbaum und landete andersherum auf dem Boden. Dann drängte es sich an die Käfigstreben und starrte die Lyrinx an. Die Augen verrieten unzweifelhaft, dass dieses Wesen über ein gewisses Maß an Intelligenz verfügte.

Ryll stieß einen ohrenbetäubenden Jubelschrei aus. »Wir haben es geschafft!«, rief er, hob Liett in seiner überschwänglichen Freude hoch und drehte sich mit ihr im Kreis. Ihre Schläge auf seine Brust waren nur noch halbherzig. Auch sie lachte nun befreit. Er stellte sie wieder auf ihre Füße und gab ihr einen Kuss auf ihren Nasenrücken. »Liett, dein Snizlet ist die *genialste* Arbeit, die ich je gesehen habe. Gemeinsam haben wir es geschafft!«

Sie rieb sich übertrieben die Nase. Er streckte den Arm nach ihr aus. Nach reiflicher Überlegung ergriff sie seinen Arm, ihre Hand schloss sich um seinen Oberarmmuskel, seine Hand um ihren.

Coeland grinste zufrieden über beide Ohren, umfasste die Arme beider in derselben Weise und wandte sich zum Gehen. »Geht wieder an die Arbeit! Lass es wachsen, Ryll, und du sollst haben, was dein Herz begehrt.« Sie nickte Liett zu. »Vielleicht auch du, Tochter, falls du dich schon entschieden hast, was du eigentlich willst. Das ist erst der Anfang.«

KAPITEL VIERUNDVIERZIG

Ryll und Liett hatten zwar ein Problem gelöst, aber nicht das andere. Denn nur unter größten Anstrengungen wuchs das Geschöpf zur Größe einer Ratte heran. Danach stoppte das Wachstum.

Tiaan war erleichtert. Der Anblick dieser neuen Kreatur behagte ihr gar nicht, ganz zu schweigen von der Art der Nahrungsaufnahme. Es war abscheulich. Einmal warf Ryll eine lebendige Ratte in den Käfig, die nach wenigen Sekunden der Starre versuchte wegzulaufen. Die gestaltverformte Kreatur war mit einem Satz bei der Ratte und riss ihr buchstäblich den Kopf ab. Was für ein Geschöpf würde entstehen, wenn es Ryll gelänge, es noch größer werden zu lassen? Was war überhaupt die normale Größe eines solchen Wesens?

In den folgenden Wochen kam es noch zu weiteren Krisen. Eines Tages drehte sich das Geschöpf im Kreis, schnappte nach seinem eigenen Schwanz und verbog sich derart seltsam, als versuchte es, sich selbst zu verknoten.

»Snizlet und Rrhyzzik lehnen einander ab«, sagte Ryll.

»Daran wird es noch wahnsinnig«, meinte Liett kritisch, die so dicht neben ihm stand, dass ihre Schultern sich berührten. Seine breite Hand ruhte auf der Rundung ihres Hinterteils. Ihre Beziehung zueinander hatte sich geändert.

Am folgenden Morgen lag das Tier keuchend auf der Seite. Wundschorf hatte sich entlang der Nahtstelle gebildet; rote Striemen zogen sich von dort aus über den Körper.

Tiaan konnte den Schmerz der Kreatur spüren, als litte sie selbst Schmerzen. »Erlöst es doch von seinen Qualen«, bat sie. »Kein Lebewesen sollte so leiden.«

»Es läuft nicht gerade gut, Ryll.« Liett schlang ihren Arm um seine Hüfte. »Was, wenn wir es töten und es mit einem neuen Geschöpf versuchen?«

»Die beiden haben sich noch nicht akzeptiert, sind nicht integriert.« Ryll ließ seine Hand weiter nach unten wandern, und Tiaan wusste nicht, ob sie nun davon fasziniert oder angewidert sein sollte. »Ich denke, es will in die eine oder die andere Richtung.« Er trat an den Käfig. »Tiaan, gib mir so viel Energie, wie du kannst. Ich werde die Integration erzwingen.«

»Das gefällt mir nicht.« Liett legte eine weiche Hand auf seinen Arm. »Du riskierst, dem Wesen Wahnsinn einzubrennen. Wir sollten besser von vorn anfangen, anstatt eine Kreatur zu erschaffen, die wir nicht kontrollieren können.«

Er sah ihr tief in die Augen. »Lass es uns zuerst versuchen, einverstanden? Wenn wir keinen Erfolg haben, töten wir es und fangen noch einmal von vorne an.« Er legte seine Hände an den Käfig, aber das Feld zeigte sich nicht. »Tiaan?«

Sie starrte noch auf das erbärmliche Geschöpf. »Das ist nicht richtig. Lasst das arme Wesen sterben!«

»Lass die Aura entstehen!«, fuhr er sie an.

»Ich werde euch nicht mehr helfen.«

Zornentbrannt sprang Ryll durch den Raum und entriss Tiaan den Amplimet. Dabei verletzte er mit einer Kralle die Haut ihrer Handinnenfläche. Tiaan fühlte einen stechenden Schmerz, als der Amplimet ihre Hand verließ und so das unsichtbare Band zwischen ihr und dem Kristall auseinanderriss. Sie geriet ins Taumeln.

»Nein«, wisperte sie, »so weit hätte es nicht kommen dürfen.« Sie starrte auf die hellroten Blutstropfen, die aus der Wunde quollen.

Diesmal wurde Tiaan in eine große, runde Kammer am Fuße der Bergspitze gesperrt. Dort gab es kein Fenster, die Luft war furchtbar heiß und stickig. Der Raum war leer und hatte unter der Decke eine Halterung. Dort hängte Ryll den Amplimet auf und verriegelte die Tür.

Tiaan setzte sich auf den blanken Boden, der so unangenehm warm war, dass sie gleich wieder aufstand. Ihr Blick wurde sofort zu dem Amplimet gezogen, der vier Spannen – und damit unerreichbar hoch – über ihr hing. Die Nachwehen schlugen ihr wie eine heiße Woge ins Gesicht. Ein Schrei der Verzweiflung und des Verlangens entrang sich ihrer Kehle.

Sechsundzwanzig Stunden verbrachte sie in diesem Verlies und schritt wie ein eingepferchtes Tier auf und ab. Nirgends konnte sie sitzen, nirgends liegen. Blieb sie zu lange auf einer Stelle stehen, wurden die Füße zu heiß. Sie schlief nicht; konnte es nicht. Der Schweiß brach ihr aus den Poren, und der Kristall strahlte ein hartes, grelles Licht aus, das sie selbst am Hinterkopf wahrnehmen konnte.

Mehrmals driftete sie stehend in Schlaf, aber der Schmerz hörte nie auf. Die Qualen würden sich ständig verschlimmern, und am Ende würde sie nachgeben müssen ... wie immer.

Am Morgen des zweiten Tages war ihr Wille gebrochen. Mit dem Fuß trat sie gegen die Tür und sagte dem Lyrinx, der ihr öffnete: »Ich werde es tun. Bringt mich zu Ryll.«

Die Kreatur lag immer noch keuchend auf dem Boden des Käfigs. Sie sah dünner aus, und auch Ryll, der die ganze Zeit gearbeitet hatte, um das Wesen am Leben zu erhalten, schien abgenommenen zu haben. Liett war nirgends zu sehen; sie war zu einem anderen Projekt gerufen worden. Ryll schaute sich oft um, als wollte er sich mit einer Frage an seine Gefährtin wenden.

Tiaan kletterte auf ihren Hocker und tastete nach der Energiequelle, die sie bereits zuvor angezapft hatte: die Kraftlinien, die sich durch die großen Magneten der Bergspitze von Kalissin zogen.

In den zurückliegenden Wochen war es ihr immer leichter gefallen, den Feldern Energie zu entnehmen. Aber dabei hatte es sich immer nur um eine winzige Menge gehandelt, und ihr war stets bewusst gewesen, dass sie im Prinzip einen Fingerhut an einem rauschenden Wasserfall füllte. Um sie herum war Energie in einer Größenordnung, die sie nicht handhaben konnte. Ein Fehler, und die Energie würde sie von innen ausbrennen ... anthrazieren.

»Beeil dich!«, befahl Ryll mit heiserer Stimme. »Es wird schwächer.« Er sah aus, als trocknete er von innen aus. Seine Haut war ganz schlaff geworden.

Vorsichtig und gut dosiert leitete sie die Energie in die Drähte aus Kometeneisen. Um den Käfig bildete sich eine Aura. Augenblicklich sah Ryll weniger ausgezehrt aus.

Sie arbeiteten den ganzen Abend. Tiaan verstand jedoch nicht, was Ryll machte. Gegen Mitternacht verschwanden die roten Linien der Entzündung; die wunden Stellen waren nicht mehr so stark geschwollen und heilten langsam. Gleichwohl arbeiteten sie weiter, und auch als die Morgendämmerung kam, gab es keine Unterbrechung. Erst als sie durch eins der Fenster die Sonne ein zweites Mal untergehen sahen, bedeutete Ryll Tiaan, dass sie eine Pause machen könnten. Das Geschöpf zuckte ein paar Mal und fiel in den Schlaf. Die Krise schien überwunden.

Aber Tiaan war nach zwei schlaflosen Nächten so erschöpft, dass sie nicht mal mehr aus eigener Kraft den Helm abnehmen konnte. Sie lag auf dem metallenen Boden und hatte das Gefühl, als hätte sie mit der umgeleiteten Energie Teile von sich selbst zerstört.

»Soll ich dich in dein Zimmer bringen?«, fragte Ryll und bückte sich.

Sie machte die Augen nicht mehr auf, bettete ihren Kopf auf ihre Arme und war sofort eingeschlafen.

Der Mond ging über einem sumpfigen Gelände auf. Das fahle Licht brach sich auf tausenden kleiner Gewässer, von denen manche nicht größer waren als ein Tischtuch. Binsen wiegten sich im leichten Wind zwischen den Wassern.

Tiaan saß auf einem mit Schilfrohr bedeckten Hügel, auf dem einzigen Aussichtspunkt in dieser tristen Umgebung. Der Boden unter ihr geriet in Bewegung, wie ein aufgeweichter Heuballen. In dem Moor gab es keinen Pfad, keine Fluchtmöglichkeit.

Aus den Augenwinkeln nahm sie eine Bewegung wahr, ein kurzes Aufblitzen ein Stück von ihr entfernt. Auf einem der Tümpel war der Widerschein des Mondes für einen Moment unterbrochen worden, als habe etwas die glatte Wasseroberfläche gestört. Unendlich lange starrte sie auf diese Stelle. Nichts geschah. Doch als Tiaan wieder den Blick über die nächtlichen Gewässer schweifen ließ, blitzte es links von der alten Stelle kurz auf, dann weiter rechts. Sie schaute sich um, sah indes nichts. Alles lag im Dunkeln.

Sowie sie den Blick wieder geradeaus richtete, bemerkte sie, dass auf allen Teichen und Tümpeln ein Blitzen lag. Die von Lichtreflexen durchbrochene Dunkelheit schien in Bewegung geraten zu sein. Was auch immer dort diese Veränderungen verursachte, es hielt direkt auf sie zu.

Der Mond stieg höher. Eine kühle Brise löste ein Zittern bei Tiaan aus. Sie erhob sich und blickte auf die Strömungslinien, die sich im Wasser formten. Auch den gluckernden Geräuschen entnahm sie, dass das Wasser in Bewegung war. Die Wellengeräusche wurden lauter und wuchsen sich zu einem lauten Schlagen aus, wie die vom Wind angetriebenen Schaufelräder in den Fischteichen an der Küste vor Tiksi.

Dann sah sie es – eine langgezogene Gestalt tauchte in einen der Teiche, keine fünfzig Schritte von ihrem Hügel entfernt. Mit seinen dicken Beinen, die es wie Paddel einsetzte, arbeitete sich das Wesen durch das Wasser und wühlte den Teich auf. Das Mondlicht fiel auf die durchsichtig schillernden Spitzen der Stacheln. Es ähnelte Rylls Geschöpf, aber inzwischen war es ein riesiges Ungeheuer geworden: mit langgezogenem Schädel, riesigem Maul und scharfen Zähnen, mit Stacheln bewehrten Flanken und einer stacheligen Keule am Schwanzende. Am schlimmsten war aber, dass in den gelben Augen der Kreatur eine heimtückische Intelligenz aufblitzte.

Dann sah sie, dass ein anderes Geschöpf Strömungslinien in einem nahe gelegenen Teich hinterließ. Sie waren überall und katapultierten sich über die Wasser, als wollte jeder der Erste an Tiaans Hügel sein.

Sie stand auf Zehenspitzen und spähte in die Dunkelheit. Inzwischen war die düstere Moorlandschaft hinter ihr von unendlich vielen phosphoreszierenden Spuren durchzogen. Der Mond brach sich auf blassen Augen und grauen Zähnen. Tiaan drehte sich unaufhörlich im Kreis. Sie waren überall; Tausende. Sie fasste sich an die Taille; kein Messer, überhaupt keine Waffe.

Die Kreatur, die sie zuerst gesehen hatte, war den anderen um Längen voraus. Es warf sich in den Teich unmittelbar neben Tiaans Hügel, sodass die Wellen über ihm zusammenschlugen. Schlamm und Röhricht wurden aufgewirbelt. Es war dreimal so groß wie sie.

Mit wild rudernden Schlägen näherte es sich dem Ufer des Teichs, schob seine flachen Füße auf die Böschung ihres Hügels. Klauen blitzten auf, verkrallten sich, und schon hatte es sich aus dem Wasser gezogen. Das mit Stacheln bewehrte Maul war weit aufgerissen. Das Untier sprang auf sie ...

Tiaan erwachte mit einem Schrei. Es war nur ein kristallbedingter Albtraum, mit dem sie nach der extrem langen Arbeit mit dem Amplimet zu rechnen hatte.

Als Tiaan aufstand, sah sie in einem Lichtstrahl, den der Mond durch das Fenster sandte, eine Bewegung. Es war Rylls Geschöpf im Käfig.

Komm näher.

Sie fuhr herum, glaubte sie doch, hinter ihr habe jemand geflüstert, obwohl der Laut keiner Lyrinxstimme glich. Aber in dem Raum war niemand. Tiaan näherte sich langsam dem Käfig. Das Geschöpf presste seine Schnauze durch die Gitterstäbe. Seine Augen hafteten auf ihr.

Näher, näher!

Tiaan starrte das kleine Tier, das dem Wesen aus ihrer Traumlandschaft ähnelte, entgeistert an. Es war natürlich viel kleiner und sah irgendwie ... Sie vermochte es nicht richtig in Worte zu fassen – aber es sah todbringend aus.

Hunger.

Da sie sich an das Schicksal erinnerte, das die Ratte ereilt hatte, nahm sie ein Stück getrocknetes Fleisch aus einem Korb und hielt es dem Wesen vorsichtig hin. Das Geschöpf beobachtete sie reglos. Sein Blick war gar nicht auf das Fleisch, sondern einzig und allein auf Tiaans Finger gerichtet.

Hunger!

Tiaan trat näher an den Käfig und ließ das Stück Fleisch so

weit herunter, dass es die Schnauze des Tiers berührte. Sie fühlte sich seltsam verzaubert von diesen Augen, von der unheimlichen Stimme.

Plötzlich sprang das Tier und prallte so heftig gegen die Gitterstäbe, dass der Käfig nach vorne rückte. Die Kiefer schnappten unmittelbar neben ihren Fingern zu. Erschrocken machte Tiaan einen Satz zurück und merkte erst jetzt, dass sie noch die Helmkonstruktion auf dem Kopf trug, die in diesem Augenblick verrutschte. Im selben Moment verstummte das Wispern in ihrem Kopf. Die Augen des Geschöpfs verloren ihre Zauberkraft. Die Kreatur, bösartig wie sie war, wirkte jetzt wieder nur wie ein wildes Tier.

Die Gitterstäbe waren verbogen. Tiaan stülpte einen schwereren Käfig über den ersten, beschwerte ihn mit einem Metallstück und verließ den Raum. Ein Wächter geleitete sie zu ihrem Zimmer, wo sie die Tür hinter sich abschloss. Dreimal fuhr sie in dieser Nacht schweißgebadet aus dem Schlaf hoch, rannte zur Tür und vergewisserte sich, ob sie auch wirklich verschlossen war.

Tiaan berichtete Ryll am nächsten Tag von dem Vorfall, verschwieg indes, dass das Wesen mit ihr über den Helm kommuniziert und einen geheimen Zwang auf sie ausgeübt hatte. Sie wollte nicht, dass er davon erfuhr – denn womöglich wäre er dann noch begeisterter von seiner bösen Kreatur.

Als sie am folgenden Morgen aufwachte, war ihr Hals so wund, dass sie gar nichts essen konnte; und ihre Nase lief. Sie musste das Bett hüten, an Arbeit war nicht zu denken.

Drei Tage später, als sie wieder ins Labor kam, sah sie, dass Rylls Geschöpf in der kurzen Zeit enorm gewachsen war. Der Körper war nun so groß wie der einer kleinen Hauskatze, aber länger und dünner; durch die beweglichen Panzerplatten wuchsen spitze Stacheln. Inzwischen musste das Wesen in einem speziell gesicherten Käfig gehalten werden, damit es nicht ausbrach.

»Es entwickelt sich prächtig«, freute Ryll sich, während Tiaan ihren Platz auf dem Hocker einnahm. »Sieh nur.«

Sie reagierte nicht.

»Komm schon, Tiaan.« Er nahm ihre Hand und zog sie von dem

Hocker. Sie weigerte sich, aber Ryll ließ nicht von ihr ab und schleifte sie regelrecht zu seiner Werkbank.

Das Wesen ging in eine Lauerstellung und fixierte Tiaan mit seinem Blick. Dann begann es zu zischen. Die flach anliegenden Stacheln richteten sich auf, die Hautpartien am Hals bildeten einen fächerartigen Kranz.

Tiaan blieb wie angewurzelt stehen. Kein Zweifel, das Biest versuchte, wieder in ihren Geist zu dringen, und inzwischen hatte es an Kraft gewonnen. Hätte sie nun den Helm auf dem Kopf gehabt, hätte sie sich vielleicht nicht mehr widersetzen können. *Hunger!*, hallte es wie ein Wispern in ihrem Kopf nach.

Ryll zog sie am Ellbogen näher an den Käfig. Sie schluckte und ließ es zu. In Rylls Beisein konnte ihr nichts geschehen. Kaum dass Tiaan unmittelbar vor dem Käfig stand, sprang die Kreatur gegen die Gitterstäbe. Der Käfig, der keinen Boden hatte, schwankte und wäre womöglich umgestürzt, wenn Ryll nicht mit der Faust darauf geschlagen hätte. Das Wesen drehte sich und machte einen Satz, um sich durch den Spalt zwischen Gitterstäben und Boden zu zwängen. Aber da berührte die Seitenwand wieder den Boden, und das Wesen blieb gefangen.

Schnell zog es sich zurück, warf sich erst gegen die eine, dann gegen die andere Seite des Käfigs und stieß ohrenbetäubende Schreie der Wut und Verzweiflung aus. Es attackierte die Gitterstäbe mit den Zähnen, zerbrach sogar welche, ging dann mit einem Mal in die Hocke und stierte Tiaan aus großen Augen an. Dieser bedrohliche Blick verschlug ihr den Atem.

»Es ist ein wildes Ding!« Ryll kratzte sich gut gelaunt am Kinn.

Tiaan schreckte zurück, als das Wesen seine aufgerollte blaue Zunge durch die warzigen Lippen schob und plötzlich in ihre Richtung spuckte. Die Flüssigkeit traf Tiaan an der Stirn, der Augenbraue und dem linken Lid. Im selben Moment verspürte sie an diesen Stellen ein stechendes Brennen.

Sie schrie auf und versuchte, die klebrige Substanz abzuwischen. Ryll eilte durch den Raum und schüttete ihr einen halben Eimer Wasser ins Gesicht. Im nächsten Augenblick hatte er sie an den Knöcheln gepackt, riss sie mit dem Kopf nach unten in die Höhe, schöpfte den Rest Wasser aus dem Eimer und wusch das Gift ab.

Kurze Zeit später ließ das Brennen nach, aber dort, wo das Gift die Haut berührt hatte, bildeten sich Blasen. Die Haare an den Augenbrauen fielen aus. Da inzwischen ein Teil ihrer Kleidung hier im Labor untergebracht war, konnte sich Tiaan rasch umziehen. Dann wusch sie die verunreinigten Sachen und breitete sie zum Trocknen auf dem Boden aus. Dann machten sie sich wieder an die Arbeit.

»Ich habe Angst vor diesem Wesen«, bekannte sie am selben Abend. »Es hasst alles Lebendige.«

»Der Rrhyzzik und der Snizlet haben einander nicht ganz akzeptiert. Sie kämpfen gegeneinander, und daher verhält dieses Wesen sich so seltsam.«

Mehr als seltsam, dachte Tiaan. *Es ist ein böses Geschöpf, und ich habe auch noch bei der Erschaffung geholfen.* »Was, wenn du ... das nicht in den Griff bekommst? Was machst du, wenn es dich eines Tages anfällt?«

»Mich?« Er lachte. »Das kleine Ding? Dann töte ich es und fange noch einmal an. Nächstes Mal dürfte es leichter sein.«

Sie schwieg. Wenn sie doch von Anfang an Unwissenheit vorgetäuscht hätte, wäre es nie so weit gekommen.

Eine Stunde später brach das Geschöpf zusammen und begann unkontrolliert zu zucken. Aus den Zuckungen wurde ein epileptisches Schlagen mit den Gliedmaßen, das von Sekunde zu Sekunde schlimmer wurde.

»Was ist los?«, wisperte Tiaan. Der Anblick war beängstigend.

»Irgendetwas stimmt nicht mit seinem Gehirn«, antwortete Ryll. »Ich weiß nicht, ob ich das beheben kann.« Er wirkte unsicherer als sonst. »Ich verstehe einfach nicht, wo das Problem liegt.«

»Dann lass es sterben!« Sie hoffte, dass es bald ein Ende hätte mit diesem Wesen.

Rylls Gesicht und Halspartie wurden erst schwarz, dann grün und schließlich weiß. Deutete dieses Farbspiel nun auf Schmerz, Resignation oder auf Entschlossenheit hin? Selbst nach all dieser Zeit konnte sie seine Hautsprache selten richtig verstehen.

»Wir sind so nah dran«, flüsterte er. »Seit nunmehr siebzig Jahren arbeiten wir an diesem Projekt. Ich weiß, dass ich es schaffen kann! Ein weiterer Tag dürfte genügen.« Rote Muster zeigten sich auf seiner Stirn, als er offenbar eine Entscheidung getroffen hatte. »Lass noch einmal die Aura entstehen. Ich habe eine Idee.«

Sie machten sich erneut an die Arbeit. Mit Maßnahmen, die Tiaan nicht nachvollziehen konnte, nahm Ryll Veränderungen am Gehirn des Wesens vor, während sie unaufhörlich Energie in die Gitterstäbe des Käfigs leitete.

Nach einer Weile sah Ryll wieder abgezehrt und schlaff aus. »Ich brauche mehr, Tiaan«, teilte er ihr mit brüchiger Stimme mit.

»Dann kann ich aber nicht mehr für unsere Sicherheit garantieren«, gab sie zu bedenken.

»Riskiere es! Ich habe es fast geschafft. Ich kann jetzt nicht aufhören.« In seinen Augen lag ein rücksichtsloses Glimmen.

In ihrem Kopf begann sich Hitze auszubreiten, ein schlechtes Zeichen. »Ich habe Angst.«

»Ich beschütze dich! Mach es!«

Wie wollte er sie vor den Auswirkungen schützen, vor denen sie sich fürchtete? Dagegen gab es keinen Schutz. Sie setzte sich den Helm strammer auf den Kopf und richtete den Amplimet auf die Felder aus, die die Bergspitze von Kalissin in aufsteigenden Spiralen umgaben.

Sie stieß auf eine Grenze, die sie nicht zu überqueren wagte. Deutlich spürte sie die gewaltige Kraft der Energie: Unmengen lagerten dort, ein riesiges, weltumspannendes Feld verschmolz mit kleineren Feldern des Berggipfels. Wie sollte sie aus diesem explosiven Gemisch Energie beziehen, ohne ihr Leben zu riskieren?

Während sie überlegte, was sie tun könnte, stieß Ryll einen hellen Laut aus, stürzte schwer zu Boden und begann zu zucken. Unkontrolliert schlug er mit Armen und Beinen um sich. Hatte er es zu weit getrieben, oder hatte die Kreatur sich seines Geistes bemächtigt? Sollte sie nun aufhören oder weitermachen? Was, wenn sie die Energie gar nicht in den Käfig, sondern in das Wesen leitete? Ryll konnte gewiss mehr aushalten als die Kreatur. Aber wie stand es um sie?

Sie spürte eine kleinere Schleife im Feld auf, zapfte sie an und leitete einen Energiefluss in ihr Bewusstsein. Es war zu viel. In ihrem

Kopf begann es zu kochen; ihr wurde schwindelig. Sie musste sich mit beiden Händen abstützen.

Dann, ganz allmählich, löste sich ein Widerstand auf, wie ein großer Salzstein, der im strömenden Wasser zerfällt. Die Konturen wurden weicher und erhielten ein Loch in der Mitte, durch das die Strömung fließen konnte.

»Ja!«, brüllte Ryll, trat mit beiden Beinen aus und lag dann reglos am Boden.

Die Kreatur kreischte. Die schrillen Laute erinnerten Tiaan an eine Frau, die in der Gebäranstalt den Verstand verloren hatte. Das kleine Biest verkrampfte und versuchte, sich die Stacheln vom Schwanz zu reißen. Farben huschten über die schuppige Haut.

Tiaan riss sich den Helm vom Kopf. Der Energiefluss erlahmte. Auf wackligen Beinen ging sie zu Ryll und glaubte schon, ihn tot vorzufinden. Seltsamerweise ängstigte sie der Gedanke. Sie waren seit vielen Monaten zusammen, und trotz aller Differenzen mochte sie ihn.

Seine Lippen hatte eine ölige grüne Farbe angenommen, der Rest seiner Haut verblasste zu fadem Grau. Er atmete noch. Sie setzte sich neben ihn und überlegte, ob sie Hilfe holen sollte. Er schien nicht bewusstlos zu sein, sondern zu schlafen. Die Kreatur lag auf dem Rücken, hatte die Beine von sich gestreckt, atmete aber noch.

War das ihre Chance? Mit taumelnden Schritten schleppte sie sich zur Tür. Sie war verriegelt, und ihre Finger waren nicht kräftig genug, den Mechanismus der Lyrinx zu öffnen. Sie hämmerte gegen die Tür, aber das dicke Metall verschluckte die Laute.

Sie ging zurück zu der Werkbank. Ryll und die Kreatur lagen immer noch reglos da. Sie konnte nichts machen. Als sie die Kugel aus Drahtgeflecht nahm, merkte Tiaan, dass sie verbogen war. Rasch holte sie ihre Werkzeugtasche hervor und bearbeitete die Kugel. Die Zeit verging schnell. Es tat gut, endlich wieder mit den Händen zu arbeiten. Ihr war gar nicht bewusst geworden, wie sehr sie das vermisst hatte. Sowie die Kugel repariert war, legte Tiaan sich auf den Boden und schlief ein.

Es war früh am Morgen, als sie aufwachte. Sogleich sah sie nach Ryll. Er schlug die Augen auf und schenkte ihr ein schiefes Lächeln. »Du hast mir das Leben gerettet!« Seine Stimme war ein heiseres Flüstern.

»Ein Leben für ein Leben«, erwiderte sie mutig, obwohl sie sich alles andere als mutig vorkam. »Ich hoffe, das vergisst du nicht.«

»Nein, bestimmt nicht.«

Er warf einen Blick auf den Käfig. Das Lächeln der Lyrinx war immer verwirrend und oft trügerisch, aber diesmal zeigte Ryll mehr Zähne als sonst. »Ich glaube, wir haben es geschafft, Tiaan.«

Sie erwiderte darauf nichts.

»Der Snizlet und der Rrhyzzik sind miteinander verschmolzen.«

Ihre Handrücken begannen zu kribbeln. »Ich habe das nur getan, um dich und mich zu retten«, murmelte sie.

»Schau dir das kleine Tier an. Ich weiß zwar nicht, was du getan hast, aber es hat funktioniert. Jetzt wächst es vielleicht zu seiner vollen Größe heran.«

Sie betete, es möge anders kommen. Ryll stapfte zu dem Käfig, musste sich dann aber an der Werkbank abstützen. Das Geschöpf hockte auf den Hinterbeinen und klammerte sich an die Gitterstäbe. Es hatte den Kopf leicht schief gelegt, als hörte es genau zu. Es war größer geworden und schlanker.

»Ich werde es *Nylatl* nennen«, meinte Ryll. Er griff nach der Schale, in der er das Fleisch aufbewahrte, bohrte mit einer Kralle ein kleines Loch in ein Stück Fleisch, drückte ein Kügelchen von der Größe eines Weizenkorns hinein und warf das Fleischstück durch die Gitterstäbe.

Der Nylatl starrte auf den Bissen, drehte das Stück mehrmals mit der Pfote um und schnüffelte daran. Erst dann verschlang er das Fleisch.

»Was hast du gemacht?«, fragte Tiaan und hielt sich wohlweislich von dem Käfig fern.

Er hob eine Hand und beobachtete jede Bewegung des Nylatls. Nachdem er zwei Schritte gemacht hatte, sackten die Beine auf der linken Seite weg. Das Tier fiel hin; die Lider schlossen sich. Ryll steckte einen Metallstab durch das Gitter und stieß das Wesen an; es rührte sich nicht mehr.

Schnell hob er den Käfig hoch, stanzte sechs kleine Fleischstücke aus dem Rücken der Kreatur und tat sie in ein Gefäß mit trüber Flüssigkeit. Als er mit einem Finger Salbe aus einem Tiegel entnahm und auf den kleinen Wunden verteilen wollte, hielt er mit zittriger Hand inne. Mit beiden Händen stützte er sich auf der Tischplatte ab. »Ah, mir tut alles weh.«

Ein stechender Schmerz zuckte durch Tiaans Kopf. Für einen Moment verlor sie die Orientierung, und genau in diesen Sekunden, als ihr schwarz vor Augen wurde, konnte sie den Nylatl riechen – seinem Leib entströmte ein scharfer Geruch, der sie an leicht verdorbenes Fleisch erinnerte.

Schmerzen!

Als sie wieder klar sehen konnte, trat der Nylatl mit einem Bein um sich, machte einen Satz nach vorne und vergrub seine Klauen in Rylls Arm.

Hass!

Ehe er das Geschöpf packen konnte, katapultierte es sich in die Luft und landete auf seinem Kopf. Mit den Klauen der Hinterbeine krallte es sich in Rylls Nacken fest und suchte die verletzbare Haut zwischen den Hautplatten. Die Krallen der Vorderbeine hinterließen böse Furchen auf Rylls Stirn und schnellten zu seinen Augen.

Ryll hielt sich schützend einen Arm vors Gesicht. Mit der anderen Hand versuchte er, den Nylatl zu ergreifen. Einer der Giftstacheln drang in die Haut seiner Handinnenfläche. Ryll brüllte vor Schmerzen und riss die Hand fort. Gift troff vom Rücken der Kreatur. Wieder versuchte Ryll, das Wesen zu packen, aber diesmal biss der Nylatl ihm ein Stück Fleisch unterhalb des Daumens ab.

Hunger!

Tiaan stand mit offenem Mund da und sah hilflos zu. Ryll versuchte, die Kreatur mit einem Eisenstab zu treffen, doch der Nylatl wich aus, bohrte die Krallen der Vorderbeine in Rylls Stirnhöcker, die der Hinterbeine in seinen Nacken und legte sich mit seinem segmentierten Leib wie eine Kappe über den Schädel des Lyrinx. Gifttropfen schillerten auf den nach unten gerichteten Stacheln. Ryll hatte bereits einen leicht glasigen Blick und wirkte orientierungslos. Jeden Augenblick würde der Nylatl die Klauen in Rylls

Schädeldecke treiben und sein Gift injizieren. Dann wäre Ryll tot, und das Monster würde sich auf Tiaan stürzen.

Gehirn! Ahhh!

Vielleicht war es ein lähmendes Gift. Die Kreatur würde Rylls Schädeldecke aufreißen und sein Gehirn fressen, während er noch lebte. Hilflos musste Tiaan mit ansehen, wie der Nylatl fester zupackte.

KAPITEL FÜNFUNDVIERZIG

Tiaan eilte zu der verschlossenen Tür und schrie so laut um Hilfe, dass ihr der Hals wehtat. Mit beiden Fäusten schlug sie gegen das Metall. Es kam niemand. Kein Geräusch drang durch die dicke Schicht Eisen. Was sollte sie tun? Immer wieder hörte sie dieses unheimliche Wispern in ihrem Kopf.

Hunger! Hunger! Hunger!

Ryll war es inzwischen gelungen, das Biest an den Stellen am Rücken zu fassen zu bekommen, an denen keine spitzen Stacheln lauerten, aber er konnte den Arm nicht so weit nach hinten biegen, um den Nylatl vom Hinterkopf zu reißen. Er traute sich nicht, die andere Hand wegzuziehen, da die Kreatur nach wie vor nach seinen Augen schlug.

Der Nylatl machte einen Buckel wie eine Katze und bohrte erneut einen Stachel in Rylls Hand. Ryll hielt tapfer dagegen, aber Tiaan merkte, dass der Lyrinx allmählich schwächer wurde, weil das Gift immer stärker wirkte.

Aufgeregt lief Tiaan im Labor auf und ab und suchte verzweifelt nach irgendeiner Art von Waffe. Aber es gab nicht viel Brauchbares. Die Lyrinx benutzten nur wenig Werkzeug. Schließlich packte sie einen Käfig aus Glas und Drähten, stellte sich hinter Ryll und versuchte, den Nylatl von Rylls Kopf zu schlagen. Vielleicht hatte sie nie etwas Mutigeres getan, denn wenn sich das Biest auf sie stürzte, würde es ihr das Gesicht verunstalten.

Tiaan machte einen kühnen Satz nach vorn und schwang den Käfig bereits über dem Kopf. Im selben Moment riss der Nylatl den Kopf herum und zielte mit der hässlichen, blauen Zunge auf Tiaans Augen. Sie duckte sich, wobei der Käfig gegen Rylls Kopf schlug. Der Lyrinx gab ein Grunzen von sich; der Nylatl quiekte.

Ein Giftschwall landete auf ihrem Kopf und brannte sich durch ihr Haar. Sie rannte zu dem Wasserfass, tauchte den Kopf unter Wasser und rieb wie verrückt über ihren Haarschopf. Einzelne Strähnen schwammen auf der Oberfläche.

Gehirn!

Sie wirbelte herum. Das Wasser lief ihr übers Gesicht. Der Nylatl funkelte sie mit bösen Augen an. Er hob die Klauenpfoten und bohrte seine Krallen in Rylls Schädel.

Sie sah nur noch einen Ausweg – der sich aber möglicherweise als schlimmer erweisen würde als jede andere Alternative. Hastig setzte sie sich das Helmkonstrukt auf, langte nach der Kugel, richtete die Spitze des Amplimets so aus, dass sie auf Rylls Kopf zeigte, und tastete mit aller Macht nach Energie.

Augenblicklich schwoll das Wispern in ihrem Kopf zu einem wahnsinnigen Kreischen an.

Hunger! Gehirn!

Die Gedanken des Nylatls schwirrten in ihrem Kopf herum wie eine Fledermaus, getrieben von blindem Zorn. Die erzwungene Integration musste den Geist des Nylatls zerrüttet haben, aber dem Wahnsinn wohnte eine tödliche Gerissenheit inne. Der Nylatl beabsichtigte, einen Weg in Rylls Kopf zu finden, um sich des Körpers des Lyrinx zu bemächtigen, da Ryll zuvor von seinem Leib Besitz ergriffen hatte. Sein ganzes Sinnen und Trachten war auf Zerstörung und Inbesitznahme ausgerichtet, da nichts anderes mit dem Leib des Nylatls geschehen war. Es steckte voller Boshaftigkeit.

Die magnetischen Linien der Bergspitze drehten sich um Tiaan, aber selbst als sie Energie aus dem Feld bezog, ahnte sie, dass es nicht funktionieren konnte. Denn die Energie, die dazu benutzt worden war, den Nylatl zu erschaffen und gedeihen zu lassen, nährte jetzt nur die böse Kreatur. Tiaan brauchte etwas anderes, etwas *Stärkeres*: eine große Kraft, der das Geschöpf nichts entgegenzusetzen vermochte. Daher blieb Tiaan keine andere Wahl, als sich erneut in die nahezu unbekannten Gefilde der Geomantie vorzuwagen. Dieser Nylatl durfte nicht länger leben. Wenn dieses noch relativ kleine Wesen bereits einen Lyrinx überwältigen konnte, wozu wäre es dann in der Lage, wenn es ausgewachsen wäre?

Nun richtete sie all ihre Sinne auf jenen Hohlraum unterhalb der eisernen Bergspitze von Kalissin, von wo aus der Magmasee sich vor zehntausend Jahren zurückgezogen hatte. Unter dem Druck der Bergspitze hatten sich in der kuppelartig gewölbten Felsdecke konzentrisch angeordnete Risse gebildet, obwohl der Blasenschaum aus Eisen nach wie vor mit dem Felssockel verschmolzen war, der nach dem Kometeneinschlag im flüssigen Magmastrom verschoben worden war.

Diese Decke zum Einsturz zu bringen, lag nicht in ihrer Macht, auch nicht in der Macht irgendeines Mantikers. Vielleicht würde das Kuppeldach auch noch weitere hunderttausend Jahre halten, ehe die Schwerkraft an den Grundfesten riss. Aber Tiaan könnte für ihre Belange bereits genug Energie erhalten, wenn es ihr gelänge, nur ein Stückchen aus der gewölbten Felsendecke herauszusprengen. Womöglich setzte dieser Akt mehr Energie frei, als Tiaan überhaupt handhaben konnte ... und dann würde sie mit Sicherheit sterben. Sie zögerte, aber nur eine Sekunde lang. Wenn sie nämlich nichts unternähme, würden sie beide sterben.

Ryll stöhnte vor Schmerzen und riss Tiaan aus ihrer Konzentration. Er lag inzwischen auf dem Rücken und wehrte sich nur noch schwach mit Armen und Beinen. Sein Kopf war mit purpurfarbenem Blut verschmiert. Mit einem Arm tastete er noch nach dem Nylatl, hatte aber längst keine Kraft mehr.

»Hilfe!«, schrie sie, aber niemand hörte sie.

Klauen wie von Fledermäusen zerrten an ihrem Gehirn. Der Nylatl versuchte, sie aufzuhalten. Die Qualen waren unerträglich. Trotz ihres speziellen, dreidimensionalen Blickfelds konnte Tiaan durch die Schleier aus Schmerz kaum noch etwas erkennen und suchte verzweifelt nach der Kraftquelle unterhalb der Bergspitze.

Ihr Sichtfenster erhielt erste Risse. Winzige Löcher bildeten sich in allen Konturen, die sie in ihrem Geist entstehen ließ. Sie wurden größer, und durch jedes Loch sah sie in das starrende Auge des Nylatls. Also war es dem Wesen trotz all ihrer Bemühungen doch gelungen, in ihren Geist vorzudringen.

Ihr geomantischer Blick drang durch anderthalb Meilen soliden Gesteins, glitt suchend über die Fläche der Felskuppel und hielt Ausschau nach einem losen Stein, der schon durch die kleinste

Berührung herunterfallen würde. Sie versuchte es an einer Stelle, dann an einer anderen, aber die Fertigkeit, die ihr die Aachim auf die Schnelle beigebracht hatten, reichte nicht aus. Tiaan wurde von Panik erfasst. Sie hatte keine Ahnung, was sie tat. So konnte es einfach nicht gehen.

Ryll stieß einen unheimlichen, zitternden Schrei aus. Sie musste sich anstrengen. Dort – eine dünne Felssäule, die eine hexagonale Struktur besaß und am oberen Ende fast abbrach. Aber obwohl sie viel Energie aus dem Feld bezog, rührte sich die kleine Felszacke nicht. *Mehr!* Ihr Kopf schien wie ein Kessel zu kochen, als sie noch mehr Energie herauszog. Sie fühlte, wie die kleine Zacke weiter brach, aber sie fiel noch nicht herab.

Tiaan verlor auf einmal die Stelle aus den Augen, sah alles nur noch verschwommen. Bei dem wahnsinnigen Kreischen, das in ihrem Kopf wütete, und bei Rylls Schreien und wild zuckenden Bewegungen vermochte sie die geheime Quelle nicht mehr richtig zu visualisieren.

Sie riss die Augen auf. Rylls Hand glitt von dem Rücken des Nylatls und fiel zu Boden. Die Kreatur grub seine Klauen in Rylls Kopf. Ein Stachel hatte bereits die Kopfhaut durchdrungen und versuchte nun, durch die Schädeldecke zu stechen. Die Haut des Nylatls oszillierte in grellen roten, gelben und schwarzen Tönen, wie bei einer giftigen Raupe. Rylls Haut schillerte in allen Farbschattierungen – es war wie ein fiebriges, schnell aufblitzendes Feuerwerk.

Sie durfte keine Sekunde mehr warten. Sie fand die hexagonale Säule wieder und wusste mit einem Mal, wie sie diese Zacke benutzen konnte. Das Prinzip der Ähnlichkeit – eins der wichtigsten Prinzipien in der Zunft der Kunstwerker – war nun gefragt, denn der Stalaktit aus Stein besaß dieselbe Form wie der Amplimet. Energie schoss aus dem Feld in den Kristall, die Tiaan auf den Sprung in der Felszacke zurückschleuderte.

Die dünne Spitze brach. Einen Moment lang schwankte der Stalaktit noch, dann fiel er in die Tiefe. Tiaan bezog Energie aus der Fallgeschwindigkeit, zunächst nur ein wenig, doch dann immer mehr, während die kleine Zacke in Richtung Magmastrom fiel. Der Lichtpunkt in ihrem Amplimet wurde heller. Ein gebündelter

Strahl entwich dem Kristall. Sofort richtete Tiaan diesen Strahl auf den Nylatl, aber das Licht war noch nicht hell genug, um die Kreatur zu verletzen. *Noch nicht*. Der Nylatl bog den Rücken durch. Ryll zuckte nur noch schwach. Der Strahl glitt von der Kreatur ab.

»Nicht bewegen, Ryll!« Sie hoffte, dass sein Gehör noch funktionierte. Sie hatte das Gefühl, dass sich ihr Kopf von innen auflöste. Der Nylatl begann wie wild um sich zu schlagen.

Vor ihrem geistigen Auge sah Tiaan, wie der Stalaktit nach unten fiel, aber die Bewegung war verlangsamt. Unaufhörlich näherte sich die dünne Spitze dem glühenden Strudel aus Magma.

Ihr Kopf fühlte sich so heiß wie dieser Lavastrom an; weiß glühende Hitze zog sich über ihren Rücken; jede Nervenfaser in ihrem Körper vibrierte. Ihre Sinne verloren nach und nach ihre Wahrnehmungsfähigkeit. Tiaan konnte längst nicht mehr ihre Füße auf dem Boden spüren. Der beißende Geruch nach fauligem Fleisch, den der Nylatl verströmte, verschwand. Rylls Schmerzensschreie ebbten ab. Auch das Kreischen der Kreatur wurde schwächer.

Ihr Blickfeld war an den Rändern gestört; Tiaan glaubte, Nadeln in den Augen zu spüren. Dennoch klammerte sie sich an das, was ihr inneres Auge ihr zeigte, denn sie musste einen klaren Blick behalten, um noch zielen zu können. Das Letzte, was sie noch sah, ehe ihr Blickfeld sich vollkommen verdunkelte, war der Nylatl, der sich auf Rylls Kopf aufrichtete und zu einem Sprung ansetzte ... auf seinen wahren Gegner – Tiaan!

In diesem Moment fiel die schwarze Stange in das Magma und verlor ihre Energie in einer Explosion, die Tiaans Bewusstsein auslöschte. Daher sah sie nicht mehr das grell aufblitzende, purpurfarbene Licht, das fächerartig aus dem Amplimet hervorschoss. Im Unterbewusstsein aber verfolgte sie, wie die Kreatur durch das Kraftfeld sprang. Nur eine Ecke des Energiefächers erfasste den Nylatl, versengte die Enden seiner Stacheln und hinterließ Brandblasen auf seiner Haut. Die überhitzten Muskeln der Kreatur verkrampften sich, und der Nylatl wurde so hart gegen die Wand geschleudert, dass er bewusstlos am Boden liegen blieb.

Tiaan nahm auch nicht mehr bewusst wahr, wie der gebündelte Strahl die Wand, auf die er traf, so stark erhitzte, dass das Eisen schmolz und auf dem Boden eine glühende Lache bildete. Mit einer funkensprühenden Entladung brannte das Licht schließlich ein gezacktes Loch in die Außenwand.

Tiaan fühlte nichts mehr. Sie lag besinnungslos am Boden. Der Amplimet verlosch.

Draußen waren Schreie zu hören. Das Schloss wurde aufgebrochen, und Liett krabbelte durch den Eingang, dichtauf gefolgt von Coeland. Fassungslos starrten die Lyrinx auf das Ausmaß der Zerstörung. Eine feuerrote Lache flüssigen Eisens breitete sich auf dem Boden aus. Ascheflocken schwirrten durch die Luft, Schlackereste bedeckten Tische und Bänke. Im Raum war es entsetzlich heiß. Ryll krümmte sich unter Schmerzen am Boden und gab ein ersticktes Stöhnen von sich.

»Was ist passiert?«, rief Liett.

Ein Arm von Ryll zuckte. Liett bettete seinen übel zugerichteten Kopf auf ihr Knie und wischte ihm das Blut aus den Augen. Sie strich über seine graue Brust. Müde drehte er den Kopf und erblickte den Nylatl, der an einer Wand lag. Sein Körper war von schrecklichen Blasen verunstaltet. Rauch stieg von mehreren Stacheln auf. Seine Haut hatte ein schmieriges Gelb angenommen. Er lag wie tot am Boden.

»Er hat versucht, mich zu töten«, röchelte Ryll. »Tiaan hat mir zweimal das Leben gerettet. Ist sie ...?«

Coeland beugte sich über Tiaan. »Nein, sie lebt.«

Rylls Augen weiteten sich vor Schreck. »Der Nylatl hat sich bewegt. *Tötet ihn!*«

Doch da schoss das Geschöpf bereits an ihnen vorbei, sprang durch die Tür und war verschwunden.

»Schlagt Alarm!«, stieß Ryll atemlos hervor. »Findet ihn, vernichtet ihn!«

Coeland und Liett eilten dem Nylatl nach. Ryll rappelte sich unter Schmerzen hoch und warf einen Blick auf Tiaan, die reglos am Boden lag. Dann betrachtete er das Loch, das die Hitze in die Außenwand gebrannt hatte, hob erschöpft die Hand wie zum Dank und schleppte sich benommen aus dem Labor.

Die Tür fiel schwer zu.

Tiaan nahm wahr, wie ihre Sinne genau in der Reihenfolge zurückkehrten, in der sie verschwunden waren. Sie hatte den Geschmack von Blut auf der Zunge. Ihre Kopfhaut pulsierte. Sie roch Blut von Lyrinx und verwestes Fleisch. Aber da war noch etwas – frische Luft wehte ihr um die Nase. Kalte Luft!

Die Chance war gekommen – sie würde keine andere erhalten. Sie blieb reglos liegen, als der Lyrinx nach ihr sah, und bewegte sich auch dann nicht, als der Nylatl entwich und von Coeland und Liett verfolgt wurde. Erst nachdem auch Ryll gegangen war und die Tür hinter sich verriegelt hatte, stand sie mühsam auf.

Bei dem Duft der Freiheit kamen ihr die Tränen, vielleicht aber lag es auch an dem Qualm, dass ihre Augen tränten. Sie sah nichts mehr. Tiaan bekam Panik, und dann wurde es schlagartig hell im Raum, als hätte jemand eine Laterne angezündet. Ihre Sicht war wieder klar.

In der Außenwand klaffte ein Loch, das groß genug war, um hinauszuklettern. Sie steckte den Kopf durch die Öffnung. Das Metall war immer noch heiß, kühlte aber rasch ab. Die Bergspitze, hier und da mit Felsvorsprüngen versehen, war zwar steil, aber nicht so abschüssig, dass man nicht hinunterklettern könnte.

Sie musste das Risiko eingehen, auch auf die Gefahr hin, binnen Minuten eingefangen zu werden. Schnell stopfte sie ihre Instrumente in die Tasche und hängte sie sich über die Schulter; außerdem nahm sie noch einige ihrer Kleidungsstücke mit, die hier im Labor aufbewahrt waren. Eine Klinge lag auf der Werkbank: das Messer, das Ryll als Skalpell benutzt hatte. Auch das steckte sie ein. Der Amplimet lag auf dem Boden. Tiaan presste ihn an ihre Lippen, dankte dem Kristall für dieses Wunder und packte ihn in die Tasche. Schließlich fuhr sie mit einem Finger durch die Lache aus Rylls Blut und schrieb damit an die Wand: *Zwei Leben! Meine Schuld ist beglichen!*

Sie bezweifelte, dass diese Zeilen die Lyrinx davon abhalten würden, ihr nachzusetzen, aber Tiaan wollte die Dinge richtigstellen. Wenn man sie wieder einfing, würde sie bis zum Tod kämpfen. Das wäre immer noch besser als gezwungen zu werden, als Verräter für die Lyrinx zu arbeiten.

Mithilfe eines Hockers stieg sie aus der noch heißen Öffnung, kroch hinaus und begann nach unten zu klettern. Ihr war heiß und kalt zugleich, und sie zitterte: die unabwendbaren Folgen, wenn man das Talent in dieser Weise missbrauchte. Dennoch konnte sie noch gehen und klettern und sich im Ernstfall verteidigen.

Der Abstieg erwies sich als langwieriger und sehr viel steiler als vermutet. Die Kälte nahm zu. Nach den Wochen in dem unnatürlich warmen Gipfel von Kalissin war Tiaan die Winterkälte gar nicht mehr gewohnt. Doch selbst außerhalb von Kalissin war es um einiges wärmer als im übrigen Tarralladell. Auf der anderen Seite des Sees würde es bitterkalt sein. Sowie sie die Öffnung ein gutes Stück hinter sich gelassen hatte, zog sie sich ihre warme Kleidung an.

Sie hoffte, dass die Lyrinx den Nylatl noch nicht gefangen hatten. Mit etwas Glück würde es ein oder zwei Stunden dauern, ehe man ihr Fehlen bemerkte. Tiaan setzte nicht allzu große Hoffnungen auf ihre Flucht. Die Wahrscheinlichkeit, den Lyrinx zu entkommen, war gering.

Sie wollte gar nicht daran denken, was geschehen könnte, wenn der Nylatl entkäme. Nach wie vor sah sie vor ihrem inneren Auge den Blick dieses kleinen Monsters, als es im Begriff war, von Rylls Kopf auf sie zu springen. Wenn diese böse und gefährliche Kreatur die Bergspitze verließ, hätte sie keine Chance.

Jetzt war es nicht mehr weit bis zum Sockel. Von innen war sie gewiss nicht ohne Weiteres zu sehen, denn die Fensteröffnungen waren klein, und außerdem mied sie die Stellen, an denen sie von den Fenstern aus gut zu sehen war. Tiaan spähte blinzelnd über den See; das nebelverhangene Wasser verschwamm in der Ferne mit dem verschneiten Ufer. Der Landschaft fehlte jegliche Farbe. Vielleicht hatte der See einen Durchmesser von sechs Meilen, vielleicht waren es aber auch fünfzehn.

Als sie es endlich bis ganz nach unten geschafft hatte, war es bereits Mittag. Der Sockel der Bergspitze ragte aus einer Ansammlung eckiger Felsblöcke hervor, die in einem Waldgürtel aus hohen, breitblättrigen Bäumen lagen. Diese Gewächse schienen nicht recht in die Landschaft zu passen.

Der Boden war warm – Tiaan spürte dies durch die Sohlen ihrer Stiefel hindurch. Auch die Luft war nicht kalt, allerdings nur unmittelbar am Boden. Denn der Wind, der vom See über das Eiland strich, brachte feuchte, kühle Luft mit.

Sie bahnte sich ihren Weg durch schulterhohes Farnkraut. Weiche Moospolster gaben unter ihren Schritten nach. Dem ganzen Wald entströmte ein feuchtwarmer Geruch, den sie nicht kannte, obwohl sie ahnte, dass es in den warmen Wäldern weiter im Norden genau so roch. Bis zum Ufer war es nun nicht mehr weit. Als sie den See erreichte, drehte sie sich um.

Die schräg einfallenden Sonnenstrahlen, die sich durch die Wolken stahlen, ließen die Bergspitze von Kalissin in roten und braunen Tönen aufleuchten. Auf halber Höhe entdeckte sie die Öffnung, durch die sie entkommen war. Verfolger waren nirgends zu sehen. Vielleicht betrachtete Ryll, ehrenhaft wie er war, die Schuld als beglichen. Hatte er ihr etwa die Möglichkeit zur Flucht gegeben?

Sie wandte sich ab und schaute sich in Ufernähe nach einem Boot um. Tiaan war sich sicher, dass irgendwo Boote liegen mussten, bestand die Nahrung in Kalissin doch hauptsächlich aus frischem Fisch. Sie *musste* ein Boot finden; die Insel war zu klein, um sich dort lange versteckt zu halten. Sie eilte am Waldrand entlang und folgte dem Verlauf des Ufers. Selbst ein langer Stamm würde ihr zur Not schon reichen.

Die Sonne spendete ein unheimliches, rötliches Licht, das den See blutrot erscheinen ließ. So ungefähr musste die Sonne sich zeigen, wenn ihre Strahlen durch die Rauchschwaden einer brennenden Stadt fielen.

Die Waden taten ihr weh. Durch den langen Aufenthalt in Kalissin hatte sie längere Zeit nicht mehr weite Strecken zurückgelegt. Vermutlich benutzten die Lyrinx zum Fischfang Netze oder Angelruten. Vielleicht schöpften sie aber den Fisch mit einer Schwinge aus dem Wasser. Sie lächelte. Auf diese Weise würden sie die Geheime Kunst bestimmt nicht vergeuden.

Vom Ufer aus blickte sie nachdenklich auf die trübe Wasseroberfläche. Tiaan konnte zwar schwimmen, hatte es allerdings seit Kindheitstagen nicht mehr probiert. Sie steckte einen Finger in das Wasser. Es war kalt, aber nicht zu kalt. Sie schätzte, dass sie vielleicht eine Strecke von bis zu hundert Spannen würde zurücklegen können.

Als sie weiterging, stieß sie auf einen Pfad. Tiaan folgte ihm durch den Wald und spähte auf beiden Seiten in das dämmrige Unterholz. Kein Boot. Sie suchte einen Abhang am Waldrand ab, ehe sie wieder über einen anderen Pfad zum Ufer ging. Nirgends auch nur eine Spur von einem Boot. Was sollte sie nun machen?

Während Tiaan unten dem Verlauf des Ufers folgte, tauchte hoch oben an der Bergspitze von Kalissin an einem runden Fenster eine kleine, dunkle Gestalt auf und kroch in die Schatten eines Felsvorsprungs. Der Nylatl war durch den Hitzeschwall und den Aufprall an der Wand schwer verletzt worden. Muskelfasern waren gerissen, Körperplatten geborsten. Die Hautfarbe war fahl, und die Stacheln waren zu schwarzen Stümpfen verbrannt. Der Nylatl hinkte hinten links. Dennoch, die Kreatur verspürte das überstarke Verlangen, sich eine dunkle Spalte im Felsen zu suchen, um dort einen Monat zu überwintern, damit der Körper sich wieder regenerieren konnte.

Aber der Nylatl konnte sich nirgends verstecken. Selbst wenn er sich in den warmen Erdboden grub, würden seine Feinde ihn aufspüren. Außerdem brauchte er dringend Nahrung. Er musste das Geschöpf finden, das ihm so viel Schaden zugefügt hatte. Auch den Kristall. Er sog die Luft ein und nahm Witterung auf. Dann begann der Nylatl mit dem schmerzvollen Abstieg.

Hunger!

KAPITEL SECHSUNDVIERZIG

Tiaan machte sich über ein Stück getrockneten Fisch her, der noch vom Vortag übrig geblieben war. Andere Nahrung hatte sie nicht mehr. Die Stücke hatten einen salzigen, stark rauchigen Geschmack.

Ein Ruf schallte von den Bäumen weiter rechts zu ihr – sie hoffte, dass es nur ein Vogel war. Kleine Wellen schwappten ans Ufer; trübes, öliges Wasser. Es roch nach verfaulender Vegetation. Die Wolkendecke war dichter als zuvor, und nun schwebten Nebelschwaden über dem See.

Der starke Geruch war unangenehm. Tiaan packte den Fisch wieder ein, trank ein wenig aus dem See und ging weiter. Etwas später stieß sie auf den Fußabdruck eines Lyrinx im feuchten Sand. Wer es auch immer war, er war aus der Richtung des Waldes gekommen. Tiaan verfolgte die Spur bis zum Waldrand und entdeckte einen neuen Pfad.

Auf diesem Pfad blieb sie, als sie durch den Wald ging, der in üppigem Grün stand und so dichte Baumkronen besaß, dass man unten kaum etwas erkennen konnte. Nach einiger Zeit durchquerte sie eine Senke und fand schließlich oben an einer Böschung einen ausgetretenen Pfad, der zur Bergspitze führte. Von diesem Weg aus hatten die Lyrinx mehrere Pfade zum Ufer angelegt.

Auf jedem dieser Pfade suchte sie im Unterholz nach einem Boot, aber ohne Erfolg. Sie war gerade im Begriff, sich einen weiteren Weg vorzunehmen, als sie sich bewusst machte, dass sie die ganze Zeit an den falschen Stellen gesucht hatte. Die Lyrinx bewahrten das Boot oder die Boote gewiss dort auf, wo sich der Weg von der Bergspitze zum ersten Mal gabelte. Natürlich ließen sie ihre Boote nicht einfach irgendwo im Uferbereich, da ein Sturm sie beschädigen könnte.

Und tatsächlich: Die abgerundete Form zu ihrer Rechten war kein Felsblock – dort lag ein rundes Boot aus Leder, wenn man diese Konstruktion überhaupt als Boot bezeichnen konnte. Es sah aus wie eine Schale mit hohen Wänden, wobei das Leder stramm über ein Holzgerippe gespannt worden war. Im Innern lag etwas, das wie ein weicher Ledervorhang mit Zugbändern aussah. Den Boden des Boots bildeten kreuzweise verbundene Rohrstöcke.

Wie sich herausstellte, war die Konstruktion erstaunlich leicht. An einem Baum lehnte ein Paddel, daneben lag ein aufgerolltes Netz. Tiaan warf beides in das Boot und zog es hinter sich über den Pfad. Plötzlich blieb es an einer Wurzel hängen. Tiaan hatte nun Angst, ein Loch in das Boot zu reißen, wenn sie es weiter so transportieren würde. Daher nahm sie Paddel und Netz aus dem Boot, hob es über den Kopf und ging anschließend mit schwankenden Schritten zum Wasser.

Als sie endlich das Ufer erreichte, fühlte sie sich so erschöpft, dass sie keinen Fuß mehr vor den anderen setzen konnte. Sie stellte das Boot am Ufer ab, ließ ihr Gepäck fallen und ging schwer atmend in die Hocke. Weiter oben im Wald knackte ein Zweig. Tiaan hastete zurück, um das Paddel zu holen, ohne das ihr Boot nutzlos war.

»Snggrylkk!« Der Ruf kam aus dem Wald.

Ein ähnlicher Ruf kam als Antwort von weiter links. Die Lyrinx waren hinter ihr her! Tiaan packte Paddel und Netz und rannte um ihr Leben. Als sie den sandigen Uferabschnitt erreichte, sah sie einen Lyrinx, der weiter hinten direkt am Wasser entlanglief. Ein anderer kam mit dröhnenden Schritten über den Waldweg.

Ihr blieb keine Zeit, um nachzudenken oder sich zu verteidigen. Sie warf Paddel, Gepäck und Netz ins Boot und schob es vom Ufer aus ins Wasser. Es war so leicht, dass es über die Oberfläche glitt. In knietiefem Wasser versuchte sie hineinzuspringen, rutschte jedoch ab und katapultierte das Boot dadurch nur noch weiter hinaus. Wieder versuchte sie es, kam kopfüber ins Boot und stieß sich an dem Paddel. Das Boot legte sich gefährlich auf die Seite. Tiaan glaubte schon, es würde kentern, aber es richtete sich wieder auf und neigte sich dann auf die andere Seite.

Tiaan hatte noch nie in einem Boot gesessen und war alles andere als angetan von diesem wackeligen Kahn. Als sie aufstand, drohte er wieder zu kentern. Indem sie ihr Gewicht geistesgegenwärtig auf die andere Seite verlagerte, hielt sie das Boot einigermaßen gerade und wagte einen Blick zurück. Drei Lyrinx standen am Ufer.

Sie wirkten zögerlich, doch dann stießen zwei von ihnen den dritten nach vorn, einen großen weiblichen Lyrinx. Sie hatten Angst vor dem Wasser und waren schlechte Schwimmer, so hatte Ryll es ihr erzählt. Blieb nur zu hoffen, dass diese Verfolger nicht fliegen konnten. Tiaan testete die Wassertiefe mit dem Paddel. Ihr mochte es bis zur Brust gehen, den Lyrinx aber nur bis zur Taille. Es war nicht tief genug.

Als sie das Paddel in den See steckte und kräftig durchs Wasser zog, begann das Boot sich im Kreis zu drehen. Also versuchte sie es an der anderen Seite, aber da drehte das Boot sich nur in die andere Richtung. *Verfluchter Kahn!*

Der Lyrinx kam näher. Tiaan stocherte nach dem Grund des Sees und stieß sich fest mit dem Paddel ab. Die Kreatur wagte sich weiter ins Wasser und gab einen miauenden Laut von sich, als ihr das Wasser bis zur Hüfte ging. Ängstlich schaute sie sich nach ihren Gefährten um, die sie mit Rufen und Gesten anfeuerten. Jetzt erkannte Tiaan den Lyrinx. Es war Wyrkoe, die am ersten Tag in Kalissin zu Rylls Verteidigerin ernannt worden war.

Inzwischen war sie nur noch wenige Spannen vom Boot entfernt und hätte es mit einem Sprung erreichen können, wenn sie festen Boden unter den Füßen gehabt hätte. Allmählich fasste sie Mut. Ihre Brust weitete sich, der Kamm schwoll an und ihre Haut nahm ein schillerndes Rot an. Tiaan sah sie kommen und hielt das Paddel drohend hoch. Das Boot trieb leicht ab.

Der Lyrinx sprang, erreichte das Boot aber nicht und fiel ins Wasser. Mit einem schrecklichen Heulen kam sie wieder nach oben. Ihre Augen waren vor Schreck geweitet, ihr Maul stand offen.

Das Boot lag nun ruhiger im Wasser. Wyrkoe mochte nicht weiter als eine Paddellänge entfernt sein. Zwei Schritte nur, und sie könnte das Boot entzweireißen. Sie wischte sich das Wasser aus den Augen und holte tief Luft. Tiaan ließ das Paddel fallen, und als Wyrkoe wieder zum Sprung ansetzte, warf Tiaan das Netz über den Lyrinx.

Wyrkoe rutschte aus, ruderte mit den Armen durch die Luft und verfing sich in den Maschen. Abermals kam sie mit dem Kopf unter Wasser und brauchte länger, um wieder nach oben zu kommen. Sie bekam gerade den Kopf über Wasser, schlug verzweifelt nach dem Netz und glitt dadurch nur noch tiefer in den See.

Der Anblick war schrecklich – vor allem der Ausdruck des Entsetzens auf Wyrkoes Gesicht. Wenn Tiaan den Wurf hätte zurücknehmen können, hätte sie es getan. In dem Wissen, soeben jemanden getötet zu haben, der beinahe menschlich war, stakte sie mit dem Boot davon.

Die anderen Lyrinx wagten sich ins Wasser und wateten in Wyrkoes Richtung, dass das Wasser nur so spritzte. Tiaan gelang es, in tieferes Wasser zu kommen, wo eine Brise das leichte Boot erfasste und nach Süden trieb. Da sie für den Moment sicher war, beobachtete sie beklommen, wie die beiden Lyrinx die leblose Wyrkoe ans Ufer zogen, wo sie sie aus dem Netz befreiten. Wyrkoe regte sich nicht mehr. Offenbar war sie wirklich ertrunken. Tiaan wurde damit nicht fertig.

Zitternd harrte sie in der Brise aus, starrte auf die dunklen Gestalten am Ufer und ließ sich von dem Wind irgendwohin treiben.

Eine Stunde später hockte Tiaan immer noch in dem Boot, hatte sich jedoch das Ledersegel um die Schultern gelegt und die Zugbänder festgezogen. Ihr wurde zwar nicht warm, aber zumindest war sie etwas besser gegen den Wind geschützt. Immer wieder trieb das Boot durch Nebelbänke. Die Bergspitze von Kalissin war längst nicht mehr zu sehen. Das verschneite Ufer auf der anderen Seite des Sees war allerdings ebenso unsichtbar und unbekannt. Wenn sie Pech hatte, würde der Wind sie wieder zurück zur Insel treiben.

Gerade kaute sie auf einem Stück des getrockneten Fischs, als ein Schatten über die Wasseroberfläche huschte. Ein Lyrinx stürzte einem Adler gleich auf den See hinab, die Sonne im Rücken. Tiaan konnte nur die Umrisse ihres Verfolgers sehen, da das Licht zu grell war. In ihrer Angst verhedderte sie sich nach einer hektischen Handbewegung in den Zugbändern, konnte sie nicht mehr aufziehen und hatte daher nur noch wenig Bewegungsfreiheit. Der Lyrinx flog einen Bogen, glitt wie ein Seeadler über die Wasserfläche und fuhr die Krallen der Hinterbeine aus, um Tiaan aus dem Boot zu ziehen. Da sie den Knoten einfach nicht aufbekam, blieb Tiaan nichts anderes übrig, als tatenlos zuzuschauen.

Doch im letzten Augenblick warf sie sich mit ihrem ganzen Gewicht auf eine Seite. Das Boot schwankte, und sie spürte den Luftzug, als der Lyrinx an ihr vorbeirauschte. Dann aber schlug Tiaan auf dem Wasser auf, und das Boot legte sich auf die Seite, bis es schließlich ganz umkippte. Tiaan klammerte sich an den Rand des Boots, aber durch ihr Eigengewicht zog sich das Zugband ihres Lederkragens immer weiter zu; Wasser drang durch den Ausschnitt am Zugband.

Tiaan keuchte und bekam einen Schwall Wasser in den Mund. Sie versuchte, das Boot wieder umzudrehen, aber es gelang ihr nicht.

Obwohl Tiaan immer wieder an dem Boot riss, kam sie nicht weiter. Sie konnte es nicht mehr umdrehen, da sie nicht kräftig genug war. Wenn sie jetzt nicht erstickte, würde sie bald ertrinken.

Als ihre Lungen sich bereits schmerzhaft bemerkbar machten und das Wasser ihr schon durch die Nase in den Rachen lief, wurde Tiaan plötzlich mitsamt dem Boot hochgehoben. Der See glitt unter ihr vorbei; ihr Kopf litt wieder unter den wohlbekannten, unangenehmen Prickeln. Der Lyrinx wandte die Geheime Kunst an, um das Boot und Tiaan durch die Luft zu tragen.

Tiaan zappelte wild und warf sich mit aller Macht zurück, wie ein Fisch, der noch im letzten Moment versucht, vom Haken zu springen. Das Boot geriet ins Rutschen, und auch Tiaan kam frei. Der Kahn drehte sich in der Luft, klatschte hart auf dem Wasser auf – und Tiaan fiel in ihn hinein. Sie holte tief Luft, als das Boot sich wieder zur Seite neigte, aber diesmal setzte sie ihr ganzes Gewicht ein, damit es nicht wieder umkippte. Es richtete sich wieder auf, Tiaan konnte das Gleichgewicht halten und bekam endlich die Klinge in ihrer Tasche zu fassen. Mit einem schnellen Schnitt durchtrennte sie die hinderliche Kordel an ihrem Hals.

Tiaan klammert sich an den Bootsrand und richtete ihren Blick nach oben. Der Lyrinx schwang sich ganz in der Nähe schwerfällig durch die Lüfte. Offensichtlich besaß er nicht die Kraft von Besant. Er schlug wild mit den Flügeln, gewann an Höhe und machte sich für einen weiteren Versuch bereit. Auch diesen Lyrinx erkannte sie nun – es war der kleine Lyrinx, der während der ersten Tage vor ihrer Tür Wache gehalten hatte. Er hatte sie nicht unfreundlich behandelt. Aber an seinen Namen konnte sie sich nicht mehr erinnern.

Tiaan schob das Messer in den Gürtel, nahm das Paddel und bereitete sich darauf vor, den Gegner abzuwehren. Es dauerte eine Weile, ehe der Lyrinx die geeignete Flughöhe erreichte, um von dort oben mit eingezogenen Schwingen zu einem Steilflug anzusetzen. Der Lyrinx streckte sich und glitt mit einem Schrei über die Wasserfläche.

Tiaan hob das Paddel an und schwang es über ihrem Kopf, als der Gegner heranflog. Der Lyrinx bewegte die beiden Schwingen nach unten, der Schlag ging ins Leere, und die Krallen fuhren durch Tiaans Haare. Mit einem Schrei machte das Wesen kehrt und schoss wieder auf sie zu.

Diesmal hielt Tiaan das Paddel wie eine Pike vor sich, die Paddelfläche ausgestreckt. Der Lyrinx schlug mit den Flügeln und versuchte, die Höhe zu halten. Er flog nun langsamer und wurde allmählich müde. Dann war er wieder über ihr, mit aufgerissenem Maul und ausgefahrenen Klauen. Im letzten Augenblick stieß sie mit dem Paddel nach oben und traf den Lyrinx am Kinn. Doch die Wucht des Anflugs riss ihr das Paddel aus der Hand. Der Lyrinx taumelte, flatterte wie wild mit den Flügeln und wirbelte durch die Luft. Als eine Schwinge auf dem Wasser aufschlug, fehlte dem Lyrinx die Kraft, wieder an Höhe zu gewinnen.

Kopfüber stürzte er in den See und wühlte das Wasser auf. Tiaan versuchte verzweifelt zu verhindern, dass das Boot kenterte. Während sie sich an den Rand klammerte, um das Boot zu stabilisieren, tauchte der Kopf des Lyrinx aus dem Wasser auf. Verzweifelt versuchte er, sich über Wasser zu halten, war indes zu schwer. Er verdrehte die schreckgeweiteten Augen, schlug hilflos mit den Armen im Wasser und wurde dann in die Tiefe gezogen. Blasen zeigten an, wo er untergegangen war.

Tiaan schaute sich nach dem Paddel um, das einige Spannen entfernt auf dem Wasser trieb. Genauso gut hätte es auf der dunklen Seite des Mondes liegen können, denn Tiaan wusste nicht, wie sie es erreichen sollte. Sie traute sich nicht, in das Wasser zu fassen, denn wenn sie hineinfiel, würde sie womöglich genauso untergehen wie der Lyrinx.

Kein Wunder, dass diese Kreaturen Angst vor dem Wasser hatten. Die schweren Knochen und Muskeln, die gepanzerte Haut, die sie an Land zum Schrecken der Feinde machte, die großen Schwingen – all das war hinderlich im Wasser und konnte gegebenenfalls den Tod bedeuten. Diese Kreaturen waren einfach zu schwer. Wenn sie überhaupt schwimmen konnten, dann nur langsam. Eine tödliche Schwäche in diesem Landstrich, der vom See, von Flüssen und zahllosen Sümpfen geprägt war. Umso erstaunlicher, dass es Ryll damals gelungen war, sie unter der Eisdecke des Flusses zu retten.

Sie schloss die Augen und sank in einen Schlaf der Erschöpfung. Der Wind trieb sie nach Süden und ließ das Boot sanft schaukeln wie eine Wiege.

Kurz vor Sonnenuntergang zog ein anderer Lyrinx mit fast durchsichtigen Flügeln hoch oben am Himmel seine Kreise. Er blieb oben. Das Wasser bedeutete den sicheren Tod, so weit vom Land entfernt – auch für einen leichten, nicht gepanzerten Lyrinx wie Liett.

Aber Liett beherrschte die Geheime Kunst und war einer der besten Flieger. Sie würde Ausschau halten, abwarten und Nachrichten übermitteln. Sobald Tiaan in ein oder zwei Tagen Land erreichte, würden die Lyrinx sie viel leichter verfolgen können. Die dicke Schneeschicht, die sich über Tarralladell gelegt hatte, würde Tiaan behindern. Sie musste unweigerlich Spuren hinterlassen. Die Jagd war vorerst abgeblasen worden. Die Lyrinx hatten alles Nötige von der Kunstwerkerin Tiaan gelernt. Jetzt wollten sie herausfinden, wohin sie ihren wunderbaren Kristall zu bringen gedachte. Sie vermuteten, dass es noch eine geheime Stadt in den Bergen gab, einen Ort, den die Lyrinx kennenlernen wollten – um jeden Preis.

FÜNFTER TEIL

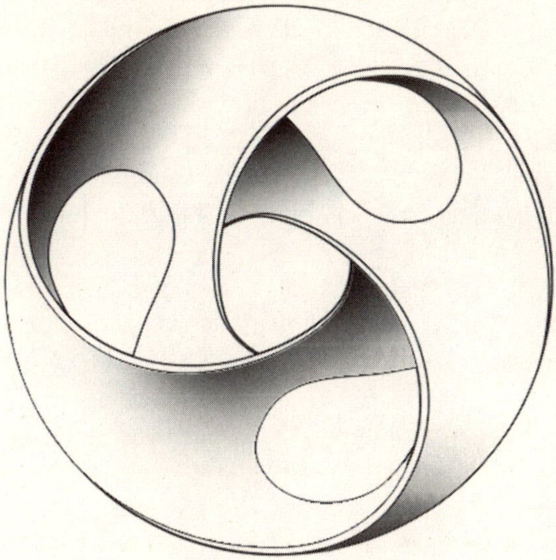

GEOMANTIN

KAPITEL SIEBENUNDVIERZIG

Die Reise zurück zur Fertigungsstätte war ein Albtraum, der aus Nishs Sicht kein Ende zu nehmen schien. In dem gefrorenen Boden konnten sie die gefallenen Kameraden nicht begraben. Genug Brennstoff hatten sie auch nicht mehr, um die Leichen zu verbrennen. Alles, was sie tun konnten, war, die Toten Seite an Seite aufzureihen, Eisblöcke über sie zu legen und mit gesenktem Haupt Abschied zu nehmen. Mehr als einmal ging es Nish durch den Kopf, dass vieles anders hätte laufen können, wenn klügere Entscheidung getroffen worden wären.

Nachdem sie die Verwundeten in den Klanker geladen hatten, holten sie die Steuereinheiten aus den beiden noch verbliebenen Maschinen und machten sich auf zum Rand des Hochplateaus, wo die Flaschenzugkonstruktionen versteckt waren. Da die anderen Steuermänner tot waren, hatte es wenig Sinn, deren Klanker zurückzubringen. Am Rand des Plateaus luden sie die Verletzten aus und bereiteten alles vor, um sie auf Tragen herunterzulassen und in einen windgeschützten Winkel zu bringen. Oben auf dem Plateau gab es nirgends Schutz vor dem nicht nachlassenden Sturm.

Nish hatte noch nie so hart gearbeitet, als die Windenkonstruktion aus den Metallstangen und Flaschenzügen errichtet werden musste. Der Klanker musste sicher vertäut und ein Felsbrocken an einem Seil nach unten gelassen werden, um ein Gegengewicht zu haben. Abgesehen von Nish waren Simmo und dessen Schütze Rahnd, Tuniz sowie Fyn-Mah die Einzigen, die ohne Einschränkungen arbeiten konnten. Irisis war aufgrund ihres gebrochenen Beins nicht in der Lage, etwas Schweres zu tragen, half aber, wo es nur ging. Rustina hatte nur eine Hand zur Verfügung, und Ky-Ara, der immer noch über den Verlust seines Klankers trauerte, vermochte zumindest ein Seil festzuhalten. Nishs Vater lag im Fieberwahn und musste mit dem Extrakt der Nigah-Blätter ruhiggestellt werden. Ullii war zu nichts zu gebrauchen.

Aber die Kräfte reichten nicht. Sie waren einfach zu wenig Leute, um die ganzen Aufgaben zu meistern. Im Prinzip waren allein sechs Mann nötig, um den Klanker über den Rand des Plateaus zu schwenken, und vier weitere, um das Seil festzuhalten, damit die schwere Last nicht zu schnell nach unten sackte. Jetzt mussten sie es beim Schwenken mit vier Leuten versuchen und hatten nur noch zwei Personen für die Arbeit am Seil übrig. Daher waren sie gezwungen, einen weiteren Flaschenzug zu errichten, um das Gewicht des Klankers auf mehrere Rollen zu verteilen.

»Fertig?«, rief Tuniz.

»Ja!« Nish zog das Halteseil stramm. Ky-Ara stand eher lustlos hinter ihm und schien mit seinen Gedanken woanders zu sein.

»Hebt an!« Tuniz' Team zog an ihrem Seil.

Nish glaubte lange, dass der schwere Klanker sich überhaupt nicht bewegen würde. Die Seile waren zum Zerreißen gespannt, und die vier Leute zogen inzwischen so stark, dass ihre Gelenke knackten. Schließlich hob der Klanker vom Boden ab, allerdings nur quälend langsam.

»Halten!«, schrie Tuniz. Schnell befestigte sie das Ende des Seils an einem Felsen und lief los, um den Schwenkarm über den Abgrund zu drehen. Aber er rührte sich nicht. Tuniz warf sich mit ihrem Gewicht dagegen, als der Arm plötzlich losschnellte und die Monteurin beinahe umgerissen hätte. Der Klanker sackte nach unten und riss die Leute von den Beinen. Der Felsbrocken löste sich aus dem Boden, worauf die Maschine sackte, denn Ky-Ara hatte das Sicherungsseil nicht richtig festgehalten. Nish konnte das Gewicht nicht allein halten. Als das Seil in seine Handflächen schnitt, musste er loslassen. Der Klanker prallte gegen die Felswand, drehte sich und schlug auch mit der anderen Seite dagegen, sodass die Panzerplatten eingedrückt wurden. Simmo stieß einen Schmerzensschrei aus. Nish befürchtete schon, die Maschine würde den ganzen Weg nach unten stürzen, aber nach einigen Schrecksekunden hielten die Gegengewichte.

»Du Nichtsnutz!«, schrie Nish Ky-Ara an. »Warum hast du losgelassen?«

Ky-Ara starrte ihn nur mit glasigen Augen an.

Nun standen sie vor einem anderen Problem – wie sich herausstellte, war das Gegengewicht schwerer als der Klanker. Als sie die Maschinen nach oben gezogen hatten, war das belanglos gewesen, aber jetzt mussten sie den Klanker mit zusätzlichen Gewichten beladen, damit er nach unten schwebte.

»Vielleicht kann sich einer von uns auf den Platz des Schützen setzen«, schlug Fyn-Mah vor.

»Nein!«, entgegnete Tuniz mit Nachdruck. »Wenn der Klanker in die Tiefe stürzt, verlieren wir noch eine Person.«

Also hievten sie einen Felsbrocken auf den Sitz. Nish spürte, dass augenblicklich Zug auf dem Seil war, und ließ es langsam durch die Hände gleiten. Der Klanker setzte sich wieder in Bewegung, schwankte in dem heftigen Aufwind und prallte noch einige Male gegen die Felswand. Bei jedem Aufprall wurde ein Stück der Panzerung abgeschlagen. Simmo stimmte ein Wehklagen an.

»Langsamer!«, schrie er, den Tränen nahe.

Nish gab sein Bestes, aber das Seil sauste ihm durch die Finger und schnitt in seine Haut. »Ky-Ara!«, schrie er. »Halt das verdammte Ding! Ky-Ara?«

Da hatte der Steuermann längst das Seil losgelassen und wanderte einfach davon. Wieder musste Nish loslassen. Der heftig trudelnde Klanker prallte nun gegen den nach oben kommenden Felsbrocken. Maschine und Gegengewicht blieben in der Luft hängen und drehten sich umeinander; wieder verlor der Klanker ein Stück der Panzerung.

»Ich kann das Seil doch nicht allein festhalten!«, rief Nish Ky-Ara wütend hinterher. »Wir bräuchten eigentlich drei Mann! Was ist los mit dir, Ky-Ara?«

Der Steuermann stierte mit leerem Blick auf den Boden. Fyn-Mah und Tuniz kamen angelaufen und zogen an dem Seil. Nichts tat sich. Die Seile waren verheddert und hatten sich um die verbogenen Streben und die hervorstehenden Spitzen der Panzerplatten gelegt. Ganz gleich wie sehr sie zogen, sie konnten die Seile nicht entwirren.

»Einer muss runter«, sagte Rustina.

»Wird schwieriger werden, als es aussieht!« Tuniz blickte in die Tiefe und rieb sich die Nase. »Besonders bei dem Wind. Irgendwelche Freiwillige?«

»Ich werde gehen, wenn sich kein anderer findet«, erklärte Nish. Er wollte zwar nicht und bezweifelte obendrein, dass er überhaupt etwas erreichen würde, aber er fand es besser, sich freiwillig zu melden, als durch einen Befehl gezwungen zu werden. Nish hatte das Gefühl, sich von einer Schuld reinwaschen zu müssen, falls das nach der zurückliegenden, verheerenden Woche überhaupt möglich war.

»Ihr könnt jedenfalls nicht gehen, Tuniz«, meinte Rustina. »In Eurem Handwerk seid Ihr viel erfahrener als Monteur Nish. Aber ich denke, wir können es uns leisten, *ihn* zu verlieren.«

»Ich gehe«, sagte Simmo und drängte sich an Nish vorbei. »Das ist mein Klanker und mein gutes Recht.« In seinen Augen lag ein fiebriges Leuchten.

»Ich weiß nicht«, meinte Rustina. »Was sagt Ihr, Queristin?«

»Wir dürfen nicht noch einen Steuermann verlieren«, gab Fyn-Mah zu bedenken, »auch wenn es Ky-Ara allmählich besser geht. Aber könnte er überhaupt diesen Klanker steuern?«

»Könnte er«, erwiderte Simmo, »wenn er seine Steuereinheit benutzt.« Er trat von einem Fuß auf den anderen und ergriff mit flehender Miene Fyn-Mahs Arm. »Bitte, diese Maschine ist mein Leben. Außerdem muss man sie vielleicht steuern, um sie freizubekommen. Und das kann nur ich.«

Rustina lenkte ein. »Na gut. Wenn Ihr keine weiteren Einwände habt, Fyn-Mah?«

»Dann geht!«

Ky-Aras Miene hellte sich plötzlich auf, und Nish fragte sich, was der Grund dafür sein mochte. Simmo wurde an einem Seil heruntergelassen und landete sicher auf der Schützenplattform. Die Aufwinde trieben die Maschine von der Felswand ab, das Gewicht des Felsbrockens löste indes Pendelbewegungen aus, sodass der Klanker wieder gegen den Fels prallte.

»Er sollte sich beeilen«, meinte Tuniz, »sonst ist der Klanker nur noch ein Haufen Schrott.«

Simmo liefen die Tränen über die Wangen, als er sich den Schaden ansah. Er versuchte zwar, die Seile zu entwirren, aber da alle unter Zugkraft standen, konnte er nichts ausrichten. Schließlich machte er sich daran, den Klanker in eine Drehbewegung zu bringen, um von dem Felsbrocken loszukommen. Aber der Druck des Windes verhinderte dies.

»Was macht er jetzt?«, fragte Nish laut.

Simmo war in den Klanker gestiegen und hatte auf seinem Sitz Platz genommen. Die Beine der Maschine bewegten sich vor und zurück, die Vorderbeine kratzten an dem Gegengewicht.

»Gute Idee«, sagte Tuniz und ging mit ihrem Seilende am Rand des Plateaus entlang. »Er will versuchen, das Gegengewicht um den Klanker zu drehen. Gebt Acht an den Seilen, nur für den Fall!«

Alle wappneten sich für den ersten Ruck. Die Metallfüße des Klankers stießen gegen den Brocken und versetzten dadurch das Gewicht in eine Drehbewegung. »Großartig!«, rief die Queristin. »Noch zwei Tritte, und er hat es geschafft!«

Simmo unternahm noch einen Versuch. Diesmal brauchte er etwas länger, aber schließlich schwang das Gegengewicht in die gewünschte Richtung. Die Beine schlugen aus, schabten über den langsam kreiselnden Felsklotz und verfingen sich.

»Nein! Zurück!«, schrie Tuniz nach unten. »Ky-Ara, Ihr könnt ihn befreien. Zieht kräftig, *in diese Richtung!*«

»Was ist los?«, rief Fyn-Mah.

»Die Stricke des Gegengewichts haben sich um eins der Beine gewickelt. Haltet ein, oder es bricht ab!«, schrie Tuniz aus vollem Halse. »Zieht, Ky-Ara, so kräftig Ihr könnt!«

Simmo hörte offenbar nichts, und Ky-Ara ließ einfach sein Seil fahren. Die Beine ruckten, das Seil riss und das Gegengewicht fiel aus dem Seilgeflecht. Mit Entsetzen sahen die anderen, wie der Klanker in die Tiefe stürzte, zunächst langsam, dann jedoch immer schneller, als er im Fall die verdrehten Seile zerfetzte. Das abgerissene Ende kam mit einer peitschenartigen Schnelligkeit nach oben, ehe es aus der Führung des Flaschenzuges schoss.

Der Klanker drehte sich in der Luft, schlug mit dem Dach zuerst auf einem Felsen auf und zerbrach in der Mitte. Panzerung und Teile der beweglichen Beine flogen durch die Luft. Die beiden eisernen Schwungräder rollten über den Schnee und waren nicht mehr zu sehen. Das Krachen brach sich schaurig an den Felswänden. Dann herrschte Stille.

Irisis humpelte auf ihren behelfsmäßigen Krücken an den Rand des Abgrunds und schaute kopfschüttelnd in die Tiefe. Nish glaubte, ein flüchtiges Lächeln auf Ky-Aras Gesicht erhascht zu haben, aber als er ein zweites Mal genauer hinsah, war die Miene des Steuermanns undurchdringlich.

Alle schauten sich ratlos an. »Simmo ist gewiss tot«, sagte Fyn-Mah.

»Ja, bei dem Aufprall wird er sich sämtliche Knochen im Leib gebrochen haben«, pflichtete Tuniz ihr bei. »Was sollen wir jetzt machen?«

»Wir fahren mit den Schneeschuhen zurück zu den Eishäusern«, ordnete die Queristin entschlossen an. »Wir setzen Ky-Aras Steuereinheit in einen der Klanker, und dann holt er ihn hierher. Und dann überlegen wir vorher, wie wir das verdammte Ding nach unten hieven, ohne dass alles kaputtgeht!« Ihre Stimme klang eiskalt. Kein Zweifel, sie dachte darüber nach, wie sie auch dieses Unglück in der ohnehin katastrophalen Suche erklären sollte.

Nish und Irisis tauschten Blicke. »Wenn ich du wäre, würde ich unseren Steuermann im Auge behalten«, sagte sie leise. »Das hat Ky-Ara absichtlich gemacht.«

»Glaube ich auch«, flüsterte Nish zurück. »Er wusste, dass man ihm nie wieder einen anderen Klanker anvertraut hätte.« Allerdings wurde Nish schlagartig daran erinnert, dass er auch nicht ganz schuldlos an dem Unfall mit Ky-Aras Klanker war. Hätte er den Steuermann nämlich nicht unter Druck gesetzt, wäre es nicht zur Zerstörung des Klankers gekommen. Dann hätten sie auch nicht Tiaan und den Kristall verloren. Und falls sie je wieder die Fertigungsstätte erreichten, würde bei einer genauen Untersuchung der fehlgeschlagenen Expedition herauskommen, was er, Nish, falsch gemacht hatte. Und was dann? Sein Schicksal war besiegelt. Endgültig.

Sie brauchten zwei Tage, um den anderen Klanker nach unten zu befördern. Mehrmals glaubte Nish, dass der zweite Versuch genauso katastrophal enden würde wie der erste. Das Wetter veränderte sich nicht. Es blieb bitterkalt, und der heftige Wind heulte in Sturmböen um die Felsen. Als sie die Maschine endlich unten von den Seilen lösten, hatte Nish Frostbeulen an der Nasenspitze, die Queristin an den Fingern.

Sie stiegen hinein, stellten aber fest, dass der Klanker sich nicht in Bewegung setzte, da das Öl zu zähflüssig geworden war. Und in dem Blizzard, der zu allem Unglück jetzt einsetzte, konnten sie nicht mehr die Hand vor Augen sehen. Glücklicherweise fanden sie in einer nahe gelegenen Schlucht trockenes Holz, mit dem sie ein Feuer im Schutz eines Überhangs machen konnten. Sonst hätten sie nicht überlebt.

Mit keinem Wort hatte Irisis den verlorenen Kristall erwähnt. Sie erholte sich und gewöhnte sich rasch daran, an Krücken zu gehen. Die Behinderung ertrug sie ohne Klagen und war von allen in der Crew noch am besten aufgelegt – abgesehen vielleicht von Ky-Ara, der ganz entzückt war, wieder einen Klanker zu haben. Auch er hatte sich recht gut erholt, wenn man von gelegentlichen Kopfschmerzen und Gedächtnislücken absah. Bisweilen musste er die Leute, die in seiner Nähe waren, nach ihren Namen fragen. Und oft erkundigte er sich danach, was Simmo widerfahren war.

Ullii hatte sich seit den Kämpfen in ihr Schneckenhaus zurückgezogen. Die Schrecken des Gemetzels an den Eishäusern oder vielleicht auch die Anzeichen von Gestaltverformungen hatten Urängste in ihr ausgelöst. Sie hockte im Klanker, trug ununterbrochen die Augenbinde, hatte die Pfropfen in den Ohren und zog sich manchmal noch eine schwarze Seidentasche über den Kopf. Nish unternahm gar nicht erst den Versuch, sie ins Freie zu bringen. Dazu fehlte ihm die Kraft. Mehrmals am Tag fragte er sie, ob sie Tiaan noch sehen könne. Die Antwort war immer ein verneinendes Kopfschütteln.

Die größten Sorgen bereitete ihnen Jal-Nish. Die Schulter und Brust des Perquisitors verheilten zwar langsam, aber nicht das Gesicht. Die Risse waren grässliche, nässende Wunden, die so abscheulich aussahen, dass niemand hinsehen mochte, am allerwenigsten sein Sohn. Schlimmer war indes noch, dass Jal-Nish an einem Fieber litt, das ihm den Verstand raubte. So zeterte er, fluchte und wurde handgreiflich, wenn sich jemand um ihn kümmern wollte. Zweimal, nachdem Nish seinem Vater etwas Essen gebracht hatte, mussten die anderen ihm beistehen und die im Krampf erstarrten Finger lösen, die Jal-Nish seinem Sohn im Fieberwahn um den Hals gelegt hatte. Der Perquisitor war erstaunlich kräftig, wenn man die schlimmen Wunden in Betracht zog, die der Feind ihm an der Schulter beigebracht hatte.

Meistens richtete sich seine Wut gegen Irisis. Manchmal belegte Jal-Nish sie über Stunden mit bösen Flüchen, in einer gurgelnden, heiseren Stimme. Er warf ihr vor, seinen schwachsinnigen Sohn verführt und Tiaan großen Schaden zugefügt zu haben, am meisten aber schimpfte er, dass sie ihm das Leben gerettet hatte, obwohl er doch nach eigenem Bekunden viel lieber gestorben wäre.

Irisis schien all diesen Flüchen und wüsten Beschimpfungen keine Bedeutung beizumessen. Mit stoischer Miene wechselte sie die Verbände des Perquisitors – bis zu dem Tag, da das Wetter aufklarte und sie den Rückweg antreten konnten. Humpelnd brachte sie Jal-Nish eine Schale mit heißer Brühe. Doch er stieß ihr die Schale aus der Hand, trat gegen ihre Krücken, sodass sie hinfiel und hätte ihr um ein Haar noch ins Gesicht getreten, wenn nicht Nish und Ky-Ara zu Hilfe geeilt wären und den Tobenden weggezerrt hätten.

»Du Hure!«, kreischte Jal-Nish. »Du bist eine Lügnerin und Betrügerin, Irisis. Du wirst dich in der Gebäranstalt wiederfinden, wenn ich zurückkomme. Niemals wirst du wieder eine Kunstwerkerin sein.«

Er tobte und fluchte und lag allen mit seinen Schimpftiraden in den Ohren, bis Ky-Ara – der Einzige, der einigermaßen mit ihm zurechtkam – etwas Tee brachte, der mit Nigah-Sirup versetzt war. Nach diesen Vorfällen betäubten sie ihn rund um die Uhr und banden vorsichtshalber seinen unverletzten Arm fest. Anschließend machten sie sich auf den langen Rückweg.

Sie kamen nur langsam voran. Als drei Wochen seit dem Kampf an den Eishäusern vergangen waren, hatten sie die Fertigungsstätte noch immer nicht erreicht. Die unwirtliche Winterlandschaft in den Bergen verlangte ihnen alles ab, und mehr als einmal glaubte Nish, sie würden es nie schaffen. In dieser Jahreszeit war niemand sonst in den verschneiten Bergen unterwegs, und wenn sie nicht den Klanker gehabt hätten, der sich als erstaunlich widerstandsfähig erwies, wären sie alle längst gestorben.

Schließlich erreichten sie den Berg, in den die Bergwerksstollen getrieben worden waren, gelangten auf den vertrauten Weg und schauten hinab auf die trutzigen, grauen Mauern der Fertigungsstätte jenseits des Talkessels. Mehr als einen Monat waren sie fort gewesen.

Irisis schleppte sich mühsam aus der Heckklappe des Klankers. Als Nish ihr die Krücken reichte, waren Tränen in ihren Augen. Alle starrten ungläubig auf die Fertigungsstätte. Der Einzige, der sich nicht freute, war Ky-Ara. Er wirkte aufgeregt, und obwohl es bitterkalt war, schwitzte er und warf immer wieder ängstliche Blicke auf die Queristin.

»Sollten nicht die Schornsteine rauchen?«, fragte Fyn-Mah und stellte sich neben Nish und Irisis.

»Die Arbeiter lassen es wohl langsamer angehen, weil der Aufseher nicht da ist«, meinte Nish.

Fyn-Mah schaute mit dem linken Auge durch ein Fernglas. Langsam suchte sie die Landschaft ab, ehe sie die Hand sinken ließ. »Aus keinem einzigen Schornstein steigt Rauch. Weder aus den Fertigungshallen noch den Küchenräumen, auch nicht aus den Waschhäusern und dem Dormitorium. Unten in der Bergmannssiedlung ist ebenfalls kein Rauch zu sehen ...« Ihre Stimme brach. Nish fing ihren Blick ein. Ihre Zurückhaltung schwand. »Die Lyrinx waren hier!« Fyn-Mah sah aus, als würde sie jeden Augenblick in Tränen ausbrechen. »All die Kinder.«

»Verdammte Heuchlerin!«, murmelte Irisis.

»Ihr steht auf dünnem Eis, Kunstwerkerin!«, drohte Fyn-Mah mit eiskalter Stimme.

Irisis quittierte die Drohung mit einem Gähnen. Sie schien sich keine Sorgen zu machen. »Warum macht Ihr Euch Sorgen um die Kinder? Ich sehe keine Hinweise, dass Ihr Eure Pflicht getan habt.«

Fyn-Mah ließ eine Faust in die offene Handfläche klatschen und zog die große Frau ein wenig beiseite.

»Wie könnt Ihr es wagen, mir einen Vortrag über meine Pflicht zu halten, nach all den Verbrechen, die Ihr begangen habt?«

»Es gibt kein größeres Verbrechen, als eine Empfängnis zu verhüten.« Irisis zitierte eine der vielen Vorschriften, die das Leben beherrschten.

Fyn-Mahs Blick wurde so frostig, dass Nish, der etwas abseits stand, kaum hinsehen konnte.

»Ich bin unfruchtbar!«, zischte sie. »Ich war bei elf Heilkundigen, und keiner kann mir helfen.« Sie schlug die Hände vors Gesicht. »Ich wollte immer Kinder haben! Und jetzt muss ich mich von Euch verspotten lassen ... Ihr ...« Zu Nishs Schrecken brach sie in Tränen aus.

Irisis war sprachlos. Jetzt war ihr alles klar: die eiserne Selbstkontrolle, der Eindruck, die Queristin hielte sich von allen fern. Und doch galt Fyn-Mahs erster Gedanke, als die Fertigungsstätte angegriffen wurde, den Kindern.

»Es tut mir leid«, sagte Irisis.

Fyn-Mah reagierte nicht.

»Es tut mir wirklich leid«, wiederholte Irisis. »Wie sehr Ihr eine Betrügerin und Lügnerin wie mich verachten müsst.«

»Ich verachte Euch nicht«, erwiderte Fyn-Mah leise. »Ich bedaure Euch bloß, denn Ihr habt alles, und doch bedeutet es Euch nichts.«

Irisis hatte gewiss schon manches getan, aber in einem dieser seltenen Momente, in denen alles auf den Kopf gestellt zu sein schien, schlang sie die Arme um die Queristin und drückte sie an sich. Nach einer Weile wehrte die kleinere Frau sich nicht mehr und vergrub ihr Gesicht in Irisis' Mantelaufschlägen.

»Seid vorsichtig«, mahnte Rustina, »und macht Euch auf alles gefasst.«

Sie suchten Steine für das Katapult und legten sie in den metallenen Behälter auf der Plattform. Tuniz saß auf dem Platz des Schützen. Nish kletterte neben sie, bewaffnet mit einem Wurfspieß und seinem kurzen Schwert. Sie bewegten sich in normaler Geschwindigkeit vorwärts, da das Klappern des Klankers eh nicht gedämpft werden konnte. Zunächst überquerten sie den gefrorenen Fluss, erklommen die Anhöhe in Richtung Fertigungsstätte und folgten dann dem Waldrand, um weiter oben auf die breite Straße zu treffen. Auf offener Fläche hatten sie vielleicht noch eine geringe Chance, im Wald aber wären sie bei einem Hinterhalt machtlos.

Der Klanker rumpelte die Böschung hinauf und bog in die Straße nach Tiksi ein. Die Tore der Fertigungsstätte hingen schief in den Angeln. Innen waren die Schäden an den Gebäuden noch größer, aber alles war von einer dicken Schneeschicht verdeckt, auf der keine Spuren zu sehen waren.

»Sieht ganz so aus, als wäre der Überfall schon einige Zeit her«, sagte Tuniz. »Diese Schneewehen hier sind nicht an einem Tag entstanden.«

Sie folgten dem Hauptweg in die Säle der Fertigungsstätte, die Waffen bereit. Irisis humpelte an den kalten Schmelzöfen vorbei, spähte in die Brennkammern und schüttelte den Kopf. »Die haben schon Wochen nicht mehr gebrannt.«

»Und wir werden sie wohl kaum wieder in Gang bekommen«, meinte Tuniz mit skeptischem Blick. »In diesem hat sich ein Klumpen Eisen auf dem Boden gebildet. Wie sollen wir das wieder herausbekommen?«

Sie trafen niemanden an, fanden aber auch keine Anzeichen von Gewaltanwendung. Es gab keine Leichen, und die Hallen waren weder beschädigt noch geplündert worden, aber sämtliche Kristalle von den Werkbänken der Kunstwerker fehlten. In einem Hinterhof, in den die dürftigen Strahlen einer blassen Sonne über die Außenmauer fielen, aßen sie schweigend eine Mittagsmahlzeit.

»Sieht so aus, als wäre der Ort angegriffen worden, und alle sind dann geflohen«, sagte Nish schließlich. »Anscheinend wollten die Lyrinx nur die Kristalle haben.«

»Oder sicherstellen, dass die Öfen nicht mehr brennen«, merkte Fyn-Mah an, die sich wieder gefasst hatte.

»Ich nehme an, dass Ihr hier jetzt das Kommando habt«, sagte Irisis zu der Queristin.

»Richtig. Ich möchte diesen Ort nur ungern verlassen, da wir hier die beste Mine und die beste Fertigungsstätte in diesem Landstrich haben, aber ohne Wachen können wir nicht bleiben. Wir brechen auf nach Tiksi, denn auch unsere Arbeiter und Bergleute werden in die Stadt geflohen sein. Ich werde mir anhören, was geschehen ist, und den Skrutator um Rat ersuchen, wenn man mir einen Skeetvogel zur Verfügung stellt. Und in Tiksi ...« – sie senkte die Stimme – »... müssen wir etwas wegen unseres Steuermanns unternehmen.«

»Ich weiß nicht, ob wir genug Beweise haben ...«, begann Nish. Er schaute auf und sah, dass Ky-Ara davoneilte.

»Es bedarf keines Beweises, um ihn dahin zu bringen, wo er niemandem mehr schaden kann!«, erklärte die Queristin wütend.

Als sie aufstanden, hörten sie, dass der Klanker die Fertigungsstätte über den Hauptweg verließ.

»Was macht der da?«, rief Fyn-Mah.

Nish rannte zum Haupttor. Die Maschine war längst außer Sicht. »Er ist ein Überläufer«, sagte Irisis, als sie Nish auf den Krücken einholte. Sie begann zu lachen.

»Was ist daran so lustig?«, fragte Nish. »Jetzt müssen wir nach Tiksi *laufen.*«

»Wie sollte diese erbärmliche Expedition auch sonst enden?«, erwiderte sie mit einem Schnauben, klemmte sich die Krücken unter die Achselhöhlen und humpelte den Abhang hinunter.

Sie kamen an der Mine und der kleinen Siedlung vorbei und trafen keine Menschenseele an. Da das Wetter sich hielt, kamen sie gut voran und erreichten die Tore von Tiksi bei Einbruch der Dämmerung. In der Stadt herrschten Unruhe und hektische Betriebsamkeit. Spitz gefeilte Stangen und Pflöcke wurden auf den Wehrgängen der Stadtmauer befestigt, und vor dem alten Tor wurde ein massives, neues Tor errichtet.

»Das wird die Lyrinx nicht lange abhalten«, spottete Tuniz hinter vorgehaltener Hand, nachdem sie das Torhaus passiert hatten. Sie drehte sich um und musterte die Steinmetzarbeit mit einem prüfenden Blick.

»Vermutlich nicht.« Nish trottete apathisch neben ihr her. Nach dem langen Fußmarsch sehnte er sich nach einem heißen Bad und träumte schon davon, so lange in dem Zuber zu liegen, bis die Haut aufweichte. Dann wollte er nur noch ins Bett fallen und eine Woche nicht aufstehen.

Irisis war das Lachen vergangen. Die Krücken scheuerten furchtbar unter den Achselhöhlen, sodass ihr mittlerweile jeder Schritt zur Qual wurde.

Nish sorgte dafür, dass sein Vater eine Kammer in einem Gasthof erhielt und holte einen Heiler, der sich der Wunden annehmen sollte. Nachdem man Jal-Nish so lange Zeit regelmäßig unter Drogen gesetzt hatte, war er recht fügsam geworden. Dennoch warnte Nish den Heiler vor dem, wozu der Perquisitor fähig war. Für Ullii, die weiterhin verschlossen blieb, fand Nish einen stillen, abgelegenen Raum. Einer Dienstmagd erklärte er, wie Ullii behandelt werden musste, ehe er noch etliche andere Angelegenheiten regelte. Fyn-Mah war inzwischen zum Herrn der Stadt gegangen.

Als Nish gegen Mitternacht endlich Zeit für sich fand, sich der schmutzigen Kleidung entledigte und den Zeh in das lauwarme Badewasser steckte, hämmerte jemand mit dem Ende eines Spießes gegen die Zimmertür.

»Cryl-Nish Hlar! Cryl-Nish Hlar!«

»Was ist denn?«, rief er verärgert.

»Ihr sollt zum Herrn der Stadt kommen.«

»Ich nehme gerade ein Bad. Ich komme gleich.«

»Es heißt, Ihr sollt *auf der Stelle* kommen!«

Nish verfluchte den Boten leise. »Ich muss mich erst noch ankleiden.«

»Macht schnell.«

Nish wusch sich notdürftig den Schmutz vom Leib. Wenn die Zeit auch noch so drängte, die äußere Erscheinung war wichtig. In seinem Reisegepäck fand er Kleidung, die zwar auch nicht mehr sauber war, aber immer noch besser aussah als die Sachen, die er in den letzten Tagen am Leib getragen hatte. Er war erst halb angezogen, als der Soldat erneut gegen die Zimmertür klopfte. In den Straßen trieb man Nish zur Eile an und geleitete ihn die Stufen zum Quartier des Stadtherrn hinauf. Dort wies man ihm den Weg zu einem Raum, in dem zahlreiche Leute saßen. Nish sah viele Gesichter aus der Fertigungsstätte wieder, erblickte Vorarbeiter Gryste und, was ihn erstaunte, auch den Schwachkopf Muss. Auch Irisis und Fyn-Mah hatten hier Platz genommen, des Weiteren der Herr der Stadt sowie ein kleiner, hagerer Mann, den Nish noch nie zuvor gesehen hatte. Er saß am Kopf des Tisches, und selbst der Stadtherr schien dem hageren Mann mit Ehrfurcht zu begegnen.

»Cryl-Nish Hlar!«, verkündete ein Gehilfe. Der kleine Mann fixierte Nish aus seinen schwarzen Augen. Sie saßen tief in den Höhlen und lagen im Schatten der buschigen Augenbrauen, die sich oberhalb der Nasenwurzel wie ein schwarzes Band über die Stirn legten.

»Wurde auch Zeit!«, sagte er schroff. »Wo wart Ihr, Monteur Cryl-Nish?«

»Ich musste noch meinen Vater unterbringen, Herr. Er ist der Perquisitor Jal-Nish ...«

»Ich kenne Euren verdammten Vater! Setzt Euch! Queristin Fyn-Mah hat mir einen Überblick über die katastrophale Expedition gegeben. Vier Klanker sind fort und vierzig Mann gefallen – und was wurde erreicht? Nichts! Eine derartige Unfähigkeit entzieht sich meinem Verstand. Ich überlege, ob ich diese ganze Bande von Versagern nicht besser an die Front schicke.«

Den Angesprochenen schauderte. Der hagere Mann ließ die Drohung in der Luft hängen und sah einen nach dem anderen finster an. Nish versuchte, dem Blick standzuhalten, schaute dann aber betreten zu Boden. Dieser Mann war es gewohnt, andere zu dominieren. Er hatte ein auffallend schmales, eckiges Gesicht, das ausgezehrt wirkte und in dem die Knochen hervortraten. Die Wangen waren so weit eingefallen, dass Nish die Konturen der Zähne sehen konnte. Ein dünner, struppiger Bart spross aus dem kantigen Kinn.

»Hmpf! Nutzlose Bande!« Sein strenger Blick fiel wieder auf Nish, der neben Irisis saß. »Besonders Ihr beide! Was sollte das alles?«

Keiner von beiden sagte etwas, da weder Nish noch Irisis wusste, worauf der Mann anspielte.

»Unzucht! Darum geht es! Ihr beide tragt die Schuld an dieser ganzen elenden Niederlage.« Der Mann seufzte lange. »Derweil gibt es Arbeit. Es ist eine Tragödie, dass Tiaan verschwunden ist. Noch schlimmer ist es indes, dass der kostbare Kristall auch verloren ist. Und zu allem Überfluss hat sich Euer Steuermann auch noch mit dem Klanker davongemacht. Wer, zum Teufel, hatte das Kommando?«

Alle schwiegen. Fyn-Mah sah verzweifelt aus. »Ich, Herr, nachdem der Perquisitor verwundet war. Ich übernehme die volle Verant–«

»Hmpf! Jal-Nish habe ich geschickt. Die Verantwortung liegt bei mir. Glaubt nicht, dass der Bursche weit kommen wird. Also, wie kommen wir wieder aus diesem Schlamassel heraus?«

Wieder Schweigen.

»Hat denn keiner hier irgendeine Idee, wie es weitergehen soll?« Er strich sich den struppigen Kinnbart. »Wir können die Fertigungsstätte nicht aufgeben. Und wir lassen uns *nicht* einschüchtern. Die Schmelzöfen werden so schnell wie möglich wieder brennen. Auch die Mine wird die Arbeit wieder aufnehmen. Aber ich brauche einen Aufseher.« Er dachte nach und sog zischend die Luft ein.

In Nishs Stuhlreihe schabte ein Stuhl über den Boden. Ein großer Mann mit breitem Brustkorb stand auf. »Ich möchte gern –«

»Setzen, *Vorarbeiter* Gryste«, bellte der hagere Mann. »Monteurin Tuniz, Ihr habt Euch bei dieser Expedition mit Eurer Tüchtigkeit hervorgetan. Ihr werdet Aufseherin. Ich gebe Euch zwei Wochen, um die Arbeit in der Fertigungsstätte wieder anzukurbeln, und dann erwarte ich, dass alle vierzehn Tage ein Klanker produziert wird.«

Gryste wippte mit seinem Stuhl nach hinten, erschrocken zunächst, dann zusehends wütender.

»Das geht nicht!«, erwiderte Tuniz knapp.

»Ich schaffe das, Herr«, erklärte Gryste mit unterwürfiger Stimme.

»Trefflich! Sorgt dafür, dass Ihr der beste Vorarbeiter seid, den die Fertigungsstätte je hatte, oder ich fordere Euren Kopf. Aufseherin Tuniz, lasst Euch etwas einfallen! Ihr erhaltet die Unterstützung, die Ihr braucht.«

»Ich habe Kinder in Crandor, Herr«, sagte sie leise.

»Ihr hättet sie nie verlassen sollen.« Er bearbeitete seine Handknöchel mit den Zähnen. »Wenn die Fertigungsstätte nach einem

Jahr die gesteckten Ziele – und zwar alle – erreicht, werde ich Euch nach Hause zurückschicken.«

»Habt Dank, Herr.« Tuniz strahlte über das ganze Gesicht.

Der hagere Mann wandte sich Irisis zu. »Kunstwerkerin Irisis, ich weiß alles über Euch!« Er starrte sie so finster an, dass Nish schon glaubte, Irisis würde jeden Augenblick zum Richtblock geführt. »So weiß ich auch, dass Ihr besser als jeder andere mit den Kunsthandwerkern zurechtkommt. Ihr werdet daher Werkmeisterin. Eure Aufgabe wird sein, so viele Steuereinheiten wie möglich anzufertigen.«

»Dafür brauche ich mehr Kunstwerker und Lehrkräfte«, entgegnete sie ruhig. Nish bewunderte sie für ihr Selbstbewusstsein, denn zweifellos hatte sie damit gerechnet, in die Gebäranstalt geschickt zu werden.

»Ihr werdet Eure Arbeitskräfte erhalten, sobald ich welche entbehren kann.«

»Und wir brauchen besseren Schutz in der Fertigungsstätte und der Mine.«

»Steinmetze werden zur Stunde angeworben, und eine Abteilung von zweihundert Soldaten ist auf dem Weg hierher. Ich habe einen Berechtigungsschein für Euch ausstellen lassen. Nehmt ihn an Euch. Kauft ein, was immer Ihr benötigt, und haltet Euch bereit, am Ende der Woche zur Fertigungsstätte aufzubrechen.«

»Was ich dringend brauche, sind Kristalle«, sagte Irisis. »Die Lyrinx haben unsere Lagerräume geplündert. Ich brauche erfahrene Bergleute, die nach den Kristallen suchen, die wir brauchen.«

»Gab es da nicht diesen alten Mann ... Joeyn?«, fragte der hagere Mann.

»Er ist tot, und die anderen haben nur Erfahrung mit Metallen und Erzen. Sie können Kristalle nicht von Schlacke unterscheiden.«

»Ich werde mich darum kümmern, dass wir Bergleute bekommen, aber das könnte einen Monat dauern. Zu lange, um –«

»Ich habe eine Idee, Herr«, unterbrach Irisis ihn kühn. »Wenn Ihr mir Gehör schenken möchtet.«

Er hob gespannt die buschige Braue.

»Als wir in der Mine waren«, erklärte Irisis, »sagte die Sucherin, sie könne die Kristalle im Berg *sehen*, wie Rosinen in einem Pudding. Wie wäre es, wenn wir ...?«

»Ihr stellt Euren Wert bereits unter Beweis, Werkmeisterin Irisis. Nur zu! Diese Sucherin soll die Bergarbeiter führen.«

Er fuhr wieder auf seinem Stuhl herum. »Und jetzt zu Euch, Cryl-Nish Hlar. Was soll ich mit Euch machen?«

Nish blieb vor Schreck die Luft weg, doch diesmal hielt er dem Blick des Mannes stand. Er hatte das Gefühl, in einen tiefen Schacht zu schauen – der Blick des hageren Mannes war undurchdringlich.

»Humpf!«, kam es wieder von dem Hageren. »Die Berichte, die mir über Euch vorliegen, sprechen nicht *alle* gegen Euch. Wie ich hörte, habt Ihr auf Fyn-Mahs Weisung hin einen Auftrag übernommen. Hat dieser Auftrag mit den Dingen zu tun, die oben in den Eishäusern gefunden wurden? Und dann ist da noch die Arbeit mit der Sucherin. Wo ist sie überhaupt?«

»In ihrer Kammer im Gasthof, Herr«, antwortete Nish.

»Da hat sie nichts verloren, verdammt nochmal! Bringt sie her, damit wir sie befragen können. Geht wieder zu Eurem Badezuber, junger Mann, während ich mir Gedanken mache, wie ich Euch einsetzen kann. *Wenn überhaupt!*«

Nish war geknickt, dass Irisis so reich belohnt worden war, während sein Leben noch am seidenen Faden hing. »Ullii muss man sich ganz vorsichtig nähern, wenn Ihr etwas aus ihr herausbekommen wollt, Herr. Es wäre vielleicht besser –«

»Verflucht seid Ihr, Junge!«, grummelte der Hagere. »Sagt mir nicht, was ich zu tun habe. Ich werde sie persönlich holen. Und jetzt hinaus, alle wie ihr da sitzt!«

Hastig verließen sie den Raum, auch der Stadtherr von Tiksi, in dessen Amtsstube sie gesessen hatten.

»Gib mir deine Hand, Nish!«, sagte Irisis, als sie die Stufen der Eingangstreppe hinuntergingen. Sie wirkte erschöpft.

»Was ist los?«

»Diese elenden Krücken haben meine ganze Haut abgeschürft«, klagte sie leise.

Nish sah sie prüfend an. »Um was geht es wirklich?«

»Ich werde auffliegen, Nish, das ist alles. Ich schaffe das nicht.«

»Natürlich schaffst du das. Du bist eine brillante Leiterin. Wer war das gerade eigentlich?«

»Das weißt du nicht, obwohl du so viele Beziehungen hast?«

»Nein«, antwortete er, »ich habe keine Ahnung.«

»Das war ...« – sie machte eine dramatische Pause – »... der Skrutator höchstpersönlich. Xervish Flydd!«

KAPITEL ACHTUNDVIERZIG

Während das Boot sich langsam von den warmen Gefilden von Kalissin entfernte, wurde das Wasser allmählich kälter. Tiaan erwachte und spürte gleich, wie ihr die Kälte durch das Leder ging.

Es war dunkel; der Mond nur eine schmale Sichel. Der Kahn schaukelte wild auf den Wellen; Schneeregen hatte eingesetzt, der so heftig niederprasselte, dass Tiaan stechende Schmerzen auf ihren Wangen verspürte. Bei diesem starken Wind würde das Boot gewiss bald an Land getrieben. Danach würde sie sich erkundigen müssen, wie sie zu ihrem Ziel gelangen konnte, wobei sie gut beraten wäre, niemandem anzuvertrauen, wohin sie wollte.

Nach einigen Überlegungen hielt sie es für klüger, im Boot weiterzureisen, bis sie auf ein Dorf träfe. Es wäre kein Problem, ein Paddel anzufertigen. Es würde ihr sogar gelingen, ein Stück Segel zu fertigen, um dann vielleicht über einen Fluss in das Binnenmeer zu segeln, vorausgesetzt, die Wasserstraßen waren eisfrei. Der Wind kam aus Nord und trieb das Boot gen Süden, also ungefähr in die Richtung, wo die erste Etappe ihrer langen Reise lag. Sie würde einfach dem Uferverlauf folgen, bis sie einen Wasserarm fand, der nach Süden führte, auf das große Binnenmeer Tallallamel zu. Sie würde darauf achten müssen, dass sie stets ungefähr diese Richtung beibehielt.

Tiaan zog sich den Mantel strammer um die Schultern und kämpfte gegen den Schlaf an. Immer wieder nickte sie ein, doch der pochende Schmerz auf ihrem Kopf hielt sie wach. Sie tastete mit der Fingerkuppe ihr Haar ab und spürte, dass oben auf dem Kopf eine kahle Stelle war. Die Kopfhaut hatte Blasen.

Das Boot wurde gegen etwas Hartes gedrückt, eine Eiskruste, die sich zwischen runden Steinen gebildet hatte. Es war immer noch dunkel, und Tiaan fror fürchterlich.

Mehr schlecht als recht navigierte sie das Boot an den Steinen vorbei in eine kleine Bucht und stieg aus. Der Schnee auf dem Boden war verharscht. Vor Tiaan lag lichter Wald, alte Kiefern mit breitem Geäst. Sie zog das Boot aus dem Wasser, merkte sich die Stelle und schritt zu den ersten Bäumen.

Sie musste ein Feuer machen, wenn sie die Nacht überleben wollte. Ein kleines Stück tiefer im Wald brach Tiaan Zweige ab, die ihr nicht allzu nass erschienen. Es war allerdings nicht einfach, mit dem Feuerstein und dem feuchten Holz ein Feuer zu entzünden und in Gang zu halten. Glücklicherweise hatte sie viel Erfahrung – in der Fertigungsstätte hatten sie nur feuchtes Holz. Bald konnte sie sich die Hände an den ersten Flammen wärmen und machte sich eine Suppe aus getrocknetem Fisch und Seewasser.

Es war ihr gleich, wie die Brühe schmeckte; Hauptsache, sie hatte etwas Warmes im Bauch. Später machte sie ein zweites Feuer an, baute sich auf dem Boden ein notdürftiges Lager aus Zweigen und legte sich schlafen. Noch nie hatte sie nachts so unbequem gelegen.

Am nächsten Tag stakte sie mit einem langen Stock, der ihr als Paddelersatz diente, am Ufer des Sees entlang und suchte nach einem Wasserlauf, aber sie fand keinen. Am darauffolgenden Morgen stieß sie jedoch auf einen mittelgroßen Fluss, der in südliche Richtung führte. Sie bog in ihn ein, ließ sich von der Strömung treiben und kam bald an einer Hütte vorbei, die an einem Waldstück lag. Tiaan fuhr indes weiter, hoffte sie doch, ein Dorf zu finden. Aber schon kurze Zeit später sah sie hinter einer Biegung des Flusses, dass er von einem Ufer zum anderen zugefroren war. Vermutlich gab es bis zum Binnenmeer kaum noch eine eisfreie Stelle, und der Oberlauf war nur deshalb befahrbar, weil der See wärmeres Wasser hatte. Was nun? Sie konnte nicht nach Tallallamel laufen. Tiaan stakte zurück zu der einsam gelegenen Hütte, holte ein kleines Silberstück aus Joeyns Gürtel und steckte es sich in ihre Tasche.

Die Hütte stand auf einer kleinen Anhöhe und bestand aus mit Lehm beworfenem Flechtwerk. Die Wände sahen dick aus, das

Dach verjüngte sich zu einer Spitze. Eine schmale Schornsteinkappe hielt den Schnee von dem Rauchloch ab.

Eine jämmerliche Behausung, aber die Wände waren in recht gutem Zustand, und das Kind, das draußen in einem Baum spielte, hatte rosige Wangen und sah nicht unterernährt aus. Die Familie lebte gewiss vom Fischfang. Tiaan steuerte das Ufer an und trat auf den Schnee, der unter ihren Stiefeln knirschte.

Das Kind schaute nach unten.

»Heda!«, rief Tiaan.

»Myrz!«, erwiderte das Kind und sprang von einem Ast. Da es in dicke Pelze gehüllt war, sah das Kind fast kugelrund aus, und auch sein Geschlecht war schwer zu bestimmen. Als dem Kind die Kapuze vom Kopf rutschte, sah Tiaan langes Haar von recht auffälliger Farbe: blond, mit einem grünlichen Schimmer. Das Kind mochte sieben oder acht Jahre alt sein. Tiaan hatte Geschichten gehört über blasse, grünhaarige Leute, die jenseits der Berge lebten, hatte jedoch nie welche gesehen. An der Fertigungsstätte kam kaum ein Reisender vorbei, und die meisten Leute dort hatten wie sie schwarzes Haar und eine olivenfarbene Haut.

Die Sprache hatte Tiaan noch nie gehört. Sie kannte nur die Dialekte der südöstlichen Halbinsel und die allgemeine Sprache des östlichen Lauralin. Letztere war allerdings nicht so verbreitet, wie man es sich wünschte, und wurde vielerorts nur noch von Gelehrten, Geschichtenerzählern und Händlern benutzt. Gleichwohl sprach Tiaan das Kind in der allgemeinen Sprache an.

»Ich möchte gern etwas zu essen kaufen.«

»Myrz?«

Tiaan zeigte dem Kind mit einer Geste, wie sie Essen zum Mund führte.

Das Kind lachte. »Mitsy-pitsy. Flar hyar!« Es trottete zu der Hütte und vergewisserte sich mehrmals mit einem Blick über die Schulter, ob Tiaan ihr auch folgte. Am Eingang schob das Kind einen lederartigen Vorhang beiseite, schlüpfte ins Innere und rief etwas.

Tiaan wartete. Sie hatte ihr Gepäck im Boot gelassen und befürchtete, es könnte abtreiben, wenn sie zu lange fort bliebe. Das Kind steckte den Kopf zur Tür heraus. »Blazy mirr!« Es deutete mit der Hand an, dass Tiaan eintreten sollte.

Mit einem letzten unruhigen Blick in Richtung Boot zog Tiaan den Kopf ein und betrat die Hütte. Innen war es erstaunlich warm. In der Luft hing Rauch, durchmischt von dem Duft eines Fischgerichts und dem süßlichen, aber nicht unangenehmen Geruch von Menschen. Drei Frauen hockten am Boden, der niedriger war als der Erdboden vor dem Haus. In einer von Steinen begrenzten Vertiefung brannte ein kleines Feuer aus Kiefernscheiten. Darüber hing ein eiserner Kessel an einer Stange, die von zwei im Boden verankerten Astgabeln gehalten wurde. Ein Haufen Felle an der hinteren Wand schien das gemeinsame Schlaflager zu sein.

Die Frauen sahen auf den ersten Blick wie Drillinge aus, denn sie hatten alle lange Gesichter, dasselbe blassblonde Haar und dünne, hervorstehende Nasen. Nun erhoben sie sich; alle drei waren füllig und etwas größer als Tiaan. Erst da erkannte sie, dass die Frauen sich voneinander unterschieden. Dennoch waren es wohl Schwestern, von denen die jüngste eine Narbe auf der Wange hatte.

»Hallo«, sagte Tiaan. »Ich heiße Tiaan Liise-Mar.« Sie deutete auf ihre Brust. »Ich möchte gern etwas zu essen kaufen.« Auch das ahmte sie pantomimisch nach.

Die älteste Frau, die von den dreien am fülligsten war, legte ihren Kopf leicht schief und schien Tiaan nicht verstanden zu haben. Sie unterhielt sich kurz mit ihren Schwestern und wandte sich dann wieder Tiaan zu. »Vart iss ›kauffen‹?« Ihr Akzent war sehr stark.

»Das bedeutet: ›mit Geld bezahlen‹.«

Sie sahen einander verständnislos an. Tiaan fischte die kleine Silbermünze aus der Tasche und hielt sie den Frauen mit ausgestreckter Hand hin. Blieb zu hoffen, dass das kein Fehler war.

Die älteste der drei Frauen schaute noch verwirrter als zuvor drein, nahm aber dann das Silberstück und betrachtete es im Schein des Feuers. Dann gab sie es ihren Schwestern. Die mittlere leckte daran, die jüngste testete den Silberling mit den Zähnen.

»Das ist Silber«, sprach Tiaan. »Geld für Essen!« Bei dem Duft des Fischgerichts lief ihr das Wasser im Munde zusammen.

»Gellt!«, rief die ältere Frau und brach dann in schallendes Lachen aus, wobei sie die gelblichen, schiefen Zähne entblößte. Die anderen Frauen stimmten in das herzhafte Lachen mit ein, woraufhin die Wortführerin Tiaan mit einer fleischigen Hand auf die Schulter klopfte und ihr die Silbermünze zuwarf.

»Ich Fluuni«, sagte sie. »Mittlere Schwester iss Jiini; kleine Schwester iss Lyssa. Haani iss Tochter Jiini.«

Tiaan wiederholte die Namen und sprach sie, wie in Tiksi üblich, mit gedehnten Vokalen aus. Dem hellen Lachen der Frauen entnahm sie, dass sie die Namen vollkommen falsch ausgesprochen hatte. Sie stellte sich nochmals vor. »Ich heiße Tiaan.«

Die drei wiederholten ihren Namen, sprachen ihn aber erwartungsgemäß falsch aus. Lyssa tauchte eine hölzerne Schöpfkelle in den Kessel und goss den Eintopf in eine Holzschale. Dann reichte sie Tiaan ein Instrument, das aussah wie ein Löffel mit Zähnen am Ende und ebenfalls aus Holz war.

Tiaan nahm alles dankbar an und wusste nicht, was sie sagen sollte. Welche Bezahlung würden die Frauen erwarten? Die Schale enthielt eine dickliche, hellgelbe Masse. Sie nahm den Geruch von Fisch wahr, der allerdings längst zerfallen war. In dem Eintopf waren lange Gemüsestücke zu erkennen, bei denen es sich um Pastinaken, dunkle, undefinierbare Körner und Zwiebeln handeln mochte.

»Essen«, bemerkte Fluuni.

Tiaan kostete von dem Eintopf. Eine eigenartige Zusammenstellung, die aber sehr schmackhaft war. Erneut tauchte sie das hölzerne Essbesteck in ihre Schale.

Die Frauen und das Kind blickten sie erwartungsvoll an.

»Gut!«, sagte Tiaan. Keiner schien sie zu verstehen. »Sehr gut!« Sie schnalzte mit der Zunge, tätschelte ihren Bauch. Immer noch starrten die anderen sie an. Hatte sie einen furchtbaren Fauxpas begangen?

Artig schaufelte sie mehr von dem Essen in sich hinein und schluckte, woraufhin ihr Magen ein gurgelndes Geräusch machte. Tiaan war das unangenehm, aber die ihr zugewandten Gesichter strahlten vor Freude. Haani klatschte in die Hände.

Tiaan aß alles auf. Sofort wurde die Schale wieder mit der Schöpfkelle nachgefüllt. Tiaans Magen ächzte noch von der ersten Menge, aber da die Frauen sie so erwartungsvoll ansahen, hatte Tiaan das Gefühl, dass es unhöflich wäre abzulehnen. Als sie auch die zweite Schale geleert hatte, war ihr Bauch zum Platzen voll.

Tiaan fühlte sich schläfrig. Fluuni war schon wieder im Begriff, einen Nachschlag zu servieren, aber da war Tiaan bereits aufgesprungen, wehrte dankend ab und vollführte eine Verbeugung. Damit konnten die Frauen ebenfalls nichts anfangen und blickten einander ratlos an.

Dann boten sie ihr Tee an, der aus Senfkörnern zu bestehen schien. Das Getränk war so scharf, dass Tiaans Nase zu kribbeln begann. Sie musste niesen, und das Wasser trat ihr aus den Augen.

Kurze Zeit darauf fühlte sie sich unglaublich müde. Es schien Jahre her zu sein, dass sie eine Nacht ruhig geschlafen hatte. Sie lehnte sich mit dem Rücken an die Wand, schloss die Augen, riss sie noch einmal kurz auf und schlief dann seelenruhig ein.

Als sie aufwachte, war es um sie herum noch genauso verqualmt und düster. Tiaan glaubte daher, nur ein paar Minuten geschlafen zu haben, obwohl sie sich ungewöhnlich frisch fühlte. Im Raum war niemand. Sie kroch durch die Tür ins Freie und stellte mit Schrecken fest, dass es schon dunkel wurde. Sie hatte den ganzen Tag geschlafen.

Unruhig ließ sie den Blick über das Flussufer schweifen. Das Boot war nicht mehr da! Mit wenigen Schritten war sie am Wasser. Nirgends eine Spur von dem Boot, auch nicht von ihrem Gepäck und dem unvergleichlich kostbaren Inhalt. Tiaan rannte zurück zu der Hütte und stieß mit Lyssa zusammen, die mit einem Bündel Holz aus dem Wald kam. Die kleingehackten Äste purzelten zu Boden.

Tiaan half der Frau rasch, alles wieder einzusammeln. »Wo ist mein Boot?«

»Boht?«, erwiderte Lyssa.

Tiaan deutete stakende Bewegungen mit den Händen an. »Trall!«, sagte Lyssa und ging hinter die Hütte. Dort lehnte der Kahn an der Wand; Wasser war aus ihm herausgesickert und am Boden zu Eis gefroren.

»Und was habt ihr mit meinem Gepäck gemacht?« Sie versuchte, sich durch Zeichen verständlich zu machen. Lyssa führte sie in die Hütte, und da entdeckte Tiaan das Gepäck – nicht weit von dem Platz, an dem sie zuvor geschlafen hatte. Schnell ging sie ihre

Sachen durch, während Lyssa ihr mit einem kleinen Lächeln zuschaute. Alles war so, wie Tiaan es zuletzt verpackt hatte.

Es war ihr unangenehm, die Bewohner der Hütte verdächtigt zu haben. Als sie aufstand, rief sie: »Danke, danke!«, und breitete die Arme aus.

Lyssa strahlte über das ganze Gesicht, nahm Tiaan in die Arme und drückte sie an sich. Die weichen Rundungen der Frau erinnerten Tiaan an ihre Mutter, als Tiaan noch ein kleines Kind gewesen war und Marnie noch Zeit für sie gehabt hatte. Ehe sie, Tiaan, wegen des nächsten Kindes vernachlässigt wurde.

Inzwischen war es dunkel geworden. Kurz darauf kehrten auch die beiden anderen Frauen mit Haani zurück. Sie bereiteten Gemüse für die Abendmahlzeit vor, schälten Zwiebeln, die an Schnüren von der Decke hingen, und schrubbten verschiedene Wurzeln, die sie aus einem Keller holten, der über eine Falltür in einer Ecke zu erreichen war.

Tiaan bot ihre Hilfe an, aber sie bedeuteten ihr nur, es sich am Feuer bequem zu machen, am Ehrenplatz, wie es schien. Das Abendessen bestand aus einem kräftigen Schwarzbrot, auf das die Flüssigkeit des Fischeintopfs geträufelt wurde. Tiaan aß alles bis auf den letzten Bissen auf und tupfte die letzte Flüssigkeit noch mit den Brotkrusten auf.

Später sang Lyssa Haani etwas vor. Es schien sich um eine lange Geschichte zu handeln, die vielleicht den Historien entnommen war oder den Historien dieser Familie. Die Sprache war Tiaan unbekannt. Der Vortrag dauerte etwa eine Stunde: eine Geschichte voller Dramatik und Tragik, Feuer und Leidenschaft und zärtlicher Liebesspiele, wenn Tiaan den wehmütigen Ausdruck auf Lyssas Gesicht richtig deutete. Die beiden älteren Frauen hörten zu und besserten derweil Kleidungsstücke aus.

Schließlich waren die Historien gesungen. Das Kind saß schläfrig beim Feuer, während die anderen es auszogen, mit einem feuchten Tuch wuschen und inmitten der Felle zu Bett brachten. Dann legten sie die Arbeit beiseite und schauten Tiaan erwartungsvoll an. Offenbar musste sie für ihr Abendessen etwas singen.

Hätte man sie gebeten, in der Fertigungsstätte zu singen, wäre Tiaan so gedemütigt gewesen, dass sie keinen Ton herausgebracht hätte. Aber diese Leute kannten sie nicht und würden sie ohnehin nie wiedersehen. Außerdem war sie den Frauen etwas schuldig für das Essen, die Unterkunft und die Gastfreundschaft.

Das letzte Mal, wenn sie sich richtig erinnerte, hatte sie als Kind in der Gebäranstalt gesungen. Ein Kinderreim kam ihr in den Sinn, eine Geschichte von einem Frosch und einem Schmetterling, die auch eine besondere Moral hatte. Sie stimmte die Zeilen mit einer heiseren, kratzigen Stimme an. Es klang alles andere als gut, aber Haani schien es zu gefallen.

Als sie geendet hatte, legte Lyssa einen Finger auf Tiaans Lippen, ging zum Feuer und begann, einen aromatischen Balsam in einen Krug zu rühren. Es duftete nach Limonen und Minze. Die Frau drückte noch etwas Honig aus einer rotschwarzen Wabe hinein und reichte Tiaan den Sud mit einem Lächeln.

Tiaan nippte an dem Krug und spürte, dass das Getränk ihrem angeschlagenen Hals guttat. Daraufhin stimmte sie eine weitere Melodie an. Die Worte dachte sie sich aus, während sie sang. Die Strophen widmete sie dem Vater, den sie nie hatte kennenlernen dürfen und wohl auch nie finden würde. Er war gewiss im Krieg gefallen, denn sonst wäre er zurückgekommen, um sie zu sich zu holen.

Der traurige Gesang endete. In ihren Augen schimmerten Tränen. Wieder klatschten die anderen, und das Kind setzte sich im Bett auf. Erst dann schnitt Tiaan das Thema an, das sie beschäftigte.

»Der Fluss ist zugefroren. Wie komme ich von hier aus zum Binnenmeer?«

»Ge-frohren?«, wiederholte Jiini, die am wenigsten von den drei Frauen sprach.

Tiaan versuchte, sich mit einer Vielzahl von Zeichen verständlich zu machen, aber manches konnte sie einfach nicht darstellen. Sie musste die Frauen nach draußen bitten, wo sie auf den Fluss zeigte und anzudeuten versuchte, dass er voller Eis war. Das Wort »Meer« konnte sie ihnen überhaupt nicht begreiflich machen.

Auf dem Boden skizzierte sie die Umrisse des großen südlichen Binnenmeeres, das beinahe neunhundert Meilen lang war, und die des kleineren, das im Westen daran angrenzte und Milmillamel hieß. Vielleicht sollte sie einfach den Namen des Meeres sagen …

»Ich möchte nach Tallallamel.«

»Ah!«, sagte Lyssa. »Tiaan geht Tallallamel Myr.«

Die drei grinsten und plauderten miteinander, dann sagte Fluuni langsam und deutlich: »Tiaan muss Boot lassen. Tiaan Schnee …« Sie verbesserte sich. »Tiaan auf Schneeschuh über Fluss, ja?«

»Mit Schneeschuhen den Fluss hinunter nach Tallallamel?«

»Ja! Ja!«, riefen die drei Frauen wie aus einem Munde und nickten eifrig. »Schneeschuhe zu Ghysmel, ja.«

Tiaan vermutete, dass es sich bei Ghysmel um eine Stadt an der Küste handelte. »Wie weit ist das entfernt?« Verständnislose Blicke. »Wie oft schlafen bis Ghysmel?«

Jiini hielt sechs Finger hoch. »Nya!«, meinte Lyssa, drückte die Hand ihrer Schwester runter und hielt acht Finger hoch. Fluuni nickte zustimmend.

Acht Tage auf Schneeschuhen. Die Aussicht war nicht zu schlecht; Tiaan kannte sich mit Schneeschuhen aus. So behalfen sie sich im Winter in der Fertigungsstätte. Allerdings wäre es eine Herausforderung, den ganzen Tag auf den Schneeschuhen zu stehen.

Da sie inzwischen verstanden hatte, dass Geld den Frauen fremd war, wusste Tiaan nicht recht, wie es weitergehen sollte. Doch nach zähen Verhandlungen verschacherte sie ihr Lederboot gegen ein Paar Schneeschuhe und Nahrung. Kein Zweifel, die Bewohner der Hütte besaßen längst ein Boot, aber Fluunis Augen leuchteten auf, sowie Tiaan ihnen ihr Angebot unterbreitete. Das Leder war weich, aber zäh, sehr viel wertvoller als die Schneeschuhe, die man rasch an wenigen Abenden herstellen konnte.

Die Frauen gaben Tiaan Bündel mit steifem, getrocknetem Fisch, Pökelfleisch, eine Wabe Honig, Käse – vermutlich aus Rehmilch –, ein Strang Zwiebeln und vieles mehr. Sie musste sie förmlich bremsen – es wurde allmählich mehr, als sie tragen konnte.

Es war spät geworden. Die Frauen verkrochen sich in das Lager aus Fellen und nahmen das Kind in die Mitte. Fluuni deutete auf einen Platz nah am Feuer. Tiaan war schon bald eingeschlafen.

Endlich einmal waren ihre Träume angenehm. Diesen Fremden, die Tiaan erst seit einem Tag kannte, fühlte sie sich näher als jedem, den sie sonst kannte. Wer hatte je so gut für sie gesorgt, abgesehen vielleicht von Joeyn? Sie hatte das Gefühl, als Kind im Bett bei ihrer Mutter zu liegen.

Tiaan wachte in der Nacht auf und wähnte sich in Marnies Nähe. Als sie sich verschlafen umdrehte, ohne recht zu wissen, wo sie sich im Augenblick befand, schlug sie mit dem Arm gegen das Gepäck. Das Feuer war ausgegangen, und in der Hütte war es vollkommen dunkel. Plötzlich kam sie sich in die Enge getrieben vor.

Tiaan tastete in ihrem Rucksack herum; sie suchte nach einem Licht, um das Gefühl der Beengtheit loszuwerden. Sowie sie den Amplimet berührte, leuchtete er auf, und ein Prickeln lief über Tiaans Arm. Das Gepäck glühte für einen Moment granatrot auf. Was war geschehen? Das hatte Tiaan noch nie zuvor erlebt. Als sie daran dachte, dass die Soldaten offenbar in der Lage gewesen waren, sie aufzuspüren, durchlebte sie einen Moment der inneren Unruhe.

Aber das schien schon eine Ewigkeit her zu sein, zumindest lagen die Schrecken der Eishäuser Hunderte von Meilen hinter ihr. Hatten die Soldaten sie etwa bis Kalissin verfolgt? Das kam ihr unwahrscheinlich vor. Aber die Lyrinx könnten aufgrund ihrer Flugkünste schnell bei ihr sein.

Ihr Herz raste. Tiaan kroch zum Eingang. Draußen war es immer noch dunkel. Sie legte sich wieder an die Feuerstelle. Sie gedachte, im Morgengrauen aufzubrechen, und hoffte auf Schneefall, damit die Flocken ihre Spuren verwischten.

Tiaan seufzte laut. Fluuni drehte sich um und legte einen Arm um Tiaans Taille. Tiaan hätte Trost aus ihrer Nähe ziehen können, wenn sie nicht vor so vielen unlösbaren Problemen gestanden hätte. Den Rest der Nacht lag sie wach, schlüpfte zweimal vom Schlaflager und spähte durch den Vorhang nach draußen. Beim zweiten Mal zeichnete sich am Horizont ein grauer Streif ab.

Sie war gerade dabei, die Stiefel in die Befestigungen der Schneeschuhe zu binden, als Jiini herauskam. Sie ging in den Wald, um sich zu erleichtern, kehrte zurück und half Tiaan bei den Schnüren. Kurz darauf kamen auch Fluuni, Lyssa und Haani ins Freie. Zweifellos standen sie immer so früh auf.

Als Tiaan in die Hütte ging, um das Gepäck zu holen, hing der Kessel schon über dem Feuer. Sie aß noch eine Schale Fischeintopf und bedankte sich herzlich bei den Frauen, die sie alle nacheinander zum Abschied umarmten. Sie schüttelte Haani die Hand, die ihr ein schüchternes Lächeln schenkte. Tiaan schwang sich das Gepäck auf den Rücken und glitt auf den Schneeschuhen zum Flussufer; die vier schauten ihr nach und lachten – bestimmt hatte sie keinen guten Laufstil. Sie winkte zum Abschied und brach dann auf.

Ihr Weg führte entlang des Flusslaufs, und sie musste sich zunächst darauf konzentrieren, den richtigen Schrittrhythmus zu finden. Es war harte Arbeit für die Muskelpartien, die sie schon lange nicht mehr beansprucht hatte, und als sie die eisbedeckte Fläche erreichte, hielt sie erst einmal an. Sie durfte ihre Beine nicht überstrapazieren und sich zum Krüppel machen.

Sie setzte sich auf einen großen Ast über dem Eis und schaute einigen Rehen beim Äsen zu. Plötzlich horchte sie erschrocken auf. Vom Oberlauf des Flusses schallte ein schriller, ohrenbetäubender Schrei über das Wasser herüber. Tiaan wusste augenblicklich, wer dort war. *Der Nylatl!*

KAPITEL NEUNUNDVIERZIG

Tiaans erste Eingebung war, die Flucht zu ergreifen. Auf den Schneeschuhen könnte sie dem Biest leicht entkommen. Aber die Frauen und das Kind hätten keine Chance, wenn der Nylatl sie angriff.

War das Wesen hinter ihr her oder hinter dem Amplimet? Tiaan war der gierige Ausdruck in den Augen des Nylatls nicht entgangen, als er den Kristall erblickt hatte. Entschlossen zog sie das kleine Messer, auch wenn es keine gute Waffe war, nahm all ihren Mut zusammen und eilte zurück.

Tiaan zwang sich, nicht weiter über ihre Entscheidung nachzudenken, denn schon bei dem Gedanken an dieses kleine Ungeheuer wurde ihr ganz schlecht. Der Nylatl befand sich womöglich noch auf der anderen Seite des Flusses und jagte ein Reh oder ein Kaninchen. Wenn er allerdings hinter *ihr* her war, würde er ihre Fährte verfolgen und unweigerlich zur Hütte gelangen. Auf halbem Weg blieb sie stehen und wusste nicht, was sie tun sollte. Dann hörte sie den furchtbaren Schrei.

Es war der Schrei einer Frau, schrill und abgerissen. Ein Schmerzensschrei oder ein Klageschrei über den Verlust eines geliebten Menschen. Kein Zweifel, der Nylatl musste dort sein, *bei der Hütte*.

So schnell sie konnte, jagte sie auf den Schneeschuhen dahin. Beim Laufen testete sie die Klinge des Messers mit dem Daumen. Es war gefährlich scharf. Heißer Zorn stieg in ihr auf. Wenn der Nylatl den Frauen etwas angetan hatte, würde sie dieses Ungeheuer mit Freude aufschlitzen.

Es kam kein weiterer Schrei. Tiaan hörte nur das dumpfe Pochen ihres Herzens und ein Rauschen an den Schläfen. Sie entdeckte kein Lebewesen am Flussufer. Es kam ihr so vor, als halte sich die ganze Welt versteckt.

Die Knie schmerzten, als sie vom Flussufer abbog, durch ein Stück Kiefernwald hastete und eine Lichtung erreichte. Hinter der nächsten Baumgruppe war bereits die Hütte zu sehen. Alles sah so aus, wie sie es zuletzt verlassen hatte. Sie eilte weiter, entdeckte aber immer noch keine der Frauen.

»Fluuni?«, rief sie vorsichtig. »Jiini? Lyssa?«

Keine Antwort. »Haani?«, flüsterte sie. Auch das Kind antwortete nicht. Vielleicht waren sie hinauf zum See gefahren, um dort zu fischen oder das neue Boot zu testen.

Tiaan glitt auf ihren Schneeschuhen noch ein Stück weiter. Die Rückseite der Behausung wurde sichtbar; das Boot lehnte immer noch an der Wand. Tiaan verspürte einen Stich im Herzen. Ängstlich schaute sie sich nach allen Seiten um: Ihr Blick wanderte hinauf in die Bäume und schweifte über den Fluss. Sie sah kein einziges Lebewesen, ahnte aber, dass der Nylatl sich genauso geschickt tarnen konnte wie ein Lyrinx. Als sie vorsichtig weiterging, gewahrte sie im Schatten hinter der Hütte eine große, zusammengesunkene Gestalt. Möglicherweise war es eine der Frauen.

Tiaan trat näher und riss an den Schnüren der Schneeschuhe, die sich nicht lösen ließen. Schließlich strauchelte sie, verlor den Halt und landete der Länge nach im Schnee. Die Klinge fiel ihr aus der Hand, glitt ein Stück über den verharschten Schnee und blieb unmittelbar vor dem Kopf der Frau liegen. Das blassblonde Haar lag zerzaust auf dem Boden. Tiaan erkannte an dem Mantel, wer dort lag.

»Jiini?«, wisperte sie und streckte zögerlich die Hand aus, um der reglosen Gestalt das Haar aus der Stirn zu streichen. An den Haarspitzen klebte Blut, auch die Pelze und der Boden unter der Frau waren rot gefärbt. Mit Schrecken stellte Tiaan fest, dass das Gesicht der Frau bis zur Unkenntlichkeit entstellt war. Sie war zweifellos tot.

Tiaan ergriff ihr Messer und blieb dann wie erstarrt vor der Toten hocken. Auf einmal nahm sie eigenartige Geräusche wahr, die aus der Hütte zu dringen schienen. Ein reißendes, berstendes Geräusch. Es gab nur eine Möglichkeit, hineinzugelangen: Tiaan rannte zum Eingang, warf sich gegen den Vorhang und landete in der Hütte.

Der Anblick, der sich ihr bot, war grässlich. Lyssa lag auf dem

Boden und sah noch entstellter aus als ihre arme Schwester. An den Wänden klebte Blut, und die wenigen Gegenstände in der Hütte lagen verstreut umher. Fluuni lehnte halb liegend und mit starrem Blick an der hinteren Wand, ihre Pelzkleidung war blutgetränkt. Ein Steinhammer, mit dem man gewöhnlich Fleisch klopfte, lag in ihrer rechten Hand.

Die schrecklichen Geräusche kamen aus Lyssas Leib, der sich bewegte, obwohl die Frau längst nicht mehr am Leben sein konnte. Tiaan standen die Haare zu Berge. Offenbar war das Ungeheuer in Lyssa und fraß von ihren Innereien. Aber wo war die kleine Haani?

Tiaan schlich um die Feuerstelle und behielt den leblosen Körper im Auge. Mit dem Fuß stieß sie gegen etwas – ein Schnitzmesser. Rasch bückte sie sich, hob es auf und hielt es drohend hoch.

Etwas bewegte sich in Lyssas Bauchgegend. Es sah aus wie eine Auge, das Tiaan aus nassem Fleisch anstarrte. Tiaan wollte schreien, spürte Übelkeit in sich hochsteigen. Sie musste sich in Erinnerung rufen, dass Lyssa längst tot war und nichts mehr fühlte.

Plötzlich schoss der Nylatl aus der Leiche hervor, blutverschmiert und mit glänzendem Schuppenpanzer. Er glitt über den Boden und hielt direkt auf Tiaan zu. Allerdings war er nicht mehr so schnell und gewandt wie zuvor. Tiaan hoffte, dass er immer noch an seinen Verletzungen litt. Aber er schien inzwischen gewachsen zu sein: Er hatte die Größe eines kleinen Hundes.

Tiaan machte einen Satz zur Seite und brachte den Kessel und das Feuer zwischen sich und dem Angreifer. Doch der Nylatl sprang einfach über die Hindernisse hinweg – genau auf Tiaans Gesicht zu. Gerade noch rechtzeitig riss sie das Schnitzmesser hoch und wehrte das Biest mit einem Schlag ab, ohne es indes ernsthaft zu verletzen. In ihrem Kopf setzte wieder dieses Pochen ein; Tiaan glaubte, Nadelstiche in den Augen zu spüren. Der Nylatl versuchte erneut, sich ihres Geistes zu bemächtigen.

Geschickt wie eine Katze drehte er sich im Fallen in der Luft, landete auf den Hinterbeinen und sprang abermals. Tiaan wich wieder aus, aber das Biest verkrallte sich in ihrem Ärmel, schwang sich hoch und schlug nach ihrem Hals. Glücklicherweise riss der Ärmel auf, und der Hieb ging ins Leere. Als der Nylatl zu Boden ging, trat Tiaan ihm hart gegen das Maul.

Der Tritt beförderte das Biest gegen die Wand, wo es aufschlug und reglos liegen blieb. Doch Tiaan ahnte, dass der Nylatl nur einen Trick anwandte, und ließ ihn nicht aus den Augen. Schließlich wagte sie sich einen Schritt in seine Richtung, die Klinge noch immer abwehrbereit erhoben, dann noch einen Schritt. Gerade als sie zustechen wollte, sah sie, dass sich die Hinterbeine des Nylatls anspannten.

Sie erstarrte. Das Ungeheuer sprang auf, zielte aber diesmal nicht auf ihr Gesicht, sondern warf sich gegen ihre Beine. Die scharfen Zähne drangen durch das Stiefelleder, durch Hose, Socken, Haut und Fleisch. Tiaan spürte, wie ein Zahn ihr bis auf den Knochen drang. Mit einem Schrei versetzte sie dem Nylatl mit dem freien Fuß einen Tritt in den Nacken.

Von Schmerzen gepeinigt, versuchte Tiaan, das Wesen mit dem Stiefel am Boden zu zerquetschen. Der Nylatl schrie gequält auf, und sie spürte, dass ein Knochen knackte. Mit den Krallen zog er sich über den festgestampften Boden und warf sich auf die Seite. Tiaan konnte vor Schmerzen nicht mehr klar denken. Sie wollte nur noch diesen monströsen Widersacher so verletzen, wie er sie verletzt hatte, und ihn töten, ehe er sie tötete.

Offenbar hatte sie dem Nylatl doch eine erhebliche Verletzung zugefügt, denn nun zog er die Hinterbeine nach. Ehe er sich für einen neuen Angriff aufrappeln konnte, versetzte Tiaan ihm einen heftigen Tritt. Die gepanzerte Haut prallte gegen den Kessel, und der Nylatl fiel ins Feuer. Mit einem schrillen Schrei sprang er wieder auf. Tiaan, die erschrocken zurückwich, rutschte unglücklich auf einem umgestürzten Trinkgefäß aus, fiel rücklings zu Boden und schlug mit dem Ellbogen auf; das Messer glitt ihr aus der Hand. Ein Gefühl der Taubheit erfasste ihren ganzen Arm.

Der Sturz hatte ihr die Luft genommen, sie konnte sich kaum noch bewegen. Der Nylatl kam auf sie zu, in seiner Bewegung eingeschränkt, und augenblicklich nahm sie seinen beißenden, scharfen Aasgeruch wahr. Er beäugte sie abwartend. Tiaan rechnete schon damit, dass er sich wieder auf sie stürzen würde, um ihr die Hand abzubeißen, aber er blieb einen Schritt von ihr entfernt stehen und starrte sie an.

Hunger!

Spielte er nur mit ihr, oder hatte er Angst? Sie umfasste den Griff ihrer Klinge mit der anderen Hand.

Der Nylatl machte einen Buckel wie eine Katze. Von seinen Augen ging eine betäubende Wirkung aus. Er lehnte sich leicht vor und öffnete das blutverschmierte Maul. Die blaue Zunge begann sich aufzurollen. Tiaan war wie gelähmt. Konnte dieses Wesen sie mit seiner Geisteskraft gleichsam in eine Art Trance versetzen?

Er würde sie mit Gift bespritzen und sich dann genüsslich über ihr Gesicht hermachen. Tiaan versuchte, den Arm zu bewegen. Klare Flüssigkeit tropfte von der Zungenspitze des Nylatls. Tiaan kniff die Augen zusammen und hielt den Atem an.

Plötzlich drang ein dumpfer, schwerer Schlag an ihre Ohren, und als sie die Augen erschrocken aufriss, sah sie, wie der Nylatl zur Seite taumelte. Fluuni, leichenblass und auf schwankenden Beinen, ragte vor Tiaan auf, den blutigen Steinhammer lose in der zittrigen Hand.

Der Nylatl winselte, zog sich schwer angeschlagen über den Boden, verschwand durch den Vorhang und hinterließ eine bläulich rote Blutspur auf dem Boden. Fluuni sank schwer auf die Knie. Ihr unversehrtes Gesicht war bleich, aber ihr ganzer Körper war blutrot.

»Jiini?«, wisperte sie.

»Liegt draußen«, keuchte Tiaan. »Sie ist tot. Es tut mir leid.« Sie kam sich furchtbar nutzlos vor.

Fluunis müder Blick wanderte zu Lyssa. Eine Frage erübrigte sich.

»Wo ist Haani?«, fragte Tiaan besorgt.

Mit einer blutbesudelten Hand deutete Fluuni matt auf die Bodenluke. Tiaan humpelte dorthin und zog die Falltür auf. Im hintersten Winkel kauerte Haani, den Kopf unter den Armen vergraben. Tiaan wusste nicht, was sie dem armen Kind sagen sollte. Könnte die Kleine das Schreckliche, das sie mit angesehen oder sich im Versteck vorgestellt hatte, je vergessen? Schnell warf Tiaan eine Pelzdecke über Lyssas Leiche.

»Haani, komm raus!«, rief Fluuni leise.

Das Kind löste sich aus der kauernden Haltung, kletterte zögerlich aus der Luke und flüchtete sich in Fluunis Arme. Die schwer verletzte Frau ließ das Kind einen Moment weinen, ehe sie Haani zu Tiaan drängte.

»Tiaan mi. Tiaan mumu niss!« Sie schaute zu Tiaan auf. »Geh mit Tiaan. Tiaan iss jetz Mutter!«

Haani begann entsetzlich zu heulen und lief zu Fluuni zurück.

»Tiaan mumu niss. Mi!« Fluuni konnte kaum noch sprechen.

»Aber …« Tiaan war beinahe so verwirrt wie das Kind. »Ihre Familie …«

»Alle tot!« Fluuni machte eine hilflose, raumgreifende Geste. »Tiaan iss Haanis Mutter jetz.« Sie schaute Tiaan mit flehendem Blick an.

Tiaan wusste nicht, was sie sagen sollte. »Ja«, wisperte sie. »Ich werde Haanis Mutter sein. Ich werde sie mitnehmen.«

Fluuni gab ein leises Stöhnen von sich. Blut rann aus ihrer Nase, dann sackte sie seitlich zu Boden. Tiaan ahnte, dass sie tot war, vergewisserte sich aber dennoch. Es war so, wie sie es befürchtet hatte: Fluunis ganzer Bauch war aufgerissen.

Tiaan ließ Haani vorerst bei ihrer Tante und suchte auf die Schnelle eine Tasche, Kleidung und Pelze für die Kleine zusammen. Sie nahm außerdem eine Holzschale und andere Dinge mit, die Haani brauchen würde, dazu noch so viel Essen, wie sie tragen konnte. Zwei Pelze wiesen keine Blutspuren auf; Tiaan steckte sie ein und langte auch nach einem kleinen Zelt aus Leinwand, das schwerer war, als es aussah. Wäre sie nur zu Fuß unterwegs, hätte sie es gewiss nicht tragen können, aber mit den Schneeschuhen mochte ihr das gelingen.

Für die Frauen konnte sie nichts mehr tun. Die Hütte würde so schnell nicht brennen, und in dem hartgefrorenen Boden konnte sie die Toten nicht bestatten. Während sie den Frauen die Augen zudrückte, verkroch sich das Kind unter Pelzen. Tiaan holte sie darunter hervor, doch Haani kreischte und schlüpfte gleich wieder unter die Decken. Als Tiaan die Pelze wieder wegzog, sah sie, dass Haani ein kleines Spielzeug in der Hand hielt, ein Geschöpf aus Lederresten, die zusammengenäht und dann mit Stroh gefüllt worden waren. Das Wesen hatte einen langen Körper, kleine runde Ohren, einen Entenschnabel und einen flachen, paddelartigen

Schwanz. Ein solches Tier hatte Tiaan noch nie in freier Wildbahn gesehen. Nun, wenn es der Kleinen Trost spendete …

Tiaan führte sie zu den Toten in der Hütte und bedeutete ihr, die Frauen ein letztes Mal anzufassen und Lebewohl zu sagen. Dann schulterte Tiaan das Gepäck, nahm Haani bei der Hand und ging mit ihr ins Freie.

Dort stieg die Kleine in ein kleines Paar Schneeschuhe und befestigte die Schnüre. Ein Stiefel war schon sehr abgetragen. Tiaan schnitt ein Stück Leder aus dem Boden des Boots, stopfte es noch in ihr viel zu schweres Gepäck, band die Schneeschuhe fest, nahm Haani wieder bei der Hand und glitt mit ihr über die Eisfläche entlang des Flussufers, ohne noch einmal einen Blick zurückzuwerfen. Erst später ging ihr auf, dass das Kind sich nicht von ihrer toten Mutter Jiini hatte verabschieden können.

Nicht weit entfernt fand der Nylatl einen Gang, der unmittelbar am Ufer in die Erde führte und über den man zu einem sicheren, trockenen und relativ warmen Bau gelangte. Dort wohnte ein Wesen mit einem entenähnlichen Schnabel. Der Nylatl hielt sich nicht lange mit diesem Tier und seinen Jungen auf und zerfetzte sie.

Sowie er seinen Blutdurst gestillt hatte, rollte er sich an der wärmsten Stelle zusammen und fiel in einen Winterschlaf. Er hatte viele Verletzungen, die ausheilen mussten, und das würde seine Zeit dauern. Und wenn er dann aus dem Schlaf erwachte, würde er wieder auf die Jagd gehen. Die Frau mit den schwarzen Haaren und dem schrecklichen, quälenden Kristall konnte sich nicht vor ihm verstecken. Sobald die Frau den Kristall zur Hand nahm, würde der Nylatl sie aufspüren. Und dann würde er die Menschenfrau leiden lassen, da sie zugelassen hatte, dass man ihn in ein Leben voller Qualen gestoßen hatte.

KAPITEL FÜNFZIG

Das Kind sprach den ganzen Tag kein Wort, was Tiaan unendlich wehtat und was sie fast noch schlimmer fand als den schrecklichen Vorfall selbst. Die Kleine glitt neben ihr her und bisweilen sogar ein Stück voraus, als wollte sie so weit fort wie möglich. Sie hielt sich sehr gut auf den Schneeschuhen, besser noch als Tiaan, die mit den Gepäckstücken zu kämpfen hatte. In dem kindlichen, runden Gesicht, das so bleich wie der Schnee war, zeichnete sich nichts als eisige Leere ab. Tiaan litt unter entsetzlichen Schuldgefühlen, denn nur ihretwegen hatte der furchtbare Nylatl den Weg zu der einsamen Hütte gefunden. Wäre sie nicht gewesen, würde die Bestie überhaupt nicht existieren. Hätte sie nie an der Hütte Halt gemacht, könnten die Frauen und das unschuldige Kind noch in friedlicher Eintracht leben.

Die Wunde am Schienbein schmerzte furchtbar, hatte aber nicht mehr stark geblutet. Tiaan hatte sich daher nicht darum gekümmert, zumal es jetzt viel wichtiger war, den Nylatl so schnell wie irgend möglich abzuhängen. Sie kamen an einigen Dörfern vorbei. Am ersten Weiler schöpften Kinder Wasser aus einem Eisloch und brachten es in Eimern zu den Behausungen. Tiaan erinnerte es daran, dass sie noch gar nicht daran gedacht hatte, wie sie zukünftig an Wasser kommen sollten. Natürlich wurde das Wasser im Winter nur unter Mühen gewonnen, es sei denn, es gab einen Brunnen, der nicht zufror. Die Kinder starrten ihnen nach, winkten aber nicht. Haani schaute nicht zum Ufer, sondern glitt einfach weiter. Tiaan folgte ihren Spuren im Schnee.

Gegen Mittag rief sie Haani, verließ die Eisdecke, betrat das steil ansteigende Ufer und setzte sich auf einen Baumstamm. Das Kind machte kehrt, gesellte sich aber nicht zu ihr, sondern glitt noch ein wenig umher. Tiaan vermutete, dass Haani den ganzen Tag weitergefahren und irgendwann entkräftet zusammengebrochen wäre, wenn sie das Kind nicht gerufen hätte.

Tiaan war der Erschöpfung nahe. Ihre Beinmuskeln schmerzten. Sie schnallte die Schneeschuhe ab und massierte ihre Oberschenkel. Auch das half nicht. Sie fühlte sich schwach und zittrig. Kalt war ihr nicht, denn der Tag war ungewöhnlich mild, und bei den Anstrengungen war sie gehörig ins Schwitzen geraten, aber sie erschauderte, wenn sie an die Schrecken des Morgens dachte. Diese Tragödie war eine direkte Folge der unglückseligen Entscheidung, dem Feind zu helfen, und all ihre Rechtfertigungen, wie »Sie haben mich doch dazu gezwungen«, änderten nichts an ihrer Schuld. *Wenn ich doch nur*, dachte sie immerzu, *wenn ich doch* . . .

Doch jegliches Grübeln war nutzlos. Sie holte ein Stück fettes, getrocknetes Fleisch hervor und schnitt einige Scheiben davon ab. Erst jetzt merkte Tiaan, dass Haani immer noch auf ihren Schneeschuhen umherkreiste. Tiaan sah, wie das Kind über eine unebene Stelle glitt, in eine Senke fuhr, in der dürre Zweige aus dem Schnee ragten, zwischen zwei Bäumen durchfuhr, deren Stämme fast einen Bogen bildeten, dann auf einer weichen Schneedecke kehrtmachte und wieder über die unebene Stelle fuhr. Ihr Mund war verkniffen; immer und immer wieder drehte sie die gleiche Runde, aber in ihrem Geist war sie sicherlich ganz woanders. Sie war in der Hütte bei den toten Frauen und dem grässlichen Geschöpf, das sie überfallen hatte.

»Haani?«, rief Tiaan. Das Kind reagierte nicht. Sie rief lauter. Nichts. Tiaan stand auf und rief mit Nachdruck: »Haani, komm her!«

Das Kind hob ruckartig den Kopf, schaute mit leerem Blick in Tiaans Richtung und steuerte dann den Baumstamm an. Tiaan klopfte auf den freien Platz neben sich. »Setz dich. Iss dein Mittagessen.«

Sie wusste, dass das Kind ihre Sprache ein wenig verstand, wenn auch nicht viel. Haani ging zum Ende des Baumstamms, nahm ihr Gepäck ab, nagte an einem Stück getrockneten Fisch und starrte auf die Leere zwischen den Bäumen. Tiaan wusste sich nicht zu helfen. Vorwürfe konnte sie dem Kind wohl kaum machen. Es war ein

Wunder, dass die Kleine sich nicht verzweifelt auf den Boden warf oder einen Schreianfall bekam. Vielleicht aber wäre es heilsamer, wenn sie sich die Trauer und die Angst von der Seele schrie.

Tiaan aß die Streifen des lederartigen Fleisches. Wenn man lange genug gekaut hatte, entwickelte sich ein intensiver Geschmack auf der Zunge, der Tiaan nicht sonderlich zusagte.

Sie spülte den Bissen mit einem Schluck aus ihrer Trinkflasche herunter. »Fertig?«, fragte sie das Kind, das weiterhin in die Leere starrte.

Haani erwiderte nichts, erhob sich aber sogleich, verschnürte die Bänder an den Halterungen der Schneeschuhe und schulterte ihr Reisegepäck. Es war offensichtlich, dass sie es gewohnt war, weite Strecken zurückzulegen. Artig tat sie, was man ihr auftrug.

Als Tiaan aufstand, spürte sie einen stechenden Schmerz in der Wadengegend und schrie auf. Haani, die bereits aufgebrochen war, machte auf ihren Schneeschuhen kehrt. Vielleicht befürchtete sie, der Nylatl sei wieder aufgetaucht.

Tiaan schob das Hosenbein hoch, das blutgetränkt war. Ihre Socke klebte an der Wunde fest. Aber damit konnte sie sich erst am Abend befassen.

Während Tiaan mühsam auf ihre Schneeschuhe stieg, sah Haani sie finster an und legte dann ein Tempo vor, das Tiaan nicht mithalten konnte. Vielleicht wünschte sie Tiaan im Stillen den Tod oder warf ihr vor, sich unrechtmäßig die Rolle der Mutter angeeignet zu haben. Oder sie gab ihr die Schuld an der ganzen Katastrophe.

Das Kind hatte ja recht. Tiaan trug die Schuld. Und was sollte sie jetzt mit einem achtjährigen Kind anfangen, das keine Verwandten mehr hatte? »Tiaan iss Haanis Mutter jetz«, hatte Fluuni gesagt. Aber Tiaan hatte keine Ahnung, wie sie für ein achtjähriges Kind in die Rolle der Mutter schlüpfen sollte. Sie kannte niemanden, bei dem sie sich etwas hätte abgucken können. Die meisten Kinder, die an die Fertigungsstätte veräußert worden waren, hatten zwar Familien, aber Tiaan hatte nie mit ihnen zu tun gehabt. Sie wusste einfach nicht, was eine richtige Familie war. Die einzigen Häuser, die Tiaan je betreten hatte, waren Joeyns Haus und die Hütte der drei Frauen. Und alle waren tot ... ihretwegen.

Haani war fast nicht mehr zu sehen, jagte über die glatte Eisfläche und schaute sich nicht um. Tiaan wollte schon schreien, hielt sich aber zurück. Sie erhöhte ihre Geschwindigkeit und trieb sich so hart an, wie ihre Verletzung es zuließ, ahnte aber, dass sie am folgenden Tag unter Schmerzen leiden würde.

Am späten Nachmittag, als der kurze Tag sich seinem Ende neigte, folgte Tiaan einer Biegung des Flusses und erblickte Haani, die am anderen Ufer stand und in den Wald starrte. Tiaan kam neben ihr zum Stehen.

»Zeit, ein Lager aufzuschlagen, wie?«

Das Kind betrat das Ufer und glitt über den weichen Schnee in den Wald. Einige Schneeflocken rieselten herab. Tiaan folgte der Kleinen, merkte aber gleich, dass es schon anstrengend war, überhaupt das Ufer zu betreten.

Haanis Schneeschuhe hatten Spuren auf der unberührten Schneedecke hinterlassen. Tiaan kämpfte sich durch den schweigenden Wald und gelangte in eine von Bäumen eingefasste Senke. Dort hatte Haani bereits ihr Gepäck abgelegt und begonnen, die Schneeschuhe abzuschnallen. Die Senke war tatsächlich ein guter Platz für ein Lager – sie bot Schutz, es gab genügend Feuerholz in der Nähe, und die Bäume standen nicht zu dicht nebeneinander, sodass sie Wache halten konnten. Das Kind war eine erfahrene Reisende: eine überlebenswichtige Fertigkeit in diesen Breiten.

An einem umgestürzten Stamm häuften sie Zweige auf. Haani erledigte ihre Aufgaben schweigend: Sie sammelte Holz, baute das Zelt auf und füllte den Topf mit Schnee. Derweil bereitete Tiaan das Essen vor.

Später saß Haani ihr am Feuer gegenüber und starrte in die Flammen. Was mochte in diesem Kind vorgehen? Tiaan hatte noch keine Tränen bei der Kleinen gesehen. Vielleicht hatte sie die schrecklichen Ereignisse ausgeblendet. Tiaan wollte das Mädchen trösten, wusste aber nicht, was sie ihr sagen sollte.

Dampf stieg aus dem Topf. Tiaan schöpfte mit einem hölzernen Becher etwas von dem heißen Wasser und begann, die blutige Socke aufzuweichen und von dem Knöchel zu lösen. Die Kruste hatte sich mit dem Gewebe verklebt, und sowie die Socke abgezogen war, blutete die Wunde wieder.

An Schienbein und Knöchel konnte man deutlich sehen, wo der Nylatl seine spitzen Zähne in ihre Haut gebohrt hatte. Die Bisse waren an den Rändern entzündet. Es sah furchtbar aus. Nachdem sie die Wunden ausgiebig mit heißem Wasser gesäubert hatte, verteilte Tiaan etwas Honig darauf, da sie keinen Wundbalsam zur Hand hatte, und legte einen Verband an. Wenn die Bisswunden sich schlimm entzündeten, könnte Tiaan sich gleich zum Sterben hinlegen.

Während Tiaan ihre Wunden versorgte, blickte sie einmal kurz auf und sah, dass Haani ihr zuschaute. Zum ersten Mal entdeckte Tiaan so etwas wie Mitgefühl auf dem Gesicht der Kleinen. Auch Tiaan hatte gelitten.

Tiaan war verzweifelt. Ursprünglich hatte sie beabsichtigt, unten an der Küste ein Schiff zu suchen, das sie bis zum Meer von Milmillamel brachte. Dort wollte sie ein anderes Schiff nehmen, das flussaufwärts in Richtung Tirthrax fuhr. Wie lange und wie beschwerlich wäre diese Reise nun mit einem Kind?

Minis hatte gesagt, sein Volk könne noch höchsten ein Jahr überleben. Es war Spätherbst gewesen, als sie die Fertigungsstätte verließ, und Winter, als sie in Kalissin eintraf. Tiaan kam mit der Zeitrechnung durcheinander, aber sie glaubte, dass inzwischen gut drei Monate vergangen waren. Demnach war auch der Winter bereits zur Hälfte verstrichen. Doch die Winter in diesen Breiten waren sehr lang, und daher stand ihnen vielleicht das Schlimmste noch bevor. Womöglich war auch das Binnenmeer zugefroren.

Die Aussichten waren düster. Tiaan konnte beinahe Minis' Verzweiflung spüren. Sie war die letzte Hoffnung für sein Volk, und nun ließ sie ihn im Stich. *Ich habe mein Bestes gegeben, Geliebter*, dachte sie. *Was hätte ich noch machen sollen?* Aber dieser Gedanke spendete ihr keinen Trost.

Das Kind erhob sich, rührte den Topf, der jetzt nicht mehr nur Wasser enthielt, mit dem Messer um und nahm sich etwas von dem Eintopf. Haani aß lustlos und achtete nicht darauf, was sie verzehrte.

Tiaan hatte ein Loch im Magen, fühlte sich aber niedergeschlagen und bekam keinen Bissen herunter. Was für ein Leben stand diesem Kind bevor, wenn es Monat um Monat unterwegs war, kein Zuhause hatte und nie die Möglichkeit erhielt, sich mit anderen Kindern anzufreunden? Und was wäre eines Tages, wenn sie doch in Tirthrax ankämen und vielleicht in einer Höhle hausen müssten? Wäre Haani dort völlig auf sich allein gestellt, weil Tiaan Tag und Nacht nach ihrem Geliebten suchte?

Was, um Himmels willen, dachte sie sich dabei? Natürlich war es für sie selbstverständlich, das Kind mitzunehmen. Sie musste sich um Haani kümmern, bis die Kleine groß genug war, ihren eigenen Weg zu gehen. Tiaan sah es als ihre heilige Pflicht an. Aber sie stellte sich auch der quälenden Frage, was aus ihrem eigenen Leben werden sollte. Was geschah mit ihrem Geliebten?

Haani stierte immer noch reglos ins Feuer. Auf ihren Wangen zeichneten sich hellrote Flecken ab, als litte sie unter Fieber. Die kleine Holzschale hatte sie zur Seite gestellt und wippte apathisch mit dem Oberkörper vor und zurück, die Arme um die Knie geschlungen.

Tiaan war beschämt. Das Kind hatte miterlebt, wie ihre Mutter und Tanten grausam ermordet wurden. Ein Zuhause gab es für sie nicht mehr. Die schrecklichen Erinnerungen würden sie bis an ihr Lebensende verfolgen. Und Tiaan dachte nur darüber nach, was aus ihrem eigenen Leben würde. Wie selbstsüchtig sie doch war!

Tränen glitzerten in Haanis Wimpern. Tiaan setzte sich neben die Kleine. Als das Kind versuchte, von ihr abzurücken, nahm Tiaan das Mädchen in den Arm und hob es auf ihren Schoß. Haani wehrte sich zunächst, aber als Tiaan sie an sich drückte, begann das Kind endlich zu weinen.

Tiaan hielt sie über eine Stunde schweigend umfangen. Schließlich sackte Haanis Kopf zur Seite; sie war eingeschlafen. Vorsichtig trug Tiaan sie zum Zelt, bettete sie in den pelzgefütterten Schlafsack und begab sich wieder zum Feuer.

Sie fürchtete sich vor dem Schlaf. Schlaf führte zu Träumen, und sie ahnte bereits, was für Träume ihr bevorstanden. Tiaan stampfte mit den Füßen auf, um die Kälte zu vertreiben, nahm sich etwas von dem Eintopf und merkte, dass ihre Gedanken unweigerlich zu

Minis wanderten. Eine Woge der Sehnsucht überkam sie. Sie musste in Erfahrung bringen, ob es ihm auch gutging.

Schnell hatte sie die notwendigen Instrumente hervorgeholt, setzte den Helm auf und begann, die Perlen zu verschieben. Nichts geschah. Ihr war, als hätte es Minis nie gegeben. Verstimmt riss sie sich den Helm vom Kopf und warf ihn auf den Boden. Sie hatte Minis enttäuscht. Die Aachim waren bestimmt längst tot.

Auch der Amplimet sah leblos aus. Er war kalt, leuchtete nur noch matt, und auch der kleine Funke war verschwunden. Nutzloses Ding! In ihrer Wut versetzte sie dem Kugelkonstrukt einen Tritt, sodass es zum Feuer rollte. Bei den Eishäusern hätte sie fliehen können, wenn sie sich ein wenig mehr angestrengt hätte, aber nun war es zu spät! Nie könnte sie nach Hause zurückkehren. Aber wenn sie nun auch noch ihre Suche nach Minis aufgäbe, hätte sie nichts mehr, für das es sich zu leben lohnte.

Aufgewühlt ging Tiaan um das Feuer herum. Über alle brachte sie Unglück, beinahe jeder, den sie berührte, fand den Tod, angefangen beim alten Joeyn. Sie ging die Toten der Reihe nach durch, Menschen wie Lyrinx. Doch was nutzte das? Sie wäre womöglich besser beraten, den Amplimet durch ein Loch im Eis zu werfen und selbst hineinzuspringen.

Kaum hatte sie die Stiefel ausgezogen, um ihre Füße am Feuer zu wärmen, kam ein Schrei aus dem Zelt. Mit nur drei Schritten war Tiaan bei der Kleinen.

»Mumu!«, schrie Haani. »Mumu, im sklarrr!«

»Alles ist gut, Haani«, versuchte Tiaan sie zu beruhigen. »Ich bin bei dir.«

Das Kind zog sich bis in die hinterste Ecke des kleinen Zelts zurück und streckte die Hände in einer Geste der Abwehr von sich. »Mumu! Mumu!«

Tiaan wollte das Kind in den Arm nehmen. »Haani, du hattest einen bösen Traum. Ich bin doch da.«

»Nya!«, schrie die Kleine und schlug nach ihr. »Mumu nya!«

Das Kind traf sie mit dem Ellbogen am Auge, sodass Tiaan die wild um sich schlagende Haani loslassen musste. Als Tiaan sich von dem Schlag erholt hatte, war das Kind fort.

»Haani? Wo bist du?«

Keine Antwort. Sie hörte nur das Rauschen des Windes in den Baumwipfeln. Tiaan ging zum Feuer, nahm einen brennenden Ast aus der Glut und hielt ihn hoch. Die Flamme ging aus. »Haani?«, rief sie, lief aufgeregt um das Feuer und stolperte über den Helm. Der Amplimet glühte jetzt, wenn auch schwach. Tiaan benutzte ihn als Lichtquelle und folgte auf Socken den Spuren der Kleinen im Schnee. Sie hatte keine Zeit, erst noch die Stiefel anzuziehen. Es schneite, und wenn sie Haanis Spuren verlor, würde die Kleine sterben.

Der Schnee war stellenweise verharscht, sodass oft keine Spuren zu sehen waren. Eine dichte Wolkendecke ließ weder Mond noch Sterne erahnen. Schon wenige Dutzend Spannen vom Lager entfernt hatte die Nacht den Feuerschein verschluckt. Tiaan war sich nicht einmal mehr sicher, ob sie noch den Weg zurück zum Zelt finden würde. Sie trat bewusst fester auf, um später ihre Spuren im Schnee sehen zu können.

»Haani?«

Keine Antwort. Wie hatte das Kind nur so schnell so weit laufen können? Auf einer windigen Lichtung blieb Tiaan stehen. Die dünnen Kiefernstämme hatten dem böigen Wind kaum etwas entgegenzusetzen. Der Schnee war eine einzige harschige Fläche, die keine Spuren preisgab.

Ein Windstoß fuhr unter Tiaans offenen Mantel. Rasch zog sie sich den Mantel enger um die Schultern und schaute sich verzweifelt um. Keine Spur von dem Kind; kein Geräusch, nur das Heulen des Windes. Mit tauben Fingern hielt sie den Amplimet hoch und bezog mehr Licht aus dem Kristall. Für einen Moment flammte er heller auf, wurde dann aber blasser und drohte ganz zu verlöschen.

Tiaan hinkte auf die andere Seite der Lichtung und suchte dort die Schneedecke nach möglichen Spuren ab. Auch dort nichts. Schließlich schritt sie die ganze Lichtung ab, traf wieder auf ihre eigenen Spuren und spürte, wie die Verzweiflung sich mit Eiseskälte in sie fraß.

Als sie in ihren Spuren zurückging, entdeckte sie einen kleinen Fußabdruck, der vor der Lichtung nach links wies. Die Spur befand sich unter einem Baum. Sie wusste, dass das Kind gerne auf Bäume kletterte. Sie schaute hinauf. »Haani?«

Aber sie hörte nur den auffrischenden Wind im Geäst. »Haani?«, schrie sie erneut, diesmal aus vollem Hals.

Das Licht wurde schwächer, und Tiaan merkte, dass sie dem Kristall nicht mehr Energie zu entlocken vermochte. Sie konnte ihn kaum noch halten, da er so kalt wurde. Als sie zum nächsten Ruf ansetzte, trug der Wind das laute Fauchen einer Wildkatze zu ihr.

Haani schrie auf! Der Schrei war von links gekommen. Blindlings stürmte Tiaan in die Richtung und spürte ihre tauben Füße kaum noch auf dem kalten Untergrund. Kurz darauf stieß sie auf eine blutige Spur, dann noch eine, und hoffte, dass es sich nur um eine Schnittwunde handelte. Als sie eine weitere freie Stelle zwischen den Kiefern erreichte, sah sie, wie Haani verzweifelt versuchte, auf einen Baum zu klettern. Aber auf dem vereisten Stamm rutschte sie immer wieder ab.

Tiaan trat auf einen Ast, der mit lautem Knacken zerbrach. Haani schrie vor Schreck und flüchtete in die Dunkelheit. Tiaan rannte hinter ihr her. »Haani, bleib stehen! Ich bin es, Tiaan!«

Wieder war das Fauchen einer Wildkatze zu hören. Haani kreischte, sie war nur wenige Schritte jetzt entfernt. Als Tiaan weiterlief, machte das Kind kehrt, schaute sich ängstlich um und stieß mit ihr zusammen. Tiaan schlang die Arme um die Kleine, die in einem fort schrie.

Sie drückte das Mädchen fest an sich und rief: »Haani, du bist jetzt in Sicherheit!«

Haani versteifte sich, verharrte für einen Moment in dieser Haltung, ehe sie wieder weinte und von heftigen Schluchzern geschüttelt wurde. Tiaan hob das Kind hoch. Verzweifelt klammerte das Mädchen sich an sie. Die Verletzung am Fuß war nicht weiter tragisch, aber Haani würde womöglich Erfrierungen davontragen. Tiaan steckte Haanis eiskalte Füße in die Taschen ihres Mantels und wünschte, sie könnte auch ihre eigenen Füße irgendwie wärmen.

Inzwischen schneite es stärker; der Amplimet war fast ganz erloschen. Tiaan war erst wenige Schritte gegangen, als sie merkte, dass sie ihre Spuren nicht wiederfand. Sie wusste nicht mehr, welche Richtung sie nun einschlagen musste.

KAPITEL EINUNDFÜNFZIG

Eine geschlagene Woche saß Nish in Tiksi herum, bis er des Nichtstuns und seiner selbst überdrüssig war. Vor Tagen schon waren Irisis und alle übrigen einsatzfähigen Leute zur Fertigungsstätte zurückgekehrt, außer Ullii. Da Nish immer noch nicht wusste, welches Schicksal ihm beschieden war, befürchtete er jeden Tag, zum Skrutator gerufen zu werden. Fyn-Mah hatte ihm ihre Unterlagen überlassen, damit er mehr über die Kunst der Gestaltverformung erfuhr, die die Lyrinx beherrschten. Er las, bis ihm die Augen wehtaten, fand es aber schwer, sich richtig zu konzentrieren.

Erst acht Tage nach ihrer Ankunft in Tiksi wurde er zum Haus des Stadtherrn gerufen und in die Amtsstube geführt. Xervish Flydd thronte mit geschlossenen Augen in einem hohen Lehnstuhl.

»Guten Morgen, Skrutator!«, grüßte Nish höflich.

Der mächtige Mann reagierte darauf nicht. Er ignorierte den jungen Mann einfach. Nish räusperte sich mehrmals, trat von einem Bein auf das andere und trommelte vorsichtig mit den Fingern auf den Tisch, da er sich nicht sicher war, ob der Skrutator nicht doch vielleicht schlief. Allerdings hielt er das nicht für sehr wahrscheinlich. Schließlich holte Nish ein Stück Papier aus seiner Tasche und fertigte einige Zeichnungen an, da er seine Gedanken zur Verbesserung der Geschossvorrichtungen für Klanker festhalten wollte. Daran arbeitete er eine ganze Weile, ehe der Skrutator plötzlich die Augen öffnete und sich nach vorn beugte.

»Ich hatte mir überlegt, Euch an die vorderste Front zu schicken, Cryl-Nish!«

Nish rutschte vor Schreck der Stift aus der Hand; das Stück Papier flatterte zu Boden. Schnell bückte Nish sich danach und versuchte, sein Entsetzen zu verbergen. Hatte er doch geglaubt, diesem Schicksal entronnen zu sein.

»Und gegen ein solches Urteil könnt Ihr wohl kaum Einspruch erheben, Monteur, nach all den Unglücksfällen, die Ihr zu verantworten habt. Das entnehme ich selbst den Berichten Eures Vaters. Der arme Jal-Nish. Nun, jetzt liegt die Entscheidung bei mir. Habt Ihr irgendetwas zu Eurer Verteidigung zu sagen?«

»Ich glaube, dass ich seitdem auch etwas geleistet habe«, erklärte Nish mit matter Stimme.

»Ach wirklich? Da habe ich aber etwas anderes von den Vorgängen auf dem Plateau gehört.«

»Was habt Ihr denn gehört, Herr?« Nish musste sich zu der Frage zwingen, die er so fürchtete.

»Mir ist zu Ohren gekommen, dass Ihr Ky-Ara gedroht habt, was später zu dem Unfall mit seinem Klanker führte.«

Nish schaute sich gehetzt um, wollte es leugnen, brachte aber nicht den Mut dazu auf. Die Wahrheit blieb vor dem Skrutator nicht verborgen, und wenn man log, gestaltete sich der unangenehme Prozess der Wahrheitsfindung als äußerst erniedrigend.

»Da der Klanker nicht mehr einsatzbereit war, konnte die Kunstwerkerin nicht befreit werden. Auch der Kristall war fort! Und der Perquisitor wurde verstümmelt!«

»Ky-Ara hätte sich mir widersetzen müssen«, gestand Nish kleinlaut.

»Das hätte er in der Tat tun sollen, und für diese Nachlässigkeit wird er sich auch noch zu verantworten haben. Wie Ihr auch.«

Der Skrutator blickte auf seine knochigen Hände. Die Finger waren knorrig und seltsam verdreht, als wären sie in einer Folterkammer gebrochen und später von jemandem gerichtet worden, der nichts von Knochen verstand. Er dehnte die Finger, die sich so langsam bewegten wie die Glieder einer Krabbe. Nish schauderte, versuchte aber, sich nichts anmerken zu lassen.

Doch den kalten Augen entging nichts. »Auf der anderen Seite habt Ihr durchaus Mut bewiesen, Cryl-Nish. Und Mut, das brauche ich Euch nicht in Erinnerung zu rufen, ist eine wichtige Voraussetzung für einen Frontsoldaten.«

»Als Monteur in der Fertigungsstätte wäre ich von größerem Nutzen«, wagte Nish verzweifelt einzuwerfen.

»Das bezweifle ich! Ihr seid nicht mit dem Herzen bei der Arbeit, Cryl-Nish, obwohl Ihr Euch redlich Mühe gebt.«

»Ich habe mein Bestes gegeben. Die Tätigkeit des Monteurs habe ich mir nicht selbst ausgesucht.«

»Ihr mögt Euer Bestes gegeben haben, aber Euer Bestes war eben nicht gut genug.«

»Was wird aus meinem Projekt, das Fyn-Mah untersteht? Ich sollte mehr über die Kunst der Gestaltverformung lernen.«

»Habt Ihr schon etwas erreichen können?«

»Nein, aber ich hatte ja auch nur –«

»Überlasst das der Queristin!«

»Aber –«

»Kein Aber, Monteur«, grollte Flydd.

Nish blickte entmutigt zu Boden. Sein Schicksal war besiegelt. Dann kam ihm ein Einfall. »War Ullii Euch eine Hilfe, Herr?«

Der Skrutator zog die Mundwinkel nach unten, doch plötzlich erschien ein Lächeln auf seinem Gesicht. »Ich sehe, worauf Ihr hinauswollt. Ihr hofft, Euch in einem Unterfangen als nützlich zu erweisen, in dem ein altes Ungeheuer wie ich keinen Erfolg hatte.«

»Nun, äh ... es ist nicht einfach, mit der Sucherin zu arbeiten.«

»Ich fand nicht, dass sie ausgesprochen ungewöhnlich ist.«

Nish blieb der Mund offen stehen. »Aber –«

»Die Leute sind nicht unbedingt so, wie sie scheinen, Junge. Bisweilen zeigen wir anderen, was sie von uns sehen möchten. Ihr zum Beispiel haltet den Skrutator für einen hundsgemeinen alten Bastard.«

Nish konnte das nicht leugnen und schwieg daher wohlweislich.

»Ich verstehe Eure Freundin Ullii sehr gut. Wir sind gut miteinander ausgekommen und haben uns als Freunde getrennt.«

Das konnte Nish nicht glauben, aber der Skrutator würde wohl kaum eine Lüge verbreiten, die so leicht entlarvt werden konnte. Das Blatt Papier flatterte aus Nishs Hand. Er sah zu, wie es sich in der Luft drehte, machte indes keine Anstalten, es aufzuheben. »Dann ist es wohl um mich geschehen. Ich bin erledigt!«

Die dunklen Augen bohrten sich wieder in ihn.

»Aber vielleicht habe ich doch noch eine Verwendung für Euch, Cryl-Nish. Ich habe keine Zeit, mit Ullii Ausschau zu halten. Warum sollte ich auch, wenn Ihr das für mich erledigen könnt? Ich denke, ich schicke Euch doch zurück zur Fertigungsstätte. Tagsüber könnt Ihr Euch als zweitrangiger Monteur nützlich machen. Des Nachts, wenn die Sucherin nicht damit beschäftigt ist, Kristalle in der Mine aufzuspüren, werdet Ihr dafür sorgen, dass sie wachsam bleibt.«

»Auf was soll sie achten, Herr?«, fragte Nish.

»Auf Leute, die sich der Geheimen Kunst bedienen. Auf was sonst?«

»Oh, verstehe!«

»Natürlich soll sie auch weiterhin Ausschau nach Tiaan halten. Eines Tages wird sie wieder irgendwo auftauchen, und dann möchte ich unverzüglich davon in Kenntnis gesetzt werden. Mittels eines Skeetvogels, auch wenn das unvergleichlich teuer ist! Und dann verlange ich, dass man sie findet. Nur aus diesem Grund habe ich Euch verschont, Monteur. Damit Ihr mit der Sucherin Tiaan aufspürt und, was noch wichtiger ist, diesen interessanten Hedron findet, den sie offenbar entdeckt hat. Und enttäuscht mich nicht, Junge! Oder Ihr seid Lyrinxfutter!«

Am nächsten Morgen waren Ullii und Nish auf dem Weg zur Fertigungsstätte, begleitet von einer Eskorte von sechs Fußsoldaten und einem Klanker. Ullii war in ungewöhnlich fröhlicher Stimmung. Sie sagte zwar nicht viel, aber als Nish den Skrutator erwähnte, sagte sie: »Xervish!«, und schwelgte lächelnd in irgendeiner Erinnerung. Offenbar steckte mehr in diesem Mann, als sein wenig anziehendes Äußeres vermuten ließ. Denn schließlich stieg man nicht zu der mächtigsten Position im Land auf, ohne viele Talente vorweisen zu können.

Auch Nishs Vater hatte sich inzwischen so weit von seinen Verletzungen und unkontrollierten Wutausbrüchen erholt, dass er auf einem Schiff die Heimreise nach Fassafarn hatte antreten können. Nish war froh, ihn endlich los zu sein. Als Perquisitor war sein Vater schon schlimm genug, aber als einarmiger und verstümmelter Versager bot Jal-Nish einen furchtbaren Anblick. Die Expedition war auf Geheiß des Perquisitors ausgesandt worden und hatte sich als Katastrophe entpuppt. Die Schuld wurde daher Jal-Nish angelastet.

Während sie im Schutz des Klankers voranschritten, fragte Nish sich, was aus seinem Vater werden mochte. Würde man ihn stillschweigend in den Ruhestand versetzen – und als Begründung dafür auf die Verletzungen verweisen? Wurde so mit wichtigen Leuten verfahren, die nicht mehr tragbar waren? Sie konnten Jal-Nish wohl kaum an die Front schicken.

Aber Nish konnte sich nicht vorstellen, dass sein Vater daheim die Hände in den Schoß legte und sich zum Nichtstun verdammt fühlte. Vermutlich würde er seine Gemahlin in den Wahnsinn treiben. Ranii war eine ehrgeizige, kluge Frau, die sich jegliche Einmischung in die Tagesabläufe verbat, wenn sie daheim war.

Glücklicherweise war Fassafarn weit entfernt. Nish bezweifelte, dass er seinen Eltern in den kommenden fünf Jahren einen Besuch abstatten würde.

Ungefähr eine Woche später – Nish war gerade dabei behilflich, Holzbalken für die eingeschlagenen Torflügel zu tragen – kam auf einmal Ky-Aras Klanker mit ratternden Geräuschen die Straße hinauf. Die Maschine war hier und dort mit Matsch und Schilf verschmutzt, als hätte der Steuermann sich in einem sumpfigen Gelände versteckt gehalten. Die Panzerplatten waren verbeult und stellenweise rostig.

Der Klanker kam mit ächzenden Geräuschen zum Stehen. Ein älterer Steuermann stieg aus, legte seine Handschuhe ab und rieb sich den steifen Nacken von der langen Fahrt. Zwei Soldaten sprangen von der Schützenplattform. Sie grüßten vorschriftsmäßig, als sie sich dem Tor zuwandten.

Nish setzte den schweren Balken ab und wunderte sich über die Vorgänge. Dann trat der Skrutator durch das Tor und gab vier Wachen der Fertigungsstätte Anweisungen, die daraufhin zu dem Klanker schritten und die Heckklappe aufstießen.

»Raus mit dir!«, riefen sie.

Nach einer langen Pause tauchte eine schwarz gekleidete Person in der Öffnung auf, wurde ins Freie gezerrt und zum Tor geführt. Nish erkannte Ky-Ara kaum wieder. Der einst gut aussehende Mann sah völlig verwildert aus, hatte wunde Stellen und war abgemagert. Seine Uniform war verdreckt, und in seinem gequälten Gesicht waren die Augen beinahe so groß wie die von Ullii.

Es kam zu keiner Verhandlung, da Ky-Ara seine Schuld eingestanden hatte. Nish hatte keine Ahnung, wie die Bestrafung aussehen mochte – vermutlich eine Hinrichtung, die entsprechend irgendeiner Vorschrift ablaufen würde. Es war nutzlos, diesen gebrochenen Mann noch an die Front zu schicken.

Ky-Ara wurde hereingeführt und zwischen den Werkräumen der Monteure und den Schmelzöfen an einen Pfahl gebunden. Der ältere Steuermann brachte den Klanker durch das hintere Tor in den Hof und stellte ihn neben Ky-Ara ab.

»Nehmt die Maschine auseinander, Stück um Stück«, wies der Skrutator die versammelten Monteure an.

Die Leute, Nish mit eingeschlossen, begannen mit der langwierigen Arbeit. Sämtliche Steuermänner schauten mit ihren Lehrlingen schweigend zu. Der Chronist der Fertigungsstätte saß in einem Stuhl bei den Schmelzöfen und hielt alles schriftlich fest. Da die Geschichtenerzählerin krank war und nicht als Zeugin in Erscheinung treten konnte, hatte man eine andere aus Tiksi mitgebracht. Ihre Pflicht bestand darin, die *Geschichte von Ky-Aras Sturz und Niedergang* aufzuschreiben, damit dieses Schicksal in allen siebenundsechzig Fertigungsstätten im Südosten des Landes und womöglich in der ganzen bekannten Welt verkündet werden konnte.

Man stellte Ky-Ara zwar etwas zu essen und zu trinken hin, aber während der drei Tage, die es dauerte, um den Klanker in all seine unzähligen Einzelteile zu zerlegen, rührte Ky-Ara nichts an. Schlaff hing er an den Stricken und stierte mit blutunterlaufenen Augen die Arbeiter an. Jedes Teil, das ausgebaut wurde, war für den Verurteilten wie ein Dorn, der sich in sein Fleisch bohrte.

Nish hatte nie viel Mitleid mit anderen Menschen gehabt, aber ehe die Prozedur vorüber war, tat Ky-Ara ihm leid. Der Mann war vor den Augen der anderen verdorrt, und Nish hatte noch nie so viel menschliches Leid gesehen. Er wünschte, jemand würde den armen Teufel von seinen Qualen erlösen, aber Ky-Ara wurde Tag und Nacht bewacht. Die Gerechtigkeit musste ihren erbarmungslosen Lauf nehmen.

Erst dann begann die richtige Tortur. Die gesamte Fertigungsstätte musste antreten, angefangen bei Eiryn Muss, dem Schwachkopf, bis zum Skrutator persönlich. Selbst Ullii war anwesend. Gemessenen Schrittes, wie Sargträger bei einer Beerdigung, musste jeder zu dem Haufen mit den Einzelteilen gehen, sich ein beliebiges Metallstück aussuchen, damit zu den Schmelzöfen gehen und das Stück durch die offene Klappe ins Feuer werfen.

Ky-Ara schrie bei jedem einzelnen Teil, bis er keine Stimme mehr hatte, um überhaupt noch irgendeinen Laut von sich zu geben. Diese Qualen dauerten viele Stunden, und jeder war mehrmals zum Ofen gegangen, bis nur noch die beiden schmiedeeisernen Schwungräder übrig waren. Nish nahm sich das eine vor, Aufseherin Tuniz das andere. Da die Räder viel zu schwer waren, wurden sie bis zu den Öfen gerollt, wo sie von mehreren Arbeitern über eine stabile Planke in die alles verzehrende Feuersbrunst befördert wurden.

Der Steuermann schrie ein letztes Mal auf und verlor das Bewusstsein. Ein Eimer Wasser wurde über ihn geschüttet, denn die Strafmaßnahme war noch nicht zu Ende. Werkmeisterin Irisis nahm Ky-Ara die Steuereinheit weg, die er um den Hals getragen hatte, und baute das Element Stück für Stück auseinander. Danach trugen Irisis, die übrigen Kunstwerker und die Lehrlinge die Einzelteile zum Feuer. Ky-Ara wand sich in seinen Stricken, gab aber keinen Laut mehr von sich.

Zuletzt trat der Skrutator vor und trug eine rechteckige Metallplatte vor sich her, auf der ein Messer lag. Mit beinahe feierlichen Bewegungen setzte er die Platte auf einem eigens dafür bereitstehenden kleinen Tisch neben Ky-Aras Hedron ab und bedeutete den Wachen, ihres Amtes zu walten. Sie traten vor und schnitten Ky-Aras Fesseln durch.

Der Skrutator gab Ky-Ara einen Wink. Der Steuermann machte einen Satz nach vorn. Seine Züge waren verzerrt, sein Gesicht leichenblass; wässriges Blut lief an seinem Kinn herab, da er sich wiederholt auf die Zunge gebissen hatte. Der Skrutator deutete mit der linken Hand auf den Hedron, mit der rechten auf das Messer. Nish hielt den Atem an. Würde der Steuermann nun den rituellen Selbstmord wählen – den unehrenhaften Weg –, oder würde er den Hedron nehmen, zum Ofen bringen und sein Schicksal erwarten? Oder hatte er sogar vor, sich das Messer zu schnappen und in einem letzten Aufbäumen wie ein Irrsinniger zu wüten?

Der ausgemergelte und abgezehrte Steuermann wurde von einem Schaudern ergriffen. Zittrig schwebte seine Hand über dem Messer. Er schaute in das gnadenlose Gesicht des Skrutators. Dann lächelte Ky-Ara seltsamerweise und griff stattdessen nach dem Hedron.

Sowie Ky-Ara den Kristall berührte, war der Gepeinigte wie verwandelt. Er straffte die Schultern, und der Schmerz schien von ihm abzufallen. Er wirkte entrückt. Mit dem Hedron in der Hand verbeugte er sich vor dem Skrutator, der Aufseherin Tuniz und Werkmeisterin Irisis und schließlich insgesamt vor den Arbeitern. Dann wirbelte er auf dem Absatz herum und schritt auf den Schmelzofen zu.

Aber dort versiegte sein Elan. Er machte eine halbherzige Bewegung mit den Händen, als wolle er den Hedron hineinwerfen, brachte es aber nicht übers Herz. Dann drehte er sich wieder zu den Anwesenden um und bleckte die Zähne wie unter Schmerzen. Der Skrutator sagte kein Wort.

Ky-Ara zwang sich zum Handeln. Nach zwei zögerlichen Schritten auf der Planke senkte er plötzlich den Kopf. Nish hielt den Atem an, glaubte er doch, der Steuermann würde sich kopfüber in den Ofen stürzen, aber Ky-Ara zögerte erneut.

Wieder wandte er sich den versammelten Leuten zu und hielt den Hedron hoch über dem Kopf. Vor der offenen Ofenklappe und dem hell lodernden Feuer zeichnete sich seine Gestalt als dunkler Schatten ab, obwohl der Hedron hell leuchtete.

Ky-Ara konzentrierte sich so stark, dass seine Hände zu zittern begannen. Erst als ein junger Kunsthandwerkerlehrling zusammenbrach und Irisis sich mit einem Schrei an die Schläfen fasste, erkannte Nish, was der ehemalige Steuermann beabsichtigte. Er versuchte, Energie direkt durch den Kristall zu beziehen … ein gefährliches Unterfangen. Wollte er sie etwa alle vernichten?

Nish rannte los, doch der Skrutator hielt ihn auf und zog ihn scheinbar mühelos zurück. »Ich kann es mir nicht leisten, Euch zu verlieren, Junge.«

Der Hedron begann zu glühen und schien rötlich durch Ky-Aras Finger. Eine schmale Dampfsäule entstieg seiner Hand, doch dann flammte der Hedron so hell auf, dass Nish sich die Augen zuhalten musste. Ullii kreischte und ging in ihre kauernde Abwehrhaltung.

Als Nish wieder durch das Geflecht seiner Finger blinzelte, gewahrte er, dass der Hedron nur noch ein trübes Licht warf. Erst da wurde Nish klar, dass er keinen Dampf hatte aufsteigen sehen, sondern Rauch. Der ganze Körper des Steuermanns stand nun in Qualm und Rauch. Seine Kleidung rauchte, sein Haar dampfte. Der Kristall wurde wieder heller. Ky-Ara stieß ein schrilles, wahnsinniges Lachen aus, das abrupt abriss. Rauch stob aus seinem Mund, seinen Ohren und selbst seinen Augenhöhlen. Dampfende, gallertartige Masse rutschte über seine Wangen. Ky-Ara keuchte, dann begann er langsam, vom Scheitel bis zur Sohle zu verbrennen. Als die in Flammen stehenden Kleidungsstücke von ihm abfielen, war der Leib des Steuermanns wie glühende Kohlen.

Der Mann war längst tot, fiel jedoch nicht zu Boden. Er wurde zu einer breitbeinigen, verkohlten Statue, die immer noch stolz den Hedron in die Höhe hielt. Ullii, die sich neben Nish geflüchtet hatte, schrie in einem fort.

Nish bückte sich, um ihr die Hand über Nase und Mund zu legen. Aber auch das beruhigte sie nicht, bis der Hedron mit einem zischenden Laut barst. Unzählige Splitter stoben durch den Raum. Die Schreie der Sucherin rissen ab.

»Ein passendes Ende«, merkte der Skrutator an. »Anthrazismus! Werft seine Überreste in den Ofen!«

Die restlichen Wochen des Winters waren für alle Arbeiter in der Mine und der Fertigungsstätte eine nicht enden wollende Qual. Obwohl die Leute, die vor dem letzten Angriff ihr Heil in der Flucht gesucht hatten, ihre Arbeit wieder aufgenommen hatten, dauerte es Wochen, die Fertigungsstätte in einen Zustand zu versetzen, der einen reibungslosen Arbeitsablauf garantierte. Einer der Schmelzöfen war von ausgehärtetem Eisen verstopft und musste teilweise auseinandergebaut werden, damit die Eisenreste entfernt werden konnten. Es war keine Zeit für Frohsinn. Vorarbeiter Gryste, der nach Tuniz' Beförderung den Monteuren vorstand, trieb die Arbeiter wie Sklaven an und verhängte schon bei den kleinsten Regelverstößen drastische Strafen. Einmal verprügelte er Nish, da dieser es gewagt hatte, ohne Erlaubnis die Latrine aufzusuchen. Gryste wurde von einer tiefen Verbitterung zerfleischt, die bereits an Irrsinn grenzte, und alle mussten die Launen des Vorarbeiters geduldig ertragen.

Bevor sie überhaupt in der Lage waren, wieder Klanker herzustellen, mussten sämtliche Einzelteile gefertigt werden: Metallplatten, Getriebe und Antriebswellen, Gehäuse, Radnabenmuttern und Bolzen, Achsnägel und tausend andere Einzelteile, ganz zu schweigen von den Steuereinheiten. Auch die Sucherin musste hart arbeiten, denn das Aufspüren der Kristalle im Bergwerk gestaltete sich schwieriger als erwartet. Gleichwohl waren die Kristalle, die Ullii entdeckte, die besten, die je in der Fertigungsstätte verwendet worden waren.

Wenn ein wenig Zeit übrig war, plagten Nish und alle anderen einsatzfähigen Leute sich mit Steinen, Holzbalken und Metallstreben ab, mit denen Zimmerleute, Steinmetze und Schmiede die Verteidigungsanlagen der Fertigungsstätte verbesserten. Die neuen Tore und verstärkten Mauern waren zwar nicht uneinnehmbar, würden aber Angriffen kleiner Lyrinxverbände standhalten. Jetzt würde der Feind schon mit einer größeren Kampfeinheit angreifen müssen.

Niemand hatte Zeit für sich, wenn das Tagewerk spätabends getan war – alle fielen gegen Mitternacht vollkommen erschöpft ins Bett und schliefen mit der Gewissheit ein, frühmorgens wieder an die Arbeit gescheucht zu werden. Und wenn Nish seine Arbeit verrichtet hatte, musste er noch bei Ullii vorbeischauen, um sie zu befragen, ob sie etwas *gesehen* habe und ob Tiaan irgendwo in ihrer fächerartigen Sicht aufgetaucht war. Doch er erhielt immer die gleiche Antwort: *nichts*.

Manchmal sah Nish Irisis eine ganze Woche nicht, und wenn sie ihm einmal über den Weg lief, wirkte sie zusehends angespannter.

Seit der erfolglosen Suche nach Tiaan hatten sie sich nicht mehr geliebt. Eines späten Abends ging er an ihrer Kammer vorbei und sah, dass noch Licht bei ihr brannte. Er klopfte.

»Komm herein, Nish!«

Sie hockte auf ihrem Bett, hatte sich einen Mantel eng um die Schultern gelegt und starrte auf die Wand. »Ich bin jetzt nicht in Stimmung«, sagte sie, ehe er überhaupt ein Wort sagen konnte.

»Ich auch nicht.«

»Aber ...« Sie führte ihren Gedanken nicht weiter aus.

»Ich bin nur kurz vorbeigekommen ... Geht es dir gut, Irisis?«

Sie hatte sich den Mantelärmel über das Gesicht gezogen und rieb sich die Augen. »Es hat schon wieder angefangen.«

»Was hat angefangen?«

»Die Sabotageakte. Eine weitere Steuereinheit wurde gestern beschädigt, als wir gerade nicht an den Werkbänken waren. Gryste stößt bereits versteckte Drohungen aus.«

»Gegen dich?«, fragte er ungläubig.

»Der Saboteur kann ja nicht *Tiaan* sein!«, antwortete sie mit Sarkasmus in der Stimme. »Als sie schon längst in der Gebäranstalt war, verdächtigte ich den Arzneikundigen, aber der ist tot. Wer ist es dann? Einmal glaubte ich, es wäre Muss, der Schwachkopf, aber da bin ich mir nicht mehr sicher. Jetzt werde ich beschuldigt. Jedes Mal wenn etwas passiert ist, war ich in der Nähe. Ich habe einen Eintrag im Strafregister und bin die Hauptverdächtige. Und wenn ich es *nicht* getan habe, will Gryste von mir wissen, warum ich dem Täter nicht auf die Schliche gekommen bin. Denn schließlich bin ich Werkmeisterin.«

»Gryste ist ein verbitterter Mann«, meinte Nish. »Ist er hinter dir her? Hast du je mit ihm ...?«

»Er gehört nicht zu den Männern, die ich bevorzuge.«

Nish tastete sich weiter vor. »Hast du ihn je abgewiesen?«

»Wenn, dann unbewusst. Er hat mich nie gefragt. Außerdem ist er hinter großen, drallen Frauen her. Monteurinnen und anderen niedrigen Arbeiterinnen.«

Auf die Provokation ging Nish nicht ein. Irisis war nicht sie selbst. »Warum hasst er dich dann so sehr?«

»Er wurde bei der Ernennung zum Aufseher übergangen, schon

vergessen? Tuniz stand weit unter ihm in der Rangordnung und hat es bis an die Spitze geschafft. Ihre Arbeit ist fehlerlos, also hat er es stattdessen auf mich abgesehen. Er hätte es ohnehin nicht zum Aufseher geschafft, und der Skrutator wirft ihm vor, den Saboteur vom letzten Mal noch nicht ausfindig gemacht zu haben. Jetzt lässt Gryste seinen Groll an mir aus.«

Am folgenden Tag war Nish auf dem Weg zum Wasserfass, als er zwei Monteurinnen hörte, die miteinander tratschten.

»Schätze, es ist der Werkmeister«, sagte die eine. »Hast du gehört, was sie gemacht hat, um Kunstwerkerin Tiaan loszuwerden?«

»Ja! Ich mochte Irisis noch nie, diese alte eingebildete Kuh. Es wäre an der Zeit, dass der Skrutator ...«

Sie brachen das Gespräch ab, als Nish näher kam, und wandten sich wieder ihren Werkbänken zu. In den folgenden Tagen hörte Nish hier und dort ähnliches Getuschel.

Derweil durchmaß der Skrutator die Fertigungsstätte mit unheilvoller Miene und veranlasste unangekündigte Durchsuchungen der Unterkünfte. Auch Nish und Irisis waren von dieser Maßnahme betroffen.

Allerdings wurde nichts gefunden, aber eine Woche darauf wurde ein zertrümmerter Hedron – einer der besten seiner Art – auf der Werkbank des Werkmeisters entdeckt. Binnen einer Stunde fand Irisis sich in der Gefängniszelle wieder.

Nish wurde es nicht erlaubt, sie zu besuchen; der Zugang zu den Zellen wurde von zwei persönlichen Wachen des Vorarbeiters gesichert. Nish wollte zu Gryste gehen, erfuhr jedoch, dass der Vorarbeiter im Augenblick mit der Aufseherin und dem Skrutator das weitere Vorgehen besprach. Nish holte sich etwas Eintopf und Reis aus dem Refektorium und begab sich zu Ulliis Kammer, um seine tägliche Befragung durchzuführen.

»Hast du heute irgendein Anzeichen von Tiaan oder ihrem Kristall gesehen?«

»Nein.« Die Sucherin rümpfte die Nase und steckte sich dann Pfropfen in die Nasenlöcher.

Nish bot ihr nichts von seinem Essen an, da sie es ohnehin verschmäht hätte. Der Eintopf war stark gewürzt, um zu vertuschen, dass er schon eine Woche alt und eigentlich schlecht war. Ullii ernährte sich hauptsächlich von Früchten, Gemüse und Körnerspeisen; gelegentlich probierte sie auch ein Stück milden Käse, gedünsteten Fisch oder gekochtes Reh. Speisen mit starkem Eigengeschmack bekamen ihr nicht, auch keine Gewürze oder gewürzter Sud.

Nish saß auf dem Fußboden und aß sein Essen in gedrückter Stimmung. Der Eintopf schmeckte noch schlimmer als sonst.

»Was ist los, Nish?« Die Sucherin kam zu ihm.

»Irisis sitzt im Verlies.«

»Nett.« Sie seufzte.

»Was redest du da?«, rief er verärgert.

Ullii zog sich erschrocken zurück, als Nish die Stimme erhob. »Ich war glücklich im Verlies des Mantikers Flammas.«

»Irisis wird sich aber gar nicht wohlfühlen. Und ich kann nicht mal mit ihr sprechen.«

Die Verhandlung verlief von Anfang an schlecht. Viele Wachen sagten übereinstimmend aus, dass Irisis zum Zeitpunkt der Sabotageakte die einzige Person gewesen sei, die sich in oder bei den Werkräumen der Kunstwerker aufgehalten habe. Vorarbeiter Gryste bestätigte die Aussagen seiner Wachen. Notizen wurden vorgelesen, die noch aus Gi-Hads Feder stammten. Ihnen war zu entnehmen, Irisis habe zugegeben, Tiaan falsche Beweisstücke untergeschoben und Tiaans Arbeit entwendet zu haben. Zuletzt verlas der Gehilfe des Chronisten eine Aussage des Perquisitors, in der Jal-Nish bekundete, Irisis in Verdacht zu haben. Ausführlich beschrieb er, wie Irisis ihm gegenüber beim zugefrorenen Fluss handgreiflich geworden sei. Zeugen wurden aufgerufen, um den tätlichen Angriff zu bestätigen, darunter auch Nish.

Zwei Chronisten saßen zur Rechten des Skrutators – der offizielle Historienschreiber der Fertigungsstätte sowie ein Schreiber, der die Vorgänge für Irisis' Familie festhalten sollte, damit sichergestellt war, dass die beschämenden Szenen korrekt in die Familienhistorien des Hauses Stirm übertragen wurden. Auch die Geschichtenerzählerin der Fertigungsstätte war zugegen. Nachdem alles ordnungsgemäß schriftlich festgehalten worden war, lehnte der Skrutator sich in seinem Lehnstuhl zurück und strich sich den Bart. Streng blickte er in Irisis' Richtung, ehe sein Blick zu Nish und den anderen Leuten auf der Zeugenbank wanderte. Irisis hielt seinem Blick trotzig stand. Die anderen schauten betreten zur Seite.

»Nun, Werkmeisterin Irisis, habt Ihr irgendetwas zu sagen?«

»Ich habe bereits zugegeben, Tiaan falsche Beweise untergeschoben und ihre Arbeit entwendet zu haben. Es ist auch wahr, dass ich den Perquisitor angegriffen habe. Der Mann hat es verdient, und ich würde es wieder tun! Den Vorwurf der Sabotage weise ich jedoch entschieden von mir.«

»Natürlich tut sie das!«, rief Gryste. »Skrutator, wir müssen sie uns vom Hals schaffen, zum Wohl des Krieges.«

Xervish Flydd wandte sich ihm mit hagerer Miene zu. »Führt Ihr diese Verhandlung, Vorarbeiter?«, fragte er mild.

»Nein, Herr, ich meinte ja nur ...«

Flydd brachte den Mann mit einer energischen Geste zum Schweigen. »Gehilfin des Schreibers, würdet Ihr die Strafen für diese Verbrechen verlesen?«

Die Gehilfin, eine kleine Frau fortgeschrittenen Alters, schaute blinzelnd auf ein Stück Pergament.

»Die Angeklagte gibt zu, falsche Beweise hinterlegt zu haben. Das Strafmaß sieht einen Monat in der Gebäranstalt vor.«

Nish beobachtete Irisis. Während die Strafen verlesen wurden, erhielt ihre stolze Miene erste Risse. Für einen Moment sah es so aus, als würde sie schreien, doch dann fasste sie sich wieder und verbarg ihre Gefühle hinter einer Maske.

»Die Angeklagte gibt zu, die Arbeit von Kunstwerkerin Tiaan entwendet zu haben. Das Strafmaß sieht drei Monate in der Gebäranstalt vor. Die Angeklagte gibt ferner zu, den Perquisitor tätlich angegriffen zu haben. Das Strafmaß sieht zwei Jahre in der Gebäranstalt vor.« Sie hielt inne, um Luft zu holen. »Die Angeklagte gibt nicht zu, die Sabotage begangen zu haben. Wird sie der Sabotage für schuldig befunden, lautet das Urteil – öffentliche Hinrichtung.« Die Gehilfin reichte das Pergament dem Skrutator zur Begutachtung.

Xervish Flydd nahm den Federkiel zur Hand. »Habt Ihr noch irgendetwas dazu zu sagen, bevor ich den Haftbefehl unterzeichne, Werkmeisterin Irisis?«

»Die Vorwürfe entbehren jeder Grundlage. Nie würde ich durch mein Handeln die Sache verraten, für die ich und meine Familie seit nunmehr einhundertundfünfzig Jahren arbeiten.«

»Das sagen alle Verräter!«

»Wenn ich tot bin, werdet Ihr immer noch nach dem wahren Verräter suchen, und die Sabotage wird weitergehen.«

»Hm«, machte der Skrutator.

Nish verbarg sein Gesicht hinter den Händen. Er konnte Irisis nicht mehr ansehen. Der Gedanke, der Hinrichtung beiwohnen zu müssen – was von allen erwartet wurde –, war zu grässlich, um sich länger mit ihm zu befassen.

»Hat einer der Zeugen noch etwas anzumerken?«, fragte der Skrutator.

Nish fiel nichts ein, was sich strafmildernd hätte auswirken können. Keiner meldete sich zu Wort.

»Ehe ich die Strafe rechtskräftig werden lasse«, fuhr der Skrutator fort, »wozu ich aufgrund der mir vorliegenden Beweislage befugt bin ... nun, brauche ich Gewissheit. Ich schlage vor, noch einen Zeugen in den Zeugenstand zu rufen, um selbst eine Prüfung durchzuführen. Ruft die Sucherin!«

Nish richtete sich abrupt auf. Dieses Vorhaben war mehr als seltsam, zumal mehrere Sabotageakte aufgetreten waren, bevor Ullii in der Fertigungsstätte eintraf.

Ullii wurde hereingeführt; sie trug ihre Maske und Ohrenschützer. Sie zitterte, als sie neben dem Skrutator Platz nahem. Er sprach leise mit ihr und gab ihr die Hand. Als Ullii die Hand an ihre Nase hob, verspürte Nish ein stechendes Gefühl von Eifersucht. Das war *seine* Rolle; der Geruch dieses alten Mannes konnte doch nicht dieselbe Wirkung auf Ullii haben?

Der Skrutator gab ein kaum wahrnehmbares Zeichen mit seiner buschigen Augenbraue. Nish, der weit hinten saß, hörte, wie die Türriegel zuschnappten. Die Wachen bezogen zu beiden Seiten der Tür Stellung.

Der Skrutator hielt nun in einer Hand eine Kette und die zerbrochenen Überreste eines Taststeins, in der anderen einen milchigen Hedron. Er hob die Hände und sagte: »Ich habe hier Beweismaterial, das Aufseher Gi-Had unter Verschluss hielt. Es handelt sich hierbei um Kunstwerkerin Tiaans Taststein, der zerstört wurde, als sie gerade dabei war, einen der Hedrons zu überprüfen, der versagt hatte. Die Feinde befanden diese Beweisstücke für so gefährlich, dass sie die Fertigungsstätte angriffen, um der Beweise habhaft zu werden. Glücklicherweise ist ihnen dies nicht gelungen.« Er reichte den Taststein an Ullii weiter und legte den Kristall vor ihr hin. »Sucherin, Kunstwerkerin Tiaan entdeckte etwas in diesen Artefakten. Vermögt Ihr, irgendetwas darin zu lesen? Bitte erhebt Euch, damit Euch jeder sehen kann.«

Ullii stand auf und bebte am ganzen Leib. Für jemanden, der die Menschen weitgehend mied, war dies die unangenehmste Situation, in die man ihn bringen konnte. Die Sucherin streckte den Taststein von sich und sagte etwas so leise, dass niemand es hören konnte. Irisis, die sich erhoben hatte, nahm wieder Platz, und das Leuchten in ihren Augen erlosch.

»Sprecht lauter, Sucherin!«, grummelte Flydd. »Niemand kann Euch verstehen.«

In einer Stimme, die der des Skrutators täuschend ähnlich war, erklärte sie: »Er ist tot. Ich kann darin nichts sehen.« Sie legte den gebrochenen Taststein auf die Zeugenbank.

In der Menge stieß jemand einen tiefen Seufzer aus. »Und dieser Kristall«, sagte der Skrutator, »bei dem es sich um den Hedron handelt, der sich einst in der Steuereinheit des entehrten Steuermannes Ky-Ara befand – was ist damit?«

Ullii streckte die Hand nach dem Kristall aus, zog sie aber unverzüglich wieder fort. Sie stieß einen spitzen Schrei aus, trat zurück und sank in ihre vertraute Kauerstellung.

»Hört auf damit!«, befahl ihr der Skrutator. »Kommt zurück, Sucherin.«

Ullii erstarrte kurz und richtete sich dann mit geschmeidigen Bewegungen wieder auf.

»Was seht Ihr in dem Kristall, Sucherin?«

Sie holte Luft, klammerte sich an Flydds Hand und sagte: »Ein Klauentier! Das mich ausspioniert.«

»Sprecht Ihr von einem Lyrinx?«

»Ja«, wisperte sie.

»Was seht Ihr noch?«

»Einen Mann. Das Klauentier gibt dem Mann etwas. Weißes Gold!«

»Ein Mann, sagt Ihr? Der Spion! Könnt Ihr sein Gesicht erkennen?«

»Nein. Er steht mit dem Rücken zu mir.«

»Und das ist *alles*, was Ihr sehen könnt?« Nish sah, dass der Skrutator enttäuscht den Mund verzog.

»Ja«, erwiderte Ullii.

»Also gut. Habt Ihr dazu etwas zu sagen, Kunstwerkerin Irisis? Gebt Ihr zu, dass dieser Mann Euch bezahlt hat?«

»Das ist doch widersinnig! Meine Familie ist wohlhabend. Ich habe mehr Geld, als ich je ausgeben kann.«

»Das bedeutet nicht, dass Ihr nicht noch mehr anhäufen wollt! Habt Dank, Sucherin. Ihr dürft Euch jetzt entfernen. Gehilfin, wenn Ihr so nett wärt, mir die Anklageschrift zu reichen, damit ich bestätigen ...«

Plötzlich kam Nish ein Gedanke. »Skrutator! Skrutator!«, rief er und sprang auf.

»Ja?«, entgegnete der Angesprochene scharf. »Es ist jetzt zu spät, noch etwas vorzubringen, Monteur. Die Verhandlung ist beendet.«

»Ich habe neue Beweise, Herr«, insistierte Nish. »Ich bitte Euch, gebt mir die Erlaubnis, der Sucherin eine Frage zu stellen.«

»Aha? Was für eine Frage könnte das sein, an die ich nicht bereits gedacht hätte?«

Nish legte sich seine Worte sorgsam zurecht, um den mächtigen Mann nicht durch eine unbedachte Äußerung zu beleidigen. »Ich kenne sie besser als jeder andere hier, Herr. Die Sucherin spricht nie frei aus, was sie gerade denkt. Das würde ihr nie einfallen. Sie antwortet nur auf das, was sie gefragt wird. Ihr habt, bei allem Respekt, die falschen Fragen gestellt, Herr.«

»Respekt ist eine Tugend, an der es Euch schon immer gemangelt hat, Junge, wie auch Eurem Vater. Also gut, stellt Eure Frage.«

»Ullii«, fing Nish mit klopfendem Herzen an, »würdest du noch einmal den Kristall nehmen?«

Sie schaute ihn durch die Maske hindurch an, streckte die Hand aus und berührte den Hedron mit einer Fingerspitze.

»Nein, nimm ihn bitte in die Hand, Ullii.«

Sie stieß einen leisen Schmerzensschrei aus. Der Skrutator umschloss ihre andere Hand. Ullii nahm den Kristall.

»Sieh dir das Bild von dem Mann an, der mit dem Rücken zu dir steht. Erkennst du ihn?«

»Nein«, antwortete Ullii.

»Bah, was für ein Unfug«, sagte eine Stimme aus der Menge. »Ich weiß bereits, wer die Verräterin bezahlt hat.« Vorarbeiter Gryste stand auf. »Ich habe meine Arbeit getan, im Gegensatz zu allen anderen.«

»Wollt Ihr andeuten, *ich* hätte meine Arbeit nicht getan?«, fragte Xervish Flydd freundlich.

Gryste geriet ins Stottern. »Nein, Herr ... tut mir leid. Ich habe den Mann in meiner Zelle sitzen, Herr.«

»Ach, wirklich?«, meinte der Skrutator. »Wer ist dieser Mann, Vorarbeiter?«

»Er lungert ständig irgendwo herum, steckt seine dicke Nase in anderer Leute Arbeit und tut selbst nichts. Es ist Eiryn Muss.«

»Der Schwachkopf!« Flydd brach in Lachen aus.

»Er ist kein Schwachkopf, Herr. Er ist ein gerissener Spion, der uns alle an der Nase herumgeführt hat.«

»Selbst mich, Vorarbeiter?«, fragte der Skrutator mit drohender Stimme.

»Ich fürchte, ja, Herr.«

Flydd gab den Wachen ein Zeichen. »Bringt Muss hierher, und haltet ihn gut fest. Nicht, dass er auf dem Weg hierher noch etwas Geheimes sieht.« Er lachte über seinen Scherz.

Nish war, als sähe er einer Leiche beim Lachen zu, und fragte sich erneut, ob mehr in Muss steckte, als es den Anschein hatte.

Der Skrutator wandte sich mit keiner weiteren Frage an Ullii. Kurze Zeit herrschte Schweigen, bis die Wachen aufgeregt in den Raum eilten. »Herr! Herr!«

»Was ist denn?«, rief der Skrutator ungeduldig.

»Der Gefangene ist geflohen, Herr«, rief der Wortführer der Wachen.

»Wie konnte das passieren?«

»Das Schloss wurde aus der Tür gebrannt. Das ist Hexerei!« Ihm schauderte.

Flydd wirkte keineswegs überrascht.

»Habe ich es Euch nicht gesagt, Herr«, meinte Gryste. »Das ist der Beweis.«

»Ja, es beweist etwas, Vorarbeiter, aber ich weiß noch nicht genau, was.« Flydd wandte sich Nish zu. »Fahrt fort mit Euren Fragen, Monteur.«

Nishs anfängliches Selbstvertrauen hatte einen Rückschlag erlitten. Es hatte keinen Zweck mehr, Ullii weiter zu befragen. »Dieser Mann, den du in dem Kristall sahst, Ullii – besitzt er irgendein Talent?«

»Ein sehr kleines Talent«, sagte sie leise. »Winzig.«

»Dann müsstest du ihn in deinem Fächernetz sehen können.«

Ullii zuckte die Achseln.

»Durchsuche dein Gitternetz, Ullii. Gibt es dort jemanden, der einen Knoten bildet, der mit dem Talent dieses Mannes übereinstimmt?«

Irisis war aufgestanden und bebte vor Ungeduld. Auch der Skrutator erhob sich.

»Ja.« Ullii schaute auf die polierte Oberfläche der Zeugenbank.

Ein Raunen ging durch den Saal. Alle standen nun auf, einer nach dem anderen.

»Es ist Muss!«, rief Gryste. »Ihm nach, bevor es zu spät ist!«

»Schweigt!« Der Skrutator hielt die Hand in gebieterischer Geste hoch. »Der Erste, der uns stört, kommt an die vorderste Front.« Niemand rührte sich.

»Ist dieser Mann hier im Raum, Ullii?«, fragte Nish.

»Ja«, wisperte sie.

»Kannst du ihn mir zeigen?«

Sie deutete vage in die Mitte des Raums. Langsam wichen die Leute zurück, bis nur noch ein Mann allein in der Mitte stand.

»Wie kannst du es wagen, du kleine, dreckige Lügnerin!«, brüllte Vorarbeiter Gryste und stürzte sich auf Ullii.

Im selben Augenblick packten ihn die Wachen und brachten ihn zu Fall. Schließlich zogen sie ihn wieder hoch und hielten ihn an beiden Armen fest.

»Soldaten, durchsucht die Unterkunft des Vorarbeiters. Chronist und Geschichtenerzählerin, folgt den Wachen. Ullii, auch Ihr werdet mitgehen und alles aufspüren, was dort verborgen liegt. *Lauft!*«

Eilig verließen sie den Raum. Das Schweigen zog sich quälend in die Länge. Der Vorarbeiter stand so steif da wie ein Pfosten. Der charakteristische Geruch von Nigah-Blättern durchzog den Saal.

Nish wagte kaum zu hoffen. Schließlich kündigten eilige Schritte an, dass die Soldaten zurückkehrten. Kurz darauf kam auch Ullii zurück. Ihre leichten Schritte erzeugten kein Geräusch.

»Und?«, forschte Flydd nach.

»Wir konnten nichts finden«, sagte der erste Soldat.

»Könnt Ihr das bezeugen?«, fragte Xervish Flydd den Chronisten. »Die Suche war gründlich?«

»Es war so, wie die Soldaten es sagten ...«

»Verflucht seid Ihr alle!«, rief Gryste. »Ich verlange, für diese Beleidigung meiner Ehre entschädigt zu werden!«

»Das steht Euch zu«, meinte der Skrutator. »Wenn Ihr unschuldig seid.«

»Die Soldaten haben nichts gefunden«, grollte Gryste.

»Und die Sucherin? Hat sie nach den verborgenen Dingen geforscht?«

»Das hat sie, Herr«, erklärten die Schreiber wie aus einem Munde.

»Tretet vor, Ullii«, forderte Flydd sie auf. »Habt auch Ihr nichts gefunden?«

Sie kam langsam näher. »Nur dies.« Sie holte eine pralle Ledertasche unter ihrem Hemd hervor.

»Das lag unter dem Fußboden, verborgen durch einen Zauberspruch«, sagte der Chronist.

Der Skrutator nahm die Tasche entgegen und schüttete den Inhalt auf den Boden: ein Haufen klirrendes Platin. Seine Augen suchten den Blick des Vorarbeiters. Als Nish die eisige Verachtung in den Augen des Skrutators sah, lief ihm ein Schauer über den Rücken. »Ich habe mich immer schon gefragt, wie Ihr Euch den

Luxus der Nigah-Blätter leisten konntet, mit dem Gehalt eines Vorarbeiters«, sagte Flydd.

Gryste schwieg. Seine Augen huschten von einem zum anderen.

»Ihr seid ein Versager, ist es nicht so, Gryste? Ihr wart ein lausiger Vorarbeiter, ein schlechter Sergeant, und schließlich wieder nur ein lausiger Vorarbeiter.«

»Alle waren gegen mich, Herr. Die anderen versuchen immer, mich in Verruf zu bringen.«

»Immer sind die anderen schuld, nicht wahr?«

»Ja, genau!«

»Habt Ihr noch etwas zu sagen, Gryste?«

»Die Sucherin lügt, Herr. Sie alle lügen. Sie konnten mich noch nie leiden.«

»Ich kann Euch auch nicht leiden. Und dies ist nicht Euer einziges Verbrechen, nicht wahr? *Ihr* habt Tiaans Kristalle zerstört. *Ihr* habt sie mit dem Balsam der Calluna-Wurzel vergiftet. *Ihr* habt den Arzneikundigen getötet, damit er nicht mehr reden konnte.«

Gryste sagte kein Wort.

»Verräter Gryste, Ihr werdet morgen wegen des Vorwurfs des Hochverrats hingerichtet, durch die Methode, die einem Mann von Euren Fertigkeiten und Eurem Rang entspricht. Was wäre die Methode, Gehilfin?«

Sie flüsterte dem Skrutator etwas zu.

»Wie passend«, sagte Flydd mit einem unheilvollen Lächeln. »Verräter Gryste, Ihr werdet in die Schleifmühle geworfen. Bringt ihn fort!«

Der Vorarbeiter, der die Anwesenden nun mit üblen Flüchen belegte, wurde von den Wachen aus dem Raum gezerrt.

»Werkmeisterin Irisis«, fuhr Flydd fort, »die Anklagepunkte, die nicht bewiesen werden konnten, sind hiermit aufgehoben. Das Strafmaß der von Euch eingestandenen Vorwürfe wird ein Jahr lang zur Bewährung ausgesetzt. Nach dieser Zeit werden sie aus dem Strafregister gestrichen, wenn Ihr all Eure Ziele als Werkmeisterin erfüllt habt. Die Verhandlung ist geschlossen.«

Nish ging nach vorne zum Skrutator. »Was ist nun mit Muss,

Herr?«, fragte er leise, als die anderen aus dem Saal strömten. »Wir dürfen nicht zulassen …«

»Eiryn Muss ist seit sieben Jahren hier mein Prüfer«, entgegnete Flydd genauso leise. »Und ein verdammt guter. Niemand hat je seine wahre Identität entlarvt. An ihm könntet Ihr Euch ein Beispiel nehmen, Junge. In dieser Provinz wird man ihn nicht mehr zu Gesicht bekommen.«

KAPITEL ZWEIUNDFÜNFZIG

Nach sechs Wochen harter Arbeit ließen die Kräfte nach. Die Leute waren so ausgelaugt, dass ihnen schon Fehler unterliefen. Auch die Zahl der Arbeiter, die sich verletzt hatten, war erschreckend hoch. Sie gingen dazu über, an sechseinhalb Tagen in der Woche zu arbeiten und ruhten sich am siebten Tag in der zweiten Tageshälfte aus. Am zweiten dieser halben Ruhetage, während Nish mit Ullii in einem abgedunkelten Raum saß, sprang sie plötzlich auf. Wie immer trug sie auch jetzt nichts außer einer Unterhose aus Spinnenseide und eine ärmellose Bluse. Ihre Haut leuchtete in dem matten Licht.

»*Ich kann sie SEHEN!*«

»Ullii!« Er sprang ebenfalls auf und wollte sie in den Arm nehmen, doch sie stieß ihn so hart zurück, dass er gegen die Wand prallte. Er hatte vergessen, wie empfindlich ihre Haut war.

»Es tut mir leid!« Er rappelte sich wieder auf. »Ich war so aufgeregt.«

»Dein Mantel ist wie Widerhaken, die mir durch die Haut dringen. Habe ich dir wehgetan? Ich strenge mich an, Nish.«

Ullii ging es viel besser. Die Maske benutzte sie kaum noch und nahm stattdessen die Brillenkonstruktion. Ein- oder zweimal hatte sie sich sogar schon ohne Ohrenschützer ins Freie gewagt: für sie eine gewaltige und schmerzhafte Anstrengung, aber sie hatte es gemeistert. Mit nur einem überstrapazierten Sinn konnte ihr Gehirn zurechtkommen, solange die anderen Wahrnehmungsorgane geschützt waren. Allein ihre Überempfindlichkeit gegenüber Gerüchen hatte sich nicht geändert. Ihr Geruchssinn schien sogar noch ausgeprägter geworden zu sein. Bisweilen setzten ihr schon die kleinsten Gerüche zu, die niemand sonst wahrnehmen konnte.

Außerhalb ihrer Unterkunft trug sie immer Pfropfen in den Nasenlöchern.

Nish fragte sich, wie sie die Veränderungen in ihrem Leben verarbeitet hatte. Mochte es daran liegen, dass er sich mit ihr angefreundet und Irisis sie verteidigt hatte? Gewiss hatte sie während der letzten Monate mehr Freundlichkeit und Fürsorge erfahren als in ihrem ganzen Leben. Und vielleicht war das hilfreich für sie gewesen. Sie hatte die Erfahrung gemacht, dass nicht jeder sie ausnutzen wollte.

Aber ich will sie ja ausnutzen, dachte Nish. Seinen eigenen Fehlern gegenüber war er nicht blind. Jede Nacht gelüstete es ihn nach ihrem kleinen, süßen Körper – nach dem weichen, fast farblosen Haar, der weichen Haut, den kleinen Brüsten und festen Schenkeln. Nichts wünschte er sich sehnlicher, als seine Begierde an ihr zu stillen und ihre Lustschreie zu hören, wenn sie die Beine um ihn schlang.

»Ich kann sie *sehen*«, wiederholte Ullii und holte ihn damit zurück aus dem Reich seiner ungesunden Obsession.

»Wo ist sie?«

Sie deutete in südwestliche Richtung.

»Bist du sicher?«, fragte er törichterweise.

Sie deutete beharrlich weiter dorthin.

»Wie weit ist sie von uns entfernt?« Eine ebenso törichte Frage.

»Das weiß ich nicht. Weit.«

»Wann hast du sie zum ersten Mal wieder gesehen?«

»Mitten in der Nacht. Sie war seit Monaten nicht mehr zu sehen, und plötzlich tauchte sie vergangene Nacht wieder auf, wie eine Blume, die aufgeht. Ihr Kristall leuchtete so hell, dass ich alle anderen Knoten um sie herum aus den Augen verlor. Ich sah auch Seen und Berge.«

Das war keine große Hilfe – in südwestlicher Richtung lagen jede Menge Seen und Berge. »Ich sage besser dem Skrutator Bescheid.« Im vergangenen Monat hatte er der Fertigungsstätte zweimal einen Besuch abgestattet. Auch zurzeit war er hier, gedachte jedoch, am kommenden Tag abzureisen.

Sie wich bis zur Wand zurück.

»Dein Freund Xervish«, fügte Nish hinzu.

Langsam entspannte sie sich und verzog den Mund zu einem zögerlichen Lächeln.

Nish eilte hinaus. Nachdem er überall gesucht hatte, traf er den hageren, kleinen Mann am Haupttor an.

»Ja?«, sagte Flydd scharf. »Sprecht schnell, Monteur! Ich muss morgen in Tiksi sein und habe heute noch sehr viel hier zu erledigen. Ein weiteres Feld ist ausgefallen, und wir wissen nicht, warum.«

»Die Sucherin hat Tiaan gesehen.«

Der Skrutator stieß einen langen Seufzer aus. »In welcher Richtung?« Jeder andere hätte gefragt: »Wo?«

»Südwesten. Weit von hier.«

Der Skrutator nickte, machte sich eine Notiz und reichte sie dem Hauptmann seiner Wache. Der Mann salutierte und schritt davon. Flydd betrat wieder die Fertigungsstätte. Sein Gang war eigenartig: Er ging schwerfällig und taumelte leicht, als könne sein schiefes Knochengerüst den Körper nicht richtig halten. Wieder musste Nish daran denken, dass dieser Mann womöglich nach schweren Folterungen nicht richtig versorgt worden war.

»Schauen wir nach, was wir herausbekommen. Kein Wort zu irgendjemandem!«

Ullii begrüßte den Skrutator fröhlich, aber obwohl der hagere Mann sie drängte und sich vorsichtig an ihr empfindliches Wesen heranwagte, konnte sie ihm nicht mehr erzählen als Nish. Schließlich sank sie in eine gedrückte Stimmung, worauf die beiden Männer sie in Ruhe ließen.

»Was würde ich nicht geben für einen der alten Fernsprecher«, meinte Flydd mit einem schweren Seufzer.

»Wie sahen die aus?« Nish hatte noch nie davon gehört.

»Es war eine Möglichkeit, von einem Winkel Lauralins zum anderen Kontakt aufzunehmen. Golias, der Mad, erfand sie vor etwa dreitausend Jahren, indem er spezielle Kristalle und Drähte benutzte.«

»Was ist daraus geworden?«

»Er wurde ermordet, denn andere wollten an das Geheimnis

kommen; aber kurz darauf erlosch der Funke in den Kristallen, und niemand konnte sie wieder zum Leben erwecken oder die Quelle ihrer Kraft finden. Golias war ein Mantiker, und zweifellos trieb ein großer Zauberspruch die Fernsprecher an. Doch Golias hat den Zauber und das Geheimnis mit ins Grab genommen. Wenn wir sie jetzt hätten ...«

»Ich verstehe nicht, wie uns das helfen könnte«, meinte Nish.

»Und das sagt ein Monteur!« Flydd schritt in Richtung des Refektoriums davon. Nish ging ihm nach.

Der Skrutator nahm sich von den Tabletts jeweils eine Portion gebackenes Gemüse und gedämpfte Hirse sowie ein kleines Stück des gekochten Fischs, goss etwas von der feuerroten Soße darüber und begab sich mit dem Essen zu einem der Tische. Nish suchte sich nur eine kleine Schale mit gezuckerten Birnen aus und schenkte sich von dem Tee aus Rosenblättern ein, da er schon gegessen hatte.

»Könntet Ihr mir das genauer erklären, Herr?«, bat Nish zögerlich und stand mit seiner Schale und dem Tee etwas unbeholfen neben dem Tisch des mächtigen Mannes.

»Setzt Euch, Junge!« Flydd aß schnell und benutzte lieber die altmodischen Stäbchen als Messer und Gabel. Die Tischmanieren des Skrutators ließen zu wünschen übrig, aber Nish übte sich in Nachsicht – in seiner Zeit als Schreiber hatte er gelernt, dass sich Dinge, die an einem Ort ungehobelt wirkten, an einem anderen als nützlich erweisen konnten. Außerdem war der Skrutator weitaus älter als er und konnte das Schicksal eines unbedeutenden Monteurs mit einem Schnippen seiner Finger besiegeln. Dennoch hatte Nish das Gefühl, dass er es hier mit einem Mann zu tun hatte, der sehr viel flexibler als sein Vater Jal-Nish war. Xervish Flydd war immer bereit, den Leuten Gehör zu schenken.

Der Skrutator dippte seine Finger in den Sud seiner gedämpften Hirse. Einige Körnchen klebten an seiner verdrehten Fingerspitze, als er auf der Tischoberfläche die Küstenlinie mit einigen schnellen Strichen andeutete. Mit einer weiten, nahezu kreisrunden Linie deutete er die Großen Berge an, zeichnete dann zwei ovale Gebilde – die Binnenmeere Tallallamel und Milmillamel – und skizzierte schließlich zwischen Meeren und Bergen die wilden, kalten

Landstriche von Tarralladell und Mirrilladell mit ihren Seen und Wäldern.

»Wir sind hier.« Flydd deutete mit einem Finger auf den östlichen Teil der Bergkette. »Die Sucherin sprach von südwestlicher Richtung, was sich auf einen irgendeinen Bereich entlang dieser Linie beziehen kann. Wenn wir nun aber einen Fernsprecher hätten und mit einer anderen Sucherin über diese Distanz sprechen könnten ...« – mit den Fingern fuhr er über die angedeuteten Binnenmeere und Landmassen auf die andere Seite – »... sagen wir hier, bei Drow, und wenn diese Sucherin dann Tiaan aufspüren könnte, womöglich hier in nordöstlicher Richtung ...« Er zog eine Linie in besagte Richtung, bis sie auf den anderen Strich traf. »Dann wäre sie dort!«

Nish war verblüfft. Das Konzept war so einfach, so offensichtlich, aber er hatte sich noch nie Gedanken darüber gemacht. Sein Respekt vor dem mächtigen Mann wuchs.

Der Skrutator wischte die Skizze mit einer raschen Handbewegung fort. »Aber wir haben keine Fernsprecher, und selbst wenn wir welche besäßen – wie sollten wir der anderen Sucherin begreiflich machen, wie sie Tiaan aufspüren soll? Das ist meines Erachtens unmöglich.« Er erhob sich.

»Aber wenn wir jetzt unsere Sucherin in Bewegung setzten, käme das aufs Gleiche hinaus.«

Flydd nahm wieder Platz. »Netter Gedanke, mein Junge. Aber wie sollten wir das anstellen? Sie müsste rasch eine große Entfernung überwinden. Die Sichtlinien müssen sich in einem großen Winkel schneiden, ansonsten ist das Unterfangen sinnlos. Wir kämen nicht schnell genug voran, schon gar nicht in dieser Jahreszeit.«

»Und wenn wir Ullii auf ein Schiff brächten?«, schlug Nish aufgeregt vor. »In einer Woche könnten wir bereits dreihundert Meilen hinter uns gelassen haben, wenn das Wetter uns gewogen ist.«

»Aber dann würden wir uns zunächst von Tiaan entfernen. Wenn wir unsere Richtung eingeschlagen haben, könnte sie sich schon wieder weiterbewegt haben. Wir wären immer noch zu weit von ihr entfernt.«

Nish stützte seinen Kopf auf die Hände. Es musste doch eine

Möglichkeit geben! »Wenn wir nur fliegen könnten, wie der Lyrinx, der sie forttrug.«

»Wir Mantiker suchen seit nunmehr viertausend Jahren nach dem Geheimnis des Fliegens«, sagte der Skrutator. »Nie sind wir der Lösung nähergekommen.«

»Aber die Lyrinx –«

»Die haben *Flügel*, Junge!«, unterbrach ihn Flydd. »Und selbst ihre Schwingen halten sie in unserer Welt nicht in der Luft ohne die Geheime Kunst, die nur wenige von ihnen länger als eine Stunde einsetzen können. Die Flügel der Lyrinx sind geschaffen für die Leere. Den Flugversuchen in Santhenar sind mehr Lyrinx zum Opfer gefallen als durch all unsere Armeen.«

»Nachdem der Lyrinx mit Tiaan fortgeflogen war, konnte Ullii über Stunden nicht sprechen«, sinnierte Nish.

»Ullii hatte noch Glück. Der Feind muss sich damals einer so starken Kraft bedient haben, dass der Geist der Sucherin hätte verbrennen können.«

»Könnten wir nicht so ein Schwingenkonstrukt herstellen, mit dem sie Tiaan fortbrachten?«

»Nach der Rückkehr der Expedition trug ich den besten Technikern auf, an einem solchen Flugapparat zu arbeiten«, erzählte Flydd. »Wa dabei herauskam, war nicht mehr als ein Gleitflieger, den jedes Schulkind anfertigen kann. Wir können einen bauen, aber diese Konstruktion könnte nur jemanden mit Eurer Größe tragen. Natürlich könnten wir den Flieger von den Bergen aus starten, und vielleicht würde er sogar fünfzehn oder dreißig Meilen durch die Luft gleiten. Aber was ist, wenn er irgendwo in der Wildnis landet? Der Steuermann würde sterben, weil wir ihn nicht finden. Und ein Gleitflieger ist äußerst windanfällig. Nein, Nish, solange wir keine Möglichkeit sehen, eine solche Konstruktion anzutreiben, wird der Versuch zum Scheitern verurteilt sein.«

»Was wäre mit einer speziellen Steuereinheit?«

»Auch darüber haben wir uns Gedanken gemacht. Klanker haben Beine; die Steuereinheiten setzen sie in Bewegung. Wie sollen wir eine Schwingenapparatur zum Fliegen bringen? Wir können in der Luft nicht *gehen*.«

»Und Ruder?«

»Haben wir auch schon versucht. Sie waren zu schwer. Eine gute Idee, Monteur, aber jenseits unserer Möglichkeiten.«

Nish hockte am Nachmittag auf seinem Bett und wollte sich nicht damit abfinden, dass die Menschen nicht fliegen konnten. Nur ein einziger Flugapparat war jemals in den Historien erwähnt worden – Rulkes berühmtes Konstrukt, das er, der Charon, während seiner langen Gefangenschaft im Nachtland entwickelt hatte. Doch das Konstrukt war zerstört worden, nachdem Maigraith es benutzt hatte, um den Weg zwischen den Welten nach Aachan zu überqueren und Rulkes Leichnam zurück zu seinem Volk zu bringen. Das alles lag nunmehr zweihundert Jahre zurück. Kein Mantiker hatte je einen Blick in das Konstrukt werfen können, und Rulke hatte keine Beschreibung hinterlassen. Wieder ein Geheimnis, das ein mächtiger Mann mit ins Grab genommen hatte.

Wie nur, um alles in der Welt, könnte es Menschen möglich sein zu fliegen, und zwar ohne Flügel oder Gleitschirme oder die unbegreifliche Kraft eines magischen Konstrukts? Den Rest des Tages verbrachte Nish grübelnd; schließlich, der Lösung keinen Schritt näher, beschloss er, ausnahmsweise einmal früh zu Bett zu gehen.

Mitten in der Nacht wachte Nish auf und hatte die Antwort. Er hatte von einem Spiel aus seiner Kindheit geträumt, von dem er und seine Geschwister früher ganz begeistert waren. Damals hatten sie aus Papierresten, die sie mit Mehl und Wasser zusammenklebten, Tüten gemacht, mit der Öffnung nach unten über das Kaminfeuer gehalten und Wetten abgeschlossen, welche Tüte in der heißen Luft durch den Schornstein steigen und am weitesten über den Hof fliegen würde.

Als Jüngster hatte Nish natürlich nie gewonnen. Aber noch lange danach, als die anderen Kinder schon die Lust an diesem Zeitvertreib verloren hatten, war er oft damit beschäftigt gewesen, neue Tütenmodelle zu basteln. Diese primitiven Ballons waren instabil, fielen oft zur Seite oder gar ins Feuer, anstatt im heißen Luftstrom des Schornsteins aufzusteigen. Dann hatte Nish die Idee, kleine

Gewichte an Fäden unten an den Tüten zu befestigen. Sein erster Ballon war den Schornstein hinaufgeschwebt, über den Hof geflogen und in der nächsten Straße gelandet.

Nach diesem Erfolg hatte er das Interesse an Ballons verloren. Doch jetzt dachte er wieder darüber nach. Mit einem Satz war er aus dem Bett und fertigte Skizzen an. Kurz darauf klopfte er laut an die Tür des Skrutators.

»Herr, Herr!«, rief er und hämmerte mit der flachen Hand gegen das Holz.

Nach vielen verschlafenen Flüchen aus der Tiefe der Kammer ging die Tür auf. Der Skrutator, vollkommen unbekleidet, trat in den Lichtkreis einer Kerze. Auch der Rest seines Körpers war genauso knorrig und seltsam verdreht wie die Finger: Narben zogen sich kreuzweise über einen Torso, der so schmächtig war, dass man jeden Knochen und jede Sehne einzeln hätte zählen können. Welcher Folter war dieser Mann ausgesetzt gewesen?

»Was, zum Teufel, wollt Ihr um diese Uhrzeit, Mann!«, fuhr Flydd ihn an.

»Ich habe die Antwort auf all unsere Fragen, Herr! Ein Ballon, angetrieben von heißer Luft!« Er hielt dem Skrutator seine Zeichnungen hin.

Flydd entriss ihm die Seiten und murmelte so etwas wie »Elender Narr!« vor sich hin. Schließlich starrte er eine Weile auf die Skizzen, trat einen Schritt zurück und schlug Nish die Tür vor der Nase zu.

Nish zuckte die Schultern. Es war weit nach Mitternacht. Er ging wieder zu Bett. Nun hatte er alles getan, was in seiner Macht stand.

KAPITEL DREIUNDFÜNFZIG

Tiaan humpelte weiter und schlug eine Richtung ein, in der sie die Lichtung vermutete, auf der sie zuerst nach dem Kind gesucht hatte. Sie vertraute ihrem Instinkt, das Lagerfeuer wiederzufinden.

Doch sie wurde bitter enttäuscht, denn bald erreichten sie eine düstere Baumgruppe, an die sie sich nicht erinnern konnte. Tiaan wägte ihre Möglichkeiten ab. Ohne ein Feuer würden sie in der bitteren Kälte erfrieren. Aber sie hatte nichts dabei, um ein Feuer zu machen – Feuerstein und Zunder waren im Lager.

Den Amplimet hielt sie inzwischen recht ungeschickt in der Hand, denn das Kind auf dem Arm wurde ihr allmählich zu schwer. Angestrengt überlegte sie, was sie tun sollte. Die erste Lichtung und die Fußspuren befanden sich womöglich ganz in der Nähe – aber in welcher Richtung? Sie traute sich nicht, auf einen Baum zu klettern und von dort oben Ausschau nach dem Feuer zu halten, da sie befürchtete, das Kind könne wieder weglaufen.

Haani fror jämmerlich und schluchzte. Tiaan stellte die Kleine auf die Füße, zog den Mantel aus, hüllte Haani darin ein und verknotete die Ärmel miteinander. Mit einem Stück Seil, das sie im Mantel bei sich trug, legte sie sich eine Schlinge um den Nacken und band sich das verschnürte Kind vor den Bauch. So hatte sie wenigstens die Hände frei.

Tiaan lehnte sich gegen einen Baum und versuchte, Energie in den Kristall zu leiten. Es funktionierte nicht. Hier gab es kein Feld. Tief in der Erde konnte sie Kraft spüren, aber es war nur ein mattes Schimmern, das ihr nichts brachte. Sie brauchte eine Weile, bis sie den Grund erkannte, so träge war ihr Geist durch die Kälte geworden. Da sowohl Helm als auch Kugelgeflecht im Lager waren, hatte sie keine Möglichkeit, sich auf den Amplimet zu konzentrieren.

Sie zog das Kind noch enger an sich und schloss die Augen. Zwischen ihnen bildete sich etwas Wärme, aber die würde nicht ausreichen. Haanis Zähne klapperten. Wenn sie doch nur an den Helm gedacht hätte! Tiaan konnte ihn visualisieren: eine einzigartige Fähigkeit und einer der Gründe, warum sie sich als Kunstwerkerin einen Namen gemacht hatte. Sie konnte sich einem mentalen Bild aus einem beliebigen Blickwinkel nähern, sie konnte es drehen oder auf den Kopf stellen. Handelte es sich zum Beispiel um eine mechanische Funktion, etwa um ein Uhrwerk, so war sie in der Lage, es laufen zu lassen und jegliche Fehler auszumachen.

Während Tiaan den Helm in ihrem Geist drehte, verspürte sie einen leichten Ruck zur rechten Seite. Sie schaute in diese Richtung: Nun aber schien die unsichtbare Anziehungskraft direkt von vorne zu kommen. War es möglich, dass der Amplimet den Helm gleichsam rief, oder umgekehrt? Das erschien ihr widersinnig. Mental drehte sie den Helm und sah den Kristall in der Fassung, der mit einem Mal wie der Amplimet aufglühte. Der Schein nahm ab, als der Helm seiner Rotationsbewegung folgte.

Vielleicht stimmte es ja, dass der Kristall des Helms nach dem Amplimet rief. Beide Steine hatten eine Ewigkeit gemeinsam im Bergwerk gelegen. Das Prinzip der Assoziation besagte, dass dieses Band erhalten blieb, auch wenn Amplimet und Kristall zeitlich und räumlich getrennt waren.

Sie drehte den Helm so, bis der Kristall wieder zu ihr schaute und am hellsten leuchtete. Tiaan verspürte wieder diese Zugkraft. Von neuem Mut beseelt, ging sie einen Schritt in diese Richtung, dann noch einen. Die Anziehungskraft blieb. *Ja!*, jauchzte sie im Stillen, *sie bringt mich zurück zum Lager.*

Sie drang tiefer in den Wald, aber nachdem so viel Zeit verstrichen war, wie sie für die Suche nach dem Kind benötigt hatte, wollte Haani sich losreißen und stimmte ein Wehklagen an. Das Bild in Tiaans Kopf verschwand. Als sie die Kleine endlich wieder beruhigt hatte, vermochte Tiaan das Bild des Helms nicht mehr zu visualisieren. Dennoch ging sie weiter, da sie hoffte, wieder zum Lagerfeuer zurückzufinden. Eine schwache Hoffnung, denn in dem dichter fallenden Schnee könnte es ihr passieren, dass sie nur ein paar Dutzend Schritte am Feuer vorbeiging, ohne es zu sehen.

Ihr lädiertes Schienbein begann zu schmerzen. Am nächsten Morgen würde es noch schlimmer pochen, falls sie dann noch lebten. Weiter und immer weiter ging sie und wähnte sich schließlich längst jenseits des Punkts, an dem das Lager hätte auftauchen müssen. So weit war Haani nicht gelaufen; gewiss weniger als tausend Schritte. Tiaan überlegte, welche Richtung sie einschlagen sollte und wie weit sie noch auf ihren halb gefrorenen Füßen würde gehen können, als ihr für einen kurzen Moment Rauch um die Nase wehte.

Sie drehte sich zum Wind und schnupperte wie ein Hund. Da war wieder dieser Hauch von Qualm in der Luft. In diese Richtung ging sie, immer auf der Suche nach dem flüchtigen Geruch. Manchmal war er da, dann wieder nicht. Plötzlich wurde er stärker. Tiaan schöpfte Hoffnung. Nach weiteren stolpernden Schritten erblickte sie durch die Bäume den Schein des Lagerfeuers. Die letzten Spannen lief sie und setzte sogleich Haani dicht bei den glühenden Kohlen ab. Sie öffnete den Mantel und schaute als Erstes auf die Füße der Kleinen. Sie hatte schon befürchtet, dass sie weißliche Verfärbungen erblicken würde – sichere Anzeichen von Erfrierungen. Doch zu Tiaans Freude waren die kleinen Füße des Kindes nur eiskalt, sonst aber unversehrt.

Um Tiaans Füße stand es schlimmer, aber sie hatte zumindest noch Socken getragen. Sie brachte sie in die Nähe des Feuers und schöpfte zwei Portionen Eintopf aus dem Kessel. Haanis Hand stahl sich aus dem Mantel und griff nach der Schale. Das Kind schaute Tiaan nicht an und nippte stumm an dem Essen. Tiaan wusste nicht, ob die Kleine nun wütend oder ängstlich war. Aber das machte ihr nichts aus. Haani war wieder in Sicherheit. Alles andere war unbedeutend.

Bald schon fiel dem Kind immer wieder das Kinn auf die Brust. Tiaan trug sie in den Schlafsack und legte sich dazu. Haani lag zunächst vollkommen steif in ihren Armen., Nach einer Weile schmiegte sie sich jedoch enger an den Körper der Erwachsenen und tastete mit ihrer kalten Hand nach der von Tiaan. Schließlich schlief die Kleine ein.

Auch Tiaan schlummerte irgendwann ein. Doch sie hatte schon besser geschlafen. Lyrinx tauchten in ihren Träumen auf. In den schlimmsten albtraumartigen Sequenzen zeigte der Nylatl sein hässliches Haupt, während Minis sie immerzu tadelte, die Hoffnungen der Aachim enttäuscht zu haben. In all diese Bilder mischten sich Haanis Albträume. Die Kleine fuhr ein weiteres Mal schreiend und um sich schlagend aus dem unruhigen Schlaf, aber da Tiaan sie eng umschlungen hielt, konnte das Kind nicht fort. Bald darauf schlief das Mädchen wieder tief und fest.

Am Morgen ging es Haani schon besser, obwohl sie nach wie vor beharrlich schwieg. Tiaan blieb nichts anderes übrig, als Geduld mit der Kleinen zu haben und abzuwarten.

Die Schmerzen am Schienbein hatten sich nur ein wenig verschlimmert, aber die Muskeln waren steif. Tiaan und Haani nahmen ein kleines Frühstück ein, kehrten zum Fluss zurück und glitten den ganzen Tag auf den Schneeschuhen. Haani schien die körperliche Betätigung zu brauchen – nach den Pausen war sie stets als Erste auf den Beinen und setzte sich als Letzte, wenn sie wieder Rast machten.

Tiaan dachte über die Vorkommnisse des vergangenen Abends nach. Sie begriff, dass der Amplimet nur deshalb so matt geleuchtet hatte, weil sie zu weit vom Feldkern von Kalissin entfernt waren und es keinen weiteren Feldkern in diesen Landstrichen gab. Daher hatte sie auch keinen Kontakt zu Minis aufnehmen können. Vielleicht lebte er also noch.

Der Tage verging, dann zwei weitere. Das Laufen mit den Schneeschuhen war Tiaan nie leichter gefallen, denn sie glitten über Eis, das nur von einer dünnen Schneeschicht bedeckt war. Daher kamen sie hervorragend voran, nach Tiaans Schätzungen bis zu zwanzig Meilen am Tag. Oft kamen sie an Dörfern vorbei, machten aber nie Halt. Haani war genauso wenig wie Tiaan daran gelegen, Fremde kennenzulernen. Vielleicht war die Kleine auch zu schüchtern.

Gegen Mittag des siebten Tages nahm die Zahl der Siedlungen entlang des Flussufers zu. Die Dörfer wurden größer. Sie kamen an kahlen Obstgärten und schneebedeckten Marktplätzen vorbei. Spät am Nachmittag erreichten sie die Ausläufer einer kleineren Stadt.

Mit einem Mal waren überall Leute. Hunderte von Kindern spielten auf dem Eis. Lastenträger brachten Waren von den kleineren Siedlungen am anderen Flussufer. Einige trugen die Lasten auf dem Rücken, wieder andere auf dem Kopf. Jungen in abgerissener Kleidung, die Botengänge erledigten, mischten sich unter elegant gekleidete Damen und Herren, die dicht am Ufer über das Eis glitten. Das Eis war die Hauptverkehrsstraße, auf der man weitaus schneller vorankam als auf den hart gefrorenen, von Furchen durchzogenen Wegen.

Sie setzten ihren Weg fort, bis sie ein Hafenviertel erreichten, bei dem es sich um das Zentrum von Ghysmel zu handeln schien. Nachdem sie sich bei einigen Leuten durchgefragt hatte, fand Tiaan die Hafenmeisterei. Gleich in der ersten Amtsstube erkundigte sie sich nach einer Passage westlich über das Meer. Eine große, blonde Frau trat an die Theke.

»Ihr habt Glück. In den letzten Wochen hat es getaut. Die *Norwhal* läuft morgen aus und segelt zum Binnenmeer von Milmillamel, nach Thryss und sogar bis nach Flaha.«

»Diese Orte sagen mir nichts«, erklärte Tiaan. Als sie eine verblichene Karte an der Wand erblickte, suchte sie sich den Namen eines Zielorts heraus, da man sie zweifellos danach fragen würde. Der Krieg war noch nicht so weit nach Süden vorgedrungen, daher nahm sie an, dass es noch keine Reisebeschränkungen gab.

»Ich möchte gerne zwei Fahrscheine nach Flaha lösen.« Die Stadt lag am nördlichen Ufer von Milmillamel, gut sechshundert Meilen entfernt.

»Kabine, Hängematte oder Zwischendeck?«, fragte die blonde Frau.

»Das hängt vom Fahrpreis ab«, erwiderte Tiaan vorsichtig.

Die Kabinen waren gerade noch erschwinglich: eine Goldmünze und zwei Silberlinge. Tiaan hatte genug Geld dabei, da sie den Inhalt von Joeyns Gürtel noch nicht angerührt hatte. Die Vorstellung, über Wochen in einer Hängematte in einem Raum unter Deck zubringen zu müssen, mit vielen anderen Reisenden, die womöglich ungepflegt waren und auf Tiaans Gepäck schielten, war ihr zuwider. Sie hatte ein Zimmer nicht mehr mit jemandem teilen müssen, seitdem sie Kunstwerkerin geworden war.

»Kabine, bitte.«

Die Frau überprüfte Gold und Silber mit den Zähnen, wog die Münzen auf einer kleinen Waage und stellte dann mit geschwungener Handschrift die Fahrscheine aus. »Wohin wollt Ihr?«, fragte sie beim Schreiben wie beiläufig.

»Was? Ach so, nach Tatusti?« Sie nannte eine Stadt stromaufwärts von Flaha, da sie ihren wahren Zielort nicht preisgeben wollte.

»Tatusti?« Die Angestellte klang ungläubig.

»Dort lebt der Mann, dem ich versprochen bin.« Tiaan errötete bei diesem Bekenntnis, über das sie oft nachgedacht, das sie aber nie offen ausgesprochen hatte.

Die Angestellte ließ grünes Wachs auf den Reisedokumenten zerlaufen und drückte ein Siegel darauf.

»Habt Dank!« Tiaan nahm die Fahrscheine. »Wann ist morgen Flut?«

»Es gibt keine Gezeiten in Tallallamel. Wo liegt Eure Heimatstadt? Ihr müsst von weit her kommen.«

Eine verständliche Frage. Tiaan hatte schon »Tiksi, jenseits der Berge« gesagt, obwohl sie es im nächsten Augenblick bereute, ihre wahre Herkunft zu verraten.

Die Angestellte nickte. »Dachte ich mir. Man hört es an Eurem Akzent. Wir haben viele Reisende hier, doch nur wenige kommen aus Eurer Gegend. Die *Norwhal* legt um neun Uhr morgen früh ab.«

Tiaan bedankte sich und war schon im Gehen begriffen, als sie sich der Frau noch einmal zuwandte. »Gibt es hier in der Nähe eine gute Herberge?«

»Geht zum ›Muschelsammler‹, einige hundert Schritte zurück in Richtung Stadt. Dort entlang. Fragt nach Pwym, dem Lastenträger. Er ist mein kleiner Bruder. Er wird Euch gewiss gut unterbringen.«

Dieser Bruder erwies sich tatsächlich als äußerst höflich und zeigte ihnen eine nette Unterkunft. Binnen einer Stunde fanden sich Tiaan und Haani in einer kleinen, aber akzeptablen Kammer im dritten Stock des Gasthofes wieder und konnten von dem einzigen Fenster hinunter auf den Hafen blicken. Ein Zuber wurde ins Zimmer geschoben, Laufburschen schleppten Eimer mit heißem

Wasser. Endlich konnte Tiaan sich den Schmutz von Wochen vom Leib schrubben.

Am Abend begaben sie sich auf den Markt und kauften Kleidung für die Reise. In ihren schmutzigen Pelzen sah Haani völlig verwahrlost aus. Tiaan kaufte eine Nähnadel, starkes Garn und verschiedene andere Dinge, die sie noch auf der Reise benötigten. Schließlich gab sie einen für ihre Verhältnisse großen Betrag Silbergeld für Kleidung aus, die sie an dem Tag zu tragen gedachte, wenn sie Minis zum ersten Mal begegnete.

Die Fahrt nach Flaha dauerte fünfzehn Tage. In der ersten Woche machten sie keinen Halt, aber danach steuerten sie einen Hafen nach dem anderen an und segelten manchmal nur einen halben Tag, ehe sie wieder anlegten.

Tiaan und Haani blieben für sich und ließen sich nur selten auf dem vollen Deck blicken, auf dem es kalt und windig war. Die Kleine klammerte sich förmlich an Tiaan – in einer größeren Menschenmenge war sie scheu und sagte kein Wort, wenn jemand sie ansprach. Tiaan hatte Verständnis dafür, war dadurch allerdings auch eingeschränkt.

Als am dritten Tag der Schiffsreihe kurz die Wolkendecke aufriss, erhaschte Tiaan an Deck für einen kurzen Moment einen Blick auf eine vertraute fliegende Gestalt hoch oben am Himmel. Verfolgte der Lyrinx sie, oder war das nur Zufall? Das glaubte sie nicht. Nach diesem Vorfall blieben sie in ihrer Kabine, wo Tiaan sich daranmachte, neue Stiefel aus Lederresten zu fertigen, da Haanis altes Paar nichts mehr taugte. Tiaan machte die Arbeit Freude, konnte sie doch endlich einmal wieder ihre Fertigkeiten als Kunstwerkerin unter Beweis stellen.

Wann immer sie die Kleine brauchte, war Haani zur Stelle und schien instinktiv zu wissen, was von ihr erwartet wurde. Tiaan wusste das zu schätzen, obwohl sie die Dinge auch selbst erledigt hätte. Sie war es gewohnt, allein zu arbeiten, sodass es ihr bisweilen nicht gefiel, den Raum noch mit jemandem teilen zu müssen. Haani half, weil sie so erzogen worden war. Das bedeutete noch nicht, dass das Kind sie mochte. Tiaan war sich sicher, dass Haani sie ablehnte.

Nie bat Haani um irgendetwas. Meistens sagte sie nur »Bitte« und »Danke«, »Ja« oder »Nein« und ging auf Tiaans Fragen oder Vorschläge nur mit knappen Antworten ein. Tiaan fühlte sich ihretwegen schuldig, empfand die Anwesenheit der Kleinen aber auch zunehmend als Bürde. Vielleicht blieb dem Kind das nicht verborgen. Als die Stiefel fertig waren, bedankte Haani sich zwar, trug aber weiterhin die alten.

Als Nächstes widmete Tiaan sich einem Geschenk für Minis: einem Ring aus Silber und Gold, den sie aus Edelmetallstücken anfertigte, die sie Joeyns Gürtel entnahm. Zunächst formte sie das gelbe Metall und hämmerte über Stunden das Silber in längliche Bänder. Es machte ihr nichts aus, dass die Arbeit anstrengend war oder lange dauerte, solange sie den Ring vor der Ankunft in dem Berg fertig hatte. Übrig blieb weniger Gold und Silber, als ihr lieb war. Das erfüllte sie mit Sorge, da sie noch einen langen Weg vor sich hatten. Aber sie musste ein Verlobungsgeschenk haben, auch wenn jeder Versuch, mit Minis Kontakt aufzunehmen, gescheitert war. Mehr und mehr drängte sich ihr der leise Verdacht auf, dass die ganze Reise ein törichtes Unterfangen war.

Nach einigen Tagen auf See wurde es Haani langweilig, zumal sie bei der Anfertigung des Rings nicht helfen konnte. Tiaan begann, dem Kind die Buchstaben beizubringen und benutzte dafür die Abschrift von Nunars Abhandlung, die sie die ganze Zeit bei sich getragen hatte. Es war ein gutes Stück Arbeit. Haani sah den Nutzen des Lesens nicht, und Tiaan merkte, dass sie keine gute Lehrerin war, da nicht nur Ungeduld zu ihren Untugenden zählte. Gleichwohl erwies die Kleine sich als aufmerksame Zuhörerin und begriff die allgemeine Sprache rasch. Von Tag zu Tag wurden Haanis Akzent und Redefluss besser.

Da die Kleine es gewohnt war, während des Tages in der freien Natur zu spielen, benahm sie sich oft wie ein eingepferchtes Tier. Tiaan war froh, als das Schiff schließlich den Hafen von Flaha erreichte, einer verwinkelten, wenig attraktiven Stadt, deren Häuser aus grauem Holz gebaut waren.

Der Berg Tirthrax lag nördlich von Flaha, ein Weg von vierhundertundfünfzig Meilen. Tiaan hatte sich darauf eingestellt, den Rest des Winters in Flaha zu verbringen, bis sie erfuhr, dass es in diesem stark besiedelten Landstrich möglich war, mit Eisbooten über die zugefrorenen Flüsse zu fahren, sofern sie sich schnell für diese Reisemöglichkeit entschied. Denn das Tauwetter kündigte sich bereits an.

»Ihr möchtet nach Itsipitsi?«, wurde sie von einem Ortskundigesein gefragt. Itsipitsi war eine Stadt mittlerer Größe am nördlichen Ufer eines Sees mit dem gleichen Namen, keine dreißig Meilen von dem großen Berg entfernt. »Das dürfte kein Problem sein! Jeden dritten Tag legt ein Eisboot ab, wenn das Wetter gut ist. In dieser Jahreszeit kommt der Wind für gewöhnlich aus südlicher Richtung. Man kann dreißig Meilen am Tag schaffen, manchmal sogar fünfundvierzig. Aber Ihr müsst auch noch mit Blizzards rechnen. Und dann sitzt Ihr womöglich eine ganze Woche fest.«

Schneestürme erfassten das Boot mehr als einmal, währten aber nicht lange. Nach drei Wochen stiegen sie in Itsipitsi aus, einer Grenzstadt, in der die meisten Gebäude aus mit Lehm abgedichteten Kiefernstämmen bestanden. Die Siedlung war größer als erwartet, machte indes den Eindruck, als würden die Siedler nicht immer hier leben. Sobald das Tauwetter einsetzte, strömten Tausende von Goldsuchern in die Stadt und suchten mit ihren Pfannen und Sieben in den Flüssen nach dem begehrten Edelmetall, aber auch nach Saphiren und Zirkonen. Doch während der Wintermonate ließen sich nur wenige Leute auf den tristen, zugigen Straßen blicken.

Tiaans Goldvorrat war verbraucht, aber sie besaß noch genügend Silber, um alles Nötige für die Reise zu den Großen Bergen zu besorgen. Sobald sie in Tirthrax wären, würden die Aachim von Santhenar sie aufnehmen, jene Menschen, die vor vielen tausend Jahren von Rulke dem Charon als Sklaven in diese Gegend gebracht worden waren, auf der Suche nach der Goldenen Flöte. All dies war Gegenstand der Großen Geschichten der Historien.

Es machte Tiaan nichts aus, dass sie nur noch wenig Silber hatten, als sie schließlich ausgerüstet waren und sich mit genügend Proviant eingedeckt hatten. Die Aachim würden sie mit allem Nötigen versorgen. Doch wann immer sie nach dem Gürtel griff, musste sie an ihren alten Freund Joeyn denken. Und stets traten ihr Tränen in die Augen, wenn sie sich an ihn erinnerte.

Natürlich würde es eine Zeit dauern, bis sie das Volk der Aachim fanden. Tirthrax war riesig. Aber wenn sie sich dem Berg näherten, der gewiss einen starken Feldkern besaß, würde der Amplimet aufleuchten, sodass sie ihren Geliebten rufen könnte. Minis würde ihr den Weg weisen. Falls er noch lebte. Wenn er schon tot war, würde sie nie den Weg in den Berg finden. Die Nahrungsmittel würden knapp, und sie säßen auf einem Berg fest, in dessen Umkreis keine Menschen siedelten, bei denen sie Nahrung kaufen könnten.

KAPITEL VIERUNDFÜNFZIG

Die imposante Bergkette konnte man schon von Itsipitsi aus sehen, das in einem von hohen Kiefern umstandenen Talkessel lag. Doch selbst vom Eisboot aus hatte Tiaan die Gipfel ausmachen können. Schon aus der Ferne wirkten die Großen Berge majestätisch, eine mit Schnee und Eis bedeckte, schroffe Mauer, die sich vom östlichen Horizont bis zum westlichen erstreckte. Über allem ragte der Gipfel von Tirthrax, die höchste Bergspitze in ganz Santhenar. Sogar der höchste Berg in allen Drei Welten, wie die Historien zu berichten wussten. Der Zielort, der ihr seit nunmehr einem halben Jahr in ihren Träumen erschien, war nur noch wenige Tagesreisen entfernt.

Sie brachen im Morgengrauen auf und glitten auf Schneeschuhen auf dem schneebedeckten Eis stromaufwärts. Der erste Tag war anstrengend, obwohl die Steigung zu bewältigen war. Seit Ghysmel hatten sie nicht mehr auf ihren Schneeschuhen gestanden und trugen nun eine enorme Menge getrockneter Tagesrationen, die bis zu drei Wochen reichen mussten. Tiaan forcierte das Tempo nicht, obwohl sie gern schneller vorangekommen wäre. So kurz vor dem Ziel wollte sie keine Verletzungen riskieren. Sie konnte es kaum abwarten, in ihrem Schlafsack zu liegen, denn seit der Ankunft in Itsipitsi hatte sie jede Nacht von ihrem Geliebten geträumt und jedes Mal mehr Leidenschaft durchlebt. In ihren Träumen hatten sie sich zwar noch nicht körperlich geliebt, aber seine Liebkosungen hatten Tiaan bereits in einen Rausch der Erregung versetzt, sodass sie an nichts anderes denken mochte.

Seit sie die Hütte der drei Frauen verlassen hatte, war der Amplimet über ein mattes Leuchten nicht hinausgekommen; die zuckenden Funken waren nur in der Dunkelheit zu erkennen. Wenn aber

Tiaan jetzt den Kristall des Abends auspackte, war der Schein heller. Sie spürte förmlich, wie die Kraft des Amplimets mit jedem Schritt, der die Distanz zum Berg Tirthrax verkürzte, stärker wurde. Dreimal hatte sie bereits versucht, Minis zu erreichen, denn sie fühlte, dass er dort draußen irgendwo war. Doch sie hatte ihn bisher nicht finden können.

Das Wetter hielt sich; schon am ersten Tag auf dem Eis kamen sie gut voran. Die Bergkette vor ihnen näherte sich und war riesiger und auch bedrohlicher, als Tiaan sie sich vorgestellt hatte. Zwischen den Gipfeln traten vereiste Wasserläufe hervor, und als der Wind sich am dritten Morgen drehte, hörte Tiaan ein gewaltiges Donnern. Einst hatten sich die Gletscher bis über Mirrilladell vorgeschoben, aber diese Eisdecken gab es längst nicht mehr. Jetzt endeten die Ausläufer der Gletscher an Vorsprüngen, tausend Spannen über dem Boden. Dort oben lösten sich nun Eisbrocken von beträchtlicher Größe und krachten donnernd in die Tiefe.

An jenem Nachmittag begannen sie mit dem Aufstieg. Das Vorankommen gestaltete sich schwierig; sie mussten die Schneeschuhe zurücklassen, da sie sie nicht auch noch tragen konnten. Vier Tage später schlugen sie ihr Lager an der Baumgrenze auf und machten ein großes Feuer – denn es war ihr letztes. Von nun an gab es kein Brennholz mehr. Hoch vor ihnen ragte Tirthrax auf, so hoch, dass sie den Kopf in den Nacken legen mussten, um die Spitze sehen zu können, die allerdings meistens in Wolken gehüllt war.

Tiaan legte sich in ihren Schlafsack beim Feuer, sowie sie ihre Mahlzeit verzehrt hatte. Am nächsten Morgen wären sie auf dem Berg. Sie drückte den Amplimet an die Brust und spürte, dass die sprühenden Funken im Kristall sich ihrem Herzschlag anpassten. Nach jedem Gebrauch des Amplimets träumte sie, und wenn sie ihn nah bei sich hatte, kreisten ihre Träume nur um Minis.

Haani war eingeschlafen. Tiaan hörte die leisen, regelmäßigen Atemgeräusche der Kleinen. Diesmal gab es für Tiaan weder Schlaf noch Träume. Sie hatte den Gebrauch des Amplimets eingeschränkt, um nicht in trügerischen Hoffnungen zu schwelgen. Zudem musste sie sich eingestehen, dass sie Minis' Reaktion deutlich sehen wollte, wenn er erkennen würde, dass sie es wirklich bis nach Tirthrax geschafft hatte. Da sie aber nun des Wachseins überdrüssig war, setzte sie sich den Helm auf und verschob die Perlen an dem Drahtgeflecht.

Sie brauchte sehr lange, um ihn aufzuspüren. Sie sah nichts anderes als Rauchschwaden und blutgetränkte Dunkelheit. Eine Stunde musste verstrichen sein. Tiaan strengte sich so sehr an, dass sie das Gefühl hatte, der Kopf würde platzen, ehe sie endlich die Stimme hörte, die sie seit fünf Monaten nicht mehr vernommen hatte.

Tiaan! Bist du das wirklich?

»Ja!« Sie stieß einen tiefen Seufzer aus. »Ich bin es, Minis, mein Geliebter.«

Ich hatte dich schon aufgegeben. Wir glaubten, du wärst tot.

»Der Amplimet ist nur in der Nähe von Feldkernen stark genug, dich zu rufen. Ich konnte ihn seit Monaten nicht benutzen.«

Gewiss nicht. Daran hätte ich denken müssen.

»Es gab Schwierigkeiten unterwegs, Minis. Furchtbare Vorfälle. So viele Menschen mussten sterben ...«

Dann war dir kein Erfolg beschieden! Ah, Tiaan, man warnte mich, dass es nicht möglich sei ...

»Ich habe dich nicht enttäuscht.«

Wie meinst du das?, fragte er; seine Stimme klang hoffnungslos.

Sie wünschte, sie könnte sein Gesicht sehen, aber das Bild in ihrem Kopf war verschwommen, die Stimme schwach und verrauscht.

»Ich habe es geschafft!«, jubelte sie. »Ich habe eintausendfünfhundert Meilen in Santhenar hinter mir gelassen, um zu dir zu kommen, Minis. Ich bin jetzt am Fuß von Tirthrax.«

Die Energie, die im Augenblick durch sie strömte, war so groß, dass ihr schwarzes Haar vom Kopf abstand. Seine Reaktion konnte sie in jeder Nervenfaser ihres Körpers nachempfinden.

Oh, Tiaan! Sie glaubte, die Tränen in seinen Augen zu spüren. *Tirthrax ist die größte Stadt, die die Aachim je errichtet haben. Mehr als tausend Jahre verbrachten sie damit, Kammern in das Herz des Bergs zu treiben. Es gibt keine vergleichbare Stadt. Zeige dich mir.*

Tiaan verdrängte die pochenden Kopfschmerzen, verließ den Schlafsack, umrundete barfuß das Lagerfeuer und stellte sich so hin, dass sie die gewaltige Bergspitze sehen konnte. Keine Wolke versperrte ihr die Sicht. Ein blutroter, gesprenkelter Mond schien klar und voll auf die schneebedeckten Flanken, die Wände aus geädertem Fels und die Spitzen, die hoch in den Himmel ragten.

Ein Keuchen, ein Schrei, in den sich Schmerz und Freude mischten. Die Szene war zunächst nebelverhangen, klarte aber dann auf. Minis eilte durch ein Portal. Sein Freudenruf hallte in ihrem Kopf nach, dass Tiaan schon fürchtete, Haani könne davon aufwachen.

Tirior, Luxor, Pflegevater Vithis? Kommt und seht! Tiaan hat den Amplimet zum Fuß des Berges von Tirthrax gebracht. Schaut doch, schaut!

Schwach erkannte sie Gesichter, die sie zuletzt vor Monaten erblickt hatte. Nun drängten sich die Gestalten um einen unsichtbaren Punkt, um besser sehen zu können, und stießen einander vor Freude an. Auch unbekannte Gesichter tauchten in Tiaans Sichtfeld auf, und auf allen Mienen entdeckte sie aufflammende Hoffnung, wo sich über die letzten einhundert Jahre die Falten der Verzweiflung gegraben hatten.

Tiaan, sprach Minis und schob einige Leute etwas beiseite, *hör mir genau zu. Uns bleibt nicht viel Zeit. Vielleicht noch Tage, höchstens Wochen. Viele von uns leben schon nicht mehr. Kannst du mich hören, Tiaan?*

»Ja, ich kann dich hören.«

Wir verlieren dich. Tiaan, du musst Folgendes tun: Du bist noch Tage von dem nächsten Eingang von Tirthrax entfernt, allerdings nicht weit weg von einem verborgenen Fluchtweg. Geh geradewegs auf den gebogenen Grat zu, den du vor dir siehst. Hoch oben, nach einem anstrengenden Aufstieg, erreichst du eine glatte Felswand. Von deinem jetzigen Standort hat diese Wand die Form eines vierseitigen Diamanten. Kannst du sie sehen?

»Die Wand fiel mir auf, als wir unser Lager aufschlugen.«

Unten am Diamant wirst du zwei rostrote Felsadern sehen, von denen jede etwa eine Spanne breit ist. Dazwischen verläuft eine dünne gelbe Ader. Folge diesen Bändern in Richtung des doppelten Gletschers. Es ist von dir aus rechter Hand, glaube ich.

»Links«, korrigierte sie ihn, aber das schien er nicht zu hören.

Geh etwa zweitausend Schritte weiter. Wie groß bist du, Tiaan?

»Zweiundachtzig Hundertstel einer Spanne«, antwortete sie. »Aber unsere Spanne mag kürzer als eure sein.«

Bist du nun groß oder klein für eine Frau deines Volkes?

»Vielleicht mittelgroß.«

Dann geh ungefähr dreitausenddreihundert Schritte. Dann gelangst du an eine große Verwerfungszone im Fels, wodurch die roten und gelben Bänder nach oben abknicken und oberhalb des Bodens verlaufen. Folge den Felsadern weitere sechshundert Schritte. Du wirst eine Stelle erreichen, an der sich eine kleine Höhlenöffnung auftut. Dort könnte Wasser austreten. Krieche dort hinein. Am anderen Ende stößt du auf eine glatte Felswand. Schlage mit der flachen Hand gegen die Wand, in etwa so. Er führte einen komplexen Rhythmus vor, den sie mehrmals üben musste, bis sie ihn beherrschte.

Der Stein sollte sich dann öffnen. Falls nicht, musst du einen Weg finden, ihn zu zwingen. Dann befindest du dich ganz am unteren Rand von Tirthrax. Bewege dich immer weiter in dem Stollen vorwärts. Er beschrieb ihr den Verlauf einiger Gänge und erwähnte verborgene Türen, die sie öffnen sollte. *Zuletzt nimmst du die Treppe, die dich ganz nach oben führen wird. Der Weg dorthin ist weit. Unterwegs wirst du rasten müssen. Dort oben triffst du auf einen Gong aus Glas. Betätige ihn, und die Aachim werden erscheinen, falls sie dich nicht längst gefunden haben. Erzähle ihnen deine Geschichte, und übergib ihnen den Amplimet. Gib Acht, dass du den Kristall nicht innerhalb des Berges benutzt. Da du dem Feldkern sehr nah sein wirst, läufst du Gefahr, dein Leben zu verlieren. Auch der Kristall wird Schäden davontragen. Benutze ihn nur, wenn dir keine andere Möglichkeit bleibt. Ist das klar, Tiaan?*

»Ja«, erwiderte sie leise. »Aber –«

Die Aachim werden dann wissen, was zu tun ist.

Später erklärte Tiaan Haani, wonach sie suchen mussten. Minis' Wegbeschreibung erwies sich als äußerst präzise, obwohl die Entfernungen kürzer waren, als er geschätzt hatte. Sie fanden die Verwerfung und nach dem Mittag auch die Öffnung im Fels, die Minis beschrieben hatte. Tiaan musste ihr Gepäck absetzen, um sich durch die Spalte zu zwängen, da der Eingang beinahe ganz von Eis versperrt war. Am anderen Ende war die Felswand ebenfalls mit Eis und einer dünnen weißen Schicht kristallinen Gesteins überzogen. Tiaan klopfte den Rhythmus, den Minis vorgegeben hatte. Nichts geschah. Sie wiederholte das Klopfen. Immer noch nichts. Mit gerunzelter Stirn ging Tiaan in die Hocke.

»Vielleicht klemmt die Tür«, meinte Haani.

»Natürlich! Die Spalten rund um die Felsplatte sind verkittet. Hilf mir mal, Haani.«

Sie suchten scharfkantige Steine und schlugen damit das Eis und die Kristallschicht an den Spalten ab, die rund um die Felsplatte gleichsam einen Rahmen bildeten. Aber die Tür bewegte sich immer noch nicht, woraufhin Tiaan die Spalten weiter mit dem Meißel aus ihrer Werkzeugtasche bearbeitete. Sowie das letzte Stück herausgeschlagen war, schwang die Pforte mit schabendem Geräusch auf. Tiaan und Haani zwängten sich eilig durch die Öffnung, für den Fall, dass der Stein sich wieder schloss. Lichtreflexe, die von einer glänzenden Kugel an der Felswand stammten, zuckten von oben zu ihnen herab. So etwas hatte Tiaan noch nie gesehen, und das beunruhigte sie, obwohl sie in den Historien über die klugen Aachim gelesen hatte und daher wusste, dass deren Kunst größer war als die der Menschen.

Als sie ihr Gepäck wieder aufsetzten, sagte Haani: »Was war das?«

Aus der Ferne drang ein dumpfes Geräusch an ihre Ohren. »Ich weiß es nicht«, meinte Tiaan. »Vielleicht ein Alarm. Sie wissen bestimmt, dass wir kommen.«

Sie befanden sich nun in einem Stollen mit glatten Wänden aus Schiefer. Glimmer leuchtete hier und da auf. Sie gingen weiter, folgten Minis' Anweisungen und gelangten durch eine Tür in eine Kaverne. Vor ihnen wand sich eine steinerne Treppe in den Fels. Tiaan ging vor. Nach fünf gleich langen Treppenfluchten erreichten sie einen in den Fels gehauenen Raum.

»Ich sehe keinen Gong aus Glas«, sagte Haani. Tiaan hatte die Kleine in alles eingeweiht.

»Wir müssen noch weiter hinauf, vermute ich.«

Sie verließen den Raum und folgten einem langen Gang, ehe sie in eine muschelförmige Kammer gelangten, die mindestens einhundert Spannen in den Fels von Tirthrax getrieben worden war. Tiaan wünschte, die Reise möge ein Ende finden. Haani trottete artig weiter, obwohl man ihr anmerkte, wie erschöpft sie war.

Zu ihrer Linken tat sich eine weitere Treppe auf, eine schmale Wendeltreppe aus kristallklaren Stufen, die von Drähten gehalten wurden. Es sah so aus, als sei sie zu zerbrechlich, um das Gewicht eines Menschen zu tragen. »Das muss es sein«, sagte Tiaan mit zweifelnder Miene.

Vorsichtig setzte sie einen Fuß auf die unterste Stufe. Sie bewegte sich nicht; die Treppe war doch stabiler als vermutet. Wie aus dem Nichts gingen weiter oben Lichter an. Erneut erklang ein Signalton, höher als zuvor, aber nach wie vor sahen sie keine Anzeichen von Leben. Zweifellos lebte das Volk noch weiter oben in dem Berg, da Minis ihr gesagt hatte, sie solle ganz bis nach oben gehen.

Die Treppe führte sie Stockwerk um Stockwerk nach oben. Die Stufen schienen kein Ende zu nehmen, und Tiaan wurde nach einer Weile schwindelig. Sie legten eine kurze Rast ein, stiegen dann weiter und sahen, dass die Lichter, die bei jedem neuen Stockwerk über ihnen angingen, später von ganz allein unten wieder erloschen. Andere Warnsignale ertönten, einige hoch, andere tief, bis der ganze Treppenaufgang von Tönen widerhallte. Die ersten Klänge hörten nach etwa einer Stunde auf, daher hoffte Tiaan, dass auch die anderen wieder verklingen würden.

Ungefähr drei mühsame Stunden waren verstrichen, als sie sich am unteren Ende einer weiteren, riesigen saalartigen Kammer wiederfanden. Dieser Raum war eiförmig angelegt, wies an den Wänden fremdartig anmutende, kunstvolle Bemalungen auf und war hier und dort mit ebenso fremdartigen Möbelstücken ausgestattet. Vor ihnen stand der gläserne Gong, der zweimal so groß war wie Tiaan. Daneben hing ein mit Leder überzogener hölzerner Hammer. Tiaan griff nach dem Schlägel und schlug damit auf die Mitte des Gongs. Sogleich ertönte ein tiefer, zittriger Ton, der in Tiaans Knochen vibrierte.

Eine Vielzahl von Alarmsignalen ging los. Tiaan hängte den Hammer zurück und wartete. Doch das Warten zog sich in die Länge.

Niemand kam. Mehrmals betätigte sie den gläsernen Gong. Das Ergebnis war stets dasselbe: Niemand reagierte auf den Ton, nicht nach einer, nicht nach zwei und auch nicht nach sechzehn langen Stunden. Schließlich hörten die Alarmtöne auf.

Am folgenden Morgen schlug Tiaan wieder und wieder gegen den Gong. Auch Haani probierte es. Immer noch keine Antwort. In der Mitte der Nacht, nachdem sie bereits gut dreißig Stunden in Tirthrax zugebracht hatten, drängte sich Tiaan schließlich die Erkenntnis auf, dass die Aachim, die seit tausenden Jahren dort gelebt hatten, nicht mehr in diesem Berg weilten. Das ganze große Bauwerk von Tirthrax, die größte Stadt, die die Aachim je errichtet hatten, war aufgegeben worden.

KAPITEL FÜNFUNDFÜNFZIG

Am Morgen nach der Idee mit dem Ballon wurde Nish in einen Raum berufen, in dem bereits alle Monteure und Kunstwerker der Fertigungsstätte versammelt waren. Sein Blick fiel auf eine kleine, untersetzte Frau, die er noch nie gesehen hatte. Sie hatte zerzaustes Haar, das lichter wurde. Ihre Kleidung war schäbig und recht schmutzig. Nish wunderte sich, warum man eine Putzmagd hereingebeten hatte, denn für nichts anderes hielt er diese Frau. Nish genoss seinen Auftritt vor all den Leuten.

»Dies ist Mechanikerin M'lainte«, stellte der Skrutator die Unbekannte vor. »Ich ließ sie mit einem Skeet benachrichtigen, und noch in der Nacht traf sie hier ein.«

Nish blieb vor Verblüffung der Mund offen stehen, wünschte aber sogleich, er hätte sich besser unter Kontrolle, denn Xervish Flydd blickte ihn unverwandt an. Dass es sich bei dieser schäbigen Frau um die große, bekannte Mechanikerin handelte, war bereits bemerkenswert genug. Dass der Skrutator sie so schnell hierher beordert hatte, war obendrein sehr erstaunlich. Selbst wenn ein Skeetvogel die Nachricht nach Tiksi gebracht hatte, konnte M'lainte sie nicht vor drei Uhr in der Früh bekommen haben. Nun war erst die achte Stunde angebrochen, daher musste die seltsame Frau den ganzen Weg in der Dunkelheit der Winternacht zurückgelegt haben. Sie musste eine gehörige Portion Mut besitzen. *Die Frau hat mehr Schneid als ich*, dachte Nish voller Bewunderung.

»M'lainte«, forderte der Skrutator sie auf, »bitte sprecht.«

»Wir haben uns hier versammelt, um über ein dringliches, neues Projekt zu befinden«, begann die Mechanikerin. Zur Erläuterung hielt sie eine große Zeichnung hoch, die offensichtlich auf den Skizzen beruhte, die Nish noch gegen Mitternacht angefertigt hatte. »Unser Ziel ist es, einen Luftgleiter zu konstruieren, der von der Form her wie ein Ballon aussehen soll, mit dem Kinder spielen, nur sehr viel größer. Er muss groß genug sein, um Leute transportieren zu können, und zwar über eine Entfernung von …« Sie blickte Rat suchend zu Flydd.

»Dreihundert Meilen, wenn nötig.«

»Exakt! Der Ballon würde durch heiße Luft aus einem Ofen in die Höhe schweben.« M'lainte deutete auf eine eingezeichnete Kiste, die sich unter dem Ballon befand, der wie ein auf dem Kopf stehender Tropfen aussah. Unter dem Kasten wiederum hing ein geflochtener Korb.

Eine ganze Weile herrschte tiefes Schweigen im Raum. Dann sprachen plötzlich alle auf einmal.

»Das geht nicht!« Eine laute Stimme aus den hinteren Reihen übertönte die anderen.

»Nein?«, entgegnete die Mechanikerin kühl. »Wer sagt das?«

»Ich bin Porthis, Monteurin.«

»Und eine bekannte Schwarzseherin«, raunte Nish Irisis ins Ohr. Porthis hatte ihm damals, als er neu in die Fertigungsstätte kam, das Leben zur Hölle gemacht.

»Wie lautet Euer Einwand, Porthis?«, fragte die Mechanikerin.

»Der Ballon müsste riesig sein, wenn er ein solches Gewicht transportieren soll. Vielleicht so groß wie die Mauern dieser Fertigungsstätte.«

»Korrekt«, pflichtete M'lainte ihr bei.

»Der Wind würde ihn zerreißen.«

»Der Ballon ist ja nicht starr, sondern in Bewegung. Der Wind wird ihn daher tragen – und nicht zerstören. Außerdem erhält er zusätzliche Ausstattungen, die seine Stabilität verbessern.« Sie zeigte den Anwesenden auf der Zeichnung die Verstärkungen – dünne Kabel und Klammern, die in regelmäßigen Abständen angebracht waren. »Wenn Ihr dies für unzureichend haltet, fordere ich Euch auf, einen besseren Entwurf vorzulegen.«

Porthis ließ sich nicht beirren. »Die heiße Luft kühlt wieder ab, der Ballon wird schnell fallen und alle Insassen in den Tod reißen.«

»Deswegen gibt es den Ofen, der die sich abkühlende Luft ständig durch heiße ersetzt.«

»Der Ballon wird Feuer fangen.«

»Schaut hier auf das eingezeichnete Detail – es stellt einen Rauchfang dar, der als Schutz dient.«

»Dann wird der Ballon wieder zu schwer.«

»Dann, Monteurin Porthis, wird es Eure Aufgabe sein, ihn leichter zu machen! Und Ihr werdet bei den ersten Probeflügen dabei sein, seht also zu, dass Ihr den Ballon sicher konstruiert. Ich wende mich hiermit an alle anwesenden Monteure: Bis heute Abend liegt mir eine technische Zeichnung des Testballons vor. Das benötigte Material wird bereits aus Tiksi hierher befördert. Morgen früh beginnen wir dann mit der Konstruktion.«

Nach drei Tagen verlor Ullii Tiaan wieder aus ihrem Wahrnehmungsfeld.

»Ich spürte sie«, teilte sie dem Skrutator und Nish am Nachmittag mit. Sie hielten sich in dem abgedunkelten Raum auf, und die Sucherin trug weder Maske noch Schutzbrille. Der Skrutator mochte es lieber, Ulliis Augen zu sehen, wenn er mit ihr sprach. »Ich konnte ihren Kristall besser sehen als je zuvor. Auch sie konnte ich beinahe sehen, und Klauentiere, viele davon. Sie machten Gestaltverformungen. Es war furchtbar! Ich sah ein Wesen, das sie erschufen. Es wollte Tiaan fressen.« Ullii war aufgesprungen und schritt unruhig im Raum auf und ab.

Nish blickte auf ihre schönen Rundungen und merkte erst mit Verzögerung, dass der Skrutator ihn genau beobachtete. Nish errötete und schaute zur Seite.

»Fahrt fort«, wies Flydd die Sucherin an.

»Tiaan hatte schreckliche Angst. Sie bewirkte, dass der Hedron Feuer spie.«

»Feuer?«, rief der Skrutator.

»Feuer wie ein purpurfarbener Fächer. Der Kristall leuchtete so hell auf, dass mein Kopf schmerzte. Ich konnte das Gitternetz nicht mehr sehen. Das Feuer brannte ein Loch in die Wand, und dann habe ich sie verloren. Seither habe ich sie nicht mehr gesehen.«

»Was war das für eine Wand?«, wollte der Skrutator wissen.

»Eine Wand in einem Berg, der wie ein Turm aussieht. Er steht im Wasser.«

»Was wisst Ihr noch über diesen Ort, Ullii?«

»Mehr nicht. Ich habe ihn nur einmal gesehen.«

Gedankenversunken ging Flydd zur Tür und holte eine Karte aus seiner Tasche. »Ein Berg, der wie ein Turm aussieht«, sinnierte er halblaut, »südwestlich von uns.« Er verfolgte Ulliis Wahrnehmungsfeld mit einem Finger auf dem Pergament. »Natürlich! Der See Kalissin! Dort ragt ein spitzkegliger Berg aus dem Wasser, der sehr eisenhaltig ist. Ein äußerst seltsamer Ort. Es heißt, dort treiben Lyrinx ihr Unwesen.« Aufgeregt durchmaß er den Raum.

»Dann werden wir den Ballon wohl nicht brauchen«, sagte Nish und war enttäuscht, dass seine Idee nun womöglich keine Bedeutung mehr hatte.

»Natürlich brauchen wir den verdammten Ballon! Vielleicht ist Tiaan entkommen, da Ullii sie nicht mehr wahrnehmen kann. Wenn Kalissin so etwas wie ein Zentrum für Gestaltverformung ist, dann müssen wir herausfinden, *was* die Lyrinx dort erschaffen. Feuer, das aus einem Hedron schießt und so stark ist, dass es Löcher in die Wände brennt! Sollte es Tiaan gelungen sein, *eine ungeahnt starke* Energie zu nutzen, müssen wir vor dem Feind hinter dieses Geheimnis kommen!«

Während der folgenden Wochen fanden verschiedene Probeflüge statt. Zwei Ballons stürzten ab und gingen in Flammen auf. Ein anderer fing in der Luft Feuer, sodass die brennenden Überreste wie ein strafender Regen auf die Siedlung der Minenarbeiter niedergingen. Die Insassen kamen zwar mit dem Leben davon, wurden aber verletzt, darunter auch Porthis. Ein anderer Ballon wollte überhaupt nicht aufsteigen; schließlich entdeckte man ein Loch. Zwei weitere, dann ein dritter und vierter in dieser Testreihe waren mäßig erfolgreich. Der letzte Ballon stieg bis hinauf in die Berge, wurde vom Wind erfasst und trieb dreißig Meilen in Richtung jener Hochebene, auf der sich das blutige Gefecht mit den Lyrinx zugetragen hatte.

Ullii konnte Tiaan nicht mehr sehen. Sie war verschwunden wie ein erloschener Stern. Die Arbeit am letzten Ballon dauerte an. Er war für zehn Passagiere und deren Ausrüstung ausgelegt. Nish, Ullii und acht Soldaten, angeführt von Rustina, sollten damit fliegen, um Tiaan zu finden. Anschließend würden sie zu Fuß den Heimweg antreten müssen, da sie nicht auf Winde hoffen durften, die sie wieder zum Ausgangspunkt zurücktrieben. Das war leider das Problem bei Ballons.

Beinahe zwei Monate waren verstrichen, seitdem Tiaan zuletzt von Ullii gesichtet worden war. Der Winter neigte sich dem Ende zu, als die Einzelteile des Ballons endlich zusammengebaut werden konnten. Über eine leichte Holzkonstruktion wurde Seidenstoff gespannt, dessen Nähte man mit Teer zugeschmiert hatte. Drähte und Klammern fixierten und verstärkten den Stoff. Die Konstruktion konnte relativ schnell Feuer fangen, aber das ließ sich nicht ändern. Unter der Ballonöffnung befand sich ein Brennofen, der oben mit einem Drahtgeflecht abgedeckt und an den Seiten mit Kacheln versehen war. Darunter schloss sich der Passagierkorb aus geflochtenen Weidenzweigen an, in dem die Besatzung leben, essen und schlafen sollte. Auch der Brennstoff musste dort gelagert werden. Unterwegs würden sie sich wohl ein- oder zweimal einen neuen Vorrat davon beschaffen müssen. Denn nur wenn die Winde ausgesprochen günstig waren, könnten sie es bis nach Kalissin schaffen, ohne weitere Brennmaterialien aufnehmen zu müssen.

Für den fertigen Ballon, der ohne den Korb immerhin fünfzehn Spannen hoch und zehn Spannen breit war, hatten die Konstrukteure den gesamten Vorrat an Seidenstoffen in Tiksi aufgebraucht. Es gab zudem oben auf dem Ballon eine Ventilvorrichtung, die sich mit zwei Seilen regeln ließ. Auf diese Weise konnte immer genügend heiße Luft hineinströmen, und es ermöglichte ihnen, dort zu landen, wo sie es wünschten.

Die Verklammerungen am Ballon gaben ihm eine starre Form, sodass er schon abflugbereit aussah, obwohl noch gar keine heiße Luft hineingeströmt war. Während man die Zugkraft überprüfte, die auf die Halterungen am Boden einwirkte, wurden verschiedene Brennstoffe ausprobiert, um zu sehen, wie viel Auftrieb jeder von ihnen gab. Holz konnten sie benutzen, wenn ihnen keine andere Möglichkeit blieb, aber dann musste es wirklich trocken sein. Der Nachteil war nur, dass ein Holzstapel zu viel Platz im Korb einnahm. Pech oder Koks aus den Schmelzöfen war besser geeignet. Doch Pech erzeugte schädliche, schwarze Dämpfe, und auch Koks benötigte eine Menge Platz. Am besten schien eine klare Flüssigkeit zu sein, die in einem luftdichten Brennofen aus Teerdestillat gewonnen wurde: Allerdings war dieser Brennstoff extrem gefährlich und konnte schon bei kleinstem Funkenflug explodieren. Schließlich entschied man sich, verschiedene Brennmaterialien mitzunehmen, und zwar Kohlen, Pech sowie Teerdestillat.

Eines Abends ging Irisis zum Skrutator und bat ihn, ebenfalls im Ballon mitreisen zu dürfen. Denn immerzu musste sie an Tiaans schönen Kristall denken.

»Wieso das?« Seine Stirn legte sich in unzählige Falten. »Was könntet Ihr ausrichten, das Euer Fehlen hier rechtfertigen würde?«

Irisis hatte sich zwar eine Erklärung zurechtgelegt, kam sich dann aber unter dem kalten Blick des mächtigen Mannes kindisch vor. Sie senkte den Blick.

»Ihr wollt doch Werkmeisterin sein, oder etwa nicht?«, fragte er leise. »Denkt daran, die Gebäranstalt ist nur auf Bewährung ausgesetzt.«

Irisis hatte das Gefühl, Xervish Flydd könne ihre Gedanken ausspähen und wisse daher, dass sie eine Hochstaplerin war – dass er es immer schon gewusst hatte. Unter ihrer Anleitung produzierten die Kunstwerker zwar bessere Steuereinheiten als je zuvor, aber zweifellos genoss der Skrutator es, die Gebäranstalt als Druckmittel einzusetzen.

»Ja, ich habe mir immer gewünscht, eines Tages Werkmeisterin zu sein.«

Man arbeitete noch eine weitere Woche an dem Ballon, als Ullii plötzlich Tiaan wieder entdeckte. Diesmal sah sie die Kunstwerkerin in westlicher Richtung. »Seen und Berge«, murmelte die Sucherin.

»Wie zuvor?«, fragte Nish.

»Nein, große Berge, sehr große.«

»Hört sich ganz so an, als befände sie sich nördlich von Kalissin«, mutmaßte der Skrutator. »In der Nähe der Großen Berge. Aber dort könnte sie auf einer Länge von dreihundert Meilen überall sein. Die Sache duldet keinen Aufschub mehr, Monteur. Ihr müsst sofort aufbrechen.«

»Aber der Ballon ist noch nicht ganz fertig.«

»Dafür werden wir sorgen. Wir werden Tag und Nacht daran arbeiten. Ihr fliegt übermorgen bei Morgengrauen los.«

Nish markierte die Richtung, in der Ullii Tiaan gesehen hatte, auf der Flugkarte. Am letzten Abend vor dem Abflug war ihr Wahrnehmungsfeld so stark, dass Ullii ganz aufgeregt war. »Feuer und Rauch, Nish!«

»Ein Lagerfeuer?«, hakte Nish nach.

»Große Feuer. Feuer, die aus den Bergspitzen schießen.«

Der Skrutator war beunruhigt. »Das begreife ich nicht. Sie kann *Vulkane* sehen? Aber in diesem Landstrich sind keine Vulkane, auch nicht zwischen den Großen Bergen und den Binnenmeeren. Sollte ihre Richtungsangabe vollkommen falsch sein?« Nachdenklich drückte er die verunstalteten Hände zusammen und ließ die Knöchel knacken.

Nach weiteren Befragungen stellte sich heraus, dass es sich bei den feuerspuckenden Bergen nicht um tatsächliche Dinge handelte, die Ullii sah, sondern um Visionen, die Tiaan hatte. Aber auch das beruhigte den Skrutator nicht.

»Das gefällt mir nicht. Ich frage mich, ob ich nicht auch mitfliegen sollte?«

Diese Vorstellung behagte wiederum Nish nicht. Wenn der Skrutator die Expedition leitete, konnte Nish seine Führungsqualitäten nicht unter Beweis stellen. »Vielleicht ist es besser, wenn ich Euch Nachrichten mit einem Skeetvogel zukommen lasse, Herr«, gab er vorsichtig zu bedenken. »Dann könntet Ihr hierbleiben und gegebenenfalls rasch handeln.«

Flydd bedachte ihn mit einem wissenden Blick. »Für beide Optionen lassen sich Argumente anführen. Ich werde meine Entscheidung am Morgen treffen. In der Zwischenzeit muss ich noch viele Dinge notieren, für den Fall, dass ich mitfliege. Auch ich muss unbarmherzigen Herren Rede und Antwort stehen, Monteur.«

Nish begriff, was Flydd mit diesen Worten andeuten wollte.

Die Dämmerung brach an. Der Wind kam aus der richtigen Richtung, aber der Ballon war noch nicht fertig, obwohl alle die ganze Nacht hindurch gearbeitet hatten. Nish war vollkommen erschöpft, als er sein Gepäck aus dem Tor schleppte. Müde setzte er sich auf seinen Rucksack, während die letzten Tests durchgeführt wurden.

Irisis strich unruhig um den Passagierkorb. Sie trug dicke Kleidung, eine daunengefüllte Jacke und Hosen. Hatte sie etwa vor, im letzten Augenblick in den Korb zu springen? Nish hoffte, dass sie es bleiben ließ.

Auch der Skrutator hatte sich der Kälte entsprechend gekleidet, blieb aber auffällig gelassen. »Habt Ihr eine Entscheidung getroffen, Herr?« Nish versuchte, sich seine Nervosität nicht anmerken zu lassen.

»Ich werde doch mitkommen. Es gibt noch viel zu lernen über dieses neue Transportmittel.«

Nish sank das Herz. »Wunderbar, Herr«, log er.

Der Skrutator musterte ihn mit gerunzelter Stirn. »Die Expedition ist keine Belohnung, Monteur. Es ist ein gefährliches Unterfangen. Die Aussicht, dass wir unser Ziel erreichen, ist gering. Und die Hoffnung, dass wir lebend zurückkommen – und dann auch noch mit Tiaan – ist eigentlich absurd. Ist Euch das klar?«

Nish hatte solche Befürchtungen verdrängt, sah aber ein, dass Flydd recht hatte. Dies war nicht eine kühne Mission, sondern ein Himmelfahrtskommando. Was erwartete sie an ihrem Zielort? Höchstwahrscheinlich landeten sie geradewegs auf dem Esstisch der Lyrinx.

»Ihr könnt immer noch hierbleiben«, sagte der Skrutator leise.

»Um Eure Meinung über mich und meinen Vater zu bestätigen?«

»Ihr kennt meine Meinung über Euch ja gar nicht.«

Nish dachte einen Moment nach. Er musste nicht unbedingt gehen. In seinem ganzen Leben war er so wenig Risiken wie möglich eingegangen und hatte sein Ziel nie aus den Augen verloren. Er könnte zurückbleiben, hart an seiner Fertigkeit feilen und womöglich mit seinen Aufgaben wachsen. Der Krieg bot einem Mann viele Möglichkeiten. Außerdem gab es da noch Irisis.

Er suchte den Blick des Skrutators. Auf der anderen Seite: Wer würde sich um Ullii kümmern, wenn er in der Fertigungsstätte bliebe? Trotz seiner schwer zu unterdrückenden Begierde kümmerte sich niemand so um die Sucherin wie er. Zudem war der Ballon sein Einfall gewesen, und diese Idee wollte er weiter verfolgen. Und er gedachte, seine Ehre wiederherzustellen. Wenn er bliebe, würde er nie den Makel loswerden, der ihm anhaftete.

Viel wichtiger aber war noch ein anderer Umstand: Dass der Skrutator bei dieser Mission sein eigenes Leben aufs Spiel setzte, zeigte Nish, wie wichtig die Expedition war. Wie konnte er sich da weigern, mitzufliegen?

»Ich komme mit«, erklärte Nish. Die Knie wurden ihm weich, und er ahnte, dass auch das dem Skrutator nicht entgangen war. »Selbst wenn wir auf Horden von Lyrinx treffen. Wie sollen wir den Krieg sonst gewinnen?«

Ein Leuchten lag in den Augen des hageren Mannes. Mit krummen Fingern umschloss er Nishs Schulter. »Haltet die Augen offen, ob Ihr auf irgendetwas stoßt, das mit Gestaltverformung zu tun hat.« Der Skrutator wandte sich zum Gehen.

Später am Vormittag stieg die Mechanikerin schließlich aus dem Korb. »Wir sind fertig. Füllt ihn auf!«

Von einer nahe gelegenen Feuerstelle leiteten sie die heiße Luft durch ein biegsames Rohrsystem in den Ballon. Sie wollten nichts von dem Brennstoff aus dem Ofen verbrauchen, um das Gefährt in die Luft zu bekommen. Als der Ballon endlich gefüllt war, wehte ein kräftiger Wind übers Land. Der Ballon riss förmlich an den Verankerungen.

»Es wird Zeit«, verkündete Flydd und betrachtete den Himmel kritisch. Es war Mittag. »Das Wetter gefällt mir nicht.«

Nish ebenfalls nicht. Der späte Start bedeutete zudem, dass sie ihren Zielort nicht mehr im Hellen erreichen würden. Bei diesem böigen Wind zur Landung anzusetzen, dazu im Dunkeln, wäre sehr gefährlich. Gegen Abend würden sie vielleicht alle verbrannt sein.

Ullii stieg in den Ballonkorb und kauerte sich sogleich in einen ausgepolsterten Weidenkorb, der speziell für sie angefertigt worden war. Auf der anderen Seite saß ein Skeet in einem Käfig, um rasch eine Nachricht verschicken zu können. Der Käfig war abgedeckt, da Skeetvögel notorisch bösartig waren. Nish bedankte sich per Handschlag bei der Mechanikerin und Aufseherin Tuniz. Dann kletterte er die Strickleiter hinauf und stieg über den Korbrand. Zuletzt kamen die Soldaten mit Rustina an Bord, deren Gepäck bereits verstaut worden war.

Irisis schritt noch unruhiger auf und ab. Was mochte ihre Absicht sein?

»Kommt Ihr, Herr?«, rief Nish von oben Flydd zu.

Der Skrutator zog an den Tauen. »Ich möchte sehen, wie er aufsteigt. Kappt einige Seile.«

Nish salutierte vorschriftsmäßig. »Kappt diese Taue!« Mit übertrieben prahlerischer Geste bedeutete er den Arbeitern unten, der Aufforderung nachzukommen. »Löst die anderen Seile ein wenig. Öffnet die Ofenklappe!«

Alle Anweisungen wurden befolgt, aber es sah nicht danach aus, als würde der Ballon steigen. Nish war insgeheim froh.

M'lainte blickte kritisch zu ihnen hinauf. »Ich habe mich schon gefragt, ob so viel Gepäck nötig ist. Rustina, kommt noch einmal mit Eurer Truppe herunter. Wir müssen erneut über die Einzelheiten sprechen.«

Sieben Soldaten kletterten die Strickleiter hinunter. Der achte reichte den Kameraden die Ausrüstungsgegenstände nach unten. Kaum hatte er den zweiten Rucksack angehoben, als ein heftiger Seitenwind gegen den Ballon drückte. Das Flugobjekt stieg ruckartig nach oben und riss sämtliche Taue aus den Verankerungen. Alles, was nicht festgebunden war, purzelte gegen Ulliis Korb, auch Nish. Der Skeetvogel kreischte. Ullii jammerte. Der Ofen brodelte, und Flammen leckten an der geteerten Stofffläche. Wenn die Außenhülle Feuer fing, würde der ganze Ballon wie Zunder brennen.

Die Mechanikerin rief etwas, aber Nish konnte bei dem starken

Wind nichts verstehen. Irisis hängte sich mit ihrem ganzen Körpergewicht an eins der Seile, wurde aber mit in die Luft gehoben.

Der Ballon drehte sich an der letzten Verankerung, sank wieder ein Stück, drohte am Boden aufzuschlagen, wurde dann jedoch mit einem heftigen Ruck wieder nach oben gerissen. Nish musste handeln, ehe der Ballon irgendwo aufprallte oder gar explodierte. Schnell hatte er sein Messer gezogen und durchtrennte das letzte Seil. Ein weiterer Windstoß trieb den Ballon hoch. Er richtete sich wieder auf und stieg höher in den Himmel. Mit einem klagenden Laut ließ Irisis das Ende des Seils los.

Unten hatte der Skrutator die Hände wie einen Trichter an den Mund gelegt und schrie etwas. Der Wind verschluckte die Worte. Irisis stand auf wackeligen Beinen da und schaute bleich nach oben. Zum Glück war sie unverletzt.

»Was sollte ich denn machen?«, murmelte Nish, der jetzt erst erkannte, was er getan hatte. Bis auf einen waren sämtliche Soldaten am Boden geblieben. Jetzt lag alles in seiner Verantwortung.

Ullii stöhnte in ihrem Weidenkorb. Die heftigen Bewegungen hatten sie erschreckt. Nish fing den Blick des Soldaten ein und bemühte sich, ruhig zu bleiben.

»Ich heiße Cryl-Nish!« Er streckte ihm die Hand entgegen.

»S'lound.« Der Mann hatte einen festen Händedruck. Er war ein großer, kriegserfahrener Soldat von vielleicht vierzig Jahren mit schütterem, grauem Haar und einem weißen Bart.

Sie beugten sich an zwei gegenüberliegenden Seiten über den Korbrand, um den Ballon zu stabilisieren und sahen, wie die Fertigungsstätte unter ihnen langsam entschwand. Der Ballon gewann rasch an Höhe.

»Kalt hier oben«, meinte Nish.

»Kann man wohl sagen!«

Erst jetzt begriff Nish, dass er an dem Seil für das Öffnungsventil hätte ziehen müssen. Jetzt war es zu spät. Sie schwebten über zerklüftetem Gebiet, auf dem eine Landung zu riskant war.

Sie wurden in südwestliche Richtung getrieben. Nish war überrascht, wie schnell der Ballon flog. Markante Punkte tief unter ihnen, die man in mühsamen Tagesmärschen passierte, huschten in Windeseile unter ihnen vorbei. Das war die neue Art des Reisens!

Er hielt nach dem Plateau Ausschau, auf dem sie gegen die Lyrinx gekämpft hatten.

Ungefähr eine Stunde später unterbrach S'lound ihn in seinen Gedanken. »Sieht aus, als würden wir wieder sinken.«

Nish hatte den Ofen ganz vergessen, der bis auf eine Schicht Kohlen heruntergebrannt war. Das Pech erzeugte starke Hitze, verbrannte aber schnell. Er kletterte die Strickleiter hinauf, die erschreckend im Wind pendelte, und füllte einige Scheiben Pech nach. Der Ofen flammte kurz gelblich auf und erzeugte bräunlichen Qualm. Hastig stieg Nish wieder nach unten.

»Schrecklicher Gestank«, sagte er außer Atem, als er den Korb wieder erreichte. Der Aufstieg hatte ihn viel Kraft gekostet.

»Kann man wohl sagen.«

Ein Mann weniger Worte. Nish hob den Deckel von Ulliis Korb an. »Möchtest du vielleicht sehen, wie …?« Sie riss ihm den Deckel aus der Hand und zog ihn zu. Nish seufzte. Es würde ein einsamer Flug werden.

Inzwischen flogen sie so schnell, dass sie schon an dem Plateau vorbei waren, ehe Nish es wiedererkannte. Von so hoch oben sah alles seltsam aus. Am späten Nachmittag hatten sie die erste Bergkette überquert und hielten schnell auf die zweite zu. Dahinter erstreckte sich die Wildnis von Tarralladell, und irgendwo dort in der Mitte lag der kreisrunde See von Kalissin, wo Ullii Tiaan gesehen hatte. Aber das war inzwischen Monate her.

Nish tippte auf den Deckel des Weidenkorbs. »Glaubst du, dass du jetzt vielleicht herauskommen kannst, Ullii? Ich muss mit dir sprechen.«

Nach längerem Warten steckte sie den Kopf aus dem Korb; sie hatte sich noch zusätzlich schwarze Seide ums Gesicht geschlagen und einen schwarzen Hut aufgesetzt. »Was ist?«, fragte sie mit leiser Stimme.

»Kannst du Tiaan immer noch sehen?«

»Natürlich! Sie ist dort!«

Sie zeigte nach Nordnordwest, wenn Nish das richtig deutete. Er beugte sich über die Karte. »Wenn wir jetzt ungefähr hier sind, und du sie in dieser Richtung siehst …« Die beiden Linien schnitten sich in Mirrilladell, ein Stück südlich von den Großen Bergen.

S'lound unterbrach ihn in seinen Gedanken. »Die Sonne geht bald unter. Hattet Ihr vor, die ganze Nacht zu fliegen?«

»Natürlich nicht. Wir könnten irgendwo hin abgetrieben werden.« Sie schwebten über die zweite Bergkette, und in der Ferne war bereits die flache Seenlandschaft von Tarralladell auszumachen. Nish zog an dem Ventilseil, und der Ballon sank, allerdings viel zu schnell. Daher riss er an dem anderen Seil, sodass die Klappe sich wieder schloss. Sie hielten auf einen Berggrat zu.

»Glaubt Ihr, wir können dort landen?«, fragte er ängstlich.

»Keine Ahnung«, erwiderte S'lound fröhlich. »Bin noch nie mit einem Ballon geflogen.«

Unter ihnen erkannte Nish beinahe senkrecht aufgeworfene Schieferwände. Wenn sie gegen einen dieser scharfkantigen Felsen prallten, würde der Ballon sich auf die Seite legen, zerstört werden oder Feuer fangen. Es könnten auch Taue durchtrennt werden, sodass alles nach unten fiel, mit Ausnahme vielleicht von Ulliis Korb, den man mit einem Seil festgezurrt hatte, dessen anderes Ende am Ballon befestigt war. Ohne seine Ladung würde er zusammen mit der hilflosen Sucherin einfach weiter abtreiben, ein Spielball der Winde. Nish malte sich schon aus, wie Ulliis Schreie langsam vom Wind verschluckt würden. So weit durfte er es nicht kommen lassen. Entschlossen kletterte er wieder nach oben und gab mehr Pech in den Brennofen.

Auf der anderen Seite der Bergkette sah es indessen nicht besser aus – unglaublich steil abfallende Felswände, unterbrochen von schroffen Felsen und spitzen Bäumen. »Ich dachte immer, das Fliegen wäre der schwierige Part«, murmelte Nish. »Keine freie Fläche zum Landen.«

Das Tal, das sie anschließend überflogen, bot mit seinen ausgedehnten Waldgebieten ebenfalls keine Landemöglichkeit. Inzwischen war es fast dunkel geworden. Plötzlich entdeckte Nish eine freie Fläche auf einem Kamm. Der Ballon driftete genau in diese Richtung.

»Versuchen wir es dort hinten.« Nish ließ Luft über das Ventil ab. Der Ballon ruckte im Aufwind. Spitz und drohend ragten die Bäume unter ihnen auf, wie eine bewehrte Festungsmauer. Nish spürte mit Schrecken, dass er in seiner Unerfahrenheit nichts würde ausrichten können. Der Wind blies zu kräftig, die Böen waren unberechenbar.

Er schloss das Ventil wieder. »Das schaffen wir nicht! Mehr Brennstoff, S'lound!«

Der Soldat kletterte die Strickleiter hinauf und fütterte den Brennofen mit Pech, aber Nish ahnte, dass es zu spät war. Der Ofen brauchte einfach zu lange, um den Ballon steigen zu lassen, wenn er sich bereits im Sinkflug befand.

»Wir prallen gegen die Baumgipfel!«

Keuchend hievte S'lound etwas über die Bordwand.

»Was war das?«, rief Nish erschrocken.

»Ein Rucksack der Kameraden.«

Rasch warfen sie auch die übrigen schweren Gepäckstücke aus dem Ballon, nur nicht S'lounds. Dem Skrutator gehörte kein Gepäck. Hatte er überhaupt vorgehabt, in den Ballon zu steigen? Vielleicht war das auch nur wieder einer seiner Tests gewesen. Wenn ja, hatte Nish nun die Prüfung bestanden, oder war er durchgefallen?

Langsam stieg der Ballon höher. Die Baumkronen rasten auf sie zu. »Festhalten!«, rief Nish.

Der Korb schlug gegen einen Baum, rauschte in eine weitere Spitze und blieb an einem Ast hängen. Der Ballon legte sich auf die Seite. Nish und S'lound warfen sich mit ihrem Gewicht von einer Seite auf die andere. Der Baumwipfel neigte sich, ein Stück von dem Weidengeflecht löste sich aus der Seitenwand, aber der Korb kam wieder frei.

»War knapp!«, sagte der Soldat.

»Stimmt«, keuchte Nish, der die einsilbige Ausdrucksweise seines Gefährten nachahmte. »Wir müssen jetzt einfach weiterfliegen.«

Sie entdeckten keinen anderen Landeplatz mehr, während die Dunkelheit sich um sie schloss. Es war unheimlich, in der schwarzen Stille durch die Luft zu gleiten und nicht zu wissen, ob man nun hoch oben oder vielleicht nur wenige Spannen über dem Boden flog. Und was war, wenn der Wind drehte? Das flackernde Licht des Brennofens warf seltsam geformte Muster auf ihre angespannten Mienen.

Ullii kroch aus ihrem Korb und verlieh ihrem Erstaunen über die seltsame Situation mit leisen Rufen Ausdruck. S'lound grillte Antilopensteaks auf dem Brennofen, die zwar köstlich waren, aber einen leicht teerartigen Geschmack hatten.

Es wurde unbeschreiblich kalt. Abwechselnd stiegen sie hinauf, um den Ofen zu befeuern, und blieben oft länger oben, um sich zu wärmen. In den frühen Morgenstunden sprang der Soldat von oben in den Korb und klopfte sich den Staub von der Kleidung. »Der ganze Brennstoff ist aufgebraucht. Können wir sonst noch irgendetwas verfeuern?«

»Ja, wir haben noch einige Behälter mit Teerdestillat, aber ich traue mich nicht, den Ofen damit zu befeuern. Die Mechanikerin wollte noch Schläuche konstruieren, um den Brennstoff langsam einzufüllen, aber damit ist sie nicht fertig geworden.«

»Dann können wir es genauso gut über Bord werfen«, meinte S'lound.

»Besser nicht. Wenn wir kein Holz finden, könnte der Brennstoff sich doch noch als nützlich erweisen.«

Eine weitere Stunde schwebten sie durch die Stille vor der Dämmerung, merkten, dass sie sanken, vermochten aber nicht abzuschätzen, wie schnell sie an Höhe verloren. »Tarralladell ist von Wäldern bedeckt«, merkte Nish mit düsterer Miene an. »Wir werden in den Baumkronen enden.«

»Und dort sind viele Seen«, meinte S'lound. »Wahrscheinlicher ist, dass wir eine Wasserlandung machen.«

»Wenn wir Glück haben, sind die Seen noch zugefroren.« Nish spähte in die Dunkelheit hinaus. »Ich hoffe nur ...«

»Was?«, fragte Ullii.

»Ich hoffe nur, dass wir nicht zu weit geflogen sind und jetzt schon das Binnenmeer unter uns haben. Das wäre unser Ende!«

Er hatte die Befürchtung kaum ausgesprochen, als der Ballon nach unten sackte und irgendwo aufsetzte. Wasser drang von unten und durch die Seitenwände in den Korb.

KAPITEL SECHSUNDFÜNFZIG

Trotz Minis' Warnung blieb Tiaan nichts anderes übrig, als den Amplimet zu benutzen und ihren Geliebten erneut zu rufen. Haani stand neben ihr und sah ihr fasziniert zu. Zuvor hatte Tiaan den Kristall immer nur dann benutzt, wenn das Kind bereits eingeschlafen war.

Diesmal dauerte es noch länger, bis Minis sich meldete, obwohl der Amplimet im Berg sehr stark leuchtete. Als Minis schließlich in Tiaans Blickfeld kam, wirkte er entkräftet. Sein Gesicht war rußverschmiert, Bartschatten lagen auf seinen Wangen.

Tiaan, sagte er nach einer ungewöhnlich langen Pause; er schien sie zu suchen und konnte sie offenbar nicht sehen. Seine Stimme klang heiser. Tiaan hatte das Gefühl, dass er vor Schmerzen kaum sprechen konnte. *Was ist los?*, fragte er in der ihm eigenen Redeweise, die Worte gedehnt und Buchstabe für Buchstabe betont. *Findest du den Weg nicht?*

»Ich bin seit anderthalb Tagen in Tirthrax.« Sie visualisierte die riesige, ovale Halle für ihn. »Immer wieder habe ich gegen den Gong geschlagen. Alle Alarmsignale sind inzwischen ausgegangen, aber niemand ließ sich hier blicken. Tirthrax ist unbewohnt. Was soll ich jetzt machen, Liebster?«

Er umfasste sein Gesicht mit beiden Händen. Sein Blick glich einem Starren. *Ich weiß es nicht*. Er verschwand.

»Wer war dieser Mann?«, wollte Haani wissen.

»Was?« Tiaan brauchte einen Moment, ehe sie begriff, dass die Kleine etwas gesagt hatte.

»Ich sagte: Wer war dieser Mann?«

Tiaan nahm sie in den Arm. »Konntest du ihn auch sehen?«

»Ja, er war in meinem Kopf. Er sah so traurig aus.«

Der Amplimet musste unglaublich stark in dem Berg sein, wenn er sogar ein Bild im Geist dieses Kindes hervorrief. »Das war mein Geliebter. Er heißt Minis.«

»Geliebter?« Haani klang verwundert.

»Er ist der Mann, an den ich mich binden werde. Wir haben die ganze Reise auf uns genommen, um ihn zu finden und ihm zu helfen, denn er ist in Schwierigkeiten. Ist er nicht der hübscheste Mann, den du je gesehen hast?«

Haani verhielt sich zurückhaltend und gab darauf keine Antwort.

Da kehrte Minis zurück; sein Bild war etwas stärker als zuvor. *Tiaan, du musst jetzt Folgendes tun. Irgendwo in Tirthrax ist ein Raum, der von drei sogenannten Wachen beschützt wird. Es sind kleine schwarze Instrumente, die wie Hexenhüte aussehen und die den Alarm auslösen. Vielleicht befindet der Raum sich sogar auf der Ebene, auf der du gerade bist. Wir wissen das nicht. Niemand von uns hat den Raum je gesehen. Hier haben wir nur alte Berichte; sehr alte! Der Raum wird dieses Symbol auf der Tür tragen.*

Er beschrieb ein wirbelndes Muster in der Luft, das weder Anfang noch Ende zu haben schien, nicht innen und auch nicht außen. Feuerspuren folgten seinen kreisenden Bewegungen, die Tiaan an die Formen erinnerte, die sie auf der Hyperebene gesehen hatte.

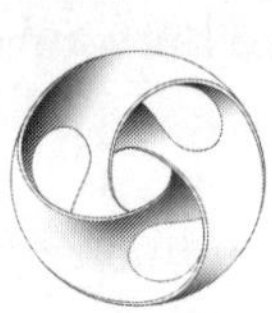

Berühre das Symbol mit deinem Kristall. Dann müsstest du in deinem Geist das Türschloss sehen können. Öffne die Tür. In dem Raum findest du Instrumente aus Metall, Draht, Kristall und Glas. Minis beschrieb eine Anzahl von Objekten, die Tiaan allesamt unbekannt vorkamen.

Du musst sie auseinandernehmen und aus den Einzelteilen ein größeres Instrument bauen – wie dieses hier. Minis ließ einen Entwurf in ihrem Geist entstehen, wie eine dreidimensionale technische Zeichnung, die sich drehte, damit Tiaan genau sehen konnte, wie die Konstruktion aussah.

Sobald du das fertig hast, musst du es testen, und zwar so! Was war das? Er schaute zur Seite.

Das wird nicht gehen!, ertönte die energische Stimme eines Mannes. *Sie wird den Amplimet zerstören.*

Das ist bedeutungslos für uns, wenn wir ausgelöscht werden, Vithis, sagte eine Frau. Die Stimme kam Tiaan bekannt vor, aber sie hatte den Namen der Person vergessen.

Die Leute gruppierten sich so, dass Tiaan sie in ihrem geistigen Bild sehen konnte. Vithis war ein großer Mann mit einem schmalen, verhärmten Gesicht. Tiefe Falten gruben sich in seine Wangen.

Wir gehen unserem Schicksal in unserer Welt entgegen. Er stieß die Worte abgehackt hervor, als wollte er sie seinen Zuhörern einzeln ins Gesicht schleudern. *Aus Santhenar ist noch nie etwas Gutes gekommen. Es besteht immer noch die Möglichkeit, in die polaren Katakomben zu gehen. Ich würde meinen Clan dorthin bringen, selbst wenn wir allein gehen müssen!*

Dann werdet ihr eben allein gehen, sprach Tirior, eine schöne Frau mit lockigem schwarzem Haar. *Die Zehn Clans stehen hinter mir, Vithis. Santhenar ist unsere letzte Hoffnung.*

Ich werde mich Euch nicht beugen, entgegnete er.

Es wird Euch nichts anderes übrig bleiben, Vithis, sagte Tirior. *Sagt es ihm, Luxor! Ihr seid der Einzige, dem er zuhören wird.*

Luxor war nicht zu sehen, aber Tiaan erinnerte sich an seine monotone, leblose Stimme.

Vithis, selbst in den Katakomben steigt die Temperatur schnell. Das Polareis schmilzt; wenn Ihr nicht vor Hitze sterbt, werdet Ihr ertrinken. Es gibt keine Möglichkeit, das Wasser abzuhalten. Das Portal ist unsere einzige Chance.

Dann würde ich eher den Clan Inthis zum Quell der Echos führen!

So weit ist es noch nicht gekommen!, rief Luxor sichtlich schockiert.

Es wäre ein ehrenvoller Ausweg.

Tirior schien einzulenken. *Nicht das, Vithis. Inthis ist, wie Ihr uns in Erinnerung ruft, der Erste Clan. Ich beuge mich in Demut. Ich flehe Euch an, kommt mit uns.*

Ha!, rief Vithis. *Damit hätte ich nicht gerechnet.*

Er ging eine Weile auf und ab, wirbelte schließlich auf dem Absatz herum und gesellte sich wieder zu der Gruppe. Seine Züge waren angespannt. *Also gut. Der Clan Inthis wird sich den Zehn anschließen, aber nur, wenn ich der Führer bin.*

Ihr, Vithis?, erwiderte Tirior sichtlich erbost. *Ihr seid doch immer gegen das Unternehmen gewesen. Töricht, so habt Ihr es von Beginn an geschimpft.*

Fürwahr, das tat ich, und ich bezeichne es auch jetzt noch so. Aber wenn wir diesen Weg gehen müssen, muss ich die Clans führen.

Warum?, fragte sie in gebieterischem Ton.

Weil ich nicht blindlings glaube. Ich stelle immer Fragen. Und da ich der einzige Clanführer bin, der sich wirklich der engstirnigen Gedankengänge der Sklavenzeit entledigt hat.

Über tausend Jahre waren wir Sklaven, Vithis. Das hat uns nachhaltig verändert. Wir können nicht dorthin zurückkehren, wo wir einst waren.

Ihr alle denkt immer noch wie Sklaven, obwohl wir vor über vierhundert Jahren unsere Freiheit wiedererlangten. Ich aber habe eine Vision für die Aachim. Wenn die Clans in die neue Welt gehen sollen, so muss ich sie führen.

Kommt, sagte Luxor und drängte sie aus Tiaans Blickfeld. *Nicht vor …*

Das Bild wurde zittrig und verschwand. Tiaan hörte zwar noch Stimmen, konnte aber nicht mehr verstehen, was gesprochen wurde. Nach einer Weile erstand das Bild wieder vor ihrem geistigen Auge.

Es ist beschlossen, erklärte Tirior. *Ihr werdet uns führen, Vithis. Der Clan Inthis mag die Ehre erhalten, als Erster hinüberzugehen, wenn die Portale funktionieren.*

Ihr überlasst uns nur zu gern das Risiko, höhnte Vithis. *Denn wenn uns etwas zustößt, seid Ihr uns los! Ihr habt den Clan Inthis stets abgelehnt, Tirior.*

Seid nicht töricht, entgegnete sie.

Ich werde mich der Vorhut anschließen. Ich bin gewillt, das Risiko auf mich zu nehmen, solange ich weiß, dass mein Clan in Sicherheit ist. Der Clan Inthis wird zuletzt gehen.

Wie Ihr meint, sagte Tirior kalt.

Das Risiko ist nicht groß, meinte Luxor, *da das Instrument höchstwahrscheinlich nicht funktionieren wird. Wie sollte ein unzureichend ausgebildeter Mensch in der Lage sein, einen funktionierenden Zyxibul zusammenzubauen, auch wenn sie einen Amplimet besitzt und bei dem stärksten aller Feldkerne steht? Sie wird versagen.*

Die Menschen bringen bisweilen Überraschendes zustande, erklärte Tirior, *und diese Menschenfrau hat das immer und immer wieder bewiesen. Aber wenn sie überhaupt eine Chance haben soll, dann müssen wir sie auf alles vorbereiten. Vergeuden wir also keine Zeit. Minis, fahrt fort mit den Unterweisungen, die wir für Euch zusammengestellt haben.*

»Ich verstehe nicht, was Ihr zu erreichen versucht«, meldete Tiaan sich zu Wort. Sie erwarteten zu viel von ihr.

Wirklich nicht? Minis klang verblüfft. *Aber du hast doch bereits vor Monaten davon gesprochen, damals in der Eisblase.*

»Ich habe keine Ahnung, wovon du sprichst«, sagte sie.

Du hast die Frage gestellt!

»Welche Frage?«

Du sagtest: ›Was passiert, wenn ich die Mauer zwischen Santhenar und der Hyperebene einreiße?‹ Wir gingen davon aus, dass du dich auskennst. Wenn es richtig gemacht wird, kannst du auf diese Weise ein Wurmloch erzeugen.

Allmählich kam Tiaan sich wahrhaftig dumm vor. »Ein Wurmloch?«

Ja, eine Passage, die durch eine höhere Dimension zwischen meiner Welt und deiner führt. Die Hyperebene! Du hast doch bestimmt von Portalen gehört, oder?

»Nun, natürlich habe ich von *Portalen* gehört!«, erwiderte sie. »Die Historien berichten davon. Warum hast du das nicht gleich gesagt?«

Wir nahmen an . . . Vielleicht haben wir zu viel erwartet, sagte Minis. *Du hast auf mich so einen kundigen Eindruck gemacht. Aber sei's drum. Ja, wir hoffen, dass du uns dabei helfen kannst, ein Instrument anzufertigen, um ein Portal zwischen deiner und unserer Welt zu formen. Natürlich werden wir es von hier aus kontrollieren. Hör mir jetzt genau zu.*

Er erläuterte eine komplizierte Testreihe und die notwendigen Handgriffe. Schließlich fuhr er fort: *Sobald du das Instrument, wel-*

ches wir Zyxibul nennen, zusammengebaut und gemäß unseren Anweisungen getestet hast und alles reibungslos funktioniert, dann legst du deinen Amplimet in die Aushöhlung im Zentrum – UND NICHT VORHER, WENN DIR DEIN LEBEN LIEB IST. Danach rufst du uns erneut. Hast du verstanden, was ich dir erklärt habe?

»Ich glaube, ja.« Anschließend stellte sie jedoch noch mehrere Fragen, um sich einigermaßen sicher zu fühlen. »Was wird dann geschehen?«

Sofern du mich immer noch rufen kannst, alles reibungslos läuft, die Welten verbunden sind und du ausreichend Energie durch den Amplimet in den Zyxibul leiten kannst, wird sich mit etwas Glück das Portal zwischen Santhenar und Aachan öffnen, und wir können unsere neue Welt betreten.

»Seid ihr viele?«

Einige Tausend …

Tiaan war erleichtert. Genug Leute, um im Krieg mitzuwirken, aber auch nicht zu viele, um den Menschen Schwierigkeiten zu bereiten.

Wir sind bereit. Ein paar Lyrinx werden uns nichts anhaben können. Kannst du dich bereit machen?

»Ja.« Sie genoss Minis' Anblick für einige weitere Sekunden. Bald schon wäre er in ihrer Welt, und dann könnten sie für immer zusammen sein! »Aber, Minis, was ist, wenn ich nicht genügend Energie beziehen kann oder etwas anderes dazwischenkommt?«

Etwas schien ihm nicht zu behagen. *Es könnte sein, dass das Portal sich nicht öffnet. Oder es öffnet sich, schließt sich jedoch wieder, bevor wir hindurchgehen können …* Seine Stimme verlor sich.

»Was noch?«, rief Tiaan. »Da ist doch noch etwas, nicht wahr?«

Minis schaute zur Seite, wurde dann weggestoßen, und das harte Gesicht von Vithis tauchte auf. *Ihr wisst, wie riskant es ist, den Amplimet zu benutzen, Kunstwerkerin. Es könnte passieren, dass Ihr so viel Energie bezieht, dass Ihr von innen heraus verbrennt. Oder Euer Geist ist danach zerrüttet, während Euer Leib unversehrt bleibt. Die Wahrscheinlichkeit, dass so etwas geschieht, ist hoch.*

»Oh!«, wisperte sie und sank auf dem harten Boden auf die Knie.

Denkbar ist aber auch, dass es zu so einer enormen Explosion kommt, dass die gesamte Spitze von Tirthrax abplatzt und alles im Umkreis von sechzig Meilen zerstört wird. Wir wissen es nicht, Kunstwerkerin. Wir glaubten nie, dass dieser Plan funktionieren würde. Uns blieb nicht genug Zeit, um den Zyxibul einwandfrei zu entwerfen. Wir meinen zu wissen, wie er funktioniert, aber wir können erst dann sicher sein, wenn wir einen Versuch unternehmen. Wenn es schiefläuft, ist es ohnehin zu spät.

Tiaan wusste nicht, wie sie auf diese Worte reagieren sollte.

Nun?, fragte er in barschem Ton. *Seid Ihr immer noch bereit, unseren Anweisungen zu folgen und diejenigen zu retten, die noch vom Volk der Aachim übrig sind? Habt Ihr den Mut dazu? Oder wollt Ihr uns etwa falsche Hoffnungen machen!*

Wie steht es um *meine* Hoffnungen, dachte Tiaan verzweifelt. Zähle *ich* denn gar nicht? In den Augen dieses verbitterten Mannes gewiss nicht. Als Kunstwerkerin hatte Tiaan immer in der Furcht gelebt, die Schrecken des Anthrazismus zu erleben, obwohl es in ihrer Fertigungsstätte nie dazu gekommen war. Aber dies war ein ganz anderes Risiko. Sie hätte aufgegeben, wenn Minis nicht gewesen wäre. Sie würde eines schnellen Todes sterben; sein Ende wäre langsam, schmerzvoll und unumgänglich.

»Ich werde es tun«, sagte sie kaum hörbar, »wenn Ihr mir noch einmal erklärt, was ich zu tun habe.«

Vithis erläuterte ihr den ganzen Prozess, denn Minis war nicht mehr zurückgekommen. *Denkt daran, uns erneut zu rufen, sobald Ihr das Instrument getestet und den Kristall hineingelegt habt. Macht schnell!* Der Mann mit den harten Gesichtszügen verschwand, das Bild erlosch.

KAPITEL SIEBENUNDFÜNFZIG

Es dauerte ein Weile, bis sie die Kammer fanden, die von den drei Wachen geschützt wurde, denn bislang hatten Tiaan und Haani nur einen kleinen Teil von der riesigen Felsenstadt Tirthrax gesehen. Hallen und Kammern erstreckten sich in alle Richtungen, getrieben in das Herz des Berges, und die Ebenen schienen kein Ende zu nehmen.

Schließlich war es Haani, die die Kammer entdeckte, denn das Kind wurde nicht müde, durch das Labyrinth der Hallen und Säle zu wandeln. Es gab mehrere Kammern, die von drei Wachen beschützt wurden, aber nur auf einer der Türen befand sich das Symbol, das wie ein Zeichen für die Unendlichkeit aussah.

Sowie Tiaan das Symbol mit dem Kristall berührte, erschien eine Abbildung des Schließmechanismus in ihrem Geist. Ein solches Schloss hatte sie allerdings noch nie gesehen. Wie mochte es funktionieren? Tiaan stellte sich vor, wie die Kammern um sie kreisten. Sofort löste sich der Mechanismus mit einem klickenden Geräusch, und die Tür öffnete sich unter Tiaans Berührung. Tiaan trat ein, dichtauf gefolgt von Haani. Der Raum war vollgestopft mit Maschinen und Instrumenten unterschiedlicher Größe, aber wozu all diese Gegenstände dienten, vermochte Tiaan nicht zu ergründen.

Ein Instrument war in Glas eingeschlossen, wie unter einer Glocke, die den Durchmesser eines der Pfeiler in den Vorräumen hatte. Unter der Glashaube stand ein Objekt aus grobporiger Keramik, das auf den ersten Blick an die gebrannten Steine erinnerte, die in der Fertigungsstätte die Schmelzöfen säumten. Aus den unendlich vielen kleinen Löchern ragten Drähte, die wiederum in feine Glasstäbchen gefasst waren. Das Objekt ruhte auf einem grob behauenen Stück Basalt, auf dessen polierter Oberfläche sich wirbelnde

Muster aus Kupfer befanden, die mit dem Vulkangestein verschmolzen waren. Aus einer Fassung am Sockel ragten mehrere Glasröhrchen. In einigen steckten Drähte, die allerdings mit nichts verbunden waren.

Bei einem weiteren Gegenstand handelte es sich um ein hexagonales Prisma aus einem dunkelgrünem Mineral, das an den Seiten geriefelt war und in einer Glaseinfassung schwebte, die mit Quecksilber gefüllt war. Der Kristall schien ein Turmalin zu sein, allerdings hatte Tiaan noch nie ein so vollkommenes Mineral gesehen.

Gegenstände aus Metall gab es in Hülle und Fülle; einige waren nicht mehr als grobe Gussstücke, andere wiederum waren poliert und erstrahlten in einem beinahe überirdischen Glanz. Viele der Objekte wiesen im Innern Kristalle oder aus Keramik geformte Stücke auf, manche waren untereinander mit Kabeln, Drähten oder Fäden verbunden.

Tiaan sah Instrumente, die von einem Mechanismus oder einer Art Uhrwerk angetrieben wurden. Aber einige der Zahnräder schienen eine ungerade Zahl von Zähnen aufzuweisen, und nicht alle Getrieberäder waren kreisrund. Andere Instrumente hatten Getriebe, die mit Stangen verzahnt waren, und wiesen Schwungräder mit Keilriemen oder Mechanismen auf, deren Funktionsweise sich Tiaan auch bei genauerem Hinsehen nicht erschloss. Bei anderen Objekten waren die Getriebe verborgen hinter Kristallkuben oder gefärbtem Glas.

Was Tiaan am meisten verwunderte, war der Umstand, dass viele der Instrumente keine Anschlüsse aufwiesen. Sie begriff zwar, wie die komplizierte Mechanik in einem Uhrwerk die Zeiger bewegte oder wie die Schaufelräder einer Wassermühle ein Mühlrad in Gang setzten. Aber bei den Objekten, die sie in dieser Kammer sah, fragte sie sich, wie man sie in Gang brachte und wozu sie eigentlich dienten. Am hinteren Ende des Raumes thronte eine riesige Metallplatte, die fünf Spannen hoch und drei breit war. Auch dort konnte Tiaan keine Funktion erkennen.

Ein ganzer Tag verstrich, ohne dass Tiaan die Vielzahl der Maschinen in ihrer ganzen Bandbreite erfasst oder herausgefunden hatte, von welchen sie Einzelteile benötigte.

Da es in Tirthrax nur wenige Fensteröffnungen nach außen gab, wusste Tiaan nie, welche Tageszeit es war. Als sie auf einmal merkte, dass es bereits spät sein musste, schaute sie sich nach Haani um. Das Kind war nirgends zu finden, und Tiaan wusste nicht mehr, wann sie die Kleine zuletzt gesehen hatte. Gewiss vor Stunden. Sie ging zur Tür. Keine Spur von Haani. Wo war die Kleine nur hingelaufen?

Tiaan rief nach ihr, erhielt aber keine Antwort. Ihre Stiefel klackten auf dem harten Boden, während sie in den schier endlosen Hallen nach dem Kind suchte. Hier gab es gewiss tausend Räume, und Haani konnte in jedem von ihnen stecken. Vielleicht hatte sie sich sogar verlaufen oder war in einen Schacht gefallen. Alle möglichen Gefahren schossen Tiaan in diesem Augenblick durch den Kopf.

»Haani, ich habe jetzt keine Zeit, nach dir zu suchen!«, rief sie laut in die Stille hinein.

Plötzlich hörte sie den Schrei eines Kindes von hoch oben. Tiaan rannte los. »Haani? Wo bist du? Was ist passiert?« Warum hatte sie die Kleine nur allein gelassen? Vielleicht hauste ein Raubtier in diesem Berg. Die Hallen boten schließlich ein perfektes Quartier. Jetzt hatte das Tier womöglich Haani gepackt, und Tiaan war schuld.

Wieder drang ein Kreischen zu ihr herunter, aber diesmal erkannte Tiaan an den Lauten, dass Haani vor Lachen kreischte. Wo mochte sie sein?

Während Tiaan aufgeregt hin und her lief, nahm sie eine Bewegung aus den Augenwinkeln wahr, ein Aufblitzen durch eine Öffnung, vielleicht zwanzig Spannen über ihr. Dort drehte sich die Wendeltreppe durch die Decke zur nächsten Ebene.

»Haani!«, rief sie warnend, dachte sie doch, das Kind könne hinunterstürzen.

Aber Haani fiel keineswegs: Ausgelassen rutschte sie das Geländer der Wendeltreppe herunter und kreischte vor Vergnügen. Wenn sie nun das Gleichgewicht verlor ...

Aber Haani hielt sich fest. Mit weiteren Jauchzern glitt sie das ganze Geländer herunter, schoss über das Ende hinaus und rutschte noch über den glatten Boden.

Tiaan eilte zu ihr. Sie wusste nicht, was sie sagen sollte; instinktiv wollte sie der Kleinen eine Ohrfeige verpassen oder Haani laut zurechtweisen, damit sie nicht wieder so eine Dummheit beging.

Aber Tiaan tat nichts von alledem, sondern blieb einfach nur erschrocken und auch erleichtert vor der Kleinen stehen.

Als Haani in ihrer kindlichen Unbekümmertheit aufschaute und die Angst in Tiaans Zügen sah, schwand die Freude in ihr. »Was ist?«, fragte sie.

»Ich ...« Tiaan schluckte. »Ich dachte, ein wildes Tier hätte dich gefressen. Und als ich dich sah, befürchtete ich, du würdest von dem Geländer fallen. Haani, ich hatte schreckliche Angst.«

»Mir hat's Spaß gemacht. Ich habe mir nicht wehgetan. Du willst nur nicht ...« Sie brach ab.

Tiaan ahnte, was die Kleine sagen wollte, und das stimmte sie traurig. Einerseits hatte sie das Kind ins Herz geschlossen, andererseits empfand sie Haani auch als Bürde. *Was bin ich doch für eine selbstsüchtige Kuh*, dachte sie. *Sie stellt kaum Forderungen, und selbst die kleinen Freuden des Lebens gönne ich ihr nicht.*

»Haani, ich will doch nur nicht, dass dir etwas zustößt. Dafür liebe ich dich zu sehr.« Das war die Wahrheit, obwohl Tiaan sich das noch nie bewusst eingestanden hatte. Sie liebte dieses Kind mehr als ihre Halbgeschwister. Mehr als ihre Mutter. Mehr als jeden anderen außer Minis.

»Du liebst mich?«, wisperte die Kleine.

»Natürlich liebe ich dich. Komm zu mir.« Sie breitete die Arme aus.

Haani blieb stehen, machte dann einen zögerlichen Schritt vorwärts, hielt wieder inne, als wäre alles nicht wahr, ging schließlich doch weiter und warf sich in Tiaans Arme.

»Ich liebe dich auch«, flüsterte sie in Tiaans Ohr. »Obwohl du nicht meine Mutter bist.«

»Nein.« Tiaan spürte Tränen in den Augen. »Ich kann nicht deine Mutter sein.«

»Ich hatte eine Mutter, aber der Nylatl hat sie getötet.«

Schweigen.

»Was soll ich für dich sein, Haani? Eine Tante, eine Freundin?«

»Ich hatte Tanten. Der Nylatl hat sie alle getötet. Und ...« Sie schaute auf zu Tiaan. »Du bist zu alt, um meine Freundin zu sein.«

»Wie alt bin ich deiner Meinung nach denn?«

Haani betrachtete sie. »Richtig alt. Bestimmt fünfzig.«

»Fünfzig? Du kleines Biest!«, rief sie in gespieltem Ernst. »Du hast eine Tracht Prügel verdient, wenn du so etwas auch nur denkst!«

Die Kleine wich zurück, wirkte jedoch nicht verängstigt. »Wie alt bist du denn?«

»Erst zwanzig, wenn du es genau wissen willst. Bald habe ich Geburtstag.«

»Wann denn?«

Tiaan rechnete nach. »Genau in sechs Tagen, wenn ich mich nicht verzählt habe.«

»Einundzwanzig.« Haani schien die Zahlen durchzugehen. »Ich könnte deine ältere Schwester sein.«

Haani dachte darüber nach. »Ich wollte immer eine große Schwester haben.«

»Dann sind wir uns ja einig. Ich werde deine große Schwester sein.«

Tiaan umarmte sie, aber Haani löste sich bald von ihr und sagte: »Ich habe Hunger.«

»Ich auch. Komm, essen wir etwas. Hast du irgendwo Wasser entdeckt?«

»Ja. Dort hinten!« Sie deutete in eine Richtung und nahm Tiaan dann bei der Hand. »Komm mit, ich zeige es dir.«

Hand in Hand liefen sie durch die Halle, rutschten über den glatten Boden und gelangten schließlich in einen Raum, an dessen Wänden Wasserhähne waren. Haani betätigte einen s-förmigen Hebel, und Wasser floss aus einem der Hähne. Tiaan nahm den Topf aus ihrem Gepäck und füllte ihn. Sie setzten sich auf den Boden, aßen von dem Käse, den Zwiebeln und dem trockenen Rehfleisch.

»Wir müssen uns allmählich nach neuem Proviant umsehen«, meinte Tiaan. Noch hatten sie genug zu essen, aber wenn alles verzehrt war, gab es zwischen Tirthrax und Itsipitsi keine Möglichkeit, sich mit Nahrung einzudecken. Und wenn Tirthrax wirklich schon vor langer Zeit aufgegeben worden war, dann gab es auch keine Vorräte mehr.

»Ich kann mich ja umschauen, während du arbeitest«, bot das Kind an.

»Gut, solange du dich nicht zu weit entfernst. Und bring dich nicht in Gefahr, hörst du?«

»Ich pass schon auf mich auf.«

Sie schliefen in einer der wenigen Kammern, die eine Fensteröffnung aufwiesen, damit sie beim Aufstehen sofort wussten, welche Tageszeit war. Gleich in der Frühe aßen sie ein wenig und schauten sich weiter in den Räumen um, fanden aber nichts Essbares. Haani entdeckte einen Raum, in dem nicht nur fließendes, sondern auch heißes Wasser aus den Hähnen sprudelte. Was für ein Luxus! Nicht einmal in den Waschräumen der Fertigungsstätte gab es heißes Wasser aus der Leitung. Für Tiaan war die Wasserversorgung in Tirthrax ein Meilenstein der Zivilisation, weitaus eindrucksvoller als die Architektur der Hallen oder die außergewöhnlichen Maschinen.

Während die Kleine weiter durch die Hallen streifte, machte Tiaan sich an die Arbeit und begann, eine der Maschinen auseinanderzubauen. Da die Bilder, die Minis in ihrem Kopf hatte entstehen lassen, abgespeichert waren, hatte Tiaan eine genaue Vorstellung davon, wie die Einzelteile neu zusammengesetzt werden mussten.

Doch da ihr die geeigneten Werkzeuge fehlten, um Maschinen zu zerlegen, gestaltete sich die Arbeit als äußerst schwierig. Am Ende des Tages hatte sie noch nicht einmal die erste Maschine auseinandergenommen. Bei diesem Tempo würde es Wochen dauern. Minis wäre längst tot, und sie und Haani würden vor Hunger sterben.

Plötzlich kam Haani in den Raum gelaufen. »Schau, was ich gefunden habe!«, rief sie. Sie hielt ein Stück Schinken von irgendeinem Tier in der Hand, das in schwarzes Wachs geschweißt war. Tiaan lief das Wasser im Munde zusammen.

»Lass mich das erst testen. Vielleicht ist er nicht mehr gut.«

Tiaan schälte das Wachs mit ihrem Messer ab und schnitt ein Stück von dem Schinken ab. Das Fleisch hatte die Farbe von Kohle und einen scharfen Geschmack. Aber es schmeckte köstlich. An scharfe Speisen waren Tiaan und Haani gewöhnt.

Gemeinsam aßen sie von dem Schinken und milderten den scharfen Geschmack, indem sie frisches Wasser tranken. »Wenn ich nur Werkzeuge hätte«, sagte Tiaan. »Die Arbeit geht so langsam voran.«

»Was denn für Werkzeuge?«

»Irgendwelche. Ähnlich wie die, die ich in meiner Werkzeugtasche aufbewahre, nur größere.«

»Gestern habe ich einen Raum gesehen ... Der stand voller Werkzeuge«, sagte Haani.

»Warum hast du mir das nicht gesagt?«

»Ich wusste nicht, dass du welche brauchst.«

Da ihr kurz darauf mehr Werkzeuge als erwartet zur Verfügung standen, kam Tiaan mit der Arbeit nun schnell voran. Haani, die inzwischen keine Lust mehr hatte, durch die verwaisten Säle zu streifen, half schließlich mit und erwies sich als äußerst geschickt. Sie holte das entsprechende Werkzeug, nahm bestimmte Einzelteile an oder leistete Tiaan bei der schweren Arbeit einfach nur Gesellschaft.

Wenn Haani einmal nicht im Raum war, spürte Tiaan, dass sie die Kleine vermisste. Das Kind füllte eine Leere in ihrem Herzen aus, die sich seit dem Verlassen der Fertigungsstätte in ihr Inneres gefressen hatte. Haani war ihre Familie. Eine richtige Familie, wie andere Leute sie hatten. Bald würde Minis die Familie vervollständigen. Oft betrachtete Tiaan das Kind, und wenn ihre Blicke einander begegneten, mussten sie beide lächeln. Wärme durchströmte Tiaan in solchen Augenblicken.

Nach einigen Tagen war der Zyxibul fertig. Tiaan ging mit kritischem Blick um das Konstrukt herum. Ihr fielen keine Worte ein, mit denen sie diese Maschine angemessen hätte beschreiben können. Der Zyxibul war so bizarr wie der Name selbst. Das Konstrukt schien keine Symmetrie zu besitzen, aber als Tiaan einen Schritt zurücktrat und all die Einzelteile erneut auf sich wirken ließ, musste sie zugeben, dass dem Gesamtwerk eine gewisse fremdartige Schönheit innewohnte. Der Zyxibul ruhte auf einem Sockel, der aus fünf schlanken Beinen aus weichem, glänzendem Gestein bestand, das wie Seifenstein aussah, aber die Farbe und die Lichtdurchlässigkeit von Bernstein hatte. Jedes Bein war mit verschlungenen, wirbelnden Mustern versehen.

Auf den Beinen ruhte eine dicke Platte, die in der Mitte eben war, zum Rand hin aber eine konkave Wölbung aufwies. Das Material war Tiaan gänzlich unbekannt; es hatte den Glanz von Metall – ein tiefes Blauschwarz. Es war leicht und hart, aber wenn sie daran klopfte, ähnelte der Klang Porzellan. An der Unterseite befand sich eine Schicht aus blauem Glas, in dem wirbelförmige Muster ineinander verschwammen.

Oben auf der Platte hatte Tiaan den Zyxibul konstruiert. Er bestand in der Hauptsache aus vier Tori – ringförmige geometrische Gebilde, die wulstartig aufgebaut waren und somit die Gestalt von dicken Schwimmreifen besaßen. Jeder dieser Reife war riesig; selbst der kleinste hatte noch einen Durchmesser von etwa einer Spanne, der größte von zwei. Sie bestanden aus klarem Glas, aus dem allerdings hier und da Drähte herauskamen, die im Innern der Gebilde in kleinen Stücken glänzender Metallfolie endeten. Der größte Glasreif lag auf der Platte, ein kleinerer befand sich etwa zwei Spannen entfernt über ihm; beide in horizontaler Stellung. Jeder Reif wurde von Magneten in seiner Position gehalten, die so stark waren, dass man die Glasringe nicht mehr bewegen konnte.

Der dritte Glasreif war senkrecht fixiert, und zwar genau zwischen den beiden ersten. Er umschloss den vierten und kleinsten Reif, der sich horizontal im Zentrum befand, den dritten jedoch nicht berührte. In dem vierten Ring war eine weitere Glasstruktur, die Tiaan nur schwer beschreiben konnte. Es handelte sich um eine Art Röhre, die jedoch so verdreht und ineinander verschlungen war, dass man nicht sagen konnte, ob nun das Innere nach außen oder das Äußere nach innen gekehrt war. Tiaan wusste nicht, wie man so eine Struktur anfertigen konnte. Beim Betrachten unterlag man einer optischen Täuschung und konnte kaum einer geschwungenen Form mit dem Auge folgen.

In und über diesen Strukturen befanden sich eine Fülle an Drähten, die um Metallstäbe gewunden waren, des Weiteren Röhren und Stäbe, geheimnisvolle Drahtgeflechte und ein unbegreiflicher Mechanismus, den Tiaan am dritten Tag ihrer Arbeit lange studiert hatte. Alles schien mit allem verbunden zu sein, aber keinem der Einzelteile, seien sie aus Glas oder Metall, konnte man eine primäre Funktion zuordnen.

»So müsste es gehen«, sagte Tiaan irgendwann und trat einen Schritt zurück. Einen ganzen Tag lang hatte sie mit Testdurchläufen zugebracht. Jedes Einzelteil funktionierte so, wie man es ihr erklärt hatte. Mehrmals hatte sie versucht, Minis zu kontaktieren, aber nie eine Antwort erhalten. Jedes Mal wenn sie in die Stille hineinhorchte, lief ihr ein Schauer über den Rücken.

»Was macht man damit?«, fragte schließlich Haani, als sie vor dem Konstrukt stand und an einem Stück Käse knabberte.

»Damit kann ich meinen Geliebten zu mir holen«, antwortete Tiaan. »Aber jetzt bin ich zu müde. Wir beginnen morgen früh.«

KAPITEL ACHTUNDFÜNFZIG

»Wo, zum Teufel, sind wir?«, rief Nish verzweifelt und spähte angestrengt in die undurchdringliche Dunkelheit.

S'lound gab ein freudloses Kichern von sich. »Jedenfalls nicht im Meer. Eher in einem Sumpf, dem Gestank nach zu urteilen. Und der scheint nicht tief zu sein.«

Die Vermutung bewahrheitete sich, als kurz darauf der kalte Morgen graute. Der Ballon hatte eine dünne Eisschicht durchbrochen und war in einem Gewässer gelandet, das nicht tiefer als eine Spanne war. Überall befanden sich von Schilf bewachsene Sümpfe. Da am Boden kaum Wind herrschte, hatte sich der Ballon wieder aufgerichtet. S'lound stieg zu dem Brennofen hinauf, schaute sich um und sah nichts als Marschland. Ullii warf nur einen Blick auf die Umgebung und verkroch sich wieder in ihrem Korb. Nish fütterte den Skeetvogel mit ein paar halb gefrorenen Ratten aus einem Behälter. Der Botenvogel kreischte und versuchte, Nishs Finger zu verspeisen.

»Was jetzt?«, meinte Nish, als sie bei einer Ration Brot und Käse zusammensaßen.

»Sammeln wir Schilfrohr zum Befeuern des Ofens«, schlug S'lound vor. Nichts schien ihn aus der Ruhe zu bringen. Zweifellos hatte er als Soldat Schlimmeres erlebt.

Nish riss einige Schilfrohre aus. »Die erzeugen keine Hitze. So kommen wir nie vom Boden hoch.«

»Überzieht sie mit Teerdestillat. Dann steigen wir auf und schauen uns nach Holz um.«

Nish hatte seine Zweifel. Die Expedition schien wieder in einer Katastrophe zu enden, und diesmal lag die Verantwortung allein bei ihm.

Den ganzen Tag lang sammelten sie Schilf. In dem eiskalten Wasser und dem rutschigen Untergrund war diese Arbeit sehr schwierig. Selbst nach vielen Stunden war der Stapel, den sie angehäuft hatten, erschreckend klein. Am nächsten Morgen erwies sich Nishs Prophezeiung als richtig: Das feuchte, hohle Schilfrohr hatte kaum Brennwert. Wenn man es mit Teerdestillat tränkte, ging es besser, aber das Schilf verpuffte mit lautem Knall, wenn man es in den Brennofen schmiss. Beim ersten Mal verlor Nish vor Schreck das Gleichgewicht, stürzte ins Wasser und war von oben bis unten mit schmierigem Matsch bedeckt.

Gegen Mittag schließlich gelang es ihnen, den Ofen zu befeuern, doch der Ballon wollte sich nicht bewegen. Der Korb steckte im Schlamm fest. Lange rüttelten sie am Korbrand und wurden endlich belohnt, als der Ballon träge vom Boden abhob. Kaum in der Luft, erfasste ihn eine Brise und trieb in westlich über die Sumpflandschaft. Bäume waren nirgends zu sehen.

S'lound lehnte lässig am Rand und war guter Dinge. Nish jedoch kauerte sich in eine Ecke neben Ullis Korb, zog sich den Mantel über den Kopf, um die tanzenden Schneeflocken abzuwehren, und fühlte sich als Versager.

Daher erschrak er regelrecht, als sich ein Arm um seine Schulter legte. Zu seinem Erstaunen setzte sich Ullii neben ihn. »Du bist traurig, Nish.«

»Hier kommen wir nie mehr raus. Wir werden Tiaan nicht finden. Ich habe wieder versagt.«

Sie saß stumm neben ihm. Nish war gerührt, denn er spürte, dass ihr etwas an ihm lag.

»He, ich sehe Bäume!«, rief S'lound.

Nish sprang auf. Undeutlich zeichnete sich ein Waldgebiet in der nebeligen Ferne ab. Genau zur rechten Zeit, denn das Schilfrohr war längst verfeuert.

Es war fast dunkel, als sie später in der Nähe des Waldes landeten. Am folgenden Morgen hackten sie viele Stunden lang Holz und hatten jede Menge im Korb verstaut, als Ullii plötzlich aufgeregt rief.

»Was ist denn?«, erkundigte sich Nish.

»Da kommt jemand.«

Tatsächlich kam ein großer Mann auf sie zu, hielt drohend einen Spieß hoch und schimpfte in einem unbekannten Dialekt. Und er kam nicht allein, denn hinter ihm hatte sich eine Menge wütender Siedler zusammengerottet.

»Versteht Ihr, was er uns sagen will?«, fragte Nish.

»Vermutlich stehlen wir sein Holz«, antwortete S'lound.

»Hier liegt doch überall Holz. Es verrottet schon am Boden.«

»Trotzdem wird er es als seins betrachten.« S'lound rief etwas in Richtung der Meute und schwenkte drohend sein Breitschwert. »Heizt den Ofen an«, rief er Nish über die Schulter zu.

»Wir sind bereit zum Abheben.«

»Löst die Seile.«

Nish kletterte aus dem Korb. Der Ballon zerrte bereits an den Vertäuungen. Nish löste die Knoten, merkte dann aber, dass der Ballon zu schnell stieg. Da er Angst hatte, allein zurückgelassen zu werden, schlang er sich hastig ein Seil um sein Handgelenk. Mit einem Ruck wurde er vom Boden weggerissen. Ein Speer flog unmittelbar an seinen Beinen vorbei.

Ullii stieß einen schrillen Schrei aus.

Das Seil schnitt tief in seine Haut ein. Inzwischen flogen sie an den Baumwipfeln vorbei.

Nish drehte sich und bekam das Seil mit der freien Hand zu packen. Sofort ließ der Druck ein wenig nach. Dann beugte S'lound sich über den Korbrand und zog Nish hinauf. Ullii half dem Soldaten, Nish ganz in den Ballonkorb zu hieven, und sowie Nish keuchend am Boden hockte, gab Ullii ihm erleichtert einen Kuss auf die Nase: eine erstaunliche Liebkosung.

»Ich kann das Meer sehen«, sagte S'lound, als die Sonne unterging.

Nish erhob sich. »Wir sollten besser landen. Über das Wasser schaffen wir es bestimmt nicht.«

»Was also jetzt?«

»Wir besorgen uns neuen Brennstoff und warten, bis ein südlicher Wind uns nach Norden zu den Bergen treibt.«

»Könnte klappen«, meinte der Soldat. »Der Wind dreht bald.«

Aber das behauptete S'lound auch noch nach einer Woche. Diesmal begaben sie sich zuerst in das nächste Dorf und vereinbarten ein Nutzungsrecht für Brennholz. Nish war schlau und bezahlte die Leute in Kupferlingen, über die sich die Siedler sehr freuten. Daraufhin hackten die Leute bereitwillig Holz und stapelten letzten Endes so viel davon auf, dass Nish gar nicht wusste, wo sie die Scheite lagern sollten.

Der Wind kam aus allen Richtungen, nur nicht von Süden. Nish machte sich Sorgen. Was mochte Tiaan vorhaben? Inzwischen hatten sie zumindest herausgefunden, dass sie sich mit ihrem Ballon irgendwo zwischen den Städten Runcil und Tatusti befanden. Ullii hatte Tiaan ein weiteres Mal *gesehen*, und Nish berechnete, dass die Kunstwerkerin sich in der Nähe des Berges Tirthrax befinden musste.

Am späten Abend des achten Tages erfasste eine kräftige Böe den Korb. Der Wind pfiff durch die Seile und brachte Eisregen mit sich. Es war der ersehnte Südwind aus den Polarregionen, der den Ballon mit jeder Böe durchschüttelte.

»Wir sollten los«, meinte S'lound und spähte über den Korbrand.

»In dem Eisregen traue ich mich nicht zu fliegen.«

»So einen Wind bekommen wir so schnell nicht wieder.«

Der Wind heulte und drückte den Ballon zur Seite. Nish befürchtete schon, die dünne Konstruktion würde am Boden zerschellen.

»Leinen los!«, rief S'lound und zog sein langes Messer.

Nish tat es ihm gleich. So oder so, ihr Schicksal war besiegelt. Ehe er sein Messer ansetzen konnte, rissen die Seile jedoch aus den Bodenverankerungen. Der Korb hüpfte über den Boden. Flammen schossen aus dem Brennofen und kamen gefährlich nah an das geteerte Gewebe. Schließlich ließ der Wind ein wenig nach, und der Ballon zog den Korb hoch.

Nish kletterte die Leiter hinauf und befeuerte den Ofen mit Brennholz. »Ich möchte so hoch wie möglich«, rief er von oben. »Umso weniger müssen wir laufen.«

Bald glühte der Ofen rot, die Landschaft unter ihnen raste schneller vorbei als jemals zuvor. Der ganze Ballon erzitterte in den Luftströmungen. Schillernd brach sich das Mondlicht auf den unzähligen Wasserflächen.

»Wie weit müssen wir?«, fragte S'lound.

»Vielleicht noch dreihundert Meilen.« Nish schaute hinab auf die Seen und Flüsse und verglich die markanten Punkte der Landschaft mit der Karte. »Eine ziemlich schlechte Karte«, murrte er. »Der große See dort drüben ist nicht einmal eingezeichnet.«

»Schlechte Karten sind das größte Problem der Soldaten.«

»Hey, S'lound«, rief Nish, als ihm eine geniale Idee kam, »wir könnten doch über alle Landstriche fliegen, in denen gekämpft wird, und Karten vom Ballon aus anfertigen.«

»Gute Idee! Vermutlich steht Ihr deshalb in der Gunst des Skrutators, während ich nur ein einfacher Soldat bin.«

»Ich stehe doch gar nicht ... *Wirklich?*«

»So heißt es.«

»Das war wohl, bevor ich diese Mission verbockt habe.«

»Wir sind ja noch nicht am Ende. Wie lange müssen wir noch fliegen?«

»Bei dieser Geschwindigkeit müssten wir gegen Mittag da sein. Ah, Ballons sind doch was Wunderbares! Wir hätten über Monate durch den Schnee stapfen müssen.«

Als die Sonne aufging, warf die östliche Flanke von Tirthrax ein warmes, rötliches Licht zurück. Bis zur Bergkette, die in westöstlicher Richtung vor ihnen aufragte, mochten es noch knapp hundert Meilen sein.

»Schau dir das an, Ullii!«, rief Nish. »So einen Blick wirst du so schnell nicht wieder bekommen.«

Sie spähte aus dem Spalt ihres Korbes, mit Ohrenschützern und Schutzbrille, aber selbst sie nahm den Anblick des überwältigenden Sonnenaufgangs mit Begeisterung in sich auf.

»Kannst du Tiaan noch sehen?«

»Ja, ich sehe sie. Ihr Kristall füllt meinen Geist aus.« Sie deutete auf den Berg Tirthrax, huschte dann jedoch wieder in ihren Weidenkorb.

Die Richtung stimmte, und so ließen sie sich während der nächsten Stunden auf die Berge zutreiben. Noch befanden sie sich östlich von Tirthrax, der sämtliche Bergspitzen um gut tausend Spannen überragte. Gletscherzungen zogen sich über die zerklüfteten Berghänge.

Nish drosselte die Hitze des Ofens. Langsam sanken sie, während Tirthrax immer größer und majestätischer vor ihnen aufragte. Nach einer weiteren Stunde steuerten sie den gewaltigen Berg auf mittlerer Höhe an; die Baumgrenze verlief unter ihnen.

Nish befragte Ullii erneut nach Tiaan. Die Sucherin deutete auf das obere Drittel des Berges.

»Wir sollten besser landen«, riet Nish mit Nachdruck. »Näher kommen wir nicht heran.«

Jenseits eines Abhangs, der von Felsbrocken übersät war, tat sich eine mögliche Landefläche auf, die allerdings recht klein war. Nish sah keine andere Möglichkeit und öffnete das Ventil.

Nun drifteten sie in Richtung der Felsbrocken. »Gehen wir nicht ein wenig zu schnell runter?«, rief S'lound, der oben an der Strickleiter hing.

Nish zog an dem anderen Seil. Nichts geschah. »Das Ventil muss gefroren sein! Kommt runter, schnell!«

Der Soldat rührte sich nicht und hantierte mit der Deckplatte des Brennofens herum. »Lasst das!«, schrie Nish. »Das hilft uns jetzt auch nicht mehr!«

Nish versuchte erneut, die Ventilklappe zu betätigen. Sie sanken zu schnell und würden gegen die Felsen prallen. Schon raste der Boden auf sie zu, doch dann erfasste eine Böe den Ballon und brachte sie sicher über die erste Barriere. Leider hatten sie dadurch aber die freie Landefläche verpasst. Weitere Felsen kamen in Sicht. Nish warf sich gegen den Korbrand, der in der Luft schaukelte, aber es war zu spät: Sie prallten erst gegen einen, dann gegen einen anderen Felsen, sackten ruckartig nach unten und schlugen zwischen zwei Vorsprüngen auf dem Untergrund auf. S'lound stieß einen Schrei aus.

Nish verlor den Halt und stieß mit dem Kopf gegen den Deckel von Ulliis Weidenkorb. Der Ballon selbst blieb straff, da der Ofen weiterhin heiße Luft hineinblies.

Der Skeetvogel kreischte unaufhörlich in seinem Käfig. Nish rappelte sich wieder hoch und schaute sich um: Sie steckten zwischen den Felsen fest. »Bist du verletzt, Ullii?«

»Nein«, antwortete sie leise.

Mit ihren üblichen Schutzmaßnahmen wagte sie sich aus ihrem Korb, ließ den Blick über die unmittelbare Umgebung schweifen und schob sich ängstlich unter Nishs Arm. Er drückte sie vorsichtig an sich.

»Wo ist S'lound?«, fragte sie.

Sie fanden ihn schließlich auf der anderen Seite des Korbs. Der Soldat lag auf dem Rücken, doch sein Kopf hing in einem sonderbaren Winkel zum Rumpf. Er war tot. Bei dem Aufprall war er aus dem Korb gestürzt und hatte sich das Genick gebrochen.

Mit gesenktem Haupt kauerte Nish neben ihm. Er hatte diesen Mann eigentlich gar nicht richtig kennenlernen können, aber auf dem ganzen Flug war der Soldat ihnen ein aufrechter Gefährte gewesen.

Da sie ihn nicht beerdigen konnten, häuften sie Steine über seine sterbliche Hülle. Zumindest tat Nish es. Ullii war bei praktischen Aufgaben noch nie eine Hilfe gewesen. Also saß sie da und schaute zu, während Nish sich abplagte. Zuletzt nahm sie einen kleinen Stein, betrachtete ihn genau, drehte ihn mehrmals in der Hand und legte ihn schließlich auf die Steine, unter denen S'lounds Kopf ruhte.

Daraufhin ließ sie sich schwer auf einen Fels sinken, als hätte sie die ganze Arbeit getan. Nish seufzte. Aber wer vermochte schon zu sagen, was in dem seltsamen Geist der Sucherin vor sich ging?

»Komm, essen wir etwas«, schlug er vor, denn es war später Nachmittag. »Dann sollten wir uns auf die Suche nach Tiaan machen. Was denkst du, Ullii?« Er rechnete zwar nicht mit klugen Vorschlägen, aber er hatte das Gefühl, dass die Verantwortung wie eine gewaltige Last auf seinen Schultern ruhte, und fragte sich, ob er ihr allein gewachsen war.

»Ich denke gar nichts.«

Müde überprüfte Nish Ulliis Gepäck, füllte seinen Geldbeutel mit dem Gold des Skrutators, das sie gewiss für den Rückweg brauchen würden, und schnallte sich das Schwert um. Nachdem er sichergestellt hatte, dass die Riemen an Ulliis Rucksack gefüttert waren, schulterten sie das Gepäck und machten sich auf den Weg.

Doch nach nur wenigen Schritten blieb Ullii stehen, sagte: »Das tut weh!«, und warf ihren Rucksack zu Boden. Nish umgab die Riemen mit weichem Stoff, und als er endlich damit fertig war, ging die Sonne unter.

Nish war beunruhigt. Zu Fuß sah alles anders aus. Sie mussten Tiaan schnell finden, denn sie konnten nicht viel Proviant tragen; das meiste hatte ohnehin er auf dem Rücken. Aber aus welchem Grund war Tiaan überhaupt hier? Höchstwahrscheinlich hatten die Lyrinx sie nach Tirthrax verschleppt, da der Berg ein Kraftzentrum war. Wie sollte er sie dann befreien? Die Expedition würde noch erbärmlicher enden als die letzte, ging es ihm düster durch den Kopf. *Bald sind wir im Magen eines Lyrinx.*

Im Schutz der Felswand schlugen sie ein notdürftiges Lager auf. Ullii, die sich im Freien nie wohlfühlte, entledigte sich ihres Mantels, sobald sie Halt machten. Das Lederwams, die Bluse und das Unterhemd aus Spinnenseide folgten. Sie rieb sich die roten Striemen auf den Schultern und fasste sich an den Rücken, obwohl sie ihr Gepäckstück nur wenige Minuten getragen hatte.

Nish, der das Zelt aufbauen wollte, hatte gerade die kleinen Holzpflöcke in die Hand genommen, als sein Blick auf die Sucherin fiel. Er hatte Ullii nur in jenem abgedunkelten Raum unbekleidet gesehen. Ihre Gestalt war lieblich anzuschauen. Er konnte nicht mehr den Blick von ihr wenden und spürte, dass er nichts in seinem Leben so begehrt hatte, wie er jetzt Ullii begehrte.

Die Dunkelheit brach herein. Er machte ein Feuer aus knorrigem Gesträuch, da so weit oben keine Bäume mehr wuchsen. Es würde nicht lange brennen, aber vielleicht könnten sie sich dennoch ihre Abendmahlzeit kochen. Es gab viel zu tun, und alles blieb an ihm hängen. Aber dadurch musste er nicht dauernd über seine missliche Lage nachdenken.

Die Flammen schossen empor. Ullii saß auf einem Stein und starrte Nish an – oder sie blickte durch ihn hindurch; er wusste es nicht. Er wünschte, sie würde wieder ihr Hemd anziehen, denn bei dem Anblick ihrer bloßen Brüste und der zarten Knospen, die sich bei der Kälte zusammenzogen, überkam ihn ein ungestümes Verlangen.

»Willst du die ganze Nacht so dasitzen?«, fragte er ein wenig gereizt. »Muss ich hier denn alles allein machen?«

Ullii reagierte so heftig, als hätte er ihr einen Schlag ins Gesicht versetzt. Sie kniff die Augen zu, begann zu weinen, schlang die Arme um die angezogenen Beine und verbarg ihr Gesicht. Dann wippte sie heulend vor und zurück.

»Ullii, es tut mir leid«, wisperte er und gab Acht, sie nicht noch weiter zu erschrecken. Immerhin hatte sie sich nicht darum gerissen, an der Expedition teilzunehmen. Er ging kurz hin und her. Bei jedem seiner Schritte zuckte sie zusammen, wie er vor Monaten nach der Züchtigung.

»Nicht schlagen!«, flehte sie mit blasser Stimme.

»Wieso sollte ich dich schlagen, Ullii? Habe ich dir denn je wehgetan?«

Er erhielt keine Antwort. Mit einer Hand fuhr er sich durch sein Haar und hielt sie ihr dann unter die Nase. Ullii erstarrte, als sein Unterarm den ihren berührte. Keiner von beiden bewegte sich. Ullii schniefte leise. Sie seufzte, und er spürte, wie die Anspannung ganz allmählich von ihr abfiel.

»Ich habe Angst, Nish.« Sie sprach so leise, dass er sie kaum hören konnte.

»Doch nicht vor mir?«

»Nein.« Sie hielt sich seine Hand vor die Nase.

»Vor was dann?«

»Ich kann schreckliche Dinge sehen.«

»Zählt Tiaan auch dazu?«

»Tiaan ist gut. Ich mag sie. Aber in dem Berg dort ... Das ist zu viel, Nish. Alles ist so grell, ich kann kaum noch ihren Kristall sehen. Dort ist viel ...«

»Magie?«

»Ja, viel Magie. Sie hat sich noch nicht entfaltet, aber sie blendet mich bereits. Das ist furchtbar. Es wird uns auffressen, Nish.«

»Sprichst du von Lyrinx?«

»Ich weiß es nicht so genau. Da ist zu viel Licht. Wohin ich auch schaue, ist das Licht so grell wie die Sonne. Das schmerzt im Kopf. Ich kann das nicht ausblenden.«

»Siehst du sonst noch irgendetwas?«

Sie drehte sich um und sah nach Westen. »Nichts.« Nach und nach ging sie die Himmelsrichtungen durch, sah jedoch nichts, bis sie plötzlich nach Osten blickte und rief: »Klauentiere!« Ihr ausgestreckter Arm deutete auf die Bergkette.

»Fliegen sie? Oder sind sie in den Bergen?«

»Ich weiß es nicht. Die Kunst ist zu mächtig.«

»Bestimmt sind sie geflogen«, meinte Nish, »denn warum bedienen sie sich sonst der Kunst?«

Sie wandte sich nach Ostsüdost, stieß einen Schrei aus und hielt wieder schützend die Hände vors Gesicht. »Nein!« Sie schrie weiter und verfiel in ihre apathische Pendelbewegung.

»Ullii? Was ist denn?«, sagte er in das Schreien hinein, das sich an den Felswänden brach.

Er brauchte lange, um sie wieder zu beruhigen. »Da ... ist ein schwarzer Knoten in meinem Gitternetz. Ein Muster, ein schönes Muster, aber ich weiß, dass dort ein Ungeheuer steckt, wenn ich versuche, den Knoten zu entwirren. Es will uns packen, es hasst uns.«

»Ist es ein Lyrinx?«

»Nein. Es hasst auch die Klauentiere. Es ist ein kriechendes, giftiges Wesen.« Sie riss die Augen auf. Nish sah sein Spiegelbild in ihrer Iris. »Es jagt Tiaan!«

»Vielleicht haben die Lyrinx ihr das Wesen auf den Hals gehetzt.«

»Nein!« Ihr schauderte, und sie rieb sich die Schultern. Ihre zarte Haut war von roten Schwellungen entstellt.

Nish ging zu seinem Gepäck, fand eine Flasche mit Speiseöl, nahm neben Ullii Platz und rieb seine Finger mit dem Öl ein. Vorsichtig strich er über die wunden Stellen.

Ullii versteifte sich, aber die Spannung wich aus ihrem Körper, sowie seine Finger zart über ihre Haut glitten. »Das fühlt sich ... gut an.« Ullii rutschte von dem Stein und setzte sich vor Nish auf den Boden.

Vorsichtig massierte er das Öl in ihre Haut. Es war kalt, aber das schien Ullii nicht zu stören. Als schließlich alle Striemen versorgt waren, nahm Nish seine Hand fort. Er sehnte sich nach Ullii, hatte aber Bedenken, sie weiter anzufassen.

»Nicht aufhören!«, wimmerte sie. »Oh, Nish, noch nie hat mich jemand so zart berührt. Mein ganzes Leben haben die Leute mir wehgetan. Alle wollen mich nur ausnutzen, nur du nicht. Du bist der freundlichste Mann auf der ganzen Welt, Nish.«

Wenn sie nur wüsste! Er verteilte wieder Öl auf seiner Handfläche und rieb Schulterpartie und Rücken ein. Ullii seufzte, und während er das Öl sanft einmassierte, begann sie, von sich zu erzählen, was sie nur selten tat.

»Ich wollte immer wie die anderen sein. Du kannst dir nicht vorstellen, wie es ist, wenn man heranwächst und nie berührt wird, weil man es nicht erträgt. Meine Brüder und Schwestern umarmten sich. Meine Eltern auch. Ich wollte so gern in den Arm genommen werden, aber das Gefühl, ihre raue Kleidung zu spüren, machte mich wahnsinnig. Meine Kleidung kratzte. Ich schrie die ganze Zeit, und niemand wusste warum.«

»War das immer schon so?« Er strich über ihre Hüften.

»Richtig schlimm wurde es, als ich zwei Jahre alt war. Nach dem Verlust meines Bruders.«

»Was war mit ihm geschehen?«

»Er war mein Zwillingsbruder. Ich glaube, er ist gestorben. Niemand sprach je darüber. Ich vermisse ihn immer noch.« Ein Schauer erfasste sie. »An die Zeit davor kann ich mich nicht mehr erinnern.«

Er krempelte seine Ärmel hoch und berührte Ullii mit den weichen Innenseiten seiner Unterarme.

Sie zog seinen Arm über ihre Wange. »Du fühlst dich schön an, Nish.«

»Wenn ich mein Hemd ausziehe«, tastete er sich weiter vor, »wirst du feststellen, dass meine Haut so weich ist wie deine.«

Sie antwortete nicht, daher fühlte Nish sich bestärkt, streifte das Hemd ab und drückte vorsichtig mit seiner Brust gegen ihren bloßen Rücken. Seine Finger wanderten zu ihren Ohren.

Sie zog den Kopf weg. »Nicht meine Ohren«, sagte sie scharf.

Enttäuscht zog er die Hand zurück.

Sie drehte sich zu ihm um, da sie nicht verstand, was in ihm vorging. »Das erzeugt ein Donnern in meinem Kopf, Nish«, erklärte sie ihm und legte seine Hände wieder auf ihre Schultern.

Er strich erneut über ihren Körper und wagte sich jetzt weiter vor, indem er zaghaft über ihren Hals und ihr Brustbein streichelte. Als sie ihn gewähren ließ, tastete er sich zum Ansatz ihrer Brüste vor und zog die Hände wieder fort. Sie seufzte und rieb ihre Wange an seinem Arm.

Nish ließ einen Finger um ihre rechte Brust kreisen und zeichnete ihre Rundung nach. Ullii seufzte wieder wohlig. Er machte weiter und suchte mit öligen Fingern ihre aufkeimende Knospe. Ullii sog scharf die Luft ein und begann schneller zu atmen. Sie ließ den Kopf nach vorn sinken.

»Das ist … sehr angenehm«, murmelte sie.

Endlich kam er bei ihr weiter. Nish fühlte sich weiterhin bestärkt, nahm ihre Brustspitze zwischen Daumen und Zeigefinger und ließ sie sanft vor- und zurückgleiten.

Mit einem Mal riss sie sich von ihm los, sprang auf und stieß ihn rücklings auf den Felsen.

»Habe ich etwas falsch gemacht?«, rief er.

Sie stand auf den Zehenspitzen vor ihm und spähte mit ihren eulenartigen Augen in die Dunkelheit. »Es ist geschehen«, flüsterte sie.

»Was denn, Ullii?«, fragte er beunruhigt und rieb sich den Hinterkopf, da er an einen Stein geprallt war.

»Ich weiß es nicht. Mir ist, als wären alle Lichter in einer Stadt zugleich angegangen, unmittelbar vor meinen Augen.« Sie drehte sich so, bis sie genau auf den hoch aufragenden Berg Tirthrax blickte. »Es kommt von dort oben. *Aus dem Innern des Bergs.*«

KAPITEL NEUNUNDFÜNFZIG

Tiaan erwachte noch in der Nacht und sehnte sich nach ihrem Geliebten. Vor dem Zubettgehen hatte sie versucht, ihn zu rufen, war aber gescheitert. Diesmal überkam sie ein ungutes Gefühl, befürchtete sie doch, Minis wäre gar nicht mehr da.

Sei nicht töricht, schalt sie sich. *Er ist zu sehr beschäftigt oder an einen Ort gegangen, wo du ihn nicht erreichen kannst. Schließlich funktioniert der Amplimet nur in der Nähe von Feldkernen.* Aber er hatte ihr gesagt, sie solle ihn rufen, sobald alles bereit sei. In dieser kritischen Phase würde er doch nicht so einfach weggehen, es sei denn …

Da sie nicht mehr in den Schlaf fand, stand sie leise auf und ging in die Kammer, in der sie gearbeitet hatte. Der Ort kam ihr mit einem Mal anders vor. Tiaan vermochte zunächst nicht zu sagen, woran das lag, bis sie den Raum wieder verließ und aus den Augenwinkeln sah, dass die Lichter an den Wänden schwächer wurden. Die Glasringe des Zyxibuls leuchteten. In der Dunkelheit verströmten sie einen matten, überirdischen Schimmer.

Tiaan berührte die Wandleuchten, damit sie ganz ausgingen, schloss die Tür und starrte im Dunkeln auf ihr Konstrukt. Es wirkte lebendig, bereit zum Einsatz. Der letzte Schritt sah vor, den Amplimet hineinzulegen und die Aachim zu rufen. Jede Stunde zählte – das hatte Minis betont.

Sie packte den Amplimet aus, der inzwischen grell leuchtete, und brachte ihn zu dem Zyxibul. Tiaan spürte augenblicklich, dass die Kammer von einer gewaltigen Energie durchdrungen war. Ihre Haare bewegten sich; ihre Kleidung knisterte und entlud sich mit kleinen sprühenden Funken.

Sie war noch einige Schritte vom Zyxibul entfernt, als etwas in ihm klickte und dem Amplimet das Licht entzog. Die Reife aus Glas flackerten auf. Ein leises Summen setzte ein, und Tiaan spürte, wie eine Art Druckwelle ihren Leib erfasste. Für einen kurzen Moment schien es, als neigten sich Decke und Wände leicht nach innen. Sie blinzelte, doch alles war wieder normal, nur das Summen blieb. Der Zyxibul hatte sich selbst aktiviert. Was mochte geschehen, wenn sie den Amplimet hineinlegte?

Tiaan hielt inne und hatte das Gefühl, dass irgendetwas nicht stimmte. Sie verglich die Maschine mit dem Bild in ihrem Geist. Alles schien bis ins kleinste Detail perfekt zu sein. Wieso überkam sie dann dieses ungute Gefühl? Lag es an dem Namen – »Zyxibul«, hallte unangenehm in ihrem Kopf wider. Der Name klang fremdartig und unfreundlich. *Ich werde ihn Portalöffner nennen*, beschloss sie und fühlte sich gleich besser.

Da sie keine Unstimmigkeiten zwischen ihrem Bild und dem Konstrukt entdecken konnte, startete Tiaan einen Testdurchlauf. Alles funktionierte genau so, wie man es ihr beschrieben hatte. Erschöpft legte sie sich auf den warmen Boden und schlief eine Stunde.

Als der Morgen graute, begab sie sich in den Baderaum und wusch sich gründlich, da sie hoffte, an diesem Tag ihren Geliebten zu treffen. Sie wollte tadellos aussehen und legte daher die besonderen Kleider an, die sie einst in Ghysmel erworben hatte. Vor Tagen hatte sie sie gewaschen und zum Trocknen aufgehängt, damit der muffige Geruch aus dem Rucksack nicht mehr an dem Gewebe haftete. Die kurzärmelige pfirsichfarbene Bluse passte zu Tiaans dunklem Teint. Das weiche Gewebe schmiegte sich in recht verführerischer Weise an ihre Brüste, sodass sie ein wenig befangen war, denn was wusste sie schon über die Liebe? Dennoch gewann die prickelnde Vorfreude letzten Endes die Oberhand, und Tiaan konnte es kaum noch abwarten, dass Minis sie in den Arm nahm.

Zu der Bluse hatte sie sich eine dunkle Hose aus dem gleichen Material ausgesucht, die eng an Taille und Po saß und zu den Fußknöcheln breiter auslief. Schwarze Sandalen rundeten die Kleidung ab, obwohl Tiaan wieder einmal wünschte, ihre Füße wären kleiner.

»Du siehst gut aus«, sagte Haani, die sich in diesem Augenblick in ihrem Schlafsack aufsetzte.

»Danke, ich fürchte nur, ich sollte mir noch die Haare schneiden. Du hast nicht zufällig irgendwo eine Schere gesehen?«

»Was ist eine Schere?«

Tiaan ahmte die Funktionsweise mit den Fingern nach.

»Ah, *brawnies!*«, rief die Kleine. »Die habe ich in einem der Räume gesehen. Komm mit.«

Das Kind sprang auf und eilte los. Tiaan folgte ihm bewusst langsam und arbeitete an ihrem Gang, denn sie wünschte sich, dass Minis sie von ihrer ganzen Erscheinung her anziehend fand. »Und einen Spiegel?«

Das Wort kannte Haani. Auf dem Schiff hatte es mehrere gegeben. »Da sind viele Spiegel. Alle Räume oben haben welche.«

Die Kleine führte Tiaan in eine Art Suite, in der jemand gewohnt haben musste. Bei dem Spiegel handelte es sich um eine große, polierte Metallfläche, die an den Rändern Gravuren besaß. Mit einem Laken wischte Tiaan den Staub von dem Metall.

Obwohl sie gar nicht genau wusste, was sie mit ihrem Haar anfangen sollte, machte Tiaan sich schließlich mit der Schere an die Arbeit und bemühte sich, es an den Seiten gleich lang zu schneiden. Immer wieder betrachtete sie sich in dem Spiegel und war zuletzt unzufrieden mit dem Haar im Nacken. »Haani ...«

»Ja?«

»Glaubst du, du könntest mir im Nacken die Haare schneiden? Das müsste aber gerade werden.«

»Natürlich«, erwiderte die Kleine mit dem Selbstbewusstsein einer Achtjährigen und machte sich an die Arbeit. Tiaan schluckte, als sie sah, dass immer mehr Haarbüschel zu Boden fielen.

»So siehst du viel besser aus«, stellte Haani fröhlich fest, als Tiaan aufstand und ihr Haar ausschüttelte. Sie sah jetzt zwar tatsächlich etwas besser aus, aber ihre Frisur glich eher dem Haarschnitt eines kleinen Mädchens und hatte wenig von dem Reiz einer erwachsenen Frau, die in Kürze ihrem Geliebten begegnen würde. Nun aber ließ sich nichts mehr daran ändern.

»Was Minis wohl denken wird«, sagte sie zu sich und merkte nicht, dass die Kleine sie gehört hatte.

»Er wird dich mögen. Wenn nicht, ist er ein gemeiner Mann, den ich nicht mag.«

Erst da ging Tiaan die Frage durch den Kopf, wie Haani und Minis miteinander auskommen würden. Ein letztes Mal richtete Tiaan ihre Kleidung vor dem Metallspiegel, vergewisserte sich, dass sie ihr Geschenk – den Ring aus Silber und Gold – bei sich hatte, und atmete tief durch.

»Bist du bereit, Haani?«

»Natürlich.«

»Und deine saubere Kleidung?«

»Die ziehe ich gleich an.«

»Prima, und dann frühstücken wir, bevor es losgeht.«

Später versuchte Tiaan erneut, mit Minis Kontakt aufzunehmen. Wieder kein Erfolg. Daraufhin betrachtete sie den Amplimet genau. Er war staubig und wies an einer Facette eine kleine schadhafte Stelle auf, da er einmal zu hart gegen den Helm gedrückt worden war. Tiaan säuberte den Kristall sorgfältig.

»Also«, sagte sie dann, holte hörbar Luft und fühlte die Aufregung bis in den Magen. »Wir sind so weit! Komm, Haani. Schauen wir, was wir ausrichten können.«

Sie begaben sich in die Kammer, in der sich der Portalöffner befand. Tiaan hielt den Amplimet feierlich in der ausgestreckten Hand und sah aus wie eine Tempeldienerin aus fernen Zeiten, die eine Opfergabe zum Altar trug. Haani hüpfte fröhlich hinterdrein und summte einen Kinderreim. Für sie war es ein Tag wie jeder andere.

Tiaan war froh darüber. Sie mochte gar nicht darüber nachdenken, was alles passieren könnte, wenn die Maschine nicht richtig funktionierte: Tiaan könnte von innen heraus verbrennen oder mit zerrüttetem Geist, aber intaktem Körper zurückbleiben. Und was würde die kleine Haani dann machen, wenn sie sich über Tiaans ausgebrannten Leib beugte und die Welt nicht mehr verstand?

Doch Tiaan verscheuchte die grässlichen Gedanken, denn schließlich hatten die Aachim ihr genau erklärt, wie der Ablauf aussehen sollte. Selbstbewusst trat sie an den Portalöffner. Die Glasstruktur leuchtete wie zuvor. Das Summen erfüllte die Kammer. Bei jedem

Schritt, den Tiaan dem Konstrukt näher kam, wurde das Leuchten stärker. Ein leiser, heulender Ton setzte ein und wurde höher. Tiaan blieb stehen. Die Tonhöhe veränderte sich nicht. Sie machte wieder einen Schritt und merkte, dass der Ton höher wurde. Der zuckende Funke in dem Amplimet war heller geworden.

Im Innern des kleinsten Glasreifs, in dem sich die seltsam verdrehten Röhre befanden, schwebte ein kleines Behältnis, das aus dem gleichen Seifenstein gefertigt war, aus dem auch die fünf Beine bestanden. Dieses Behältnis ähnelte von der Form dem Amplimet und wies kleine Scharniere auf, die darauf hinwiesen, dass es sich aufklappen ließ.

Tiaan tastete sich mit der Hand vor und öffnete den kleinen Behälter. Die Glasringe erstrahlten in grellem Licht. Aus dem entfernten Heulen wurde ein beinahe schrilles Pfeifen, das in den Ohren wehtat. Tiaan spürte deutlich einen unsichtbaren Widerstand in der Luft, als schreite sie durch Wasser. Je länger sie vor dem Portalöffner stand, desto stärker wurde der Widerstand.

Das Licht war jetzt so hell, dass Tiaan die Augen zusammenkneifen musste. Ihr Blickfeld verengte sich, bis sie nur noch das Zentrum des Konstrukts wahrnahm. Sie zwang sich, weiterzumachen, und merkte, dass etwas einen Gegendruck ausübte. Der Amplimet rührte sich nicht. Davon hatte ihr Minis nichts gesagt.

So dicht vor dem Ziel durfte sie nicht versagen. Es musste doch einen Weg geben! Tiaan drehte den Kristall so, dass eine der Pyramidenspitzen auf das Behältnis zeigte. Der Amplimet bewegte sich ein Stück und hielt dann an, als würde Tiaan ihn gegen eine feste Mauer drücken. Auch mit der anderen Spitze kam sie nicht weiter.

Ihr fiel nur noch eine Lösung ein, die sie jedoch nicht gern anwandte, da sie Minis' Warnung noch im Ohr hatte, den Amplimet nicht in Tirthrax zu benutzen. Schnell holte sie das Drahtgeflecht aus ihrem Gepäck und legte den Amplimet hinein. Der Schein des Portalöffners nahm ab. Auch die markanten Töne hatten aufgehört. Sowie sie sich den Helm aufsetzte, kam das Kraftfeld in ihre visuelle Wahrnehmung. Es sah anders aus als die Felder, die sie bislang gesehen hatte, und bestand aus vielfarbigen Schwaden und Strudeln, die sternförmig aus dem Portalöffner strahlten. Sie glaubte, mehr Dinge als je zuvor zu sehen, so als würden die Verwirbelungen und Farbschlieren eine Dimension öffnen, die sich bislang Tiaans Vorstellungsvermögen verschlossen hatte.

Der Widerstand war nicht geringer geworden. Tiaan ging so weit vor, wie sie konnte. Die Kugel aus Drahtgeflecht in einer ausgestreckten Hand haltend, schloss sie die Augen und verschob gleichzeitig mit der freien Hand die Perlen. Doch sosehr sie sich auch bemühte, sie vermochte dem Feld keine Energie zu entziehen. Zum Überlegen blieb ihr keine Zeit. Sie würde sich wieder ihrer aufkeimenden Geomantie bedienen müssen.

Von *dieser* Art Energie erspürte sie mehrere Quellen. Große Verwerfungszonen lagen tief in der Erde, wo ein Kontinent sich über den anderen schob und die gewaltige Bergkette bei Tirthrax aufgeworfen hatte. Doch diese Energie könnten selbst die mächtigsten Mantiker nicht anzapfen.

Aber da gab es eine Quelle, die sie vielleicht erreichen könnte. Auf dem Hinweg hatte Tiaan all die Gletscher gesehen: Sie mündeten in gefrorenen Wasserfällen. Wenn es ihr nun gelänge, nur ein wenig Energie aus dem gewaltigen, im Eis aufgestauten Potenzial zu gewinnen, wäre sie in der Lage, den Widerstand zu brechen.

Lange suchte sie und entdeckte plötzlich einen Gletscher, der ihr passend erschien. Die Gletscherzunge endete in einem engen Talkessel jenseits des Berges. Selbst ein kleiner Gletscher besaß eine ungeheure Kraft, wenn er sich Stück für Stück vorschob. Geduldig erspürte Tiaan die Struktur oberhalb des Eissturzes und entdeckte einen Schwachpunkt, den kleine tanzende Farbkreise in ihrem mentalen Bild andeuteten. Dort würde sich ein Riss auftun. Tiaan brauchte nur zu warten.

»Was machst du, Tiaan? Warum stehst du da so komisch?«, vernahm sie Haanis Stimme hinter sich.

»Pst!« Tiaan konnte nicht antworten, da sie fürchtete, die Konzentration zu verlieren. Es tat sich etwas in dem Gletscher: Der Spalt öffnete sich. Rasch bezog Tiaan Energie daraus und spürte eine Woge eisiger Kraft, die stärker war als alles, was sie je gehandhabt hatte. Die Energie strömte in den Amplimet, der Funke blitzte auf, und Tiaan versuchte, den Energiefluss zu halten.

Die Gegenkraft vor ihr gab nach, Tiaan stürzte und fiel beinahe auf die Reife aus Glas. Sowie sie ihr Gleichgewicht wiedergewonnen hatte, holte sie den Amplimet aus dem Drahtgeflecht, presste ihn in das geformte Behältnis und schloss den Deckel zu.

Das Leuchten und das Heulen setzten wieder ein. Die unsichtbare Barriere schnellte so hart in die alte Position, dass Tiaan ins Straucheln geriet und zu Boden stürzte.

»Tiaan, geht es dir gut?«, rief Haani.

Tiaan rappelte sich auf. »Ich glaube schon«, murmelte sie, klopfte sich den Staub aus der Kleidung und sah zu ihrem Schreck, dass sie nun auf Kniehöhe ein Loch in ihrer schönen Hose hatte.

Sie hatte keine Zeit, sich umzuziehen. Die großen Glasringe warfen nun ihr blendendes Licht an die Wände der Kammer, und der Amplimet strahlte aus dem Behältnis heraus, während farbenprächtige Lichtstrahlen aus verschiedenen Einzelteilen des Konstrukts entwichen. Die Geräuschpalette reichte nun von kreischenden Lauten bis zu einem kaum wahrnehmbaren Grollen. Ab und an vibrierte die ganze Maschine stark, und das gebogene Glasröhrchen leuchtete in pulsierendem Grün auf.

»Ich muss es jetzt tun, bevor das Ding auseinanderbricht.« Tiaan ging in die Hocke und verschob die Perlen auf den Drähten ihrer Kugel.

»Minis, Minis, wo bist du?« Eine Leere tat sich auf, hier und da durchzuckt von grellen Lichtblitzen. »Minis. Komm zu mir. Der Portalöffner ist fertig. Er ist bereit, dich in Sicherheit zu bringen.«

Immer noch nichts. In ihrer Erinnerung ging sie die Augenblicke durch, in denen sie ihn kontaktiert hatte. Plötzlich stieg ihr Qualm in die Nase.

»Was machst du da, Haani?« Sie konnte sich nicht zu dem Kind umdrehen, da sie dann die Bilder verlieren würde.

»Ich sitze hier nur«, erklang eine dünne Stimme hinter ihr.

»Du verbrennst doch nichts?«

»Natürlich nicht!«, erwiderte das Kind entrüstet.

»Das muss Aachan sein!«, sagte Tiaan zu sich selbst. »So muss es sein. *Minis!*«, schrie sie und hatte mit einem Mal eine Insel vor Augen, die von Lavaströmen bedroht war.

Auf der von Asche überzogenen Spitze erkannte sie eine große Menge Menschen, die Schutz unter steil abfallenden Dächern suchten. Andere kauerten in Höhlenöffnungen. Lavafetzen flogen brennend durch die Luft, zerplatzten und zerstoben in abertausend Funken. Überall schrien die Leute, weinten oder kamen um in der heißen Lava. Stechender Schwefelgeruch stieg Tiaan in die Nase.

Ihr Blick wanderte eine Anhöhe hinauf. Ein Turm kam in ihre visuelle Wahrnehmung, der aus schlanken, silberbeschlagenen Spitzen bestand. Der Turm hatte riesige Ausmaße; erst jetzt gewahrte Tiaan, dass sich eine Straße spiralförmig von oben bis nach unten um den Turm legte. Ganz oben ragte eine Metallplatte auf, die von der Form her der Platte glich, die hinter Tiaan an der Wand stand.

Was war das für ein Turm? Handelte es sich gar um den Eingang zum Portal? Tiaan hielt es für möglich, da die Straße sich bis zur Spitze des Turms wand. »Minis!« Sie merkte nicht, dass sie aus vollem Halse schrie. »Minis, sag mir, was ich machen soll!«

Es ist Tiaan!

Nicht mehr als ein Flüstern, aber die Worte lösten einen Schauer in ihr aus. Sie würde zu guter Letzt doch Erfolg haben! »Minis, ich habe es geschafft. Ich habe den Portalöffner zusammengebaut – den Zyxibul.« Das Wort kam ihr nur mühsam über die Lippen. »Sag mir, was ich jetzt tun muss.«

Warum hast du uns nicht gerufen, Tiaan?

Sie konnte ihn in der wogenden Menschenmenge nicht ausmachen. Wie gern hätte sie sein Antlitz gesehen. »Ich habe euch oft gerufen, aber niemand antwortete.«

Wie dem auch sei, es ist zu spät. Wir können das Portal nicht öffnen, Tiaan. Wir sind inzwischen zu schwach.

»Hier ist ungeheure Energie. Ich kann noch mehr beziehen, wenn es sein muss. Vielleicht kann ich das Portal von hier aus öffnen.«

Stimmen stritten; einige davon erkannte sie wieder. Die schroffe Sprechweise von Vithis, Minis' Pflegevater. Die ruhige, resignierte Stimme von Luxor, und dann war da noch Tirior, die versuchte, die anderen anzuspornen, die Gelegenheit zu nutzen.

Was haben wir zu verlieren?, erklärte Luxor. *Wir werden ohnehin sterben.*

Ich sage, dass wir ihr vertrauen sollen, meinte Tirior. *Tiaan hat sich bislang bei jeder Gelegenheit bewährt und war entgegen unseren Erwartungen stets erfolgreich.*

Und wenn sie nun versagt?, schnarrte Vithis. *Dann werden wir nicht einen edlen Tod in unserem geliebten Aachan sterben – nein, wir sterben in der grässlichen Leere, in der wir stecken bleiben und wie Aas gefressen werden. Wo liegt da noch die Würde?*

Dann bleibt doch hier!, schimpfte Luxor ungehalten. *Geht zum Quell der Echos und sterbt dort in Eurer verfluchten Würde! Ich wähle das Leben für meinen Clan.*

Und ich auch, stimmte ihm Tirior zu. *Darauf haben sich die Zehn Clans geeinigt.*

Mir gefällt das nicht, sprach Vithis. *Wir verraten einem Menschen unser Geheimnis, dazu noch einer Frau, die kaum dem Jugendalter entwachsen ist. Was könnte sie alles mit unseren Kenntnissen machen?*

Darüber sollten wir uns Gedanken machen, wenn wir überlebt haben, erwiderte Tirior.

Fürwahr, sagte Vithis. *Wenn es dann nicht zu spät ist.*

Sie stimmten ab, und die Entscheidung stand fest. Sie würden den Versuch wagen. Minis kehrte zurück und erklärte Tiaan, was jetzt zu tun war.

Tiaan war entsetzt, als sie sah, wie die Aachim dort zusammengepfercht waren und starben. Das Leben dieses Volkes war nun in ihrer Hand. Sie verstand nicht viel von der gefährlichen Kunst der Geomantie, die sie würde anwenden müssen. Einen Fehler durfte sie sich nicht erlauben. Doch wenn sich bereits die Aachim vor den Folgen fürchteten, wie sollte sie dann auf Erfolg hoffen?

Aber sie musste es versuchen. Während ihre Finger über die verschiebbaren Perlen huschten, erspürte Tiaan weiterhin mit ihren Sinnen die Beschaffenheit des Gletschers. Für dieses Experiment benötigte sie ungeheuer viel Energie. Ihr mentaler Blick wanderte westwärts, zu dem riesigen Gletscher, der sich von der schneebedeckten Spitze des Berges Tirthrax über die Felsen schob. Diese Gletscherzunge besaß die meiste Energie – Tiaan glaubte spüren zu können, wie der Gletscher in seinem Bett vorwärtsdrängte.

Dort, wo der Gletscher in einem Bogen auf den Eissturz zuhielt, kündigte sich ein Riss an, der von einer Seite zur anderen verlaufen würde. Tiaan konnte bereits das Feld dieses Spalts sehen. Mit dem Mut der Verzweiflung entzog sie dem sich öffnenden Riss Energie.

Krachend zersprang das Eis, und Tiaan wurde von einer Woge lähmender Kälte erfasst. Sie glaubte, in Sekundenschnelle zu Eis erstarrt zu sein. Der ganze Portalöffner erbebte, sandte zuckende Lichtblitze in alle Richtungen und steigerte sich in eine Kakofonie aus schrillen Tönen und dumpfen Donnerschlägen. Tiaan befürchtete, das Konstrukt könne jeden Augenblick explodieren.

Der ganze Berg bebte. Schwere Felsblöcke gerieten in Bewegung, ein lauter Knall hallte von den Bergen wider – danach herrschte Stille.

Haani zog verzweifelt an Tiaans Hand. »Tiaan, sag doch etwas!«

Angeschlagen rappelte Tiaan sich auf und hatte das Gefühl, dass eine lange Zeit vergangen war. Ihre Sicht auf Aachan hatte sich verdüstert. Blitze zuckten aus dem Amplimetbehältnis in Richtung der Metallplatte an der hinteren Wand. Die Glasringe waren erloschen. Doch nach einem Moment absoluter Finsternis kehrte das Leuchten in dem Glas zurück. Auch Aachan schob sich wieder in Tiaans mentales Blickfeld.

Am oberen Ende der sich nach unten windenden Straße des Turms erstand eine gewaltige gebogene Linse. Für einen kurzen Augenblick sah Tiaan, wie der Berg Tirthrax sich in der Linse spiegelte. Es musste sich um eine Reflexion handeln, denn in dem Spiegelbild schob sich die Gletscherzunge an der falschen Seite des Berges hinunter.

Ein Stern erschien in der Mitte der Reflexion. Dann tat sich eine Öffnung in der gewaltigen Linse auf. Schreie und heisere Rufe des Erstaunens entrangen sich den Kehlen der Aachim, als durch die Öffnung eine riesige Schneelawine brach. Für einen Augenblick wirkte die Lawine wie ein weißer Schirm, der dann in der heißen Luft schmolz und als erfrischend kühler Regen auf die Menschen fiel.

Das Portal! Das Portal ist offen!, hörte sie die Menge rufen.

Eilt euch, ehe es sich wieder schließt!

Die Leute rannten zu Maschinen, die wie Klanker aussahen. Ganz kurz blitzte Minis' Gesicht vor Tiaans geistigem Auge auf – und sie erblickte auch die anderen, die sie zuvor gesehen hatte und die alles über das Portal wussten.

Haltet ein!, rief Vithis. *Die kleine Närrin hat den Zyxibul verkehrt herum aktiviert. Das Bild ist gespiegelt. Womöglich funktioniert das Portal jetzt nicht.*

Zu spät, sich jetzt darüber den Kopf zu zerbrechen, schrie ein anderer.

Clan Inthis!, befahl Vithis. *Bleibt zurück! Der Durchgang ist nicht sicher. Ihr werdet zuletzt gehen, nach den Zehn Clans! Sollen sie es riskieren; dies wird uns wieder zu unserer rechtmäßigen Stellung verhelfen.*

Vithis eilte zu einer aufwändig konstruierten Maschine, die vage an Tiaans Portalöffner erinnerte. Mit einem Sprung saß er auf einem Sitz und betätigte eine Art Greifarm in drei Dimensionen. Kugelblitze stoben in alle Richtungen.

Das Bild von Aachan stellte sich auf den Kopf. Tiaans Lungen brannten, als hätte sie Feuer verschluckt. Die Kontrolle des Portalöffners wurde ihr entrissen. Ein Wurmloch wand sich einer aufgeladenen Schlange gleich über den ätherischen Pfad.

Nein, Inthis!, kreischte Vithis und streckte flehentlich die Arme vor, während bläulich schimmernde Konstrukte an ihm vorbeisausten. *So wartet doch …*

Niemand beachtete ihn. Vithis ließ den Greifarm los, stützte den Kopf schwer auf die Hände und weinte. Ein wahrer Menschenstrom, hier und da durchsetzt von Maschinen, drängte die gewundene Straße hinauf zu dem Portal, aber Tiaan verlor den Kontakt. Schließlich war auch das Bild von Aachan verschwunden.

Auf einem Berg, einen halben Kontinent entfernt, beobachtete der Tetrarch die Bewegungen der Himmelskörper, die mit einem Mal erzitterten und für einen kurzen Augenblick ihre feste Form verloren. Das Kraftfeld bildete Knoten in sich. Der weltumspannende Äther hallte wider von einem einzigen Ton, ehe er wieder in den immateriellen Zustand zurückkehrte. Der Tetrarch legte seine Instrumente zur Seite und machte sich Notizen auf einer Schiefertafel.

Viele Hunderte von Meilen weiter südlich, in einer Zitadelle auf der kalten Insel von Noom, legte eine Frau ihren Federkiel zur Seite und lächelte mit leicht geneigtem Haupt. Das lange Wachen trug die ersten Früchte. Die Frau nahm eine Laterne und stieg die »Tausend Stufen« hinab zu ihrem Herrn.

KAPITEL SECHZIG

»Ich habe sie gesehen!«, rief Ullii. »Tiaan stand in Lichtstrahlen, die von überall her kommen. Der ganze Berg erzitterte. Sie hatte ein kleines Mädchen bei sich.«

»Ein kleines Mädchen?«

»Es hatte blondes Haar.«

Noch ein Geheimnis, das Tiaan umgab. »Was hat Tiaan gemacht?«

»Das habe ich nicht begriffen.« Ullii saß mit hängenden Schultern da. »Ich muss jetzt schlafen.« Eilig verschwand sie in dem Zelt.

Es war eine dunkle Nacht; zu dunkel, um in unbekannten Bergen zu klettern, obwohl später der Mond aufgehen würde. Aus mehreren Gründen frustriert, räumte Nish ein wenig in dem kleinen Lager auf, schürte das Feuer und blickte hinauf zur schwarzen Felswand. Ihnen blieb nichts anderes übrig, als zu warten. Ullii schlief längst, aber für Nish war an Schlaf nicht zu denken. Aufgewühlt schritt er vor dem Feuer auf und ab.

Das war seine große Chance. Wenn es ihm jetzt gelänge, Tiaan und ihren Kristall zu finden und sicher zurückzubringen, dann hätte er alle Fehler der Vergangenheit wiedergutgemacht. Aber was mochte dort oben in dem Berg vor sich gehen?

»Nish!« Jemand riss an seiner Schulter. »Nish, so wach doch auf!«

Er war an einem Felsblock eingeschlafen und rieb sich den schmerzenden Nacken, da er so verdreht gelegen hatte. »Was ist denn, Ullii?«

»Komm mit!«

»Wohin denn?«, fragte er verschlafen.

»Auf den Berg. Tiaan fängt an.«

»Fängt an? Womit denn?«

»Ich kann sie sehen. Sie steht in einer großen Kammer in dem Berg. Sie benutzt ihren Kristall, Nish! Sie wird sie hierher bringen.«

Nish zog sich die Stiefel an und verschnürte die Bänder. »Wen will sie hierher bringen?«

»Das weiß ich doch auch nicht«, jammerte Ullii. »Ich kann sie nicht sehen. *Es sind zu viele!* Alles ist düster und verraucht.«

Ein Schauer lief ihm über den Rücken, und plötzlich wollte Nish nicht mehr in die Nähe des Berggipfels kommen. Aber er musste etwas unternehmen. Er fasste Ullii bei den Schultern. Ihre großen Augen glänzten im fahlen Mondlicht. »Was meinst du damit – es sind zu viele?«

»Es sind zu viele! Du musst Tiaan aufhalten, Nish.«

Was für eine Verwandlung! Ullii trieb ihn zum Handeln an. Offenbar hatte sie große Angst.

Nish packte etwas Proviant ein, versorgte noch rasch den Skeetvogel, schnallte sich Schwert und Messer um, reichte Ullii ein anderes Messer, das sie wahrscheinlich nie benutzen würde, und ließ alles andere im Lager zurück.

Sie kletterten die Felswand oberhalb des Ballons hinauf, der nach wie vor eingeklemmt war und inzwischen so wenig Luft hatte, dass man die dünnen Holzleisten und Drähte erkennen konnte. Er orientierte sich an Ullii, die im Mondlicht perfekt sehen konnte und immer genau zu wissen schien, wo es langging. Sie erreichten einen schmalen Pfad, den sonst womöglich Bären oder Bergziegen nutzten. Als sie eine Anhöhe erklommen, reflektierte sich das Licht des untergehenden Mondes auf den gewaltigen Ausläufern des Gletschers.

Nachdem er eine Weile gedankenversunken gegangen war, drehte er sich um und bemerkte mit einem Mal, dass die Sucherin nicht mehr hinter ihm war. Sie hockte auf dem Boden und starrte wie betäubt auf die Messerklinge.

»Ullii«, rief er. »Kommst du?«

»Hab Angst«, murmelte sie und zog sich den Mantel über den Kopf.

Er eilte zu ihr zurück, ging neben ihr in die Hocke und nahm Ulliis Hand. »Wir können hier nicht bleiben. Den ganzen Weg sind wir bis hierher gekommen, um Tiaan zu finden. Ich habe alles für dich getan. Jetzt bist du an der Reihe. Bitte, hilf mir!«

Sie entzog ihm ihre Hand, nahm ihre kauernde Sitzposition ein und pendelte wild vor und zurück.

Nish wusste nicht, was Ullii im Augenblick durchmachte, aber so kurz vor dem Ziel durfte er sich auch nicht von ihrer Schwäche beeinträchtigen lassen. Hätte er Tiaan und den Kristall, wären all seine Qualen und Mühen der vergangenen Monate vergessen. Er musste sie finden, auch wenn Ullii dafür leiden würde.

»Dann bleib, wo du bist!«, schimpfte er. »Ich gehe jetzt!«

Er schritt davon, als bedeutete sie ihm nichts. Ullii begann zu wimmern. Aber er schaute sich nicht um, obwohl er ihren Schmerz buchstäblich fühlen konnte.

Als er oben auf der Anhöhe angekommen war, stieß Ullii ein helles Wehklagen aus. »Nish, verlass mich nicht!«

Er blieb stehen, schluckte schwer, verhärtete sein Herz und ging schließlich mit festen Schritten weiter.

Er hatte noch keine zwanzig Schritte gemacht, als Ullii wieder bei ihm war. Plötzlich bot sie ihm willig ihre Hilfe an.

»Ich werde dir den Weg zeigen, Nish«, sagte sie und drückte seine Hand so fest, dass es schmerzte. »Lass mich nicht wieder allein.«

»Versprochen«, entgegnete er und schaute hinauf zum Berggipfel.

Als die Sonne aufging, waren sie bereits hoch über ihrem Lager. Nebel breitete sich im Trogtal aus, bedeckte den Eissturz und ließ die Konturen des Gletschers verschwimmen. Ullii blieb stehen, um die Schutzbrille aufzusetzen. Der Aufstieg an den steilen Schieferhängen und dem glatten Quarzit war schwierig. Nishs Beine begannen zu schmerzen.

»Wohin jetzt?«, fragte er Ullii, die auf einem Vorsprung vor einer senkrechten Wand innehielt.

Einen Moment lang wirkte die Sucherin unsicher. Dann legte sie die Hand über die Schutzbrille, gab einen zuversichtlichen Laut von sich und kletterte weiter.

Stunden später befanden sie sich auf gleicher Höhe mit dem

Gletschereis. Granitgneis war nun das vorherrschende Gestein. Sie schlängelten sich weiter den Berg hinauf, als ein gewaltiges Knacken durch das Eis ging und das mahlende Geräusch des Gletschers sich veränderte.

»Was ist das?«, sagte Nish.

Das dumpfe Grollen, das sich bis in die Hänge des Gletschertrogtals übertrug, wurde zu einem hellen, pfeifenden Ton. Über ihnen hatte sich eine Menge Eis aufgetürmt und drückte nun auf das Felsgestein. Es hörte sich an, als würden Felsbrocken zermahlen. Einzelne Steine fielen herab. Nish starrte mit offenem Mund auf die Verschiebungen und wusste in seiner Angst nicht, wohin er laufen sollte.

Ullii kreischte, packte Nishs Hand und zog ihn nach rechts. Sie eilten über einen Vorsprung, der ein wenig von dem Gletscher wegführte. Felsgestein knackte und ächzte über ihren Köpfen.

Das war kein Erdrutsch, sondern ein chaotisches Abbrechen von Eis und Felsen, die sich aus der Flanke des Berges Tirthrax lösten. Ein ganzer Felsvorsprung geriet in Bewegung, brach ab und stürzte hinab. Nish sah die Felsbrocken aus den Augenwinkeln und rannte um sein Leben. Mit ohrenbetäubendem Lärm donnerte die Geröllawine hinunter ins Tal.

Ullii war weit vor ihm, was ihn erstaunte, da sie sich nie körperlich betätigte. Nish sah, wie sie sich unter einen Vorsprung kauerte. Als er sie endlich unter Mühen erreichte, hockte sie zitternd da, drückte mit beiden Händen gegen die Ohrenschützer und schrie.

Nish suchte hastig nach den Ohrenstöpseln, drückte sie in Ullis Ohren und deckte die Ohrenschützer darüber. Endlich ließ der tosende Lärm nach. Vorsichtig spähten sie über die Felskante. Der Steinfall hatte aufgehört, obgleich das Gletschereis weiterhin gegen den Berg drückte. Der Boden zitterte mehrfach.

Etwas weiter entfernt brach ein weiteres Stück aus dem Felsgefüge, größer noch als das erste, und donnerte mit einem Hagel aus Steinen und Eisstücken in die Tiefe. Erst nach einer guten Viertelstunde schienen der Berg und der Gletscher sich wieder etwas beruhigt zu haben.

»Ich frage mich, ob wir jetzt sicher sind«, murmelte Nish.

Ullii war inzwischen aufgestanden und hielt auf die Stelle zu, an der ein gewaltiges Stück aus der Felswand gebrochen war. Nish folgte ihr bis zu dem Kamm und blieb verblüfft stehen: Vor ihnen hatte sich der Berg gleichsam aufgetan. Die Öffnung im Fels sah aus wie ein klaffendes Loch in einem Termitenhügel, dessen innere Zellstruktur sichtbar wurde.

»Eine Stadt im Berg!« Ehrfürchtig blickte Nish auf die Stockwerke und edlen, verzierten Säulenhallen, die sich vor ihnen auftaten. »Dahin wollte sie also! Aber warum? Ist das eine Stadt der Lyrinx?«

»Ich glaube nicht!« Sie zitterte.

Durften sie sich schon weiter vorwagen? Was war mit den Lyrinx, die Ullii in östlicher Richtung gesehen hatte? Und wovor hatte sie sich gefürchtet?

»Ich kann sie sehen«, zischte sie.

Nish achtete nicht weiter auf die Worte der Sucherin; das hatte sie schon so oft gesagt.

Sie schüttelte ihn plötzlich. »Ich sehe sie, Nish! Dort oben!«

Er schaute in die Richtung, in die sie zeigte, und sah vage zwei Gestalten im Berg. Sie waren zu weit entfernt, aber er zweifelte nicht an Ulliis Gespür. Das Zusammensein mit ihr war nicht immer einfach, aber geirrt hatte die Sucherin sich noch nie.

»Komm! Wir können zu ihr«, forderte er sie auf.

Hatte sie eben noch den Wunsch verspürt, rasch zu handeln, so verpuffte dieser Tatendrang mit einem Mal. Ullii kauerte sich zwischen zwei Felsen. »Zu spät. Viel zu spät!«

»Dann warte hier auf mich«, fuhr er sie an. Die Gelegenheit, auf die er so lange gehofft hatte, war nun zum Greifen nahe. Dort oben standen mit ziemlicher Sicherheit Tiaan und das unbekannte Kind. Nish brauchte nichts weiter zu tun, als Tiaan zum Ballon zu bringen, den Ofen mit Teerdestillat zu befeuern und abzuheben. Alle Mühen wären vergessen. Er wäre ein Held. Ungestüm rannte er los.

Als er den zerklüfteten Riss im Berg erreichte, durch den drei Ebenen der Stadt zu sehen waren, gewahrte Nish plötzlich grelle Blitze. Die Gestalten verschwanden.

Ullii schrie und rannte hinter ihm her. »Verlass mich nicht!«, rief sie und suchte Schutz in seiner Umarmung. »Sie kommen!«

Nish wagte nicht zu fragen, was sie spürte. Voraussagen dieser Art mündeten meistens in Vorgänge, die sich ihm nur schwer erschlossen. Er rannte weiter, gefolgt von Ullii.

Sie gingen unten durch den Riss im Berg, fanden eine gewundene Treppe, die weitgehend unversehrt geblieben war, und stiegen die Stufen hinauf. Nach zwei Stockwerken gelangten sie auf die Ebene, auf der sie Tiaan mit dem Kind gesehen hatten. Der Fußboden unmittelbar am Eingang war übersät mit Geröll und Eis.

Der Anblick, der sich Nish dann bot, würde sich bis an das Ende seiner Tage in sein Gedächtnis einbrennen.

KAPITEL EINUNDSECHZIG

Haani zog sie am Ärmel hoch. »Komm schnell, Tiaan.«

Tiaan erhob sich mühsam und fühlte sich von einer Eiseskälte durchdrungen. Ein ohrenbetäubendes Grollen umgab sie. Blaue Eiszapfen hingen an dem Portalöffner. Sie roch Staub und entsann sich vage der Geräusche der Steinlawinen.

»Sieh nur, was geschehen ist«, rief Haani und drehte sie herum.

Der Amplimet war erloschen, aber das verdrehte Glasröhrchen pulsierten in hellem Licht: Farbspiele huschten über die Glasoberfläche und durch die Öffnungen. Der senkrecht stehende Glasreif schien in Flammen zu stehen. Der Lichtkreis aus der Mitte des Reifs bündelte sich an einer Stelle über Tiaans Kopf, ehe das Licht wieder diffuser leuchtete. Der gebündelte Strahl hatte ein Loch in die Wand gebrannt und einige hundert Schritte in der Mitte der sich anschließenden Halle einen Feuerring erzeugt, der vom Boden bis zur Decke reichte. Luftströme drangen zischend durch die Öffnung. Das musste das Portal sein – aber niemand war herausgekommen.

Plötzlich blitzten Bilder in ihrer Erinnerung auf, Fragmente aus der Zeit, als sie bewusstlos gewesen war: Schreie, Explosionen, gefolgt von Lichtblitzen und Feuerschüben, Gebrüll wie unter größten Schmerzen, als würden Menschen innerlich zerrissen. Die Bildfetzen brachen genauso schnell wieder ab, wie sie gekommen waren, doch andere Eindrücke drängten sich dafür jetzt in ihr Bewusstsein: ein Wehklagen im Hintergrund; Tausende Seelen in großem Kummer. Kaltes Entsetzen kroch in Tiaan hoch. Was war den Aachim in dem Portal widerfahren? Wo waren sie angekommen?

Am anderen Ende sah sie Licht, wo zuvor nur Dunkelheit geherrscht hatte. Eine Zunge aus blauweißem Eis hatte sich durch die

Seite des Berges gedrückt. Hatte sie einen furchtbaren Fehler gemacht? *Die kleine Närrin hat den Zyxibul verkehrt herum aktiviert!* So hatte Vithis es gesagt. Doch was hatte das zu bedeuten?

»Sollen wir nicht besser fortlaufen?« Haani klammerte sich an Tiaan, während sich das Eis weiter knirschend auf sie zubewegte.

»Ich weiß es nicht.« Plötzlich blieb das Eis stehen. Der Boden erzitterte zweimal, und mit einem Grollen brachen Stücke der Felswand ab. Ein wahrer Regen aus Geröll und Steinen ging nieder, Teile des Fußbodens gaben nach. Das meiste von dem Eis wurde von der Geröllawine wieder ins Freie gerissen.

Tiaan und Haani eilten zu der Öffnung im Fels. Eiskalte Luft wehte herein, denn der große Gletscher, der sich an die Biegung der Felswand schmiegte, war nach oben gedrückt worden, hatte den Fels durchdrungen und war dann wieder abgesackt.

Sie hörten, wie es außen im Eis knackte und gewaltige Stücke in die Tiefe donnerten. Tiaan erfasste ein Schauder.

»Da passiert was«, sagte Haani und deutete in die Halle.

Der große Feuerring war dunkel geworden. Schatten tanzten auf der gegenüberliegenden Wand.

»Er kommt!«, rief Tiaan aus und umarmte das Kind. »Oh, er kommt, Haani!«

Sie eilte nach vorne. Ein hohler Knall ließ den Boden erzittern. In dem kreisrunden Portal zeichnete sich eine dunkle Form ab. Die Form drängte vorwärts, schien jedoch von einer unsichtbaren Barriere am Weiterkommen gehindert zu werden; konzentrische Lichtbänder zuckten im Portal.

»Es kommt nicht weiter«, sagte Haani.

Ein blendender Blitz schoss aus dem Portal, gefolgt von einem heftigen Donnern. Der Boden bebte, und eine flache Nebelwolke waberte in der Öffnung des Portals. Die dunkle Form durchdrang die Nebelschwaden, die augenblicklich in die andere Richtung gesogen wurden.

»Was kommt da?«, wisperte Haani.

»Ich … weiß es nicht. Vielleicht eine Art Klanker.«

»Was ist ein Klanker?«

Natürlich konnte das Kind das nicht wissen. In den Landstrichen, die es kannte, gab es keine Kriegsmaschinen. Der Krieg hatte sich noch nicht so weit ausgebreitet. »Es ist ein Wagen, der sich allein fortbewegt, ohne Ochsen oder Pferde.«

Haani gab einen Laut des Erstaunens von sich.

Aus dem Portal löste sich zunächst eine lange, spitz zulaufende Schnauze aus glänzendem blauem Metall, die zu einem Aufbau anstieg, der von einer kreisrunden Reling eingefasst war und oben mit einer Metallkuppel abschloss. Gelbliche Rauchschwaden wirbelten um das Metall; Qualm entwich durch das Portal. Der Körper des Gefährts war lang und breit und wies undefinierbare Einbuchtungen und hervorstehende Teile auf. Das Heck fiel flach ab. Das Gefährt besaß eine tödliche Aura, aber es war auch ein Kunstwerk, geschaffen von dem größten Genie der Welt.

»Es sieht wirklich wie ein Klanker aus«, bemerkte Tiaan leise, »aber es ist größer. Ein Dutzend Leute könnte dort Platz finden samt Ausrüstung. Wie schaffen die es nur, Metall so schön zu bearbeiten?« Im Vergleich zu diesen Gefährten nahmen sich die Klanker wie grobe Klötze eines Dorfschmieds aus. Tiaan hätte gern einen Blick in das Innere geworfen und gewusst, wie die Gefährte gefertigt wurden.

»Aber da sind doch gar keine Räder«, stellte Haani fest.

Tatsächlich befanden sich unter dem Gefährt nichts als aufgewirbelte gelbliche Schwaden: Die Maschine schien über dem Boden zu schweben. Außerdem erzeugte sie nicht diese rasselnden und ächzenden Geräusche, die für jeden Feind das Herannahen eines Klankers ankündigten. Tiaan hörte nur ein leises Sirren und gelegentlich ein Zischen.

»Das … ist ein Konstrukt!«, rief sie verblüfft. »Es kann nicht anders sein.«

Das Konstrukt hatte das Portal nun ganz verlassen, hielt auf Tiaan und Haani zu und blieb stehen. Ein weiteres Gefährt schwebte durch das Portal, gefolgt von einem dritten. Eine böse Vorahnung beschlich Tiaan. Diese Gefährte schienen eher unheilvoll als einladend zu sein.

»Haani«, zischte sie. »Lauf dort hinten zu dem Eis und versteck dich. Komm erst wieder hervor, wenn ich dich rufe.«

»Aber Tiaan, was ist denn los?«

»Du tust, was ich dir sage! *Sofort!*«

Haani sog die Luft ein, gab einen Schluchzer von sich und schlich davon. Aus den Augenwinkeln sah Tiaan, wie die Kleine linker Hand zwischen dem Geröll hindurchhuschte. Tiaan ging vorsichtshalber hinter einer umgestürzten Säule in Deckung.

Ihr war zum Weinen zumute. Was mochte das Kind denken? Dass es wieder zu einem großen Unglück kommen würde? Nein, das musste sie verhindern. Entschlossen kletterte sie auf die Säule.

Die drei Konstrukte schwebten durch die riesige Halle. Weitere Gefährte strömten durch das Portal, eins nach dem anderen. Binnen kurzer Zeit waren hunderte dieser Maschinen in der Halle. Insgesamt ähnelten sie sich alle aufgrund ihrer Form, unterschieden sich aber in der Größe und im Detail: Es gab Konstrukte, die bis zu fünfzig Leute aufnehmen konnten, andere waren viel kleiner und boten vielleicht nur fünf Menschen Platz. Leute gingen neben den Konstrukten her oder hielten sich an den Seiten fest.

Die Maschinen kamen näher, fächerten sich hinter den ersten drei Gefährten auf und bildeten eine Art Kampfformation von zwanzig Spannen Breite und hundert Spannen Tiefe. Und immer noch nicht war das letzte Gefährt aus dem Portal gekommen. Inzwischen mussten es wohl zweitausend sein. Wenn jedes Gefährt nur ein Dutzend Mann Besatzung hatte, mochten es schon vierundzwanzigtausend Leute sein. Minis hatte doch nur von einigen Tausend gesprochen. Dennoch, die Aachim waren nur eine kleine Schar im Vergleich zu den Millionen von Menschen, die es gab. Mit ihren erstaunlichen Konstrukten wären die Aachim jedoch eine große Hilfe im Krieg gegen die Lyrinx.

Tiaan stand nun ganz allein in der Mitte der riesigen Halle. Die Gefährte kamen bis auf fünfzig Schritte heran und blieben dann alle wie auf ein stummes Kommando abrupt stehen. Es war unglaublich. Beinahe unheimlich!

Das mittlere der drei vordersten Konstrukte öffnete sich oben: Die Kuppel schob sich zurück und zeigte eine Plattform, auf der sieben Leute standen. Die meisten hatten dunkle Gesichter und waren um einen Kopf größer als die Menschen. Allerdings nicht alle. Tiaan sah eine Frau mit blasser Haut und rotem Haar, die nicht größer war als sie selbst. Alle waren mit Bogen, Schwertern und anderen Waffen ausgerüstet. Weiter zurück saß ein Mann in einem

Gefechtsturm hinter einer Geschossvorrichtung, die denen der Klanker ähnelte.

Fast zeitgleich öffneten sich auch die beiden anderen Konstrukte zu beiden Seiten des ersten. Je sechs Aachim standen auf den Plattformen. Tiaan suchte sofort nach Minis, konnte ihn aber nirgends entdecken. Die Aachim sahen erschöpft aus – angeschlagen, von Ruß bedeckt –, und doch strahlten sie eine recht hochmütige Würde aus. Trotz der Strapazen trugen sie edle Gewänder. Tiaan warf einen kurzen Blick auf ihre Kleidung und zuckte enttäuscht zusammen. Sie war von Staub überzogen, hatte Risse in der Hose, und ihr Haar war durcheinander.

Ein hochgewachsener Mann trat auf der Plattform des mittleren Gefährts vor. Tiaan erkannte ihn wieder: Es war Vithis, der recht abgezehrt aussah. Sein Blick war stechend. Vithis schien Schwierigkeiten zu haben, sich zu beherrschen.

»Wer seid Ihr«, rief er dröhnend in der allgemeinen Sprache des östlichen Lauralin, »dass Ihr es wagt, Euch den mächtigen Aachim in den Weg zu stellen?« Seine volltönende Stimme verriet, dass er es gewohnt war, Befehle zu erteilen. Der Akzent war fremdartig, die Sprache gestelzt, und wie Minis betonte auch Vithis jeden Buchstaben, was seiner Sprechweise eine gewisse überlegene Bedachtsamkeit verlieh.

»Ich bin Tiaan«, sagte sie laut. Ihre Stimme klang schrill, fast ängstlich. »Ich habe das Instrument angefertigt, das Euch hierher in Sicherheit gebracht hat.«

»Verkehrt!«, sprach er mit donnernder Stimme.

Tiaan wich unwillkürlich einen Schritt zurück.

»Ihr habt den Zyxibul verkehrt herum aktiviert. Ihr habt rechts und links vertauscht. Die wahre Anordnung ist gespiegelt. Aufgrund Eurer Dummheit sind viele von uns in der Leere geblieben.« Er musste an sich halten, um nicht ins Schluchzen zu verfallen. »Ihr Närrin! Mein Clan wurde ausgelöscht!«

Entsetzen packte sie. »Es tut mir leid«, wisperte sie und erinnerte sich schlagartig an die Schreie, das Wehklagen und den Schmerz, der durch ihr Bewusstsein gezuckt war. »Es tut mir furchtbar leid, aber ich habe alles so konstruiert, wie man es mir auftrug.«

»Ihr beleidigt das Andenken unserer Toten. Wagt nicht, Eure Inkompetenz mit nichtigen Ausflüchten zu entschuldigen!«

Tiaan verschlug es den Atem. »Ich habe Eure Anweisungen genau befolgt. Wenn rechts und links in Eurer Welt andersherum sind, hättet Ihr mir das sagen müssen!«

»Das hättet Ihr überprüfen müssen!«, spie er verbittert.

Sie kam sich wie ein Lehrling vor einem zornigen Meister vor, aber hier stand sie vor Tausenden der Aachim. »Ich habe Euch gerufen, wie es vereinbart war. Aber Ihr habt nicht geantwortet, obwohl Ihr es versprochen habt. Außerdem wusstet Ihr, wie das Portal aussah, ehe Ihr Aachan verlassen habt. Das habe ich gehört. Ihr habt mir die Kontrolle entrissen, um Eurem Clan einen Vorteil zu verschaffen. *Ihr* habt den Fehler gemacht!«

»Wie könnt Ihr es wagen, *mich* herauszufordern! Ich bin Vithis vom Clan Inthis, des Ersten Clans von Aachan! Senkt den Blick, wenn Ihr mit mir sprecht. Haben die Menschen hier denn keinen Respekt vor überlegenen Völkern?«

Tiaan verbiss sich eine zornige Antwort. Angesichts des großen Leids, das dieser Mann gerade erfahren hatte, war er wie von Sinnen. Blieb zu hoffen, dass nicht alle Aachim so verbittert waren. Aber verbeugen würde sie sich nicht.

»Wo ist Minis, mein Geliebter?«

»Geliebter?«, fragte er ungläubig. »Aus dem Weg mit Euch.«

»Ich habe Euer Volk gerettet«, entgegnete sie, »und dabei viel riskiert. Und was ist Euer Dank? *Ich möchte jetzt mit Minis sprechen.*«

Ein anderer Mann, kleiner und älter, schob Vithis zur Seite und trat vor. »Wir sind in der Tat dankbar, Tiaan.« Es war Luxor.

Neben ihm tauchte Tirior auf. Luxors Haar war eisengrau, Tiriors hingegen so schwarz wie Tiaans, aber lockig. Ihr Gesicht hatte einen noch dunkleren Teint.

»Ich bin Luxor«, sagte der Mann, »vom Clan Izmak.«

»Und ich bin Tirior vom Clan Nataz«, stellte sich die Frau vor. »Wir sind Clanführer der Aachim und sind bei dieser Unternehmung nur Vithis unterstellt. Nehmt Euch seine bitteren Worte nicht zu sehr zu Herzen, Tiaan. Er musste mit ansehen, wie sein Clan ausgelöscht wurde – Kinder, Frauen, Männer. Bitte gestattet ihm seinen tiefen Schmerz.«

Tiaan deutete eine Verbeugung an.

»Sagt uns, wie hoch Eure Belohnung ausfallen soll«, sagte Luxor verbindlich. »Wir werden sie willig bezahlen.«

»Ich brauche keine Belohnung«, erwiderte Tiaan. »Meine Hilfe war an keine Gegenleistung geknüpft.« Abgesehen von Minis.

»Edel gesprochen«, erklärte Tirior. »Ihr habt den Aachim einen großen Dienst erwiesen. Das werden wir Euch nie vergessen. Können wir den Amplimet sehen, Tiaan? Niemand von uns konnte je einen Blick auf diesen Kristall werfen.«

Hatten sie die Absicht, ihr den Amplimet wegzunehmen? Die Aachim waren zum Krieg gerüstet, und sie würde sie nicht aufhalten können. Zudem wollte sie Brücken bauen und keine Barrieren errichten.

»Der Amplimet ist hinten in dem Raum mit dem Loch in der Wand.« Sie deutete zurück.

»Lasst das!«, grollte Vithis. »Er ist nun beschädigt und wird niemandem mehr nützen.«

»Aber ...«, setzte Tirior an.

»Denkt an den verfluchten Spiegel von Aachan!«, ereiferte er sich. »Dieser Kristall wird sich erneut als trügerisch erweisen, wenn wir ihn noch einmal berühren.«

»Und ich wollte ihn so gern sehen«, merkte Tirior wehmütig an.

»Wir müssen weiter!«, raunzte Vithis. »Solange wir noch im Vorteil sind.«

»Aber dies hier ist Tirthrax!«, rief Tirior. »Die größte Stadt, die wir je errichtet haben. Meine Clanvorfahren haben diesen Ort erbaut.«

»Sie waren Feinde des Ersten Clans!«, gab Vithis scharf zurück.

»Das ist alles lange her«, erwiderte die Frau. »Die meisten unserer Leute sterben nun in Aachan. Andere sind in der Leere verloren. Wir sind die Einzigen, die von uns übrig geblieben sind. Ich muss mir diese Stadt ansehen und in Erfahrung bringen, warum sie aufgegeben wurde.«

»Dafür ist keine Zeit! Die Mantiker dieser Welt werden erzittern angesichts der Energie, die hier freigesetzt wurde. Gewiss mobilisieren sie bereits ihre Kräfte. Was, wenn sie schon nach uns Ausschau halten? Als Anführer der Elf Clans …« – er unterdrückte seinen Schmerz – »… sage ich, dass wir unverzüglich aufbrechen.«

»Also gut«, sagte Tirior, »aber lasst uns zunächst ehrenvoll mit Tiaan übereinkommen. Minis, kommt heraus.«

Ein junger Mann kletterte auf die Plattform des mittleren Konstrukts; die anderen traten etwas zurück, um ihm Platz zu machen. Tiaan genoss seinen Anblick: Minis war groß, aber auch nicht zu groß. Er war gut gebaut, aber nicht übertrieben kraftvoll. Das dunkle Haar fiel ihm in Wellen über die Ohren. Sein Gesicht hatte sie nicht so schmal in Erinnerung, aber seine Stirn war edel, die Lippen geschwungen.

»Minis!«, rief Tiaan freudig. »Ich bin gekommen, wie versprochen. Ich bin weit gereist, um dich hierher zu bringen.« Sie breitete in freudiger Erwartung die Arme aus.

Er starrte sie reglos an, als hätte er keine Ahnung, wer sie war. Tiaan wurde von einem kalten Schauer erfasst. Aber vielleicht war er zu zurückhaltend, um sie vor aller Augen überschwänglich zu begrüßen.

»Minis, du hast gesagt, dir liegt etwas an mir.« Sie wagte in diesem ungewissen Moment nicht, das Wort »lieben« in den Mund zu nehmen. »Ich habe ein Geschenk für dich.« Schnell holte sie den Ring aus der Tasche. Dann lief sie zu dem Konstrukt, blieb wenige Schritte davor stehen und hielt den Ring hoch. »Minis, diesen Ring habe ich mit meinen eigenen Händen gefertigt.«

Sie schwieg. Es war zwar ein schönes Schmuckstück, wurde aber von der Vollkommenheit der Konstrukte und der Artefakte sowie der Architektur von Tirthrax übertroffen. Alles, was die Aachim herstellten, war wunderschön. Tiaan hatte das Gefühl, dass ihre Fertigkeiten erbärmlich waren und der Ring ein hinterwäldlerisches Wertobjekt darstellte, das Minis in Verlegenheit bringen würde.

Doch Minis lächelte und streckte ebenfalls die Arme vor. Seine Finger waren auffallend lang, wie bei allen Aachim. Die Pupillen waren oval.

»Tiaan, Geliebte«, rief er mit ebenfalls volltönender Stimme, die jedoch wärmer war als Vithis'. »Für einen Moment habe ich dich nicht erkannt. In der Tat habe ich es versprochen, und ich halte meine Versprechen.«

»Genug von diesem Unsinn!«, fuhr Vithis dazwischen und drängte die anderen wieder beiseite. »Sieh doch, was für eine schäbige kleine Frau sie ist. Ich habe dich nicht erzogen, damit du dich mit solchen Menschen abgibst, Pflegesohn. Du bist mein einziger Erbe, und ich werde dieser Verbindung nicht zustimmen. Wirf ihr eine Tasche mit Platin hin, und vergiss sie.«

»Aber Vithis, mein Pflegevater ...«

»Tausende von Jahren waren wir Sklaven in unserer eigenen Welt, Pflegesohn. Kaum hatten wir unsere Freiheit erlangt, da verging unsere Welt um uns. Die Geschichte hat uns übel mitgespielt. Nie wieder werden wir Sklaven sein! Mein Clan starb, damit wir heute hier stehen können, und wenn wir diese Welt erobern wollen, können wir es uns nicht leisten, auch nur *einen* zu verlieren. Schon gar nicht *dich*, Minis! Du bist alles, was mir geblieben ist. Gemeinsam müssen wir den Clan Inthis neu erschaffen.«

Minis, der eben noch den Ring berühren wollte, zog seine Hand zurück.

Tiaan ließ die Hand sinken. Sie wusste nicht, was sie sagen sollte. Hatte sie alles gegeben, um jetzt so schlecht behandelt zu werden?

»Tiaan!«, rief Minis. »Wir sind nicht so. Bitte glaube mir, Tiaan.« Er war im Begriff, von der Plattform zu klettern, aber Vithis hielt ihn zurück.

»Hör auf, vor ihr zu kriechen, Junge! Wir sind Aachim und müssen uns eine Welt untertan machen.«

»Bitte, Pflegevater!«

Vithis schleuderte eine Tasche zu Boden. Der Inhalt klirrte, als sie aufschlug. »Eine Tasche mit Platin für Eure Dienste, Tiaan.«

»Verflucht seid Ihr!«, rief sie zornig. »Ihr könnt mich nicht kaufen.«

Minis war seitlich an dem Konstrukt hinuntergestiegen, stand jetzt noch mit einem Fuß auf der letzten Sprosse und sagte: »Tiaan –«

»Komm sofort zurück, Junge!«, schnarrte Vithis. »Wenn du auch nur einen Fuß auf den Boden setzt, bist du kein Aachim mehr.«

»Aber Pflegevater. Die Ehre –«

»Die Ehre verlangt, dass du bei deinem Volk bleibst. Wir können auf keinen verzichten, insbesondere nicht auf dich.«

Minis zögerte, und in diesem Augenblick erkannte Tiaan, wie schwach er war. Er wollte jedem gefallen.

»Auf einen von uns kommen Tausend«, erklärte Vithis ernst. »Wir brauchen dich, Minis.«

Minis stand noch auf der Sprosse und verzog das Gesicht wie unter Schmerzen. Tiaan hoffte. Gewiss konnte er sie nicht einfach so abweisen, nach allem, was sie getan und für ihn durchgemacht hatte. Ihre Blicke trafen sich. Sehnsucht lag in seinen Augen. Er liebte sie, sie wusste es. *Es durfte nicht anders sein!*

Der Augenblick schien kein Ende zu nehmen. Tiaan spürte zahllose Blicke auf sich, und alle Aachim taxierten ihr Gesicht, ihr struppiges Haar und ihre furchtbare Kleidung. Sie ahnte, was sie dachten.

»Nun, Junge? Willst du bei dieser jämmerlichen Frau bleiben und deinem Volk den Rücken kehren, das so große Hoffnungen auf dich gesetzt hat? Ziehst du das ewige Exil vor? Sie wird in zwanzig oder dreißig Jahren nicht mehr leben. Wir werden dich nicht wieder aufnehmen, selbst wenn du tausend Jahre alt wirst.«

Minis' Blick wanderte zurück zu der Plattform. »Aber sie könnte doch mit uns kommen.«

Vithis wirkte erschrocken, aber Luxor und Tirior redeten ernst auf ihn ein. Vithis wandte sich Minis wieder zu.

»Aber nicht als deine Partnerin, Minis! Sie ist keine Aachim, und du weißt um das traurige Schicksal der Kinder, die aus solchen Vermischungen entstehen.« Erneut beriet er sich mit den anderen Wortführern. »Also gut. Sie hat uns gute Dienste erwiesen, trotz des Fehlers. Du darfst sie als deine Konkubine mitnehmen, sofern Vorsichtsmaßnahmen eingehalten werden.«

»Möchtest du mit uns kommen, Tiaan?«, fragte Minis mit flehendem Blick. »Als meine Geliebte?«

Tiaan war tödlich beleidigt. Das hatte sie nicht im Sinn gehabt. Schon der Ausdruck »Konkubine« erinnerte sie an die Gebäranstalt. Aber... wäre es nicht vielleicht besser, als Minis zu verlieren? Sie zögerte.

Minis streckte einen Arm nach ihr aus. »Tiaan ...« Er brach ab, da er von einer Bewegung weiter hinten in den Schatten abgelenkt wurde. Etwas huschte zwischen dem Geröll hin und her. In der ganzen Aufregung hatte Tiaan die kleine Haani vergessen. Was mochte das Kind denken?

»Verlass mich nicht, Tiaan!«, schrie Haani. »Bitte geh nicht mit ihm.«

Tiaan erkannte die Gefahr zu spät. »Nein, Haani! Bleib zurück!«

Mit einer Bewegung schwang der Mann in dem Gefechtsturm seine Waffe herum und zielte. Mit tödlicher Präzision feuerte er ein Projektil ab, das jeden Krieger zu Fall gebracht hätte. Genau in dem Augenblick, als Haani im Halbdunkel zwischen zwei großen Steinen auftauchte, traf das Geschoss sie in der Brust und schleuderte sie zu Boden. Sie gab keinen Laut mehr von sich.

Tiaan ließ den Ring fallen und rannte. »Haani! Haani!« Entsetzt kniete sie neben dem Kind, das auf dem Rücken lag. Haani versuchte noch zu atmen, aber ihre kleine Brust war zerschmettert. Flüssigkeit gurgelte in ihren Lungen.

Mit weit aufgerissenen Augen schaute sie zu Tiaan auf. »Meine Brust schmerzt so«, keuchte sie. »Hilf mir, Tiaan, Schwester.«

»Natürlich helfe ich dir.« Tiaan konnte vor lauter Tränen nicht mehr klar sehen.

»Du verlässt mich doch nicht, nicht wahr?«, brachte die Kleine erstickt hervor. »Nicht wie meine Mutter, mein Vater und meine Tanten?« Sie rang nach Luft. Der Schmerz ließ sie erbeben.

»Ich werde dich nie verlassen, Haani. Ich bleibe bei dir.«

»Es tut mir leid!« Sie weinte und versuchte verzweifelt, in ihre Tasche zu fassen. »Ich habe vergessen ...«

»Was ist, kleine Schwester?«

»Ich habe vergessen, dir ein Geburtstagsgeschenk zu geben.« Tränen rannen über ihre kleinen Wangen.

Tiaan konnte vor Trauer und Rührung kaum noch atmen. »Das ist doch nicht von Bedeutung«, flüsterte sie.

»Aber heute ist dein Geburtstag, und ich habe es vergessen!«, keuchte sie. »Es tut mir leid, Tiaan.« Mühsam holte sie ein gefaltetes Stück Leder hervor, das letzte Teil, das bei der Anfertigung der Stiefel übrig geblieben war. Darin lag eine Kette, die aus kleinen Lederstreifen gefertigt war, in die Haani kleine Blumenmuster gebrannt hatte. »Tiaan, ich liebe dich«, hauchte sie.

Tränen strömten über Tiaans Wangen, als sie das Kettchen entgegennahm und sich über die Hand streifte. »Danke, kleine Schwester. Du hast es nicht vergessen. Es ist immer noch mein Geburtstag. Ich liebe dich auch, meine Kleine, mehr als jeden anderen auf der Welt.«

Sie küsste Haanis liebes Gesicht und hörte erst auf, als sie spürte, dass das Kind nicht mehr lebte. Das Geschoss hatte einige Rippen gebrochen und sie in die Lunge getrieben.

Tiaan hob Haani auf ihre Arme und war überrascht, wie leicht die Kleine war. Dann trug sie das Kind bis zu dem ersten Konstrukt; Arme und Beine des Mädchens hingen schlaff herab.

»Sie ist tot!«

»Mein Beileid«, sagte Vithis. »Ein bedauerlicher Unfall.«

»Sie ist tot!«, schrie sie. »Ein achtjähriges Kind. Ihr seid Tausende und stellt die größte Streitmacht auf Santhenar, und dann habt Ihr so viel Angst, dass Ihr ein Kind töten müsst? Verflucht seid Ihr, Vithis. Die Aachim sind kein edles Volk. Ihr seid die Feiglinge der Drei Welten!«

Vithis bebte vor Zorn. »Niemand spricht in dieser Weise zu den Aachim, ganz gleich, was er erleiden musste. Ihr seid es nicht wert, eine Konkubine zu sein. Das Angebot wird hiermit zurückgezogen.«

»Feiglinge!«, spie Tiaan voller Abscheu. »Eidbrecher! Euer Wort bedeutet Euch nichts!«

Vithis warf ihr noch einen Beutel vor die Füße. »Wiedergutmachung für das Kind. Geht jetzt bitte aus dem Weg.«

»Ihr könnt Euch nicht einfach das Leben eines Kindes erkaufen, und mich könnt Ihr genauso wenig kaufen!« Sie schaute zu Minis hinauf. Er starrte sie an. Immer noch war banges Hoffen in ihr.

Er setzte einen Fuß auf den Boden.

»Was geschehen ist, ist geschehen«, grollte Vithis, »ganz gleich, wie sehr wir es bedauern. Daran kannst du nun auch nichts mehr ändern, Pflegesohn. Es ist vorbei. Nimm deinen Platz an meiner Seite ein.«

Wenn mir doch wenigstens einer zeigen würde, dass es ihm wirklich leidtut, dachte Tiaan. *Wenigstens du, Minis, wenigstens du.*

Minis blickte auf das Kind. Eine Träne trat aus seinem Auge, und er schien eine Entscheidung getroffen zu haben. Sein Blick glitt zur Seite. Da wusste Tiaan, dass sie alles verloren hatte.

»Es tut mir aufrichtig leid, Tiaan.« Er kletterte die Sprossen wieder hinauf und stellte sich neben Vithis.

Die Konstrukte setzten sich alle gleichzeitig in Bewegung. Tiaan blieb stehen und nahm es in Kauf, von den Gefährten überrollt zu werden; es war ihr gleich. Ihre Augen waren auf Minis gerichtet, doch er schaute stur geradeaus.

Die vordersten Gefährte fächerten auf und fuhren um Tiaan herum. Die anderen taten es ihnen gleich und hielten auf die durchbrochene Mauer zu. Sie schwebten über die Rampe aus Geröll und Eis, erreichten den Gletscher, bogen um die Ecke und hielten auf die Talregion zu.

»Verflucht seid ihr alle!«, schrie Tiaan. Sanft legte sie Haanis Körper auf den Boden, rannte zurück, nahm die Beutel mit dem Platin und schleuderte sie wütend Minis' Konstrukt hinterher. Es half alles nichts. Sie sank neben dem toten Kind auf den Boden und legte Haanis schlanke, leblose Hand in ihren Schoß. Alles umsonst. Weniger als nichts. Sie hatte das Leben der Aachim mit Haanis Leben erkauft. So viele Menschen mussten sterben, damit sie den Amplimet an diesen Ort bringen konnte: Fluuni, Jiini, Lyssa, Joeyn; ganze Einheiten von Soldaten und auch viele Lyrinx. Sie sah die zerschlagenen Körper vor ihrem geistigen Auge und wusste, dass der Preis viel zu hoch war.

Über eineinhalb Stunden zogen die Konstrukte an ihr vorbei. Noch während die Gefährte um sie herum fuhren, erhob sie sich und hob Haanis Leichnam auf die Arme.

»Ich schwöre bei diesem toten Kind«, wisperte sie, »dass ich *nie* wieder lieben werde! Ich verfluche dich, Minis, und deine ganze Linie bis in alle Ewigkeit. Ich werde mich an euch allen rächen, da ihr mich verraten habt. Ihr werdet noch bereuen, dass ihr mich am Leben gelassen habt, ihr *edlen* Aachim!«

Aber auch nach dem Fluch fühlte sie sich nicht besser. Mit leerem Blick schaute sie den Konstrukten nach, bis sie von einem Krachen und metallenen Geräuschen aus ihrer Lethargie gerissen wurde. Drei Konstrukte waren ineinander verkeilt und hingen noch halb in dem Portal. Ein viertes prallte von hinten dagegen und drückte sie über die Kante. Sie schlugen auf dem Boden auf und zerschellten. Aachim kletterten heraus und sprangen auf die anderen, noch intakten Maschinen. Der Vormarsch ging weiter; einundzwanzig Konstrukte folgten, dann riss der Strom ab.

Tiaan stolperte zu dem Portal, mit Haani in den Armen. Als sie hineinsah, schaute sie in einen langen Tunnel, ein Wurmloch, das sich in die Unendlichkeit erstreckte. Hunderte von Konstrukten steckten dort fest und kamen nicht mehr heraus.

Die Oberfläche des Portals schimmerte in vielen Farben und begann aufzubrechen. Ganz plötzlich war es verschwunden. Wieder vernahm Tiaan das furchtbare Wehgeheul und wusste, dass eine weitere Schar Aachim in der Leere geblieben war.

Die letzten einundzwanzig Konstrukte formierten sich und ließen Blitze senkrecht an die Decke zucken: ein Signal oder ein Requiem. Dann machten sie kehrt und verließen wie die anderen den Berg Tirthrax.

Während Tiaan der letzten Maschine nachsah, die in den zerklüfteten Bergen verschwand, wurde sie erneut von jähem Entsetzen gepackt. »Wir sind Aachim und müssen uns eine Welt untertan machen«, hatte Vithis gesagt. Eine solche Streitmacht, wie sie hier angekommen war, musste über Jahre hinweg aufgebaut worden sein. All dies musste also von langer Hand geplant gewesen sein. Sie hatten sie von Anfang an nur benutzt. Minis hatte sie nie geliebt. Die Aachim hatten ihm jedes Wort in den Mund gelegt. Und sie hatte ihre Welt verraten. Für nichts.

Nish, der sich tief in den Schatten versteckt hielt, starrte wie gebannt auf die schwarzen Maschinen, die hüfthoch über dem Boden schwebten. Sie erinnerten an Klanker. Doch trotz der relativ großen Entfernung konnte er erkennen, dass diese Maschinen den Klankern, an denen er gearbeitet hatte, weit überlegen waren. Er hatte die Historien eifrig studiert und wusste, um was es sich handelte.

Es waren Konstrukte, gefertigt nach der Vorlage des einen legendären Konstrukts, das Rulke der Charon vor über zweihundert Jahren gebaut hatte. Nish wusste nicht, wer sich im Innern befand;

dafür war er zu weit entfernt. Er vermutete, dass es sich um Lyrinx handelte oder deren Verbündete. Es war offensichtlich, dass diese Maschinen die größte Bedrohung darstellten, die Santhenar je erlebt hatte. Und Tiaan hatte geholfen, diese Streitmacht zu holen. Verräterisches Biest! Seine Pflicht war klar: Er musste sie zurückbringen, damit sie vor ein Gericht gestellt werden konnte, ganz gleich, wie groß der Aufwand war.

Die Konstrukte setzten sich wieder in Bewegung, fuhren um Tiaan herum und hielten auf die klaffende Öffnung in der Felswand zu. Er zog Ullii zu sich auf die Treppenstufe und spähte gemeinsam mit der Sucherin über die Brüstung.

Nish zählte die Maschinen, merkte sich die Zahl, prägte sich die Bewaffnung und die Größe der einzelnen Konstrukte ein und versuchte abzuschätzen, wie viele Feinde in den Maschinen sein mochten. Mehr als elftausend Konstrukte verließen Tirthrax; die Zahl der Feinde schätzte Nish auf mindestens einhundertfünfzigtausend. Das waren wertvolle, strategische Informationen, die womöglich noch wichtiger waren als die Gefangennahme von Tiaan. Er musste überleben, um die Nachrichten zu übermitteln. Woher waren die Konstrukte gekommen? Diese Streitmacht war groß und schlagkräftig genug, um der Menschheit einen tödlichen Schlag zu versetzen.

»Was war das?«, fragte Ullii, als das letzte Konstrukt aus dem Berg schwebte.

Nish markierte auf seiner Karte, in welche Richtung die Maschinen davonschwebten. Als er wieder dorthin schaute, wo eben noch das Portal in der Ferne zu sehen gewesen war, bemerkte er, dass es verschwunden war. Auch Tiaan war fort.

»Das«, sagte er, »war das Ende der Menschheit.«

GLOSSAR

Namenregister

Aachim: Die Menschenart, die Aachan ursprünglich besiedelte und von einer kleinen Schar einfallender Charon (der Hundertschaft) versklavt wurde. Die Aachim sind ein kluges Volk, große Kunstwerker und Ingenieure, aber auch melancholisch; außerdem neigen sie zu Hochmut und Überheblichkeit. Viele von ihnen wurden von Rulke dem Charon auf der Suche nach der Goldenen Flöte nach Santhenar gebracht. In Santhenar erlebten die Aachim eine Blütezeit, wurden jedoch später von Rulke verraten und im Kataklysmus ins Verderben gestürzt. Daraufhin zogen sie sich aus der Welt in ihre gewaltigen Festungsstädte in den Bergen zurück. Diejenigen, welche in Aachan blieben, erlangten ihre Freiheit, nachdem die Düsternis durchbrochen wurde, als die überlebenden Charon wieder in die Leere zurückkehrten.

Arple: Ein schlachterprobter Sergeant und Held in den Kriegen gegen die Lyrinx.

Barkus: Verstorbener Werkmeister der Steuereinheiten in der Fertigungsstätte, Onkel von Irisis.

Besant: Eine Matriarchin – oder Weise Mutter – der Lyrinx. Sie beherrscht die Geheime Kunst, insbesondere beim Fliegen.

Coeland: Matriarchin – oder Weise Mutter – der Lyrinx in Kalissin.

Cryl-Nish Hlar: Ehemaliger Schreiber, ein heimlicher Prüfer und Monteur wider Willen; besser bekannt als Nish.

Eiryn Muss: Schwachkopf; baut Luftmoos an und gilt als harmloser Lüstling.

Fistila Tyr: Eine schwangere Kunstwerkerin in der Fertigungsstätte.

Flammas: Ein Mantiker. Ullii saß Jahre in seinem Verlies.

Fluuni: Ältere Schwester von Jiini; Haanis Tante.
Flyn: Ein reizbarer Minenarbeiter.
Fyn-Mah: Queristin in Tiksi. Oberhaupt des städtischen Geheimdiensts.
Gi-Had: Aufseher in der Fertigungsstätte.
Gol: Ein träger Besenjunge.
Gryste: Ein zorniger Vorarbeiter in der Fertigungsstätte. Er neigt zum Konsum von Nigah-Blättern.
Gurleys: Bibliothekar in der Fertigungsstätte.
Haani: Ein achtjähriges Mädchen, das mit ihrer Mutter und ihren Tanten in der Nähe des Sees Kalissin lebt.
Inthis: Vithis' Clan der Aachim, der Erste der Elf Clans.
Irisis Stirm: Eine Kunstwerkerin in der Fertigungsstätte; Nichte von Barkus.
Jal-Nish Hlar: Perquisitor für Einunar (Inquisitor der Provinz); Nishs Vater.
Jiini: Haanis Mutter.
Joeyn (Joe): Ein alter Bergmann, erfahren bei der Suche nach Kristallen; Tiaans Freund.
Ky-Ara: Ein überaus emotionaler Steuermann für Klanker.
Lex: Wache in der Kristallmine.
Liett: Ein weiblicher Lyrinx; hat eine ungepanzerte Haut und kann nicht mithilfe von Farbmustern auf der Haut mit den anderen Lyrinx kommunizieren (»Chamäleon-Fähigkeit«), ist aber eine talentierte Gestaltverformerin.
Luxor: Ein vermittelnder Clanführer der Aachim.
Lyrinx: Große, geflügelte Hominiden, die aus der Leere nach Santhenar gelangten, nachdem die Düsternis durchbrochen worden war. Dank ihrer hohen Intelligenz sind sie in der Lage, sich der Geheimen Kunst zu bedienen, insbesondere um ihre schweren Körper in der Luft halten zu können. Sie besitzen eine mit Platten bewehrte Haut und die chamäleonartige Fähigkeit, Farben und Muster auf ihrer Haut zu verändern, was sie oft zur Kommunikation einsetzen (Hautsprache). Einige Lyrinx sind zudem Gestaltverformer; sie können kleinen Organismen mittels der Geheimen Kunst eine von ihnen gewünschte Form verleihen. In der Leere benutzten sie eine ähnliche Fertigkeit, um ihre ungebo-

renen Jungen so zu formen, dass sie in der unwirtlichen Umgebung überleben konnten. Als Folge dieser Manipulationen fühlen die Lyrinx sich nicht ganz wohl in ihren kräftigen, aber vielfach veränderten Körpern.

Lyssa: Jiinis jüngere Schwester; Haanis Tante.

Marnie: Tiaans Mutter, eine gefeierte Gebärerin.

Minis: Ein junger Aachim von hohem Stand, Pflegesohn von Vithis; Tiaans Geliebter im Traum.

M'lainte: Berühmte Technikerin; verantwortlich für die Konstruktion von Ballons.

Mul-Lym: Arzneikundiger in der Fertigungsstätte.

Myssu: Eine legendäre, barbusige Heldin aus revolutionären Zeiten.

Nish: Spitzname, den Cryl-Nish hasst; Nish bedeutet »Winzling« (Steigerung: Nish-Nash).

Nod: Wächter in der Fertigungsstätte.

Nylatl, der: Ein boshaftes und heimtückisches Geschöpf, das durch Rylls und Lietts Gestaltverformungen entstanden ist.

Pur-Did: Schütze auf Ky-Aras Klanker.

Rahnd: Schütze auf Simmos Klanker.

Ranii Mhel: Eine Examinatorin; Furcht erregende Mutter von Nish.

Rulke: Der Berühmteste unter den Charon; er schuf das erste, legendäre Konstrukt.

Rustina: Eine rothaarige Kämpferin vom Rang eines Sergeanten. Erfahrene Bergsteigerin mit ausgeprägtem Hass auf die Lyrinx.

Ruzia: Eine alte, blinde Heilerin in der Fertigungsstätte.

Ryll: Ein ausgegrenzter flügelloser Lyrinx; talentierter Gestaltverformer.

Simmo: Steuermann eines Klankers.

S'lound: Ein Soldat, der mit Nish im Ballon fliegt.

Sucherin: Eine Frau, die den Einsatz von Geheimer Kunst erspüren kann. Sie vermag Leute zu sehen, die das Talent zur Geheimen Kunst besitzen, auch verzauberte Gegenstände. Ullii ist eine Sucherin.

Tiaan Liise-Mar: Eine junge Kunstwerkerin; talentierte Herstellerin von Steuereinheiten mit der Begabung, visuell zu denken.

Tirior: Clanführerin der Aachim.
Tul-Kin: Heiler in der Fertigungsstätte; Trunkenbold.
Tuniz: Erfahrene Monteurin in der Fertigungsstätte.
Ullii: Eine Sucherin, die so hypersensitiv ist, dass sie sich nicht unter Menschen traut und selten ins Freie geht.
Vithis: Minis' Pflegevater; ein Aachim aus Aachan und Anführer des Ersten Clans Inthis.
Vorsteherin: Die Matrone in der Gebäranstalt von Tiksi.
Xervish Flydd: Der Skrutator – Herr der Spione und Oberster Inquisitor – für Einunar.

Sachregister

Amplimet, der: Ein extrem seltener Hedron, der selbst in natürlichem Zustand in der Lage ist, Energie aus einem Kraftfeld zu beziehen, das einen Feldkern umgibt und durchdringt.
Anthrazismus: Innere Verbrennung des Menschen, die Mantikern oder Kunsthandwerkern widerfährt, die mehr Energie anzapfen, als der Körper aushalten und handhaben kann. Führt zu einem grausamen Tod.
Energie: Eine Mantikerin aus alter Zeit, Nunar, hielt die Gesetze der Mantik schriftlich fest und wies darauf hin, wie begrenzt die Kunst der Mantik sei, da zu wenig Energie da sei. Sie erkannte, dass diese Kunst Einschränkungen unterlag, da die Energie aus diffusen, schwer zu erklärenden Quellen stammt und sämtliche Energie zuerst durch den Mantiker fließt und somit Nachwehen auslöst, die schlimmer werden, je stärker die Quelle der Energie ist. Letzten Endes können die Energie oder die dadurch ausgelösten Nachwehen den Tod eines Mantikers herbeiführen.

Um dennoch einen Zugang zu finden, wurden Artefakte über eine längere Zeit mit Energie aufgeladen (ein Spiegel, ein Ring oder ähnliches), um die Energie bei Bedarf anzuzapfen. Diese Maßnahme bot einige Vorteile, obwohl manche Objekte nur schwer zu kontrollieren waren oder beschädigt wurden. Waren die Artefakte einmal entladen, konnte man sie nicht mehr einsetzen.

Dennoch benutzten die Vorfahren Instrumente, die Energie

gleichsam speicherten oder die sich von selbst wieder aufluden. Niemand kennt das Geheimnis; doch so muss es gewesen sein, denn wie soll ein Mantiker sonst in der Lage gewesen sein, die Energie über Hunderte oder Tausende von Jahren aufrechtzuerhalten (zum Beispiel bei dem Spiegel von Aachan)? Oder wie ist es zu erklären, dass manche Mantiker recht große Energiemengen beziehen konnten, ohne ausgelaugt zu sein (siehe Rulkes legendäres Konstrukt)?

Nunar scharte andere Mantiker um sich, die sich ganz ihrem Projekt verschrieben und sich daranmachten, Antworten auf all diese Fragen zu finden. Die Kunst der Mantie betrieben die Mantiker von jeher im Geheimen – und jeder für sich. Viele versuchten sich daran, verloren aber ihr Leben oder versagten, wenn sie die Kunst allein anwendeten. Schließlich war es der Krieg, der die Mantiker zusammenbrachte und dazu veranlasste, ihre jeweiligen Entdeckungen auszutauschen, bis die geniale Nunar das Werk *Spezielle Theorie der Energie* verfasste. Darin wird beschrieben, woher die diffusen Kräfte stammen und auf welche Weise ein Mantiker sie anzapfen kann, und zwar nicht mittels der irdenen Elemente, sondern über den ultradimensionalen Äther.

Die ultimativen Ziele der theoretischen Mantik stehen in dem Werk *Allgemeine Theorie der Energie*, in dem beschrieben wird, wie Feldkerne arbeiten und wie man sie sicher anzapfen kann, und darüber hinaus in der Schrift *Theorie der vereinigten Energie*, die sämtliche Felder, ob schwach oder stark, in Einklang bringt mit einer einzigen Kraft.

Feld: Die diffuse (oder schwache) Kraft, die einen Feldkern umgibt oder durchdringt – und die vermutlich auch von ihm erzeugt wird. Ein Feld ist die Quelle der Macht des Mantikers. Es wird vermutet, dass es noch andere Kräfte gibt, doch niemand vermag zu sagen, wie sie sicher angezapft werden können (siehe auch »Energie«).

Feldkerne: Seltene Orte in der Welt, an denen die Geheime Kunst besser wirkt. Ist ein Feldkern einmal identifiziert worden, kann ein Hedron (oder ein Mantiker) bisweilen dem Kraftfeld eines Feldkerns Energie über den Äther entziehen, wobei die Energiemenge mit der Entfernung abnimmt und nicht immer konstant fließt. Ein Steuermann eines Klankers muss stets damit rechnen, dass ein Kraftfeld ausfällt, und sich rasch nach einem anderen Feldkern umschauen. Kraftfelder können versiegen, und in einem solchen Fall ist der Feldkern womöglich über Jahre oder gar Jahrhunderte unbrauchbar. Mantiker haben von jeher nach dem Geheimnis gesucht, eine weitaus größere Energie aus dem Feldkern selbst zu beziehen, was ihnen bislang nicht gelungen ist. (Vielleicht konnten diejenigen, denen es gelungen war, nicht mehr davon berichten, da sie bei dem Versuch ums Leben kamen.) Es gibt auch Anti-Feldkerne, in deren Umfeld die Geheime Kunst überhaupt keine Auswirkung hat oder auf verhängnisvolle Weise unterbrochen wird. Feldkerne und Anti-Feldkerne werden oft mit natürlichen Kräften in Verbindung gebracht, die in Bergen, Verwerfungen oder heißen Quellen vorkommen.

Geheime Kunst: Der Gebrauch magischer Kräfte (Mantik).

Geomantie: Die schwierigste und zugleich stärkste aller Geheimen Künste. Ein Meister dieser Kunst ist in der Lage, sich der Kräfte zu bedienen, die die Welt bewegen und formen. Eine äußerst gefährliche Kunst für denjenigen, der sie anwendet.

Gestaltverformung: Ein Zweig der Geheimen Kunst, den nur die Lyrinx beherrschen. Einst entwickelten sie diese Kunst, damit sie sich an die sich rasch verändernde Leere anpassen konnten, aus der sie kamen. Nunmehr beschränkt sich die Gestaltverformung auf die langsame Transformation einer lebendigen Kreatur, die so geformt wird, dass sie einem ganz bestimmten Zweck dient. Der Vorgang ist sowohl für die Kreatur als auch für den Lyrinx schmerzhaft. Gestaltverformung kann nur bei kleinen Geschöpfen angewendet werden.

Hedron, der: Ein natürlicher oder geformter Kristall, der tief in der Erde durch Flüssigkeiten entstanden ist, die durch einen natürlich vorkommenden Feldkern zirkulieren. Ausgebildete Kunstwerker besitzen die Fähigkeit, einen Hedron so einstellen, dass sie damit einem Feld, das einen Feldkern umgibt, über den Äther Energie entziehen können. In der Regel wird rutiliertes Quarz, das heißt Quarzkristalle, die dunkle Nadeln aus Rutil aufweisen, für diese Zwecke verwendet. Die Kunstwerker müssen den Kristall zunächst mithilfe eines Taststeins »erwecken«. Befindet sich ein Hedron zu weit von einem Feldkern entfernt, kann der Kristall keine Energie mehr gewinnen und ist dann nutzlos. Wird ein Hedron über eine lange Zeit nicht benutzt, muss er eventuell von einem Kunstwerker erneut erweckt werden, was gefährlich sein kann.

Klanker, der: Eine gepanzerte, mechanische Kriegsmaschine mit sechs, acht oder zehn Beinen und einem Gliederkörper. Er wird angetrieben durch die Anwendung von Geheimer Kunst, und zwar über eine Steuereinheit, die von einem ausgebildeten Steuermann bedient wird. Die Kriegsmaschine ist ausgerüstet mit einem Katapult für Steine und einer Geschossvorrichtung für Wurfspieße, die von einem Schützen auf der oberen Plattform abgefeuert werden können. Klanker werden unter Aufsicht von Technikern, Kunsthandwerkern und Waffenmonteuren hergestellt. Im Notfall, wenn das Kraftfeld ausfällt oder unterbrochen wird, versorgen zwei spezielle Schwungräder den Klanker mit Energie.

Konstrukt: Ein Gefährt oder eine Maschine, die von der Geheimen Kunst betrieben wird. Es basiert auf einigen Geheimnissen von Rulkes legendärem Gefährt. Anders als Rulkes Konstrukt fliegen die Konstrukte der Aachim nicht, sondern schweben eher.

Kristallfieber: Eine von Halluzinationen begleitete Zerrüttung des Geistes, die Kunstwerker und Klankersteuermänner erleiden, wenn ein Hedron zu lange und zu intensiv benutzt wurde. Nur wenige erholen sich davon. Mantiker können von ähnlichen Leiden befallen werden.

Nigah: Eine Droge, die in extremen Situationen im Heer ausgeteilt wird, damit die Soldaten gegen Kälte und Erschöpfung unempfindlich sind. Wird auch als Heilmittel eingesetzt, da es beruhigend wirkt und den Patienten schläfrig und schmerzunempfindlich macht. Nigah wird aus den Blättern des gleichnamigen Busches gewonnen und verfärbt den Gaumen gelblich.

Portal: Verbindet einen Ort (oder eine Welt) mit einem anderen über ein veränderliches, transdimensionales Wurmloch.

Portalöffner: Tiaans Bezeichnung für das Instrument, das sie in Tirthrax anfertigt, um damit das Portal zwischen den Welten zu öffnen (siehe auch »Zyxibul«).

Quell der Echos: Ein Konzept der Aachim, um mit dem Nachhall der Zeit, des Gedächtnisses und der Historien zurechtzukommen. Bisweilen ein Ort des Todes und der Wiedergeburt. Auch ein Empfinden, in der Geschichte gefangen zu sein oder einem kollektiven Schicksal (einer Familie, einem Clan oder einer Spezies) hilflos gegenüberzustehen. Es wird vermutet, dass der Ursprung in einem heiligen Brunnen in Aachan liegt – vielleich aber auch in Santhenar. Der Begriff ist Teil der Folklore der Aachim geworden. »Ich habe in den Quell des Echos geschaut«, »Ich hörte es am Quell« oder »Ich werde zum Quell gehen« sind gängige Phrasen. Vermutlich handelt es sich auch um eine Kraftquelle oder einen starken Feldkern.

Der Quell wird dargestellt durch das dreidimensionale Symbol der Unendlichkeit, des Universums und des Nichts.

Steuereinheit: Ein mit dem Geist des jeweiligen Steuermanns verbundenes mechanisches System aus beweglichen Gliedern, das durch einen Hedron Energie bezieht und sie in den Antriebsmechanismus eines Klankers leitet. Eine Steuereinheit muss auf einen bestimmten Hedron abgestimmt werden, und der Steuermann braucht viel Zeit, um sich auf eine Steuereinheit einzustellen. Steuermänner leiden unter Entzugserscheinungen bei einer längeren Trennung von ihren Maschinen; und sie sind todunglücklich, wenn ihre Maschinen zerstört werden. Aber ihre Seelenqualen erfahren Linderung, wenn die Steuereinheit überlebt und später in einen anderen Klanker eingebaut werden kann.

Taststein: Ein Instrument, das es dem Kunstwerker ermöglicht, das Kraftfeld zu sehen und die Steuereinheit darauf abzustimmen.

Tirthrax: Große Stadt der Aachim in Santhenar, errichtet im Berg Tirthrax in den Großen Bergen. Der höchste Gipfel der Drei Welten.

Zyxibul, der: Ein Instrument der Aachim, betrieben von einem Amplimet, um ein Portal zu erschaffen. Es wird von Tiaan auch »Portalöffner« genannt.

Was würden Sie tun,
wenn am 21.12.2012 die Welt untergeht?

Brian D'Amato
2012: DAS ENDE ALLER ZEITEN
Roman
Aus dem Amerikanischen von Angela Koonen und Dietmar Schmidt
ca. 896 Seiten
Klappenbroschur
ISBN 978-3-7857-6000-0

Für Jed DeLanda ist das Leben ein Spiel. So wie das mysteriöse Brettspiel, das er von seiner Mutter geerbt hat und mit dessen Hilfe er an der Börse spekuliert. Bis die exzentrische Marena Park ihn zu sich bittet und ihm Bilder von einem neu entdeckten Maya-Codex zeigt. In Jeds bisher ruhigem Leben bricht das Chaos aus. Denn die alten Maya betrieben dasselbe Spiel wie er, bis zur Besessenheit und mit tödlichem Ausgang. Und das Spiel sagt voraus, dass die Welt einst enden wird. Am 21.12.2012.
Die Menschheit hat nur noch eine Chance. Jed DeLanda muss zurück in die Zeit reisen, als die Kultur der Maya in Blüte stand, und selbst Opfer des großen Spieles werden.

luebbe

WWW.LESEJURY.DE

WERDEN SIE LESEJURYMITGLIED!

Lesen Sie unter www.lesejury.de die exklusiven Leseproben ausgewählter Taschenbücher

Bewerten Sie die Bücher anhand der Leseproben

Gewinnen Sie tolle Überraschungen